Rolf Lappert

Leben ist ein unregelmäßiges Verb

Roman

dtv

Ich danke dem Deutschen Literaturfonds e.V. für
die Unterstützung der Arbeit an diesem Roman.

Ebenfalls für die Unterstützung der Arbeit an diesem
Roman danke ich dem Aargauer Kuratorium.

Beide Institutionen haben es mir ermöglicht, mich
vier Jahre lang nahezu frei von wirtschaftlichen Zwängen
der Niederschrift des vorliegenden Werkes zu widmen.
Was für ein Privileg!

MIX
Papier aus verantwortungsvollen Quellen
FSC® C019821

2022 dtv Verlagsgesellschaft mbH & Co. KG, München
Lizenzausgabe mit Genehmigung der Carl Hanser Verlag GmbH & Co. KG

Umschlaggestaltung: dtv nach einer Vorlage von
Peter-Andreas Hassiepen, München
Umschlagmotiv: plainpicture/Carmen Spitznagel
Satz: C.H.Beck.Media.Solutions, Nördlingen
Satz nach einer Vorlage von Satz für Satz, Wangen im Allgäu
Druck und Bindung: Druckerei C.H.Beck, Nördlingen
Printed in Germany · ISBN 978-3-423-14825-2

Für Sonja Maria

eins / einberufung der ameisen

WINNIPEG LOGBUCH

Auszüge 1

Wir stehen da wie Pferde, mit schweren Köpfen, eine Herde von vier. Wir sind müde vom Lernen, verscheuchen die Fliegen. Wir müssen auf der Wiese bleiben, nahe bei den Häusern. Armin sitzt im Schatten und behält uns im Auge. Er bewacht uns. Wir sind Kinder, nicht dumm. Irgendwann legen wir uns ins ungemähte Gras. Die Augen geschlossen, fühlen wir, wie unsere Knochen wachsen. Neben den Käfern sind wir Riesen.

Den ganzen Morgen haben wir zugehört. Fruchtfolge. Mondphasen. Schädlinge. Noch immer summen unsere Gehirne, verkrampfen sich unsere Finger um den Stift, der auf dem Tisch im Schulraum liegt. Wir bebauen die Felder, aber wir sind keine Bauern. Wir verachten die Bauern. In unseren Augen sind sie dumm wie das Vieh, das sie in ihre dunklen Ställe pferchen. Sie lieben die Erde nicht, die sie umpflügen, sie beuten sie aus. Die Alten sind unsere Augen. Sie erzählen uns von den Dingen, die sie gesehen haben, gelesen. Wir sind Gefäße, die sich langsam füllen.

Am Nachmittag sind wir auf den Äckern, sammeln Steine ein und werfen sie in Drahtkörbe, schleppen sie zu zweit zum Weg, wenn sie voll sind. Wir jäten Unkraut, kontrollieren die Schnappfallen, in denen Mäuse und

Maulwürfe ihr Ende finden, holen im Wald Brennholz und misten den Stall aus. Viele Tiere haben wir nicht, drei Dutzend Schafe, zwei Dutzend Ziegen, acht Kühe, ein Pferd, das nur gebraucht wird, wenn der Traktor kaputt ist, einen Hund, den zweiten, seit es uns gibt, ein paar Enten und Karnickel, Hühner, nicht zu zählen, und Katzen, von denen es immer mehr gibt, obwohl Armin die Jungen auf den Stallboden schleudert, wenn er das Versteck der Mutter findet.

Zeit für uns allein haben wir nicht, nur in der Nacht oder wenn Armin eingeschlafen ist, weil er sein Zeug geraucht hat. Die anderen Alten sind meistens woanders, auf einem der entfernten Felder, in einem Gewächshaus, in der Scheune beim Vieh oder im riesigen Schuppen, der alles schluckt, das Heu und Stroh, den Jauchewagen, die Werkzeuge und Maschinen und den Traktor.

Dass wir nachts aus dem Fenster klettern, ist verboten und trotzdem unser Recht. Wir sind weder Kühe noch brauchen wir zwölf Stunden Schlaf. Das gerollte Seil liegt unter dem Boden, wir müssen nur mit der Messerklinge das lose Brett anheben und in die Öffnung greifen. Am einfachsten gelingt unsere Flucht, wenn das Haus, die Bäume und das Gras in den Windstößen tausend Geräusche von sich geben, lauter als das Knarren des Fensters, unsere Schritte im Kies, lauter als das Klopfen unserer Herzen.

Wir machen nicht viel aus unserer nächtlichen Freiheit. Der Teich sieht aus wie am Tag, nur kleiner. Manchmal werfen wir mit Steinen nach dem Mond auf dem Wasser. Manchmal spielen wir Verstecken zwischen den Bäumen. Manchmal fangen wir eine Kröte und bringen sie vor Gericht. Wir klagen sie der Hässlichkeit und Verschwörung an, die Beweismittel sind Warzen und Schleim und ein Leben im Verborgenen. Die Kröte weiß um ihre Schuld und zieht es vor, zu schweigen. Wir sind Ankläger, Verteidiger, Geschworene, Richter und Henker. Immer fällen wir das gleiche Urteil. Der Holzstock geht leicht durch ihr Herz. Wir bestatten die Kröte, aber wir beten nicht für sie, wir können gar nicht beten, haben es nie gelernt. Manchmal gehen wir bis zum Fluss und stellen uns die andere

Seite vor. Wir sitzen am Ufer und warten auf Tom und Huckleberry. Unsere Welt endet hier, das wissen wir. Aber wir ahnen auch, dass es dort drüben eine zweite gibt, eine größere.

Leander

Meret.
Lebt bei einer Verwandten. Sie + sein Therapeut haben ein Verhältnis.
Er will nicht aus dem Zimmer + spricht fast nichts. Liest viele Bücher

In de … tungen und i … , geschah so viel Neues, Uner… … Furchteinflößendes, dass Leander Selbig sich weigerte, sein Zimmer zu verlassen. Er sprach kein Wort und wollte niemandem zuhören, also ließ man ihn vorerst in Ruhe. Weil er die Hausmannskost, die ihm vorgesetzt wurde, nicht anrührte, ernährte er sich bald ausschließlich von getrockneten Mangos, Papayas und Kiwis, von Datteln und Feigen, von Rosinen und Pekannüssen, von Marzipan, Nougat und Türkischem Honig, von Hefegebäck mit Vanillecreme und Mandelsplittern, von Lakritze und Süßholz und Lavendelbonbons. Sein Heißhunger auf Exotisches ließ nicht nach, wenn es nur weit weg war von gestampften Kartoffeln und Schaffleisch, wenn es ungewohnt war und aufregend für Zunge und Gaumen. Dazu trank er Säfte aus Obst, dessen Existenz man ihm bisher verschwiegen hatte, weil es den Makel des nicht Heimischen trug, Orange, Ananas, Passionsfrucht, jedes erdenkliche fremde Gewächs, das den langen Weg über die Ozeane bis ins Haus seiner Tante in Münster geschafft hatte. Er schüttete die tropischen Flüssigkeiten in solchen Mengen in sich hinein, dass sein Magen regelmäßig rebellierte und er gezwungen war, eine Diät aus Bananen und dunkler Schokolade einzulegen und Tee zu sich zu nehmen, freilich nicht Kamille oder Fenchel, sondern auf fernen Kontinenten wachsende Sorten wie Rooibos, Darjeeling, Jasmin.

Meret Weiss, die unverheiratete ältere Schwester seiner im Gefängnis auf ihren Prozess wartenden Mutter, hatte sich noch bis zum Tag der ersten Begegnung ausgemalt, wie sie den Jungen ins neue, richtige Leben begleiten würde, behutsam und Schritt für Schritt, aber jetzt kam es ihr schon wie ein Erfolg vor, wenn er nicht ständig weinte oder in seinem Zimmer auf und ab lief wie Rilkes Panther. Sie hatte mit ihm ins Kino gehen wollen, auf den Jahrmarkt, ins Museum für Naturkunde und in die Bibliothek, hatte einen Ausflug zu den Seen im Umland geplant und einen an die Küste, damit Leander zum ersten Mal das Meer sah. Nun deutete alles darauf hin, dass es noch Wochen, vielleicht Monate dauern würde, bis ihr aus dem Nichts aufgetauchter Neffe bereit wäre, auch nur das Haus zu verlassen.

An jedem Montag, Mittwoch und Freitag kam ein Psychiater vorbei, den das Jugendamt schickte und dessen Aufgabe es war, dem Jungen einerseits etwas dem seelischen Heilungsprozess Zuträgliches zu entlocken und ihm andererseits die elementarsten Begriffe menschlicher Koexistenz nahezubringen. Für die Fachleute, die sich mit Leander beschäftigt und der Unterbringung bei seiner Tante zugestimmt hatten, schien gesichert, dass nicht nur das Gemüt des Zwölfjährigen beschädigt worden war und therapiert werden musste, sondern dass auch seine soziale Entwicklung stark gelitten hatte und der von der Wirklichkeit völlig überforderte Junge dringend auf Hilfe beim Umgang mit der von ihm zweifelsohne als bedrohlich empfundenen Welt angewiesen war, oder, in den Worten Dr. Borns, eine umfassende Schulung zum Überleben brauchte.

Bei seinen Besuchen setzte sich Ewald Born, ein schlanker, groß gewachsener Mann Anfang vierzig, auf den Stuhl am Schreibtisch, während Leander mit geschlossenen Augen und über dem Bauch gefalteten Händen auf dem Bett lag. Zu Beginn hatte der Junge sich noch geweigert, den Fremden, der ihm als *der Mann, der dir helfen wird, zurechtzukommen,* angekündigt worden war, in sein Zimmer zu lassen, hatte das Bett und den Tisch vor die Tür geschoben und sich die Finger in die Ohren gesteckt, damit er das sanfte Rufen seiner Tante, Dr. Borns beruhigende Floskeln und das schabende Geräusch nicht hörte, wenn die Möbel behutsam aus dem Weg geräumt wurden.

Es hatte eine Woche gedauert, bis Leander die Sinnlosigkeit seines Barrikadenbaus einsah und es fortan dabei beließ, sich tot zu stellen. Dennoch blieb Dr. Born, nachdem er angeklopft, seinen Namen genannt und die Tür geöffnet hatte, jeweils für einen Moment auf der Schwelle stehen, um dem Betreten des Zimmers zumindest den Anschein eines in beidseitigem Einverständnis arrangierten Treffens zu verleihen, ging dann an seinen Platz am Fenster, zog den Vorhang ein Stück zurück, damit etwas Licht in den Raum drang, und breitete langsam und sorgfältig die Gegenstände aus seiner Ledermappe auf der Tischfläche aus. Sobald alles an seinem Ort lag, drehte er den Stuhl so, dass er den Jungen im Halbdunkel sehen konnte, lockerte den Krawattenknoten, schlug sich eher symbolisch als enthusiastisch mit den Handflächen auf die Oberschenkel und sagte: »Also dann, beginnen wir.« Diesem Ausspruch ließ er jedes Mal sekundenlange Tatenlosigkeit folgen, als zweifle er plötzlich am Nutzen seines Besuchs oder als lähmten ihn die Last der Verantwortung und die nicht geringe Wahrscheinlichkeit des Versagens, die mit dem Fall einhergingen. Aber dann, weil er pflichtbewusst und ehrgeizig war und weil die Frau, die dieses stille Kind beherbergte, ihn nach der Sitzung auf einen Kaffee in die Küche bitten würde, holte er jedes Mal tief Luft, griff nach einem der Bücher oder Notizblöcke auf dem Tisch und schickte sich erneut an, etwas zu erreichen, das man mit viel gutem Willen als kleinen Durchbruch bei der Behandlung des Jungen hätte bezeichnen können.

Während Dr. Born sprach, hielt Leander die Augen geschlossen oder starrte an die Decke. Nur wenn der Mann ihn dazu aufforderte, blinzelte er hinüber und betrachtete teilnahmslos das in ein Heft geklebte Bild eines Fahrrads, eines Autos, einer Straßenbahn, einer Verkehrsampel. Den mit tiefer, ruhiger Stimme vorgetragenen Erläuterungen, Ratschlägen und Warnungen hörte er jedoch nicht zu, schloss die Augen und dachte darüber nach, wie es wohl wäre, tatsächlich tot zu sein.

In immer neuen Anläufen versuchte Dr. Born, Leander in einen Dialog zu verstricken, in dessen Verlauf der Junge sich öffnen und von den

Erlebnissen berichten würde, die ihn belasteten. Er bot alles auf, was er im Studium gelernt und sich in zehn Jahren Praxis angeeignet hatte, erzählte von den Ängsten der eigenen Kindheit, von Reisen in entlegene Länder und der Schönheit der Welt, für die es sich lohne, dieses Zimmer und dieses Haus zu verlassen. Doch mit keinem seiner von Geduld und Nachsicht getragenen Monologe, keiner reizvollen Anekdote und keinem noch so leidenschaftlichen Plädoyer für *Das Leben* schien er bei seinem sich tot stellenden Gegenüber das Geringste zu erreichen. Leander blieb stumm, und auch nach der Handvoll Worte, die er dem Psychiater in der dritten Woche ihrer eigenartigen Zusammenkünfte hinwarf wie hartes Brot einem Schaf, zog er sich wieder hinter die undurchdringliche Mauer seines Schweigens zurück.

»Ich habe immer für den Freispruch der Kröten plädiert.«

Das war der Satz, den Dr. Born verstanden zu haben glaubte. Er schrieb ihn auf und hängte ihn über seinen Schreibtisch im Institut, aber schlau aus ihm wurde er nicht.

Irgendwann hörte Leander auf, die Artikel zu lesen. Eine Weile hatte er gehofft, er würde etwas aus ihnen erfahren, etwas über sich selbst, das ihm verborgen geblieben war. Er hatte gedacht, es gebe vielleicht eine Art Geheimnis, das er allein nicht ergründen konnte, weil ihm die Intelligenz und Bildung fehlten. Die Verfasser der Berichte, zumindest der seriösen, mussten doch, so hatte er angenommen, bestimmte Fähigkeiten besitzen, ein Wissen, das man ihnen, den vier Kindern, nicht beigebracht hatte, wie man ihnen vieles vorenthalten und verweigert hatte. Irgendwo musste doch stehen, was genau ihnen fehlte. Aber es ging den Fachleuten immer nur um die Abweichung von der Norm, um verschobene Schwerpunkte beim Lernen und nicht unterrichtete Fächer, um mangelnde medizinische Versorgung, um kaum vorhandene Sozialkontakte, um so lächerliche Dinge wie Latein, Impfungen und unvorteilhafte Haarschnitte.

Nirgendwo stand, was genau das Leben, das sie geführt hatten, falsch machen sollte, warum es die zwölf Jahre in Winnipeg zu missbilligen und zu korrigieren galt. Keiner machte sich die Mühe, in Erwägung zu ziehen, dass es den Kindern auf dem Land gut gegangen war, dass sie sich in der begrenzten Welt der Kommune wohlgefühlt hatten, dass sie auf ihre ganz eigene, ahnungslose Weise glücklich gewesen waren. Niemand schenkte der erregenden Angst während eines tobenden Sommergewitters Beachtung, dem Stolz über die Verdienste im Krieg gegen die Mäuse. Mit keinem Wort wurde das Belauschen der Grillen erwähnt, das Debattieren über die Notwendigkeit der Sterne, die Entschlüsselung der Sprache der Krähen, das Vorausahnen des Schneefalls, die Entzifferung der Wolken. Niemand kam auf die Idee, den Zustand ihrer gänzlichen Abgeschiedenheit mit etwas anderem gleichzusetzen als ideologischer Inzucht, Einsamkeit und Verwahrlosung.

Statt die Artikel immer und immer wieder nach erhellenden Hinweisen auf verschüttete oder unterentwickelte Fragmente seines Ichs zu durchforsten, beschloss er, Bücher zu lesen. Er redete nach wie vor kein Wort, weder mit seiner Tante noch dem Mann, der ihm Bilder von Dingen zeigte, die es draußen, jenseits des Fensters, angeblich gab. Um an die Lektüre zu kommen, erstellte er eine Liste der Werke, an die er sich erinnern konnte, Romane, die Konrad ihnen vorgelesen hatte, und solche, die sie bei ihren verbotenen Besuchen in den Räumen der Alten gesehen hatten. Nicht alle Titel, die er auf dem Blatt Papier notierte, das Dr. Born für ihn hingelegt hatte, *falls er das Bedürfnis verspüre, sich etwas von der Seele zu schreiben*, konnte oder wollte Tante Meret für ihn besorgen. Mark Twain, Charles Dickens, Robert Louis Stevenson, Jules Verne und Jack London waren akzeptabel, zumindest jene ihrer Werke, die landläufig als Klassiker der Jugendliteratur galten. Namen wie George Orwell, Ray Bradbury und Samuel Beckett machten sie ratlos, weil sie nichts von ihnen gelesen hatte, zudem ließen Lexikoneinträge wie »... stellt in seinen nihilistischen Dramen und Romanen in sehr einfacher und abstrakter Sprache das menschliche Dasein als absurd und ausweglos dar« Zweifel in ihr aufkommen, ob diese Art von Literatur der Genesung ihres Neffen zuträglich sein konnte. James Joyce fiel bei ihr durch, weil ihr erster Freund, der sie nach einem Monat sitzen gelassen hatte, ein schwärmerischer Bewunderer des Iren gewesen war. Die Russen beeindruckten sie, in den Nachschlagewerken der Bibliothek fand sie Erstaunliches über Dostojewski und Tolstoi. Trotzdem beschloss sie, Leander erst mit Wälzern wie *Schuld und Sühne* und *Anna Karenina* zu versorgen, wenn er *Die*

Schatzinsel, *Wolfsblut* und ähnlich Zumutbares gelesen hatte, ohne dadurch weitere Symptome seelischer Beschädigung zu zeigen.

Um nichts falsch zu machen und weil er sie eindringlich darum gebeten hatte, ihm alles den Jungen Betreffende zu berichten, zeigte Meret Dr. Born bei einer Tasse Kaffee die Liste. Sie hatte die Haare hochgesteckt, mehr Make-up als üblich aufgetragen und viel Zeit vor dem großen Schrankspiegel verbracht, um ein passendes Kleid auszusuchen.

»Er ist zwölf Jahre alt«, sagte sie. »Er kann diese Bücher doch unmöglich begreifen.«

Dr. Born ging die Liste ein zweites Mal durch. Das wenigste darauf kannte er, als Student hatte er medizinische Fachbücher gelesen, keine Literatur. Fiktionales interessierte ihn nicht. Warum, fragte er sich auch heute noch, sollte er Zeit mit der erfundenen Geschichte eines adligen Spinners vergeuden, der auf seinem Gaul durch Spanien reitet und Windmühlen angreift? Er jedenfalls fand es wesentlich sinnvoller, die Artikel von Kollegen zu lesen, auf dem Fundament seriöser Forschungsarbeit und wissenschaftlicher Hingabe entstandene Texte, die ihn beruflich vorwärtsbrachten, anstatt ihn mit fantastischen Konstrukten aus Tagträumereien und absurden Einfällen zu behelligen.

»Wissen Sie, was im Lexikon über diesen Beckett steht?« Meret klopfte mit dem Zeigefinger auf das Blatt Papier.

Dr. Born hob den Kopf. Erst jetzt bemerkte er, dass Meret Weiss etwas mit ihrer Frisur gemacht und Lippenstift aufgetragen hatte, der, soweit er das beurteilen konnte, mit dem Dunkelrot ihres Kleides harmonierte.

Dr. Born räusperte sich. »Nein«, sagte er dann.

Meret zog die Hand zurück und schloss sie um ihre Tasse. »Dass das menschliche Dasein ausweglos sei.«

»Ist es das denn nicht?«

Für einen Moment fiel alle Verliebtheit von Meret ab und wich grenzenloser Verwirrung. Erst nach Sekunden wurde ihr bewusst, dass sie Dr. Born anstarrte. Sie senkte den Blick und sah in ihre Tasse.

»Natürlich müssen wir alles in unserer Macht Stehende tun, um dennoch einen Ausweg zu finden, einen Weg.« Dr. Born lächelte, bemüht, den Schaden in Grenzen zu halten.

Das Telefon klingelte, und Meret ging ins Wohnzimmer, um den Anruf entgegenzunehmen. Es war der Anwalt ihrer Schwester, der sie mit Neuigkeiten zum bevorstehenden Prozess versorgte, guten und schlechten. Als sie in die Küche zurückkehrte, war Dr. Born nicht mehr da. Unter Leanders Bücherliste stand in fremder und doch vertrauter Handschrift ein einziges Wort: GENEHMIGT.

Nach einem Monat weinte Leander kaum noch. Nur manchmal, wenn die Stille im Haus wie ein Gewicht auf ihm lag, drückte er das Gesicht ins Kissen und wartete, bis der Heulkrampf verebbte. Nachts fehlten ihm das Grillenzirpen und Froschquaken, die Rufe der Käuzchen, das Knarren der Äste im Wind, das Flüstern der Kinder. Er vermisste den Geruch im Schlafraum, den Duft nach verschwitzter Kleidung und feuchten Schuhen, nach Erde und Kühen und der Seife, mit der sich alle gewaschen hatten. Auf den Dreck unter den Fingernägeln konnte er gut verzichten, auf das Gewecktwerden im Morgengrauen ebenso, auf das Holzofenbrot und die gelbe Butter und die Milch mit der Haut, auf die Suche nach den letzten Kartoffeln in den sumpfigen Feldern, auf die kalten Steine und die Erdklumpen an den Stiefeln.

Wenn er nicht mehr weinte, fragte er sich, wo die anderen jetzt wohl waren, was sie taten und ob sie so an ihn dachten wie er an sie dachte. In den wenigen Stunden unruhigen Schlafs träumte er vom Teich und vom Wald, vom Stall und den Feldern, als hätte er diese Orte bedingungslos geliebt und würde sich nun nach ihnen sehnen. Träumte er von den Schlachtungen, vom Zappeln und Flattern und Treten, vom Verlöschen der Augen, wachte er auf, gänzlich verwirrt darüber, dass er das Ausbleiben dieser von schrecklicher Unabwendbarkeit geprägten Tage als etwas Fehlendes empfand.

Beim Lesen der ersten drei, vier Bücher weinte er noch, im Kopf Konrads Stimme, das Rascheln des Papiers beim Umblättern, das Knistern des Feuers, das Knacken der Gelenke, wenn ein Kind seine Haltung veränderte. Diese Geräusche wurden nach und nach leiser, verschwanden irgendwann, und dennoch fühlte es sich seltsam, gleichermaßen tröstlich und schmerzlich an, von den Geschichten ein zweites Mal überwältigt und vereinnahmt zu werden. Bei jeder Szene oder Figur, die sich in sein Gedächtnis eingebrannt hatte, hüpfte sein Herz oder drückte es ihm die

Kehle zu, und nach jedem gelesenen Buch spürte er neben Geborgenheit auch eine klaffende Lücke des Verlusts.

Nach drei Monaten war er mit allen Titeln auf der Liste durch, auch denen, die Tante Meret anfangs für unangebracht gehalten und dann doch besorgt hatte, von Leanders Beharrlichkeit ebenso beeindruckt wie verstört. Zuerst brachte sie ihm weitere Werke von London, Twain, Dickens und Verne, danach, unter Vorbehalt, einige von Orwell und Bradbury, schließlich, mit dem schlechten Gewissen der unfreiwilligen Hehlerin, die der Russen und, ganz zum Schluss, Franzosen, wenn auch nur das Jugendfreie. Bei all dem zwischen Buchdeckel gepressten Trübsinn, den der Junge verschlang, als wolle er statt sich ans Licht zu kämpfen immer tiefer in Schwermut versinken, hielt Meret es für ihre Pflicht, den freudlosen Brocken ein paar Kinderbücher beizulegen, die sie selbst gelesen hatte und für geeignet hielt, das Gemüt eines depressiven Zwölfjährigen aufzuhellen. Weil sie wissen wollte, ob er die von ihr ausgewählten Bücher las, legte sie winzige Papierfetzen und kurze Garnstücke zwischen die Seiten, die beim Umblättern herausfallen würden.

Tatsächlich schien Leander nichts zu verschmähen, egal, ob von Gogol oder Lindgren, Proust oder Kästner. Wenn die fehlenden Papierschnipsel und Garnfäden nicht täuschten, las er sogar im *Bertelsmanns Volkslexikon*, oder blätterte zumindest durch die mehr als eintausendachthundert Seiten mit viertausend Abbildungen. Meret deutete diesen Lesehunger und Wissensdurst optimistisch, als Zeichen dafür, dass ihr Neffe sich über die Literatur nach draußen tastete, sich Seite um Seite in die Welt wagte. Dr. Born teilte diese Hoffnung nicht vorbehaltlos, hielt es ebenso für möglich, dass Leanders obsessives Lesen Teil seiner Verweigerung war und die Lektüre mehr und mehr zu einem eigenen Universum heranwuchs, aus dem der Junge irgendwann nicht mehr zurückkehren würde. Das ungebrochene Schweigen, die Apathie und körperliche Verfassung seines Patienten bereiteten ihm zunehmend Sorgen. Leander war mager, seine Gesichtshaut im Kontrast zu den schwarzen Haaren, die er sich einmal im Monat von Meret schneiden ließ, bleich, beinahe weiß. Auf seinem Bett wie in einem Sarg liegend, erinnerte er Dr. Born an Schneewittchen. Ein Arzt hatte das Kind gleich nach der *Befreiung* untersucht und keine Mangelerscheinungen festgestellt, und jetzt, fast ein halbes Jahr später, nahm der Junge immerhin genug Proteine in Form von Schokoladenjoghurt und Pfirsichquark zu sich, um nicht noch dünner oder so krank zu werden, wie er aussah. Dr. Borns Befürchtung, das Trockenobst und die Fruchtsäfte würden zwar bestenfalls Vitaminmangel verhindern, aber bestimmt nicht zu einem gesunden Gebiss beitragen, erwies sich als unbegründet. Ein befreundeter Zahnarzt fand bei Leander, den man mit heimlich verabreichten Schlaftabletten außer Gefecht gesetzt hatte, nur makellose Zähne vor.

Trotz dieser positiven medizinischen Ergebnisse blieb Dr. Born angesichts der ausbleibenden Fortschritte seines Patienten voller Bedenken. In seinen Rapporten schrieb er zwar von minimalen Erfolgen, die Mut machen würden, von Wortmeldungen des Jungen, die rätselhaft seien, jedoch Anlass zur Hoffnung gäben. Nach einer Weile wurde ihm klar, dass Leander vor allem Sätze aus Romanen zitierte, und er stellte das als kreativen Versuch der Kommunikation hin, als Botschaften, die er von da an eigenwillig und um gute Neuigkeiten bemüht für das Gremium entschlüsselte. Auch sonst schönte der Psychiater seine Berichte, indem er Leander ein wachsendes Interesse an seinen Ausführungen und Fotos attestierte oder notierte, sein Patient bereite sich durch das Lesen unterschiedlichster und äußerst anspruchsvoller Bücher auf seinen baldigen Eintritt in die Welt vor.

Aber ihm war klar, dass er die Fakten, wenn es überhaupt welche gab, die diese Bezeichnung verdienten, eigennützig zurechtbog, und sein unprofessionelles Tun beschämte ihn. Oft saß er bis spätnachts im Institut, brütete über seinen manipulierten Notizen und spielte halbherzig mit dem Gedanken, den Patienten Leander Selbig abzugeben. Das Verdrehen und Uminterpretieren von Analysen wider besseres Wissen und die Unterschlagung besorgniserregender Beobachtungen hätten ihn längst dazu bewegen müssen, bei seinen Vorgesetzten um Entbindung von dem Fall zu bitten, doch ließen ihn seine Skrupel bislang nur den Blick senken, wenn er in den Spiegel sah, zerknirscht wegen der Schuldgefühle, die ihm sein Handeln bescherte. Für ein Weitermachen, ein selbstsüchtiges Festhalten an der Routine sprach, dass es ihm mittlerweile unmöglich schien, nicht auch in Zukunft dreimal pro Woche nach dem Jungen zu sehen, ihm Fotos von Flugzeugen, Telefonzellen und Schwimmbädern zu zeigen, seine Monologe der Welterklärung zu halten und danach hinunter in die Küche zu gehen, um mit Meret Kaffee zu trinken und sie ein für alle Mal davon zu überzeugen, dass er das Leben keineswegs als ausweglos betrachtete, auch wenn er zweiundvierzig und unverheiratet war und noch immer mit seinen drei Geschwistern im riesigen Haus der verstorbenen Eltern lebte.

Seinen Patienten konnte nur ein Wunder retten oder ein erneutes Ereignis von außen, das ihn mit Wucht aus der Bahn warf und zwang, seine verhängnisvolle Abkapselung zu beenden, davon war Dr. Born überzeugt, und ebenso davon, dass man ihm den Fall *Kommunenkind Nr. 2*, wie Leander in den Akten auch genannt wurde, schon bald wegnehmen würde, ganz unabhängig davon, was er in seinen Beurteilungen schrieb. Die Behörden, vertreten durch eine Expertengruppe, waren der Ansicht, dass der Junge bei seiner Tante bestens aufgehoben sei und den *Umzug vom Land in die Stadt*, wie sie es formulierten, nach *verständlichen Anfangsschwierigkeiten gut zu verkraften* schien. Im Gremium herrschte der Tenor, Leander habe nun fast ein halbes Jahr Zeit gehabt, sich an sein *neues Umfeld zu gewöhnen,* und müsse, sobald das Schuljahr beginne, in die *seinem Bildungsstand angemessene Klasse verbracht* werden. Leander wurde von offizieller Seite nicht als schwerwiegender Fall angesehen, es gab drängendere Probleme, als vier Kinder zu betreuen, die sich einfach nur ihren veränderten Lebensumständen anzupassen hatten. Letztendlich ging es schlicht um Geld, Steuergeld, das sinnvoll eingesetzt werden musste.

Dr. Born spielte oft mit dem Gedanken, in seinen Berichten Leanders Zustand so zu beschreiben, wie er sich ihm in Wahrheit darstellte. Immer wieder erwog er, die panische Angst des Jungen vor allem, was sich außerhalb des Zimmers befand, ebenso deutlich aufzuzeigen wie die Tatsache, dass die strikte Weigerung, auch nur einen einzigen Blick aus dem Fenster zu werfen, jede Bemühung um eine Eingliederung immens erschwerte, wenn nicht gar unmöglich machte. Die absolute Fixierung auf eine einzelne Sache, in Leanders Fall Bücher, die er bisher nur bei autistischen Kindern beobachtet hatte, erwähnte er in seinen Notizen zwar, um vor seinen Kollegen nicht unqualifiziert zu wirken, beschränkte sich aber auf die Feststellung, sein Patient habe diese Beschäftigung aller Wahrscheinlichkeit nach nur gewählt, weil die vertrauten Geschichten ihm einen sicheren Raum boten, einen Kokon der Unangreifbarkeit in einer plötzlich veränderten, bedrohlichen Welt. Er hätte ein finsteres Bild von Leanders Entwicklung malen und damit vielleicht erreichen können, dass man ihm für weitere Wochen oder Monate die Betreuung des Jungen anvertraute, aber er entschied sich dagegen. Irgendwann würde ihm der Fall sowieso entzogen werden und Leander möglicherweise in einer Klinik landen, wo man Psychopharmaka einsetzte und die traumatisierenden Umstände den Jungen endgültig in Isolation und totale Selbstaufgabe treiben würden.

Er wartete einfach ab, was die oberen Instanzen beschlossen. Leander war längst nicht mehr der einzige Vorwand, Merets Haus zu betreten, und auch wenn ihn die geringe Distanz zwischen dem Zimmer seines Patienten und dem Schlafzimmer der Geliebten leicht irritierte, so genoss er die privaten Besuche doch sehr und schaffte es irgendwann sogar, den penetranten Geruch nach reifem Obst in allen Räumen nicht mehr als störend zu empfinden.

Im Monat vor Leanders erstem Schultag saß Dr. Born an fünf von sieben Tagen im Zimmer des Jungen, schilderte ihm in sanften und dennoch möglichst unmissverständlichen Worten die Lage und wartete dann jeweils wie gewohnt vergeblich auf eine Reaktion. Schon am zweiten Tag des Vierwochenprogramms hatte er die Vorhänge vom Fenster gerissen, damit Sonnenlicht in den Raum drang und ein Teil, wenn auch nur ein winziger, der Welt sichtbar wurde, in die der Junge bald gestoßen würde, ob er wollte oder nicht. Die plötzliche Helligkeit brachte Leander zum Toben und Brüllen, worauf Meret ins Zimmer stürzte und beim Versuch, ihren um sich schlagenden Neffen zu beruhigen, ein blaues Auge verpasst bekam, was zu noch mehr Geschrei und Tränen führte und der Anfang einer zähen, von mickrigen Erfolgen und niederschmetternden Rückschlägen geprägten Phase war, die zwei Wochen dauerte und sowohl die Beziehung Dr. Borns zu Leander als auch zu Meret auf eine harte Probe stellte. Wäre acht Tage vor Schulbeginn nicht ein Plan umgesetzt worden, den Dr. Born als letzte Möglichkeit und Meret als riskant, ja unverantwortlich bezeichnete, wäre Dr. Born mit seinem Latein am

Ende gewesen, hätte das Handtuch geworfen und sich wieder einfacheren Kindern gewidmet, Kindern, die sich die Haut ritzten oder von Selbstmord sprachen, statt immer nur zu lesen und zu schweigen und in jedem Sonnenstrahl zusammenzusacken wie ein Vampir.

Die letzte riskante und unverantwortliche Möglichkeit hatte einen Namen: Ringo Eichhorn. Dr. Born kam auf die Idee, mit dem Jungen in Kontakt zu treten, als er abends im Institut saß und die Unterlagen der Kommunenkinder nach Hinweisen durchsuchte, die ihn aus der Sackgasse führen konnten, in der er sich befand. Zwar redete Leander seit Kurzem endlich, aber was er abwechselnd gebrüllt oder geflüstert von sich gab, war immer das Gleiche, nämlich die Weigerung, das Zimmer zu verlassen, eine Schule zu besuchen und das Leben eines normalen bald dreizehnjährigen Jungen zu führen. Bei der Durchsuchung der Häuser waren nur zwei Fotografien gefunden worden, die Kinder zeigten. Auf einer erkannte man Frida und Ringo, von leeren Drahtkörben umgeben am Rand eines Ackers stehend, auf der anderen Frida, Ringo und Leander auf einer Bank vor einer Scheunenwand sitzend, die Hände artig in den Schoß gelegt. Die erste Aufnahme war vor fünf Jahren gemacht worden, besagte eine Notiz auf der Rückseite, die zweite den Gesichtern nach zu urteilen vor vielleicht zwei Jahren. Dr. Born hatte die Bilder vergrößern lassen und betrachtete sie immer wieder von Neuem, suchte in den Mienen nach Anzeichen von Unglück oder Verzweiflung, fand aber lediglich die für Kinder typische Befangenheit vor einer Kamera und gleichzeitig eine Spur von Widerwillen und Ungeduld.

In Ringos Augen glaubte Dr. Born immerhin eine herausfordernde Selbstgewissheit zu erkennen, die den anderen Kindern fehlte. Zudem war Ringo eine Handbreit größer als Leander und kräftiger gebaut, ein Landbursche mit breiten Schultern und kantigem Kinn. Das war, beschloss Dr. Born in einem Anflug von Zuversicht, das Ereignis von außen, das seinen Patienten aus der Bahn werfen würde, der Freund, der Leanders Panzer knacken konnte, einfach indem er auftauchte.

Ringo lebte in einem Vorort von Gießen bei einer Pflegefamilie, die sich neben den beiden eigenen noch um zwei weitere Kinder kümmerte. Dr. Born kannte diese Art der Unterbringung von Jugendlichen gut und misstraute ihr. Seiner Meinung nach waren die Ehepaare oft mit der Aufgabe überfordert oder nur auf das Betreuungsgeld vom Staat aus, und nicht selten schien ihm beides der Fall zu sein. Nach einem kurzen Briefwechsel mit dem Gremium sowie mehreren Telefonaten mit Ringos Psychiater wurde Dr. Born erlaubt, Ringo bei der Pflegefamilie abzuholen und in Merets Haus zu bringen. Er unternahm die Fahrt in einem goldbraunen Mercedes Baujahr 62, einem Erbstück aus dem Nachlass seiner Eltern, das er sich mit seinen beiden Brüdern und der Schwester ebenso teilte wie das Haus, den Garten und die Erinnerungen an eine nahezu sorglose Nachkriegskindheit. Das Auto war wie neu, hatte die meiste Zeit in der Garage gestanden und erst jetzt, da es regelmäßig gefahren wurde, den Fabrikgeruch verloren und ein paar Kratzer abbekommen. Ringo und seine Pflegemutter warteten im Garten vor dem Haus auf ihn. Als er anhielt und ausstieg, erhoben sich beide von der Holzbank und kamen auf ihn zu. Die Frau war korpulent und groß, und vielleicht erschien ihm der Junge neben ihr nur deshalb schmal, schmaler jedenfalls, als er angenommen hatte. In der Begrüßung schwangen Argwohn und Befangenheit, und Dr. Born war froh, als die Frau keinerlei Interesse an einer Unterhaltung zeigte, ihnen eine gute Fahrt wünschte und ins Haus ging. Er wollte Ringo das Gepäck abnehmen, einen für diese Reise lächerlich großen Koffer und einen mit Schnur umwickelten Schuhkarton, aber der Junge trug beides selbst zum Auto, legte den Koffer auf den Rücksitz und behielt den Karton in den Händen. Von sich aus redete er kein Wort, aber wenn Dr. Born ihn etwas fragte, antwortete er ohne Scheu, laut und deutlich und oft in ganzen Sätzen. Ja, er wolle vorne sitzen, zum Beispiel, oder nein, ihm werde beim Fahren nicht schlecht.

In den vier Stunden, die sie für die Strecke benötigten, stellte Dr. Born Ringo so viele Fragen wie möglich. Um ihn nicht zu bedrängen oder zu überfordern, erzählte er zwischendurch von seinen Geschwistern und streute wie nebenbei Informationen über Leander ein, erwähnte Merets Haus, das exotische Obst und sogar die Bücher, allerdings ohne deren fatale Auswirkungen auf Leanders Verhalten anzusprechen. Es beruhigte ihn, dass Ringo in Leanders Ungewöhnlichkeit nichts Alarmierendes zu erkennen schien, nichts, das ihn erschreckte oder verstörte und ihn davon abbringen konnte, seinen alten Freund wiederzusehen. Alles, was

Dr. Born von Leander preisgab, nahm Ringo scheinbar ungerührt zur Kenntnis. Ab und zu nickte er nachdenklich, und einmal lachte er sogar, als er hörte, wie Leander versucht hatte, unters Bett zu kriechen, nachdem Dr. Born die Vorhänge von den Fenstern gezerrt hatte.

»Das hat er schon gemacht, als er noch ganz klein war, wenn es geblitzt und gedonnert hat. Da hat er sich auch immer unter der Bettdecke verkrochen.« Ringo stieß einen leisen, ganz und gar unspöttischen Lacher aus und schüttelte den Kopf.

»War er auch sonst ängstlich?«

»Er war der größte Schisser von uns allen.« Ringo drückte seit Fahrtbeginn beide Hände auf den Schuhkarton, als müsse er etwas darin davon abhalten, den Deckel anzuheben und zu entweichen.

»Wovor hatte er Angst?«, fragte Dr. Born. »Außer Gewittern.«

»Vor so einigem. Kühen. Schweinen. Spinnen.« Ringo drehte den Kopf und sah aus dem Seitenfenster auf die flache Landschaft, die an ihnen vorüberzog. Falls die einsamen Bauernhöfe ihn an die Kommune erinnerten, zeigte er es nicht. »Wasser mochte er nicht besonders. Feuer auch nicht.« Er kratzte sich am Kinn und legte die Hand zurück auf den Deckel. »Auf Bäume klettern schon. Er konnte stundenlang auf einem Baum hocken und lesen oder gar nichts tun.«

Es fing an zu regnen, und Dr. Born betätigte ein paar falsche Schalter, bevor er den richtigen für die Scheibenwischer fand. Ringo rutschte tiefer in den Sitz und legte den Kopf ans Seitenfenster. Für ein paar Kilometer fuhren sie neben einem Güterzug her, später einem Fluss. Weil der Regen stärker und das Prasseln auf dem Dach lauter geworden war, schwieg auch Dr. Born. Erst kurz vor dem Ziel wandte er sich wieder an seinen Beifahrer.

»Freust du dich, Leander zu sehen?«

Ringo setzte sich gerade, rieb sich die Wange. »Freut er sich denn, mich zu sehen?«

Die Wahrheit war, dass Leander von nichts wusste. Dr. Born hatte lange darüber nachgedacht, ob er seinen Patienten auf die Begegnung vorbereiten sollte, und sich dagegen entschieden. Der heilsame Schock, den er sich von Ringos Auftritt erhoffte, war nur möglich, wenn Leander überrumpelt wurde, wenn der Schlag der Konfrontation ihn wie aus dem Nichts traf.

»Ja«, sagte er. »Er freut sich sehr.«

Dr. Born hatte wie immer angeklopft, gewartet, die Tür geöffnet, seinen Namen genannt, erneut gewartet und dann das Zimmer betreten. Er hatte sich einen Eindruck von Leanders Tagesform verschafft, die dem Durchschnitt entsprach, und dann ohne Umschweife den Besuch eines alten Freundes angekündigt und das Zimmer verlassen. Eine Weile blieb er noch vor der Tür stehen, um eingreifen zu können, falls Leander auf Ringo ähnlich reagierte wie auf plötzliche Helligkeit, verkniff es sich jedoch, zu lauschen, und ging schließlich hinunter in die Küche, um mit Meret abzuwarten, wie *das Experiment*, so nannte Meret es in Sorge um ihren Neffen, verlaufen würde. Die beiden saßen am Tisch und horchten angestrengt auf Geräusche von oben, aber es war nichts zu hören, nicht einmal das Knarren des Holzbodens. Die absolute Stille löste ein Bild zweier erstarrter Jungen vor Dr. Borns geistigem Auge aus, er konnte ihre Gesichter sehen, gleichmütig das eine, verwirrt und erstaunt das andere. Er glaubte Leanders Herz klopfen zu hören, doch es war nur das eigene. Meret schob ihre Hand über den Tisch, und er tätschelte sie abwesend. Alles würde gut, hörte er sich sagen, unsicher, ob er diese Hoffnung wirklich laut ausgesprochen hatte. Über ihnen war Stille, er lauschte ihr wie dem Lärm eines Kampfes.

Draußen nieselte es, das Licht im Zimmer war grau wie der Himmel. Auf dem Nachttisch stand eine kleine pilzförmige Lampe, aber sie brannte nicht. Die Vorhangschiene über dem Fenster war verbogen, die Vorhänge selbst fehlten, sie waren nicht mehr aufgehängt worden, nachdem Dr. Born sie heruntergerissen hatte.

Ringo lehnte an der Tür, drückte den Schuhkarton mit beiden Händen gegen den Bauch.

»Weißt du noch, wer ich bin?«

Leander nickte.

»Wie geht's?«

Leander, der auf dem Bett saß, zuckte mit den Schultern.

»Hab gehört, du redest nicht.«

Wie um zu beweisen, dass das stimmte, schwieg Leander.

Ringo seufzte, sah sich um und setzte sich dann auf den Stuhl, den sonst Dr. Born benutzte. Den Karton stellte er auf den Tisch.

»Stimmt es, dass du nichts anderes isst als dieses Zeug?« Ringo deutete auf die Teller und Schüsseln mit Obst.

Leander betrachtete die Früchte. Es schien, als müsse er überlegen, warum sie da waren. Nach einer Weile nickte er.

Ringo lehnte sich zurück, verschränkte die Arme vor der Brust und streckte die Beine aus. Er trug schwarze Lederschuhe, Jeans, einen dünnen roten Pullover und eine braune Cordjacke. Seine Haare waren so kurz geschnitten, dass man die Locken nicht mehr sehen konnte.

Eine Zeit lang saßen die beiden Jungen einfach nur da und starrten aneinander vorbei. Irgendwann nahm Ringo das oberste Buch von einem der Stapel und blätterte darin.

»Gelesen?«

Leander kniff die Augen zusammen, dann nickte er kurz.

Ringo legte das Buch zurück, schürzte die Lippen und nickte ebenfalls, langsam, wie im Takt einer Melodie in seinem Kopf.

»Ich zähle jetzt bis zehn, und wenn du dann den Mund nicht aufmachst, gehe ich.« Ringo begann zu zählen.

Bei acht sagte Leander: »Nein.«

»Nein was?«

»Geh nicht.«

»Warum?«

Leander sah auf seinen nackten rechten Fuß, mit dem er über den Boden scharrte. Er trug eine sandfarbene Hose und ein weißes T-Shirt, das auf der Vorderseite schmutzig war. Eine Tür des Schranks stand offen und gab den Blick frei auf gestapelte Kleidungsstücke und paarweise geordnete Schuhe.

»Neun …«

»Was ist mit Linus und Frida?« Leander hielt den Fuß still, hob den Kopf und sah Ringo zum ersten Mal, seit dieser das Zimmer betreten hatte, länger als eine Sekunde in die Augen.

»Keine Ahnung. Die Typen vom Amt geben keine Auskunft. Mir geht's übrigens gut, danke der Nachfrage.«

Leanders Mundwinkel verzogen sich zu einem schrägen, verlegenen Grinsen. Ringo nahm sich eine Banane, schälte sie und biss ein Stück ab.

»Bleibst du jetzt für den Rest deines Lebens hier drin?«

Leander sah sich um, als müsse er über diese Frage erst nachdenken. Dann zuckte er mit den Schultern.

»Der Doktor sagt, du willst nicht rausgehen.«

Leander schwieg, zupfte Fetzchen von den Nagelhäuten.

Ringo warf die Bananenschale in eine mit Obstabfällen gefüllte Schüssel, nahm den Schuhkarton vom Tisch, öffnete den Knoten und entfernte die Schnur.

»Hab was mitgebracht.«

Leander betrachtete den Karton und wartete.

»Kann's dir aber nur draußen zeigen.«

Unwillkürlich schlang Leander die Arme um den Oberkörper und machte einen Buckel. Er senkte den Blick und begann wieder mit dem Fuß zu scharren.

Ringo erhob sich, ging zum Schrank und holte ein Paar Schuhe daraus hervor, die er vor Leander fallen ließ. Dann nahm er eine blaue Regenjacke vom Bügel und warf sie aufs Bett.

»Eins. Zwei. Drei. Vier. Fünf ...«

»Ich gehe nicht raus.«

Ringo setzte sich aufs Bett, hob den Deckel des Kartons ein wenig an und ließ Leander hineinsehen. Auf einer Schicht aus feuchtem Laub hockten reglos zwei Kröten. Zwischen ihnen lag ein geschälter, an einer Seite angespitzter Ast.

»Beide zum Tod verurteilt.«

»Es hat gar keine Verhandlung gegeben.«

»Doch. Ich war der Richter.«

»Das geht nicht.«

»Kannst sie ja begnadigen. Aber nur, wenn du rauskommst.«

Leander schüttelte den Kopf.

»Das Urteil wird im Garten vollstreckt.« Ringo machte eine Kopfbewegung zum Fenster, unter dem das gemähte, von Büschen und einer Backsteinmauer eingefasste Rasenstück lag.

»Das geht nicht«, sagte Leander noch einmal.

Ringo erhob sich. »Wirst es ja sehen.« Er ging zur Tür. »Sechs. Sieben. Acht. Neun.« Er legte die Hand auf die Klinke, wartete.

Leander blieb sitzen. Beide Füße scharrten über den Boden, vor und zurück. Er presste die Lippen zusammen.

»Zehn.« Ringo öffnete die Tür, verließ das Zimmer und schloss die Tür. Seine Tritte brachten die Holztreppe zum Knarren, dann war es wieder still.

Leander ballte die Fäuste, legte die Stirn auf die Knie, krümmte sich wie unter einem heftigen Wind.

Wir haben uns gegen den Regen gestemmt. Wir haben gebrüllt, die Tropfen wie tausend Hände voll Kies auf der Haut. Uns war die Erde schon immer lieber als der Himmel. Einen Löwen haben wir nie gesehen, und doch hatten wir sein Herz und das vom Hasen auch. So viele Wörter haben wir gelernt, und so viele fehlen uns jetzt. In jedem Traum sitzen wir zusammen und schreiben sie auf. Pubertät. Motivation. Vitaminpräparat. Notfallnummer. Fußgängerübergang. Lösungsvorschlag. Krankheitsbild. Wir verschlafen so viele Stunden, dass wir immer müder werden. Und immer ist es Nacht.

Dr. Born und Meret hörten Schritte auf den Treppenstufen und hielten den Atem an. Es war nur *ein* Junge, der herunterkam, langsam, als wolle er dem zweiten die Möglichkeit geben, ihn einzuholen. Durch das Küchenfenster sahen sie Ringo, der durch die Hintertür in den Garten ging, den Schuhkarton in beiden Händen haltend, noch immer bedächtig einen Fuß vor den anderen setzend, den Kopf gesenkt wie ein Ein-Mann-Trauerzug. Sie schauten ihm zu, wie er bei den Haselsträuchern stehen blieb, sich hinkniete und den Karton ins Gras stellte. Meret fragte, was in der Schachtel sei, wo Leander bleibe, ob Ewald nicht nach ihm sehen wolle. Dr. Born, die langsamen Bewegungen Ringos übernehmend, hob die Hand und legte sie an die kühle Scheibe, das Trommeln des stärker werdenden Regens floss durch das Glas in seine Fingerspitzen.

In dem Augenblick, in dem Ringo den Deckel zur Seite legte, wurde sein Name gerufen. Meret wollte nach oben eilen, aber Dr. Born griff nach ihrer Hand und drückte sie noch fester, als auf der Treppe Gepolter ertönte und Sekunden später Leander über den nassen Rasen rannte, barfuß und ohne Jacke und im trüben Nachmittagslicht so schmächtig, dass Meret beinahe Angst hatte, die Regentropfen könnten ihn niederstrecken. Sie flüsterte aufgeregt, den Blick keine Sekunde von den beiden Jungen lösend, während Dr. Born sie an sich zog und beide Arme um sie legte und sie stumm zusah, wie ihr Neffe sich neben den fremden Jungen kniete, in die Schachtel griff und einen Gegenstand in die Büsche schleuderte, den sie für einen großen Bleistift hielt.

Erst viel später erfuhr sie, was die beiden Jungen so behutsam aus der Schuhschachtel gehoben und zum Laubhaufen neben dem Geräteschuppen getragen hatten. Jetzt war sie nur Beobachterin einer sonderbaren Szene im strömenden Regen, verwirrte Zeugin eines Rituals, dessen Geheimnis selbst Dr. Born nicht für sie lüften konnte, wie sehr er sich auch bemühte.

Ringo

Er spricht in Schulen, gibt Interviews

Hat alle Männer aus brennenden

[illegible] heim gerettet.

Lebte beim Sohn eines [illegible].

Dass [illegible] noch gibt, ist ein Wunder. Manchmal frage ich mich, wie ich es bis hierher geschafft habe. Wenn ich den Aufzeichnungen aus Winnipeg trauen kann, und das muss ich, weil keine amtlichen Dokumente existieren, bin ich fünfzig Jahre alt. Ein halbes Jahrhundert. Sehe ich die Zahl irgendwo, versetzt sie mir einen leichten Stoß, es fühlt sich an wie früher, wenn ein Kalb mir seinen Kopf gegen die Brust rammte. Spreche ich sie laut aus, verschlägt es mir den Atem, den ich zum Lachen bräuchte.

Ich sitze in der Küche und warte, dass es sieben Uhr wird. Heute treffe ich mich zum ersten Mal mit der Frau, die mir drei Briefe geschrieben hat, in denen sie mich auf drei verschiedene Arten bittet, ihre Fragen zu meiner Kindheit und der Zeit danach zu beantworten. Vor allem das Danach scheint sie zu interessieren, denn über meine Zeit in der Kommune, die wir nie Kommune genannt haben, sondern Winnipeg, habe ich schon so oft gesprochen, dass es mir inzwischen schwerfällt, meine tatsächlichen Erlebnisse von den Artikeln zu unterscheiden, die über mich, die über uns geschrieben wurden.

Ich habe fünf Pappkartons auf dem Schrank in meinem Schlafzimmer, alle gefüllt mit Zeitungsausschnitten, Fotos und Briefen. Auf Tonbandkassetten sind Radiosendungen, in denen über meine Kindheit diskutiert wird, manchmal mit meiner Beteiligung, manchmal ohne. Ich wurde herumgereicht wie die bärtige Frau auf den Jahrmärkten, ich wurde ausgefragt und bestaunt, durchleuchtet und bemitleidet. Ich bin Gegenstand einer Doktorarbeit, über mich wurden Mutmaßungen angestellt und Unwahrheiten verbreitet, aus Mangel an Tatsachen wurden Lügen in die Welt gesetzt. Dreimal war ich im Fernsehen, danach kamen die Briefe, hunderte, gezählt habe ich sie nicht.

> Lieber Ringo, ich erlaube mir das Du, weil ich in Dir einen Seelenverwandten erkenne, einen Schicksalsgenossen. Auch ich habe eine schreckliche Kindheit durchlitten und sehne mich nach innerem Frieden. Würde ich meine Qualen niederschreiben, hätte dieser Brief kein Ende. Wollen wir uns treffen und unsere Erinnerungen, unsere finsteren Jahre teilen und uns gegenseitig Hoffnung spenden? Ich hoffe auf Deine baldige Antwort und schließe Dich in meine Gebete ein. Alles Gute …

Die meisten Briefe waren freundlich, aus einigen sprachen große Traurigkeit und Verzweiflung. Die allerersten habe ich noch beantwortet, habe den Menschen zurückgeschrieben, dass meine Kindheit keineswegs so furchtbar gewesen sei, wie sie von den Medien dargestellt wurde, und dass es mir gut gehe, was immer das bedeuten mochte. Ich habe nie ein schlechtes Wort verloren über Winnipeg, das ich Fremden gegenüber nicht Winnipeg nannte, sondern *den Hof* oder *das Leben auf dem Land*. Je mehr ich beteuerte, weder Kindersklave noch Missbrauchsopfer gewesen zu sein, desto absurder wurden die Unterstellungen der Journalisten. Sagte ich, dass ich auf dem Hof nichts vermisst hatte, schrieben alle, das gänzliche Fehlen von Kontakten zur Außenwelt hätte es für uns unmöglich gemacht, Wünsche und Sehnsüchte zu entwickeln, einer nannte uns in einem besonders reißerischen Artikel gar *empfindungslose Subjekte*. Antwortete ich auf die Frage, ob ich nach der Befreiung glücklich gewesen sei, ich hätte mich nie als Gefangener und als unglücklich empfunden, schrieben alle, ich würde lügen, verdrängen, verleugnen und dass es sich dabei aufgrund der jahrelangen Isolation um eine zu erwartende Strategie handele, der man mit therapeutischen Mitteln begegnen müsse.

Man wollte wissen, warum wir uns trotz unserer Herkunft und unseres geringen Alters so vollendet artikulierten, worauf ich von Konrad und den Romanen erzählte und davon, wie wir die Sätze aus den Büchern als die Sprache betrachteten, die irgendwo außerhalb unserer Erfahrungswelt gesprochen wurde, als die Sprache, die Menschen benutzten, die auf Schiffen fuhren und an Orten lebten, wo es mehr Häuser gab als Steine auf unseren Feldern, als die Sprache, in der Wörter vorkamen, die uns fremd waren und die wir auswendig lernten, obwohl wir uns nicht vorstellen konnten, sie jemals woanders zu benutzen als in unserem eigenen, abgeschotteten Universum. Wir seien geistig einseitig ernährt worden, hieß es dann, hohe Literatur und Ackerbau, Puschkin und Rüben. Man machte aus mir gleichzeitig ein Wunderkind und einen Bauerntrampel, einen abgerichteten Hofhund, der gelernt hatte, auf zwei Beinen zu gehen, Pirouetten zu vollführen und mit Messer und Gabel zu essen, ein hochsensibles Kind und abgestumpftes Opfer, eine leere Wand, auf die man alles Mögliche projizieren konnte.

Ich gehe früher los und sitze schon um sechs Uhr an einem Tisch im hinteren Teil des Lokals, in dem ich mit der Journalistin verabredet bin. Der Kellner ist so alt wie ich oder älter, klein und übergewichtig, er hat große Ohren und eine Knollennase, was ich als angenehm empfinde, auf eine Weise anheimelnd, die ich nicht erklären kann, weil er niemandem ähnlich sieht, den ich kenne. Er lässt mir lange Zeit, die Speisekarte zu lesen, und nimmt dann meine Bestellung entgegen, Kartoffelsuppe, ohne sich anmerken zu lassen, ob diese schlichte Wahl ihn befremdet. Wahrscheinlich wird die Journalistin mich fragen, ob ich hungrig sei, und dann werde ich Nein sagen und mich mit einem Tee begnügen. Ich esse gerne allein, es strengt mich an, mich mit der Nahrungsaufnahme zu beschäftigen und gleichzeitig zuzuhören, nachzudenken und zu sprechen, ohne dabei mein einziges vorzeigbares Hemd zu ruinieren. Außerdem wird alles kalt, wenn man redet, statt zu essen. Ich hasse kaltes Essen, entweder man isst es heiß oder lässt es ganz.

Ich hoffe, die Frau von der Zeitung erwartet von mir kein Gejammer. Ich habe mich nie beklagt, und ich beklage mich auch jetzt nicht. Die Suppe, die mir der Kellner bringt, wird sie bezahlen, und im Gegenzug werde ich ihre Fragen beantworten. Eintausend Euro hat sie mir angeboten, in bar auszuhändigen, bei jedem Treffen zweihundert. Natürlich wird sie sich längst eine Meinung über mich gebildet haben, basierend auf dem, was sie aus allen möglichen Quellen und Kloaken geschöpft haben. Sie wird diskret sein, professionell wie mein ergrauter Kellner, aber wenn ich in meiner Tasse rühre, wird sie mich ansehen und in meinem Gesicht nach etwas suchen, von dem sie glaubt, dass ich es vor ihr verberge.

> Trifft man Ringo Eichhorn zu einem Gespräch und erwartet ein traumatisiertes Kind, einen vom Aufwachsen in der berüchtigten Landkommune im Kampstedter Bruch gezeichneten Jungen, so wird man vom Erscheinungsbild und Auftreten des Dreizehnjährigen äußerst positiv überrascht. Da nimmt ein adrett in Cordanzug, Hemd und Krawatte gekleideter junger Mensch am Tisch Platz, und zwar erst, nachdem er einem die Hand geschüttelt und gewartet hat, bis man selber sitzt. Er bleibt höflich stumm, und wenn er gefragt wird, spricht er ruhig und in ausgesucht reifen Worten, die erneut auf das Angenehmste überraschen. Sachlich, fast emotionslos erzählt er von seinen Erlebnissen, zumindest von jenen, die preiszugeben er bereit ist. Die breiten Schultern und großen Hände verraten viel über die harte Arbeit auf dem Hof und den Feldern, die rastlosen, nie lange auf dem Gegenüber ruhenden Augen einiges über das Schlimme, wohl Unaussprechliche, das dem Jüngling in den wenigen Jahren seines Lebens bereits widerfahren ist. Versuche, tiefer ins Innere des besonnen berichtenden Knaben vorzudringen, scheitern an seinem disziplinierten Schweigen. Ein Schweigen, das umso beharrlicher wird, je mehr die verstörenden Einzelheiten des Kommunenalltags, die es zweifelsfrei gegeben haben muss, von der Verfasserin dieser Zeilen angesprochen werden …

So und auf ähnlich melodramatische Weise wurde in der Klatschpresse über mich berichtet. Und ich habe es zugelassen, habe die Aufmerksamkeit genossen und das Geld genommen, ohne lange zu überlegen. Ein Journalist nannte den Medienrummel um mich Ausbeutung und meinte, meine Kindheit sei nach den Jahren in der Kommune zum zweiten Mal zerstört worden. Aber ich wusste zu jener Zeit nicht, wie eine Kindheit zu verlaufen hatte, die gemeinhin als normal bezeichnet wird. Inzwischen habe ich immerhin eine Ahnung. Dennoch lässt sich unmöglich sagen, was aus mir geworden wäre, wäre ich statt in Winnipeg in Bremen oder Heilbronn aufgewachsen. Ich weiß es nicht, niemand kann es wissen. Dass ich meine Kindheit vermarktet habe, war mir damals nicht bewusst, meine Realität war eine andere, die richtige Welt begriff ich nicht. Ich bekam für die Interviews Geld, nicht viel, und musste alles meinen Pflegeeltern abgeben, die mir jede Woche fünf Mark Taschengeld auszahlten und den Rest für mich anlegten, wie sie behaupteten. Dreimal wohnte ich für einen Tag im Hotel und fühlte mich nachts, schlaflos in den Lärm der Stadt gehüllt, wie jemand, den ich nicht kannte und von dem ich nicht wusste, ob ich so sein wollte wie er. Eine Frau, die mich in einem Fernsehstudio gefragt hatte, ob ich mir vorstellen könne, jemals ein normales Leben zu führen, küsste mich in einem nach Parfüm und Zigaretten riechenden Zimmer auf den Mund und stieß mich heftig von sich, als an die Tür geklopft wurde. Der Inhaber eines Reisebüros versprach mir eine Weltreise, sobald ich volljährig wäre, ließ Fotos machen, auf denen er mir ein überdimensionales Flugticket überreichte, und gab mir, als ich mit achtzehn bei ihm aufkreuzte, hundert Mark, damit ich verschwände. Ich wurde fotografiert und gebeten, meinen Namen in Notizbücher, auf Zettel und Unterarme zu schreiben. Menschen, die ich nie zuvor gesehen hatte, umarmten mich, gaben mir Stofftiere, hängten mir selbstgebastelte Ketten um den Hals. Eine Firma schenkte mir ein blaues Fahrrad, eine andere ein Paar Schuhe für jede Jahreszeit, ein Laden in München überreichte mir vor Publikum eine Lederjacke, weil ich bei einem Interview im Freien nur einen Pullover getragen hatte. Ein halbes Jahr lang war ich berühmt, danach nur noch ein Dreizehnjähriger mit einer außergewöhnlichen Geschichte, für die sich niemand mehr interessierte, ein Schüler mit schlechten Noten, ein Kerl, der sich manchmal mit Fäusten wehrte, ein aus Umgangssprachmangel Tolstoi zitierender Spinner, ein Befreiter aus dem für alle Schaulustigen fremden und dank der Artikel dennoch vertrauten Kampstedter Bruch, ein Geretteter, dessen Vergangenheit in tausenden Köpfen umgedacht wurde, verdreht, verformt und zermalmt.

Sie erkennt mich, obwohl wir uns noch nie begegnet sind. Bestimmt ist sie im Besitz sämtlicher Fotografien, die jemals von mir gemacht wurden, auch derjenigen, die mich vor der eindrucksvoll verkohlten Fassade des Altenheims zeigt. Dieser Mann war ich einmal, schießt es mir durch den Kopf, während sie auf mich zukommt, eine Hand zum Gruß erhoben, lächelnd. Als ich aufstehe und ihre Hand ergreife, bin ich das Kommunenkind, das monatelang berühmt ist und dann in der Versenkung verschwindet, und während ich mich eine Begrüßung murmeln höre, fühle ich mich so lächerlich wichtig wie der Kerl, der viele Jahre später ein paar Greisen den Tod erspart und dadurch erneut in die Schlagzeilen gerät, ob es ihm passt oder nicht.

»Es tut mir leid, ich bin zu spät«, sagt die Frau, deren Nachnamen ich mir aufgeschrieben hatte und an den ich mich trotzdem nicht mehr erinnern kann. »Sind Sie schon lange hier?«

»Nein«, sage ich und warte, bis sie den Mantel ausgezogen und Platz genommen hat. Ich setze mich ebenfalls, obwohl ich plötzlich lieber gehen würde. Wir bestellen beim Kellner Tee, dann sehe ich zu, wie die Frau einen Schreibblock, einen Kugelschreiber, ein Handy und ein Aufnahmegerät auf den Tisch legt. Draußen in der Kälte würde ich rennen und mich verfluchen. Meine Füße unter dem Tisch scharren wie die Pfoten eines träumenden Hundes, wie Leanders Füße, als ich zu zählen begonnen hatte. Für Sekunden sehe ich sein bleiches Gesicht vor mir und bilde mir ein, die reifen Früchte in seinem Zimmer zu riechen.

»Ist das in Ordnung?«, fragt die Frau und drückt, als ich nicke, einen Knopf am Aufnahmegerät. »Ich kann es natürlich jederzeit ausschalten.« Sie lächelt, und ich frage mich, was für Geständnisse sie von mir erwartet.

»Wie sollen wir vorgehen? Wollen Sie einfach von sich erzählen, wer Sie sind, wie es Ihnen geht?«

Der Kellner bringt den Tee, und sie schiebt den Block zur Seite, um Platz zu schaffen für die Kännchen und Tassen und den Zuckerstreuer, danach lässt sie das Smartphone in die Handtasche fallen, die an ihrer Stuhllehne hängt.

Ich warte, bis der Kellner gegangen ist, dann sage ich, es sei mir lieber, wenn sie mir Fragen stellen würde. Sie nickt und überfliegt ihr Gekritzel. Dabei spielt sie mit dem Kugelschreiber, schlägt einen Takt in die Luft. Es sind Gäste gekommen, aber die sind weit weg, zu einem einzigen Geräusch reduziert, einem an- und abschwellenden Summen und dem hellen Klang von Besteck auf Geschirr.

»Wie darf ich Sie nennen? Ist Ringo in Ordnung?«

»Ja, natürlich.«

»Ich bin Elif.« Sie streift sich eine Strähne schwarzen Haars hinter das Ohr und lächelt. »Frau Sayar klingt irgendwie … na ja.« Sie zuckt mit den Schultern und senkt den Blick, liest in ihren Notizen.

»Elif«, wiederhole ich und frage mich, ob sie das Zittern meiner Hand bemerkt hat, als ich mit dem Löffel Zucker in meinen Tee geschaufelt habe.

»Wissen Sie, wie diese Namensfindung zustande gekommen ist?«

»Sie nicht? Stand doch in allen Zeitungen.«

Elifs Stirn legt sich in Falten, während sie etwas notiert. Sie ist etwa Mitte dreißig, vielleicht Anfang vierzig. Unter ihrem rechten Auge verläuft eine Narbe, eine helle dünne Linie, leicht gekrümmt und vier, fünf Millimeter lang.

Elif blättert durch die Seiten. »Ich kenne nur die Version, dass Ihre Mutter die Beatles mochte, besonders den Schlagzeuger.«

»Das ist schon alles«, sage ich. Ich könnte ihr die Geschichte erzählen, die mir meine Mutter erzählt hat, vom Englischen Garten in München im Sommer 67 und meinem Vater, der im Gefängnis ist, Untersuchungshaft, Widerstand gegen die Staatsgewalt, von *A Day in the Life* aus einem Kassettenrekorder, vom dicken Bauch meiner Mutter, den irgendein Kerl berührt, ein Typ mit schiefem Gesicht und Schnurrbart, der diese junge Frau unter einem Baum sitzen sieht und stehen bleibt, weil sie weint, und der ihre Kugel berührt, in der ich schwimme, und der aus lauter Hilflosigkeit *It's gonna be alright* sagt und dann verschwindet, unerkannt, ein kleiner Kerl mit Sonnenbrille und buntem Hut.

»Schade.« Elif trinkt einen Schluck Tee.

Ich sage nichts. Ich könnte ihr erzählen, dass ich zuerst Burkhard hieß. Dass Burkhard ein großer, bärtiger Mann war, der in Winnipeg von dem Baum erschlagen wurde, den er fällte. Dass meine Mutter mich nach ihm benannte, um sein Andenken zu bewahren. Dass sie ein Bild von Ringo Starr sah und in dem Gesicht den Kerl vom Englischen Garten wiederzuerkennen glaubte und dass sie das für ein Zeichen oder was auch immer hielt und mich ab da Ringo nannte, als könnte das damals zwei Jahre in der Vergangenheit liegende, zwei Sekunden dauernde Handauflegen eine Art Magie bewirkt haben, eine Art Zauber, der mich und meine Mutter und unser beider Dasein zu etwas Besonderem machte.

Dass es sowieso keine Rolle spielte, wie uns die Alten in Winnipeg nannten, könnte ich ihr erzählen, weil wir weder getauft noch irgendwo registriert wurden, weil es keine Behörde gab, die Kenntnis von unserer Geburt hatte, keinen Fetzen Papier, auf dem wir mit beglaubigten Namen existierten. Aber das weiß sie sowieso längst, es stand ja in allen Artikeln.

»Was haben Sie in den letzten sechzehn Jahren gemacht?«

»Sie meinen, seit dem Feuer?«

»Ja. Sie sind aus Hamburg weggegangen. Warum?«

»Es wurde Zeit.«

Elif sieht mich an, und ich weiß, dass ich mehr sagen muss als das. An den vorderen Tischen wird gelacht, jemand applaudiert, und ich schließe für einen Moment die Augen.

Der Makel an meiner Heldentat war, dass es sich bei den acht Menschen, die ich aus dem brennenden Gebäude gerettet hatte, um alte Männer handelte. Wären sie jünger gewesen, hätten sie mir bis an ihr Lebensende danken, mich ab und zu besuchen und anrufen und mir Fotos schicken können von Kindern, die es ohne mich nicht gegeben hätte. An jedem Jahrestag hätten sie sich zum zweiten Mal geboren gefühlt und mir eine Karte geschrieben, die Schrift zittrig vor Ergriffenheit. Einer von ihnen hätte vielleicht eine schöne Schwester gehabt, die sich in mich verliebte, weil ich so selbstlos war und weil sie glaubte, ich würde mich vor dem Tod nicht fürchten. Aber es waren arme, einsame Kerle gewesen, die ich durch die Flammen ins Freie getragen hatte, schlaflose, senile Greise, Trinker, die im Bett rauchten. Einen Scheintoten nach dem anderen hatte ich auf den Rasen vor dem Heim gelegt, lauter Vergessene, Abgeschobene, achtzig-, neunzigjährige Witwer und Waisenknaben.

Kinder wären am besten gewesen, denke ich manchmal, das hätte mich zum ewigen Helden gemacht, so gut wie unsterblich. Sogar Katzen wären besser gewesen als diese verwahrlosten Alten, die im Gras gelegen hatten wie schrumpelige Mumien, einige in ihre Bettlaken gewickelt, hustend und röchelnd, dem Tod schon lange vor dem Brand näher als dem Leben. Aber dann fühle ich mich schlecht, sehe mir das Gruppenfoto an, auf dem ich mit den Geretteten posiere, und lese die Zeitungsmeldungen, die meinen Mut preisen und meine Selbstlosigkeit. »Acht auf einen Streich« hatte ein Hamburger Blatt getitelt. Ein Foto des ganzseitigen Artikels zeigt das größtenteils ausgebrannte Gebäude, ein zweites mich, Ringo Eichhorn, Kleidung und Gesicht rußgeschwärzt, die Augen weit geöffnet, als starrte ich nicht in das Objektiv einer Kamera, sondern noch immer in eines der lodernden, rauchverhangenen Zimmer, in die Hölle selbst.

»Es wurde Zeit, sagen Sie.«

Ich öffne die Augen, versuche zu lächeln. »Ja.«

Ich müsste ihr sagen, wie leid ich es war, mich vor Schulklassen zu stellen und über meine heroische Tat zu sprechen, wie satt ich es hatte, mir zuzuhören, wenn ich den Kindern weismachte, keine Sekunde gezögert zu haben, als es darum ging, in die Flammen zu gehen und das Leben dieser Männer zu retten. Ich müsste damit herausrücken, wie sehr ich mich dafür verachtete, in Vereinsräumen, Bibliotheken, Feuerwachen und Turnhallen zu stehen und von *dem Moment, in dem du nicht nachdenkst* zu schwafeln und dabei zu verschweigen, dass es nicht Adrenalin und Löwenblut war, das in meinen Adern floss, sondern der billigste Rotwein aus dem Tankstellenshop.

»Zeit wofür?«

»Zum Weggehen.«

»Warum wollten Sie weg?«

»In Hamburg habe ich die letzten Tage meines Ruhms erlebt. Ich trat bei der Eröffnung eines Baumarkts auf, der Filialchef drückte mir einen Feuerlöscher in die Hand und ließ mich sagen, auch Helden brauchen Hilfe, und dann wurde ich fotografiert und habe ein paar Autogramme gegeben und das rechte Hosenbein hochgekrempelt und meine Brandwunde hergezeigt. Davor gab es kaum noch Buchungen, mein Feuerchen war bereits am Verlöschen, acht auf einen Streich, damit konnte nach drei Monaten niemand mehr etwas anfangen.«

»Wohin sind Sie gegangen?«

»Nach Wertheim.«

»Warum gerade Wertheim?«

Ich rühre in meinem Tee. Ich kann die Theke sehen, vorne beim Eingang, die Flaschen, ihr Funkeln.

»Dort lebte dieser Sohn«, sage ich dann, »Arnold Gehling, der Sohn von einem der Männer, die ich gerettet habe. Er hat mich mal in Hamburg besucht. Wir haben Kaffee getrunken, er, sein Vater, der einundneunzig war, und ich, haben geredet. Er war älter als ich, Mitte sechzig, er hat Bücher über Insekten geschrieben, früher hat er sie gemalt, wochenlang an einer Heuschrecke gesessen, bis seine Augen schlecht wurden und er nur noch schreiben konnte. Seine Frau war damals schon zwei Jahre tot, er wohnte in einem großen Haus, da sollte ich einziehen, aber das wollte ich nicht, das war mir peinlich. Er hat aber darauf bestanden, hat mir Postkarten geschickt, ich solle kommen, Platz sei genug, er wäre mir das schuldig, das machte es für mich noch unangenehmer. Auf jeder Postkarte war ein Insekt abgebildet, Fotografien oder wissenschaftliche Zeichnungen, Ameisen, Libellen, Käfer, und dazu immer derselbe Text, kommen Sie, Ihr Zimmer ist bereit.«

Ich nippe am Tee, der viel zu süß ist. Ich hätte ein Glas Wasser bestellen sollen. Der Kellner steht an einem der Tische im Eingangsbereich, mit dem Rücken zu mir.

»Und dann sind Sie doch bei ihm eingezogen?«

»Ja. Zuerst in das Zimmer, ein großes, schönes Zimmer, aber nach ein paar Wochen ging das nicht mehr. Arnold hatte einen sehr eigenen Lebensrhythmus. Oft blieb er die ganze Nacht wach und verschlief den Tag, er hörte laut Musik und spielte im Wohnzimmer Klavier, er kochte um drei Uhr morgens und ließ mich wissen, ich sei eingeladen. Manchmal hörte ich ihn vor meiner Tür weinen, wenn er wieder an seine Frau dachte, und eines Abends im Juli kletterte er aufs Dach, wahrscheinlich um näher am Himmel und bei ihr zu sein, und las ihr laut Gedichte vor, so laut, dass sich die Nachbarn an den Zäunen versammelten und berieten, ob man die Polizei rufen solle. Ich war besorgt um ihn und wollte ihm helfen, aber er stieg mühelos herunter und bereitete dann eine riesige Mahlzeit zu, die wir am Küchentisch einnahmen, obwohl ich keinen Hunger hatte. Später setzte er sich ans Klavier und spielte stundenlang. Er war weder gut noch schlecht, ein sanft wogendes Geklimper brachte er zustande, endlos konnte er das, ohne müde zu werden. Zwischendurch sang er Gedichte, ständig neue selbst verfasste Verse an seine Frau, alle gereimt. Seine Stimme war schrecklich, aber wenigstens leise, seltsamerweise nicht traurig, ganz ohne Kummer, sogar fröhlich, von geradezu unfassbar nervtötender Heiterkeit. Und all das tat er, ohne jemals betrunken zu sein, in gänzlich nüchternem Zustand, was mir unbegreiflich war.«

»Wovon haben Sie damals gelebt? Wenn ich das fragen darf.«

»In Hamburg? Ich habe in einem Tankstellenshop gearbeitet, Aushilfe, Nachtschicht. Sozialhilfe ist nichts für mich.«

»Und dann, in Wertheim?«

»Musste ich nicht mehr arbeiten. Arnold sorgte für alles.«

»Er war Ihnen sehr dankbar.«

Ich nicke.

»Warum hat er seinen Vater nicht zu sich geholt, in dieses große Haus?«

»Er mochte ihn nicht besonders. Da war eine Spannung zwischen den beiden, irgendetwas von früher, er hat nie darüber gesprochen. Und sein Vater wollte nicht weg aus Olsdorf, obwohl er kaum je sein Zimmer verlassen hat, ein winziges Loch mit Blick auf die Straße und die Tankstelle.«

»Wo Sie gearbeitet haben.«

»Ja. Deshalb habe ich auch das Feuer gesehen. Und den Rauch. Meine Schicht war zu Ende, und auf dem Weg zu meiner Wohnung bin ich immer durch den kleinen Park hinter dem Altenheim gegangen, ein verwahrloster Garten, Bäume, eine Abkürzung, und da waren die Flammen hinter dem Fenster.«

»Es wurde viel über Sie geschrieben, auch weil man sich an Ihre Geschichte als Kommunenkind erinnerte. Gibt es etwas, das nicht erwähnt wurde, Ihnen aber wichtig ist?«

Ich gebe vor, zu überlegen, schüttle den Kopf. Es gibt einiges Unerwähntes, zum Beispiel, dass ich getrunken hatte, eine Flasche Rotwein, Becher für Becher während der Arbeit, dann noch eine gleich nach Feierabend, hinter dem Shop, wo der alte Blechschuppen stand und der Hund wohnte, dieser herrenlose Schäferhund, der aus einem Loch in der Wand kam, wenn er mich hörte, und sich neben mich legte, obwohl ich ihn mit keinem Wort und keiner Geste jemals dazu ermunterte, mich als seinen Freund zu betrachten. In keinem der Artikel wurde erwähnt, wie ich durch die Eingangshalle gestolpert bin, gleichzeitig panisch und tollkühn vor Besoffenheit, vorbei am Büro des stellvertretenden Heimleiters, der wie ich ein Säufer war und an seinem Schreibtisch schlief, den Kopf auf ein Briefmarkenalbum gebettet, und der Tage später entlassen wurde mit einer Klage am Hals wegen Verletzung der Dienstpflicht und Gefährdung von Schutzbefohlenen. Kein Wort irgendwo darüber, dass ich mich verlief und keine Ahnung hatte, wo es brannte, dass ich mich auf die Treppe setzte und einnickte und alles voller Qualm war, als ich wach wurde. In jedem Artikel stand, warum der Feueralarm nicht ausgelöst worden war, nämlich weil die alten Männer die Batterien aus den Rauchmeldern entfernt hatten, um trotz des Verbots in ihren Zimmern zu paffen, aber niemand hegte auch nur den leisesten Verdacht, ich könnte in einem Zustand alkoholisierten Größenwahns gehandelt haben, in einem wahrhaftigen Rausch, der nicht gespeist wurde aus Selbstlosigkeit, Mut und Nächstenliebe, sondern aus ungarischem Pinot Noir, die Flasche für drei Mark.

»Auch jetzt nicht? Wurde wirklich nichts vergessen?«

»Zum Beispiel?«

»Dass man Ihnen keinen Orden verliehen hat, was weiß ich … irgendein Verdienstkreuz oder so.«

Ich stoße einen Lacher aus.

Elif wendet den Blick von mir ab, malt Kringel aufs Papier. »Ich kenne mich damit nicht aus, aber ich finde, Sie hätten etwas verdient, irgendeine Anerkennung.« Sie klingt trotzig, wie an meiner Stelle beleidigt.

»Ich habe eine Urkunde erhalten. Und einen Brief des Hamburger Bürgermeisters, eigenhändig unterschrieben, glaube ich.«

»Können Sie beim nächsten Mal etwas mitbringen? Oder Kopien davon?«

»Die habe ich verbrannt.«

Elif sieht mich an, versucht abzuschätzen, ob ich scherze.

»Im Garten, ich hatte keine Verwendung dafür.«

Eine Weile schweigen wir. Elif gießt sich neuen Tee ein, ich versuche die Weinflasche nicht anzustarren, die auf einem der Tische in der Nähe steht.

Gestern war Herr Ringo Eichhorn bei uns in der Klasse. Er hat erzählt, wie er acht alte Männer gerettet hat, als das ganze Haus gebrannt hat und alle geschlafen haben. Er konnte fast nichts sehen, so viel Rauch gab es, und heiß war es auch vom Feuer, aber das hat Herr Eichhorn gar nicht gespürt. Warum, weiß ich nicht, es ist wie ein Wunder. Weil er alle gerettet hat, ist er ein Held, aber er sagt, er ist keiner. Er hat nicht gezögert, und so etwas macht nur ein Held. Ich wünsche mir, dass mein Vater ein Held ist, aber er ist nur Bäcker. Es gibt ganz viele Zeitungen, wo etwas über Herrn Eichhorn drinsteht. Er ist sehr berühmt, wir wissen jetzt viel über ihn, und wir danken ihm dafür. Er hat uns allen ein Bild gegeben, wo er drauf ist, und er hat seinen Namen hingeschrieben. Seine Buchstaben sind wackelig und krumm, man kann sie nicht gut lesen, aber das macht nichts …

Elif blättert eine Seite zurück. Ihre Schrift ist unleserlich, jedenfalls bin ich nicht in der Lage, etwas von ihren Notizen zu entziffern, zumal alles auf dem Kopf steht. Das Aufnahmegerät gibt kein Geräusch von sich, nichts dreht sich in seinem Innern, nur ein winziges blinkendes Licht zeigt an, dass es eingeschaltet ist.

»Wie ging es dann weiter, bei Arnold?«

»Es gab da ein Gartenhaus, ein ganzes Stück vom Haus entfernt. Ich habe Arnold gefragt, ob ich da drin malen dürfe. Er fand das eine großartige Idee, war völlig begeistert. Keine Ahnung, warum er ohne zu zögern glaubte, ich könnte ein Künstler sein. Jedenfalls deckte er mich mit allem ein, Leinwand, Farben, Pinsel, Staffelei. Er brachte mir Bettlaken, teure Ware, die sollte ich auf den Boden legen. Eigentlich hatte ich das mit dem Malen ja nur erfunden, um meine Ruhe vor ihm zu haben, aber dann half er zuerst beim Ausräumen und Putzen und kam von da an jeden Tag zehnmal vorbei, um Kaffee und was weiß ich nicht alles zu bringen und zu sehen, was für wundervolle Kunst ich erschuf.«

Elif lächelt und notiert etwas.

»Und?«, fragt sie dann. »Haben Sie Kunst erschaffen?« Sie bemüht sich, den spöttischen Unterton dezent zu halten.

»Na ja, ich musste meine Zeit im Gartenhaus rechtfertigen, also habe ich alle zwei Wochen eine Leinwand mit Farbe bemalt.«

»Arnold hat Ihnen den Künstler geglaubt?«

»Seine Augen wurden immer schlechter. Das war auch der Grund, warum er mich nur noch tagsüber besuchte und nur bei gutem Wetter. Der Garten wucherte allmählich zu, müssen Sie wissen, der Gehweg wurde zum schmalen Pfad, überall lagen Äste herum. Nachts hatte ich jetzt meine Ruhe.«

»Gibt es die Bilder noch?«

Ich senke den Kopf, schütteln muss ich ihn nicht.

»Lassen Sie mich raten: verbrannt.«

»Im Herbst wurde es kalt in meinem Häuschen.« Ich schiebe den Löffel auf der Tischdecke hin und her. Sie erinnert mich an die Laken, in die ich mich einwickelte, statt sie auf den Zementboden zu legen. Ich muss ausgesehen haben wie eine meiner geretteten Mumien.

»Sie hatten also Ihre Ruhe.«

»Ja. Nach einiger Zeit, vielleicht drei, vier Monaten, kam Arnold gar nicht mehr vorbei. Wenn ich ins Haus ging, um zu duschen oder in der Küche etwas zu essen, war alles still. Er hörte keine Musik mehr, spielte nicht mehr Klavier, sang keine Oden mehr an seine tote Frau. Ich habe täglich nach ihm gesehen, habe ihm etwas zu essen gebracht, mit ihm geredet. Er tat immer beschäftigt und gab vor, zufrieden zu sein, aber er war plötzlich alt geworden, dünn und … ich weiß nicht, traurig, auch wenn er es vor mir zu verbergen versuchte. Ich machte mir Vorwürfe, weil ich ihn in dem großen Haus allein gelassen hatte, ich legte Platten für ihn auf und las ihm Gedichte vor, Benn und Heine mochte er am liebsten, aber ich merkte bald, dass er kaum noch zuhörte. Dann starb sein Vater, und ich begleitete ihn nach Hamburg, weil ich das für meine Pflicht hielt. Immerhin war Arnold mein Freund und sein Vater der erste von den alten Knackern, der das Zeitliche segnete, obwohl es noch zwei gab, die neunzig waren und Kette rauchten. Am Tag vor der Beerdigung tauchte von irgendwoher ein Chauffeur mit Wagen auf, ein Relikt aus Arnolds mondäner Vergangenheit, und wir ließen uns in unseren schwarzen Anzügen nach Norden fahren. Wir haben abwechselnd geschwiegen und absurdes Zeug geredet, so groß war das Unbehagen, unsere Höhlen verlassen zu müssen. Dann, nach einer Nacht im besten Hotel meines Lebens, schlaflos, leider, eine Beerdigung mit einer Handvoll Menschen, darunter zwei ehemalige Mitbewohner aus dem Heim, Regen, trotz Schirm nasse Schuhe, ein Pfarrer, der sich redlich Mühe gab, ein junger Kerl mit beschlagener Brille und weihevollen Worten, aber letztlich alles einfach nur trist und elend.«

»Wie war es, als einer der von Ihnen geretteten Männer starb?«

Ich sehe Elif an, wahrscheinlich so, als hätte ich die Frage nicht verstanden. Ich hätte ihr am Telefon sagen sollen, ich sei jeweils nur für eine Stunde verfügbar, länger Auskunft zu geben strenge mich zu sehr an. Ich hätte irgendein Leiden erfinden sollen, chronische Kopfschmerzen, eine Folge der Rauchvergiftung von damals.

»Was haben Sie empfunden?«

»Nichts«, sage ich rasch und möglicherweise eine Spur zu schroff. »Überhaupt nichts.«

Elif lächelt, aber ich sehe, dass ihr nicht danach zumute ist.

»Warum sollte ich?«, frage ich ruhig.

»Nun ja, er war … nicht irgendwer.«

»Seine Zeit war abgelaufen. Er hat die letzten Jahre seines Lebens in einem Zehn-Quadratmeter-Zimmer zugebracht, Zigaretten gequalmt und entweder aus dem Fenster gestarrt oder in die Glotze. Er lag im Streit mit seinem Sohn und war zu stolz und verbohrt, um sich mit ihm zu versöhnen. Hätte ich in Trauer versinken sollen, als er starb?«

Elif schüttelt den Kopf, noch immer lächelnd. »Nein. Ich dachte nur … vielleicht …« Sie macht eine wegwerfende Handbewegung und beugt sich dann über ihren Schreibblock.

»Ich weiß, was Sie meinen. Ich rette diesen Mann, und dann stirbt er trotzdem, wenn auch Jahre später. In einem Artikel stand, es hätten jüngere Männer sein sollen, noch besser Kinder, die würden mich überleben und an meinem Grab weinen.«

»Wie war Ihre Reaktion auf diesen Artikel?«

»Es war einer von vielen.«

»Sie fanden ihn nicht taktlos?«

»Nein.«

»Sie werden als tragischer Held dargestellt. Sehen Sie sich so?«

»Ich habe mich nie als Helden gesehen, weder als tragischen noch als strahlenden.«

»Sie haben Ihr Leben riskiert. Das verdient Respekt.«

Ich zucke mit den Schultern, starre auf meine Hände, die man mir damals aus den unterschiedlichsten Beweggründen geschüttelt hat, aus wirklicher Dankbarkeit, aus Geltungssucht, aus Eitelkeit, weil es gut für die Karriere war, gut fürs Geschäft, vielleicht auch das eine oder andere Mal aus Respekt.

»Haben Sie alles gelesen, was über Sie geschrieben wurde?«

»Einiges, nicht alles, nehme ich an.«

»Die Medien haben einen Verlierer aus Ihnen gemacht, ein Opfer. Zuerst waren Sie das arme Kind, dann der unfreiwillige Held, dann der bemitleidenswerte Trinker. Die Berichterstattung über Sie war immer verzerrt, aber nie wirklich gerecht.«

Ich zucke wieder mit den Schultern. Ich will nicht über Gerechtigkeit reden. Genauso wenig wie über Schicksal oder Glück.

»Wie war es für Sie, auf dem Friedhof zwei der Männer zu sehen, die Sie gerettet haben?«

»Ich hätte genauso gut zwei Fremde treffen können. Zwei alte, stumme, halb blinde Hänflinge. Der eine saß im Rollstuhl, der andere hatte eine Sauerstoffmaske vor dem Gesicht. Vermutlich wusste keiner von beiden, wo er war und worum es ging.«

»Wie haben diese Männer von der Beerdigung erfahren?«

»Die Kinder von einigen meiner Geretteten haben so eine Art … Kreis … ein Netzwerk gebildet. Die haben sich auch bei mir gemeldet und gefragt, ob ich Hilfe benötige, Geld brauche. Aber ich war ja bei Arnold, mir ging es so weit gut.«

»Aber Arnold ging es nicht gut.«

Ich senke den Kopf, schüttle ihn, leicht nur, damit die Gedanken nicht zu sehr durcheinandergeraten. Manchmal, nicht mehr so oft wie früher, wenn es um mich herum ganz still ist und ich nüchtern bin, höre ich Arnold singen. Immer nur seine Stimme, nie das Klavier. Mit anzusehen, wie er langsam den Verstand verlor, war zuerst unangenehm und dann schrecklich, vermutlich auch, weil ich für mein Oberstübchen dasselbe befürchtete.

»Sollen wir eine Pause machen?«

Ich schüttle noch immer den Kopf. »Nach der Beerdigung wollte er allein sein, jedenfalls schien er ohne meine Gesellschaft ganz gut zurechtzukommen. Ich wusste, er war da, Lichter gingen an und aus, er spielte Klavier, hörte Musik. Die ersten Tage ging alles fast so weiter wie bisher. Aber dann warf er einmal mitten in der Nacht etwas aus dem Fenster, etwas aus Glas oder Keramik. Ich ging hinüber zum Haus und sah, dass er eine große Vase auf den Platz vor der Garage geschmissen hatte. Im Wohnzimmer begrüßte er mich voller Überschwang, obwohl ich den Eindruck hatte, dass er sich gar nicht erinnerte, wer ich war. In allen Räumen hing diese schlechte Luft, er selber roch ebenfalls nicht gut, Waschen schien ihm kein Bedürfnis mehr zu sein. Essen auch nicht. Überall lagen Tabletten herum, auf jedem Tisch sah ich welche, Valium, Blutdruckpillen, Schmerzmittel, Abführmittel, Schlaftabletten, alles durcheinander, keine Ahnung, woher er das Zeug hatte. Er trug einen grauen Anzug und ein schmutziges, früher mal weißes Hemd, in dem schlief er anscheinend auch. Seine Füße steckten in Pantoffeln.«

Der Kellner verlangsamt auf dem Weg zur Theke seinen Schritt und sucht Elifs Blick, womit er sie stumm wissen lässt, dass er für eine weitere Bestellung bereit ist, ein Pantomime der Diskretion. Elif sieht mich an, und ich erkenne, dass ihr die Störung, so taktvoll und unaufdringlich sie auch sein mag, unangenehm ist, vielleicht sogar, weil sie mich für einen sensiblen Menschen hält und befürchtet, ich könnte mich von einem Lufthauch aus der Fassung bringen lassen und verschließen wie ein Pflänzchen bei Sturm.

»Für mich einen Kaffee und ein Wasser, bitte«, sage ich, um einen Klang in der Stimme bemüht, der meinen Zustand als entspannt deuten lässt.

»Dann nehme ich noch einen Tee«, sagt Elif. Ihr innerhalb von zwei Sekunden an- und ausgeknipstes Lächeln wirkt bei Weitem echter als mein krampfhafter Versuch, meine Miene zu einem Ausdruck gelöster, unverbindlicher Freundlichkeit zu verziehen. Das kommt vom Alleinsein, denke ich, davon, dass ich lange nicht gelächelt habe, weder für eine der Supermarktkassiererinnen noch für den Kerl, der neben meinem Hauseingang sitzt und es längst aufgegeben hat, mich um Kleingeld zu bitten.

»Sie haben von Arnold erzählt«, sagt Elif, nachdem wir schweigend darauf gewartet haben, dass der Kellner unsere Getränke bringt.

»Ich weiß nicht, ob er all diese Medikamente geschluckt hat, aber er sah nicht gut aus, richtig übel. Sein verwahrloster Zustand machte mir ein schlechtes Gewissen. Und Angst. Ich hatte den Eindruck, er könnte jederzeit sterben, einfach umkippen, ein mickriger Baum mit verrotteten Wurzeln.«

Elif umschließt die Tasse mit beiden Händen, wie jemand, dem kalt ist. Ihre schwarzen Haare sind hochgesteckt, schlichte Spangen halten sie zusammen. Sobald sie den Kopf hebt, senke ich den Blick, es ist wie ein stupides Kinderspiel.

»Ich habe ihm eine Tütensuppe gekocht und eine Packung Zwieback gefunden, aber er wollte nichts essen. Obwohl er wie ein verwahrloster Insasse einer Klapsmühle aussah, redete er ziemlich verständlich, auch wenn er von einem Thema zum anderen sprang, sich wiederholte und mich zwischendurch immer wieder fragte, wie spät es sei, worauf ich ihm dann irgendeine Zahl nannte, weil ich keine Uhr hatte. Jedes Mal wenn ich dachte, er verstumme endlich, zitierte er aus Gedichten, zwei Zeilen oder auch vier, lauter gereimte Verse, scheinbar wahllos aus seinem Gedächtnis hervorgekramt. Ich hatte keine Ahnung, wer die Verfasser waren, einmal klang es nach Heinrich Heine, dann nach Arnold Gehling, ich bin nicht gerade ein Kenner, was Lyrik betrifft. Jedenfalls … Ich machte mir Sorgen, er könnte sterben, wenn sich niemand um ihn kümmerte. Ich hatte ja keine Ahnung, was in so einem Fall zu tun war, ich konnte Fertigsuppen kochen, mehr nicht. Da erinnerte ich mich an diese Frau, seine Schwester, die ein einziges Mal aufgetaucht war, ein paar Wochen nach meinem Einzug, unangemeldet, eine laute, umtriebige Person, die das Wohnzimmer aufräumte, bevor sie im Stehen eine Tasse Kaffee trank, Kaffee, den sie selbst zubereitet hatte, nachdem sie in der Küche das seit Tagen liegen gebliebene Geschirr gespült hatte. Arnold setzte sich ans Klavier und spielte mir etwas vor, und ich blätterte in dem Notizbuch, das neben dem Telefon lag, begraben unter Zeitungen und Büchern und Zetteln. Schließlich fand ich sie, Martha Gehling, in der klaren Schrift von Arnolds Frau eingetragen unter *Gehling, Martha,* nie verheiratet, wahrscheinlich, weil kein Mann ihrem Tempo gewachsen war, keiner mithalten konnte oder wollte. Im Hintergrund klimperte Arnold, sang vor sich hin, bis er müde wurde. Wenn es etwas Gutes gab an Arnolds Verfassung, war es der Umstand, dass er schnell erschöpft war und sich irgendwo hinlegte, auf das Sofa oder auf die Sitzbank in der Küche oder auf die Kissen und Wolldecken vor dem Kamin. Ich wartete, bis er schlief, dann rief ich Martha an und schilderte ihr Arnolds Dahindämmern in den düstersten Farben, beschrieb ihr seinen knochigen Leib, seinen wankenden Schritt, erfand ausfallende Zähne und eitrige Geschwüre, die vielleicht gar nicht erfunden waren. Sie versprach, gleich am nächsten Tag zu kommen, sie lebte fünfhundert Kilometer entfernt, für sie ein Katzensprung. Ich deckte Arnold zu und blieb noch eine Weile bei ihm. Martha Gehling kam am frühen Nachmittag. Ich hatte die Scherben vor der Garageneinfahrt zusammengekehrt, den Briefkasten geleert und die ganze Post auf den Küchentisch gelegt. Als sie im Haus war, machte ich mich auf den Weg.«

Mein Kaffee ist inzwischen abgekühlt, ich trinke einen Schluck.

»Wohin?«, fragt Elif, nachdem sie vergeblich darauf gewartet hat, dass ich weitererzähle, als wäre das alles ein Vergnügen für mich, zumindest keine Tortur, als wäre dieses Zurückdenken und Dahinreden eine wenn nicht willkommene, so doch akzeptable Gelegenheit, meinen mit Leichen gefüllten Keller auszumisten, plaudernd Ballast abzuwerfen, Anekdote um Anekdote den Stein wegzumeißeln, unter dem meine geschundene nach Licht und Befreiung dürstende Seele begraben liegt.

»Blödsinn.« Ich habe das Wort vielleicht gar nicht ausgesprochen, sondern nur gedacht. Höchstens gemurmelt.

»Was ist Blödsinn?« Elif lächelt mich an.

»Nichts«, sage ich. »Verzeihung, ich …«

»Sollen wir für heute Schluss machen?« Elif schaut auf ihre Uhr. »Es ist schon spät.«

Ich weiß, dass es noch früh ist. Das Lokal beginnt sich gerade erst zu füllen, die neuen Gäste sind laut, aufgekratzt von den Zerstreuungen der Stadt. Dennoch würde ich gerne Ja sagen. Schluss zu machen klingt verlockend.

»Nein«, sage ich. Und dann nochmals: »Nein.«

Elif sieht mich an. Bestimmt besitzt sie die Fähigkeit, in Gesichtern zu lesen. Ein Lächeln würde mir jetzt misslingen, das würde sie sofort erkennen. Deshalb nicke ich nur.

»Wirklich?«

»Ja.« Ich trinke den restlichen Kaffee.

»Gut.« Elif schreibt etwas auf ihren Notizblock.

Wie die Ärztin, die mich heilen wollte.

»Wo waren wir?«

Ich denke nach, aber vergeblich. Ich stelle mir ein Album vor, die Fotos darin verschwommen, die Farben ausgeblichen. Zwischen den Seiten liegen Blätter, hauchdünn und milchig, wie von Frost überzogene Scheiben. Manche kleben auf den Bildern und verschleiern sie, machen sie unkenntlich.

Elif drückt ein paar Tasten des Aufnahmegeräts.

Meine eigene Stimme zu hören ist so seltsam wie damals. Ich erinnere mich an einen Tag vor vielen Jahren, als ich in einem Raum des Heims saß, in das man mich gebracht hatte, als wir Kinder aus Winnipeg weggeschafft worden waren. Ich sollte warten, bis jemand kam, um mir Fragen zu stellen. Die Gebäude des Heims waren marode, die Schlafsäle kalt und feucht und die Wände dünn. Es dauerte eine Weile, bis mir bewusst wurde, dass ich meine eigene Stimme vernahm. Sie drang aus dem Nebenraum, dünn und klar, als würde ich zu mir selbst sprechen, als würde ich noch einmal erzählen, wie es mir ging und wie wir gelebt hatten, bevor mit uns das geschah, was man als unsere Befreiung bezeichnete. Ich hatte noch nie gehört, wie auf einem Tonbandgerät vorgespult wurde, und als genau das hinter der Wand passierte, sprang ich auf und rannte aus dem Raum, zu Tode erschrocken über das hohe, hysterische Rasen, zu dem meine Antworten geworden waren. Meine Stimme klang wie das Sirren der Flügel einer Wespe, die gegen eine Glasscheibe ankämpft, wie die Eichhörnchen in dem Trickfilm, der mir Monate später im Wohnzimmer der Warnkes vorgeführt wurde und der mich maßlos verwirrte, weil ich noch nie zuvor sprechende Tiere gesehen hatte.

»Sie haben Wertheim verlassen«, sagt Elif und streicht mit den Fingern über das Gerät, als müsse es besänftigt werden. Das Licht leuchtet auf und erlischt wieder, ein winziges grünes Auge, das rhythmisch blinzelt.

Ja, denke ich, auf das Licht starrend, das habe ich. Noch Monate später bereute ich diese Entscheidung, verfluchte mich dafür, nicht bei Arnold geblieben zu sein. Es wurde Winter und kalt, und ich hatte nichts mitgenommen außer einen Koffer, der bis auf eine Handvoll ungewaschener Kleidungsstücke, ein Paar schmutziger Schuhe sowie Rasierzeug, Zahnbürste und Kamm nichts enthielt.

»Was ist?«, fragt Elif.

Ich merke erst jetzt, dass ich den Kopf schüttle, und höre auf.

»Woran denken Sie?«

Daran, was für ein Idiot ich gewesen bin, müsste ich jetzt sagen. Ich hätte mich vielleicht nicht um Arnold kümmern können, aber ich hätte bei ihm bleiben sollen. Wir wären ein Fall für die Behörden geworden, zwei verwahrloste Kerle, beide nicht mehr Herr der Lage, nicht mehr tauglich für das, was als geordnetes Leben bezeichnet wird. Irgendwann hätte ich Arnold vor dem Kamin gefunden, und er hätte nicht geschlafen. Ich hätte die Polizei oder den Notarzt gerufen, und wenn die Leitung so tot gewesen wäre wie Arnold, der längst keine Rechnungen mehr bezahlte, wäre ich zu einem Nachbarn gegangen und hätte geklingelt und gegen die Tür gehämmert, bis die Polizei gekommen wäre. Man hätte festgestellt, dass mein Freund eines natürlichen Todes gestorben war, sofern Unterernährung, Dehydrierung und Tablettenmissbrauch als Ursachen eines natürlichen Todes betrachtet wurden. Er wäre beerdigt worden, anständig, dafür hätte seine Schwester gesorgt. Mit Ausnahme von Martha wären keine Verwandten gekommen, die ließen sich schon zu seinen Lebzeiten nicht blicken, falls es sie überhaupt gab. Vielleicht hätte ich im Haus oder wenigstens im Gartenhaus bleiben dürfen, Martha Gehlings Wohlwollen vorausgesetzt. Ein Testament hatte Arnold nicht hinterlassen, trotzdem hoffte ich insgeheim noch auf ein Wunder, keine Ahnung, worauf genau, dass beim Ausmisten der Letzte Wille des Verstorbenen gefunden wird, ein fleckiges Blatt Papier voller krakeliger Zeilen, die mich als Erben einsetzen, als Nachlassverwalter, Nutznießer, Behauser, Geist.

»Ich hatte noch etwas Geld«, beginne ich. »Arnold hat es mir gegeben, vielleicht fünfhundert Mark, für meine Bilder, die keine fünf wert waren, Leinwand und Farbe haben mehr gekostet. Das war noch zu der Zeit, als er mich im Gartenhaus besuchte und sich von meinem Geschmiere begeistert zeigte. Er hat sie in seinen unbenutzten Zimmern aufgehängt, schrecklich sah das aus. Wahrscheinlich wollte er mir einfach Geld geben, weil ich keins hatte, und da war die Pinselei ein guter Vorwand. Ich bin zum Bahnhof gefahren, im Taxi, das ich mir eigentlich nicht leisten konnte, und von dort mit dem Zug nach Hamburg, zurück in die Stadt, die ich kannte, mir fiel sonst kein Ort ein.«

»Zurück nach Hamburg«, sagt Elif, und ihre Stimme lässt die drei Wörter klingen wie den Titel eines traurigen Films.

Und es war ja auch traurig, im Sinne von kläglich. In Hamburg erwartete mich nichts und niemand. Ich fuhr zur Tankstelle, nur um etwas Vertrautes zu sehen. Das Seniorenheim gab es noch, aber ich ließ mich nicht dazu hinreißen, hineinzugehen. Weil ich überzeugt war, in einer Tankstelle zu arbeiten sei das Einzige, was ich konnte, fuhr ich im Bus herum und hielt Ausschau nach solchen, die einen Mitarbeiter suchten. Aber es wurde Nacht und ich hatte keinen Job gefunden, dafür eine Bleibe, ein Zimmer in einer Pension, einer Absteige mit Hundezwinger hinter dem Haus und zwei alten Frauen, Zwillingen, keine unansehnlicher und unfreundlicher als die andere, ein Drachen mit zwei qualmenden Köpfen, immerhin nicht geldgierig, vielleicht auch einfach ahnungslos, was man für ein Bett und eine Dusche verlangen konnte. Am nächsten Morgen klapperte ich weitere Tankstellen ab. Ich sprach bei schlecht gelaunten Studenten und übermüdeten alleinerziehenden Müttern vor, die dort hinter den Kassen standen und jedem, der hereinkam, unmissverständlich zeigten, wie sehr sie ihr Leben hassten. Am Nachmittag gab ich auf und setzte mich in eine Kneipe. Bei einem Bier las ich ein Inserat, Lagermitarbeiter gesucht. Weil der Betrieb so nah war, dass ich nur den Blick von der Zeitungsseite heben musste, um das gelbe Wellblechdach der Halle zu sehen, glaubte ich zum ersten Mal im Leben an einen Wink des Schicksals. Zwei Stunden später hatte ich einen Vertrag in der Tasche, der nicht das Papier wert war, auf dem er gedruckt war, und konnte mich als neuen Mitarbeiter der Firma Ausbeuter und Co. bezeichnen, als Angestellten auf Zeit, als Sklaven ohne nennenswerte Rechte oder Ansprüche.

»Was für ein Job war das?«

»Die Firma handelte mit allerlei Zeugs, das sich Leute ohne Geschmack in die Wohnung oder in den Garten stellen, Inneneinrichtungsmist, Dekorationsobjekte. In der riesigen Lagerhalle gab es Elefanten und Nashörner aus Beton, Maßstab eins zu eins, künstliche Palmen, römische Säulen aus Gips, Vasen mit ägyptischen Motiven, mannshoch, Buddhafiguren, groß wie ein Wandschrank, Kleinkram auch, Plastikblumen, Windlichter, Kitsch und Tand bis unters Dach. Ich musste Dinge einräumen oder aus den Regalen holen, einpacken und versandfertig machen. Ab und zu bin ich mitgefahren, wenn sich ein Kunde etwas hat liefern lassen, dann haben wir mit einem Kran einen Flamingo aus Gusseisen neben einen Gartenteich gesetzt oder eine nachgebaute Pagode in einem Garten in Harvestehude zusammengeschraubt. Die Bezahlung war mies, aber das ist sie bei solchen Tätigkeiten immer, es hat gerade für das Nötigste gereicht.«

»Wo haben Sie gewohnt?«

»Ich hatte ein Zimmer.«

Dass ich bei den eineiigen Zwillingsmonstern geblieben bin, will ich nicht erzählen. Auch nichts von den beiden Hunden, die in einem Käfig auf der Rückseite des Hauses ihr Dasein fristeten, kurzbeinige Kreaturen, die Hyänen mit stumpfschwarzem, von kahlen Stellen durchsetztem Fell ähnelten und meinen Vermieterinnen in Sachen Unansehnlichkeit in nichts nachstanden. Die Schwestern blieben, wie sie waren, feindselig und mürrisch, aber das war mir egal, denn ich hatte meinerseits nichts zu bieten, das man Wohlwollen, geschweige denn Herzlichkeit hätte nennen können. Die alten Weiber ließen mich in Ruhe. Nie fragten sie mich nach meinem Befinden, nie wollten sie wissen, was ich vom Wetter hielt. Die Miete schob ich ihnen in einem Umschlag unter der Tür durch, im Gegenzug bekam ich jede Woche frische Bettwäsche und Handtücher. Ich kaufte mir einen Wasserkocher, machte mir am Morgen Tee, ging zur Arbeit und kam am Abend zurück, aß Fertignudeln aus einem Pappbecher und lauschte, wenn es nicht zu kalt war und ich das Fenster öffnen konnte, dem leisen Klicken der Hundekrallen auf dem gefliesten Zwingerboden. Nüchtern betrachtet war mein Leben grässlich, aber so habe ich es kaum je gesehen.

Elif blättert in ihrem Notizblock.

»Was war der Grund, Deutschland zu verlassen?«, fragt sie dann. »Und warum gerade Griechenland?«

Noch immer schlägt mir das Erinnern wie eine Faust in den Magen. Mein Brustkorb zieht sich zusammen. Als ich Luft hole, klingt es wie ein heiseres Schnappen.

»Wir müssen nicht darüber sprechen. Nicht jetzt.«

Wenn ich mich auf das Atmen konzentriere, geht es besser. Das habe ich von der Ärztin gelernt, es wirkt fast so gut wie Alkohol, aber immer nur für einen kurzen Moment.

»Ich bin einem alten Bekannten begegnet«, sage ich dann endlich. »Er und ein paar Leute wollten weg, eine der Frauen kannte ich von früher. Er brauchte nicht sehr lange, um mich zu gewinnen. Der Winter war kalt und meine Arbeit stumpfsinnig, ich hatte nichts dagegen, zu verschwinden.«

»Eine ziemlich spontane Entscheidung also.«

Ich nicke, ohne den Kopf zu heben.

Elif gibt mir Zeit, aber es wird nie genug Zeit geben.

»Sollen wir ein andermal darüber sprechen?«

Nichts verheilt jemals gänzlich, nur die Narben werden mit den Jahren dicker. Eine Haut aus Leder wächst über die Seele oder was immer das ist, was da in meinem Innern hockt wie ein Tier in einem dunklen Loch, eine Kröte, die auf Freispruch hofft, auf Gnade.

»Oder das Thema wechseln?«

Ich nicke, das Atmen fällt mir allmählich leichter.

Elif blättert durch die Seiten.

»Haben Sie irgendwann einmal versucht, in Kontakt mit Leander Selbig zu treten? Oder mit Frieda … Schäfer. Halm. Saalfeld, was auch immer der Nachname sein mag, den sie benutzt.«

Ich muss die Augen nicht schließen, um sie zu sehen. Im größten Lärm höre ich ihre Stimme. In Winnipeg war sie Frida, so hat sie es auf ihr Schulheft geschrieben, in den Artikeln wurde sie Frieda. Sie hat einen Buchstaben dazubekommen, ich hätte gerne einen hergegeben. Ingo. Als ob damit etwas anders geworden wäre.

»Ich habe Frida nie mehr wiedergesehen.«

»Und Leander?«

»Er hat mich mal besucht, als ich bei der Pflegefamilie lebte. Da waren wir … ich weiß nicht, vielleicht dreizehn.«

»Und später?«

Ich starre in meine Tasse.

»Sie haben sich aus den Augen verloren.«

»Ja«, sage ich.

»Haben Sie sein Buch gelesen?«

»Ja.«

Elif wartet. An einem Tisch vorne beim Eingang wird laut gelacht, Trinksprüche branden zu uns herüber, Klirren von Glas. Ein junger Kellner bedient dort die Leute, lacht mit ihnen. Unser alter Mann wischt die leeren Tische, für die er zuständig ist, rückt Stühle zurecht und Zuckerstreuer. Er gibt sich beschäftigt, lässt sich nicht abkommandieren zu den öden Feierlichkeiten, nicht locken von den großzügigen Trinkgeldgebern, die seine bedächtigen Bewegungen für Langsamkeit halten.

»Wie finden Sie es?«

»Das Buch? Es war ziemlich erfolgreich.«

»Hat es ... keine Ahnung ... alte Wunden aufgerissen? Wie war es für Sie, mit Ihrer Kindheit konfrontiert zu werden?«

»In dem Buch steht nichts, was neu für mich war. Frida, Leander, Linus und ich ... wir waren wie ... wie ein Wesen. Was einer dachte, wussten die anderen, was einer fühlte, empfanden wir alle. Nichts in dem Buch hat mich überrascht, keine Zeile darin.«

»Und trotz dieser Nähe haben Sie die Verbindungen gekappt?«

»Wir wurden auseinandergerissen. Jeder ging seinen Weg. Alleine. Vielleicht musste das so sein.«

»Vermissen Sie die drei?«

»Irgendwann habe ich aufgehört, sie zu vermissen. Es erschien mir sinnlos, mich nach ihnen zu sehnen. Was fehlte, war weg. Für immer.«

»Wissen Sie, was mit Frieda geschehen ist?«

Ich schüttle den Kopf.

»Würden Sie sie gerne wiedersehen?«

»Was soll das bringen?«

Elif lächelt. So lächeln Menschen, wenn jemand etwas Naives von sich gibt, ein Kind etwas Unbedarftes oder unerwartet Herzloses. Sie kritzelt Wörter aufs Papier, hastig, als sei ihr gerade erst klar geworden, wie seltsam ich bin, wie unberechenbar und kalt.

»Um zu sehen, was aus ihr geworden ist.«

»Vielleicht will ich nicht, dass sie sieht, was aus *mir* geworden ist.«

Elifs Lächeln ist so schnell weg wie Licht, das gelöscht wird.

»Was ist denn aus Ihnen geworden?«

Nichts, denke ich. Aus mir ist ein Nichts geworden, ein Niemand. Ich bin die alten Männer, die ich gerettet habe, diese zukunftslosen Gestalten, abgelaufenen Modelle. Ich bin Ringo, den es nicht mehr gibt, bin Frida, die fortgegangen ist, ausgewandert in ein erfundenes Land, um mir in Tagträumen zu erscheinen und im Dunkeln aufzulauern. Ich bin Linus, der tot ist, eine verwaschene Zeichnung in einem zerfledderten Buch, eine Handvoll Zähne in einer Muschel. Ich bin Leander, der …

»Sollen wir aufhören?«

Ich nicke.

In meinen Handflächen verlaufen Linien. So viele Wege, und nicht einer davon der richtige.

Elif winkt den Kellner herbei.

Draußen fällt der heftige Regen, der am Morgen angekündigt worden war. Das Koffein hält mich wach zu einer Zeit, die ich sonst verdämmere. Die Uhr hinter der Theke zeigt halb elf. Berühre ich den Umschlag mit dem Geld, knistert er an meiner Brust über dem Herzen. Elif wollte mir eine Taxifahrt bezahlen, aber ich habe abgelehnt, habe etwas erfunden von kalter Luft und Bewegung. Ich habe mich bewegt. Die Namen der Lokale leuchten. Wenn man sie laut ausspricht, verlieren sie den Zauber, den sie nie besessen haben. Ich bin einmal hier und einmal dort und dann wieder ganz woanders. So werde ich nicht für den gehalten, der ich bin. Ich sitze in einer Ecke, ein angenehmer Gast. Der Regen ist eine Erinnerung. Der Regen ist Gischt aus einem Meer über unseren Köpfen. Ich habe mir verdient, hier zu sein, denn ich habe geredet. Jedes Wort ein Tropfen, jeder Satz ein Glas.

FRIDA

1981

Das erste Tier, das dem Mädchen in der fremden Stadt begegnete, war ein Pferd. Es stand mit hängendem Kopf vor eine Kutsche gespannt da, das ehemals weiße Fell stumpf und grau, schmutzig geworden vom Staub und von den Abgasen der Autos, die an ihm vorüberfuhren. In einem der Autos saß das Mädchen, wütend darüber, verfrachtet zu werden wie eine Kiste, zermürbt von den Monaten in Heimen und Einrichtungen, die sich um sein Seelenwohl gekümmert hatten, um sein zukünftiges Leben in Frankfurt und einen kariösen Zahn. Unwirklich erschien ihm das Pferd, das nicht viel Ähnlichkeit hatte mit dem in Winnipeg, Noah, dunkelbraun und mächtig, ein gleichwertiger Ersatz für den Traktor. Nur einen Wimpernschlag lang tauchte es im Wagenfenster auf, klein und fast zierlich, mit hohlem Rücken, als läge ihm der Himmel auf dem Kreuz, dann war es weg.

Der Mann am Steuer sagte etwas, seine Stimme war tief und so leise, dass sie im Motorengeräusch fast unterging. Er trug einen Regenmantel über dem Anzug, sein Hut lag auf der Ablage hinter Frida. Seinen Namen hatte Frida vergessen. Die Frau auf dem Beifahrersitz hieß Becker, das hatte sich das Mädchen gemerkt, weil ihr Gesicht unnatürlich weiß war, wie mit Mehl bestäubt. Die Frau drehte sich um, aber Frida schloss rasch die Augen und stellte sich schlafend. Im Dunkeln summte ihr Kopf wie ein Bienenschwarm, wie ein Junikäfer in der Höhlung ihrer Hände, wie der Kasten, aus dem der Strom in den Kuhdraht floss, wie ein Flugzeug über den Hügeln, wie Linus, wenn er nachdachte, wie die Stille auf dem Land, die nie Stille war. Das Auto schaukelte, aber es war nicht das Schaukeln auf Noahs Rücken. In einem der Büros hatte sie den ersten Kaktus ihres Lebens gesehen, in einem anderen einen Gummibaum. Die Menschen waren freundlich zu ihr gewesen. Niemand schien sich Sorgen gemacht zu haben, niemand Zweifel zu hegen an dem, was sie *Vorgehensweise* nannten. Es gab nachtfalterweiße und maisgelbe Formulare und solche von einem wässrigen Blau, bei dem Frida sich nicht entscheiden konnte, ob sie es im Auge einer Kuh gesehen hatte oder in den Blüten am Grund der Teekanne. Man werde sie zu ihrer Großmutter und deren Mann bringen, hieß es, alles sei in die Wege geleitet. Davor hatte man sie in den Büros nach tausend Dingen gefragt, nur nie danach, was *sie* wollte.

Das Haus, vor dem der Wagen schließlich hielt, stand im Schatten hoher Tannen. Einige Äste berührten das Dach, dessen Ziegel stellenweise von Moos bedeckt waren, grüne Inseln in einem schiefergrauen See. Kies knirschte unter den Schritten der drei, nirgends sang ein Vogel. Abseits, vor einem Holzschuppen, sah Frida das leere Steinbecken eines Brunnens, am Boden vor einem mit Efeu überwucherten Zaun einen Eimer und einen Besen.

Beim Aussteigen hatte Frau Becker sie an der Hand nehmen wollen, aber Frida hatte sich ihr entzogen. Jetzt sagte die Frau etwas, und Frida nickte, obwohl sie nicht zuhörte. Frida trug den kleinen Koffer, der Mann den großen. Sie hatten ihr Anziehsachen gekauft, schreckliche Röcke, wie Papier gefaltet, und weiße Blusen mit Rüschen, als trage sie einen Kranz aus geschäumter Milch um den Hals, keine einzige Hose, dafür Schuhe, die den Namen nicht verdienten, gewichtslos und die Sohle und das Leder so dünn, dass sie nach nur einem Tag auf dem Acker von den Füßen gefallen wären. In ihrem ladenneuen Gepäck befanden sich noch weitere Gegenstände, für die sie keine Verwendung hatte, eine Spange etwa, die beim Melken die Haare bestimmt nicht besser aus dem Gesicht gehalten hätte als ein Kopftuch, ein paar Handschuhe aus roter Wolle, die beim

Holzsammeln löchrig und zu Nistmaterial für Mäuse und Vögel geworden wären, winzige weiße, bis fingerbreit über die Knöchel reichende Strümpfe, im Winter zum Wärmen der Füße ungeeignet, im Sommer, wenn man barfuß ging, völlig sinnlos, und ein Gehstock, der mit einem Handgriff zum Dach wurde, zu einem Pilz aus Metall und Stoff, der einen vor dem Regen schützte, als ob nass zu werden geschadet oder man bei der Feldarbeit eine Hand frei gehabt hätte.

Ein Ton holte Frida aus ihren Gedanken. Der Klang der Türglocke erinnerte sie an nichts, nicht an die Fahrradklingeln in den Straßen und nicht an die Telefone in den Büros der Heime und Behörden. Er war dunkel und blechern, nicht hell und klar wie das Geräusch von Milchzähnen, die man in ein Marmeladenglas wirft, oder von Hagelkörnern, die auf einen leeren Eimer prasseln.

Der Mann, der die Tür öffnete, war hager und lang, sein Haar dicht und weiß. Er trug Straßenschuhe und einen Anzug, als wolle er gerade das Haus verlassen. Sein Blick richtete sich auf keinen der drei vor ihm Stehenden, fiel durch sie hindurch, wie das Licht des späten Nachmittags durch die Baumkronen fiel. Auf seinem Gesicht ließ sich nichts Deutbares erkennen, weder Freude, das Mädchen zum ersten Mal zu sehen, noch Feindseligkeit dem Kind gegenüber, dessen Existenz er noch immer nicht wahrzunehmen schien, auch jetzt nicht, wo er nur den Arm hätte ausstrecken müssen, um es zu berühren. Frau Becker stellte sich als Mitarbeiterin des Jugendamtes vor, danach den Fahrer und schließlich Frida. Für einen Moment sah es aus, als beabsichtige der Mann, wortlos die Tür zu schließen, aber dann trat er einen Schritt zurück und einen zur Seite und sagte: »Bitte. Kommen Sie herein.«

Frau Becker ging zuerst in den dämmrigen Flur, hinter ihr Frida, die vom Fahrer sanft geschoben wurde. Frida sah ein kupfernes Schild unter dem Knopf der Türklingel, auf dem eingraviert SAALFELD stand. Der Mann schloss die Haustür und ging an allen vorbei auf einen Flecken schwacher Helligkeit am Ende des Flurs zu. »Hier entlang«, sagte er, den Arm ausgestreckt, wie um nach etwas zu greifen.

Im Wohnzimmer, einem in Fridas Augen riesigen, mit zahllosen Möbeln, hohen Vasen und bemalten Tierfiguren vollgestellten Raum, setzten sich alle an einen Tisch und warteten auf die alte Frau, die sich jetzt erst von einem Sofa erhoben hatte und ihnen nun, ein Buch in der Hand, entgegenschritt, eine groß gewachsene, feingliedrige Gestalt, die ganze Erscheinung seltsam anmutig in ihrer Unnahbarkeit, das Gesicht ohne Regung, ohne eine Spur des Missfallens an dem Besuch, der ihre Lektüre unterbrach und den trägen Fluss ihres Nachmittags störte. Der Stoff ihres knöchellangen Kleides war dunkel wie das Holz des Fußbodens und der Wände, ihre Begrüßung ein kurzes Nicken. Der Mann stellte sie als seine Gemahlin vor, ein Wort, das Frida aus einem der Bücher kannte, die Konrad ihnen vorgelesen hatte zu einer Zeit, da die Welt der vier Kinder noch nicht völlig aus dem Gleichgewicht geraten war.

Während Frau Becker redete und dabei Formulare auf dem Tisch ausbreitete, blickte Frida empor zu dem Gebilde, das schön und bedrohlich über ihren Köpfen hing, eine Baumkrone, von deren ineinander verschlungenen metallenen Zweigen Früchte aus geschliffenem Glas hingen, durchsichtige, eckige Tannenzapfen, in denen das wenige Licht eingeschlossen war. Das Summen in ihrem Schädel war lauter geworden, das Durcheinander ihrer Gedanken, die Stimmen der vier Fremden, der Hall der Millionen kaum hörbarer Geräusche, die das Haus von sich gab. Sie spürte ihr eigenes Gewicht, schwer wie Wasser, in dem man versank. Sie war müde, aber sie konnte sich nicht vorstellen, dass es unter diesem Dach ein Zimmer gab, in dem sie würde schlafen können.

Nach kurzer Zeit schien alles besprochen zu sein, alles geklärt und verfügt und besiegelt. Fridas Großmutter und ihr Mann hatten ihr Einverständnis zu etwas gegeben, das Fridas nähere Zukunft betraf, zu dem das Kind selbst jedoch nichts zu sagen hatte, sie hatten eher widerwillig und in knappen Sätzen Fragen beantwortet, hatten Ratschläge und Anweisungen erhalten und schließlich die nötigen Unterschriften geleistet. Nicht einer der Erwachsenen hatte das Wort an Frida gerichtet, ihr aufmunternd zugelächelt oder gar von ihr wissen wollen, was sie von der Angelegenheit hielt, die sich *befristete Vormundschaft* nannte und deren Formalitäten auf einem Stapel eng bedruckter Seiten zusammengefasst waren, einem Haufen Kleingeschriebenem, der fünf Jahre Lebenszeit des Mädchens betraf.

Nachdem Frau Becker und der Fahrer das Haus verlassen hatten, standen die beiden alten Menschen, die gerade eben vertraglich zu Fridas

Großeltern geworden waren, einen Moment lang stumm und ohne sich zu rühren im Flur, als müsse das Motorengeräusch verklingen, bevor sie wieder reden und sich bewegen durften. Doch auch in der darauf herrschenden Stille fiel kein Wort. Der Mann seufzte kurz, wie er es schon während der Besprechung mehrmals getan hatte, verriegelte die Tür und ging dann zurück ins Wohnzimmer. Seine Frau folgte ihm, ohne Frida aufzufordern, mitzukommen.

Eine Weile blieb das Mädchen im Halbdunkel stehen und wartete, bis man es rufen würde. Der Flur war leer, an den Wänden hingen keine Bilder und keine Mäntel, am Boden standen keine Schuhe, kein Schirm oder Spazierstock lehnte in der Ecke. Vielleicht, dachte Frida, verließ das Paar das Haus nie, betrat weder jemals den Kiesplatz der Einfahrt noch den Garten. Wahrscheinlich wurde ihnen alles geliefert, die Lebensmittel und Getränke und was man sonst noch zum Leben brauchte, wie in dem Heim, wo sie eine Weile gewohnt hatte und wo jeden Tag etwas gebracht wurde, Gemüse und Milch und einmal eine Lastwagenladung mit Marmeladengläsern und Dosenobst und Eimern, auf denen *Margarine* stand, ein Wort, das Frida nie zuvor gesehen hatte. Frida vermutete, dass die beiden so blass waren und sich so langsam bewegten, weil sie das Tageslicht mieden und nicht mehr Schritte als nötig machten, was ihre Beine dünn und schwach hatte werden lassen. Und sie redeten so wenig, weil sie es nicht mochten oder verlernt hatten, weil sie niemanden sehen wollten und niemand sie sehen wollte und weil sie lieber stumm blieben oder ab und zu seufzten, statt zu sprechen.

Frida zählte bis hundert, dann ging sie ins Wohnzimmer. Ihre Großeltern saßen am Tisch, die Köpfe tief über die Unterlagen gebeugt, als suchten sie nach einer Stelle in den Dokumenten, aus der hervorging, wie mit dem Kind umzugehen sei. Frida sah das Licht vor den Fenstern schwächer werden. Sie musste zur Toilette und traute sich nicht zu fragen, überlegte, ihre Blase hier zu entleeren, aus lauter Wut, stellte sich den Teppich vor, wie er unter ihren Füßen dunkel würde, so wie draußen der Rasen dunkel wurde. Die Tierfiguren um sie herum verloren mit der einsetzenden Dämmerung ihren Glanz. Das Blitzen in ihren Augen erlosch, aber das Unheimliche blieb, die eingefrorene Anspannung ihrer Körper, das Abwarten der Nacht, um lebendig zu werden. Einen Hund hatte sie erkannt, obwohl er nicht die geringste Ähnlichkeit mit einem der Hofhunde in Winnipeg hatte. Er war schwarz und dünn, die lange Schnauze emporgereckt, die Ohren ragten aus seinem Kopf wie schmale Messerklingen. Ein anderes Tier schien eine Katze mit geflecktem Fell zu sein, sitzend wie der Hund, aber so groß, dass sie Frida bis an die Schultern reichte. In Gedanken trat Frida gegen eine der Vasen, die zersplitterte.

Nach einer Weile blickte der Mann hoch, seine Stirn lag in Falten, der Mund war leicht geöffnet, aber es entfuhr ihm kein Seufzer. In dem Moment, in dem er sich wieder dem Papierstapel widmete, hob die Großmutter den Kopf. Sie taxierte das fremde Mädchen einige Atemzüge lang mit unbewegter Miene, stand schließlich auf und ging in einen angrenzenden Raum, die Küche, wie Frida schnell merkte, als das leise Klirren von Geschirr und Besteck ertönte. Wenig später kam die Großmutter zurück und stellte einen Teller, auf dem ein Butterbrot lag, und ein Glas Milch auf den Tisch. Ein kaum sichtbarer Schlenker mit dem Arm, eine flüchtige Berührung der Stuhllehne mit den Fingerspitzen sollte Frida wohl als Aufforderung deuten, sich hinzusetzen, zu essen und zu trinken.

Draußen war es finster, als die ersten Worte gesprochen wurden. Der Mann hatte inzwischen das Licht angemacht, um die restlichen Blätter auf dem Stapel durchzulesen, und Frida war zusammengezuckt, hatte den Kopf zwischen die Schultern gezogen und nach oben geschaut, wo über dem Tisch die Baumkrone in Flammen stand.

»Hast du noch nie einen Kronleuchter gesehen?«, fragte die Großmutter. Ihre Stimme war leise und klar, mit ihr hatte sie auch die wenigen Worte an Frau Becker gerichtet. Sie klang gleichzeitig streng und sanft, doch der sanfte Ton hatte nichts Liebevolles, vielmehr etwas Sachliches, Gefühlloses, das zu ihrem unbewegten Gesichtsausdruck passte.

Frida erschrak ebenso darüber, von der Großmutter angesprochen zu werden, wie sie über die erleuchteten Tannenzapfen erschrocken war. Sie senkte den Kopf, schob mit der Kuppe des Zeigefingers Krumen auf dem Teller zusammen, der weiß war wie die fade Milch, die sie nicht gemocht und trotzdem getrunken hatte, weil sie nicht undankbar erscheinen wollte.

»Um mehr über dich zu erfahren, werden wir dir bald noch einige Fragen stellen.« Die Großmutter zog den leeren Teller unter Fridas Hand weg und griff nach dem Glas. »Abgesehen hiervon«, sie deutete auf die Unterlagen, »wissen wir nichts über dich und erwarten, dass du uns Rede und Antwort stehst.« Sie machte eine Pause, als wolle sie dem Mädchen Zeit geben, sich mit dieser Tatsache abzufinden. »Nun. Hast du noch nie einen Kronleuchter gesehen?«

Frida schüttelte den gesenkten Kopf.

»Eine Frage zu beantworten bedeutet, zumindest in diesem Haus, den Mund zu öffnen und Sprache zu benutzen.« Wieder wartete die Großmutter einen Augenblick. »Wir bevorzugen ganze Sätze, aber für den Anfang würde uns ein Ja oder Nein genügen«, sagte sie dann.

Der Mann atmete hörbar aus. »Von Frau Becker wissen wir mit Sicherheit, dass du sprechen kannst.« Seine Stimme klang ebenso ruhig wie die seiner Frau, genauso sanft und streng, aber sie war tief und dunkel und hatte nichts Einschüchterndes.

Frida spürte ihre Blicke auf sich, auch ohne den Kopf zu heben. Dass unversehens beide redeten, verwirrte sie. Endlich blickte sie der alten Frau in die Augen, in denen sie nichts zu erkennen glaubte, was sie an Dagmar erinnerte, ihre Mutter.

»Nun?«

»Doch«, sagte Frida, und weil sie ganze Sätze bilden sollte, fügte sie hinzu: »In London haben wir Kronleuchter gesehen.«

Die Großmutter und der Mann sahen einander an, dann wandten sie sich gleichzeitig wieder Frida zu.

»London?« Die Großmutter hatte sich zuerst gefasst. Gleich darauf schien sie sich ihrer Regel der ganzen Sätze zu entsinnen. »Du warst in London und hast dort einen Kronleuchter gesehen?«

Frida nickte. »Ja.«

»Wann warst du in London?«

»Vor fünf Jahren.«

»Wo befand sich dieser Kronleuchter?«

»Im Haus der Maylies.«

»Wer sollen diese Maylies sein?«

»Mister und Misses Maylie und ihre Tochter Rose. Wir haben ein paar Tage mit ihnen verbracht.«

Die beiden Alten sahen einander erneut an. Der Mann seufzte leise und schüttelte den Kopf.

»Du warst nie in London«, sagte die Großmutter nach einer Weile, sichtlich bemüht, ihre Verärgerung nicht zu zeigen. »Du hast dein gesamtes bisheriges Leben auf diesem Bauernhof verbracht und nie etwas anderes gesehen.«

Frida schwieg, senkte aber nicht den Blick, sondern sah der alten Frau weiterhin ins Gesicht, rätselte über die Farbe ihrer Augen, ein trübes, schmutziges Grün, begann dunkle Flecken auf ihrer Haut zu zählen, Muttermale und Falten.

Der Mann erhob sich, wobei er sich mit beiden Händen auf der Tischplatte abstützte. Trotz der Anstrengung, die ihn das Aufstehen offenkundig kostete, entwich kein Ton seiner Kehle, dafür gaben seine Kniegelenke ein knirschendes Geräusch von sich. Mit langsamen Schritten ging er in die Küche, aus der bald das leise Klirren von Glas zu vernehmen war.

»Wenn ich dich etwas frage, will ich von dir die Wahrheit hören und keine Lüge«, sagte die Großmutter. »Hast du mich verstanden?«

»Ich lüge nicht«, sagte Frida mit fester Stimme, gelassen und aufrichtig, ohne eine Spur von Trotz. »Vor fünf Jahren haben wir die Familie Maylie in London besucht. Ringo, Leander, Linus, ich und Oliver Twist.«

Die Miene der Großmutter blieb unverändert, nur ihr linkes Lid zuckte zweimal, und mit ihm acht Krähenfüße im Augenwinkel und ein blassbraunes, stecknadelkopfgroßes Muttermal.

Frida stand vor dem Sofa, auf dem tagsüber die Großmutter saß und las. Sie strich mit der Hand über das Polster und berührte eines der beiden Kissen. *Werden und Vergehen, ertrag es in Ruh, jeder muss gehen, bald auch schon du* war darauf gestickt, das andere zierte eine Jagdszene mit Hunden und einem Hirsch. Ihre Großmutter und ihr Mann waren ohne ein weiteres Wort nach oben gegangen und hatten eine Tür hinter sich geschlossen. Über dem Kopf das leise Tapsen der Umhergehenden, hatte Frida eine Weile gewartet und schließlich die Hoffnung aufgegeben, noch geholt und in ihr Zimmer gebracht zu werden, das zweifelsohne für sie bereitstand. Auf der Suche nach einer Toilette war sie durch das Erdgeschoss gewandert und hatte den kleinen Raum in der Nähe der Eingangstür gefunden, sich erleichtert und Hände und Gesicht gewaschen. Wo ihre beiden Koffer waren, wusste sie nicht, das Gepäck schien verschwunden zu sein, und mit ihm Schlafanzug, Pantoffeln, Haarbürste und all die anderen Dinge, deren Namen und Verwendungszweck man ihr auf dem Jugendamt beigebracht hatte.

Sie faltete die weizenfarbene Wolldecke, die über einer Seitenlehne des Sofas hing, auseinander, zog die Schuhe aus und legte sich hin. Vor den Fenstern stand die Nacht, kein Quäntchen Mondlicht sickerte vom Himmel, kein Stern verlor sich darin. In der oberen Etage wurde es nach und nach ruhig. Noch einmal stürzte Wasser durch ein Rohr in der Wand, fiel klirrend ein Ring in ein Waschbecken, schloss sich mit einem Knarren eine Schranktür. Die Zahl der Schritte, bedächtige und energische, wurde weniger, dann ächzten Bettgestelle, bis schließlich eine Stille herrschte, wie Frida sie nicht kannte. Kaum schloss sie die Augen, erwachten die Hunde und Riesenkatzen zum Leben, strichen um ihr Lager und beschnupperten sie. Eines der Tiere streifte mit einem Ohr ihre Hand.

Die blutsverwandte Frau und der fremde Mann redeten bestimmt von ihr, Frida glaubte ihr Flüstern im oberen Stockwerk zu hören, es schwebte summend in der Dunkelheit wie ein Mückenschwarm über einer Wiese. Frida drehte sich auf den Bauch und zog die Decke über den Kopf.

Unsere Herde gibt es nicht mehr. Wir leben jetzt in der Welt auf der anderen Seite des Flusses. Wir sind Ameisen, von zu Hause fortgetragen. Kröten, über die gerichtet wurde. Am Tag wissen wir nicht, was geschieht, nachts träumen wir von Noah, der nutzlos geworden ist wie eine kaputte Maschine, für die es keine Ersatzteile mehr gibt. Wir lernen neue Wörter. Gummibaum. Vormundschaft. Garage. Auferstehung. Wir unterhalten uns in Gedanken. Wir denken aneinander, bis wir weinen oder aufhören zu weinen. Farbig sind hier vor allem die Autos. Im Himmel fehlen die Sterne. Die Stadt ist ein schrecklicher Planet.

Am Morgen stand sie auf, bevor es richtig hell wurde. Ihr Schlaf war unruhig gewesen, durchzogen von Träumen, in denen sie mit den Tieren redete, die jetzt wieder erstarrt an ihren Plätzen saßen. Mit der Fingerspitze berührte sie den Kopf eines Hundes und versuchte sich zu erinnern, was er gesagt hatte, aber es gelang ihr nicht.

Sie zog die Schuhe an, ging auf die Toilette und wusch sich das Gesicht. Die Haustür war abgeschlossen, ein Schlüssel nirgendwo zu finden. Hinter einer Tür im Flur befand sich ein Schrank, in dem neben Vasen, Töpfen, Werkzeug und anderem Kleinkram aufgerollte Teppiche und ein Bügelbrett aufbewahrt wurden. Durch eine weitere Tür gelangte man in die Garage, die bis auf ein paar Pappkisten und einen großen Holzschrank leer war. Ölflecken auf dem Boden zeugten von einem Auto, das einmal hier gestanden hatte, helle Rechtecke an den grauen Wänden von weggeschafften Regalen und Kommoden. Das Tor ließ sich ebenso wenig öffnen wie der Schrank, und auch hier blieb die Suche nach einem Schlüssel erfolglos.

In der Küche nahm Frida sich eine Scheibe Brot und trank ein Glas Wasser. Über ihr war es still. Eine Wanduhr zeigte zehn Minuten vor sechs. Der Kühlschrank war gefüllt mit den wunderlichsten Sachen, einem Glas schwarzer, in Flüssigkeit eingelegter Oliven etwa, einem keilförmigen, gelblichen, nach Käse riechenden Brocken auf einem Teller, einer flachen, länglichen Dose, bedruckt mit einem silbrig glänzenden Fisch und dem Wort ANCHOVIS, oder einer Flasche, zwischen Karotten und einer unnatürlich geraden Gurke im Gemüsefach liegend, deren Etikett der Schriftzug AKVAVIT zierte. Noch Seltsameres fand sich im Gefrierfach, hinter dessen Tür immer tiefster Winter herrschte und das sie zum ersten Mal bei der Pflegefamilie gesehen hatte, zu der sie nach den Wochen im Heim gebracht worden war. In einem buchgroßen Metallbehälter gab es zu Würfeln gefrorenes Wasser, auf den Deckeln kleiner Plastikbecher stand PISTAZIE und MOKKA, in einer rechteckigen Glasschüssel lag ein Dutzend winziger nackter Vögel, die knochigen Leiber wie blaugefroren und die Augen wacholderbeerschwarz.

In Winnipeg hatte es zwei Kühlschränke gegeben, alte gefrierfachlose Ungetüme, die wie die Melkmaschine, die Glühbirnen und der geheime Plattenspieler von einem Apparat zum Laufen gebracht wurden, der hinter dem Schuppen unter einem Wellblechdach stand und röhrte und wackelte und stinkende Wolken ausstieß und den die Alten behandelten wie ein lebendiges, nach Fürsorge und gutem Zureden verlangendes Wesen, nur weil er den Hof unabhängig von der öffentlichen Stromversorgung machte.

Als sie über sich Schritte hörte und wenig später das Rauschen der Toilettenspülung, ging Frida zurück ins Wohnzimmer, faltete die Wolldecke zusammen und legte sie über die Lehne des Sofas. Zu ihrer freudigen Überraschung ließ sich die verglaste Tür zum Garten öffnen, doch im Freien verflog das Hochgefühl, sobald sie sah, dass die Rasenfläche von einer hohen, mit Kletterpflanzen bewachsenen Steinmauer umgeben war. Das Gras schien vor Kurzem gemäht worden zu sein, Tau lag auf den Halmen, als Frida mit der Hand darüberstrich. Es wurde hell, irgendwo musste die Sonne aufgehen. Schlierige Wolken füllten den Himmel, wie verwischt von einem Wind, den man hier unten nicht spürte. In der Mauer zu ihrer Rechten gab es eine Tür aus rissigem, grün gestrichenem Holz, die, wie Frida es erwartet hatte, verschlossen war. Ohne große Hoffnung griff sie in die beiden leeren Tontöpfe zu beiden Seiten der Tür, hob einen Teller hoch, der wie vergessen im Kiesbett lag, und spähte in Mauerspalten und in ein kaputtes Vogelhaus.

Nach einer Weile merkte sie, dass ihr kalt war, und als sie auf dem Weg zum Haus nach oben blickte, wurde in einem der oberen Fenster ein Vorhang gezogen, hinter dem eine Gestalt verschwand. Ihre Großmutter hatte sie beobachtet, davon war Frida überzeugt, und ebenso davon, dass es sie aus diesem Grund gefröstelt hatte. Im Wohnzimmer wusste sie nicht, wo sie warten sollte, bis die Frau und der Mann erscheinen würden, doch dann setzte sie sich an den Tisch und lauschte den Geräuschen aus dem Teil des Hauses, zu dem man ihr den Zutritt noch verwehrte.

Die Großmutter kam als Erste die Treppe herunter. Sie trug einen knöchellangen geblümten Hausmantel, der von einem Stoffgürtel zusammengehalten wurde, und an den Füßen Pantoffeln. Ihr Haar war mit Klammern hochgesteckt, ein graues Gebilde, in dem sich ein paar Strähnen wanden, blassgelb wie trockene Maisblätter.

»Guten Morgen«, sagte sie auf der untersten Treppenstufe, bevor sie in die Küche ging. Gleich darauf betrat sie das Wohnzimmer und sah Frida mit strengem Blick an. »Wird man begrüßt, dann grüßt man zurück«, sagte sie. »Das nennt sich Höflichkeit.«

»Guten Morgen.« Frida räusperte sich, als wolle sie die zwei Wörter wiederholen, lauter und deutlicher und mit erhobenem Kopf, aber sie sagte nichts mehr und starrte weiterhin auf die Tischplatte. Schließlich war der Morgen nicht gut, dachte sie, jedenfalls nicht für sie, nicht nach dieser Nacht auf dem schmalen Sofa.

»Was gab es denn zum Frühstück in dieser ... diesem ... da, wo du herkommst?« Die Großmutter schien sich darüber zu ärgern, wie schwer es ihr fiel, eine in ihren Augen passende Bezeichnung für Fridas ehemaliges Zuhause zu finden, den Ort, aus dem man ihr dieses seltsame Kind gebracht hatte. Sie drehte sich jäh um und verschwand in der Küche. Ein Streichholz wurde angerissen, eine Gasflamme entzündet, ein Topf scheppernd auf den Herd gestellt.

Frida antwortete nicht. Brot, Butter, Honig, Marmelade, Käse, gekochte Eier, dazu Kannen voller Tee und warmer Milch, damit hatten die Kinder jeden Morgen den Küchentisch beladen, nachdem die Tiere gefüttert waren und während die Alten noch schliefen oder sich im Bad wuschen.

»Hier gibt es immer das Gleiche«, rief die Großmutter und ließ das Besteck in der Schublade rasseln. »Außer am Sonntag, da backe ich Croissants auf.« Sie kam zurück ins Wohnzimmer und stellte drei Teller auf den Tisch. »Aber heute ist ja nicht Sonntag, nicht wahr.« Sie holte Gabeln, Messer und Teelöffel aus den Taschen des Hausmantels und legte alles auf den Tisch, zuletzt einen Salzstreuer. »Gabel links, Messer rechts.« Damit war sie wieder weg und öffnete den Kühlschrank. Glasbehälter klirrten, ein Brummton setzte ein.

Ein im Winterschlaf gestörter Bär, etwas leiser als die altersschwachen, unzählige Male reparierten Kühlschränke in Winnipeg, dachte Frida und nahm sich vor herauszufinden, was Croissants waren. Sie wartete eine Weile, unschlüssig, ob sie der Frau gehorchen sollte, die nebenan mit Töpfen und Einmachgläsern hantierte wie ein Mann, für den Küche und Werkstatt ein und dasselbe waren und der herumfuhrwerkte, als müsse alles von viel Lärm begleitet erledigt werden, damit die untätig Herumsitzenden hören konnten, dass andere arbeiteten, und ein schlechtes Gewissen bekamen. Vielleicht, überlegte Frida, galt der Krach ihr, vielleicht aber auch dem Mann, der sich mit dem Aufstehen, Waschen und Anziehen Zeit ließ und lieber zu warten schien, bis das Frühstück auch ohne sein Zutun bereitstand. Als die Großmutter mit drei Tassen und Untertassen und einem mit Brotscheiben gefüllten Korb aus der Küche trat, verteilte Frida die Messer und Gabeln eilig neben die Teller und strich die Tischdecke glatt.

»Du bist dreizehn«, sagte die Großmutter und schob die Tassen und den Korb in Fridas Richtung. »Trinkst du da schon Kaffee?«

Frida machte ein Gesicht, als sei sie gefragt worden, ob sie schon rauche oder mit einem Mann das Bett teile.

Zum ersten Mal seit Fridas Ankunft glitt ein Ausdruck der Erheiterung über das Gesicht der alten Frau.

»Also nicht«, sagte sie und wandte sich ab, rasch und energisch, wie um den Anflug eines Lächelns vor dem Mädchen zu verbergen.

Frida erhob sich und stellte je eine Tasse und Untertasse neben jeden der drei Teller. Das dritte Gedeck war für sie, ging ihr durch den Kopf. Gleich würden sie zu dritt um den Tisch sitzen und gemeinsam essen, sie und die beiden alten Menschen, die den Behörden ihr Wort gegeben hatten, sich um dieses Kind zu kümmern, die fremde Tochter der fremden Tochter, dieses verstockte Mädchen, das sie in der allerersten Nacht auf dem Sofa hatten schlafen lassen, weil es von einer Reise nach London erzählt hatte, die einerseits erfunden und andererseits tatsächlich unternommen worden war, wenn auch nur in Gedanken.

Am Frühstückstisch wurde nicht gesprochen. Auch während des Mittagessens und beim Abendbrot fielen keine Worte. Vor dem ersten Bissen wurde weder gebetet noch wünschte man sich gegenseitig guten Appetit. Schüsseln und Salzstreuer wurden stumm über den Tisch geschoben, wie Figuren bei einem eigenartigen Brettspiel. Mit Schweigen hatte Frida kein Problem. Schon in der Pflegefamilie, bei der sie untergebracht worden war, während die Behörden und die Saalfelds noch über die Formalitäten der Adoption verhandelten, hatte sie gelernt, bei Tisch zu schweigen.

Das gemeinsame Essen diene sowohl der körperlichen Stärkung als auch der geistigen Einkehr, hatten die bibelfesten Mönkemeiers ihr Pflegekind wissen lassen, hemmungsloses Geplapper wirke sich störend auf Magen und Geist aus, zudem sei es unanständig, mit vollem Mund zu sprechen. Also verstummte Frida, sobald sie sich an einen gedeckten Tisch setzte. Nicht dass sie außerhalb der Küche oder des Esszimmers andauernd geredet hätte, im Gegenteil. Wurde sie etwas gefragt, antwortete sie, ansonsten hielt sie sich bedeckt, zumindest gegenüber ihren Pflegeeltern und ihrer Schwester auf Zeit, einer argwöhnischen, eifersüchtigen Sechzehnjährigen, die heimlich rauchte und sich vor *den Kommunisten* fürchtete.

Weil Frida eigentlich gesprächig war, gerne von sich erzählte und den Geschichten anderer zuhörte, ging sie bei jeder Gelegenheit in den Park, setzte sich zu jemandem auf die Bank und verwickelte ihn oder sie in eine Unterhaltung, bei der es von Ackerringelblume bis Zauneidechse um unzählige Themen gehen und die sich über viele Stunden hinziehen konnte. Alte Menschen, zu denen sich nie jemand setzte, erwiesen sich als die dankbarsten Gesprächspartner. Auch wenn sie dem drauflosredenden Mädchen gegenüber anfänglich misstrauisch waren, legten die meisten ihre Skepsis bald ab, erfreuten sich an dem amüsanten Kind und gaben irgendwann eigene Anekdoten zum Besten, kramten immer tiefer in Erinnerungen und breiteten sie vor Frida aus wie Bilder in Alben, pendelnd zwischen redseliger Heiterkeit und verhaltener Wehmut. Von ihrer Zuhörerin ermuntert, wollten viele gar nicht mehr in ihr gewohntes, wie Gicht und Einsamkeit ertragenes Schweigen verfallen, dann war schon ein Regenschauer oder die hereinbrechende Dunkelheit nötig, um ihrem Redefluss ein Ende zu bereiten.

Doch Frida konnte auch stumm sein. Sie konnte Wörter verschlucken, sich Sätze verkneifen und ihrer Umwelt ganze Romane ersparen. Wenn es sein musste, konnte sie alles für sich behalten, ihre Erlebnisse, ihre Ansichten, ihre Gefühle. Sprechen betrachtete sie nicht als Monolog, ihr Mitteilungsbedürfnis war immer nur so groß wie das ihres Gegenübers. War jemand nur bereit zuzuhören, ohne etwas von sich selbst preiszugeben, verlor sie rasch das Interesse. Reden bedeutete für sie ein Hin und Her, ein Geben und Nehmen, ein Tauschgeschäft, bei dem Unscheinbares und vor dem Vergessen Gerettetes ebenso den Besitzer wechselte wie eine tragische Liebesgeschichte oder ein lange gehütetes Geheimnis.

Beim Ehepaar Saalfeld wurde während des Essens nichts ausgetauscht, nicht einmal ein Blick, also hielt Frida sich an diese Regel. In der Kommune hatte es ständig Diskussionen gegeben, oft hitzige Wortgefechte, bei denen es um die Beschaffung eines neuen Mähdreschers gehen konnte, um Maisbrand oder einen tropfenden Wasserhahn. Obwohl die Frauen als gleichberechtigt galten, waren es meistens die Männer, die das Wort führten, wobei nicht immer Redegewandtheit und Verstand die Grundlage bildeten, sondern Lautstärke und Rechthaberei. Ging es beim Frühstück noch einigermaßen ruhig zu, was der allgemeinen Müdigkeit geschuldet war, konnte es beim Mittagessen bereits zu turbulenten Auseinandersetzungen kommen, weil der Dieselgenerator einmal mehr den Dienst verweigerte, der nächtliche Sturm das Scheunendach beschädigt hatte oder für eine kranke Kuh der Tierarzt kommen musste, ein Mensch aus der feindlichen Welt, den die Mehrheit der Alten nicht auf dem Hof sehen wollte. Saß man beim Abendbrot beisammen, waren die Alten entweder ruhiger, da für eines der Probleme eine Lösung gefunden worden war, oder ihre Stimmung hatte sich angesichts einer zugespitzten Lage noch weiter verdüstert, was sie mit erschöpftem Klagen und selbstmitleidigem Jammern zum Ausdruck brachten.

Die heftigsten Streitigkeiten am großen Esstisch waren oft aufgrund banalster Ereignisse entstanden. Jemand hatte eine Sichel, an der noch Gras hing, am falschen Ort im Geräteschuppen abgelegt, das Lahmen eines Schafs war nicht gemeldet, ein morscher Zaunpfosten zwar entdeckt, aber nicht ersetzt worden. Dann warfen die Alten sich gegenseitig Versäumnisse vor, brachten das Verantwortungsgefühl für die Gemeinschaft zur Sprache und debattierten endlos über Begriffe wie Solidarität, Kollektiv und Kommunikation. Vertrocknete beispielsweise ein Feld mit Zuckerrübenkeimlingen, weil niemand für die Bewässerung eingeteilt worden war, machten die Männer dafür die mangelnde Verständigung innerhalb der Gruppe verantwortlich, ein Vorwurf, der Frida stets absurd erschienen war angesichts des uferlosen Lamentierens und der wilden Auseinandersetzungen, die Tag für Tag die Suppe in den Tellern der Alten hatten kalt werden lassen.

Hier redete man während des Essens also nicht, wusste Frida jetzt, und es war ihr egal, ob das Schweigen auf Benimmregeln gründete, auf einem religiösen Gesetz oder auf dem Mangel an Gesprächsstoff. Sie hatte in der Gemeinschaft nie viel gesagt, weil die Kinder lieber zuhörten, statt mitzureden, weil sie zu müde oder hungrig gewesen waren, um den Mund für etwas anderes zu öffnen als für ein Gähnen oder den vollen Löffel, und weil ihre Stimmen im Radau der Alten sowieso untergegangen waren und nicht gezählt hatten. Mit Stille konnte sie leben, auch wenn sie sie nie gesucht hatte, anders als Leander, der gerne verschwunden war, um vor sich hin zu schweigen und die Wortlosigkeit der Natur zu genießen. Nur wenn lange Zeit nicht geredet worden war, vielleicht weil eine gute Milchkuh gestorben oder ein Teil der Dinkelernte ausgefallen war, hatte Frida etwas gefehlt. Dann hatte sie reden und sich Gehör und Antworten verschaffen müssen wie Armin Schnaps, hatte Wörter ausspucken müssen wie eine Katze Bälle aus Haar. Oft hatte sie mit sich selbst geredet oder mit einem der Tiere, mit Noah etwa, der geduldig zugehört und sogar ab und zu einen Laut von sich gegeben hatte, als habe er die Not des Mädchens erkannt und versucht, sie durch ein zustimmendes Wiehern oder ein verständnisvolles Schnauben zu mildern.

Ihre Großeltern besaßen keine Tiere, bei denen Frida ihre Gedankenlast hätte abladen können, und von einem Park, wo einsame Menschen auf Bänken saßen und warteten, bis jemand kam und ihren Erinnerungsstrom anzapfte, wie man eine Birke für ihren Saft anzapft, von einem solchen Ort wusste sie nichts. Bestimmt würde ihr im Garten eine Amsel Gehör schenken, würde ihr eine Eidechse andächtig lauschen oder ein Käfer an den Lippen hängen, aber auf längere Sicht war das zu wenig. Sie konnte weiterhin Selbstgespräche führen, flüsternd oder stumm, konnte sich alles, was sie wollte oder was auf sie hereinbrach, durch den Kopf gehen lassen und ihn dabei zermartern, konnte jede Kleinigkeit und jede Großartigkeit, die sie beschäftigte, wälzen und überdenken, sie in den Gehirnwindungen einmotten oder versuchen, sie zu vergessen, wie sie allmählich die Namen der Kühe vergaß, den Geruch von Apfeltrester und die Kälte der Bodenfliesen, wenn sie in ihrer Erinnerung den Waschraum betrat, nachts, barfuß und außer sich vor lauter Nichtgesagtem und Unerhörtem, das ihr den Schlaf raubte.

Doch genügen würde das nicht. Vögel und Insekten waren geduldige Zeugen ihrer Reden, unverdrossene Zaungäste ihrer Ansprachen, aber menschliche Aufmerksamkeit konnten sie nicht ersetzen. In der Schule würde sie Zuhörer finden, überlegte sie, und wahrscheinlich auch jemanden, dem zuzuhören sich lohnte. Menschen, die Frau Becker vom Jugendamt *Lehrkräfte* genannt hatte, würden ihren hungrigen Geist füttern, und der Geist würde mit Wissen und neuen Wörtern vollgestopft werden wie ein Silo mit Mais. Schon in fünf Tagen würde sie zur Schule gehen, dachte Frida und schrieb mit dem Stift ihren Namen auf ein Blatt Papier.

»Kind?«

Frida setzte den Punkt auf das i, was seltsamerweise ein Geräusch verursachte.

»Kind!«

Frida blickte hoch und in das Gesicht der Großmutter.

»Was ist nur los mit dir? Du zerkratzt mir noch den Tisch!« Die Großmutter nahm Frida den Teelöffel aus den Fingern.

Der Mann seufzte und schüttelte den Kopf, dann trank er einen Schluck und legte den Kopf in den Nacken, als spüle er eine Tablette gegen die Anwesenheit von Kindern hinunter.

»Hörst du denn nicht, wenn man mit dir redet?« Die Großmutter strich mit der Fingerkuppe über die Stelle, wo Frida die fünf Buchstaben hingeschrieben hatte, als könnten Kratzer im Holz entstanden sein.

Frida senkte den Kopf. Auf ihrem Teller lag eine mit Butter bestrichene Scheibe Brot.

»Ich habe dich gefragt, ob du frühstücken oder weiter Löcher in die Luft starren willst.«

Frida griff nach der Brotscheibe und biss davon ab. Sie hasste es, wenn man sie beim Essen beobachtete, aber genau das taten die beiden Alten. Die Flüssigkeit in ihrer Tasse musste schwarzer Tee sein, ein Getränk, von dem sie bisher nur gehört hatte. Sie legte das Brot auf den Teller und nahm einen Schluck. Der Tee schmeckte bitter und war kalt geworden wie die Suppe der Tischrundenkrakeeler in Winnipeg.

»Nach dem Essen habe ich mit dir zu reden«, sagte die Großmutter, erhob sich und ging, ihr Gedeck und ihre Serviette mitnehmend, in die Küche.

Der Mann, der gerade nach einer Scheibe Käse gegriffen hatte, sah seiner Frau verwirrt nach. Er schien hin- und hergerissen zu sein zwischen dem Gefühl, ihr folgen zu müssen, und dem Bedürfnis, sitzen zu bleiben und zu Ende zu essen. Schließlich entschied er sich dagegen, den Tisch vorzeitig zu verlassen, schenkte sich Kaffee ein und biss in das belegte Brot. Ab und zu traf sein Blick wie zufällig den des Mädchens, dann senkte er rasch den Kopf und widmete sich den Krümeln auf der Tischdecke oder der Brille, die neben dem Teller lag und ständig ein wenig herumgeschoben werden musste. Sobald er das Brot gegessen und den Kaffee getrunken hatte, stemmte er sich hoch, setzte die Brille auf und verschwand in der Küche, wo ihn eine andere, gewohntere Stille erwartete.

Weil sie nicht wusste, was ihr erlaubt oder verboten war, welche Teile des Hauses sie betreten durfte und welche nicht, ob sie ihr Geschirr in die Küche tragen sollte, wo längst niemand mehr war, oder ob sie sitzen bleiben und auf die Großmutter warten sollte, weil niemand ihr sagte, was sie zu tun oder zu lassen hatte und weil sie lange genug bei Tisch gesessen hatte, ging sie später am Morgen wieder ins Freie. Mittlerweile war es hell geworden, der Teil der Mauer, den die Sonne traf, leuchtete. Frida zog Schuhe und Strümpfe aus und lief durch das Gras, das trocken war über der noch kühlen Erde. Sie schätzte die Höhe der Mauer auf zwei Meter, Wolfram hätte, sich streckend und auf die Zehenspitzen stellend, über sie hinwegsehen können. Vier Bäume wuchsen auf der Rasenfläche, eine Art, deren Namen Frida nicht kannte, obwohl es in Winnipeg das Unterrichtsfach Waldkunde gegeben und sie mehrere Dutzend Bäume von Ahorn bis Zeder zu unterscheiden gelernt hatte. In jeder Ecke des Gartens stand einer, schmale Stämme mit Zweigen, die so dünn waren, dass sie sich bestimmt bogen, wenn ein Vogel auf ihnen landete.

Erst als Frida die Mauer nach Spalten absuchte, in die sie ihre Finger stecken konnte, wurde ihr bewusst, dass sie einen möglichen Fluchtweg prüfte. Zuerst erschrak sie über den Gedanken, dann erheiterte er sie, wenn auch auf sonderbare, leicht verstörende Weise. Sie setzte sich in die Mitte des Rasens, die Beine verschränkt wie Dagmar, wenn sie allein sein wollte und hinter dem Haus oder dem Stall einen Flecken Sonnenlicht suchte, um für wenige Minuten die Augen zu schließen und, so war es Frida stets vorgekommen, einer nur für sie hörbaren Stimme zu lauschen. Ein Käfer flog vorbei, und ein kleiner brauner Vogel, den Frida für einen Zaunkönig hielt, ließ sich auf der Mauer nieder, aber Frida hatte nicht das Bedürfnis zu reden und brauchte keine gezwitscherte Aufmunterung. Dass sie darüber nachgedacht hatte, wie sie entkommen konnte, erschien ihr noch abwegiger, als sie sich in Erinnerung rief, dass sie bald zur Schule gehen und dazu das Haus verlassen würde, durch welche der Türen auch immer. Sie machte die Augen zu, wie es ihre Mutter immer getan hatte, und malte sich ihre Zukunft aus, das Schulhaus mitten in der Stadt, die gewaltige Herde von Kindern, die klugen Lehrerinnen, die bestimmt Brillen trugen vom vielen Lesen, und die Lehrer, bärtig und weise wie Twain und Dickens. Das Schulgebäude stellte sie sich riesig vor, mit zahllosen Zimmern, von denen jedes ein Aufbewahrungsort war für alles, was die Menschheit je erforscht, entdeckt und erfunden hatte. In ihrer Fantasie betrat sie leuchtende, von Büchern überquellende und mit Landkarten tapezierte Räume, wo sie die Gelegenheit bekam, sich ein eigenes Bild der Welt zu machen, eines, das aus mehr Teilen bestand als aus den Feldern und Äckern ihrer ersten zwölf Jahre, eines, auf dem mehr zu sehen war als Zäune und ein Fluss, die Grenzen ihrer Kindheit, die vorbei schien, beendet wie eine Arbeit, die man ihr aufgetragen hatte. In fünf Tagen würde sie erfahren, welcher Ort der schlimmere war, Winnipeg oder das Land darum herum, das sie niemals hatte betreten sollen, und welche Wahrheit sie glauben konnte, die der Alten oder jene, die man ihr auf den Ämtern erzählt hatte. Sie fragte sich, für wie dumm man sie in der Schule halten würde, für wie rückständig, unbedarft und absonderlich. Sie rätselte darüber, welches Verhalten und Auftreten von ihr erwartet wurde, welche Kleidung und welche Stimme, die laute oder die leise, die der Weide oder des Dachbodens, die für die Kühe und Schafe oder die für Ringo, Leander und Linus.

Als sie ihren Namen hörte, öffnete sie die Augen. Der Vogel flog davon, aufgescheucht vom Ruf aus dem Haus, in das Frida ging, nachdem sie sich Strümpfe und Schuhe angezogen und die Grashalme vom Rock gewischt hatte.

»Setz dich«, sagte die Großmutter. Ihr Gesicht zeigte die übliche

Strenge, aber der Befehl ging ihr fast freundlich über die Lippen. Ein Schreibblock und ein Bleistift lagen vor ihr auf dem Tisch, dessen Holz so glänzte, dass der Kronleuchter sich darin spiegelte.

Als Frida saß, faltete die Großmutter die Hände über dem Block und betrachtete ihre Enkelin dann so eingehend wie jemanden, den sie noch nie zuvor gesehen hatte oder in dessen Zügen sie gewisse Merkmale zu finden hoffte, Hinweise auf eine Verwandtschaft, die nicht zu leugnen waren.

»Nun also«, sagte sie, verzog den Mund mit zusammengepressten Lippen und wartete zwei Atemzüge lang, bevor sie fortfuhr: »Ich will offen zu dir sein. Ich ... also mein Mann und ich, wir leben schon lange alleine hier, schon seit vielen Jahren. Nur wir zwei.« Sie räusperte sich. »Wir sind Besuch nicht gewohnt, geschweige denn Gäste. Dafür sind wir nicht eingerichtet.« Wieder unterbrach sie sich, entfaltete die Hände und überflog das Geschriebene auf der obersten Seite des Blocks, als hätte sie ihren Text vergessen. »Nun ist jedoch die Lage, wie sie ist, und wir müssen zusehen, wie wir mit ihr zurechtkommen, wie wir vorgehen. Die Leute vom Amt haben uns mit Richtlinien versorgt, mit Ratschlägen, deren Nützlichkeit sich noch erweisen muss. Die Lage ...« Sie blätterte ein paar Seiten um, die ebenfalls mit blauer, schnörkelloser Schrift gefüllt waren. »Die Situation ist die, dass wir, mein Mann und ich, dem Amt gegenüber eine Verpflichtung eingegangen sind, die Verpflichtung, uns um dich zu kümmern, bis ... nun, zuerst einmal für die nächsten zwei, drei Jahre, aber eigentlich sind es fünf, bis du erwachsen bist, achtzehn, also volljährig.«

Mit dem Begriff *volljährig* hatten sie die Behörden bereits vertraut gemacht, und auch jetzt klang er in Fridas Ohren wie Musik, eine leise Melodie, die ein Orchester auf einer weit entfernt liegenden Wiese übte für den Tag, an dem ihre Freiheit gefeiert würde.

»Das ist eine ... nun ja, recht lange Zeit, während der du bei uns wohnen wirst, in diesem Haus.« Erneut machte die Großmutter eine Pause.

Weil Frida dachte, dass jetzt eine Reaktion von ihr erwartet wurde, sagte sie: »Ja.«

»Damit es, während du bei uns bist, keine ... Komplikationen gibt, gilt es gewisse Regeln zu befolgen. Das siehst du bestimmt ein.«

»Ja.«

»Ich hatte die folgende Regel nicht an die erste Stelle gesetzt, aber nach deiner gestrigen Äußerung, deiner Antwort auf eine von mir gestellte Frage, habe ich sie nach ganz oben gesetzt. Sie lautet: In diesem Haus wird nicht gelogen.« Die Großmutter tippte mit dem Bleistiftende auf den Block. »Wir dulden von dir keine weiteren Lügen.«

Frida nickte in der Hoffnung, damit die Verlesung der Regeln zu beschleunigen.

»Ich weiß nicht, wie man euch Kinder dort … erzogen hat, vielleicht heidnisch, vielleicht in religiösem Eifer, dann kennst du sicher das Gebot, du sollst nicht falsch Zeugnis reden. Das steht in der Bibel, ich glaube, es ist das siebte … nein, das achte Gebot, irgendwo bei Mose, nicht falsch Zeugnis reden wider seinen Nächsten soll man. Kennst du das?«

Frida schüttelte den Kopf. »Nein.«

»Nun, es steht in der Bibel, glaub mir. Und weil es dort steht, und weil wir in diesem Haus keine Lügen dulden, wirst du dich an dieses Gebot halten, an diese Regel.«

Frida nickte.

»Nicht dass du jetzt denkst, wir seien gläubige Menschen. Mein Mann und ich, wir halten es da eher … pragmatisch. Wir würden uns nicht gerade als Atheisten bezeichnen, das nicht, aber …« Die Großmutter verstummte und kniff die Augen zusammen. »Weißt du überhaupt, wovon ich spreche?«

Frida schüttelte den Kopf. Die Ausdrücke *pragmatisch* und *Atheisten* hatte sie noch nie gehört.

»Wir glauben nicht an Gott, Kind. Uns lenkt in diesen Dingen eher die Vernunft. Dass wir dennoch … christlich handeln, also im Sinne von liebe deinen Nächsten und so weiter, beweist ja die Tatsache, dass wir dich bei uns aufnehmen, nicht wahr. Gott hätte seine Freude an uns. Wenn es ihn gäbe.«

Von Gott hatte Frida erst vor einigen Monaten erfahren, als sie in einem Büro des Jugendamts ein Bild gesehen hatte, das die Kreuzigung Jesu zeigte und von dessen Anblick sie so bestürzt gewesen war, dass eine Mitarbeiterin sie im Eilverfahren durch die Mysterien des katholischen Glaubens geschleust hatte. In der Kommune war von einer höheren Gewalt nie die Rede gewesen, es sei denn, man sprach von Hagel und sintflutartigen Niederschlägen, von Launen der Natur. Wenn es einen Gott gegeben hatte, dann Armin, dachte Frida, der faule Armin, dem die Beaufsichtigung der Kinder in den Unterrichtspausen und während der Feldarbeit übertragen worden war und der sich diese Zeit oft mit dem Rauchen eines übelriechenden Krauts vertrieben hatte, von dem sie inzwischen wusste, dass es Haschisch hieß und eine Droge und eigentlich verboten war.

Die Großmutter studierte das Blatt, dann hob sie den Kopf und sah Frida an. »Regel Nummer zwei: Kein Lärm im Haus. Im Garten auch nicht, wenn wir schon dabei sind. Herumtollen, Singen, Lärmen, das spar dir bitte für die Schule auf, also für den Pausenhof. Diese Zimmer sind Orte der Stille, und das sollen sie bleiben.«

»Ja«, sagte Frida.

»Regel Nummer drei: Du wirst täglich ein Bad nehmen, und zwar abends vor dem Zubettgehen. Dabei spielt es keine Rolle, ob du dich am Tag schmutzig gemacht hast oder nicht. Dich schmutzig zu machen solltest du ohnehin vermeiden. Das gilt auch für deine Kleidung, die wir gleich noch durchsehen werden. Viel ist es ja nicht, an Wintersachen fehlt es ohne Zweifel.« Die Großmutter blätterte um und machte eine Notiz auf dem zweiten Blatt. Dann sah sie vom Block zu Frida und wieder auf den Block. »Wo war ich? Ach ja, die Wäsche wird jeweils montags geholt und am Mittwoch gebracht. Ich wünsche keine exorbitanten Mehrkosten in diesem Bereich, also geh mit deinen Anziehsachen sorgsam um.«

»Ja.« Frida war versucht zu fragen, was *exorbitant* bedeutete, ließ es aber bleiben und merkte es sich, um bei Gelegenheit in einem Wörterbuch nachzuschlagen.

Die Großmutter seufzte, wobei sie mehr Luft und weniger Töne als ihr Mann ausstieß. »Also, weiter im Takt«, sagte sie dann. »Regel Nummer vier: Das Abendessen steht um halb sieben auf dem Tisch. Wir essen gerne warm, weshalb es ärgerlich wäre, wenn du uns warten ließest.«

»Ja«, sagte Frida.

»Du bist dreizehn Jahre alt, vorausgesetzt, die Angaben des Jugendamts stimmen. Dann wirst du sicherlich in der Lage sein, dir das Frühstück ohne Hilfe zuzubereiten. Mein Mann und ich schlafen am Morgen gerne etwas länger und werden diese Gewohnheit nicht aufgeben, nur weil du zur Schule musst. Ich werde dir in der Küche alles zeigen, was du brauchst, um dir ein Brot zu schmieren und eine Tasse Tee zu machen.« Die Großmutter setzte ein Häkchen ans Ende einer Zeile und legte den Bleistift hin. »Unser Tee scheint dir nicht geschmeckt zu haben. Hättest du lieber einen anderen?«

»Kräutertee«, sagte Frida.

»Sprich lauter Kind, ich bin alt, und meine Ohren sind es auch. Ein ganzer Satz wäre ebenfalls hilfreich.«

Frida atmete tief ein, bevor sie sagte: »Ich hätte gerne Kräutertee.«

Die Großmutter nickte, griff nach dem Stift und schrieb etwas auf den Block. »Ich werde welchen besorgen. Heißes Wasser wird jeden Morgen in einer Thermoskanne bereitstehen. Dass du den Herd benutzt, kommt vorerst nicht infrage.«

»Ja. Nein.«

»Man wird dich jeden Morgen zur Schule bringen. Der Fahrer, ein Schwager unseres ehemaligen Chauffeurs, wird dich abholen. Die Zeiten werden wir deinem Stundenplan entnehmen. Du wirst selbst dafür verantwortlich sein, pünktlich vor der Haustür zu stehen, ordentlich gewaschen und gekleidet. Auf dem Nachttisch in deinem Zimmer, das du gleich sehen wirst, steht ein Wecker, für den ich seit Jahren keine Verwendung mehr habe und den du dir so stellen wirst, dass wir von der Schule nie irgendwelche Klagen wegen Zuspätkommens hören müssen.«

»Ja.«

»Wenn du aufstehst, erinnere dich bitte an Regel Nummer zwei.«

»Ja.«

»Die da lautet?«

Frida überlegte kurz. »Kein Lärm.«

So etwas wie Wohlwollen ließ die Mimik der Großmutter weicher werden, vielleicht war es auch Überraschung. »Richtig«, sagte sie. Sie strich mit der flachen Hand über den Block. »In absehbarer Zeit wird es noch weitere Dinge geben, die eines Gesprächs bedürfen, aber für den Augenblick ist das alles.« Sie erhob sich und nahm den Block in die eine und den Bleistift in die andere Hand.

Frida stand ebenfalls auf. In ihrem Kopf drehte ein Insekt brummend Kreise.

»Ach, etwas noch!«, rief die Großmutter, ohne wirklich laut zu sein. »Wir haben deine, wie soll man sie nennen, Schulhefte gesehen. Du schreibst deinen Namen ohne e, korrekt ist jedoch mit. Wir werden dich Frieda nennen, mit e, und den Namen auch so schreiben. Und du wirst das ebenfalls tun.«

»Ja.«

»Mich nennst du Frau Saalfeld. Nicht Großmutter und nicht Oma und keinesfalls Omi. Wir kennen uns noch kaum, und in ein paar Monaten sehen wir weiter.« Sie ging zur Treppe. »Mein Mann heißt für dich demnach Herr Saalfeld.«

»Ja.«

Frau Saalfeld drehte sich auf der ersten Treppenstufe um. »Was ist? Willst du dein Zimmer nicht sehen?«

Frida folgte der Frau in den oberen Stock, wo es dunkel wurde und nach verstaubten Teppichen roch, nach Mottenkugeln und dem Mief zukünftigen Wartens und Versauerns.

Das Zimmer, das sie in den kommenden Jahren bewohnen würde, war größer als erwartet. Es war ein Eckzimmer, weshalb es zwei Fenster hatte, von denen eines auf die ummauerte Wiese zeigte und eines auf einen Teil der Zufahrt. Ein Bett, ein Nachttisch, ein Schrank, ein an einer Wand stehender Tisch und ein Stuhl bildeten das zum dunklen Parkett passende Mobiliar. Auch die Vorhänge waren dunkel, Herbstblätter und Eicheln bedeckten den braunen Hintergrund. In dem Muster versteckten sich Vögel, die Frida für Eichelhäher hielt.

Fridas Koffer standen vor dem offenen Schrank, ihr Inhalt lag auf dem Bett, über das eine Tagesdecke gebreitet war.

»Du brauchst einen Wintermantel und ordentliches Schuhwerk«, sagte Frau Saalfeld, offensichtlich nicht interessiert an einer Äußerung Fridas, was Aussehen oder Einrichtung des Zimmers betraf. »Zudem Wollstrümpfe, eine Strickjacke und einen Schal. Diese Dinge besorgen wir in den nächsten Tagen. Waschlappen, Handtücher, Seife, Zahnpasta und so weiter haben wir reichlich. Um uns am Morgen nicht zu stören, wirst du das untere Badezimmer benutzen, für das abendliche Bad in der Wanne steht dir dann das unsrige zur Verfügung. Dass wir großen Wert auf Sauberkeit und Ordnung legen, muss ich dir wohl kaum sagen.

Ich möchte weder feuchte Handtücher noch gebrauchte Kleidung auf dem Rand der Badewanne oder sonst irgendwo vorfinden.«

Frida hielt es für angezeigt, wieder einmal so zu tun, als würde sie der Regelverkündung aufmerksam folgen und als hätte sie nicht das nur schwer zu unterdrückende Verlangen, die alte Frau zur Seite zu stoßen und aus dem Haus zu rennen, irgendwohin.

»Ja«, sagte sie.

»Toilettengang, morgendliches Waschen sowie Zähneputzen erledigst du im unteren Badezimmer. Es reicht mir, die Bartstoppeln und Zahnpastakleckereien im Waschbecken zu entfernen, die mein Mann dort hinterlässt.«

»Ja«, sagte Frida und verkniff es sich zu bemerken, dass ihr das Hinterlassen von Bartstoppeln unmöglich sei. Sie hätte dieser Wildfremden, die für kurze Zeit ihre Großmutter gewesen und jetzt wieder zu einer gewissen Frau Saalfeld geworden war, gerne eine weniger unterwürfige Antwort an den Kopf geworfen, aber damit wollte sie noch warten.

»Nicht zu erwähnen Regel Nummer zwei, den Lärm betreffend.« Frau Saalfeld bückte sich und hob etwas Winziges vom Läufer auf, ein Haar oder Staubkorn vielleicht.

Frida machte einen Schritt ins Zimmer hinein, das ihr, als eine Wolke die Sonne freigab und Licht die vier leeren weiß gestrichenen Wände aufscheinen ließ, noch größer und heller vorkam. Die Deckenlampe war eine flache Schüssel aus weißem Glas, die Nachttischleuchte ein birnenförmiges Gefäß mit einem grünen Stoffschirm. Auf einer Seite des Bettes lag ein Teppich, nicht größer als ein Handtuch, auf dem Fensterbrett eine tote graue Motte. Die Wände wiesen Löcher auf, in denen Nägel gesteckt, und helle Rechtecke, wo Bilder gehangen hatten.

»Sieh dich bitte im Zimmer um und sag mir, was dir fehlt.« Frau Saalfeld faltete die Hände vor dem Bauch und wartete.

»Nichts. Mir fehlt nichts«, sagte Frida beinahe hastig, obwohl sie eine Ewigkeit lang hätte aufzählen können, was sie so schrecklich vermisste, dass ihr das Herz wehtat.

WINNIPEG LOGBUCH

Auszüge 2

Wir sind in die Welt gekommen wie Kühe und Schweine, wie Schafe und Katzen. Eine Mutter hat uns lange im Bauch getragen und dann geboren. Wir wissen nicht, wer unsere Mütter sind, sie haben es uns nie gesagt. Aber wir ahnen es, wir beobachten sie heimlich und studieren ihre Gesten, vergleichen ihre Nasen mit unseren und die Farben ihrer Augen. Die Väter erraten wir an den Haaren, Augen, an ihrer Größe und der Art, wie sie gehen. Die Alten sagen, es sei bedeutungslos, wer unsere Eltern sind. Sie schlagen das Holz für uns alle, sie pflügen, nähen, tischlern, kochen für uns alle. Wir nennen sie Manfred, Konrad, Volker, Wolfram und Armin, Ulrike, Edith, Dagmar und Ingrid. Sie haben uns Namen gegeben, damit sie uns rufen können. Für die Alten heißen wir Frida. Wir heißen Burkhard, weil ein Baum auf die falsche Seite gefallen ist, und später Ringo. Wir heißen Leander und manchmal Hasenherz. Wir heißen Anton und werden zu Linus, wenn uns niemand hören kann. Linus ist eine Zeichnung, die wir im Wald gefunden haben und über deren Bedeutung wir noch rätseln.

Bevor wir schlafen, verbringen wir Stunden mit dem Wiederkäuen von Wörtern. Mit geschlossenen Augen rufen wir uns in Erinnerung, was Konrad gelesen hat, flüstern es dann ins Dunkel. Wir schreiben winzig klein, damit alles auf ein Blatt Papier passt, links das nie zuvor Gehörte, rechts das Entschlüsselte. Wir holen Schoner und Harpune und Fluke aus unseren schläfrigen Köpfen, Trapper und Grizzly und Husky, Rakete und Vulkan und Lava, Waisenhaus und Kerker und Galgen. Vieles hat Konrad uns erklärt, ein Taifun ist ein heftiger Sturm und Malaria ein heftiges Fieber. Trotzdem ist die linke Seite bald voll, und wir versuchen die Bedeutung der Wörter zu erraten, vergleichen sie mit den uns bekannten. Wir schreiben sie mit dem Finger in die Luft. Wir lassen sie in unseren Mündern summen und tasten mit der Zunge nach ihren Wurzeln. Wir wiederholen sie lautlos, bis sie einen Sinn bekommen oder ihn endgültig verlieren. Wir erlernen eine Sprache, die uns auf unerklärliche Weise vertraut ist und dennoch fremd. Segelschiff, Speer und Walfischflosse schreiben wir auf die rechte Seite, Fallensteller und Bär und Schlittenhund. Eine Rakete ist ein spitzer Metallturm zum Fliegen im Weltall. Ein Vulkan ist ein Berg und Lava heißer, flüssiger Stein aus der Mitte der Welt. Ein Waisenhaus ist ein Heim für Kinder, deren Eltern tot sind oder arm oder böse, ein trauriger Ort, an dem Oliver Twist eine Weile gelebt hat. Ein Kerker ist ein Gefängnis und ein Galgen ein Gerüst aus Holzbalken mit einem Strick, an den Menschen zur Strafe gehängt werden, bis ihr Genick bricht oder sie ersticken.

Es gibt Wörter, die uns rätselhaft bleiben. Es sind kleine, unscheinbare Wörter, die beinahe in den Geschichten verschwinden und die wir in den leeren Raum über unseren bleischweren Körpern raunen, *derweil* und *beileibe*, *fürwahr* und *inniglich*. Ihr Klang gefällt uns, und wir weben sie in unsere Sätze, sagen *Heute wird es beileibe noch inniglich regnen* und *Deine Hose ist fürwahr dreckig.*

Wenn Konrad uns vorliest, dürfen wir nichts fragen. Das Fragen störe den Fluss des Erzählens und des Zuhörens, sagt er. Im Unterricht dürfen wir fragen, das Vorlesen aber ist etwas anderes. Manchmal verrät er uns vorher, welche unbekannten Wörter er benutzen wird, damit wir den Sinn begreifen. Manchmal beantwortet er nach dem Vorlesen unsere Fragen, oft auch nicht. Wir haben viele ungelöste Wörter auf unserer Liste. Wir schreiben den Titel des Buches auf und die Wörter. Daneben ist Platz für unsere Vermutungen und Ahnungen. Die Blätter, die wir heimlich aus den Schulheften reißen, verstecken wir. Die Alten müssen nicht wissen, was in unseren unbeaufsichtigten Köpfen passiert. Unsere Geheimnisse sind so viel wert wie ihre. Was uns verborgen bleibt, hat ein Gewicht. Jedes Rätsel und jede Verwirrung, jede Auslassung und jedes Verschweigen fällt auf unseren fruchtbaren Boden. Bald schon ist da ein Hügel, ein ganzer Berg, auf den wir steigen werden, um über unseren Rand zu blicken.

Oft liegen wir lange wach und stellen uns die Welt auf der anderen Seite des Flusses vor. Die Alten sagen, dort sei nur eine große Leere, ausgelaugtes Land, das niemanden ernährt. Jenseits unserer Felder, Äcker und Wiesen gibt es nichts, sagen sie, nur tote Erde. Dort leben die übrigen Menschen. Es gibt mehr von ihnen, als wir Kühe im Stall haben, aber weniger als Blätter an den Bäumen sind. Sie kaufen unsere Milch und Wolle und Kartoffeln, unseren Käse und Honig. Sie sind nicht wie wir. Sie haben den Traktor gebaut und den Heuwender und den Tankwagen, in dem wir die Jauche auf den Acker bringen. Sie haben das Werkzeug gemacht und Ingrids Brille und die grünen Stiefel und das Glas in unseren Fenstern. Was wir nicht selbst machen und was trotzdem da ist, das machen sie.

Es gibt noch andere Bauern, und wir hassen sie, weil unsere Alten sie hassen. Manchmal sehen wir weit weg den Rauch von ihren Feuern in den Himmel steigen. Sie vergiften den Boden und das Wasser, dann stirbt ihr Vieh, und sie verbrennen es. Wir haben nichts mit ihnen zu schaffen und halten uns von ihnen fern. Wir wollen nicht, dass sie zu uns kommen. Manchmal fährt ein Traktor auf den Hof, er ist winzig und gelb und hat rundherum ein Dach. Der Motor ist so leise wie ein Bienenstock, und wenn wir ihn hören, müssen wir in die Scheune oder in den Stall. Die Menschen, die nicht zu uns gehören, wollen uns schaden, sagen die Alten. Die Welt ist schlecht, sagen sie, und wir haben keine andere Wahl, als ihnen zu glauben.

Was in den Büchern beschrieben wird, gibt es nicht wirklich, sagt Konrad jedes Mal, bevor er uns etwas Neues vorliest. Alle Menschen darin sind erfunden, alle Ereignisse und alle Orte, sagt er. Es gibt kein Alaska und keinen Fluss namens Klondike, keine Mohikaner mit roter Haut und keinen riesigen See mit Lebewesen darin, von denen ein einziges schwerer ist als alle unsere Kühe, Schafe und Ziegen zusammen. Es gibt kein Land, in dem immer Winter herrscht und die Bewohner unaussprechliche Namen tragen. Es gibt keine Menschen, die andere Menschen fressen, keinen Wald, wo ein Junge unter Affen lebt, keinen Hof mit sprechenden Tieren, kein Boot, das unter Wasser fahren kann, keine bettelnden und stehlenden Kinder, keine Waisenhäuser und keine Galgen. Das alles haben Menschen erfunden, sagt Konrad, und dass man diese Menschen Schriftsteller nennt und dass es ihr Beruf ist, Geschichten zu erfinden, Welten, die nur in ihren Köpfen existieren.

Wir glauben, dass Konrad uns belügt. Wir glauben, dass es all das tatsächlich gibt, die Walfische und Wölfe, die Kanonen und vergifteten Pfeile, die feuerspeienden Berge und die Wellen, die höher sind als unsere Scheune. Wir glauben, dass die Schriftsteller die Wahrheit schreiben. Wir glauben, sie wollen uns mit ihren Geschichten Angst machen, damit wir in Winnipeg bleiben, statt ihre Welt zu betreten, egal, wie schlecht und furchteinflößend sie ist. Warum sie das tun, wissen wir nicht. Aber wir wissen, warum Konrad uns erzählt, alles in den Büchern sei erfunden. Die Alten wollen nicht, dass wir Winnipeg verlassen, dass wir uns dort draußen umsehen.

LEANDER
Kapitel II

Ins Freie treten

Das Lernen mochte der Junge, das Lesen und Staunen und Nachdenken, aber die Schule hasste er. Die Lehrer empfand er als selbstgefällige Verwalter eines Wissens, das sie sich vor langer Zeit angeeignet hatten und dessen Vermittlung sie als routiniertes Herunterleiern praktizierten, als pflichtschuldiges Abarbeiten von Fakten und Zahlen. Er war der Älteste in seiner Klasse, die Schulleitung hatte ihn zu Kindern gesteckt, die zwei oder drei Jahre jünger waren. Außer den Lehrkräften und dem Direktor redete niemand mit ihm, hinter seinem Rücken wurde er Bauerntrampel genannt, Kartoffelkopf, Strohkopf, Idiot und, weil alle seine Geschichte kannten, Hippie und Kommunist.

Leander stellte sich taub, schottete sich ab und tat das, was er bereits ein knappes Jahr lang geübt hatte: Er lebte in seiner eigenen Welt. Während der großen Pausen kletterte er auf einen der Bäume, las im Schatten der Blätter oder, im Winter, auf einem kahlen Ast sitzend, ein Buch und vergaß dabei minutenlang, dass er sich vor den Mitschülern gerettet hatte wie ein Forscher vor wilden Tieren. Anfangs war er noch ausgelacht und mit Steinen, Kastanien und was gerade herumlag beworfen worden, doch dann hatten die Kinder das Interesse an ihm verloren und beschränkten sich fortan darauf, ihn in den Gängen wie aus Versehen anzurempeln, im

Flüsterton zu beleidigen und über ihn zu tuscheln. Udo Klein, drei Klassen über ihm, aber gleich alt, schlug ihm in der fünften Woche die Faust ins Gesicht, was Leander ein geschwollenes Auge und dem notorischen Unruhestifter den Verweis von der Schule einbrachte. Danach traute sich keiner mehr, gegen ihn tätlich zu werden, nicht einmal mehr auf dem Schulweg oder beim Sportunterricht, wo er jeweils als Letzter in eine Mannschaft gewählt und dann von Gegnern und Mitspielern gleichermaßen umgerannt wurde. Der Faustschlag hatte ihn unantastbar gemacht, zu einem Aussätzigen unter Gesunden, aber das war ihm einerlei.

Er hätte alles dafür gegeben, hätte er das Unterrichtsmaterial in seinem Zimmer studieren dürfen, allein und seinem Tempo entsprechend, das zwischen brütender Langsamkeit und ungeduldiger Eile pendelte, je nachdem, wie sehr ihn der Stoff interessierte. Tante Meret hätte ihn, mit Dr. Born in der Küche sitzend und Kaffee trinkend, beaufsichtigen können. Er hätte alle paar Wochen einen Test absolvieren, Fragen beantworten und wen auch immer von seinem stetig erweiterten Wissen überzeugen können. Doch so etwas war nicht vorgesehen, für solche Fälle gab es keinen Plan, kein Verständnis und keine Ausnahme. Und so ging Leander weiterhin zur Schule, saß im Klassenzimmer oder auf seinem Baum und ließ sich schubsen und verhöhnen, machtlos wie eine Kröte, nicht zum Tode verurteilt, aber zu vielen Jahren Haft. In Deutsch war er Klassenbester, in Mathematik nach wie vor so schlecht wie im Unterricht in der Kommune. Biologie mochte er, weil er wissen wollte, wie etwas entstand, egal, ob es eine Eiche war oder ein Wurm. Physik war ihm zu abstrakt, Chemie überforderte ihn. Weshalb er Englisch lernen sollte, war ihm schleierhaft. Geschichte und Geografie sprengten das Bild, das er von der Welt hatte, jede Erkenntnis über eine historische Begebenheit oder ein neues Land riss ihm den Boden unter den Füßen weg. Was Konrad ihnen aus den Büchern vorgelesen hatte, erwies sich als wahr. Auch wenn es Oliver Twist und Kapitän Ahab nicht wirklich gegeben hatte, so gab es doch England und die Stadt London, und Wale gab es auch, groß und schwer wie Güterwaggons. Es gab Russland und die Revolution, es gab Amerika und den Mississippi, es gab die Indianer, die vor einhundert Jahren noch getötet worden waren und jetzt in sogenannten Reservaten lebten. Es gab Elefanten und Affen und Tiger, und es gab den Urwald und die Wüsten und das ewige Eis. Die Welt in den Romanen war so real wie jene in den Schulbüchern, nur die Helden waren erfunden, von den Schriftstellern mit einem magischen Trick zum Leben erweckt. Die Tatsache, dass alles existierte, was je als Strom aus Wörtern in sein Bewusstsein geflossen war, faszinierte Leander ebenso wie es ihn erschreckte. Hinter den Feldern und Äckern seines verlorenen Kinderkontinents gab es ein ganzes Universum des Unbekannten und Bedrohlichen, aber auch der Schönheit und Verheißung.

Es war eine Rakete gebaut worden, die drei Männer auf den Mond und zurück zur Erde gebracht hatte. Es gab Bomben, die jeden Menschen und jedes Tier auf der Welt für immer auslöschen konnten. Es gab schnelle, laute Musik, zu der getanzt wurde, und langsame, leise, die man im Sitzen hörte, fast schlafend. Leander hatte Filme gesehen, die wie Romane waren, aber mit Bildern und Tönen erzählt, in denen die Vergangenheit und die Zukunft sichtbar wurden. Es gab den Ersten und den Zweiten Weltkrieg und den Kalten Krieg und den Vietnamkrieg. Es gab Adolf Hitler und den Massenmord an den Juden. Es gab Willy Brandt und John F. Kennedy und Elvis Presley und die Beatles und Ringo Starr und Muhammad Ali. Es gab Brausepulver mit Zitronengeschmack und Kaugummi und Gummibälle, die zehn Meter hoch sprangen, wenn man sie auf den Boden schmetterte wie Armin die neugeborenen Katzen. Es gab Fury und Lassie und Bonanza und keinen Fernsehapparat bei Tante Meret. Es gab Superman und Spiderman und Donald Duck und noch mehr gezeichnete Geschichten mit Linus. Es gab die schulfreien Nachmittage und Wochenenden, die Stunden im Wald bei den Ameisen und Salamandern und die Abende im Zimmer mit den Büchern und Comic-Heften, der Einsamkeit und Verzweiflung und den Erinnerungen.

Und es gab Anja.

Anja Fries war so alt wie Leander und drei Klassen über ihm. Sie war einen halben Kopf größer als die meisten Mitschüler, hatte kurze schwarze Haare und lange, dünne Arme und Beine. Den Jungs, die ihr frech kamen, stieß sie ansatzlos und blitzschnell die Faust in den Oberarmmuskel. Sie redete wenig, machte den Mund nur auf, wenn sie im Unterricht eine Frage beantwortete oder jemandem eine Drohung ins Ohr zischte. Von den Mädchen wurde sie gemieden, sie hatte allen schon Ohrfeigen verpasst, oft aus keinem triftigen Grund und immer unvermittelt und verborgen, für die Pausenaufsicht ebenso wenig erkennbar wie die Boxhiebe. Leander war überzeugt, dass sie den Gesichtsausdruck der Mädchen deuten oder sogar ihre Gedanken lesen konnte, wenn sie Anja für den Bruchteil einer Sekunde ansahen und einen halben Herzschlag zu spät den Blick senkten. Bohnenstange und Klappergestell und Knochengerüst las sie in ihren Mienen und Köpfen, dürre Ziege und Hering und Heuschrecke.

Ausnahmslos alle an der Schule, besonders jene mit offensichtlichen körperlichen Mängeln Gestraften, hatten einen Schimpfnamen, hießen Fettsack, Brillenschlange, Hasenzahn, Wasserkopf, Schielauge, Klumpfuß. Sogar den hübschen, vermeintlich beliebten Mädchen und starken, von keinerlei Selbstzweifeln geplagten Jungen wurde spöttisch und gehässig hinterhergemurmelt. Die Beleidigungen gingen quer durch die Hierarchien, von oben nach unten und umgekehrt, sie trafen jeden und verschonten keinen. Zu welcher Kaste man gehörte, entschied ein scheinbar willkürlich besetztes, von ständigen Machtkämpfen gebeuteltes Tribunal, ein eitler, gnadenloser, rachsüchtiger, sich selbst zerfleischender Mob aus Tätern und Opfern.

Auch Leander bekam Anjas Zorn zu spüren. Am elften Tag nach seiner absurd verspäteten Einschulung hatte er sie angesprochen und seine Dreistigkeit mit einem kastaniengroßen Bluterguss am linken Oberarm bezahlt. Weil sie ihn so lange in Ruhe gelassen hatte, war er dem Irrtum erlegen, sie sei neben Herrn Diederichs, dem Geografielehrer, der einzige Mensch an diesem feindseligen Ort, der es sich nicht zur täglichen Pflicht machte, ihn zu schikanieren, ihm Unflätigkeiten zuzuraunen und heimliche Tritte zu verpassen, die einzige Zivilisierte unter all den Wilden. Im Nachhinein betrachtet, war es purer Leichtsinn gewesen, die Frage an sie zu richten, bei welcher Instanz an der Schule man das Abhandenkommen eines Schuhs melden konnte, ohne über den Hergang des Verlusts Auskunft geben zu müssen. Anja hatte ihn einen Atemzug lang angestarrt wie einen der Sprache mächtigen Affen, um ihm dann einen Schlag zu verpassen, der ihn so unerwartet traf, dass er den Schmerz erst spürte, nachdem sie sich längst abgewendet und entfernt hatte.

Den ganzen verbleibenden Nachmittag hatte er umsonst versucht, mit der Enttäuschung und Schmach fertig zu werden, die ihm dieser Schlag bereitete. Nur einen Schuh an den Füßen, hatte er im Klassenraum gesessen und Zahlenreihen in ein Heft geschrieben, sein ganzes Empfinden auf den linken Oberarm gerichtet, wo der blaue Fleck im Rhythmus seines Herzschlags pochte und ihn jede Sekunde an Anja Fries erinnerte, Anja, die ihn offensichtlich hasste und die er nun, einer ihm bisher fremden Logik folgend, wohl zurückhassen sollte. Die Zahlen an der Tafel und auf dem Papier ergaben ebenso wenig einen Sinn wie seine Gefühle, die sich dermaßen in Aufruhr befanden, dass er nicht mehr wusste, wie man subtrahierte. Sein verbliebener Verstand riet ihm, Anja künftig aus dem Weg zu gehen, in ihrer Gegenwart unsichtbar zu werden und keinesfalls Blickkontakt mit ihr aufzunehmen, geschweige denn, sie jemals wieder anzusprechen.

Aber da war noch etwas anderes, etwas unerklärlich Schwelendes, ein Ziehen in der Brust, das heftiger wurde, wenn er die Augen schloss und Anjas Gesicht sah, das Funkeln in ihren Pupillen, bevor sie ihm die Faust in den Arm gerammt hatte.

Am Abend aß er nicht viel und redete noch weniger. Weil das nicht ungewöhnlich war, ließen Tante Meret und Dr. Born ihn in Ruhe, stellten keine Fragen und machten sich keine ernsthaften Sorgen, als er den Nachtisch kaum anrührte und auf sein Zimmer ging, angeblich, um einen Berg an Hausaufgaben zu erledigen. Auch nachdem der Junge weg und das Knarren seiner Schritte auf der Treppe verstummt war, blieb Meret ruhig und auf ihre eigene, disziplinierte Art gelassen. Noch vor wenigen Wochen hätte sie Ewald mit Fragen bestürmt, hätte aufgeregt flüsternd Antworten von ihm verlangt, die er geduldig gegeben hätte, zum ungezählten Mal mit tiefer, einlullender Stimme herunterbetend, eine wohldosierte Litanei aus Beschwichtigungen und Fachbegriffen und zurechtgebogenen Phrasen. Jetzt endlich hatte sie begonnen, die Dinge hinzunehmen, wie sie waren, die Tatsachen zu akzeptieren, ohne zu hadern, egal, ob Leanders Verhalten zu Sorge oder Hoffnung Anlass gab. Der Junge ging zur Schule, was ein riesiger Fortschritt war, auch wenn er jeden Morgen einen Kampf mit sich auszufechten schien, ob er sein Zimmer und das Haus verlassen und es mit der feindseligen Welt aufnehmen sollte. Er war kein fröhliches, kein verspieltes, kein zugängliches, kein redseliges Kind, aber damit fand sie sich ab. Sie kochte indisch und asiatisch für ihn, backte Bananenbrot und Kiwikuchen, nähte Lederflicken auf seinen Hosenboden und ging alle zwei Wochen in die Bibliothek, um die Bücher zu holen, deren Titel er auf einen Zettel schrieb. Noch immer verbrachte er die meiste Zeit in seinem Zimmer, lesend oder auf dem Bett liegend und über Gott weiß was nachdenkend, und wenn er dabei glücklich war, vielleicht auch nur weniger unglücklich, dann konnte sie damit leben. Es gab sogar Tage, an denen er sich beinahe gesprächig zeigte und aus freien Stücken etwas erzählte, Kürzestgeschichten, die von Tieren handelten, denen er auf dem Schulweg begegnet war, drei, vier Sätze über einen Hund hinter einem Fenster, eine Krähe auf einer Stromleitung. So selten brach sich dieses Mitteilungsbedürfnis Bahn, dass Meret und Ewald jeweils in ihren Verrichtungen innehielten, die Bewegung mit der Gabel zum Mund unterbrachen, die nach der Butter ausgestreckte Hand auf halbem Weg in der Luft schweben ließen, das Kauen einstellten und gelegentlich das Atmen. Öffnete Leander den Mund, um eine seiner Alltagsminiaturen zum Besten zu geben, schenkten ihm die beiden Erwachsenen so hingebungsvoll, ergriffen und gebannt ihre Aufmerksamkeit, als lauschten sie dem Gesang eines seit Jahrhunderten für ausgestorben gehaltenen Vogels. An solchen Abenden saßen Meret und Ewald noch bis spätnachts am Tisch, wenn der Junge längst in seinem Zimmer war, tranken vor lauter Aufregung die angebrochene Flasche Wein leer und analysierten Wort für Wort die Momentaufnahmen aus der Erfahrungswelt des Jungen, staunten über die Bilder, die er mit seinen Beschreibungen entstehen ließ, freuten sich über seine Anteilnahme an der Welt, die ihren Schrecken allmählich zu verlieren schien, und stießen mit dem letzten Schluck auf Leanders Zukunft an, die sich Monat für Monat in einem weniger düsteren Licht abzeichnete.

Dr. Born führte noch immer eine Art Akte über seinen ehemaligen Patienten, obwohl das Gremium den Fall Kommunenkind Nr. 2 inzwischen für abgeschlossen und den Jungen als *für Schule und Gesellschaft tauglich* erklärt hatte. Anfangs hatte er die Notizen aus reiner Gewohnheit ins Heft eingetragen, später betrachtete er das Festhalten seiner Beobachtungen und Schlüsse als Beginn eines Langzeitprojekts, mit dem er weniger ein wissenschaftliches Ziel verfolgen wollte als vielmehr ein Tagebuch der Fortschritte und Rückschläge zu verfassen beabsichtigte, ein Sammelbecken mit Zitaten und Anekdoten aus Leanders meist dürftig, hin und wieder jedoch geradezu üppig sprudelnder Quelle sowie deren Interpretation und Einordnung, alles ohne Anspruch auf Vollständigkeit oder fachliche Brillanz. Die Aufzeichnungen erfüllten zudem den Zweck, Meret mit etwas Greifbarem zu versorgen, etwas, an das sie sich halten konnte und das ihr die beruhigende Gewissheit vermittelte, mit ihren den Jungen betreffenden Sorgen nicht allein zu sein. Das Heft, bald schon abgegriffen und die Seiten voller Kaffee- und Rotweinflecken, half ihr, den Sohn ihrer in Untersuchungshaft sitzenden Schwester nicht nur mit den Augen der von Selbstzweifeln geplagten Ersatzmutter und dauerbesorgten Tante zu sehen, sondern auch mit dem klaren und trotz aller Sachlichkeit empathischen Blick Dr. Ewald Borns, des Mannes, den sie liebte und der sie, wie mehrere überraschend romantische Briefe belegten, ebenfalls liebte.

Am ersten Tag hatte Meret Leander zur Schule begleiten wollen, hätte ihn am liebsten bis ins Klassenzimmer nicht von der Hand gelassen und dann vor der Tür auf das Unterrichtsende gewartet, um ihn auf dem Nachhauseweg vor gemeinen Kindern zu beschützen, vor rücksichtslosen Autofahrern, bissigen Hunden, ungesicherten Baugruben, herunterfallenden Blumentöpfen, Dieben, Kinderschändern, plötzlich aufkommenden Unwettern und umstürzenden Bäumen. Doch dann war nicht sie es, die den nach langen Querelen eingeschulten Jungen bei seinem allerersten Gang zum Ort künftiger Kämpfe und Dramen begleiten durfte, sondern der eigens angereiste, aus der zweifelhaften Obhut seiner Pflegefamilie entlassene und für einen Tag von der Schulpflicht befreite Ringo Eichhorn. Nach dem erfolgreichen Erstversuch, bei dem zwei lebende Kröten in einem Schuhkarton eine nicht unwesentliche Rolle gespielt hatten, verfügte das Gremium, Dr. Borns Empfehlung folgend, dass dem ehemaligen Schicksalsgenossen aus der Kommune die Aufgabe zukommen sollte, seinen Freund zu begleiten, ihn unterwegs aufzumuntern und zu ermutigen und irgendwie ins Schulgebäude zu lotsen. Und entgegen Merets Zweifeln machte Ringo seine Sache gut und übergab Leander pünktlich einem freundlichen, wenn auch vom neuen Schüler nicht sonderlich begeisterten Direktor, der seinerseits den Jungen ohne große Umschweife dem Räderwerk seiner Institution übergab.

Und auch am zweiten Tag war es nicht Tante Meret, die ihren bereits jetzt von hundsgemeinen Mitschülern und archaischen Pausenhofritualen traumatisierten Neffen eskortierte. Ewald selbst übernahm es, Leander im Mercedes bis vor das Schultor zu chauffieren, ihn während der Fahrt zu beruhigen und aufzumuntern und ihn schließlich, die feuchte Hand des Jungen fest im Griff, beim Klassenlehrer abzuliefern und zu warten, bis sich die Tür hinter dem Verurteilten geschlossen hatte.

Der dritte Morgen verlief genauso, doch am Nachmittag bestand Meret darauf, Ewald zu begleiten. Am vierten Tag brachten sie beide den Jungen zur Schule und holten ihn auch gemeinsam wieder ab. Am fünften Tag fand Meret Leanders Zimmer leer vor und riss mit ihrem Schrei Ewald aus dem Schlaf. Augenblicklich war alles, was sie dem Kind angetan hatten, falsch und unverzeihlich, war jede von sturen, herzlosen Beamten erzwungene Unterrichtsstunde, jeder Tag, den er nicht allein in seinem Zimmer hatte verbringen dürfen, Grund für seine Flucht. Noch während Ewald die Treppe hinabeilte, um den Jungen im Erdgeschoss zu suchen, redete Meret, in Tränen aufgelöst, ein Szenario herbei, in dem ihr Neffe für immer verschollen war, sein Leben als Obdachloser verbrachte oder, wie manche von Ewalds jungen Patienten, in einer Klinik für hoffnungslose Fälle landete.

Merets Gezeter erfüllte noch das Haus, als Ewald den Zettel auf dem Küchentisch fand. *Ich gehe allein zur Schule!* Das fette rote Ausrufezeichen neben den mit blauer Tinte geschriebenen Wörtern verlieh dem Satz den Anspruch auf unverhandelbare Endgültigkeit und ließ den Psychiater lächeln.

Im Laufe der Zeit wurde alles Leander Betreffende irgendwie normal, auf eine beruhigende Weise eintönig. Noch immer sorgten Ereignisse von geringem Ausmaß für gelegentliche Unruhe im Haushalt Weiss und Born, aber alles in allem verlief das erste Schuljahr ohne drastische Zwischenfälle, sah man von Udo Kleins Faustschlag in der fünften Woche ab. Ewald war so gut wie ganz bei Meret eingezogen, was bedeutete, dass er sein Zimmer im Haus der Geschwister behalten hatte und dort einen Teil seiner Habseligkeiten wie Fachliteratur und eine kaum benutzte Golfausrüstung lagerte und die Nacht verbringen konnte, wenn er Überstunden machte oder von einer Tagung zurückkehrte und mit seinem Nachhausekommen Meret und Leander nicht aufwecken wollte. Meret hatte das Zimmer gesehen, inspiziert, wie Ewald es halb scherzend, halb vorwurfsvoll nannte, und nicht begreifen können, wie man dort auch nur eine einzige Minute freiwillig verbringen wollte. Sie befand den Raum für trist und schmucklos, und, als Ewald ihn halbherzig verteidigte, eine bessere Gefängniszelle, deren Wände Schwermut atmeten, Einsamkeit und Tod. Beim letzten Wort hatte Ewald lachen müssen, was in einen kleinen, nicht sehr ernsthaft geführten Streit mündete, einen der wenigen zwischen den beiden, eher ein sanftes Sticheln als eine wirkliche Auseinandersetzung, ein wackliges Beharren auf der eigenen Meinung, ein Hin und Her, immer leiser und versöhnlicher werdend und zwangsläufig in einem Kuss endend. Ewald Born brauchte keinen Beziehungsratgeber, um zu erkennen, was Meret mit ihrer Kritik an seinem alten Zimmer eigentlich meinte, nämlich dass er mit seiner Vergangenheit als Junggeselle abschließen und mit ihr, Meret, leben sollte, und zwar nicht zu neunzig Prozent, sondern zu hundert. Das Argument mit dem Notschlafplatz ließ sie nicht gelten, ebenso wenig Ewalds angebliche Verantwortung gegenüber seinen Geschwistern, die ohne seine Ratschläge bei Angelegenheiten rechtlicher, behördlicher oder auch nur zwischenmenschlicher Natur völlig hilflos seien, laut Ewald drei erwachsene Menschen mit den sozialen Fähigkeiten von Kindern, sozusagen drei Leander, Verlorene im Alltag.

Bei einem Besuch, auf den sie gedrängt und den Ewald mehrmals zu verhindern gewusst hatte, lernte Meret dieses angeblich aus weltfremden Träumern bestehende Trio endlich kennen und war trotz aller Hinweise und Warnungen verblüfft, was für sonderbare Ausprägungen von Lebensformen es doch gab. Werner, der älteste der drei Brüder, verließ an jedem Morgen von Montag bis Freitag das Haus, um auf einem Autofriedhof den Kran zu bedienen, der die Schrottpresse mit den Wracks belud. Er war groß, einen Kopf größer als Ewald, ging leicht gebückt und hatte eine kreisrunde Glatze. Meret stellte sich vor, wie dieser Riese sich seit Jahren ins enge Führerhaus des Krans zwängte, mit dem Schädel am Dach seines Kabuffs scheuerte und dabei nach und nach die Haare eingebüßt hatte. Seine Stimme war tief und erstaunlich weich, aber etwas zu laut, als kämpfe sie auch fern des Schrottplatzes gegen den Lärm der Maschinen an. Zu Hause zog er sich am liebsten in den Keller zurück, wo er Austernpilze züchtete. Dort unten spielte er auf einem Tonbandgerät Opernmusik ab, vorzugsweise Arien, die das feuchte Gemäuer vibrieren und die Pilze, so scherzte Ewald bei der Besichtigung, schneller wachsen ließen. Meret beschloss, Werner zu mögen, trotz oder gerade wegen seiner Schrulligkeit und des leichten Modergeruchs, den er verströmte. Das Einzige, was ihn in ihren Augen zu dem kauzigen Simpel machte, als den Ewald ihn mit durchaus liebevollen Worten beschrieben hatte, waren sein völliges Desinteresse an den Geschehnissen außerhalb seiner Arbeitswelt, des Hauses und des Kellers sowie die Wahl seiner Kleidung. Nach Feierabend und an den Wochenenden trug er Pantoffeln, eine weite schwarze Jogginghose, im Sommer ein T-Shirt und im Winter einen Pullover, und jahraus, jahrein über allem etwas, das Meret zunächst mit einiger Verwunderung für einen silberfarbenen Bademantel gehalten hatte und das sich dann, beim Gang in den Keller, unterwegs zu den Pilzkulturen, wo es kühl wurde und Werner die Kapuze über den Kopf zog, als Seidenrobe eines Boxers entpuppte, deren Rücken ein gestickter Krieger zierte, ein muskelbepackter Koloss mit Fellschurz und erhobenem Schwert, zu dessen in Sandalen steckenden Füßen eine runenhafte schwarze Schrift BORN FOR BATTLE verkündete. Auf der Rückfahrt, Merets Fragen ausgeliefert, erzählte Ewald von Werners sportlicher Vergangenheit, den Jahren als Amateur im Schwergewicht und dem einen Kampf, bei dem er zu Boden gegangen war, um erst zwei Tage später im Krankenhaus aufzuwachen und festzustellen, dass er der Fähigkeit beraubt war, sich zu erinnern, zu sprechen oder mit einem Stift seinen Namen zu schreiben.

»Neun Monate lang ging das so, und jede Woche wurde es ein wenig besser. Bis er wiederhergestellt war.«

»Neun Monate«, wiederholte Meret leise. Sie fühlte sich müde und aufgedreht zugleich, ihr Kopf war zum Bersten gefüllt mit den Biografien von Leuten, die sie ein Stück weit bereits zu ihrer Verwandtschaft zählte.

»Weißt du, wie sein Kampfname war?«

»Ich weiß nicht einmal, was ein Kampfname ist.«

»Na der Name, mit dem ein Boxer in den Ring steigt. In den Boxring. Um zu kämpfen.«

Meret schwieg. Es war Nacht, die Straße leer.

»Werner The Warrior Born.«

Deswegen dieser Kerl mit dem Schwert, dachte Meret. »Ich finde Werner sehr nett. Obwohl er so riesig und furchteinflößend ist.«

»Sag ihm das bloß nicht.«

»Dass er riesig und furchteinflößend ist?«

»Nett.«

Meret lächelte und schloss die Augen.

»Und Gregor?«, hörte sie Ewald nach einer Weile fragen.

Das Erste, was ihr zu Gregor einfiel, waren seine Hände. Und dass er klein war, einen Kopf kleiner als Ewald und zwei Köpfe kleiner als Werner. Wenn er redete, und er redete viel, schienen seine Hände ein Eigenleben zu führen, flatterten auf Hüfthöhe oder griffen wahllos nach einem Gegenstand, einem Lineal oder Kugelschreiber, um damit geschwungene Achten, Wellen und Kreise in die Luft zu zeichnen, langsame, von seinem rasenden Sprechtempo losgelöste Bewegungen eines schläfrigen Dirigenten. Ewald hatte sie auf seinen jüngeren Bruder vorbereitet, indem er ihn als Quasselkopf beschrieb, als wilden Monologisten, der weder in der Lage war, seine im Schädel herumschwirrenden Gedanken zu ordnen, bevor er sie herausposaunte, noch die Geduld oder zumindest Höflichkeit aufbrachte, anderen zuzuhören.

»Werners gesamtes Schweigen reicht nicht aus, um Gregors Gequatsche auszugleichen«, hatte Ewald vor dem Treffen gesagt, fast schon panisch darauf bedacht, Meret mit den Absonderlichkeiten seiner Geschwister vertraut zu machen und ihr einen Schock zu ersparen. »Sogar wenn er alleine in seinem Zimmer sitzt, redet er pausenlos vor sich hin. Wobei ich den Verdacht habe, dass er sich selbst gar nicht zuhört.«

»Und wovon redet er?«

Gregor ließ sich über alles aus, was ihn gerade umtrieb. Das konnte sein kaputtes Brillengestell sein oder der bevorstehende Atomkrieg, die Zusammenstellung eines Sandwichs, das er vor Kurzem gegessen hatte, oder ein Problem mit der Uhr, die er gerade reparierte. Er redete, wie er atmete, sog Gedanken ein und stieß Worte aus wie Kohlendioxid. Er war der Vertoner seiner Gehirnströme, der Dauerkommentator seiner täglichen Verrichtungen. Auch im Schlaf redete Gregor, wusste Ewald, unwesentlich bedächtiger, dafür noch zusammenhangsloser als im Wachzustand, schwer übersetzbar in eine logische Folge allgemeinverständlicher Sätze. Es gab keine medizinische Erklärung für Gregors Sprechzwang, keinen benennbaren Anlass, keinen Tag X in der Kindheit, keinen Auslöser der Wortfluten. Schon als Säugling hatte er den lieben langen Tag vor sich hin gebrabbelt, hatte, ein Redenschwinger in Windeln, frühe Eingebungen in perlende und gurrende Laute umgesetzt und über die Zimmerdecke und den Himmel schwadroniert, über die eigenen Hände und Füße und das Wechseln des Lichts. In der Schule konnte er den Mund nicht halten, er leide unter verbalem Dünnpfiff, spotteten die Klassenkameraden, wenn er sterbe, müsse man nachträglich seine Klappe totschlagen, um Ruhe zu haben. Nicht nur der Bruder, auch der Psychiater Ewald Born stand lange Zeit vor einem Rätsel. Als Kind hatte er über den triebhaften Schwafler gelacht, war als Jugendlicher peinlich berührt und während des Studiums an den pathologischen Fakten interessiert gewesen, suchte in Büchern und Fachzeitschriften nach möglichen Ursachen und einer Diagnose, zum Beispiel Tourette-Syndrom, und beschloss, erwachsen geworden, die Endlosbeschallung als Hintergrundgeräusch seines Lebens zu akzeptieren, als eine Art Musik, als ständig in Tempo und Tonart wechselnden Gesang ohne Melodie, als gedankenversunken gemurmelte Rezitation, als schrägen, von einer mal dunklen, mal flirrend hellen Stimme getragenen Verbal-Jazz.

»Verbal-Jazz?«

»Das habe ich mir ausgedacht.«

»Er ist sehr bleich.« Meret rief sich Gregors Gesicht in Erinnerung und dachte an Leander, dessen Haut ebenfalls blass blieb, auch im Sommer.

Ihr Neffe verbrachte sein erstes Wochenende fern von Zuhause, bei den Warnkes, Ringos Pflegefamilie in Gießen. Ewald hatte ihn gefragt, ob er seinen Freund besuchen wolle, und als Leander Ja sagte, war alles organisiert worden. Ewald hatte ihn am Morgen hingefahren und würde ihn am nächsten Tag wieder abholen. Meret hegte eine leise Abscheu gegen die Warnkes, aber Ringo schien einen positiven Einfluss auf Leander zu haben, und so hatte sie, nach anfänglichem Zögern und obwohl ihr die Sache mit den Kröten noch immer äußerst seltsam vorkam, ihr Einverständnis zu dem Treffen gegeben.

»Weil er kaum das Haus verlässt. Das tut er nur im Notfall. Wenn er zum Arzt muss oder zum Zahnarzt. Alle paar Jahre besucht er eine Uhrenmesse. Oder Rudi in seinem Trödelladen. Rudi ist sein Freund, der einzige, den er hat. Also, außer uns natürlich.«

Gregors Krankabuff war sein Zimmer, Uhren waren seine Austernpilze. Meret stellte sich sein Gehirn als Uhrwerk vor, als hochkomplizierte Maschine aus Tausenden von Zahnrädchen, Federchen, Hebelchen und Schräubchen, und jedes Teilchen, das mal vorwärts, mal rückwärts lief, sich mal schneller, mal langsamer drehte, sorgte für einen Schlenker seiner Arme, ein Zucken seiner Finger, einen raschen Schritt hierhin, einen kleinen Hüpfer dorthin. Dieses ratternde und tickende Getriebe regelte die Wortflüsse, stoppte einen Satz mitten in einem Wort und gab ihm eine neue Richtung, einen neuen, unbegreiflichen Sinn.

Mit dem Reparieren von Uhren verdiente Gregor zwar ein wenig Geld, doch brauchte er keins, lebte jedenfalls in diesem Glauben. Was die von Rudi, dem Trödler, Antiquitätenhändler und Pfandleiher vermittelten Kunden ihm bezahlten, kam früher in eine Keksdose, inzwischen auf ein Konto. Ewald hatte dafür gesorgt, dass er den Leuten eine Rechnung schrieb, aber weil Gregor sich dadurch von seiner wahren Aufgabe, nämlich der Wiederherstellung zeitlicher Ordnung und damit der Verhinderung von Chaos, abgehalten fühlte und weil er, was den Tatsachen eher entsprach, mit der Buchhaltung völlig überfordert war, hatte sich seine Schwester Hedda des Papierkrams angenommen, wie sie sich bereits etlicher Angelegenheiten ihrer drei Brüder angenommen hatte.

Hedda Born, die Drittgeborene, war im Trio diejenige, die am wenigsten auf Merets sofortige Zuneigung hoffen konnte. Dass sie gar kein Interesse daran hatte, sich schon beim allerersten Treffen mit Ewalds Freundin zu verschwestern, war wenig hilfreich. Die beiden Frauen hatten sich freundlich, aber kühl begrüßt, jede für sich darauf bedacht, nicht die erste allzu offenherzige Bemerkung, nicht den ersten großzügigen Schritt zu machen, nicht voreilig die Arme auszubreiten für die andere, die Fremde, die möglicherweise eine Konkurrentin war. Hedda besaß die Funken sprühende Aura eines dauerbeschäftigten, selten länger als eine Sekunde stillstehenden Menschen. Gab in ihrer Gegenwart jemand mehr als ein Dutzend Wörter nacheinander von sich, rückte sie schon ungeduldig eine Obstschale auf einem Tisch zurecht oder sah an die Zimmerdecke, als suche sie nach Spinnweben, obwohl die in ihrem Universum gar nicht existierten. Neben der Buchführung für Gregor kümmerte sie sich um den Verkauf der Austernpilze an ein Restaurant und einen Feinkostladen, erledigte die gesamten Einkäufe, egal, ob es sich um Brot und Butter oder Herrenunterhosen und Rasierschaum handelte, bereitete jeden Morgen um sechs Uhr das Frühstück zu und kochte täglich Abendessen, putzte das Haus, machte die Wäsche für alle und hielt auch noch wie nebenbei den Garten und die Gemüsebeete in Schuss. Merets nett gemeinte Bemerkung, Gartenarbeit sei ein wunderbarer Ausgleich zur Arbeit im Haus, quittierte Hedda mit der sparsamsten aller Reaktionen, mit Schweigen und versteinerter Miene.

»Sie hasst mich.«

»Sie hasst dich nicht. Sie muss dich erst kennenlernen. Dann wird sie dich mögen. Ganz bestimmt.«

»Wie soll sie mich kennenlernen, wenn sie anfängt, Staub zu wischen, sobald ich etwas von mir erzähle? Während ich gesprochen habe, hat sie den Läufer aufgerollt!«

»Vermutlich war er schmutzig.«

»Ich stand auf diesem Läufer!«

»Alles braucht seine Zeit. Glaub mir.«

Meret sah aus dem Fenster. Sie bogen in ihre Straße ein. Die Bäume warteten im Licht der Laternen wie alte Bekannte. Es war gut, zu Hause zu sein. Nach einem Nachmittag und Abend mit den drei exotischen Geschwistern Born empfand sie die Vertrautheit als tröstlich, die Normalität als seelische Stütze. Beim Anblick ihrer Mülltonne und der aufflackernden Lampe über dem Garagentor tat ihr Herz einen Sprung. Wenn Hedda sie nicht leiden konnte, war es eben so, sagte sie sich. Die fehlende Zuneigung, wie sie es nannte, weil ihr das Wort Abneigung zu heftig erschien, beruhte auf Gegenseitigkeit, was die Sache erträglicher machte. Mit Werner und Gregor hatte sie sich anwärmen können, aber selbst dieser Kontakt würde sich auf zwei, drei Besuche im Jahr beschränken, zu Weihnachten vielleicht oder wenn es einen Geburtstag zu feiern gab. Sie war auch ohne Heddas Segen und ohne die Freundschaftsbekundungen dieser unzugänglichen Frau glücklich, sagte sie sich. Sie hatte Ewald in ihrem Leben, und Leander, an den sie jetzt, während sich das Garagentor hinter ihnen schloss und sie für Sekunden im stillen Dunkel des Wagens saßen, dachte wie an einen Sohn.

Das Leben auf dem Planeten Warnke unterlag einer eigenen Zeitrechnung. Eine Mahlzeit konnte vier Stunden in Anspruch nehmen, eine Autowäsche ein gefühltes Jahrzehnt dauern. Der Samstagnachmittag hatte sich für Leander ins Unendliche gedehnt, die Sonne war unzählige Male auf- und untergegangen, der Mond ebenso oft von der Sichel zur runden, glühenden Scheibe geworden und wieder zur Sichel. Jedes Blinzeln der vom Schweiß brennenden Augen entsprach einer Woche auf der Erde, jede Seifenblase auf dem nachtblauen Lack des Opels war ein Gestirn, das explodierte, jeder Strahl aus dem Wasserschlauch schwemmte ein Universum davon, nur um Platz zu schaffen für ein neues, noch gewaltigeres. Meistens schwebte Leander in den unfassbaren Weiten des Alls, dann wurde er zurück ins schwarze Nichts geschleudert und krümmte sich, wie die Zeitachse sich krümmte und zur Acht wurde, zur Achterbahn, auf der Leander endlos dahinraste, mit schäumenden Fäusten und einem Magen, der sich drehte, ein trudelnder, außer Kontrolle geratener Satellit.

»Du bist stoned.«

Die Stimme kam aus einer Lichtjahre entfernten Galaxie. Ihren Klang empfand Leander als angenehm, er erinnerte ihn an das Muhen einer einsamen Kuh im Nebel. Das Essen, das er in seinem alten Leben hatte herunterwürgen müssen, verabscheute er, aber die Töne vermisste er, das Trommeln der Regentropfen auf dem Scheunendach, das Meckern der Ziegen hinter der Stallwand, den Donner eines herannahenden Gewitters, das Poltern der Milchkannen auf dem Pritschenwagen, das Knirschen von Schnee unter den Stiefeln, das Plumpsen in den See geworfener Steine, das Geräusch von Buchseiten, die in absoluter Stille umgeblättert wurden.

»He.«

Leander spürte, wie er an der Schulter gerüttelt wurde. Er öffnete die Augen. Sonnenlicht tränkte die Zimmerdecke. Er legte die Hände, die plötzlich keine seifigen Schwämme mehr waren, auf das Gesicht und stöhnte.

Jemand kicherte. Ringo.

»Du bist stoned.«

Wie ein Echo hallte der Satz in Leanders wundem Schädel.

»Was?« Die Zunge fühlte sich bleiern an. Wahrscheinlich, dachte Leander, lag sie so schwer in seinem Mund, damit die Kotze nicht hochkam, mit der sein Magen gefüllt war.

»Stoned«, sagte Ringo geduldig. »Bekifft. Zugedröhnt. Hinüber.«

Leander zog die Beine an, nur um zu sehen, ob er es konnte. Er lag auf dem Boden, unter seinen Fingern spürte er Teppich.

»Willst du was trinken?«

Leander bewegte den Kopf nach links, dann nach rechts. In der Zeit zurückreisen wollte er, bis auf den Dachboden in Winnipeg, oder zumindest bis in sein Zimmer in Tante Merets Haus, bis zu dem Moment, als Dr. Born ihn gefragt hatte, ob er seinen Freund Ringo besuchen wolle und er Nein hätte sagen können. Und wenn das nicht ging, dann wollte er wenigstens zurück bis kurz vor dem Augenblick, als er an diesem Glimmstängel gezogen hatte, an diesem von Ringos Sabber feuchten Ding, dessen Name ihm entfallen war, wie ihm nach dem zweiten Zug alles entfallen war, einschließlich der Antworten auf die Fragen, wo er sich befand, warum er fliegen konnte und warum schillernde Blasen auf seinen Händen wuchsen.

Noch vor einem Tag hätte er diese elende Zigarette, diesen zusammengebastelten krummen Trichter aus Papier nicht angefasst, hätte ihn nicht mit Daumen und Zeigefinger festgehalten und angeekelt zwischen die Lippen geschoben wie den Strohhalm eines Leprakranken, um an dem glitschigen Ende zu saugen, aus dem beißender Rauch in seine Lunge geströmt war und sie gefüllt hatte mit einer gelblichen, nach Armins Ausdünstungen riechenden Masse, einer ätzenden Wolke, die ihn hatte husten lassen, bis ihm die Tränen gekommen waren. Er hätte keinen Zug von diesem verdammten Ding genommen und schon gar keinen zweiten, nachdem Ringo gelacht und ihm auf den Rücken geklopft und versprochen hatte, mit der Zeit werde es erträglicher.

Er schloss die Augen, halb bewusstlos, und saß wieder unter dem Spinnwebenbaldachin im Geräteschuppen der Warnkes und sah zu, wie Ringo hauchdünne Papierchen zerriss und neu zusammenklebte, wie er den Tabak aus einer vermutlich dem Pflegefamilienoberhaupt geklauten Zigarette auf sein nacktes Knie rieseln ließ, wie er einen braunen Zuckerwürfel, der kein Zuckerwürfel war, sondern ein Stück Shit, was jeder Englischverweigerer in Scheiße übersetzen konnte, an der Flamme eines Feuerzeugs röstete, wie er noch schwelende Krumen von dem Würfel pulte und mit dem Tabak vermischte, ins Papier einrollte, eine Zwergenfanfare daraus formte, sie einmal längs ableckte, das eine Ende zwirbelte und dann anzündete und das andere, dünnere in den Mund steckte, tief und geräuschvoll inhalierte und dabei verzückt und dümmlich grinsend die Lider sinken ließ.

Er hätte Ringo dieses verknitterte Ding alleine rauchen lassen sollen, hätte ein plötzliches Interesse an den Gartengeräten vortäuschen sollen, an den verrosteten Harken und Rechen und dem wie eine Schildkröte auf dem Rücken liegenden Rasenmäher. Er hätte einen Schraubenzieher von der Werkbank nehmen und die eingetrockneten Grasplacken vom Bodenblech kratzen sollen, als sei er von Herrn Warnke damit beauftragt worden. Dann wäre er nicht in einem Anfall jäher, aus dem Nichts gekommener Euphorie ins gleißende Licht des Gartens gewankt, hätte nicht eine ganze Badewanne aussaufen und einen Kühlschrank leer fressen können, hätte sich nicht aus Ringos Griff gewunden und wäre nicht in Herrn Warnke gestolpert, um tatsächlich einen Auftrag zu erhalten, nämlich den, das Auto zu waschen.

Er würde jetzt nicht auf dem Boden in Ringos Zimmer liegen und sich wünschen, die Zeit zurückdrehen zu können oder tot zu sein, dachte er. Stattdessen würde er sich mit Ringo unterhalten, über ihre Mütter und mutmaßlichen Väter, die alle im Gefängnis saßen, über Frida und Linus, über die Bücher, die sie lasen, über das neue Leben, das sie führten, über die Schule, die selbstherrlichen Lehrer und fiesen Mitschüler, und vielleicht auch über Mädchen, zum Beispiel über Anja Fries.

»Der erste Joint haut die meisten um.«

Leander öffnete die Augen, was seinen Magen in unheilvolle Wallung versetzte.

»Du wirst dich dran gewöhnen.«

Leanders Mund entwich ein lang gezogener, nach unten abfallender Ton der Verneinung.

Ringo lachte. Die Zimmerdecke verlor an Helligkeit. Leander bewegte die Zehen, streckte die Beine aus. Musik und Stimmen drangen durch die Wände, und es dauerte eine Weile, bis Leander begriff, dass er einen Fernsehapparat hörte.

»Das nächste Mal trinkst du vorher keinen Alk.«

Jetzt erst erinnerte Leander sich an das Bier. Kaum spürte er den bitteren Geschmack auf der Zunge, übergab er sich. Ein Schwall Erbrochenes klatschte auf den Bettvorleger, Sekunden später kam eine weitere Ladung und dann nichts mehr außer wässriger, Bläschen werfender Spucke. Leanders überhitzter Kopf wurde plötzlich kalt, seine Stirn fühlte sich an, als sei der Schweiß auf ihr Schnee, der schmolz. Heftige Müdigkeit überkam ihn. Er wälzte sich von den halb verdauten Überresten seines Mittagessens weg und schlief ein.

Er wusste nicht, wo er war, als Ringo ihn erneut weckte. Leander lag auf dem Bauch. Er hatte geträumt, er krieche über Sand, eine Schildkröte, schwer und träge. Vor ihm glitzerte Wasser, ein mit Lichtfunken gesprenkelter See, aber er konnte ihn nicht erreichen. Er wurde an der Schulter gepackt und auf den Rücken gedreht wie der Rasenmäher im Schuppen. Die Sonne aus dem Traum war eine Taschenlampe, die Ringo auf ihn gerichtet hielt.

»Sieh an, er lebt noch.«

Leander legte sich einen Unterarm über die Augen, mit der freien Hand wehrte er den Lichtstrahl ab. Sein Mund fühlte sich trocken und klebrig an, sein Speichel schmeckte nach Säure.

»Aufstehen«, sagte Ringo.

Leander rührte sich nicht. Wenn er ein Tier war, dann eine Robbe, noch massiger und plumper als die Schildkröte, gefangen in der Last ihres landuntauglichen Körpers.

»Unten gibt's Käsebrot und Bier. Oder Cola.«

»Tu das Ding weg.«

Als es dunkel wurde, öffnete Leander die Augen. Ringo grinste ihn an. Er saß im Schneidersitz neben ihm, die ausgeschaltete Taschenlampe in den Händen. Mondlicht oder der schwache Schein einer Straßenbeleuchtung fiel durch das Fenster ins Zimmer.

»Du musst was trinken. Im Ernst. Du hast dich ausgekotzt.«

Leander richtete den Oberkörper auf. Sein rechtes Bein, auf dem er gelegen hatte, fühlte sich taub an.

»Hab's aufgewischt. War kein Spaß.« Ringo erhob sich und streckte eine Hand aus.

Leander war so durstig wie noch nie zuvor in seinem Leben.

»Wie spät ist es?«

»Gleich halb zwei.«

»Halb zwei nachts?«

Ringo lachte. »Du warst ja so hinüber.« Er packte Leanders Hand und zog ihn hoch.

Leander schwankte, breitete die Arme aus wie ein Seiltänzer. Als er eine Wand ertastete, stützte er sich an ihr ab. Im rechten Bein begann es zu kribbeln. »Bringst du mir ein Glas Wasser?«

Ringo hob seine und Leanders Schuhe vom Boden auf und ging zur Tür. »Wir müssen runter. In die Küche.« Er öffnete die Tür, dann drehte er sich zu Leander um und legte den rechten Zeigefinger an die Lippen.

Leander wollte einen Eimer kaltes Wasser trinken, wie Noah nach einem Tag auf dem Feld. Er wollte seinen Magen damit füllen, sich die Hände waschen und das Gesicht. Etwas zu essen hätte er ebenfalls nicht abgelehnt, eine Banane oder ein Stück Schokolade, falls es so etwas im Haus der Warnkes überhaupt gab. Die Warnkes waren keine Bauern, aber sie aßen wie Bauern. Zum Mittagessen hatte es Rinderbraten mit verkochten Kartoffeln und grünen Bohnen gegeben, ekelhafter als alles, was in Winnipeg jemals auf den Tisch gekommen war. Er hatte das Gemüse heruntergewürgt und dann auch noch den Nachtisch, ein Stück Erdbeertorte aus dem Supermarkt, angeblich ihm zu Ehren gekauft. Dass er kein Fleisch aß, konnten die Warnkes nicht verstehen. Sie löcherten ihn mit Fragen zu seiner Religionszugehörigkeit und Weltanschauung, priesen Fleisch als unverzichtbare Eiweißquelle und witzelten über seine schmale Erscheinung und bleiche Haut. Um Ruhe zu haben, erfand Leander eine Allergie und behauptete, bei Tante Meret regelmäßig Fisch zu essen, ein Tier, das die Warnkes, wie sich herausstellte, als Nahrungsmittel zutiefst verabscheuten, selbst in Stäbchenform.

Ringo fasste Leander am Ellbogen und ging neben ihm die Treppe hinunter. Aus einem der Zimmer drang lautes Schnarchen. Weil die Stufen aus Holz waren und knarrten und weil Leander wegen des Beins leichte Schlagseite hatte, bewegten sie sich langsam und vorsichtig, und Leander kam es vor, als wären sie ewig unterwegs, als würden nach jeder Stufe hundert neue vor ihm aus dem Dunkel auftauchen. Immerhin zirkulierte das Blut in seinem Bein wieder normal, zudem nahm das Schwindelgefühl ab, das ihn im Zimmer hatte stehen lassen wie in einem Boot auf wogender See, und auch die Übelkeit verschwand allmählich.

Endlich kamen sie im Erdgeschoss an. Ringo zog den Arm zurück, mit dem er Leander gestützt hatte, und wartete, ob sein Freund umkippen würde. Aber Leander hielt sich aufrecht und kniff nur die Augen zusammen, als Ringo den Kühlschrank öffnete und fahles Licht die kleine Küche erhellte.

»Das ist gut für deinen Magen«, sagte Ringo und stellte ein Glas Coca-Cola auf den Tisch, daneben legte er eine von ihm schnell mit Käse belegte Scheibe Brot.

Leander setzte sich an den Tisch. »Kann ich Wasser haben?«

»Aber danach trinkst du die Cola. Und isst was.« Ringo füllte ein Glas aus dem Wasserhahn und brachte es Leander, dann zog er seine Schuhe an.

Leander trank das Glas in einem Zug leer. »Gibt es hier Bananen?«

Ringo schüttelte den Kopf und schob das andere Paar Schuhe vor Leanders Füße.

»Schokolade?«

Ringo öffnete einen Schrank und kam mit einer Handvoll Süßigkeiten an den Tisch. Zwischen Keksen und übergroßen Tafeln Schokolade aus dem Supermarkt lag ein Riegel Bounty. Nachdem er den gegessen hatte, trank Leander die Cola.

»Und? Wie geht's?«

Leander zuckte mit den Schultern, ließ sich die Schuhe an die Füße stecken und die Schnürsenkel binden.

»Du musst an die Luft.« Ringo erhob sich, ging zur Haustür und öffnete sie leise, als Leander bei ihm war.

Die Straße, auf der tagsüber reger Verkehr herrschte, lag verlassen da. Eine helle Katze lief gemächlich über den schwarzen Asphalt und verschwand in einer Hecke. Ringo schloss die Tür und ging zu der Garage neben dem Haus. Das Kipptor stand wie immer weit offen, eine vermeintliche Einladung an Diebe, die sich angesichts des aufbewahrten Schrotts als Scherz erwies. Die wertvollsten Dinge in dem Anbau waren ein rostiges Motorrad, ein ausgedienter Kühlschrank und ein mit Seilen unter der Decke befestigtes Kanu, es sei denn, man interessierte sich für abgefahrene Autoreifen, löchrige Sonnenschirme oder Polstermöbel, die einen weihnachtlichen Wohnzimmerbrand überstanden hatten.

An einer Wand lehnte ein Herrenfahrrad, das aussah, als hätte es monatelang am Grund eines Tümpels gelegen. Sein Rahmen war moosgrün, und bis auf die Griffe war es von einer dünnen Schicht braunen Schmutzes überzogen. Zwischen den Speichen und an den Pedalen hingen, wie Fäden aus Tang, Grashalme. Unter den Schutzblechen klebte Erde, die sich in Brocken löste, als Ringo das Rad hochhob und auf die Reifen fallen ließ, um zu sehen, ob genug Luft in ihnen war.

»Ich geh wieder rein«, sagte Leander. Der Anblick des angekohlten Sofas machte ihn schläfrig.

Ringo schob das Fahrrad aus der Garage. Am Straßenrand tätschelte er den Gepäckträger und winkte ungeduldig, als Leander sich nicht rührte.

»Verzichte«, sagte Leander. Neben dem gegenüberliegenden Haus stand ein großer Baum, darüber der Mond. Die Sterne in den Ästen schwankten vor seinen Augen wie aufgehängte Glühbirnen.

»Komm schon.« Ringo war bemüht, leise zu sein, um niemanden im Haus zu wecken, dafür fuchtelte er umso heftiger mit dem Arm. »Frische Luft um die Ohren, ohne dich zu bewegen.«

»Ich würde mich lieber hinlegen.« Leander sah zu den Fenstern hoch, hinter denen die Warnkes schliefen, Herbert und Roswitha, ihre achtjährige Tochter Judith, ihr fünfzehnjähriger Sohn Erwin und das andere

Pflegekind, ein Junge, der so klein und still und unscheinbar war, dass Leander sich nicht einmal an seinen Namen erinnern konnte. Sebastian, dachte er, vielleicht auch Severin oder Samuel.

»Das kannst du, wenn du tot bist.«

»Wo willst du überhaupt hin?« Der Zucker in Leanders Blut wirkte noch nicht, seine Arme hingen schwer an den Seiten. Die Übelkeit war verschwunden, aber er traute der Cola in seinem Magen nicht. Tante Meret verbot ihm *dieses amerikanische Zeug*, und möglicherweise gab es einen guten Grund dafür. Er hätte sich das Gesicht waschen sollen, dachte er. Am Hals fand er ein Stück eingetrocknetes Erbrochenes aus Kartoffeln, Bohnen und Kuchenteig. Er löste es wie einen Blutegel von der Haut und ließ es angeekelt fallen.

»Zur Brücke.« Ringo zeigte nach links die Straße hinunter, wo kaum mehr als Dunkelheit war. »Ist nicht weit.«

»Und was sollen wir da?«

»Jetzt stell dich nicht so an. Hast du schon mal auf 'nem Rad gesessen?«

Leander schüttelte den Kopf. Zum Schulbeginn vor bald einem Jahr hatte Ewald ihm ein Fahrrad kaufen wollen, aber er ging lieber zu Fuß. Ein Fahrrad wäre ein ideales Objekt für Sabotage gewesen, unter dem Blechdach auf dem Schulhof schutzlos den Vandalen ausgeliefert, ihren Fußtritten und Taschenmessern und Kaugummis.

»Dann los!« Ringo schwang das Bein über die Stange.

Leander sehnte sich nach einem Bett, nach völliger, von keinem Mond und keiner Straßenlampe gestörter Dunkelheit, nach erlösendem Schlaf. Trotzdem setzte er sich auf den Gepäckträger, der so unbequem war, wie er aussah, klammerte sich mit den Fingern an der Sattelhalterung fest, weil er die Arme nicht um Ringos Hüfte schlingen wollte, wie er es bei Mitschülern gesehen hatte, drehte den gesenkten Kopf zur Seite und schloss die Augen. Gleich darauf rollten sie dahin, zuerst langsam, mit Ausbrechern nach links und rechts, bald schneller und weniger schwankend und schließlich so ruhig und geradeaus, wie es die leichte Acht im Vorderrad erlaubte.

Nach einer Weile öffnete er die Augen, sah die weißen Markierungen unter sich vorbeischießen und, wenn er den Kopf hob, die Lichter der

Straßenlampen, von denen immer mehr kaputt oder gar nicht eingeschaltet waren, je weiter sie sich vom Ort entfernten. Der Fahrtwind kühlte seine Stirn, machte ihn wach, das Sirren der Reifen auf dem Asphalt beruhigte ihn, auch wenn er sich wünschte, zu schlafen und nur davon zu träumen, durch die Nacht zu fliegen.

»Alles gut da hinten?«, schrie Ringo.

»Ja!«, rief Leander. Sein Hintern und die Finger taten weh, und es war anstrengend, die Füße nicht am Boden schleifen zu lassen, aber er wollte kein Weichling sein, kein Hasenherz.

Sie ließen das Dorf hinter sich, es wurde dunkler und leerer, auf beiden Seiten erstreckten sich jetzt Felder und kahle Äcker. Eine unbeleuchtete Tankstelle tauchte auf und verschwand, auf einer Wiese stand ein Haus, daneben ein Bagger, die Schaufel am Boden wie der Schädel eines grasenden Tieres. Die Brücke tauchte auf, spannte sich in zwei Bogen über den Fluss, ein auf dem Rücken liegendes B aus Stahl. Ringo fuhr auf den unbefestigten Feldweg, der dem Ufer folgte, wich Schlaglöchern aus und fluchte, wenn er eines übersah. Bald wehte ihnen Musik entgegen, dann Rauch.

Vor der Brücke gab es einen Kiesplatz, eine Fläche groß genug für einen Lastwagen, in deren Mitte ein Feuer brannte. Vier, fünf Gestalten saßen und standen im flackernden Schein der Flammen, ein paar von ihnen johlten, als Ringo und Leander näher kamen. Ringo ließ das Rad fallen, nachdem sie abgestiegen waren, legte einen Arm um Leanders Schultern und ging mit ihm zum Feuer. Sein Griff war fest, fast so fest wie die Griffe der Jungen auf dem Schulhof, die Leander in den Schwitzkasten genommen hatten, bevor er zum Unberührbaren geworden war.

Die Gruppe begrüßte sie wie Soldaten, die sich durch feindliche Linien zum Stützpunkt durchgeschlagen hatten. Zwei Jungen erhoben sich, klopften Ringo auf die Schultern und tätschelten Leanders Arm, trotz aller zur Schau gestellten Forschheit zaghaft, fast schüchtern. Alle redeten durcheinander, nur Leander sagte nichts, schwieg wie das einzige Mädchen, das sitzen geblieben war. Ein dritter Junge kam vom Fluss, die Arme voller Bierflaschen. Es war Erwin Warnke, knappe fünfzehn und wie alle in der Runde ein Meister des nächtlichen Verschwindens. Ringo nahm ihm zwei Flaschen ab, öffnete sie mit einem magischen Hebeltrick und gab Leander eine. Wieder erfüllte ein Johlen die Nacht, dann das Klirren der Flaschen, die gegeneinandergestoßen wurden. Leander tat nur, als trinke er. Den Kopf in den Nacken gelegt, lief ihm Schaum über das Kinn und den Hals. Die Übelkeit kehrte zurück, aber in seinem Magen befand sich nicht mehr viel, das hätte hochkommen können.

Ringo machte ihn mit seinen Freunden bekannt, rief gegen das Grölen und die Musik aus dem Kassettenrekorder an, beliebige Namen, die bei Leander zum einen Ohr hineingingen und zum anderen hinaus. Das Mädchen hieß Elke, er sah sie durch den Rauch des Feuers und der Zigaretten. Kippen und Kronkorken lagen zwischen den Steinen, die leeren Flaschen reihten sich auf einem Holzzaun, der den Platz von einer mit hohem Gras, Büschen und zierlichen Birken bewachsenen Fläche trennte. Am gemauerten Fundament der Brücke hing ein Blechschild, auf dem BRÜCKE BETRETEN VERBOTEN stand. Überall lagen Äste herum, schimmerte bleiches Schwemmholz, Nachschub für das Feuer.

Bald war Leander der Einzige, der nicht saß. Ein Joint wurde ihm entgegengestreckt und eine neue Flasche Bier, und er wusste nicht, was ihn mehr in Panik versetzte. Ringo winkte ihn zu sich, der Platz zwischen ihm und dem Mädchen war leer. Leander murmelte etwas, von dem er hoffte, es höre sich wie *pissen* an, und verzog sich unter Gelächter in Richtung Fluss.

Aus Büchern wissen wir, was das Wort schwimmen bedeutet. Fische schwimmen, Aale, Frösche. Der Mensch muss es lernen. Wir lernen es nicht. Wir gehen nicht in den Fluss, in die Kraft seiner Strömung, in das Gift, das er mit sich trägt. Die Alten warnen uns, erzählen von ertrunkenen Kühen. In den Teich setzen wir unsere Füße wie in kühles Gras. Unsere Finger krallen sich in den schlammigen Grund. Wir fühlen uns der Welt von Pferden und Schafen näher als der von Stichlingen und Kaulquappen. Der Fluss kommt aus dem Land der Feinde.

Das Wasser bewegte sich langsam an ihm vorbei, aber vielleicht kam ihm das auch nur so vor, weil es schwarz war wie Teer. Nach mehreren Wochen ohne Regen ragten die Buckel der großen Steine aus dem Rinnsal, unter der Brücke schimmerten entwurzelte Bäume, die sich am Mittelpfeiler verfangen hatten. Der Schlick roch nach Fäulnis, oder irgendwo verrottete ein Tierkadaver, eine Bisamratte oder ein Fisch. Leander setzte sich ans Ufer und schüttete das Bier weg. Er verfluchte Ringo, der ihn an diesen Ort gebracht hatte, wo Wildfremde plumpe Vertraulichkeit von ihm erwarteten, lautes, gedankenloses Gerede und ein unbändiges Verlangen nach Alkohol und *Shit*, diesem beißenden Qualm, den alle in die Lungen pumpten wie vor dem Ertrinken gerettete, nach Luft ringende Idioten, die den Verlust ihrer Sprache feierten.

Das Gewirr aus Musik und Stimmen in den Ohren, legte er sich im dürren Gras der Uferböschung auf den Rücken und schloss die Augen, öffnete sie aber gleich wieder, als ihm schlecht wurde und er Magensäure hochwürgte. Er versuchte abzuschätzen, wie weit es bis zum Haus der Warnkes war und wie lange der Fußmarsch dauern würde, kam aber zu keinem überzeugenden Resultat. Hätte er Radfahren gelernt, dachte er müde und wütend, wäre er einfach zurückgeradelt und hätte Ringo, den schließlich die Schuld an allem traf, am Feuer bei seinen Freunden sitzen lassen. Wenn er ohne Schlüssel nicht ins Haus gekommen wäre, hätte er sich in der Garage auf das angesengte Sofa gelegt und gewartet, bis Dr. Born ihn abholen kam, wie er es versprochen hatte.

Dass er sein Zimmer dermaßen vermisste, ließ ihn leer schlucken. Das war das zweite Mal, dass ihm ein Gefühl auf die Brust drückte, für das die Schriftsteller in den Büchern das Wort Heimweh benutzten. Konrad hatte ihnen damals erklären müssen, was damit gemeint war, eine Sehnsucht nach einem Ort nämlich, ein Herzschmerz, an dem ausschließlich Menschen erkrankten, nicht zu vergleichen mit Noahs Stalldrang oder dem Instinkt eines treuen Hundes, der sein Herrchen vermisst, vielleicht aber auch nur die täglichen Mahlzeiten und den Schlafplatz. Robinson Crusoe habe ebenso unter Heimweh gelitten wie Fletcher Christian oder Dr. Schiwago, wobei nicht immer einfach zu sagen sei, ob das Weh sich auf das Heim bezöge, also das Haus, das man, aus welchen Gründen auch immer, verlassen habe, oder ob das Sehnen nicht vielmehr einer geliebten Person gelte, den Eltern etwa oder der Ehefrau. Oder der Tante, dachte Leander.

Gerade als die verwirrende Frage in sein Bewusstsein drang, was ihm mehr fehlte, die Stimme seiner Mutter, das Flüstern der Kinder auf dem

Dachboden in Winnipeg oder Tante Merets sanfte morgendliche Weckrufe, wurde er von einem infernalischen Lärm aufgeschreckt. Er sprang so schnell hoch, dass er sich einmal um die eigene Achse drehte, taumelte und hinfiel. Noch immer wie geprügelt vom ohrenbetäubenden Krach, kam er erneut auf die Füße. Als er endlich stand, schwankend und keuchend, die Augen auf die Brücke gerichtet, über die, lauter als jedes Unwetter, ein Güterzug donnerte, sah er das Mädchen. Elkes Lachen wurde von dem Getöse verschluckt, ihre erhobenen Arme schienen in der windstillen Nacht zu flattern, ihre Finger zu vibrieren. Sie drehte sich um und rannte zur Brücke, schwenkte die Arme wild hin und her, während die Kette aus Waggons über sie hinweg schepperte, ein endloses Hämmern von Eisen auf Eisen, bis die Wellen metallischen Dröhnens verebbten und eine Ruhe eintrat, die zuerst ein Nachhallen im Kopf war und schließlich, als Elke die Arme sinken ließ, in Stille überging, aus der sich irgendwann die Musik herauslöste und das Durcheinander der Stimmen am Feuer.

»Bist gerne alleine, was?« Elke blieb ein paar Meter vor Leander stehen und sah ihn an, den Kopf leicht schräg gelegt. Sie hatte schulterlanges aschblondes Haar, schwarz umrandete Augen und rot geschminkte Lippen. Der Stoff ihres bodenlangen, ärmellosen Kleides war blau, der Saum ausgefranst und schmutzig.

Leander zuckte mit den Schultern. Dabei wurde sein Gesicht heiß, als säße er am Feuer. Er senkte den Kopf und starrte auf die leere Bierflasche vor seinen Füßen wie auf etwas Rätselhaftes, einen vom Himmel gefallenen, unbekannten Gegenstand.

»Bist ’n Kumpel von Ringo, ja?«

Leander berührte die Flasche mit der Schuhspitze. Sein Nicken fiel kümmerlich aus, für das menschliche Auge unsichtbar wie die Bewegung eines Planeten.

»Bist nicht gesellig, rauchst nicht, und reden tust du auch nicht.« Elke machte drei, vier Schritte auf Leander zu. Sie hätte nur den Arm ausstrecken müssen, um ihn zu berühren.

Plötzlich wurde es still, sogar das Palaver verstummte für ein paar Sekunden, dann drehte jemand die Kassette um oder ersetzte sie, und erneut breitete sich Musik aus, lauter als zuvor. Elke hob beide Arme auf

Schulterhöhe. Die Ketten und Reifen an ihren Handgelenken klimperten. Sie schlug die Handflächen ... erquetscher ... Schritt rück...

»Z ... n Auge zusa ... , bevor sie di ... eräusch des Z ... re Lippen ... sie sich wied...

»W...

»Z ... ieß sie Zwöl...

Elk ... lt und den m...

»St ... ernst. Sie ro ... inger-spitze...

Lea ... Obwohl er gleich groß wie Elke war, kam er sich klein vor. Sie war nicht dick, aber verglichen mit Anja war sie fett, überall verdeckte Fleisch die Knochen, an den Wangen, am Kinn und sogar an den Fingern.

Warnke, Familie, wo Ringo wohnt
Herbert + Roswitha, Tochter Judith
Sohn Erwin

Elke lächelte. Sie drehte den Kopf in Richtung des Feuers, dann zog sie in einer Bewegung das Kleid hoch und ging in die Hocke. Sie war barfuß, ihre Zehennägel schienen schwarz lackiert. Ein goldenes Kettchen umschloss ihren Knöchel, daran hing ein Herz. Sie hob den Kopf und blickte Leander in die Augen, während sie pisste. Ein leises Seufzen kam aus ihrem Mund, als sie sich mit einer Hand zwischen die Beine griff und gleichzeitig aufrichtete. Ein Schritt, und sie stand vor Leander und legte ihm die nassen Finger an die Lippen. Ihr Gesichtsausdruck war nicht zu deuten, Gleichgültigkeit lag darin, Belustigung, eine Spur von Erstaunen, worüber auch immer.

So plötzlich, wie sie sich entleert und vor Leander gestellt hatte, so abrupt wandte sie sich von ihm ab und ging zurück zum Feuer. Wieder fuhr ein Güterzug über die Brücke, und jetzt sah Leander, wie die Jungen aufsprangen und losrannten, um mit Steinen nach den Waggons zu werfen. Sie waren vielleicht fünfzig Schritte entfernt. Ihre Gestalten lösten sich aus dem Schein der Flammen und tauchten weg, als sei die Dunkelheit Wasser, und ihre Schreie klangen fremd und schrecklich wie die der Eingeborenen in Joseph Conrads Roman. Leander hob den Arm, um sich mit dem Hemd über den Mund zu wischen, dann ließ er ihn wieder sinken.

Es war kein Sonnenaufgang, dem sie entgegenradelten, nicht einmal ein Anflug von Dämmerung. Ein dunkler Horizont kam auf sie zu, ein Streifen grauer Hügel. Auch der Himmel war grau, wie ausgebleicht von einem kommenden Licht, in dem Mond und Sterne verschwammen. Dass Ringo betrunken war, spielte keine Rolle, die Straße lag leer vor ihnen. Weil es für ihn eine Fahrt auf der Achterbahn war und weil es ihm eine verbissene Freude bereitete, wich er in weit ausholenden Schleifen Dingen aus, die den Asphalt zierten, umkurvte platt gedrückte Igel und Fetzen von Autoreifen. Er sang vor sich hin, bis das Haus und die Garage auftauchten, plärrte eine falsche Melodie, als wäre sie das Heulen und Stottern eines Motors, der nicht ausgehen durfte. Kaum befanden sie sich in Hörweite der Warnkes und der Nachbarn, verstummte er und verlangsamte seine Bewegungen. Er öffnete die unverschlossene Tür, schlüpfte in die Stille des Hauses, schlich die Treppe hinauf und in sein Zimmer, Leander dicht hinter sich, wie ein Schatten. Als hätten sie es vorher geübt, stellten sie das Klappbett für Leander auf, geräuschlos und vom kühlen Fahrtwind beinahe ernüchtert. Dann zogen sie die nach Rauch stinkende Kleidung aus, hängten sie ans offene Fenster und legten sich hin.

Ringo flüsterte noch eine Weile wirres Zeug, grunzte und rülpste und kicherte, aber schließlich verging ihm das Reden. Kaum schwieg er, begann er zu schnarchen, sog rasselnd Luft ein und blies sie mit einem Ächzen aus. Noch etwas Neues, bislang Unerhörtes, dachte Leander, neben Rauchen und Trinken ein weiteres Zeichen dafür, wie sein Freund sich bei den Warnkes gehenließ. Er starrte an die Decke, bis seine Augen brannten, doch schlafen konnte er nicht. Das Bettgestell drückte ihm ins Gesäß wie zuvor der Gepäckträger, seine Füße hingen in der Luft. Er fuhr mit der Zunge über die Lippen, schmeckte das Salz des Urins, drehte sich auf den Bauch. Warum er jetzt an Anja denken musste, war ihm ein Rätsel, auch, warum die Stelle an seinem Arm plötzlich brannte, wo sie ihn geboxt hatte. Er fühlte sich elend, aber zu weinen war das Letzte, wozu er sich in dieser Nacht noch herablassen würde.

Sollte Dr. Born ihn fragen, wann er Ringo wieder besuchen wolle, würde seine Antwort eindeutig sein und keinen Zweifel zulassen.

Nie mehr.

LINUS
Ein reißender Fluss
Oder
Wie man verschwindet

Den meisten Zeitungen im Land war Linus' letzter Schritt eine Meldung wert, einigen eine Spalte, einigen fast eine halbe Seite. In manchen Redaktionen wurde darüber diskutiert, in welcher Rubrik man die Nachricht unterbringen und ob man den ganzen Brief abdrucken oder nur aus ihm zitieren sollte. Es gab Redakteure, die Zweifel an der Echtheit des Briefes hegten, weil er so gut formuliert und ohne Rechtschreibfehler war. Einige Blätter verwendeten eines der beiden Bilder, die von dem Jungen existierten. Auf dem ersten, kurz nach der gewaltsamen Räumung der Kommune aufgenommenen, schaute ein verschrecktes, in eine Wolldecke gehülltes Kind mit leerem Blick an der Kamera vorbei, auf dem zweiten lächelte ein Dreizehnjähriger den Betrachter seltsam entrückt im Garten der Pflegefamilie an. Niemand außer den drei anderen befreiten Kindern wusste von dem Namen, den er sich gegeben hatte, und so hieß er für die sich seiner Geschichte bemächtigende Öffentlichkeit nicht Linus, sondern Anton Matusek, in der willkürlichen Annahme, sein Vater sei Volker Matusek, der einzige Mann in der Kommune mit blonden Haaren, grünen Augen und heller, sommersprossenübersäter Haut, ein Abbild des Knaben, wenn man die Gesichter verglich und von der unterschiedlichen Länge der Nase und von der Narbe an Volker Matuseks

Wange absah. Die Handvoll Journalisten, die sich seit der Räumung mit dem Fall beschäftigt hatten und denen es auch drei Jahre nach der ersten sensationellen Nachricht nicht einfach nur um eine weitere reißerische Schlagzeile ging, schrieben über mehr als den Selbstmord, rollten die Geschichte nochmals auf und bemühten sich redlich, Antworten zu finden, suchten nach Beweggründen für die Verzweiflungstat und zeigten trotz der professionellen Distanz ein Mitgefühl, das zwischen den Zeilen sachlicher Berichterstattung durchschien, frei von Betroffenheitsgeschwafel und moralgetränktem Mitleidskitsch. Alle anderen Artikel waren beherrscht von plumper Effekthascherei und grober Vereinfachung, von Vermutungen und Verurteilungen und vom Schmalz unsäglicher Gefühlsduselei. Eine Zeitung druckte ein Bild, das die Stelle am Ufer zeigte, an der Linus in den Fluss gegangen war, ein Boulevardblatt ein Interview mit einem Augenzeugen, einem alten Mann, der dem Jungen angeblich nur deshalb nicht ins eisige Wasser nachgesprungen war, weil er aufgrund einer Kriegsverletzung nicht mehr schwimmen konnte. Zuerst lediglich in den Regionalzeitungen und schon bald landesweit wurden ein Polizeisprecher, eine Nachbarin der Pflegefamilie, Schulkameraden, ein Vertreter des Jugendamtes sowie der Bürgermeister und der Pfarrer der Gemeinde, in der der Junge gelebt hatte, zitiert, zum Teil mit den absurdesten Aussagen. Die Nachbarin, eine alleinstehende Vierzigjährige, gefiel sich in der Rolle als sensible Beobachterin, die schon früh erkannt haben wollte, dass der Junge schwermütig war, *eine von den Dämonen der Vergangenheit heimgesuchte Seele*. Ein Mädchen aus Linus' Klasse sprach ebenso redselig wie kryptisch von Geständnissen des Gleichaltrigen, der ihr *wie einer der Hippies im Fernsehen* vorgekommen sei, *obwohl er überhaupt nicht so aussah*, der *manchmal wirres Zeug erzählte* und *ständig vom Tod und so abartigen Dingen redete*. In den meisten Zeitungen erschienen Anton Matuseks Abschiedsworte schließlich in voller Länge, in einigen nur auszugsweise. Den Umschlag mit dem Brief hatte der Junge auf seine Schuhe, die gefaltete Hose, das Hemd und den Pullover gelegt und ihn mit einem in die Socken gewickelten Stein beschwert, außerdem eine handschriftliche Kopie unter das Kissen auf seinem Bett. Eine weitere Abschrift hatte er seinem Psychiater Dr. Senger per Post geschickt und eine dritte an die Frau vom Jugendamt mit der Bitte, sie den Zeitungen zukommen zu lassen, die sich wahrscheinlich bei ihr melden würden. Unterschrieben hatte er den Brief mit Anton, weil Linus nur für Verwirrung und Unverständnis gesorgt hätte.

> Diese Zeilen richte ich an meine Mutter (dich, Ulrike, da bin ich mir sicher!) und meinen Erzeuger (Volker, du hast meine Augen und Haare, ein richtiger Vater warst du mir nie, auch wenn ich nicht weiß, wie sich ein richtiger Vater verhält), an meine Verwandten, die ich nie kennenlernen werde, an meine Pflegeeltern (danke für das Bett, das Essen und die Unterweisungen in Manieren), an Ringo, Leander und Frida (wir sehen uns in einem anderen Leben!), an Herrn Dr. Senger (Sie haben nichts falsch gemacht, verehrter Seelenbeleuchter, was ich nach dem Verfassen dieses Briefes tun werde, ist meine freie Entscheidung, Ihre Therapiebemühungen blieben in jeglicher Hinsicht folgenlos!) sowie an alle, die über mich geschrieben haben und noch schreiben werden.
> Mir ist es zu viel geworden. Zu viele Dinge, an die ich mich gewöhnen sollte: asphaltierte Straßen, Fernsehen, Hochhäuser. Zu viele Fragen an mich: Wie kommst du zurecht? Fühlst du dich als Opfer? Was hast du für Zukunftspläne? Zu viele Fragen von mir: Wohin hat man unsere Tiere gebracht? Was geschieht mit den Alten, mit Ulrike und Volker? Warum soll ich alle römischen Kaiser kennen, wenn ich nicht einmal weiß, wer ich selber bin? Zu viele Verpflichtungen: Die Vergangenheit ruhen lassen. Das Leben meistern. Hausaufgaben erledigen. Zu viele Erinnerungen: Die Luftsprünge der Kühe, wenn sie im Frühling zum ersten Mal auf die Weide durften. Die nächtlichen Gespräche mit meinen Freunden, Geschwistern. Das Brennen in den Fingerkuppen beim Pellen einer verkohlten Kartoffel.

Auch Tage und Wochen später tauchte die Leiche des Jungen nicht auf, weder in den tief hängenden Ästen eines Uferbaums noch im Rechen eines Stauwehrs. Einem im Radio befragten leitenden Beamten zufolge war Linus' Körper aller Wahrscheinlichkeit nach von einem Strudel hinabgezogen und an einen Felsen oder in einen Hohlraum unter einer Uferböschung gepresst worden, der Auflösung und Zersetzung und schließlich der sukzessiven Einswerdung mit dem Wasser preisgegeben, eine Auskunft, die in den Ohren empfindsamer Gemüter entschieden zu sachlich und taktlos klang und für aufgebrachte Anrufe beim Sender sorgte. Nach Ablauf einer Frist beschloss die zuständige Behörde, für das ungetaufte Kind ein Begräbnis zu inszenieren und einen leeren Sarg in die Erde zu lassen. Obwohl man versuchte, den Tag der Beisetzung geheim zu halten, sah man auf den Friedhofsmauern Fotografen stehen und Bilder der Trauergemeinde schießen. Ringo, die Fäuste in den Manteltaschen, starrte auf den Sargdeckel, bis ein Beamter ihn sanft zur Seite zog. Frida, die eine Stunde nach Ringo zum Grab gelassen wurde, damit die Kinder sich nicht begegneten, warf Blumen in die Grube, wie sie es in einem Film gesehen hatte. Leander erschien nicht. Das Gremium war zu der Entscheidung gelangt, es sei besser, dem Jungen, der gerade erst ins Leben und in den Schulbetrieb geworfen worden war wie ein Nichtschwimmer ins Meer, diesen Anlass zu ersparen, um einen erneuten Zusammenbruch zu vermeiden. Ulrike Schäfer, Linus' leibliche Mutter, gewährte man Hafturlaub, fünf Stunden für den Abschied von ihrem Sohn. Sie hatte die Beerdigung nicht gewollt und erreicht, dass kein Geistlicher anwesend war und von Auferstehung und ewigem Leben schwafelte. Volker Matusek wurde die Anwesenheit verweigert. Seine Vaterschaft war noch nicht endgültig bewiesen, und weil Ulrikes Wort dem zuständigen Richter nichts wert war, blieb er in Untersuchungshaft.

Kein Mensch braucht mich zu bemitleiden. Kein Mensch soll sich Vorwürfe machen. Ich habe oft beim Schlachten zugesehen, mithelfen musste ich nie. Ein Tier lebte, dann habe ich geblinzelt, dann war es tot. In einem Buch habe ich gelesen, dass einem das eiskalte Wasser wie Wärme vorkommt, bevor man untergeht und ertrinkt. Der Fluss soll mich mit sich tragen bis ins Meer. Die Fische werden mich fressen, zuerst die Aale und Welse, später sollen die Krabben den Rest besorgen. Meine Knochen werden zu Sand, meine Zähne zu Kieselsteinen. In vielen Jahren sind sie rund wie Perlen.
Gleich tauche ich unter. Alles ist gut. Lebt wohl.

WINNIPEG LOGBUCH
Auszüge 3

Müssen wir im Wald Brennholz sammeln, lassen wir uns Zeit. Manchmal haben wir ein leeres Marmeladenglas dabei, damit tragen wir Ameisen von einem Haufen zu einem anderen. Dann beobachten wir, wie die Eindringlinge getötet werden. Wir stellen uns vor, die Fremden zu sein. Wir haben uns verirrt in das Gebiet hinter dem Horizont, hinter unseren Feldern und Äckern. Dort beginnt die schlechte Welt, das Land der einfältigen, habgierigen Bauern. Sind wir alle tot, verwandeln sich unsere Ameisenseelen in Riesen, die sich an ihren Mördern rächen. Wir haben den Alten Streichhölzer gestohlen und lassen Glut auf unsere Feinde regnen.

Wir nehmen Ameisen nach Hause und füttern sie, damit sie stark werden. Wir stoßen mit Strohhalmen nach ihnen, damit sie sich wehren. Wir bauen ein Pferd aus Holz, so groß wie unsere Hand. In seinem Bauch tragen wir die Ameisenkrieger nach Troja. Wir öffnen den Pferdebauch und werden alle umgebracht, weil wir zu wenige sind, machtlos gegenüber dem feindlichen Heer. Das Feuer der Vergeltung löschen wir mit unserer Pisse.

Manchmal finden wir im Wald Dinge. Wir stellen uns vor, wie der Wind sie hierhergetragen hat. Was aus der schlechten Welt kommt, fassen wir mit den Händen nicht an. Wir berühren es mit einem Stock, wie ein totes Tier. Oft wissen wir nicht, was wir gefunden haben. Wir finden auch Dinge, die wir kennen, einen Stiefel, eine rostige Messerklinge, ein Stück Seil. So etwas kommt nicht mit dem Wind oder fällt vom Himmel. Jemand muss es verloren haben. Jemand, der in unserem Wald war. Jemand, der unser Feind ist.

Der Wind weht Papier in unseren Wald. Meistens hat der Regen die Schrift so verwischt, dass wir sie nicht lesen können. Was wir lesen können, stellt uns vor Rätsel. Auch wenn wir alles abschreiben, ergibt es keinen Sinn. Oft fehlen Teile einer Seite. Der Anfang eines Satzes fehlt oder das Ende. Dazwischen sind viele Wörter, die wir noch nie gehört haben. Wir machen eine Liste, die mit jedem Fund wächst. Hungersnot. Abrüstungsverhandlungen. Eskalation. Christlich. Freudenhaus. Düsenjäger. Waldsterben. Glühwein. Als es einhundert Wörter sind, zeigen wir sie Konrad. Er fragt uns, woher wir sie haben, und wir zeigen ihm die Papierfetzen. Er sagt, das sind Wörter aus der schlechten Welt. Die Menschen dort müssen sie jeden Tag lesen, damit sie sich fürchten und beschäftigt sind. Damit sie arbeiten und nutzloses Zeug kaufen. Damit sie abgelenkt und irgendwann so dumm sind, dass sie glücklich sterben. Wir wollen zu jedem Wort eine Erklärung, aber Konrad schweigt.

Wir fragen Konrad, was die beiden kleinen Striche vor und hinter manchen Wörtern bedeuten. Er sagt, sie zeigen an, wenn etwas geschrieben wird, das jemand sagt oder gesagt hat. Sie heißen Gänsefüßchen. Auf dem Hof haben wir keine Gänse, nur Hühner, deshalb wissen wir nicht, wie die Füße von Gänsen aussehen. Wir reden darüber, ob wir Konrad glauben sollen, und am Schluss glauben wir ihm halb und halb.

Einmal finden wir einen Fetzen Papier, auf dem vier kleine Bilder sind. Die Zeichnungen sind in Rechtecken aus schwarzen Linien und ganz anders als die in unseren Büchern. Sie zeigen keine Rinder oder Maiskolben oder Kartoffelkäfer, sondern Kinder. Über den Kindern schweben weiße

Wolken, in denen Sätze stehen. Aus jeder Wolke ragt eine Spitze, die auf eines der Kinder gerichtet ist. Die Wolken sind wie die Wolken im Winter, die aus unseren Mündern kommen. Aber in den Zeichnungen ist nicht Winter. Es dauert eine Weile, bis wir sicher sind, dass die Kinder diese Sätze sprechen. Es gibt ein Mädchen mit schwarzen Haaren und rotem Kleid. Rechts von ihr sitzt ein Junge in kurzen Hosen und gestreiftem kurzärmeligem Pullover am Boden. Er hat die Augen geschlossen, einen Daumen im Mund, mit der anderen Hand hält er sich eine Stoffdecke an die Wange. Im ersten Bild links oben sagt das Mädchen: Eines Tages wirst du diese Decke aufgeben müssen. Im zweiten Bild rechts daneben sagt das Mädchen: Eines Tages wirst du lernen, auf eigenen Füßen zu stehen. Auf dem dritten Bild links unten sagt das Mädchen, das sich von dem Jungen abgewendet hat und weggeht: Eines Tages wirst du erwachsen werden und das Leben ohne fremde Hilfe meistern müssen. Auf dem vierten Bild unten rechts sagt der Junge, der noch immer die Augen geschlossen, den Daumen im Mund und die Decke an die Wange gedrückt hat: Eines Tages.

Wir rätseln darüber, warum Kinder so etwas sagen. Wir würden nie so etwas sagen. Und wir rätseln darüber, was im vierten Rechteck in kleinen Buchstaben neben der Zeichnung steht. Wir glauben, es ist ein Name: Schulz. Obwohl die Kinder etwas sagen, stehen ihre Sätze nicht zwischen Gänsefüßchen. Wir haben viel zu rätseln.

Die seltsamsten Sätze, die wir finden, zeigen wir Konrad nicht. Wenn wir sie lesen, spüren wir eine Art Übelkeit im Magen. Wie an dem Tag, an dem die Alten ein Tier schlachten und uns zwingen, dabei zu sein. Wir sollen sehen, wie das Töten geht, sagen sie. Damit wir es irgendwann auch können. Der Tag wird kommen, sagen sie. Und dass das Sterben zum Leben gehört. Das Papier ist gelb, es lag lange im Regen. Die Seite ist zerrissen, oben lesen wir: Ausland. Dann: Vietnam und das Wort Kriegsverbrechen. Als Nächstes steht da eine Zeile, die wir überhaupt nicht begreifen: Wenn du sie killst. Darunter ist die Schrift so klein und verwaschen, dass wir die Sätze nicht entziffern können. Auch auf dem Bild ist kaum noch etwas zu erkennen. Wir glauben, zwei Männer zu sehen, die etwas an einem Strick hinter sich herziehen. Das Bild rechts davon ist noch undeutlicher, ein verschwommenes Rechteck aus schwarzen und weißen Flecken.

Weil ein Teil der Seite fehlt, fehlt ein Teil vom ersten Satz und ein Teil vom letzten. Das sind die Sätze:

> der Geschichte Amerikas waren eine Stunde des Ruhms. In der Gefechtsmeldung der amerikanischen Armee vom 18. März 1968 heißt es: »Operation Muscatine. Teile der 11. Leichten Infanterie-Brigade der Americal-Division stießen neun Kilometer nordöstlich von Quang Ngai auf Feindkräfte unbekannter Stärke. Kampfhubschrauber und Artillerie griffen in das Gefecht ein. Gelegentliche Kampftätigkeit bis 15 Uhr, danach keine Feindberührung mehr. 128 Feindtote.« Hinter dem Ruhm verbarg sich Schande, hinter dem Sieg im Heeresbericht eine in ihren Folgen noch unabsehbare moralische Niederlage der USA. Denn in Wahrheit war an jenem Sonnabend im Reisbauern-Dorf Song My an der Küste im Norden Südvietnams dies geschehen: Hubschrauber brachten die C-Kompanie des 1. Bataillons des 20. Infanterieregiments nach »Pinkville«, wie die GIs das Vietcong-verdächtige Gebiet nach seiner Rosa-Färbung auf den Generalstabskarten nannten. Gegen sieben Uhr morgens drang der erste Zug der C-Kompanie nach kurzem Artillerie-Feuer in die Weiler des Dorfes Song My ein. Die Soldaten hatten Befehl, das Dorf zu vernichten. Die Amerikaner, zumeist um 20 Jahre alte Wehrpflichtige, trieben die Dorfbewohner aus ihren Hütten. Sie zündeten Bambus-Katen an, in Ziegelgebäude warfen sie Handgranaten oder Dynamit-Ladungen. »Dann führten sie uns«, erzählt der Bauer Do Chuc, »uns alle, Männer, Kinder, Frauen mit Babys, ein paar hundert Meter weit und befahlen uns, niederzuhocken. Wir hatten keine Angst. Die Amerikaner stellten ein Gewehr mit Beinen vor uns auf, wie ich noch nie eines gesehen hatte. Jetzt begannen die Leute zu weinen und zu schreien. Ein Mönch zeigte einem Soldaten seinen Ausweis. Der Amerikaner sagte sorry. Dann schossen sie. Ich wurde am Bein getroffen, über mich fielen Erschossene. Ich

wagte mich erst zu rühren, als die Amerikaner weg waren, nach einer Stunde.« Überlebende wie den Bauern Do Chuc gab es in dem 700-Seelen-Dorf Song My nur wenige. Die Amerikaner schossen auf alles, was sich bewegte. Sie mähten die Dorfbewohner mit Maschinen- und Schnellfeuergewehren nieder. In die Knäuel Toter oder Sterbender feuerten sie Gewehrgranaten, um sie unkenntlich zu

Wir lesen diese Sätze immer wieder. Wir schreiben alle Wörter auf, die wir nicht kennen. Muscatine. Infanterie-Brigade. Americal-Division. Kampfhubschrauber. Artillerie. Wir füllen eine ganze Seite mit diesen Wörtern. Wir lesen uns die Sätze immer wieder laut vor. Wir glauben, dass Amerika ein Land ist. Tom und Huck leben dort und Jason Scott und Billy Budd. Konrad sagt, Amerika gibt es nicht wirklich, es ist eine Erfindung der Schriftsteller. Aber wir glauben, es gibt Amerika. Wir glauben, es gibt auch das Dorf Song My. Wir glauben, es gibt den Bauern mit dem Namen Do Chuc. Wir glauben, dass das Land Amerika und das Dorf Song My zu der Welt gehören, die hinter unseren Feldern beginnt. Wir glauben den Alten, wenn sie sagen, dass die Welt schlecht ist. Wir wissen nicht, aus welchem Buch die Seite ist. Wir kennen den Namen des Schriftstellers nicht. Wir lesen uns seine Geschichte immer wieder laut vor.

LEANDER
Kapitel III

Ins Leere fallen

Man konnte vieles vor Leander verbergen und behaupten, ihn damit zu schützen. Man konnte ihm Gerichtsakten vorenthalten, in denen protokolliert war, was den Erwachsenen der Kommune vorgeworfen wurde, von Missachtung der allgemeinen Schulpflicht über Nichtanmelden der Kinder bei den Behörden bis hin zu Nötigung und Freiheitsberaubung. Man konnte seine Mutter bitten, in ihren Briefen aus der Untersuchungshaft einen zuversichtlicheren Ton anzuschlagen, um den Jungen nicht weiter zu beunruhigen. Man konnte dafür sorgen, dass er in der Schule keinem unzumutbaren Lerndruck ausgesetzt und so gut wie möglich vor den Drangsalierungen seiner Mitschüler geschützt wurde. Man konnte Nachhilfelehrer dafür bezahlen, dass sie mit ihm Englisch übten, den Satz des Pythagoras in seine Einzelteile zerlegten oder die gewinkelte Struktur des Wassermoleküls betrachteten. Man konnte mit ihm reden, wenn er Aufnahmen von halb verhungerten Kindern sah, von ölverschmierten Vögeln oder an Eisenbahnschienen geketteten Menschen.

Linus' Tod konnte man nicht vor ihm geheim halten, auch wenn man es in bester Absicht versuchte.

Als das Gremium sie über den Selbstmord in Kenntnis setzte, berieten Ewald und Meret nächtelang, was für Leander das Beste sei. Der Junge war gerade dabei, sich draußen zurechtzufinden und an den Schulalltag zu gewöhnen. Jeden Tag schien er schrittweise seine Angst vor allem Fremden abzulegen, machte mehr oder weniger bedeutsame Erfahrungen und ab und zu sogar den Mund auf, um davon zu erzählen. Er war noch immer ein seltsames, stilles und schwer zu ergründendes Kind, das am liebsten für sich war und der menschlichen Gesellschaft die von Eidechsen, Amseln und Romanfiguren vorzog. Nichts fiel ihm schwerer oder interessierte ihn weniger, als Geschichtsdaten und Edelgase auswendig zu lernen oder zu berechnen, wann zwei Züge sich begegneten. Dafür konnte er ganze Nachmittage im Garten verbringen und aus Steinen, Zweigen und Schnüren Gebilde errichten, mit denen er das Gesetz der Schwerkraft aushebelte, und manchmal, wenn er sich allein wähnte, murmelte er Gedichte vor sich hin, die er gelesen und sich gemerkt hatte.

In dieser Phase musste es verheerend sein, Leander mit einem so schrecklichen Ereignis zu konfrontieren, entschieden Ewald und Meret und ließen den Tag verstreichen, an dem der leere Sarg in die Erde kam und des Jungen gedacht wurde, dessen Körper sich zwischen Gesteinsbrocken oder in der Höhle eines unterspülten Ufers auflöste, ein Bild, das niemals in Leanders Kopf gelangen durfte.

Was Ewald und Meret jedoch nicht bedachten, waren die Kinder in der Schule, ihre Vorliebe für Klatsch und Drama und ihr Hang zu abgrundtiefer Gemeinheit. Die beiden hatten Ringo in ihren Plan eingeweiht und, für alle Fälle, dessen Pflegefamilie, hatten mit den Lehrern und dem Direktor gesprochen und sogar mit dem Hausmeister. Auf Merets Drängen hin waren sie Leanders Schulweg abgelaufen, um die Existenz eines Kiosks ausschließen zu können, und das alles, obwohl der Junge niemals Zeitung las oder Radio hörte und kaum etwas mit größerer Gleichgültigkeit ignorierte als Nachrichten, ganz egal, ob sie den Aufstieg eines Lokalpolitikers betrafen oder den Untergang der Welt. Sie hatten das Gremium gebeten, Frida in Kenntnis zu setzen, und man hatte es ihnen versprochen. Die Wahrscheinlichkeit, dass Frida mit Leander Kontakt aufnahm, war ohnehin sehr gering, weil das Jugendamt dem Mädchen weder seine noch Ringos Adresse gab, angeblich *um den Eingewöhnungsprozess im neuen sozialen Umfeld nicht zu gefährden.*

Meret und Ewald, die Verantwortlichen der Schule und alle mit Leanders Fall beschäftigten Experten gingen einfach davon aus, dass Kinder ihre schulfreien Stunden nicht mit Lesen verbrachten und auf die gänzlich absurde Idee kommen könnten, in einer Tageszeitung zu blättern. Man vertraute auf Takt und Mitgefühl, darauf, dass Eltern eine solche Nachricht für sich behielten und Brüder und Schwestern weniger Niederträchtiges zu tun hatten, als ihre jüngeren Geschwister mit Schreckensmeldungen zu versorgen. Aber so funktionierte die Welt nicht. Irgendwo gab es eine gedankenlose Mutter, einen sadistischen Bruder, eine vierzehnjährige Zeitungsleserin mit einem besonderen Vergnügen an Tragödien.

Wer die Nachricht über den dreizehnjährigen Selbstmörder zuerst in Umlauf brachte, war weder nachzuverfolgen noch von Belang. Wie alles Getratsche an der Schule begann auch dieses auf dem Pausenhof. Vielleicht begann alles als Raunen, riss jemand heimlich ein Streichholz an, um sein kleines Licht heller erscheinen zu lassen, und sah dann zu, wie es zum Lauffeuer heranwuchs. Vielleicht sagte ein Kind, seine Schwester habe ihm erzählt. Vielleicht fragte ein Mädchen ein anderes, ob es schon gehört habe. Vielleicht zog ein Junge einen zerknitterten Zeitungsartikel aus der Hosentasche und las ihn vor. Vielleicht hatte ein Schüler in der Straßenbahn oder zu Hause ein paar Sätze aufgeschnappt und ließ sie im Kreis seiner Leidensgenossen fallen, aus lauter Langeweile, ein Strafgefangener auf dem Hofrundgang. Vielleicht hatte eine Schülerin mit dem Nachplappern der Schlagzeile für ein wenig Zerstreuung sorgen wollen. Anders als die Wehwehchen der Fußballspieler und Filmstars war der Selbstmord eines Jungen in ihrem Alter von erregender Nähe, ein Drama vor der Haustür. Anton Matuseks Freitod war eine willkommene Ablenkung von ihren öden Leben, ein Schuss Adrenalin mitten in ihre Herzen.

Die Lehrer, die Pausenaufsicht hatten, konnten später keine Auskunft darüber geben, wie es zu dem Ereignis gekommen war, das sie untereinander *Selbigs Ausraster* und offiziell *Leanders Nervenzusammenbruch* nannten. Im Büro des Direktors, dessen Sekretärin Meret und Ewald alarmiert hatte, sprachen die beiden Männer von einem Kreis, der unversehens entstanden sei und in dessen Mitte Leander gekniet habe, wimmernd und schließlich lauter schreiend als damals Franz Tollwein, der sich bei einem Sturz von der Schulhofmauer einen Arm gebrochen und beide Schneidezähne ausgeschlagen hatte. Das Blut sei ihnen in den Adern gefroren, so schaurig sei das Geheul gewesen, berichteten die Zeugen, ein großer Teil der Schülerschar habe sich betreten abgewandt, stumm, mit einem im Hals stecken gebliebenen Lachen. Nach und nach seien alle Kinder zurück in die Klassenräume gegangen, obwohl die Pause noch gar nicht zu Ende gewesen sei. Irgendwann habe Leander sich auf dem Asphalt hingelegt, zusammengekrümmt und zitternd. Weil niemand wusste, wie mit dem Jungen umzugehen sei, habe er den Schularzt angerufen, erklärte der Direktor Meret und Ewald, man erwarte ihn jede Minute.

Wie auf ein Zeichen erschien Dr. Wesseling, klein gewachsen und milchgesichtig, die Wangen gerötet wie ein Schuljunge, der gerade aus dem Unterricht geholt worden war, um beim Direktor für eine Verfehlung geradezustehen. Dem Patienten gehe es gut, sagte der Arzt, er liege auf dem Sofa im Lehrerzimmer, Frau Kronauer, die Biologie und Sport unterrichtete, bewache seinen künstlichen Schlaf. Ein Termin für den nächsten Tag wurde vereinbart, dann läutete die Pausenglocke und Dr. Wesseling eilte davon, den Arztkoffer schwenkend wie eine Schultasche.

Nachdem Meret und Ewald sich mit dem Direktor darauf geeinigt hatten, dass Leander für unbestimmte Zeit krankgeschrieben sei, fuhren sie nach Hause. Leander lag auf der Rückbank des alten Mercedes, Kopf und Glieder schwer vom Diazepam, das durch seine Adern floss. Unter halb geschlossenen Lidern hervor sah er Häuser durch den Himmel fliegen, Wolken und Bäume. Meret hatte sich auf ihrem Sitz umgedreht und hielt seine Hand fest und sprach zu ihm, aber er verstand sie nicht, weil ihre Stimme ein einziger lang gezogener Ton war, ein Rauschen. Fielen ihm die Augen zu, spülte sein Gedächtnis Bilder an die Oberfläche, vom Sedativ verschwommen aufscheinende Landschaften, Räume, die sich taumelnd in Bewegung setzten und zu einem flirrenden Vorüberziehen aus Licht und Farben wurden, in dem Gesichter auftauchten wie Luftblasen im Teich. Linus' Gesicht war fleckig vor Helligkeit, sein Lächeln schrecklich.

Eine Weile wiegte der Heuwagen Leander noch hin und her, trottete Noah den eingebrannten Weg entlang, dann nahm das dunkle Gewölbe der Scheune sie auf, und sie standen still.

Anfangs zählte Meret Weiss noch die Tage, doch schließlich hörte sie damit auf und warf die abgerissenen Kalenderblätter weg, auch weil sie wusste, dass Ewald Buch führte über Leanders Genesung, die so langsam voranschritt, dass man sie in Jahreszeiten messen konnte. Der Junge war im September zusammengebrochen, also im Herbst, verbrachte den Winter in Agonie und hob im Frühling den Kopf ans Licht wie ein mageres Tier, das unter Eis und Schnee geschlafen hatte. Es war März, als Leander den Wunsch äußerte, wieder zur Schule gehen zu dürfen, und Mai, als er die Gebäude des Internats zum ersten Mal sah. Die Landschaft, durch die sie fuhren, war flach bis auf eine ebenfalls flache Erhebung, auf der, von hohen, in regelmäßigen Abständen gepflanzten Bäumen umgeben, ein ehemaliger Gutshof stand, ein riesiger U-förmiger Bau mit Glockenturm und Schieferdächern, flankiert von gemauerten Nebentrakten, einer als Sporthalle genutzten renovierten Holzscheune und einer Kapelle aus rohem Stein. Beim Besichtigungsrundgang stießen sie auf zwei eingezäunte Tennisplätze, eine Fußballwiese und eine rudimentäre Leichtathletikanlage mit einer Aschenbahn, Kugelstoß- und Diskusplattformen sowie Sandkästen für Weit- und Hochsprung. Der Angestellte, der sie begleitete, ein großer, übergewichtiger Mann in grauen Hosen und einem dunkelblauen Blazer, an dessen Brusttasche das Wappen des Internats prangte, schwärmte von morgendlichen, noch vor dem Frühstück angesetzten Dauerläufen, von Sports- und Mannschaftsgeist und jenem Geist, der nur in einem gesunden Körper gedieh, von Wettkämpfen mit anderen Privatschulen des Landes und von einem Abgänger, dessen Leistungen im Weitsprung ihm gerade eine Nominierung in den olympischen Kader eingebracht hatten.

Nachdem sie zum Haupthaus zurückgekehrt waren, führte er sie zu den Pokalen, die in einer Vitrine im Eingangsbereich aufbewahrt wurden, unter einer Stuckdecke und Kronleuchtern und einem gigantischen Ölgemälde, das den Gutshof zeigte, wie er Mitte des neunzehnten Jahrhunderts ausgesehen hatte. Meret täuschte als einzige Interesse an den Trophäen vor, während Ewald und Leander nur danebenstanden, das Geschwätz über Turniersiege in Bogenschießen, Tennis und Badminton erduldeten und versuchten, sich nicht anmerken zu lassen, wie belustigend und zugleich irritierend sie es fanden, dass ein fetter, vom gemütlichen Schlendern über das Anwesen außer Atem geratener Mann so leidenschaftlich die Vorzüge der Leibesertüchtigung pries. Leander musste zudem seit Betreten des Gebäudes gegen das Gefühl ankämpfen, von der auf den ersten Blick edlen und pompösen, beim näheren Hinsehen jedoch abgenutzt und vernachlässigt wirkenden Halle eingeschüchtert zu werden. Trotz der Spuren der Zeit, Rissen im Verputz, Kratzern im Holz, abblätternder Farbe, bröckelnden Fugen und außer Reichweite eines Staubwedels hängenden Spinnweben war in dem von Mittagslicht erfüllten Raum das krampfhafte Bemühen spürbar, mit effektvollen Requisiten genau die Aura von Wissen und Macht herzustellen, die Ladenbesitzern ebenso imponierte wie Fabrikanten, Eltern aus der Mittelschicht ebenso wie aus gehobenen Kreisen. Der zum riesigen Schachbrett geflieste Boden, die Buntglasfenster mit biblischen Motiven, die antiken Tische und Kommoden, die schweren, mit Schnitzereien verzierten Holztüren, die auf Marmorsockeln stehenden und mit Namensschildern aus Messing versehenen Büsten von Platon, Cicero, Homer, Ovid und Aristoteles, das Ölgemälde und die Lüster, all das verriet ein Bestreben, den Betrachter mit Autorität und Tradition zu beeindrucken, war letztlich aber nur eine oberflächlich protzige und unterschwellig drohende Inszenierung, eine billige Attrappe aus Gips, Messing und elitärem Gehabe.

Am Ende des Rundgangs betraten sie die Aula, wo Abschlussbälle, Konzerte und Theateraufführungen stattfanden und wo anlässlich diverser Feierlichkeiten Gastredner auftraten, ehemalige Schüler etwa, die Karriere gemacht hatten und nun, wie der dicke Führer stolz erzählte, als erfolgreiche Politiker, Geschäftsleute oder Sportler an ihre ehemalige Bildungsstätte zurückkehrten, um zu den Schülern zu sprechen und ihnen zu verraten, wie man es im Leben zu etwas brachte. Der Führer nannte ein paar Namen, aber Leander hatte weder von dem Ministerpräsidenten noch dem Konzernchef oder dem Fechtmeister jemals gehört. Er ging in die Mitte des Saals und drehte sich einmal um die eigene Achse. Er sah eine Bühne, die von einem schwarzen Vorhang verdeckt wurde, Scheinwerfer und Lautsprecher, Seile und Kabel, er roch den Mief vergangener Darbietungen und spürte die in der stickigen Luft hängende Tristesse zukünftiger Ansprachen und Aufführungen wie ein Gewicht, das sich auf ihn legte.

Auf dem Nachhauseweg ließen Meret und Ewald den Jungen in Ruhe. Wie schon bei der Hinfahrt saß Leander vorne, weil Meret fürchtete, die Rückbank könnte womöglich schlimme Erinnerungen in ihm wecken. Nur einmal, kurz nachdem sie den Hügel verlassen und ein kleines Dorf erreicht hatten, durchbrach Meret die Stille und sagte, hier werde sie eine Wohnung oder ein Häuschen mieten, sollte Leander sich zum Besuch des Internats entschließen, sie habe sich vorab erkundigt, es sei kein Problem, etwas Geeignetes zu finden. Ewald schien von diesen Plänen ein wenig überrascht und fragte, was mit ihrer Arbeit sei und ob er dann die ganze Zeit allein im Haus in Hiltrup sitzen müsse. Meret antwortete, ihre Übersetzungen könne sie auch hier schreiben, und er sei mit dem Auto ja innerhalb von zwei Stunden bei ihr. Dann herrschte wieder ein Schweigen im Wagen, das Leander, von den Kurven sanft gewiegt, nicht als Ruhe empfand, sondern als angespanntes Warten auf seine Entscheidung. Schloss er die Augen, sah er den Internatsbau vor sich, der ihm wie eine Festung erschien, bewacht von korpulenten Herren, antiken Philosophen und den Geistern ehemaliger Schüler. Schritt er in Gedanken noch einmal die Kieswege und Flure ab, begegneten ihm uniformierte, feindselig glotzende Knaben, kaum vielversprechender als die zivil gekleidete Meute seiner alten Schule, abwesend grüßende Männer in speckigen Anzügen und ein mürrischer, rotgesichtiger Hausmeister. Wie im Traum spähte er in die Schlafsäle für die jüngeren und die Zweibettzimmer für die älteren Jahrgänge, blickte in die schwarze Leere nach dem Lichterlöschen und hörte die leisen Atemgeräusche der Jungen neben sich. Nicht die Landschaft zog in seinem schaukelnden Kopf an ihm vorüber, sondern die kommenden Jahre des Zuhörens und Auswendiglernens, des Aufschreibens und Abrufens, eine ins Unendliche gedehnte Zeit der Qualen und Pflichten.

Zu Hause kochten Meret, Ewald und Leander gemeinsam, dann aßen sie schweigend, alle drei ihren eigenen Gedanken nachhängend. Als Meret die halb leeren Teller abräumte und im hilflosen Bemühen, die Stimmung zu heben, von ihrem selbstgemachten Nachtisch schwärmte, verkündete Leander, er wolle es mit dem Internat versuchen. Für den Rest des Abends wurde gefeiert, es gab Bananenbrot und Kokosnusseis, und Meret schaltete das Radio ein, sang und tanzte und machte mit ihrer

Fröhlichkeit nicht nur Leander verlegen. Noch zwei Stunden später, er lag längst im Bett, konnte Leander von unten die Musik hören, beschwingte Takte der Erleichterung, der Erlösung, so bildete er sich ein. Es war die Nacht des elften Mai, und am Nachmittag des zwölften unterzeichnete Meret den Mietvertrag für eine Dreizimmerwohnung mit Blick auf den Hügel und die Mauern, hinter denen sich nichts Geringeres entscheiden würde als die Frage, ob ihr Neffe für das Leben taugte oder nicht.

WINNIPEG LOGBUCH

Auszüge 4

Wir sind einem Feind begegnet. Nachts sind wir müde und können doch nicht schlafen. Der Sommer geht zu Ende. Wie oft wir noch draußen sein können, ohne zu frieren oder im Herbstregen nass zu werden, lässt sich an unseren Fingern abzählen. Der Feind ist ein Junge, älter als der Älteste von uns. Er sagt, er sei fünfzehn, aber wir wissen nicht, ob wir ihm glauben sollen, weil alle jenseits der Zäune und des Flusses lügen. Er ist nicht groß, nicht größer als der Größte von uns. Wo er wohnt, fragen wir ihn. Nirgendwo, sagt er nach einer Weile. Er ist von zu Hause ausgerissen, erzählt er uns, sieht uns dabei nicht in die Augen. Davongelaufen, wie Tom Sawyer, denken wir. Er lebt von dem, was er findet, wie Robinson Crusoe. Sein Vater schlägt ihn, sagt er, da sitzen wir schon eine Stunde oder länger mit ihm zusammen. Damit wir ihm glauben, zeigt er uns die Striemen an seinem Rücken. Meuterei auf der Bounty, denken wir, Onkel Toms Hütte. Uns schlagen die Alten nie.

Er heißt Oskar. Wir fragen, ob er Hunger hat, und er sagt Ja. In der Küche liegt immer Brot, im Schuppen lagern Äpfel. Wir holen ihm davon, und er schlingt alles hinunter wie Noah einen Eimer voll Hafer. Wir fragen ihn nach der Welt, und er kann nicht begreifen, was wir alles nicht wissen. In seinem Rucksack hat er eine Strickjacke und ein zweites Paar Schuhe. Essen hat er keins mehr, er ist schon seit drei Tagen unterwegs. Zum Beweis zeigt er uns die Blasen an seinen Füßen.

Wir warten bis zum Abend, bis die Alten im Haus sind. Dann bringen wir ihn zum Stall. Er kann auf dem Heuboden schlafen. Er fragt, warum wir keine Antenne auf dem Dach haben. Weil wir nicht wissen, was das sein soll, muss er es uns erklären. Eine Antenne ist ein Baum aus Metall mit geraden, kahlen Ästen. Damit holt man Strahlen aus der Luft, die gehen durch ein Kabel in einen Kasten, den er Fernseher nennt. Der Kasten hat vorne ein Glas, darin bewegen sich Bilder, die ganze Welt hat Platz darin. Sogar Töne kommen aus ihm heraus, Stimmen und alle Geräusche, die es gibt. Wir möchten laut schreien, ihn einen Lügner nennen, aber wir müssen flüstern, damit wir die Alten nicht wecken. Er sagt, dann glauben wir ihm eben nicht, und isst den dritten Apfel und das dritte Stück Brot. Eine Weile sind wir ruhig, jeder macht sich seine eigenen Gedanken.

Oskar sagt, es gibt das erste deutsche Fernsehen und das zweite deutsche Fernsehen. Im ersten deutschen Fernsehen gibt es etwas, das sich Tagesschau nennt, da liest ein Mann Nachrichten aus der ganzen Welt vor. Der Mann heißt Karl-Heinz, seinen Nachnamen haben wir vergessen, und wenn er seine Sachen erzählt, schaut er einem aus dem Kasten in die Augen. Oskar schwört, dass er die Wahrheit sagt, aber bestimmt lügt er oder will angeben. Oder er macht sich lustig über uns. Wir haben immer nur hier gelebt und wissen nicht, wie es woanders ist und was es dort alles gibt.

Weil es anfängt zu regnen, bleiben wir auf dem Heuboden. Oskar erzählt uns noch ein paar Lügengeschichten, eine über ein Ding, das er Flugzeug nennt. Er kann noch immer nicht glauben, wie ahnungslos wir sind. Wahrscheinlich hält er uns für dumm, aber das sind wir nicht. Wir hören uns an, was er sich ausdenkt, und staunen, was er noch alles erfindet. Ein Flugzeug ist der Vogel, den wir manchmal am Himmel sehen und der im Sonnenlicht silbrig glänzt. In diesem winzigen Vogel, der nie mit den Flügeln schlägt, sitzen Menschen in Sesseln, behauptet Oskar. Er lacht uns aus, als wir ihm nicht glauben und sagen, dass das unmöglich ist. So ein Flugzeug ist noch viel größer als der Stall, sagt Oskar, und so klein ist es nur, weil es so weit weg ist, so hoch oben in den Wolken. Es kann tausendmal schneller fliegen als eine Krähe oder ein Bussard, und dem weißen Rauch, den das Flugzeug in den Himmel macht, gibt er den Namen Kondensstreifen.

Wir haben nichts zum Schreiben dabei, aber wir merken uns die neuen Wörter, jeder von uns ein paar. Irgendwann ist Oskar müde vom Lügen. Es regnet nicht mehr, und wir gehen zurück in unsere Betten. Wir schreiben alle Wörter auf. Antenne. Fernsehen. Bildschirm. Tagesschau. Film. Flugzeug. Pilot. Kondensstreifen. Wir reden bis zum Morgen, schlafen können wir nicht.

RINGO
Zweite Auskunft

Ich habe jedes einzelne Blatt von Elifs Briefen auf den Küchentisch gelegt, um glauben zu können, dass sie sich wirklich so viel Zeit genommen hat, nur um mir Fragen zu stellen. Fragen stellen, Fallen stellen. Es ist wieder Freitag, gleich werden wir uns sehen. Ich habe ihr gestern am Telefon gesagt, dass ich sie nicht mehr in einem Lokal treffen möchte, und sie hat vorgeschlagen, ich solle in die Redaktion der Zeitung kommen, für die sie arbeitet. Ich habe gesagt, das sei mir recht, aber jetzt, einen halben Tag später, bin ich mir nicht mehr sicher. Ich weiß nicht, ob ich mit ihr in einem Büro sitzen will, und um ehrlich zu sein, weiß ich auch nicht mehr, ob ich überhaupt noch ihre Fragen beantworten will. Aber sie ist nett, und mein Rückzug würde sie enttäuschen. Außerdem kann ich das Geld brauchen.

Ich habe die fünf Pappkartons vom Schrank heruntergeholt und ihren Inhalt durchgesehen. An das meiste, was über uns geschrieben wurde, kann ich mich erinnern. Einiges davon entspricht den Tatsachen, den Fakten, vorausgesetzt, man hat nichts gegen die Dehnung dieser Begriffe einzuwenden. Die Zeitungsausschnitte, Originale und Kopien, liegen verstreut auf dem Tisch, daneben farbige Seiten aus Magazinen mit vielen Fotos, auf denen immer dasselbe zu sehen ist: der Hof aus verschiedenen

Blickwinkeln, sogar aus der Luft, eine Aufnahme von Frida, wie sie, den Kopf gesenkt, aus einem Gebäude tritt, wahrscheinlich irgendeinem Amt, ein Polizeibild, das Wolfram zeigt, ein anderes, auf dem meine Mutter an mir vorbeisieht, ihre Augen glasig und das Haar wirr, dazwischen Dokumente von Behörden und seitenweise Gutachten, Berichte und Verfügungen und Stapel von Gerichtsakten. Zwei der Schachteln sind mit Briefen gefüllt, die meisten sind im Lauf der Zeit vergilbt, zerknittert, einige habe ich irgendwann zerknüllt und später wieder glatt gestrichen.

Ich lege die Papiere zurück in die Schachteln, Tausende Wörter, die keinen Sinn ergeben, nicht in meinem Kopf, Millionen winziger Farbpunkte, die zu Bildern werden, auf denen ich nichts von dem wiedererkenne, was einmal für mich wichtig war. Die Fotos sagen: Hier siehst du den Ort, wo alles geschehen ist, dies ist der Schauplatz der Ereignisse, von denen wir berichten. Aber ich habe diesen Ort nie gesehen, nicht so. Ich habe nie ein Foto vom Hof gesehen. Wie ein Vogel auf uns herunterschaut, haben wir uns nur vorgestellt. Wir haben uns ausgemalt, wie es ist, wenn man fliegen kann, über den Wald und die Felder. Und über den Fluss, immer weiter, bis wir die Welt sehen, vor der die Alten uns gewarnt haben. Bis wir über den Städten kreisen, wo mehr Gebäude stehen, als Steine auf unseren Äckern liegen, jedes größer als unser Stall und gebaut aus Beton. Jedes Haus ein Klotz, in dem die Menschen krank und böse werden.

Wie oft habe ich daran gedacht, diese fünf Kartons irgendwohin zu tragen und zu verbrennen. Wie das andere Zeug. Und wie oft habe ich einen Grund gefunden, es nicht zu tun, und wie oft habe ich diesen Grund gegen mich selbst verteidigt. In diesen Schachteln, in denen einmal Schuhe waren, hebe ich einen Teil meines Lebens auf. Wenn ich sie vernichte, bleibt mir nichts mehr aus jener Zeit, nichts, das ich anfassen kann, das ein Gewicht hat, wenn auch ein sehr geringes. Ich hätte keine Beweise mehr für alles, was passiert ist, nur meine Erinnerung. Ich wäre angewiesen auf diesen Gedankenstrom, der in meinem Schädel immer träger und schließlich zu einem See geworden ist, das Wasser getrübt von den Schlacken der Jahre, bald düster, dann schwarz. Jetzt bin ich alt, jedenfalls fühle ich mich so, und der See ist ein Tümpel. Manchmal hole ich Bilder und Töne daraus hervor, den Klang von Stimmen und Wörtern und das Glitzern von Scherben im Licht, funkelnde Gesichter, Körper, Bewegungen.

Sehr geehrter Herr Eichhorn, lieber Ringo, ich erlaube mir Ihnen zu schreiben, nachdem ich von erster Stunde an mit großer Anteilnahme Ihr Schicksal in den Zeitungen sowie im Radio und Fernsehen verfolgt habe. Das Dossier, das ich über Sie und die drei anderen Kommunenkinder (ich hoffe, dieser Ausdruck stört Sie nicht, trifft er doch den Sachverhalt recht genau) angelegt habe, umfasst mittlerweile mehr als einhundert Artikel aus unterschiedlichen Quellen, zudem transkribierte Hörfunk- und Fernsehbeiträge und Ihren Fall betreffende medizinische Analysen und Expertisen, dazu die Ergebnisse eigener Nachforschungen. Ich möchte Ihnen, sehr geehrter Herr Eichhorn, hiermit mein tief empfundenes Mitgefühl aussprechen und Ihnen mitteilen, dass mich die Tragödie Ihres jungen Lebens in höchstem Maße erschüttert hat. Die Qualen Ihrer Kindheit sind mir jedoch nicht nur Anlass für Mitleid, sondern ebenso sehr, und da spricht der Kämpfer für Gerechtigkeit aus mir, Auftrag und moralische Pflicht. Neben der, gestatten Sie mir die sentimentale Formulierung, von Herzen kommenden Wut beim Studium Ihres Falles ist die treibende Kraft meines Strebens nämlich vor allen Dingen der durch nichts zu unterdrückende Wille, die Verursacher dieser grausamen Taten zur Verantwortung zu ziehen, zu verurteilen und ihrer Bestrafung zuzuführen, vorausgesetzt allerdings, die Welt hat sich noch nicht gänzlich verabschiedet von Menschlichkeit und Gesetzesbuch. Mit diesem Schreiben möchte ich Ihnen, sehr geschätzter Herr Eichhorn, nicht nur meine Dienste als Rechtsanwalt anbieten, sondern darüber hinaus meine Hilfe in allen Ihre gegenwärtige Lage betreffenden Belangen, und versichere Sie meiner in mehr als dreißig Jahren angeeigneten Berufserfahrung, meiner bei Gericht wohlbekannten Schärfe und Brillanz und, nicht zu vergessen, meiner Hartnäckigkeit und meines Eifers, mit denen ich für Ihre Sache zu streiten bereit bin. Ich erlaube mir, diesem Brief meine Geschäftskarte beizulegen, der Sie alle Angaben für eine Kontaktierung entnehmen können. Abschließend möchte ich Sie wissen lassen, verehrter Herr Eichhorn, wie sehr mir daran gelegen ist, Sie justiziell vertreten zu dürfen. Ein Fall wie der Ihre ist eine Rarität, sozusagen die goldene Nadel im Heuhaufen der Belanglosigkeiten, die üblicherweise am Gericht verhandelt werden. Ihre Geschichte jedoch bietet alles, wofür das Juristenherz schlägt, nämlich an Wehrlosen verübtes Unrecht, Tragik und wahrhaftige Tapferkeit. Grobe Vernachlässigung, Missachtung des Kindeswohls, ganz zu schweigen von Nichteinhaltung der Melde- und Schulpflicht usw. usf. sind nur einige Delikte, mit denen ich Ihre Peiniger in meiner Anklageschrift konfrontieren werde, sofern Sie mir Ihren Fall in die Hände legen wollen und wir uns gemeinsam in die Hallen der Justiz begeben. Mit Freude sehe ich Ihrer baldigen Antwort entgegen und verbleibe bis dahin mit freundlichen Grüßen aus Paderborn, Ihr Dr. jur. Wolfgang H. Kerschbaum, Rechtsanwalt

Lieber Ringo, wir hoffen, diese Zeilen erreichen dich, denn es war sehr schwer, eine Anschrift herauszufinden, an die man den Brief schicken kann. Wir möchten uns zu Beginn unserer Zeilen einfach einmal vorstellen, damit du sehen kannst, wer sich bei dir meldet. Wir sind eine Gruppe von etwa zwanzig jungen Menschen, die gemeinsam leben und arbeiten. Unser Projekt heißt *Nest der Zuversicht*, ist im Allgäu auf einem Bauernhof mit zwölf Hektar Nutzfläche zu Hause und hat sich nicht weniger als die Verbesserung der Welt vorgenommen. (Die Fahne mit dem symbolisierten Nest, in dem unser wunderschöner, aber bedrohter Erdball liegt, hat Jutta für dich auf die Rückseite dieses Briefes gezeichnet.) Wir können uns denken, dass dir die Vorstellung, wieder in einer bäuerlichen Gemeinschaft zu leben, nicht so gut gefällt, aber wir bitten dich trotzdem, uns bald einmal hier draußen zu besuchen und dir mit eigenen Augen alles anzusehen. Es ist für uns alle nämlich ganz und gar offenkundig, was dir und den anderen unglücklichen Menschen in eurem Leben gefehlt hat: Jesus Christus. Er und seine grenzenlose Liebe warten hier auf dich, Ringo, und wir alle und unsere 28 prächtigen Holstein-Friesian-Kühe mit einer Jahresleistung von durchschnittlich 225 000 Litern Milch freuen uns auf dich! Wir hoffen sehr auf dein Kommen und darauf, dass Gott und sein Sohn dir den Weg weisen. Wir grüßen dich aus der Tiefe unserer erleuchteten Herzen, die Nestbauer von Jesu Gnaden

Bist du etwa stolz darauf immer in der Zeitung zu sein und im Radio du Kommunistenbalg du Bastard! Am besten du gehst nach Russland und nimmst dein Pack gleich mit und kommst nicht mehr zurück. Mein Leben ist hart aber dich fragen sie im Radio und du wirst fotografiert dabei habe ich früher nicht mal ein Paar Schuhe gehabt du Hippisau. Ich hoffe du wirst krank von den Filmstrahlen aus der Kamera und du musst hartes Brot fressen wie ich und du bist bald tot.

Lieber Ringo, ich finde es sehr tragisch, was mit dir passiert ist, und es tut mir leid. Ich hoffe, für dich scheint bald wieder die Sonne und du kannst glücklich sein. Bitte unterschreibe für meine Autogrammsammlung die beigelegte Fotografie, die ich aus der Neuen Revue ausgeschnitten und aufgeklebt habe, mit schwarzem Filzstift (wichtig!) in der rechten unteren Ecke und schick sie im frankierten Umschlag, der ebenfalls beiliegt, an mich zurück. Vielen Dank und alles Gute, Angelika

Sehr geehrter Herr Eichhorn, mein Name ist Horst Müngers, ich bin unabhängiger Reporter und Autor einer Biografie über den Philosophen Johann Gottlieb Fichte sowie eines Bandes mit Aphorismen aus eigener Feder. Zudem bin ich Verfasser einer Geschichte des Faustballs in Deutschland und eines bebilderten Werks, das sich der Rheinschifffahrt widmet. Beide Arbeiten sind leider noch unveröffentlicht, ein Exemplar der Fichte-Biografie lasse ich Ihnen aber gerne mit separater Postsendung zukommen, falls Sie Interesse haben. (Der Aphorismenband ist leider vergriffen.) Der Grund meines Briefes an Sie ist folgender: Ich plane ein Buch zu schreiben über die Kommune, in der Sie und die drei anderen Kinder festgehalten worden sind, und wende mich deswegen an Sie mit der Bitte um Mitwirkung. Aus dem Material, das ich bisher zusammengetragen habe, lässt sich einiges machen, doch wäre es hilfreich, Auskünfte aus erster Hand zur Verfügung zu haben zwecks Erhöhung der Glaubwürdigkeit der von mir dargestellten Ereignisse. Wie Sie sich bestimmt vorstellen können, würden auch bis dato nicht in der

Presse abgedruckte Fotos und andere Dokumente dem Buch das gewisse Etwas verleihen, das eine Publikation in der heutigen Zeit dringend braucht, um Aufmerksamkeit zu erzeugen. Arbeitstitel für das Buch habe ich folgende: Kartoffeln und Steine. Steine und Kartoffeln. Nie liebkoste sie die Mutterhand. Weitere mögliche Titel sind zurzeit in Arbeit. Selbstverständlich bin ich auch für Vorschläge von Ihrer Seite offen, behalte mir jedoch die letzte Entscheidungsbefugnis vor. Sollten Sie an einer Zusammenarbeit, deren vertragliche Feinheiten noch festzulegen wären, interessiert sein, bitte ich um baldmöglichste Antwort. Sollten Sie, aus welchen Gründen auch immer, nicht mit mir kooperieren wollen, werde ich auf meine eigenen Informationen zurückgreifen müssen, um die Lebensbedingungen, Zustände und bislang der Öffentlichkeit vorenthaltenen Geheimnisse innerhalb der Kommune zu beschreiben, nötigenfalls auch teilweise in fiktionaler Form. In der Hoffnung auf ein baldiges Treffen und in gespannter Erwartung neuer Berichte und Enthüllungen aus ureigenster Quelle, hochachtungsvoll, Horst Müngers

Lieber Ringo Eichhorn, ich schreibe dir diese Zeilen, um dich wissen zu lassen, dass du nicht alleine bist. Ich habe deinen Lebenslauf in der Zeitung verfolgt und will dir auf diesem Weg mitteilen, dass auch andere Menschen in ihren jungen, verletzlichen Jahren durch Dunkelheit und Höllenqual gegangen sind. Meine Kindheit war geprägt von Lieblosigkeit und Kälte, von Verlorenheit und Verzweiflung. Und als wären die Entbehrungen im Elternhaus nicht genug gewesen, kam Missbrauch hinzu, eine schreckliche, kaum in Worte zu fassende Sache, wie du ja aus eigener Erfahrung weißt, die tiefe Narben in der Seele hinterlässt. Ich bin jetzt bald vierzig Jahre alt und befinde mich noch immer im Heilungsprozess, denn ständig brechen die alten Wunden wieder auf, und ich wandle erneut im finsteren Tal der Erinnerung. Möchtest du, lieber Ringo, deine Seelenreinigung gemeinsam mit einem Leidensgenossen praktizieren, Schulter an Schulter die Dämonen des Schmerzes hinter dir lassen? Ich wohne alleine in einem kleinen, gemütlichen Haus, wo es dir bestimmt gefallen würde. Ich freue mich schon sehr auf deine Antwort, in liebevoller Verbundenheit, dein Dietrich Albers

Werte Redaktion, normalerweise schreibe ich keine Leserbriefe, aber jetzt fühle ich mich doch aufgefordert, Ihnen mitzuteilen, wie sehr es mir missfällt, auf welche Weise Ihr Blatt über die armen Kinder dieser linken Landkommune berichtet. Ist es denn nicht genug, dass diese schutzlosen Kreaturen ein Leben in Würdelosigkeit zu fristen hatten, eingesperrt und gedemütigt von den Erwachsenen? Muss Ihr Blatt, das ich im Allgemeinen schätze, diese Geschöpfe derart rüde ans Licht der sensationsgierigen Öffentlichkeit zerren, dass man bei der Lektüre der Artikel immer wieder fassungslos die Augen verschließen möchte ob der Ungeheuerlichkeiten, die so weit weg von der sogenannten Zivilisation und doch so nah bei uns geschehen konnten? Ich weiß, ich bin nur eine unbedeutende, wenngleich seit vielen Jahren treue Abonnentin, doch bitte ich Sie, ihre Berichterstattung auf ihre moralische Verantwortung hin zu prüfen und entsprechend zu ändern, ansonsten ich mich gezwungen sähe, in Zukunft ohne Ihre Zeitung durchs Leben zu gehen. Mit freundlichen Grüßen, Gertrude Höfer geb. Rasch

Sehr geehrter Herr Eichhorn, es war nahezu unmöglich, Ihre und die Geschichte Ihrer drei Freunde in den vergangenen Wochen und Monaten nicht mitzuverfolgen, wurde sie doch in den Zeitungen und Illustrierten und sogar im Radio und Fernsehen immer wieder aufgerollt und stets durch eine weitere Episode ergänzt. Auch uns vom Gasthof Kurhaus Auersbach ist Ihr schweres Los nicht entgangen und wir möchten Ihnen hiermit anbieten, eine Woche in unserem schönen Hotel auf der Schwäbischen Alb zu verbringen, selbstverständlich kostenfrei als unser Gast. Im beigefügten Prospekt können Sie sehen, was Sie bei uns erwartet, nämlich ein kulinarisches Verwöhnprogramm vom Feinsten (Vollpension, inkl. nichtalkoholischer Getränke), ein modernes Bäderhaus (Sauna, Dampfbad, geheiztes Schwimmbecken) sowie eine traumhafte Landschaft zum Wandern und Verweilen. Herr Schüssler von der hiesigen Lokalzeitung freut sich darauf, Sie kennenzulernen und der Leserschaft einen Eindruck Ihres Aufenthalts bei uns zu vermitteln. Vorgesehen sind eine Fotostrecke, ein Artikel über Ihr zu Herzen gehendes Schicksal und ein Interview, in welchem Sie die erholende Wirkung Ihres Besuchs bei uns erwähnen. Wir freuen uns bereits jetzt auf Ihr Erscheinen, das Sie bitte mindestens zwei Wochen im Voraus telefonisch, per Post oder Fax anmelden wollen. Mit freundlichen Grüßen, Heinz und Gerlinde Schoch-Kittel

lieber ringo, ringo wie ringo starr von den beatles, spannend, spielst du auch schlagzeug? der junge mit der blechtrommel. alles ist möglich. du siehst traurig aus auf den fotos. und stark. KARMA. kraft ist in dir. und licht. gehst du den vedischen lebensweg? den einzigen weg. wir gehen ihn. willst du uns begleiten, sad trommelboy? frei. bald wieder rishikesh. BHAGAVAD GITA. das große erkennen. kommst du mit? durstiger fisch im see. wir werden trinken. komm.

Sehr geehrter Herr Eichhorn, sind die Filmrechte an Ihrer Geschichte bereits vergeben? Falls nicht, melden Sie sich bitte bei uns! Wir sind eine junge, dynamische und unabhängige Filmproduktionsgesellschaft mit Sitz in München und immer sehr an aktuellen und brisanten Stoffen interessiert, natürlich auch am Fall *Kommune im Kampstedter Bruch*. Unser Hauptinteresse liegt auf dem Gebiet Semi-Dokumentation und Doku-Drama, also dem mit Elementen des Spielfilms angereicherten Dokumentarfilm. Bestimmt sagen Ihnen die Titel *Unsere Nachbarn, die Aliens*, *Saurer Regen – Tod der Bäume* oder *Die Zeugen – Flucht aus der Sektenhölle* etwas. Bitte nehmen Sie Kontakt mit uns auf, wir würden uns freuen, Ihre Jahre des Leidens in ein Stück Zeitgeschichte zu transformieren, ein Zeugnis für die Nachwelt zu erschaffen! Mit freundlichen und hoffnungsvollen Grüßen, Mark M. Wörner, Relevanz Film AG, München

Das Telefon klingelt, und als ich die Augen öffne, hört es auf. Ich muss geschlafen haben, mein Arm ist taub, der rechte. In meinem Kopf zittert etwas, ein schwingender Ton, der Nachhall des Schrillens aus der Küche, wo der Apparat steht. Eine dünne Leitung verschwindet in der Mauer, tot die meiste Zeit, außer es verwählt sich jemand. Dann schellt es wieder, und plötzlich weiß ich, wer es ist, der erste Anrufer seit Monaten, der mich meint, tatsächlich mich. Am anderen Ende ist Elif und wartet darauf, dass ich mir den Hörer ans Ohr halte und meinen Namen sage wie aus Gewohnheit. Sie allein hat diese Nummer. Meine Nummer, ein paar Zahlen, die ich vergessen habe, weil ich sie nie benutze. Elif wollte sie, für alle Fälle, meinte sie. Jetzt ist so ein Fall. Ich habe geschlafen, und sie hat gewartet. Bald eine Stunde lang hat sie gewartet auf mich und meine Antworten, mein Schlingern durch die Zeit, die vergangen ist, mein Hinabgreifen ins Sediment. Ich kann sie sehen, wie sie in ihrem Büro sitzt, ungeduldig und dennoch nachsichtig. Wenn sie aus dem Fenster sieht, sieht sie ihr Spiegelbild, Dunkelheit und Fenster, die leuchten und erlöschen. Während sie sich vorstellt, was mit mir passiert ist, ruht ihr Blick auf dem Stuhl, auf dem ich sitzen sollte, gewaschen und gekämmt und in meinem besten Anzug, meinem einzigen, der trotz allem schäbig ist, aber sauber, und der im Schrank hängt, damit er nicht knittert, keine Falten wirft wie mein Gesicht.

Die Stille nach dem Klingeln ist eine Welle, die sich mit einem hohen, hellen Ton an den Wänden des Zimmers bricht. Ich bewohne zwei Zimmer, im einen schlafe ich, im anderen auch. Ich bin Superman, ich hause im Heldenloch, in meiner Festung der Einsamkeit. Ich habe acht Männer gerettet, nur nicht mich selbst. Elif ruft mich durch die Leitung, die länger ist als alle Blutbahnen in meinem untauglichen Körper. Noch bis acht versucht sie mich zu erreichen, zu erweichen. Schließlich gibt sie auf. Ich zögere noch eine Weile, warte, bis Leben in den Arm kommt, gerade genug, um nach der angebrochenen Flasche zu greifen. Ich bin noch einmal unentschlossen, für Elif, zähle bis zehn, dann trinke ich.

FRIDA

1982

Um sie zu schützen, hatte man ihr einen neuen Namen gegeben. In den ersten Zeitungsartikeln war sie Frida gewesen, dann Frieda. Oft hatte man noch, in Klammern, ihr Alter genannt, nie aber einen Nachnamen. Einige Journalisten hatten sich die Mühe gemacht, ihre Verwandtschaft zu enträtseln, hatten Fachleute hinzugezogen und angeblich herausgefunden, dass aller Wahrscheinlichkeit nach Manfred Halm und Dagmar Schäfer ihre Eltern waren. Jetzt hieß sie Frieda und mit Nachnamen Saalfeld, wie Konstanzes zweiter Mann. Fridas Großmutter war in erster Ehe mit Hermann Schäfer verheiratet gewesen, Dagmars Vater, der 1957 bei einem Hotelbrand in Bogota umgekommen war. Gernot Saalfeld, zeitlebens kinderlos, hatte nichts dagegen, dass Frida von nun an, fast zwei Jahre nach der Zerschlagung der Kommune, seinen Familiennamen trug. Er bildete sich sogar etwas auf die eigene Großzügigkeit ein, dank der sämtliche Verbindungen zwischen dem Mädchen und dem Skandalhof gekappt worden waren. In seiner Geberlaune ging er so weit, ein Bankkonto für Frida einzurichten, weil er der Ansicht war, ein Mensch sei erst dann ein vollwertiges Mitglied der Gesellschaft, wenn sein Name auf einem Sparbuch stand.

Den juristischen Teil der Tilgung von Fridas ersten vierzehn Lebensjahren hatte Frau Becker vom Jugendamt besorgt. Ihren ganzen Ehrgeiz verwendete sie darauf, die Geschichte des Kindes umzuschreiben, das zweifelsfrei Unschöne zu entfernen und das vermeintlich Notwendige zu erfinden. Sogar eine Geburtsurkunde legten die Behörden an und trugen den achten Oktober 1968 darin ein, das Datum, das Dagmar Schäfer bei einer Befragung im Gefängnis unter Tränen genannt hatte. Niemand an der Schule wurde über die Herkunft des Mädchens informiert, mit Ausnahme des Direktors, dem die Schweigepflicht heilig war wie einem Arzt.

In den letzten Tagen vor dem Schuleintritt hatte Frida ein ganzes Heft mit ihrem neuen Namen vollgeschrieben. Dabei vergaß sie immer wieder den Buchstaben e, der ihr hinzugedichtet worden war, ärgerte sich über das lange *Saalfeld* und probierte heimlich *Halm* und *Schäfer* aus. Die stundenlang geübte und verhasste Unterschrift kam ihr, nachdem sie sie mit vorgetäuschter Gewandtheit auf das blütenweiße Papier des Sparbuchs geschrieben hatte, wie gefälscht vor, unwirklich wie der Geldbetrag, den sie plötzlich besaß.

Trotz der Schonfrist begann Fridas neue Existenz am Ende des Sommers mit so entschiedener Unausweichlichkeit und Wucht, dass ihr kaum Zeit blieb, sich behutsam in die von Frau Becker für sie erdachte Rolle hineinzufühlen. Vom ersten Schultag an musste sie Frieda Saalfeld sein, das Mädchen, das in drei verschiedenen Ländern aufgewachsen und erst kürzlich von den Großeltern mütterlicherseits adoptiert worden war, nachdem seine in der Entwicklungshilfe tätigen Eltern bei einem Autounfall im kenianischen Niemandsland ihr Leben verloren hatten. Fridas Wissenslücken auf einigen Gebieten seien Folge der häufigen Wohnortwechsel und der mangelhaften Fähigkeiten ihrer Privatlehrer, die Frau Becker in Fridas fiktiver Biografie als *antriebslose, der deutschen Sprache nur bedingt mächtige Personen* charakterisierte. Laut Frau Becker lagen Fridas Scheu und Schweigsamkeit in der Tatsache begründet, dass das Mädchen weder in Ägypten noch in Marokko oder Kenia von Gleichaltrigen umgeben gewesen sei, mit denen es sozialen Umgang hätte pflegen können. In dem amtlichen Dossier, das die Lehrerschaft auf die neue Schülerin vorbereiten sollte, stand zudem, dass Frieda Saalfeld zwar über wenig Allgemeinbildung, dafür jedoch über sehr viel Fantasie verfüge, die sich im Wiedergeben von Anekdoten äußere, erzählt mit einer Ernsthaftigkeit, als handele es sich um tatsächlich Erlebtes und nicht nur um in Büchern wie *Oliver Twist* und *Moby-Dick* Gelesenes und auf sonderbare Weise Verinnerlichtes.

Obwohl Frida versprochen hatte, sich an Frau Beckers Vorgaben zu halten, begann sie schon bald von der offiziellen Version abzuweichen und zu improvisieren. Hatte die Leiterin des Jugendamts für Frieda und ihre Eltern eine Wohnung in Kairo vorgesehen, zog Frida mit ihnen in ein Lehmhaus in der Altstadt von Safaga am Roten Meer, waren sie in einem vornehmen Gebäude in Marrakesch einquartiert, machte Frida daraus ein leicht verlottertes Hotel in Essaouira. In Kenia wohnten sie statt im Moloch Nairobi in einem Vorort Mombasas am Indischen Ozean, einfach weil Frida das Meer zu lieben glaubte, obwohl sie es außer auf Fotos und in Filmen noch nie gesehen hatte. Sie erdachte ein Kindermädchen aus Jordanien, das sich, wie ihre richtige Mutter, zum Meditieren in die Sonne setzte, und erschuf einen jungen, gut aussehenden Hauslehrer, der auf einem Bauernhof groß geworden war und aus dem Radio Deutsch gelernt hatte, um ihr viele Jahre später Verse von Wilhelm Busch vorzutragen und das Geheimnis der Zucht riesiger Honigmelonen in Oasen anzuvertrauen. In Safaga hatte sie einen kohlschwarzen Kater, in Essaouira einen einäugigen Bullterrier und in Kenia eine Thomson-Gazelle, deren Mutter Wilderern zum Opfer gefallen war. Aus ihrem vorsichtigen, den Weisungen seiner Vorgesetzten folgenden Vater machte sie einen Wasserpfeife rauchenden, jeder Notlage gewachsenen Abenteurer, aus ihrer von Frau Becker zum langweiligen Mischwesen aus Nonne und Krankenschwester degradierten Mutter eine ebenso fürsorgliche wie wilde Ärztin, die ein Flugzeug fliegen und mit Steinen und dürrem Gras Feuer machen konnte. Das Auto ihrer behördlich verordneten Eltern ließ sie mit einem Elefantenbullen statt mit einem Lastwagen zusammenstoßen, weil sie sich den Tod nicht als rostigen, von einem Betrunkenen gelenkten Blechhaufen vorstellen wollte, sondern als großes, stolzes Tier, das nachts die Reviere der Menschen betrat und mit seiner unfassbaren, aus der afrikanischen Dunkelheit wie eine Wand auftauchenden Leibesfülle ein Leben auslöschen konnte oder auch zwei.

»Warum erzählst du denn so etwas?«, fragte Frau Becker, als sie sich mit Frida in ihrem Büro traf, um über den ersten Monat an der Schule zu reden. »Warum hältst du dich nicht an das, was wir vereinbart hatten?«

»Ich hab's nur ein bisschen verändert.« Frida saß auf dem Stuhl, auf dem sie schon so oft gesessen hatte, kreuzte die Arme im Schoß und die Beine unter dem Schreibtisch und betrachtete abwechselnd die Stifte, die aus einem roten Plastikgefäß ragten, das Pappschild, auf dem IRMGARD BECKER stand, und die Knöpfe an der Strickjacke ihres Gegenübers.

»Verändert.« Frau Becker wiederholte das Wort, als würde sie es aus einer Fremdsprache übersetzen.

»Angepasst«, sagte Frida.

»Aber wir hatten doch alles besprochen. Ich habe die Orte, Daten und Ereignisse aufgeschrieben, und du hast sie auswendig gelernt. Dass du etwas *anpasst*, war nicht vorgesehen.«

Frida schwieg.

»Ich muss mich sowieso über deine Gesprächigkeit wundern. Ich habe dich der Schulleitung als schweigsam angekündigt, schweigsam und schüchtern. Und jetzt erzählst du Kreti und Pleti deine Lebensgeschichte, noch dazu eine frei erfundene.«

Frida hielt sich nicht für schweigsam. Früher hatte sie viel geredet, mehr als Ringo, Leander und Linus. Sogar mit Noah hatte sie sich unterhalten. Erst bei ihrer Großmutter war sie stiller geworden, ergriff nie von sich aus das Wort und öffnete den Mund nur, wenn sie etwas gefragt wurde.

»Die anderen fragen mich aus«, sagte sie schließlich, aber einen Kreti oder Pleti kannte sie nicht, die gingen nicht auf ihre Schule.

»Und was ist, wenn du die Dinge durcheinanderbringst? Wenn du mit deinen Eltern mal am Meer wohnst und mal nicht? Wenn deine Mutter mal Ärztin ist und mal Pilotin? Was denkst du dir als Nächstes aus? Dass sie … als Astronautin zum Mond geflogen ist?«

Frida gefiel die Idee. Sie las alles, was sie über Raumfahrt in die Finger bekam, und konnte sich ihre Fantasiemutter sehr gut in einer Rakete im Weltraum vorstellen.

»Deine Lehrerin hat diese Akte über dich.« Frau Becker tippte mit dem Zeigefinger auf einen Blätterstapel in einer Mappe aus grünem Karton, auf der neben allerlei Zahlen und Kürzeln Fridas neuer Name stand. »Hier drin hattest du in Ägypten keinen Nachbarn, der dich in seinem Boot mitgenommen und sich mit Fischen unterhalten hat.«

Frida erinnerte sich gerne an die Nachmittage mit Kalil, der wie sie Vollwaise war und so oft wie möglich auf das Meer hinausfuhr, um seine Eltern zu besuchen, die bei einem Fährunglück ertrunken waren und sich in Delfine verwandelt hatten.

»Warum denkst du dir diese unmöglichen Dinge aus?«

»In Ägypten ist das möglich.«

»Wie kannst du so etwas behaupten?«, rief Frau Becker. »Du warst nie dort!«

»Doch. Als ich fünf war, sind meine Eltern mit mir nach Ägypten gegangen, und wir sind drei Jahre lang geblieben.«

Frau Becker sank auf ihrem Stuhl zusammen.

»Delfine sind keine Fische«, sagte Frida. Mittlerweile ließ sie ihren Blick abwechselnd für eine Sekunde auf einem Bleistiftspitzer, einer Kaffeetasse und einem gerahmten Bild ruhen, das hinter dem Tisch an der Wand hing und eine hügelige Landschaft mit einem See und einem Heuschober zeigte. Wenn sie mit den Augen ein paarmal reihum gegangen war, suchte sie drei neue Gegenstände, denen sie ihre befristete Aufmerksamkeit schenken konnte. Auf diese Weise, wusste sie inzwischen, verging die Zeit in Büros am schnellsten.

»Bist du dir im Klaren darüber, dass deine Lehrerin dich für eine Lügnerin halten muss? Dass sie sich vielleicht irgendwann fragt, wer du wirklich bist? Dass sie anfängt herumzuschnüffeln und deine wahre Geschichte herausfindet?«

Frida prägte sich die Form des Telefonapparats ein.

»Willst du das? Fandest du es denn angenehm, das Kommunenkind zu sein? Möchtest du wieder eine Million lästige Fragen beantworten und Fotos von dir in der Zeitung sehen?«

Frida sagte nichts. Vor dem Heuschober auf dem Bild stand ein Tier, ein Schaf vielleicht. Nach einer Weile schüttelte sie den Kopf. Nein, dachte sie, das wollte sie nicht. Ihr altes Leben, das wollte sie zurück. Aber sie wusste, dass das nicht ging, so einfältig war sie nicht. Wenn sie Ringo und Leander wenigstens Briefe hätte schreiben dürfen, dachte sie. Wenn Frau Becker nur nicht so stur gewesen wäre und ihr die Adressen gegeben hätte. Und wenn sich Linus doch nicht einfach fortgestohlen hätte, als sei es für ihn bedeutungslos gewesen, wie sehr er ihr fehlen würde.

Frau Becker erhob sich, ging um den Tisch herum und neben Frida in die Hocke. Sie nahm beide Hände des Mädchens in ihre und drückte sie leicht. In einem der benachbarten Büros hämmerte jemand auf eine Schreibmaschine ein, weit weg klingelte ein Telefon.

»Ich weiß, das alles ist sehr schwer für dich«, sagte sie und streichelte mit beiden Daumen Fridas Handrücken. »Aber es ist doch nur zu deinem Besten. Du hast dich für diesen Weg entschieden, du hattest die Wahl. Aber jetzt musst du dich an die Fakten halten, an die Tatsachen, auch wenn sie erfunden sind. Du kannst deine Identität nicht ständig verändern, sonst weiß am Ende niemand mehr, wer du eigentlich bist.«

Frida starrte auf den Brieföffner, dessen Griff ein Fisch war oder ein Tannenzapfen oder der Körper eines Vogels. Draußen hupte ein Auto, auf dem Flur fiel eine Tür ins Schloss. Identität. Das Wort hatte sie erst vor ein paar Monaten gelernt. Im Fremdwörterbuch stand, es handele sich bei dem Begriff um das Existieren von jemandem als etwas Bestimmtes, Unverwechselbares, die als ein Selbst erlebte Einheit der Person. Aber wie, hatte sie beim Lesen überlegt, konnte sie eine Einheit sein, wenn sie doch Frida, das Kommunenkind, war und gleichzeitig Frieda mit den toten Eltern sein musste? Sie holte tief Luft, um Frau Becker all das zu fragen, schwieg dann aber.

»Möchtest du gerne etwas trinken?«

Frida nickte.

Frau Becker richtete sich auf, strich Frida über das Haar und verließ das Büro, um am Ende des Flurs einen Becher Orangenlimonade aus dem Getränkeautomaten zu holen, wie sie es schon oft getan hatte, während das Mädchen auf seinem Stuhl sitzen bleiben und es nicht wagen würde, Schubladen und Karteischränke zu durchwühlen. Frida, war Frau Becker überzeugt, fixierte während ihrer Abwesenheit einen Gegenstand auf dem Schreibtisch oder einen Punkt an der Wand und bewegte sich erst wieder beim Griff nach dem Becher.

Frida blieb tatsächlich sitzen. Schon ein paarmal hatte sie, nachdem Frau Becker aus dem Büro gegangen war, Aktenordner nach Hinweisen auf Ringo und Leander durchsucht und nichts gefunden. Sie sollte nicht wissen, wo die beiden Jungen jetzt lebten, und hatte es inzwischen aufgegeben, es trotzdem herauszufinden.

Frida starrte auf das Ölbild, als Frau Becker ihr den Plastikbecher mit Limonade reichte. Das Schaf vor der Scheune war gar keins, sondern ein schlecht gemalter Busch.

»Danke«, sagte Frida artig und trank einen Schluck, obwohl sie das klebrige Gesöff hasste.

Konstanze Saalfeld gewöhnte sich nur mit Mühe daran, ihr Haus wieder mit einem Kind zu teilen. Ihre Tochter war schon vor einer Ewigkeit verschwunden, um in einer anderen Welt zu leben. Und auch jetzt lebte diese Tochter in einer anderen Welt, einer, aus der nie ein Brief kam, kein Anruf und kein Hilferuf, nicht einmal ein Gruß, ausgerichtet von dem jungen Pflichtverteidiger, der sie im Prozess vertreten und immerhin eine Strafaussetzung auf Bewährung erreicht hatte. Mehr als zwanzig Jahre nach Dagmars Verschwinden sah Konstanze ihr Enkelkind und in ihm ihr eigenes, erkannte die Augen und die Form der Lippen und der Ohrmuscheln, erinnerte sich an gewisse Gesten und den Klang einer Stimme, die sie beinahe vergessen hatte. Ihre Tochter blickte sie an, wenn Frida beim Abendessen für Sekunden den Kopf hob, es war ihr eigenes vierzehnjähriges Kind, dem sie als alte Frau dabei zusah, wie es gedankenverloren und mit schlenkernden Armen über den Rasen ging und jedem Vogel hinterherschaute, der über seinen Kopf flog. Dagmar hatte sich immer so selbstvergessen bewegt, und genauso bewegte sich nun dieses Mädchen, dieser Geist aus der Vergangenheit, gesandt von einer infamen Behörde in der Absicht, Konstanzes längst wiederhergestellt geglaubten inneren Frieden zu stören und der Ruhe im Hause Saalfeld ein Ende zu bereiten.

Im Glauben, Opfer einer späten Vergeltung ihrer Tochter zu sein, weigerte sie sich, mit Frida über etwas anderes zu reden als über Regeln, Pflichten und Verbote. Einem diffusen Gefühl aus Trotz und Verletztheit folgend, verlas sie täglich neue Paragraphen ihres häuslichen Gesetzbuches, nur geringfügig irritiert von der Erkenntnis, dass sie das zur Herrscherin machte und das Kind zur Untergebenen. Anflüge des Bedauerns über den Mangel an Herzlichkeit in ihrer Beziehung zu Frida verscheuchte sie mit dem Einwand, einen ungebetenen Gast zu beherbergen, eine dahergelaufene Fremde. Nur nachts, wenn sie keinen Schlaf fand, fragte Konstanze sich, ob es möglicherweise ihre strenge Erziehung gewesen war, die Dagmar, kaum volljährig geworden, das Weite hatte suchen lassen, und ob sie vielleicht jetzt gerade dabei war, auch Frida für immer zu vertreiben. Natürlich wusste sie, dass die Antwort Ja lautete, denn sie mochte alt und verbittert und nachtragend sein, aber dumm war sie nicht. An die Decke starrend, als könne dort eine Botschaft in der Dunkelheit aufscheinen, bemühte sie sich, einen Ausweg aus ihrem Dilemma zu finden, mit sich selbst einen Kompromiss auszuhandeln, der es ihr einerseits erlaubte, das keine zehn Schritte entfernt schlafende Mädchen als ihr von jeglicher Schuld freies Enkelkind anzunehmen, und der sie andererseits nicht dazu zwang, ihrer für die ganze Situation verantwortlichen Tochter zu verzeihen.

Es verging eine Weile, bis sie müde wurde, sich selbst dabei zuzusehen, wie kühl und gekonnt sie die Rolle der Gebieterin verkörperte, wie meisterhaft sie es verstand, dem Kind das Gefühl zu geben, nur eine vorübergehend Einquartierte zu sein, eine aus Pflichtgefühl aufgenommene Unperson, der nichts zustand bis auf Kost und Logis und Unterweisungen in Gehorsam. Und dann, als sie endlich beschloss, ihren Kurs zu ändern und Frida eine wenn nicht auf bedingungsloser Liebe, so doch auf dem unverhandelbaren Fundament der Genetik basierende Zuneigung entgegenzubringen, war sie dermaßen von ihrem Sinneswandel überrascht und ergriffen, dass sie mitten in der Nacht weinen musste und Gernot in ihr Zimmer kam, um nach ihr zu sehen und minutenlang ihre Hand zu halten.

An der Schule gab es Kinder, die es in der Kunst des sich Verbergens zur Meisterschaft gebracht hatten. Vor und nach dem Unterricht und in den Pausen lösten sie sich in Luft auf. Sie verschwanden in den Toilettenkabinen, in den dunklen Ecken der Flure, im Fahrradkeller, hinter den aufgestapelten Schaumgummimatten neben der Turnhalle. Sie verschmolzen mit den Schatten der Bäume, dem Laub der Büsche, in die sie krochen. Aber eigentlich war es ihre Bedeutungslosigkeit, die sie bis zum erneuten Läuten der Glocke unsichtbar werden ließ, der dauerhafte Zustand des

Nichtmaßgeblichseins, des Nichtexistierens in den Augen ihrer Mitschüler. Einige dieser Kinder waren so geübt in ihrer Fertigkeit, dass sie auch im Klassenzimmer unsichtbar geblieben wären, hätten die Lehrer sie nicht gelegentlich zur Beantwortung einer Frage, zum Vorlesen einer Stelle aus einem Schulbuch oder zum Vortreten an die Wandtafel aufgefordert. Sprachen diese Kinder, klangen ihre Stimmen fremd, weil sie draußen nie zu hören waren, und erhob sich ein solches Kind von seinem Stuhl oder ging nach vorne, wirkte es auf die anderen wie ein Schemen, wie die Hülle von jemandem, an dessen Namen sie sich nicht erinnerten.

Frida gehörte weder zu den einen noch zu den anderen. In den ersten Tagen und Wochen zog sie so viel Interesse auf sich, dass sie oft um die Gabe des Verschwindens froh gewesen wäre. Zu viel Neues stürzte auf sie ein, zu viele Kinder begafften sie, zu viele Stunden musste sie im Klassenraum still sitzen und zu viel Gesagtes und Gelesenes verdauen. Es schien Kinder zu geben, die keine Schläger waren, keine Schubser und Treter und keine Herumschreier und Grimassenschneider und Zotenflüsterer, aber auf dem Pausenhof wurde das Gemisch aus verbitterten, unterschwellig gewalttätigen Schülern, frischer Luft und absurden, von Kreischen und Brüllen begleiteten Spielen zu einem einzigen Höllensturm, in dem Begegnungen und Gespräche kaum möglich waren. Nur am Morgen, vom Moment des Auftauchens aus dem Nichts bis zum Beginn der ersten Schulstunde, und am Nachmittag auf dem Weg zu dem Ort, an dem Frida in ihre Herkunftslosigkeit zurücktrat, war für die Dauer weniger Schritte Zeit, mit jemandem ungestört und in normaler Lautstärke zu reden.

Am ersten Tag trottete ein Junge neben ihr her, den die Natur mit enormer Körpergröße und krausem rotem Haar bestraft hatte. Eine Weile ging er an Fridas Seite, langsam, damit er sie mit seinen langen Beinen nicht überholte, und vornübergebeugt, um sie nicht noch mehr zu überragen. Als das Schulgebäude in Sichtweite war, sagte er mit leicht heiserer Stimme: »Dol Guldur.«

Frida sah ihren Begleiter kurz an. »Frieda Saalfeld.« Sie hatte es sich zur Gewohnheit gemacht, ihren Vornamen auf der ersten Silbe ein wenig in die Länge zu ziehen.

Der Junge blieb stehen, ruckte mit dem Kopf und machte dann einen ausholenden Schritt vorwärts, um wieder auf Fridas Höhe zu sein. Eine Weile liefen sie schweigend im Schatten der Mauer.

»Dol Guldur«, sagte der Junge, bevor sie das Tor erreichten. »Ort des Schreckens. Beherrscht von Sauron und seinen Orks.«

Frida verstand nichts, hörte nur noch Rauschen, den Lärm unzähliger Kinder, von denen sie plötzlich umgeben war. Wassermassen gleich flutete die Schülerschar von der Straße auf den großen Hof, wälzte sich in Strudeln über die geteerte Fläche, strömte um Inseln aus Betonsitzblöcken, Fahrradunterständen und eingezäunten Bäumen und floss ins Halbdunkel der Ecken und in die Finsternis der Eingangshalle. Der Junge rief Frida noch etwas zu, aber auch das ging im ohrenbetäubenden Krach unter wie ein Stein in einem bodenlosen See. Erst am Nachmittag bot sich ihm die Gelegenheit, den Irrtum aufzuklären. Dol Guldur sei ein düsterer, gefährlicher Ort in einem Romanwerk mit dem Titel *Der Herr der Ringe*, und er selbst heiße Arnulf Herbst.

»Wie die Jahreszeit«, fügte er hinzu und lächelte, wobei er zwei Reihen schiefer Zähne entblößte.

»Frieda Saalfeld«, sagte Frida noch einmal. Gruppen von Kindern auf dem Nachhauseweg gingen in die gleiche Richtung, Radler fuhren vorbei, einige schlenkernd, weil sie Mitfahrer auf dem Gepäckträger hatten. Ein Junge rempelte Frida von hinten an und rief *Hoppla*, seine Freunde lachten und johlten. Hinter einer Plakatsäule ging Frida in die Hocke und tat, als schnüre sie ihren Schuh. Ihr Kopf, vollgestopft mit allem, was man ihr am ersten Tag zugemutet hatte, fühlte sich an, als würde es ihn gleich in Stücke zerreißen.

»Ich weiß«, sagte Arnulf. »Ich bin in deiner Klasse.«

Frida blickte kurz hoch. »Oh. Ja.« Sie lächelte, dann band sie auch den zweiten Schnürsenkel, obwohl es nicht nötig war.

»Wo wohnst du?«

»Warum?« Frida richtete sich auf und presste die Ledermappe an die Brust. Noch immer schlenderten, rannten und radelten Schulkinder an ihnen vorbei und verloren sich weiter vorne in den Nebenstraßen. Busse rollten vorüber, Gesichter hinter Scheiben.

»Vielleicht haben wir denselben Weg.«

»Ich muss da lang.« Frida zeigte in die Richtung der Wohnblöcke, die hinter einer Reihe aus geparkten Autos, Straßenlampen, Bäumen und niedrigen Häusern aufragten.

Dort müsse er ebenfalls hin, sagte Arnulf und ging, sobald auf dem Gehsteig und der Straße weniger Verkehr herrschte, voraus. Frida zögerte einen Augenblick, dann folgte sie dem Jungen, der riesige braune Schuhe, eine grüne Cordhose und eine fahlgelbe Windjacke trug und der, um kleiner zu wirken, einen Buckel machte und in den Knien einknickte. Als aus einer Gruppe von Jungen heraus ein Tennisball an seinen Kopf flog, ließ er ihn abprallen, als hätte er den Treffer nicht gespürt, und ging weiter. Der Ball kullerte Frida vor die Füße, und die Jungen grölten zu ihr hinüber, einer pfiff durch die Finger, ein anderer rief ihren Namen. Als Frida den Ball mit der Schuhspitze in einen Gully drückte, brüllten sie wütend und belustigt durcheinander, dann verstummten sie nach und nach, wie angeödet von ihrem eigenen Schauspiel.

Als sie bei den Blöcken angekommen waren, blieb Frida stehen. »Ich muss da rein.« Sie deutete auf die Straße, die zwischen den Gebäuden verlief und an ihrem vermeintlichen Ende in düsterem Licht versank.

»Wohnst du in einem der Kästen?« Arnulf spähte in die Häuserschlucht wie in ein enges Tal. Sein Schulranzen aus Leder und Kuhfell, der statt Schulterriemen einen Tragegriff hatte, stand vor seinen Füßen auf dem Boden.

»Ganz da hinten«, sagte Frida, ins Ungefähre nickend. Die Uhr fiel ihr ein, die Herr Saalfeld ihr am Tag zuvor geschenkt hatte und mit deren Gewicht und Zweckmäßigkeit sie sich noch anfreunden musste. Sie warf einen Blick darauf und sagte: »Oh.«

Arnulf stand reglos da und schien darüber nachzudenken, wie es wohl sein mochte, in einer solchen Gegend zu wohnen. »Also dann, bis morgen«, sagte er schließlich und streckte Frida seinen langen Arm mit der feingliedrigen, sommersprossenübersäten Hand hin.

Frida hatte noch nie einem Gleichaltrigen die Hand gegeben, ließ sich ihre dann aber von diesem seltsamen Jungen schütteln.

»Ja, bis morgen«, sagte sie und lief in die schattige Dämmerung der Häuser hinein, als müsse sie sich plötzlich beeilen. Sie drehte sich nicht mehr um, glaubte aber noch eine ganze Weile, Arnulfs Blick im Rücken zu spüren. In der Straße durften nur Anwohner parken, und trotzdem war ein zügiges Vorankommen fast unmöglich, auch nicht auf dem Gehsteig, den Container versperrten, Sperrmüll und herrenlose Fahrräder und rauchende Männer. Arbeiter trugen Pakete in Hauseingänge und schoben Kisten auf Sackkarren in Läden, Lieferwagen rollten rückwärts aus Hinterhöfen. Frida wich den Eimern und Leitern der Schaufensterputzer aus, den Hundehaufen und Pfützen und Löchern. Sie stellte sich vor, durch einen Wald zu gehen, in dem seltsame, nicht zwangsläufig bedrohliche Wesen lebten, zog den Kopf zwischen die Schultern und war erleichtert, als sie aus dem Zwielicht ins Helle schritt und den Wagen sah, in dem Herr Kerbel saß und auf sie wartete.

Am zweiten Tag wurde sie erneut angesprochen. Ein Mädchen trat in der großen Pause an Frida heran, die in einer der ruhigeren Ecken des Hofes an der Mauer lehnte und abwechselnd den Boden und den Himmel betrachtete und es so vermied, den Blick eines der anderen Kinder aufzufangen. In der Nacht hatte es geregnet, in den Mulden des unebenen Teerbelags stand Wasser. Der Lärm zwischen den Mauern war so infernalisch wie am Tag zuvor. Aus Gründen, über die Frida vergeblich rätselte, stießen viele der Mädchen andauernd hohe, spitze Schreie aus, während ein Teil der Jungen ständig brüllte und krakeelte, egal, ob sie Fußball spielten oder nur in Gruppen zusammenstanden. Weil Frida es nicht schaffte, den Krach auszublenden, indem sie ihre Schuhe oder einen Punkt im Blau über sich fixierte, beschloss sie, sich am nächsten Tag Papier in die Ohren zu stopfen.

»Ich bin auch neu hier«, sagte das Mädchen. Es steckte in einer hellblauen Hose, einer weißen Bluse und einer Weste aus schwarzem Samt. Sein schulterlanges braunes Haar wurde von mehreren Plastikspangen nach hinten gezogen. Ob das Mädchen hübsch war, konnte Frida nicht sagen, dafür fehlte ihr das Urteilsvermögen.

»Helga«, sagte das Mädchen, das jedes Mal, wenn in der Nähe besonders laut geschrien wurde, das Gesicht verzog. An der Kette um seinen Hals waren helle, kaffeebohnengroße Muscheln aufgefädelt.

»Frieda.«

»Ich bin seit einem Monat hier.«

»Ich seit gestern.« Frida schluckte den letzten Bissen des Butterbrots hinunter, das sie sich am Morgen in der stillen, nur von der Lampe über der Spüle beleuchteten Küche gemacht hatte.

Helga nickte. »Hab dich gesehen.«

Vier Mädchen aus der achten Klasse gingen langsam und schweigend vorbei, ohne Seitenblick, erhaben über die tobende Masse. Frida beneidete sie um ihre Entrücktheit und mehr noch um ihr Alter.

»Pissnelken.«

Frida sah Helga an, möglicherweise eine Spur zu erstaunt.

»Halten sich für was Besseres. Reden mit keinem, nicht mal miteinander reden die viel.«

Frida bemerkte Arnulf Herbst, dessen Rotschopf am anderen Ende des Platzes aus dem wogenden Meer der Schülerköpfe herausragte. Vielleicht suchte er sie, dachte sie und fragte sich, ob ihr das recht war. Sie tendierte eher zu Nein und überlegte, wie sie ihm entkommen konnte, jetzt und später. Dass sie diesen Jungen so behandelte, war gemein, das wusste sie und fühlte sich augenblicklich mies.

»Ich sag dir was, Frieda, und glaub mir, ich weiß Bescheid.«

In der Sekunde, in der Helga einen Schritt nach vorne machte und den Mund öffnete, um Frida aller Wahrscheinlichkeit nach eine Botschaft von größter Weisheit und Tragweite zu verkünden, läutete die am Betonmast in der Mitte des Hofes befestigte Glocke, was aussah, als ströme der hohe, metallische, das Blut in den Adern gefrieren lassende Ton aus dem Innern des Mädchens, das seine Grimasse machte und sich die Fäuste auf die Ohren presste.

Frida wartete vergeblich darauf, dass Helga die Augen öffnete, während das Schrillen der Glocke und das Geschrei der Schüler über sie hinwegbrandete. Sie wusste nicht, was sie sagen sollte, und ging schließlich wortlos weg, um hinter den anderen ins Schulgebäude zu trotten und in einem der Klassenräume die nächsten fünf Stunden damit zu verbringen, ihre beschämende Dummheit zu verbergen.

Nach dem Unterricht schloss sie sich in einer der Toiletten ein, sah dem Sekundenzeiger dabei zu, wie er zehnmal im Kreis herumging, spähte dann durch ein Fenster auf den leeren Hof und rannte los. Erst als sie am hellen Ende der Straße angekommen war und den schwarzen Wagen am vereinbarten Ort stehen sah, verlangsamte sie ihre Schritte. Sie klopfte dreimal an die Scheibe, öffnete die Tür, warf die Mappe auf den Rücksitz und kletterte hinterher.

Adam Kerbel drehte sich zu ihr um und schüttelte den Kopf. »Das sollst du doch nicht selber machen.« Er setzte die Mütze auf, die schon sein Vorgänger getragen hatte und der Konstanze Saalfeld nach wie vor größte Wichtigkeit beimaß, klappte das Buch zu, in dem er gelesen hatte, und legte es neben sich, wo sich noch andere Exemplare stapelten, eines davon mit dem Titel *Unbekannte Tiefsee.*

»Dann müssen Sie jedes Mal aussteigen und wieder einsteigen.«

»Zu Hause bleibst du aber sitzen. Falls Frau Saalfeld uns sieht.«

»Ist gut.«

Der Fahrer wartete auf das Klicken von Fridas Sicherheitsgurt, dann erst startete er den Motor. Ein feines Schaudern durchlief das Auto, kein Beben und Rütteln wie beim Traktor. Frida ließ sich ins Polster sinken, streckte die Beine aus und sah durch das Fenster auf die belebte, in mattes Nachmittagslicht getauchte Straße, von der nicht ein einziges Geräusch zu ihr hereindrang.

»Und wohin soll es heute gehen?«

»Frühes sechzehntes Jahrhundert«, sagte Frida. »Fiesole, das liegt bei Florenz.«

»Und was gibt es da?«

»Leonardo da Vinci unternimmt Flugversuche.«

»Sieh an.« Adam Kerbel lenkte den Wagen langsam auf die Straße und fädelte sich in den Verkehr ein.

»Also nicht er selber, sein Assistent. Und der bricht sich dabei das Bein. Oder eine Rippe. Oder beides.«

»Soviel ich weiß, hat da Vinci nie ein Fluggerät gebaut. Und weder er noch einer seiner Assistenten ist jemals geflogen.«

»Dann hat man uns etwas Falsches erzählt.«

»Wie auch immer. Ich fliege ungern. Am Boden ist mir wohler.«

»Ich würde gerne mal fliegen«, sagte Frida. »Irgendwann.«

»Wirst du bestimmt.«

Sie ließen die Stadt hinter sich, fuhren zuerst durch einen Vorort mit schmucken Wohnhäusern, zu denen jeweils ein Garten und mindestens ein Baum gehörte, dann an Bahngleisen entlang, zwischen denen windschiefe Bretterbuden standen, später an scheinbar stillgelegten Fabriken vorbei, an flachen, von hohem Gras bewachsenen Feldern, an Baugruben voller Wasser, an Tennisplätzen und Schrottplätzen und einem einsamen Gebäude, auf dessen Flachdach in riesigen orangefarbenen Lettern das Wort TEPPICHPARADIES prangte.

»Ich war mal in Florenz«, sagte Adam Kerbel. »Ist aber noch keine vierhundert Jahre her.«

»Wirklich? Davon würde ich gerne mehr hören.«

Der Fahrer begann zu erzählen. Frida mochte die sanfte, tiefe Stimme des Mannes, dessen Alter sie nur schätzen konnte, weil sie sich nicht traute zu fragen. Aus dem Fenster sah sie kaum noch, sie hatten die Strecke zwischen Zuhause und dem Abholort auf Konstanze Saalfelds Geheiß schon vor dem ersten Schultag mehrmals zurückgelegt, damit Frida sich mit allem vertraut machen konnte. Nicht in unmittelbarer Nähe der Schule auf sie zu warten, war Adam Kerbels Idee gewesen. So, hatte er nach der ersten Fahrt erklärt, bleibe es Frida erspart, von den anderen Kindern zur Außenseiterin gestempelt zu werden, die vom Privatchauffeur im Daimler herumkutschiert wurde wie eine Prinzessin.

»Neunundsechzig war das, drei Jahre nach dem Hochwasser, der größten Überschwemmung in der Geschichte der Stadt. Hast du davon gehört?« Adam Kerbel sah in den Innenspiegel.

»Nein.« Draußen wurde es beschaulicher, grüner und sauberer. Reihenhäuser flogen vorbei, gestutzte Hecken und weiß gestrichene Zäune und Fahnenstangen.

»Vierunddreißig Tote gab es. Von den Opfern unter den herrenlosen Katzen und Hunden wollen wir gar nicht erst reden. Und dann die Bauwerke. Und die Kunstwerke. Wusstest du, dass damals ...«

Frida schloss die Augen und lauschte der Stimme, die, begleitet vom einschläfernden Summen des Verkehrs, fast genauso klang wie die von Konrad. Während sie dem Mann zuhörte, der seine Wartezeit mit Lesen verbrachte und zum Fahren eine Sonnenbrille aufsetzte, der sie im Beisein von Frau Saalfeld *Fräulein Frieda* nannte und der sie bisher jeden Tag am Morgen und vor der Heimfahrt nach ihrem Befinden gefragt hatte, rutschte sie im Sitz zurück und ebenso in der Zeit, landete auf dem Dachboden in Winnipeg und verschlang die Welt mit den Ohren.

Am dritten Tag wurde sie von einem Mädchen aus der Klasse nach ihrem Sternzeichen gefragt, und als Frida nicht wusste, was das war, erhielt sie in der großen Pause Nachhilfeunterricht auf dem Gebiet der Tierkreissymbole, Planetenkonstellationen und kosmischen Richtungskräfte sowie deren Einfluss auf den Charakter und die Wege des Schicksals. Das Mädchen hieß Gabriele, ließ sich aber Ele nennen, reagierte nicht auf Gabi und wurde fuchsteufelswild, wenn die streitlustigen Jungen sie Gaga oder Bibi riefen. Sie hatte strähniges blondes Haar und einen schwammigen Körper, was unter ihren wallenden Kleidern weniger sichtbar war als im Sportunterricht, wo sie Frida am ersten Schultag wegen ihres engen schwarzen Trikots und ihrer Unbeholfenheit und Ängstlichkeit aufgefallen war.

»Du bist für Gerechtigkeit, aber sehr launisch.« Ele hatte Frida zu dem mehr als drei Meter hohen Stapel aus Sprungmatten gelotst, die aus unerfindlichen Gründen an einer Außenwand der Turnhalle aufbewahrt wurden. Der Witterung ausgesetzt, waren ihre ehemals blauen Hüllen bleich geworden, aus Löchern und Rissen bröckelte die gelbe Füllung.

»Ja?« Frida zerkrümelte einen Brocken Schaumgummi zu kleinen Stücken, die durch ihre Finger rieselten und vom Wind fortgeweht wurden.

»Ja.« Eles Gesichtszüge schienen zu zwei Ausdrucksmöglichkeiten fähig, entweder Furcht oder Teilnahmslosigkeit. Beim Völkerball und Geräteturnen hatte sie in unablässiger Panik die Augen aufgerissen und die Lippen zusammengepresst, jetzt hingen die Lider und Mundwinkel, und ihre feuchte Unterlippe wölbte sich vor.

»Und wer sagt das?«

»Die Sterne, die Planeten, das Universum.«

Frida erinnerte sich an den Titel eines der Bücher auf dem Beifahrersitz, *Rätsel des Universums*.

»Der Mensch ist ein Nichts.« In Eles Mimik deutete kein Muskel auf die Bedeutsamkeit dieser Aussage hin. »Du bist ein Nichts. Ich bin ein Nichts. Jeder von denen ist ein Nichts.« Ihr Blick schweifte über die Schüler auf dem Hof, bevor er wieder scheinbar erwartungslos Fridas Augen fixierte.

Frida sah dem gelben Staub nach, den ihr ein Windstoß von der Handfläche wehte.

»Und du bist beeinflussbar und leichtgläubig«, sagte Ele in träger Erwartung einer Gegenwehr.

Frida blinzelte. Ihr fiel ein, dass sie sich Papier in die Ohren hatte stopfen wollen. Sie stellte sich die Kinder als Fische vor, als Schwarm von Karpfen mit offenen Mündern, aus denen kein Ton drang.

»Waagen sind außerdem unentschlossen.«

»In Kenia bin ich mal einem Löwen begegnet«, sagte Frida mit einer Ruhe, als hätte sie die Geschichte schon tausendmal erzählt. »Er saß auf einem Baum und schaute zu mir herunter. Meine Eltern halfen beim Bau einer Krankenstation mitten im Busch, und eigentlich durfte ich das Dorf nicht verlassen, weil es zu gefährlich war. Aber während der Mittagszeit schliefen alle, die Hitze war unerträglich, über fünfzig Grad, und niemand hat sich um mich gekümmert. Ich bin einfach losgegangen, immer weiter hinaus in die Savanne. Der Löwe war schon alt, vielleicht hatten ihn die Jüngeren aus dem Rudel vertrieben. Wir sahen einander an, und es war klar, dass er dachte, da ist mein Mittagessen, ich muss es mir nur holen. Und ich dachte, ich bin klein, er braucht nur runterzuspringen und ...« Frida stieß den Kopf nach vorne und machte eine Schnappbewegung.

Ele glotzte nur, zuckte nicht einmal mit der Wimper. In ihrer vom unabänderlichen Lauf der Gestirne gelenkten Welt gab es offenbar nichts, das sie für ausgeschlossen hielt.

»Ich musste höher als der Löwe sein, also kletterte ich auf den Baum. Bevor der Löwe begriff, was ich tat, saß ich ein paar Äste über ihm. Nach etwa zwei Stunden kamen meine Eltern mit fünf Kriegern aus dem Dorf. Sie haben so lange laut geschrien und in die Luft geschossen, bis der Löwe vom Baum gesprungen und weggerannt ist.«

Eine Weile sah es aus, als würde Ele über das Gehörte nachdenken und hinter der faltenlosen Blässe ihrer Stirn einen Prozess in Gang setzen, der klären sollte, ob die Geschichte glaubhaft und dem fremden Mädchen zu trauen war oder nicht. Aber dann sagte sie nur leise und wie zu sich selbst: »Ich kann's kaum erwarten rauszukriegen, was dein Aszendent ist.«

Bevor Frida nach der Bedeutung des Wortes fragen konnte, stieg das Schrillen der Pausenglocke in den leeren Himmel und mit ihm ein einziger Aufschrei, gefolgt von letztem Torjubel, letzten Schmährufen, letzten

Lachern, letzten Drohungen. Frida ließ Ele stehen und tauchte in der plärrenden, keuchenden Masse der Schüler unter, die gerade noch Boxhiebe und Fußtritte ausgeteilt und Klatsch verbreitet hatten und nun im kühlen Dämmerlicht der Flure ruhiger wurden und schon in Schweigen und Apathie versunken waren, bevor sie die Klassenräume betraten.

Vom vierten Tag an stand Frida im Ruf, geheimnisvoll und verschroben zu sein. Die Geschichte mit dem Löwen hatte sich herumgesprochen, mit bereits kursierenden Gerüchten vermischt und unter Zugabe von Vermutungen und Lügen zu einem Mythos geformt, wie es nur auf Schulhöfen möglich war. Arnulf Herbst erzählte ihr, was er gehört hatte, wenn er sie bis zur Öffnung in der Häuserschlucht begleitete, berichtete von den Geburtsorten, die Frida angedichtet wurden, von den Gründen für ihre außergewöhnliche Kraft, von den tragischen Umständen, die zum Tod ihrer Eltern geführt hatten. Es gab Mutmaßungen darüber, warum sie in ihrem allerersten Diktat nur zwei Wörter falsch geschrieben hatte, in den übrigen Fächern aber so schlecht war, sah man von Sport ab, wo sie alle mit mühelosen Klimmzügen und dem Wurfarm eines Jungen beeindruckt hatte. Aus reiner Lust am Erfinden hanebüchener Klatschgeschichten wurde in Umlauf gebracht, ihre Eltern seien russische Spione und säßen im Gefängnis, oder sie sei eine aus der DDR geflohene Athletin, jahrelang gefüttert mit Pillen, die Bizepse wachsen und Hirne schrumpfen ließen. Ein Viertklässler habe behauptet, Frida sei eine Außerirdische, das erkläre auch ihre körperliche Überlegenheit, ihre guten Kenntnisse der Sprache und ihre Unwissenheit auf allen anderen Gebieten. Arnulf warnte Frida vor dem Jungen, der vielleicht versuchen würde, sie mit einer Nadel zu stechen, um ihr grünes, phosphoreszierendes Blut fließen zu lassen.

Konstanze und Gernot Saalfeld wurden von Irmgard Becker über die Vorkommnisse in der Schule informiert und um ein Treffen gebeten, bei dem geklärt werden sollte, wie mit dem Mädchen und seinen ausschweifenden Geschichten umzugehen sei. Wie beim ersten Mal saß man zu dritt am Esstisch im Wohnzimmer, und auch jetzt gab es weder Tee noch

Kaffee oder auch nur ein Glas Wasser für die Beamtin, deren Besuch das Ehepaar Saalfeld noch immer als etwas seinen Ruhestand Störendes empfand, als etwas ähnlich Anmaßendes wie die Bitte, sich um Frida zu kümmern.

Irmgard Becker brachte die beiden alten Leute, denen sie insgeheim jegliche Befähigung in Sachen Psychologie und Kindererziehung absprach, auf den neuesten Stand, setzte ihnen ein paar der harmloseren Kostproben aus der Gerüchteküche der Schule vor und wollte dann wissen, wie Frida sich zu Hause benehme, wie ausschweifend ihre Fantasie weit weg vom Pausenhof sei.

Da Konstanze Saalfeld schwieg, als habe sie die Frage nicht verstanden oder erachte sie als impertinent, sprang ihr Mann in die Bresche. »Sie redet nicht gerade viel«, sagte er. »Eher wenig.«

Irmgard Becker nickte, den Blick auf ihren Schreibblock gerichtet. Die Notizen machte sie sich einerseits, um ein Gesprächsprotokoll zu haben, andererseits, um den Saalfelds zu zeigen, dass sie jeder Aussage Bedeutung beimaß, jedem Wort Gewicht. Wenn sie ehrlich war, schrieb sie auch mit, um den beiden Alten, die ihr abermals ein Mindestmaß an Gastfreundschaft und Wertschätzung verweigerten, die Wichtigkeit ihrer Arbeit und ihrer Person vor Augen zu führen, auch wenn der Fall *Kommunenkind Nr. 4* in den Augen von Ignoranten und Laien unwichtig und sie selbst eine unwichtige kleine Beamtin sein mochte.

»Und Sie? Suchen Sie das Gespräch mit ihr?«

Gernot Saalfeld sah kurz zu seiner Frau hinüber, bevor er sagte: »Ich lese ihr manchmal aus der Zeitung vor.«

Irmgard Becker kritzelte einen langen, unleserlichen Satz.

»Nichts Beunruhigendes«, sagte Gernot Saalfeld. Er lächelte und klappte die Bügel der Brille, die vor ihm auf dem Tisch lag, auf und zu. »Meistens eine heitere Meldung. Etwas mit Tieren, zum Beispiel.«

Nachdem Irmgard Becker eine halbe Seite mit ihrer krakeligen Schrift gefüllt hatte, wandte sie sich an Konstanze Saalfeld. »Und Sie? Reden Sie mit Frieda? Redet Frieda mit Ihnen?«

Konstanze Saalfeld atmete tief ein, als müsse sie ihre gesamte Energie aufbringen, um zu antworten. »Sollte das, was Sie uns gerade mitgeteilt haben, den Tatsachen entsprechen, auch wenn ich …«

»Das tut es«, sagte Irmgard Becker rasch, aber ruhig. Dabei klopfte sie ein paarmal mit der Kugelschreiberspitze auf den Block.

»... auch wenn ich die Verlässlichkeit Ihrer Quellen nicht bewerten kann, dann drängt sich leider nach wie vor der Verdacht auf, dass das Kind den Unterschied zwischen Wahrheit und Lüge, oder sagen wir zwischen Wahrheit und Unwahrheit nicht kennt. Oder ihn, weshalb auch immer, ignoriert.«

»Sie flunkert gerne«, sagte Gernot Saalfeld. »In ihrem Alter flunkert man gerne.«

Mit dem Blick, den Konstanze Saalfeld ihrem Mann zuwarf, mild und strafend zugleich, bedachte man vorlaute Kinder, die sich in Erwachsenengespräche einmischen. »Sie wird fünfzehn«, sagte sie. »Da wird es langsam Zeit, gewisse Gewohnheiten abzulegen, zum Beispiel die, Lügen zu erzählen. Man muss Verantwortung übernehmen, auch dafür, was man sagt.«

»Das Problem dabei ist, und das wissen Sie, dass ich, also, mein Amt und ich mit Ihrer Enkeltochter etwas vereinbart haben. Und dass sie jetzt in der Schule damit auffällt, die absurdesten Geschichten über sich und ihre Familie zu erfinden.« Irmgard Becker zog ein maschinengetipptes Blatt aus dem Notizblock, überflog es und schob es zurück. »Ich habe Frieda gesagt, wie wichtig es sei, bei unserem vereinbarten Lebenslauf zu bleiben, aber sie scheint die möglichen Auswirkungen ihrer, nennen wir sie einmal Schwindeleien, nicht abschätzen zu können.«

Gernot Saalfeld seufzte. »Sie mag bald fünfzehn sein, was nicht als gesichert gilt.« Er wandte sich an seine Frau. »Vielleicht erinnert sich deine Tochter nicht. Oder sie lügt.«

»Warum sollte Dagmar lügen?« Irmgard Becker legte die Stirn in Falten. Das Gespräch ging in eine Richtung, die sie für nicht gerade zielführend hielt.

»Was weiß ich«, sagte Gernot Saalfeld. »In ihrem Wesen ist Frieda jedenfalls erst elf oder zwölf.«

Mit einer wegwerfenden Handbewegung tat Konstanze Saalfeld die Äußerung ihres Mannes ab. »Ich habe ihr bereits zu verstehen gegeben, deutlich, wie ich betonen darf, was ich von ihren Lügen halte. Ich dachte, sie habe sich die Sache zu Herzen genommen, aber offensichtlich ist das nicht der Fall.« Sie erhob sich und ging zu der Geschirrkommode, auf der eine Pendeluhr stand. Sie klappte das runde Glasfenster vor dem Zifferblatt auf, berührte mit dem Zeigefinger der rechten Hand den Minutenzeiger und schloss das Fenster wieder.

Der Beamtin entging der dezente Hinweis auf die Uhrzeit nicht. »Ich wäre Ihnen verbunden, wenn Sie mit Frieda reden würden. Sie muss den Ernst der Lage erkennen und sich an meine, unsere Vorgaben halten.« Sie steckte Kugelschreiber und Notizblock in die Aktentasche und ließ das Schloss einschnappen.

Gernot Saalfeld nickte gedankenversunken, seine Frau betrachtete noch immer das Hin und Her des Pendels, als trauere sie der verlorenen Zeit nach.

»Direktor Ingenhoven möchte aus naheliegenden Gründen weitere Irritationen beim Lehrkörper und der Schülerschaft vermeiden«, sagte Irmgard Becker, durch das Schweigen des Ehepaares gleichermaßen brüskiert und verärgert. Als sie aufstand, schoss Gernot Saalfeld ebenfalls von seinem Stuhl hoch und eilte zur Garderobe, wo einsam an einem Haken der sandfarbene Regenmantel der Beamtin hing.

»Auf Wiedersehen«, sagte Irmgard Becker und wandte sich zum Gehen, wodurch ihr das einmalige Nicken von Konstanze Saalfeld entging, das als Verabschiedung genügen musste.

Vor der offenen Tür wollte Gernot Saalfeld ihr in den Mantel helfen, aber die Beamtin legte sich das Kleidungsstück, für das es an diesem frühen Nachmittag zu mild war, nur über den Arm und ging zum Wagen. Ihr Kollege, der es vorgezogen hatte, auf dem Kiesplatz vor dem Haus zu warten, startete den Motor und warf zu ihrer großen Freude eine halb gerauchte Zigarette aus dem offenen Fenster, bevor er wendete und sie einsteigen ließ.

Am Abend desselben Tages nahm Konstanze Saalfeld ihre Pflicht als Vormund auf Zeit, Hüterin der Moral und nicht zuletzt als unfreiwillig in die Rolle der Großmutter geratenes Opfer wahr und konfrontierte Frida mit den Vorwürfen, die Frau Becker und die Schule erhoben. Wie schon Wochen zuvor im Büro des Jugendamts gab Frida ohne Umschweife zu, auf dem Pausenhof die Grenzen der Wahrheit zu dehnen, verteidigte ihr

Vorgehen aber, indem sie die Gier der Mitschüler nach immer verrückteren Geschichten ins Feld führte und sich darauf berief, dass doch die angeblichen Fakten ihres zwölfseitigen Lebenslaufs ebenso erfunden waren. Ein Hin und Her kam in Gang, ein zähes Feilschen, das Konstanze Saalfeld zutiefst widerstrebte, weil es die für alle Ewigkeit festgeschrieben geglaubte Grenze zwischen Erwachsenem und Kind, Machthaber und Mündel, Befehlserteiler und Befehlsempfänger infrage stellte. Je weniger schuldbewusst Frida sich zeigte, desto heftiger wurde sie von ihrer Großmutter bezichtigt, etwas Unrechtes zu tun, und je energischer das Mädchen die fantastischen Verzweigungen seines fiktiven Lebenswegs rechtfertigte, desto unnachgiebiger wurde die alte Frau.

Am Ende war alles völlig verfahren. Die beiden saßen am Tisch, stumm ins Leere starrend, als suchten sie im Halbdunkel des Raumes nach dem letzten, alles klärenden, womöglich versöhnenden Wort, das sich aber einfach nicht fand. Frida wusste, dass sie sich wie ein kleines Kind benahm, dass ihre Weigerung, keine weiteren Lügengeschichten mehr zu erzählen, trotzig war und ihr Beiseiteschieben der möglichen Folgen naiv. Aber zum ersten Mal hatte sie sich ihrer Großmutter widersetzt, hatte nicht untertänigst neue Weisungen entgegengenommen, ohne sie zu hinterfragen. Zum ersten Mal seit langer Zeit hatte sie den Mund für mehr aufgemacht als für ein braves Ja, hatte ihren Kopf für mehr benutzt als für ein devotes Nicken. Auch wenn sie sich jetzt, unter dem Licht des Kronleuchters fröstelnd, nicht rühren konnte vor Erstaunen über die eigene Halsstarrigkeit, spürte sie in den Tiefen ihres Bauches doch ein sanftes, wärmendes Glimmen, das sich gut anfühlte.

Erst später, als Frida im Bett lag und nicht einschlafen konnte, begann das mickrige Feuer des Triumphs zu erkalten. Bis in die frühen Morgenstunden hielt sie der Gedanke wach, etwas versäumt zu haben, und es dauerte eine Weile, bis sie sich eingestand, was es war. Am Tisch im Wohnzimmer, beflügelt von Starrsinn und Aufsässigkeit, hatte sie mehrmals den Moment verstreichen lassen, in dem es noch irgendwie möglich gewesen wäre, den Streit mit ihrer Großmutter in eine andere Richtung zu lenken, hin zu einem Gespräch darüber, warum sie auf dem Schulhof Märchen über sich selbst erzählte, warum sie sich eine Vergangenheit zulegte, die nicht das Geringste mit der Wirklichkeit zu tun hatte, warum sie zu Hause, das sie nicht als solches empfand, kaum einen Ton von sich gab und sich bei jeder Gelegenheit in ihr Zimmer zurückzog, wo sie über den Schulheften brütete und sich unsagbar dumm und einsam fühlte. Vielleicht hätten sie tatsächlich miteinander geredet, sie frei von Verachtung für das alte, herrische Weib, und die Großmutter ohne Bitterkeit und den Ballast einer missglückten Vergangenheit. Vielleicht hätte die Machthaberin endlich einmal etwas anderes von sich gegeben als Anordnungen, und vielleicht hätte sie ihrer Enkelin nach so langer Zeit endlich einmal zugehört. Vielleicht hätte Frida sogar zu erzählen begonnen, vom Hof, zum Beispiel, von Dagmar, die manchmal, beim gemeinsamen Ziegenhüten auf einer Wiese, weit weg von den anderen, plötzlich geredet und sich wie eine Mutter benommen hatte, sanft und voller Zuneigung und immer auch mit einer Traurigkeit in den Augen, die Frida damals nicht richtig hatte deuten können. Und vielleicht hätte sie auch noch von Ringo und Leander und Linus erzählt und davon, wie sehr sie die drei Jungen vermisste und wie heillos unaufgehoben sie sich in ihrem neuen Leben fühlte.

Vielleicht …, dachte Frida im schwachen Licht der Dämmerung, während ihre Großmutter nur wenige Schritte entfernt am Fenster ihres Zimmers saß, ebenfalls auf die schwarzen Umrisse der Bäume sah und sich zu erinnern versuchte, vor wie vielen Wochen oder Monaten sie sich vorgenommen hatte, ihren eitlen, trotzigen Stolz zu überwinden und ihre Enkelin endlich willkommen zu heißen.

Die Alten hatten recht, die Welt auf der anderen Seite des Flusses ist schlecht. Nicht alles vielleicht, aber das meiste. Um uns zurechtzufinden, müssen wir neu werden. Nur wissen wir nicht, wie das geht. Unsere Köpfe sind zu klein für all die neuen Wörter. Rektorat. Tetanus. Aula. Lektion. Ein Pferd ist hier ein Klotz aus Leder auf Stahlbeinen. So sind wir nie über Noahs Rücken gesprungen. Hausaufgaben. Hausordnung. Hausarrest. In der Uhr an unserem Handgelenk vergeht die Zeit anders als in unserem Bauch.

LEANDER
Kapitel IV

Im Kreis gehen

Wirkliches Leid hatte Meret Weiss nie erfahren. Ein Jahr vor ihrer Geburt und dem Beginn des Krieges setzten sich ihre Eltern in die Schweiz ab, wo sie bei der Schwester von Merets Mutter unterkamen. Als Nazideutschland besiegt war, kehrten sie zurück nach Hiltrup bei Münster und zogen wieder in ihr Haus ein, das während der sieben Jahre dauernden Abwesenheit so unversehrt geblieben war wie seine Besitzer. 1959 ging Meret erneut in die Schweiz, um in Monthey als Kindermädchen zu arbeiten und in der Freizeit Französisch zu lernen. Anderthalb Jahre später heiratete sie einen Mann, der sie zu einer Dubonnet machte, auf längere Sicht jedoch nicht glücklich. Vier Jahre harrte sie an der Seite des Laboranten aus, dessen Spermien unter den mit geradezu aberwitziger Sorglosigkeit vermengten Chemikalien und ungeplant austretenden Dämpfen am Arbeitsplatz ebenso gelitten hatten wie sein Urteilsvermögen, was die Leidensfähigkeit von Frauen betraf. Als sie die Scheidung verlangte, war sie fünfundzwanzig, verdiente etwas Geld als Übersetzerin vom Französischen ins Deutsche und hatte keine konkreten Pläne für die Zukunft, sah man von ihrem Vorhaben ab, unbedingt ein Kind zu bekommen, so bald wie möglich und wenn nötig ohne zu heiraten. Finanziell war sie für eine Weile versorgt, die Eltern ihres Exmannes, die nie sehr begeistert von *der*

Deutschen gewesen waren, hatten ihr eine Art Abfindung zugesteckt, zusammen mit einer Bahnfahrkarte bis an die Grenze zum großen Nachbarn. Ihr Bruder Thomas, zwei Jahre vor Kriegsende geboren, lebte in Wien, und weil er ledig, einsam und unfähig war, ein Ei zu kochen oder ein Hemd zu bügeln, wurde sie seine Haushälterin. Am Donauufer, im Prater und in den Cafés der Stadt gab es Tausende junger Burschen, die nicht den Eindruck erweckten, irgendwann einmal gute Ehemänner und Väter abzugeben, von den hundert restlichen nahm Meret sich die vier nettesten und ansehnlichsten und schlief mit ihnen, ohne zu verhüten. Nach dem letzten der Auserwählten wurde sie misstrauisch und bald darauf von einem Arzt darüber in Kenntnis gesetzt, dass sie keine Kinder bekommen konnte. In Deutschland war inzwischen ihre kleine Schwester verschwunden, mit zwanzig von Zuhause ausgerissen und einer Sekte, einem Geheimbund oder dem Kommunismus selbst in die Arme gelaufen. Die besorgten, ständig an eingebildeten und tatsächlichen Krankheiten laborierenden Eltern brauchten Meret mehr als der unbeholfene Bruder, und so ging sie zurück, um zu bleiben und die alte Jungfer zu werden, die sie in den Augen der Nachbarn und Bekannten vom ersten Tag an war. Edith tauchte nicht wieder auf. Ab und zu kam ein wirrer Brief ohne Absender, Zeugnis diffuser Wut und trunkenen Glaubens an nichts Geringeres als die Veränderung der Welt. Die Mutter, spindeldürr und verkracht mit Gott, dessen irdisches Lenken sie nicht guthieß, starb an Kummer, der Vater nur vier Monate später an Lebensüberdruss und fettem Essen. Thomas kam aus Wien zur ersten Beerdigung, ein altes Kind, das sich in seinem ehemaligen Zimmer verkroch, in dem die Mutter bis zum Herzstillstand genäht hatte. Er war noch immer da, als sein Vater starb, und blieb. In Wien vermisste ihn niemand, seinen Geschäften, die mit Baugrundstücken und Bulldozern zu tun hatten, konnte er auch in seinem Elternhaus nachgehen, wo er stundenlang am Küchentisch saß und Zahlen und Befehle in den Telefonhörer brüllte. Irgendwann gab es Streit und Tränen und eine Versöhnung, dann machte sich das vermeintlich letzte Familienmitglied, das Meret geblieben war, auf den Weg zurück nach Wien, um seine kleine Baufirma in ein mächtiges Imperium zu verwandeln. Da war Meret vierzig, übersetzte Kochbücher, Weinbroschüren und Reparaturanleitungen für Renaultmotoren, und als das Schicksal ihr Leander sandte wie einen späten Trostpreis, war sie einundvierzig.

Das Auftauchen des Neffen bedeutete auch ein Wiedersehen mit der jüngeren Schwester. Meret besuchte Edith im Gefängnis, wo diese wie die anderen Frauen der Kommune auf den Prozess wartete. Sie hörte geduldig zu, wenn Edith von den notwendigen Brüchen mit der Gesellschaft redete, vom naturnahen Landbau und davon, wie sehr sie ihren Sohn liebte und dass sie immer nur das Beste für ihn gewollt hatte. Meret brachte ihr warme Sachen zum Anziehen und Schokolade, und wenn sie von Leander erzählte, beschönigte sie seinen Zustand, vermied alles Unerfreuliche, erwähnte keinen der Rückschläge und schon gar nicht seinen Zusammenbruch, damit Edith sich nicht noch mehr grämte, als sie es ohnehin schon tat. Das Internat brachte sie erst zur Sprache, nachdem Leander drei Monate durchgehalten hatte und es Grund zur Hoffnung gab, er könnte auch noch ein paar mehr überstehen. Nach Ende des Prozesses war Edith in ein anderes, mit Bahn und Bus nur schwer erreichbares Gefängnis verlegt worden. Von dort aus hatte sie Meret in einem drei Zeilen langen Brief mitgeteilt, dass sie keinen weiteren Kontakt mehr wolle. Meret akzeptierte diesen Wunsch und stellte ihre Besuche ein, insgeheim erleichtert über die Entscheidung ihrer Schwester.

Ewalds Scherz, bei guter Führung könnten Edith und Leander auf Haftverkürzung hoffen, fand sie nicht komisch, ebenso wenig wie seine übrigen Versuche, sie aufzuheitern, nachdem er ihr gesagt hatte, dass er nicht mit ihr in die Wohnung in Internatsnähe ziehen und sie nur an den Wochenenden und in den Ferien besuchen würde, weil sich seine Dienstzeiten nicht mit den langen Autofahrten nach Kassel vereinbaren ließen. Als Leanders erster Tag an der neuen Schule und Merets Umzug immer näher rückten und die allgemeine Stimmungslage sich zunehmend verschlechterte, ging Ewald aufs Ganze und machte Meret einen Heiratsantrag. Sie sagte Ja, und zwei Tage später wurde sie auf dem Standesamt Frau Dr. Born. Zur Feier luden sie niemanden ein, nicht Ewalds Geschwister und auch Thomas nicht, dessen Bulldozer die Wiener Außenbezirke einebneten, um Platz für Hochhäuser und Supermärkte zu schaffen. Leander, zum Trauzeugen ernannt und vor Verantwortungsgefühl und Aufregung dermaßen durcheinander, dass er Champagner trank, fiel in tiefen Schlaf und erwachte erst wieder, als die Turmglocken des Internats ihn zur ersten Unterrichtsstunde riefen.

Das Leben musste weitergehen, dachte Leander, weder sich zu verkriechen noch sich umzubringen waren Lösungen, die ein vernünftiger Mensch mit schlüssigen Argumenten rechtfertigen konnte. Zurück in sein verdunkeltes Zimmer wollte er nicht mehr, das wusste er, und was Linus getan hatte, ging weit über seine Vorstellungskraft hinaus, auch wenn ihn regelmäßig Albträume heimsuchten, in denen sein Freund zwischen dahintreibenden Eisschollen im grauen Wasser eines Flusses versank. Alles, entschied er, war besser als die Waffen zu strecken, auch wenn man kaum Mut besaß und statt eines Schwertes nur einen Stock in der Hand hielt, um sich gegen die Ungeheuer zu verteidigen, die hinter jeder Ecke lauerten. Ein weiterer Grund, nicht vor den Heimsuchungen des Daseins zu kapitulieren, war, dass es Tante Meret und Ewald und eine ferne Mutter und einen noch ferneren Vater gab, Menschen, die ihm etwas bedeuteten oder vielleicht irgendwann etwas bedeuten würden und die er nicht beunruhigen wollte, indem er sich einbunkerte und die weiße Fahne schwenkte.

Das Internat erwies sich als Ort, an dem das Bedürfnis, allein zu sein, nicht den Makel der Verschrobenheit trug, sondern im Gegenteil als Zeichen des Fleißes und der Disziplin angesehen wurde. Ein Schüler, der sich in sein Zimmer oder die Bibliothek zurückzog, tat dies, um in Ruhe zu lernen, nicht weil er ein menschenscheuer Einzelgänger war. Und selbst wenn man all das war, verschroben und menschenscheu und einsam, drohten einem in dieser abgegrenzten Welt höchstens schräge Blicke und diskreter Spott, im schlimmsten Fall das Zutrittsverbot zu gewissen Kreisen, elitären Gruppen, deren Mitglieder sich darin übten, alle anderen zu verachten.

Doch das Dazugehören stand nicht zuoberst auf Leanders Liste der wichtigsten Ziele. Er tat alles Notwendige, um sich einzufügen und nicht anzuecken, aber er unternahm keinerlei Anstrengung, irgendjemandem zu gefallen, geschweige denn zu imponieren. Immerhin fühlte er sich auf dem Hügel des Internats einigermaßen sicher. Einem Schläger wurde hier nicht bloß zugeschaut, bis das Maß voll war. Eine *grobe Tätlichkeit* hatte unweigerlich den Schulverweis zur Folge, *ungeachtet der Herkunft des Delinquenten oder der Noten in seinem Zeugnis*, so stand es zumindest in der vom Direktorium verfassten Verordnung, die jeder Neuling erhielt. Als *grob* galten neben Faustschlägen und Fußtritten auch das *physische Peinigen* des Opfers, worunter das ausschließlich aus Männern bestehende Direktorium ein *rohes Vorgehen mit sichtbaren Spuren einer Verletzung* verstand. Leander hatte die vierzigseitige Broschüre sorgfältig durchgelesen und war danach ebenso beruhigt wie verstört gewesen. Beruhigt, weil er anscheinend kaum befürchten musste, auf dem Pausenhof oder in einem dunklen Flur niedergeschlagen zu werden, verstört, weil er sich fragte, welche Vorkommnisse den Druck dieses internen Gesetzbuches überhaupt nötig gemacht hatten. Und warum, rätselte er, waren alle erdenklichen sichtbaren Verletzungen aufgeführt, während die unsichtbaren keine Erwähnung fanden? Waren mit unsichtbaren Verletzungen Rippenbruch und Milzriss oder seelische Blessuren gemeint? Er nahm sich vor, bei der nächsten Gelegenheit Tante Meret oder Onkel Ewald zu fragen. Dann befürchtete er jedoch, sie könnten sich Sorgen machen, verwarf die Idee wieder und beschloss, nicht länger über Dinge nachzugrübeln, die er sowieso nicht beeinflussen konnte. Hier würde ihm nichts zustoßen, redete er sich ein, jedenfalls nichts, das so schlimm war wie die Vertreibung aus Winnipeg.

In den ersten Wochen nach seiner Ankunft im Internat nahm Leander die Broschüre fast jeden Tag hervor und betrachtete das Gruppenbild mit den fünf respektablen Herren, die ihr Wort gegeben hatten, dass er unter ihrem Schutz stand, studierte ihre ernsten Gesichter und ausholenden Unterschriften und fühlte sich eine Zeit lang sicher. Und jedes Mal, wenn er den Männern auf der Fotografie in die Augen sah und keinerlei Anzeichen von Schwäche erkannte, fiel ihm Anja ein, ihr fester Blick, mit dem sie ihn fixiert hatte, bevor der Schlag gekommen war. Sogar Anja Fries, dachte er dann jeweils mit schaler Genugtuung und einem Gefühl unerklärlicher Wehmut, wäre unter diesem strengen Regime entweder zahm oder hinausgeworfen worden, egal, wie versteckt sie ihre Boxhiebe angesetzt hätte.

Mädchen gab es im Albrecht-von-Blumenthal-Internat keine, nicht einmal weibliche Lehrkräfte, Köchinnen oder Putzfrauen. Verspürte ein Junge erste pubertäre Sehnsüchte nach Frauen, musste er sich mit Bildern aus einschlägigen Heftchen, der Erinnerung oder Fantasie behelfen. Leander wurde nur selten von einem diffusen Verlangen heimgesucht, und wenn es geschah, wusste er nicht, woher es kam und weshalb es plötzlich da war. Dann dachte er an Tante Meret, und weil eine innere Stimme ihm sagte, das sei falsch, dachte er an Anja Fries. Aber Anja war dünn und flach, und die Jungen in der Klasse redeten ständig von üppigen Formen, von Bombentitten und Riesenärschen, als sei überschüssiges Fleisch am Körper einer Frau etwas, das es heimlich zu verehren galt und über das man außer Hörweite der Lehrer in fiebriges Schwärmen zu geraten hatte, sofern man kein Schwächling sein wollte und kein warmer Bruder, was auch immer das bedeuten mochte.

An Elke und die Nacht am Fluss wollte er in solchen Momenten nicht denken, und tat es trotzdem. Manchmal ertappte er sich dabei, wie er mit der Zunge über die Lippen strich, dann fuhr er aus dem Halbschlaf hoch und machte das Licht an, obwohl das nachts verboten war, und löste eine Aufgabe aus dem Mathematikbuch, las die Passage über die erfrorenen Füße des Polarforschers Robert Falcon Scott oder eine besonders gewalttätige Stelle im Alten Testament, bei der ihm schon im Religionsunterricht das Blut in den Adern gefror, während sein Zimmergenosse Emil Kronenberg im Schlaf die Arme nach etwas ausstreckte und leise wisperte. Oder er blieb in der Dunkelheit liegen und wiederholte stumm die vier Silben *Elke* und *Ekel*, bis er einnickte, nur um vom Feuer und der Eisenbahnbrücke zu träumen und schweißgebadet aufzuschrecken, sobald er die nass glänzenden Finger des Mädchens auf sich zukommen sah.

Das Muster der Tage war gleichmäßig und hatte in seiner Eintönigkeit etwas Beruhigendes, weil Vorhersehbares. Um sieben Uhr morgens wurden die Jungen vom Schrillen der auf den Fluren angebrachten Glocken aus dem Schlaf gerissen, hatten eine halbe Stunde Zeit, um sich zu waschen und anzuziehen und eine weitere halbe Stunde um zu frühstücken, was bei den meisten Schülern auf ein Hinunterschlingen des Essens hinauslief, weil sie im Waschraum getrödelt hatten und sich nun beeilen mussten, damit sie rechtzeitig um acht Uhr in der ersten Unterrichtsstunde saßen. Die Strafen für Zuspätkommen waren drakonisch, weshalb es allmorgendlich zu einem heillosen Gedränge auf den Gängen, an den Waschbecken und im Speisesaal kam. Um bei diesen Kämpfen nicht ständig unter die Räder zu geraten, standen die Kleinen und Schwachen, zu denen sich auch Leander zählte, jeden Tag eine halbe Stunde früher auf als die anderen und hatten so den Waschraum für sich allein und eine Demütigung weniger hinzunehmen. Die Jungen weckten einander gegenseitig, abwechselnd und verlässlich. Jedes Jahr wuchs das vor Urzeiten aus der Not geborene Netzwerk der Duckmäuser, die keine Gründungsversammlung und keine Statuten brauchten, um eine Gemeinschaft zu formen, innerhalb der man sich verständigte, wortlos oder mit einem leisen *Aufwachen, es ist Zeit* und einem sanften Rütteln an der Schulter. Sie selbst sprachen weder über ihr geheimes Bündnis noch über ihre unwürdige Lage, und dass die Großen und Starken sie verächtlich Frühchen nannten, ertrugen sie mit jahrelang geübter Geduld und einer im Schnellverfahren angeeigneten Unterwürfigkeit.

Montags, mittwochs und freitags hatten alle Jahrgänge zum Frühsport anzutreten. Die bei jeder Witterung abgehaltenen Gymnastikübungen und anschließenden Dauerläufe dienten in gleichem Maße der körperlichen Ertüchtigung wie der Aufrechterhaltung einer Tradition, an der sich seit der Gründung der Schule im Jahr 1949 nichts geändert hatte und an der eisern festgehalten wurde, auch wenn alle Beteiligten, Schüler und Lehrer, die Tortur im Morgengrauen noch mehr hassten als das halbjährliche Reinigen der Schulräume inklusive der Toiletten oder den im Juli stattfindenden Tag der offenen Tür, wo den Besuchern vorgegaukelt wurde, man sei das großartigste Internat der Republik, ein Hort des Geistes und der Zucht, der Kameradschaft und freudigen Hingabe an alles Formende und Stählende.

Samstags durften die Jungen eine Stunde länger schlafen, zudem herrschte beim Frühstück, anders als von Montag bis Freitag, keine Anwesenheitspflicht. Wer auf *die wichtigste Mahlzeit des Tages* verzichten wolle, tue das auf eigene Verantwortung, hieß es in der Broschüre für die Neuzugänge, in der gleichzeitig darauf hingewiesen wurde, dass *das Horten und der Verzehr von Lebensmitteln in den Zimmern* strengstens untersagt sei. Schlag neun Uhr hielt der Schulleiter, an dessen Bürotür ein stets poliertes Messingschild mit der Inschrift DR. PHIL. H. C. ERNST W. DÜNSCHEID DIREKTORAT hing, eine kurze Ansprache in der Aula, verabschiedete die Jungen, die über das Wochenende nach Hause fuhren, und ermahnte die übrigen, sich zu benehmen und am Sonntag den Gottesdienst in der Kapelle zu besuchen.

Dank Merets Umzug blieb Leander am Wochenende eine lange Fahrt nach Münster und zurück nach Kassel erspart. Jeden Samstagmorgen um zehn Uhr wartete seine Tante auf dem kleinen Parkplatz vor dem Tor, das man beim Umbau des Gutshofs zu einer Schulanlage stehen gelassen hatte, während die über zwei Meter hohe, auf dem gesamten Gelände innerhalb der Baumreihen verlaufende Mauer entfernt worden war, um die Erinnerung an das Internierungslager wenn nicht ganz auszulöschen, so doch allmählich in Vergessenheit geraten zu lassen. Eine dichte Hecke aus Kirschlorbeer beschrieb jetzt die Linie des ehemaligen Mauerfundaments, folgte zu beiden Seiten des Tores einem Kiesweg und nach etwa zehn Metern den Linden, vor denen sie sich schulterhoch hinzog, eine freundliche grüne Hürde, die niemanden mehr an der Flucht hinderte und einzig den Zweck verfolgte, Rotwild den Zugang zum Rasen zu verwehren.

Bei jedem Wetter stand Meret vor diesem Tor, bei Regen mit einem Schirm in der Hand und wenn es kalt war gegen eine der Steinsäulen gelehnt, in die Plaketten aus Kupfer eingelassen waren, von denen die größte den Namen des Internats verkündete und die kleineren auf die Partnerschaft mit Schulen in Glasgow, Innsbruck und Montevideo hinwiesen. In einer Ecke des gekiesten Platzes hatte noch vor ein paar Jahren ein Holzkreuz mit einer festgeschraubten Blechtafel gestanden, auf der die Geschichte des Gutshofs und seine Nutzung während der Naziherrschaft erläutert wurden, aber jetzt, nachdem die Tafel mehrmals beschädigt und zuletzt gestohlen worden war, befand sich an dieser Stelle nur noch ein drei Meter hohes Kreuz aus Granit, das den christlichen Unterbau des Internats deutlich machte, ohne die Gemüter zu erregen, und das dennoch mehrmals jährlich beschmiert wurde und vom Hausmeister gereinigt werden musste.

Meret hätte Leander entgegengehen können, doch sie wollte ihren Neffen nicht in Verlegenheit bringen, indem sie ihn unter den hämischen Blicken seiner Mitschüler umarmte und abküsste und an der Hand nahm wie ein kleines Kind. Also blieb sie am Tor stehen, suchte in der Hitze den Schatten einer Säule oder trat, wenn sie fror, von einem Bein auf das andere, spannte den Schirm auf oder formte Schneebälle, mit denen sie den Jungen empfing. Waren Wind und Regen zu heftig und die Wege matschig, ließen sie sich in einem Taxi zu Merets Wohnung fahren, aber meistens gingen sie die knapp vier Kilometer lange Strecke zu Fuß. *Es gibt kein schlechtes Wetter, nur schlechte Kleidung*, pflegte Meret zu sagen und stattete ihren Neffen mit soliden Wanderschuhen, warmen Stiefeln, wasserdichten Hosen und imprägnierten Windjacken sowie diversen Mützen, Schals und Handschuhen aus. Einen Schirm kaufte sie ihm auch, einen großen gelben, unter dem der dünne Junge verschwand wie eine Heuschrecke unter einem Blütenkelch.

Der geteerte Weg beschrieb ein weit geschwungenes S, das an der sanft abfallenden Hügelflanke hinabführte und in der Ebene auf die wenig befahrene Straße traf, eine schnurgerade, schlecht asphaltierte Verbindung zwischen zwei Dörfern. Unten angekommen, gingen die beiden nach links und zwischen den Alleebäumen hindurch eine halbe Stunde bis zur Ansammlung eines Dutzends verstreut liegender Häuser, die den Ortskern bildeten und von denen eines Gertrude Scholz gehörte, Merets Vermieterin. Die alte Frau war seit vielen Jahren Witwe und betrachtete das Erscheinen der Arztgattin aus der Stadt als ein Wunder, die Einnahmen als Segen. Noch vor zwanzig Jahren hatte sie mit Mann und Sohn einen Bauernhof bewirtschaftet, dann verlor sie den Mann, dessen Blinddarm geplatzt war, und den Sohn an eine große Stadt, in der niemand sterben musste, nur weil das nächste Krankenhaus am anderen Ende der Welt lag. Mit dem Geld, das sie für den Hof bekam, kaufte sie das Haus im Dorf, eines von vielen, die leer standen, weil die Männer nicht aus dem Krieg zurückgekommen waren und die Frauen und die Jungen die Gegend verließen. Wenn Gertrude Scholz im Garten arbeitete, trug sie eine Art Tracht, einen schwarzen Rock, dessen Saum die Erde berührte, eine graue, langärmelige Bluse und eine schwarze Haube mit einem unter dem Kinn zu einer Schleife gebundenen Stoffband. Sie war religiös und schweigsam und streng zu sich selbst, sie hängte die Wäsche nicht im Garten auf, und es kam für sie nicht infrage, dass sie die Mieterin des oberen Stockwerks ihres Hauses anders ansprach als mit *Frau Dr. Born*. Sonntags hörte sie sich die Predigt im Radio an und ging danach zum Grab ihres Mannes auf dem drei Kilometer entfernt liegenden Friedhof, ganz in Schwarz gekleidet, am Tag des Herrn jedoch vornehmer als für die Gartenarbeit, beinahe festlich. Sie pflegte keinen Umgang mit den Leuten aus dem Dorf, außer mit einer anderen Witwe, Frau Eckert, die ihr zwischen Grabsteinen und efeubewachsenen Mauern von dem Ehepaar im noblen Automobil erzählt hatte, vom Arzt und seiner Frau und deren Suche nach einer Bleibe für ein paar Jahre.

Eines der drei Zimmer in Merets Wohnung gehörte Leander. Es gab ein Bett darin und einen Schrank, einen Tisch und einen Stuhl, alles wie das restliche Mobiliar neu gekauft und aus der Stadt hergebracht in einem Umzugswagen. Bücher und Bücherregale fehlten in der neuen Unterkunft, dafür hatte Meret gesorgt und auch dafür, dass ihr Neffe an den Wochenenden entweder für die Schule lernte oder mit ihr und Ewald Wanderungen unternahm, Tiere beobachtete oder in einem nahen See schwimmen lernte. Das Lesen als Flucht vor der Welt musste ein Ende haben, hatte sie entschieden, einen Rückfall in alte Gewohnheiten durfte es nicht geben. Nach seinem Zusammenbruch hatte Leander nur noch selten ein Buch in die Hand genommen, und so sollte es auch bleiben. Dass er sich in der Internatsbibliothek wieder mit Romanen versorgte, missfiel ihr zwar, beunruhigte sie aber nicht weiter, denn das Angebot der Schule beschränkte sich auf Titel, die sie nach einer persönlichen Durchsicht der Bestände für unbedenklich erklärt hatte. Die belletristischen Werke in der Kategorie *Gegenwartsliteratur* beanspruchten wenige Regalmeter im hintersten Teil des Archivs, eines muffigen, an die eigentliche Bibliothek grenzenden Raums, zu dem die Schüler erst Zutritt erhielten, wenn sie die Karteikarten der Bücher, die sie ausleihen wollten, dem jeweils mit dem Aufsichtsdienst betrauten Lehrer vorlegten. Direktor Dünscheid, vom Ehepaar Born lange vor Leanders erstem Tag im Internat über die seelische Unbeständigkeit des Jungen orientiert, hatte Meret versichert, es befinde sich kein einziges Druckerzeugnis im Besitz seiner Schule, das als nihilistisch, jugendgefährdend oder in sonstiger Weise fragwürdig bezeichnet werden könne. Um keine Absage der Borns zu riskieren, entfernte er eigenhändig Bände aus den Regalen, bevor er Meret eine Besichtigung der Bibliothek erlaubte, und schon beim Buchstaben B wie Büchner, Brecht, Benn und Böll wurde ihm bewusst, wie viel Heikles sich angesammelt hatte und wie dringlich es war, die Anträge für Neuanschaffungen in Zukunft über seinen Schreibtisch gehen zu lassen. Die beanstandeten Bücher, sicherheitshalber auch alle mit dem Wort *Tod* im Titel, ließ er in Kisten packen und bis auf Weiteres im Keller einlagern, neben den Kostümen und Requisiten der vor Jahren aufgelösten Schultheatergruppe und einigen von Motten zerfressenen Tierpräparaten der ehemaligen, von seinem Vorgänger angelegten und nie über den Status eines Kuriositätenkabinetts hinausgekommenen naturhistorischen Sammlung.

Stand Leander am Fenster seines Zimmers in Merets Wohnung, ging sein Blick über den Garten und Äcker, unbebaute Felder und Wiesen bis zum Horizont. Wäldchen, deren Bäume er an zwei Händen abzählen konnte, sprenkelten die Landschaft wie Flecken das Fell einer Kuh. Ein von Weiden gesäumter Bach schlängelte sich durch die Ebene, in der nachts kaum ein Licht brannte und kein Auto fuhr und auch kein Motorrad, dem ein Hund hinterherbellen konnte. Er war froh, keine Aussicht auf den Hügel zu haben, fand, das Internat throne schon genug über allem. Die fünf Unterrichtstage, die geschriebenen und ungeschriebenen Gesetze, das System der Hierarchien, das sich von dem der öffentlichen Schule nur dadurch unterschied, dass es subtiler war, das Gebaren der Lehrer, dem gleichzeitig etwas großspurig Weltgewandtes und bieder Provinzielles anhaftete, die dreimal in der Woche unter dem höhnischen Motto *Ein gesunder Geist in einem gesunden Körper* durchgeführte Folter, das alles betrachtete er als notwendiges Übel, als etwas, das es durchzustehen galt, vier, fünf Jahre, die er Tante Meret und Onkel Ewald schuldete, weil sie ihn aufgenommen und, zumindest vorläufig, gerettet hatten, bewahrt vor einem Schicksal, das er sich nur in seinen düstersten Fantasien ausmalen konnte und das immer mit Linus zu tun hatte, mit einem eiskalten Fluss und tiefster Dunkelheit.

Unsere Wege führen voneinander weg. Es gibt mehr als vier Winde. Es gibt mehr Himmelsrichtungen als Steine auf den Äckern. Weil wir keine Tiere sind, finden wir nicht nach Hause zurück. Winnipeg ist nirgendwo. Wir haben es auf der Karte gesucht und nicht gefunden. Unser Dachboden ist eine Erinnerung, kein Ort. Die Kühe und Schafe, Noahs riesiger Leib, ihr Gewicht verschwunden, ein halbes Gramm in unseren Gedanken.

Meret bestand darauf, die Kosten für Leanders Schulbildung allein zu tragen, ohne Ewald, der ihr einen Teil seiner Ersparnisse förmlich aufdrängte und gekränkt war, als sie stur blieb und nichts von ihm annahm, obwohl sie mit ihren Übersetzungen so wenig verdiente, dass sie einen Kredit auf das Haus aufnehmen musste. Erst nachdem Merets aus Wien angereister Bruder Leanders Patenonkel geworden war, ganz ohne Kirche und Taufe, und Thomas für den Jungen ein Bankkonto mit einem großzügigen Betrag eingerichtet hatte, gab Ewald Ruhe und beschränkte sich fortan darauf, sein Geld für Geburtstags-, Weihnachts- und Überraschungsgeschenke auszugeben und für das Benzin, das der Mercedes, dessen alleiniger Besitzer er inzwischen geworden war, bei den Fahrten ins Kasseler Umland und zurück nach Münster verbrauchte. Wann immer es möglich war, reiste er bereits am Freitag an, um den Abend mit seiner Frau zu verbringen, mit ihr zu essen und bei einem Glas Wein über die zurückliegende Woche zu reden. Er verstand nicht, warum Meret meinte, ständig in der Nähe ihres Neffen sein zu müssen, obwohl sie ihn nur samstags und sonntags sah, aber er vermied es, sie darauf anzusprechen. Wenige Tage vor Merets befristetem Adresswechsel hatten sie zu dritt Ewalds Geschwister besucht, und zwischen Hedda und Meret war es einmal mehr zu einem seltsam kurz angebundenen Wortwechsel gekommen, aus dem er die unterschwellige Feindseligkeit herausgehört hatte, die mittlerweile zur gängigen Tonart der beiden Frauen geworden war. Auf der Heimfahrt hatte er sie nach dem Grund für ihre gegenseitige Abneigung gefragt, und Meret hatte geantwortet, sie habe sich alle Mühe gegeben, seiner Schwester mit Freundlichkeit zu begegnen, aber ganz offensichtlich könne Hedda sie nicht leiden. Als Ewald ihr widersprach und meinte, Hedda brauche nur etwas Zeit, um sich an die neue Situation zu gewöhnen, lachte Meret bitter auf und bezeichnete Hedda als vergrämte, zynische und auf das Glück anderer neidische Frau, die es nicht ertragen könne, dass Ewald es wage, ohne ihre Hausmannskost und ihre tadellos gebügelten Hemden auszukommen. Je mehr Ewald versucht hatte, Meret zu beschwichtigen und Hedda zu verteidigen, desto heftiger waren Merets Vorwürfe geworden. Hedda sei eine eifersüchtige, kalte Person, unfähig, die Tatsache zu akzeptieren, nicht mehr die einzige Frau in Ewalds Leben zu sein, weil sie, Meret, ihn ihr gestohlen hatte, weggeheiratet ohne richtige Hochzeit. Während der restlichen Fahrt hatten sie geschwiegen, Meret, weil ihr Mann sich nicht auf ihre Seite schlug, Ewald, weil er nach den zermürbenden Diskussionen um seinen Beitrag an Leanders Ausbildungskosten keinen weiteren Streit wollte.

Wenn Ewald am Samstagmorgen ankam, hatte Meret Leander schon aus dem Internat abgeholt. Dann frühstückten sie gemeinsam und machten danach einen langen Spaziergang, spielten Karten oder hörten Musik aus dem Radio oder vom Plattenspieler. In der Zeit, in der Leander von seinem Zusammenbruch genesen war, hatte Meret den Plan gefasst, ihren Neffen in die Welt der Musik einzuführen und ihn so bald wie möglich dazu zu bringen, ein Instrument zu lernen. Die Hinwendung zur klassischen Musik und gleichzeitige Abkehr vom Lesen würde den Jungen zur Ruhe kommen lassen, war Meret überzeugt. Weil Ewald aus psychologischer Sicht keine Bedenken hatte und sich im Gegenteil gut vorstellen konnte, Leanders holprigen Weg zum Erwachsenwerden von Sinfonien und Opern begleiten zu lassen, nutzte Meret schon bald nach Leanders erstem Tag im Internat jede sich bietende Möglichkeit, um herauszufinden, ob er beim Zuhören eher eine Vorliebe für Tasten-, Saiten- oder Blasinstrumente zeigte, ob er bei einem Klavierkonzert ergriffener war als bei einem Stück für Cello oder beim Klang einer Posaune, eines Flügelhorns oder eines Fagotts. Das Internat bot als sogenannten *Musikalischen Förderkurs* einen wöchentlichen Unterricht an, den ein Ehepaar durchführte und bei dem es nur die Wahl zwischen Klavier und Violine gab. Dieser Angebotsmangel ließ Meret Leanders Aufmerksamkeit während der sonntäglichen Schallplattenstunde unauffällig auf das virtuose Spiel eines Pianisten oder ersten Geigers lenken, indem sie vor einem Einsatz bedeutungsschwer die Arme hob oder die Lautstärke aufdrehte. Wenn Nikita Magaloff eine Etüde von Chopin intonierte, nahm sie Leanders Hand in ihre, um sie zu drücken, und nachdem sie einem Violinkonzert von Mendelssohn, Bach oder Mozart gelauscht hatten, seufzte sie ergriffen. Sie würde alles dafür geben, so Geige spielen zu können wie Yehudi Menuhin oder Isaac Stern, sagte sie dann in der Hoffnung, von Leander ein wehmütiges, versonnenes *Ich auch* zu hören.

Da Leander aber kaum einmal mehr zu den Musikstücken sagte als *schön* und *hat mir gefallen* und es nicht danach aussah, als würde er in absehbarer Zeit den Wunsch äußern, sich selbst einmal an einen Flügel zu setzen oder eine Geige in die Hand zu nehmen, beschloss Meret nach zwei Monaten, die sie und Ewald *Probezeit* nannten, dass ihr Neffe für das Klavier entbrannt war, und meldete ihn bei Direktor Dünscheid zum Unterricht an.

Die Kleinen mieden dunkle Ecken, leere Räume und verlassene Flure. Sie gingen den Ansammlungen der Großen aus dem Weg und betraten die Räume mit den Waschbecken und den Toilettenkabinen nie allein. Wer in den Augen der älteren Schüler zu den Frischlingen gehörte, zu den Bettnässern, den Lakaien und dem Gekreuch, und wer dem Elendsverein der körperlich Schwachen, der Memmen, Jämmerlinge, Muttersöhnchen und Schlappschwänze angehörte, der musste immer auf der Hut sein. Einige gewöhnten sich rasch an ihre Rolle als Leisetreter, Ausweicher, Abtaucher und Kopfeinzieher. Sie stellten sich vor, sie seien Kanus, die Gänge des Internats wilde Flüsse und die großen Schüler Felsen, an denen sie zerschmettern konnten. Sie waren Jagdflieger, die Flakgeschossen auswichen. Sie waren Trapper, die an Bärenhöhlen und Indianerlagern vorbeischlichen, zu einem Baum erstarrten und eine Falle auf zehn Meter Entfernung erkannten. Sie waren Blutkörperchen in einer Ader, ständig auf Kollisionskurs mit bösartigen Zellen.

Nach zwei Monaten hatte Leander die Machtstruktur des Internats verstanden und nach einem weiteren Monat begriffen, wie einfach sie war, auch wenn sie sich in den feinen Verästelungen als kompliziert erwies, als Organismus, der sich in seinem innersten Geflecht dauernd veränderte. Weil er herausfinden wollte, ob seine Schlussfolgerungen stimmten, schrieb er sie heimlich auf und zeichnete etwas, das aussah wie eine mittelalterliche Darstellung der göttlichen und weltlichen Ordnung. Ganz oben war Er, ein großes Auge, Orwells Big Brother, der Heilige Vater, der Allmächtige, aber das hatte er nur gezeichnet, weil ihm das Auge gefiel und er es mit einer irren Pupille, flammenden Wimpern und einer Träne versehen konnte, in die ein winziges Kreuz eingeschlossen war wie eine Spinne in Bernstein. Unter dem Auge kam das Kuratorium, eine Gruppe von fünf Männern, die Schreibfedern in der einen und Schwerter in der anderen Hand hielten. Leander versuchte sie wie die Götter in den griechischen Sagen aussehen zu lassen, mit Bärten und Muskeln und kantigen Schädeln, aber sie gerieten ihm eher wie plumpe Bauern, in Kutten gehüllt statt Gewänder. Als Nächstes kam Direktor Dünscheid, den er zum König machte, indem er ihm eine Krone auf den Kopf setzte und ein Zepter in die Hand gab. Er ließ ihn auf einem Thron sitzen und hüllte ihn in einen bodenlangen Umhang, der große Ähnlichkeit mit einem Nachthemd hatte, weswegen er ihm als zusätzliches Machtinstrument einen Blitz in die freie Hand zeichnete, der etwas Vernichtendes hatte und die Strafen symbolisierte, die der Direktor oft aus heiterem Himmel verhängte. Sein Sekretär, Herr Helbling, wurde zum Hofnarren mit Zipfelmütze, der neben dem Thron kniete, als wolle er dem König die Schuhe putzen oder die Füße küssen. Es folgten die Lehrer, dreizehn Männer, für die sich Leander besonders viel Zeit nahm, damit sie als die Baumwollplantagenbesitzer zu erkennen waren, die er auf historischen Fotografien gesehen hatte. Sie trugen elegante Anzüge, breitkrempige Hüte und Reitstiefel, und jeder posierte mit einem Stock oder einer Peitsche. Er beschloss, sie auf Büchern stehen zu lassen, zeichnete zuerst ein paar und dann immer mehr, bis eine Art Katakombe entstand, ein Gewölbe aus Büchern, düster bis auf einen dünnen Lichtstrahl, der durch die Decke drang, eine Ahnung von Freiheit, die durchsickerte. Er musste ein zweites Blatt nehmen, um Platz für den Kerker zu haben, in dem die älteren Schüler hockten, manche von ihnen angekettet, die Rattenköpfe über Aufsatzhefte und Bücher gebeugt. Der Hausmeister, Herr Böttcher, lag auf dem Rücken ausgestreckt in einem schmalen, sargähnlichen Raum zwischen der Katakombe und der lichtlosen Höhle, in der die Winzlinge hausten, die Leander als weiße, termitenartige Geschöpfe darstellte, als gekrümmte Larven mit zwei Beinen, zwei Armen und einem Kopf, der fast nur aus einem Paar riesiger Augen bestand. Leander hatte zuerst daran gedacht, sich und seine Schicksalsgenossen zu Würmern zu machen, aber diese Kreatur hob er sich für Erhard auf, den Gehilfen des Hausmeisters, der noch unter den Novizen vegetierte, gefangen in schwärzestem Erdreich. Die Höhle hatte ein Loch, durch das die Termiten, sobald sie eine gewisse Größe erreicht hatten und eine Leitersprosse ergreifen konnten, nach oben zu den Ratten gelangten. Leander hielt eine Termite im Bild fest, die gerade hochgeklettert war und die sich nun im Stadium zwischen Termite und Ratte befand, ein Übergangswesen mit Insektenkörper und Nagerkopf, das von den Ratten noch immer in Stücke gerissen werden konnte.

Während er zeichnete, hörte er Musik aus Emils Kassettenrekorder, Chorgesänge polynesischer Frauen, helle, raumfüllende Klänge, archaisch und schwebend und klar wie ein blauer, leerer Himmel, die einzige Musik, die er ertrug. Was im Radio lief, fand er entweder aufdringlich oder langweilig. Seit er ein wenig Englisch verstand, kam ihm vieles dumm vor, noch einfältiger als früher, und auch die deutschen Texte waren seiner Meinung nach nicht besser. An Klassik hasste er das Pompöse ebenso wie das Elegische, das Gewaltige nicht minder als das Sanfte, Traurige, das ihn deprimierte. Popmusik war ihm zu simpel, sie erinnerte ihn an Abzählreime und Kinderlieder, außerdem empfand er den Gruppenzwang, sie hören und mögen zu müssen, als inakzeptabel. Das bisschen Jazz, das ihm zu Ohren gekommen war, fand er auf irritierende Weise spannend, und er hatte beschlossen, sich irgendwann damit zu beschäftigen, wie er sich irgendwann auch mit den Mysterien des Weltalls, dem Sinn des Lebens und, weil er es für unvermeidbar hielt, den Frauen beschäftigen würde.

»Was machst du da?«

Leander fuhr zusammen und drehte die Zeichnungen mit einer hastigen Bewegung um. Vor Schreck war ihm die Hand ausgerutscht, die den Buntstift hielt, Braun für Erhard, den Wurm.

»Das ist gut«, sagte Emil Kronenberg. »Zeig doch mal.«

Leander drehte sich zur Tür, und als er sah, dass sie geschlossen war, legte er die Blätter mit dem Bild nach oben auf die Tischplatte und strich sie glatt.

»Das sind wir, ja?« Emil zeigte auf die Termiten.

»Ja«, sagte Leander.

Emil betrachtete die armseligen Tierchen eine Weile. Es war Zimmerstunde, die Stille in den Mauern mit Händen greifbar. Einige der Schüler schliefen, bis sie in die nächste Unterrichtsstunde mussten, einige machten Hausaufgaben, andere schrieben einen Brief nach Hause, von dem sie wussten, dass Herr Helbling ihn unter Dampf öffnen und dann lesen würde, im Auftrag von Direktor Dünscheid, der verhindern wollte, dass *heimwehkrankes Gejammere* und *rufschädigende Unwahrheiten* ins Land hinausgingen.

»Das sind die Lehrer, ja? Warum tragen sie Hüte?«

»Habe ich auf alten Fotografien gesehen. Das sind die Hüte von Sklavenhaltern.« Leander schaltete den Kassettenrekorder aus.

Emil pfiff leise durch die Zähne. Er zog das internatsblaue Sakko aus und hängte es an die Lehne seines Stuhls.

»Ich muss noch herausarbeiten, dass sich hier alle gegenseitig das Leben schwer machen.« Leander malte mit Grau über das Braun, was den Wurm noch bemitleidenswerter machte. »Vielleicht stößt ein Lehrer dem anderen ein Messer in den Rücken.«

»Oder steckt ihm eine Giftschlange unter den Hut.«

»Gute Idee«, sagte Leander.

»Wir machen uns das Leben aber nicht schwer, Genosse Leandrokov, habe ich recht?«

Leander lächelte. »Nein, wir nicht, Genosse Emil Emilovitsch.«

Emil legte sich auf sein Bett. Er war zwei Jahre älter, aber mit nur einem Meter sechzig gute zehn Zentimeter kleiner als Leander. Sein blondes Haar war kurz geschoren, damit seine von irrationalen Sorgen geplagte Mutter bei ihren seltenen Besuchen sehen konnte, ob er Läuse hatte, eine nicht völlig grundlose Befürchtung nach einer drei Jahre zurückliegenden Kopflaus-Epidemie, die dem Ruf des Albrecht-von-Blumenthal-Internats erheblichen Schaden zugefügt und einige Eltern dazu bewogen hatte, ihre Sprösslinge in die Obhut anderer, besserer Schulen zu übergeben. Emils Vater besaß zwei Fabriken in Goslar, in denen Autoteile hergestellt wurden, hauptsächlich Kühlerhauben und Stoßstangen, die Mutter blieb zu Hause und kümmerte sich um die sechsjährige Tochter und vier Windhunde. Nachdem Emils früherer Zimmergenosse, der lernfaule, rebellische Sohn eines verwitweten Architekten, an ein College in Baltimore verfrachtet worden war, hatte Emil dafür gesorgt, dass Leander das frei gewordene Bett übernahm, obwohl Leander noch kein halbes Jahr am Internat und kein älteres Semester war. Die beiden Jungen hatten sich bald nach Leanders Eintritt angefreundet und waren innerhalb weniger Wochen so unzertrennlich geworden, dass man sie hinter vorgehaltener Hand *Emilander* nannte, *Emilia und Leandra* oder einfach Schwuchteln. Als die geflüsterten Schmähungen bis ins Büro des Direktors gedrungen waren, hatte er die beiden trennen wollen, aber Emils Vater hatte ihm bei einem Gespräch unter Männern klargemacht, dass sein Sohn völlig *normal* sei, was die sexuelle Orientierung betreffe, und dass es im Übrigen sehr viele andere Internate gebe, die Emil und die jährlichen Schecks freudig begrüßen würden.

Um alle Zweifel zu zerstreuen, hatte Artur Kronenberg darauf bestanden, mit Direktor Dünscheid in Emils und Leanders Zimmer zu gehen, wo er das Bett und den Schrank seines Sohnes durchsucht und im doppelten Boden einer Keksdose pornografische Bilder gefunden hatte, die nackte Frauen und Männer zeigten.

»Sehen Sie?«, hatte Artur Kronenberg gerufen und dem Direktor die zerknitterten, aus Magazinen geschnittenen Aufnahmen unter die Nase gehalten. »Ganz normales, gesundes Bumsen!«

Direktor Dünscheid hatte irritiert den Blick abgewendet und gewartet, bis dieser schamlose, auf die verwerflichen Triebe des Juniors unverblümt stolze Hersteller von Autoblechteilen die Bilder wieder in der Dose verstaut hatte. Zurück in seinem Büro, hatte er, um Haltung und Autorität bemüht, erklärt, dass er bereit sei, auf die Konfiszierung der Corpora Delicti zu verzichten. Von diesem Fund müsse niemand erfahren, hatte er in vertraulichem Ton gesagt, ebenso wenig wie von dem Gerücht, dessen Entstehung er der Naivität der pubertierenden Knaben zuschrieb. Artur Kronenberg hatte ihm zugestimmt und noch einmal scherzhaft gemeint, Emil und Leander seien zwar Zimmergenossen, mit Sicherheit jedoch kein Liebespärchen. Um dem Gespräch den seiner Ansicht nach völlig unangebrachten frivolen Ton zu nehmen, hatte Direktor Dünscheid seinen Gast davon in Kenntnis gesetzt, dass einer Weisung des Direktoriums zufolge den Schülern die Verwendung des Ausdrucks *Genosse* aus, wie er sagte, politischen Gründen untersagt war und dass stattdessen die korrekte Bezeichnung *Stubenkamerad* zu gebrauchen sei. Artur Kronenberg hatte gelacht und versprochen, sich künftig an diese Vorschrift zu halten. Dann hatte er Direktor Dünscheid eine sündhaft teure kubanische Zigarre angeboten, die dieser mit der Begründung ablehnte, das Rauchen sei auf dem gesamten Internatsgelände strengstens untersagt. Bei der Verabschiedung hatten sie einander die Hand geschüttelt, jeder mit so kräftigem Druck, wie er konnte, nur um zu beweisen, dass er vor Männlichkeit strotzte.

Emil sah auf seine Armbanduhr und seufzte. In zehn Minuten mussten sie zu einer Doppellektion Biologie antreten und danach zu je einer Stunde Mathematik und Geografie. Er setzte sich auf und sah Leander dabei zu, wie dieser die Zeichnungen mit vier Reißzwecken an die Unterseite des Schrankbodens heftete.

»Das wäre ein hervorragendes Titelblatt.«

»Was?« Leander setzte sich auf sein Bett und zog die Schuhe an.

»Dein Meisterwerk.«

»Titelblatt wofür?«

»Für unsere Flugschrift.«

»*Deine* Flugschrift«, sagte Leander. »Ich will nicht rausgeschmissen werden.«

»Ach, und wenn schon.« Emil öffnete seinen Schrank und richtete die Krawatte im Spiegel, der an der Innenseite der Tür befestigt war. »Von mir aus jederzeit. Raus hier. Erstick an deinem Schweinefraß, Direktor Dünnschiss.«

Leander schlüpfte in sein Sakko. »Das ist alles nicht so einfach.«

»Revolution ist das Einfachste der Welt.«

»Ja, klar.«

»Aufstand der Termiten, Genosse Leandrokov.«

»Tante Meret würde mich umbringen. Oder sich.«

Emil schloss die Schranktür, nahm sein Sakko von der Stuhllehne und zog es ebenfalls an. »Du bist ja sowas von großbürgerlich kleingeistig.«

»Du hast einen Fleck auf dem Schlips.«

»Das ist das Blut der Diktatoren.«

»Eher Tomatensoße.«

»Na gut, dir kann ich es ja sagen.« Emil machte einen Schritt auf Leander zu und senkte die Stimme. »Es ist Lippenstift. Du kennst doch dieses wundervolle Geschöpf vom Großenbacher Hof.«

»Mit den braunen Augen?«

»Braun. Blau. Ist im Dunkeln schwer zu sagen.«

»Die mit dem weißen Fleck zwischen den Hörnern?«

Emil tat, als wolle er Leander treten. »Ihr Name ist Magdalena.«

»Bauern geben ihren Kühen oft die unglaublichsten Namen.«

»Was rede ich mit dir eigentlich über Frauen?« Emil schüttelte in gespielter Resignation den Kopf. »Es ist hoffnungslos.«

Leander grinste. »Magdalena, die Magd. Wie passend.« Als er sich mit den Fingern eine Strähne aus der Stirn kämmen wollte, wurde er einmal mehr daran erinnert, dass seine Haare seit bald einem Jahr zu kurz dafür waren.

»Ich fürchte, das arme Ding ist in mich verliebt.«

In diesem Augenblick läuteten die Glocken auf den Fluren. Leander und Emil griffen nach ihren Ledermappen und rannten aus dem Zimmer, um pünktlich bei Professor Wels zu sein und ihm zuzuhören, wie er ihnen vom Existenzkampf der Wirbellosen erzählte, unglückseligen Tierchen ohne Rückgrat.

WINNIPEG LOGBUCH

Auszüge 5

Oskar, wenn das sein Name und keine seiner Lügen ist, hat sich davongemacht. Auf dem Heuboden finden wir keine Spur mehr von ihm, als hätten wir alles nur geträumt. Aber die Worte sind noch da, auf dem Papier, auf das wir eigentlich über die Kohlweißlingraupe schreiben sollen, über den Gefurchten Dickmaulrüssler, den Maiszünsler, den Gartenlaubkäfer, über Milben und Mehltau, die Raubwanze, die Gallmücke, die Florfliege und die Blattlauszehrwespe.

Beim Holzsammeln im Wald reden wir über den Kasten und die Bilder, die sich darin bewegen, über den Metallbaum auf dem Dach und den Mann, der Karl-Heinz heißt und uns in die Augen sieht, wenn er spricht. Wir glauben nichts von alldem, noch weniger als auf dem Heuboden. Wir halten nach einem Flugzeug Ausschau, aber im Himmel gibt es nur Wolken und richtige Vögel.

Ein Streit kommt auf, weil wir das eine für die Wahrheit halten und das andere nicht. Wir sagen, dass Oskar sich das alles ausgedacht hat und doch gar nicht so viel erfinden kann. Wir rätseln, ob er alles aus Büchern hat, ob er Geschichten kennt, die noch viel unglaublicher sind als die, die

Konrad uns vorliest. Wir reden darüber, ob wir Konrad die neuen Wörter zeigen sollen, Oskars Wörter, und entscheiden uns dagegen. Wir fragen uns, woher Oskar kommt und warum er bei uns aufgetaucht ist. Wir sagen sogar, dass wir ihm hätten folgen sollen, aber dann schweigen wir, fast erschrocken über unsere Gedanken. Wir gehen nicht fort von hier. Nie.

FRIDA

1983

Es war ihr gleichgültig, was man von ihr dachte, nur für dumm wollte sie nicht gehalten werden. Dass ihr das ganze Wissen über Kleegras, Schafgarbenblüte und Lupine, über Parasiten, Listerien und Mykotoxine, über Vierfelderwirtschaft, Fruchtverhältnis und Springschlag nichts nutzte, war ihr schon vor dem ersten Schultag klar gewesen, und auch, dass sie sich gehörig anstrengen musste, wenn sie in einem Jahr nicht um eine weitere Klasse heruntergestuft werden wollte. Bis auf Herrn Reschke, der Mathematik unterrichtete und dem die Unbestechlichkeit von Zahlen heilig war, zeigte sich die Lehrerschaft gewillt, bei Fridas Benotung ein Auge zuzudrücken. Ein Mädchen, das seine fragwürdige Bildung unfähigen, schlechtes Englisch und miserables Deutsch sprechenden Hausangestellten zu verdanken hatte, das auf der Weltkarte in Sekundenschnelle Kairo, Mombasa oder Agadir fand, aber nicht Berlin und München, und das nach einer fatalen nächtlichen Begegnung seiner Eltern mit einem Elefanten Vollwaise war, einem solchen Mädchen wollte man nicht kleinlich und stur die Zukunft verbauen. Ein Jahr sollte das Kind Gelegenheit haben, sich zu beweisen, dann würde man weitersehen. Frida wurde viel zugetraut, ihr Deutsch war in Schrift und Ausdruck außergewöhnlich gut, und Direktor Ingenhoven hielt es für durchaus möglich, dass sie auch in den übrigen Fächern begabt war, wenn man sie nur ermutigte.

Vom ersten Tag an hatte Frida, der gezähmte Wildfang aus Afrika, einen Sonderstatus genossen, hatte sich mit falschen Antworten zum Klassendepp und mit skurrilen Geschichten zum Pausenhofgespräch gemacht und war jetzt, dreihundertfünfzig Tage später, Gegenstand einer Beratung, bei der es um ihr weiteres Schicksal ging, darum, ob ihre Leistungen ausreichend für eine Versetzung waren, oder ob man sie vergeblich durchgeschleppt, ihr vergeblich absurd gute Noten gegeben hatte, anstatt sie fallenzulassen bis hinunter in die zweite Klasse einer Grundschule, in der es noch wie im Kindergarten roch, nach Wachsstiften und Fingerfarbe und Pantoffeln. Mehr als zwei Stunden lang tagte das aus den Lehrkräften und Direktor Ingenhoven bestehende Gremium. Es gab Fürsprache und guten Willen, aber auch Kritik und taktvolle Hinweise auf ein Ende der Geduld mit Frida, dem armen Kind und Problemfall, dem Sandkorn im Getriebe der Lernstoffvermittlungsmaschine. Wer Frida Erdkunde, Geschichte, Biologie und Physik beizubringen versuchte, bescheinigte ihr ein ehrliches, geradezu gieriges Interesse an allem, was sie im Unterricht hörte und las, und gleichzeitig ein durch keinen Fleiß und keine Anstrengungen zu verbergendes Unwissen, das dem völligen Fehlen jeglichen Allgemeinwissens geschuldet war, den verschwendeten Jahren in der Ferne, wie eine Lehrerin es nannte. Dass das Mädchen sich bemühte und in Deutsch und Sport glänzte, half nicht viel, und noch weniger hilfreich war, dass Frida den Neid ihrer mittelmäßigen Klassenkameraden erregte, die sich benachteiligt fühlten, weil über ihr Unvermögen nicht so großzügig hinweggesehen wurde.

Das Gremium stimmte ab und beschloss mit neun zu fünf Stimmen, Frida müsse das Schuljahr wiederholen. Den tiefen Abstieg in die Grundschule mutete man ihr nicht zu, aber ein weiteres Jahr dieser gutmütigen Farce wollte man dennoch allen ersparen. Direktor Ingenhoven, der sich der Stimme enthalten hatte, übernahm es, seiner Schülerin die Entscheidung mitzuteilen, eine Aufgabe, die ihm als heimlichem Verbündeten und Fürsprecher des Mädchens nicht leichtfiel. Frida nahm das Urteil ohne große Gemütsregung hin. Sie saß auf dem Besucherstuhl im Büro des Direktors, sah sich verstohlen die Bilder an den Wänden an, Ölgemälde, Fotografien, gerahmte Urkunden und Zeitungsartikel, und fühlte sich zunehmend unbehaglich, weil Direktor Ingenhoven alles Erdenkliche unternahm, ihr die schlechte Nachricht möglichst schonend beizubringen. Er betonte, wie leid ihm alles tue, wie tragisch Fridas Vergangenheit sei, ihr vergeblicher Kampf für passable Noten und ihre ungerechte, aber unvermeidliche Herabstufung, wie höllisch verzwickt die Lage und wie überaus traurig er sei, ihr den Beschluss des Gremiums verkünden zu müssen. So dramatisch und emotional wurde die Rede des Schulleiters, dass Frida nach einer Weile fast selbst so weit war, ihre Lage als bedauerlich und das Votum gegen sie als unfair zu empfinden und auf dem Stuhl zu einem Häufchen Elend zusammenzusinken. Aber dann ließ der Direktor sie gehen, nicht ohne ihr ein paar aufmunternde Floskeln mitzugeben, und schloss die Bürotür hinter ihr, eilig, als sei ihm die wortlose Gefasstheit seiner Schülerin plötzlich nicht mehr geheuer und als befürchte er, ihre Seelenruhe könne von einem Moment auf den anderen in Verzweiflung umschlagen, in Unverständnis und Wut.

Wenig später stand Frida draußen im Geviert zwischen den Mauern, das ihr mehrere Atemzüge lang wie ein Gefängnishof erschien. Kinder hatten ein Himmel-und-Hölle-Spiel auf den Boden gezeichnet, die Kreidestriche waren vom letzten Regen verwaschen, die Zahlen unleserlich. Die Sonne zeigte sich, wurde von einer Wolke verdeckt und erneut sichtbar, ihr Licht ergoss sich über den Asphalt und verschwand wieder wie leuchtendes Wasser aus einem Becken. Die Stille war so unwirklich, so beklemmend und gleichzeitig so beruhigend, dass Frida sich nicht dazu durchringen konnte, sie zu verlassen. In einem angedeuteten Hüpfen sprang sie von der Hölle in den Himmel, lief endlich durch das Tor und über die Straße in den vertrauten Lärm der Stadt.

Adam Kerbel erwartete sie wie an jedem Schultag, und als sie ihm erzählte, sie müsse die Klasse wiederholen, meinte er nur, in ihrem Alter sei ein Jahr gar nichts, außerdem halte doppelt gelernt besser. Bevor sie losfuhren, las er ihr aus einem Buch mit dem Titel *Knaurs Tierreich in Farben* einen Absatz über Treiberameisen vor, die in so großer Zahl auf Raubzug gingen, dass sie nicht einmal eine vollgefressene, beim Verdauungsvorgang träge gewordene Pythonschlange verschonten. Frida musste an die Ameisen denken, die sie im Wald von Winnipeg zu Soldaten gemacht und in fremden Hügeln dem sicheren Tod überlassen hatten. Während sie der tiefen Stimme des Fahrers lauschte, zog sie ihr Notizbuch aus der Jackentasche und schlug es auf. Es waren nur noch wenige Seiten frei, und auf eine schrieb sie: *Treiberameise, Gattung Dorylus, frisst ganze Pythonschlangen.* Das kleine, in grüne Pappe gebundene Heft enthielt Hunderte solcher Einträge, wild durcheinandergeworfene Stichworte und Erläuterungen, von *Byzanz* und *Kontinentalplatte* bis *Rekapitulation* und *Walküre*. Zwei solcher Hefte hatte sie schon gefüllt, dachte sie, den abwesenden Blick auf Hauseingänge und Passanten gerichtet, aber geholfen hatte ihr das gesammelte Wissen überhaupt nichts. Vielleicht, ging ihr durch den Kopf, war sie tatsächlich die hohle Nuss, als die sie auf dem Pausenhof verhöhnt wurde, das Landei mit dem Verstand eines Suppenhuhns. Vielleicht war es so, dass ihre Begabung für die deutsche Sprache, ihr feines Gespür für ausgesuchte Wörter und stilvolle Sätze nur über die Tatsache hinwegtäuschten, wie blöd sie eigentlich war, wie ungeeignet für die Anforderungen eines Lehrplans und das systematische Lernen überhaupt. In Winnipeg hatte Volker ihnen das Schafescheren beigebracht, und nach drei Tieren war sie so geschickt gewesen wie die Alten und wie Ringo und wie der unbeholfene Leander sowieso, aber an eine Dreisatzrechnung konnte sie einen ganzen Nachmittag verschwenden, ohne eine logische Vorgehensweise zu finden, geschweige denn die Aufgabe zu lösen. Blitze bestaunte sie lieber, als das Geheimnis ihrer Schönheit an Listen chemischer Bestandteile und physikalischer Gesetze zu verraten. Und warum, fragte sie sich, während sie aus der Stadt fuhren und der Himmel weit wurde, musste sie aus dem Gedächtnis hersagen können, wann sich die Heere Napoleons und Wellingtons gegenseitig vernichtet hatten, wenn es doch genügte zu wissen, wie alt eine Kuh und in welcher Woche ein Lamm zur Welt gekommen war, dass Schlupfwespen gerne Lauchmotten fraßen und Himbeerblätter und Rainfarn bei Milchziegen eine leichte Geburt begünstigten?

»Das ist alles nicht so schlimm«, sagte Adam Kerbel, als sie in die Straße einbogen, die, wie immer, leer und still zwischen den Hecken und Bäumen lag, flankiert von den Garagen, groß wie Wohnhäuser, und den heruntergekommenen, von fleckigen Schatten verdüsterten Vorkriegsvillen. »Ich bin damals durch die Fahrprüfung gefallen. Und jetzt sieh dir an, womit ich mein Geld verdiene!«

Frida sagte nichts. Die Ruhe und das grüne Licht erinnerten sie an den Friedhof, auf dem Linus beerdigt worden war, oder vielmehr der Sarg, in den man eine Handvoll seiner Sachen gelegt hatte. Irgendwann wollte sie Sand zwischen den Fingern spüren, Meeressand, nicht Spielplatzsand. Von den Bewohnern der herrschaftlichen Häuser war selten jemand zu sehen, höchstens einmal ein Greis, der so langsam vom Briefkasten zum Haus ging, dass die Neuigkeiten aus der Zeitung in seiner knochigen Hand veraltet waren, wenn die Eingangstür hinter ihm ins Schloss fiel. Manchmal standen kleine, dürre Frauen auf einem Stück gemähten Rasens, regungslos, als warteten sie darauf, dass ihnen wieder einfiel, warum sie nach draußen gegangen waren. Die Frauen trugen schwarze Röcke und weiße Blusen, die Männer graue Hosen und braune Strickjacken. Im Winter hängten sie sich einen Mantel über die schmalen Schultern, und ihre Füße steckten statt in Pantoffeln in zu großen Stiefeln. Sie hießen Feldhoff und Domhagen und Schlesinger und Breunig, und von den Ästen ihrer Bäume baumelten leere Vogelhäuschen und ausgefranste Seile.

»Ein Schuljahr zweimal zu machen ist keine große Sache. Nicht in deinem Alter.«

Frida schwieg auch jetzt und sah aus dem Fenster. Auf einem der Grundstücke stand ein Mann mit einer Schaufel. Die Villenbesitzer ließen Gärtner für sich arbeiten, Männer undefinierbaren Alters, die sich die trägen Bewegungen ihrer Auftraggeber ebenso angeeignet hatten wie das plötzliche Innehalten mitten im Gehen, das selbstvergessene Herumstehen, die vermeintliche Konfusion und Verlorenheit.

»Ein Jahr geht schnell vorbei, du wirst schon sehen.«

Der Wagen rollte über den Kiesweg und ins Dunkel der Garage. Frida wartete nicht, bis Herr Kerbel ihr die Tür öffnete, stieg aus, warf ein *Wiedersehen* hinter sich und ging ins Haus. Verlassen lag alles da, der Flur, die Küche, das Wohnzimmer, und als Frida die Treppe hoch zu ihrem Zimmer ging, knackten die Stufen wie verbrauchte Gelenke. Sie zog den Vorhang zu und legte sich auf das Bett. Wenn sie den Atem anhielt, hörte sie das Radio aus Herrn Saalfelds Zimmer, eine Männerstimme, die in einer fremden Sprache endlos vor sich hin redete. Sie war also zu wenig intelligent, dachte sie, so hatte man entschieden. Dass sie das Schuljahr wiederholen musste, erschien ihr weit weniger schlimm als die Tatsache, offiziell für untauglich erklärt worden zu sein. Zeit würde vergehen, ein Jahr und dann noch eins und so weiter. Was zwischen jetzt und ihrem achtzehnten Geburtstag passierte, war ihr mehr oder weniger gleichgültig. Sie betrachtete diese Spanne als Warten, als Ausharren. Vor Kurzem hatte sie die Redewendung *die Zeit totschlagen* zum ersten Mal gehört und gleich den Sinn dahinter erkannt, auch wenn totschlagen etwas war, das man tat, während sie beschlossen hatte, dem Vergehen der Wochen und Monate so untätig zuzuschauen wie dem Wolkenflug am Himmel oder dem Fließen von Wasser. Sie schloss die Augen und versuchte sich vorzustellen, wie sie sich am Tag ihrer Volljährigkeit fühlen, was sie tun und wohin sie gehen würde. Am liebsten sah sie sich mit Herrn Kerbel losfahren, irgendwohin, Hauptsache, weit weg. Aber das war nur möglich, wenn er so in sie verliebt war wie sie in ihn. Erst jetzt fiel ihr ein, dass sie sich heute nicht bei ihm für die Fahrt bedankt hatte, wie sie es immer getan hatte, seit er sie chauffierte. Sie überlegte, hinunterzugehen und mit ihm zu plaudern, während er, die Hemdsärmel hochgekrempelt, den Lack des Wagens zum Strahlen brachte. Sie hätte sich auf die Kühlerhaube gesetzt und die Beine baumeln lassen, hätte seiner Stimme gelauscht, die so anders, so viel lebendiger klang als die aus Herrn Saalfelds Zimmer, hätte sich seine Geschichten von früher angehört, von den Reisen, die unglaublicher klangen als alles, was Konrad ihnen vorgelesen und man ihr in der Schule erzählt hatte, und von Ländern, die sie mit eigenen Augen sehen wollte, sobald sie alt genug dafür wäre.

Sie stand auf und betrachtete sich im Spiegel, strich ihr Kleid glatt und die Haare aus dem Gesicht, stellte sich auf die Zehenspitzen und drückte das Kreuz durch. Unfertig. Das war das Wort, das ihr einfiel, wenn sie ihr Spiegelbild sah. Die Beine zu dünn, die Arme zu kurz, die Hände zu kräftig, das Gesicht zu breit. Ein großer Mund und große Augen, eine Nase, die sich dazwischen verlor. Stirn, Wangen und Kinn glänzten, mit keiner Seife mattzubekommen. Die Brüste, etwas Unfertiges, zwei halbe Orangen, von der kleinen, billigen Sorte, Winterfrüchte, wie sie ihre Großmutter kistenweise ins Haus liefern ließ. Manchmal taten sie weh, als wollten sie wachsen und als wäre zu wenig Haut da, zu wenig Platz.

Das Motorengeräusch stieg auf wie ein Heuschreckenschwarm aus einer Wiese. Manchmal presste Frida die Handfläche gegen das Fensterglas und glaubte das Summen unter der Haut zu spüren. Jetzt stand sie da und sah sich in die Augen, während der Wagen zum Tor fuhr. Als es wieder still war und sogar der Mann im Radio endlich schwieg, legte sie sich auf das Bett und flüsterte sich Sätze zu, so leise und fremd klingend, dass sie ihr selbst unverständlich blieben.

Die Dunkelheit ist die des Dachbodens. Die Stille sind wir, die noch schlafen. Draußen ist Winnipeg. Der Baum vor dem Fenster ist unser Baum. Es sind unsere Felder, aus denen der Dunst aufsteigt. Es sind unsere Tiere, die noch vor dem ersten Licht unruhig werden. Unser Himmel. Dann sind wir mit einem Schlag wach und wissen es besser.

Das Schuljahr ging zu Ende. Ihr Lehrer für Geschichte und Geografie, Herr Kauz, hatte ihr geraten, sich durch die Bücher zu lesen, die sie versäumt hatte, und weil Lernen und das Füllen von Notizheften eine Möglichkeit war, Zeit totzuschlagen, wusste sie schon bald alles über die Pfahlbauer, die Römer und Germanen, über den Verlauf des Rheins und der Donau, über Pest und Cholera und über so viele Kriege, dass es sie erstaunte, am Leben zu sein. In einem der Geschichtsbücher las sie von Hofdamen, die sich nie in die Sonne begaben, damit ihre Haut weiß blieb, statt braun zu werden wie die ihrer Untertanen auf den Feldern, und von da an mied auch sie das Tageslicht, verbrachte noch mehr Nachmittage in ihrem Zimmer und sah zu, wie ihr Gesicht, ihre Hände und Unterarme allmählich die Kupferfarbe verloren und bleich wurden und wie dadurch alles an ihr schmaler zu werden schien, heller und weicher.

Außer Frida wurden noch zwei andere Kinder nicht versetzt, ein Junge, den sie nicht kannte, und Helga. Frida hatte sich längst damit abgefunden, den gesamten Stoff ein zweites Mal durchzunehmen, betrachtete das kommende Jahr als Strecke, die es zurückzulegen galt. Am liebsten sah sie es als Fahrt auf einem breiten, trägen Fluss, an Deck eines Schiffs, das *Schule* hieß und einen Hafen namens *Volljährigkeit* ansteuerte. Sonnenaufgänge und Sonnenuntergänge, das stoische Drehen der Erdkugel, das Springen der Zeiger, das Wachsen der Haare und Fingernägel, das leise Zählen des eigenen Herzschlags im Dunkeln, das Umblättern von Seiten, das alles schob das Schiff seinem Ziel entgegen, ohne dass Frida mehr tun musste, als an Bord zu bleiben und gelegentlich Dinge aus dem Wasser zu fischen, die Namen der höchsten Berge etwa, den Todestag Karls des Großen oder den Ausgang einer Schlacht. Saß sie in ihrem Zimmer und lernte, schien sie ihre Großmutter zufriedenzustellen, und Herrn Saalfeld machte sie damit sogar so glücklich, dass er für jedes gelesene Schulbuch zehn Mark auf ihr Konto einzahlte. So wurde sie jeden Tag ein wenig blasser und reicher, jede Woche ein wenig klüger und jeden Monat ein weiteres Stück den Fluss hinuntergetragen in Richtung Meer, wo das große Nichts auf sie wartete, die riesige endlose Leere, die sie mit ihrer Anwesenheit ausfüllen würde.

Helga Reelitz empfand ihr Sitzenbleiben als Schmach, als unermessliche Kränkung. Vom ersten Schultag an hatten sich alle gegen sie verschworen, die Lehrer, die Mitschüler, die Verfasser der Lehrbücher, der Architekt des Schulgebäudes, die Hersteller der Stühle und Tische, der Hausmeister, die Krähen, die immer dann in den Bäumen nahe der Mauer saßen, wenn sie eine Prüfung schrieb, die Sonne, deren Strahlen sie blendeten, wenn sie etwas von der Tafel abschreiben sollte, die Autofahrer, die hupten, während Helga aus einem Buch vorlesen musste. Jeder während eines Diktats gegen das Fenster schlagende Regentropfen war schuld an ihrer Schande, jedes sekundenlange Flackern einer Neonröhre über ihrem mit einer Gleichung beschäftigten Kopf, nur sie selbst nicht. Sogar Direktor Ingenhoven war für ihre Demütigung verantwortlich, weil er sie vor einer wichtigen Geschichtsklausur in sein Büro bestellt hatte, um ihr mitzuteilen, dass ihrer Bitte um Freistellung vom Turnen wegen eines Knieleidens stattgegeben worden sei.

Jeden machte Helga haftbar für das ihr bevorstehende Jahr, nur nicht sich selbst. Sie war das Opfer. Sie wurde bestraft, weil sie anders war, auf ihre eigene Weise reifer. Sie wusste Dinge, die sonst niemand wusste, deswegen stufte man sie herunter, würdigte sie herab. Sie sah etwas, vor dessen Anblick alle die Augen verschlossen, zum Beispiel, dass viele der Mädchen böse waren, eingebildet und verdorben, und die meisten Jungen schlecht, geborene Lügner und Verbrecher. Sie sah, wie betrogen wurde, sah die winzigen Buchstaben und Zahlen auf den Unterarmen und Handflächen und auf den gerollten und kunstvoll gefalteten Zetteln, die aus Ärmeln und Füllerkappen geholt wurden, sah die heimlichen Zeichen und langen Hälse, sah den Austausch verbotener Nachrichten unter den Tischen, konnte Lippen und Gedanken lesen und den Geruch von Kaffee und Alkohol riechen, mit dem sich ihre verkommenen Klassenkameraden für eine Prüfung aufputschten. Sie sah es, wenn ein Kreis von Rüpeln im Fahrradkeller einen Zigarettenstummel herumgehen ließ und ein paar Zicken sich im Toilettenraum Lippenstifte vorführten, die sie in ihren Büstenhaltern verbargen. Sie hörte, wie die Klassenbesten und Musterschüler dreckige Witze über die Lehrer rissen, wie Fräulein Allwissend und Prinzessin Bestnote den übergewichtigen, unterbelichteten Hausmeister beschimpften, und sie hörte, wie Benno Kramer und Klaus Dombrowski damit angaben, die Fahrertür am Opel des Direktors zerkratzt zu haben. Nichts entging ihr, keine Betrügerei und keine üble Nachrede, kein Verstoß und keine Intrige, und dennoch blieb ihr der Lohn für ihre Aufmerksamkeit versagt. Nachsitzen, ein ganzes Jahr, bestraft wie Jens Landwehr, der stotternde Idiot, der aufs Klo ging, um heimlich zu weinen, und der sommers wie winters nach Schweiß und Kohl roch, weil seine Mutter geschieden und alleine war und zwei Anstellungen und keine Zeit hatte, ihrem Sohn regelmäßig die Wäsche zu machen.

Die letzten Tage vor den Ferien, an deren Ende das neue, alte Schuljahr wartete, verliefen für Frida in der gewohnten Eintönigkeit, im unerschütterlichen Rhythmus der Autofahrten, Unterrichtsstunden und Pausengeplänkel, des Lesens, Notierens und Auswendiglernens. An den Abenden wurde zu dritt gegessen, lange Zeit in fast gänzlichem Schweigen, später begleitet von ungelenken Konversationsversuchen und hölzernen Dialogen, manchmal nur vom Hin und Her zögernder Fragen und linkischer Antworten. Am gesprächigsten war Gernot Saalfeld, der die Einsilbigkeit seiner Frau lange genug ertragen hatte und sich geradezu nach Unterhaltung bei Tisch sehnte. Zu Beginn dosierte er seine Fragen noch behutsam und stellte eine vor dem Essen und eine danach, banale, unverfängliche Fragen, und jedes Mal schien er sich mit etwas ebenso Banalem als Antwort zufriedenzugeben. Wochen vergingen auf diese Weise, und weil bei jeder Mahlzeit die getauschten Sätze ein wenig an Förmlichkeit verloren, wurde aus dem verkrampften, einem vagen Gefühl familiärer Verbundenheit geschuldeten Ritual allmählich eine Art Gespräch, entstanden Wort für Wort Unterhaltungen, wie sie Menschen führten, die einander nicht völlig gleichgültig waren. Schließlich gab der alte Mann seine Deckung ganz auf, erkundigte sich nach Fridas Tag in der Schule, nach dem Unterrichtsstoff, nach ihren Lektüren. Er tröstete sie wegen der Nichtversetzung, wollte wissen, ob sie Freunde hatte, welche Fächer sie mochte und welche nicht, fragte, was sie mit ihrem Leben zu machen gedenke, wenn die Schule fertig sei.

Zunächst war Konstanze Saalfeld alles andere als erfreut gewesen über die von ihrem Mann eingeführten neuen Tischsitten. *Ungebührliches Geschwätz mit vollem Mund* hatte ihre Mutter so etwas genannt, ein Verhalten, das keinesfalls geduldet werden durfte, schon gar nicht, wenn es um Kindererziehung ging. Als kleines Mädchen war sie zum Stillsein angehalten worden, nicht nur während des Essens, sondern grundsätzlich in Anwesenheit Erwachsener. Bei Tisch nahm man Nahrung zu sich, man kaute und schluckte, und nichts, keine Neuigkeit und erst recht keine Frage konnte so dringlich sein, dass sie nicht warten konnte, bis man das Esszimmer verließ. So hatte sie es schon mit der eigenen Tochter gehalten, und sie sah nicht ein, warum es ihrer Enkelin schaden sollte, auch wenn nicht völlig auszuschließen war, dass Dagmars Verstocktheit und Auflehnung und letztendlich ihre Flucht von Zuhause etwas mit den strengen Erziehungsmethoden zu tun hatten, mit den Kleidervorschriften, den Anweisungen zur sinnvollen Freizeitnutzung, den Vorgaben die schulischen Leistungen betreffend und möglicherweise auch mit den Benimmregeln beim Essen.

Diese Zeiten schienen nun endgültig vorbei zu sein, dachte sie eines Abends, während sie sich darüber wunderte, was ihr sonst so zurückhaltender Mann alles wissen wollte und was dieses Mädchen zu erzählen hatte, Wahres und offensichtlich Erfundenes, wild durcheinander, und wie viel lebhafter die beiden mit jeder Woche, mit jeder Frage und jeder Antwort wurden und wie viel ausgeschlossener sie sich selbst fühlte, je mehr Abendessen sie schweigend bewältigte.

»Wir könnten dir einen Ausweis für die Stadtbibliothek besorgen«, sagte Gernot Saalfeld an einem Abend zwei Tage vor den Ferien. »Die haben eine Menge Bücher über Geschichte und Geografie. Was meinst du?«

Noch immer warf Frida ihrer Großmutter einen kurzen Blick zu, bevor sie antwortete. Mit einem Augenaufschlag, keine Sekunde lang, versuchte sie im unlesbaren Gesicht der alten Frau eine Reaktion zu erkennen. Dieser flüchtige Kontrollblick war reine Gewohnheit, ein Reflex und außerdem völlig sinnlos, weil die Mimik der alten Frau kaum jemals von herablassender Teilnahmslosigkeit zu etwas anderem wechselte, zu Missbilligung etwa oder Strenge.

»Das wäre schön«, sagte Frida.

»Dann machen wir das.« Gernot Saalfeld lächelte, trank sein Glas leer und füllte es gleich wieder mit Wein. Er trug eine graue Hose und über einem weißen Hemd eine graue Weste und ein Jackett aus blauem Leinenstoff. Den Tag hindurch sah man ihn entweder in karierter Hose, Hemd und Pullunder oder in seiner dunkelgrünen Gartenkleidung, zu der ein breitkrempiger brauner Hut, Stiefel und Handschuhe gehörten. Seit er sich mit Frida zu unterhalten begonnen hatte, war er immer seltener in seiner Tagesgarderobe zum Abendessen erschienen, und schon nach wenigen Wochen hatte er sich wie selbstverständlich mit Jackett und einmal sogar mit Schlips und Einstecktuch unter das Licht des Kronleuchters gesetzt, ganz so, als würde er eine alte Gewohnheit wiederaufnehmen oder als wolle er, auch auf die Gefahr hin, für eitel und töricht gehalten zu werden, den beiden weiblichen Wesen am Tisch beweisen, dass noch mehr als nur ein Funken Leben in ihm war.

»Etwas scheint ihr bei euren Plänen vergessen zu haben.« In den vergangenen Tagen hatte Konstanze Saalfeld gelegentlich eine Bemerkung zum Dialog zwischen ihrem Mann und ihrer Enkelin beigesteuert, aber noch immer klang ihre Stimme bei Tisch seltsam fremd und bewirkte jeweils eine Stille, ein Vakuum, das sich mit angespannter Erwartung füllte. »Dein Chauffeur, Frieda, wird ab der kommenden Woche im Urlaub und demzufolge nicht im Dienst sein.«

Gernot Saalfeld und Frida, Messer und Gabel in den Händen, sahen auf ihre fast leer gegessenen Teller. Der alte Mann nickte kaum merklich ein paarmal, Frida zählte ihre Erbsen, weil sie nicht wusste, was sie sagen sollte.

»Und wie euch bekannt sein dürfte, befindet sich die nächste Bushaltestelle in drei Kilometern Entfernung. Zudem sind die Verbindungen in die Stadt eine Zumutung.«

Nachdem Konstanze Saalfeld ihre Einwände vorgebracht hatte, herrschte für eine Weile Schweigen im Wohnzimmer.

»Ich könnte sie hinbringen«, sagte Gernot Saalfeld schließlich.

Konstanze Saalfeld sah ihren Mann an. »Bitte?«

Gernot Saalfeld legte sein Besteck hin und räusperte sich. »Ich könnte Frieda zur Bibliothek bringen«, sagte er ein wenig lauter.

Einen Atemzug lang war es still.

»Und wie willst du das machen?«, fragte Konstanze Saalfeld dann.

»Indem ich sie fahre. In unserem Wagen.«

Ein hoher Ton kam aus Konstanze Saalfelds Kehle, ein kurzes Lachen, das wie nervöser Schluckauf klang. »Du?«, rief sie und zog in gespielter Verblüffung die Augenbrauen hoch.

»Ich bin noch nicht zu alt, um zu fahren. Den Chauffeur wolltest du, nicht ich.«

»Unser Wagen steht bei Herrn Kerbel«, sagte Konstanze Saalfeld. »Du hast ihm den Daimler praktisch geschenkt.«

Zwölf Erbsen lagen auf Fridas Teller, sie hatte sie mehrmals gezählt.

»Ausgeliehen«, sagte Gernot Saalfeld. »Damit er bewegt wird und keinen Schaden nimmt. Wenn ich ihn brauche, bekomme ich ihn, so lautet die Abmachung. Und jetzt brauche ich ihn.«

»Sei nicht albern.« Konstanze Saalfeld schüttelte den Kopf. »Wann bist du zum letzten Mal gefahren? Vor fünf Jahren? Zehn?« Dann widmete sie sich wieder dem Essen, als sei das Gespräch für sie beendet und als habe sie ihrem Mann keine Frage gestellt, jedenfalls keine, auf die sie eine Antwort erwartete.

»Zwei. Vor zwei Jahren habe ich diese Kreatur da geholt.« Gernot Saalfeld deutete auf eine der Porzellanraubkatzen. »Herr Kerbel war krank, Grippewelle. Erinnerst du dich?«

Konstanze Saalfeld tat, als habe sie nichts gehört.

»Du hattest Angst, jemand würde sie dir wegschnappen. Also bin ich hingefahren und habe sie geholt. Und alle sind heil zu Hause angekommen. Das Auto. Dieses Ding. Und ich.«

Die konzentrierte Verbissenheit, mit der Konstanze Saalfeld das verbliebene Essen auf ihrem Teller zusammenkratzte, auf die Gabel lud, in den Mund schob, zerkaute und hinunterschluckte, hatte etwas Groteskes. Armin hatte so gegessen, erinnerte Frida sich. Krummer Rücken, das Gesicht im aufsteigenden Dampf schwebend, mahlende Kiefer, stumm, nicht ansprechbar, feindselig und einsam.

»Was meinst du, Frieda?«

Frida hob den Kopf und sah den Mann an, der an diesem Abend ein kariertes Jackett über einem hellblauen Hemd trug und ihr unsicher zulächelte.

»Traust du dich, meine Passagierin zu sein?«

Frida nickte. »Ja«, sagte sie. Dann verfolgte sie aus den Augenwinkeln, wie ihre Großmutter sich mit der Stoffserviette den Mund abtupfte, aufstand und den Raum in Richtung Treppe verließ. Wenig später knarrten die Stufen, dann wurde leise eine Tür geschlossen.

Seit man sie über ihre Degradierung in Kenntnis gesetzt hatte, war Helga Reelitz noch empfänglicher für die Verfehlungen ihrer Umgebung geworden. Weil sie bald nicht mehr mit ihnen im selben Schulzimmer sitzen würde, hatte sie bis kurz vor den Ferien alle aus ihrer Klasse verpetzt, außer Frida, die sie als Schicksalsgenossin betrachtete, als ebenfalls zu Unrecht mit Nichtversetzung bestrafte Gefährtin. Vom Tag des Urteilsspruchs an suchte sie Fridas Nähe, wich in den Pausen nicht von ihrer Seite und redete auf sie ein, wie dumm und hartherzig die Lehrer seien, wie niederträchtig und fies die anderen Kinder. Die älteren Schülerinnen hasste sie allesamt, diese eingebildeten, sich im Glanz ihrer Überlegenheit sonnenden Königinnen, diese blasierten Mädchen, die sich als Frauen aufspielten.

»Sieh sie dir an.« Helga deutete auf vier Achtklässlerinnen, die sich in ihrer eigenen Geschwindigkeit im Mahlstrom des Pausenhofs bewegten, stumm und majestätisch, als seien sie nur zu Besuch und amüsierten sich über das Gedränge und den Lärm um sie herum.

Frida drehte den Kopf in die Richtung, in die Helga wies.

»Die erreichen alles.« Ohne die Mädchen aus den Augen zu lassen, schob Helga sich den letzten Bissen ihres Pausenbrots in den Mund. »Erreichen in ihrem schändlichen Leben alles.« Kauend nickte sie ein paarmal, dann sah sie Frida an. »Und ich. Nichts. Ich bleibe auf der Strecke.« In der Nähe brüllte eine Gruppe von Jungen, die sich einen Ball zukickten, und sie presste sich, das Gesicht zu einer Grimasse verzerrt, die Hände auf die Ohren.

»Du bleibst nicht auf der Strecke«, sagte Frida ruhig. Im gleichen Tonfall hatte ihre Großmutter zu Herrn Saalfeld *daran stirbst du nicht* gesagt, als der sich bei der Gartenarbeit in den Finger geschnitten hatte und ins Wohnzimmer gekommen war, blutend und ohne die Stiefel auszuziehen.

Helga lächelte ein kurzes, kaltes Lächeln. »Nein?«

»Nein.« Frida hatte Hunger und nichts zu essen dabei, aber das war ihr egal, weil sie am nächsten Tag zum letzten Mal zur Schule gehen und dann Ferien haben würde. Herr Saalfeld würde sie jeden Tag zur Bibliothek fahren und am Abend wieder abholen, und dazwischen würden sieben Stunden liegen, in denen sie tun und lassen konnte, was sie wollte. Sie hatte sich vorgenommen, Bücher zu lesen, aber auch, die Stadt zu erkunden, wollte endlich herausfinden, was es mit diesem Ort auf sich hatte, mit dem Lärm und Gedränge, mit den Läden im Dämmerlicht und den traurigen Schaufenstern, mit den Lokalen, aus denen Musik drang, mit den Hunden, die auf den Gehsteigen schliefen, mit den Menschen in den Hauseingängen und Seitenstraßen und Hinterhöfen, wo Bäume aus Löchern im buckligen Teerbelag wuchsen. Und sie wollte das Pferd finden, das sie am allerersten Tag in der Stadt gesehen hatte, und ihm die Hand auf den Kopf legen.

»Du hasst sie auch, nicht wahr?«

Frida zuckte mit den Schultern. Am anderen Ende des Platzes stand Arnulf Herbst, sein rotes Haar leuchtete kurz auf in dem Sonnenstrahl, der eben noch die Köpfe der vier schreitenden Mädchen aus der Masse gehoben hatte. Er wusste von der Bibliothek und würde sie abholen und mit ihr durch die Stadt streifen. Wahrscheinlich war er nicht sonderlich mutig, dachte sie, dafür war er groß und würde sie bestimmt beschützen, wenn es nötig wäre. Eine Sekunde lang stellte sie sich vor, wie sie Arnulf küsste, weil sie noch nie einen Jungen geküsst hatte und es allmählich Zeit wurde, aber dann sah sie sein schiefes Gebiss vor sich und verscheuchte den Gedanken, indem sie an Herrn Kerbel dachte.

»Wir müssen zusammenhalten«, sagte Helga nah an Fridas Ohr, weil der Krach um sie herum ohrenbetäubend war. »Wir gegen alle.«

Frida sagte nichts. Das Stimmengewirr nahm ein wenig ab, gerade genug, dass sie es wahrnahm, dann schwoll es erneut an. Die Männer sah sie erst, als das Meer aus Kindern sich teilte und die vier auf sie zukamen. Vier Männer für die vier Mädchen, die keine Mädchen mehr waren, dachte sie. Drei von ihnen steckten in Anzügen, einer trug eine Polizeiuniform. In einer Ahnung hob Frida den Kopf und sah Direktor Ingenhoven am offenen Fenster seines Büros stehen. Das Quartett ging auseinander, jetzt näherten die Männer sich einzeln von mehreren Seiten. Ihre Schritte waren zielstrebig, aber nicht hastig, nichts an ihren Bewegungen war übereilt. Frida blickte in vier Gesichter, deren Züge ernst waren und gleichzeitig gelöst und offen, als wäre ihr Auftrag bereits erledigt, ihr Schulausflug schon beendet. Als einer von ihnen etwas sagte, ging seine Stimme im Tumult unter. Zwei Hände griffen nach Frida, vier nach Helga, die sich schüttelte wie ein nasser Hund, den Männern gegen die Schienbeine trat und schrie. Der Uniformierte ging voraus, bahnte mit rudernden Armen eine Gasse zum Tor, vor dem zwei Fahrzeuge warteten und noch zwei Männer in Anzügen. Helga wurde in den ersten Wagen gesetzt, Frida in den zweiten. Die Männer rochen nach Zigaretten und Rasierwasser und redeten kein Wort. Der Schulhoflärm verhallte in Fridas Kopf, und bald war alles nur noch Motorenbrummen und Gleiten und ein leichtes Zittern. Das Einzige, was sie denken konnte, war, dass die Ferien jetzt schon begannen und nicht erst am übernächsten Tag. Und dass etwas endete.

Helgas Mutter hatte im Zimmer ihrer Tochter sauber gemacht und ein Tagebuch gefunden, in dem Helga beschrieb, wie sie an der Schule Kinder umbringen wollte. Helga schrieb, Frieda Saalfeld sei ihre einzige Freundin und würde ihr helfen, am Tag vor den Ferien zehn Mitschülerinnen zu töten. Sie hatte eine Liste angelegt, auf der die Namen der älteren Mädchen zuoberst standen. Frau Reelitz hatte ihren Mann angerufen und der die Polizei.

Bei der Durchsuchung des Zimmers wurden zwei mit rotem Samt ausgeschlagene Holzkisten gefunden, in denen jeweils ein Messer mit langer

Klinge und Holzgriff lag. Auf dem einen Griff war, vermutlich mit einem glühenden Schraubenzieher, HELGA eingebrannt, auf dem anderen FRIEDA.

LEANDER
Kapitel V

Aus dem Tritt geraten

Das Albrecht-von-Blumenthal-Internat war weit davon entfernt, zu den besten Adressen des Landes zu gehören. Seit seiner Gründung lag es bei den Bewertungen irgendwo im hinteren Mittelfeld, und niemand von den Verantwortlichen, weder die fünf Mitglieder des Aufsichtsgremiums noch die Lehrer oder der Direktor, gab sich der Illusion hin, an diesem Status würde sich jemals etwas ändern. Man spielte nicht in der höchsten Liga, dazu fehlte es der Gegend zu sehr an Exklusivität, der Immobilie an Imposanz, den Lehrkräften an Reputation und den Schülern an Prominenz, und dennoch oder gerade deswegen legte die Leitung größten Wert auf scheinbare Kleinigkeiten wie einen gepflegten Rasen, eine makellos verputzte Fassade, gewienerte Fußböden und gebügelte Schuluniformen. Den Makel, dass das Gebäude kein bankrottgegangenes Jugendstilhotel, kein stillgelegtes Sanatorium aus der Gründerzeit, kein von einem verarmten Adelsgeschlecht an den Meistbietenden verkauftes Barockschloss und kein ehemaliger, im neoklassizistischen Stil erbauter Landsitz einer zerstrittenen Industriellenfamilie war, versuchte man mit gerahmten Ölbildern und Gipsbüsten wettzumachen, mit Briefbögen aus Büttenpapier und Degenfechten und mit einer halbjährlich erscheinenden Zeitschrift, die den Namen *Geist und Größe* trug und mit der Gattungsbezeichnung

Periodikum des Albrecht-von-Blumenthal-Internats für Geisteswissenschaft, Sport und Kultur schon auf dem Titelblatt einen elitären Dünkel verströmte, der so gar nicht mehr in die Achtzigerjahre passte.

Herausgeber des auf DIN-A3 gedruckten, auf DIN-A4 gefalteten und gehefteten Blatts war Direktor Dünscheid, für die Beiträge zuständig eine Gruppe ausgewählter Schüler. Obwohl es Anreize wie Putzdienstbefreiung, bevorzugte Behandlung im Speisesaal, eine lobende Bemerkung im Abgangszeugnis oder ein Geschenkset bestehend aus Krawatte, Krawattennadel und Manschettenknöpfen mit Internatsemblem gab, meldeten sich für die redaktionelle Mitarbeit kaum Freiwillige. Galt es, eine neue Ausgabe zu planen und ein Dutzend Jungen zu finden, die halbwegs befähigt waren, einen Artikel zu schreiben, der den Ansprüchen des Fünfergremiums genügte, wurde Direktor Dünscheid jedes Mal noch mehr als sonst bewusst, wie mangelhaft, ja geradezu minderwertig das *Schülermaterial* war, das ihm zur Verfügung stand. Ganze Nächte verbrachte er damit, nach Talenten zu suchen, Potenziale auszuloten, Berichte von Lehrern zu studieren, Aufsätze zu lesen, Zeugnisse auszuwerten und schließlich Listen anzulegen mit den Namen der Schüler, die etwas wie Begabung und Kreativität oder auch nur Ehrgeiz erkennen ließen.

Für jede Nummer brauchte er Beiträge aus den Unterrichtsfächern Physik, Chemie, Biologie, Mathematik, Geschichte und Religion sowie je zwei zu den Themen Sport und Kultur. Fielen Schüler dadurch auf, dass sie zeichneten, malten oder fotografierten, wurden sie vom Direktor in Betracht gezogen, etwas Passendes beizusteuern, oftmals ein Werk, das sie eigens für die Zeitschrift anfertigten, einen Holzschnitt mit dem Glockenturm als Motiv etwa oder eine Bleistiftstudie einer Internatseiche, alles zwingend in Schwarz-Weiß, weil Farbdrucke den Etat überschritten hätten. Von den jährlich auf dem Internatsgelände durchgeführten Sportveranstaltungen wurden für das Archiv so viele Aufnahmen gemacht, dass es *Geist und Größe* nie an Auswahl mangelte, und in jedem Jahrgang ließen sich zwei, drei Jungen ausmachen, deren Berichte über Fußballspiele, Bogenschießwettkämpfe, Tennisturniere und Zehntausendmeterläufe nach gründlichem Redigieren durch Direktor Dünscheid für eine Veröffentlichung taugten. Auch die wissenschaftlichen Artikel, vom Herausgeber mit spitzfindigen Fußnoten und allerlei Faktenhuberei ausgeschmückte Klassenarbeiten, konnten mehr oder weniger guten Gewissens abgedruckt werden, zumal die Leserschaft größtenteils aus überforderten oder ignoranten Schülern, leicht zu beeindruckenden Eltern und fünf in die Jahre gekommenen, intellektuell stetig abbauenden Männern bestand.

Was fehlte, waren Kandidaten, denen das Ressort Kultur anvertraut werden konnte. Zwar gab es zahllose Schüler, die sich damit brüsteten, alles über Rockbands und Popmusik oder moderne Filme zu wissen, doch war es nicht diese Art von Sachverstand, die dem Direktor bei der Autorenauswahl für *seine* Halbjahresschrift vorschwebte. Wo, fragte er sich Jahr für Jahr hoffnungsloser, fand er Schüler, die auf dem Fundament ihrer Bildung und Gesinnung stehend befähigt waren, einen ebenso klugen wie originellen, gleichermaßen provokativ reflektierenden und konservativ argumentierenden Aufsatz über Sophokles zu verfassen, über Eichendorff oder Bismarck, über Adenauer oder Wagner? Wie, ging es ihm in schlaflosen Nächten durch den Kopf, hatte es so weit kommen können, dass sich seine Zöglinge nicht mehr für Beethoven begeisterten, sondern für etwas, das sich *Neue Deutsche Welle* nannte und mit debilen Texten und einfältigen Klängen über das Land schwappte, dass sie nicht mehr für Heine entbrannten, für Fontane und Storm, sondern für Schmierfinken und Nestbeschmutzer, die sich, statt Literatur zu erschaffen, mit linksradikalen Pamphleten und Aufrufen zum Landesverrat hervortaten?

Viele Namen blieben auch dieses Mal nicht auf der Liste stehen. Wistorfs Linolschnitt war genehmigt, Stillleben mit Obst und Vasen gingen immer. Auf Lohmeyers Stich konnte man mit Fantasie und gutem Willen die umgebaute Scheune erkennen, außerdem passte er gut zu einem Text von Kinkel über ein Fechtturnier inklusive historischer Betrachtung der Sportart. Maurer hatte über die vergangenen Monate hinweg Besucher des Internats fotografiert, den Bürgermeister der Kreishauptstadt, den Präsidenten des Gesangsvereins mit Gattin, drei Ehemalige, die sich den Schauplatz ihrer Mannwerdung vergegenwärtigen wollten, den Pfarrer der katholischen Kirche der Nachbargemeinde, einen ehemaligen Landesmeister im Diskuswerfen, mehrere Elternpaare, Geschwister und sonst wie mit den Zöglingen verwandte Menschen. Was Maurer nicht unscharf aufgenommen, unterbelichtet oder in der Dunkelkammer verpatzt hatte, würde eine Doppelseite füllen. Osterwalds Bericht über eine Fußballpartie zwischen den Internatsschülern und einer Auswahlmannschaft umliegender Schulen musste noch gründlich überarbeitet, von parteiischen Kommentaren, unterschwelligen, an den Gegner adressierten Beleidigungen, allzu saloppen Ausdrücken und grammatikalischen Fehltritten gesäubert und mit einer kleinen Kulturgeschichte des Fußballs, einer Würdigung des kameradschaftlichen Gedankens als Urmotiv des Wettkampfs oder einem allgemein verständlichen Abriss des Regelwerks ergänzt werden, dann konnte etwas einigermaßen Passables dabei herauskommen. Bei Roggenbauers Aufsatz, der sich Barbarossas letztem Kreuzzug widmete, handelte es sich um eine so geistreiche und geschliffene Arbeit, dass sie sich im Heft ausnehmen würde wie ein Diamant unter Glasperlen, eine leuchtende Fackel unter Kerzen. Alle anderen Texte verblassten neben diesem Meisterstück, das würde sogar dem einfältigsten Leser auffallen, aber Roggenbauer war nun einmal fraglos der begnadetste Schüler von allen und mit seinen in den seltenen Mußestunden verfassten Essays, die es bis in die Zeitungen des Umlands brachten, eine Ausnahmeerscheinung, wie sie einem Schulleiter nur alle paar Jahre unter die Augen kam. Warum die Mutter ihren hochintelligenten Sohn ausgerechnet in seine bei aller Schönfärberei nicht gerade als erstklassig zu bezeichnende Geistesschmiede verbannt hatte, wusste Direktor Dünscheid nicht genau, nur so viel, dass die Frau den von ihrem an Lungenkrebs gestorbenen Mann übernommenen Betrieb, der Kleiderbügel aus Draht herstellte, an treulose Geschäftspartner und letztendlich den Fiskus verloren hatte. Egal, was Frau Roggenbauer ihm erzählt hatte, Wahrheit oder Lügen, um die Höhe der Gebühren zu drücken, er dankte dem Herrgott täglich auf Knien für dieses wortkarge, höfliche Kind, dieses menschliche Aushängeschild, dessen Strahlkraft über die Internatsmauern hinweg zu wirken begann und dem um Reputation bemühten Institut ein wenig dringend benötigten Glanz verschaffte.

Der zweite wissenschaftliche Beitrag stammte aus der Feder von Wehrlein, einem Eigenbrötler mit Sprachfehler, bei dem aus duschen *duchen* und aus Tasche *Tache* wurde, und einer erschreckend unreinen Haut, die Direktor Dünscheid bei Gesprächen unter vier Augen den Blick ständig irritiert und leicht angewidert vom entstellten Gesicht des Jungen abwenden ließ. Wehrlein, freundlos und selten von Verwandten besucht, verbrachte seine unterrichtsfreie Zeit mit dem Studium von Insekten und Vögeln, deren Leben und Verhalten er akribisch untersuchte, wobei er stundenlang in einer Baumkrone sitzen und die Brutgewohnheiten einer Elster beobachten oder ganze Nachmittage auf dem Bauch liegend in einer Wiese verbringen konnte, um neue Erkenntnisse über den Erdhöhlenbau von Grillen zu gewinnen. Ein armer Kerl und Spinner, dachte Direktor Dünscheid, ein Außenseiter, der sein zukünftiges Leben vereinsamt mit Heuschrecken und Kohlmeisen teilen würde und dessen für *Geist und Größe* abgelieferter Bericht den Fressgewohnheiten des Hirschkäfers und dessen Vorliebe für tote Eichen gewidmet war, gewiss kein Paukenschlag im Konzert der naturwissenschaftlichen Literatur, aber immerhin besser als Schüttes Machwerk über die angebliche Intelligenz einer unerlaubt auf dem Schulgelände gehaltenen dressierten Ratte oder Schraders Aufsatz mit dem Titel *Punk – Musik wie eine Faust in den Magen*.

Damit beschäftigten sich die an Kultur interessierten Jünglinge also, dachte der Direktor, während er weitere Namen auf der Liste durchstrich, auch den von Jensen, der in einer völlig zerhackten und chaotischen Sprache von einem Mann in Amerika schwärmte, der Charles Bukowski hieß und Jensen zufolge der Tätigkeit der Schriftstellerei nachging, indem er kaum jemals nüchtern über das Trinken schrieb, über das Wetten auf Pferde, über seinen Freundeskreis aus Taugenichtsen, Schlägern und sittenlosen Frauen und daraus Bücher machte, die allem zuwiderliefen, was ihm, Direktor Dünscheid, wichtig war, Moral, zum Beispiel, Anstand und Abstinenz.

Blieben auf der Liste, ganz unten, zwei Namen: Kronenberg und Selbig. Direktor Dünscheid seufzte und trank einen Schluck Kaffee, um wach zu bleiben. Dieser Kronenberg löste eine Abneigung in ihm aus, die er so aufrichtig und aus tiefstem Herzen fühlte, dass er dem Kompass der eigenen Wertmaßstäbe folgend glaubte, sie als unverfälscht und damit als gerechtfertigt zulassen zu dürfen. Kronenberg erinnerte ihn an diejenigen unter seinen ehemaligen Schulkameraden und Kommilitonen, die ebenso hochmütig und unbekümmert durch die Jahre ihrer geistigen Bildung spaziert waren wie der Spross dieses Blechfabrikanten. Heimlich, nur für sich und nicht frei von Bedauern, bezeichnete er Schüler wie Emil Kronenberg als Hunde, weil sie undressierte Welpen waren, wenn sie zu ihm kamen, verspielte, triebhafte Subjekte, die sich nur wuschen, die Fingernägel schnitten und täglich eine frische Unterhose anzogen, um der Bestrafung für ungepflegtes Auftreten zu entgehen, die sich in Momenten, in denen sie sich unbeobachtet fühlten, an allen möglichen Stellen ihrer hormongetränkten Körper kratzten, und die den Schulstoff lernten wie Kunststückchen, wie Stöckchenholen oder Männchenmachen statt wie etwas, das ihnen irgendwann zum Schlüssel wurde, mit dem sie den Zwinger ihrer Unwissenheit verlassen konnten. Das Traurige und Empörende an dieser Tatsache war, dass Zöglinge vom Schlag eines Kronenberg ihre Herkunft und damit ihre privilegierte Stellung nicht wertschätzten und ihre intellektuellen Möglichkeiten nicht ausschöpften, und das nur, um sich in der Rolle des Rebellen zu gefallen. Wäre da nicht das Geld gewesen, dachte Direktor Dünscheid grimmig, die großzügige Spende, mit der dieser Kühlerhaubenkrösus die Aufnahme und den weiteren Verbleib seines Sohnes erkauft hatte, der kleingeratene Müßiggänger und Unruhestifter wäre längst des Internats verwiesen worden, rausgeschmissen wie zuvor aus den beiden anderen Einrichtungen, die erfolglos versucht hatten, den verwöhnten, an jedes Bein pinkelnden Köter in ein anständiges, Obrigkeiten respektierendes Wesen umzuformen, im besten Fall in einen verantwortungsbewussten Menschen und Bürger. Dünscheid gab zu, wenn auch widerwillig, dass Emil Kronenberg ein kluger Kopf war, ein Hallodri und Störenfried zwar, aber einer mit genug Verstand, um Großes zu erreichen, und dennoch musste er seine Gefühle zügeln, um den Jungen nicht zu hassen. Es tat ihm weh zuzusehen, wenn Begabung verschwendet wurde, wenn einer sich arrogant und den Herausforderungen des Seins gegenüber gleichgültig durchmogelte, sich von einem Jahr ins nächste durchlavierte und schale Erfolge mit der Strategie feierte, immer nur das Nötigste zu tun, immer nur das, was von ihm verlangt wurde, nie zu wenig zu leisten, um nicht in Schwierigkeiten zu geraten, in jeder Klausur gerade gut genug zu sein, um sich weiterzuschleppen wie ein Verwundeter seines eigenen, gegen sich selbst und die ganze Welt inszenierten Krieges.

Direktor Dünscheid zuckte zusammen, als die Spitze seines Bleistifts beim Durchstreichen von Kronenbergs Namen abbrach. Der Junge hatte sowieso nichts eingereicht, obwohl er in jeder freien Minute schrieb, wenn er nicht gerade ins Dorf ging, um seinen Ruf als Revoluzzer zu festigen und dem des Internats zu schaden. Jetzt stand da nur noch *Selbig, Leander*, und dahinter *Zeichnung* mit dickem Fragezeichen. Dünscheid spitzte den Bleistift und schrieb *Bücher!* dazu.

Jeder Schüler hatte einen Briefkasten, der im Flur neben seiner Zimmertür hing. Direktor Dünscheid verschickte regelmäßig in militärischer Knappheit verfasste Schreiben, die in erster Linie dazu dienten, seine Zöglinge Verantwortungsbewusstsein zu lehren, Zuverlässigkeit und Pünktlichkeit. *Pünktlichkeit ist die Höflichkeit der Könige – L'exactitude est la politesse des rois* stand auf dem Briefpapier, ein Zitat von Ludwig dem Achtzehnten und als Mahnung zu verstehen, auf die Sekunde genau zu der Uhrzeit zur Stelle zu sein, die im Brief angegeben war.

Königlich fühlte Leander sich nicht, als er, auf seine Armbanduhr starrend, fünf Minuten zu früh vor der Bürotür des Direktors stand. Er hatte seit Erhalt der Nachricht darüber nachgedacht, was der Grund für seine Einbestellung sein könnte, war aber zu keinem Resultat gekommen. Er hatte keines der vielen Gesetze missachtet, es sei denn, seine Weigerung, sich im Biologieunterricht aktiv an der Sezierung eines Frosches zu beteiligen, wurde ihm als Regelverstoß ausgelegt, als Meuterei im Klassenzimmer. Eine Minute vor der vereinbarten Zeit hob er die Hand und schlug zehn Sekunden vor dem Sprung des Minutenzeigers dreimal kräftig gegen die Tür. Direktor Dünscheid hatte ihnen eingeschärft, sie sollten kräftig klopfen, damit er sie beim ersten Mal hören könne, nicht schüchtern und zögernd wie Mädchen, *kein weibisches Pochen*, sondern ein klares, unzweideutiges Schlagen gegen das Holz, so stark, dass sie einen Schmerz in den Knöcheln spürten.

Hatte man das laute und deutliche *Herrein!* abgewartet, sollte man die Tür zügig öffnen, das Büro betreten, die Tür hinter sich schließen und dann stehen bleiben, bis einen der Direktor zu sich an den Tisch winkte. Das tat Leander und nahm, nachdem er eine kurze Handbewegung des Direktors als Winken gedeutet hatte, auf dem Stuhl vor dem Schreibtisch Platz. Der einfache Holzstuhl ohne Armlehnen war schwarz gestrichen und unbequem, und seine Beine schienen leicht gekürzt zu sein, jedenfalls befanden sich Leanders Knie höher als sein Hintern, sobald er saß. Direktor Dünscheid, der den Kopf nicht einmal gehoben hatte, um Leander flüchtig zu taxieren, schrieb etwas auf ein Papier, vielleicht etwas Dringliches, vielleicht auch Belangloses, möglicherweise nur ein vorgetäuschtes Gekritzel, als Botschaft gedacht, die besagte, der Besucher sei nicht sonderlich wichtig und könne warten.

Es war Winter und vor den Fenstern dunkel, bereits jetzt, um fünf Uhr nachmittags. Leander sah auf einen Baum und ein Stück Rasen, das schneelos im Licht der den Weg zur Sporthalle säumenden Laternen lag. Unter den Schülern liefen Wetten, wann es endlich schneien würde. Leander hatte fünf Mark auf den dritten Februar gesetzt, Merets Geburtstag. Er rührte sich nicht, nur sein Blick streifte durch den Raum, in dem es bis auf den Schein dreier Lampen düster war. Was außerhalb des Lichts lag, schemenhaft erkennbar oder gänzlich verborgen, setzte Leander sich aus der Erinnerung an drei frühere Audienzen bei Tageslicht zusammen. Die Wand hinter dem Tisch, an dem der Direktor noch immer saß und schrieb, als sei er allein, bedeckten gerahmte Fotografien. Fünf große zeigten das Internatsgebäude nach dem Umbau, fünf kleinere Motive aus den umliegenden Ortschaften, eine Mühle etwa oder eine Steinbrücke aus der Römerzeit. Auf einem Dutzend war Direktor Dünscheid in Gesellschaft zu sehen, flankiert von feierlich und ernst in die Kamera blickenden Menschen, die Urkunden und Gläser, Musikinstrumente oder Schaufeln in den Händen hielten. Leander war von den Schaufeln und Erdlöchern irritiert gewesen, bis Emil ihm erklärt hatte, die Männer in Anzügen seien beim Spatenstich für den zusätzlichen Schlaftrakt fotografiert worden und nicht beim Ausheben von Gräbern.

Leanders Blick schweifte zum Regal an der Wand hinter Direktor Dünscheids Schreibtisch. Die Bretter des dunklen, deckenhohen Möbels waren nicht nur mit Büchern gefüllt, sondern auch mit Pokalen, Büsten und noch mehr gerahmten Fotografien. Ein Paar Handschuhe aus rissigem braunem Leder passte überhaupt nicht zum Rest der ausgestellten Dinge und musste, so vermutete Leander, ein Erinnerungsstück an eine Reise sein.

Endlich legte Direktor Dünscheid den Füller zur Seite, streckte den

Rücken und fixierte Leander mit zusammengekniffenen Augen, als müsse er die Sehschärfe neu einstellen oder sich an den Namen des vor ihm Sitzenden erinnern. Leander saß stocksteif da, die Handflächen auf den Oberschenkeln und den Blick auf sein Gegenüber gerichtet, weil der Direktor den Jungen beim allerersten Treffen eingeschärft hatte, immer Augenkontakt zu halten, das gehöre sich so, außerdem bedeute jedes Senken des Blickes Schwäche.

»Selbig«, sagte Direktor Dünscheid schließlich, und es klang wie ein Seufzer.

»Guten Tag, Herr Direktor«, sagte Leander und setzte sich noch gerader hin. Er empfand seine Stimme als unangenehm laut in dem stillen Raum, aber das war nicht von Belang, denn auch dazu gab es eine Vorgabe des Direktors, nämlich die, vernehmlich zu sprechen, deutlich und ohne den Gebrauch fremder Ausdrücke, vor allem englischer, zum Beispiel *okay* anstelle von *jawohl* oder *ja*. Flüstern und Nuscheln zeugten von mangelnder Charakterfestigkeit, hatte Dünscheid die Jungen wissen lassen, spätestens bei der ersten Gefechtsübung im Militärdienst würden sie sich daran erinnern, wie wichtig ein lautes Organ sei.

»Wie ist das Befinden? Bestens, nehme ich an, immerhin genießen Sie das Privileg, ein Zweierzimmer zu bewohnen. Angenehme Sache das, nicht wahr?«

»Jawohl, Herr Direktor. Danke der Nachfrage.«

Direktor Dünscheid nickte ein paarmal.

Vielleicht hatten die löchrigen Handschuhe Dünscheids Vater gehört, waren Relikte aus dem Krieg, dachte Leander, obwohl er Mühe hatte, dem Mann, der vor ihm saß, sentimentale Anwandlungen zuzugestehen.

»Noch immer gute Kameraden, Sie und Kronenberg, ja?«

»Jawohl, Herr Direktor.«

»Bestens«, sagte Direktor Dünscheid, »bestens.« Er setzte die Lesebrille auf, griff nach einem Notizheft und blätterte darin, bis er die gesuchte Seite gefunden hatte. »Wissen Sie, was ich hier habe, Selbig?« Er legte das Heft offen hin und schlug mehrmals mit der Fläche der rechten Hand darauf, kräftig, aber nicht grob, am ehesten so, wie man den Hals eines Pferdes tätschelte.

»Nein, Herr Direktor.«

»Nun, hier drin befinden sich Notizen.« Er beugte sich über seine verschnörkelte Schrift. »Anregungen. Bemerkungen. Alles die nächste Ausgabe unseres Periodikums betreffend. Selektion der Bilder. In Betracht gezogene Themen der Beiträge. Etwaige Mitarbeiter.« Er hob den Kopf, nahm die Brille ab und sah Leander an. »Und wissen Sie was, Selbig?«

»Nein, Herr Direktor.«

»Ihr Name steht hier.« Direktor Dünscheid klopfte mit der zusammengeklappten Brille leicht gegen die Heftseite.

Leander sagte nichts.

»Sehen Sie, hier? Selbig, Leander.« Direktor Dünscheid klappte das Heft rasch zu, wie um klarzustellen, dass alles, was er jetzt sagen würde, beschlossene Sache war und Einspruch zwecklos. Er schob die Brille in die Brusttasche seines Jacketts, lehnte sich im Sessel zurück und verschränkte die Arme. »Sie lesen doch so einiges, Selbig.«

Leander fiel noch rechtzeitig ein, dass Schulterzucken in diesem Büro verboten war, eine laut Direktor Dünscheid unannehmbare Geste der Respektlosigkeit, und so sagte er nur: »Ja, Herr Direktor.«

»Da dürfte es Ihnen doch kaum schwerfallen, einen Aufsatz zu verfassen, der sich dem Thema Literatur widmet.«

Leander, das Kreuz durchgedrückt, schwieg. Das Anstarren des Direktors ohne nervöses Blinzeln war mit einem Trick zu bewältigen, bei dem es darum ging, die Augen des Gegenübers so lange zu fixieren, bis man sie nicht mehr sah und nur noch den Fleck dazwischen wahrnahm, die Nasenwurzel oder die Falte zwischen den buschigen Brauen.

»Einen Aufsatz. Brentano, zum Beispiel. Seine religiösen Werke. Oder von Eichendorff. Haben Sie sich nicht erst kürzlich mit ihm beschäftigt? Im Unterricht? Aus dem Leben eines Taugenichts. Das wäre doch etwas für Sie.«

»Ich weiß nicht, Herr Direktor.«

»Sie wissen nicht? Was wissen Sie nicht, Selbig?«

Leander räusperte sich, rutschte auf dem Stuhl nach hinten. »Ich weiß nicht, ob ich so etwas schreiben kann, Herr Direktor.«

»Nun, Sie können lesen. Sie haben Zugriff auf die Bibliothek. Sie können sich Gedanken machen, nehme ich an, eine Meinung bilden. Sachverhalte klären, Thesen erstellen, Aussagen erarbeiten.« Direktor Dünscheid faltete die Hände. »Das können Sie doch.«

»Ja.«

»Bitte? Wie meinen?«

»Ja«, sagte Leander lauter. »Ich denke schon, Herr Direktor.«

»Sie denken. Das ist ja immerhin ein Anfang. Und schreiben können Sie auch. Ihre Klassenarbeiten sind solide, Ihre Aufsätze ansprechend, wenn auch nicht grandios, zumindest nicht im Vergleich zu denen Ihres Kameraden Roggenbauer. Mit etwas Anstrengung liefern Sie mir einen durchaus akzeptablen Beitrag. Sagen wir Brentano? In zehn Tagen?« Direktor Dünscheid klatschte einmal in die Hände, ließ dann geräuschvoll die Fäuste auf die Tischplatte fallen und verzog den Mund zu einem schmallippigen Grinsen. »Bestens. Das wäre also geklärt.« Er nahm den Füllfederhalter, klappte das Heft auf und notierte ein paar Worte.

»Ich weiß nicht«, sagte Leander. »Ich glaube nicht, dass Brentano mir zusagt, Herr Direktor. Also, dass ich etwas über ihn schreiben kann. Über sein religiöses Werk. Eher nicht.«

Direktor Dünscheid schaute auf. »Ach. Nicht?«

Leander räusperte sich. »Es ist so, dass ich mich zuerst in dieses Werk, in Brentanos Werk vertiefen müsste. In kurzer Zeit. Sehr kurzer Zeit. Ich würde lieber … Also, es wäre einfacher, also vorteilhafter, für mich und das … äh … das Periodikum, wenn ich mich mit etwas beschäftigen könnte, mit dem ich … vertrauter bin.«

Direktor Dünscheids Augenbrauen hoben sich. »Vertrauter.«

Leander nickte. »Jawohl.«

»Und wer wäre das? Mit wem wären Sie denn vertrauter, Selbig?«

Leander faltete die Hände im Schoß und überlegte. »Von Grass habe ich einiges gelesen«, sagte er dann. »Günter Grass.«

Direktor Dünscheid sah Leander ausdruckslos an. Seine Finger spielten mit dem Füller, schraubten die Kappe auf und wieder zu.

»Über ihn könnte ich etwas schreiben. Über die Blechtrommel, zum Beispiel.«

Noch immer sagte Direktor Dünscheid nichts. Es war jetzt so still im Raum, dass man hören konnte, wie das Gewinde der Füllerkappe beim Drehen leise quietschte.

»Oder über Salinger. Ein amerikanischer Autor. Das ginge auch.«

»Ich kann mich nicht erinnern, Bücher dieser beiden Autoren in unserer Bibliothek gesehen zu haben.«

»Ja. Leider ist der Bestand in dieser Hinsicht etwas … mangelhaft. Die Bücher von Grass und Salinger habe ich mir selbst beschafft. Also, mein … der Mann meiner Tante hat sie mir besorgt.«

Direktor Dünscheid schraubte den Füller ein letztes Mal zu und legte ihn weg. Er schien nachzudenken. Sein Blick ging an Leander vorbei, vielleicht ruhte er auf dem Ölgemälde, auf einem Dragoner mit wehender Fahne.

Leander starrte den Krawattenknoten des Direktors an. Seine Beine kribbelten, als wären sie eingeschlafen.

»Sie kennen unser Periodikum, Selbig, nicht wahr? Sie haben darin geblättert, nehme ich an.«

»Ja, Herr Direktor. Ich habe die Ausgaben der letzten Jahre gelesen.« Leander log, er hatte einen flüchtigen Blick in die Hefte geworfen, mehr nicht. Er erinnerte sich an ein paar gefällige Zeichnungen und Holzschnitte, aber bei den Textbeiträgen, die er überflogen hatte, handelte es sich entweder um banale, auf fremdem Mist gewachsene und schlecht abgekupferte Plagiate, um hochtrabende, möchtegernintellektuelle Aufsätze oder um einfallslose, inhaltsleere Fleißarbeiten, und allen haftete das Etikett *Bewerbungsschreiben um die Gunst des Direktors* an.

»Dann dürften Sie nicht überrascht sein zu erfahren, dass Schüler, deren Aufsätze den redaktionellen Ansprüchen unserer bescheidenen Halbjahresschrift genügen, eine gewisse, sagen wir einmal, Ehre zuteilwird.«

»Nein, Herr Direktor, das überrascht mich nicht.«

»Gut.« Direktor Dünscheid nickte mehrmals. »Gut«, sagte er noch einmal, lehnte sich dann ein wenig zur Seite, zog eine der Schubladen des Schreibtischs auf, nahm eine Aktenmappe hervor und legte sie vor sich hin. »Grass oder … dieser Amerikaner, sagen Sie.« Er klappte die Mappe auf und schien zu lesen.

»Zu diesen Autoren und ihren Werken würde mir etwas einfallen, ja.« Leander konnte nicht erkennen, was auf dem obersten Blatt in der Mappe stand.

»Zu Brentano nicht.« Direktor Dünscheid sah kurz hoch.

»Nein. Leider, Herr Direktor.«

Direktor Dünscheid blätterte weiter in der Akte, las hier einen Absatz und dort einen. Hin und wieder kratzte er sich am Hals, der von der morgendlichen Rasur noch immer gerötet war, und atmete tief ein und aus.

Leander wäre gerne aufgestanden, um Blut in seine Beine fließen zu lassen. Weil er sich jedoch ohne die Erlaubnis des Direktors nicht zu bewegen wagte, blieb er sitzen und wippte stattdessen mit den Füßen. Er musste an Ameisen denken, die durch seine Adern rannten. Hinter der Wand, aus Herrn Helblings Büro, ertönte das leise Klacken einer mechanischen Schreibmaschine.

Direktor Dünscheid hob den Kopf und sah Leander an. »Hier drin sind einige interessante Dinge vermerkt«, sagte er endlich. »Zum Beispiel steht hier etwas zu Ihren schulischen Leistungen. Ihre schulischen Leistungen, Selbig. Wie schätzen Sie die ein?«

»Meine Noten? Ob ich meine Noten kenne, Herr Direktor?«

»Wie Sie sich so schlagen, Selbig.«

Leander dachte kurz nach. »Ich weiß nicht, Herr Direktor«, sagte er dann. »Ich gehöre bestimmt nicht zu den Besten.«

Direktor Dünscheid lachte auf, ein helles, echtes Lachen.

»Ich strenge mich an, wenn Sie das meinen. Ich gebe mir Mühe.«

»Wenn man den Zeitungsartikeln über Sie und diese Kommune glauben kann, sind Sie auf dem Land aufgewachsen, nicht wahr?« Ohne eine Antwort abzuwarten, fuhr Direktor Dünscheid fort: »Da haben Sie bestimmt gesehen, wenn in einem Wurf von, sagen wir, Katzen, ein Tier zu klein war, zu schwach. Nicht lebensfähig.«

»Ja, so etwas habe ich gesehen«, sagte Leander tonlos. Er musste an Armin denken und an dessen erbarmungslose Methode, die Zahl der Hofkatzen gering zu halten.

»Das dachte ich mir. Sicher gab es dort auch einmal ein Lamm. Oder ein Kalb, das nach der Geburt eingegangen wäre. Wenn man es nicht mit der Flasche gefüttert hätte. Aufgepäppelt.«

Leander sagte nichts, weil er keine Ahnung hatte, worauf sein Gegenüber, dieser breitschultrige, nicht sehr hochgewachsene Mann mit dem kurz geschnittenen, ehemals braunen und mittlerweile angegrauten Haar hinauswollte.

»Nun ja, Selbig, wie soll ich sagen. Ich sehe Sie genauso.«

»Ich … verstehe nicht.«

»Na, als Kalb, Selbig. Meinetwegen Lamm, suchen Sie es sich aus. Sie werden hier mit der Flasche aufgezogen, Selbig. Wir füttern Sie. Mit geistiger Nahrung. Wir päppeln Sie auf. Mit viel zu guten Noten. Füttern Sie durch, indem wir Ihr Zeugnis aufpolieren. Ihr Aufenthalt bei uns, Selbig, ist das reinste Schmierentheater. Dieser Schule eigentlich unwürdig.«

Leander stand auf, und weil sich seine Beine zittrig anfühlten, legte er beide Hände an die Kante des massiven Schreibtisches. Er wollte etwas sagen und öffnete den Mund, aber sein Verstand lieferte ihm keine Worte, nicht einmal einen klaren Gedanken konnte er fassen.

»Setzen Sie sich hin, Selbig!« Direktor Dünscheid hatte sich ebenfalls erhoben, den Bruchteil einer Sekunde nach Leander. »Und nehmen Sie die Griffel von meinem Tisch!«, sagte er im gleichen Ton, laut, ohne zu brüllen, und scharf, jedes S eine Klinge. Seine Augen blitzten in einem eingefrorenen Gesicht, nicht einmal die Mundwinkel zuckten. Er wartete, bis Leander wieder saß, dann ließ er sich in seinen Sessel zurückfallen.

Aus dem Nebenraum war die Klingel der Schreibmaschine zu hören. Helbling musste die Nachrichten an die Schüler, jede Woche mindestens zwei, auf der alten *Adler* tippen, weil sein Vorgesetzter es so wollte. Mit Gewalt durch das schwarze, ölige Stoffband aufs Papier geschlagen, wirkten die Buchstaben archaischer, fand Direktor Dünscheid, furchteinflößender.

»Mir bleibt nichts verborgen, Selbig. Glauben Sie mir.« Direktor Dünscheid nahm einen zerknitterten, fleckigen Zettel aus der Mappe, hielt ihn mit Zeigefinger und Daumen fest wie etwas Unappetitliches, und drehte ihn so, dass Leander ihn sehen konnte.

Leander erkannte die Zeichnung sofort. Sie stammte von ihm und stellte einen auf einer Wolke sitzenden und Harfe spielenden Engel dar. Emil hatte ihn darum gebeten, und von Emil war auch das gekrümmte Rohr, das unter dem Hemd des Engels hervorkam und nach unten führte, in den Mund des aus einem Zeitungsbild ausgeschnittenen Direktors. KACK-OFONIE stand in einer Allerweltsschrift über der Harfe, und weiter unten DIREKT-ORALE ERNÄHRUNG.

Leander merkte, dass ihm der Mund offen stand, und schloss ihn. Er konnte sein Herz spüren, das ihm im Hals schlug.

Direktor Dünscheid hob die freie Hand, um Leander vom Sprechen abzuhalten, obwohl der keinen Laut hervorbrachte. »Geständnis geschenkt, Bürschchen. Ebenso Reue. Ausreden. Entschuldigungen.« Er nahm die Hand herunter und legte den Zettel in die Mappe zurück. »Du gehörst nicht hierher. Daran gab es für mich vom ersten Tag an keinen Zweifel. Herkunft. Bildungsstand. Manieren. Dein ängstliches Herumschleichen auf den Fluren. Dein Kneifen im Sportunterricht. Deine Sonnenempfindlichkeit.« Er lachte auf. »Sogar dein ständiges Lesen wirkt irgendwie. Unpassend.«

Leanders Gebiss schmerzte. Es dauerte einen Moment, bis er begriff, dass ihm der ganze Kiefer wehtat, weil er die Zähne heftig aufeinanderpresste.

»Oh ja, und deine Klavierstunden. Der feine Herr nimmt Klavierunterricht. Weil die Tante ihn für etwas Besonderes hält.« Direktor Dünscheid atmete hörbar aus. »Alles sehr, wie soll ich sagen. Befremdend. Für alle Betroffenen äußerst unangenehm.«

Im Büro nebenan verstummte das Telefon nach einem ersten Klingeln, dann drang Helblings Stimme durch die Wand. Direktor Dünscheid nahm den Hörer von seinem Apparat und legte ihn auf die Schreibtischplatte. Eine Weile betrachtete er Leander mit einem kalten, teilnahmslosen Blick. »Diese Gebäude«, sagte er schließlich. Er breitete die Arme aus, um sie gleich wieder auf die gepolsterten Lehnen sinken zu lassen. »Ihre Instandhaltung. Die Pflege der Grünflächen und Sportanlagen. Die Gehälter der Lehrer. Der Hausmeister. Nicht zu vergessen meine bescheidene Entlohnung. Das alles kostet Geld.« Er zog eine Fotografie aus der Mappe, auf der eine Toilettenwandkritzelei zu sehen war, warf einen flüchtigen Blick darauf und schob sie zurück. »Und von wem, denkst du, kommt dieses Geld?«

Leander zuckte mit den Schultern, ihm war alles egal. Er wandte den Blick von den Augen des Direktors ab und gab es auf, den Oberkörper gerade zu halten.

»Von den Eltern«, sagte Direktor Dünscheid überraschend ruhig, fast gelassen. »In deinem Fall von Tante und Onkel. Und da sprechen wir nicht vom üblichen Schulgeld. Dein Onkel bezahlt uns dafür, dass wir dir, diplomatisch ausgedrückt, Asyl gewähren. Dass wir dich vor der bösen Welt beschützen. Der Hölle der öffentlichen Schulen. Dass wir dich bewahren. Vor dem Sturz in den Sumpf der Begriffsstutzigen. Dem Morast der Idioten.«

Jemand klopfte an die Tür. Helbling, vermutete Leander.

»Nicht jetzt!«, brüllte Direktor Dünscheid. Er stemmte sich aus dem Sessel und verstaute die Mappe in der Schublade. »Gut«, sagte er, nun wieder in normaler Lautstärke. »So viel zum Thema, weshalb Sie hier sind, Selbig.« Er drehte Leander den Rücken zu und betrachtete die Fotografien, wobei er sich ein wenig nach vorne beugte, als studiere er eingehend die Gesichter der Menschen, die mit ihm posieren zu dürfen die Ehre hatten.

Nach einer Weile schien er sich an Leanders Anwesenheit zu erinnern, ging zur Tür und legte eine Hand auf den Griff. »Brentano. Sein religiöses Werk. Fünf Seiten. Fünf Tage.« Er öffnete die Tür und trat zur Seite, um Leander vorbeizulassen.

Immer mittwochs und freitags saß Leander auf dem Hocker vor dem internatseigenen *Bösendorfer* und bemühte sich redlich, aber vorerst erfolglos, seinen Klavierlehrer zur Verzweiflung zu bringen. Filip Jakubek, ein überaus sanftmütiger und geduldiger Tscheche aus Brno, war nach der Niederschlagung des Prager Frühlings zusammen mit seiner Frau Viktoria nach Deutschland gekommen. Seit bald sieben Jahren unterrichtete er am Albrecht-von-Blumenthal-Internat und, da sein Gehalt und das seiner Frau kaum zum Leben reichte, in jeder Ortschaft, die für ihn und seine Vespa nicht zu weit entfernt war. Leander Selbig hatte sich schon sehr bald als Problemfall erwiesen, aber Jakubek wollte ihn auf keinen Fall verlieren, und zwar nicht etwa weil er an dessen verborgenes Talent glaubte, sondern weil er es sich schlicht nicht leisten konnte, auf Tante Merets oder irgendjemandes Geld zu verzichten. In den umliegenden Dörfern und Kleinstädten gab es unbegabte Kinder zuhauf, lustlose, lernunfähige Wesen, die keinen Ehrgeiz und zwei linke Hände hatten und deren Eltern aus bildungsbürgerlichem Geltungsdrang und einem selbstgefälligen Bedürfnis nach Schöngeistigkeit von ihren Söhnen und

Töchtern erwarteten, ein zweiter Artur Rubinstein zu werden, eine zweite Clara Schumann, und für alle fand Filip Jakubek Mittel und Wege, ihnen die Angst vor dem bedrohlichen Instrument zu nehmen, zum Beispiel indem er sie das Innere eines Flügels oder Pianos erkunden ließ oder mit gestreckten Zeigefingern und geschlossenen Augen den Flohwalzer in die Tasten hämmerte, um zu beweisen, dass jeder Kasper eine Melodie klimpern konnte.

Rasch erkannte er die Stärken und Schwächen der Kinder und passte seine Vorgehensweise den jeweiligen Fähigkeiten an, arbeitete bereits bei den ersten Lektionen mit Noten oder wartete damit, bis die wichtigsten Griffe saßen und spielerisch einfachste Tonfolgen entstanden. Keinem Kind hatte er jemals gesagt, es sei talentlos, faul oder dumm, es habe Wurstfinger oder kein Musikgehör. So wenig ließ Filip Jakubek sich beim Unterrichten aus der Ruhe und dem inneren Gleichgewicht bringen, dass er kein linkisches Mädchen und keinen zappeligen Jungen wegschickte, und so viel Geld verlor er in Wettbüros und auf Pferderennbahnen, dass er nicht einmal seinen hoffnungslosesten Fall zum Teufel jagte, den bedauernswerten, gegen sämtliche Strategien immunen Leander Selbig.

Doch am Tag nach Leanders Demütigung im Büro des Direktors nahmen die von angespannten Nerven und malträtierten Tasten, von böswilligen Misstönen und gut gemeinten Ratschlägen, von beharrlicher Verweigerung und unerschütterlicher Zuversicht geprägten Stunden ein längst fälliges Ende. Zum ersten Mal, seit Leander zwei Monate zuvor den Raum betreten hatte, an dessen Tür ein mit MUSIKZIMMER BITTE RUHE beschriftetes Schild hing, zeigte Filip Jakubek Erscheinungen von Ermüdung und Zermürbung. Minutenlang hörte sich der dreiundfünfzigjährige Mann die schmerzhaft schief klingenden Übungen seines Schülers an, verzog keine Miene, wenn von hundert Tönen keine zwanzig saßen, erhob nicht die Stimme, wenn Leander maulte, und blieb sanft, wenn er die störrischen Kinderfinger auf die richtigen Tasten legte.

»Ich kriege diese Oktavien einfach nicht hin.«

»Oktaven.«

»Was?«

»Es heißt Oktaven, nicht Oktavien.« Der Anflug von Gereiztheit in

Jakubeks Stimme war kaum wahrnehmbar, aber zweifelsfrei vorhanden, ein Zittern.

Endlich, dachte Leander.

»Ok-ta-ven.« Jakubek lächelte, war aber möglicherweise auch kurz davor, zu weinen.

»Genau.« Leander rutschte auf dem Hocker nach hinten, beugte sich zur Seite und deutete auf die Pedale unter dem Flügel, deren Funktion der Lehrer ihm nicht erklärt hatte, um den borniertesten seiner Schüler nicht zu überfordern. »Kann ich eigentlich schnellere Musik machen, wenn ich da aufs Gas drücke?« Er sah Jakubek mit dem dümmlich erwartungsvollen Gesicht des Trottels an, den er ihm seit ihrer ersten Begegnung vorgespielt hatte. »Polka finde ich toll.«

Jakubek holte tief Luft und stieß sie mit einem langen tonlosen Seufzer wieder aus. »Leander«, sagte er dann möglichst ruhig und gefasst, »hast du schon einmal daran gedacht, es vielleicht mit einem anderen Instrument zu versuchen? Violine, zum Beispiel. Oder Bratsche. Meine Frau würde sich freuen, dich zu unterrichten.«

»Warum nicht?«, sagte Leander, nachdem er einen Moment lang so getan hatte, als würde er überlegen. »Ich mag Bratschen. Und vielleicht passt ja ein Blasinstrument tatsächlich besser zu mir.«

Draußen war es dunkel geworden. Im Licht der Deckenlampe und der kleinen Leuchte über dem Notenständer war es kaum zu erkennen, aber Leander sah, wie die Farbe aus Filip Jakubeks Gesicht wich und der Mann innerhalb weniger Sekunden um Jahre alterte. Eine Weile bewegte sich keiner der beiden. Die auf dem Türschild geforderte Ruhe war makellos und erfüllte den Raum wie ein geruchloses, lähmendes Gas. Leander blieb vor den Tasten sitzen, auf denen er mittlerweile eine einfache Melodie hätte spielen können, wenn er gewollt hätte, während sein Lehrer neben ihm stand und sich mit den Händen am Flügel festhielt wie jemand, der sich in Erwartung einer gewaltigen Welle an eine Schiffsreling klammert.

Als er das Gefühl hatte, es sei Zeit zu gehen und Herrn Jakubek allein zu lassen, erhob Leander sich und ging zur Tür. »Leben Sie wohl«, sagte er und legte die Hand auf die Klinke.

Der tapfere, zuversichtliche Tscheche, der möglicherweise ein berühmter Komponist geworden wäre, wenn ihm das Weltgeschehen nicht dazwischengefunkt hätte, der nie seine Krawatte abnahm oder einen Knopf an seiner Weste öffnete, der selten, aber regelmäßig ins Schwärmen geriet und unter den staunenden, verlegenen Blicken seiner Schüler minutenlang aus einer Klaviersonate von Bartók spielte, der an die Möglichkeit einer Glückssträhne auf der Pferderennbahn glaubte und daran, eines Tages ein kleines Vermögen mit einer Fußballwette zu gewinnen, dieser stets feinfühlige, höfliche Mann drehte sich nicht um, als sein Schüler das Zimmer verließ und er allein in der Stille zurückblieb, die Augen noch immer auf das Fenster gerichtet, in dem sein Gesicht sich schemenhaft spiegelte, während es draußen dunkel wurde und seine Finger die Tasten berührten und die ersten Töne einer Melodie anschlugen, die ihm fremd war.

Im März wurde das Erscheinen der neuesten Ausgabe von *Geist und Größe* mit einem Fest gefeiert, zu dem Direktor Dünscheid Eltern und Verwandte der Schüler, Honoratioren aus der Gegend und Vertreter der lokalen Presse einlud. Für die Schüler und Lehrer herrschte Anwesenheitspflicht, nur der Hausmeister, sein Gehilfe, der Koch und der Gärtner durften dem Anlass ungestraft fernbleiben. Einen Tag vor dem *momentum magnum*, wie Direktor Dünscheid die Vorstellung seiner Herzensangelegenheit nannte, war von einem Trupp Abkommandierter die Aula geschmückt und ein mit dem Wappen des Internats verziertes Rednerpult auf die Bühne gerollt worden. Die Schüler, stets Frischlinge, denen die Ehrfurcht vor dem Periodikum noch eingeimpft werden musste, hatten gerahmte Titelblätter an die Wände gehängt, vierundzwanzig insgesamt, daneben Porträtfotografien, die Dünscheids Vorgänger und eine Reihe ehemaliger Lehrer und halbwegs berühmt gewordener Abgänger des Internats zeigten, sowie Zeichnungen, Radierungen, Holzschnitte und andere Illustrationen aus früheren Heften.

Bereits in der Woche vor dem Tag des Dekorierens waren die Fenster geputzt, der Parkettboden gewienert, der Bühnenteppich gereinigt, Stühle herbeigeschleppt und zwei Dutzend Podeste entlang den Wänden aufgereiht worden, übereinandergestapelte, mit weißen Laken verhängte Kisten für die Blumenvasen und Gipsbüsten. Dieser Aufwand wurde nur anlässlich der Weihnachtsfeier und der Verabschiedung eines Jahrgangs noch gesteigert, und in Direktor Dünscheids Amtszeit hatte die Feier mit jeder Durchführung an Glanz gewonnen und dem Periodikum und seinem Herausgeber zunehmend Anerkennung verschafft. Die Festlichkeiten zum fünfundzwanzigsten Erscheinen von *Geist und Größe* würden dem Internat zu noch mehr Bekanntheit und Ruhm verhelfen, hatte der Direktor in einem Rundschreiben prophezeit, der Name Albrecht von Blumenthal sei schon bald ein fester Begriff, wenn es um Bildungseinrichtungen in der Bundesrepublik Deutschland gehe. Im gleichen Brief hatte er seine Zöglinge darüber informiert, dass *Aktivitäten*, die den würdevollen Verlauf der Feier stören könnten, sei es Schwätzen oder Lachen oder dergleichen, drastische Strafen nach sich ziehen würden. *Wohlan*, lautete der letzte Satz am Ende seiner von Helbling auf der Maschine getippten Botschaft, *lassen Sie uns Geschichte schreiben!*

Draußen schien noch schwach die Frühlingssonne, als das aus sieben Schülern und der Geigenlehrerin bestehende Orchester zur Darbietung seines Begrüßungsstücks ansetzte. Noch immer kamen Gäste in den Saal und wurden von Lehrern zu den letzten freien Plätzen geführt, und noch immer störten Getuschel und Stühlerücken die gewünschte Ruhe. Zwei der einhundertdreiundsechzig Schüler fehlten, der eine lag mit gebrochenem Bein im Krankenhaus, der andere nahm an einer Schachmeisterschaft in Wien teil. Viele Mütter und Väter, Tanten und Onkel und Großeltern waren gekommen, ein paar Ehemalige, zwei pensionierte Lehrer und fünf Regionalpolitiker, die in der ersten Reihe saßen, zusammen mit einem Historiker, der einer der ersten Schüler des Albrecht-von-Blumenthal-Internats gewesen war, mehrere Bücher geschrieben hatte und als prominent galt, und dem als Fuhrunternehmer reich gewordenen Hans Holl, dank dessen Spende das Dach der Sporthalle neu gedeckt worden war. Vier Gremiumsmitglieder, drei von ihnen mit der Ehefrau, ergänzten die vorderste Reihe, der fünfte Mann beerdigte an diesem Tag seinen Bruder. Der frühere Direktor des Internats und ehemalige Herausgeber von *Geist und Größe* gab sich die Ehre, ein zwergenhaft geschrumpfter Greis, den man im Rollstuhl hereingeschoben hatte und auf dessen Knien eine Wolldecke und eine offene Dose voller Kekse lagen. Nur zwei Journalisten waren der Einladung gefolgt, beide standen mit umgehängten Kameras, gezückten Notizblöcken und gelangweilten Gesichtern zwischen blumengeschmückten Podesten.

Nachdem Musik und Applaus verklungen waren und Direktor Dünscheid die Bühne betreten hatte, wurde es still. Weil jeder Redner auf der Welt das tat, klopfte auch er ans Mikrofon, bevor er der Geigenlehrerin, Filip Jakubeks Frau Viktoria, dankte, Komponist und Werktitel nannte und darauf hinwies, dass im Anschluss an die Präsentation der fünfundzwanzigsten Ausgabe von *Geist und Größe* zwei weitere Stücke vorgetragen würden. Noch einmal wurde geklatscht, dann hob Direktor Dünscheid zu seiner Ansprache an, in der er auf die allererste Ausgabe zurückblickte, von der Leidenschaft schwärmte, mit der er seit Beginn seiner Tätigkeit als Direktor die Jahresschrift betreute, die Gönner erwähnte, deren großzügige Geldspenden den Druck ermöglichten, die hohe Qualität der Beiträge lobte und einen verklärten, hoffnungsfrohen Blick in die Zukunft wagte.

Während der Direktor den Mund bewegte, saß Leander stocksteif auf seinem Stuhl in der neunten Reihe und verstand kein einziges Wort. Aus Angst, das wild schlagende Herz könnte ihm aus dem Hals springen, hielt er den Mund geschlossen, und nach einer Weile spürte er denselben Schmerz in den Kiefern wie bei seiner letzten Vorladung in Dünscheids Büro. In seinem Kopf tobten die Gefühle, Rachsucht, Gewissensbisse, in einem Moment brennende Begeisterung über die eigene Tollkühnheit, im nächsten blankes Entsetzen. Zwei Reihen vor ihm saß Emil Kronenberg, drei davor Tante Meret, allein, weil Ewald arbeiten musste. Emil schien der Rede zu lauschen und die Ruhe selbst zu sein. Ab und zu drehte er sich um und warf einen kurzen Blick nach hinten, den Leander nicht deuten konnte. Er meinte Anzeichen im Gesicht seines Zimmergenossen zu erkennen, die irgendwo zwischen Vorfreude und Anspannung lagen, eher die Spur eines Lächelns als Panik, vielleicht aber auch das arrogante Grinsen eines Irren, der sich im Griff hatte.

Zwei Monate lang hatten sie auf diesen Tag hingearbeitet. Emil hatte die Beiträge verfasst und die Bilder ausgesucht, einen Drucker gefunden, der sich mit Überstunden etwas dazuverdienen wollte, das nötige Geld aufgetrieben, die Fahrten in die Stadt und den Transport der Hefte zum

Internat organisiert. Am schwierigsten war es gewesen, die Originale gegen die Kopien auszutauschen, eine strategische Meisterleistung, bei der Emil und Leander vier der hohlen und mit den gefälschten Heften gefüllten Podeste genau dann in den Festsaal rollten, als die mit dem Aufreihen der Stühle beschäftigten Jungen zum Mittagessen in den Speisesaal gingen, und so lagen jetzt vierhundert Exemplare von *Geist und Größe* in vier Stapeln auf dem Tisch hinter dem Rednerpult, die mit der offiziellen Ausgabe nur das Titelblatt gemeinsam hatten.

Leander erschrak, als um ihn herum alles applaudierte, weil der Direktor seine Rede beendet hatte. Er wollte ebenfalls klatschen, aber seine Arme waren so taub, dass er sie nicht heben konnte. Direktor Dünscheid sagte etwas, das nur als lang gezogener dumpfer Ton bei Leander ankam, dann erhob sich ganz vorne eine Frau, vielleicht die Gattin eines Bürgermeisters oder Gremiumsmitglieds, stieg die drei Treppenstufen hinauf auf die Bühne, wo sie vom Direktor mit Handkuss begrüßt, dem Publikum vorgestellt und um ein paar Worte gebeten wurde. Die Frau sprach Sätze ins Mikrofon, die Leander als Seifenblasen erreichten und an seinen Ohren zerplatzten. Als sie fertig war, gab es Beifall für sie und vom Direktor einen Blumenstrauß. Leander wollte aufstehen und wegrennen, aber seine Beine waren bleischwer und seine Zehen im Boden verwachsene Wurzeln. Wie in einem bösen Traum sah er den vier ausgewählten Jungen zu, die in Einerkolonne auf die Bühne gingen und mit vor dem Bauch gekreuzten Armen warteten, bis die Frau das weiße Laken vom Tisch gezogen hatte. Sekunden später warf ein Scheinwerfer sein gelbes Licht auf die Heftstapel. Die Frau und der Direktor strahlten um die Wette, als sie den Jungen halfen, jedem Gast eine Ausgabe von *Geist und Größe* zu überreichen.

Dann ging alles sehr schnell. Aus den Reihen der Ehrengäste kam das erste Gemurmel, der erste verwunderte Ausruf, der erste bestürzte Aufschrei. Die Schüler wurden unruhig, einige erhoben sich, um zu sehen, was vor ihnen passierte. Die Erwachsenen, die ein Heft in den Händen hielten, blätterten mit zunehmender Hast darin und sahen einander immer wieder mit ungläubigen, verwirrten Blicken an. Die Jungen vor und neben Leander reckten die Köpfe, andere verließen ihren Platz und gingen nach vorne. Leander schloss die Augen, und als er sie wieder öffnete, saßen nur noch er und Emil und ein paar alte Männer, alle übrigen Gäste und Schüler drängten sich vor der Bühne, wo sie ein Gewirr aus Leibern und Lärm bildeten. In der Mitte dieser wogenden Menge musste Direktor Dünscheid sein, dessen hysterisches Brüllen den Raum füllte und den Leander sich rasend vor Fassungslosigkeit und kochender Wut vorstellte. Ab und zu schoss aus der Menge ein Arm in die Höhe, schien ein Heft auf im Blitzlicht der Kameras, dann leerte sich der Saal, langsam und begleitet von Schreien und Flüchen, weil ein umgestürztes Podest, Blumen und Scherben den Weg zur Tür versperrten.

Blumen und Scherben, lautete eine Schlagzeile, *Skandal im Internat* eine andere. Bald war die Geschichte in allen Zeitungen des Landes, mal als ganzseitige Sensation, mal als Meldung unter *Vermischtes*. Dabei gingen die Journalisten kaum auf Emils Artikel ein, witzig-böse Parodien auf die hochtrabenden Beiträge der früheren Hefte, Texte über die *Sex Pistols*, Stanley Kubrick, Wolf Wondratschek und Jane Fonda. Was die Zeitungsmacher und Leser am meisten interessierte, war Emils Artikel über den Namensgeber des Internats, den 1889 geborenen Albrecht von Blumenthal, Klassischer Philologe und Professor, der 1940 in die NSDAP eingetreten war und 1945 auf der Flucht vor der heranrückenden US-Armee in Marburg gemeinsam mit seiner Frau Selbstmord begangen hatte. Nicht Emil Kronenbergs Gedanken zu den Theaterstücken von Rolf Hochhuth bewegten die Menschen, sondern die Frage, ob Albrecht von Blumenthal ein Nazi gewesen war, wie Emil gestützt auf seine Nachforschungen darlegte. Und nicht seine kritischen Bemerkungen zu Stefan Georges Übersetzungen des Gedichtbandes *Les Fleurs du Mal* von Baudelaire aus dem Jahr 1901 erhitzten die Gemüter, sondern Emils ausführlich erläuterte Beschämung angesichts der Tatsache, Schüler eines Internats zu sein, das sich nach einem Faschisten benannt hatte und in dessen Bibliothek weder Werke von Hannah Arendt noch von Primo Levi oder Jorge Semprún zu finden waren, dafür aber diverse Bücher von Autoren mit nationalsozialistischer Gesinnung. Emil Kronenbergs Ansichten zu Éric Rohmers Film *Les nuits de la pleine lune*, den er in den Sommerferien in Paris gesehen hatte, wurden links liegen gelassen. Was Schlagzeilen machte, war die Diskussion darüber, ob der Schüler Kronenberg respektlos, ja kriminell gehandelt habe, ob man die unrühmliche Vergangenheit eines ansonsten verdienstvollen Altertumsforschers, der Werke wie *Griechische Vorbilder: Versuch einer Deutung des Heroischen im Schrifttume der Hellenen* und *Der Tyrann Kritias als Dichter und Schriftsteller* verfasst hatte, nicht einfach ruhen lassen könne, ob es rechtens sei, mit Anschuldigungen an einen längst Verstorbenen ein ganzes Internat in Verruf zu bringen und dessen Direktor der Lächerlichkeit preiszugeben.

Leander lag auf dem Bett in seinem Zimmer in Tante Merets Haus und starrte an die Decke. Vom Lesen der Artikel, die Ewald ihm seit Tagen voller Stolz brachte, als seien es Berichte vom Triumph zweier Knaben über ein schreckliches Regime, tränten seine Augen. Aber ihm war auch so zum Heulen zumute, denn sein Leben war erneut komplett aus den Fugen geraten und seine Zukunft ein riesiges alarmrotes Fragezeichen. Seine Zeit als Internatsschüler war vorbei, sein Name im Impressum von *Geist und Größe*, der auf sein eigenes Drängen hin als Zeichen der unverbrüchlichen Freundschaft neben dem von Emil Kronenberg stand, bewies seine Mittäterschaft so zweifelsfrei wie seine beißend spöttische Zeichnung mit den Lehrern als Sklaventreiber, den Termiten und Ratten, die in der Heftmitte beide Seiten füllte. Es hatte nicht einmal ein Disziplinarverfahren gegeben, nur ein Urteil, die sofortige Suspendierung der beiden Schuldigen. Leander war schon eine Stunde nach dem offiziellen Rauswurf reisefertig gewesen und von Tante Meret abgeholt worden. Sie hatte seinen Zeichenstil sofort erkannt und gewusst, dass man ihren Neffen in hohem Bogen hinauswerfen würde. Noch vor dem Gongschlag, der die Schüler zum Mittagessen zitierte, waren die beiden ein letztes Mal durch das Tor und auf dem gewundenen Weg vom Hügel hinunter in den Ort gegangen, hatten mit der untröstlichen Gertrude Scholz eine Tasse Tee getrunken und den Mietvertrag für die Wohnung gekündigt. Nachdem Ewald gekommen und alles Gepäck im Auto verstaut war, waren sie in der hereinbrechenden Dunkelheit nach Münster gefahren.

Eine Woche verging, und noch immer sah Ewald in Leanders Rausschmiss nichts Bedauerliches oder gar Katastrophales. Ganz im Gegenteil, er amüsierte sich prächtig über das göttergleiche Quintett der Kuratoriumsmitglieder, den als Hofnarr dargestellten Helbling und die Peitschen schwingenden Lehrer. Endlich bot sich die Gelegenheit, seine Abneigung gegen das Internat offen auszusprechen, auch auf die Gefahr hin, es sich mit Meret auf längere Zeit zu verscherzen. Er nahm Leander und Emil in Schutz, bezeichnete ihre Tat als mutig, ja heroisch, und zudem längst überfällig. Das einzige Exemplar von *Geist und Größe*, das Meret mitgenommen hatte, hütete er wie einen Schatz, und wenn er sich nicht gerade ein Wortgefecht mit Meret lieferte, blätterte er darin, kicherte und gab Laute der Begeisterung von sich. Neben Leanders Zeichnung hatten es ihm auch Emils Illustrationen angetan, vor allem die Collagen aus Fotografien, die bei Sportveranstaltungen im Internat aufgenommen worden waren und die nach Emils Bearbeitung nur noch groteske Knäuel aus Fleisch und Muskeln zeigten. Immer wieder las er aus den Artikeln vor, so laut, dass der auf sein Zimmer verbannte Leander ihn hören konnte, zitierte Sätze, die er wunderbar fand, Absätze, deren analytische Qualität er rühmte, bis Meret ihn aufforderte, zu schweigen.

»Reiz und Blöße statt Geist und Größe. Herrlich!«

»Die beiden stehen vor dem Nichts. Findest du das auch herrlich?«

»Sie stehen nicht vor dem Nichts. Das Leben liegt vor ihnen.«

»In Trümmern, ja.«

»Sie sind von der Schule geflogen. Sie haben nicht schwer verletzt einen Flugzeugabsturz überlebt.«

»Ach, sei still.«

Dann gab Ewald jeweils Ruhe, doch immer nur, um schon bald darauf erneut aus einem Artikel zu zitieren. Emil Kronenberg sei ein genialer Autor, dem alle Türen offenstünden, sagte er, und auf Merets gereizte Frage, was er für Leanders Zukunft voraussehe, antwortete er, er habe keine Ahnung, aber der Junge habe Mumm und werde seinen Weg schon machen.

»Leander muss noch mindestens zwei Jahre zur Schule. Dieses Internat war die letzte Hoffnung.«

»*Deine* letzte Hoffnung. Du weißt, wie ich von Anfang an über diese Zuchtanstalt gedacht habe.«

»Immerhin haben sie ihn genommen.«

»Sie haben vor allem Thomas' Geld genommen.«

Obwohl Leander die Tür seines Zimmers einen Spaltbreit geöffnet hatte, konnte er Meret und Ewald, die in der Küche saßen, nicht mehr hören. Entweder sagten sie nichts oder flüsterten. Er stand auf, schlich zum Treppenabsatz und lauschte angestrengt. Wenig später redeten die beiden wieder lauter, und er verstand jedes Wort.

»Wohin soll er jetzt bloß?«, rief seine Tante.

»Wir werden etwas für ihn finden.«

»Aber was? Eine Sonderschule? Oder so ein Privatding, das sich um schwierige Kinder kümmert und ein Vermögen kostet?«

Als Meret zu schluchzen begann, ging Leander zurück in sein Zimmer, schloss leise die Tür und kroch wieder ins Bett. Er nahm sich vor, seinen Weg im Leben zu machen, wie Ewald es ihm zutraute, aber nach einer Weile fing er trotzdem an zu heulen, drehte sich auf den Bauch und vergrub das Gesicht im Kissen.

Wenig später wurde an die Tür geklopft und sein Name gerufen. Leander setzte sich auf und wischte sich die Tränen aus den Augen. Ewald rief noch einmal nach ihm und bat ihn, in die Küche zu kommen, wo Meret und er ihm etwas mitzuteilen hätten. Leander putzte sich die Nase und schlüpfte in die Pantoffeln. Kaum hörbar drang der Gesang einer Amsel aus dem Garten herauf. Leander ahnte, was ihn erwartete. Tante Meret und Ewald hatten die ganze Woche darüber beraten, wie es mit ihm weitergehen sollte. Sie hatten sich auf Ämtern informiert und Prospekte von Privatschulen angesehen. Jetzt würden sie ihm ihre Entscheidung bekanntgeben und ihm sagen, wo er die nächsten zwei, drei Jahre verbringen würde. Als er zur Tür ging, sah er die Amsel, die durch das Licht der Straßenlaterne flatterte und in der Dämmerung verschwand.

WINNIPEG LOGBUCH

Auszüge 6

Am frühen Nachmittag arbeiten wir auf einem der Felder. Wir verteilen den Kuhmist, den Manfred mit dem Traktor herangekarrt hat. Wir alle sehen die beiden Männer, die in weiter Ferne aus dem Wäldchen treten und gleich wieder darin verschwinden. Wir sehen sie lange genug, um sie nicht mit Hasen zu verwechseln oder mit Störchen, die dort nach Fröschen suchen. Es ist hell, wenn der Wind die Wolken fortweht, lässt die Sonne die Stämme der Birken aufblitzen. Wir können sehen, wie die Männer im sumpfigen Grund einsinken. Sie breiten die Arme aus und schwanken. Auf ihren Köpfen sitzen Hüte, und beide tragen die gleiche Hose und die gleiche Jacke. Uniform nennt man das, das wissen wir aus den Büchern. Russische Soldaten tragen sie und englische Seeleute und die Männer, die die Indianer umbringen. Bald verschwinden sie wieder zwischen den Bäumen. Wir fragen uns, ob wir den Alten davon erzählen sollen. Wir einigen uns darauf, zu warten. Wenn die beiden zurückkommen, melden wir es den Alten. Dann sollen sie entscheiden, was zu tun ist. Vielleicht glauben sie uns nicht und sagen, dass wir uns getäuscht haben. Dass es Störche waren mit ausgebreiteten Flügeln. Aber es waren keine Störche, sondern Männer, wahrscheinlich Soldaten.

In der Nacht reden wir über die Männer. Wir streiten uns über die Farben ihrer Uniformen und den Grund ihres Erscheinens. Im Dunkeln achten wir auf Geräusche, aber wir hören nur, was wir immer hören, das Knacken der Dachbalken, die Windstöße in den Ästen, die Rufe der Käuzchen. Noch nie ist uns ein Feind so nahe gekommen. Bis auf Oskar, und der ist weg.

RINGO
Dritte Auskunft

In dieser Dunkelheit bin ich das Kind, an das ich mich nicht erinnern kann. Ich bin ein träumendes Wesen, so sehe ich mich, wenn ich daliege und spüre, wie die Zeit vergeht. Der Alkohol trägt mich, er ist der Ozean, in dem ich treibe. Über mir ein schwarzer Himmel. Jedes Licht ein gewesener Planet, jeder Planet meine vergangene Welt. Bilder wehen heran, wonach ich greifen kann, verblasst vor meinen Augen, zerfällt zwischen meinen Fingern. Was verloren ist, war weder Glück noch Unglück, es war Tag und Nacht, Sommer und Winter, Aussaat und Ernte. Es war Sprache zwischen uns, Blicke, eine Hand, ein Finger auf der anderen Haut. Es war die Anwesenheit von Tieren und Erde und Gras und Wolken. Es war in jedem Moment das Leben und ebenso verlässlich der Tod. Wenn ich in meinem Meer aus Alkohol treibe, wenn ich das fremde Land meiner Existenz verlassen habe, bringt mich mein Kopf dazu, über meine Traurigkeit zu lächeln, er sagt mir, mein Schlaf rühre von Faulheit, nicht vom Bedürfnis, blind und taub zu sein. Er sagt mir, es sei Trägheit, die mich niederstreckt, nicht Todeswunsch. Ich lächle, das habe ich gelernt. Und dass nichts wirklich zählt, nicht wirklich. Schwäche, sagt mir mein Kopf, die traue ich dir zu, Angst auch, nicht aber den Mut zum Letzten, die zum Abtritt nötige Feigheit. Mein innerer Schweinehund trinkt. Der Engel auf meiner Schulter trinkt. Der Mann in meinem Ohr trinkt. Meine Seele, ein dunkler, taumelnder Vogel, trinkt. Kaputte Sterne, so viele Jahre noch, bis uns ihr Licht erreicht. Elif. Jeder Satz über mich in meiner Gehirndeponie. Elif. Mein Kopf lehrt mich zu lächeln, also lächle ich.

Griechenland Gazette, Ausgabe August 2004
Deutscher »Held« bringt Tod und Trauer in die Ägäis
Von Klaus-Jürgen Neudorf, Athen

Es ist noch nicht lange her, da berichtete diese Zeitung über einen Mann, der vom zufälligen Augenzeugen zum Helden wurde. Über jemanden, der nicht nachdachte und nicht zögerte, als es galt zu handeln, ungeachtet der Gefahr, in die er sich begab, um andere zu retten. Dieser Mann hieß Ringo Eichhorn, und auch der Mann, um den es hier geht, heißt Ringo Eichhorn. Der eine stürzte sich voller Mut und Todesverachtung in die Flammen und holte acht Männer daraus hervor, der andere stürzte voller Schwäche und Haltlosigkeit ins eigene Elend. Der eine Ringo Eichhorn machte sich unsterblich, indem er acht Menschen vor dem Sterben bewahrte, der andere Ringo Eichhorn wird uns in Erinnerung bleiben, weil er für den Tod zweier Menschen verantwortlich ist.
Man muss weit in der Zeit zurückgehen, um zu begreifen, wer dieser Mann ist, bis ins Jahr 1980, als die Welt zum ersten Mal von der Existenz eines Jungen namens Ringo Eichhorn erfuhr – und dieser Junge von der Existenz der Welt erfuhr. Ringo, der nie kirchlich auf diesen Namen getauft worden war, lebte in äußerster Isolation auf dem Land als einer von vier Heranwachsenden, die als *Kommunenkinder vom Kampstedter Bruch* traurige Berühmtheit erlangten und deren Schicksal auch in dieser Zeitung behandelt wurde. Zur Erinnerung: Die Behörden ließen den landwirtschaftlichen Betrieb in Niedersachsen im Mai 1980 räumen, nachdem ein anonymer Hinweis eingegangen war. Beim Polizeieinsatz wurden zwei Beamte durch Axthiebe verletzt, als einer der erwachsenen Bewohner des Hofes sich zur Wehr setzte. Die vier aufgefundenen Jugendlichen, drei Jungen und ein Mädchen, wurden in ärztliche und psycholo-

gische Behandlung verbracht und später entweder von Verwandten aufgenommen oder in die Obhut einer Pflegefamilie übergeben. Auch Ringo Eichhorn kam zu Pflegeeltern, wo er mehr als zwei Jahre lang Schutz und Geborgenheit fand. Mit sechzehn verließ Ringo die Schule, um eine Ausbildung zum Forstarbeiter zu machen, brach diese jedoch ab und trat eine Lehre als Fahrradmechaniker an. Drei Jahre später schaffte er nach zwei Anläufen die Abschlussprüfung, und nur einen Tag danach verschwand er abschiedslos von der Bildfläche, wie es ein Mitarbeiter des Jugendamtes dieser Zeitung gegenüber formulierte.

Erst fünfzehn Jahre später tauchte sein Name wieder in den Schlagzeilen auf. Auch dieses Blatt berichtete über das Ereignis, bei dem Ringo Eichhorn vom ehemaligen Sorgenkind zum Helden wurde. In einer schicksalsträchtigen Nacht rettete der damals Vierunddreißigjährige acht Männer aus einem brennenden Seniorenheim in Hamburg und erlangte dadurch landesweite Berühmtheit. In der Folge hielt er Vorträge an Schulen und in Seniorenheimen und trat bei Einweihungen von Feuerwachen und Supermarkteröffnungen auf. Sein Bild erschien in den Werbebroschüren verschiedenster Firmen, und er stellte seinen Namen für die Kampagne *Sei ein Held – Rette den Wald* der Aktionsgemeinschaft Deutscher Forst e.V. zur Verfügung.

Der Verdacht, seine plötzliche Berühmtheit habe Ringo Eichhorn völlig überfordert und zum Trinker gemacht, bestätigte sich vor wenigen Tagen auf tragische Weise. Schauplatz des Unglücks war die für ihren weißen Marmor und die Kirche mit den hundert Pforten berühmte Insel Paros. Dorthin waren Ringo Eichhorn und eine Gruppe von Freunden im Dezember des vergangenen Jahres gezogen, um im Küstenort Drios als Aussteiger und Zivilisationsflüchtlinge – früher hätte man sie Hippies genannt – ein neues, in ihren Augen sinnvolleres Leben zu beginnen. Die fünf Männer, vier Frauen und vier Kinder bewohnten mehrere alte Häuser, die sie mit einfachsten Mitteln und ohne viel Geld instandgesetzt hatten. In einem Gewächshaus bauten sie Gemüse an und verkauften selbst hergestellte Stofftaschen, Gürtel und Schmuck auf den Märkten der

Insel. Was die Beziehungsverhältnisse innerhalb der Gruppe betrifft, darf vermutet werden, dass die Frauen und Männer sich dem Geist der freien Liebe verbunden fühlten und Partnertausch zum Alltag gehörte. Aussagen von Dorfbewohnern und Nachbarn untermauern diese These: »Wenn sie im Dorf auftauchten, wussten wir nie, wer mit wem verheiratet war. Ebenso fragten wir uns, welche der Erwachsenen die Eltern der Kinder waren. Sie lebten so einfach wie die Ärmsten der Insel und schienen auch noch stolz darauf zu sein, sie passten einfach nicht hierher. Wir fanden sie schon sehr seltsam, diese Deutschen.« So lautet die Auskunft der Nachbarin Agalma D., 63, Bäuerin.

Niemand behauptet, diese ungewöhnliche, nach Ansicht von Gesellschaft und Kirche amoralische Lebensführung sei schuld daran, dass es am 8. August 2004 zur Tragödie kam, bei der zwei Menschen den Tod fanden. Doch die Frage muss erlaubt sein: Was, wenn nicht sittlicher Zerfall und das Fehlen von Familiensinn und Verantwortungsgefühl, kann die Ursache dafür sein, dass ein Mann, Ringo Eichhorn, und eine Frau, Luise P. (Name von der Redaktion geändert), zwei minderjährige Kinder auf ein Boot brachten und mit ihnen aufs Meer hinausfuhren? Was muss in den Köpfen dieser beiden Erwachsenen vorgegangen sein, als sie beschlossen, sich ohne nennenswerte nautische Erfahrungen auf einem Segelboot in die südliche Ägäis zu wagen? Noch dazu mit einem altersschwachen Motor ausgestattet, wie spätere technische Untersuchungen ergaben. Das wird für immer das Geheimnis des weder miteinander verheirateten noch verlobten Paares bleiben, denn Luise P. ist tot, und Ringo Eichhorn schweigt beharrlich.

Auch was die Geschehnisse an jenem verhängnisvollen Tag betrifft, herrscht noch in vielen Punkten Unklarheit. Sven K. (Name von der Redaktion geändert), das gerettete, für den Rest seines Lebens traumatisierte Kind, kann sich kaum an etwas erinnern. Aus diesem Grund muss das hier Folgende als Mutmaßung gelten, als der Versuch, anhand von Augenzeugenberichten, Polizeiprotokollen und Expertenaussagen den Verlauf des tödlichen Bootsausfluges zu rekonstruieren.

Gegen elf Uhr morgens verließ das nach dem griechischen Dichter Jannis Ritsos benannte Boot, eine sieben Meter lange und zwölf Jahre alte einmastige Segeljacht, den Hafen von Drios und nahm mithilfe des dieselbetriebenen Motors Kurs in südwestliche Richtung. Ziel der Reise war möglicherweise die der Küste vorgelagerte Insel Drionisi oder eine nahe Halbinsel, auf der sich ein bei Touristen beliebtes Kloster befindet. Vielleicht wollte der bis zum damaligen Zeitpunkt über keinerlei seglerische Fähigkeiten verfügende Möchtegernkapitän auch nur ein paar Meilen weit auf die offene See fahren, wo man in azurblauem Wasser schwimmen und sich fernab belebter Strände auf Deck sonnen konnte.

Rückblickend muss es als geradezu himmelschreiende Verantwortungslosigkeit bezeichnet werden, dass sich an Bord der *Jannis Ritsos* weder ein Funkgerät noch Signalraketen oder auch nur eine Rauchfackel befanden. Auch dass die Erwachsenen viel zu wenig Trinkwasser mitgenommen hatten, muss als grob fahrlässiges Versäumnis gewertet werden. Kann man den Berichten von Ringo Eichhorn und Sven K. Glauben schenken, setzte der Freizeitskipper nach etwa einer Stunde den Anker, damit alle ein erfrischendes Bad nehmen konnten. Es war ein heißer Tag, laut meteorologischen Daten herrschten 32 Grad Celsius, dank fast völliger Windstille präsentierte die See sich ruhig, beinahe spiegelglatt. Es muss gegen 14 Uhr gewesen sein, als die beiden Kinder, der neunjährige Jan F. (Name von der Redaktion geändert) und der zehnjährige Sven K., sowie Luise P. über die Leiter am Heck des Bootes ins Wasser stiegen. Nach eigener Aussage sprang Ringo Eichhorn »nur ganz kurz, keine zwei Minuten« ins kühle Nass, um danach »unter Deck eine kleine Mahlzeit herzurichten«.

Zum besseren Verständnis an dieser Stelle die Information, dass es sich bei der *Jannis Ritsos* um ein sehr einfaches Boot handelt, auf das der Begriff Segeljacht nicht wirklich zutrifft. Vielmehr handelt es sich dabei um ein Modell im niedrigsten Preissegment mit spärlicher Motorisierung und einem winzigen Raum unter Deck von fünf mal zwei Metern Größe und einer Höhe von einhundertzwanzig Zentimetern, was eigentlich eher als Stauraum denn als Aufenthaltsraum oder Kajüte zu bezeichnen ist. In dieser Enge soll Ringo Eichhorn also eine Zwischenverpflegung vorbereitet haben, mit der er die drei Badenden nach ihrer Rückkehr an Bord empfangen wollte. Laut Bericht der griechischen Untersuchungsbehörde wurden unter Deck tatsächlich Lebensmittel gefunden, so zum Beispiel Brot, Schafskäse und Tomaten, alles in Scheiben bzw. Würfel geschnitten, sowie Oliven und eine nicht zerteilte Wassermelone. Daran, wie viel Zeit er unter Deck zugebracht hat, kann Ringo Eichhorn sich angeblich nicht erinnern. Ebenfalls eine Lücke weist seine Erinnerung dort auf, wo es um die Frage geht, warum er die Rufe der Frau und der beiden Kinder nicht gehört hat, als das Boot in einem plötzlich und für den selbst ernannten Kapitän unerwartet aufgefrischten Wind abgetrieben wurde.

Was war passiert? Die Auswertung aller Informationen, Aussagen und Berechnungen ergab das folgende Szenario: Jan F., der seit etwa drei Jahren schwimmen konnte, hatte sich mit einem handelsüblichen aufblasbaren Plastikschwimmring ins Wasser begeben, Sven K. mit zwei über die Oberarme geschobenen Plastikschwimmflügeln. Beide in Italien hergestellten und in Griechenland gekauften Artikel hatten die Aufgabe, Rumpf und Kopf der Kinder über Wasser zu halten und sie weniger rasch ermüden zu lassen. Luise P., seit frühester Jugend eine »ausgezeichnete Schwimmerin« (Aussage der in Gütersloh lebenden Schwester), war ohne derartige Utensilien ins Wasser gegangen, vermutlich, weil sie auf ihr Können vertraute und zudem um die Nähe des Bootes wusste. Womit sie nicht rechnen konnte, war Folgendes: Ringo Eichhorn hatte zwar vor den Augen seiner Passagiere (Aussage von Sven K.) den Anker, ein dreizackiges, an einem Nylonseil befestigtes Modell aus Aluminium, in den Fluten versinken lassen, jedoch nicht realisiert, dass der Anker nicht am Meeresgrund ruhte, sondern gänzlich nutzlos etwa zwanzig Meter unterhalb des Bootes hing, was der gesamten Länge des Seils entsprach.

Das war der erste folgenschwere Fehler des Hobbyseglers. Den zweiten beging er, als er das Segel so an der Takelage festmachte, dass es einerseits zum beabsichtigten Sonnenschutz wurde, andererseits aber zu einer Angriffsfläche für die erwähnte jäh einsetzende Brise, die zwar leicht, aber dennoch kräftig genug war, um das Boot fortzubewegen, weg von den drei Badenden. Der dritte und vierte Fehler wiegen gleich schwer und zeugen von unfassbarer Gedankenlosigkeit und Naivität: Ringo Eichhorn drehte unter Deck die Lautstärke des CD-Players maximal auf, was in der Folge dazu beitrug, dass er die Stimmen der drei Verzweifelten nicht hörte. Wie die polizeiliche Durchsuchung des Bootes und ein bei Ringo Eichhorn vorgenommener Bluttest erbrachten, hatte er seit Verlassen des Hafens eine Flasche Wein und eine Viertelflasche Ouzo getrunken.

Laut medizinischem Bericht hätten Alkohol und Hitze ausgereicht, um den für das Boot Verantwortlichen in seiner Handlungsfähigkeit deutlich zu beeinträchtigen, doch muss vermutet werden, dass neben diesen beiden Faktoren auch noch etwas anderes eine bedeutende Rolle gespielt hat: Marihuana. In Ringo Eichhorns Blut konnten zwar keine Rückstände von THC nachgewiesen werden, dennoch ist unbestritten, dass diese Droge eine wesentliche und letztendlich todbringende Rolle in diesem Drama spielt. Dafür spricht unter anderem die Tatsache, dass zahllose Aussagen von Nachbarn und sogar von Mitbewohnern der Hippie-WG bestätigen, wie normal und alltäglich der Konsum von Haschisch innerhalb der Gruppe war. Hierzu der Kommentar eines Polizisten aus Drios: »Irgendwann ist uns schon aufgefallen, wie gut gelaunt die Deutschen immer waren. Aber wir dachten, das komme vom guten Klima und vom Ouzo und Retsina. Wären wir früher eingeschritten, hätten wir dieses schreckliche Unglück vielleicht verhindern können. Ich mache mir deswegen jeden Tag große Vorwürfe.«

Für die Marihuana-These spricht auch, dass der Konsum nach Ablauf von zwölf Stunden im Blut nicht mehr nachweisbar ist und dass die griechischen Ermittlungsbehörden es versäumt haben, bei Ringo Eichhorn einen Urintest anzuordnen, der erfahrungsgemäß auch nach mehreren Wochen noch positiv ausgefallen wäre. Dass Ringo Eichhorn das Rauchen eines Joints an Bord der *Jannis Ritsos* leugnet, verwundert doch einigermaßen, denn mit diesem Geständnis hätte er seine bei der Gerichtsverhandlung in Athen vorgebrachte Behauptung stützen können, er sei auf der Treppe vom Ober- ins Unterdeck gestolpert, mit dem Kopf aufgeschlagen und ohnmächtig liegen geblieben.

In dieser von ihm im Zustand der Bewusstlosigkeit verbrachten Zeit müsse das Boot aus der Reichweite der Frau und der Jungen getrieben sein, so die Aussage Ringo Eichhorns, die vom Deutschen ins Griechische übersetzt wurde und die ein junger, offensichtlich unerfahrener Verteidiger im Gerichtssaal vorbrachte. Die Besinnung wiedererlangt habe er erst wieder, als »alles zu spät« gewesen sei und von den drei Menschen »jede Spur gefehlt« habe, behauptete der Angeklagte. Trotzdem habe er »umgehend« versucht, den Motor des Bootes zu starten in der Absicht, das Meer nach den Vermissten abzusuchen, doch habe er es auch nach »mehreren Anläufen« nicht geschafft. Wie sich später herausstellte, gab es dafür zwei Gründe: Es befand sich kaum noch Treibstoff im Tank, und die Zündkerzen waren stark verschmutzt. Beides wäre bei richtiger, gewissenhafter Vorbereitung vermeidbar gewesen. So lautet das ebenso nüchterne wie herzzerreißende Fazit der technischen Untersuchung, und sie gewinnt noch an Tragik, wenn man bedenkt, dass zum Zeitpunkt des Motorschadens Jan F. und Luise P. mit großer Wahrscheinlichkeit noch am Leben waren.

Dunkelheit senkte sich über das Meer, und glaubt man Ringo Eichhorn, verbrachte er die Nacht damit, an Deck zu stehen, im schwachen Licht der Sterne nach den drei Vermissten Ausschau zu halten und ihre Namen zu rufen. Aber erst am Morgen, nach Sonnenaufgang, sah er »etwas« weit weg vom Boot treiben, »einen dunklen Fleck« im flachen Wellengang des 9. August. Obwohl er nicht erkennen konnte, was es war, sprang er »ohne nachzudenken in die Fluten«, wie er aussagte, als wollte er seine lange zurückliegende Heldentat, die Rettung von acht Männern aus einem brennenden Haus, in den Mauern des Athener Gerichtsgebäudes heraufbeschwören.

Es war Sven K., den er aus dem Wasser barg, der zehnjährige Junge, den er tags zuvor seinem Schicksal überlassen und jetzt »gerettet«

hatte. Der Junge war noch am Leben, weil ihn die Schwimmflügel über Wasser gehalten hatten, als er vor Erschöpfung, Unterkühlung und Dehydrierung bewusstlos geworden war. Doch weil es an Bord weder Trinkwasservorräte noch warme Decken, geschweige denn ein Funkgerät oder Signalraketen gab, stand das Leben des Zehnjährigen auch weiterhin auf Messers Schneide. Es vergingen nochmals mehr als vier Stunden, bis ein Boot der Küstenwache die *Jannis Ritsos* entdeckte und in den Hafen schleppte.

Was der Junge am zweiten Tag nach seiner Rettung im Krankenhaus von Parikia, der Hauptstadt von Paros, berichtete, muss für seine Mutter und den von ihr getrennt lebenden und in der Zwischenzeit aus Deutschland angereisten Vater schwer zu ertragen gewesen sein. Um den Horror, den Sven K. durchlebt hat, ungefiltert wiederzugeben, hier das Protokoll seiner Aussage gegenüber der Polizei, das der Presse auf Deutsch und Griechisch zur Verfügung gestellt wurde: »Es war sehr heiß, und ich und Jan wollten unbedingt ins Wasser. Lulu (so nannten die Jungen Luise P., Anmerkung der Redaktion) ist mit uns reingegangen. Ringo ist auch rein, aber nur kurz, dann ist er zurück aufs Boot. Wir sind eine Weile rumgeschwommen. Die Sonne hat uns auf den Kopf gebrannt, aber ich habe mich nicht getraut, den Kopf ins Wasser zu tauchen. Jan auch nicht. Da hat Jan etwas im Meer gesehen und ist hingeschwommen, also mit seinem Ring hingepaddelt. Er hat uns gerufen, und da sind wir zu ihm, und da war eine große Schildkröte, so groß wie der Ring von Jan oder noch größer. Sie hat sich in einem Stück Fischernetz verheddert, und wir haben versucht, sie zu befreien. Lulu hat uns geholfen, aber die Schildkröte war schon tot. Jan hat geheult, und Lulu musste ihn trösten, und als wir zum Boot zurückwollten, haben wir gesehen, dass es ganz weit weg war, so klein wie ein Spielzeugboot ist es uns vorgekommen.«

Es ist eine Schilderung der Hölle, die Sven K. zu Protokoll gegeben hat, so entsetzlich und aufwühlend, dass an dieser Stelle eine knappe Zusammenfassung der Geschehnisse genügen muss. Die drei dem Meer Überlassenen warteten und hofften, gab der Junge an, sie riefen und schrien irgendwann, doch alles vergeblich. Nachdem sie eine Weile zusammengeblieben waren, schwamm Luise P. in die Richtung, in der sie das Boot vermutete. Später hörten die beiden Jungen aus der Ferne die Stimme der Frau, doch irgendwann verstummten die Rufe. Die Jungen klammerten sich aneinander fest, aber in der Nacht, als die Erschöpfung sie übermannte, trieb die Strömung sie voneinander weg. Die Ermittlungsbehörden gehen davon aus, dass Jan F. schon bald ertrunken ist, im Schlaf durch den Ring gerutscht, der ihn zuvor über Wasser gehalten hatte. Seine Leiche wurde nicht gefunden, anders als die von Luise P., deren lebloser Körper am 10. August auf offener See geborgen wurde. Luise P. hatte sich mit dem Oberteil ihres Bikinis einen leeren Plastikkanister ans Handgelenk gebunden, der das Versinken ihrer Leiche im Meer verhinderte. Luise P. war die Mutter von Sven K., der den Nachnamen des Vaters trägt, bei dem er inzwischen wieder lebt.

Und was geschah in der Folge mit Ringo Eichhorn? Was konnte das Athener Gericht ihm vorwerfen außer Verantwortungslosigkeit, grober Fahrlässigkeit und Dummheit? Dass er den verhängnisvollen Ausflug ohne Bootsführerschein und ohne die vorgeschriebene Ausrüstung unternommen hatte, wurde mit einem Bußgeld belegt, umgerechnet lächerliche vierhundert Euro. Wirklich bestraft wurde er nicht. Wo Ringo Eichhorn jetzt lebt, ist nicht bekannt. Einmal mehr ist er verschwunden. Wie er mit seiner Schuld umgeht, weiß nur er selbst. Er ist in dieser dunklen Zelle aus Schuld und Verzweiflung ganz allein und muss diese Last auf den eigenen Schultern tragen. Es ist sein Gesicht, das er jeden Tag im Spiegel sieht

und erinnert, wer getan

hat. Ewigkeit, bis

vielleicht Angehörigen der Verzeihung

bitten hoffen Gnade,

nachts, Bilder Vielleicht

will er

Niemand

der zwei Toten

ihre Rufe

seinen dunkelsten

verloren

nie

will er

freisprechen.

Erlösung.

FRIDA

1984

Es hätte schlimmer kommen können. Das ging ihr durch den Kopf, wenn sie sich wieder einmal ungerecht behandelt oder falsch verstanden fühlte. In einer Pflegefamilie oder einem Heim wäre es bestimmt schlimmer gewesen, tröstete sie sich, wenn sie zum wiederholten Mal einer Verfehlung bezichtigt wurde, die sie nicht begangen hatte, etwa, sie habe nach ihrem ohnehin unerlaubten Ausflug nach draußen das Tor offen stehen und den Hund entwischen lassen, oder wenn ihr eine Bemerkung als anmaßend ausgelegt wurde, zum Beispiel die, es sei ungerecht, dem Gärtner das Geld für die Reparatur des Rasenmähers vom Lohn abzuziehen, nur weil er einen im Gras verborgenen Stein übersehen hatte. Sie solle sich auf das Lernen beschränken, wurde ihr dann gesagt, einzig zu diesem Zweck sei sie aufgenommen worden, die mit den Angestellten vereinbarten Regeln bräuchten sie nicht zu kümmern. Den Vokabeln und Formeln solle sie ihre Aufmerksamkeit schenken, statt vor lauter Sorge um das Wohl des Personals den Kopf nicht bei der Sache zu haben und das Tor nicht zu schließen. Was mit dem Dobermann außerhalb der Grundstücksmauern geschehen könne, habe man im vergangenen Jahr gesehen, als Kinder aus dem Ort Gero von Leitz mit Steinen beworfen und verletzt hätten. Ob sie für das Leid eines durch ihre Unachtsamkeit in Gefahr geratenen Tieres verantwortlich sein wolle, war sie gefragt worden, und natürlich hatte Frida verneint.

Sie saß auf der Terrasse hinter dem Haus und trank eine Tasse Kaffee. [illegible] *ehntes Jahr-* [illegible] Heft *Aristo-* [illegible] nd Insekten, [illegible] Stimme von [illegible], Gönnerin, [illegible] en Minuten [illegible] zur Erleich- [illegible] war, um in [illegible] neuchen.

[illegible] nnt gewese- [illegible] Obwohl sie [illegible] darauf, dass [illegible] rida ihr aus [illegible] g gerne er- [illegible] Mutter, und [illegible] sprach, er- [illegible] vermied sie es tunlichst, jemals über ihren Schatten zu springen und so etwas wie Gefühle zu zeigen. Nie verlor sie auch nur geringfügig die Beherrschung oder gab sich mit einem lauten Wort eine Blöße. Es schien ihr Genugtuung zu verschaffen, Macht auszuüben, eine Macht, die sie als etwas Selbstverständliches ansah, etwas Gottgegebenes, auch wenn sie aufgehört hatte, an Gott zu glauben. Bei ihrer Heirat mit August Grothe war sie zu etwas geworden, das sie für sich selbst *Knospe am Stammbaum* nannte, einem Stammbaum, durch dessen Äste adliger Saft floss. Vor elf Jahren hatte sie eine Tochter geboren, die im Alter von acht an Leukämie gestorben war. Danach hatte sie für sich beschlossen, sie habe ihre Pflichten gegenüber der Familie erfüllt und außerdem genug Leid erlitten, um für den Rest ihres Lebens in Ruhe gelassen zu werden. Sollten doch andere Frauen dem Grothe-Clan Nachkommen gebären, entschied sie nach Jahren der Trauer und Verbitterung. Sollten doch gesunde Frauen mit ihren gesunden Männern Nachwuchs zeugen und gesunde Kinder in die Welt

Konstanze – Grossmutter v. Frida
Paula – Schwester v. Konstanze
Sie Immobilien übernehmen ihres Schwiegervaters

setzen, die nicht dazu verdammt waren, mitten aus dem zweiten Schuljahr gerissen und qualvolle dreiundzwanzig Wochen später beerdigt zu werden.

Um ihrer Existenz eine Art Sinn zu geben und ihren Kopf mit etwas anderem zu beschäftigen als medizinischen Artikeln, psychologischen und esoterischen Schriften und dem Für und Wider von Selbsthilfegruppen trauernder Eltern, übernahm sie das Immobilienunternehmen ihres Schwiegervaters, der sich nach dem Tod seiner Frau nach Florida abgesetzt hatte, um Motorboot zu fahren und zwischen Alligatorentümpeln Golf zu spielen. Strenge und Unnahbarkeit waren Vorrechte, die sie sich verdient hatte, fand Paula. Dass sie im Haus und in der Firma Befehle erteilen konnte, ohne darüber Rechenschaft ablegen zu müssen, betrachtete sie als Form von Wiedergutmachung dafür, einen antriebslosen, ständig kränkelnden Mann geheiratet und ein Kind verloren zu haben. Gab es entgegen ihrer Überzeugung doch einen Gott, dann hatte sie ihm getrotzt und sich das Privileg errungen, nie mehr Gefühle zeigen zu müssen, wenn sie es nicht wollte, weder Freude noch Trauer, weder Wut noch Zuneigung, und so prägte kühle Beherrschtheit ihre montagmorgendlichen Ansprachen vor den Bediensteten, zu denen jetzt in gewisser Weise auch dieses sonderbare Mädchen gehörte, dieses arme Ding, das von der Polizei aus der Schule entfernt und wie ein Kriegskind von der Stadt aufs Land verfrachtet worden war, damit man sich hier seiner annahm.

Frida schenkte sich eine weitere Tasse ein. Weil sie Kaffee gerade erst entdeckt hatte und weil er ihr das Gefühl gab, erwachsen zu sein, trank sie ihn schwarz und ohne Zucker, und trotz seines bitteren Geschmacks genoss sie jeden Schluck davon. Obwohl gleich die neue Unterrichtswoche beginnen würde, fühlte sich die Aprilluft herrlich an, wie durchdrungen von friedlicher Trägheit, die alles zum Schweben brachte. Frida las sich laut einen Abschnitt über die Französische Revolution vor, das Radio in der Küche war jetzt bis in den Garten zu hören, sogar die Natur, die Tiere und der Wind machten mehr Lärm, und das nur, weil Paula Grothe das Anwesen verlassen hatte und erst am Samstag zurückkehren würde.

Es hätte schlimmer kommen können, dachte Frida erneut, viel schlimmer. Sie hätte in große Schwierigkeiten geraten können, weil ihr Name in einen Messergriff eingebrannt und eine Klassenkameradin aus Angst und Missgunst und Selbstmitleid verrückt geworden war. Sie hätte in der Zelle neben Helga landen können, in einem Gefängnis für Jugendliche, einer Besserungsanstalt für gefährliche, verwirrte Mädchen, nur weil ihr Name in einem fremden Tagebuch neben dem Wort *töten* stand. Es hätte übel für sie ausgehen können, wenn nicht alles aufgeklärt worden wäre, wenn die Polizei nicht so gut ermittelt und der Richter nicht so milde geurteilt hätte, und wenn die flammende Fürsprache Gernot Saalfelds nicht gewesen wäre und schließlich das fast unter Tränen abgegebene Versprechen der Großmutter, einen Ort zu finden, an dem Frida weit weg von schlechten Einflüssen lernen und sich auf das Abitur und eine vielversprechende Zukunft vorbereiten konnte.

Es war gut ausgegangen, auch wenn Frida *gut* als dehnbaren Begriff betrachtete. Ihr Leben im Haus Grothe, einem herrschaftlichen Bau, dessen Grundsteinlegung auf das sechzehnte Jahrhundert zurückging, verlief in geregelten Einheiten aus Unterricht, eigenständigem Arbeiten, Essen und Schlafen sowie sonntäglichen Lektionen in Tennis. Seit Gernot Saalfeld sie vor drei Monaten im Auto hergebracht hatte, war sie noch kein einziges Mal außerhalb der Grundstücksmauern gewesen. Alles, was sie von der Umgebung gesehen hatte, waren die hügelige bayerische Landschaft und die kleinen Dörfer während der Hinfahrt und das Stück Wiese zwischen den Bäumen, die Aussicht aus ihrem Zimmer im Dachgeschoss des Hauses. Während einer Freistunde war sie einmal auf eine der Buchen geklettert und enttäuscht gewesen, als sie jenseits der Mauer nur ein Feld mit hohem Gras und einen halb verfallenen Holzschuppen erblickt hatte. Wenn sie allein draußen saß und der Gärtner keinen Lärm machte, konnte sie zu jeder vollen Stunde eine Kirchenglocke hören, manchmal auch das Tuckern eines Motorrads oder Traktors. Eine Woche nach ihrer Ankunft hatte sie am frühen Sonntagmorgen auf einer gepolsterten Holzliege im Garten gelegen, hatte der von Vogelgezwitscher und Insektensummen untermalten Stille gelauscht und an Thomas Manns *Zauberberg* gedacht, den Konrad ihnen vorgelesen hatte, das letzte Buch vor dem gewaltsamen Herausgerissenwerden aus ihrer gewohnten Welt. Mit geschlossenen Augen hatte sie sich vorgestellt, eine Patientin im Sanatorium zu sein, ein Dauergast und hoffnungsloser Fall, dazu verurteilt, für alle Zeit in der Obhut von Menschen zu leben, die wussten, was gut für sie war, ein schwaches, fügsames Wesen mit einem unentdeckt gebliebenen Loch im Herzen.

Wir gewöhnen uns ein. Dass die Bilder verblassen, ist gut. Die Stimmen und Geräusche werden leiser. Konrads Wörter, die Schafe am Morgen im Stall. Der Streit der Krähen, das Rascheln der Libellenflügel. Gerüche und Gefühle, Holunder und der warme Kuhbauch an der Stirn, verweht und vergangen, unnütz geworden. Wir betreten flüsternd unser neues Leben. Noch hört uns niemand.

Eine Viertelstunde vor Unterrichtsbeginn ging Frida hinauf in ihr Zimmer, wusch Gesicht und Hände und zog sich um, tauschte die strohfarbene Leinenhose und das gelbe T-Shirt gegen den schwarzen Faltenrock und die dunkelblaue Bluse, eine Kombination, die ihr von der Großmutter in dreifacher Ausführung mitgegeben worden war im Wissen, dass Paula, wie Konstanze selbst auch, viel Wert auf korrekte Kleidung legte. Nachdem sie die dunkelblauen Kniestrümpfe und schwarzen, halb offenen Schuhe angezogen hatte, überflog sie nochmals den Stundenplan und suchte dann die nötigen Bücher und Hefte zusammen.

Sie raunte französische Verben, während sie vor dem Schrankspiegel stand und überlegte, ob sie ihr Haar, das mittlerweile eine Handbreit über ihre Schultern fiel, aufwendig mit Nadeln hochstecken oder einfach mit einem Stoffband aus dem Gesicht schieben sollte, wie Paula es ihr schon am zweiten Tag gezeigt hatte. Weil die Zeit knapp wurde, entschied sie sich für das schwarze Band, griff sich den Stapel Bücher und Hefte, verließ das Zimmer und ging die Treppe hinunter. Mit jeder Stufe wurde es ein wenig kühler als in der Mansarde, stiller auch, weil der innerste Kern des Hauses von keinem Außengeräusch erreicht wurde, von keinem Motorenbrummen und keinem Blätterrauschen und keinem Hundegebell aus dem Zwinger hinter der Scheune. Auf der mittleren Etage, wo die Räume des Ehepaares Grothe lagen, blieb sie einen Moment lang stehen, ließ ein paar Atemzüge aus und horchte die absolute Ruhe nach einem Ton ab. Als sie nichts hörte, nicht einmal ein leises Knacken des allmählich zu Stein werdenden Holzes der Treppe, der Balken und des Bodens, ging sie weiter ins Erdgeschoss, an der Eingangshalle vorbei und durch den Flur in den von schweren Vorhängen in dämmrigem Licht gehaltenen Raum, den Paula wegen des darin stehenden Flügels *Musikzimmer*, Frida aber *Bibliothek* nannte, weil zwei der vier Wände von vollen Bücherregalen bedeckt waren und der mit einem weißen Leinentuch verhüllte Steinway zu einer Ablage für Blumentöpfe, Zierkissen und nie benutzte Aschenbecher verkam.

Obwohl die mit Rosetten, Ranken und Blättern verzierte Tür offen stand, klopfte Frida an, und obwohl der am Fenster in einem Notizheft lesende Mann wusste, wer geklopft hatte, rief er, ohne sich umzudrehen: »Ja?«, worauf Frida eintrat und zu einem der beiden Tische neben dem zweckentfremdeten Flügel ging und ihre Bücher und Schulhefte darauf ablegte. Der Mann zog die Vorhänge auseinander, bis gerade so viel Tageslicht hereinfiel, dass Schrift auf Papier zu erkennen war, dann wandte er sich Frida zu. Eugen Grothe gehörte zu der Sorte Mensch, die mit vierzig noch wie dreißig hätten aussehen können, wenn sie sich nicht ein Erwachsenenleben lang durch Trinken, Rauchen, ungesundes Essen und Bewegungsverweigerung um diesen zweifelhaften Segen gebracht hätten. Jetzt war er fünfzig und sah aus wie sechzig. Seine Größe von einem Meter siebenundachtzig kaschierte den Umstand, dass er eine Wampe und den Ansatz eines Doppelkinns hatte, zudem verhüllte er sein Übergewicht mit luftig geschnittenen Leinenanzügen und weiten, aus der Hose hängenden Hemden.

»Guten Tag, Frieda«, sagte er mit einer Stimme, deren gedehnter, bemüht seriöser Klang in krassem Gegensatz zur Lässigkeit seiner Garderobe stand. Er legte das Buch zugeklappt auf den zweiten Tisch, wartete, bis Frida Platz genommen hatte, und setzte sich dann ebenfalls.

»Guten Tag, Herr Grothe.« Frida hatte immer ausreichend Zeit, ihren Hauslehrer zu mustern, weil der lieber in seine Bücher und Unterlagen sah als in ihr Gesicht. Sie fand August Grothes jüngeren Bruder nett, aber das war auch schon alles. Noch bis vor Kurzem hatte sie dreimal in der Woche an Adam Kerbel geschrieben und war im letzten Brief endlich mutig und verzweifelt genug gewesen, ihm ihre Liebe zu gestehen und von künftigen gemeinsamen Reisen zu fantasieren. Doch dann war die Antwort ihres ehemaligen Chauffeurs und Geschichtenerzählers gekommen, in der er ihr so schonend wie möglich beibrachte, er werde bald seine langjährige Freundin heiraten, zwanzig freundliche Zeilen, die Frida am Boden zerstört zurückließen. Inzwischen hatte sie den Schlag verdaut, und Adam Kerbel verschwand allmählich aus ihren Träumen, aber noch immer durchflutete sie eine Welle aus Scham, wenn sie an die Wortwahl in ihren Briefen dachte, Versatzstücke aus Jane-Austen-Romanen und französischen Filmen, naive Schwärmereien eines belesenen Kindes.

»Einen Augenblick noch«, sagte Eugen Grothe. Er schob einen Bücherstapel, eine Keksdose und eine leere Tasse auf seinem Tisch zur Seite und nahm ein paar Zettel in die Hand, die darunter begraben gewesen waren.

Frida nickte. Sie hatte sich geschworen, nicht noch einmal einen vierzig Jahre älteren Mann anzuhimmeln, schon gar nicht diesen vergeistigten und vergesslichen Riesen mit seinem wirren Haarschopf und den zerknitterten Hemden und Jacketts.

Während vieler gemeinsamer Stunden in der Küche hatte Irma, die mitteilsame Haushälterin der Grothes, Frida einiges aus dem Leben des Lehrers erzählt, dass er das schwarze Schaf der Familie sei, dass er mit neunzehn, einen Monat vor Studienbeginn, einfach nach Marokko abgehauen und erst ein halbes Jahr später zurückgekehrt sei, um in Berlin in einer Tapetenfabrik zu arbeiten und dann erneut zu einer Reise aufzubrechen, dieses Mal für ganze zwei Jahre. Irma zufolge hatte der wilde, unberechenbare, unvernünftige der beiden Grothe-Brüder mit noch nicht einmal dreißig eine vierzehn Jahre ältere Frau aus Mailand geheiratet, eine Professorin für Politikwissenschaften, nur um sie nach weniger als einem Jahr sitzenzulassen und zur nächsten, wieder zwei Jahre dauernden Welterkundungsfahrt aufzubrechen und die absonderlichsten Berufe auszuüben, Fischausnehmer etwa, Schwimmbadreiniger und Weihnachtsbaumverkäufer. Nach der Genesung von einer Malariaerkrankung sei der jüngere der beiden Söhne von Wilfried und Hedwig Grothe nach Hause gekommen, zuerst Student und dann Lehrer und schließlich, wie Irma es formuliert hatte, *vernünftig und sesshaft* geworden.

Warum der missratene Sohn, der nach Meinung der Haushälterin für den frühen Herztod seiner Mutter verantwortlich war, nach acht Jahren als Lehrer an einem Gymnasium in Karlsruhe auf den Familiensitz der Grothes zurückgekehrt war, konnte Irma Frida nicht sagen. Von gigantischen Spielschulden über komplizierte Frauengeschichten bis hin zu einem verheimlichten Nierenleiden, das ihn bald dahinraffen würde, bot sie alles an möglichen Gründen für die späte Heimkehr auf, aber so richtig schien keiner zu passen, auch nicht der, dass er von den Saalfelds ein unanständig hohes Honorar erhalten würde, wenn er es schaffte, Frida auf Abiturreife zu trimmen.

Eugen Grothe blätterte in einem Stapel handbeschriebener Seiten, zog dann mehrere Zettel aus einem Notizheft, überflog sie und zerknüllte sie der Reihe nach. »Wo habe ich nur den Tagesplan hingelegt?«, fragte er murmelnd und ohne aufzublicken.

»Geschichte, Geografie, Deutsch«, sagte Frida.

»Richtig«, sagte der Lehrer. »Natürlich. Es ist ja Montag.« Er griff nach einem Buch und schlug es an der mit einer Postkarte markierten Stelle auf. »Freiheit, Gleichheit, Brüderlichkeit. Wenn nötig mithilfe der Guillotine.« Er sah Frida an und lächelte sein kurzes Lächeln. »Aufstand der Unzufriedenen und Freiheitsliebenden.« Er kritzelte etwas an den Seitenrand. »Fast wie bei uns in den Siebzigern, was?« Wieder hob er den Kopf und sah Frida an. »Als die Studenten auf die Barrikaden gingen?«

»Davon habe ich nichts mitbekommen.«

Grothes Mimik wechselte von belustigter Verwirrung zu Bestürzung. »Oh«, sagte er, und gleich darauf: »Oh ja, natürlich. Du … Ihr wart ja … nicht auf dem Laufenden.«

Fast hätte Frida laut gelacht. Von Gernot Saalfeld wusste sie, dass Paula und Eugen Grothe über ihre Vergangenheit informiert worden waren, was verhindern sollte, dass die Verwandtschaft die lückenhafte Allgemeinbildung des Problemkindes für mangelnde Intelligenz hielt.

»Gar nicht? Ihr wusstet überhaupt nichts?«

Frida schüttelte den Kopf.

»Straßenschlachten, Dutschke, der Radikalenerlass, Spontis …«

Wieder schüttelte Frida den Kopf.

»Eure Eltern … die haben euch nichts erzählt? Obwohl sie ja selber … irgendwie …«

»Irgendwie was?«

»Na ja … Aussteiger waren. Revoluzzer. Also, eher was Landbau und so betrifft.«

Frida zuckte mit den Schultern. »Ich habe keine Ahnung, ob die Alten davon wussten. Studenten. Von Studenten haben wir nie etwas gehört. Von Negern schon. Von Russen und Indianern. Aus den Büchern. Aber wir dachten damals, das sei alles erfunden.«

»Ich verstehe.« Grothe nickte ein paarmal, den Blick ins Leere gerichtet. »Man benutzt übrigens nicht mehr den Ausdruck Neger«, sagte er dann, in einem Buch blätternd. »Es heißt jetzt Schwarze.«

Frida nickte.

»Möchtest du etwas über die Studentenrevolte erfahren?«, fragte Grothe und sah Frida an.

»Ist heute nicht die Französische Revolution dran?«

»Französische Revolution, Studentenrevolution … Geschichte ist Geschichte, oder etwa nicht?«

Frida zuckte wieder mit den Schultern. »Ja«, sagte sie, dann sah sie ihrem Privatlehrer zu, wie er die Lesebrille abnahm und in die Brusttasche seines Jacketts steckte, wie er sich erhob und langsam umherging und wie er hin und wieder die Hand durch das fahle Nachmittagslicht gleiten ließ, als würde er ein Wort in die Luft schreiben oder eine Aussage unterstreichen. Sie machte fleißig Notizen, aber eigentlich beschäftigte sie nur ein Gedanke, nämlich der, dass sie in ein paar Monaten ihren siebzehnten und ein Jahr später ihren achtzehnten Geburtstag feiern würde. Ihre Allgemeinbildung war noch immer dürftig, und von Politik hatte sie keine Ahnung, aber sie wusste, dass der Deutsche Bundestag im Juli 1974 beschlossen hatte, das Alter, in dem man für volljährig erklärt wurde, von einundzwanzig auf achtzehn herabzusetzen, und dass das entsprechende Gesetz am 1. Januar 1975 in Kraft getreten war. *Volljährig.* Das Wort leuchtete in Fridas Kopf, während sie ihrem Lehrer zuhörte, der von reaktionären Verhältnissen sprach, von verkrusteten Strukturen, von Utopien und dem unbedingten, zutiefst menschlichen Drang nach Freiheit.

Der Tennisplatz war an drei Seiten von Kastanienbäumen umgeben, hinter denen in den Abendstunden die Sonne verschwand. Im Schatten wurde das Ziegelrot des Sandbelags dunkler, aber nicht weniger kräftig, und die im Licht gerade noch strahlend weißen Linien nahmen einen matten, kreidigen Ton an. Eine seltsame Ruhe ging von dem Geviert aus, die man für friedlich hätte halten können, die aber durch den teilweise mit Efeu, Geißblatt und Wicken bewachsenen Maschendrahtzaun, das gespannte Netz und den aus Holz gezimmerten Hochsitz etwas Unwirkliches hatte, etwas, das Frida als beklemmend empfand, obwohl sie die Ursache dafür nicht benennen konnte. Wie eine mit Blättern getarnte Falle war ihr das eingezäunte Spielfeld am ersten Tag vorgekommen, später wie ein großer grüner Käfig, in den man sie dreimal wöchentlich mit dem Versprechen lockte, das Bälleschlagen steigere sowohl die körperlichen als auch die mentalen Kräfte.

Nie betrat sie den Platz allein, wartete immer auf Henriette, die sich oft verspätete. Sie saß auf einem Stuhl im Schatten vor dem weiß gestrichenen Holzbau, den Paula *Clubhaus* nannte, trank Eistee und las in Noam Chomskys *Über Erkenntnis und Freiheit*, ohne auch nur das Geringste zu verstehen. Grothe hatte ihr das Buch nach dem Unterricht gegeben und gesagt, sie solle *einfach darin stöbern, bis etwas hängen bleibt*. Sie trug weiße Turnschuhe, weiße Kniestrümpfe, einen weißen Rock und ein weißes Poloshirt, und während sie Chomskys Gedankengängen zu folgen versuchte, erinnerte sie sich an den Sonntagnachmittag, an dem Paula in ihr Zimmer gekommen war und ihr die gebrauchte Tenniskleidung gebracht hatte, und wie sie sich selbst, um die Sachen anzuprobieren, bis auf die Unterwäsche ausgezogen und Paula ihr von zahllosen Monatsblutungen verfärbtes, allen Reinigungsversuchen trotzendes Höschen gesehen hatte. Obwohl ihre Gönnerin kein Wort gesagt hatte, war Frida überzeugt gewesen, Ekel, ja Verachtung in ihrem Gesicht erkannt zu haben, und dass Irma, die Haushälterin, ihr ein paar Tage später ein Paket mit zwölf ladenneuen blütenweißen Damenunterhosen überreicht hatte, *im Auftrag von Frau Grothe*, machte die Sache rückblickend nicht weniger peinlich und demütigend.

Der Eistee im Krug war lauwarm geworden, als Henriette endlich auftauchte. Sie kam über den Kiesweg gefahren, rief schon von Weitem »Tut mir leid!«, stellte das Rad an die Wand des Schuppens und nahm ihre Sporttasche vom Gepäckträger. »Tut mir leid«, sagte sie noch einmal. »Du kannst dir nicht vorstellen, was heute los war.« Verschwitzt und außer Atem drückte sie Frida kurz an sich.

»Macht nichts«, sagte Frida. Umarmt zu werden war für sie noch immer ungewohnt und machte sie verlegen. In Frankreich schien es völlig normal zu sein, dass man sich zur Begrüßung umarmte und sogar auf die Wangen küsste, jedenfalls in Filmen. Zwei Wochen bevor die Polizisten den Schulhof betreten hatten, um Frida und Helga mitzunehmen, war der Sportlehrer vom Reck gestürzt und eine Doppelstunde körperlicher Qualen ausgefallen, was Arnulf Herbst auf die kühne Idee gebracht hatte, sie beide in die Nachmittagsvorstellung eines Programmkinos zu schleusen, das sämtliche Werke von Claude Sautet zeigte und in dessen fast leerem Saal sie *Die Dinge des Lebens* gesehen hatten. Während des Abspanns hatte Arnulf so ungeschickt versucht, einen seiner langen Arme um sie zu legen, dass Frida einfach aufgestanden und gegangen war. Als er ihr am nächsten Morgen vor den Schulhofmauern seine Liebe gestanden und einen billigen Ring geschenkt hatte, war sie vor lauter Verwirrung wütend geworden und hatte ihn wortlos stehen lassen. Seinen Brief, der ihr zwei Tage später von Arnulfs bestem Freund übergeben worden war, hatte sie mit einem einzigen Satz beantwortet: *Wenn ich jemanden lieben würde, dann nicht dich, sondern Michel Piccoli,* eine reine Schutzbehauptung, eine Lüge, um Ruhe zu haben, weil sie damals noch in ihren Chauffeur verliebt gewesen war und Arnulfs Gefühlsoffenbarung so gar nicht in ihren Plan gepasst hatte, ihr Leben an der Seite eines reifen, klugen und alle Probleme mit Leichtigkeit lösenden Mannes zu verbringen.

»Du hättest Aufschläge üben können.«

Frida zuckte mit den Schultern.

Henriette lachte. »Ich weiß, alleine auf dem Platz rumzustehen ist blöd.« Sie ging in den Schuppen, dessen Tür offen stand, warf ihre Tasche auf eine Bank und zog die Straßenkleidung aus. »Meinem Vater ist heute Morgen beim Orangenauspressen Saft ins Auge gespritzt, und statt es mit Wasser auszuspülen, hat er nur darauf herumgerieben, und dann war er auf dem Auge blind, und weil er trotzdem seine Patienten besuchen wollte, aber nicht Auto fahren konnte, musste ich ihn herumkutschieren, den ganzen lieben Tag lang.« Henriette kam in Tenniskleidung ins Freie und setzte sich auf einen der Stühle, um sich die Schuhe zu binden. »Er hat sich das Auge gerieben, statt es mit Wasser auszuwaschen! Ein Arzt! Ist das zu glauben?«

Frida, die dem Lichtspiel im Laub der Kastanienbäume zugesehen hatte, drehte sich um. »Ich hatte noch nie Orangensaft im Auge«, sagte sie. Wilhelm Schädler, der Vater von Henriette und Hausarzt der Grothes, hatte sie einen Tag nach ihrer Ankunft untersucht und für gesund erklärt. *Das Mädchen ist tadellos in Schuss,* hatte er zu Paula gesagt, die sich, wie sie dem gedrungenen, fast gänzlich kahlen Mann in Fridas Anwesenheit und gut hörbar zugeraunt hatte, kein krankes Kind ins Haus holen wollte.

»Mein Vater hat eine Begabung für Missgeschicke der besonderen Art.« Henriette griff nach ihrem Tennisschläger und einem Metallkorb voller Bälle und ging in Richtung Platz. »Du hättest sehen sollen, wie seine Haare an einer Weihnachtskerze Feuer fingen. Nur gut, dass er inzwischen eine Glatze hat.«

Frida folgte der Frau, die nur wenige Tage vor ihr in Nürnberg angekommen war, aus Frankreich, wo sie nach eigener, erstaunlich bereitwilliger Auskunft ihren Mann zurückgelassen hatte, der in Lyon Leiter der Niederlassung eines deutschen Baumaschinenherstellers und, wie sich vor Kurzem herausgestellt hatte, ein gewohnheitsmäßiger Fremdgänger war. Henriette Rau machte großen Eindruck auf Frida, nicht nur weil sie sich von ihrem ehebrecherischen Mann getrennt hatte und ihn seither in galliger Fröhlichkeit *Schwein* und *Hanswurst* nannte, sondern auch weil sie Fridas Ansicht nach stark und mutig und unabhängig war, nicht in Selbstmitleid versank und ihre Verbitterung, die es doch bestimmt geben musste, nicht so zur Schau stellte, wie etwa Helga Reelitz oder Konstanze Saalfeld es getan hatten. Ganz besonders bewunderte sie Henriette dafür, dass sie Paula Grothe gegenüber selbstsicher auftrat und sich von ihr nicht herumkommandieren ließ.

Nachdem sie zum Aufwärmen ein paar Bälle hin und her gespielt hatten, stellten sie sich an ihre Grundlinien und schlugen härter zu. Frida traf den Ball immer irgendwie, aber ihr fehlte noch die Technik, um ihm die gewünschte Richtung, Höhe und Länge zu geben. Missglückten ihr mehrere Schläge nacheinander, schimpfte sie leise, dann forderte Henriette sie auf, *es rauszulassen*. Hier dürfe Frida fluchen, sagte sie immer wieder, das befreie ungemein, außerdem sei das hier ein Tennisplatz und keine Kirche. Zu Beginn der Trainingsstunden hatte Frida immer noch Hemmungen, aber mit jeder Minute, die sie spielte, stieß sie ihre Verwünschungen lauter aus, nur dass sie *Mist* und *Verdammt* benutzte, während ihre Lehrerin bei jeder hart durchgezogenen und im Netz oder Aus landenden Vorhand etwas durch die Zähne zischte, das wie *Scheißkerl* und *Arschloch* klang und ihrem Noch-Ehemann galt.

Sie blieben immer mindestens zwei Stunden im Käfig, manchmal auch drei. Je besser Frida spielte, je länger die Ballwechsel dauerten, desto leerer wurde ihr Kopf. Mit jeder Filzkugel, die sie über das Netz drosch, dachte sie weniger an die Kränkungen in der Schule, an Helgas Wahnsinn oder an die Abschiedsworte ihrer Großmutter, die ihr durch das offene Autofenster gesagt hatte: *Du brauchst uns nicht anzurufen oder zu schreiben, Paula wird uns über deine Fortschritte informieren.*

Oft hörten sie nicht auf, bis ihnen vor Erschöpfung die Schläger aus den Händen fielen, Frida sämtliche Bälle über den Zaun geschmettert hatte oder Henriette einen Lachkrampf bekam und in den Sand sank. Jetzt, Anfang Juni, blieb es bis neun Uhr hell, aber im April, als Frida, laut Henriette ein Naturtalent, noch miserabel gespielt hatte, waren sie manchmal im Halbdunkeln den Bällen nachgerannt wie überdrehte Hunde, die eher tot umfielen als einzusehen, dass Schluss war. Einmal hatte es heftig zu regnen begonnen, und obwohl Frida ins Trockene wollte, kam von Henriette ein wuchtiger Aufschlag nach dem anderen, Trommelfeuer nannte sie das, ihre bevorzugte Methode, Fridas Reaktionsfähigkeit zu steigern, und am Ende, als Frida keine Kraft und keine Lust mehr hatte, sich noch länger die Bälle um die Ohren fliegen zu lassen, sah der Boden auf ihrer Seite aus wie ein Acker, ein Anblick, bei dem sogar Paula die Beherrschung verloren hätte. Am nächsten Tag, einem Donnerstag, hatten Henriette und Frida den Belag in stundenlanger Arbeit wieder geglättet und danach nicht mehr betreten für den Fall, dass Paula am Wochenende eines ihrer Turniere veranstalten wollte, ein von der Gastgeberin sehr ernst genommenes, bis weit in die Nacht dauerndes Ereignis mit Grillfleisch,

Sekt und ein paar müden, von Stümpern bestrittenen Matches, bei denen die Regeln des Sports für Paulas Freunde so großzügig ausgelegt wurden, dass man sie ebenso gut hätte ignorieren können. Seit Frida Gast im Haus der Grothes war, hatten zwei solche Anlässe stattgefunden, und bei beiden war Frida von Paula genötigt worden, hinter der eigens aufgebauten Bar neben dem *Clubhaus* zu stehen und Sekt auszuschenken, frische Handtücher bereitzuhalten oder als Ballmädchen herumzurennen und sich von Paula andauernd ermahnen zu lassen, sich nicht zu bewegen, nachdem sie den Ball geholt habe, sie störe sonst die Spieler in ihrer Konzentration beim Aufschlag, den sie nur *Service* nannte, wie sie den Platz nur *Court*, den Schläger nur *Racket* und die Rückhand nur *Backhand* nannte, alles in dem gedehnten, nasalen Englisch, das sie sich während eines dreimonatigen Sprachkurses in Oxford angeeignet hatte.

Frida blieb auf dem Platz und übte Aufschläge, während Henriette duschte und sich umzog. Sie hatte genug Zeit mit den Mädchen aus ihrer Klasse im Duschraum verbracht, um eine Abneigung gegen das Nacktsein in Gegenwart anderer Menschen zu entwickeln, Menschen, die kein Recht hatten, sie so zu sehen, weil sie nicht zu ihr gehörten, Fremde waren. Die Ärztin, die jeweils im Herbst an die Schule gekommen war, um die Mädchen zu untersuchen, hasste sie bis heute, und Henriettes Vater traf dieser Hass nur deshalb nicht, weil sie sich nicht vor ihm hatte ausziehen müssen.

Als Henriette ins Freie trat und sich eine Zigarette anzündete, sammelte Frida die Bälle ein und ging zu ihr. Wie nach jedem Training zog Frida einmal an der Zigarette und schüttelte sich dann hustend, während Henriette lachte und meinte, es würde wohl noch ein Weilchen dauern, bis sie die Wonnen des Erwachsenseins gemeinsam genießen könnten. Die Sonne war inzwischen fast untergegangen, ihr Licht nur noch ein gelber Schimmer hinter den Bäumen. Ein paar Vögel, erlöst von der ungewöhnlichen Hitze des Frühsommertages, lärmten in den Ästen, über den Wiesen schwebten Insekten.

Henriette erzählte von ihrer Heimreise aus Lyon, von der langen Bahnfahrt und den letzten fünfzig Kilometern, die sie per Anhalter zurückgelegt hatte, in Gesellschaft eines schweigsamen Mannes und einer Ladung blökender, trampelnder Schafe auf dem Weg zum Schlachthof. Sie habe gewusst, was mit den Tieren passieren würde, und als sie den Mann dennoch fragte, meinte der, er wolle nicht darüber reden. Frida hörte zu, aber in Gedanken war sie weit weg. Den Geschmack des Tabaks auf der Zunge, ließ sie die Wörter *Wonnen* und *Erwachsensein* in ihrem Kopf kreisen und fragte sich, ob Volljährigkeit und Erwachsensein dasselbe bedeutete und ob es reichte, zu rauchen, derb zu fluchen und von einem Mann verlassen zu werden, um kein Kind mehr zu sein. Sie kannte die Antwort und fühlte ein paar Atemzüge lang Verzweiflung, aber dann erzählte Henriette eine Geschichte über ihren tollpatschigen Vater, und Frida versöhnte sich halbherzig mit ihrem Schicksal, wenigstens für den Moment.

Frida saß an ihrem Tisch in der Bibliothek und las die letzten Seiten von Peter Handkes *Wunschloses Unglück*, über das sie im Fach Deutsch eine Arbeit schreiben sollte. Ihr Blick glitt über die Blätter, auf denen sie Sätze aus dem Buch notiert hatte. Durch das nochmalige Lesen verfestigte sich das beklemmende Gefühl, das sich bei der ersten Lektüre in ihr ausgebreitet hatte, zu etwas, das wie ein Klumpen in ihrem Magen lag. Sie trank einen Schluck Wasser und rieb sich die Augen. Eine Stunde zuvor hatte sie eine Unterbrechung gebraucht, mit einer Hand den Deckel vom Flügel angehoben und mit den Fingern der anderen wahllos auf die Tasten gedrückt. Sogar sie hatte gehört, dass das Instrument verstimmt war, und trotzdem hatte sie dem Kasten aus Holz und Drähten minutenlang Töne entlockt, die dunkel und falsch und ebenso traurig klangen wie die traurigsten Sätze in Handkes Erzählung.

Sie stand auf und ging umher, fragte sich, warum Eugen Grothe ihr dieses Buch vorgesetzt hatte, ausgerechnet die Geschichte über eine Mutter. Er kannte Fridas Vergangenheit, wusste, dass ihre Mutter in Untersuchungshaft gewesen und vom Gericht zu einer Strafe auf Bewährung verurteilt worden war. Er wusste auch, dass ihr Vater noch immer wegen Widerstands gegen die Staatsgewalt und Körperverletzung im Gefängnis saß und dass seit langer Zeit keiner der beiden mehr versucht hatte, mit der Tochter in Kontakt zu treten. Sie ging davon aus, dass Eugen Grothe Konstanze Saalfeld kannte, mit der er irgendwie verwandt sein musste, und vielleicht, mutmaßte sie, konnte er sich vorstellen, wie es war, unter ihrer Obhut zu leben. Vielleicht, dachte Frida, wollte er ihr anhand dieses

Buches zeigen, dass es nicht ungewöhnlich war, auf das Verhältnis zur eigenen Mutter fassungslos und voller Schmerz zu blicken, und dass die Frau, die einen geboren hatte, der Quell großer Verzweiflung sein konnte. *Als Kind war sie mondsüchtig,* schrieb Handke, und Frida beneidete ihn darum, so etwas über seine Mutter zu wissen.

Draußen schwand fast unmerklich das Licht. Am Morgen, nach einer kühlen Nacht, hatte es heftig geregnet, mittlerweile war es wieder sommerlich warm und der Himmel wolkenleer. Frida räumte ihre Sachen zusammen, ging durch das verlassen wirkende Haus die Treppe hinauf und zog in ihrem Zimmer ein Kleid an, für den Fall, dass Paula nach Hause kommen und mit ihr zu Abend essen würde. Es war Freitag, und manchmal mochte Paula nicht mehr in der Stadt bleiben und fuhr dann einfach los, tauchte unangemeldet in der Küche auf und versetzte Irma mit ihren Menüwünschen in helle Aufregung. Hin und wieder aß ihr Lehrer mit Frida zu Abend, dann wurde aus dem einsamen Hinunterschlingen ein geselliges Tafeln, das sich über mehrere Stunden hinziehen konnte und gelegentlich darauf hinauslief, dass die Haushälterin von Eugen Grothe an den Tisch gebeten und nach ihren Ansichten zu Ronald Reagan, den Nuklearraketen in der DDR oder den Wetteraussichten befragt wurde.

Bisher war es nur zweimal vorgekommen, dass Frida mit Eugen *und* Paula gegessen hatte, aber das reichte ihr völlig. Beide Male hatte Paula, vom hastig getrunkenen Wein redselig geworden, die Gesprächsthemen diktiert und endlose Monologe über die Auswüchse des Denkmalschutzes und das Explodieren der Quadratmeterpreise in den Innenstädten gehalten, um irgendwann ihr kulturelles Halbwissen hervorzukramen, vom Besuch einer Opernaufführung, Dichterlesung oder Ausstellungseröffnung zu schwärmen und nicht zu merken, dass ihr Geschwätz Eugen nicht im Geringsten interessierte und bei Frida einen Widerwillen hervorrief, der in dumpfen Groll und schließlich in ohnmächtige Wut umschlug.

Frida kämmte sich das Haar, als Irma an die Tür klopfte und rief, sie solle ans Telefon im Wohnzimmer kommen. Die Frage, wer der Anrufer sei, hörte die Haushälterin nicht mehr, weil sie schon wieder die Treppe hinuntergeeilt war, um ihre Pfannen und Töpfe und das tragbare Transistorradio nicht länger allein zu lassen. Sekundenlang starrte Frida in den Spiegel auf das verdutzte Gesicht des Mädchens, das in den sechzehn Jahren seines Lebens noch nie angerufen worden war, dann wandte sie sich ab, ging aus dem Zimmer und mit klopfendem Herzen nach unten.

Im ganzen Raum brannte nur die Lampe, die auf der Kommode neben dem Telefonapparat stand. Es roch nach Parkettwachs und welken Blumen und ein wenig nach dem Essen aus der Küche am Ende des Flurs. Der Hörer wog schwer in Fridas Hand, als sie ihn von der Häkeldecke hob und ans Ohr hielt.

»Ja?«

»Frieda? Hier ist deine Großmutter.«

Weil Frida nicht wusste, was sie sagen sollte, schwieg sie.

»Wie geht es dir?«

Frida vernahm ein fernes Rauschen und ein leises Knistern, als hielte sie ihr Ohr an einen Ameisenhaufen oder über ein frisch mit Sprudelwasser gefülltes Glas.

»Fühlst du dich wohl? Lernst du viel?«

»Ja«, sagte Frida, und da sie nicht sicher war, ob sie nur Luft aus der Kehle gestoßen hatte, sagte sie noch einmal: »Ja.«

Konstanze Saalfelds Atemgeräusche so nah zu haben, sie fast im Kopf zu spüren, brachte Frida aus der Fassung. Ihre Beine fühlten sich auf einmal schwach an, und sie sah sich nach einem Stuhl um, aber es war keiner in Reichweite.

»Wie mir berichtet wurde, spielst du Tennis, und das schon recht ansehnlich. Ist das wahr?«

»Ich weiß nicht. Ja.« Frida lehnte sich mit dem Bauch gegen die Kommode und schloss die Augen.

Flüstern und Rascheln drangen aus dem Hörer, dann ertönte die Stimme Gernot Saalfelds.

»Hallo, Frieda! Es geht dir gut, ja? Ich hätte mich schon früher gemeldet, aber deine Großmutter meinte, wir sollten dir ein wenig Zeit lassen, dich einzuleben. Dir geht es also wirklich gut?«

»Ja, es ist schön hier«, sagte Frida. »Alle sind nett zu mir.«

»Das ist wunderbar. Das höre ich gerne.«

Als es zwei, drei Atemzüge lang still blieb, legte Frida den Hörer hin.

Sie hörte noch, wie ihre Großmutter etwas sagte, in einem fragenden, ungewohnt sanften Ton, dann verließ sie das Zimmer. Sie ging den Flur hinunter, an der von Geräuschen und Gerüchen erfüllten Küche vorbei zur Eingangstür, lief um das Haus herum auf die hintere Wiese, hörte einen Wagen über den Kiesweg rollen und den Hund im Zwinger anschlagen, ließ sich ins Gras fallen und grub die Finger in die Erde. Auf dem Bauch liegend, erinnerte sie sich daran, als kleines Kind von einem Baum gefallen zu sein und keine Luft mehr bekommen zu haben, und als sie auf den Rücken rollte und die Augen aufschlug und über sich den weißen Mond und die Köpfe von Ringo, Leander und Linus sah, brach sie in Tränen aus, und hätte sie eine Ewigkeit später die Kraft gehabt, mit dem Weinen aufzuhören, sie hätte es getan, wäre aufgestanden und durch die hereinbrechende Dunkelheit ins Haus gegangen, hätte die Rufe aus dem Esszimmer ignoriert und sich in ihrem Zimmer eingeschlossen.

Im Juni kam Paula auf die Idee, den Tennisplatz mit Flutlicht auszustatten. Die Vorstellung, auch in der Abenddämmerung und sogar nachts spielen zu können, gefiel ihr so sehr, dass sie das Projekt zwei Wochen lang als ihr dringlichstes betrachtete, dringlicher noch als die Sanierung einer zweieinhalb Millionen Mark teuren Villa im Nürnberger Stadtteil Sebald, bei der es durch das Dach regnete. Obwohl sie dank der Heirat mit August Grothe und ihrem Ehrgeiz als Maklerin zu einer reichen Frau geworden war, ließ sie fünf Kostenvoranschläge erstellen und wählte dann die Firma aus, die für die Arbeiten am wenigsten verlangte. Ihren Mann über das Vorhaben in Kenntnis zu setzen, hielt sie für ebenso unnötig wie damals, als sie das elektrische Zufahrtstor oder den Anbau des Hundezwingers in Auftrag gegeben oder neue Gartenmöbel gekauft hatte. Solche profanen, die Liegenschaft betreffenden Angelegenheiten waren dem langwierigen Genesungsprozess ihres Mannes nur abträglich, befand Paula, mit den Plänen für etwas so Banales wie eine Tennisplatzbeleuchtung wollte sie ihn gar nicht erst behelligen.

August Grothe hielt sich bereits seit vier Monaten in einem Sanatorium am Bodensee auf, wo die Ärzte vergeblich herauszufinden versuchten, was dem Einundsechzigjährigen fehlte. Bis auf regelmäßig wiederkehrende, von einer Sehschwäche begleitete Gleichgewichtsstörungen gab es nichts, womit man die Krankenakte von Paulas Mann hätte füllen können, nichts Diagnostizierbares jedenfalls. Manchmal, wenn sie ein paar Gläser Wein getrunken hatte, den sie nicht vertrug, ließ Paula sich über den Abwesenden aus, redete verächtlich von seinem *oberschwäbischen Exil*, seinem mysteriösen, von keiner Therapie zu verbessernden Zustand, den sie ihm als Schwäche auslegte, und von *ehelichen Pflichten*, die sie nicht zu erfüllen gedenke, solange ungeklärt sei, ob es medizinische Vorbehalte gegen körperliche Belastungen dieser Art gebe.

Im Wohnzimmer standen gerahmte Fotografien auf der Kommode und dem Kaminsims, von denen zwei den Hausherrn zeigten, einmal als etwa vierzigjährigen Bergsteiger und einmal vor vielleicht zehn Jahren in einem Sessel sitzend. Auf beiden Aufnahmen war ein kräftiger Mann mit dunklen Augen zu sehen, dessen Lächeln ihn zumindest für Frida als netten Menschen erscheinen ließ, und obwohl Frida ihn nie kennengelernt hatte, empfand sie doch Zuneigung für diesen August Grothe, der von einem geheimnisvollen Leiden geplagt wurde, über einem großen See in einem Palast für hoffnungslose Fälle lebte und möglicherweise gar nie mehr zurückkehren wollte zu seiner Frau, die nicht sonderlich große Sehnsucht nach ihm zu haben schien.

Der Bautrupp, der eines frühen Morgens im Pritschenwagen über den Kiesweg zum Tennisplatz fuhr, bestand aus dem Firmeninhaber und einem jungen Mitarbeiter, dem einzigen, den der Kleinunternehmer sich leisten konnte. Auf den Wagentüren und dem offenen Anhänger stand in gelber Schrift auf rotem Grund *Alois Kant Gas & Elektrik – Immer für Sie da*, und wer den klein gewachsenen, gebückten Mann mit dem spindeldürren Körper und dem knochigen, von pigmentfleckiger Haut umspannten Schädel sah, konnte sich gut vorstellen, dass der greise Zwerg tatsächlich schon immer da gewesen war, dass er bereits im neunzehnten Jahrhundert Kupferdrähte verlegt, erquickende Stromstöße abbekommen und vielleicht sogar anno 1882 persönlich Hand angelegt hatte, als in Nürnberg die erste elektrische Straßenbeleuchtung installiert worden war.

Schon am ersten Tag der Arbeiten, denen Eugen Grothe den Namen *Operation Flutlicht* gab, machten er und Frida es sich zur Gewohnheit, alle zwei, drei Stunden zur Baustelle zu gehen und dem ungleichen Paar dabei zuzusehen, wie es die Löcher in den vier Ecken des Platzes aushob. Um die beiden nicht von ihrer Tätigkeit abzuhalten, die darin bestand, dass der Junge schaufelte und der Alte mit einem Zollstock und einem Stück Kreide hantierte, setzten Frida und ihr Lehrer sich in den Schatten unter das Vordach des Clubhauses und taten so, als schrieben sie in die Hefte auf ihren Knien oder diskutierten über die mitgebrachten Bücher.

Dass er und sein Chef beobachtet wurden, merkte nur der junge Bursche, und einmal winkte er kurz, worauf Frida, einem Reflex folgend, ebenfalls andeutungsweise den Arm hob. Er war vielleicht neunzehn oder zwanzig, jedenfalls alt genug, um in den Pausen zu rauchen und Bier aus einer Flasche zu trinken, die er in einem mit Wasser gefüllten Eimer kühl hielt. Er hatte kurzes dunkelblondes Haar und ein breites Kreuz, aber als er in der zunehmenden Wärme des späten Vormittags Hemd und Unterhemd auszog, war Frida überrascht, wie dünn seine Oberarme waren.

»Hübscher Kerl, was?«

Frida zuckte ein wenig zusammen und gab dann vor, ein Insekt zu verscheuchen. »Was?«

»Nicht was. Wer!«

»Wer?«, rief Frida gereizt.

Grothe lachte. »Der junge Mann mit der Schaufel. Nette Erscheinung.« Er grinste Frida an, dann wandte er den Kopf wieder in Richtung Tennisplatz. Eine Zigarette steckte zwischen seinen Lippen, ihr Rauch stieg in der Windstille als gerades Band über sein Gesicht unter das Vordach. Bevor sie zu ihrem Baustellenbesuch aufgebrochen waren, hatte er das Jackett ausgezogen und die Hemdsärmel hochgekrempelt, aber trotzdem glänzte ein Schweißfilm auf seiner Stirn.

Frida zuckte mit den Schultern. »Interessiert mich nicht.«

Wieder lachte Grothe. »Sondern? Was oder wer interessiert Madame Saalfeld?« Er schnippte Asche von der Zigarette und sah Frida belustigt an.

»Jedenfalls nicht der da. Der ist ja kaum älter als ich.«

»Aha. Verstehe.« Grothe nickte. »Der da ist dir also zu jung.«

Frida starrte auf den Einband des Buches, das auf ihren Schenkeln lag, *Handbuch der Deutschen Geschichte, Band 17*.

»Dann schwebt dir also eher eine Liaison vor mit einem Mann, sagen wir mal in gesetzterem Alter?« Grothe nahm einen letzten Zug, warf die Kippe auf den Boden und zertrat sie mit der Schuhspitze.

Frida sagte nichts. Die Unterhaltung wurde kompliziert und unangenehm. Eugen Grothe hielt es offenbar für selbstverständlich, dass ihr dieser Junge gefiel, als sei sie kein ernst zu nehmender Mensch, sondern ein naives Ding, das sich von jedem Dahergelaufenen den Kopf verdrehen ließ. Sie starrte wieder auf das Buch und rang um eine Antwort, die nicht kindisch klang und nicht verriet, wie verwirrt sie war, und als sie den Kopf hob und Grothe in die Augen sah und den Mund öffnete, lachte ihr Lehrer.

»Tut mir leid, das … das war blöd von mir.« Grothe hörte auf zu lachen, und als er endlich bemerkte, wie bestürzt und peinlich berührt Frida war, verschwand auch sein Grinsen. Er tupfte sich mit einem Taschentuch über Stirn und Wangen. »So habe ich das nicht gemeint. Ich wollte nicht … du weißt schon …«

Frida nickte, schüttelte gleich darauf den Kopf.

»Es tut mir wirklich leid, Frieda«, sagte Grothe leise. Er senkte den Blick. In seiner Mimik lag so viel Hilflosigkeit wie noch nie in Fridas Gegenwart.

Frida erhob sich und ging davon, begann nach ein paar Schritten zu rennen. Sie hörte, wie Grothe ihren Namen rief, und spürte den Blick des Jungen in ihrem Rücken. Buch und Heft an den Bauch gedrückt, hastete sie über die kleine Wiese und dann auf dem Kiesweg zum Haus. Im Erdgeschoss erwarteten sie Kühle und Stille, in ihrer Dachkammer Hitze und stickige Luft. Frida legte sich auf den abgewetzten Teppich, der den Holzboden zwischen Schreibtisch und Bett bedeckte, und schloss die Augen. Es war Freitag, Paula hatte ihr Erscheinen angekündigt, um mit Alois Kant zu reden, bevor der mit seinem Gehilfen ins Wochenende verschwinden würde. Ein weiteres Abendessen mit der Hausherrin, dachte Frida, weitere endlose Stunden des Zuhörens und höflichen Lächelns, der artigen Antworten und des bescheidenen Schweigens, wenn ihr Lehrer sie lobte. Weitere vier Gänge und die Benutzung des richtigen Bestecks und das

Kauen mit geschlossenem Mund und weitere Tassen schwarzen Kaffees, die sie noch mehr um den Schlaf bringen würden als die Wärme unter dem Dach und die Gedanken in ihrem Kopf.

Nach einer Weile merkte sie, dass sie noch immer das Heft und das Buch umklammert hielt, und schob beides weg. Als sie die Treppenstufen und Dielen knarren hörte unter Grothes Gewicht und gleich darauf an die Tür geklopft wurde, regte sie sich nicht und hielt den Atem an. Grothe rief leise ihren Namen, wie eine Frage, aber offenbar hatte er nicht den Mut, das Zimmer ohne Fridas Einwilligung zu betreten.

Wenig später entfernten sich die Schritte und knarzte die Treppe erneut, dann war es still. Frida machte die Augen auf und drehte sich auf die Seite. Um nach dem Zettel unter dem Türspalt zu greifen, musste sie nur die Hand ausstrecken.

Liebe Frieda, sollte ich vorhin etwas Falsches oder Missverständliches gesagt haben, bitte ich Dich um Entschuldigung. Wir können morgen darüber reden. Die Geschichtsstunde des heutigen Nachmittags holen wir ein andermal nach. Herzlich, Eugen Grothe

Frida rollte sich auf den Rücken, schloss die Augen und zerknüllte das Stück Papier in ihrer Faust.

Am nächsten Tag blieben Frida und ihr Lehrer in der Bibliothek. Vor dem Unterricht unternahm Eugen Grothe den Versuch, seine Äußerungen vom Vortag *einzuordnen*, wie er es nannte, und den *missverständlichen Unterton* darin zu entkräften, aber Frida wollte nichts davon hören und versicherte ihm scheinbar unbekümmert, es gebe kein Problem, jedenfalls nicht von ihrer Seite, und sie würde lieber die ausgefallene Geschichtsstunde nachholen, statt noch mehr Zeit zu verlieren. Grothe, vom kühlen, abweisenden Ton seiner Schülerin überrascht, entschuldigte sich erneut in aller Form, beschloss aber noch im selben Augenblick, Fridas Wunsch nachzukommen und mit dem Unterricht fortzufahren, als sei nichts passiert. Allerdings nahm er sich vor, ihr von nun an lediglich den Stoff zu vermitteln, den das Kultusministerium vorgab. Ab sofort würde er nicht mehr aus den Büchern seiner eigenen Liste zitieren, sondern nur noch das offizielle, staubtrockene Material der öffentlichen Schulen benutzen.

Je zugeknöpfter und einsilbiger Frida im Verlauf des Tages wurde, desto weniger war Eugen Grothe bereit, ihr weiterhin von der Existenz bedeutender Künstler und Philosophen zu erzählen, die nicht zur Schullektüre in diesem spießigen Land gehörten. Mit jeder Unterrichtsstunde, die verging, schwand sein Eifer, die Lektionen aufzulockern, indem er Frida Musik von The Police, Lou Reed oder Udo Lindenberg hören ließ, ihr Fotos von Anti-Pershing-Demonstrationen zeigte oder Videoaufnahmen des letzten Interviews mit John Lennon, der vier Jahr zuvor ermordet worden war. Dann war sie eben beleidigt, sagte er sich, falls er sie tatsächlich in Verlegenheit gebracht hatte. Sollte sie doch schmollen, dachte er, nur weil er mit ein paar unbedachten Worten für eine peinliche Situation gesorgt hatte.

Zwei in frostiger Atmosphäre verlaufene Tage später schlug Frida vor, den Unterricht wieder nach draußen zu verlegen und nachzusehen, wie weit die Arbeiten am Tennisplatz vorangeschritten waren. Sie klang gelassen, machte einen Scherz über Alois Kants Trägheit und meinte, sie vermisse ihre Lektionen an der frischen Luft. Grothe war erleichtert, sie hatte ihre Trotzhaltung also abgelegt, dachte er. Sich mit einem eingeschnappten Kind herumzuschlagen war das Letzte, was er brauchte, dafür hatte er seine Stelle als Gymnasiallehrer nicht aufgegeben, dafür wäre die großzügige Entlohnung, die er von seinen reichen Verwandten erhielt, kein angemessenes Schmerzensgeld gewesen, zumal ihn allein die Verhandlungen mit den Schulbehörden und das Erstreiten einer Ausnahmeregelung für das ehemalige Kommunenkind viel Zeit und Nerven gekostet hatten.

Am Nachmittag saßen er und Frida wieder unter dem Vordach des Clubhauses. Die Sonne schien, Wolken winziger Mücken standen in der unbewegten Luft. Grothe, einen Stapel Notizen auf den Oberschenkeln, referierte über das mesozoische Deckgebirge, während Frida in einem Buch *Weltatlas Band Eins* blätterte und hin und wieder den Jungen beobachtete, der schaufelschwingend die dritte Grube aushob. Sie hörte nicht zu, der Entstehungsprozess der Kalkalpen war ihr egal. Sie schenkte dem Mann keine Aufmerksamkeit, der sich plötzlich wie ein Lehrer an ihrer alten Schule benahm, der ihr keine Filme mehr zeigte und sie dafür Hausaufgaben machen ließ wie eine Erstklässlerin. Sie war wütend auf ihn, weil er ihr, anders als Paula, vorgespielt hatte, sie ernst zu nehmen, weil er vorgegeben hatte, an ihrer Meinung interessiert zu sein, obwohl es doch so offensichtlich war, dass sie über keine eigene Meinung verfügte, und weil er ihr beim Abendessen immer wieder Komplimente zu ihren Lernfortschritten gemacht hatte, als sei es nicht unübersehbar gewesen, wie dumm sie sich noch immer anstellte, egal ob sie einen Hummer oder ein Buch in seine Einzelteile zu zerlegen versuchte. Und sie war wütend auf ihn, weil er ihr unterstellt hatte, etwas für ihn zu empfinden, sich in eine *Liaison* hineinzufantasieren, Frieda Saalfeld, das in geistiger und emotionaler Isolation aufgewachsene Mädchen, auch mit sechzehn Jahren noch ein willensschwaches Objekt, ein runder Stein, der immer dorthin rollte, wo der Abgrund war.

Nach einer Weile sagte Grothe, der Unterricht sei für heute beendet, und erhob sich. Frida nickte und sah ihm nicht einmal nach, als er in Richtung Haus ging. Sie legte das Buch weg und trank einen Schluck Limonade, die warm geworden war. Über dem Boden des Tennisplatzes flirrte die Luft. Der Junge mit der Schaufel hieß Jarek, so hatte der alte Elektriker ihn gerufen. Seit fünf Tagen war er jetzt schon damit beschäftigt, Löcher auszuheben, die, mit Eisen armiert und Beton gefüllt, die Sockel für die Stahlmasten bildeten. Er hatte es nicht eilig, und Alois Kant schien das schleppende Tempo gutzuheißen, hockte im Schatten und ging die Pläne durch, zählte zum wiederholten Mal die Bolzen und Muttern, die bald zum Einsatz kommen würden, und legte sich allenthalben hin, um ein Nickerchen zu machen oder den Wolken nachzublinzeln, die am Himmel über dem Maschendrahtkäfig vorbeizogen.

Eine halbe Stunde bevor Kant und sein Gehilfe üblicherweise in den klapprigen Pritschenwagen stiegen und nach Hause fuhren, ging Frida zum Tennisplatz, stellte sich neben die offene Tür im Zaun und wartete, bis Jarek ihre Anwesenheit bemerkte und ihr zunickte.

»Hallo!«, rief Frida.

»Tag«, sagte Jarek, nachdem er sich kurz in Richtung seines Chefs gedreht hatte, der auf einem der Zementsäcke saß und sich die Schnürsenkel band.

Fridas Finger krümmten sich um den Draht des Zaungeflechts. Ein Rotmilan flog im abnehmenden Licht über sie hinweg und stieß einen hohen lang gezogenen Schrei aus. Jarek kletterte aus dem Loch, kniff die Augen zusammen und wischte die Hände an der Hose ab.

»Ist bald Schluss für heute?« Frida trat einen Schritt zurück und verschränkte die Hände auf dem Rücken.

»Ja«, sagte Jarek. In seinem sonnengebräunten Gesicht war keine Regung zu erkennen, kein Lächeln umspielte seinen Mund, nicht einmal in seinem Blick blitzte etwas wie Freude oder Neugier auf. Er knöpfte sein Hemd schief zu und stand dann mit hängenden Armen da, befangen und abwartend.

»Schön«, sagte Frida. Der letzte Junge, mit dem sie gesprochen hatte, war Arnulf Herbst gewesen, und die letzten Sätze, die zwischen ihnen gefallen waren, lagen so weit zurück, dass sie sich nicht mehr an sie erinnern konnte.

Jarek nickte, und als er sah, dass Alois Kant über den Platz auf ihn zugeschlurft kam, beeilte er sich, wieder in die ausgehobene Grube zu steigen.

»Also dann«, sagte Frida so leise, dass sie sich selbst kaum hörte. »Bis morgen!«, rief sie lauter, und Jarek hob den Kopf und die Hand, und vielleicht täuschte sie sich, aber sie glaubte den Anflug eines Lächelns auf seinem Gesicht zu sehen, jedenfalls lächelte sie ebenfalls, bevor sie sich umdrehte und zum Haus ging.

Am achten Tag der Arbeiten an der Flutlichtanlage, drei Stunden nachdem er mit Alois Kant davongefahren war und eine Stunde nachdem Frida alleine zu Abend gegessen hatte, kletterte Jarek an einer unter tief hängenden Ästen verborgenen Stelle über die Grundstücksmauer und traf sich mit Frida im Schuppen beim Tennisplatz. Ihr erstes heimliches Treffen verlief anfangs so zäh und nahezu sprachlos, so beherrscht von Befangenheit und linkischen Gesten, von ausweichenden Blicken und feuchten Händen, dass Jarek mit jedem Atemzug im Halbdunkel weniger Mut zu einem ganzen Satz, einer Berührung oder gar einem Kuss aufbrachte und Frida sich minütlich mehr über sich selbst ärgerte, weil sie es jahrelang versäumt hatte, sich auf einen Moment wie diesen vorzubereiten, nicht mit der Lektüre von Liebesromanen oder Frauenzeitschriften, sondern dem Studium einschlägiger Ratgeber von der Sorte, die sie während einer einsamen halben Stunde zwischen Schulschluss und Heimfahrt in einer Buchhandlung gesehen, aber nicht aus dem Regal genommen hatte, überzeugt, beim heimlichen Blättern ertappt und dem Schuldirektor, der Polizei oder, schlimmer noch, der Großmutter gemeldet zu werden.

Auf dem Schulhof waren aus der *Bravo* gerissene Seiten herumgereicht worden, sie hatte Fotos von beinahe vollständig entkleideten Pärchen ihres Alters gesehen und Zeilen aus Briefen an einen Dr. Sommer überflogen, während ihr Eles nach Pausenbrot riechender Atem ins Gesicht geweht war und sie sich geschämt hatte für das, was sie sah, und für die Tatsache, dass sie gleichermaßen verstört und erregt war und nicht wusste, was sie mit diesen an der Schule offenbar verbotenen Bildern und Texten anfangen sollte.

Auf der Holzbank unter den Kleiderhaken sitzend, erinnerte Frida sich an einen Tag im ersten Jahr an der Schule, als sie nach dem Sportunterricht im Umkleideraum gesessen und ihre Schnürsenkel ineinander verknotet hatte, um als Letzte unter die Dusche gehen zu können, und daran, wie Helga in einem vermeintlich unbeobachteten Moment die Unterhose von Rita Brandeis in der Faust zerknüllt, an ihr gerochen und sie dann auf dem Weg in den Duschraum in eine Ecke geworfen hatte. Während Jarek sich neben sie setzte, musste sie an die Dunkelheit des Kinos denken, in das Arnulf Herbst sie mitgenommen hatte, an den Geruch nach versifftem Teppichboden, nach verschütteter Limonade und Putzmittel und nach Arnulf, dessen bleiche, sommersprossenfleckige Haut Schweiß ausgedünstet hatte, etwas metallisch und süßlich Riechendes. Die Frau fiel ihr ein, die eine erfundene Frau namens Hélène spielte und von der sie erst später erfahren hatte, dass sie Romy Schneider hieß und eine Schauspielerin war, die jemanden in einem Film spielte, jemanden *verkörperte*, hatte Frida in einer Zeitschrift gelesen und sich vorzustellen versucht, wie es wohl war, seinen Körper zu verlassen und für die Dauer von zweitausend Atemzügen jemand anderes zu sein, eine Fremde, der man dabei zusah, wie sie ein mutigeres, erfüllteres Leben als man selbst führte.

»Und jetzt?«

Frida schreckte aus ihren Gedanken, kniff die Augen zusammen und erkannte Jareks Gestalt vor sich, Rumpf und Kopf dunkel vor dem kraftlosen Licht, das der abnehmende Mond durch die Fenster und die Türöffnung fallen ließ.

»Was meinst du?«, fragte sie.

»Na ja … Was sollen wir machen?«

Frida fühlte sich wie gelähmt von dieser Frage und der Nähe des Jungen, der ein Fremder war, auch wenn er ihr ein wenig von sich erzählt hatte, dass er in Krakau geboren und in drei Monaten achtzehn sei, dass er einen Bruder und keine Mutter mehr habe und ein Fahrrad, mit dem er nachts, wenn sein Vater schlafe, überallhin fahren könne.

»Hast du was zu trinken?«

Frida schüttelte den Kopf. Eine Broschüre kam ihr in den Sinn, die Frau Becker vom Jugendamt ihr in die Hand gedrückt hatte mit den Worten, falls Frida etwas nicht verstehe, könne sie jederzeit zu ihr kommen. An den Titel des kleinen gebundenen Hefts erinnerte Frida sich nicht mehr, aber an das gezeichnete Mädchen, das auf dem Umschlag bekleidet war und im Heftinneren nackt, und an die alphabetisch geordnete Liste von Begriffen, die sie ausnahmslos heftig irritiert hatten. Monate später, in der Schule, hatte sie Helga gefragt, was es mit *all dem* auf sich habe, und Helga war wütend geworden und hatte über die um sie herum lärmenden Jungen hergezogen, die samt und sonders Dreckschweine seien, von denen Frida die Finger lassen solle.

»Bier? Nein?«

»Nein. Tut mir leid.« Frida musste an Alkohol denken, das Wort, das weit oben auf der nach dem ABC geordneten Liste in der Broschüre gestanden hatte, irgendwo unter Abnormal und Abstrich und Abtreibung.

Jarek erhob sich und trat ins Freie. Für eine Sekunde warf die Feuerzeugflamme einen fahlen Schein auf sein Gesicht. Fledermäuse wischten durch die dunkelblaue, vom Zirpen der Grillen und Blätterrauschen erfüllte Luft. Von weit her wehte das Brummen eines Motorrads heran, nicht lauter als das Geräusch, das der Kühlschrank machte, wenn Frida nachts in die Küche schlich, weil sie nicht schlafen konnte, und ein Glas mit Milch füllte, die derart anders schmeckte als die in Winnipeg, dass

Frida immer nur einen Schluck davon trank und den Rest ins Spülbecken schüttete.

Frida stand ebenfalls auf. Ihr Kopf fühlte sich völlig leer an, wie ein Ballon, groß genug, um ihren Körper eine Handbreit vom Boden zu heben. Gleichzeitig schossen Tausende Gedanken durch ihn hindurch, wirbelten darin herum und stießen gegeneinander, bis eine Hitze entstand, die ihre Gesichtshaut zum Glühen brachte. Während Jarek rauchte, zog sie die Polster, die sie von den Gartenmöbeln genommen und hergebracht hatte, unter den Bänken hervor und bedeckte sie mit zwei großen Badetüchern. Sie hatte keine Ahnung, was möglicherweise gleich passieren würde, höchstens eine Vorstellung davon, die so vage und absurd war, wie sich auszumalen, auf einer Leiter zum Mond zu klettern.

Dann sagte sie den Namen des Jungen, der unter dem sternenbedeckten Himmel stand und darauf wartete, dass sie nach ihm rief.

In den darauffolgenden Tagen ging Frida nicht mehr zum Tennisplatz. Wenn ihr Lehrer vorschlug, im Schatten des Clubhauses zu lernen und der Firma Kant bei der Arbeit zuzusehen, sagte sie ihm, sie bleibe lieber im Haus, ihre Geduld gegenüber den Wespen, die plötzlich überall herumschwirrten, sei aufgebraucht, außerdem störe sie der Lärm von der Baustelle in ihrer Konzentration. Ende Juni endete die Frist, innerhalb der die vier Beleuchtungsmasten stehen sollten. Alois Kant und Jarek luden ihr Werkzeug und das übrig gebliebene Material auf den Anhänger und fuhren ein letztes Mal vom Gelände.

Nach ein paar Versuchen, den Unterricht wieder so zu führen wie in den ersten Wochen, gab Eugen Grothe auf. Frida war jetzt noch verstockter als je zuvor, sprach nur dann, wenn er ihr eine den Stoff betreffende Frage stellte, und schien während der restlichen Stunden ihrer gemeinsamen Nachmittage wie entrückt, mit einem Teil der Gedanken ständig woanders. Dass Fridas Verschlossenheit, das trotzige, maulfaule Absitzen des Unterrichts etwas mit dem Jungen zu tun haben könnten, hatte er schon seit Längerem für wahrscheinlich gehalten, Frida jedoch nie darauf angesprochen, weil er kein zweites Drama auslösen wollte und wusste, dass sie ihm ohnehin nicht ihr Herz ausgeschüttet hätte. Endgültig in seinen Vermutungen bestätigt wurde er, als er eines Abends einen Spaziergang zum Tennisplatz machte, um die vier Flutlichtmasten zu begutachten, die unter Zuhilfenahme eines abenteuerlichen Flaschenzugs und mit göttlichem Beistand errichtet worden waren. Den Brief, vielmehr eine Ecke davon, bemerkte er erst, als er sich vor das Clubhaus setzte und eine Zigarette rauchte. Er zog den Umschlag unter dem Sitzpolster des Stuhls, auf dem Frida immer gesessen hatte, hervor, betrachtete für die Dauer einer weiteren Zigarette ihren in krakeliger Schrift und mit fehlendem e geschriebenen Namen, trug den ungeöffneten Brief schließlich ins Haus und die Treppe hoch und schob ihn unter Fridas Tür durch. Dann klopfte er und ging weg.

Frida erfuhr nie, dass es nicht Jarek gewesen war, der ihr den Brief gebracht hatte, und es spielte auch keine Rolle. Das fremde Haus zu betreten legte sie ihm als mutige Tat aus, die Anerkennung verdiente. Auch dass er sich hingesetzt und ihr geschrieben hatte, beeindruckte sie. Der Brief bestand aus fünfundzwanzig sorgfältig gemalten Buchstaben: *Ich möchte mit dir reden bitte.* Aber Frida wollte nicht reden. Sie wusste nicht, was sie hätte sagen oder wie sie ihre Gedanken hätte in Worte fassen sollen. Wäre sie auf Jareks Bitte eingegangen, wäre sie in seiner Gegenwart sprachlos geblieben, überflutet von ihren Gefühlen, die sie nicht einmal klar benennen konnte, weil sie keines davon jemals zuvor empfunden hatte, weder diese Angst noch das Verlangen und auch nicht die Verachtung gegenüber sich selbst und Jarek, der sie, angetrieben von ihrer eigenen Unvernunft und Kühnheit, in diese Lage gebracht hatte.

Beinahe wäre sie fortgegangen, gleich am Tag danach. Doch es gab keinen Ort, an den sie hätte gehen können, nicht einmal in ihrer Gedankenwelt existierte er. Sie blieb in ihrem Zimmer unter dem Dach, nur eine Handbreit vom Regen entfernt, der alles unter Wasser setzte, die Wege und Wiesen und auch den Tennisplatz. Jede Nacht träumte sie den gleichen Traum, versank unter Jareks Gewicht in flüssigem Licht, löste sich auf und zerfiel zu wirbelnden Funken, formte einen neuen Körper, den vollendeten Körper einer Frau, zerstob in einer Wolke aus Wärme und Schmerz und fuhr aus dem Schlaf, bevor sie erstickte. Und jeden Nachmittag hörte sie sich Eugen Grothes Ausführungen an, schrieb ihre Hefte voll und las die Bücher, die er ihr vorsetzte. Je mehr sie lernen würde, sagte sie sich in ihren halbwegs klaren Momenten, umso schneller würde sie sich von dem einfältigen Kind entfernen, das sie im Spiegel sah, und je mehr das eingetrichterte Wissen ihren Kopf füllen würde, desto weniger Raum bliebe für Erinnerung.

Der September verabschiedete sich warm und nass. Vier Tage nach Ende eines wochenlangen Regens betraten Frida und Henriette den noch feuchten Sandbelag des Tennisplatzes und spielten sich eine Weile die Bälle zu. Frida, müde und unkonzentriert, misslang jeder zweite Schlag, und als Henriette fragte, ob etwas mit ihr nicht stimme, und Frida antwortete, seit einiger Zeit sei ihr morgens übel und nach dem Aufstehen habe sie sich schon mehrmals übergeben müssen, ging Henriette um das Netz herum, nahm Frida wortlos an der Hand, zog sie ins Clubhaus und schloss die Tür. Erschöpft und durstig auf einer der Holzbänke sitzend, ahnte Frida, dass sie sich in einem Zustand befand, der mit Jarek zu tun hatte und an dem sie aus eigener Kraft nichts würde ändern können, und als sie Henriette eine ganze Reihe der Wörter aus dem Heft mit der alphabetischen Liste sagen hörte, wusste sie plötzlich, was ihr geschehen war, eine Einsicht, von der sie so heftig getroffen wurde, dass sie in Tränen ausbrach.

Weniger als zwei Stunden später lag Frida schlafend auf dem Sofa im Wohnzimmer von Henriettes Vater, in den Venen die Glukose-Infusion, die ihr nach ihrem Zusammenbruch verabreicht wurde, und im betäubten Kopf die Stimme des Arztes, dem zufolge sie tatsächlich seit etwa dreizehn Wochen schwanger war. Während Frida schlief, berieten Henriette und ihr Vater sich, und weil sie auch nach endlosem Hin und Her keine Lösung gefunden hatten, mit der beide leben konnten, einigten sie sich auf eine Notlüge und riefen Eugen Grothe an, um ihn davon in Kenntnis zu setzen, dass Frida beim Tennisspiel einen Schwächeanfall erlitten habe und zur Erholung und Beobachtung für zwei, drei Tage im Hause der Schädlers bleiben werde.

Frida verschlief den restlichen Tag, die Nacht und den folgenden Morgen. Als sie blinzelnd die Augen aufschlug, erkannte sie Henriette, die in einem Sessel saß und las. Es war hell um sie herum, ein Vorhang bewegte sich vor einem offenen Fenster.

»Na sieh mal an, wer wach ist.« Henriette klappte das Buch zu und legte es auf den kleinen Tisch neben sich. Dann beugte sie sich nach vorne und berührte Fridas Schulter. »Wie fühlst du dich?«

Frida schloss die Augen und dachte nach, aber schließlich fragte sie nur: »Wo bin ich?«

Henriette lächelte und strich mit einer Hand über Fridas Arm. »Bei uns zu Hause. Im Gästezimmer. Du bist gestern ohnmächtig geworden. Wahrscheinlich hast du zu wenig gegessen in letzter Zeit. Wir haben dich unten aufs Sofa gelegt und später hochgetragen.«

Frida sah an die Decke, versuchte sich zu erinnern. Das Bild des Käfigs tauchte auf, flirrendes Grün, dunkles, erdiges Rot.

Henriette goss Wasser aus einem Krug in ein Glas und hielt es Frida an die Lippen.

Nachdem sie getrunken hatte, sagte Frida: »Wir haben Tennis gespielt.«

»Stimmt. Und weißt du noch, was du mir erzählt hast?«

Wie das Wasser in ihren Magen rann, sickerte der vergangene Tag in Fridas Gedächtnis, langsam, jeder Tropfen ein winziger Teil eines Bildes, aus dem sich ein verschwommenes Ganzes formte. Als ihr alles wieder eingefallen war, richtete sie sich auf und schlug die Bettdecke zurück. Sie trug ihre Unterwäsche, in ihrer linken Armbeuge klebte ein Heftpflaster. Auf einmal war nichts mehr verschwommen, nur noch düster, fast schwarz.

»Ja«, sagte sie und legte sich beide Hände auf den Bauch.

Was in den folgenden Stunden über Frida hereinbrach, fühlte sich wie ein Unwetter an, wie eine Wand aus tiefen Wolken, eisigem Wind und Regen. Waren sie als Kinder davon überrascht worden, mitten auf dem Feld bei der Arbeit, hatten sie sich aufgerichtet und gegen das Tosen angeschrien, bis einer der Erwachsenen kam und sie ins Haus mussten, in trockene Kleidung und ans wärmende Feuer. Jetzt war der Sturm ein Niederprasseln von Fragen, und Frida zog den Kopf ein und zuckte mit den Schultern, weil sie die Antworten nicht wusste, nicht wissen konnte, oder sie nickte, obwohl sie nichts verstanden hatte. Dieser Sturm war ein Wirbel aus Zahlen und Berechnungen, aus Vermutungen und Rückschlüssen, aus Bedenken und Ratschlägen, und nachdem er sich gelegt hatte, blieben eine einzige Frage und eine einzige Antwort übrig.

Henriette redete mit ihrem Vater, der jemanden kannte, einen Kollegen aus der Studienzeit, in Henriettes Worten ein guter Mensch und guter Arzt mit guten Absichten. Sie fuhren im Auto hin, nur Henriette und Frida. Zwei Stunden mit offenen Fenstern und lauter Musik, Simple Minds, dann wieder, verschluckt von einem Wald, Henriettes besänftigende Monologe, gefolgt von Schweigen in der offenen, hellen Landschaft, während sie dem Ziel entgegenflogen wie eine Kugel dem schlagenden Herzen. Die Frau an der Tür des Fachwerkhauses war dick und freundlich, der Doktor bärtig und ausgerüstet mit funkelnden Instrumenten, einem halben Jahrhundert Erfahrung und der Stimme eines gütigen Onkels, nicht der eines Gesetzesbrechers. Was folgte, war ein sanftes Gleiten in den Schlaf, das Erlöschen der Lichter, der Geräusche und Empfindungen, das Abklingen der panischen Angst, das Dunkel und die Stille einer Erlösung auf Zeit. Dann die *Entfernung*, eines der ersten Wörter im Alphabet der Broschüre, drei Silben Unsagbarkeit. Später Blutungen, Folgen des Eingriffs, heftig genug, um Maßnahmen zu ergreifen. Am Abend Verbesserung des Zustands, am Morgen Verschlechterung, das Auf und Ab eines versehrten Körpers. Fieberträume.

Nicht der Dachboden in Winnipeg, nicht das Zimmer im Kinderheim und nicht die Kammer im Schloss von Königin Paula. Blätter und Vögel, ein Viereck aus Licht. Die eigene Hand in der Hand eines andern. Unendlich schwer sein, eine untragbare Last. Die Augen lange genug offen halten, um die alte Frau zu sehen. Zum allerersten Mal ein wirkliches Lächeln erkennen. Sich vielleicht täuschen. Fast wieder einschlafen und den Druck der Hand spüren, die sich schließt. Schritte hören und wie der eigene Name gerufen wird von einem Mann, der vor Freude stottert.

LEANDER
Kapitel VI

Den Halt verlieren

Wenn er nichts zu tun hatte, und das war in den ersten Tagen nach seiner Ankunft in Traufen oft der Fall, fragte er sich, wo in aller Welt er gelandet war. *Wo bin ich?* Wie ein gemurmeltes Mantra kreiste die Frage in seinem Bewusstsein, manchmal abgelöst von einem entgeisterten *Was mache ich hier?* Aber mehr noch als die Seltsamkeit des Ortes verblüfften ihn die Menschen, von denen er auch am zweiten und dritten Tag seiner Eingewöhnungszeit stündlich neue Exemplare zu Gesicht bekam. *Wer sind diese Leute?* Bisweilen flüsterte er die Fragen vor sich hin, eine Tasse Ingwertee in den Händen, kopfschüttelnd, nach einigen Begegnungen ungläubig lächelnd, als habe er gerade die Bekanntschaft eines sprechenden Bären oder einer zum Leben erweckten Comicfigur gemacht.

Das Refugium Ring unterschied sich vom Albrecht-von-Blumenthal-Internat wie sich ein Garten von einem Kasernenhof, eine Kirmes von einer Kirche unterscheidet. Hatten in Direktor Dünscheids Hügelfestung Zucht und Ordnung geherrscht, waren es hier Müßiggang und Chaos, die den Schulbetrieb bestimmten. In Dünscheids reglementierter Welt stand auf Anarchie und Rebellion, auf Andersdenken und Widerspruch, auf Verletzlichkeit und Selbstzweifel die Höchststrafe, hier waren sie Programm, auch wenn es gar keines gab, es sei denn, man bezeichnete die Statuten, dieses Konvolut aus esoterischen Visionen und antiautoritärer Schwafelei, als solches. Im Ring, wie die Dörfler die Schule nannten, landeten die Kinder, die durch die Maschen des staatlichen Schulnetzes gefallen waren, Kinder von Eltern, die überfordert oder anderweitig beschäftigt waren, die alles versucht und schließlich aufgegeben hatten, die ihre Kinder zwischen zwei Indienreisen im Refugium ablieferten oder die hofften, dass ihre Söhne und Töchter in den magischen Kraftfeldern der österreichischen Alpen zu besseren Menschen gemacht wurden.

Bei den Kindern selbst reichte die Spannweite von vernachlässigten Dreizehnjährigen über verhaltensauffällige Vierzehnjährige bis zu lernresistenten Fünfzehnjährigen und realitätsunfähigen Sechzehnjährigen. Hier tummelten sich Mädchen, die sich am Tag Blumenkränze in die Haare flochten und nachts mit Rasierklingen ritzten, die Camus lasen und heimlich die *Vogue*, die in wallenden Gewändern aus selbst gefärbten Stoffen herumliefen oder in löchrigen Jeans und Lederjacken. Leander sah sie in der Sonne sitzen und meditieren, auf ihren Walkmans Musik hören und rauchen oder gelangweilt über die große Wiese schlurfen. Eines der älteren Mädchen hatte ihn gleich am ersten Tag zur Seite genommen und gefragt, ob er *was Süßes* dabeihabe, man werde hier nur mit *diesem verschissenen Gesundfraß gefüttert,* Schokolade sei an diesem Ort Gold wert, für ein Mars oder Snickers würde sie ihm einen runterholen. Als er ihr sagte, er habe nichts dergleichen im Gepäck, nannte sie ihn einen Wichser und ließ ihn stehen. Dank Emil Kronenberg wusste Leander, was ihm gerade angeboten worden war, und er bereute, keine Schokoriegel mitgenommen zu haben, auch wenn die Vorstellung, von diesem groben, fremden Mädchen den Schwanz gerieben zu bekommen, eher beängstigend als verlockend war. Keine fünf Minuten später kam ein braun gebrannter, flaumbärtiger Junge mit einem zahmen Frettchen auf der Schulter zu ihm, drückte ihm ein Taschenbuch mit dem Titel *Die Grenzen des Wachstums* in die Hand, sagte, er solle das lesen, und ging weg, ohne ihm einen Namen oder einen Termin für die Rückgabe des Buches genannt zu haben. Nachdem er sich auf eine der aus halbierten Baumstämmen gefertigten Bänke im Park hinter dem Schulgebäude gesetzt hatte, um in dem Buch zu blättern, traten drei weitere Mitschüler an ihn heran, und alle wollten etwas von ihm, eine aktuelle Tageszeitung etwa, eine leere Musikkassette oder dass er am Abend an einer Versammlung der *Schüler gegen Atomkraft* teilnahm. Leander bemühte sich, die Jungen möglichst höflich abzuwimmeln, und ging schließlich zum Wohntrakt, wobei er sich verlief und von weiteren sonderbaren Kindern angesprochen wurde, bevor er seine Unterkunft fand.

Er hatte ein eigenes Zimmer. Er war noch nie auf einem Schiff gewesen, aber genau so stellte er sich eine Kajüte vor. Nicht einmal das Bullauge fehlte, auch wenn die tellergroße Öffnung in der Wand kein Fenster, sondern ein Lüftungsschacht war. Wenn er das Gitter abnahm und den Kopf in den Blechkanal steckte, konnte er außer einem steten Summen die leisen Geräusche aus den anderen Zimmern hören, unverständliches Gemurmel, gelegentlich Musik oder ein Lachen. Das Bett war eine Matratze auf einem gelochten Holzbrett, das für die Nacht heruntergeklappt wurde, die winzige Schreibtischplatte funktionierte ebenso, und der gepolsterte Sitzhocker musste als Aufbewahrungsort für Stifte, Hefte und andere Schulutensilien dienen, weil es außer einem in die Wand eingelassenen, mit Bettdecke und Kopfkissen und Kleidung gefüllten Schrank keinen Stauraum gab.

In der Nacht zuvor hatte er kaum geschlafen. Nirgendwo hatte er bisher in den ersten Nächten gut oder überhaupt geschlafen, weder im Heim der Jugendbehörde noch in Tante Merets Haus noch im Internat auf dem Hügel, von den zwei schrecklichen Nächten unter dem Dach von Ringos Pflegefamilie ganz zu schweigen. Wach zu sein, während die betriebsame Welt um einen herum für eine Weile ruhte, hatte auch etwas Friedliches, Beruhigendes, fand er. Niemand störte ihn beim Wälzen von Fragen, zum Beispiel der, warum er schon wieder in einem anderen Bett lag, wie er den neuen Bedrohungen begegnen sollte oder ob er ihnen ausweichen konnte, und was eigentlich der Sinn des Lebens war, falls es überhaupt einen gab. Kein Lärm riss ihn aus den Gedanken, kein gerufenes oder gebrülltes Wort ließ ihn aufschrecken, wenn er gerade in sein Unterbewusstes abgetaucht war, um Traumfragmente hervorzuholen, Erinnerungsfetzen oder Bilder einer Zukunft, die er sich erhoffte, Gemälde in warmen, leuchtenden Farben. Umgeben von nächtlicher Stille, schaffte er es sogar, Stimmen zu hören. Dann war Tante Meret in seinem Kopf und sagte ihre besänftigenden Sätze, und Ewald sagte die seinen. Auch Emil Kronenberg konnte er mit seinem Kopfradio empfangen, und manchmal Ringo und Frida und Linus, aber die Signale aus Winnipeg wurden jeden Monat ein wenig undeutlicher, überlagert von einem Rauschen, das wohl mit Raum und Zeit zu tun hatte und mit der Tatsache, dass das menschliche Gehirn gespeicherte Erinnerungen löschte oder sie, wenn sie an Wichtigkeit verloren, im hintersten, unzugänglichsten Winkel verwahrte.

Wochenlang hatten Meret und Ewald darüber diskutiert, ob eine so umstrittene Schule wie das Refugium Ring für Leander das Richtige sei und ob sie Thomas in Wien noch einmal um Geld bitten konnten. Während Ewald das Alternativprojekt in den Bergen großartig fand, eine einmalige Chance für den Jungen, blieb Meret misstrauisch. Noch während der Autofahrt und sogar beim Anblick des riesigen Gebäudes im Chalet-Stil hatte sie an den Sätzen herumgemäkelt, mit denen die Schule in einer Broschüre und einem persönlichen Brief für sich warb. *Unser Kollegium aus Pädagog/innen, Bewegungsmentor/innen und Mentalmotivator/innen sowie die hauseigenen Expert/innen für biodynamische Ernährung freuen sich auf die gemeinsame Herausforderung, Leander sowohl in seinem Wesen als Lernender didaktisch zu begleiten als auch seine soziale und spirituelle Kompetenz zu fördern.*

Das ging ja noch, fand Meret, dagegen hatte sie nichts einzuwenden, auch wenn sie weder mit Bewegungsmentorinnen noch mit biodynamischer Ernährung oder spiritueller Kompetenz viel anfangen konnte. Ebenso wenig Sorge machte ihr die Aussage, im Refugium Ring gebe es keine hierarchischen Machtstrukturen und autoritären Gefälle, was bedeute, dass Erwachsene und Heranwachsende sich als gleichwertige Partner begegneten. Das warf zwar alles über den Haufen, woran sie bisher geglaubt hatte, wenn es um das Verhältnis zwischen Lehrern und Schülern ging, aber sie war bereit, *unkonventionell zu denken,* wie Ewald es nannte, und neue Ideen zuzulassen. Was Meret jedoch wirklich Mühe bereitete, waren Phrasen wie diese: *Ziel des Austausches innerhalb der Lernzeiten ist das gegenseitige Erkennen sowie die Reflexion der von den Lernenden absorbierten Materie.*

»Was soll das heißen?«, fragte sie bei jeder Gelegenheit, seit sie die

Broschüre zum ersten Mal gelesen hatte. »Austausch? Wer tauscht sich da aus? Und wer erkennt sich gegenseitig?«

»Lehrer und Schüler«, antwortete Ewald dann jeweils ruhig und bemüht, seiner Frau die Bedenken zu nehmen, indem er die Texte aus dem elitären Esoterikgeraune in ein verständliches, harmloses Deutsch übersetzte. »Da steht nicht ein Lehrer vor der Klasse und trichtert den Kindern den Lernstoff ein. Da wird gemeinsam gelernt und debattiert.«

»Debattiert.«

»Ja. Es gibt nicht *die* Wahrheit. Die Kinder werden dazu angeregt, Fakten infrage zu stellen.«

»Aha. Zum Beispiel, ob eins und eins zwei ist.«

»Nein. Natürlich nicht. Sei bitte nicht albern.«

»Und absorbierte Materie? Was soll das sein?«

»Na, der Lernstoff.«

»Und warum gibt es keine Klausuren? Warum steht hier, der Wissensstand der Lernenden werde nicht geprüft? Wie sollen die Kinder denn beurteilt werden, wenn es keine Prüfungen und keine Zeugnisse gibt?«

»Die Lehrpersonen bilden sich ihr Urteil eben auf andere Weise.«

»Aha. Wie denn?«

»Indem sie zuhören, zum Beispiel. Indem sie sich ein Bild vom Allgemeinwissen der Kinder machen. Das intuitive Wissen. Das nicht mit Testfragen zu ermitteln ist.«

»Nicht.«

»Nein. Prüfungen sind veraltet, überholt. Da geht es nur um das Abrufen von Auswendiggelerntem. Nehmen wir doch Leander. Ist er dumm? Nein. Hat er jemals gute Prüfungen abgelegt? Nein. Verfügt er über Allgemeinwissen? Hat er Grips? Potenzial? Ja! Ja und nochmals ja!«

In solchen Momenten wurde Meret nachdenklich und betrachtete die Fotos von den fröhlichen Kindern auf blumenübersäten Wiesen, von den Lehrerinnen und Lehrern, jungen und nicht mehr so jungen, normal und leicht verrückt wirkenden, die herzlich lächelnd vor mit Zeichnungen behängten Wänden standen, von den Murmeltieren und Steinböcken, die es in der Bergwelt gab, und von den gemütlichen Einzelzimmern, dem lichtdurchfluteten Speisesaal und den Klassenräumen mit den Sitzkissen und Aquarien und gesund aussehenden Topfpflanzen.

»Hm«, sagte sie dann und gab für eine Weile Ruhe, nur um am nächsten Tag die Broschüre erneut auf den Esstisch zu legen und die gleichen Sätze nochmals zu zerpflücken und neue zu finden, die in ihren Ohren so hirnverbrannt klangen, dass sie nicht glauben konnte, warum Ewald sie verteidigte.

Tag drei verlief in etwa so, wie Tag zwei verlaufen war. Leander spazierte herum, sah sich die allgemein zugänglichen Räume im Haupthaus an, den Speisesaal etwa, den Musik- und Tanzraum, die Werkstatt, wo ein paar Kinder Skulpturen aus Lehm und Ästen formten, die Bewegungshalle, das Gewächshaus und eines der Nebengebäude, das im Inneren viele kleine Zimmer barg, Kajüten, wie Leander eine bewohnte. Er lief über eine der Wiesen, die an drei Seiten des riesigen Grundstücks lagen, ging an einem Lattenzaun entlang und dann zurück, weil man ihn bei seinem Willkommensgespräch gebeten hatte, das Schulareal vorerst nicht zu verlassen.

Am Abend seiner Ankunft waren er, Meret und Ewald Gäste des sogenannten Begrüßungskomitees gewesen, das aus zwei Frauen und zwei Männern bestanden und die Aufgabe gehabt hatte, den neuen Schüler zu empfangen und mit den wichtigsten seinen Aufenthalt betreffenden Informationen zu versorgen. Während sie zu siebt auf Kissen um den kniehohen, runden Tisch gesessen und eine Suppe, verschiedene Salate und Fladenbrot gegessen hatten, erzählten die Lehrerinnen und Lehrer der Reihe nach, wie man sich als Außenstehender das Refugium Ring vorzustellen habe, was seinen Geist, seine Seele ausmache, wie sie ihre Berufung, die keinesfalls mit dem Begriff Beruf zu verwechseln sei, verstanden wissen wollten und was man sich von den Lernenden erhoffte.

Nachdem Meret sich die salbungsvollen, selbstbeweihräuchernden Äußerungen, die teilweise wortwörtliche Zitate aus der Broschüre waren, eine Weile angehört hatte, wandte sie sich an den älteren der beiden Männer, zwang sich ein Lächeln ins Gesicht und sagte: »Ich muss gestehen, Herr …«

»Walter«, sagte der Mann und zeigte auf das Schildchen an seiner Brust, auf dem sein Name in roter Kringelschrift stand.

»Also, ich muss gestehen, Herr Walter …«

»Nur Walter. Ohne Herr.« Walter lachte, und seine beiden Kolleginnen und sein Kollege lachten ebenfalls. »Wir begegnen uns hier auf Augenhöhe, ohne die Floskeln bürgerlicher Konventionen.«

»Tut mir leid«, sagte Meret ohne allzu viel Bedauern in der Stimme. »Ich bin es nicht gewohnt, wildfremde Leute zu duzen.«

Wieder lachten die vier zur Begrüßung Abgesandten.

»Wildfremd?«, rief Walter in gespielter Bestürzung. »Das trifft uns jetzt aber hart.« Er deutete auf die Kollegin zu seiner Linken, eine Frau um die fünfzig, die einen gelben Kaftan, einen Stoffturban und mehrere Halsketten aus Metallplättchen trug, die wie kleine Münzen aussahen. »Das ist Hanna.«

Hanna nickte Meret lächelnd zu. »Grüß dich, Meret.«

»Und das hier …« Walter wandte sich an den Mann, der rechts von ihm saß.

Meret unterbrach ihn. »Ich weiß, wer das ist«, sagte sie, und weil ihr bewusst wurde, wie schroff sie klang, holte sie Luft und setzte erneut ein Lächeln auf, wenn auch ein wenig überzeugendes. »Sein Name steht auf dem Schild. Ich möchte ihn aber nicht Olaf nennen. Und eigentlich möchte ich auch nicht, dass Sie mich Meret nennen.«

Sekundenlang herrschte Stille. Ein paar irritierte Blicke wurden gewechselt, ein verlegenes Räuspern drang aus einer Kehle.

»Ist noch Eiswasser da?« Ewalds Frage löste die Spannung ein wenig, und gleich von zwei Seiten wurden ihm Krüge gereicht.

»Sie müssen entschuldigen, Frau …«

»Born.«

»Frau Born, wir wollten Sie nicht … Also es war nicht unsere …«

»Oh, nein, nein!«, rief Meret. »Herrje, nein … *Ich* bin es, die sich entschuldigen muss.« Sie wedelte mit beiden Händen in der Luft, als verscheuche sie unnütze Gedanken. »Ich bin in einigen Dingen wohl ein bisschen altmodisch.«

»Meine Frau hat gewisse Vorbehalte«, sagte Ewald, nachdem er das Glas Wasser ausgetrunken hatte. »Zweifel, ob Leander an diesem Ort gut aufgehoben ist.« Er lächelte Meret zu, die ihm gegenübersaß.

»Nun, wir hoffen natürlich, wir können diese Zweifel zerstreuen«, sagte Walter, der als Ältester im Quartett das Wort zu haben schien.

Meret, nicht gewohnt, längere Zeit am Boden auf einem Kissen zu verbringen, veränderte die Lage ihrer Beine und stieß dabei gegen die Tischkante. »Verzeihung. Ja, also, was ich sagen wollte, ich befürchte, ich habe einiges von Ihrem Fachjargon nicht ganz verstanden.« Sie warf einen kurzen Blick auf die offen vor ihr liegende Broschüre, die mit Randnotizen und Fragezeichen vollgekritzelt war. »Hier zum Beispiel: Was sind genusneutrale Toiletten?«

Die vier Mitglieder der Begrüßungsdelegation gaben Laute der Belustigung von sich, freundliches, von Herzen kommendes Kichern.

»Habe ich etwas falsch ausgesprochen?«

»Nein, gar nicht«, sagte Walter. »Genusneutrale-Toiletten sind Toiletten, die für beide Geschlechter zugänglich sind.«

»Aha. Und wozu soll das gut sein?«

»Die Heranwachsenden werden bei uns nicht in das herkömmliche Mann-Frau-Schema gepresst. In der Gesellschaft führt die Trennung der Geschlechter zu Ungleichgewicht und Abgrenzung. Hier existieren diese Grenzen nicht.«

»Weil gemeinsam gepinkelt wird?«

Merets Frage erntete erneut wohlwollendes Gelächter.

»Absolut.« Walter nickte heftig. »Die Aufhebung der Separation soll Schwellen abbauen.«

»Aha«, murmelte Meret.

Nachdem sie zu Ende gegessen hatten, begaben sich alle auf einen Rundgang. Dabei übertrafen die vier Vertreter der Schule sich gegenseitig mit euphorischen Kommentaren zur Architektur und Einrichtung, wiesen auf das viele gesunde Holz hin, das verbaut worden war, lobten das warme Licht der Lampen, die inzwischen brannten, und hoben stolz die Sicherheitsmaßnahmen hervor, die überall in Gestalt von Feuerlöschern, Rauchmeldern, Notausgangschildern und Fluchtplänen sichtbar waren. Das Quartett der Offiziellen strengte sich mächtig an, redete jede schlampig gestrichene Wand und jeden abgewetzten Teppich schön, und dennoch gab es während der gesamten Tour kaum etwas, an dem Meret nichts zu bemängeln hatte, egal, ob es sich um Schimmelflecken in den Duschräumen, schlecht isolierte Elektrokabel an den Töpferscheiben, undichte Fenster im Speisesaal oder auf den Außenwegen herumliegende

Zigarettenstummel handelte. Am Ende der Führung, als alle Beteiligten sichtlich erlöst schienen und Ewald dachte, die Sache sei überstanden, warfen sie einen Blick in Leanders zukünftige Kammer, die Hanna als das Enzian-Zimmer vorstellte, angeblich besonders ruhig zwischen dem derzeit ungenutzten Steinbrech-Zimmer und dem Alpenrosen-Zimmer gelegen, in dem der *fast nicht wahrnehmbare* Moritz Langenkamp wohne. Kaum hatte Walter die Tür geöffnet und das Licht eingeschaltet, entfuhr Meret ein Aufschrei des Erschreckens, dem, sobald sie die enge Zelle betreten und sich darin einmal um die eigene Achse gedreht hatte, Ausrufe heftiger Entrüstung folgten. Hatte sie im Theatersaal beim Anblick rostiger, aus dem Bühnenboden ragender Nägel noch den Kopf geschüttelt und es bei einer sarkastischen Bemerkung bewenden lassen, kam jetzt ihr ganzer aufgestauter Widerwille gegen die Schule und deren Repräsentanten in ihr hoch, ein an niemand bestimmten gerichteter Monolog des Entsetzens und der Ablehnung, der darin gipfelte, dass sie den betreten zu Boden starrenden Leander an der Hand packte und, noch immer lauthals vor sich hin schimpfend, auf der Suche nach einem Ausgang durch den Gang zerrte.

Eine Viertelstunde später saßen Ewald und Leander auf einer der Bänke und warteten, bis Meret sich beruhigt hatte. Kühle Bergluft strich über die Wiese vor ihnen, auf der hier und dort Schüler saßen, alleine und in kleinen Gruppen, ohne zu reden oder in Gespräche vertieft. Ein Geräuschmuster aus den Stimmen von Mädchen und Jungen, aus Gelächter und den Klängen von Gitarren und Bongos schwebte über der Szenerie wie der Qualm der Zigaretten, die überall geraucht wurden und nicht gerade dazu beitrugen, dass Meret gelassener wurde.

»Es ist alles absolut erschreckend hier«, sagte sie nach einer Weile, während der die drei die Umgebung auf sich hatten wirken lassen. »Die Untauglichkeit der … wie soll man sie nennen, Lehrer? Der desolate Zustand der Gebäude. Das Fehlen einer … einer Ordnung, was das Lernen betrifft. Das unreife, anmaßende Verhalten der Schüler, die man hier ganz offensichtlich schalten und walten lässt, wie es ihnen passt.«

Wie zur Bestätigung warf ein vielleicht Fünfzehnjähriger eine Kippe auf den Weg, keinen Meter von der Bank und Merets Füßen entfernt, und ein Mädchen auf der Wiese vor ihnen stieß einen so grellen Schrei aus, dass auch noch die letzten Vögel aus den Bäumen flohen.

»Und dein ... Zimmer kann man es ja wohl nicht nennen ... dein Kabuff, Leander. Dieser enge Schlauch. Dieses ... Loch. Ich hatte nach zehn Sekunden Platzangst.«

»Ich finde es nicht so schlimm«, sagte Leander.

»Ich auch nicht.« Ewald legte seinen Arm um Leanders Schultern.

Meret machte eine wegwerfende Handbewegung. »Ach. Ihr.«

»Ich stelle mir einfach vor, es ist eine Kajüte. Auf einem Schiff.«

»Eine Kajüte, genau«, sagte Ewald. »Klein, aber gemütlich. Und alles aus Holz.«

»Ein Sarg ist auch aus Holz.« Meret verschränkte die Arme vor der Brust und sah in die Ferne.

Eine Gruppe Jungen rannte vorbei, an der Spitze ein Junge, der eine Unterhose über dem Kopf schwenkte. Meret hielt sich mit beiden Händen die Ohren zu, bis die Störenfriede verschwunden und das Grölen und Lachen verklungen waren.

Ewald stand auf und ging zu seiner Frau. Er legte von hinten die Arme um sie und flüsterte ihr ins Ohr. Zwischendurch sagte Meret leise etwas. Eine Weile ging das so hin und her, und schließlich drehten sich beide um und sahen Leander an.

»Deine Tante möchte dir einen Vorschlag machen«, sagte Ewald.

Meret schien sich dazu durchringen zu müssen, aber dann sagte sie: »Wir überlassen es dir. Wenn du bleiben willst, akzeptiere ich deine Entscheidung. Wenn du das alles hier genauso furchtbar findest wie ich, dann kannst du noch heute mit uns zurückfahren.«

»Morgen«, sagte Ewald. »Wir fahren morgen.«

»Von mir aus, dann eben morgen.«

Leander saß allein auf der Bank, die Hände unter die Oberschenkel geschoben und mit dem Rumpf langsam vor und zurück schaukelnd, während er im Kopf die guten und die schlechten Eindrücke gegeneinander abwog, die Wiesen gegen die schroffen Bergwände, den Sternenhimmel gegen die Enge der Kajüte, den Jungen mit dem Umweltbuch gegen das grobe Mädchen, die Mädchen, die ihm zugelächelt hatten, gegen die Jungen, die ihn mit feindseligen Blicken bedacht hatten, das Bewegungszimmer gegen den Speisesaal, die Freiheit, rauchen zu dürfen, gegen den Zwang, rauchen zu müssen, den Vorteil, nicht mehr in Direktor Dünnschiss' Drillknast zu sein, gegen das Gefühl, in einem Auffanglager für hoffnungslose Schüler und gescheiterte Lehrer gelandet zu sein, die Aussicht, in den kommenden Monaten weniger von seiner Tante bemuttert zu werden, gegen die Angst, ihre Nähe und Zuwendung schon bald elendiglich zu vermissen.

»Ich bleibe«, sagte er schließlich. Sein ganzer Körper war ein einziges, überzeugtes Nicken, aber seine Augen wagten es nicht, Merets Blick zu suchen.

»Ein Mann, ein Wort!«, rief Ewald, setzte sich neben Leander und klopfte ihm auf die Schulter.

Meret stieß einen langen Seufzer der Enttäuschung aus, aber dann holte sie tief Luft und sagte: »Wenn du das tatsächlich möchtest.« Sie rang sich ein Lächeln ab.

»Versuchen kann ich es ja mal.«

»Das ist die richtige Einstellung.« Ewald tätschelte ein paarmal Leanders Rücken, bevor er auf die Füße sprang.

Wenig später, auf dem Parkplatz der Schule, von wo aus die beiden in ein nahe gelegenes Hotel fuhren, um dort die Nacht zu verbringen und am nächsten Tag den Heimweg anzutreten, sagten Meret und Ewald die Sätze, die Leander fortan in seinem Kopfradio hörte, wenn er in der Dunkelheit seiner Kajüte lag und nicht schlafen konnte.

Wenn es dir hier nicht mehr gefällt, kommen wir dich holen.

Wenn du die Schule vermasselst, kündige ich und kaufe uns einen Krabbenkutter und du wirst Kapitän.

Am vierten Tag hatte Leander keine Lust mehr, herumzuschlendern, auf einer Wiese zu dösen oder in seiner Kajüte zu sitzen und Briefe an Meret und Ewald und an Emil Kronenberg zu schreiben und Bücher aus der seltsam bestückten Bibliothek zu lesen. Drei Tage reichten, um sich umzusehen und einzugewöhnen, fand er, jetzt wollte er am Unterricht teilnehmen und herausfinden, ob die Lehrerinnen und Lehrer wirklich so untauglich waren, wie Meret meinte. Walter hatte ihm gesagt, wenn er so weit sei, solle er sich bei ihm oder einer Person aus dem Sekretariat melden, das hier nicht Sekretariat genannt wurde, sondern Ansprechraum, und dessen einzige ständige Besetzung eine Frau war, die Leander auf sechzig oder siebzig schätzte. Sie hieß Ingeborg und war dermaßen zerstreut, ungeschickt und redselig, dass sie bei den Schülern den Ruf hatte, ein Viertel ihrer Arbeitszeit auf die Suche nach verlegten Gegenständen und Unterlagen zu verwenden, eines auf die Reparatur oder das Ersetzen zerbrochener, teegetränkter oder auf andere Weise zerstörter Dinge, eines auf endloses Erzählen, Fragenstellen, Zitieren und Abschweifen und eines auf tatsächliche Arbeit.

»Ich wäre jetzt bereit«, sagte Leander am späten Morgen dieses vierten Tages. Er stand vor dem größten der sechs im Raum verteilten Schreibtische und setzte ein Lächeln auf für die Frau, die mit ihren dicken, beringten Fingern die Tastatur der mechanischen Schreibmaschine bearbeitete.

»Wunderbar«, sagte Ingeborg, die dabei war, einen Brief ein zweites Mal zu tippen, nachdem sie eine nasse Vase auf den ersten gestellt hatte. Mit ihrer dunklen Hornbrille und dem Seidenschal erinnerte sie Leander an eine Pilotin, das Hämmern der Tasten kam vom Bordgeschütz ihres Doppeldeckers. »Dann wollen wir mal sehen.« Sie erhob sich und ging zu einem der acht Schränke, die, wie das halbe Dutzend Tische, scheinbar wahllos in der Fläche des Raumes verteilt worden waren, öffnete die beiden Türen und zog einen eckigen, aus Bast geflochtenen Behälter daraus hervor. »Wie ist noch gleich dein Name?«

»Leander. Selbig.«

»Leander. Natürlich.« Als Ingeborg den Behälter auf einen mit tausend Dingen beladenen Tisch stellte, kippte ein Glaskrug über den Rand und zersplitterte am Boden. »Hoppla!«, rief sie, nachdem sie den Schaden mit ihrer Unachtsamkeit in Verbindung gebracht und gesehen hatte, wie das Wasser sich auf dem Parkettboden ausbreitete. »Lass nur!« Sie kam Leander zuvor, der sich bückte, hob die großen Scherben auf und schien dann nicht zu wissen, wohin mit ihnen, während Wasser von ihren Händen auf Dokumente, Bücher und eine zusammengeknüllte Strickjacke tropfte. Schließlich ließ sie die Scherben in eine Schüssel fallen, in der Äpfel und Walnüsse lagen, trocknete die Hände am geblümten Stoff ihres Rockes ab und nahm ein Blatt Papier aus dem Behälter. »Setz dich doch, Junge!« Sie machte eine ausholende Geste mit der freien Hand und ging zu einem Tisch, wo sie nach einem der zahllos herumliegenden Kugelschreiber griff.

Leander sah sich nach einem Stuhl um, aber auf allen lag etwas, und an allen Lehnen hingen Jacken und Taschen und Schirme.

»Nimm dir irgendeinen.« Ingeborg räumte eine Ecke des Tisches auf, an dem sie eben noch gesessen und getippt hatte, und legte Blatt und Stift hin, um dann Platz zu nehmen und ihre Brille zu putzen.

Leander befreite einen Stuhl von seinem Ballast, trug ihn zu Ingeborgs aktuellem Arbeitstisch und setzte sich ebenfalls.

»Scherben bringen Glück, heißt es«, sagte Ingeborg gut gelaunt. Sie hauchte ans Brillenglas, wischte es mit einem Taschentuch sauber und setzte die Brille auf. »Ich könnte was davon brauchen. Glück.« Sie kniff die Lippen zusammen, blähte die Backen und hob die Augenbrauen, alles innerhalb einer Sekunde.

Leander lächelte. Das Wasser bildete eine Pfütze auf dem Boden, eine dunkle, zerfranste Wolke, in der Splitter glitzerten, angestrahlt vom Licht, das durch die großen Dachfenster fiel.

»Meine Schwester, *die* ist ein Glückskind.« Ingeborg lachte und wurde im nächsten Augenblick ernst. »Hildegard«, sagte sie leise und ohne Leander anzusehen. »Immer auf der Sonnenseite des Lebens.« Sie nickte ein paarmal, dann schlug sie plötzlich mit der flachen Hand auf die Tischplatte und rief: »So, jetzt aber zu dir!« Sie drehte sich auf dem Stuhl um und sah Leander an. »Wie ist denn dein Name?«

Leander stutzte einen Moment, dann sagte er: »Leander. Selbig.«

Ingeborg notierte beides auf dem Blatt Papier, das rechts neben der Schreibmaschine auf dem Tisch lag. »Einen Le-ander haben wir hier noch nicht. Nur einen Alex-ander.« Sie wandte sich erneut Leander zu und strahlte ihn an. »Und welche Fächer wecken dein Interesse, Leander?«

Am ersten Tag hatte Leander eine Liste mit den Fächern erhalten, die zur Auswahl standen. Mathematik, Deutsch, Geschichte, Erdkunde, Biologie, Physik und Chemie waren Pflichtfächer, daneben gab es Geometrie, Englisch, Französisch, Spanisch, Latein, Weltreligionen, Werken, Haushalt, Theater, Musik, Singen und etwas, das mit dem Wort *Körperformen* umschrieben war und eigentlich nichts anderes bedeutete als

Sport, wenn auch nicht gerade Fußball und Boxen, sondern Gymnastik, Wandern und Yoga.

»Körper und Formen«, hatte Olaf ihm vor zwei Tagen erklärt, als er Leander mit der Liste unter einem Baum sitzend angetroffen und gefragt hatte, ob er sich zurechtfinde. »Den Körper formen.«

»Werken, Haushalt und Theater«, sagte Leander. Man musste drei Freifächer wählen, und weil er mit den restlichen bereits überfordert sein würde, wie er es bisher an jeder Schule gewesen war, hatte er für sich kreatives Basteln, Kochen und Lebensmittelkunde sowie Schauspielern ausgesucht, Fertigkeiten, deren Aneignung nicht allzu viel Grips zu erfordern schienen, ein Eindruck, den Leander gewonnen hatte, nachdem er Zeuge von dilettantischen Holz- und Lehmskulpturen, verbrannten Omeletts und gestammelten Dario-Fo-Dialogen geworden war.

»Eine großartige Wahl«, sagte Ingeborg und notierte alles auf dem Blatt Papier. »Alexander ist auch im Haushaltskurs. Alexander Fichte. Kennst du ihn?«

»Nein.« Leander ließ den Blick über die Schichten aus Zetteln, Karteikarten, Blättern, Heften, Umschlägen, Mappen, Ordnern, Broschüren und Büchern in allen Stadien des Vergilbens, Zerknitterns und Fleckigwerdens schweifen und blieb an einer Postkarte hängen, die ein Stück blaues Meer und einen aus den Wellen ragenden Fels zeigte. Bisher hatte er sich erst mit vier Kindern unterhalten, mit dem groben Mädchen, auch wenn der Wortwechsel kaum als Unterhaltung bezeichnet werden konnte, mit einem Mädchen, das er nach dem Weg zum Theaterraum gefragt hatte und das wissen wollte, ob er neu an der Schule sei, wie er heiße und woher er komme, und nach dessen Namen zu fragen er vergessen hatte, und mit zwei Jungen, denen er draußen begegnet war und die bald das Interesse an ihm verloren hatten, weil er als Gesprächspartner zu den Themen Rockmusik, Autos und Drogenschmuggel nicht taugte.

»Möchtest du später mal Schauspieler werden?«

Leander fand die Frage so absurd, dass er ohne sein Zutun den Kopf schüttelte. »Nein«, sagte er, um nicht unhöflich zu erscheinen.

»Letztes Jahr haben sie dieses Stück aufgeführt. Na … Mit den beiden Männern. Die auf jemanden warten und komisches Zeug reden.«

»Ich kenne mich mit Theater nicht so gut aus.«

Ingeborg drehte sich mit dem Stuhl zur Wand, an der neben Flugblättern, Zeitungsausschnitten und Kalenderbildern auch Plakate von Theateraufführungen hingen. »Warten auf Godot!«, rief sie.

»Beckett«, sagte Leander. Die Abende in Winnipeg fielen ihm ein, an denen Konrad ihnen *Endspiel* vorgelesen und für jede Figur eine andere Stimme benutzt hatte. Er erinnerte sich, dass sie nichts von dem begriffen hatten, was die Menschen in diesem Stück sagten, und dass sie Konrad mit Fragen bestürmt hatten, was ein Theater sei, wo es so etwas gebe und ob sie irgendwann einmal eine Aufführung besuchen würden. Konrads Antwort war gewesen, dass dieses Stück alt sei und schon lange keine Theater mehr existierten, weil in der Welt dort draußen das Geld nur für Waffen und andere unnütze Dinge ausgegeben werde statt für Kultur. Dass er ihnen nicht die ganze Wahrheit gesagt hatte, fand Leander erst viel später heraus.

»Genau!«, rief Ingeborg. »Das war großartig. Irgendwie verrückt, aber toll.« Sie zog die Schreibtischschublade auf und suchte nach etwas. »Als Kind habe ich mal auf meine Mutter gewartet. An der Bushaltestelle. Das war überhaupt nicht toll.« Sie fand, wonach sie im Durcheinander gewühlt hatte, schien dann aber vergessen zu haben, wofür sie die Büroklammer brauchte, und legte sie beiseite. »Möchtest du wissen, was für ein Stück sie als Nächstes spielen?« Ohne eine Antwort abzuwarten, stand Ingeborg auf und ging zu einem Schrank.

»Er hatte zwei Pistolen und seine Augen waren schwarz und weiß«, sagte Leander, der die überall hängenden Probenpläne nicht hatte übersehen können.

Ingeborg öffnete den Schrank und hob einen Papierstapel von einem der Regalbretter, die sich unter der Last bogen. »Heißt es so, ja?«

»Ja.«

Ingeborg hielt den Stapel mit beiden Armen fest, dann legte sie ihn auf einen Tisch, obwohl dafür eigentlich kein Platz mehr war. »Auch so ein komischer Titel«, sagte sie. »Aber interessant.« Sie ließ den Stapel liegen und die Schranktüren geöffnet und setzte sich wieder auf ihren Stuhl. »Ich hatte mal einen Hund mit einem braunen und einem blauen Auge.«

»Wann soll ich denn das erste Mal zum Unterricht?«

»Bommel. Bommelchen.« Ingeborg spannte ein Blatt Papier in die Schreibmaschine. »Ist vor drei Jahren gestorben.«

»Tut mir leid.«

»Nein, warte … vor vier. Vier Jahre ist das jetzt schon her.«

Leander nickte. »Die Zeit vergeht«, sagte er. Ja, dachte er, das tat sie unbestreitbar.

Ingeborg nahm die Brille ab und putzte die Gläser mit dem Schal. Schwarze Klümpchen hingen in ihren Wimpern, ihre Brauen bestanden aus zwei dunklen gekrümmten, haarlosen Strichen, und ihr Lidschatten schimmerte silbern. Als sie die rot geschminkten Lippen öffnete, um ein Brillenglas anzuhauchen, blitzten in ihrem Gebiss mehrere Goldzähne auf.

»Wegen des Unterrichts …«, sagte Leander kleinlaut.

Die einzige und unentbehrliche Mitarbeiterin des Ansprechraums setzte ihre Brille wieder auf und ging mit dem Gesicht näher an das eingespannte Blatt heran. Als ihr klarwurde, dass es leer war, wandte sie sich Leander zu. »Ja?« In ihrem Blick lag leichte Verwirrung.

»Wo soll ich hin? Und wann?«

»Oh. Ja. Der Unterricht. Moment.« Ingeborg hob das Blatt neben der Schreibmaschine auf, überflog es und reichte es Leander. »Am Montag geht es los für dich.«

Erst jetzt sah Leander, dass es sich um ein schlecht gedrucktes Formular mit bleicher Schrift handelte, in das Ingeborg seinen Namen und drei Kreuzchen eingetragen hatte, je eines in das kleine hellblaue Quadrat neben *Werken, Haushalt* und *Theater.*

»Alles richtig so?«

»Ja. Bestens.« Leander lächelte, obwohl er kaum fassen konnte, dass er wegen dreizehn Buchstaben und drei Kreuzchen eine gefühlte Ewigkeit auf diesem Stuhl gesessen hatte.

»Dann brauche ich nur noch deine Unterschrift.« Ingeborg reichte Leander den Kugelschreiber.

Mit einer richtigen Unterschrift konnte Leander nicht aufwarten, deshalb schrieb er seinen Vor- und Nachnamen einfach möglichst unleserlich und verschnörkelt über die gestrichelte Linie, wie er es bei Erwachsenen gesehen hatte.

»Deinen Wochengestalter kannst du dann bei mir abholen.« Ingeborg nahm Leander Blatt und Kugelschreiber ab. »An deiner alten Schule hieß das vermutlich Stundenplan«, sagte sie, als sie Leanders fragenden Blick bemerkte.

»Ah. In Ordnung.« Leander erhob sich.

»Du kannst auch darauf warten.«

»Nein, nein, keine Eile. Vielen Dank.« Weil Leander nicht wusste, ob er der Frau die Hand schütteln sollte, ließ er es bleiben und stellte stattdessen den Stuhl, auf dem er gesessen hatte, an seinen ursprünglichen Platz zurück. »Ich muss sowieso gleich los. In die Bibliothek. Ein Buch holen.«

»Was hast du denn vor zu lesen?«

»Tagebücher«, sagte Leander, nachdem er kurz nachgedacht und sich an das Buch erinnert hatte, das in einem der Bibliotheksregale zwischen Werken von Rudolf Steiner, Friedrich Nietzsche und Max Horkheimer stand, ein leicht zerfleddertes Exemplar inmitten anderer lädierter Exemplare. »Die Tagebücher von Ralph Waldo Emerson.«

»Wunderbar«, sagte Ingeborg und zog mit einer ausholenden Bewegung das Blatt aus der Schreibmaschine, um es zu zerknüllen und nicht in den Papierkorb, sondern in die Schublade zu werfen, als beabsichtige sie, es irgendwann wieder glatt zu streichen und zu benutzen. »Mein Mann hat Tagebuch geführt. Hab sie alle gelesen.« Sie drückte die Schublade mit dem Bauch zu und fischte ein Bonbon aus einer Schale, in der sie noch Haarnadeln, Schlüssel, Lippenstifte, Radiergummis und anderen Kleinkram aufbewahrte. »Magst du?«

»Nein. Danke.« Leander machte, ohne sich umzudrehen, einen Schritt rückwärts. »Also dann.«

»Er hat sie nicht mitgenommen. Als er mich verlassen hat.« Ingeborg wickelte das Bonbon aus dem Papier und schob es sich in den Mund. »Die Tagebücher. Deswegen habe ich sie gelesen.«

Leander nickte, unfähig, etwas zu entgegnen.

»Achtundzwanzig Jahre ist das jetzt her.« Ingeborg schnippte das Bonbonpapier achtlos zur Seite. »Bist du schon mal verlassen worden, Alexander?«

Leander schüttelte den Kopf.

Als das Telefon klingelte, zuckten beide zusammen. Nachdem es dreimal geklingelt hatte, hob Ingeborg den Hörer von der Gabel und meldete sich mit einem schlichten Ja. Während sie der Stimme am anderen Ende der Leitung lauschte und die Anwesenheit ihres Besuchers vergessen zu haben schien, machte Leander, dass er wegkam. Er drehte sich um und floh ins Freie.

Schüler des Refugiums Ring zu sein war ein höchst zweifelhaftes Vergnügen. Zweifelhaft, weil es eines besonderen Charakters bedurfte, um dem Pädagogikbetrieb etwas Vergnügliches abzugewinnen, eines Charakters, den Leander im Gegensatz zu den meisten seiner Mitschüler nicht besaß. Wollte man eine mehr oder weniger sorglose, kaum von Zwängen und allzu straffen Regeln getrübte Zeit in den Bergen Österreichs verbringen, war das mit wettergegerbtem Lärchenholz verkleidete Haus der ideale Ort. Betrachtete man seinen Aufenthalt in Traufen als Zwischenspiel, als temporäre Notlösung, die ein paar Monate, im schlimmsten Fall ein Jahr dauern würde, ließ es sich hier recht gut leben. Nur die einsamsten und am stärksten von Heimweh geplagten Kinder litten während ihrer Verbannung und sehnten sich nach dem Tag, an dem ihre Eltern kamen und sie abholten.

Mit Leander verhielt es sich anders. Er verstand seine Anwesenheit im Ring als Aufgabe, die Tante Meret und Ewald ihm gestellt hatten und die es zu erledigen galt, als Pflicht, auferlegt von den beiden Menschen, denen er unendlich dankbar war und die er nicht enttäuschen wollte, indem er wurde wie der Großteil der Jugendlichen um ihn herum. So ungewohnt und oftmals hirnrissig ihm die Lehrmethoden auch vorkamen, so demütig und kleinlaut fügte er sich ihnen, suchte den verborgenen Sinn in den Vorträgen und Lektüren und gab sich alle erdenkliche Mühe, etwas zu lernen. Im Albrecht-von-Blumenthal-Internat war er ein Schmarotzer gewesen, Direktor Dünscheid zufolge ein Kalb, das mit geistiger Nahrung aufgepäppelt werden musste, und davor hatte man ihn mit Samthandschuhen angefasst, weil er ein Opfer gewesen war, ein Geretteter, dem das erbärmliche Schicksal, dumm zu sterben, erspart bleiben sollte, aber hier hatte er sich vorgenommen, alles, was irgendwie nach Wissen klang, aufzusaugen wie ein Schwamm. Der Ehrgeiz, seinen noch fast leeren Kopf mit Informationen zu füllen, war groß, um einiges größer jedenfalls als das Bedürfnis, im Unterricht Karikaturen der Lehrer zu kritzeln, tagelang eine Erkältung zu simulieren und im Bett zu bleiben oder Zigaretten und Joints zu rauchen. Er wollte klug werden, das Gegenteil von dumm, so einfach war das, und niemand würde ihn davon abhalten. Auch nicht Nora.

Mit Nachnamen hieß sie Nievergelt. Nora Nievergelt, zweimal N wie zweimal Nein. Sie war das Mädchen, das Leander den Weg zum Theaterraum beschrieben hatte und seither in seinen Gedanken herumspukte. Sie war hübsch, vor dem Einschlafen fand er sie schön, jedenfalls tauchte sie regelmäßig in seinen Träumen auf, und ebenso regelmäßig fiel er aus dem schmalen Bett, weil er, so seine Vermutung, nach ihr zu greifen versucht hatte. Sah er sie am Tag, also im Wachzustand, brachte er es nicht fertig, sie anzusprechen, was einerseits am selbst auferlegten doppelten Nein lag und andererseits an der Tatsache, dass er ein Feigling war, wenn es um Mädchen ging, ein Drückeberger in Liebesdingen, ein kläglicher Hosenscheißer verglichen mit Emil Kronenberg, der ihm von seinen Eroberungen schrieb, von Küssen und Zungenspitzen, die sich um Zungenspitzen wickelten, und von weiblichen Brüsten, die ihm den Schlaf und den Verstand raubten.

Nora war fast so groß wie Leander, vielleicht zwei oder drei Fingerbreit kleiner. Ihr braunes Haar trug sie schulterlang, manchmal zu einem Pferdeschwanz zusammengebunden, manchmal mit ein paar Klammern hochgesteckt, meistens jedoch offen. Er fand ihre Stimme angenehm, möglicherweise eine Spur tiefer als erwartet, aber voller Wärme und Reinheit, ganz anders als die Stimme des groben Mädchens, die ihm fast täglich in den Ohren dröhnte, wenn Lotte im Speisesaal über das Essen schimpfte oder im Freien jemandem etwas zurief, rau und heiser, wie erkältet. Und dann war da noch Noras Haut, der die Sonne einen besonderen Farbton verliehen hatte, einen goldenen Schimmer, der ihre gesamte Erscheinung leuchten und jeden neidisch werden ließ, der bleich war oder picklig oder, wie Leander, beides.

Dachte er in seiner Kajüte an Nora Nievergelt, musste er immer auch an Anja Fries denken, das dünne, groß gewachsene Mädchen, das auf dem Pausenhof unsichtbare Boxhiebe verteilt hatte, und an Elke, die einen Schritt von ihm entfernt ihre Blase entleert und ihn damit in die bisher peinlichste Situation seines Lebens gebracht hatte. Wenn er sich anstrengte, sah er die beiden Mädchen in der Dunkelheit vor sich, sah die großen schwarzen Augen und hohen Wangenknochen von Anja und Elkes spöttischen Blick und ihr zerzaustes Haar und die Falten im weißen Fleisch ihres Halses. Dann fragte er sich, warum er die beiden Gesichter, den Schwung von Anjas Lippen und die schweren, halb gesenkten Lider von Elke, so deutlich erkennen konnte, als stünden die Mädchen vor ihm, ob ihre Bilder sich so klar in sein Gedächtnis eingebrannt hatten, weil er Angst vor ihnen gehabt hatte oder weil er in sie verliebt oder zumindest verschossen gewesen war, und warum man sich überhaupt verlieben sollte, wo man doch mit sich selbst und dem Leben schon mehr als genug Probleme hatte.

Nein und nochmals Nein, wiederholte er Nacht für Nacht, in Nora Nievergelt würde er sich nicht verlieben, und falls er es bereits sein sollte, würde er sich ihr gegenüber niemals offenbaren. Er hatte Bedeutenderes zu vollbringen als die Hand eines Mädchens zu halten, nur weil er Herzklopfen bekam, wenn er es sah. Tante Meret, Ewald und Thomas stolz zu machen war wichtiger, als seinen Mund auf den eines fremden Menschen zu pressen, nur weil dieser Mensch hübsch war und eine angenehme Stimme hatte. Seinen Teil der Vereinbarung zu erfüllen wog schwerer als sein Verlangen, Nora Nievergelts goldene Haut zu berühren und ihr ins Ohr zu flüstern, sein Leben ohne sie sei trist und beherrscht von unaussprechlicher Einsamkeit.

Aber es waren nicht nur Tristesse und Finsternis, die Leanders Leben im Refugium Ring bestimmten. Es gab auch Lichtblicke, die Wanderungen, zum Beispiel, die langen Nachmittage in den Bergen, der Gewinn an Höhe und Weitsicht mit jedem Schritt, die Rufe der Murmeltiere und das hohe Kreisen der Raubvögel, das Vorüberziehen der Wolken und die Greifbarkeit des Himmels. Am Abend dann die Müdigkeit nach dem Abstieg, das schläfrige Löffeln der Suppe, das traumlose Versinken in der Stille der Kajüte. Es gab die Freistunden und Wochenenden, die er dazu nutzte, Lernstoff zu büffeln, Bücher aus allen möglichen Gebieten zu lesen, Spaziergänge zu unternehmen und Briefe zu schreiben. Es gab ein paar Mitschüler, die sich mit ihm unterhielten, statt ihn links liegen zu lassen, weil sie zu sehr mit sich selbst beschäftigt waren. Mario Pezzani war einer von ihnen, Sohn eines Apothekers und einer Lehrerin aus Bozen in Südtirol, ein kleiner, feingliedriger Junge mit den gleichen tiefschwarzen Haaren wie Leander und Sinn für schrägen Humor und alte Filme. Mario wohnte im Krokus-Zimmer, nur fünf Türen neben Leander, und bereits nach wenigen paar Wochen war es für die beiden zur Gewohnheit geworden, sich gegenseitig zu besuchen, gemeinsam zu lernen oder eine Wanderung zu unternehmen. Lukas Meerwald war der zweite Junge, mit dem Leander sich gut verstand, obwohl vieles gegen eine Freundschaft sprach, die Tatsache etwa, dass Lukas schon siebzehn Jahre alt, ein Brocken von neunzig Kilo und zudem nicht der Allerhellste war, zumindest nicht, wenn man seine schulischen Leistungen zum Maßstab nahm. Der einzige Sohn eines Gemüsebauern und einer Kommunalpolitikerin aus Hannover besaß andere Fähigkeiten als die, mathematische Gleichungen zu entschlüsseln, Gedichte zu interpretieren oder sich zu merken, wer Karl Marx war und warum sein Name in den Geschichtsbüchern stand. Trotz seines massigen Körpers erwies Lukas Meerwald sich nach näherem Kennenlernen als netter, hilfsbereiter Mensch, der niemandem, auch den Jungen, die ihn wegen seines Gewichts triezten, etwas zuleide tun konnte, der Marios Witze liebte und Opern. Beim dritten Jungen war Leander sich nicht sicher, ob man ihr Verhältnis als freundschaftlich bezeichnen konnte, denn Kai Terodde stand im Ruf, ein griesgrämiger Einzelgänger zu sein, ein grüblerischer Menschenfeind, der jedem Käfer und jedem Baum mehr Wertschätzung entgegenbrachte als seinen Mitschülern. Von Kai hieß es, er habe keine Eltern mehr, wobei zahllose Theorien darüber kursierten, wie das Ehepaar Terodde umgekommen sein könnte, ob es einen Autounfall, Flugzeugabsturz oder Brand gegeben hatte oder ob es ein Verbrechen gewesen war, vielleicht ein Mord, immerhin sei der Vater ein einflussreicher Bauunternehmer mit Beziehungen zur Unterwelt gewesen. Kai redete nicht viel, nicht im Unterricht und nicht in der Freizeit, doch wenn er gelegentlich den Mund aufmachte, dann in der Gesellschaft von Leander und Mario, die er zu mögen oder zumindest nicht zu verachten schien.

Freundschaften mit Mädchen gab es in Leanders begrenztem Universum nicht. Mädchen waren zwar überall, aber jedes von ihnen erschien ihm wie ein eigener Planet mit eigener Atmosphäre, die nicht oder nur unter der Gefahr des Verglühens zu durchdringen war. Er umkreiste sie in gebührendem Abstand, ein winziger Spionagesatellit, der verschwommene Bilder schoss und Signale aufzeichnete, die er nicht dechiffrieren konnte, als sitze in seiner Raumkapsel nicht er, sondern ein staunender Affe.

Wie sich zeigte, war Lotte, das grobe Mädchen, der einzige Mensch im Refugium Ring, der von Leanders Vergangenheit wusste. Meret und Ewald hatten darüber diskutiert, ob sie die Schulleitung einweihen sollten, und sich dagegen entschieden, da sie der Meinung waren, es sei längst Gras über die ganze Sache gewachsen und Leander keine Berühmtheit mehr, die man erkannte wie einen bunten Hund. Lotte war auch das einzige weibliche Wesen, mit dem Leander hin und wieder redete, sah man von den Lehrerinnen und der Verkäuferin im Dorfladen einmal ab und zählte sein Gestammel beim Versuch, Nora anzusprechen, nicht als Unterhaltung. Lotte, eigentlich Charlotte Amalia, war eine von vier Töchtern, die Margarete Olszewski, Alleinerbin eines Textilunternehmers aus Wien, in die Welt gesetzt hatte, fünfzehn Jahre lang vergeblich darum bemüht, einen Jungen zu bekommen, einen Sohn, der den Familiennamen in die Zukunft retten sollte. Alle paar Wochen unterbrach Lotte ihre Anstrengungen, das Refugium Ring als den *verschissensten Ort der Welt* hinzustellen, und wollte mit jemandem reden. Sie nannte es *mit jemandem quatschen,* wahrscheinlich, so vermutete Leander, weil sie nicht zuzugeben bereit war, dass sie dann und wann eine Pause benötigte von ihrem Status als fluchende Furie, die mürrisch durch die Gänge stapfte und alle mit ihrem Glotz-nicht-so-blöd-Blick auf Abstand hielt. Wann sie Leander zum Quatschen brauchte, bestimmte sie allein. Oft klopfte sie mitten in der Nacht an seine Tür und sagte, nachdem er geöffnet hatte, sie warte draußen auf ihn, womit sie bei Regen den Fahrradunterstand hinter dem Haupthaus und bei trockenem Wetter die Trauerweide auf der unteren der beiden Wiesen meinte. Leander wagte es nie, ihr zu sagen, er sei müde oder habe keine Lust zum Reden, und selbst noch halb im Schlaf und im Pyjama zog er Hose und Pullover über und ging hinaus, denn was immer sie ihm erzählte, war so sagenhaft spannend und faszinierend, dass er alles getan hätte, um ihr zuzuhören.

»Erzähl das jemandem weiter, und du bist tot«, hatte sie ihm bei ihrem ersten Treffen unter den bis zum Gras herabhängenden Ästen der Trauerweide gesagt, und Leander hatte genickt und dann ihren Geschichten gelauscht, die von Kriegen handelten, von Zerstörung und Flucht, von Großvätern, die in aufgeschlitzten Pferdeleibern die Winterkälte russischer Schlachtfelder überlebt, und von Großtanten, die ihre Perlenketten verschluckt hatten, um sie nicht an Kosaken, polnische Deserteure und zerlumpte Wehrmachtsoldaten zu verlieren, von Goldschmuck, der noch am Vorabend der Vertreibung vom Gutshof oder Landsitz eingeschmolzen und, zu dünnen Plättchen gewalzt, in die Kleidung eingenäht worden war, von Großonkeln, die Kohle geschmuggelt und schrottreife, mit Kartoffeln und Schafen beladene Kähne in feindlichen Gewässern manövriert hatten, von einem ihrer drei Stiefväter, der auf der Liste der Nominierten für den Chemie-Nobelpreis und im Sold der Mafia gestanden hatte und am Gifttod mehrerer Politiker und Staatsanwälte in Italien mitschuldig war, von einem zweiten Stiefvater, der sich, nachdem er seiner Frau, Lottes Mutter, trotz zweijähriger Anstrengungen keinen Sohn unter das Herz hatte pflanzen können und von ihr verlassen worden war, das Leben nahm, indem er nachts in den Bukarester Zoo eingedrungen, über die Mauer ins Löwengehege geklettert und von den Raubtieren zerfleischt worden war.

»Er hat sich vorher betrunken«, sagte Lotte, als könne das die unvorstellbare Schrecklichkeit und Absurdität des Suizids mildern. »Mit Pflaumenschnaps. Im Wald von Baneasa.«

»Ist das wirklich alles passiert?«, fragte Leander in der ersten ihrer Nächte, nachdem er eine Weile ins Dunkel gestarrt und versucht hatte, die Bilder aus seinem Kopf zu verscheuchen.

»Was soll das heißen?«, zischte Lotte. »Willst du etwa andeuten, ich sei eine Lügnerin?«

Nein, das tat Leander nicht. In keinem Augenblick während ihrer heimlichen Zusammenkünfte hätte er es gewagt, Lottes Worte anzuzweifeln. Auch wenn er ahnte, ja wusste, dass sie ihn mit Geschichten fütterte, die zumindest teilweise erfunden und mit dramatischen, gruseligen und skurrilen Einsprengseln angereichert waren, vermied er tunlichst jeden kritischen, hinterfragenden Kommentar, um es sich nicht mit ihr zu verderben. Er wurde von Anfang an süchtig nach den schaurigen Anekdoten der Olszewski-Sippe, konnte gar nicht genug bekommen von den haarsträubenden Verwicklungen und bizarren Tragödien, die sich in dieser Familie zugetragen hatten und noch immer zutrugen, und je mehr Lottes Erzählungen sich der Gegenwart näherten, je geringer die zeitliche Distanz zu den Ereignissen wurde, desto unmittelbarer und wuchtiger war die Wirkung der Worte und heraufbeschworenen Bilder auf ihn, und desto unmöglicher wurde die Vorstellung, auf die berauschende Wirkung dieser Worte und Bilder zu verzichten.

In den ersten Wochen war es Lotte, die erzählte, und Leander, der zuhörte. Es schien, als müsse Lotte etwas loswerden, sich einer Last aus Erinnerungen entledigen, als seien die furchtbaren und furchtbar komischen Episoden des Olszewski-Clans in ihrem Kopf zu voluminös geworden und drängten hinaus. Aber dann, nach einem Dutzend Treffen, verstummte sie mitten in der Beschreibung des Tages, an dem ihre Mutter den Piloten einer Boeing 707 auf dem Flug von Wien nach New York zu einer Notlandung in Neufundland gezwungen hatte, weil sie im Begriff war, an Bord ein Kind zu gebären, die vierte und letzte Tochter, Julia Sofia, eine vier Kilo schwere, um vier Wochen verfrühte Überraschung und erneute Enttäuschung, die nach elf weiteren Stunden heftiger Wehen schließlich im Waterford Hospital von St. John's zur Welt gekommen war.

»Sag mal, warum muss eigentlich *ich* die ganze Zeit quatschen?« Sie drehte die Handflächen nach oben, wie um zu zeigen, dass sie leer waren, dass Leander ihr nichts gegeben hatte, nichts geschenkt außer seine Aufmerksamkeit und nichts geliehen außer seinem Ohr. »Warum erfahre ich null von dir?«

Darauf wusste Leander auf Anhieb keine Antwort, vermutlich, dachte er sich, weil sie ihn bisher nie hatte zu Wort kommen lassen.

»Du hockst da wie ein Pascha. Wie so ein Großmufti. Wie der Typ in dem Märchen. Dieser Kalif. Und ich, ich bin Scheherazade und erzähl dir Geschichten. Tausendundeine Nacht lang. Oder was?«

Seit ein paar Tagen hatte Leander es sich zur Gewohnheit gemacht, eine Wolldecke und ein Kissen mitzunehmen, wenn sie sich trafen, obwohl Lotte ihn deswegen als Weichling verspottete, als *verhätschelten, mimosenarschigen Schlaffi,* der bei den ersten herbstlichen Temperaturen sein *ganzes verschissenes Bettzeug anschleppte,* während sie auf dem nackten Boden saß, den nur mit einem T-Shirt bekleideten Oberkörper an den Stamm der Trauerweide gelehnt.

Er zuckte mit den Schultern. Ja, dachte er, das konnte gut sein, dass er ein Pascha geworden war, ein König auf einem Kissen, der nichts tat außer zuzuhören, und ja, das hätte er sich noch tausend Jahre genauso gefallen lassen. Er zog die Wolldecke enger um die Schultern, wobei er es vermied, Lotte anzusehen, Lotte, seine ordinäre Prinzessin mit den anrüchigen Legenden ihrer dekadenten Dynastie. Sie hatte einen schlechten Tag gehabt, das wusste er und das erklärte einiges. Am Morgen war sie mit einem Lehrer in Streit geraten, der ihr gegenüber sein Missfallen an ihrem T-Shirt geäußert hatte, auf dem FUCK THATCHER! stand, und beim Abendessen hatte sie einem Mädchen, das ihr blöd gekommen war, den Inhalt eines Aschenbechers ins Essen gekippt, worauf sie von der Aufsichtsperson, die man hier *Harmoniewächter* nannte, einer korpulenten, energischen Lehrerin für Französisch und Spanisch, mit zwei Stunden Küchenarbeit und anschließender Verbannung aufs Zimmer bestraft worden war. Alles in allem musste das sogar für Lottes Verhältnisse als unerfreulicher Tagesverlauf bezeichnet werden, und deshalb war Leander gerne bereit, ihre Launen zu erdulden.

»Ich brauche eine Pause. Du bist dran.« Lotte zündete sich eine Zigarette an, blies den Rauch in die Nachtluft und streckte die Beine aus. »Ich höre.«

Leander schnappte leise nach Luft. Er wusste nicht, womit er Lotte unterhalten, was für Geschichten er hervorkramen und woher er die Fähigkeit nehmen sollte, sie in Worte zu fassen, in Sätze, die, wie Lottes Sätze, fesselnd waren, aufwühlend und lange Zeit, vielleicht ewig im Gedächtnis bleibend. Noch mit dem Echo ihres *Ich höre* im Kopf war ihm klar gewesen, dass er Lottes Wucht und Energie nicht erreichen, nie auch nur ansatzweise an ihre Meisterschaft des Fabulierens, Ausschmückens und Übertreibens herankommen würde und dass alles, was er als Interpret seiner kümmerlichen Biografie zu erwarten hatte, die Blamage war, die Bescheinigung kompletten Versagens. Während Lotte ihn durch die

Schwaden aus Zigarettenqualm hindurch anstarrte, geriet er beim Durchsuchen seines Erinnerungsarchivs immer mehr in Hektik, und sobald er etwas gefunden zu haben glaubte, stotterte er drauflos, als versuche er, zu Nora zu sprechen und nicht zu dem Mädchen, das vor ihm saß und bei dessen Anblick sein Herz keine Sprünge machte.

»So wird das nichts«, sagte Lotte, nachdem Leander zum wiederholten Mal einen Satz nach vier, fünf Wörtern abgebrochen und nach einem neuen gesucht hatte. »Mach die Augen zu.«

»Was? Warum?«

»Mach einfach! Na los!« Lotte blies Leander Rauch ins Gesicht und wartete, bis er die Augen geschlossen hatte. »Und jetzt stellst du dir vor, du bist … sieben Jahre alt.«

Sekunden vergingen. Auf der oberen Wiese war das Lachen von Kindern zu hören, die auch kein Interesse hatten, in ihren Betten zu liegen. Irgendwo rief ein Kauz.

»Und? Kommt was?«

»Moment.« Leander kniff die Augen fester zusammen.

»Entspann dich«, sagte Lotte. »Lass dich fallen. Stell dir vor, du bist wieder in dieser komischen Kommune.«

Leander fiel. Zuerst wurde es dunkel, dann dämmrig, dann hell. Er saß im Stall auf einem Strohballen und sah zu, wie ein Schaf geschoren wurde. Manfred hatte das Tier zwischen seine Beine geklemmt, packte es mit einer Hand im Fell und schnitt ihm mit der anderen Hand, die eine Schere hielt, in verfilzten Placken die Wolle vom Leib. Das Schaf, ein blökendes, schnaufendes Ungetüm, wehrte sich, warf den Schädel in alle Richtungen und schlug mit den Läufen aus. Es wand sich so heftig, dass Manfred es ins Fleisch schnitt und Blut in die schmutzigen, fettigen Locken am Bauch des Tieres sickerte, das jetzt zur Furie wurde, sich in Panik krümmte, losriss und, von Manfred verflucht, durch den Stall rannte, einen Eimer umwarf und einen Tisch mit Werkzeug und einer Kanne Tee und erst im hintersten und dunkelsten Winkel zur Ruhe kam, als es seinen Körper zwischen die anderen, unruhig wartenden Schafe drängte und in ihnen versank wie eine Welle im rauen Wasser eines Meeres.

»Hey! Pennst du?«

Leander öffnete die Augen. »Nein«, sagte er.

Dann begann er zu erzählen. Vom ersten Schaf, das er zu scheren versucht hatte, als er neun war, von den Tritten und blauen Flecken, vom Lachen der anderen. Von Noah, auf dem er manchmal geritten war, halb benommen vor Angst und doch so glücklich, dass er das Gefühl hatte, sein Kopf würde platzen. Vom Getreide, das in einem regenarmen Sommer verdorrt war, weil die Hitze den Bach, den Teich und den Ziehbrunnen ausgetrocknet hatte und es unmöglich gewesen war, genug Wasser vom Fluss auf die Felder zu tragen. Von den unzähligen Steinen, die sie in endloser Wiederholung aus der Ackererde gegraben, in Metallkörben weggetragen und zu Bergen aufgeschichtet hatten. Vom Brennholzsammeln im Wald. Vom Gericht über die Kröten und von den Ameisenkriegen. Von Frida und Ringo und Linus erzählte er, davon, dass sie hatten raten müssen, wer ihre Väter und Mütter waren. Von Edith und Wolfram, seinen Eltern, die ihre Strafen verbüßt und sich nicht mehr bei ihm gemeldet hatten, wahrscheinlich, weil sie schon wieder einen neuen Hof bewirtschafteten und jetzt offenbar nichts mehr von ihm wissen wollten. Von den übrigen Alten und dem Unterricht und von Armin, der sie bewacht hatte. Vom Dachboden und vom nächtlichen Hinausschleichen. Von Konrad und den Büchern. Von Oskar und der Welt außerhalb der eigenen Welt und von dem Tag, an dem alles anders wurde.

In der ersten Nacht kamen die Wörter noch stockend aus ihm heraus, als müsse er sich nach jedem Satz anhören, was er gesagt hatte, um beurteilen zu können, ob seine Beschreibungen einen Sinn ergaben, ob er die flüchtigen, zerfallenden Bilder für Lotte einfangen und zusammensetzen konnte oder ob für sie alles nichtssagendes Stückwerk blieb, ein schemenhaftes Mosaik. Aber sie hörte ihm zu, und in der zweiten Nacht musste er mehr erzählen, immer so viel, dass sie irgendwann quitt wären und die Unglaublichkeiten ihrer Biografien sich die Waage hielten.

Die Lehrerinnen und Lehrer waren nicht so unfähig, wie Meret Weiss befürchtet, und nicht so verrückt, wie Leander nach den drei Besichtigungstagen vermutet hatte. Im Vergleich zur staatlichen Schule war das Refugium Ring ein anarchisch geführtes Therapiezentrum mit Lerneffekt, aber hier oben, auf eintausendzweihundert Meter, weit weg von den Niederungen festgefahrener gesellschaftlicher Muster, schien sich niemand für solche Vergleiche zu interessieren. Nach einigen Wochen hatte Leander sich zu fragen begonnen, von wem all die Kriterien überhaupt erstellt worden waren, wer denn bestimmte, was als normal galt und was nicht und wie unterrichtet werden sollte und wie nicht. Hatte Herr Mangold die Verschiebung der Kontinentalplatten besser, nachvollziehbarer, einprägsamer, überzeugender erklärt als Herbert es tat, der das geologische Phänomen mithilfe eines Modells aus Kork und Sperrholz nachgebaut hatte? Waren Herrn Wöhrs Erläuterungen zum Verdrängungskampf zwischen europäischen Süßwasserkrebsen und eingeschleppten Arten wissenswerter als Volkmars Exkurs über die Sinnesorgane der Alpenfledermaus? Brachten Frau Richlings vorgedruckte Testblätter den Schülern die englische Sprache wirksamer bei als es Reinhards abgetippte Liedtexte von The Clash und Tom Waits taten? Nein, fand Leander, auch wenn er diese Erkenntnis durch nichts stützen konnte außer einem vagen Bauchgefühl. Mit Bestimmtheit aber wusste er, dass er sich mit jedem vergehenden Tag wohler fühlte. Die ringsum aufragenden Berge hatten längst ihre anfängliche Einschüchterungskraft verloren, und mit jeder Wanderung war aus Leanders mulmigem Gefühl beseeltes Staunen und schließlich pure Begeisterung geworden. An die wenigen offiziellen und die diversen geheimen Regeln im so gut wie vorschriftsfreien System des Ring gewöhnte er sich ebenso rasch wie an die Tatsache, dass es auch hier Kinder gab, die ihn nicht mochten, die ihm offen ihre Abneigung zeigten oder ihn einfach wie Luft behandelten. Mit dem Essen hatte er kein Problem, dass er kein Fleisch aß, nahm an diesem Ort niemand zum Anlass, ihn seltsam zu finden, ihn zu verspotten oder ihm Vorträge über Mangelerscheinungen zu halten. Der in der Broschüre angepriesene *Stab aus Ernährungsexperten* hatte sich zwar als Trio aus Koch und Küchengehilfen erwiesen, aber die Vielfalt an Lebensmitteln und Gerichten war tatsächlich beeindruckend, und für Leander gab es einiges zu entdecken, im eigenen Gewächshaus biologisch gezogene Kaktusfeigen etwa und Kumquats. Die Lehrerinnen und Lehrer fand er allesamt nett, mit Ausnahme vielleicht von Eduard, der Werken gab und es genoss, misslungene Arbeiten wie wacklige Stühle oder schief zusammengenagelte Nistkästen vor der ganzen Klasse lächerlich zu machen. Und an sein Zimmerchen, die Kajüte, hatte er sich nicht nur gewöhnt, inzwischen liebte er das viele

Holz, den Lufthauch aus dem Bullauge und die Enge, die er nicht als bedrückend empfand, sondern als gemütlich, so wie Noah, davon war Leander überzeugt, sein schmales Quartier im Stall als gemütlich empfunden hatte, als Schutz vor den Gewalten der Natur und den Gefahren der Nacht.

Ein halbes Jahr verging, dann kam der Winter. Schnee fiel in solchen Mengen, dass Traufen für Tage von der Außenwelt abgeschnitten war, so lange, bis die Räumfahrzeuge die Straße passierbar und die Belieferung des Dorfladens wieder möglich gemacht hatten. Wanderungen konnten vorerst keine mehr durchgeführt werden, und von den Sportlehrern, die im Ring-Sprachgebrauch *Bewegungsmentoren* hießen, kam die Nachricht, man wolle die Lawinenlage im Auge behalten und zu gegebener Zeit über Ski- und Schneeschuhtouren nachdenken. Überall in den Gebäuden standen gusseiserne Öfen, hinter deren fingerdicken Glastüren Flammen loderten, vom italienischen Hausmeister Alberto auf endlosen Rundgängen mit seiner Schubkarre voller Holzscheite am Verlöschen gehinderte, im hintersten Winkel Wärme verbreitende Feuer, die in der kalten Jahreszeit zur Unterstützung der Strohballenheizung brannten. Vorfenster waren montiert und im Materialraum die Reisigbesen durch Schneeschaufeln ersetzt worden, am schwarzen Brett hingen Anweisungen, man solle die Türen geschlossen halten und sich auch drinnen warm anziehen, und alle durften sich aus der Kiste bedienen, in der während sommerlichen Strickkursen hergestellte Mützen, Schals und Handschuhe lagen. Es gab jeden Tag mittags und abends Suppe zur Vorspeise, und auf den Öfen standen Blechkannen mit Tee, von dem man sich im Vorbeigehen einschenken durfte.

In die Schneemassen auf den Wiesen wurden Höhlen gegraben und von den Schülern als Rückzugsorte genutzt, als eisige Bunker, in denen auf Lagen aus Jutesäcken, Pappe und Wolldecken geraucht und getrunken, Musik gehört und geknutscht wurde. In den Bergen begann der Winter im Oktober und endete im April, aber nicht selten fielen die ersten Flocken schon im September und die letzten im Mai, und weil die Passstraße nach Traufen gesperrt wurde, kaum hatte die weiße Pracht vom Tal bis in die Höhe alles bedeckt, blieben fast in jedem Jahr die Besuche der Verwandten aus und ebenso ihre Briefe und Pakete, was aus gehorteten Dingen wertvolle Schätze werden ließ, begehrte Zahlungsmittel und Tauschobjekte. Die Dunkelheit und die fehlenden Stunden im Freien trugen außerdem zu einer Veränderung der Stimmung bei, einem *Absinken der menschlichen Wärme,* wie Franziska es nannte, die das Wahlfach Kochen und Lebensmittelkunde unterrichtete. Schon Mitte Oktober hatte sie diese Erscheinung beim wöchentlichen Schüler-Lehrer-Austausch angesprochen, einer Art wechselseitigem Kummerkasten, der offiziell *Argumentieren auf Augenhöhe* hieß und unter den Schülern *Psycho-Pingpong.* Jeden Freitag vor dem Abendessen wurde allen, denen der Schuh drückte, die Möglichkeit geboten, sich mit ihrer Beschwerde, Bitte oder Frage an die Runde zu wenden, um Angelegenheiten zu klären, die während des Schulbetriebs nicht behandelt worden waren.

Leander wusste, wovon Franziska sprach, obwohl es erst Anfang November und der Grad an Übellaunigkeit noch gering war und er als Neuling keine Vergleichsmöglichkeit zum Vorjahr und zudem keine Ahnung hatte, ob der Mangel an Licht und Post der Grund dafür war, dass um ihn herum mehr geflucht und gedroht, gedrängelt und geschubst wurde und sogar den Lehrerinnen und Lehrern das Vorleben der stets gepredigten Tugenden wie Geduld und Toleranz immer schwerer zu fallen schien. Erst vor wenigen Tagen war Helmut, der sonst so sanfte, in sich ruhende Biologie- und Geschichtslehrer, den Tränen nahe aus dem Klassenraum gerannt, nachdem ihn ein Schüler, dessen Pegel menschlicher Wärme besonders tief gefallen zu sein schien, als Schwuchtel beschimpft hatte.

Von Leander nach den Ursachen des Phänomens befragt, sprach Mario vom *Ringschen Winterkoller*, der nicht nur mit dem Lichtschwund und dem Auftreten großer Schneemengen erklärt werden könne, sondern vor allem mit dem Umstand, dass die Schüler jetzt die endgültige Gewissheit hatten, nicht vor dem Frühling von hier wegzukommen. Aber das Ausbleiben der Post trage durchaus seinen Teil zur angespannten Lage bei, meinte er, ganz besonders fehlen würden die Päckchen der Geschwister und Freunde, in denen, meisterhaft getarnt als Vollkornkekse, eingewickelt in Folie und in Shampooflaschen versenkt oder in ausgehöhlten Seifen verborgen, Haschisch *am Zoll vorbei* an die Adressaten gelangte. Mit *Zoll* war die Kontrolle der ankommenden Pakete gemeint, durchgeführt von einer täglich wechselnden Lehrperson, deren Aufgabe es war, den Schmuggel von Drogen, Alkohol und Waffen in die Schule zu verhindern, wobei Mario zufolge Waffen nur aus verwaltungstechnischen Gründen auf der Liste der zu konfiszierenden Dinge standen, ohne dass jemals auch nur ein Messer in einer der Sendungen gefunden worden wäre. Die Schule wolle sich auf diese Art schützen, weil sie schon genug Beschwerden und Klagen am Hals habe. Indem es diese freiwilligen Kontrollen durchführe, zeige das Ring seinen guten Willen gegenüber besorgten Eltern, Behörden, Gönnern und den vielen Kritikern und Gegnern, die sich zum Ziel gesetzt hätten, die Schule zu schließen. Dass man mit der Durchsuchung der Pakete nur wenig gegen den Haschkonsum unter den Schülern ausrichten könne, sei Nebensache, erklärte Mario dem staunenden Leander.

»Rauchst du?«, fragte Mario, während sie den in der Nacht gefallenen Schnee vor dem Fahrradunterstand wegschaufelten, der in dieser Jahreszeit als zusätzliches Brennholzdepot genutzt wurde. »Shit, meine ich. Heimlich.«

»Nein. Hab's mal versucht und dachte, ich sterbe.«

Mario lachte.

»Und du?«, fragte Leander.

»Mein Vater ist Apotheker, da käme ich an alle möglichen Drogen ran. Will ich aber nicht. Ich behalte gerne einen klaren Kopf.« Mario stützte sich mit der Hand auf den Stiel der Schneeschaufel und schob die Wollmütze aus der Stirn. »Außerdem funktioniert das Zeug bei mir nicht als Stimmungsaufheller. Der Joint, den ich mal geraucht habe, hat mich depressiv gemacht statt happy. Wenn ich mies drauf bin, höre ich Musik, das hilft.«

Leander nickte. Er litt genauso am Winterkoller wie die meisten seiner Mitschüler, konnte die Symptome aber besser verbergen. Mehr als zehn Wochen war es her, dass Tante Meret und Ewald ihn besucht und bald drei, seit sie das letzte Mal miteinander telefoniert hatten. Die Telefonleitung war von einem Steinschlag im Tal beschädigt worden und niemand konnte sagen, wann sie instand gesetzt würde. Er vermisste die beiden, aber es war auszuhalten, zumal er wusste, dass gleich mehrere Pakete und

Briefe auf einmal in seinem Fach liegen würden, sobald die Straße wieder befahrbar wäre.

Sie schaufelten schweigend weiter. Ständig schwebten neue Flocken herab, was ihrer Arbeit etwas Sisyphoshaftes verlieh. Leander sah in den Himmel, der so tief über ihnen hing, dass er glaubte, ihn mit den Händen greifen zu können. Wenn er es recht bedachte, fühlte er sich ziemlich wohl hier, um Längen wohler jedenfalls als an den beiden vorherigen Schulen, was hauptsächlich daran lag, dass er hier Freunde hatte, nicht sehr viele zwar, aber immerhin drei, und sogar vier, wenn er Lotte dazuzählte.

Wie aufs Stichwort erschien das Mädchen, von dessen Familie er inzwischen fast alles zu wissen glaubte und dem er so viel von sich erzählt hatte wie noch keinem Menschen zuvor, nicht einmal seiner Tante oder Ewald oder Emil Kronenberg. Lotte brachte ihnen zwei Tassen Tee, lächelte und unterließ es, über ihr langsames Vorwärtskommen beim Schneeschippen zu lästern, denn während fast alle um sie herum bärbeißiger geworden waren, hatte sie eine wundersame Metamorphose durchgemacht und sich in eine umgängliche, beinahe nette Person verwandelt, als nutze sie die Unfreundlichkeit der anderen, um selbst eine Pause einzulegen.

Drei Tage vor Weihnachten waren die Straßen schneefrei. Ein Auto nach dem anderen hielt vor der Schule, am Steuer Väter, Mütter oder Chauffeure, und ein Kind nach dem anderen wurde davongefahren in die Ferien, die bis zur zweiten Woche des neuen Jahres dauern würden. Leander wurde als einer der Ersten abgeholt und verbrachte die schulfreie Zeit bei seiner Tante und Ewald, davon einen Tag bei Ewalds Geschwistern Hedda, Werner und Gregor, in deren Wohnzimmer eine mit allerlei seltsamen Dingen behängte Tanne stand, nur für Leander. Silvester wurde zu Hause gefeiert, weil Leander es so wollte, lieber als in einem Lokal mit Essen, Musik und fremden Leuten. Auf die Sekunde um Mitternacht verteilte eine Tischbombe ihren Inhalt im Wohnzimmer, in dem ebenfalls ein Weihnachtsbaum stand, von Ewald herangeschleppt und geschmückt und von Leander bewundert, der noch immer fasziniert war von diesen mit Kugeln und Lametta behängten Tannen, die er jahrelang nur als zukünftiges Baumaterial und Brennholz betrachtet hatte. In den fünfzehn

Tagen wurde viel geredet und gelacht, Meret kochte Leanders Leibspeisen und unternahm den vergeblichen Versuch, dem Jungen im Eisstadion das Schlittschuhlaufen beizubringen. Sie spielten Rommé, und Leander erzählte von den Lehrerinnen und Lehrern, die überhaupt nicht unfähig, höchstens sehr eigen waren, von der schusseligen, aber herzlichen Ingeborg, von Mario und Lukas und Kai, ein wenig von Lotte, ohne das Verwirrende zu erwähnen, und davon, wie wohl er sich in seiner Kajüte und an der Schule fühlte und wie viel er gelernt hatte. Meret und Ewald hingen an seinen Lippen, gleichermaßen erstaunt und glücklich darüber, dass er plötzlich so mitteilsam geworden war, so eifrig darum bemüht, ihnen von seiner Welt zu berichten.

Bis zum letzten Ferientag waren sie sich uneins darüber, ob sie Leander mit dem Anruf seiner Mutter bei ihnen konfrontieren sollten, ob ihm zugemutet werden konnte, von dem Gespräch zwischen seiner Tante und ihrer Schwester zu erfahren, oder ob es besser sei, damit noch zu warten. Meret sprach sich dafür aus zu warten, wenigstens ein paar Monate, bis zum Sommer vielleicht oder sogar bis zu dem Tag, an dem Leander die Schule abgeschlossen hätte. Ewald, seine berufliche Meinung und seine persönlichen Gefühle gegeneinander abwägend, blieb lange unentschlossen, fand aber schließlich, wenn auch halbherzig, der Junge müsse von der Kontaktaufnahme erfahren und selbst entscheiden dürfen, wie er reagieren wollte. Am Ende einigten sie sich darauf, Edith noch im Januar Leanders Adresse zu geben und ihr zu raten, sich mit einem Brief an ihren Sohn zu wenden, wie sie es während ihrer Zeit in der Haft getan hatte. Mit dieser Lösung waren beide zufrieden, Ewald, weil er das Recht der leiblichen Mutter gewahrt sah, Meret, weil sie wusste, dass Leander den Brief wie die Briefe davor unbeantwortet lassen würde.

Zurück nach Traufen fuhr Leander in Begleitung von Lukas Meerwald, dessen Eltern die gemeinsame Reise vorgeschlagen hatten, weil die Straßen in den österreichischen Alpen verschneit waren und die Bahn zuverlässig verkehrte, unabhängig davon, wie verrückt das Wetter spielte. Viermal mussten die beiden Jungen umsteigen, wechselten zweimal den Zug, bestiegen einen Bus und zuletzt den mit Schneeketten ausgerüsteten Borgward Hansa 2400 Pullman, Jahrgang 1958, eine bestens in Schuss gehaltene milchkaffeebraune Schönheit, die von der Schule als Taxi eingesetzt und von den Schülern liebevoll-spöttisch *Rings Rakete* genannt wurde. Fast alle waren zurückgekehrt, nur Damian Scholl nicht, den seine Eltern wieder in eine staatliche Schule schickten, und Thekla Egloff, von der eine Postkarte herumgereicht wurde, ein Gruß aus Goa, ihrer neuen Heimat. Sonst hatte sich während seiner Abwesenheit nichts verändert, stellte Leander fest. Das Refugium empfing ihn mit der gewohnten Mischung aus schmuddeliger Gemütlichkeit und verblassender Ausstrahlung, mit Wandgemälden und von den Decken hängenden Batikfahnen, mit Windspielen und Traumfängern, mit auf Baumstämmen thronenden Skulpturen aus der Töpferwerkstatt, mit nachdenklich blickenden Fischen in den Aquarien, mit dem Geruch nach Bienenwachs und Kräutertee und dem Harz der vor den Öfen gestapelten Holzscheite und mit dem vom Schnee aufgeladenen Licht, das während der dunklen Monate durch die Fenster fiel. Und Lottes Stimme empfing ihn, Lottes rauchige Stimme, mit der sie Geschichten erzählte und ihn zum Geschichtenerzählen aufforderte, Lottes Stimme, die Leander zuerst gefürchtet und jetzt, in den Ferien, so sehr vermisst hatte.

Nach einem Jahr konnte Leander sich zu den Veteranen zählen. Neunundsiebzig Kinder besuchten das Refugium im Frühling, mindestens einundzwanzig zu wenig, um den Betrieb rentabel zu machen. Schüler kamen und gingen, einige blieben nur ein paar Tage, andere mehrere Wochen oder Monate. Kai Terodde war nicht mehr da, frühmorgens geholt worden, abschiedslos, sein unangekündigtes Verschwinden bezeugt von Severin Lohse, Frühaufsteher und angehender Ornithologe. Der *fast nicht wahrnehmbare* Moritz Langenkamp war ebenfalls fort, was kaum jemand bemerkte. Es hieß, sein Vater, ein Experte für Wiederaufforstungsprojekte, sei nach Indonesien beordert worden und die Familie folge ihm nach. Leander hatte ein-, zweimal versucht, sich mit Moritz zu unterhalten, und dann aufgegeben, weil sie keinerlei Gemeinsamkeiten und somit keine Gesprächsthemen hatten, weil sie einfach nichts Verbindendes fanden, um sich darüber auszutauschen. Nicht einmal ihr Außenseitertum bot Stoff für mehr als ein paar aus Verlegenheit hingeworfene Sätze, ein oberflächliches Geplänkel zwischen zufälligen Nachbarn.

Dass Nora Nievergelt von der Schule abgegangen war, schmerzte Leander weniger, als es ihn aller Wahrscheinlichkeit nach vor Monaten noch geschmerzt hätte. Sie hatte nicht das geringste Interesse an ihm gehabt, sich nicht einmal die Mühe gemacht, Auf Wiedersehen zu sagen. Und dennoch war ein kurzer Moment der Verwunderung alles, was er spürte, als er ihr Fehlen bemerkte, eine Sekunde absoluter Leere, wenig später eine merkwürdige Gefühlsmischung aus Wehmut und Beschämung, die er jedoch ohne Groll auf sie zu ertragen bereit war und die sich schon nach kurzer Zeit verflüchtigte. Ingeborg, die Ansprechperson in allen Bereichen, hatte ihm weder sagen können, warum Nora gegangen war, noch wohin, was keine Rolle spielte, weil Leander gar nicht den Mut und auch nicht den nötigen Drang zur Selbsterniedrigung gehabt hätte, um ihr zu schreiben. Nora war fort, und es machte keinen Unterschied.

Anfang Juli, zwei Wochen vor den Sommerferien, wurde Leander zum ersten Mal von einem Mädchen geküsst, richtig auf den Mund und mit Zunge. Das Mädchen war Lotte, und natürlich hatte sie das Kommando. Sie lagen unter ihrer Trauerweide, mittlerweile beide auf der Wolldecke und mit Kissen unter den Köpfen, und Leander erzählte gerade von seinem Rauswurf aus dem Internat, von Emil Kronenberg und den vertauschten Heften, als Lotte sich vom Rücken auf die Seite rollte, mit einer Hand Leanders Kopf in ihre Richtung drehte und ihn küsste. Das Ganze dauerte etwa eine halbe Minute, und nachdem es zu Ende war, wusste Leander nicht, ob er sich so glücklich oder so schrecklich wie nie zuvor fühlte, ob ihm gerade das Großartigste oder Furchtbarste passiert war, ob er vor Freude jubeln oder vor Entsetzen heulen sollte. Wie gelähmt lag er da und starrte durch das Geflecht aus Ästen über ihm, in dessen Lücken Sterne blitzten.

»Tut mir leid«, sagte Lotte nach einer Weile.

Leander brachte keinen Ton heraus. Sein Speichel schmeckte nach Tabak, Lotte musste kurz zuvor geraucht haben. Er schluckte, schloss die Augen. Sein Herz schlug wie verrückt, unschlüssig darüber, ob es das Blut zwischen die Beine oder ins Hirn pumpen sollte, dahin, wo schon so viel war, oder dorthin, wo es fehlte.

»Dir auch?«

Leander schnappte nach Luft, als hätte er sie minutenlang angehalten. »Nein«, sagte er dann.

»Sag bloß, das war dein Erster.«

»War es.« Leander machte die Augen auf.

Beide schwiegen. Ein leichter Wind fuhr in die Äste, die Sterne waren in einem Moment zu sehen, im nächsten nicht. Die Stimmen und das Lachen der anderen Jugendlichen wehten heran, weit weg tuckerte ein Traktor oder Motorrad durch die Nacht.

»Lauf jetzt aber nicht rum und gib damit an.«

Leander schüttelte den Kopf. »Nein, werde ich nicht.«

Nachdem sie abermals lange Zeit ohne zu reden in den Himmel geschaut hatten, begann Lotte zu erzählen. In den vergangenen Monaten hatte sie Leander zugehört, bei schönem Wetter draußen, bei Regen und während des Winters in seinem Zimmer, nie in ihrem. Leander war durch seine Erinnerungen geschwommen wie durch ein tiefes, dunkles Meer, aus dem er jede Nacht etwas Neues heraufgeholt hatte ans helle Licht ihrer Aufmerksamkeit. Jetzt endlich tauchte sie in ihre eigene Geschichte hinab, machte sich selbst zur Protagonistin, statt ihre toten Urahnen, ihre exzentrische Mutter und ihre überdrehten Schwestern vorzuschieben.

Es dauerte eine Weile, aber irgendwann entspannte Leander sich, schloss die Augen und lauschte Lottes Musik.

Die Zeit bis zum Beginn der Sommerferien verging ereignislos. Der Tag, an dem der große Exodus der Kinder den Verkehr auf der Zufahrtsstraße lahmlegte, begann wie jeder andere. Nichts passierte, das so ungewöhnlich gewesen wäre, dass Leander es als Anzeichen hätte deuten können, kein Gefühl an diesem sonnigen Morgen besaß das Gewicht einer düsteren Vorahnung. Nach dem Frühstück verabschiedete er sich der Reihe nach von Mario, Lukas und Lotte, die vor ihm abgeholt wurden, die beiden Jungen von ihren Vätern, Lotte von einem hageren, schweigsamen Chauffeur in einer grauen, schlecht sitzenden Uniform. Die Väter hupten gutgelaunt, als sie über den unbefestigten, staubigen Weg in Richtung Tor glitten wie farbige Boote auf einem nebligen Fluss, nach halber Strecke verschluckt von gleißendem Licht. Der Chauffeur öffnete Lotte die Tür eines langgezogenen schwarzen Saab, in den das Mädchen so umständlich und zögerlich kletterte, dass Leander die Hitze im Inneren des Wagens zu spüren glaubte. Er wäre dem Auto beinahe hinterhergerannt, angetrieben vom plötzlichen Bedürfnis, sich neben Lotte zu setzen und ihr etwas Letztes, Bedeutungsvolles zu sagen, aber dann blieb er nach ein paar Schritten stehen, weil der Wunsch ihm ebenso plötzlich töricht erschien und weil ihm nichts einfiel, was eine Verfolgung und eine heruntergedrehte Scheibe gerechtfertigt hätte.

Die nächsten Stunden verbrachte Leander im Schatten einer Buche und winkte seinen Mitschülern und Lehrern hinterher, der Karawane aus buntem, hitzeflirrendem Blech, die in die Leere der großen Ferien verschwand. Taxis fuhren vor und brachten Kinder zum nächsten Bahnhof, ein Junge nahm im Beiwagen eines Motorrads Platz, ein Mädchen auf dem Beifahrersitz eines Lieferwagens, der mit BLUMENOASE HEIDBRINK beschriftet war. Tante Meret und Ewald verspäteten sich, was Leander zwar ungewöhnlich, aber nicht unerklärlich erschien angesichts der langen Fahrt und der engen Straßen. Nach einer weiteren Stunde des Winkens und Wartens ging er ins Hauptgebäude und fragte Ingeborg, ob die beiden sich telefonisch bei ihr gemeldet hätten, aufgehalten vielleicht vom dichten Verkehr oder einer Panne, aber Ingeborg hatte keinen Anruf erhalten. Sie versuchte ihn zu beruhigen und versicherte ihm, es sei alles in Ordnung. Dann gab sie ihm ein Glas Zitronenlimonade und einen harten Keks und widmete sich wieder dem heillosen Durcheinander ihrer Arbeit.

Der Himmel war so blau und rein, dass er dunkle Gedanken regelrecht überblendete, auslöschte mit sengender Helligkeit. Noch immer schleppten Kinder Taschen und Koffer aus den Wohngebäuden, noch immer wurde gelacht und gerufen, und noch immer kam es vor, dass ein Junge oder ein Mädchen Leander schöne Ferien wünschte und er ihnen zunickte und die Hand hob, wenn sie ins Auto ihrer Eltern stiegen. Helmut, der Biologie- und Geschichtslehrer, schüttelte ihm zum Abschied die Hand und meinte, er müsse los, weil man ihn in Berlin erwarte, und dass er die Fahrt lieber auf den späten Abend verschoben und in der Nacht bewältigt hätte, um dem Samstagsverkehr zu entgehen. Olaf, der Mathematiklehrer, sagte Adieu, dann kehrte allmählich Ruhe ein, gestört nur vom Gärtner, der den Rasen entlang des Zufahrtsweges mähte, und den wenigen Autos, die noch immer kamen und in denen erschöpfte Väter und Mütter saßen, manchmal Geschwister, die mit roten Köpfen und windzerzausten Haaren ausstiegen und sich die Beine vertraten, bevor es auf den Rückweg oder direkt zum Ferienort ging.

Um sechzehn Uhr elf, vier Stunden und elf Minuten nach der vereinbarten Zeit, war das Warten zu Ende, wurde das bedrückende Gefühl in Leanders Brust ausgeschaltet wie das Licht in einem Raum. Er saß auf dem gemähten Rasen, den Rücken gegen den Baum gelehnt, wie Lotte nachts, wenn sie erzählte oder ihm zuhörte. Als der Wagen anhielt, wollte er aufstehen, aber er konnte nicht. Die Polizisten, zwei junge Männer, hatten eine Fotografie dabei, die in Ewalds Brieftasche gehörte und die Leander und Meret im Garten zeigte, lächelnd, die Hände voller Erdbeeren, die Rücken gewärmt von der späten Sommersonne. Sie erkannten ihn gleich, sonst waren keine Kinder mehr da. Dieser Junge im Schatten des Baumes musste der Junge auf dem Bild sein, der Neffe der Frau, die neben ihm stand und die roten Erdbeeren in den gewölbten Handflächen hielt und die jetzt nicht mehr lebte, weil unten im Ort ein Lieferwagen aus einem Seitenweg auf die Hauptstraße gerollt war, ein drei Tonnen schweres Hindernis, drei Tonnen schwerer als der Körper der Tante dieses Jungen, der im frisch gemähten Gras unter diesem Baum saß und nicht ansprechbar war.

WINNIPEG LOGBUCH

Auszüge 7

Schon seit dem frühen Morgen ist Noah unruhig. Am Wetter kann es nicht liegen, der Himmel ist wolkenlos, kaum ein Wind weht. Sonst sind die Tiere vor einem Unwetter so seltsam. Wenn sie spüren, was kommt, ein Sturm, ein Gewitter, Schnee. Wir wissen nicht, was kommt. Es gibt nur dieses eigenartige Gefühl in uns.

Wir waren in der Scheune, haben das Werkzeug geputzt, den Rost von den Sensenblättern geschrubbt, mit Drahtbürsten und Stahlwolle. Wir haben den Dreck von den Schaufeln und Spaten, den Mistgabeln und Heugabeln gekratzt, haben die Baumscheren geschliffen und die Sicheln und Äxte. Wir haben alles Metall mit Öl eingerieben, unsere Hände waren schwarz davon. Wie Krieger kommen wir uns bei dieser Arbeit vor, wie Soldaten eines Heeres. Unsere Elefanten sind in den Bergen erfroren, ein einziges Pferd ist uns geblieben. Wir erobern die Welt, die wir nicht kennen. Wir reden uns ein, wir seien bereit zu töten. Wir sind Legionäre, Kreuzritter, Irokesen, die Gefolgsleute von Odysseus, wir stehen im Solde Trojas, wir dienen dem Sonnengott und seinen heiligen Krokodilen, riesigen menschenfressenden Eidechsen. Wir pflegen unsere Waffen stumm. Eine Verrichtung wie diese erfordert Schweigen.

Am Nachmittag noch immer dieses Gefühl, das im Magen liegt wie schlechtes Fleisch. Armin ärgert uns heute noch mehr als sonst. Auf der Weide schüttelt Noah sich wie im Hochsommer, wenn die Bremsen ihn verrückt machen. Wir spalten das Holz, die Köpfe unserer Feinde. Jetzt reden wir. Jeder von uns hat eine andere Ahnung. Wir sind Ameisen vor dem Regen, Kröten, die aus der Erde kriechen. Wir wissen nichts von der Welt, wir sind dünnhäutige Tiere, wir sind fiebrige Pferde und aufgeregte Ziegen, wir sind wirbelnde Vögel, die uns von oben sehen. Wir sind ruhelose Hofhunde, die an der Kette zerren und winseln, weil der Mond auf die Erde stürzt.

RINGO
Vierte Auskunft

Der vierte Brief. Elif fragt, wie es mir geht. Sie schreibt, sie könne mich verstehen, meinen Rückzug nachvollziehen. In ihr seien Zweifel aufgekommen darüber, ob es richtig sei, *moralisch verantwortbar*, mich erneut in den Strom der Erinnerungen geworfen zu haben nach all der Zeit. Ich muss beinahe lachen über ihre Sätze, über ihre Zweifel, über ihre Moral, ihr Verantwortungsgefühl und ihre Skrupel und über *den Strom der Erinnerungen*. Mein Strom der Erinnerungen ist ein reißender Fluss aus Gefühlen, aus Scheitern und Schuld. Mein Leben ist ein beschissenes Melodram, eine von Milliarden schlimmer Geschichten, die im Menschheitsuniversum zirkulieren, ein Schmachtfetzen, ein billiger Abklatsch wirklicher Tragödien, eine Schmonzette, banal und mittlerweile so jämmerlich und armselig, dass ihre Erwähnung nichts mehr hervorruft, weder das Interesse noch den Zorn des Volkes und schon gar nicht seine Anteilnahme. Und doch scheint die erneute Aufarbeitung meiner Niederlagen etwas wert zu sein, noch immer wird mein tiefer Fall herumgereicht und vermarktet.

Zwei Scheine hat Elif beigelegt, zweihundert Euro. Sie schreibt, wie viel ihr unser Gespräch bedeutet, fragt, ob wir am Telefon miteinander reden könnten, ob es helfen würde, uns nicht sehen zu müssen. Sie formuliert die Frage sehr diplomatisch. Dass wir beide wissen, was für ein asoziales Subjekt ich bin, lässt sie mit keinem Wort durchblicken. Am Ende des kurzen Briefes stehen drei Uhrzeiten, zu denen sie heute anrufen wird, zwei und fünf Uhr am Nachmittag und sieben Uhr am Abend. In acht Minuten wird das Telefon zum ersten Mal klingeln. Ich werde rangehen. Ich habe es mir fest vorgenommen.

»Ringo? Hier ist Elif.«

»Guten Tag.«

»Guten Tag. Es freut mich, dass Sie mit mir reden wollen.«

»Das bin ich Ihnen schuldig.«

»Sie schulden mir nichts.«

»Ich habe Ihr Geld genommen.«

»Wie geht es Ihnen?«

»Diese Frage stelle ich mir nicht. Deshalb beantworte ich sie auch nicht. Ich könnte sagen: Wie immer. Aber wer hätte davon etwas?«

»Ich würde mich fragen, ab wann dieses *wie immer* gilt. Ab dem Tag, an dem Sie aus der Kommune geholt wurden? Dem Tag, an dem Sie die Männer gerettet haben? An dem Sie mit dem Segelboot hinausgefahren sind?«

Schweigen. An beiden Enden der Leitung.

»Soll ich Ihnen die Fragen stellen, die ich vorbereitet habe? Wäre Ihnen das recht?«

»Ja. Das wäre mir recht.«

Ein kurzes Papierrascheln, ein Räuspern. Ihr Räuspern.

»Am Ende unseres letzten Gesprächs haben Sie von Hamburg erzählt, davor von Wertheim. Von Arnold, Ihrem Freund.«

»Den ich im Stich gelassen habe.«

»Empfinden Sie das so?«

»Ja.«

»Warum?«

»Weil es so ist. Ich bin weg, als er mich brauchte.«

»Mein Gefühl war, Sie hätten es aufgegeben, ihn retten zu wollen. Weil er nicht zu retten war.«

»Ich hätte es versuchen sollen.«

»Lieber scheitern als weggehen.«

»Ja.«

»Was wurde aus ihm?«

»Er ist tot.«

»Er ist gestorben, nachdem Sie gegangen sind?«

»Ja. In einem Pflegeheim. Da war ich schon seit ein paar Wochen zurück aus Griechenland.«

»Wie haben Sie von seinem Tod erfahren?«

»Aus der Zeitung. Ich habe jeden Tag die Hamburger Morgenpost gelesen, in der Bibliothek. Ich ahnte, dass da bald die Todesanzeige drinstehen würde.«

»Sind Sie zur Beerdigung gefahren?«

»Ja. Ich war neben Martha Gehling der einzige Trauergast. Eigentlich wollte ich Arnold nur … wie sagt man … die letzte Ehre erweisen, die Rede des Pfarrers hat mich nicht interessiert. Ich stand abseits, aber Martha hat mich gesehen.«

»Arnolds Schwester.«

»Ja. Sie hat mich erkannt, keine Ahnung, warum, ich war weit weg, und mager und bleich war ich geworden, kaum noch was übrig von der Sonnenbräune. Neben mir hatte man ein Grab ausgehoben, es war mit ein paar Brettern und einer Plane abgedeckt, und die Vorstellung, mich hineinzulegen, kam mir gar nicht sonderlich abwegig vor.«

Elif lacht. Ein leises Lachen.

»Auf Friedhöfen kommen einem seltsame Gedanken.«

»Ich musste mir dann doch noch die Worte des Pfaffen anhören. Zuletzt hat er das Gedicht zitiert, das in der Todesanzeige gestanden hatte, von Novalis, den mochte Arnold auch, was ich nicht verstehen kann, ein wirklich altertümliches Geschwurbel. So wird sie auch fliehen die edle Seele aus dem Erdenstaube … Und so weiter. Danach sind wir in ein Lokal gefahren, in Marthas Auto, Jaguar, Novalis auf Rädern, schrecklich edel alles, ich wollte nichts anfassen, sogar das Atmen habe ich eingeschränkt in dieser Karre.«

Wieder lacht Elif. Wahrscheinlich aus Höflichkeit. Oder um meiner Friedhofsgeschichte die Schwere zu nehmen. Ich frage mich, warum sie sich das anhört, mein Gerede. Ich mag ihr Lachen. Ich stelle sie mir vor, wie sie an ihrem Schreibtisch in der Redaktion sitzt, vor sich das Aufnahmegerät, das Notizheft und eine Tasse Tee.

»Und dann?«

Wie ein Kind. Und dann? Wir haben das nie gefragt. Wenn Konrad das Buch zugeschlagen hat, war Schluss, weiter ging es erst am nächsten Tag. Unser *Und dann* war die Zeit zwischen dem Zuhören und dem Einschlafen, wenn wir der Reihe nach unsere Vermutungen in die Dunkelheit geflüstert haben, wie die Geschichte weitergehen könnte. Manchmal haben wir darüber abgestimmt, wer am Ende leben und wer tot sein würde.

»Ringo?«

Vom Dachboden in Winnipeg ist es ein weiter Weg in meine Bude. Zehn Stufen, jede misst vier Jahre.

»Entschuldigung. Wo war ich … Im Auto, ja, danach in einem Lokal, Martha hatte einen Tisch reserviert, ich glaube für sechs, so viele Trauerkarten hatte sie verschickt. Gekommen ist von denen kein Einziger. Eine verstreute Familie ohne Bindungen. Da eine Cousine, dort ein Neffe, aber alle mit sich selbst beschäftigt. Eine einzige Beileidskarte sei gekommen, von einem hundertjährigen Onkel aus Nebraska, leider verarmt und flugunfähig. Wir tranken etwas, sie Wasser, ich Wein, Appetit hatten wir beide keinen. Ich weiß noch, sie trug ein schwarzes, ärmelloses Kleid und eine Perlenkette, draußen einen dunkelblauen Mantel mit Pelzkragen. In meinem grauen Anzug mit den abgewetzten Manschetten kam ich mir schäbig vor, neben dieser Frau sah ich aus wie ein Landstreicher. Und natürlich trank ich zu viel, weil ich ein schlechtes Gewissen hatte.«

»Warum ein schlechtes Gewissen?«

»Weil ich Arnold allein gelassen habe. Als er am Sterben war.«

»Martha Gehling sah das offenbar anders.«

»Ja. Aber als sie mir anbot, wieder in Arnolds Haus zu wohnen, mietfrei, vorerst auf unbestimmte Zeit, habe ich zuerst Nein gesagt.«

»Warum?«

»Ich schämte mich, wollte nur noch weg.«

»Aus dem Nein wurde dann aber doch ein Ja.«

»Nun, sagen wir so: Ich konnte mir ein Ablehnen dieses Angebots schlicht nicht leisten.«

»Also zurück nach Wertheim.«

»Martha war so taktvoll, mir das Haus unter der Bedingung zu überlassen, dass ich mich ein wenig um den Garten kümmerte und kleinere Dinge erledigte, die Räume lüften, im Winter die Vorfenster einhängen und in allen Zimmern ordentlich heizen. Sie ging sogar so weit, mir einen Lohn anzubieten, für mein Werkeln im Garten, doch das konnte ich ihr ausreden.«

»Die Frau mochte Sie.«

»Ich habe sie mal gefragt, warum sie das alles für mich tue, sie hatte mir gerade mal wieder einen Kofferraum voller Lebensmittel gebracht, und sie sagte, sie wolle mir helfen, weil ich die acht Männeken gerettet habe, darunter Arnolds Vater, und dass sie nicht mit ansehen könne, wie schlecht es mir gehe, nachdem ich so viel Pech im Leben gehabt habe. Ihr selbst gehe es blendend, das betonte sie immer wieder und meinte, sie könne sich ihre Großzügigkeit leisten, ohne deswegen sparen zu müssen. Dann erzählte sie mir, sie und ihre Schwester hätten ein Vermögen geerbt. Als ihre Eltern noch lebten und Renate und Arnold heiraten wollten, waren sie dagegen, Arnold entsprach überhaupt nicht ihrem Idealbild des Schwiegersohns, wenn schon Künstler, dann keiner, der Heuschrecken und Ameisen zeichnet. Aber Renate blieb stur, und als Hochzeitsgeschenk gab es dann sogar das Haus, damals ein renovierungsbedürftiges Objekt, der Insektenmaler solle zur Abwechslung doch mal Wände streichen und Böden schleifen, fanden die Brauteltern, ins gemachte Nest wollte man diesen mittellosen Spinner nicht setzen. Und dann kamen sie bei einem Autounfall ums Leben, keine zwei Jahre später.«

»Die Eltern?«

»Autobahn. Winter. Glatteis.«

»Von wem haben Sie das alles? Von Arnold?«

»Von ihm und Martha. Wobei Martha für die Tatsachen zuständig war und Arnold, sagen wir, für das Imaginäre, für Vermutungen und schlicht Erfundenes. Er war ja schon etwas verwirrt, als wir uns kennenlernten.«

»Der Tod seiner Frau hat ihm zugesetzt.«

»Ja.«

Elif atmet einmal tief ein und aus, ein Seufzen, als fühle sie mit den

Gehlings, die sie nie gesehen hat und deren Schicksal ihr gleichgültiger nicht sein könnte, wenn es sich nicht mit meinem gekreuzt hätte. Dann scheint sie darauf zu warten, dass ich weiterrede. Dass ich noch mehr erzähle, noch mehr Tatsachen und Vermutungen in den Telefonhörer und ihr Aufnahmegerät schwafle, noch mehr, das sie sichten und bewerten, abtippen oder löschen kann, noch mehr Unwichtiges und Bedeutungsloses, das sie für wichtig und bedeutungsvoll hält, weil das ihre Arbeit ist und weil es ihr unerklärlicherweise etwas zu bedeuten scheint, mich ein weiteres Mal aus der Versenkung zu holen, auf dass die Welt Ringo Eichhorn in ihrem, Elif Sayars Licht sehen möge.

»Wollen Sie von dem Hund erzählen?«

Ein Glas Wein trinken will ich. Aber das muss warten, die Zeit hat das Gebäude meiner Erinnerung unterspült, Alkohol schwemmt es fort. Draußen scheint die Sonne. Ein langer Seufzer. Meiner.

»Sie scheinen die Geschichte schon zu kennen.«

»Nur aus den Zeitungen. Ich würde sie gerne von Ihnen hören.«

»Was in den Zeitungen steht, ist richtig. Mehr oder weniger.«

»Bitte. Sie könnten die Augen schließen.«

»Wozu?«

»Um alles zu sehen.«

»Alles.«

»Von Anfang bis Ende.«

»Es gibt kein Ende.«

»Bitte.«

Ich hole Atem. Aber die Augen schließe ich nicht. Die Küchenwand vor mir ist leer, Bilder hänge ich schon lange nicht mehr auf. Die Bilder im Kopf reichen mir.

»Ich lebte also wieder in Arnolds Haus. Weil ich kein Geld von Martha annehmen wollte, musste ich arbeiten, trug Zeitungen aus, reinigte nachts Büros und Einkaufszentren, füllte die Regale eines Baumarkts, klebte Plakate. Kein Mensch erkannte mich, ich sah weder aus wie die gealterte, abgerissene Version des Jungen aus der Kommune noch wie der langhaarige Kerl, der in Griechenland hätte ersaufen oder im Gefängnis verrotten sollen. Ich war niemand. Die Nachbarn, denen ich begegnete, hielten mich vermutlich für einen Verrückten, Arnolds durchgeknallten

Bruder, seinen Nachfolger, was weiß ich. So verging ein Jahr. Im Sommer rissen Arbeiter zwei Häuser weiter eine alte Garage und ein Gartenhaus ab, machten Platz für einen Neubau. Ich schob mein Rad den Gehweg entlang, der hintere Reifen war platt. Ich hatte Zeitungen verteilt, ein Gewitter zog auf, der Himmel war schon ganz gelb. Da hörte ich dieses Winseln. Zuerst war ich nicht sicher, ob es von einem Tier stammte, der Wind wehte, von überall her kamen Geräusche. Auf dem Baugrundstück gab es Gruben und Schächte, da bin ich hingegangen, das Winseln drang aus einem der Löcher. Ein Hund oder eine Katze musste dort unten sein, ein kleines Tier, die Lücke zwischen den Brettern war schmal. Ich wollte Hilfe holen, die Feuerwehr rufen, was weiß ich, aber da begann es zu regnen, und innerhalb einer Minute schüttete es wie aus Eimern. Wenn das Loch ein Abwasserkanal war, würde es sich rasch füllen, also nahm ich die Bretter weg und spähte ins Dunkel. Aber das Loch war tief, und ich konnte nichts sehen, nur das Winseln hörte ich, zweifellos das von einem jungen Hund. Der Regen wurde immer heftiger, ich hörte das Wasser gurgeln, ein unheimliches Rauschen, wahrscheinlich aus dem Kanalsystem. Der Hund da unten würde ertrinken oder fortgeschwemmt, so viel war klar. Einfach in das Loch springen wollte ich nicht, ich wusste ja nicht, wie tief es war, und auf das Tier treten wollte ich auch nicht, also habe ich mich mit Händen und Füßen gegen die Wände gestemmt, die waren oben aus Schotter und Erde, weiter unten war eine Betonröhre. Der Hund war zwei Monate alt, ein Labrador, das hat man mir später gesagt, in diesem Augenblick war es einfach ein kleiner Hund, den ich irgendwie aus dieser Falle befreien musste. Na ja, was heißt *musste* … Ich konnte ihn nicht da unten lassen, das ging nicht, auch wenn er nicht mein Hund war. Wo ich stand, waren es nach oben nur zweieinhalb Meter, das sagte nachher einer der Feuerwehrmänner, aber mir kamen diese zweieinhalb Meter vor wie mindestens vier. Schon bald schoss das Wasser über meine Schuhe, den Hund hätte die Brühe längst in die Kanalisation gespült. Über mir ein Inferno aus Regen und Blitz und Donner, und ich, mit dem Hund im Arm, zuerst ratlos und bald darauf verzweifelt, weil ich begriffen hatte, dass ich nicht nach oben klettern konnte, nicht mit dem Hund. Und ihn hochwerfen ging nicht, ich konnte mich ja kaum rühren in der engen Röhre … Na ja, der Rest ist hinlänglich bekannt.«

»Ach kommen Sie, erzählen Sie weiter. Bitte.«

»Ich hasse diese Geschichte. Sie klingt, als sei sie tatsächlich erfunden.«

»Bitte. Ich weiß, dass sie wahr ist.«

»Also gut … Irgendwann war die Röhre verstopft, das Wasser stieg an, und über mir brach alles ein und füllte den Schacht. Ich stemmte den Hund in die Höhe, dann konnte ich mich nicht mehr bewegen. Ich schrie um Hilfe, aber das war ein Flüstern im Lärm. Hätte das Gewitter sich nicht verzogen, kein Mensch hätte mich gehört. Der Schlick aus Erde und Schotter und Wasser stand an meinen Schultern, als mich ein Nachbar fand. Er rief mit dem Handy die Polizei, dann knipste dieser Vollidiot ein Bild von mir und dem Hund. Dann erst rannte er los und holte ein Seil aus seiner Garage. Ich konnte die Arme und Hände noch bewegen, also band ich das Seil um den Hund, und der Nachbar zog ihn nach oben. Als die Feuerwehr kam, fingen sie an zu graben, zuerst mit Spaten und Schaufeln, schließlich rückten sie mit schwerem Gerät an, um die Abflüsse freizubekommen. Ein Zeitungsheini fotografierte alles, wieder Blitzlicht, nur ohne Donnerkrachen. Eine Stunde später wurde ich offiziell befreit, angeblich zum zweiten Mal in meinem Leben.«

Stille. Erst als ich die Augen öffne, merke ich, dass ich sie geschlossen hatte.

»Sie wurden als Held gefeiert.«

»Auch das zum zweiten Mal in meinem Leben.«

»All die Schlagzeilen und herzzerreißenden Kommentare. Einen jungen Hund gerettet und dabei fast umgekommen. Und all die Bilder. Sie und der Welpe, beide in Decken gehüllt, umrahmt von strahlenden Männern in Uniform. Sie und das Mädchen und der Junge, beide verheult und lachend, ewige Dankbarkeit in den Augen.«

»Bis herauskam, wer ich war.«

»Und ich Sie gefunden habe.«

Schweigen, hier und dort. Das ganze Ausmaß unermesslich. Die Vergangenheit unvergänglich. An der Wand hing früher ein Bild, Leander Selbig, der Jungschriftsteller mit den traurigen Augen, traurig genug für das Titelblatt eines Literaturmagazins. Daneben Anton Matusek, für immer Linus, für immer fort, eine Farbaufnahme aus irgendeiner Illustrierten. Und Fridas Gesicht aus der Erinnerung, Bleistift und Wasserfarbe, erkennbar nur für den, der nichts vergisst.

»Ringo?«

Drei helle Flecken.

»Ringo?«

…

LEANDER
Kapitel VII

Zum Ende kommen

Ewald Borns Körper erholte sich nach einer Weile. Seine drei gebrochenen Rippen wuchsen ebenso zusammen wie die Knochen in seinem linken Fuß und in seiner rechten Hand, die das Lenkrad gehalten hatte. Die Blutergüsse verschwanden, der Schorf löste sich von den Wunden, die Schmerzen wurden weniger und waren irgendwann weg. Bald konnte er wieder gehen und den Deckel von einem Marmeladenglas schrauben. Wenn er einatmete, tat ihm nichts mehr weh, nur bevor Regen kam, rieb er die Knöchel seiner Hand, und bei Kälte verfiel er in ein leichtes Hinken, das eher einer Erinnerung geschuldet war als einem schlecht verheilten Bruch. Seit dem Unfall war er dünner geworden, mehr als zehn Kilo und fast seine ganze Lebensfreude und Zuversicht hatte er verloren.

Bald nach Ewalds Auszug hatte Hedda sich mit ihrer Nähmaschine, ihrem Bügelbrett und ihren Büchern in seinem Zimmer eingerichtet, aber als ihr Bruder zurück *nach Hause* kam, wie sie es formulierte, war innerhalb von Stunden alles in die Garage und ihr Zimmer zurückgeschafft worden. Sein Bett war vom Dachboden heruntergetragen worden, ebenso seine Kommode und der Polstersessel, für den niemand Verwendung gefunden hatte. Innerhalb von zwei Tagen war es Hedda gelungen, eine beinahe perfekte Kopie des Raumes anzufertigen, den Ewald vier Jahre zuvor verlassen hatte. *Geborgenheit im Vertrauten* nannte sie ihr Werk, und ihr Bruder war zu erledigt, um sich zu wehren. Erst ein paar Tage später, am Mittagstisch, nahm er all seinen Mut zusammen und sagte seiner Schwester, er fühle sich unwohl in dem Zimmer, das er damals auf Merets Wunsch geräumt hatte, nachdem sie ihn gebeten hatte, endgültig bei ihr einzuziehen. Hedda konnte oder wollte nicht verstehen, warum ihr Bruder so empfand, aber noch vor Ende des Essens fanden Werner und Ewald eine Lösung und begannen noch am gleichen Tag mit der Entrümpelung des Dachbodens, den Werner schon lange ausbauen wollte. Am Abend, als sie mit dem Ausräumen, dem Entfernen der Spinnweben und dem Fegen fertig waren und Boden, Wände und Decken weiß gestrichen hatten, fragte Ewald, ob Leander an seiner Stelle unter dem Dach einziehen wolle, aber Leander fühlte sich dort oben zu sehr an Winnipeg erinnert, auch wenn alles ganz anders aussah, heller und ohne die vier Betten und die gespannten Wäscheleinen, und er blieb lieber, wo er war.

Während dieser Zeit des sich Zurechtfindens und Anpassens, des Umbauens und Zimmertauschens kam es in dem sonst stillen, wie im Dämmerzustand liegenden Haus zu einer hektischen Geschäftigkeit, die von Hedda ausging und von Werner übernommen wurde und die bei den restlichen Bewohnern tiefste Verwirrung auslöste. Während Hedda und Werner die Lage als Herausforderung begriffen, als ein Projekt, das organisiert und im Eiltempo zu Ende gebracht werden musste, hingen Ewald und Leander im luftleeren Raum, handlungsunfähige Zeugen ihrer eigenen Geschichte, die ihnen wie etwas von ihnen Losgelöstes erschien, wie ein schrecklicher, endlos in Zeitlupe laufender Film.

Und mittendrin saß Gregor, der mit so vielem nicht zurechtkam, dass er beinahe völlig verstummte und seine ungeschriebene Liste der Dinge, die ihm nicht geheuer waren, ins Endlose wuchs. Er hatte schon immer Aufzüge und Bahnhöfe, Hüte und Regenschirme gemieden, jetzt rannte er aus dem Haus, wenn in der Küche der Mixer lief, mochte plötzlich keine gemähten Wiesen mehr, keine Zitronen und keine Teppiche. Und als ob das nicht schon gereicht hätte, kamen zu diesem ganzen Katalog nun auch noch die Veränderungen in seiner engsten Umgebung hinzu, neue Tatsachen, die er kaum ertrug. Er hatte ein eigenes Verständnis von

Zeit, und so kam es ihm vor, als sei Ewald gerade erst fortgegangen, um sein Leben mit einer Frau namens Meret zu verbringen und für Leander zu sorgen, den stillen Jungen, dem er gezeigt hatte, wie eine Uhr funktionierte und wie man ein Transistorradio so umbaute, dass es Signale aus dem Weltraum empfing. Obwohl er seinen jüngsten Bruder liebte und dessen plötzliches Auftauchen als etwas Gutes betrachtete, fühlte er sich aus seiner gewohnten Bahn, seinem verlässlichen Trott geworfen und der Willkür der Welt ausgesetzt, der Unruhe und den Hammerschlägen und dem Geruch nach Farbe.

In den Wochen und Monaten nach Merets Tod bewegte sich Leanders Zustand irgendwo zwischen der lähmenden Trauer Ewalds und der Verstörtheit Gregors. Er war für nichts empfänglich, weder für Heddas Kopfhoch-Parolen noch für Werners Bemühungen, ihn in die Geheimnisse der Pilzzucht einzuführen oder mit der befreienden Wirkung bekannt zu machen, die man beim Einprügeln auf einen Sandsack erfuhr. Auch dem endlich wieder sprechenden, in seinem alten Mahlstrom aus Gewohnheiten und Wiederholungen kreisenden Gregor gelang es nicht, Leander zu erreichen, egal, wie viele Geschichten er ihm erzählte, gelesene und im Radio gehörte und aus dem glasklaren See seines fotografischen Gedächtnisses gefischte, in denen es um Tiefseekreaturen, Kometen, Bergbesteigungen, Luftschiffe und Vulkane ging, um Katzen, die tausend Kilometer durch Amerika liefen, und um Männer, die Glasscherben aßen, Nägel und Rasierklingen. Nichts vermochte Leander aus seiner Lethargie zu holen, nicht der Sommer und nicht der Insektenlärm in der ungemähten Wiese und auch Ewald nicht, der sich in winzigen Schritten zu berappeln schien und irgendwann aus seinem Zimmer kam, um sich neben Leander zu setzen und mit ihm zu schweigen.

Leander musste nicht mehr zur Schule gehen. In Ewalds Namen hatte Hedda den Behörden mitgeteilt, was geschehen war, und dass Leander in absehbarer Zeit eine Lehre als Koch beginnen würde, weil sich das einigermaßen plausibel anhörte und es sowieso keine Rolle spielte. Als von Leanders Mutter kein Brief und auch von seinem Vater keinerlei Lebenszeichen mehr gekommen war, hatten Meret und Ewald die Adoption beantragt, ein Unterfangen, das nach Merets Tod gefährdet war und nun zu scheitern drohte, weil Ewald es nicht schaffte, sich um die weiteren Schritte zu kümmern. Hin und wieder, in helleren Momenten, konnte Ewald erkennen, wo in seinem Leben er stand, was es zu tun gab und wie man mit dem Leben weitermachen sollte, doch diese Lichtblicke waren zu kurz und schwach, als dass er die Kraft zum tatsächlichen Handeln aufgebracht hätte.

Da Leander sich weigerte, sein Erbe einem Makler zu übergeben, stand Merets Haus leer. Drei Wochen nach dem Unfall hatten sie es betreten, um ein paar Sachen zu holen. Ewald war an Krücken gegangen und hatte sich alle paar Minuten hinsetzen müssen, und jedes Mal hatte es ihn unendlich viel Überwindung gekostet, wieder aufzustehen und Hemden und Hosen, Unterwäsche und Socken aus dem Schrank zu nehmen und in die mitgebrachten Koffer zu legen. Er weinte, als Leander ihn im Badezimmer fand, wo sich auf der Ablage unter dem Spiegel Merets Parfümflakons und Cremetöpfchen aneinanderreihten. In der Küche saßen sie eine Ewigkeit am Tisch, unfähig zu sprechen, Ewalds Hand auf Leanders. Neben dem Brotkorb lag ein Taschenbuch, in dem Meret gelesen hatte, *Un certain sourire* von Françoise Sagan. Ein leeres Samentütchen steckte als Lesezeichen zwischen den Seiten, *Schleierkraut, mehrjährig, liebt sonnigen Standort.*

Hedda fuhr einmal in der Woche zu Merets Haus, um nach dem Rechten zu sehen. Post kam kaum noch, meistens lag Werbung im Briefkasten oder das Schreiben einer Behörde, die noch nicht auf dem neuesten Stand war. Ewald warf alles in den Müll. Die Beisetzung hatte im engsten Familienkreis stattgefunden, nur Ewald und seine Geschwister sowie der für ein paar Tage aus Wien angereiste Thomas und Leander hatten zugesehen, wie der Sarg in die Erde gelassen worden war. Edith war nicht aufzufinden gewesen, *Mit unbekanntem Ziel verreist,* lautete der jüngste Eintrag über Leanders Mutter beim Meldeamt ihres letzten Wohnorts.

An einem verregneten Septembertag verlor Werner seine Anstellung auf dem Schrottplatz. Der Firmenbesitzer verkaufte das Gelände an ein Bauunternehmen und setzte sich zur Ruhe. Werner und seine beiden Kollegen, ein ungarischer Lastwagenfahrer und ein pensionierter Mathematiklehrer, der die Buchhaltung erledigte, erhielten eine kleine Abfindung und eine angeblich vergoldete Armbanduhr, die Gregors fachmännischem Urteil nicht standhielt. Die Entlassung, die für den mit seinem Krankabuff verwachsenen Werner bis vor Kurzem noch eine Katastrophe bedeutet hätte, erwies sich als halb so schlimm, als Ereignis, das Werner zur Überraschung aller als Befreiung empfand. In seiner ungewohnten Lage als Arbeitsloser geradezu aufblühend, beschloss er, die Pilzzucht und damit den Kundenkreis zu vergrößern, und begann den gemauerten Schuppen hinter dem Haus umzubauen. Das mit vermoosten Ziegeln bedeckte Gebäude aus Klinker stand im entlegensten Teil des Gartens unter einer mächtigen Kastanie, deren Schatten dafür sorgte, dass im Inneren des Schuppens ähnlich feuchte Bedingungen herrschten wie im Keller des Wohnhauses. Weil Werner ihn fragte, half Leander ihm erst beim Ausräumen und dann beim Bau der metallenen Regalbeete, in denen die Pilze wachsen sollten, und als sie fertig waren, nagelte Werner ein selbst gemaltes Schild an die Tür, auf dem der Name der neu gegründeten Firma stand: BORN & PARTNER PILZKULTUR.

Während Leander die ersten Herbsttage als Werners schweigsamer, durch nichts aus seiner bodenlosen Traurigkeit zu holender Gehilfe hinter sich brachte, nahm Ewald den Verkauf von Merets Haus in Angriff. Werner war der letzte der vier Geschwister gewesen, der am Ende des Monats Geld in die Haushaltskasse gelegt hatte, und da nun sein Lohn wegfiel und Ewald sich nicht vorstellen konnte, seinen unbefristeten und unbezahlten Urlaub bald zu beenden und wieder als Psychiater zu arbeiten, geriet die Finanzlage der Borns allmählich in Schieflage. Meret hatte ihren Neffen als Alleinerben ihres Besitzes bestimmt, der aus dem Haus bestand und allem, was sich darin befand. Ewald sollte das Erbe verwalten, bis Leander volljährig war, und weil die Ersparnisse auf Merets und Ewalds Konten schon bald für die Beerdigung und die alltäglichen Notwendigkeiten ausgegeben waren und Ewald nicht schon wieder Thomas um Geld bitten wollte, musste die unabwendbare Frage gestellt werden, ob Leander dem Verkauf zustimmte. Leander tat es so rasch und ohne jede Diskussion, dass Ewald am nächsten Tag erneut fragte, und auch da sagte Leander mit einer heftigen Entschlossenheit Ja, die Ewald erstaunte und erschreckte. Als er von ihm wissen wollte, wie er sich bei der Vorstellung fühle, das Haus, das sein Zuhause gewesen war, zu verlieren, konnte

Leander ihm keine Antwort geben und nur mit den Schultern zucken, eine Geste ähnlich der beim Frühstück, wenn es um die Wahl ging zwischen Tee und Kakao.

In einem immer wiederkehrenden Traum bewegte Leander sich durch die Zimmer, schwebte von der Küche die Treppe hoch in die oberen Räume, in verlassene Kammern, die gefüllt waren mit tranigem Licht und der Präsenz der vertrauten Dinge, der Möbel und Bilder und Teppiche, der Zierkissen und gläsernen Tierfiguren, der Pantoffeln und weißen, wie Geister an Haken hängenden Bademäntel, der Vasen und stehengebliebenen Uhren auf den Kommoden und der gerahmten Fotografien aus einer anderen, von Heimsuchungen verschonten Zeit. Dieses Haus wollte Leander nicht festhalten oder gar bewohnen, nicht dieses mit den Objekten der Vergänglichkeit vollgestopfte Museum. Ewalds Frage war leicht zu beantworten gewesen, leichter als die, was er am Morgen trinken wolle. Die Wahrheit war, dass Leander nichts fühlte, nichts bis auf eine Leere, ein großes Loch, das ihn ausfüllte wie erkaltetes Blei. Alles an ihm wog schwer, der von Schlaflosigkeit versehrte Kopf, die zittrigen Beine und linkischen Hände, die Zunge und die Lippen, die lädierte Sätze formten, das taube, stoisch pumpende, durch kein noch so entsetzliches Ereignis vom Schlagen abzuhaltende, nicht totzukriegende Herz.

Bevor das Haus der Maklerfirma übergeben und auf den Markt gebracht werden konnte, musste alles daraus entfernt werden. Ewald, Werner und Hedda benötigten dazu drei Tage, einen Sperrmüllcontainer und die Hilfe eines redseligen Trödlers, der sich Antiquitätenhändler nannte. Vieles wurde weggeworfen und einiges verkauft, den Rest nahmen die drei mit nach Hause, ein Sofa etwa, die Fotografien und alle Bücher. Sie arbeiteten von frühmorgens bis spätnachts, stumm und wie in einem Nebel aus Beklommenheit, in dem sie sich energisch bewegten, die bedrückende Atmosphäre trotzig ignorierend. Auf ihrem Firmenschild hätte gestanden: BORN BORN & BORN ENTRÜMPELUNGEN, und darunter: *Effizient und pietätvoll.*

Ein Ehepaar mit einer acht Jahre alten Tochter erhielt den Zuschlag, bei dem Leander nicht hatte mit entscheiden wollen. Der Erlös wäre unter anderen Umständen als erfreulich bezeichnet worden, so aber nannte man den ansehnlichen Betrag, wenn man überhaupt von ihm sprach, nur *das Geld.*

Der Winter schien ewig zu dauern, jeder Tag endlos zu sein, ohne erkennbaren Übergang zwischen Morgendämmerung und Einbruch der Nacht. Leander half Werner beim Isolieren des Schuppens und hörte sich dabei Vorträge an über Samthauben, Holzraslinge, Judasohren und Dunkelstreifige Scheidlinge. Im Frühling lief ihnen eine Katze zu und blieb als Dauergast. Gregor taufte sie aus unerfindlichen Gründen *Tante Ingrid* und rief sie auch noch bei diesem Namen, als sich herausgestellt hatte, dass es sich bei dem Tier um einen Kater handelte. Leander schnalzte mit der Zunge, wenn er den neuen Hausbewohner zu sich locken wollte, und dass dieser meistens lieber allein blieb, machte ihm nichts aus, weil er es verstehen konnte. Hedda fiel beim Fensterputzen von der Leiter und verstauchte sich den Fuß, Werner sägte sich so tief in die Hand, dass der Schnitt genäht werden musste, und Gregor überstand eine schlimme Grippe, die ihn für zwei Wochen ins Bett zwang und ihn abermals fast völlig verstummen ließ.

Ewald und Leander kamen ohne Blessuren im Sommer an, und dennoch waren sie es, die auch ein Jahr nach Merets Tod wie Rekonvaleszente in einem Sanatorium lebten, geduldig betreut von Schwester Hedda, die ihre Aufgabe als Bestimmung verstand, als Mission. So verging ein weiteres Jahr, zwölf Monate im erdabgewandten Universum der Geschwister Born, zweiundfünfzig Wochen aus Stille und kaputten Uhren, aus warmen Mahlzeiten und den Mysterien der Mykologie, dreihundertfünfundsechzig Tage aus zermürbenden Gedanken, durchwachten Nächten und ziellosen Spaziergängen, aus Himbeerkompott und in Essig eingelegten Austernseitlingen, aus tausend Anläufen, ein Buch zu lesen, aus toten Vögeln auf der Fußmatte vor der Haustür, aus Gesprächsfetzen und dem Betrachten verblassender Fotografien und vernarbender Wunden.

Und dann kam der September und Leanders achtzehnter Geburtstag. Man trotzte den gegebenen Umständen eine Feier ab, hielt ermunternde Reden und nannte das Leben eine stürmische Seereise und die Zukunft eine weite, offene Landschaft, die darauf wartete, dass Leander sie betrat. Ewald, erfüllt von hart errungener Zuversicht, sprach von Aufbruch und

Mut und den Verheißungen der Welt, nach denen Leander schon bald die Hände ausstrecken würde, und kündigte an, im Oktober seine neue Stelle in einer psychiatrischen Klinik anzutreten. Es gab polynesische Gesänge aus einem Kassettenrekorder, eine Torte mit achtzehn Kerzen und Marzipanpilzen und Sekt in funkelnden Gläsern. Nach Einbruch der Nacht, in die man sich mal redend, mal schweigend beieinandersitzend hatte gleiten lassen, holten Werner und Gregor eine selbst gebaute Erdkugel aus Draht und Papier unter dem Tisch hervor, die, von einer Flamme und heißer Luft getragen und von unausgesprochenen Wünschen begleitet, in die Dunkelheit des Himmels emporstieg und sich zwischen den Sternen verlor.

WINNIPEG LOGBUCH

Auszüge 8

Wir haben zwischen den Bäumen drei oder vier Männer gesehen, kurz nur und in großer Entfernung. Wir hören die Motoren von verborgenen Fahrzeugen. Schon lange haben die Kühe auf der Wiese den Kopf nicht mehr gesenkt. Der Hund, der sonst den Tag verträumt, hört nicht mehr auf zu bellen. Eine Handvoll Krähen kreist über dem Wald, die mögen nichts Fremdes.

Wir müssen ins Versteck, sagen die Alten, ins dunkle Loch unter der Scheune, zu den Kellerasseln und Weberknechten. Wir sollen ein paar Dinge vom Dachboden holen, Kleidung, Wolldecken, die Taschenlampe. Wir legen diese Seite zu den anderen unter die Bodenbretter. Dann gehen wir.

DER FUND
Triptychon

I
Theater

Das konnte etwas werden, dachte er, daraus ließ sich etwas machen. Er stand vor der Scheune, deren Tore geöffnet waren, und sah in Gedanken die Bühne und darauf seine Schauspieler und sich selbst. Er sah sich Anweisungen geben und Gesten vormachen, die er für wirkungsvoll und deshalb wichtig hielt. Im Geist hörte er sich mit Henning diskutieren, der wie immer eigene Ansichten zur Auslegung seiner Rolle hatte und den es mit stichhaltigen Argumenten zu überzeugen und nötigenfalls mit feinfühliger Autorität an die Rangordnung innerhalb der Gruppe zu erinnern galt. Henning Schulte mochte außerhalb der Proben ein Hirsch sein, auf der Bühne hatte er sich dem Diktat des Regisseurs zu fügen. Gut, sie waren ein Kollektiv, aber was aus diesen führungslosen Haufen, diesen Alle-sind-mal-Chef-Truppen in der Regel wurde, sah man landauf, landab, und er würde nicht zulassen, dass sein Projekt, an dessen Aufbau er so lange gearbeitet hatte, wegen ein paar selbstverliebten, drittklassigen Möchtegern-Brandos in die Brüche ging. Das hier musste ein Erfolg werden. Es musste. Sein letztes Geld hatte er in den Kauf des Hofs gesteckt. Sie würden hier drei Monate lang proben und im Herbst mit dem Stück Premiere feiern, das alles war von langer Hand geplant und durfte weder von Disziplinlosigkeit noch von internen Machtkämpfen gefährdet werden. Oder von Unfällen, schoss ihm durch den Kopf, als er die Scheune betrat und nach oben blickte, wo an Seilen Eisenhaken hingen, unter dem Dach, dessen Stabilität er plötzlich anzweifelte. Feuer. Das Wort versetzte ihm einen Schlag in die Magengrube. Der riesige Bau bestand aus Holz und Heu, das brannte innerhalb von Minuten bis auf das bröcklige Steinfundament ab, eine Zigarette reichte, ein fallen gelassenes Streichholz. Rauchverbot. Silke musste noch heute ein Schild malen. Oder besser gleich zwei, für jeden Eingang eines. Und noch eines für innen. Silke war gelernte Reklamezeichnerin, hatte eine schöne Schrift. Schön und lesbar, darauf kam es an. Jetzt nannte sie sich Werbegrafikerin, dachte er, aber das war für ihn Jacke wie Hose. Er hatte sie in der Truppe haben wollen, weil sie mit wenig Aufwand, also für wenig Geld ein Bühnenbild aus dem Ärmel zaubern konnte. Und weil er mit ihr schlafen wollte.

Er stellte sich in die Mitte dieser Landwirtschaftskathedrale und drehte sich langsam um die eigene Achse. Er fühlte Ergriffenheit und eine Mischung aus Verantwortungsgefühl, leiser, sehr leiser Vorfreude und Stolz. Leider war da auch Angst, eigentlich nacktes Entsetzen. Seit er den Hof erworben hatte, spürte er ein Ziehen in den Gedärmen und einen unangenehmen Druck im Kopf und im Bauch, als wären beide mit Luft gefüllt, die nicht entweichen konnte, als handele es sich um etwas Schweres, ein Gas, das sich stetig ausdehnte, aber nie so sehr, dass es ihn bersten ließ. Dieses Gas, das vielleicht flüssig war, dachte er und stellte es sich als dunkle und doch leuchtende Masse vor, dieses Gas hatte die Fähigkeit, ihn in einem Moment schweben zu lassen und ihn Sekunden später hinabzuziehen und seinen Leib schwer zu machen, so schwer, dass er kaum noch einen Fuß heben und sich bewegen oder klar denken konnte. Panik. Das war das Kind beim Namen genannt. Wer konnte es ihm verübeln? Wenn man es rational betrachtete, wenn man seine Situation nüchtern analysierte, dann war nur natürlich, dass er sich sorgte. Dass er kaum noch schlief, war nachvollziehbar, dass er kaum noch aß, völlig verständlich. Mit seinen letzten zusammengekratzten Ersparnissen hatte er sich diesen Bauernhof ans Bein gebunden wie einen Klotz, hatte dieses Theaterprojekt vorfinanziert, ein Lebensmüder, der sich, das Wasser bis zum Hals, Steine in die Manteltaschen stopfte. Er wollte lachen über diesen Vergleich, aber er atmete nur heftig ein und zuckte zusammen, als ein bohrender Schmerz in sein Zwerchfell fuhr. Geld geliehen hatte er sich auch, aber daran wollte er jetzt nicht denken.

Er wollte an Silke denken, an ihre Lippen und an ihre schweren Brüste, die er einen Herzschlag lang gesehen hatte, als er in die ungeheizte Garderobe getreten war, ohne anzuklopfen und ohne unredliche Absicht, als er in diesen halbdunklen kalten Raum hinter der Bühne dieses abgewrackten Provinztheaters geplatzt war, wo sie das Nebennebenrollenkostüm ausgezogen hatte, als er diese Tür aufgestoßen und gleich wieder geschlossen hatte, um Silke nicht in Verlegenheit zu bringen, sie keinesfalls zu bedrängen und sie so wissen zu lassen, dass er keiner dieser Deckskerle war, dass er sie als Schauspielerin, als Frau und Mensch schätzte und warten konnte.

Nachdem er sich einmal um sich selbst gedreht hatte, sah er zu Boden. Jetzt keine Panikattacke. Ruhig atmen, befahl er sich. Unter seinen Schuhen war fester Lehm, in hundert Jahren, ach was, zweihundert Jahren hart geworden wie Beton. Alles war weiß gesprenkelt, Hühnerkacke. Stroh lag herum, bildete Häufchen in den Ecken. Da und dort, groß wie Kaffeebohnen, Ziegendung. Das Ganze roch nicht unangenehm, sagte er sich, ländlich eben. Und das hatte er ja gewollt, ein Leben auf dem Land. Gemeinsam proben, essen, vorher kochen, natürlich auch gemeinsam. Oder vielleicht sollten das doch die Frauen … Aber darüber konnte man ja noch reden. Abstimmen, falls die Sache sich als wichtig genug erweisen würde. Obwohl ja eigentlich er das Sagen hatte. Wer zahlt, befiehlt. Herrgott. Er konnte schon die Proteste hören, das Gemaule von Jens und Ottmar, den beiden Spät-Marxisten. Die wollten alles teilen, das Vermögen, über das sie nicht verfügten, den VW-Bus, der ihnen nicht gehörte. Vielleicht auch noch die Frauen? Aber nicht mit ihm, nicht mit Beerbaum. Wer finanziert, leitet. Das klang besser als bezahlen und befehlen. Zufrieden setzte er sich auf einen Strohballen, was sich gut anfühlte, in der

Härte genau richtig, etwa so, wie er sich die kommenden Wochen vorstellte: nicht allzu bequem, dafür ungewöhnlich und herausfordernd. Und gleichzeitig bereichernd und stärkend. Seine Härte würde er die Gruppe nur spüren lassen, wenn schlampig geprobt würde, wenn der Einsatz fehlte, die Bereitschaft, alles zu geben. Von einigen würde er mehr verlangen, von anderen weniger. Von einigen erwartete er Professionalität und Routine, von anderen eisernen Willen und Herzblut. Henning musste liefern statt labern, Silke durfte sich herantasten. Immerhin traute er der Begabten, aber Unerfahrenen die erste richtige Rolle ihres Lebens zu, fast eine Hauptrolle. Und für das Bühnenbild, wenn auch ein rudimentäres, weil temporäres, war sie ebenfalls zuständig. Malen konnte sie, schauspielern konnte sie lernen. Sie besaß Talent, ohne Frage. Sie würde diese Doppelbelastung meistern, davon war er überzeugt. Und falls sie strauchelte, war er da, um sie aufzufangen.

Er lächelte, legte sich auf den Rücken und sah hoch in den Dachfirst. Bleiches Licht drang durch die Glasziegel, die ohne erkennbares System zwischen den Tonziegeln verlegt worden waren. Spinnweben, überall. Er stellte sich vor, wie eins der Tiere mit seinen haarigen Beinen auf sein Gesicht fiel, und setzte sich auf. Irgendwo lachte jemand, eine Frau, dann ein Mann. Das klang nach Doris und Ottmar. Er fragte sich, worüber sie lachten, konnte aber nicht hören, was sie sagten. Sie haben gute Laune, sagte er sich dann, sie freuen sich, hier zu sein, mit den anderen, mit ihm, Lutz Beerbaum, der sie alle aus dem Schatten der Bedeutungslosigkeit ins helle Scheinwerferlicht führen würde. Sie spürten die Energie dieses Ortes, deswegen lachten sie, voller Vorfreude und Aufregung.

Er trat ins Freie und blickte über die Felder. Das alles gehörte ihm. Ihm und den Leuten, denen er Geld schuldete. Nicht an diese Leute denken, sagte er sich. Nicht an Feldkamp und nicht an Dietz und nicht an Schröder. Vor allem nicht an Schröder. Die positiven Schwingungen aufnehmen, das Karma der Weite und Stille. Neben dem Wohnhaus gab es einen Garten, dort konnten sie Gemüse anpflanzen, so schwer war so etwas nicht. Johanna wusste Bescheid, ihre Eltern hatten einen Bauernhof gepachtet, bevor der Vater an einem Steilhang vom eigenen Traktor zerquetscht worden und die Mutter in die Stadt gezogen war. Einen Traktor gab es hier nicht, den hatte man mit den anderen Gerätschaften versteigert. Gut so, dachte er, Henning, Jens und Ottmar hätten damit nur Unfug getrieben, womöglich wäre auch jemand zerquetscht worden. Er ging ein paar Schritte. Der eigene Grund und Boden unter den Füßen fühlte sich gut an. Seine Stimmung hob sich ein wenig.

Wo waren eigentlich alle? Vermutlich noch immer im Haus, wo sie sich nach der Ankunft um die besten Zimmer gestritten hatten wie Halbwüchsige in einer Jugendherberge. Das beste, größte und hellste hatte er bereits vor Tagen bezogen, das daneben für Silke reserviert. Er hatte ihren Namen auf ein Blatt Papier geschrieben, möglichst sorgfältig, und an die Tür gehängt. Doris und Johanna teilten sich ein Zimmer, ebenso Jens und Ottmar, das ging nicht anders und war im Fall der beiden Pseudo-Marxisten nur folgerichtig. Henning war der ausgebaute Dachboden geblieben, wo die vier armen Kinder gehaust hatten. Zuerst hatte der Herr Schauspieler protestieren wollen, das war ihm anzusehen gewesen, aber dann hatte er sich in sein Schicksal gefügt und sogar davon geschwärmt, wie großartig es sei, ganz oben zu sein und seine Ruhe zu haben. Seine Ruhe und keinen über sich, so hatte er es formuliert, ein kaum verhohlener Hinweis darauf, dass er sich auch in der Rangordnung weit oben sah, als Co-Regisseur, als Dramaturgischen Leiter, als was auch immer. Anmaßend. Alles geriet bei Henning Schulte anmaßend. Gut, wenn sich diese Überheblichkeit auf seine Rollengestaltung beschränkte, wenn dieses übersteigerte Selbstbewusstsein seiner Arbeit auf der Bühne zugutekam, dann, ja, dann war man vielleicht geneigt, ihm seine Charakterschwäche zu verzeihen, man hätte an die Großen der Zunft gedacht und ein Auge zugedrückt, aber so … Beerbaum schüttelte den Kopf und sah zum Haus, auf das sich der Abend senkte. Friedlich musste das auf den unbeteiligten Betrachter wirken, beinahe idyllisch. Nicht auf ihn freilich, der so verstrickt war, so angekettet an seine Verpflichtungen. Einatmen. Ausatmen. Innehalten. Das Abendrot bewundern. Schröder ausblenden, Schröder und die Geschichten um Baseballschläger und zertrümmerte Kniescheiben, als würde aus Filmen zitiert.

Der VW-Bus stand noch immer auf dem Vorplatz. Freie Bühne Beerbaum. Rote Schrift auf schwarzem Grund. Silkes Schrift. Wie oft hatte er Jens und Ottmar gesagt, das Fahrzeug, das Geld gekostet hatte, sein Geld, Schröders Geld, gehöre in die Scheune? Zweimal? Zehnmal? Was machten die alle im Haus? Kochen? Ihren Text lernen? War das Johanna am Fenster? Er trat gegen einen Reifen. Das machten Männer so. Frauen machten so etwas nie. Seine Zehen summten. Der Zündschlüssel steckte nicht. Johanna, wenn es Johanna war, möglicherweise auch Doris, hätte ihm zugesehen, wie er den Bus in die Scheune fuhr. Sie hätte sich gewundert, was er alles konnte, wofür er sich alles nicht zu schade war. Er stellte sich vor, wie er den Bus in die Scheune fuhr. Zuerst ein paar Meter zurück. Wie legte man den Rückwärtsgang ein? Das Getriebe machte einen Höllenkrach, wenn man sich verschaltete, das ging durch Mark und Bein. Jens verschaltete sich andauernd, es war ja nicht sein Getriebe, dessen Zahnkränze da geschreddert wurden. Es war Schröders Getriebe, rief er sich in Erinnerung und zwang sich gleichzeitig, an etwas anderes zu denken. Wie es wohl klang, wenn ein Baseballschläger eine Kniescheibe zertrümmerte? Falscher Gedanke.

Silke. Er wollte an Silke denken, während er eine letzte Runde über den Hof machte, an der Scheune und dem Stall vorbei, an den Feldern entlang zum Fluss und zurück. Das Wetter würde sich halten, Regen war erst für den Verlauf der Nacht angekündigt. Wenn der Bus dann noch immer draußen stand, musste er bei Jens und Ottmar endlich einmal härter durchgreifen. Das hier war ein seriöses Theaterprojekt, kein marxistisches Sommercamp. Hier waren Einsatz und Opferbereitschaft gefordert, auch von diesem Proletenduo. Gemeinschaftsgeist, seine Energie in den Dienst an der Sache stellen, darum ging es hier. Johanna musste er so etwas nicht erklären, nicht Johanna Dreesen. DIE Dreesen, in Kinofilmen verewigt, vor dem Medikamentenmissbrauch und dem Entzug ein Star, eine große Mimin, seine Geliebte, Muse, Seelenverwandte. Lange war das her, und lange schon hatten sie einander verziehen, sie ihm die Affären und er ihr die … wie sollte man es nennen? Die Verrücktheit? Das Neben-sich-Sein? Die Phasen? Egal. Es war die Summe aus allem, die beide in den seelischen und finanziellen Ruin getrieben hatte. Lange war es her, dass er sie angebetet hatte und sie ihn … ja, was eigentlich? Geschätzt? Gemocht?

Er blieb stehen und wischte ein paar schwebende Insekten beiseite. Die Felder, auf die er blickte, waren unbebaut und kahl. Vor der Versteigerung hatte es geheißen, das gute Ackerland könne mühelos verpachtet werden, aber mühelos, so hatte sich herausgestellt, lief in dieser Gegend überhaupt nichts. Der einzige Bauer, der Interesse bekundete, ein fetter, kurzbeiniger Kerl, dummdreist und schmierig, wollte ihn über den Tisch ziehen, wollte ihn, den ahnungslosen Städter, einseifen und den Pachtvertrag für einen Apfel und ein Ei erschleichen. Aber nicht mit ihm, nicht mit Beerbaum. Ob das jüdisch sei, dieser Name, hatte der widerliche Kerl sich zu fragen erdreistet und zur Antwort einen Stammbaum zu hören bekommen, der es in Sachen germanischer Verwurzelung jederzeit mit dem Familiennamen des elenden Schweinezüchters, Trimmel, Kurt Trimmel, aufnehmen konnte. Dem Kuhhirten war darauf keine Erwiderung über die Lippen gekommen, leider auch kein besseres Angebot. Und so blieben die Felder ungenutzt und brachten kein Geld. Beerbaum erinnerte sich, wie dieser Bauerntrampel fluchend zu seinem Rosthaufen von Auto gestapft und davongefahren war, und lächelte vor sich hin. Einen Atemzug später verschattete sich sein Gemüt bereits wieder beim Anblick einer Reihe auf die Spitzen eines Stacheldrahts gespießter Mäuse, Werk einer sadistischen Landjugend, vermutete er, bis er sah, wie ein Vogel einen Steinwurf entfernt der makabren Kette ein weiteres graues Fellbündelchen hinzufügte. Überall Tod und Willkür, dachte er. Dann riss er sich zusammen, verscheuchte düstere Vorahnungen ebenso wie eine Wolke aus Mücken mit einer heftigen Handbewegung und ging eilig weiter.

Am Fluss setzte er sich auf einen großen Stein und sah dem Vorbeiziehen des Wassers zu. Vielleicht hätte er Johanna das Einzelzimmer geben sollen, überlegte er. Vor vielen Jahren, einer halben Ewigkeit, hatte sie sich in einem angesehenen Theater mit der gesamten Leitung angelegt, weil die es gewagt hatte, ihr keine eigene Garderobe zur Verfügung zu stellen. Man hatte ihr zugemutet, den durchaus großzügig geschnittenen Raum mit einer Kollegin zu teilen, einer jüngeren Schauspielerin, einem aufstrebenden Talent, einer ehrgeizigen Konkurrentin. Die Dreesen war gekränkt, empört, drohte mit Vertragsauflösung, stellte Ultimaten. Eine provisorische Wand aus Spanplatten wurde eingezogen, zwei Drittel Raum für die Diva, ein Drittel für das Lehrmädchen. Das Lehrmädchen, das er bestürmt, jedoch nie erobert hatte, wie ihm einfiel. Eine der wenigen von ihm Bedrängten, die seinen Avancen nicht erlegen waren, die seiner Hartnäckigkeit die Stirn geboten hatten. Er seufzte. Bedrängt. Das war es gewesen. Er hatte die Frauen bedrängt, so selbstkritisch zu sein hatte er gelernt. Er seufzte erneut, länger und wehmütiger noch als zuvor. Die Therapie bei Dr. Wiesinger war bei der Ich-Befragung hilfreich gewesen, absolut, aber ohne die schonungslose Seelenentblößung, die er sich freiwillig auferlegt hatte, wäre er jetzt nicht da, wo er war. Und wo er jetzt war, war es gut. Er bückte sich nach einem Stein, schloss die Faust um ihn.

Es musste eben gehen mit Johanna und Doris. Eine Wand würde er jedenfalls nicht für sie einbauen. Die Zeiten, in denen Johanna Dreesen sich Exaltiertheit leisten konnte, waren vorbei. Das Comeback, das sie nach dem Klinikaufenthalt hatte feiern wollen, war zum Reigen zahlloser Vorsprechen geworden, zum demütigenden Klinkenputzen und Betteln um Nebenrollen in unbedeutenden Fernsehfilmen und Theaterstücken. Schon bald hatte sie sich mit ihm auf Augenhöhe befunden, ganz unten, knietief im Sediment aus Niederlagen und Verbitterung. Er schleuderte den Stein in die braune Flut. Am anderen Ufer hockte ein Tier, ein Feldhase, halb aufgerichtet starrte er herüber, die Ohren zwei Lanzenspitzen vor dem fahlen Himmel. Beerbaum hielt den Atem an und starrte zurück. Der Hase kaute an etwas, dann verschwand er in einem Busch. Das also war das Land, dachte er. Sein Herz pochte so heftig wie lange nicht mehr. Dass es noch da war und dermaßen für ein wildes Tier ausschlug, rührte ihn. Alles würde gut, davon war er in diesem Augenblick beinahe überzeugt. Johanna und Doris würden miteinander auskommen. Doris war bescheiden, vernünftig, gab lieber hundertmal nach, als sich ein einziges Mal durchzusetzen. So war sie, und solche Rollen spielte sie auch. Und sie war vor ihm sicher, weil nicht sein Typ. Ihn zogen die vermeintlich Einfachen an, die nach einer Weile so schwierig wurden, dass es das Beste für sie war, verlassen zu werden, die Suchenden, die nicht wussten, was sie zu finden hofften, die Anhänglichen, denen die Einsamkeit Angst machte und denen nichts unerträglicher war, als zu zweit zu sein, die Erwartungslosen, die auf den falschen Mann warteten, auf einen wie ihn.

Er sog Abendluft in die Lungen. Wie er seine Gedankenströme liebte, seine inneren Monologe. Mechanisch tastete er nach dem Notizheft, aber das lag wohl im Zimmer, in der Schreibtischschublade, deren Schlüssel er in der Gesäßtasche spürte. Manchmal, zum Beispiel jetzt, fragte er sich, warum er den Schauspielberuf aufgegeben hatte, die Bühne, das Scheinwerferlicht, den Applaus. Der letzte Vorhang nach nur einem Jahr. Die schlechten Kritiken allein hatten ihn nicht abtreten lassen, auch nicht die Aussetzer, die Versprecher und Stolperer. Das passierte jedem. Was vielleicht nicht jedem passierte, war ein versäumter Auftritt, weil man mit der Kostümbildnerin beschäftigt war. Weil man die Garderobentür abgeschlossen hatte und nicht mehr öffnen konnte. Weil man dafür verantwortlich war, dass die Tür mit der Axt zertrümmert werden musste, während der zweite Akt schon begonnen hatte, der Akt auf der Bühne. Eine Art Kichern entfuhr seiner zugeschnürten Kehle. Er krümmte sich auf dem Stein zusammen, schloss die Augen und wartete, bis das Stechen in der Brust nachließ.

Endlich erhob er sich, stellte sich auf den Stein und breitete die Arme aus. Eine Krähe im nahen Baum äußerte sich verächtlich. Er sprang auf die Beine und warf einen Stein in ihre Richtung. Sie spreizte nur träge die Flügel. Er wollte ins Haus, in sein Zimmer, sich sammeln vor dem Abendessen, vor seiner Ansprache und der langen Nacht. Da sah er noch ein Tier. Einen Hund. Nein. Zu klein, zu rot. Ein Fuchs musste das sein. In Berlin hatte er einen gesehen, erst vor ein paar Tagen, nachts, an den Müllsäcken eines Burger King, die fraßen ja jeden Dreck. Könnte doch jetzt Silke bei ihm sein, dachte er, als er einen zweiten Fuchs sah, der die Freilichtbühne von links betrat. Jetzt hätten Silke und er sich an den Händen gefasst, davon war er überzeugt. Spätestens jetzt wäre ihr klar geworden, die richtige Entscheidung getroffen zu haben, am richtigen Ort zu sein. Wie sehr hatte sie sich auf das Landleben gefreut, auf die Distanz zur lauten Stadt, auf die saubere Luft, die Bäume, den Garten. Und wie sehr hatte er sie in ihrem Verlangen bestärkt, von menschenleerer Weite geschwärmt, von nie zuvor gesehenen Sternen, fern der urbanen Lichter strahlend, und von Begegnungen wie dieser, bei der sich Fuchs und Hase Gute Nacht sagten. Beinahe zu viel, dachte er, beinahe zu fabelhaft. Ein Fuchs weniger hätte es auch getan, sagte er sich, ganz der Regisseur. Und doch war er unversehens voller Glückseligkeit und, endlich, Hoffnung.

Dann ging alles sehr schnell. Mit drei, vier Sprüngen waren die Füchse bei dem Busch, in dem sich der Hase verborgen hatte. Der Schrei der Beute klang wie ein Pfiff, lang gezogen, hoch und schrill. Die Krähe stürzte aus dem Baum, ihr Geflatter war ein Straucheln in der Luft. Beerbaum erstarrte. Sein Herz setzte aus, dann raste es. Auf der anderen Seite des Flusses ein Zerren und Schütteln, ein verbissenes Tauziehen, Bestie gegen Bestie. Zwischen ihnen der Hase. Was von ihm übrig geblieben war, zerriss mit einem schrecklichen Geräusch in zwei Teile. Dann Abgang der Füchse, jeder in die Richtung, aus der er gekommen war, jeder mit einem blutigen Fetzen im Maul. Beerbaum atmete ein und aus. Während die Sonne unterging, spürte er, wie ihm Kälte in die Glieder kroch. Zurück zum Haus, dachte er, unfähig, sich zu bewegen.

II
Tumult

Nach drei Tagen standen sie nirgends. Drei Tage Leerlauf. An jedem elenden Nachmittag fünf Stunden Gerede, dreihundert Minuten eitles, wichtigtuerisches Geschwafel, hohles, pseudointellektuelles Gequatsche, Politparolen und Gesellschaftskritik vom Hörensagen, angelesenes Fachwissen, fragwürdigen Publikationen entnommene und falsch wiedergegebene Zitate, Erinnerungsfetzen aus albernen Workshops und drögen Inszenierungen, Epigonenpalaver, Dilettantengelaber, Schauspielergewäsch. Dämmerung der Idioten. So konnte ein Lutz Beerbaum nicht arbeiten.

Rädelsführer war natürlich Henning, erst zurückhaltend formulierender Bedenkenträger, dann, am zweiten Tag, forscher Querulant und schließlich dreister Meuterer. Jens und Ottmar als seine treuen Gefolgsleute, zu Beginn abwartend, zuhörend, bald zustimmend, zu jedem Widerspruch nickend, jeden Schwachsinn begrüßend. Reichtum, VW-Bus, Autorenschaft, Regie, alles teilen. Das Stück hinterfragen, den Inhalt zur Diskussion stellen, seinen Sinn definieren und keinen wirklich relevanten finden, seine Notwendigkeit anzweifeln. Dem Stück die Dringlichkeit absprechen, um es am dritten Tag zu begraben. Sein Stück. Beerbaums Stück.

Die Frauen geduldig, besonnen, offen für alles, ganz die Durchlässigen, Reflektierenden, Beschwichtigenden, falls nötig Schlichtenden. Drei Mütter, sein Kind in den Armen wiegend, abwägend, ob sie es fallen lassen sollen. Die Proben am Küchentisch liefen zuerst noch gut, die Dialoge saßen, vor Wochen auswendig gelernt, damals von allen als großartig bezeichnet, als dicht und gewaltig, Beckett und Ibsen, auch Handke und Strauß blitzten durch, Dialoge am Puls der Zeit, da und dort ein wenig vulgär, aber eben echt, das hatte sogar Doris bemerkt, die Dauerbesetzung des Harmlosen. Dann die ersten Einwände, leise Kritik, rasch lauter werdend. Solidarität nur von Johanna, zumindest anfangs. Überzeugend ihre Unterstützung seiner Appelle an die Vernunft. Rückendeckung ihrerseits auch, als es um Wichtiges ging, um Elementares, die Einhaltung des Zeitplans, die Knappheit der Geldmittel, nicht zuletzt das Fehlen einer Alternative, das Nichtvorhandensein eines anderen Stückes, Himmel noch mal. Johannas halbherziger Beistand, als Beerbaum Henning der Unruhestiftung bezichtigte, der egomanen Selbstinszenierung und Selbstüberschätzung, des Verrats. Am Ende, als er, Beerbaum, tobte und drohte, ihre wortlose Weigerung des Schulterschlusses mit ihm, ihr ansatzloses Weichen von seiner Seite, schließlich ihr Überlaufen ins feindliche Lager, ihr von wegen man könne Henning doch mal anhören und dann diskutieren, abstimmen.

Auftritt Henning. Trommelwirbel, Fanfare, Scheinwerferlicht. Der Hirsch sprach, die Rehe lauschten. Zustimmendes Gemurmel von Jens und Ottmar, diesen postkommunistischen Sommerböcken ohne Geweih und Berufsehre. Warum, so röhrte der Kastanienäugige, einen, mit Verlaub, belanglosen Dreiakter einstudieren, wenn hier, genau an diesem Ort, ein Stoff förmlich darauf warte, von ihnen verarbeitet zu werden. Nichts für ungut, lieber Lutz, hatte der Umstürzler in die Runde posaunt, aber warum Szenen aus dem kläglichen Leben eines geschwätzigen Zynikers und Frauenverschleißers auf die Bühne bringen, wenn in diesen Mauern noch die Geister der Kommunenkinder hausten. Warum Stereotypen bedienen und dem Publikum ein 08/15-Stück zumuten, wenn man hier wahrhaftige Schicksale in Kunst verwandeln könne, Schicksale, die, ganz nebenbei, in den Köpfen und Herzen der Menschen noch immer präsent seien und aus diesem Grund sozusagen für sich selber warben und also auch für das Stück. Und – jetzt wurde er visionär – warum nicht die Scheune zum Theater umbauen und es hier aufführen, das Stück?

Das Stück. Beerbaum stieß ein bellendes Lachen aus. Es gab kein Stück. Es gab SEIN Stück. Eines über Kommunenkinder gab es nicht, das existierte nur in Hennings aufgeblähtem Kopf, wenn überhaupt irgendetwas Platz hatte neben dem überdimensionierten Ich, mit dem sein Narzisstenschädel vollgestopft war. Es gab sein, Beerbaums Stück, und es gab eine vage Idee, einen Anflug, einen Furz. Drei quälende Nachmittage lang hatte er jetzt schon versucht, aus diesem Hauch mehr herauszuspüren als warme Luft, mehr als diesen lauen Wind, den Henning machte, indem er redete, schon ganz Autor, und mit den Händen wedelte, schon ganz Regisseur. Fünfzehn Stunden lang, davon ein paar in der Scheune, ein paar in der Küche am großen Tisch, ein paar im Garten, hatte er, der sachliche Vernunftsmensch Beerbaum, sich zurückgenommen, zurückgehalten. Neunhundert Minuten lang hatte er allen zugehört, hatte Henning schwadronieren und Ottmar und Jens kommentieren lassen. Er hatte den drei Frauen im Garten dabei zugesehen, wie sie in den Beeten knieten und Samen in die Erde drückten, und hatte ihnen zugehört, als sie davon sprachen, den Kindern eine Stimme zu geben und den Erwachsenen eine Gestalt. Selbstverständlich konnten sie in beide Wesen schlüpfen, Kind und Mutter, mühelos. Sogar als Väter sahen sie sich, redeten mit tiefen Stimmen von aufgeklebten Bärten und maskulinen Gesten. Einfälle wurden herumgereicht wie Samentütchen. Die armen Kinder vielleicht als Puppen, Marionetten an den Fäden ihrer Erzeuger und Bewacher? Scherenschnitte, rief Doris, körpergroß, hinter einer Glaswand. Die Schatten ihrer selbst, nahm Johanna die Eingebung auf. Milchglas, trug Silke bei, erhitzt von Sonne und Mitspracherecht. Geistesblitze flogen, Erleuchtungen schienen auf wie Kometen. Und Beerbaum mittendrin im Wortgewitter, verstummt, zum tausendsten Mal bis hundert zählend, im Geist, um nicht loszuschreien, um seine Verwünschungen nicht hinauszubrüllen ins Licht der vergänglichen Tage, in die Antlitze der Abtrünnigen, die Fratzen der Verschwörer.

Eine Zeit lang gärte es nur in Beerbaum. Noch stand er am Zaun und hörte diesen Verrückten zu, lauschte mit einem Ohr diesen infantilen, weltfremden Wahnsinnigen, die sich wahllos aus dem Nichts ihres Gehirns geklaubte Wörter und unausgegorene Gedanken zuwarfen. Noch gab er sich alle Mühe, sein Explodieren zu verhindern, den großen Streit zu vermeiden und damit das Auseinanderbrechen der Gruppe, die Zerstörung seiner monatelangen Arbeit, die Vernichtung seiner Existenz. Still hatte er ausgerechnet, was ihn diese Revolte, dieser Aufstand der Zwerge kosten würde, hatte drei weitere Tage dazugeschlagen und noch einen Tag, an dem sich alle Gemüter beruhigen konnten. Verlorene Zeit, verlorenes Geld, nichts, was man sich als Investor wünschte, aber auch nichts, was einen wie Lutz Beerbaum zum Aufgeben zwang.

Aber dann, längst überfällig, der Knall. Sozusagen das gleichzeitige Reißen sämtlicher Geduldsfäden, die sich in seinem Körper gespannt hatten. Inzwischen waren sie in die Küche gegangen, verschwitzt, mit roten Köpfen und durstig. Beerbaum war ihnen gefolgt wie ein Hund, mit ihnen verbunden durch die Leine ihres irren Geplauders. Hatte Johanna, seine ehemalige Johanna, nicht gerade von lebenden Tieren auf der Bühne geschwärmt? Und hatte Silke, in der für sich entdeckten Rolle als kreatives Wunderkind aufgehend, diesen Einfall nicht begeistert aufgenommen und weitergeführt? Planten diese Schwachsinnigen nicht im Augenblick seines Ausbruchs, einen echten Misthaufen auf die Bühne zu schaufeln? Man könnte die Kinder vom Kampstedter Bruch doch in Scheiße waten lassen, hatte er durch das Rauschen in seinem Kopf zu hören geglaubt. Das Bild war von Jens gekommen, vielleicht auch von Ottmar. Es war ausgeschmückt worden, jeder rief einen Begriff in die Küche hinein und horchte auf ein Echo. Richtiges Wetter kam zur Sprache, Regen, der auf die Bühnenbretter fiel und zur Sintflut wurde, zum Weltuntergang. Technisch machbar, meinte Ottmar, Gartenschläuche mit Löchern, unter dem Dach hängend, die Kosten gering und sowieso nicht sein Problem, sondern das von Beerbaum, und der hatte doch bestimmt noch eine volle Schatulle. Zustimmendes Gejohle. Gelächter. Aufbruchstimmung herrschte in der munteren Runde.

Irgendwann, kurz bevor es Beerbaum zerriss, waren die Tiere tot und als Kadaver gestapelt, was irgendetwas ausdrücken sollte, den allgegenwärtigen Sensenmann, die gewesenen und zukünftigen Kriege, das Bauernhofsterben, Hennings Weltsicht als Theaterautor. Ob man Kühe ausstopfen könne, hatte Silke gefragt. War es da zu Beerbaums Eruption gekommen? Oder hatte er ihnen noch ein wenig länger vorgegaukelt, sie hätten seine Aufmerksamkeit? War es ihm auch in der Küche noch gelungen, sie im Glauben zu lassen, er denke über ihre Vorschläge nach? Hatte er noch am riesigen Holztisch, der scheinbar alle vereinte, so gewirkt, als sei er möglicherweise bereit, sein eigenes Stück zu begraben? Als sei er gewillt und in der Lage, ein neues, auf ihrem Mist gewachsenes, in gemeinsamer Anstrengung kommender Tage und Nächte erdachtes, im antiautoritären Schreibkollektiv der Theaterkolchose geborenes Stück zu finanzieren. Als hätte er, wie sie alle, den Verstand verloren und stürze sich mit ihnen frisch-fröhlich in den mühevollen, peinigenden und seelenentblößenden Prozess des Stückeschreibens. Als könnten er und dieser Haufen von Stümpern, Größenwahnsinnigen und tagträumenden Irren quasi über Nacht einen dramatischen Text verfassen, der, so Gott und alle Götter wollten, es irgendwie und irgendwann auf eine Bühne schaffen, ein Publikum finden und Geld einspielen würde.

Offenbar glaubten sie zu diesem Zeitpunkt tatsächlich noch alle, er würde sich der Mehrheit beugen, sich mit ihnen arrangieren. Bis ihm der Schädel barst, seine Lunge mit einem Schrei detonierte und ihm die Spucke aus dem Mund flog. Bis er mit der einen Hand eine Weinflasche vom Tisch fegte und mit der anderen einen Stuhl gegen die Wand schleuderte. Bis sein Haltet endlich die Fresse! von den Wänden hallte. Bis er sich auf Henning warf, ihn würgte und auf ihn einschlug, bis er sich mit ihm keuchend über den Tisch wälzte und dann auf dem Boden. Bis sie begriffen, dass er das gemeinschaftliche Erarbeiten eines neuen Projekts für keine so tolle Idee hielt, dass er gegen Milchglaswände und Scherenschnitte, gegen lebende und ausgestopfte Kühe, gegen Scheiße auf der Bühne und gegen künstlichen Regen war. Und dass er gerade den Verstand verloren hatte.

Am Abend saß Beerbaum auf seinem Stein am Ufer und starrte in den Fluss. Er hatte sich bei der Prügelei das Handgelenk verstaucht und die Schulter geprellt. Die Haut an den Knöcheln der rechten Hand war aufgeschürft, das linke Fußgelenk, das er sich beim Sturz vom Küchentisch verdreht hatte, surrte. Die Krähe hockte in ihrem Baum, ein spöttischer Trauergast. Er verfluchte sie wie den Käfer, der vor seinen Schuhen über den sandigen Boden kroch, eine schwarz glänzende Kreatur mit sechs

Beinen, sorglos, frei. Was war geschehen? Die Frage kreiste in seinem Kopf wie ein Greifvogel in der Luft. Nur dass es nichts zu greifen gab, nichts zu begreifen.

Kitten würde sich das nicht mehr lassen. Er hatte Henning die Schneidezähne ausgeschlagen, jedenfalls hatte es sich so angefühlt. Jemand hatte ihn, Beerbaum, an den Schultern gepackt und weggezerrt, vielleicht Jens. Oder eine der Frauen. Beerbaum vergrub das Gesicht in den Händen. Seine Nase tat weh, Henning hatte zurückgeschlagen. Man hatte ihn aus der Küche geworfen, aus dem Haus, seinem Haus. Er war hingefallen und eine Weile liegen geblieben, ein Raufbold in einem billigen Western.

Das Wasser kümmerte Beerbaums Elend nicht. Sein Dahinfließen war eine einzige Demonstration der Gleichgültigkeit. Hätte er am Ganges gesessen, wäre jetzt eine Leiche vorübergetrieben, nur um Beerbaums Vergänglichkeit zu illustrieren, seine Bedeutungslosigkeit. Beerbaum seufzte. Geweint hatte er schon, auf dem Weg zum Fluss. Wegen der Schmerzen im Fuß und in der Hand, redete er sich ein. Humpeln wie ein Invalide und kaum die Flasche aufschrauben können, wenn das nicht zum Heulen war. Den Brandy hatte er aus dem Kofferraum seines Autos geholt, die Flasche für Notfälle, eingewickelt in eine Wolldecke. Der restliche Alkoholvorrat befand sich in seinem Zimmer, gut versteckt hinter Büchern. Thomas Bernhard, Kurt Vonnegut, Arno Schmidt, Werke, die die anderen nicht anfassen würden, die zu anspruchsvoll waren, zu komplex, zu wenig beschissen einfach, kein Wort darin über Marionetten und gelochte Gartenschläuche und ausgestopfte Kühe.

Der Schnaps brannte in Hals und Bauch, aber er linderte nichts. Er machte die Sache nicht erträglicher und packte sie auch nicht in die wattige Hülle eines stumpfen Gefühls. Alles war so schrecklich und absurd und kläglich wie vor dem ersten Schluck. Beerbaum war am Ende. Nüchtern betrachtet war er erledigt, vernichtet. Und gedemütigt. Das war auf der Waage seiner Empfindungen kein geringes Gewicht. Am absteigenden Ast, auf dem er saß, wurde kräftig gesägt. Wie hatte es nur so weit kommen können? Wer hatte ein Interesse an seinem Sturz? Die Gedanken kreisten immer schneller. Das musste am Brandy liegen. Aus dem Greifvogel, Adler, Falke, Habicht, war eine Krähe geworden, zu blöde und träge, um zu jagen, tauglich allein zum Aufspüren von Aas. Diese Krähe hockte in seinem Schädel und pickte in totem Fleisch. Er sah, wie sie ein Auge im Schnabel hielt, ein kastanienbraunes.

Henning Schulte. Schlug man im Lexikon unter A wie aalglatt, anmaßend und arrogant nach, grinste einem die Visage dieses Schaumschlägers entgegen. Ebenso unter Banause, Bazille, Blender, Bluffer. Beerbaum suchte nach weiteren Einträgen in der Enzyklopädie seiner Verachtung, aber er konnte sich nicht konzentrieren. Er bewegte das verletzte Fußgelenk, öffnete und schloss die Faust. Die Sonne stand zwei Handbreit über dem Horizont. Es war still und noch immer mild. Er verfluchte den Tag, an dem er den Hof gekauft hatte, den Tag, an dem er Henning in seine Truppe geholt hatte, und den Tag, an dem er beschlossen hatte, Regisseur zu werden. Regisseur! Was für eine Zungenakrobatik nötig war, um dieses Wort, in dem die Scheiße schon mitschwang, überhaupt auszusprechen! Beerbaum nippte an der Flasche. Er fragte sich, ob nun alles zu Ende sei, und schüttelte den Kopf. Die Krähe nickte. Er musste an den Hasen denken, der vor seinen Augen in zwei Stücke gerissen worden war, an den Tumult in der Küche, an das Klirren der Gläser, das Krachen der Stühle und an das knirschende Geräusch, mit dem Zähne unter dem Druck seiner Faust zersplittert waren. Oder bildete er sich dieses Geräusch nur ein, jetzt, in dieser Ruhe, diesem Vakuum, dem Nachhall seines Kontrollverlusts? Die Krähe krähte, ein hässlicher Ton, bösartig und schneidend.

Trotz der Störung gelang es Beerbaum, an Silke zu denken. Sie verachtete ihn, davon war er überzeugt. Ein jähzorniger, gewalttätiger Mann, unfähig zur Diskussion, das war er seit der Prügelei für sie, jemand, der sich Regisseur nannte und schon bei der ersten Meinungsverschiedenheit ausrastete, ein Choleriker ohne jegliche Fähigkeit zum Miteinander, zum Austausch, zum Konsens. Er stand auf und trat gegen ein Stück Schwemmholz, einen Ast, der zersplitterte wie ein Knochen. Konsens! Er spuckte aus. Er war nicht in diese Einöde gekommen, um demokratisches Theater zu machen. Er hatte diesen Hof am Arsch der Welt nicht gekauft, um das hierarchielose Kollektiv zu feiern. Alle hatten sein Stück gelesen und sich bereit erklärt, die ihnen zugedachte Rolle zu übernehmen. Ihre Rolle, nicht das Kommando! Verträge gab es keine, natürlich nicht, das wäre ja spießig gewesen. Alles sollte ja ganz locker werden, mit Landleben und Gemüseanbau und Federball. Und ein bisschen proben, versteht sich, nachmittags, nach dem Yoga oder Meditieren oder was Doris auch immer vorgeschlagen hatte, um die gemeinsame Energie zu bündeln. Abends dann Gemüse schnippeln in der Gruppe, gemeinsam Essen, fleischlos, wegen des Friedens und der Gewaltlosigkeit, und über die Proben sprechen, dem Fazit des Regisseurs lauschen, also ihm, Beerbaum, der bis eben noch der Chef gewesen war, Der-Mann-der-das-Sagen-hat, der Verantwortliche, der Initiant, der Geldauftreiber, der Kerl, der geliefert war, wenn das Projekt den Bach runterging. Und das tat es gerade.

In der Ferne hörte er Türenschlagen, wenig später das Aufheulen eines Automotors, ein Schleifen und Hämmern. Ottmar fuhr den VW-Bus aus der Scheune, in die er ihn erst gestellt hatte, nachdem Beerbaum ihn tausendmal dazu aufgefordert hatte, ein Vorspiel zur heutigen Eskalation. Gingen sie? Verließen sie ihn etwa? Panik befiel ihn, er sprang auf. Für einen Moment drehte sich alles. Er warf die Flasche weg und rannte in Richtung Haus. Er musste sie aufhalten, musste mit ihnen reden, sie zum Bleiben bewegen. Anbetteln, falls nötig. Er stolperte, fiel hin und rappelte sich auf. Aufstehen, sich Stolz und Egoismus aus den Klamotten schütteln und Kompromisse schließen, das mussten sie, das war die Devise. Er rannte weiter, spürte den Schmerz im Fuß nicht mehr. Sie waren doch Freunde, sie mochten sich, schätzten sich. So einen Disput musste man doch vergessen können, abhaken. So eine kleine Rangelei durfte doch ihr Projekt nicht gefährden. Es war ausgeteilt und eingesteckt worden. Blut, Schweiß und Tränen. Waren das etwa nicht die Treibstoffe großer Vorhaben?

Als er auf dem Platz zwischen Scheune und Haus ankam, war kein Bus mehr zu sehen. Eine Staubwolke sank herab, ein Brummen erstarb. Sekunden später war nur noch Stille. Beerbaum wartete. Vielleicht fuhren sie ins nächstgelegene Kaff, setzten sich in eine Kneipe, lästerten über ihn und kamen zurück. Bestimmt kamen sie zurück. Die Gage, die er ihnen bezahlte, war nicht zu verachten. Alle hatten einen Vorschuss bekommen und bestimmt schon ausgegeben. Hatte Ottmar sich nicht von seinem, Beerbaums, also eigentlich Schröders Geld eine Brille gekauft? Und Doris. Die Cowboystiefel, in denen sie hier herumspaziert war, hatten neu ausgesehen, teuer, Schlangenleder, für die Vegetarierin nur das Ausgefallenste. Johanna hatte Schulden, das wusste er, und auch, dass Henning Alimente zahlte, für mindestens ein Kind. Und Jens, der hatte vielleicht Das Kapital gelesen, war aber ständig pleite.

Beerbaum ging ins Haus. Die Stühle standen wieder ordentlich um den Küchentisch. Jemand hatte die Scherben zusammengefegt. Im Wohnzimmer volle Aschenbecher und leere Flaschen, in der Küche schmutzige Teller und am Kühlschrank ein Zettel: FICK DICH! Beerbaum schluckte leer. Hier hatten sie nach den Proben, die diesen Namen nicht verdienten, noch zusammengesessen, ausgelaugt von den Debatten des Nachmittags, erschöpft von ihren Kämpfen mit dem Regisseur, dem festgefahrenen, auf seiner Vormachtstellung beharrenden Beerbaum, dem utopielosen Visionsverweigerer. Er ging durch das Haus, öffnete Tür um Tür, sah in verlassene Zimmer und ausgeräumte Schränke. Auf dem Dachboden nur der zerwühlte Futon, eine leere Weinflasche und zwei Gläser. Warum zwei? Der Gedanke streifte ihn und verflog. Und dann traf ihn die nächste Erkenntnis. Sie waren fort. Sie würden nicht zurückkommen. In Silkes Zimmer legte er sich aufs Bett und starrte, von ihrem Duft umwölkt, an die Decke.

Es dauerte eine Weile, bis er die Tragweite der Geschehnisse in ihrer ganzen Ausweglosigkeit erfasst hatte. Als es so weit war, tat sich ein Loch unter ihm auf, schwärzer und tiefer als jeder Abgrund, in den er jemals geblickt hatte. Er sah über den Bettrand und fiel.

III
Tragödie

Zwei Tage nachdem man ihn im Stich gelassen hatte, wollte Beerbaum weg. Die ganze Nacht war er wach geblieben in der leisen Hoffnung, sie würden doch noch zurückkehren. Aber niemand kehrte zurück. Auch am nächsten Tag nicht und auch nicht in der nächsten Nacht. Also beschloss er, ihnen zu folgen. Bestimmt hatten sie sich beruhigt und ihm verziehen. Bestimmt brauchten sie die Gage, so schnell würden sie kein Engagement finden, nicht diese drittklassigen Vertreter ihrer Zunft. Am Morgen trank er Kaffee und aß Zwieback. Dann setzte er sich in sein Auto. Als er den Zündschlüssel drehte, tat sich nichts. Nach ein paar Versuchen stieg er aus und öffnete die Kühlerhaube. Frauen und Motoren waren ihm ein Rätsel, aber sogar er sah auf den ersten Blick, dass da Teile fehlten. An einigen Stellen ragten ihm lose Kabel und Drähte entgegen. Ins offene Maul des Volvos starrend, schnappte er nach Luft, rang nach Atem. Sie hatten den Motor außer Gefecht gesetzt! Sie hatten dafür gesorgt, dass er hier festsaß, ihnen nicht folgen konnte! Sein Magen zog sich zusammen. So viel Bosheit, so viel Niedertracht. Ihm wurde schwindlig, seine Beine gaben nach. Er setzte sich neben dem Wagen auf die Erde. Erst jetzt bemerkte er die zerstochenen Reifen. Tränen stiegen ihm in die Augen. So viel Hass. Beerbaum schluchzte.

Irgendwann erhob er sich und ging ins Haus. In seinem Zimmer holte er eine Flasche Portwein hinter den Büchern hervor und nahm einen großen Schluck. Klebrig rann das Zeug die Kehle hinunter. Er setzte sich aufs Bett und trank mehr, aber auch davon schlug sein Herz nicht langsamer oder entkrampfte sich sein Magen. Den Portwein hatte er mitgebracht, um etwas zu feiern, Johannas Geburtstag in einer Woche, eine gelungene Probe oder einfach nur ihr harmonisches, kreatives Beisammensein. Auch ein schottischer Single Malt und ein zwölf Jahre alter Rum standen für solche Anlässe bereit. Anlässe, die es nun nicht mehr geben würde. Er ließ sich auf den Rücken fallen und schloss die Augen.

Als er aufwachte, schmiegte sich das portweingetränkte Hemd an seinen Bauch. Beerbaum fluchte und schleuderte die leere Flasche gegen die Wand. Der Schmerz im verstauchten Handgelenk erinnerte ihn an die Prügelei mit Henning. Zum Weinen fehlte ihm mittlerweile die Kraft, all seine Energie wurde von Selbstmitleid und Wut abgezapft. Was sollte nun aus ihm werden? Wie konnte es dieses undankbare Schmierentheaterpack wagen? Sollte er aufstehen, sich warm anziehen und zu Fuß losmarschieren? Wo war der nächste Ort? Wie weit war es bis zu einer Straße, wo es Menschen gab, Autos, Rettung? Er blieb liegen, krümmte sich zusammen, ein pummeliger, feucht-klebriger Fötus mit schütter werdendem Haar. Angst um sich selbst und grenzenlose Verachtung für die Fahnenflüchtigen fluteten in mal eiskalten, mal sengend heißen Wellen durch sein Innerstes. Würde er hier draußen sterben, verhungern? Warum hatte er Hennings Fresse nicht zu Brei geschlagen?

Irgendwann wälzte er sich aus dem Bett und taumelte ins Badezimmer, um sich zu waschen. Seine Nase war dunkel verfärbt, die Augen blutunterlaufen. Jemand hatte den Boiler ausgeschaltet, eine weitere Gemeinheit der Deserteure. Jede Berührung mit dem kalten Waschlappen ließ ihn erschauern. Auch nachdem er ein frisches Hemd angezogen hatte, fror er, also musste ein Pullover her. Draußen fröstelte ihn noch immer, es schien ihm, als sei plötzlich Herbst geworden. Er holte die Jacke aus dem Schrank und die neuen Schuhe, die robusten für die Spaziergänge über sein Land. Als er die Schnürsenkel band, liefen ihm die Tränen übers Gesicht. Er hatte in diesen Schuhen die Grenzen seines Reiches abschreiten wollen, begleitet von Silke, die hingerissen gewesen wäre von seinem Besitz.

Silke. War sie es gewesen, die mit Henning Wein getrunken hatte auf dessen Junggesellendachboden? Doris fiel weg, die passte ebenso wenig in Hennings Beuteschema wie in seines, Beerbaums. Johanna hätte sich niemals auf das Niveau dieses Kretins herabgelassen. Oder doch? Beerbaum eilte hinaus an die Luft. Nein, nicht Johanna. Außerdem war sie mehr als zehn Jahre älter als Henning, elf, um genau zu sein. Und Falten hatte sie und eine Reihe dritter Zähne im Mund, gerade mal Mitte fünfzig. Nein, mit Charlotte hatte dieser Don Juan für Arme bestimmt nicht Wein und Futon geteilt. Aber mit wem dann? Silke kam ja ebenfalls nicht infrage, die hatte schließlich ein Auge auf ihn geworfen, auf Beerbaum. Die Anziehung war gegenseitig, da bestand kein Zweifel. Es hatte Signale gegeben, unübersehbare Zeichen, Blicke, Gesten, Andeutungen. Beerbäumchen hatte sie ihn genannt, erst kürzlich und in diesem neckischen, gurrenden Tonfall. Da bahnte sich etwas an, entstand etwas Besonderes. Oder ging das alles gerade zu Ende, hatte es womöglich schon aufgehört? Jedenfalls war Silke weg, aller Wahrscheinlichkeit nach mitgezerrt von den anderen, verstört, verunsichert. Die Ärmste musste zerrissen sein von Kräften, die in ihrer anbetungswürdigen Brust stritten, Fluchtinstinkt und Herdentrieb einerseits, Bleiben, Versöhnung und Liebe andererseits. Bestimmt wäre sie geblieben, um Beerbaum beizustehen und zu verzeihen, ihm, dessen Fäuste nur Ausdruck seiner Hingabe fürs Theater waren, schlagende Beweise seiner unerschütterlichen Passion für die Bühne.

Wahrscheinlich hatte Henning einfach mehrere Gläser bei sich oben gehortet, das sah ihm ähnlich. Welche vernünftige Frau würde sich schon mit diesem Fatzke einlassen? Keine, urteilte Beerbaum. Die Sache mit den Gläsern war geklärt. Er atmete ein paarmal tief ein und aus, dann marschierte er los. Zum Fluss wollte er nicht, eine Brücke hatte er weit und breit nicht gesehen. Zur Straße also, immer den Zufahrtsweg entlang. Hatte der sich nicht unendlich hingezogen? Egal. Irgendwo musste ja jemand anzutreffen sein, ein Bauer am ehesten. Oder ein Wanderer, ein Liebhaber der Ödnis. Hätte er doch den Telefonanschluss freischalten lassen. Aber er hatte mit seiner Truppe absolut ungestört sein wollen.

Keine Ablenkung, gleich volle Konzentration auf das Wesentliche, sein Stück, die Inszenierung, die Arbeit, den Erfolg, die Anerkennung. Er fluchte laut, schrie in den Septemberhimmel, hören würde ihn sowieso niemand.

Als er auf die Uhr sah, waren zwei Stunden vergangen. Zwei Stunden ohne Hinweise auf Zivilisation, nur Strommasten in weiter Ferne, Abfall und ein eingestürzter Holzschuppen. Von der Straße war weder etwas zu sehen noch zu hören. Er überlegte, weiterzugehen, schätzte die Wahrscheinlichkeit ab, in der Dämmerung Scheinwerfer zu erkennen, vielleicht Licht in einem Haus. Er setzte sich auf einen umgestürzten Baum. Und was, wenn sich die Nacht herabsenkte und er mitten in der Finsternis stand, in exakt der absoluten Schwärze, von der er Silke vorgeschwärmt hatte? Wenn nicht einmal der Mond aufging, von dem ein wenig Helligkeit auf die Erde fiel? Wenn die Kälte kam und die Blindheit und die Anwesenheit von Tieren?

Beerbaum kehrte um. Der Magen war ihm schwer von heruntergeschluckter Wut. Es wurde schnell dunkel. Und kalt wurde es, die erste richtige Kälte des Herbstes. Ein Eishauch aus Sibirien, dachte Beerbaum in seinem Gulag. An einer Weggabelung, die er im Hellen nicht bemerkt hatte, wählte er die falsche Richtung und kam fünf Stunden später auf dem Hof an, wimmernd vor Unterkühlung und Erschöpfung und der Erleichterung, am Leben zu sein. Mit der letzten Gemütsregung, die er aufzubringen vermochte, freute er sich auf ein heißes Bad, nur um schlotternd festzustellen, dass der Zündmechanismus am Gasboiler ausgebaut worden war.

So nahm Beerbaums Niedergang seinen Lauf. Der Alkohol wärmte ihn, bis es keinen mehr gab. Am fünften Tag fing er an, Feuer im Kamin zu machen. Weil er kein Brennholz fand, suchte er in Stall und Schuppen nach Brettern und Latten, verheizte nach einer Woche liegen gebliebenes Stroh und einen Besen und am zehnten Tag einen Stuhl, den er mehrmals gegen die Wand schlug. Nach den Stühlen folgten Schranktüren und Regale und schließlich Bodendielen. Er schlief auf einer Matratze vor dem Kamin, eingewickelt in zwei Decken, angezogen und ungewaschen. Wie ihm die trüben Gedanken die Tage zur Hölle machten, ruinierten Albträume seine Nächte. Meistens lag er in der Dunkelheit seines Bettdeckenpanzers da, den Kopf eingezogen wie ein Gürteltier, und kämpfte gegen den Drang an, hinaus ins Freie zu rennen, über die Felder hinweg und in den Fluss. Je verzweifelter er wurde, desto leichter erschien ihm der Schritt ins Wasser. Es regnete seit Tagen, die Strömung wurde reißender, einladender. Oft stand er am Ufer und stellte es sich vor, das Ziehen, das Untergehen, das Rauschen, das Fortgespültwerden, die Stille unmittelbar vor dem Ende.

Der Junge aus der Kommune hatte sich ertränkt, oder etwa nicht? Er, Beerbaum, war dreißig Jahre älter, da konnte er sich doch wohl auch umbringen! Manchmal, wenn er neben dem Knistern des Feuers lag und an Selbstmord dachte, musste er kichern. So, dachte er dann, fühlte es sich also an, wenn man den Verstand verlor. Aber so gründlich, wie er über das Aufgeben nachdachte, dachte er auch über das Weitermachen nach. Ihm blieben Lebensmittel für mindestens fünf Wochen, rechnete er in einem helleren Moment seines düsteren, wiederkäuenden Brütens aus. Vor dem Eintreffen der anderen hatte er kistenweise Mehl, Reis, Fertiggerichte, Schokolade und alles Mögliche herangeschafft, um keine Zeit mit Einkaufsfahrten zu verschwenden, Zeit, die er zum Proben nutzen wollte. Eier, Fleisch, Gemüse gab es bei den Bauern der Gegend, auch wenn er diesen Trimmel natürlich boykottiert hätte. Jetzt ernährte er sich von Reis und Nudeln, die er in einem Topf auf der Glut kochte, von Haferflocken mit Wasser und Zucker, von Sardinen und Pralinen.

Tags ging er zum Fluss und sinnierte über den Tod und die Vorteile des Nichtmehrvorhandenseins, über seine gewaltigen Schulden bei Schröder, seine Zukunft, die eigentlich schon vorbei war, sein Fahrzeug, das er nicht zum Laufen brachte, seine Einsamkeit, sein schwindendes Haupthaar. Nachts kauerte er in seinem Zelt aus Decken, schlürfte gesalzene Reissuppe und erstellte im Geist eine Liste, die das Gute, Hoffnungstiftende in seinem Leben festhielt und nach drei Einträgen komplett war.

Stehaufmentalität.

Talent.

Silke.

Wenn er besonders niedergeschlagen war, strich er Silke wieder durch, kaum hatte er die fünf Buchstaben hingeschrieben. Manchmal ersetzte er Silke durch Chile oder Argentinien, irgendein Land, in das er auswandern konnte, fliehen. Aber konnte er das wirklich? Womit denn? Geld hatte er keins, und bei seiner Mutter unterkriechen wollte er nicht, das erlaubte sein Stolz ihm nicht. Eher sterbe ich, murmelte Beerbaum, womit er wieder beim Thema war.

Nach einem Monat hielt Beerbaum einen nackten Fuß ins Wasser des Flusses. Die Luft roch nach Winter. War noch Oktober oder schon November? Seine Uhr hatte vor Tagen den Geist aufgegeben, und Striche in eine Wand hatte er nicht geritzt. Seine Zehen krümmten sich in der eisigen Strömung. Es würde schnell gehen, mutmaßte er. Kälteschock, Kreislaufkollaps, Herzstillstand, so stellte er es sich vor. Eintritt ins göttliche Licht, plötzliche Wärme, Wiedersehen mit dem Vater? Eher nicht. Eher flussabwärts treiben. Nackt? Er erinnerte sich an Bilder von aufgedunsenen Tierkadavern in Bangladesch. Nein. Auf keinen Fall unbekleidet. Keine Rücksichtslosigkeit gegenüber Spaziergängern, keine Zumutung für die Mitarbeiter des nächsten Stauwehrs. Textilien hatten zudem den Vorteil, dass sie in nassem Zustand schwer wurden. Gut, dass er den dunklen Anzug dabeihatte. Und den passenden Mantel, reine Wolle. Er zog Socken und Schuhe wieder an und machte sich auf den Rückweg. Wie klar seine Gedanken waren. Er hüpfte, um den halb erfrorenen Fuß zu durchbluten, schlenkerte mit den Armen. Von Weitem betrachtet ein ausgelassener Mensch, dachte er, bevor ein gewaltiger Regen aus dem Himmel stürzte.

In der neunten Woche ging ihm das Feuerholz aus, sogar die Bücherregale, Schranktüren und Kommoden hatte er verheizt. Mit einer Brechstange, die er in der Scheune fand, stemmte er Bretter aus dem Dachboden. Zwischen den freigelegten Balken lagen Schlacke und vergammeltes Stroh. Beerbaum fand winzige Skelette, Mäuseschädel, rostige Nägel. Diele um Diele trug er hinunter zum Kamin. Wenn alles verbrannt wäre, würde er eine Entscheidung treffen. Dieser Vorsatz nahm Gewicht von ihm. Er streifte durch das Haus, fand in Doris' Zimmer ein Buch über Gandhi, unter Johannas Kopfkissen eine Postkarte aus New York, unleserlich bekritzelt, in Silkes ansonsten leerem Schrank ein einzelnes Söckchen, rot und zerknüllt, ein trauriger Anblick. Jens und Ottmar hatten Abfall hinterlassen, zerlesene Zeitungen und Magazine, Schmuddelhefte. Beerbaum verbrannte alles. Alles außer Silkes kleinem rotem

Strumpf, mit dem er etwas anstellte, wofür er sich hinterher maßlos schämte.

Im Kamin brannte es Tag und Nacht, Beerbaums Fegefeuer. Er dachte immer öfter an Gott, an Bestimmung und Strafe, an Schuld und Vergebung. Er wurde ein Kind, saß am Esstisch zwischen Vater und Mutter. Dann war der Vater weg, vorangegangen mit einem Schritt ins Leere. Beerbaum flüsterte zwischen den Decken. Vater. Das Wort, so lange nicht mehr ausgesprochen, klang fremd.

Beerbaum wurde schwach. Brach er eine Diele aus dem Boden, befiel ihn Schwindel. Seit sechs Wochen aß er Reis und Nudeln und Schokolade. Fehlten ihm Vitamine? War er an Skorbut erkrankt, ein Matrose auf dem Ozean des nahenden Wahnsinns, hager, taumelnd, mit blutendem Zahnfleisch? Das Haus eine Fregatte, Stück für Stück im eigenen Bauch zu Asche verbrannt? Was ihm durch den Kopf ging, was ihm den Schlaf und den Verstand raubte, war das schon das Delirium vor dem Abgang? Erlahmten seine Herzmuskeln, weil er kein Obst zu sich nahm, ersparte ihm die Mangelernährung den Gang in den Fluss? Der Gedanke amüsierte Beerbaum ebenso wie er ihn erschreckte.

Es geschah an einem Abend in der elften Woche. Das Haus war kalt, der Kamin hungrig. Die Diele, nahe an der Wand mit den Dachfenstern, ließ sich mühelos anheben. Das Seil in der von Schlacke und Stroh befreiten Öffnung hatte Ähnlichkeit mit einer eingerollten bleichen Schlange. Beerbaum bückte sich, ging in die Knie. Zwischen den Balken, neben dem Seil, lagen vergilbte, mit Schnur zusammengebundene Papierbündel, halb vermoderte Fetzen aus Zeitungen und Magazinen, gefaltete Blätter, von braunem, körnigem Staub bedeckt. Ein Taschenmesser fand er, zwei Bleistifte, eine Streichholzschachtel, drei Kerzenstummel.

Die Kinder, dachte Beerbaum. Die Namen hatte er vergessen, die Artikel damals nur überflogen. Die vier Kinder vom Kampstedter Bruch. Drei Jungen, ein Mädchen, daran erinnerte er sich. Es hatte verstörende Mutmaßungen gegeben. Berühmtheiten waren sie gewesen, ein Jahr lang oder länger, Kaspar Hausers im Scheinwerferlicht, Laborratten auf dem Seziertisch der Boulevardpresse. Figuren in einem Theaterstück, das nun nie geschrieben würde. Er fühlte so etwas wie Ergriffenheit, als er eine Murmel aufhob, die eins der Kinder in der Hand gehalten hatte. Er wischte den Staub von der kleinen bunten Glaskugel und steckte sie in die Hosentasche. Dann entfernte er das nächste Brett und fand es.

Er las die ganze Nacht hindurch. Dass das Feuer ausging, bemerkte er nicht, dass er fror, war ihm nicht bewusst. Am Morgen, im grauen Licht, das durch die Dachfenster fiel, konnte er sich nicht mehr bewegen. Sein Schädel fühlte sich schwer an, kalt und … Beerbaum suchte nach einer Metapher, die es traf … erobert! Erobert wie eine Insel, ein Land! Beim Aufstehen knirschten seine Gelenke. Es dauerte ewig, bis er unten war, steif wie das Brett, das er in die Glut legte. In der Küche kochte er sich Kaffee, für den er das letzte Pulver zusammenkratzte und den letzten Löffel Zucker. Summte er? Nein, da musste er sich verhört haben. Das verschnürte Papierbündel unter den fünf Kleiderschichten an den eingefallenen, fettlosen Bauch gedrückt, trat er ins Freie. Sein Wagen, die Lackierung stumpf und mit Herbstblättern beklebt, sah aus, als stünde er seit Jahrzehnten dort. Tat er das nicht? Beerbaum atmete Nebel ein, drückte das Kreuz durch. Er ging ein paar Schritte, die Augen zusammengekniffen wie in greller Sonne, ein tageslichtscheuer Vogel mit gestelztem Gang. Die Vorstellung seines Anblicks erheiterte ihn. Er stellte die leere Tasse auf die Kühlerhaube und ging los, staksig zuerst und langsam, dann immer schneller und federnder.

Am Fluss stand er eine Weile nur da und sah dem braunen, trägen Wasser beim Fließen zu. Mein nasses Grab wirst du nicht! Der Klang seiner Stimme machte ihm Mut. Er stellte sich auf den großen Stein. Die Spuren des Gemetzels auf der anderen Seite waren vom Regen weggespült worden. Die Krähe ließ sich nicht blicken. Beerbaum holte Silkes Söckchen aus der Hosentasche. Es schwamm ein Stück weit, bevor es in den Fluten versank. Er holte ein paarmal tief Luft, legte den Kopf in den Nacken. Irgendwo musste die Sonne sein. Mit der pelzigen Zunge fuhr er sich über die Zähne. Noch wackelte keiner.

Das Auto hörte er erst, als er fast wieder beim Haus war. Er versteckte sich hinter der Scheune und wartete, zählte das dumpfe Schlagen einer Tür und dann noch eins. Er spähte um die Ecke. Ein Amerikaner, goldfarben mit schwarzem Verdeck, Heckflossen, Bochumer Nummernschild. Zwei Kerle, ein großer im Anzug, ein gedrungener in Jeans und Lederjacke. Schröders Außendienstler. Beerbaum schluckte, damit ihm das Herz nicht aus dem Hals sprang. Was wollten die hier? Bestimmt waren sie nicht den weiten Weg hergekommen, um sich einen Eindruck von den Proben zu verschaffen.

Der Gedrungene ging in Richtung Haus, der Große kam auf die Scheune zu. Über allem stand ein leerer Himmel. Wie in einem Film, dachte Beerbaum und drückte das Blätterbündel an den Bauch. Im weichen Boden verursachten die Schritte der Männer kein Geräusch. Lautlos schwang die Haustür auf, mit leisem Quietschen rollte das Scheunentor zur Seite. Riefen sie seinen Namen, wurden Waffen entsichert? Glühend heiß blitzten die Stiche in Beerbaums Knien, als er losrannte, nach wenigen Metern bekam er fast keine Luft mehr. Wenn der Zündschlüssel steckte, würde er weitere Schmerzen abwenden können, vorerst. Fast knickte er ein, so teigig waren seine Beine geworden, so schwammig seine Lungen. Der Schlüsselanhänger ein Totenkopf, am Innenspiegel ein Madonnenbild, die Polster rot wie Blut. Beerbaum zog die Blätter unter dem Pullover hervor und warf sie auf den Beifahrersitz. Kaum bollerten die zwölf Zylinder unter der Kühlerhaube, kamen die Lederjacke und der Anzug herausgestürmt. Beerbaum legte den Schalthebel auf D, trat das Gaspedal durch und schlingerte über den Platz. Die Reifen drehten durch, Dreck flog auf beiden Seiten. Der Wagen schoss, eine enge Kurve beschreibend, auf den Weg zu, eine Rakete, Beerbaum der Astronaut, von der Fliehkraft ins Polster gedrückt, gelähmt. Für den Bruchteil einer Sekunde, einen Herzschlag nur, tauchte der Mann im Anzug in der Frontscheibe auf, dann gab es einen Stoß und ein Geräusch, blechern, knöchern, und die Aussicht war wieder frei, die Landschaft leer. Beerbaum fühlte sich klein und unendlich einsam, ein Hund in einer Kapsel im All. Er brüllte eine Melodie, schlug mit den Fäusten aufs Lenkrad ein. Seine Hose war nass, der Himmel eine Leinwand.

Beerbaum raste zurück in die Welt. Als er das erste Haus sah, den ersten Menschen, weinte er. Die Sonne brach durch, im Kofferraum rumpelten die Baseballschläger.

zwei / verteidigung der kröten

LINUS
Ein neues Leben
Oder
Wie man ein Anderer wird

Der Mann sah den Jungen in den Fluss steigen, traute aber seinen Augen nicht, weil es November war und er alt und kurzsichtig. Er konnte nicht rennen, im Krieg hatte eine amerikanische Kugel sein Knie zerschossen, und ins eisige Wasser wäre er ohnehin nicht gesprungen, nicht für einen Verrückten oder Selbstmörder. Es dauerte eine Ewigkeit, bis er am Ufer stand, da war der Kopf schon hinter der Flussbiegung verschwunden oder untergegangen. Niemand hielt sich bei dieser Kälte lange an der Oberfläche, schon gar nicht einer, der sterben wollte. Der alte Mann rief nicht, der Lebensmüde hätte ihn nicht gehört, und Spaziergänger gab es an diesem trüben, windigen Nachmittag keine. Eine Weile blieb er stehen, entlastete das schlimme linke Bein und starrte auf den grauen Strom. Schließlich bückte er sich und hob das Kleiderbündel und das Paar Schuhe auf, um es zur Polizei zu tragen. Da seine Wohnung in der Nähe der Wache lag, machte er dort Halt und las im Wohnzimmer den Brief des Jungen, der Anton hieß und dessen Worte nicht nach Verzweiflung und Hass klangen, sondern nach Erschöpfung und Einsamkeit, Gefühlen, die der alte Mann gut kannte. Nachdem er eine Tasse Tee getrunken hatte, machte er sich auf den Weg. Wäre der Anlass, zur Polizei zu gehen, nicht dermaßen traurig gewesen, er hätte sich zum ersten Mal seit Langern darüber gefreut, ein kleines nützliches Teilchen im Räderwerk der menschlichen Gesellschaft zu sein.

Linus glaubte, er würde sterben. Das Wasser war so kalt, dass es ihm beim Eintauchen den Atem nahm. Er hatte in der Badewanne geübt, minutenlang im eiskalten Wasser gelegen, nach Luft geschnappt, danach schlotternd vor dem Spiegel gestanden, mit blauen Lippen. Am Tag, an dem er seinen Tod zu inszenieren gedachte, war das Wetter so frostig, dass er stundenlang vergeblich auf einen Zeugen wartete. Er wollte das Vorhaben schon auf den nächsten Tag verschieben, als er den Mann sah. Trotz der großen Entfernung konnte Linus erkennen, dass es sich um einen Mann handelte, er trug Hut und Mantel und ging am Stock, langsam, mit rundem Rücken und schleppendem Schritt. Linus ließ etwas Zeit verstreichen, bis er sicher war, dass der Mann ihn entdeckt hatte, dann zog er sich bis auf die Unterhose aus, faltete die Kleidungsstücke zusammen, schob den Brief und die Kopien dazwischen und beschwerte alles mit einem Stein. Als der Mann nahe genug war, ließ Linus sich ins Wasser fallen, tauchte mit dem Kopf unter und wieder auf, rang nach Luft und strampelte mit den Armen und Beinen und gab sich der Strömung hin. Der Himmel war grau und tief, der Wind fuhr ihm ins Gesicht und in die nassen Haare, unter denen die Schädeldecke zu gefrieren schien. Er nahm einen weißen Reiher wahr, der am Ufer stand und ihm nachblickte. Für einen Moment war Linus überzeugt, dass er gleich, aller Kraft beraubt, untergehen und ertrinken würde. Die Kälte war eine Faust, die seinen Körper zerquetschte.

Hinter der Biegung zu seiner Linken stand das Gestrüpp mannshoch am sanft abfallenden Ufer. Dorthin musste er. Ein entwurzelter Baum ragte weit ins Wasser hinaus, er trieb genau darauf zu. Weiter hinten lag ein zweiter Baum, die letzte Möglichkeit, um sicher an Land zu kommen, aber er bekam den ersten zu fassen und zog sich aus der Strömung, bis er den schlickigen Grund unter den nackten Füßen spürte. Er wollte sich zusammenkrümmen, einrollen wie ein Igel, wollte die Angriffsfläche für den brennenden Schmerz verkleinern, der seine Haut mit Säure übergoss und ihn schüttelte, dass es ihm die Zähne aufeinanderschlug. Vom Laub verborgen, lagen die Plastikbeutel mit dem Rucksack, der Kleidung, den Schuhen und dem Handtuch auf der Erde. Der Tee in der Thermoskanne dampfte, als Linus, in das große Tuch gewickelt, den Verschluss abschraubte, um zu trinken.

Dann rollte er sich doch ein, lag auf dem Tuch im Dickicht, eine zitternde, in mehrere Stoffschichten gehüllte Kugel aus Fleisch und Blut, in deren Innerstem ein winziger, von drei Bechern Tee genährter Kern glühte und nach und nach ein wenig Wärme ausstrahlte. Er spannte und entspannte die Muskeln in den Armen und Beinen, rieb mit den in wollenen Fäustlingen steckenden Händen die Starre aus den Gliedern, und nachdem er so eine halbe Stunde hatte verstreichen lassen, erhob er sich, warf die nasse Unterhose in den Fluss, stopfte das Tuch in den Rucksack und machte sich auf den Weg. Der alte Mann war zur Polizei gegangen oder auch nicht. Falls er seine Beobachtung meldete, würde es eine Weile dauern, bis eine Streife am Fluss wäre. Trotzdem ging Linus nicht am Ufer entlang, sondern quer über den gefrorenen Boden eines umgepflügten Feldes und in einen Wald hinein, in dem es einfach war, unsichtbar zu werden.

Die ersten drei Städte waren trostlos, und doch fand sich in ihnen niemand Geeignetes, kein *Kandidat der Sterblichkeit*, wie Charles Dickens seinen Helden Oliver Twist zu Beginn des Romans nennt. Nicht einen einzigen gab es unter den Verlorenen, der infrage gekommen wäre, alle waren zu alt und zu groß, und die meisten waren trotz aller Gebrechen zu gesund, als dass sie in absehbarer Zeit tot umfallen oder in ihren Unterschlüpfen aus Pappe und Wolldecken nicht mehr aufwachen würden. Auch in der vierten Stadt gab es kaum minderjährige Obdachlose, jedenfalls sah er sie nicht auf den Straßen. Linus schämte sich seiner Beweggründe, wenn er durch die miesen Viertel strich, nachts in Hauseingänge, Hinterhöfe und verlassene Ladenpassagen spähte und sich in schäbige Parks und unter Brücken wagte, wo er aus sicherer Entfernung die Gesichter der in ranzige Schlafsäcke gewickelten Männer suchte. In seine Erleichterung, an diesen Orten keine Kinder anzutreffen, mischte sich mit jedem Fehlschlag auch ein Stück Enttäuschung und die Befürchtung, vielleicht niemals fündig zu werden. Wie fehl am Platz ein Vierzehnjähriger in dieser Welt war, gaben ihm die Obdachlosen immer wieder zu verstehen, wenn sie ihn in einer Mischung aus Argwohn und Erstaunen anblickten oder ihm etwas zuriefen, »Was hast du hier verloren, Jüngelchen?« etwa, oder »Suchst du deine Mutti, Bürschchen?«. Die aggressiveren der Männer rieten ihm, zu verschwinden, oder drohten, auf ihn loszugehen, wenn auch nur halbherzig, weil der Alkohol sie träge machte und sie froren und es oft nicht einmal schafften, auf die Beine zu kommen.

Am Morgen und Nachmittag war die Suche am ungefährlichsten. Bei Tageslicht, redete Linus sich ein, waren selbst die verlassensten und heruntergekommensten Gegenden einigermaßen sicher, dann konnte er die Obdachlosen schon von Weitem erkennen und ihr Alter abschätzen. Abends, wenn es dunkel wurde, tastete er ständig nach dem Messer in seiner Jackentasche, mit zittrigen Fingern, hoffend, es nie benutzen zu müssen. Er schlief kaum tagsüber, sondern immer nur zwischen zehn Uhr nachts und sieben Uhr morgens. In einem der besseren Viertel fand er schon bald ein Mietshaus, dessen Keller sauber und geheizt war und verwinkelt genug, um sich darin für ein paar Stunden zu verbergen. Mit dem über Monate gesparten Taschengeld seiner ehemaligen Pflegeeltern war er zu einem Trödler gegangen, in dessen Laden es neben gebrauchten Fernsehern und muffigen Teppichen und Mänteln auch Schlafsäcke gab, von denen er den besten gekauft, zu Hause in der Badewanne gewaschen und im Schrank versteckt hatte. Die Wolldecke, auf die er sich legte, hatte er am Tag seines fingierten Selbstmords vom Sofa genommen, das bestickte Kissen vom Polstersessel seiner früheren Pflegemutter.

Hungrig ging er nie schlafen, er aß vor allem Brot, das billige abgepackte, und Walnüsse aus Kilosäcken. Oft begnügte er sich den ganzen Tag mit Wasser aus einem Brunnen, das er in die Thermoskanne füllte und wartete, bis es nicht mehr eiskalt war. Manchmal wagte er sich in ein Lokal, wo es im Toilettenraum heißes Wasser aus dem Hahn gab und er sein Glück mit einem der Teebeutel feierte, die eine Seitentasche des Rucksacks füllten. Einmal pro Woche leistete er sich den Besuch eines Hallenbades, um zu duschen und einen Teil der Kleidung notdürftig zu waschen. Die öffentliche Bibliothek war ein guter Ort, um an heißes Wasser zu kommen und sich zwischen den Büchern die Knochen zu wärmen. Manchmal traf er dort auf Männer, die er tags zuvor in einer Gasse oder unter einer Treppe gesehen hatte, die ihn aber nicht erkannten. An einem

Tisch in der Bücherei las er die Meldung von seinem Tod und war ergriffen, wie viel Platz ihm die Zeitung einräumte und wie viel Wohlwollen man ihm entgegenbrachte. Er las auch ein Buch über Ernährung und trank danach jeden Tag ein Glas Wasser mit einer Vitamin-C-Brausetablette, um nicht an Skorbut zu erkranken wie früher die Seeleute.

Um in den Keller eines Mietshauses zu gelangen, wartete er in der Nähe der Eingangstür, bis ein Bewohner es betrat oder verließ. Kinder waren ihm am liebsten, die kümmerte es nicht, wer ein und aus ging. Hausmeister galt es zu meiden, ebenso Männer in Anzügen und ältere Frauen, denen lebenslanges Misstrauen das Gesicht zerfurcht hatte. Einmal wurde er in der hintersten Ecke eines Kellers von einem Mann erwischt, der die Polizei rufen wollte und ihn dann aus Mitleid laufen ließ. Ein anderes Mal fand ihn eine Frau, die etwas aus ihrem Kellerabteil holte. Sie weckte ihn und fragte ihn aus, und er erzählte ihr die vorbereitete Geschichte, in der er auf der Suche nach seinem verschwundenen Vater war. Während die Frau ihm zuhörte, standen ihr Tränen in den Augen, so überzeugend schilderte er sein ausgedachtes Schicksal. Sie bot ihm ein warmes Essen an, und als sie im Erdgeschoss waren, rannte er davon, hinaus in Kälte und Schneefall.

Er klaute nie. Kaufhäuser betrat er nicht, davon überzeugt, beim Hinausgehen als Ladendieb festgenommen zu werden, egal, wie leer seine Taschen waren. Sah er auf der Straße Polizisten, ging er weder schneller noch langsamer, ein Junge auf dem Weg zur Schule oder nach Hause. Die suchten nicht ihn, sagte er sich, sondern seine Leiche, und nicht hier, sondern weit weg im Metallrechen eines Stauwehrs oder in den Ästen eines in den Fluss gestürzten Baumes, falls man sich überhaupt noch die Mühe machte, nach seinen sterblichen Überresten Ausschau zu halten und sie zu bergen, um sie, auf wessen Wunsch auch immer, in einen Sarg zu legen und zu begraben oder einzuäschern.

Nachdem er in Frankfurt und später in Mannheim und Karlsruhe vergeblich die einschlägigen Orte abgegrast hatte, verließ ihn beinahe der Mut, doch dann, in Köln, schöpfte er neue Hoffnung. Der Junge war vielleicht sechzehn oder siebzehn, wirkte mit seinem klein gewachsenen, schmalen Körper aber jünger. Zum ersten Mal sah Linus ihn am Bahnhof, wo sich die Obdachlosen, die Trinker und Junkies versammelten. Mittlerweile war es tiefster Winter geworden und so kalt, dass die Taxifahrer in ihren Autos blieben und die Passanten das Gesicht vor dem schneidenden Wind schützten, indem sie den Kopf senkten und zwischen die Schultern schoben, was ihnen etwas Trotziges, Feindseliges verlieh. Die Kälte schien den zehn, zwölf Männern und zwei Frauen nicht viel auszumachen. Ein Mann trug nicht mehr als eine Hose und über einem Pullover eine Jeansjacke, die vollgekritzelt war mit Buchstaben und Symbolen wie eine Hauswand, einem anderen genügten Hose, Hemd und Jackett. Fast alle rauchten, hielten eine Flasche oder Dose oder einen Pappbecher in der Hand, und nur aus dem Becher des Jungen stieg Dampf auf. Sie unterhielten sich, tauschten kurze Sätze aus, selten lachte jemand oder wurde so laut, dass seine Stimme sich über die Geräusche des belebten Platzes erhob. Eine aus langer Abhärtung errungene Wachheit war ihnen eigen, eine Energie, die sich aus ihrer Bewegungslosigkeit speiste und aus ihrem vermeintlichen Gleichmut gegenüber dem Treiben um sie herum, das nur sehr wenig mit ihrem Leben zu tun hatte. Wären das Abgezehrte und die erst auf den zweiten Blick erkennbare Verwahrlosung nicht gewesen, man hätte sie kaum beachtet und keinen Bogen um sie herum gemacht wie um eine Gruppe von Rockern oder Spendensammlern der Heilsarmee.

Den Hund sah Linus erst, als er ein wenig näher ging. Der Husky lag auf einer Decke und schien zu schlafen. Zwei der Männer saßen auf dem Boden, mit Pappe gegen die Kälte geschützt. Die Hand des einen von ihnen verschwand im grau und weiß gesprenkelten Fell des Tieres, kraulte dessen Nacken. Plastiktüten lagen herum, Reisetaschen und zusammengefaltete Wolldecken. Eine Frau, die jüngere der beiden, saß auf einem Rollkoffer und drehte eine Zigarette. Sie bemerkte Linus als Erste und sah ihn so lange unverwandt an, bis er sich umdrehte und davonging.

Für den Rest des Tages ließ er die Gruppe und den Jungen nie länger als zehn Minuten aus den Augen. In sicherer Entfernung und vor dem Wind geschützt, sah er ihnen beim Nichtstun zu, beim Reden und Rauchen, der friedlichen Besetzung der zehn Quadratmeter Boden, die ihnen gehörten. Ab und zu wärmte er sich in der Bahnhofshalle auf, aß eine Scheibe

Brot und ein paar Nüsse, die er in der geschlossenen Faust gegeneinanderdrückte, bis sie zerbrachen. Weil er sich nicht auf den Boden setzen und riskieren wollte, von der Polizei kontrolliert zu werden, ging er umher, blätterte in einer aus dem Abfall gefischten Zeitung, studierte die Fahrpläne und sah immer wieder durch die große Glasfront nach draußen, um nicht zu verpassen, falls der Junge die Gruppe der Obdachlosen verließ. Während er die Reisenden beobachtete, kam er sich verloren vor, so fehl am Platz wie ein Außerirdischer. Dumm war er nicht, das wusste er, nur ungebildet, obwohl auch das nicht ganz stimmte, denn er fühlte sich lediglich im Rückstand, was das Lernen betraf, und zum Lernen blieb ihm ja noch Zeit, das ganze Leben lag noch vor ihm, eine Unzahl an Möglichkeiten, etwas daraus zu machen. Trotzdem beneidete er die an ihm vorüberhastenden Menschen, die so selbstverständlich Fahrkarten kauften und Ziele und Pläne hatten. Er hatte keine Ahnung, wie man sich Ziele setzte und Pläne schmiedete, er wusste nicht, wie man etwas in Angriff nahm, dessen Ergebnis in weiter Ferne lag. In Winnipeg hatten sie sich nie mit mehr beschäftigt als dem nächsten Tag und alles andere den Alten überlassen, den Zeitpunkt der Aussaat und der Ernte, den Tag der Schlachtung eines Tieres, die Auswahl der Dinge, die sie im Unterricht lernen, und derjenigen, von denen sie nichts erfahren sollten.

Alle seine Anstrengungen waren reduziert auf den Wunsch, sein altes Ich loszuwerden. Er wollte nicht bis an sein Lebensende *der Junge aus der Kommune* sein. *Das Aussteigerkind. Der kleinste und zerbrechlichste des Quartetts. Der Bemitleidenswerteste.* Einer der Journalisten hatte herausgefunden, dass sich Anton Matusek mit Linus von den Peanuts verbunden fühlte, und geschrieben, es sei erstaunlich, dass *der kleine Kerl* nicht Superman sein wollte, oder wenigstens Tim oder Asterix. Sogar Snoopy, der Hund aus den Schulz-Comics, der sich immerhin als Kampfpilot und Abenteurer sah, wäre nach Meinung des Redakteurs besser, erstrebenswerter gewesen als dieser Weichling mit der Schmusedecke.

Aber selbst wenn er sich für einen Helden entschieden hätte, für Superman, der die Welt rettete, indem er sie zurückdrehte und mit ihr die Zeit und so das Unglück ungeschehen machte, der ein Flugzeug auf die Schulter lud wie eine Kiste mit Äpfeln, selbst wenn er sich Batman genannt hätte oder Robin oder Flash Gordon oder Iron Man, wäre er immer Anton Matusek geblieben, der dem angeblichen Elend der Abschottung entkommen war, dem von der Presse erfundenen Schrecken der Geiselhaft, den man auf seine vermeintliche Leidenszeit ansprechen und befragen konnte und von dem man, wann immer man wollte, Bilder schießen durfte, die den gebrochenen Jungen vor dem Haus seiner Pflegeeltern in Heilbronn oder auf dem Weg zur Schule zeigten.

Draußen kam Bewegung in die Gruppe. Drei Männer gingen weg, verschwanden in der Menge, zwei andere machten sich auf den Weg zur Straße, wo Busse standen wie Hausfassaden mit leuchtenden Fenstern. Als der Junge und die ältere der beiden Frauen auf ihn zukamen, drehte Linus sich von ihnen weg und las die Schlagzeilen der Zeitungen und Magazine, die in der Auslage des Kiosks hingen, das fett gedruckte Marktgeschrei der Skandale, Katastrophen und menschlichen Verfehlungen. Auf einem Bild erkannte er den Mann, der Schauspieler gewesen und vor einer Weile Präsident von Amerika geworden war, auf einem anderen eine lächelnde blonde Frau, deren Name ihm nicht einfiel. In der Wohnung seiner ehemaligen Pflegeeltern, die jetzt vielleicht schon für einen anderen Jungen sorgten, hatten überall Zeitschriften herumgelegen, und manchmal hatte er in ihnen geblättert und wahllos einen Artikel gelesen, aber danach war es ihm immer so vorgekommen, als habe nichts vom Weltgeschehen mit ihm zu tun, keine Kriege, keine künstlichen Herzen, keine Königshäuser und schon gar keine Politiker, die so aussahen wie die Männer vom Jugendamt. Es tat ihm leid, dass die Buckelwale ausgerottet wurden, dass Flugzeuge vom Himmel fielen, dass es genug Raketen gab, um die Erde tausendmal zu zerstören. Es tat ihm sogar leid, dass Abba sich auflösen wollten, auch wenn er sich nichts inniger wünschte, als sich ebenfalls aufzulösen.

Der Junge und die ältere der beiden Frauen betraten die Halle und kauften an einem Stand zwei Schokoriegel. Während die beiden aßen und sich aufwärmten, versteckte Linus sich hinter seiner Zeitung. Als der Junge und die Frau wieder ins Freie gingen, zogen sie die Reißverschlüsse ihrer Jacken zu, steckten sich eine Zigarette an und gingen in der Kälte des Abends an ihrer Clique vorbei zur Straße, wo sie in den Strom der Passanten eintauchten. Linus folgte ihnen.

Die nächsten Tage verbrachte Linus damit, die Gruppe zu beobachten und dem Jungen hinterherzugehen. Er nannte ihn Toni, die Kurzform von Anton, damit er keinen Namenlosen beschattete. Um nicht immer gleich auszusehen, kaufte er sich zwei weitere Wollmützen in verschiedenen Farben und Formen, einen Schal und eine Sonnenbrille. Zum ersten Mal in seinem Leben stahl er etwas, nahm in der Garderobe der Bibliothek einen Regenschirm mit, unter dessen schwarzer Kuppel er sich verbergen konnte. Für die Verfolgungen gewöhnte er sich voneinander abweichende Arten des Gehens an, ein vornübergebeugtes Schlurfen, ein dumpfes Trotten, sogar ein leichtes Hinken hatte er im Repertoire. Etwa alle fünfzehn Minuten wechselte er die Gangart und die Mütze, nahm den Schal ab oder schlang ihn sich um den Hals, setzte die Sonnenbrille auf oder schob sie in die Manteltasche.

Blieb Toni stehen, blieb Linus ebenfalls stehen und betrachtete in plötzlicher Versunkenheit die Auslage eines Schaufensters, studierte einen hastig entfalteten Stadtplan, band einen Schnürsenkel, bog in einen Hinterhof oder eine Seitenstraße ab oder stellte sich in eine Gruppe Wartender an einer Bushaltestelle. Manchmal war die Frau bei Toni, dann schienen sich die beiden um nichts zu kümmern, schon gar nicht darum, wer fünfzig Meter hinter ihnen ging. Es kam vor, dass sie in einem Haus verschwanden und eine halbe oder ganze Stunde später wieder herauskamen. Es war jeden Tag ein anderes Haus, ein einziges betraten sie zweimal, ein gewöhnliches Mietshaus in einer gewöhnlichen Straße. Am ersten Samstag, den Linus mit Tonis Bespitzelung verbrachte, traf Toni einen Mann in einem Imbisslokal und trank ein Bier mit ihm und dann noch eins. Er war allein unterwegs, ohne die Frau, und er trug eine neu aussehende Jacke aus einem blauen, schimmernden Stoff, auf deren Rücken in roten Buchstaben COLLEGE aufgestickt war, ein Wort, dessen Bedeutung Linus nachschlagen musste. Nach dem dritten Bier verließen Toni und der Mann, der fünfzig oder sechzig Jahre alt sein mochte, das Lokal und gingen zu einem in der Nähe geparkten weißen Ford Taunus, dessen Kennzeichen Linus, nachdem der Wagen davongefahren war, in seinen Notizblock schrieb, ohne recht zu wissen, wofür.

Die Weihnachtszeit verbrachte Linus in der Wärme und dem Trubel von Kaufhäusern und in der Stille der Bibliothek, die Silvesternacht in einem Keller, wo er sich während des Feuerwerks vorkam wie ein Bunkerinsasse im Zweiten Weltkrieg, von dem der Geschichtslehrer so anschaulich hatte erzählen können, weil er als Kind zahllose Nächte unter der Erde verbracht und das Wummern der Bomben gehört und den bröckelnden Putz auf dem Schädel gespürt hatte. Linus musste an die Schule denken, in die er eigentlich gerne gegangen war, und daran, wie er fünfzehn Monate lang als Sonderling behandelt worden war, weil die Jugendbehörde in Heilbronn beschlossen hatte, ihn der versammelten Schülerschaft als eines der vier befreiten Kinder aus dem Kampstedter Bruch vorzustellen und bei den Kindern um Rücksichtnahme ihm gegenüber zu bitten, eine Strategie, die das genaue Gegenteil bewirkte und Linus von Anfang an zum Sonderling machte, zum ungebildeten, schüchternen Produkt eines von Verrückten durchgeführten Experiments auf dem Land. Um sich abzulenken und zu trösten, schrieb er im Schein der Taschenlampe einen Brief an Frida, einen von vielen, den er nicht abschickte, nicht abschicken konnte, da er ja eigentlich tot war.

Der Januar verging wie der Dezember, was die Beschattung von Toni betraf. Linus musste sich ein Paar Schuhe kaufen, weil das alte undicht geworden war und im Schneematsch und Regen eisiges Wasser durch die Ritzen drang. In einem Laden, der von Bratpfannen bis zu Vogelfutter alles Mögliche verhökerte, fand er gebrauchte Militärstiefel, schwarz und schwer, mit Sohlen, die abgelaufen noch immer zwei Finger dick waren. In einer Kiste lagen rote Perücken, und weil niemand ihn sah, setzte er eine auf und stellte sich vor einen der Spiegel, deren Rahmen mit Ornamenten verziert und mit Goldfarbe bemalt waren und die nur ein paar Mark kosteten. Toni war in einem Haus verschwunden und bestimmt noch eine Weile beschäftigt, womit auch immer. Linus legte die Perücke zurück und ging zur Kasse, um die Stiefel zu bezahlen. An der Wand hinter dem Tisch, der als Theke diente, hing ein Blatt Papier, auf dem in sorgfältiger Handschrift HILFE GESUCHT stand. Der Mann, der sein Geld nahm und seinen Blick bemerkte, sagte, die Stelle sei noch zu haben. Er war um die sechzig, korpulent und kahl, und seine Kleidung, bestehend aus Anzug, Strickjacke, Hemd und Fliege, sollte wohl den hohen Grad an

Korrektheit unterstreichen, den auch der helle, trotz der Warenflut übersichtliche Laden, das altertümliche Firmenschild und das ordentliche, von zwei Schaufensterpuppen in Hochzeitsgewändern dominierte Schaufenster ausstrahlten.

»Wie alt bist du?«, fragte der Mann und setzte eine Brille auf.

»Sechzehn«, sagte Linus mit möglichst tiefer Stimme.

Der Mann lächelte über die offensichtliche Lüge. »Von zu Hause abgehauen?«

Linus zögerte, dann nickte er.

»Ist die Polizei hinter dir her?«

Linus schüttelte den Kopf.

»Nimmst du Drogen?«

Linus schüttelte den Kopf noch heftiger, was den Mann zum Lachen brachte.

Als Linus eine halbe Stunde später in seinen neuen Stiefeln auf die Straße trat, hatte er eine Anstellung und ein Zimmer. Der Ladenbesitzer, Herr Bode, hatte ihm in wenigen Sätzen die anfallende Arbeit beschrieben und ihn dann, während das Schild mit der Aufschrift GESCHLOSSEN an der Tür hing, in den rückwärtigen Anbau geführt, wo die Waren gelagert wurden und sich ein winziger Raum befand, Linus' neue Bleibe. Die Bezahlung war nicht weniger mies als das fensterlose Kabuff, dafür konnte Linus nachts und in den Morgenstunden seine Aufgaben erledigen, die im Wesentlichen darin bestanden, die neu hereingekommenen Artikel zu erfassen, auf Beschädigungen zu prüfen und mit Preisetiketten zu versehen. Außerdem musste der Lagerraum regelmäßig gefegt und der Kleinlaster, der im Hof stand, einmal pro Monat gewaschen werden. Alles in allem Tätigkeiten, die Linus sich zutraute und von denen offenbar auch Herr Bode nicht annahm, sie könnten für den minderjährigen, schmächtigen Jungen zu anstrengend oder anspruchsvoll sein. Im Laden dürfe er sich nicht blicken lassen, hatte Herr Bode ihm noch eingeschärft, die Stelle gebe es eigentlich gar nicht, dafür neugierige Beamte und überflüssige Gesetze, Verträge und Steuern. Linus' Geschichte interessierte ihn nicht, er hatte nur einen Blick auf seine Unterarme werfen wollen, ein Wunsch, für den Linus keine Erklärung hatte. Danach waren sie zurück in den Laden gegangen, und Linus hatte von seinem neuen Chef drei Schlüssel erhalten, zwei für das Tor zum Hof und einen für die Sperrholztür seiner Behausung. Dann hatte Herr Bode dem Gehilfen die Hand geschüttelt und die Sache für besiegelt erklärt.

An einem Montag Ende Januar lief Linus hinter Toni her, bis sie das Gelände der Universität erreichten, eine Ansammlung einschüchternder Gebäude zwischen von Schnee geräumten Rasenflächen und Wegen. Studenten gingen rauchend und schwatzend umher, einige nur in Hemd und Pullover, als könnte ihnen die Kälte so wenig anhaben wie die Wucht der Institutsbauten, die Prüfungen und die Gedanken an ihre Zukunft. Über ihnen spannte sich zum ersten Mal seit langer Zeit wieder ein stahlblauer Himmel, Vögel kreisten darin, Tauben und Krähen. Auf einer der Wiesen, von einem halb eingesunkenen Schneemann beobachtet, warfen zwei Männer sich eine Frisbeescheibe zu. Linus blieb eine Weile stehen, dann eilte er Toni nach, gerade noch rechtzeitig, um ihn nicht ganz aus den Augen zu verlieren.

Wenig später betrat er den Flur eines schmucklosen Gebäudes und zuckte zusammen, als die Tür in seinem Rücken ins Schloss fiel. Unter den sirrenden Neonröhren wartete er und horchte auf Geräusche, auf Schritte, Stimmen. Irgendwann ging das Licht aus. Reihe für Reihe erloschen die Lampen, bis es auch zuhinterst im Gang dunkel war und nur noch die Schalter und Notausgangsschilder leuchteten. Linus zog die Handschuhe aus, holte die Taschenlampe aus dem Rucksack und knipste sie an. Links und rechts sah er Türen, gerade Zahlen auf einer Seite, ungerade auf der anderen. Im Raum hinter der ersten Tür stapelten sich Pappkisten und zusammengeschnürte Papierbündel, im zweiten fiel der Lichtstrahl der Taschenlampe auf einen Strauß Reisigbesen und Türme aus aufgerollten Gartenschläuchen und Plastikeimern. Die dritte Tür, an der ein Zettel mit der Aufschrift *Putzmaterial Rauchverbot* klebte, war verschlossen. Im nächsten Raum wurden ausgediente oder kaputte Matrizendrucker, Diaprojektoren und kistenweise Schwämme und Kreidestifte aufbewahrt, in einer Ecke lagen zerbrochene Atlanten und Einzelteile von Mikroskopen neben Reihen kalkiger Glasgefäße.

Die Tür mit der Nummer 5 flog gegen seinen Kopf, als Linus die Hand nach dem Griff ausstreckte. Er stolperte rückwärts und ließ die Taschenlampe fallen, erkannte im schwachen Licht einen Mann, der ihn für den Bruchteil einer Sekunde anstarrte und ihm dann etwas Unverständliches ins Gesicht schrie, einen Fluch oder eine in Speicheltropfen gehüllte Beleidigung, und der dann an Linus vorbeidrängte, den dunklen Flur hinunterrannte und ins Freie stürzte. Linus hob die Taschenlampe auf und rieb sich die Stirn, wo die Türkante sie getroffen hatte. Er blutete nicht, fühlte nur einen stechenden Schmerz über dem linken Auge. An die Wand gelehnt, holte er Atem, schließlich leuchtete er in den Raum hinein und betrat ihn.

Zu beiden Seiten türmten sich Tische und Stühle auf, ineinander verflochten reichten sie bis unter die Decke. Das helle Holz der Platten, Sitzflächen und Lehnen war zerkratzt und fleckig, das Metall der Beine von Rost gesprenkelt. Hinter dem ersten öffnete sich ein zweiter, bis auf ein Sofa und zwei Polstersessel leerer Raum. In seiner Mitte stand eine Lavalampe, deren waberndes Licht sich als farbige Wolken über die Wände und die Decke bewegte. Toni saß barfuß am Boden, seine Jacke und ein Schal lagen neben ihm. Er sah Linus aus schmalen Augen an, während seine Finger damit beschäftigt waren, einen verknoteten Schnürsenkel zu lösen.

»Was ist?«, rief er. »Wer bist du? Was willst du hier?« Er richtete den Blick wieder auf die Schuhe.

Linus antwortete nicht. Die Blasen in der Lampe bewegten sich, stiegen im Glaskörper auf und ab, trennten und vereinigten sich.

Toni gelang es nicht, die verhedderten Schnürsenkel zu entwirren. Er fluchte leise vor sich hin, dann hob er den Kopf und sagte: »Ich hab dich doch schon mal gesehen …« Er kniff die Augen zusammen. »Du bist der Typ, der mir nachläuft.«

Linus schüttelte den Kopf.

»Klar bist du der!«, rief Toni. »Was willst du von mir?«

Das Licht der Taschenlampe flackerte. Linus hatte vergessen, dass er sie in der Hand hielt, und schaltete sie aus.

»Ich hab dich was gefragt!«, brüllte Toni. Er riss ein letztes Mal an den Schnürsenkeln, dann warf er den Schuh gegen die Wand.

Ohne zu antworten, bückte Linus sich nach dem Schuh, hob ihn auf und zupfte den vom Schneematsch nassen Knoten auseinander, wie er es früher bei den Seilen und Schnüren auf dem Hof gemacht hatte, rasch und ohne hinzusehen. Keine halbe Minute später legte er den braunen Lederschuh vor Toni auf den Boden.

Toni betrachtete argwöhnisch zuerst den Schuh und dann Linus. »Kannst du nicht reden?« Er zog die Socken und die Schuhe an. »Bist du stumm, oder was?«

»Ich laufe dir nicht nach«, sagte Linus leise.

Toni erhob sich, stopfte das Hemd in die Hose und nahm den Schal und die Jacke vom Boden. »Klar tust du das«, sagte er. Seine Stimme klang plötzlich ruhig, fast gleichgültig. Er schlüpfte in die Jacke und wickelte sich den blauen Wollschal um den Hals. Dann packte er mit einer schnellen Bewegung Linus' Rucksack und stieß Linus zu Boden. Die Lampe fiel um und kollerte über den Beton. Toni öffnete den Rucksack und kippte den Inhalt aus, das in Papier eingewickelte Brot, den Stoffbeutel mit den Walnüssen, die Handschuhe, das Röhrchen mit den Brausetabletten, die Sonnenbrille, die beiden Mützen, die Geschäftskarte der Firma *Bode Import Export GmbH*, den Kugelschreiber, die nie abgeschickten Briefe. Er schüttelte den Rucksack, bis er leer war, dann betrachtete er ratlos die herausgefallenen Dinge, schob sie mit der Schuhspitze auseinander und hob schließlich einen der Briefe auf. Seine Lippen bewegten sich, als formten sie die gelesenen Wörter. Nach einer Weile warf er den Brief auf den Boden. Wie um klarzustellen, dass er die Macht dazu hatte, sah er in den Nussbeutel, leckte an einer Brausetablette.

Linus rieb sich das rechte Knie. Er starrte an die Wand, auf der rot und gelb schimmernde Wolken ineinander verschmolzen.

»Ich frag dich jetzt zum letzten Mal.« Toni machte einen Schritt auf Linus zu. »Was willst du von mir?«

Linus presste die Lippen zusammen. Plötzlich war er unendlich müde und den Tränen nahe.

Toni zündete sich eine Zigarette an, die er aus einer der Taschen seiner Jacke geholt hatte. Drei, vier Züge lang stand er nur da, sah auf Linus herunter, spielte mit dem Feuerzeug und wippte mit einem Fuß. Als das Licht im Flur anging und weit vorne eine Tür geöffnet und geschlossen wurde, trat er die halb gerauchte Zigarette mit dem Schuh aus. Die nächsten paar Sekunden horchte er auf ein Geräusch, ohne sich zu rühren.

»Ich weiß, was du willst«, sagte er, nachdem die Gangbeleuchtung mit leisem Klirren ausgegangen und niemand aufgetaucht war. »Du willst machen, was ich mache.« Er nickte, dann grinste er, als habe er gerade ein Geheimnis gelüftet. »Du willst einsteigen! Mitmischen!« Er stieß ein glucksendes Lachen aus.

Linus rutschte zur Wand und lehnte sich mit dem Rücken dagegen. Sein Knie tat kaum noch weh, trotzdem hörte er nicht auf, es zu reiben. Er sah zu Toni hoch, ohne den Kopf zu heben.

Toni kratzte sich am Kinn wie jemand, der nachdachte. Seine blonden Haare waren ein wenig länger als die von Linus, seine Augen eine Spur blauer. Ein heller Bartschatten glitzerte im Schein der Lavalampe, im linken Ohrläppchen ein geschliffener Stein.

»Hast du Erfahrung in dem Geschäft?«, fragte er nach einer Weile.

Linus schwieg. Einer seiner Handschuhe lag in der Nähe. Er griff danach und steckte ihn in die Manteltasche.

»Hast du schon mal einen bedient, einen Kerl?« Toni kickte mit der Fußspitze den eingewickelten Brotlaib in Linus' Richtung.

Linus nahm das Brot und hielt es mit beiden Händen fest.

»Was ist?«, rief Toni. »Hast du, oder hast du nicht?« Er trat gegen den Beutel mit den Nüssen, der über den Boden schlitterte und vor Linus landete. »Oder willst du nur zugucken?« Er lachte höhnisch, mit einem singenden, zum Ende abfallenden Klang. »Bist du ein kleiner Spanner? Ja?« Als Nächstes versetzte er dem Tablettenröhrchen einen Tritt, das Linus am Bein traf. »Von den Bullen bist du nicht. Und vom Jugendamt auch nicht, bist ja selber noch ein Kind.« Er wartete einen Moment, gab Linus Zeit, zu antworten, dann trat er ihm gegen den Oberschenkel, zuerst nur leicht, dann kräftiger.

Linus zog die Beine an und legte die Arme um die Knie. Als Toni noch fester zutrat, sprang er auf. »Lass mich in Ruhe!« schrie er, seine Stimme ein gellender, durchdringender Ton. Er bückte sich nach einer der beiden Mützen und stopfte sie in den Rucksack. Plötzlich weinte er, ein heiseres Schluchzen kam aus seiner Kehle.

Toni hörte auf zu grinsen, seine Miene wurde leer und ausdruckslos, flach vor Unverständnis. Je lauter Linus heulte, desto bestürzter schaute Toni ihm zu, sprachlos und offenbar hin- und hergerissen, ihm entweder nochmals einen Tritt zu verpassen oder die zweite Mütze zu geben. Linus wischte sich mit dem Ärmel über das Gesicht und zog Rotz hoch. Toni murmelte etwas Unverständliches, dann hob er die grüne Mütze und die Geschäftskarte vom Boden auf und hielt Linus beides hin, aber Linus drehte sich um, stolperte im Dunkeln zwischen den Tischen und Stühlen hindurch zur Tür, riss sie auf und rannte dann den Flur hinunter und hinaus ins Freie.

Der Februar begann und ging zu Ende. Linus verbrachte die Nächte mit der Suche nach kaputten Reißverschlüssen an Trainingsjacken, nach zerbrochenen Kaffeetassen, verbogenen Skistöcken, zerkratzten Schallplatten und nach Glasaugen, die aus den Köpfen von Spielzeugpuppen gefallen waren. Er klappte Regenschirme auf und zu, knipste Lampen an und aus und drückte die Tasten batteriebetriebener Minipianos, deren Töne ihn so irre machten, dass er nach zwanzig Tests eine Pause brauchte und sich einem anderen Artikel widmete, einem Plastiksessel etwa, den es aufzupumpen und nach undichten Stellen abzusuchen galt, oder einem Spielzeugauto aus Blech, das er, wenn die Aufziehmechanik funktionierte, zur Probe über den Betonboden rollen ließ. Beschädigte, nicht mit wenigen Handgriffen zu reparierende Ware legte er auf die Bretter eines Regals, das mit AUSSCHUSS beschriftet war und das Herr Bode jeden Morgen als Erstes inspizierte. Je nachdem, wie viel Defektes sich auf dem Regalbrett befand, begann Herr Bode den Tag gut oder schlecht gelaunt, und es geschah nicht selten, dass er noch vor dem Öffnen des Ladens, wenn Linus in seiner Kammer im Bett lag, laute Verwünschungen gegen die Hersteller und Lieferanten ausstieß und verbeulte Kochtöpfe und von Sprüngen durchzogene Vasen an die Wand schmetterte, unverkäuflichen Schrott, für den er von seinen Geschäftspartnern, so hatte er Linus erzählt, keine oder eine viel zu geringe Entschädigung erhielt, weil sich niemand für die Mängel verantwortlich fühlte, weder die Fabrikbesitzer noch die Zwischenhändler und erst recht nicht die Inhaber der Transportunternehmen, die die Stabmixer, Modellflugzeuge und Kuckucksuhren in Bodes Hinterhof abluden, wenn er den Kram nicht selber in seinem Laster von irgendwo herankarrte. Später, beim Anblick seines verschlafenen Gehilfen, der Glasscherben zusammenkehrte und die Einzelteile von Spielzeugrobotern und Kaffeemühlen in die Mülltonne warf, stand er stumm auf der Schwelle zum Verkaufsraum und gab sich geknickt.

»Das Leben als Einzelhändler ist hart«, sagte er dann trotzig. »Ich denke oft daran, alles hinzuschmeißen.«

Linus gab sich stets Mühe, großzügig zu sein und die Worte seines Arbeitgebers als Entschuldigungen aufzufassen, obwohl er wusste, dass es keine waren. An einen einzigen Morgen konnte er sich erinnern, an dem Herr Bode ein »Tut mir leid wegen der Sauerei« gemurmelt und er mit »Kein Problem, Chef« geantwortet hatte. Letztendlich war ihm egal, was Herr Bode machte, ob er nur den schadhaften Krempel an die Wand schleuderte oder gleich den ganzen Laden aufgab, er hatte sowieso vor, die Stadt und damit die *Bode Import Export GmbH* bald zu verlassen.

Er sah keinen Sinn mehr darin, sich an Tonis Fersen zu heften. Dass er ihn Anfang März gesehen hatte, war reiner Zufall gewesen. Toni hatte ein Hotel betreten, die schäbige Lobby einer Absteige mit dem irreführenden Namen *Windsor*. In seiner glänzenden blauen Jacke, mit federndem Gang und frisch gewaschenen Haaren war er hinter der Drehtür verschwunden, auf der eine goldene Krone und der Schriftzug *Royal Excellence* prangten, ein Hohn angesichts der zerschlissenen roten Stoffmarkise und der beiden auf Säulen stehenden Blumentöpfe, aus denen je ein erfrorener, von Kippen umkränzter Strauch ragte. Linus hatte sich in ein nahes Café gesetzt und bei einer Tasse Tee die Hoteltür beobachtet, aus der Toni eine Stunde später mit nassem Haar und einer Zigarette im Mundwinkel herausgetreten und im Gewirr der Passanten verschwunden war. Statt das abgezählte Geld für den Tee auf den Tisch zu legen und aus dem Lokal zu rennen, um Toni einzuholen und ihm ein weiteres Mal bis zu einem Mietshaus, einer Kneipe, dem Sozialamt, dem Laden, in dem Lebensmittel für Bedürftige abgegeben wurden, der Kirche, die Armenspeisungen durchführte, in einen Park oder zum Bahnhof nachzulaufen, war er sitzen geblieben, hatte dem Lichtwechsel vor den Fenstern zugesehen, dem Wirbeln des Schneeregens, den dick vermummten Menschen und dem Vergehen der Zeit, das er als ebenso beängstigenden wie tröstlichen, in erster Linie aber völlig belanglosen Vorgang betrachtete, da für ihn alles Zukünftige im dichtem Nebel der Ungewissheit lag.

In diesem Café gab Linus den Plan, sich ein fremdes Leben anzueignen, endgültig auf. Aus der Ferne war ihm der anonyme Junge als ideale Wahl erschienen, aber in der Sekunde, in der er seinen fast perfekten Doppelgänger von Angesicht zu Angesicht gesehen, seine Stimme zum ersten Mal gehört und seinen Geruch nach Nikotin, Rasierwasser und zu selten gewechselter Kleidung eingeatmet hatte, war ihm mit erschreckender Deutlichkeit bewusst geworden, wie abwegig, verwerflich und nicht zuletzt undurchführbar sein Vorhaben war. Einen allem Anschein nach gesunden, noch nicht einmal Achtzehnjährigen zu verfolgen und darauf zu hoffen, ihn baldmöglichst tot umfallen zu sehen, seine Papiere an sich zu nehmen, seine Leiche loszuwerden und an seiner Stelle zu leben, diese törichte Hoffnung war im Lagerraum der Universität plötzlich einer dermaßen überwältigenden Ernüchterung gewichen, dass Linus noch Stunden nach Tonis letztem Fußtritt, im Halbdunkel seiner Kammer in Bodes Laden liegend, nicht hatte aufhören können, zu weinen und das Scheitern seines idiotischen Unterfangens zu beklagen.

Mitte März hatte Linus sich noch immer nicht dazu aufgerafft, zu kündigen. Die Tage wurden zwar wieder länger und wärmer, aber die Nächte schienen unverändert ewig zu dauern, und oft fühlte sich der Regen wie Schnee an, der Frühling wie Winter. Herr Bode hatte die Wände von Linus' Kabuff mit Korkplatten gegen die Kälte isoliert, den Betonboden mit Teppichresten ausgelegt und ihm einen elektrischen Ofen hingestellt, hatte ihm ein fabrikneues Transistorradio, einen Föhn, eine Heizdecke und eine Dartscheibe mit Pfeilen geschenkt, er gestattete ihm die Benutzung seiner Waschmaschine und seines Trockners, legte ihm gelesene Zeitungen und Illustrierte vor die Tür und manchmal ein Stück Kuchen oder Wurst auf einem ausgemusterten Plastikteller mit aufgedruckten Disneyfiguren.

Als Linus am Ende des Monats verkündete, die Stadt verlassen zu wollen, reagierte Herr Bode so überrumpelt und durcheinander, dass Linus sein Vorhaben augenblicklich bereute und versprach, noch eine Weile zu bleiben. Trotzdem war Herr Bode untröstlich und setzte nun alles daran, Linus' Weggang zu verhindern. Er gab sein Wort, in den nächsten Tagen eine Dusche im Keller einbauen zu lassen, in der freien Ecke neben dem Trockner, damit Linus nicht mehr ins öffentliche Schwimmbad gehen müsse, und als er sah, dass Linus ins Wanken geriet, ging er mit ihm hinunter in die Waschküche, machte das Licht an und beschrieb wortreich, wie sich der muffige Raum mit den unverputzten Wänden und frei liegenden Leitungen in ein Luxusbadezimmer verwandeln würde, beschwor das Bild einer Duschkabine und eines Waschbeckens herauf und versprach eine neue Beleuchtung, einen Holzfußboden und eine ganze Batterie von Heizstrahlern, unter denen Linus sich, so behauptete Bode vollmundig, fühlen würde wie unter der Sonne Italiens.

Und so beschloss Linus zu bleiben, obwohl er nicht wusste, wozu eigentlich und wie lange noch, und obwohl er keine Ahnung hatte, wie die Sonne Italiens sich anfühlte. Er spannte weiterhin Schirme auf und klappte sie zu, hielt Vasen und Cognacschwenker gegen das Licht, um Haarrisse zu entdecken, zählte Lockenwickler ab, stellte sich auf Personenwaagen, untersuchte Bildbände über Hunderassen und englische Gärten auf eingedellte Ecken und fehlbedruckte Seiten, nahm russische Matrjoschka-Puppen auseinander und sah nach, ob sich in der größten tatsächlich neun kleinere befanden. Herr Bode ließ eine Duschkabine und ein Waschbecken einbauen, klebte ein Stück Linoleum auf den kalten Betonboden und hängte einen Blechkasten auf, hinter dessen Gitterabdeckung ein gewundener Stab glühte und Wärme abstrahlte, wenn man einen Schalter betätigte. Eine Lohnerhöhung gab es auch, jetzt hatte Linus nicht mehr zu viel zum Sterben und zu wenig zum Leben, sondern gerade genug, um sich ein bisschen mehr kaufen zu können als Brot und Nüsse und Teebeutel. Er blieb nicht nur in der Stadt und bei der Firma *Bode Import Export GmbH*, er blieb auch, wer er war, und fand sich damit ab, als jugendlicher Ausreißer ohne nennenswerte Vergangenheit in Herrn Bodes private Statistik einzugehen.

So näherte sich der Sommer und hockte eine Weile auf der Stadt wie ein brütendes Huhn auf dem Ei. Doch kaum waren den Leuten auf der Straße die klagenden Floskeln über die Hitze ausgegangen, trübten die Tage schon wieder ein und rutschten auf dem nassen Laub in den Herbst, der nun allen zu früh kam und erneut Grund zur Beschwerde lieferte, als sei jede Jahreszeit eine einzige Zumutung.

Erst nachdem es ein paarmal geschneit hatte und die Pfützen auf den Gehwegen zugefroren waren, hörten die Menschen im Bus und in den Läden auf zu jammern, als habe ihnen der eisige Wind die Sprache verschlagen oder als erinnerten sie sich voller Wehmut ans Schwitzen, an leichte Kleidung und Nächte bei offenem Fenster. Der Ofen in Linus' Zimmerchen knackte mit den Drähten seines Innersten, wie Ringo mit den Gelenken seiner Finger geknackt hatte, und verströmte einen Geruch nach Staub und Eisen, und im Freien roch alles nach dem Rauch aus den Kaminen und der Wolle des Schals, den man sich ums Gesicht wickelte. Dämmern in grauem Halbdunkel war der vorherrschende Zustand der Tage, nachts hörte Linus das Klirren der Kälte, wenn Eiszapfen von den Dachrinnen in den Hinterhof fielen und zerbrachen. Nach der Arbeit lag er oft wach in seinem Bett und dachte an Ulrike und Volker und daran, dass sie ihn gezeugt hatten, konnte sich aber keine Vorstellung davon machen, wie diese Sache vonstattengegangen sein sollte. Es dauerte bis kurz vor Jahresende, um genug Material zu sichten und Vermutungen durch Fakten, zufällig Aufgeschnapptes durch wissenschaftliche Erläuterungen und verschwommene Fantasiebilder durch die gestochen scharfen Farbfotos zu ersetzen, die er in den Schmuddelheften unter dem Fahrersitz von Bodes Lastwagen fand.

Als unbestreitbar feststand, dass Ulrike und Volker, die *Eltern* zu nennen Linus noch immer schwerfiel, etwas ähnlich Befremdliches getan haben mussten wie damals die Kühe und Stiere und die Böcke und Ziegen auf den Feldern Winnipegs, wusste er nicht, wie er mit dieser Erkenntnis umgehen sollte. Dass die Abbildungen in den Sexmagazinen ihn auf unerklärliche Weise erregten, die medizinischen Beschreibungen in den Büchern hingegen nachhaltig verstörten und die Vermengung von alldem mit der Erinnerung an seine Mutter und seinen Vater ihn nachts schier um den Verstand brachte, bewies seiner Meinung nach auf drastische Weise, wie aussichtslos es war, dieses Thema in absehbarer Zeit und in seiner ganzen monströsen Gesamtheit zu erfassen, geschweige denn zu begreifen. Deswegen und weil er sowieso nichts daran ändern konnte, nahm er halbwegs gelassen hin, ein Unwissender zu sein, der dumme

Kuhhirte, als den ihn seine Mitschüler bezeichnet hatten, und wenn er im Schutz der Nacht und der mit dicken Korkplatten beklebten Wände die Frauen betrachtete, die alles Mögliche an bisher für unmöglich Gehaltenem mit ihren Körpern anstellten, ließ er seine Hand unter der Bettdecke erledigen, was ihr sein unwissendes Hirn befahl, und fühlte sich dabei gut und frei und gleichzeitig elend und gefangen, wie für alle Ewigkeit in diese Zelle gesperrt, eingemauert mit diesen Bildern und seiner mechanischen Hand, mit Schirmen und Vasen und Trainingsanzügen und aufziehbaren, den Wahnwitz der Welt beklatschenden Affen aus bunt lackiertem Blech.

Am letzten Tag des Jahres 1983 schenkte Herr Bode seinem Gehilfen hundert Mark und eine Kiste mit Feuerwerkskörpern, die nicht verkauft worden waren. Kurz vor Mitternacht ließ Linus ein paar Raketen in den Himmel steigen, allein, weil sein Chef irgendwo mit Freunden feierte, und ging dann zum Bahnhof, wo er insgeheim hoffte, Toni anzutreffen, den er seit fast einem Jahr nicht gesehen hatte. Aber weder der Junge noch die Frau, die oft mit ihm zusammen gewesen war, stand auf dem Platz vor dem noch immer weihnachtlich geschmückten Gebäude, aus dem johlende und taumelnde Menschen herauskamen und sich für einen chaotischen Augenblick mit den grölenden und torkelnden vermischten, die hineingingen. Der Mann und sein Husky saßen auf ihrem Stück Pappe, umringt von vier Kumpanen, die den Rutsch ins neue Jahr offensichtlich ausgiebig begossen hatten und noch immer ihre Flaschen schwenkten, als hätten sie Anlass, in die kommenden zwölf Monate mehr Hoffnungen zu setzen als in die vergangenen.

Eine Weile wartete Linus etwas abseits der Gruppe, und als Toni nicht auftauchte, ging er zurück in seine Unterkunft. Weil er nicht schlafen konnte, setzte er sich in der Halle an den Tisch und öffnete ein Paket mit fünfhundert Taschenrechnern aus China, die in schwarzen Kunstlederetuis steckten und deren Funktion er prüfte, indem er sie mit Batterien zum Laufen brachte und 15 minus 12 rechnen ließ, sein Alter minus die Jahre auf dem Hof, die sorglose Kindheit subtrahiert vom Rest seines bisherigen Lebens. Das korrekte Resultat war 3, und zu seiner Überraschung gab es unter den ersten fünfzig Geräten kein einziges mit Mängeln. Es brauchte weitere fünfzig, bis bei einem keine Zahlen aufleuchteten, egal, welche Tasten er drückte. Linus legte es weg, löschte die Lampe, die sich wie ein langhalsiger Vogel über die Tischplatte beugte, und ging ins Bett.

Es war kurz vor vier Uhr morgens, als an die Tür des Lagerraums gehämmert wurde. Zuerst glaubte Linus, er habe geträumt, aber nachdem er sich aufgesetzt und ein weiteres Hämmern gehört hatte, zog er Hose, Pullover und Pantoffeln an, machte Licht und ging, noch halb im Schlaf, durch die Halle zur Metalltür, auf der die Schläge wie weit entferntes Donnergrollen klangen.

»Wer ist da?«, rief er und hielt die Luft an, lauschte. Eigentlich konnte nur ein einziger Mensch um diese Zeit hier auftauchen, überlegte er, Bode, der möglicherweise zu viel getrunken und die Hausschlüssel verloren hatte. Er hängte die Kette aus und schob einen der drei Riegel zurück, als er eine dünne Stimme hörte und ein erneutes, leiseres Klopfen.

»Wer ist da?«, rief er noch einmal, jetzt lauter. Das Ohr ans kalte Metall gelegt, horchte er, aber es blieb still bis auf das Surren der Leuchtstoffröhren. Er wartete, zählte stumm bis sechzig.

Bode hatte sich draußen hingesetzt und war eingenickt, sagte er sich dann, und dass Einbrecher bestimmt nicht anklopften. Er schob den letzten Sicherheitsriegel zurück und steckte den Schlüssel ins Schloss, zögerte aber noch, während seine nackten Füße in den Pantoffeln kalt wurden und er sich vorzustellen versuchte, wie er seinem mindestens einhundert Kilo schweren Chef die Treppe hoch in die Wohnung helfen musste. Er hätte sich mit einem Skistock oder Schirm bewaffnen sollen, ging ihm noch durch den Kopf, aber da hatte er den Schlüssel schon zweimal gedreht und die Tür geöffnet.

Es war nicht Herr Bode, der Linus geweckt hatte.

Toni lag auf dem Bauch, sein rechter Arm war abgewinkelt und die Faust geschlossen. Das Blau seiner Jacke schimmerte schwarz in der Dunkelheit des Innenhofs. Linus ging in die Hocke, und als er ihn vorsichtig auf den Rücken drehte, entfuhr Toni ein Ächzen, ein heiseres, kaum hörbares Röcheln. Das Blut sah Linus erst, als die Jacke aufklaffte und das Licht aus der Halle auf das getränkte Hemd und das T-Shirt fiel. Er zuckte zurück, kippte nach hinten und landete auf dem Rücken. Ein eisiger Wind wehte, im Himmel leuchtete eine Handvoll Sterne.

Linus erhob sich und schnappte nach Luft, plötzlich hellwach. Dann holte er aus seiner Kammer eine Wolldecke, auf die er Toni wälzte, um ihn in die Halle zu ziehen. Nachdem er die Tür zugemacht und verriegelt hatte, nahm er ohne nachzudenken die zweite Wolldecke vom Bett und legte sie so über Toni, dass nur noch Kopf und Füße hervorschauten.

Anschließend setzte er sich hin und betrachtete den Bewusstlosen. Er fand, dass Toni mager geworden war, seit er ihn das letzte Mal gesehen hatte, mager und bleich und grau, und dass sie sich trotzdem noch immer sehr ähnlich sahen, ähnlich genug jedenfalls. Er zog die Decke ein wenig nach unten und suchte in den Jackentaschen nach einem Ausweis und fand eine Packung Zigaretten, ein Gasfeuerzeug und die völlig zerknitterte Geschäftskarte der Firma *Bode Import Export GmbH*, die erklärte, woher Toni Bodes Adresse hatte. Er drehte die Karte um und las die mittlerweile ausgeblichenen Nummern von Buslinien und Namen von Haltestellen in der Nähe, die Bode damals in seiner peniblen Handschrift notiert hatte für den Fall, dass Linus *den Weg nach Hause* nicht mehr fand. Die restlichen Jackentaschen waren leer, auch die beiden mit Reißverschluss. Einer Eingebung folgend, zog er Toni die Schuhe aus und fand, eingeschlagen in dünnen Stoff, zwei Bündel Geldscheine, unter jeder Einlegesohle eines, zusammen vierhundert Mark. Der Ausweis steckte in durchsichtiger Plastikfolie. Sein Papier fühlte sich rau an, die Schrift war im Versteck blass geworden, aber leserlich geblieben.

Simon Bräker.

Linus flüsterte den Namen.

Geboren am dritten Februar 1965. Drei Jahre, dachte Linus, das würde funktionieren. Das Foto war vor Jahren aufgenommen, Simon darauf jünger. Sie glichen sich wie Zwillinge. Er musste nur die Haare wachsen lassen, überlegte Linus, in zwei, drei Monaten würden sie Simons Länge haben.

Er erschrak, als Simon nach Luft rang und sein Brustkorb sich hob. Die Bauchwunde schien noch zu bluten, nicht stark, aber stark genug, dass der Fleck auf dem Hemd und dem T-Shirt sich vergrößerte. Das war die Gelegenheit, dachte Linus, wieder ruhiger geworden. Sie lag vor ihm, buchstäblich in Griffweite, er musste nur warten, einfach tatenlos dasitzen. Simons Herz erledigte alles, pumpte das Blut aus seinem Körper und beendete schon bald dieses Leben, das sowieso einen kläglichen Eindruck machte, einen noch kläglicheren als Linus' eigenes Leben.

Er würde ihn in die Wolldecke wickeln und im Handkarren zum Rhein bringen, die Strecke war er schon oft gegangen, etwa achthundert Meter. Die Kälte war gut für sein Vorhaben, ebenso der Wind und der Regen. Noch besser wären Minustemperaturen und Schnee gewesen, dann würde sich gar niemand mehr nach draußen wagen, nicht um vier Uhr morgens. Er würde der Leiche Backsteine an Arme und Beine binden, mit Nylonschnur, die sich im Wasser nicht auflöste. An einer Stelle gab es einen Bootssteg, wo er endete, war der Fluss tief.

Danach würde er eine Weile warten und dann in der blauen Jacke mit dem aufgestickten COLLEGE die Stadt verlassen und in einer anderen zum Sozialamt gehen, Simon Bräkers Ausweis herzeigen und sagen, man solle an der alten Meldestelle Bescheid geben, dass er weggezogen sei, dass es ihm gut gehe und er ein neues Leben beginnen wolle, dass man sich keine Sorgen um ihn zu machen und sich nicht mehr um ihn zu kümmern brauche, nie mehr.

Er betrachtete den liegenden Jungen, der sein Bruder hätte sein können. Er dachte an sein neues Leben mit dem neuen Namen, und als er einatmete, bekam er fast keine Luft. Er erhob sich, rannte in den Laden, schloss die Tür zum Büro auf und rief die Nummer des Krankenhauses an, die Herr Bode in seiner sauberen Schrift zuoberst auf eine mit NOTFALL betitelte Liste geschrieben hatte. Dann setzte er sich neben Simon, steckte das Geld zurück in die Schuhe und wartete.

Einen Tag später war Simon Bräker außer Lebensgefahr. Wer ihn mit dem Messer verletzt hatte, konnte oder wollte er nicht sagen, weder nach dem Aufwachen noch am zweiten Tag, als es ihm besser ging. Linus war im Rettungswagen mitgefahren und im Krankenhaus geblieben, bis man ihm sagte, Simons Zustand habe sich stabilisiert. Als ein Arzt ihn nach seinem Namen gefragt hatte, war Linus davongerannt und mit dem Bus zu Bodes Laden gefahren, um seine Habseligkeiten zusammenzupacken und die Nacht im Keller eines Nachbarhauses zu verbringen statt in seiner Unterkunft, wo jederzeit die Polizei auftauchen und noch mehr Fragen stellen konnte. Drei Tage nach dem Angriff wurde der Täter gefasst, laut Zeitungsmeldung ein vierundzwanzigjähriger Stricher, drogensüchtig, vorbestraft wegen Körperverletzung und geständig. Linus traute sich erst ein paar Tage später wieder ins Krankenhaus, wagte es aber nicht, am Empfang nach Simons Zimmernummer zu fragen. Er blieb in einer Ecke der Eingangshalle sitzen und beobachtete die Obdachlosen vom Bahnhof, die Simon besuchen kamen, auch die Frau, die oft mit ihm unterwegs gewesen war. Irgendwann lief Linus ihr vor dem Haupteingang über den Weg, und bevor er sich davonmachen konnte, packte die Frau seinen Arm und ließ ihn nicht mehr los. Sie sagte, sie wolle mit ihm reden, und weil ihr Griff so fest und er von den Nächten auf dem harten Kellerboden so müde war, ging er mit ihr in ein Café auf der anderen Straßenseite.

Die Frau stellte sich als Eva vor. Sie erzählte, sie lebe in einer Wohnung am Stadtrand, Simon habe hin und wieder bei ihr übernachtet, meistens wenn er einsam und traurig gewesen sei. Sie habe sich gewundert, dass Simon sich in seinem Zustand zu Linus geschleppt hatte und nicht zu ihr. Als sie wissen wollte, woher er Simon kannte, erfand Linus eine Geschichte, in der er mit Simon, den er zu einem regelmäßigen Kunden von Bodes Laden machte, ein paar Worte gewechselt hatte. Wahrscheinlich, sagte er, sei Simon in jener Nacht in der Nähe des Ladens gewesen und habe es mit der Verletzung nur bis dorthin geschafft.

»Dann seid ihr Freunde?«, fragte Eva. Sie hatte ihre silberfarbene Daunenjacke und den Schal nicht abgenommen, nur die Handschuhe und die hellbraune Kunstfellmütze lagen neben ihr auf der Sitzbank. Ihren Kaffee trank sie schwarz und heiß und bestellte bei der Kellnerin schon bald eine zweite Tasse. Wenn sie redete oder zuhörte, sah sie Linus in die Augen, dazwischen ließ sie den Blick durch das Lokal schweifen, als müsse sie regelmäßig nachsehen, wer gekommen und gegangen war.

»Nein«, sagte Linus. »Wir kennen uns kaum.«

Eva nickte. »Aber er wusste, dass du da wohnst, in der Halle hinter dem Laden.«

»Ich hab's wohl erwähnt«, log Linus. Vielleicht, dachte er, war Simon ihm früher, vor der Nacht, in der ihn sein Konkurrent mit dem Messer angegriffen hatte, irgendwann heimlich hinterhergeschlichen, vielleicht, um einmal Verfolger statt Verfolgter zu sein.

Wieder nickte Eva. Nachdem sie einen Schluck Kaffee getrunken hatte, sah sie Linus ins Gesicht und sagte: »Du bist der Junge, der Simon nachspioniert hat.« Ihre Stimme war spröde und rauchig, der Ton jedoch sanft, fast melodisch. Als Linus sie zuerst erschrocken anstarrte und dann den Kopf senkte und sich darauf konzentrierte, das leere Zuckerbriefchen zwischen den Fingern zu rollen, sagte sie: »Du hast dich nicht gerade geschickt angestellt.«

Linus schloss die Augen. In das Stimmengewirr, das Klirren des Bestecks auf den Tellern, das Zischen der Kaffeemaschine und die Geräusche von der Straße, wenn die Tür für einen Moment aufging, mischte sich Lautsprechermusik, übertünchte mit Geigen und einem Klavier den übrigen Lärm.

»Wir fragen uns noch immer, was du von ihm gewollt hast.«

Linus öffnete die Augen und hob den Kopf. Auf dem Gehsteig schüttelte ein Hund sich den Regen aus dem Fell, ein Mann ohne Hut und Mantel rannte vorbei, und die Autos fuhren so langsam, dass sie Linus wie Boote vorkamen, die leise im Wasser dahintrieben.

»Oder noch immer von ihm willst«, sagte Eva. Sie hob die Augenbrauen, zwei pechschwarze, exakt gekrümmte und unter den blonden Stirnfransen verschwindende Linien.

»Ich will nichts von ihm«, sagte Linus. In den Filmen, die er bei den Pflegeeltern im Fernsehen gesehen hatte, ertönten Streicher, wenn die Handlung dramatisch wurde, und auf einmal brannten ihm die Augen und er holte tief Luft und begann zu erzählen, während er das gerollte Papier in den Fingern drehte und die Leute um ihn herum lachten und Kuchen aßen und es ihm egal war, ob sie ihn hörten oder nicht. Er ließ nichts aus, weder die Kommune noch seinen inszenierten Selbstmord, weder das erste wirkliche Aufeinandertreffen im Materialraum der Universität noch seinen lächerlichen Plan oder die langen Minuten, während derer er Simon auf dem Boden des Lagerraumes hatte liegen lassen. Als er fertig war, stand er auf und ging, ohne den Tee, den er nicht angerührt hatte, zu bezahlen und ohne auf Eva zu hören, die ihm so laut nachrief, dass alle Gäste sich nach ihr umdrehten und es plötzlich ganz still wurde im Lokal.

Eine Woche später zog Linus wieder in sein Kabuff in der Lagerhalle ein. Bode hatte sich mit der Polizei herumschlagen müssen und war nicht gut auf seinen Mitarbeiter zu sprechen gewesen, aber nachdem Linus ihm erzählt hatte, Simon Bräker habe sich rein zufällig in den Hinterhof des Ladens verirrt und dass jetzt alles geklärt sei, bekam Linus seinen Schlafplatz und Job zurück. Am Tag darauf klopfte es spätabends an der Metalltür, und nach einem Hin und Her von argwöhnischen Fragen und knappen, zunehmend ungeduldigen Antworten stand der Mann mit dem Husky in der Halle und sagte, er heiße Ronald und könne Ausweise und Dokumente besorgen, *besser als echt* und umsonst, weil Linus seinen kleinen Bruder nicht habe verbluten lassen. Er brauche nur ein paar Daten und einen Vor- und Nachnamen, was das Geburtsjahr angehe, könne Linus sich, wenn er das wolle, ein wenig älter machen, solange es glaubhaft bleibe. Die Namen sollten nicht zu ausgefallen sein, je gewöhnlicher, desto sicherer. Ein Passbild aus dem Automaten benötige er auch, sagte er, dann notierte er Linus' Größe und Augenfarbe, umarmte ihn und ging.

Keinen Monat danach klopfte Ronald erneut mitten in der Nacht bei Linus an und übergab ihm einen gerade im richtigen Maß zerknitterten und abgewetzten Personalausweis, eine Geburtsurkunde und einen Meldeschein der Stadt Köln. Dank Ronalds Verbindungen zu gewissen Kreisen, über die er nicht sprechen wollte, war aus dem fünfzehnjährigen Anton Matusek, der sich, von seinem Leben als ewiges Kommunenkind erschöpft, in einem Fluss ertränkt hatte, der siebzehnjährige Linus Schulz geworden, dessen Familienname auf den Schöpfer der *Peanuts*-Cartoons zurückging und an Gewöhnlichkeit kaum zu überbieten war.

LEANDER
Kapitel VIII

Missverständnisse

Seit drei Monaten war er jetzt in Wien, seit zwölf Wochen lebte er in dieser riesigen Wohnung über der Stadt, seit zweiundneunzig Tagen hatte er Thomas um sich, und noch immer kam ihm Merets Bruder vor wie ein Fremder. Er musste ihn Thomas nennen, das hatte der ihm eingeschärft, nicht *Onkel Thomas* und schon gar nicht *Onkel Tom,* was sich ja wohl von selbst verstehe. Fünf Zimmer, dazu zwei Bäder und eine Gästetoilette, so wohnte er, *hauste,* wie Thomas es genannt hatte, als er Leander zum ersten Mal durch die Räume führte. Thomas gab sich Mühe, sein Verhältnis zu Reichtum und Luxus als ein gespaltenes darzustellen, scherzte über den Prunk, der ihn umgab. Die Küche mit einem Kühlschrank so groß wie ein Kleiderschrank tat er ab als *wo ich gelegentlich einen Kaffee koche*, das eigene Schlafzimmer, in das acht Doppelbetten gepasst hätten, war sein *Schlummerkämmerchen*, das Gästezimmer stellte er als Leanders zukünftiges *bescheidenes Quartier* vor, die Bäder, ausgestattet mit Sprudelwanne, Massagedusche, schmalen, lang gezogenen Waschbecken, die Leander an blitzsaubere Futtertröge erinnerten, beleuchteten Spiegelschränken, beheizten Handtuchhaltern und einem Klo, das dem Benutzer den Hintern spülte und föhnte, bezeichnete er als den Ort, an dem Leander *die Zähne putzen* konnte. Als sie über das Geländer der mit gepolsterten Gartenmöbeln, Sitzkissen, Sonnenschirmen, Pflanzenbehältern aus Beton und einem gigantischen Holzkohlegrill vollgestellten Terrasse blickten, sprach der Hausherr von einer Aussicht, die *nicht überwältigend, aber ganz passabel* sei, und spätestens da ahnte Leander, wie unzufrieden, ja unglücklich sein Onkel sein musste.

Tagsüber saß Leander in seinem Büro und sah sich Bücher und Zeitschriften über Architektur und Städteentwicklung an, studierte hilflos Baupläne für Mietshäuser und Wolkenkratzer und versuchte sich selbst als Hochbauzeichner, entwarf eigene Gebäude, skizzierte Grundrisse und Seitenansichten und malte stilisierte Baumkronen mit grünem Filzschreiber aus. Ab und zu erhob er sich von seinem riesigen hydraulischen Stuhl, streckte sich und sah über die Gebäude der Außenbezirke hinweg auf die Innenstadt. Noch immer wirkte alles von hier oben, sechzehn Stockwerke über dem Boden, unendlich groß und chaotisch und so fremd wie am ersten Tag. Wenn er den Mut dazu aufbrachte, ging er über den mit blauem Spannteppich ausgelegten Flur zum Kaffeeautomaten und füllte sich einen Becher mit dem Gesöff, dessen Geruch er liebte und dessen Geschmack er hasste und dem er die Kraft beimaß, ihn älter wirken zu lassen, erfahrener. Manchmal standen schon ein paar von Thomas' Angestellten vor der verchromten Maschine, und statt gleich wieder umzukehren, setzte Leander seinen Weg an den gläsernen Bürotüren vorbei fort und wartete in einiger Entfernung, bis er an der Reihe war. Es kam vor, dass er angesprochen wurde, meistens nur gegrüßt, selten auch gefragt, wie es ihm gehe. Alle wussten, wer er war, Thomas hatte sie schon vor seiner Ankunft informiert. Die ganze Belegschaft war im Bilde, nur Leander selbst konnte nicht schlüssig erklären, wen genau er darstellte und was er hier eigentlich tat.

Schon bei Merets Beerdigung hatte Thomas die Idee geäußert, Leander könnte für eine Weile bei ihm wohnen, aber damals war weder Leander noch Ewald in der Verfassung gewesen, sich darüber Gedanken zu machen. Später war telefoniert und beraten worden, Leander hatte seine Meinung äußern dürfen, und nachdem er, eher vom Verzweifeln an der Monotonie seines Daseins als von Abenteuerlust getrieben, endlich alle Vorbehalte und Ängste beiseitegeschoben hatte, war Thomas gekommen, um ihn abzuholen. Seine erste Reise in einem Flugzeug hatte Leander zu

Tode geängstigt und mit Glückshormonen überschwemmt, hatte ihn um die sofortige Landung flehen und in derselben Sekunde wünschen lassen, auf den vom Sonnenlicht gleißenden Wolken herumtollen zu können wie auf einem frisch gemähten Feld. Hätte der Sicherheitsgurt ihn nicht festgehalten, er wäre vor Aufregung und Vorfreude aus dem Sitz gesprungen. Gleichzeitig erfasste ihn blankes Entsetzen angesichts der Herausforderungen und Gefahren, die ihn, davon war er überzeugt, in Wien erwarteten.

Assistent. Das Wort war in Leanders Kopf umhergekullert wie eine Kartoffel in einem Eimer, zehntausend Meter über dem Erdboden. Er sollte Thomas' Assistent werden, in die Firma *reinschnuppern*, das Bau- und Immobiliengeschäft *von der Pike auf* lernen, ausgerechnet er, der sich selbst als Bauerntrampel mit den mathematischen Fähigkeiten eines Zehnjährigen sah, als weltfremden Tor, gänzlich frei von Kenntnissen, die für diese Art Posten unverzichtbar waren, soweit er das überhaupt beurteilen konnte. Er sollte *eine Ausbildung durchlaufen*, aber Ausbildung war für das, was er tat, nicht der richtige Begriff, denn es gab keinen Lehrvertrag zwischen ihm und Thomas, er ging nicht einen Tag pro Woche zur Berufsschule, und am unabsehbaren, weil nicht festgelegten Ende dieses Experiments würde es keine Abschlussprüfung geben, kein Zeugnis und kein Diplom. Im kommenden halben, vielleicht auch ganzen Jahr würde Leander *wertvolle Erfahrungen* sammeln, versprach Thomas, ihm würden *exklusive Einblicke* gewährt und *türöffnende Begegnungen* ermöglicht werden, alles in allem erhalte er innerhalb von sechs bis zwölf Monaten *bestes Rüstzeug*, um *in der Branche Fuß zu fassen* und eine *große Karriere anzustreben.*

Ob er das wolle, war Leander nie gefragt worden. Thomas hatte seine Aufenthalte in den Internaten finanziert, wie Leander aus herumliegenden Bankauszügen und belauschten Gesprächen zwischen Meret und Ewald erfahren hatte, und eine so großzügige Geste machte es für den Neffen undenkbar, seinen Onkel zu enttäuschen. Ein halbes, vielleicht ein ganzes Jahr war er dem Mann schuldig, der sein Geld mit dem Abbruch alter und dem Bau und Verkauf neuer Häuser, einer Beteiligung an der Firma eines Baumaschinenherstellers sowie der Pacht diverser Parkhäuser, Tankstellen und Autowaschanlagen verdiente und der offenbar einen Narren am einzigen Sohn seiner missratenen jüngeren Schwester gefressen hatte. Sechs bis zwölf Monate Wien, dann würde man weitersehen. Schon möglich, dachte Leander bisweilen, wenn er von besonders viel Dankbarkeit erfüllt und von gutem Willen beseelt war, dass er Geschmack finden konnte an diesem noch fremden, undurchschaubaren Gewerbe. Es war doch nicht völlig ausgeschlossen, redete er sich jedes Mal ein, wenn Thomas ihre gemeinsame geschäftliche Zukunft in den überschwänglichsten Tönen heraufbeschwor, dass er sich einarbeiten, fleißig lernen und irgendwann tatsächlich so etwas wie der Assistent des Chefs sein könnte, ein echter, fähiger Mitarbeiter und kein zufällig am selben Stammbaum gewachsenes Früchtchen, kein bloß wegen Blutsverwandtschaft protegierter Günstling am Hof des Baukönigs. Gleichzeitig erschreckte ihn die Vorstellung, sein vierundvierzigjähriger Onkel könnte ihn gar als seinen Nachfolger betrachten, ihn, den Schulabbrecher und Versager, der von Quadratmeterpreisen und Bankkrediten, von Stahlträgern und Verhandlungsführung und Betonmischungen nicht den leisesten Schimmer hatte.

Einen Teil der zäh dahinfließenden Tage verbrachte Leander unter den missgünstigen und verächtlichen Blicken der übrigen Angestellten in seinem unverschämt geräumigen Büro, rollte auf dem polierten Mahagoniholz des Couchtisches Pläne aus, um über ihnen zu brüten und während Stunden die durchgehenden, gestrichelten und gepunkteten Linien, die Kurven, Kreise und Rechtecke im Kopf zu einem Gebilde zusammenzufügen, in dem irgendwann Menschen leben, Fahrstühle fahren und Abwässer einen Weg nach draußen finden würden. Er blätterte durch Magazine, die *Architektur heute* und *Der Immobilienmarkt* hießen, betrachtete nicht ohne ein gewisses Interesse kiloschwere Bildbände über Frank Lloyd Wright, Ludwig Mies van der Rohe oder Frank Gehry, zeichnete Hochhäuser, Museen und Bibliotheken, die aussahen wie Karikaturen der in den Büchern abgebildeten Bauwerke, und spitzte in Momenten allergrößter Langeweile fabrikneue, dutzendfach in seiner Schreibtischschublade liegende Bleistifte zu Stummeln. Er las die Inserate der lokalen Tageszeitung, in denen Grundstücke und Häuser verkauft, Wohnungen vermietet und zur Miete gesucht wurden, er spielte mit dem batteriebetriebenen Taschenrechner herum in der Hoffnung, das Gerät würde ihm irgendwann nicht nur beim Addieren und Subtrahieren helfen, sondern auch beim logischen Denken, beim Begreifen mathematischer Prozesse und dem Mysterium der Zahlen. Er stand am Fenster und zählte die Autos, die in eines der umliegenden Parkhäuser fuhren, er schlief mit offenen Augen und über ein aufgeschlagenes Buch gebeugt, er dachte an Meret und Linus, die ein paar unsichtbare Stockwerke über ihm auf einer Wolke saßen und zu ihm herabsahen, er schrieb Briefe an Ewald, in denen er sein neues Leben glorifizierte, um ihn nicht zu beunruhigen, er holte alle paar Stunden einen Becher Kaffee, von dem er die eine Hälfte trank und die andere in die Schüssel der eigenen, hinter dem Schreibtisch und einer Tür verborgenen Toilette schüttete, weil er eigentlich kein Koffein vertrug. Er hörte leise Radio und suchte vergeblich nach dem Stimmenkosmos polynesischer Chöre, er sah Flugzeugen hinterher und fühlte Panik und Glück, er fragte sich, wo Noah jetzt war und ob es Winnipeg noch gab, obwohl es immer nur in ihren Köpfen existiert hatte. Er hätte alles gegeben, um zu erfahren, wie es Ringo und Frida ging, auch wenn er nicht hätte sagen können, was dieses *alles* sein sollte. Das Geld, dachte er, das Thomas ihm für das Durchblättern von Büchern, das Herumsitzen und Vorsichhinkritzeln bezahlte, dieses Geld hätte er gegeben für eine Nachricht von den beiden, aber dieser Gedanke war ebenso nutzlos wie seine Erinnerungen und ebenso wertlos wie das Geld, das er bekam, ohne es zu verdienen.

Meistens war Leander auf sich selbst gestellt und musste zusehen, wie er die Zeit sinnvoll nutzte oder totschlug. Bücher und Magazine gab es stapelweise, Pläne wurden zu Hunderten in Papprollen aufbewahrt, der Nachschub an Papier war ebenso unbegrenzt wie der an Bleistiften. In der ersten Woche war täglich ein von Thomas beauftragter Angestellter in sein Büro gekommen, um ihn abzuholen und durch die verschiedenen Abteilungen des Unternehmens zu führen. Herr Bader hatte ihm die Räume gezeigt, in denen die Ideen für neue Projekte reiften und Sitzungen und Präsentationen abgehalten und Kunden und Geschäftspartner empfangen wurden, die von Neonlicht erfüllten Großraumbüros, wo Hochbauzeichner an Tischen mit schwenkbaren Arbeitsflächen Pläne erstellten, das kleine Kämmerchen, wo von zwei wortkargen älteren Frauen die Modelle gebaut wurden, das von elektrischen Schreibmaschinen summende Reich der Buchhaltung und jenes der Ingenieure und Bauleiter, das laut war und wo es nach Zigarettenrauch stank und wo an den Innenseiten der offen stehenden Schranktüren Fotos hingen mit halb nackten, gelbe Helme tragenden und Schaufeln, Spitzhacken und Presslufthämmer haltenden Frauen.

An den beiden verbleibenden Tagen der ersten vier Wochen hatte Thomas seinen Neffen mit zu Baustellenbesichtigungen genommen, zu Treffen mit Bankern, Investoren, Geschäftspartnern, Vertretern der Stadt und der Baubehörde, Lieferanten, Schreinern, Küchenbauern und Klempnern. Sie hatten sich Helme aufgesetzt und in einem Fahrstuhl an der Fassade eines halb fertigen Bürogebäudes hochfahren lassen, waren mit Kaffeebechern und Sandwiches in den Händen durch die Ausstellungshalle eines Fliesenproduzenten geschlendert, hatten im Büro eines Stadtrats gesessen, der ein Projekt der *Weiss Bau GmbH* blockierte, hatten eine Firma besichtigt, die Betonelemente fertigte, und einmal waren sie im Hubschrauber über Wien geflogen, damit Leander sehen konnte, wo es unbebaute Flächen und Abrissobjekte gab. Im Kofferraum von Thomas' BMW lagen zwei hellgraue Overalls, einer in XXL und einer in L, die sie überstreiften, wenn sie sich auf einer Baustelle bewegten, dazu zwei Paar Gummistiefel und zwei Helme. Thomas hatte Leander gleich in den ersten Tagen durch mehrere Bekleidungs- und Schuhgeschäfte geschleppt, zum Friseur und in eine Drogerie, wo der im Zenit seiner Pubertät stehende Junge mit Lotionen und Cremes eingedeckt und von einer atemberaubend schönen Verkäuferin über seinen *momentan schwierigen Hauttyp* aufgeklärt worden war. Der Overall, die Stiefel und der Helm waren bis auf die Größe identisch, und wann immer Onkel und Neffe an einer Glasscheibe vorbeigingen und sich darin spiegelten, streifte Leander das Gefühl, tatsächlich zu Thomas zu gehören, eine vage Empfindung, die verflog, sobald sie auf die Arbeiter trafen, deren breites Lächeln Leander nicht deuten konnte, das herzlich sein mochte oder spöttisch, freundschaftlich oder so falsch wie das der meisten Angestellten der Firma, denen er bisher über den Weg gelaufen war.

Der zweite Monat rieselte dahin wie Körner in einer Sanduhr mit zu enger Taille. Herr Bader hatte Leander alles Sehenswerte in der Firma gezeigt, und Thomas begann sich mit seinem jüngsten Projekt zu beschäftigen, einem heruntergekommenen Hotel in Innsbruck, das er entkernen und umbauen wollte. Einmal hatte er Leander mitgenommen, damit der Junge etwas lernen, einen Eindruck vom *Geschäftszweig der Zukunft* gewinnen konnte, aber das Vorhaben vereinnahmte ihn dermaßen, dass er es nach ein paar Tagen für besser hielt, Leander in die Bahn nach Wien zu setzen. Dort solle er *die Stellung halten*, meinte der Onkel, alles lesen, was ihm in die Hände falle, ruhig auch mal in die Hauptbücherei gehen, die Bestände seien imposant, die Werke in den Themenbereichen Architektur und Städtebau unerschöpflich, und wenn ihm die Lektüre irgendwann doch ausginge, könne er sich anderen Gebieten widmen, der faszinierenden Welt der Statik, zum Beispiel, den immer neuen Materialien und Techniken im Bausektor, dem zügellos wuchernden Gesetzesdschungel, den unberechenbaren Strömungen der Politik. Auch Grundkenntnisse des Kapitalmarktes und diverser Finanzierungsmodelle könnten nicht schaden, sagte er, ebenso wenig wie eine Ahnung davon, wohin sich alles bewegte, wie die Branche in fünf oder zehn Jahren aussehen könnte, wenn er, Leander, *am Ruder* sitze.

Noch während der gesamten Bahnfahrt hatte Leander der Schädel gebrummt von diesem Gerede. Fünfhundert Kilometer hatten nicht gereicht, um das Bild des Monologe führenden, von seinen Visionen berauschten Onkels in die Ferne rücken zu lassen, und der Lärm der Waggons auf den Schienen war nicht laut genug gewesen, um das Dröhnen seiner gut gemeinten, uneingeschränkt optimistischen und eine gemeinsame geschäftliche Zukunft besingenden Hymne zu übertönen. In der Wohnung hatte Leander sich auf eines der fünf schwarzen Ledersofas im Wohnzimmer gelegt und über den Wortlaut eines Briefes an Ewald nachgedacht, in dem er seine Rückkehr ankündigen und die Beweggründe seiner baldigen Abreise aus Wien anführen wollte, die Sinnlosigkeit seines Tuns, die Langeweile, die illusorischen Absichten seines Onkels, die Einsamkeit, die riesige, nie nach Essen riechende Wohnung, die Heftigkeit, mit der er Ewald, Werner, Gregor, Hedda und sogar den eigensinnigen Kater vermisste.

Mehrere Fassungen hatte er in seinem Kopf gewälzt, eine vehemente, keinen Widerspruch duldende, eine moderate, mit Logik und Tatsachen argumentierende, eine verzweifelte, mitunter weinerliche. Aufgeschrieben hatte er die Zeilen nicht, geschweige denn abgeschickt.

Einen Lichtblick in seinem Leben gab es. Sie hieß Mariana und kam zweimal in der Woche vorbei, um die Wohnung zu putzen, die Wäsche zu waschen und die Terrassenpflanzen zu gießen. Sie war sechsunddreißig und Portugiesin, und in Leanders Augen war sie mit ihrer dunklen, faltenlosen Haut und den schwarzen Haaren und Augen noch immer schön, wenn auch auf ganz andere Weise als Anja oder Nora oder Lotte. Jeden Dienstag und Freitag zwischen neun Uhr und neun Uhr fünf morgens klingelte sie an der Tür, öffnete sie mit ihrem eigenen Schlüssel und betrat die Wohnung, stellte ihre Handtasche auf den Boden und hängte ihren sandfarbenen Regenmantel an die Garderobe. Dann holte sie Staubsauger, Eimer, Wischmopp und Kehrblech aus dem Raum, den Thomas *Besenkammer* nannte und der halb so groß war wie Leanders Zimmer und in dem eine Waschmaschine, ein Trockner, ein Bügelbrett, ein Arbeitstisch mit Schuhputzzeug, eine Trittleiter, ein Radioapparat und ein Fernseher standen. Sie wechselte nicht die Kleidung, bevor sie ans Werk ging, band sich keine Schürze und kein Kopftuch um und trug keine Gummihandschuhe, sie krempelte nur die Ärmel ihrer Bluse hoch und legte den Ehering auf die Kommode unter der Garderobe. Dass sie verheiratet war, bedauerte Leander, er fand, sie hätte sehr gut zu Thomas gepasst, der Mariana zu mögen schien und ihre Zuverlässigkeit und Sorgfalt in den höchsten Tönen lobte, wann immer er von ihr sprach.

Leander richtete es so ein, dass er dienstags und freitags zu Hause war, wenn Mariana kam. Am Montagmorgen wurde in der Firma jeweils die sogenannte Wochenplanung durchgeführt, bei der alle Abteilungsleiter ihre Ziele miteinander besprachen und bei der Leander auf Geheiß seines Onkels anwesend sein sollte, *Mäuschen spielen*, wie Thomas es nannte. Um drei Uhr freitagnachmittags passierte dasselbe, nur wurde da auf die vergangenen fünf Tage zurückgeblickt und Bilanz gezogen. Beide Anlässe bedeuteten für Leander zwei qualvolle Stunden ödesten Stumpfsinns, und wenn er in die aschfahlen, am Montag von den Strapazen des

Wochenendes und am Freitag von der Plackerei im Büro gezeichneten Gesichter der Abteilungsleiter sah, wusste er, dass jede Zusammenkunft für diese ausgelaugten, rauchenden und Kaffee in sich hineinschüttenden und allmählich kahl und fett werdenden Männer genauso öde und stumpfsinnig und quälend war und dass er sich glücklich schätzen konnte, nicht zu ihnen zu gehören, jedenfalls noch nicht.

An den Dienstagen merkte niemand, wenn er nicht auftauchte, und freitags schlich er sich erst gegen zwei Uhr durch den Hintereingang ins Firmengebäude und saß auf seinem abseits des Konferenztisches platzierten Stuhl, noch bevor die ersten müden Männer den Raum betraten. Thomas kam nur noch alle zwei Wochen aus Innsbruck, um in Wien nach dem Rechten zu sehen, und weil er vorher immer anrief, konnte Leander sich danach richten und ins Büro gehen, damit sein Onkel ihn tagsüber nicht in der Wohnung antraf.

Thomas hatte Leander und Mariana am ersten Dienstag nach Leanders Ankunft in Wien miteinander bekannt gemacht. Er hatte sie als *Juwel* und *die gute Seele meines freudlosen Heims* bezeichnet, was Mariana mit einem Lachen abgetan hatte. Jetzt war Thomas weg, scheuchte die Arbeiter auf der Baustelle in Innsbruck herum und ließ wie nebenbei ein anderes Hotel in einem Nachbarort renovieren, *eine kleine Hütte*, wie er Leander am Telefon erzählt hatte, nur achtzehn Zimmer, vielleicht mache er daraus seinen Alterssitz, versuche sich als Hotelier. Dass sein Neffe die Dienstage nicht in der Firma, sondern in der Wohnung verbrachte, konnte er nicht ahnen, und dass sein zukünftiger Juniorchef einen folgenschweren Plan ausheckte, noch viel weniger.

»Er hat am Sonntag angerufen«, sagte Leander und stopfte das Laken unter die Matratze seines Bettes. »Er lässt Sie herzlich grüßen.«

»Ja?« Mariana machte ein verwundertes Gesicht. »Danke«, sagte sie dann und bezog das Kissen neu.

Leander warf seinen zerknüllten Schlafanzug auf den Haufen mit den schmutzigen Laken und Bezügen. Mariana hatte es längst aufgegeben, ihm seine Mithilfe bei der Hausarbeit zu verbieten. Er wollte sich mit ihr unterhalten, und wenn er nicht hätte mit anpacken dürfen, wäre er sich seltsam vorgekommen, wie jemand, der er nicht war und wohl auch niemals sein würde. Die Sonne schien durch das offene Fenster ins Zimmer, die Glocken einer nahen Turmuhr schlugen und ließen Taubenschwärme von den Dächern in den Himmel flattern.

»Er war in den Bergen. Wandern. Am Samstag, als nicht gearbeitet wurde. Er wollte Innsbruck mal von oben sehen.«

»Das war bestimmt schön.«

»Ja. Bestimmt.« Leander trug die Schmutzwäsche in den Haushaltsraum und kam mit einem Staublappen und einer Dose Möbelspray zurück. »Nur schade, dass er alleine war.« Er besprühte die Oberseite der Kommode, in deren Schubladen seine Kleidung lag, und wischte sie ab.

Mariana sagte nichts. Sie holte den Staubsauger und machte damit so viel Lärm, dass an eine Unterhaltung nicht mehr zu denken war.

Später standen sie im Schatten der Markise auf der Terrasse und widmeten sich dem Kalifornischen Wacholder, der nach dem Winter ein wenig kränkelte. Mariana zupfte winzige Grashalme aus der Erde rund um den zerfurchten Stamm des Bonsais, Leander hielt einen Joghurtbecher mit Düngergranulat in den Händen.

»Ich glaube, er will bald aufhören zu arbeiten«, sagte er in die Stille hinein, die nur vom leisen, aus den Straßen heraufsteigenden Verkehrsrauschen und gelegentlichem Hupen gestört wurde.

»Das kann ich mir nicht vorstellen.« Mariana goss Wasser aus einer kupfernen Gießkanne in den Topf. Sie war barfuß, ihre Plastikschlappen standen an der Türschwelle. »Dafür ist er noch zu jung.«

»Er hat vor, ein Hotel zu führen. Ein ganz kleines.«

»Aber Herr Weiss liebt seine Firma.« Mariana streute ein wenig Dünger in die feuchte Erde und harkte sie vorsichtig mit einer alten Gabel. »Die ist doch sein Ein und Alles.«

»Er wandert jetzt viel.«

Mariana lachte. »Auch das ist schwer zu glauben.«

»Er will ein neues Leben führen. Ein anderes.«

Mariana sah Leander mit einem seltsamen Lächeln an. »Wer will das nicht«, sagte sie.

Je mehr sein Onkel am Telefon oder während seiner Wochenendbesuche in Wien vom Inn und Patscherkofel, von Schloss Ambras und der Hofburg, von der guten Luft und den sternenklaren Nächten schwärmte, desto überzeugter war Leander, dass der große Baumogul tatsächlich vorhatte, sich in absehbarer Zeit zur Ruhe zu setzen oder zumindest die Dinge etwas gemächlicher anzugehen. Thomas zeigte ihm Fotos, auf denen die beiden Hotels zu sehen waren, erzählte von Fortschritten und Rückschlägen und davon, wie schön Tirol und wie großartig das Leben in Sichtweite der Berge sei, selbst wenn einem tagtäglich morsche Balken, liederliche Handwerker und ewig gestrige Vertreter der Denkmalschutzbehörde das Leben erschwerten. Er nahm Leander mit nach Innsbruck, führte ihn durch das ausgehöhlte große Hotel und das so gut wie unversehrte kleine, rechnete ihm die Kosten und Renditen des Siebzigbettenhauses vor und wurde ganz andächtig und bescheiden, wenn er von der sanften Renovierung des Gasthofs sprach, seiner Herzensangelegenheit, seines *Schatzkästchens*, das den Namen *Zum weißen Ochsen* trug und weiterhin tragen würde. Thomas meinte, das passe gut, er heiße Weiss und sei ein Ochse, der naiv und von Gefühlen statt Geschäftssinn geleitet in die unberechenbare Welt des Tourismus stürme.

»Rendite. Profit. Ausbeute«, sagte Thomas, als sie am dritten Tag auf dem Balkon eines Hotels saßen, in dem sie wie in den vorherigen nur eine Nacht verbringen würden, weil Leander im Auftrag seines Onkels die Unterschiede in den Häusern am Platz herausfinden und auf einer Liste festhalten sollte. »Was denkst du, wenn du diese Begriffe hörst?«

Leander dachte nach. »Ich weiß nicht. Sie bedeuten alle Gewinn«, sagte er dann.

»Stimmt.« Thomas trank einen Schluck Eistee. »Gewinn. Beute. Jäger machen Beute.« Er drehte den Kopf, sah Leander sekundenlang an. »Bist du ein Jäger, Leander?«

»Weiß nicht.« Leander aß eine der entkernten Oliven, die, von Zahnstochern aus farbigem Plastik aufgespießt, in einer mit Blättern verzierten Porzellanschüssel lagen. »Eher nicht.«

Thomas lachte leise vor sich hin. »Erlös. Auch so ein Wort«, sagte er dann. »Erlös als Erlösung. Oder auch nicht.«

Eine Weile schwiegen sie. Die Abenddämmerung senkte sich über die Stadt, das Licht über den Gipfeln der Nordkette wechselte von Hellblau über Türkis zu dunklem Violett. Die Schneefelder färbten sich schmutzig rosa, die Bergkanten begannen zu zerfließen.

Leander warf einen raschen Blick auf Thomas, der mit zusammengekniffenen Augen in den Himmel sah. In diesen drei Tagen hatte er mehr über ihn erfahren als in den drei Monaten davor, auch wenn ihn das eigenartige Gefühl beschlich, nicht die ursprüngliche Version seines Onkels kennenzulernen, sondern eine neue, ruhigere, weniger geschäftige.

In Wien nahm Leander sich vor, alles über Mariana herauszufinden. Als er an einem Punkt war, an dem er sie nicht weiter über ihre Herkunft, ihre Familie, ihre Ehe und Träume hätte ausfragen können, ohne ihr zu nahe zu treten, sie zu nerven oder argwöhnisch werden zu lassen, verfolgte er sie eines Dienstagmittags, nachdem sie ihre Arbeit in der Wohnung beendet hatte, bis zu dem Mietshaus im 3. Bezirk, wo sie wohnte. Ihr Mann, dessen Namen Mariana ihm gegenüber in Gesprächen nie genannt hatte, hieß Alfred, las Leander auf dem Klingelschild, Alfred Steindl. Einmal hatte sie erwähnt, er arbeite bei der Gendarmerie, und Leander hatte genickt und später in einem Lexikon nachgeschlagen und gesehen, dass Alfred Polizist war. Sonst hatte er nicht viel über Marianas Mann erfahren, nur noch, dass er aufgrund seiner Arbeit selten zu Hause und Mariana oft allein war, auch nachts und an den Wochenenden. Obwohl sie sich nicht über ihr Leben beschwerte und zumindest nach außen hin keine Anzeichen von Traurigkeit zeigte, beschloss Leander, sie müsse eine vernachlässigte, einsame und unglückliche Frau sein, die etwas Besseres verdiente, etwas, das sein Onkel ihr bieten konnte.

Einmal schlich er sich abends in das Haus, als ein alter Mann die Tür mit einem Besen offen hielt, während er seinen Hund zu einem nahen Baum begleitete. Er ging in den vierten Stock und presste das Ohr an die Wohnungstür, zwischen das Auge des Spions und eine mit Klebestreifen befestigte Postkarte, die ein Rehkitz im Gras zeigte. Er konnte nichts hören, nur das Summen der Treppenhausbeleuchtung, den Geräuschbrei aus den Fernsehern und Radiogeräten und ab und zu eine Stimme, die er nicht erkannte. Er hatte auf Lärm gehofft, auf einen Ehestreit mit polizeilichem Gebrüll und portugiesischem Flehen, aber es blieb ruhig in der Wohnung, und als die Lampe über seinem Kopf erlosch, wurde es so still, dass er es als unheimlich empfand und ging.

In Thomas' Wohnung legte er sich auf ein Sofa und feilte an einer Strategie. Während der Rückfahrt im Bus war er zu dem Schluss gekommen, dass die Ruhe nicht Harmonie und Liebesglück bedeutete, sondern Entfremdung und Schweigen. Im Geist konnte er das Wohnzimmer sehen, in dem Alfred saß und sich irgendeinen Humbug im Fernsehen ansah, Unmengen an Bier trank und regelmäßig laut rülpste. Mariana stellte Leander sich lesend vor, allein im Schlafzimmer oder auf dem winzigen Balkon, wo sie unter den gleichen Sternen saß wie er. Bei dem Buch handelte es sich um einen Roman, *Zärtlich ist die Nacht* von F. Scott Fitzgerald oder Boris Pasternaks *Doktor Schiwago*, auf jeden Fall etwas Bewegendes, etwas Wärmendes gegen die Eiseskälte in ihrer Ehe mit diesem Scheusal, dessen Äußeres Leander sich als hässlich ausmalte, als unrasiert und fett.

Am darauffolgenden Freitag legte er eine Schachtel Pralinen neben die Küchenspüle. Er hatte stundenlang die Schrift seines Onkels geübt und auf eine Karte, deren Rückseite eine Rose zierte, geschrieben: *Für meine Perle. In Hochachtung und Zuneigung.* Die Unterschrift war ihm gelungen, fand er, der zweifache Schwung im S perfekt. Mariana las die sieben Wörter, drehte die Karte um und betrachtete die Rose, wendete die Karte wieder und studierte noch einmal den Text, als könne sich dahinter eine zweite, weniger verwirrende Botschaft verbergen. Dann legte sie die Karte beiseite und unterzog die Pralinenschachtel einer näheren Untersuchung.

»Wie kommt das hierher?«, fragte sie schließlich.

»Er hat die Pralinen besorgt und die Karte geschrieben. Und mich gebeten, beides so in die Küche zu legen, dass Sie es sehen.« Diese Antwort und Varianten davon hatte Leander auswendig gelernt. Er saß auf einem der Sofas und tat, als ginge er Firmenakten durch.

»Warum nennt er mich Perle?«

»Na ja, das sind Sie eben für ihn.«

Mariana starrte eine Weile auf die Pralinenschachtel, auf die Schmetterlinge gedruckt waren, die täuschend echt aussahen.

»Zuneigung?«, sagte sie schließlich und sah Leander an.

»Er mag Sie sehr. Das sagt er mir immer wieder. Aber er bittet mich jedes Mal, Ihnen nichts davon zu erzählen.« Leander erhob sich und nahm eine Flasche Cola aus dem Kühlschrank. »Ich glaube, er ist ziemlich schüchtern.«

In Leanders Vorstellung machte das Vorhaben, seinen Onkel und Mariana miteinander zu verkuppeln, vielversprechende Fortschritte. Mariana schien sich über die Blumen zu freuen, die an einem Freitagmorgen in einer Vase auf der Kommode unter der Garderobe auf sie warteten, ebenso über die Karte mit dem in einer Blumenwiese stehenden Rehkitz und dem handschriftlichen Text: *Für Mariana, ohne die ich verloren wäre. Von ganzem Herzen.* Die Unterschrift seines Onkels beherrschte Leander mittlerweile besser als die eigene. Er hatte lange über Formulierungen nachgedacht, über *Herzlich*, *Von Herzen* und *In Liebe*, aber die erste war ihm zu unpersönlich und formell erschienen, die letzte zu gewagt, jedenfalls für den Moment. Die Aussage des Verlorenseins konnte man seiner Ansicht nach auf zwei Arten deuten, nämlich dass Thomas ohne Mariana als Putzfrau oder ohne Mariana als Frau verloren wäre. Was auch immer Mariana aus dem Satz herauslas, er verwunderte sie ebenso wie er sie erfreute, und dass Thomas ihr Lieblingstier kannte, verwirrte sie noch mehr. Sie mache doch nur ihre Arbeit, meinte sie zu Leander, und bisher habe sie von Herrn Weiss ihren Lohn bekommen und an Weihnachten einen Zuschlag, aber diese Geschenke seien sehr ungewöhnlich, und was er schreibe, erscheine ihr ein wenig seltsam. Sie müsse bei der nächsten Gelegenheit mit Herrn Weiss sprechen, sagte sie, aber Leander redete ihr das aus und stellte seinen Onkel als zurückhaltenden, überraschend scheuen Mann dar, der lange brauche, um sich zu offenbaren, sehr lange, Mariana müsse ihm Zeit lassen, viel Zeit. Die Karte mit den Dankesworten, die Mariana an Thomas schrieb und die Leander seinem Onkel geben sollte, erreichte den Adressaten nie, und weil sein Plan so gut aufzugehen schien, beschloss Leander nur eine Woche später, dieser Liebe endgültig auf die Sprünge zu helfen.

Auf der dritten Karte prangte ein roter Ballon in Herzform, auf der Rückseite stand: *Für Mariana, die meine Wohnung in Ordnung hält und mein Herz in Aufruhr versetzt.* Der Umschlag lag auf einer mit weißem Samt ausgeschlagenen Schatulle, in der sich ein Paar Perlenohrringe befand, dessen Preis mit Leanders gesamtem Lohn identisch war, dem Geld, das er von seinem Onkel bisher fürs Nichtstun erhalten hatte. Marianas Reaktion auf das Geschenk und die Begleitworte fiel so heftig aus, dass Leander schlagartig bewusst wurde, wie verfrüht Thomas' Liebesgeständnis und wie unangebracht und irritierend der Schmuck auf Mariana wirken musste. Noch bevor er irgendetwas sagen, vielleicht sogar gestehen konnte, rannte Mariana aus der Wohnung und verschwand im Fahrstuhl. Leander eilte ihr auf der Treppe hinterher, aber als er auf der Straße stand, war von der Frau, die er mit seinem Onkel verheiraten wollte, nichts mehr zu sehen.

Zurück in der Wohnung, suchte Leander überall nach Marianas Telefonnummer, und als er sie endlich in einem Notizbuch fand, klingelte das Telefon. Sein Onkel rief aus Innsbruck an und wollte wissen, was vorgefallen sei, warum Mariana ihn angerufen und ihm mitgeteilt habe, sie könne nicht mehr für ihn arbeiten, und dann einfach aufgelegt habe.

»Was ist bloß in sie gefahren?«, rief Thomas.

Leander schlug das Herz bis zum Hals, er konnte kaum sprechen. »Ich habe keine Ahnung«, sagte er endlich.

»Sie hat gesagt, sie sei eine verheiratete Frau! Und sie könne meine Gefühle für sie nicht erwidern! Meine Gefühle für sie! Wie kommt sie denn auf so etwas? Was für Gefühle?«

Leander brachte keinen Ton hervor.

»Bist du noch da? Leander?«

Als Leander etwas sagen wollte, läutete die Türglocke, vier Gongschläge wie von einem Xylophon. Dann läutete es noch einmal und noch einmal, bevor heftig an die Tür geklopft wurde.

»Ich glaube, sie kommt gerade«, sagte Leander, legte den Hörer auf den Tisch und ging zur Tür. Als er sie öffnete, stürmte ein Mann in die Wohnung, dessen Kopf rot war wie das Ballonherz auf der Karte und der zwischen lautem Keuchen etwas brüllte, das Leander nicht verstand.

Nachdem Alfred Steindl sich mehrmals um die eigene Achse gedreht hatte, starrte er Leander an. Er war völlig außer Atem und verschwitzt, sein Blick flackernd, irr.

»Wo ist der Drecksack?« Die vier Wörter auszustoßen schien ihn die letzte Kraft zu kosten. Er schwankte und rang japsend nach Luft.

Als Leander nicht antwortete, zog Alfred Steindl eine Pistole aus dem Hosenbund und fuchtelte damit herum. Leander erschrak zu Tode und stolperte einen Schritt rückwärts. Sein Kopf war leerer als der Himmel vor den Fenstern, trotzdem gelang es ihm, einen Gedanken zu fassen, und er schrie: »Ich habe die Karten geschrieben!«

Marianas Mann sah Leander ein paar Sekunden lang entgeistert an, dann ließ er die Waffe fallen und stürzte auf ihn zu, packte ihn am Hemdkragen, holte mit der rechten Faust aus und versetzte ihm einen Kinnhaken. Leander fiel nach hinten, schlug mit dem Kopf auf die Fliesen und stieß alle Luft aus, die in seinen Lungen war. Er schmeckte Blut im Mund, alles verschwamm vor seinen Augen, auch Marianas Gesicht, das plötzlich über ihm schwebte und sich in der zunehmenden Dunkelheit auflöste.

»Es tut mir leid«, wollte er ihr sagen, aber er konnte seinen Kiefer nicht bewegen. Er glaubte einen Schuss zu hören, danach einen zweiten und dritten. Dann verlor er das Bewusstsein.

FRIDA

1986

Es regnete in Assisi, und es war kalt. Frida war so oft umgestiegen, dass sie aufgehört hatte zu zählen, wenn sie sich in einen weiteren Bus, in einen anderen Zug setzte. Jetzt war sie erschöpft vom Tragen des Koffers, von der Suche nach dem richtigen Bahnsteig, vom Dahingleiten der Landschaften, sogar vom Schlafen war sie müde. Unter einem tiefen Himmel ging sie zu Fuß in die Stadt, vorbei an Gebäuden, die im Reiseführer als Sehenswürdigkeiten aufgelistet waren, an Brunnen und Kirchen und Souvenirläden, in denen Touristen vor Regalen mit Franziskus-Nippes standen, strahlende Gestalten in Plastikumhängen, aufgeladen von Tatendrang und Verehrung. Sie betrat das erstbeste Hotel und ließ sich ein Zimmer geben, zweite Etage, nach hinten hinaus auf einen Hof, winziges Bad, Einzelbett, Nebensaisonpreis.

Nach dem Lärm in den Zügen und Bahnhofshallen genoss sie die Ruhe. Sie duschte, sah eine Weile aus dem Fenster, beobachtete die Zweige, Blätter und Halme, die unter den Regentropfen wippten. Mit feuchten Haaren, eingewickelt ins Badetuch, legte sie sich auf das Bett, deckte sich zu und schlief ein. Hin und wieder drang Stimmengewirr durch die Wand, Rumpeln auf dem Flur und lautes Türenschlagen. Der Wald in ihrem Traum war dunkel, jeder Stamm grün von Moos und Efeuranken. Ringo umarmte sie, hielt sie fest. In den Bäumen über ihnen saßen Eulen mit den Gesichtern von Menschen, die sie nicht kannte.

Der Wecker zeigte kurz vor sieben, als Frida erwachte. Vom Wolkengrau, vom Regen und vom dünnen Vorhangstoff geschwächtes Abendlicht fiel in den Raum. Die Zimmer und Flure waren erfüllt von Geschäftigkeit, alles machte sich bereit für das Abendessen. Eine Turmglocke schlug in der Nähe, eine andere setzte wenig später ein. Frida blieb liegen, horchte mit geschlossenen Augen auf die Geräusche des Hauses und der Stadt. Dass sie endlich angekommen war, dachte sie erleichtert, und dass sie jederzeit wieder abreisen konnte, gleich am nächsten Morgen, als wäre sie nie hier gewesen. Als hätte sie die Strapazen der Fahrt nicht auf sich genommen, um ihre Mutter zu sehen, als hätte sie sich einfach nur so auf den Weg in den Süden gemacht, um an einem fremden Ort zu landen. Der Brief lag im Koffer, die Abschrift der Adresse steckte zusammengefaltet in ihrer Hosentasche. Die Fotografie, ein gelbstichiges Stück Papier, hatte sie so lange betrachtet, dass sie irgendwann nichts mehr zeigte. Die Landschaft, die Straße, die hellen Würfel von Gebäuden zwischen Bäumen, alles war unter ihrem Blick gegenstandslos, nach Tagen und Nächten des Anstarrens zur nichtssagenden Aufnahme einer beliebigen Szenerie geworden. Der Schatten der Fotografin, ein dunkler Umriss auf der braunen Erde, war noch immer das am deutlichsten Erkennbare auf dem Bild, der halbe Körper, von der Hüfte aufwärts, die beiden Arme, die Hände, der Kopf, aus dem der Fotoapparat ragte, der Kopf ihrer Mutter, ein schwarzer Fleck.

Frida setzte sich auf den Bettrand und wickelte sich aus dem Badetuch. Sie war nicht hungrig, aber durstig. Im Hotel breitete sich Stille aus, von oben nach unten wie etwas Flüssiges. Im Haus ihrer Großmutter hatte sich die Stille angefühlt wie Luft, die ein Gewicht besaß, die nach Bohnerwachs und Genuss und Entsagung roch und wie sonnenwarmer Staub schmeckte, wie mikroskopisch kleine Partikel einer Erinnerung an Mahlzeiten aus Lachs und hartem Brot. Wenn sie die Augen schloss, konnte sie den Kronleuchter vor sich sehen, sein schillerndes Muster auf dem Tisch. Reichte das Schwarz hinter den Lidern aus, sah Frida ihr Zimmer und ihr Bett und darin sich selbst. Sie spürte sich, auch wenn sie es nicht wollte, wie sie im lichtlosen Raum lag, wie die Zeit um sie herum verging, wie die

Dunkelheit sich veränderte, wie die Fabrik ihres Körpers an der Heilung arbeitete und wie sie, ruhend in der Hülle ihrer Haut und Knochen, wieder beinahe ganz wurde. Von wem das Blut war, das man ihr in die Venen geträufelt hatte, wusste sie nicht, wie das ausgesehen hatte, was aus ihrem Unterleib gekratzt worden war, auch nicht. Sie erinnerte sich nicht einmal an den Namen des Arztes oder das Gesicht der Krankenschwester, die ihr vorgekommen war wie ein Geist.

Henriette hatte sie jeden Tag besucht und von ihrem zerstreuten Vater erzählt, dessen Fahrerin sie wurde, wenn er Patientenbesuche machte, von August Grothe, der offenbar lieber in der Klinik über dem Bodensee blieb, als zu Paula zurückzukehren, von der Flutlichtanlage des Tennisplatzes, die ein Blitzeinschlag beschädigt hatte, von der näher rückenden Scheidung, die den Noch-Ehemann, *den feigen Scheißkerl*, endgültig aus Henriettes Leben entfernen würde.

Nachdem Frida die Folgen der Abtreibung überstanden hatte, war sie von Gernot Saalfeld zurück nach Frankfurt geholt worden, damit sie sich vollständig erholen konnte. Konstanze hatte während Fridas Abwesenheit viel Zeit gehabt, sich zu überlegen, wie sie ihre Enkelin dieses Mal, sozusagen beim zweiten Anlauf, behandeln wollte. Henriette hatte sie angerufen und ihr alles erzählt, auch dass Paula das Mädchen nicht mehr in ihrem Haus dulde und Eugen nicht mehr als Hauslehrer zur Verfügung stehe. Noch am selben Tag, an dem Gernot im Daimler nach Nürnberg gefahren war, hatte Konstanze Fridas altes Zimmer hergerichtet und sich bei der Arbeit überlegt, mit welchen Worten sie die Enkeltochter begrüßen und was sie ihr zum Abendessen kochen würde. Als sie Frida dann gesehen hatte, dieses bleiche, dünne Ding, das sich kaum länger als ein paar Minuten auf den Beinen halten konnte, war sie in Tränen ausgebrochen und der seit Tagen vorbereitete Willkommenssatz vergessen.

Ab diesem Moment hatte sich alles verändert. Das frühere Schweigen bei Tisch war einem regen Austausch gewichen, bei dem Banales seinen Platz neben Gewichtigem haben durfte, ein Witz aus der Zeitung neben einem Gespräch über die Katastrophe in Tschernobyl, von der Frida im Radio gehört hatte. Es waren Ausflüge zu dritt unternommen worden, in den Zoo, ins Museum, sogar ins Kino, wo sie sich *Der Name der Rose* und *Crocodile Dundee* angesehen hatten, sie waren in die Oper gegangen, in den *Barbier von Sevilla* und in die *Zauberflöte*, sie hatten ganze Nachmittage in Buchhandlungen und Antiquariaten verbracht, in Bibliotheken und Galerien, in Eisdielen und Cafés und einmal drei Stunden in einem Billardsalon, zu dem Gernot sie geführt hatte wie zum Versammlungsort eines Geheimbundes.

Drei Monate nach der Abtreibung war der Brief aus Assisi gekommen. Gernot hatte ihn Frida nach einem Streit mit Konstanze gegeben, die daraufhin in ihr Zimmer gegangen war, verärgert und besorgt, weil sie fand, es sei noch zu früh, ihre Enkelin mit dem plötzlichen Auftauchen der Mutter zu konfrontieren, das könne warten. Gernot hatte vorgeschlagen, Frida entscheiden zu lassen, ob sie den Brief lesen wolle oder nicht, und sich durchgesetzt. Frida war in den Garten gegangen, um allein zu sein, hatte lange die sorgfältige Schrift und die italienischen Briefmarken betrachtet und den Umschlag schließlich geöffnet, ihn mit einer einzigen nachlässigen Bewegung aufgerissen. Regenwolken waren so plötzlich dagewesen wie eine böse Vorahnung, und der Wind hatte an dem Blatt Papier gezerrt, auf dem fünf Sätze standen, zweiundsiebzig Wörter, *Liebe Frida* und *Deine Mutter Dagmar* mitgezählt.

Nachdem Frida sich angezogen und sich die Haare geföhnt hatte, ging sie in den Ort. Die Restaurants waren voller Pilger, die weniger genügsam waren als der Heilige, dessen Grab sie besucht und fotografiert hatten. In einem Laden kaufte sie eine Flasche Rotwein, eine Packung Kartoffelchips und einen Korkenzieher, der so teuer wie der Wein war, und suchte sich einen Platz, an dem sie abseits des Touristengedränges im Trockenen saß. Alkohol hatte sie gerade erst entdeckt, vor noch nicht einmal zwei Monaten. Die angebrochene Flasche Rotwein hatte in der Küche gestanden, ein *Montefalco*, an den Namen erinnerte sie sich, weil es ein Wein aus Umbrien war, wo auch Assisi lag. Gernot und Konstanze tranken zu jedem Abendessen ein Glas, manchmal auch mehr, im Herbst, Winter und Frühling Rotwein, im Sommer Weißwein und Rosé. Konstanze hatte es einmal für nötig erachtet, Frida zu erklären, dass Wein, in geringen Mengen genossen, gesund sei, eine Art Medizin, außerdem bräuchten ältere Menschen ihn, um gut schlafen zu können.

Am ersten Glas Wein ihres Lebens hatte sie genippt und es dann in einem Zug geleert. Der Geschmack hatte ihr besser gefallen als der Geruch, aber die einschläfernde Wirkung war zu ihrer Enttäuschung nicht eingetreten. Beim zweiten Versuch hatte sie drei Gläser getrunken und sich über das Schwindelgefühl gefreut und darüber, wie unbedeutend die eben noch wichtigen Dinge ihres Lebens wurden und wie viel besser Angst und Ungewissheit auszuhalten waren, wenn alles vor ihren Augen verschwamm und die Gedankengänge absurde Wendungen nahmen. Am nächsten Morgen war ihr übel gewesen, und sie hatte Kopfschmerzen gehabt, aber nach zwei Tassen Kaffee und einer Stunde im Garten hatte sie sich besser gefühlt. Diese von überdrehter Gleichgültigkeit getragene Zuversicht des Vorabends war jedoch längst weggewesen, hatte sich im Tageslicht schneller verflüchtigt als der Alkohol in ihrem Blut.

Dass sie dieses *Etwas* in sich hatte abtöten lassen, war im nüchternen Zustand genauso schwer zu ertragen gewesen wie zuvor, nicht minder schrecklich und unverzeihlich als in der vergangenen Nacht, in der sie sich für ein paar Stunden aus der Wirklichkeit gesoffen hatte. An ihren Gewissensbissen änderten auch Gernots gutes Zureden und Konstanzes Tröstungsversuche und Beschwichtigungen nichts, und weder Artikel über berühmte Frauen, die ihr Recht auf Abtreibung geltend machten, noch Meditationsübungen aus Büchern oder die Beschäftigung mit philosophischen Theorien bewirkten, dass Frida sich nicht mehr elend fühlte.

Auch das Trinken brachte keine Linderung, es half nur, die Welt für die Dauer eines Rausches in einem anderen, weniger schmerzhaften Licht zu sehen. Man vergaß die Zumutungen des Daseins oder lachte über sie, nur um aufzuwachen und sich so mies und verletzlich zu fühlen wie vor dem ersten Schluck. Das war die Einsicht, zu der Frida gelangt war, aber kein nächtliches Würgen über der Toilettenschüssel, kein blauer Fleck und kein Kater hielten sie davon ab, sich regelmäßig in diesen Zustand zu versetzen, der sie abheben und schweben und wenig später abstürzen und hart aufschlagen ließ. An Wein mangelte es nicht, der Keller der Saalfelds war voll davon, und Kaffee und frische Luft gab es ebenfalls reichlich. Frida hatte das Für und Wider gegeneinander abgewogen, das Hochgefühl einer Nacht im dosierten Delirium gegen die Leiden eines Tages mit wundem Schädel und den alten Dämonen, und sich für die Nacht entschieden.

Die Glocken von Assisi schlugen elfmal. Die Kälte kroch Frida in die Knochen und der Regen wurde heftiger. Sie ließ die halb ausgetrunkene Flasche stehen und ging zurück ins Hotel. In ihrem Zimmer putzte sie sich die Zähne, zog sich aus und kroch ins Bett. Vor dem Fenster wurde es ruhig, im Hinterhof herrschte Stille, und von der Straße war kaum noch etwas zu hören, alles schien zur Ruhe zu kommen.

Liebe Frida, ich hoffe, dieser Brief erreicht Dich. Wahrscheinlich will Deine Großmutter nicht, dass ich Dir schreibe, aber ich tue es trotzdem. Ich denke oft an Dich und wünsche mir, dass es Dir gut geht. Ich lebe jetzt in Italien, in der Stadt Assisi. Unten steht meine Adresse, wenn Du möchtest, kannst Du mich besuchen, Du bist ja jetzt erwachsen. Ich würde mich freuen, Dich zu sehen. Alles Gute, Deine Mutter Dagmar.

Frida zog die Decke über den Kopf und drehte sich auf die Seite. Sie dachte an die Weinflasche, die in einer schmalen Gasse unter dem Torbogen neben einem Reisebüro stand und bei Tagesanbruch vielleicht von jemandem gefunden würde, der einen Schluck brauchte und sich nicht davor ekelte, die Flaschenöffnung an die Lippen zu setzen und zu trinken. Sie überlegte, ob sie aus einer halb leeren, irgendwo herumstehenden Flasche trinken würde, nur um des flüchtigen euphorischen Taumels willen, und konnte es sich nicht vorstellen. Aber ebenso wenig hatte sie sich noch bis vor Kurzem vorstellen können, Konstanze und Gernot zu verlassen, ohne ihnen etwas zu sagen, einfach die Hälfte des Geldes von dem Konto, das auf ihren Namen lief, abzuheben und nach Italien zu fahren.

Sie hätte noch einen Schluck Wein trinken sollen, dachte sie, nur noch einen, dann schlief sie ein.

Es regnete nicht mehr am nächsten Tag. Das Licht war mild, es fiel aus einem Himmel, der fleckig war wie eine frisch verputzte Wand. Obwohl Frida keine Kopfschmerzen hatte, trug sie eine Sonnenbrille. Im Fond des Taxis sitzend, sanft geschaukelt von den Wellen der unbefestigten Straße, über die sie fuhren, stellte sie sich vor, wie sie gleich aussteigen und auf ihre Mutter zugehen, wie sie zwei, drei Schritte vor ihr stehen bleiben und sie mustern würde, stumm und ohne Regung, und wie ihre Mutter zu weinen beginnen und niedersinken, auf die Knie fallen würde, auf die nasse Erde oder in eine Pfütze, in der sie ihr Gesicht sehen würde wie in einem Spiegel. Hinter dem Glas des Seitenfensters tauchten Olivenbäume auf, der Boden war bedeckt mit Steinen und kleinen Büschen, dazwischen wuchs Gras. Der Fahrer sagte etwas auf Italienisch und hielt mitten auf dem schlammigen Weg an, der sich vor ihnen gabelte. Offenbar wusste der Mann nicht, welche Richtung er einschlagen sollte. Während der Reise von Deutschland nach Italien hatte Frida Wörter aus einem Konversationslexikon abgeschrieben, *cercare* für suchen, *fattoria* für Bauernhof, *indirizzo* für Adresse. Sie hatte dem Taxifahrer die Fotografie gezeigt, auf der die Häuser zu sehen waren, und den Zettel mit der Adresse, und er hatte beides lange betrachtet und Frida dann mit einer Kopfbewegung zu verstehen gegeben, hinten Platz zu nehmen. Bald nachdem er losgefahren war, hatte er angehalten und sich mit zwei Männern beraten, die in einem Lieferwagen mit heruntergedrehten Scheiben gesessen und geraucht hatten, zum gründlichen Studium der Fotografie und der handschriftlichen Adresse aber ausgestiegen waren. Nach etwa fünf Minuten aufgeregten dreistimmigen Redens und sechsarmigen Gestikulierens hatte sich der Fahrer wieder hinter das Steuer des Fiat gesetzt, Frida im Rückspiegel zugelächelt und etwas gesagt, das sich zwar unverständlich, dem Tonfall nach jedoch zuversichtlich angehört hatte.

Jetzt machte er einen ratlosen Eindruck. Er tippte mit dem Zeigefinger auf die Fotografie und redete, ohne Luft zu holen und ohne Frida zu Wort kommen zu lassen. Dann wedelte er mit dem Adresszettel und zeigte mit der freien Hand in alle Richtungen, sogar nach hinten. Bevor Frida etwas sagen konnte, stieg er aus und sah sich um. Er war klein, einen Kopf kleiner als Frida, und die Wahrscheinlichkeit, dass er im Stehen mehr sehen würde als im Sitzen, erschien Frida gering. Wie um die Lächerlichkeit seines Versuchs zu unterstreichen, stellte er sich auf die Zehen und reckte den Hals, wobei er die Handfläche an die Stirn legte, als blendete ihn sonst die Sonne, deren Position im kalkfarbenen Himmel nicht einmal zu erahnen war. In seiner zu kurzen Hose und mit dem ausgebeulten Strohhut auf dem Kopf sah er aus wie ein Schiffbrüchiger, der von einer Insel aus auf ein leeres fremdes Meer blickt.

Als Frida ausstieg, drehte er sich zu ihr um und zuckte mit den Schultern. Er sagte etwas, und diesmal klang es überhaupt nicht zuversichtlich. Aus Ermangelung einer Antwort oder eines Vorschlags, was zu tun war, zuckte Frida ebenfalls mit den Schultern. Der Mann sagte wieder etwas, dem Klang nach stellte er eine Frage, und weil Frida nur die Augenbrauen hob und leicht den Kopf schüttelte, zeigte er in die Richtung, aus der sie gekommen waren, und sagte »Assisi«. Er wollte wissen, ob sie umzukehren wünsche, so viel glaubte Frida zu verstehen. Sie schüttelte erneut den Kopf, ein wenig energischer als zuvor, holte das Wörterbuch aus dem Rucksack und suchte nach der Übersetzung für *spazieren*. »Passeggiare«, sagte sie schließlich und hob ein paarmal die Füße. Der Mann schürzte die wulstigen Lippen und nickte, was Frida als skeptisches Einverständnis deutete, dann gab er ihr die Fotografie und den Zettel. Mit einem Kugelschreiber kritzelte er den Fahrpreis auf die Handfläche und zeigte ihn Frida. Sie hielt ihm drei, vier speckige Lirescheine und ein Trinkgeld hin, von dem sie nicht wusste, ob es zu großzügig war, und er nahm das Geld und schob es in die Brusttasche seines Hemdes, dann fuhr er los, wendete den Wagen, hupte mehrmals und war wenig später verschwunden.

Frida betrachtete die Fotografie. Verglichen mit der echten Landschaft wurde das Abgebildete wirklichkeitsnäher als noch zu Hause, auch wenn weder die Farben noch die Lichtverhältnisse übereinstimmten und sie von hier aus keine Gebäude sehen konnte. Als sie den Blick nach vorne auf den Weg und in den Wald hinein richtete, erschien es ihr absolut möglich, dass die Häusergruppe hinter einer der nächsten Biegungen zu finden war, also marschierte sie los. An den Füßen trug sie gute Wanderschuhe, den Rucksack füllten neben dem Wörterbuch eine regenfeste Jacke, ein zweiter Pullover, ein zweites Paar Wollsocken, eine kleine Flasche Wasser und, weil sie es den anderen Hotelgästen nachgemacht hatte, zwei Brötchen vom Frühstücksbüfett.

Sie war nach rechts gegangen, eine Viertelstunde war das jetzt her. Vor ihr erstreckte sich die Ebene, auch wenn sie davon nur den Teil sah, der direkt vor ihr lag, sanft hügeliges Gelände, steinig, zu dieser Jahreszeit wohl grüner als sonst, unterbrochen von kleinen Wäldchen und einzelnen Bäumen, Steineichen, Erlen, Olivenbäumen, überall Büsche. Sie begegnete Schafen, ein Dutzend versprengter Tiere, und hoffte auf einen nahen Hof, wenig später stand ein Esel inmitten einer kahlen Fläche, mit einem Strick an einem abgestorbenen Baum festgebunden, aber alles, worauf sie an menschlichen Bauten traf, waren halb verfallene Steinhütten, ein umgekippter Holzschuppen, ein trockener, von Pflanzen überwucherter Brunnen und zwei Grundmauern, jedes Rechteck ein lückenhaftes Gebiss, jeder Brocken ein Zahn, auf dem Gras wuchs.

Frida zog die Regenjacke an und aß ein halbes Brötchen. Weil der Wind auffrischte, fühlte sich die Luft kälter an, als es im Wetterbericht vorhergesagt worden war. Wolken blieben mit ihren dunklen Bäuchen an den Hügelzügen hängen, wo die Konturen verwischten, fielen die ersten Tropfen. Vielleicht hätte sie nach links gehen sollen, dachte Frida, und ganz bestimmt wäre eine Karte nützlich gewesen, nicht nur um zu ihrer Mutter zu finden, sondern auch für den Rückweg in die Stadt. Als keine fünfzig Meter von ihr entfernt eine Rotte Wildschweine durch das Unterholz krachte und vor ihr über den Weg rannte, erschrak sie fast zu Tode. Sie wartete, dann ging sie zu einem Baum und lehnte sich dagegen, sah am Stamm empor und wusste, dass sie es niemals schaffen würde, hinaufzuklettern, selbst wenn ihr Leben davon abhing. Leander saß dort oben, lächelte herab, ein Bild von zwei, drei Sekunden, nach einem Wimpernschlag schon wieder verschwunden. Sie streckte den Arm aus, sprang hoch und berührte mit den Fingerspitzen nicht einmal den untersten Ast.

Sie hätte bei dem Esel bleiben sollen, überlegte sie, warten, bis jemand kam, um ihn zu holen. Falls ihn überhaupt jemand holte. Sie setzte sich auf einen Stein und trank einen Schluck Wasser. In ihrem Koffer im Hotel lag eine Fotografie, die ihre Mutter zeigte. Das Bild war vor sechs Jahren in einer Zeitschrift erschienen. *Dagmar E. lebte in der Kommune ohne Gesetz und Moral* stand darunter. Frida wusste nicht, wo die Aufnahme entstanden war, am ehesten vor einem Gerichtsgebäude oder Gefängnis. Ihre Mutter trug einen dunkelblauen Mantel, aus dessen Kragenöffnung ein buntes Tuch quoll. Sie war in Bewegung, drehte den Oberkörper leicht zur Seite und sah in die Kamera, wahrscheinlich auf einen Zuruf des Fotografen hin. Ihr ehemals schulterlanges braunes Haar war gewellt und hochdrapiert, keine schweißnasse Strähne fiel ihr in die Stirn, kein Grashalm hatte sich darin verfangen. Hätte sie gelächelt und gewunken, man hätte sie für eine Schauspielerin halten können. Aber sie lächelte nicht, ihr Gesicht war leer und ausdruckslos, daran konnte auch die Schminke nichts ändern und die Frisur, die auf ihrem Kopf saß wie ein verzierter, nutzloser Helm. Ein tiefes Erschrecken weitete ihre Augen, als sei ihr in der Sekunde des Fotografiertwerdens bewusst geworden, wie fremdbestimmt ihre Tage plötzlich verliefen, wie ausgeliefert dem System sie jetzt war und wie viele Zurechtweisungen und Demütigungen noch auf sie zukommen würden. Beim allerersten Betrachten des Bildes hatte Frida sofort zu wissen geglaubt, was sie sah: ihre Mutter, auf einen Schlag von der Erkenntnis getroffen, dass ihre ganzen Anpassungsversuche, der Lippenstift und Lidschatten, die Wimperntusche, das absurde Gebilde ihres Kopfhaars und der getupfte Schal ihr nichts nützen würden, dass ihre hastigen, möglicherweise von ihrem Anwalt angeregten Bemühungen, sich als normale vierzigjährige deutsche Frau zu verkleiden, vergeblich waren und die Öffentlichkeit sie nach wie vor als gemeine Kriminelle sah, als Extremistin, als Verrückte.

Frida wollte zurück ins Hotel und den restlichen Nachmittag damit verbringen, zu den Taxiständen und in die Läden des Ortes zu gehen und den Leuten das Bild zu zeigen, das einzige von ihrer Mutter, das sie besaß. Bestimmt gab es einen Markt, dort musste es möglich sein, jemanden zu finden, der Dagmar kannte oder schon einmal gesehen hatte. Auf dem Polizeiposten nach ihr zu fragen, zog sie als letzte Möglichkeit in Betracht, Dagmar Schäfer war weder als vermisst gemeldet noch eine gesuchte Verbrecherin.

Als sie die Stelle erreichte, an der der Taxifahrer gewendet hatte, näherte sich ihr mit dem Lärm eines Traktors ein Auto. Die Frau am Steuer des Land Rover Defender hielt neben Frida an und machte den Motor aus.

»Buongiorno«, sagte sie, nachdem sie die Scheibe herunter gedreht hatte. Sie war braun gebrannt, hatte graues, zu einem Pferdeschwanz zusammengebundenes Haar und dunkle, fast schwarze Augen.

»Buongiorno«, sagte Frida, die einen Schritt vom Weg zurückgetreten war.

Die Frau lächelte, vielleicht über Fridas Misstrauen, vielleicht über ihre Aussprache. »Posso aiutarti?«

»Io … cercare …«, sagte Frida, während sie den Rucksack vor den Bauch hielt und nach dem Wörterbuch tastete. »Una donna.«

Jetzt lachte die Frau laut auf. »Du bist Deutsche!« Ihre Zähne waren weiß und ebenmäßig wie die von Konstanzes Porzellanhunden. »Das dachte ich mir gleich.«

Frida lächelte, kurz nur, weil sie glaubte, im Klang der Stimme der Frau einen spöttischen Unterton herausgehört zu haben. Die Frau, ihrer akzentfreien Aussprache nach Deutsche, strahlte etwas Herzliches, Hilfsbereites aus und gleichzeitig etwas Überhebliches. So stellte Frida sich die eitlen Königinnen ihrer früheren Schule in fünfzig Jahren vor, ihre sonnengebräunten Gesichter ein Netz aus tausend Fältchen über einer nur noch zu erahnenden Schönheit.

»Und wie ist ihr Name?«

»Dagmar«, sagte Frida. Sie machte einen Schritt nach vorne. »Schäfer. Vielleicht auch Halm, wie mein Vater.«

Die Frau sah Frida an, einen Atemzug lang, lange genug, dass Frida sich unbehaglich zu fühlen begann.

»Du bist Frida«, sagte die Frau endlich und dann: »Steig ein.«

Für ein paar Sekunden hatte der Blick durch die Frontscheibe des Rover mit der Fotografie übereingestimmt. Aber gleich darauf war das Licht wieder anders geworden, das Bild dunkler, der Himmel nicht zu einem faden Blau ausgewaschen und überbelichtet. Auf der Fotografie versanken die hellen Gebäude im Hintergrund wie Würfelzucker in Wasser, vor Fridas Augen leuchteten sie aus dem Grün der Bäume und Sträucher heraus, als strahlten sie von innen.

Jetzt saß sie in einem der Häuser, dem größten der drei bewohnten, und trank Tee. Die Frau hatte sich ihr als Kalindi vorgestellt. So nannte sie sich, seit sie in Nordindien gewesen war, wo es einen Berg namens Kalinda gab. Eigentlich hieß sie Brigitte, aber unter den Anhängern der buddhistischen Lehre war es üblich, sich umzutaufen, und deshalb war sie *Die vom Berg Kalinda kommt* geworden, obwohl sie aus Trier stammte. Sie hatte sich umgezogen und dann den Tee zubereitet und Frida das alles erzählt, und auch, dass Fridas Mutter vor zwei Monaten von hier fortgegangen sei, mit einem Mann, der in seinem neuen Leben

Nandi heiße, was *glücklich* bedeute. Die beiden seien auf dem Weg nach Indien.

»Und was will sie da?«, fragte Frida. Sie saßen in der Küche an einem langen Holztisch, dessen Platte zerkratzt und mit Flecken übersät war. In einem offenen Kamin loderte ein Feuer, es war warm, und überall standen brennende Kerzen, deren Licht den Raum gerade so weit erhellten, dass Frida die Bilder an den Wänden und die Muster der Teppiche unter sich erkennen konnte.

»Tja«, sagte Brigitte und zog die Schultern hoch. »Das ist die Frage. Uns hat sie erzählt, sie wolle noch mal von vorne anfangen. Aber das wollte sie eigentlich schon hier.«

»Was ist das hier überhaupt?«

»Wir sind noch immer dabei, das herauszufinden. Am ehesten ist es wohl ein Ort des Rückzugs und der Besinnung. Hier können wir uns von den Dingen lösen, die uns belasten. Wir alle sind vergiftet von Überfluss und Gier. Dies ist die Umgebung, in der wir unsere Seelen reinigen.« Brigitte trank einen Schluck Tee aus der Schale, die in ihren gewölbten Handflächen verschwand. »Vorausgesetzt natürlich, man ist dazu bereit.« Sie lächelte.

»Ist es so was wie eine Kommune?«

»Eine Kommune? Oh nein. Eine Gemeinschaft. Uns verbinden gemeinsame Anliegen. Wir …« Brigitte verstummte jäh, dann stellte sie die Trinkschale auf den Tisch und legte eine Hand auf die Brust, da, wo das Herz lag, eine Geste, deren Theatralik Frida nicht entging. »Ach, du meinst … Nein. So eine Art von Gruppe sind wir nicht, nein. Alle sind … und waren aus freiem Willen bei uns.«

»Was wollte meine Mutter hier? Wieso ist sie gerade nach Assisi gekommen?«

»Sie hat uns geschrieben. Aus dem Gefängnis. Eine Mitgefangene hat ihr von uns erzählt, Kali. Sie war letztes Jahr hier, nur für ein paar Tage, dann ist sie zurück nach Deutschland. Kali hat Drogen konsumiert, wahrscheinlich auch damit gehandelt … Was deine Mutter hier suchte? Ruhe. Geborgenheit. Geistige Öffnung, Entfaltung. Was alle suchen.«

»Aber gefunden hat sie es nicht?«

Brigitte breitete die Arme aus, hob sie ein wenig an und ließ sie dann wieder sinken. »Sie war ungeduldig. Ruhelos. Es schien ihr unmöglich, sich dem Geist Yoganandas zu öffnen.«

»Wer ist das?«

»Paramhansa Yogananda. Ein indischer Guru. Seinem Pfad folgen wir, seiner Lehre.«

»Nicht der von dem Heiligen? Franziskus?«

»Yogananda war vor einigen Jahren in Assisi. Er kam wegen der spirituellen Kraft dieses Ortes, der Strahlung. Während seines Aufenthalts war er mehrmals in direktem Kontakt mit Franziskus. Er hatte viele Visionen hier.«

Frida trank den restlichen Tee, der schwer und süß schmeckte, gleichzeitig fruchtig und modrig. Auf einem der Bilder erkannte sie ein Wesen, das wie eine Mischung aus Mensch und Elefant aussah, mit Rüssel und vier Armen, auf einem anderen kauerte ein goldenes Reh, auf einem dritten saß eine Frau im Schneidersitz, die Augen geschlossen, auf dem Kopf etwas Spitzes, das wie eine Flamme aussah. Ein Bild war ein großes, mit Reißzwecken an die Wand gepinntes Tuch, ein farbiges Durcheinander von Figuren, die ein Saiteninstrument in den Händen hielten, eine Schlange und ein Gefäß. Eine der Gestalten hob etwas in die Höhe, das ein Brot oder ein Goldklumpen sein mochte, eine zweite streckte eine Hand aus, die einen verzweigten Ast hielt. Der Teppich unter Fridas Füßen war weniger bunt, Blautöne und Schwarz dominierten, dazwischen flossen stilisierte Ranken und Blätter aus schmutzigem Grün und Braun ineinander wie Efeu an einer dunklen Wand.

»Hatte meine Mutter auch einen Namen?«, fragte Frida nach einer Weile der Stille, während der nur das Prasseln des Feuers in der Küche und des Regens auf dem Dach zu hören gewesen war. »Einen neuen Namen, meine ich.«

»Alle, die hierherkommen, erhalten einen neuen Namen. Das hilft, das alte Ich abzustreifen. Es gibt eine Liste, aus der man sich seinen Namen aussuchen kann. Deine Mutter wählte Mukta.«

»Mukta«, wiederholte Frida leise.

»Das bedeutet *Die Befreite. Die Erlöste.*«

Frida nickte. Der Regen schien heftiger zu werden, in den Dachrinnen gurgelte das Wasser, es rauschte in den Fallrohren und stürzte in die Pfützen. In einem solchen Regen, hatten die Alten behauptet, konnte man ertrinken, wenn man den Mund nicht geschlossen hielt.

Brigitte meinte, Frida solle bei ihnen übernachten, die Wege seien zu Rinnen aus Matsch geworden, die Schlaglöcher zu kleinen Seen, mit dem Jeep passierbar, aber eine Fahrt nach Assisi werde ewig dauern, und dann müsse sie ja auch noch zurückfahren, nachdem sie Frida beim Hotel abgesetzt habe. Inzwischen war es dunkel geworden, und noch immer schüttete es wie aus Eimern. Frida blieb nichts anderes übrig, als das Angebot anzunehmen, obwohl sie das Zimmer für zwei Nächte gebucht und schon bezahlt hatte. Zwei Frauen und ein Mann kamen, um gemeinsam das Abendessen zuzubereiten, Salat und eine fleischlose Pizza, die im Holzofen gebacken wurde. Es gab noch mehr Tee, nicht einmal Wein aus der Region kam auf den Tisch der Gemeinde, die sich, wie Brigitte während des Kochens erzählte, den Namen Chandrika gegeben hatte, was in Sanskrit *Mondschein* bedeutete. Frida ließ einen Vortrag über die schädlichen Auswirkungen von Alkohol über sich ergehen und dachte dabei an die halb volle Flasche, die sie in einer Gasse von Assisi hatte stehen lassen, und wie gerne sie jetzt ein Glas davon getrunken hätte. Sie war schlecht gelaunt, weil ihre Mutter sie an diesen seltsamen Ort gelockt und sich dann davongemacht hatte, weil sie im Haus keine Schuhe tragen durfte und jetzt an den Füßen fror, und weil es regnete und sie von der Musik, die sich leise und eintönig aus einer verborgenen Quelle in den Raum ergoss, gleichermaßen unruhig und schläfrig wurde.

»Ich habe über dich in der Zeitung gelesen. Also über euch. Über eure Gemeinschaft.« Die Frau, die das sagte, saß Frida gegenüber. Sie hieß Lata, *Ranke* oder *Zweig*, ihren richtigen Namen behielt sie für sich. »Das alles muss schrecklich gewesen sein.«

Frida reagierte nicht auf die Bemerkung. Die Salatsoße war wässrig und die Pizza angekohlt, was ihre Stimmung nicht gerade verbesserte. Sie schätzte die Frau auf fünfzig und konnte nichts Rankes an ihr erkennen, nichts, was den Bezug zu einem Zweig rechtfertigte.

»Schrecklich für dich, meine ich. Für euch.« Latas Stimme war rauchig und dunkel, und so dahingesagt, wie jeder Satz ihren mit Essen gefüllten Mund verließ, so teilnahmslos war sein Klang.

Die andere Frau, Madhavi, *Die Honigartige, Die zum Frühling Gehörende*, sagte: »Grauenhaft. Vor allem das mit der Polizei.«

»Du musst nicht darüber sprechen«, sagte Brigitte. Sie lächelte Frida zu, nachdem diese endlich den Kopf gehoben hatte.

»Nein, natürlich nicht«, sagte Lata. »Tut mir leid.«

»Ist schon gut.« Frida schob den Teller von sich. Die beiden verbrannten Teigreste sahen aus wie Augenbrauen, die kohlschwarzen Augenbrauen von Adam Kerbel, der sie vor ewigen Zeiten zur Schule gefahren hatte. Inzwischen war er bestimmt verheiratet, dachte sie, und noch immer war sie peinlich berührt, wenn sie sich den schwülstigen Wortlaut ihres Briefes an ihren ehemaligen Chauffeur in Erinnerung rief.

Der Mann hatte bisher außer *Guten Abend* und *Danke* nichts gesagt und blieb auch weiterhin stumm. Sein neuer Name war Pradip, *Licht, Lampe*, was bei ihm so absurd war wie *Ranke* bei der stämmigen Frau, denn von ihm ging nichts Helles aus, nichts Strahlendes und nicht einmal etwas Freundliches. So abwesend und in sich versunken war er, dass er in seinem viel zu weiten dunkelroten Umhang beinahe verschwand. Nur sein winziger Kopf schaute aus dem Kragen hervor, haarlos und rund, eine glänzende Kugel mit einem grauen, unbewegten Gesicht und einem Blick, der ebenso gut von innerem Frieden verschleiert sein mochte wie von banaler Traurigkeit oder Apathie.

Jetzt durchbrach er sein Schweigen, erhob sich und sagte: »Gute Nacht.« Er trug seinen Teller und seine Trinkschale in die Küche, spülte beides ab und verließ das Haus.

»Davor war es nicht schrecklich«, sagte Frida in die Stille hinein, die entstanden war, nachdem der Mann die Tür hinter sich geschlossen hatte. Es regnete nicht mehr, jedenfalls war das Trommeln auf den Ziegeln nicht mehr zu hören. »Bevor die Polizei gekommen ist.«

Die drei Frauen wechselten Blicke, als müssten sie untereinander ausmachen, wer antworten sollte.

»Bestimmt nicht«, sagte Brigitte schließlich und tätschelte die Hand der neben ihr sitzenden Frida. »Nicht alles war schlimm.«

Madhavi erhob sich und ging in die Küche, wo sie ihr Geschirr spülte und ein Holzscheit in den Ofen schob. Das Feuer gab knackende Geräusche von sich, Rauch waberte an der Decke entlang, vermischte sich mit der Musik.

»Überhaupt nichts war schlimm«, sagte Frida ruhig, wie zu sich selbst. Sie wäre gerne aufgestanden und gegangen, aber sie wusste nicht, wo sie schlafen sollte.

Madhavi kam zurück und legte eine Handvoll in farbig glitzernde Folie verpackte Schokoladenkugeln auf den Tisch, daneben drei kleine schrumpelige Äpfel. Sie stand da, als kämpfe alles in ihr dagegen an, sich hinzusetzen, dann tat sie es trotzdem. Sie war Ende zwanzig, Anfang dreißig, hatte große blaue Augen und eine sonnengebräunte, von Sommersprossen gefleckte Haut. Das Einzige, was bei ihr an Honig denken ließ, waren die Haare, eine strohblonde, mit zahllosen Nadeln und Klammern zu einem Bienenkorb aufgetürmte Masse, größer als ihr Kopf.

»Aber, na ja, ihr Kinder wart da doch wie … wie Gefangene.« Lata wickelte eine Schokoladenkugel aus der Folie und schob sie sich in den Mund. »So stand es in der Zeitung.«

»Überhaupt nichts war schlimm«, wiederholte Frida, noch leiser als zuvor und ohne jemanden anzusehen. Dann stand sie auf und ging in die Küche, wusch den Teller und die Schale unter dem lauwarmen Wasserstrahl und trocknete beides ab.

Als sie fertig war, trat Brigitte neben sie, legte ihr eine Hand auf die Schulter und sagte: »Ich zeig dir dein Zimmer.« Sie nahm einen Mantel von einem Wandhaken, legte ihn sich über die Schultern und öffnete die Tür nach draußen.

Die heftigen Schauer waren zu einem Nieseln geworden. Die Blätter der riesigen, in der Mitte des Platzes stehenden Kastanie summten von Abermilliarden feiner Tröpfchen, durch die der Strahl der Taschenlampen drang wie durch Nebel. Frida und Brigitte staksten im Schlamm zu einem der Nebengebäude, in dem es ein unbenutztes Zimmer gab. Sie redeten nicht, hielten Schirm und Taschenlampe fest und zogen Schritt für Schritt ihre Gummistiefel aus dem schwarzen, zähen Morast. Auch im Zimmer schwiegen sie, während sie das Bett frisch bezogen und eine Handvoll toter Käfer und Fliegen aus dem Fenster warfen. Erst als alles für eine spartanische Nacht vorbereitet war, redeten sie wieder. Der Toilettenraum mit Waschbecken befinde sich am Ende des Flurs, sagte

Brigitte, die Dusche leider im Haupthaus, das sie gerade verlassen hatten. Frida meinte, sie wolle nur schlafen, dann wünschten sie sich eine Gute Nacht. Frühstück gebe es am großen Tisch, sagte Brigitte noch und schloss die Tür hinter sich.

Frida setzte sich auf das schmale Bett und sah an die gegenüberliegende Wand, die im Licht der Deckenlampe gelb schimmerte. Drei Bilder lehnten mit der Rückseite nach vorne an der Wand, auf einem kleinen Tisch lagen ein Stapel Papier, ein Kerzenstummel und eine Zigarettenpackung. Sie glaubte das Schmatzen der Gummistiefel zu hören, in denen Brigitte über den Hof ging, dazwischen durchdrang das Sirren vereinzelter Zikaden die Ruhe, schwach nur und zaghaft, als versicherten die Tiere einander, nicht ertrunken zu sein.

Auf Füßen, die taub waren vor Kälte, ging Frida zum Tisch und öffnete die Zigarettenpackung, aus der Plastikperlen rollten, Kastanien und braune Kügelchen, die Frida für Pflanzensamen hielt. Die Seiten waren mit Namen gefüllt und von der Luftfeuchtigkeit wellig geworden, schwerer. Frida fand Lata und Madhavi und, mit Kugelschreiber unterstrichen, Mukta, das außer *befreit* und *erlöst* auch *verlassen, aufgegeben* und *verschwunden* bedeutete.

Unter dem Tisch standen ein Abfalleimer aus grünem Plastik und ein Paar Gummischlappen. Frida zog die Socken aus und hängte sie über die Lehne des Bambusstuhls, dessen Beine von brauner Fäulnis befallen waren, schlüpfte in die Schlappen und ging ins Bad. Im Licht einer nackten Glühbirne wusch sie sich und putzte die Zähne mit einer der Zahnbürsten, die, zusammen mit anderen ladenneuen Hygieneartikeln und ein paar Muscheln und Kieseln, in einer Tonschüssel auf dem Tisch neben dem Waschbecken lagen. An der unverputzten Wand über der Toilette stand in schwarzer, wahrscheinlich mit einem Kohlestück geschriebener Schrift FENSTER.

Im Bett überflog sie die Namensliste und fragte sich, ob es ihre Mutter gewesen war, die Mukta unterstrichen hatte, und warum sie gerade diesen Namen gewählt hatte, ob sie sich tatsächlich befreit und erlöst fühlte, und wenn ja, wovon oder von wem. Sie stellte sie sich in Indien vor, obwohl sie keine Ahnung hatte, wie es dort aussah. Sie versuchte, Nandi ein Gesicht und eine Gestalt zu geben, aber der Begleiter ihrer Mutter blieb schemenhaft, wie alles, was sie betraf, eher verschwamm und zerfiel, als klarer zu werden. Ihr war noch immer kalt, aber irgendwann schlief sie ein, während der Regen wieder stärker wurde und schwere Tropfen auf das Dach prasselten.

Es war noch dunkel, als Frida erwachte. Sie zitterte am ganzen Körper, spürte ihre Füße nicht mehr. Zuerst wusste sie nicht, wo sie war, dann fiel es ihr ein, das leere Zimmer, der Essraum, sogar die Musik erklang hinter ihrer heißen, feuchten Stirn. Sie erinnerte sich an Brigitte und hatte plötzlich wieder den Geschmack verbrannten Teigs im Mund. Ihre Beine fühlten sich wackelig an, die ersten Schritte wie ein Taumeln. Die Socken waren noch so klamm wie zuvor, aber sie stopfte sie trotzdem in den Rucksack und zog das trockene Paar an und dann die Schuhe, den zweiten Pullover und die Jacke. Die verdreckten Gummistiefel vor der Tür ließ sie stehen, auch den Schirm. Wie sie nach Assisi kommen würde, wusste sie nicht, nur, dass sie wegwollte, ins Hotel, ins warme Bett. Sie stopfte sich die Blätter mit den Namen unter die Kleidung und ging ins Freie, wo kein Regen mehr fiel und kaum noch Wolken den unförmigen Mond verdeckten. Im Haupthaus brannte kein Licht, auch die anderen Gebäude lagen im Dunkel. Frida öffnete leise die Tür, durch die sie mit Brigitte gegangen war, leuchtete mit der Taschenlampe in den Flur vor der Küche und nahm einen der Mäntel und einen Schal von ihren Haken. Durch ein Gitter im Ofen sah sie die Glut und hätte sich am liebsten davorgesetzt, wenigstens so lange, bis das Zittern schwächer geworden wäre, aber dann schloss sie vorsichtig die Tür und ging am Land Rover und an einem mit leeren Obstkisten beladenen Anhänger vorbei zum Weg, der in Richtung Assisi führte.

Der Mantel und der Schal wärmten ihren Oberkörper, aber Füße und Beine blieben eiskalt, auch nachdem sie eine halbe Stunde gelaufen war. Ein leichter Wind wehte, der ihren Kopf kühlte. Immer wieder haderte sie mit ihrer im Halbschlaf getroffenen Entscheidung, und mehr als einmal blieb sie stehen und war kurz davor, umzukehren, und jedes Mal ging sie dann doch weiter, setzte einen Fuß vor den anderen, unter sich die aufgeweichte Erde, über sich den von der Morgendämmerung gelbgrau gefärbten Himmel. Ein Reh lief vor ihr über den Weg, verharrte am Waldrand und betrachtete sie sekundenlang, bevor es wegrannte.

Als sie schon dachte, sie hätte sich verlaufen, hörte sie irgendwo vor sich ein Auto. Es war halb sechs, ein erster Ladenbesitzer, eine erste Kellnerin schien auf dem Weg zur Arbeit zu sein. Minuten später stand Frida an der Straße, deren Asphalt vom Regen noch feucht war, und folgte ihr. Dass sie fror, spürte sie nicht mehr, dafür tat ihr jeder Muskel im Leib weh. In der Ferne konnte sie Assisi sehen, ein paar Lichter auf einer Anhöhe, und während sie sich wie im Traum darauf zu bewegte, hielt ein blauer Lieferwagen neben ihr. Die Frau am Steuer drehte das Fenster herunter, sie war jung, vielleicht zwei, drei Jahre älter als Frida, und sie rief etwas, sehr laut, um die Musik zu übertönen, The Cure, die Frida kannte, weil es die Lieblingsband von Helga Reelitz gewesen war. *Assisi* verstand Frida und nickte, nahm den Rucksack ab und stieg ein. Trotz des Lärms versank sie im Sitz und schließlich im Schlaf, träumte von Helga und den beiden Messern mit den eingebrannten Namen auf den Griffen. Helga war in eine Art Heim gesteckt worden, eine Mischung aus Jugendgefängnis und Nervenklinik, und in Fridas Traum schrieb sie einen Brief und schob den Umschlag, auf dem FRIEDA stand, zwischen den Gitterstäben eines Fensters hindurch ins Freie, wo eine Krähe saß, den Brief mit dem Schnabel packte und davonflog.

Die junge Frau musste Frida an der Schulter rütteln, um sie zu wecken. Sie standen auf einem Platz, dessen Namen Frida ebenso wenig kannte wie den der Kirche, die vor ihnen aufragte. Sie musste tief geschlafen haben und schämte sich dafür. Als sie ausstieg, knickten ihre Beine ein, und hätte die Frau nicht kräftig zugepackt, wären sie beide gestürzt. Frida hielt sich einen Moment lang an der offenen Wagentür fest und atmete ein paarmal tief ein und aus. Die Frau sagte etwas, das wie eine besorgte Frage klang. Frida sagte Ja und dann Si, nahm die Hände von der Tür und lächelte. Es war eine Spur heller geworden, da und dort brannte Licht hinter einem Fenster. Ein alter Mann hob Kisten vom Anhänger eines Mofas und trug sie in ein dunkles Ladenlokal. Die Frau fuhr davon, und Frida winkte ihr nach, bis der Lieferwagen hinter einer Hausecke verschwunden war. Ein Hund kreuzte ihren Weg, sein Fell war schwarz und glänzte wie der Lack des Autos, an dessen Reifen er pinkelte.

Frida ging mehrmals in die falsche Richtung. Sie meinte Gassen zu erkennen und irrte sich, sah ein Modegeschäft, von dem sie glaubte, es liege in der Nähe des Hotels, und als sie endlich vor dessen Eingang stand, war sie erstaunt, weil ihr der Name nicht mehr bekannt vorkam. Es war erst kurz vor sechs, und sie musste mehrmals laut klopfen, bevor jemand sie hereinließ. Sie kramte den Zimmerschlüssel aus dem Rucksack und zeigte ihn dem Mann, der ein Koch oder Kellner oder der Nachtportier sein mochte. Ihre Beine waren so schwer, dass sie fast nicht die Treppe hochkam. Sie wollte heiß duschen und dann in ihr zerwühltes Bett kriechen, um sich kurz auszuruhen, aber nachdem sie mühsam die vielen Kleiderschichten abgelegt und frische Sachen angezogen hatte, war sie auf einmal so erschlagen, dass sie sich hinlegte und unter der Decke zusammenkrümmte wie ein Engerling, den man beim Umgraben ans Licht geholt hat. Draußen verloren sich einzelne Töne noch, die später im großen Lärm aufgehen würden, ein Mopedmotor, ein hochgezogenes Scherengitter, eine einsame Autohupe. Das Letzte, was Frida hörte, bevor sie einschlief, waren die sechs Glockenschläge einer Kirchturmuhr, und das Letzte, woran sie dachte, war der Name, den sie sich ausgesucht hätte: Gopi, *Kuhhüterin, Hirtenmädchen.*

Sie träumte, die Frau mit der Bienenkorbfrisur setze sich auf ihr Bett und streichle sie, zuerst im Gesicht und dann am Körper, schlage die Decke zurück und schiebe eine Hand unter ihr T-Shirt und den Pullover. Als sie aufwachte, stand eine Frau im Zimmer und sah sie mit einer Miene an, die von Ratlosigkeit zu Erleichterung wechselte. Sie sagte etwas, das Frida nicht verstand, ging ins Bad und kam mit einem Glas Wasser zurück. Frida setzte sich auf und kniff die Augen zusammen, obwohl kaum Helligkeit durch den Vorhang fiel. Sie hatte Fieber, ihr Kopf fühlte sich heiß an, sogar die Füße schienen zu glühen. Sie nahm das Zahnputzglas, das die Frau ihr reichte, und trank es in einem Zug leer. *Grazie.* Sie mochte das Wort, weil es zwei Bedeutungen hatte. Die Frau, eines der Zimmermädchen, denen Frida nach der ersten Nacht begegnet war, sagte etwas, das wie eine Frage klang, und wiederholte es, langsam und mit Sorge in der Stimme, wie die junge Frau im Lieferwagen. Sie war klein gewachsen und hatte kurzes schwarzes Haar und ein rundes freundliches Gesicht.

Ihre Arbeitskleidung bestand aus schwarzen Strümpfen, einem schwarzen Rock und einer weißen Bluse mit kurzen Ärmeln, was Frida an die Schuluniform erinnerte, die sie getragen hätte, wenn sie in das von Konstanze ausgesuchte Internat im Schwarzwald gegangen wäre, nachdem sie sich endgültig von den Spätfolgen des Aborts erholt hatte und es Zeit wurde, das Abitur wieder in Angriff zu nehmen, ungeachtet der Tatsache, dass Frida mit fast neunzehn die älteste unter lauter Fünfzehn- und Sechzehnjährigen gewesen wäre. Die Frau zeigte auf ihre Armbanduhr und hielt einen Daumen hoch, dann lächelte sie und verließ das Zimmer.

Eine Stunde später saß Frida in einem Bus nach Perugia, von wo aus sie mit der Bahn zurück nach Deutschland fahren wollte. Am Bahnhof angekommen, fühlte sie sich so schwach, dass sie, statt sich in die Warteschlange vor einem der Schalter zu stellen, zur nächstgelegenen Apotheke ging und dann ins erstbeste Hotel. In ihrem Zimmer schluckte sie zwei der fiebersenkenden Tabletten und legte sich ins Bett. Jenseits der Jalousie lärmte die Stadt, durch eine Wand drang das Gedudel eines Radios. In Fridas überhitztem Kopf wurde aus dem Motorenbrummen das Rauschen eines Baches, aus dem Knattern der Motorräder das ferne Geschrei von Krähen, aus dem Hupen das Rufen fremdartiger Tiere. Nicht einmal einen Brief hatte ihr die Mutter dagelassen, dachte sie, nicht eine einzige Zeile.

Im Traum war sie barfuß. Sie begegnete weißbärtigen Männern, die Turbane trugen wie die Männer auf dem Bild im Schulatlas. Ein großer blauer Vogel lief vor ihr her, sie hob die glänzenden Federn auf, die er verlor, und hielt sie nach kurzer Zeit in den Armen wie einen Blumenstrauß. Ihr Kopf fühlte sich riesig an, wie ein Planet, aber leicht wie eine Seifenblase. Sie ließ den Boden unter sich, stieg in den Himmel. Das Land unter ihr war nicht Indien, weil sie nicht wusste, wie es dort aussah. Weit oben wurde es dunkel und so kalt, dass ein Zittern sie befiel und nicht mehr losließ. In der Tiefe leuchteten sternengleich die winzigen Turbane, Tiere riefen nach ihr, der Bach wurde zum tosenden Fluss, und bald glitt sie in die Finsternis eines besinnungslosen Nichts.

Sie wachte bis am Abend nicht auf, dann schluckte sie noch mehr Tabletten und schlief die Nacht durch, frei von Träumen und Frösteln. Am nächsten Morgen verspürte sie zum ersten Mal seit Langem Hunger, ließ das Frühstück aber trotzdem aus. Gegen Mittag duschte sie, ging hinunter zum Empfang, bezahlte für eine weitere Nacht und legte sich für den Rest des Tages wieder ins Bett.

Das einzige Kleid, das sie auf die Reise mitgenommen hatte, ein knielanges blaues mit einem Muster aus weißen Blüten, war nach Tagen im Koffer zerknittert, das einzige Paar offener Schuhe, schwarz mit flachen Absätzen, passte mehr schlecht als recht dazu. Immerhin lag eine Halskette im Necessaire, dreißig aufgefädelte Perlen, ein Geschenk Gernots zu ihrem achtzehnten Geburtstag und, wie sie vor dem Badezimmerspiegel fand, eine Aufwertung ihres ansonsten gewöhnlichen, wenn nicht gar ärmlichen Erscheinungsbildes. In Mailand, wo sie vier Stunden auf den Anschlusszug Richtung Assisi hatte warten müssen, war sie in ein Kosmetikgeschäft gegangen und mit der ersten Puderdose, der ersten Wimperntusche und dem ersten Lippenstift ihres Lebens wieder herausgekommen, aufgeregt wegen ihres Kaufs und beschämt über ihre naiven Fragen, mit denen sie die ein wenig Deutsch sprechende Verkäuferin behelligt hatte. Jetzt war sie froh um den ockerfarbenen Puder, der die dunklen Ringe unter den Augen abdeckte, und den Lippenstift, dessen helles Rosa die Risse und Blutleere verbarg.

Der Speisesaal war fast leer, als sie ihn betrat, aber alle Anwesenden, drei alte Paare an separaten Tischen und zwei ebenso alte Kellner, hoben die Köpfe und sahen sie mit einer unverhohlenen Neugier an, die Frida erstarren ließ. Wäre nicht einer der Kellner, ein dünnes, wie für eine Beerdigung gekleidetes Männchen, zu ihr geeilt, um sie, mit der Hand ihren nackten Ellbogen umfassend, zu einem der vielen freien Tische zu geleiten, sie hätte sich umgedreht und auf die Suche nach einem Lokal in der Nähe gemacht. Sie setzte sich, tat so, als studiere sie die Speisekarte, schielte auf die Weinflaschen in den Wandregalen, bestellte dann wie immer auf dieser Reise Spaghetti mit Tomatensoße und widerstand dem heftigen Drang, Rotwein statt Mineralwasser zu trinken. Musik kam knisternd aus Lautsprechern in den Ecken des Raumes, italienische Opern, vor den Fenstern schob sich der Verkehr durch die Straße, und das leise

Klirren von Besteck auf Porzellan war zu hören, das Frida an das Stricknadelklappern der Frauen in Winnipeg erinnerte.

Nach dem Essen, von dem sie die Hälfte stehen ließ, setzte Frida sich in den Wintergarten, einen verglasten Anbau auf der ruhigeren, der Straße abgewandten Seite des Gebäudes. Sie trank Tee aus einem Kännchen und blätterte in Magazinen, während die Opernmusik über ihrem langsam abkühlenden Kopf hing wie eine Schatten spendende Wolke. Sie beneidete Christy Turlington auf dem Titelblatt der *Vogue* um ihr perfektes Make-up und ihre fast schon anmaßende Schönheit, betrachtete die Aufnahme einer Möwe, die mit schwarzem Öl verklebt an einem schwarzen Strand lag, arbeitete sich durch die Zeitungen, als suche sie nach etwas, stieß immer wieder auf die gleichen Wörter, las *Brigate Rosse* und *Challenger* und *Glasnost* und sah sich Fotos an, auf denen Ereignisse festgehalten waren, die in einer anderen, ihr fremden Welt stattgefunden hatten. Mit jedem Bild, das sie so eingehend studierte, wie sie früher verschimmelte Getreidekörner und von Raupen zerfressene Blätter studiert hatte, wurde ihr stärker bewusst, was alles ohne sie geschehen war und in diesem Augenblick geschah.

Irgendwann hatte sie genug davon, sich in ihrer Unwissenheit bestätigen zu lassen, und trug die Zeitungen und Illustrierten zurück zu der Kommode, auf der sie in ungeordneten Stapeln gelagert wurden. Ein alter Mann, den sie beim Abendessen nicht gesehen hatte, saß auf einem der drei Sofas, die um ein leeres quadratisches, mit Mosaiksteinen ausgelegtes Becken standen. Er schrieb in ein Heft und hob den Kopf, als Frida an ihm vorbeiging. Seine Füße steckten in karierten Pantoffeln, die zu dem ebenfalls karierten Jackett passten, das Ellbogenschoner aus Leder und statt Knöpfen einen Stoffgürtel hatte, wie Frida es von Bademänteln kannte. Der Mann grüßte sie auf Italienisch und schien ihr dann eine Frage zu stellen, worauf Frida den auswendig gelernten Satz *scusa non capisco* hersagte.

»English?«, fragte der Mann. Er hatte seine Brille abgenommen und sah Frida mit leicht zusammengekniffenen Augen an.

Frida schüttelte den Kopf, sie wollte sich mit ihrem Schulenglisch nicht blamieren. »Deutsch«, sagte sie.

»Oh«, sagte der Mann, »dann muss eben das gehen.« Er lächelte, erhob sich und streckte Frida die Hand entgegen. »Bosch, weder verwandt noch verschwägert, sehr erfreut.« Er sprach mit einer hellen, heiteren Stimme und einem Akzent ähnlich dem der Kosmetikverkäuferin in Mailand.

Frida zögerte einen Moment. Auf dem Tisch vor dem Sofa, neben dem zugeklappten Heft und dem Stift, standen eine Flasche Rotwein und ein Glas. Die Stimme der Opernsängerin klang verzweifelt in dem bis auf Frida und den alten Mann leeren Raum. Im Garten, einem von verborgenen Lampen beleuchteten und von Büschen begrenzten Rasenstück, stand der zweite Kellner und rauchte eine Zigarette. Er war größer und kräftiger als sein Kollege, der Frida bedient hatte, aber in Fridas Augen nicht weniger einsam und bemitleidenswert. Motten flogen im Licht, durch die Scheiben des Wintergartens sahen sie aus wie herumwirbelnde Schneeflocken.

»Halm«, sagte sie schließlich und ergriff die Hand. Sie wollte nicht mehr Saalfeld heißen, wie der zweite Mann ihrer Großmutter, und nicht Schäfer, wie ihre Mutter, also blieb nur der Name ihres Vaters.

Der Mann verbeugte sich leicht und bot ihr den Platz neben sich auf dem Sofa an. Frida setzte sich, diesmal ohne zu überlegen, worauf Bosch in die Hände klatschte und Fridas Kellner ein zweites Glas bringen ließ. Draußen gingen die Lichter aus, und der Garten, die Motten und der Kellner waren nicht mehr zu sehen, als hätte es sie nie gegeben. Nur die Glut der Zigarettenspitze tanzte noch eine Weile in der Dunkelheit, bis auch sie erlosch.

RINGO
Fünfte Auskunft

In Elifs Briefumschlag liegt ein Scheck über zweihundert Euro. Bargeld wäre mir lieber gewesen, so muss ich zur Bank, ein Gang, der mir zunehmend schwerfällt. Meine Wohnung verlasse ich nur noch einmal in der Woche, um einzukaufen und den Briefkasten zu leeren. Meine Küchenschränke und die Regale in der Besenkammer sind gefüllt mit Konservendosen, Nudeln, Reis, Salz, Zucker, Wasser. Bei mir sieht es aus wie in dem amtlichen Ratgeber im Internet, der zeigt, wie man einen Notvorrat anlegt, mit dem Unterschied, dass Wein nicht erwähnt wird. Im Briefkasten finde ich alle paar Wochen Schreiben der Stadt, der Krankenversicherung, der Bank, der Vermietergenossenschaft. Hin und wieder meldet sich das Kind eines alten Mannes und fragt, wie es mir geht. Inzwischen sind sieben der Geretteten gestorben, alle mit weit über achtzig, einer ist jetzt noch am Leben, Otto, einundneunzig, vom Feuer für die Ewigkeit geräuchert. Bei jedem der Männer hätte ich auf Wunsch der Kinder am Grab stehen sollen, aber ich habe mich immer gedrückt, eine schwere Erkältung vorgeschoben, ein schlimmes Kreuz, eine Operation, die Augen, feste Termine, nicht zu ändern, leider, mein Beileid. Zwei, drei dieser Kinder schicken manchmal Geld, zwei, drei druckfrische Hunderteuroscheine, meistens zu Weihnachten, zusammen mit einer Schachtel Pralinen und einer Karte, *in ewiger Dankbarkeit, dem unvergessenen Helden.* Ich behalte das Geld, weil ich es brauchen werde, wenn ich nicht mehr arbeitsfähig bin, nicht einmal mehr zum Zeitungsaustragen und Bodenaufwischen tauge, eine Lage, in die ich schon bald geraten kann. Jedes Jahr wundert und rührt mich ihre Großzügigkeit aufs Neue, nach allem, was sie über mich lesen konnten.

Auf den Hund gekommen. Beim »Welpenretter von Wertheim« handelt es sich um den ehemaligen Kommunenjungen Ringo Eichhorn, der 2002 acht Bewohner eines Hamburger Seniorenheims vor dem Feuertod bewahrte! Die Geschichte klingt unglaublich: Ein Zwölfjähriger wird zusammen mit drei weiteren Kindern aus den Fängen einer Öko-Sekte befreit, holt als Erwachsener acht alte Männer aus einem brennenden Gebäude, verschuldet nur zwei Jahre später in Griechenland den Ertrinkungstod von zwei Menschen und gerät jetzt erneut in die Schlagzeilen, weil er angeblich unter Lebensgefahr einen jungen Labrador aus einem überfluteten Abwasserschacht befreit haben soll.

Held oder Betrüger? Kaum jemand erinnert sich noch an Ringo Eichhorn, der als »Kind aus dem Kampstedter Knast« 1980 für Schlagzeilen sorgte. Doch jetzt drängt er sich erneut ins Scheinwerferlicht, und im Netz wird heftig darüber diskutiert, ob er seine mutige Tat möglicherweise nur inszeniert hat, um noch einmal als Held dazustehen.

Tief gesunken. Der tragische Fall des Ringo Eichhorn.

Nach meiner Rückkehr aus Griechenland haben mir die Töchter und Söhne der alten Männer Briefe geschickt, in denen sie beteuerten, mir zu glauben, ganz egal, was die Zeitungen, Leserbriefschreiber und, wie eine der Töchter sie nannte, Internetschmierfinken behaupteten. Ich sei sozusagen ein Mitglied ihrer Familie, versicherten mir einige von ihnen. Sie glaubten, was ich zu der Tragödie in Griechenland ausgesagt hatte, dass es der unbegreifliche Leichtsinn der Opfer gewesen sei, der zu dem Unglück geführt habe. Mich sprachen sie von jeder Schuld frei, als wären sie mit mir auf dem Boot gewesen und als hätte es den Wein und den Schnaps und das Dope nicht gegeben und auch nicht meinen Sturz und die Zeit, während der ich am Boden lag, das Ohr so nah am Wasser, dass ich durch die Stille der unfassbaren Tiefe unter mir das verzweifelte Strampeln der Beine und Arme hätte hören können. Sie hielten zu mir, ohne mich wirklich zu kennen. Sie wollten in mir für immer den Schutzengel ihrer Väter und Schwiegerväter sehen, ihr Bild von mir ist das aus den Illustrierten, ich mit rußverschmiertem Gesicht, ich neben dem roten Löschfahrzeug, ich und Heinz, der als Erster aus der Bewusstlosigkeit erwacht war, meine Hand haltend, dümmlich grinsend, gegen alle Wahrscheinlichkeit mit dem Leben davongekommen und jetzt seit drei Jahren tot.

Ihr Netzwerk funktioniert noch immer. Dass sieben von den acht Männern nun endgültig abgetreten sind, bremst sie nicht in ihrem Eifer, mir zu helfen. Ich halte sie für gute Menschen. Warum sie ihre Väter in dieses schäbige Heim gesteckt haben, werde ich nie erfahren, sie hatten vermutlich ihre Gründe. Vielleicht nahmen sie es den alten Knackern übel, dass es ihnen gelungen war, ihre Frauen zu überleben. Vielleicht störten sie sich an ihrem Schlürfen beim Essen oder daran, dass sie sich über die Jahre auf groteske Weise rückwärts entwickelt hatten und, zu faltigen, zahn- und sorglosen Kindern geworden, in die Hose machten und überall das Licht brennen ließen. Es war ihnen wohl einfach zu viel geworden, zu viel Arbeit, zu viele Besuche beim Arzt, zu viel verschütteter Tee, zu viel nächtliches Herumirren, zu viele Gerüche. Immerhin haben sie alle in der Erde bestatten, keinen einäschern lassen, davor hatte ich sie ja vor langer Zeit bewahrt. Ihre Geburtstagswünsche und Weihnachtskarten kommen verlässlich, und auch immer wieder ein paar Geldscheine, genug für die halbe Miete und das Allernötigste, den Wein.

Zwei von ihnen habe ich kennengelernt, Inge und Klaus, Bankangestellte und Blumenhändler. Sie besuchten mich in Hamburg, etwa drei Monate nach meiner Rückkehr aus Griechenland. Wir saßen in einem Lokal bei Kaffee und Kuchen und redeten über ihre Väter, über meine Heldentat und über das Leben im Allgemeinen, sogar über das Wetter redeten wir. Worüber wir kein Wort verloren, waren die Ereignisse auf dem Meer, und ich weiß bis heute nicht, ob ich den beiden dafür dankbar sein soll. Was hätte ich ihnen erzählt, wenn sie mich gefragt hätten? Die Wahrheit? Das, was ich meinem Verteidiger und vor Gericht erzählt habe? Etwas dazwischen? Hätte ich meine eigene, in schlaflosen Nächten zurechtgelegte Statistik ins Feld geführt, acht Lebende, zwei Tote?

Der Tag auf dem Meer sollte entspannt werden, und ich wollte dieser Entspannung etwas nachhelfen, wir Erwachsenen in der Gruppe taten das alle, wir nahmen das Leben gar nicht anders wahr als durch einen feinen Schleier, wir brachten keine Strecke des Tages oder der Nacht hinter uns ohne ein ständiges leichtes Taumeln, ich am allerwenigsten. Ich zog keine Linie mehr zwischen Klarheit und Rausch, die Grenze zerfloss, ich war ein Könner des Balancierens, ein Meister der Gratwanderung. Richtig funktioniert habe ich eigentlich nur ab einem gewissen Alkoholpegel, dann bewegte ich mich mit der schlafwandlerischen Sicherheit des Gewohnheitssäufers, der Arroganz und Selbstherrlichkeit des langjährigen Trinkers.

Die Frauen der Gruppe taten, was Frauen tun, hielten alles zusammen. Wenn wir Männer tranken oder Dope rauchten, verdarben sie uns die Laune mit ihrer Vernunft und Disziplin, dafür stand immer etwas zu essen auf dem Tisch, und die Kinder liefen nicht nackt herum. Im Garten trugen sie Hüte und tranken Wasser, wir Männer ackerten barhäuptig unter der Sonne, kippten dann Bier in uns hinein und legten uns für eine Weile in den Schatten, bevor alles von vorne losging, das Schwitzen und Saufen und Dösen. Die Frauen ließen uns im Glauben, wir wären Gutsherren, stille Verwalter, die den Lauf der Dinge unauffällig lenkten, tatsächlich aber lebten wir im Matriarchat, wir waren Schlappschwänze, für alles Wichtige holten die Frauen sich junge Griechen, für den Bau des dritten Hauses, für die Befestigung des Zufahrtsweges, fürs Bett. Ich glaube, irgendwann verachteten sie uns, und als ich nach meiner Freilassung bei ihnen aufkreuzte, schlugen sie mich mit Fäusten und Stöcken und jagten mich davon, und die Männer sahen dabei zu. Ich ging zurück nach Deutschland, nach Hamburg, wo ich verschwinden wollte wie ein Tropfen im Meer.

Bis Martha Gehling mich fand, wofür sie sogar einen Privatdetektiv anheuerte, und ich wieder in das leer stehende Haus in Wertheim einzog.

Martha hatte alles, was an Arnold erinnerte, entfernen lassen, auch das Klavier. Die Wände waren neu gestrichen, Teppiche gereinigt, kaputte Dinge repariert oder ersetzt worden, der Wasserhahn in der Küche, zum Beispiel, eine Toilettenspülung, zerbrochene Fensterscheiben. Ich sprang über meinen Schatten und bezog zum ersten Mal in meinem Leben Sozialhilfe, und zusammen mit den gelegentlichen Zuwendungen der Töchter und Söhne der von mir geretteten Greise und dem Geld, das ich mit Aushilfsjobs verdiente, kam ich einigermaßen über die Runden, zumal ich ja mietfrei wohnte.

Und dann passierte die Sache mit dem Hund. Ich hatte ihn erst einmal gesehen, als eine Frau, wahrscheinlich die Züchterin, ihn der Familie brachte. Ich stand in Arnolds ehemaligem Haus auf dem Balkon, schnappte Luft vor dem Beginn der Nachtschicht, Supermarktreinigung, zehn Uhr bis drei Uhr, fünf Stunden Neonlicht und Chlor und Sprachkurs aus den Kopfhörern, Finnisch für Anfänger, Hyvä päivä Suomi. Der Versuch, die Unmöglichkeit des Nachsprechens dieser Lautfolgen zu überwinden, lenkte mich von der stumpfsinnigen Arbeit ab. Der Junge entdeckte mich und hielt den Hund mit beiden Armen in die Höhe, seine Schwester winkte, ich hob kurz die Hand. Alle sahen zu mir hoch. Dann schoben die Eltern die Kinder und die Züchterin ins Haus, eilig, als sei ich gefährlich und könne meine in der Nachbarschaft bekannte Verrücktheit über sie bringen wie der Papst seinen Segen vom Balkon des Vatikans.

Warum der Hund im Schacht gelandet ist, weiß ich nicht. Die Zeitungsleute schenkten der Frage keine Beachtung, viel zu reizvoll waren die Schlagzeilen, erst recht, nachdem sie mich als Kommunenkind enttarnt hatten. Das Gerücht, ich könnte den Welpen entführt und uns beide in diese dramatische Lage gebracht haben, um abermals als Retter dazustehen, entstand im Netz, irgendein aus Langeweile bösartig gewordener Scheißkerl hat seiner Fantasie freien Lauf gelassen und eine Welle ausgelöst, eine Sintflut aus Behauptungen und Gegenbehauptungen, die zu einem virtuellen Krieg der Herzchenklicker gegen die Shitstormbrigaden anwuchs. Vor Arnolds Haus versammelte sich neben dem Team eines lokalen Fernsehsenders und einer Rotte von Zeitungsleuten auch ein Mob aus Tierschützern, selbst ernannten Anklägern, Richtern und Verteidigern, Mitläufern und Gaffern, der, je nach Lager und Grad der aufgeheizten Stimmung, meine Heiligsprechung oder meinen Kopf forderte und nur durch die hohe Mauer und ein halbes Dutzend Polizisten an der Erstürmung des Grundstücks gehindert werden konnte.

In einer Regennacht bin ich geflohen. Martha Gehling hat mir dabei geholfen. Sie hat mir die Wohnung besorgt, in der ich jetzt am Küchentisch sitze. Zwei Koffer habe ich aus dem Haus getragen, einer war mit Briefen und Zeitungsausschnitten gefüllt, dem Haufen Papier, den ich seit Jahren mit mir herumschleppe und den ich schon unzählige Male verbrennen wollte und es dann doch nicht getan habe, weil diese drei, vier Kilogramm, so befürchte ich, mein Leben aufwiegen. Martha war es auch, von der Elif meine Adresse bekommen hat, aber ich nehme es Arnolds Schwester nicht übel, ihre Absichten waren bestimmt die besten.

Liebe Elif, es ehrt Sie, dass Sie davon Abstand nehmen, an meiner Haus- oder gar Wohnungstür zu klingeln. Manchmal, wenn ich aus dem Fenster schaue, stelle ich mir vor, wie Sie im Schatten der gegenüberliegenden Häuser stehen, unschlüssig und ungeduldig. Doch Sie stehen nie dort. Vielleicht beobachten Sie mich, wenn ich, meistens dienstags zwischen vierzehn und fünfzehn Uhr, einkaufen gehe, aber selbst das bezweifle ich. Verzeihen Sie, dass ich Ihre Anrufe nicht entgegengenommen habe, ich benötigte eine Unterbrechung. Wollen wir am Freitag wieder telefonieren, gleiche Uhrzeit? Ich verspreche, nicht wieder einfach aufzulegen.

LEANDER
Kapitel IX

Möglichkeiten

Die leichte Gehirnerschütterung sei bald auskuriert, meinten die Ärzte. Die Heilung des Kiefers werde etwas länger dauern, der wacklige Zahn wieder festwachsen. Nahrung zu sich nehmen könne Leander schon am Tag nach der Operation, wenn auch nur flüssige durch einen Trinkhalm. Eine geschwollene Lippe, eine Platzwunde am Hinterkopf und zwei blaue Flecken an den Schulterblättern, mehr sichtbare Blessuren hatten der Fausthieb und der Sturz nicht hinterlassen. Der Verband am Kinn und das Gestell aus Metallschienen waren die einzigen Hinweise auf die wirklich schwerwiegende Verletzung, den Bruch des linken Unterkiefers.

»Hallo«, sagte Thomas, der noch am Abend der sich überstürzenden Ereignisse nach Wien zurückgekehrt war und bei ihm am Bett saß, als Leander aus der Narkose erwachte. Er hatte sich von einem seiner Angestellten mit Zeitungen und Kaffee und Croissants aus einer nahen Bäckerei versorgen lassen und gewartet. In regelmäßigen Abständen war eine Krankenpflegerin gekommen, um nachzusehen, ob der Patient noch schlief, hatte den Tropf kontrolliert und einen Blick auf die leuchtenden Linien des EKG geworfen. Vor dem Fenster war der Tag angebrochen und das Licht über den Boden gewandert, bis es das Gesicht des Jungen erreicht hatte und ihn die Augen öffnen ließ.

»Hallo«, wiederholte Thomas. Auch jetzt sprach er leise, als fürchte er, ein lautes Wort könnte Leander vor Schreck den Mund aufreißen und die gruselige Apparatur der Kieferschiene beschädigen lassen.

Danach dauerte es noch über eine Stunde, bis Leander klar genug im Kopf war, um zu begreifen, wo er sich befand und was man im Operationssaal mit ihm gemacht hatte. Thomas wiederholte die Worte des Arztes, dessen sachliche Distanziertheit und Abgeklärtheit ihn selbst schon beruhigt hatten. Leander hörte zu, dann schloss er die Augen und dachte nach, konnte sich aber an nichts erinnern. Immerhin wusste er, wie er hieß und wer zu ihm sprach, als sein Onkel ihn fragte, nur sagen konnte er es nicht.

Thomas nahm einen Schreibblock und einen Bleistift vom Nachttisch und legte beides auf die Bettdecke. »Der Arzt meint, du kannst den Mund erst in einer Woche wieder richtig öffnen. Bis dahin sollst du schreiben statt reden.«

Leander brauchte einen Moment, um diese Information zu verdauen. Dann griff er nach dem Stift und schrieb: *Leander Thomas*

Thomas las die Namen und klatschte lautlos in die Hände. »Ausgezeichnet. Da oben scheint alles in Ordnung zu sein.«

Leander betastete mit einer Hand das Metallgerüst.

Spiegel?

Alles, was Thomas fand, war das krankenhauseigene Serviertablett aus poliertem Blech, das Leanders Gesicht in die Breite zog und aussehen ließ wie eine eingerüstete Hausfassade mit dringendem Renovationsbedarf.

Leander stöhnte und ließ das Tablett sinken.

»Das wird schon wieder«, sagte Thomas. »Tut es weh?«

Nur wenn ich lache

Das hatte ein zäher Bursche in einem Film gesagt, und Leander nahm die Gelegenheit wahr, diese abgebrühte Antwort endlich zu benutzen. Er hoffte, Lotte würde ihn besuchen und dasselbe fragen. Wenn er schon entstellt war, sollte er auch etwas davon haben, fand er.

Thomas grinste, wurde aber gleich wieder ernst. Er hatte veranlasst, dass Leander vom Chefarzt der Kieferchirurgie operiert und von einem Vierbettzimmer in ein Einzelzimmer verlegt worden war. Er hatte mit Mariana telefoniert und ihr versichert, ihren Mann nicht anzuzeigen.

Alfred Steindl war vor Eifersucht durchgedreht, so etwas kam vor, dass Mariana solche heftigen Gefühle auszulösen vermochte, konnte Thomas nachvollziehen. Der vermeintlich Betrogene hatte dreimal geschossen und dabei die Decke, eine Wand und den Kühlschrank getroffen. Die Löcher in Decke und Wand konnten ausgebessert werden, der Kühlschrank und eine Flasche Chardonnay waren nicht mehr zu retten. Die Mieterin der Wohnung unter Thomas' Penthouse hatte, von den Schüssen und Marianas Schreien alarmiert, die Polizei gerufen, die nur drei, vier Minuten später am Tatort erschienen war. Thomas hatte während der Fahrt von Innsbruck nach Wien versucht, sich die Szene in seiner Küche vorzustellen, die Gesichter der Beamten, die den Verrückten mit der Waffe als ihren Kollegen erkannten, das gemeinsame Warten auf die Sanitäter, die sich um den bewusstlosen Leander kümmerten, die weinende Mariana.

Das alles erzählte er Leander, und auch, dass es Mariana den Umständen entsprechend gut gehe. Ihr Mann habe ja schließlich niemanden erschossen und es wohl auch nie wirklich vorgehabt. Ewald wisse übrigens Bescheid und habe versprochen, sich bald auf den Weg nach Wien zu machen.

Langsam begann Leanders Erinnerung zurückzukehren. Ihm tat der Kopf weh, die Stelle am Hinterkopf, mit der er auf dem Boden aufgeschlagen war, brannte. Als er danach tastete, spürte er einen rasierten Fleck und ein Pflaster. In seinen Ohren schwirrte ein leises, klingelndes Geräusch, eine Folge der Schüsse, vermutete er.

Alfred?

Den Namen zu schreiben bereitete ihm Unbehagen.

»Der sitzt in einer Zelle. So ein Blödmann. Wird wohl aus dem Polizeidienst entlassen. Ich werde keine Anzeige erstatten. Aber das macht vermutlich keinen Unterschied.«

Es tut mir leid

»Mir auch.« Thomas erhob sich und drückte das Kreuz durch. Er gähnte, ging zum Fenster und sah hinaus.

Inzwischen war es so hell geworden, dass Leander immer wieder die Augen schließen musste, weil er das Licht nicht vertrug.

»Wie kommst du nur auf solche Ideen? Zu denken, ich sei einsam und unglücklich.« Thomas redete, ohne sich umzudrehen. Er hatte das Jackett anbehalten, obwohl es warm war im Zimmer. Seine Finger bewegten sich in den Hosentaschen, in der einen klimperten Schlüssel, in der anderen Münzen. »Hältst du mich für einsam und unglücklich?« Er drehte sich um und sah Leander an.

Ja

Leander dachte über die Bedeutung der beiden Buchstaben nach, dann entschied er, sie nicht aufzuschreiben.

Gleichzeitig mit ihrem Klopfen kam die Schwester herein, und als sie sah, dass Leander wach war, verfiel sie in routiniert fröhliche Betriebsamkeit, notierte etwas in der Krankenakte, fragte Leander, wie es ihm gehe, und dass Daumen hoch *gut* und Daumen runter *schlecht* beziehungsweise *Ja* und *Nein* bedeute und er auf keinen Fall versuchen solle zu reden, zu nicken oder den Kopf zu schütteln.

Leander zeigte ihr den Schreibblock und den Bleistift, dann hob er einen Daumen.

»Wunderbar«, sagte die Schwester. Sie holte ein frisches Kissen aus einem Wandschrank und schob es anstelle des alten unter Leanders Kopf. »Deinen Mund wirst du noch brauchen. Denk nur an die vielen Mädchen, die geküsst werden wollen.« Sie zwinkerte Leander zu, dann zog sie die Schublade des Nachttischs auf und nahm einen Trinkhalm daraus hervor. »Du brauchst Flüssigkeit.« Sie bog den Plastikhalm zurecht und hielt ein mit kaltem Tee gefülltes Glas vor Leanders Kinn. »Lippen öffnen und Zähne auseinander, aber ganz langsam und nur ein bisschen.« Als Leander der Aufforderung nachkam, schob sie den Halm durch das Gestänge der Stabilisierungsvorrichtung und in seinen Mund. »So, und jetzt vorsichtig saugen.«

Leander spitzte die Lippen. Er war durstig, aber bereits die geringste Bewegung der Kiefermuskeln tat so weh, dass er ächzend den Kopf ins Kissen sinken ließ und den Daumen nach unten drehte.

»Kein Problem«, sagte die Schwester. »War nur ein Test.« Sie zog den Halm zurück, nahm das gebrauchte Kissen und ging zur Tür. »Bin gleich zurück«, sagte sie und trat auf den Flur hinaus.

»Ich bin nicht einsam«, sagte Thomas, nachdem die Tür sich geschlossen hatte. Er stand hinter dem Stuhl, die Hände auf der Lehne. »Ich begegne in meinem Beruf sehr vielen Menschen. Auch Frauen.« Er räusperte sich, zog den Krawattenknoten, den er gelöst hatte, wieder enger. »Gerade vor zwei Wochen habe ich jemanden kennengelernt. Sie ist …« Er verstummte, sah auf die Uhr. »Na ja, ich werde sie dir vorstellen. Bei Gelegenheit.« Nachdem er tief eingeatmet hatte, sagte er: »Ich lass dich jetzt schlafen. Soll ich dir später etwas bringen? Pyjama? Pantoffeln? Zahnbürste?« Er lachte erschrocken auf. »Wie dumm von mir.«

Papier Briefumschläge Kuli Marken

»Sonst nichts? Cola? Bücher? Kreuzworträtsel?«

Leander drehte den Daumen abwärts.

»Gut.« Thomas nickte. »Ich komme dann so gegen fünf wieder.« Er sah lange auf seine Armbanduhr, als wolle er eine bestimmte Zeit abwarten, um zu gehen. Er lächelte, steckte die Hände in die Hosentaschen. »Gut», sagte er noch einmal, drehte sich um und verließ das Zimmer.

Kaum war er gegangen, kam die Schwester herein. Der Becher, den sie Leander vor den vergitterten Mund hielt, war aus weichem Kunststoff und hatte einen Deckel, aus dem ein gekrümmtes, bleistiftdickes Rohr ragte. Wenn er den Becher leicht drückte, floss der Tee von allein in Leanders Mund, ohne dass er saugen musste.

»Na also, zum Wohlsein!« Die Schwester strahlte. Ihr Name war Rosa. Rosa Drachsler, so stand es auf dem Schild an ihrer Brust. Leander hätte gerne gelächelt, aber es ging nicht.

Danke

Rosa öffnete die Nachttischtür und holte einen seltsam geformten Plastikbehälter hervor. »Wenn du pinkeln musst.« Sie schob den Stuhl ans Bett heran und legte den Behälter darauf. »Willst du die lesen?« Sie deutete auf die Zeitungen, die Thomas in der Sitzecke liegen gelassen hatte.

Leander drehte beide Daumen nach unten. Er mochte Zeitungen nicht, die brachten nur schlechte Neuigkeiten.

Die Polizei fragte ihn, ob er Anzeige erstatten wolle, und Leander schrieb *Nein*. Er fand, Alfred Steindl habe schon genug Sorgen. *Gebrauch der Dienstwaffe außer Dienst*. Das war auch ohne Körperverletzung, Hausfriedensbruch und Sachbeschädigung ein schwerwiegender Verstoß. Dass sein Fall Schlagzeilen machte, traf zuerst ihn und Mariana, und dann auch Leander. Die Redakteurin eines Boulevardblattes hatte den Namen des Opfers mit dem Kieferbruch herausgefunden und die ganze Kommunengeschichte neu aufgerollt. Andere österreichische und sogar mehrere deutsche Zeitungen übernahmen die Meldung, was Leander ein paar Tage wiederaufgewärmter Berühmtheit bescherte. DURCHGEKNALLT titelte eine Zeitung, eine andere KOMMUNENKIND: K. O. DURCH PRÜGELPOLIZISTEN. In einem Artikel wurde die Frage aufgeworfen, warum ein Wiener Polizist seine Dienstwaffe nach Hause nehmen durfte, in einem anderen forderte die Autorin regelmäßige Untersuchungen der Polizeibeamten durch Psychiater, und in keinem fehlten der Name Leander Selbig und eine Zusammenfassung seiner *schrecklichen Leidenszeit* im Kampstedter Bruch.

Der Reporter einer österreichischen Illustrierten versuchte zu Leander vorzudringen, indem er sich als Arzt verkleidete, ein Unternehmen, das schon im Eingangsbereich des Krankenhauses endete, als der Mann in ein Dutzend gerade eingelieferter Opfer eines Busunglücks geriet und aufflog, weil er sich beim Anblick des vielen Blutes übergeben musste. Ein Krankenpfleger wurde entlassen, nachdem er heimlich gemachte Aufnahmen von Leander an ein Revolverblatt verhökert hatte. Frauen gaben sich am Empfang als Leanders Mutter aus, darunter stark geschminkte sechzehnjährige Mädchen mit Sonnenbrillen und Hüten. Am fünften Tag nach Leanders Einlieferung setzte die Krankenhausleitung einen Mann des Sicherheitsdienstes auf einen Stuhl neben die Tür mit der Nummer 302, was gar nicht mehr nötig gewesen wäre, weil die Presse sich längst auf neue Geschichten stürzte und der Name Leander Selbig massiv an Marktwert verlor.

Am sechsten Tag traf Ewald in Wien ein. Thomas holte ihn am Flughafen ab und brachte ihn direkt zu Leander, dem es schon viel besser ging und der statt der Fixierung nur noch einen Stützverband trug. Ewald verbrachte zwei Tage vom Morgen bis am Abend im Krankenhaus, erzählte von Hedda, Werner und Gregor und davon, dass es mit der Stelle in der Klinik nicht geklappt habe und er jetzt als eine Art Telefonseelsorger arbeitete und Menschen half, die sich selbst nicht mehr zu helfen wussten. Er übernachtete zweimal in Leanders Zimmer in Thomas' Penthouse, und als er sich, noch immer ein Schatten seines früheren Ichs, verabschiedete, kam es Leander vor, als brauche Ewald Born selbst dringend Hilfe und Seelentrost.

Zwei Briefe von Lotte kamen, einer aus Berlin im Umschlag eines Luxushotels, und einer aus Paris, wo sie mit ihrer Mutter und einer Schwester jetzt lebte und angeblich ihr Französisch aufpolierte. Sie war nicht besonders mitteilsam, schrieb in großen Buchstaben, damit ein paar Seiten zusammenkamen, und gewährte Leander kaum Einblick in ihren Alltag, geschweige denn in ihren Gemütszustand. Immerhin benutzte sie vulgäre Ausdrücke eher sparsam, Leander zählte in beiden Briefen nur drei *beschissen*, zwei *verkackt* und einen nicht auf ihn, sondern einen Nachbarn gemünzten *Wichser*. Aus Paris schrieb sie, es tue ihr leid, was ihm passiert sei, und dass sie hoffe, er könne bald wieder in ein blutiges Steak beißen, und Leander fragte sich, ob das als Scherz gedacht war oder ob sie tatsächlich vergessen hatte, dass er kein Fleisch aß. Er schickte ihr täglich einen Brief, jeder mindestens vier Seiten lang. Darin schilderte er Lotte, wie es ihm nach Merets Tod gegangen war, versuchte das schwarze Loch zu beschreiben, in das er gefallen war, erzählte von den Bemühungen Heddas, Werners und Gregors, ihn zu trösten und für das Leben zurückzugewinnen, und berichtete von seiner Zeit in Thomas' Firma und seiner Inkompetenz auf den Gebieten Immobiliengeschäft und Partnervermittlung.

Während er ihr sein Herz ausschüttete, blieb Lotte distanziert und fasste sich kurz. Vielleicht, dachte Leander, nahm sie ihm noch immer übel, dass er nach seinem plötzlichen Weggang vom Ring nicht auf ihre Briefe und Postkarten geantwortet und dann, in Wien, nicht gewagt hatte, sich bei ihr zu melden. Jetzt überschwemmte er sie mit seiner Offenheit, seinen Erklärungsversuchen und Entschuldigungen und wehrte sich mit jeder Zeile gegen die Ahnung, es könnte alles zu spät sein. Als er seinen ganzen Mut zusammennahm und ihr schrieb, er könne allmählich den Mund wieder öffnen und stelle sich vor, wie er sie küsse, vielleicht in Paris, nachts unter dem Eiffelturm, antwortete sie in ihrem gewohnt ironischen Stil, er sei ja jetzt wieder berühmt und bei den Frauen begehrt, und außerdem stelle sie sich seine Zunge nach der langen Zeit im verschlossenen, ungelüfteten Mund nicht sehr appetitlich vor, eher wie einen angeschimmelten toten Hering. Der Brief kam einen Tag vor Leanders Entlassung aus dem Krankenhaus, und er deprimierte ihn trotz der aufgemalten Smileys dermaßen, dass er sich wünschte, er könnte für immer in Zimmer 302 liegen bleiben, niedergestreckt von einer Krankheit, die sein Äußeres auf so schreckliche Weise entstellte, dass Lotte bei seinem Anblick bittere Tränen vergießen würde, Tränen des Mitleids und der Liebe, die in unglaublichen Mengen seine Haut benetzen und eine wundersame Heilung auslösen würden.

Aber er wurde gesund, nicht krank, und eine halbe Stunde nachdem man ihn zum letzten Mal untersucht hatte, durfte er nach Hause. Thomas trug Leanders Reisetasche und gab sich Mühe, den Tag als etwas Positives darzustellen, als das Ende einer unangenehmen, finsteren und den Beginn einer verheißungsvollen, strahlenden Zeit, aber Leander, vom Liegen und Gewichtsverlust noch schwächlich, verschloss sich der guten Laune seines Onkels und musste sich zusammenreißen, um nicht loszuheulen, als Schwester Rosa ihm Auf Nimmerwiedersehen sagte und zehn Packungen Kaugummi schenkte, *zur Stärkung der Kiefermuskulatur*.

Ein einziger Reporter wartete vor dem Gebäude, knipste zwei, drei Bilder und rannte dann, eingeschüchtert von Thomas' Verwünschungen, zu seinem Auto. Thomas winkte gerade ein Taxi heran, als ein Mann hinter einer Säule hervortrat, sich vor Leander stellte und wild auf ihn einzureden begann. Er war ein paar Zentimeter kleiner als Leander, trug einen hellen Anzug, einen geflochtenen weißen Hut mit einem schwarzen Stoffband und an den Füßen weiße Segeltuchschuhe. Erst nachdem er einen unverständlichen Wortschwall über Leander ergossen hatte, kam er auf die Idee, die Sonnenbrille abzunehmen, ein Lächeln aufzusetzen und sich vorzustellen.

»Beerbaum«, sagte er und griff nach Leanders Hand, um sie heftig zu schütteln. »Wir müssen reden. Ich kann Sie reich und berühmt machen.« Er schaffte es gerade noch, einen Umschlag aus dem Jackett zu ziehen und Leander an die Brust zu drücken, bevor er sich, vom herbeigeeilten Thomas mit Prügel bedroht, davonmachte.

»Wer war der Kerl?«, fragte Thomas, die rechte Hand zur Faust geballt.

Leander, nach wie vor nicht in der Lage zu sprechen, zuckte mit den Schultern. Keine Ahnung, dachte er, und dass er gerade einem Verrückten begegnet war.

Aus den Tagen, die Leander in seinem Zimmer bei Thomas verbrachte, wurden Wochen. Von Lotte kam kein Brief mehr, nur noch eine Postkarte mit dem Motiv eines grün und blau geschlagenen Boxers und einem *Gute Besserung, mein Held* in roter, ironisch anmutender Schnörkelschrift, und von da an schrieb er ihr nur noch einmal pro Woche in einem kühlen, an viktorianischer Literatur geschulten Ton, der ihr, so bildete er sich ein, die eigene Reserviertheit vor Augen führte. Als er endlich den Stützverband abnehmen durfte, kam darunter ein wundes, rot gescheuertes Kinn zum Vorschein, das nach einer Weile hell wurde, bleicher als der Rest seines Gesichts und mit dem noch spärlichen Bartwuchs nicht zu überdecken. Ewald schickte regelmäßig ein paar Zeilen, aus denen die aufgesetzte Munterkeit strahlte wie die bunten Lichter eines im Nebel verschwindenden Vergnügungsdampfers. Ein Paket von Werner war gefüllt mit getrockneten Kräuterseitlingen und Judasohren in durchsichtigen Tüten, zwischen denen ein paar mit Pilzrezepten beschriebene Seiten aus einem linierten Heft und ein Zettel lagen: *3 Kieferbrüche und lebe noch, Werner*. Sogar von Hedda kam ein Gruß, auf den Deckel der Schuhschachtel geschrieben: *Junge, komm bald wieder! Umarmung, Hedda*. Und bevor das Paket zur Post gebracht worden war, hatte auch Gregor sich im letzten Moment noch auf dem braunen Packpapier verewigt: *Wir vermissen Dich, alles Gute, dein Gregor!*

Er antwortete mit geschönten Berichten, meldete gute Fortschritte in Sachen Sprechen und Kauen, erwähnte die Wetterlage und die auf der Terrasse in einem Wacholderstrauch lebende Ringeltaube, vermied es jedoch, von Alfred Steindls Entlassung aus dem Polizeidienst, der Bewährungsstrafe und der neuen Anstellung als Mitarbeiter der Städtischen Wasserwerke zu erzählen, weil er sich nach wie vor in beträchtlichem Maß für den beruflichen Niedergang und die psychischen Qualen des bemitleidenswerten Mannes verantwortlich fühlte. Sechsundzwanzig Tage nach dem Kinnhaken konnte Leander wieder fast normal sprechen, aber den für dieses Ereignis angekündigten Telefonanruf bei Ewald zögerte er so lange hinaus, bis Thomas ihm den Apparat mit der Verlängerungsschnur ans Bett brachte und ihn aufforderte, die Nummer der Geschwister Born zu wählen, jetzt sofort.

Wenn Leander den Mund aufmachte, kamen seine Worte langsamer heraus als früher, die Vokale gedehnter und die Konsonanten dumpfer, wie halb verschluckt. So ähnlich klang der Besitzer des Kiosks am Ende der Straße, ein alter Mann, der seit einem Unfall in der Kindheit gehörlos war und die Laute aus der Erinnerung formte. Mit diesem Makel wollte Leander nicht zurück in die Firma, wo man seine Abwesenheit sowieso kaum bedauerte. Thomas verbrachte wieder viel Zeit in Innsbruck, das kleine Hotel würde noch vor dem großen eröffnet werden. Einmal schickte er Leander eine Polaroidaufnahme, die ihn und eine Frau zeigte, Marlene, seinen Worten zufolge seine *Bekanntschaft*. Sie standen lächelnd nebeneinander, beide in ulkiger Wanderausrüstung samt geschnitztem Stock und Tirolerhut. Leander traute der Sache nicht, die Frau kam ihm unwirklich vor, das Bild wie ein gefälschtes Beweismittel.

Das letzte Lebenszeichen von Lotte war eine Karte, die ein Standbild aus einem Stummfilm zeigte, eine Frau, die gefesselt auf einem Bahngleis liegt, die vor Entsetzen geweiteten Augen auf den Betrachter gerichtet, im Hintergrund eine heranrasende, schwarzen Rauch ausstoßende Lokomotive. Auf der Rückseite stand in absichtlich krakeliger Schrift: *Hilfe! Thornhill Private School, Sussex, GB. Rette mich, mein Held! Gefesselt & geknebelt & verzweifelt: L.* Er nahm sich vor, die Adresse der Schule ausfindig zu machen und Lotte zu schreiben, aber nach einem halbherzigen Versuch bei der internationalen Auskunft, die ihm nicht weiterhelfen konnte, gab er auf. Vielleicht, überlegte er, war es gut, sich eine Weile nicht zu melden, zumindest so lange, bis ein ernsthafter Brief kam, eine Botschaft, die mehr Tiefgang hatte als die übellaunigen Bemerkungen aus Paris, *Unsere Wohnung liegt über einem beschissenen Wettbüro* oder *Im Treppenhaus glotzt mir ein Nachbar unter den Rock.*

Als der Kieferknochen vollständig zusammengewachsen war, die Muskeln und Bänder sich erholt hatten und der Zahn nicht mehr wackelte, meinte Thomas, es sei an der Zeit, dass Leander ebenfalls *zur Normalität* zurückkehre und seine *Ausbildung in der Firma* fortsetze, und da Leander diesem Vorschlag nichts Vernünftiges entgegenhalten konnte, saß er eines Montags im September wieder in seinem Büro, blätterte in Architekturmagazinen, malte grüne Kringelbäume auf Baupläne, las Immobilienanzeigen und Geschäftsberichte, spitzte Bleistifte und trank Kaffee, um bei all dem nicht einzuschlafen. An der Einstellung der übrigen Mitarbeiter ihm gegenüber hatte sich nichts geändert, noch immer wurde hinter seinem Rücken getuschelt, mied man es, mit ihm zu sprechen oder sein Büro zu betreten, und noch immer ging man wortlos auseinander, sobald er sich der Kaffeemaschine näherte. Noch immer schleppte Thomas ihn auf Baustellen und zu Treffen mit Vertretern der Baubehörde und jeden Montagmorgen und Freitagnachmittag zu den Besprechungen mit den Abteilungsleitern, und noch immer stapften sie im Partnerlook aus Gummistiefeln, Overall und Helm über schlammige Grundstücke und durch zugige Rohbauten, aßen in Anzug und Krawatte mit schwierigen, seltsam frisierten Menschen des Bundesdenkmalamts zu Mittag und standen mit Plänen in den Händen auf kahlen Wiesen, in leeren, nach feuchtem Beton riechenden Tiefgaragen und im Büro der Bier trinkenden Bauleiter, wo der Zigarettenrauch den Blick auf die spärlich bekleideten Kalendermädchen vernebelte. Noch immer schien Thomas seinem Neffen die dumme Sache mit Mariana verziehen zu haben und gewillt, ihm den Weg ins Bau- und Immobiliengeschäft zu ebnen, und allem Anschein nach war es ihm egal, wie lange diese Reise dauern würde.

Und noch immer grauste Leander bei der Vorstellung, die nächsten Monate, Jahre und vielleicht Jahrzehnte als ein Teil dieser durchtriebenen, in allen Bedeutungen des Wortes schmutzigen Branche zu verbringen, wo Gier und Rücksichtslosigkeit zu Tugenden erhoben wurden und grobe, kumpelhafte Umgangsformen herrschten und die Gesetze machthungriger, angeberischer Männer. Lieber wäre er für den Rest seines Lebens stumm und mit dem Gestänge vor dem Mund herumgelaufen, als auch nur eine einzige weitere Woche Thomas' geschäftlicher Ziehsohn sein zu müssen, der Günstling des Chefs, aus dem Nichts aufgetaucht, um sich ins gemachte Nest zu setzen.

Wenn Thomas in Innsbruck war, setzte Leander sich manchmal im Haushaltsraum zwischen die Waschmaschine und das Bügelbrett und sah fern. Hin und wieder schwänzte er dafür sogar die Arbeit, in der Firma vermisste ihn eh niemand. Das Lesen hatte er längst aufgegeben, an das letzte Buch konnte er sich kaum noch erinnern, nur daran, dass es ein Standardwerk der zeitgenössischen Architektur gewesen war, eine Parade der angeblich großen Namen, in der Mitte fünfzig Seiten Fotos, die allesamt Gebäude zeigten, in denen er nicht hätte wohnen wollen. Romane interessierten ihn nicht länger, mit Erfundenem konnte er nichts mehr anfangen. Sein eigenes Leben kam ihm ausgedachter und surrealer vor als das von Oskar Matzerath oder Gregor Samsa. Seit seinem ersten Tag in Wien war seine Geschichte von Thomas geschrieben worden, Kapitel hatte sich an Kapitel gereiht, das Ende schien längst festzustehen, zeigte Leander als Erben, als Firmeninhaber mit Bauchansatz und schütter und grau gewordenem Haar, bleicher denn je, weil ihm das Herzblut fehlte, der magische Saft, der in den Adern seines seligen Onkels geflossen war und der ihn davor hätte bewahren können, mit falschen Entscheidungen die *Weiss Bau GmbH* Jahr für Jahr ein wenig näher an den Abgrund zu lenken und sie schließlich in den Ruin zu stürzen.

Fernsehen mochte trivial und vergänglich sein, ein oberflächliches Rauschen, aber im Gegensatz zur Literatur war es nicht besitzergreifend, zog einen nicht in verwirrende Sätze und Welten hinein, verschlang einen nicht, um einen nach der letzten Seite auszuspucken und mit lauter Fragen alleinzulassen. Fernsehen gab Antworten, in der Tagesschau wurde die Wahrheit gesagt, auch wenn sie traurig war, in den Ratesendungen gab es nur Richtig und Falsch, selbst in der offensichtlichsten Täuschung war diese elektrische Kiste durchschaubar und damit redlicher als beinahe jeder Roman. Die meisten Romane, war Leander mittlerweile überzeugt, verbargen ihre Absichten und Botschaften so kunstvoll zwischen den Zeilen, dass man nach der Lektüre oft mit mehr ungelösten Rätseln dastand als vorher.

Am liebsten waren ihm Serien. Da kümmerte es ihn nicht, dass alles Unsinn war und die Schauspieler schauspielerten. Ganze Nachmittage verbrachte er mit MacGyver, Alf, den drei Damen vom Grill, Magnum und Robin Hood. Im Flimmerkasten kamen die Geschichten ganz anders daher als in einem Roman, eindeutiger und unmissverständlicher, weil man die Akteure und die Handlung in bewegten Bildern sehen konnte, statt sie im Kopf mühsam zum Leben erwecken zu müssen. Wenn Konrad ihnen vorgelesen hatte, war Leander gezwungen gewesen, seine Fantasie zu benutzen, um das Meer, das Schiff und den Wal vor seinem inneren Auge heraufzubeschwören, hatte sich die Form einer Harpune und eines Holzbeins ausmalen müssen. Im Fernsehen gab es keinen Raum, den man mit seiner Vorstellungskraft füllen musste, es sei denn, man versuchte zu erahnen, wie diese oder jene Schauspielerin ohne Kleider oder das Filmstudio außerhalb der Kulissen aussah. Er störte sich nicht an Sperrholzwänden, Pappmöbeln oder Holzschwertern. Billige Requisiten gehörten zu dieser Unterhaltungsform wie falsche Bärte, Platzpatronen und künstliches Blut. Dass Mikrofone ins Bild hingen, machte ihm ebenso wenig aus wie schlampige Synchronisationen, schreiende Farben, Überbelichtungen und Kratzer auf dem Zelluloid der alten Filme mit Stan und Ollie, Buster Keaton oder Charlie Chaplin, die er innig liebte. Er wollte getäuscht werden, und wenn das oft auf peinliche und stümperhafte Weise geschah, dann war es eben so. Er fühlte sich wohl vor der Glotze, wie aus der Welt gehoben, für Stunden in vollkommener Selbstvergessenheit sogar beinahe glücklich, und wenn es nach ihm gegangen wäre, hätte er den Rest seines kurslosen Lebens in diesem flirrenden, von heiteren Melodien und simplen Dialogen erfüllten Vakuum verbracht.

Aber es ging nicht nach ihm, sondern nach Thomas. Und der wollte Klarheit, verlangte ein eindeutiges Bekenntnis seines Neffen zur Firma. In einem noblen Restaurant erläuterte er ihm seinen Plan, der vorsah, dass Leander nach fünf Jahren *Intensivausbildung* so weit sein würde, als Thomas' rechte Hand die Geschicke der *Weiss Bau GmbH* mitzuleiten, um in fünfzehn, spätestens zwanzig Jahren *die ganze Chose* zu übernehmen und *den ollen Onkel* nur noch gelegentlich bei einer Sitzung zu sehen. Drei Jahre Betriebswirtschaft im Schnelldurchgang, die Privatlehrer standen bereit, danach ein Jahr in der Firma, diesmal jedoch *zielorientierter Crashkurs* statt *kuscheliger Schnuppertour*, zuletzt je ein halbes Jahr *Schwielen am Arsch und an den Händen*, sprich Büro und Baustelle, aber ernsthaft, nicht nur zum Spaß wie bisher. Mit Blaumachen sei dann Schluss, sagte Thomas zwischen Vorspeise und Hauptgang, er wisse von Leanders Fehlen, werde auch in Innsbruck auf dem Laufenden gehalten. Er habe ihm Zeit geben, ihn zu nichts drängen wollen, sei nachsichtig gewesen, wenn Leander seine Vorräte an Bleistiften vernichtet und mit offenen Augen geschlafen habe, statt Eigeninitiative zu zeigen und Vorschläge zu machen.

»Vorschläge?«, frage Leander.

»Na ja, was weiß ich … Dass wir bei den Höhlenmenschen im Erdgeschoss Rauchmelder installieren, zum Beispiel. Irgendwann fackeln die mit ihrer Qualmerei die ganze Bude ab!«

»Das würde denen aber nicht gefallen.« Leander stocherte in seinem Gemüseauflauf herum. »Rauchmelder, meine ich.«

Thomas seufzte. »Das ist doch nicht der Punkt«, sagte er, nachdem er einen Schluck Rotwein getrunken hatte. »Der Punkt ist, dass du irgendwann einmal Interesse zeigst, dich einbringst. Dass du mir auf irgendeine Weise zu verstehen gibst, ob du dich in der Firma wohlfühlst, ob du dir vorstellen kannst, für mich … mit mir zu arbeiten, dich anzustrengen und etwas aus dir zu machen und eines Tages der Chef von allem zu sein, ganz oben zu sitzen.« Er sah Leander in die Augen. »Kannst du? Kannst du dir das vorstellen?«

Leander schob ein Stück Brokkoli auf dem Teller hin und her.

»Du hattest jetzt fast ein Jahr, um dir diese Frage zu stellen.«

»Ich weiß«, murmelte Leander. Dann sah er seinen Onkel an und sagte etwas deutlicher: »Ich habe über nichts anderes nachgedacht.«

»Und? Was ist dabei herausgekommen?«

Leander zuckte mit den Schultern.

»Herrschaftszeiten, Leander.« Thomas redete leise, aber seine Miene und Körperhaltung verrieten, dass er sich beherrschen musste, um nicht laut zu werden. Er trank sein Glas leer, und kaum hatte er es abgestellt, eilte ein Kellner herbei, um nachzuschenken.

»Ich komme mir so … unfähig vor«, sagte Leander schließlich. »Dumm.«

Wieder stieß Thomas einen Seufzer aus. »Dummheit gibt es nicht, höchstens Faulheit. Und Unwissenheit gibt es, aber das kann man mit Fleiß in Wissen umwandeln.«

Leander steckte sich eine Gabel voll Auflauf in den Mund, kaute. Ihm war warm in seinem Anzug, der Schlips drückte seinen Hals zu. Die Leute um ihn herum unterhielten sich sehr leise, flüsterten beinahe, wie Agenten aus dem Fernsehen, die sich Geheimnisse zuraunten.

»Mit dreißig kannst du an der Spitze der Firma stehen«, sagte Thomas, der seinen Seebarsch hatte kalt werden lassen und jetzt lustlos kleine Bissen davon aß. »Mit vierzig kannst du sie führen.«

Leander trank einen Schluck Wasser. Er schwitzte, wagte es aber nicht, sich mit der Serviette die Stirn abzutupfen.

»Zehn Jahre Lernen, Einarbeiten, Erfahrung sammeln, Verantwortung übernehmen«, sagte Thomas. »Zehn Jahre. Das müsstest du investieren, fürs Erste.«

Leander versuchte sich selbst in zehn Jahren zu sehen, und wieder tauchte das verschwommene Bild eines vorzeitig gealterten Dreißigjährigen mit leichtem Übergewicht und beginnender Glatze vor seinem geistigen Auge auf. Sein zukünftiges Ich saß in einem riesigen Büro, nahm endlose Paraden von Plänen und Gebäudemodellen ab, hob oder senkte den Daumen, trank Kaffee und blickte in jeder freien Minute aus dem Fenster in den Himmel.

»Ich erwarte deine Entscheidung nicht heute Abend«, sagte Thomas. Er winkte mit einer dezenten Handbewegung einen Kellner herbei, der ihre Teller nahm und kaum hörbar fragte, ob alles zu ihrer Zufriedenheit gewesen sei. Thomas nickte, worauf der Kellner sich mit der Andeutung eines Lächelns abwandte und entfernte. Ein anderer Kellner brachte die Dessertkarte und verbeugte sich leicht, als Thomas Kaffee bestellte.

»Heute ist Sonntag«, sagte er, nachdem der Kellner gegangen war, zog ein gefaltetes Blatt Papier aus der Brusttasche des Jacketts und legte es vor Leander auf die Tischdecke. »In sechs Tagen, am Samstag, möchte ich wissen, ob ich auf dich zählen kann.«

Leander faltete das Blatt auseinander und strich es glatt. *Ausbildungszeitplan Leander*, las er. Zwanzig Zeilen für zehn Jahre, immer zwei für ein Jahr. Sein Leben von jetzt bis neunzehnhundertachtundneunzig, sauber und fehlerfrei getippt, wahrscheinlich von Frau Wildermuth, Thomas' neuer Sekretärin.

»Danke«, sagte er, weil ihm sonst nichts einfiel. Als der Kaffee gebracht wurde, faltete er das Blatt zusammen und steckte es in die Brusttasche seines Jacketts, eine Bewegung, die beinahe identisch war mit der seines Onkels wenige Minuten zuvor, wie ein Film, der rückwärts lief. Thomas schien dasselbe zu denken und grinste.

Zum Nachtisch gab es Kiwitorte, die nicht im Entferntesten so gut schmeckte wie die von Tante Meret.

Leander musste nicht in die Firma, Thomas hatte ihm bis zum Wochenende freigegeben mit den Worten, er solle zu Hause bleiben, sich auf der Terrasse in die Herbstsonne setzen und über den Zehnjahresplan nachdenken. Stattdessen sah Leander fern, trank Unmengen Coca-Cola und aß Schokoladenkekse und Gummibärchen. Er kostete die letzten Tage seiner Freiheit aus, sah sich jeden Mist an und schlief auf dem Sofa ein, in den Ohren das Brummen des Fernsehers nach Sendeschluss. Die Süßigkeiten, die Limonade und der Bewegungsmangel würden ihm bald den Bauchansatz bescheren, den er für seine zukünftige Tätigkeit brauchte, sagte er sich, wenn er Nachschub aus der Küche holte. Fast alle Männer im Büro und auf dem Bau hatten eine Wampe, die einen mehr, die anderen weniger, und wenn er sich anpassen und zu ihnen gehören wollte, musste er dieses ungesunde, kalorienreiche Zeug in sich hineinstopfen, egal, ob ihm davon übel wurde oder nicht. Noch hatte er kein Gewicht zugelegt, was ihn umso mehr essen und jedes dazugewonnene Gramm auf der Waage als den ersehnten Beginn einer Bauchverfettung deuten ließ, deren Sichtbarwerdung nur noch eine Frage der Zeit sein konnte. Er wusste, er würde ein Leben lang dünn bleiben, wie sein Vater, mit staksigen Beinen und knochigen Armen, aber er würde sich Hüftspeck anfressen und irgendwann einen Schwimmring tragen, mindestens so imposant wie der von Herrn Waltz aus der Buchhaltung. Dann würde man ihn mit anderen Augen betrachten und eines Tages vielleicht sogar akzeptieren oder zumindest dulden. Das war *sein* Zehnjahresplan.

Am Mittwoch kam Frau Zöllner, die Putzfrau, die Mariana ersetzt hatte, und Leander räumte das Feld. Frau Zöllner war nett, aber sie sang nicht bei der Arbeit, sie ging nicht barfuß durch die Wohnung, und sie mochte die Ringeltaube im Wacholderbusch nicht, weil der Kot des Vogels den Terrassenboden befleckte. Sie war nicht Mariana, die gekündigt hatte, weil sie sich um ihren Mann kümmern wollte und weil sie sich nicht mehr wohlgefühlt hätte in der Wohnung, in der die Einschusslöcher inzwischen zwar verputzt und übermalt, für sie aber noch immer sichtbar waren, wie sie Thomas am Telefon sagte, bevor sie ihnen alles Gute wünschte, auch Leander, dem sie offenbar verziehen hatte.

Während Frau Zöllner da war, ging Leander zum Kiosk, kaufte sich Süßigkeiten und die *Hörzu* und setzte sich auf eine Bank im nahen Park.

Statt die Fernsehzeitschrift zu studieren, sah er den Leuten zu, die unter den verfärbten Bäumen liefen, mit ihren Kindern und Hunden spielten oder wie er auf einer der grün gestrichenen Holzbänke saßen und das Treiben um sich herum beobachteten. Am Samstag würde er Thomas' Angebot, das ihm eher wie ein Paket freundlich formulierter Forderungen erschien, annehmen und seinem Onkel für die nächsten zehn Jahre die Treue schwören. Er hatte lange über alles nachgedacht und war zu dem Schluss gekommen, dass es ein großer Fehler wäre, Nein zu sagen. Er hatte alle anderen Möglichkeiten, es in seinem Leben zu etwas zu bringen, es zumindest zu versuchen, addiert und war zum Resultat Null gekommen. Er hatte keine richtige Schulbildung und keine wirklichen Begabungen, ließ man sein mittelmäßiges Zeichentalent außer Acht. Hier aber bot sich eine einmalige Gelegenheit, die zu verpassen er sich schlicht und einfach nicht leisten konnte, nicht in seiner Lage. Schon nächste Woche würde er sich so beherzt, wie es ihm irgendwie möglich war, in den Prozess seiner Verwandlung stürzen und fünf Jahre später die zweite Hälfte in Angriff nehmen, bis das Plansoll seines Gönners erfüllt und eine Führungsposition, der Chefsessel oder was auch immer in Sichtweite und schließlich in Griffnähe wäre. Und wenn alles schieflaufen und er sämtliche Erwartungen enttäuschen würde und die Firma, Thomas und Wien verlassen musste, konnte er immer noch in den Schoß der Geschwister Born zurückkehren und mit Werner Pilze züchten.

Vier Stunden, eine Tüte Gummibärchen und zwei Schokoriegel später machte er sich auf den Weg zurück, nahm die Post aus dem Briefkasten und den Fahrstuhl in die oberste Wohnung, in der es nicht mehr nach Marianas Zitronenputzmittel roch, sondern nach Frau Zöllners Desinfektionsmittel, das ihn ans Krankenhaus erinnerte. Den Brief aus Berlin hätte er zwischen all den an Thomas adressierten Umschlägen fast übersehen, und als er die Schrift erkannte, tat sein Herz einen Sprung. Jeder dieser Buchstaben war ihm so vertraut, als hätte er ihn geschrieben und nicht sein ehemaliger Klassenkamerad, sein früherer Zimmergenosse, sein Komplize bei der Verschwörung gegen Direktor Dünscheid und das Albrecht-von-Blumenthal-Internat, sein alter, verloren geglaubter Freund Emil Kronenberg, der schmerzlich vermisste Emil Emilovitsch.

Emil schrieb, ihm tue leid, dass er sich nicht schon früher gemeldet habe, er sei nach dem Rauswurf aus dem Internat zweimal umgezogen, einmal mit seiner Mutter nach München und einmal mit seinem Vater in die Schweiz, da habe die Post wohl die Übersicht verloren. Leanders Briefe seien vor zwei Tagen bei ihm angekommen, und zwar in Berlin, wo er seit drei Monaten wohne, allein und ohne finanzielle Unterstützung seiner Eltern, die in Scheidung lebten und ihm nicht verziehen, dass er weder für die Mutter noch den Vater Partei ergriffen und sich einfach davongemacht hatte. Er halte sich mit diversen Jobs über Wasser und sei an mehreren vielversprechenden Projekten beteiligt, darunter ein Kleintheater, eine Filmgruppe und eine Literaturzeitschrift. Westberlin müsse Leander sich als großartigen Ort vorstellen und unbedingt kommen, ganz egal, was er gerade mache. *Lass alles stehen und liegen, Genosse Leandrowski! Hier ist gerade eine Menge los! Unsere sozialistischen Brüder und Schwestern trauen sich auf die Straße, es herrscht eine revolutionäre Stimmung!*

Ans Ende des Briefes hatte Emil eine Telefonnummer geschrieben, mit einem roten Stift unterstrichen und mit fünf Ausrufezeichen versehen, und als ob das nicht reichen würde, stand hinter den Zahlen in Großbuchstaben: RUF AN!!!!!!!

Leander rief erst am Samstagmorgen an, nur wenige Stunden bevor Thomas aus Innsbruck zurückkehren und eine Antwort verlangen würde. Nach vierzehnmaligem Läuten nahm jemand ab, Leander hatte mitgezählt. Niemand meldete sich.

»Hallo? Emil?«

»Wer ist da?« Emils Stimme war ein kaum hörbares Krächzen.

»Hier ist Leander.«

»Wer?«

»Leander. Selbig?«

»Heilige Scheiße!« Emil schrie so laut, dass Leander den Hörer vom Ohr nahm. »Bist du's wirklich?«

»Ja.«

»Heilige Scheiße! Alter Leandertaler!« Emil lachte grunzend.

»Ja. Hallo.« Leander saß auf dem Sofa im Haushaltsraum, das Telefonkabel verschwand zwischen Tür und Rahmen, im Fernsehen lief *Die Sport-Reportage*.

»Ich kann's nicht fassen, Mann!«

»Ich auch nicht.«

»Wie spät ist es?«

Leander sah auf die Uhr an seinem Handgelenk. »Halb elf.«

Emil stöhnte laut auf, dann hustete er ausgiebig. »Bist du noch in Wien?«, fragte er schließlich. »Rufst du tatsächlich aus Wien an? Warte mal. Sekunde.«

Es raschelte in der Leitung, ein Feuerzeug klickte. Leander hörte Emil inhalieren und erneut husten.

»Wann kommst du, Genosse?«

»Ich …«

»Hast du schon deinen Einberufungsbescheid?«

»Was?«

»Bundeswehr! Armee! Der Ruf des Vaterlandes nach seinen Söhnen, nach Kanonenfutter!«

»Äh … nein …«

»Dann komm her, Lenni! So schnell wie möglich! Westberlin! Hier ist das Leben! Bei uns bricht dir keiner den Kiefer. Geht's dir wieder gut? Wien klingt öde. Steig in den Zug, Mann, fahr durch die gute alte DDR, Transit, Zwangsumtausch, die Mauer, das musst du erlebt haben!«

Leander starrte an die Wand.

»Hey, bist du noch dran?«

Leander räusperte sich. »Ja.«

»Dann nichts wie los!«, rief Emil. »Wenn du jetzt ins Taxi springst und den nächsten Zug nimmst, bist du in … keine Ahnung, zehn Stunden hier!«

Zehn Stunden, dachte Leander, zehn Jahre. Am Schrank neben dem Fernseher hingen zwei Hemden seines Onkels, die Frau Zöllner gebügelt hatte. Man brauchte viele solcher Hemden, dachte er, für jedes Treffen mit den Bankmenschen und den seltsam frisierten Leuten der Denkmalschutzbehörde ein frisches, sauberes. Der Ton am Fernseher war abgedreht, ein Mann mit Brille sprach zu ihm, bewegte stumm die Lippen.

»Hey, Lenni! Was ist?«

»Ich kann hier nicht weg.«

»Warum nicht? Hör mal, was du da in deinen Briefen schreibst, von wegen Immobilien und Häuserbauen und so, das ist doch nichts für dich. Das ist doch was für Spießer. Für Typen, die im Anzug rumlaufen und denken, sie seien die Größten. So ein Typ bist du doch nicht, Lenni! So einer kannst du gar nicht geworden sein in den paar Jahren!«

»Ich mach das für meinen Onkel.«

Emil lachte auf, was den nächsten Hustenanfall auslöste. »Für deinen Onkel?», rief er dann. »Du willst … Ist das dein Ernst? Das kann nicht dein Ernst sein. Sag mir, dass das nicht dein Ernst ist!«

»Ich bin es ihm schuldig.«

Was aus dem Hörer kam, klang wie eine dumpfe Explosion, als habe irgendwo zwischen Berlin und Wien der Blitz in die Telefonleitung eingeschlagen. »Schuldig?«, krähte Emil. »Was bist du, sein Sklave? Weißt du noch, wie du die Sklavenhalter gezeichnet hast? Hat dein Onkel auch eine Peitsche?«

»Er ist nicht so. Er ist nett, er will mir helfen.«

»Nett!«, rief Emil. »Nett! Meinetwegen! Du schuldest ihm trotzdem nichts! Weißt du, wem du was schuldest? Dem Tod! Dein Leben! Wenn du hundert Jahre alt bist!«

Leander schwieg. Sich in hundert Jahren zu sehen überstieg sein Vorstellungsvermögen.

»Ich sag dir jetzt, was du tust. Wo ist dein Onkel?«

»Fort. Er kommt in ein paar Stunden zurück.«

»Sehr gut. Du setzt dich jetzt hin und schreibst ihm einen Brief. Du erklärst ihm die Situation. Dass du unbedingt nach Berlin musst. Weil du Künstler bist und kein Kapitalist. Meinetwegen bedankst du dich bei ihm für alles. Bla bla bla. Dann packst du deine Koffer. Vergiss deinen Ausweis nicht. Dann fährst du zum Bahnhof. Dort kaufst du einen Fahrschein und steigst in den Zug nach Westberlin. Wie klingt das?«

Leander wusste nicht, was er sagen sollte. Eigentlich klang alles besser als zehn Jahre Ausbildung, um jemand zu werden, der er nicht sein wollte. Mit Werner Austernpilze und Kräuterseitlinge zu züchten klang besser, sogar als Straßenfeger oder Müllmann zu arbeiten hörte sich weniger schrecklich an.

»Meine Adresse steht auf dem Brief. Ich warte auf dich.« Damit legte Emil auf.

Leander saß noch eine Ewigkeit auf dem Sofa im Haushaltsraum und starrte auf den Fernseher. Eine Störung verzerrte das Bild zu einem zuckenden, endlos von unten nach oben wabernden Chaos aus ineinanderfließenden Farben. Die Hemden leuchteten im Licht, das als dünne Streifen durch die Lücken in den Rollläden drang. Leander legte sich hin und schloss die Augen. Seit drei Tagen hatte er die Ringeltaube nicht mehr gesehen. Vermutlich war sie weggeflogen, dachte er, für einen Vogel war das leicht. Schließlich erhob er sich und ging in sein Zimmer.

FRIDA

1987

Leopold Bosch war ein vierundsiebzigjähriger ehemaliger Druckereibesitzer und Filmproduzent aus Mannheim, der seit fast vierzig Jahren in Rom lebte. Die Druckerei hatte er geerbt und einen Tag nach der Beerdigung seines Vaters und ein Jahr vor seinem fünfzigsten Geburtstag verkauft, um mit dem Geld ins Filmgeschäft einzusteigen. In Perugia hatte er auf dem Weg nach Mailand übernachtet, wo er hoffte, seine Exfrau, die er noch immer liebte, zu sehen und zurückzugewinnen. Lydia, erzählte er Frida, sei ein außergewöhnlicher Mensch, und dass sie in den siebzehn Jahren seit ihrer Scheidung nicht wieder geheiratet habe, deute er als ein Zeichen zu seinen Gunsten. Er zitierte aus dem Gedächtnis ganze Absätze aus Dutzenden von Briefen, die er ihr während der vergangenen Monate geschrieben hatte, und wollte Fridas Meinung hören, eine Einschätzung seiner Worte in Bezug auf Form und Wirkung aus weiblicher Sicht. Frida hielt sich für absolut ungeeignet, das Geschreibsel eines alten, exzentrischen Mannes zu beurteilen, zumal Bosch die Sätze aus dem Italienischen ins Deutsche übersetzen musste und sich entweder ständig in der Wahl der Ausdrücke vertat oder einen ausgeprägten Sinn für skurrile Wortschöpfungen besaß. Trotzdem lauschte sie ihm geduldig und lobte seinen einfühlsamen, romantischen und leidenschaftlichen Ton, den sie in Wahrheit für schwülstig hielt, für maßlos und kitschig, falls sie überhaupt in der Lage war, den Sinn des Gehörten zu verstehen. Sie fühlte sich an ihren Brief an Adam Kerbel erinnert, der ähnlich grauenhaft gewesen war, aber das sagte sie Bosch natürlich nicht, und der freute sich wie ein Kind über ihr zustimmendes Nicken und wurde mit jedem Kilometer, den sie zurücklegten, aufgeregter und zuversichtlicher. Dass Lydia keinen einzigen der Briefe beantwortet hatte, minderte seinen Optimismus ebenso wenig wie die Tatsache, dass sie ihm am Tag der Scheidung gesagt hatte, er solle *beim Teufel braten*, was wohl *in der Hölle schmoren* bedeutete, und seither nur noch über ihren Anwalt mit ihm kommunizierte. Er habe *Schuld auf sich gelegt*, sagte er, und Lydia sei nie *über sein unannehmliches Verhalten hinweggegangen*.

»Ich habe sie betrügt, muss ich gestehen.« Bosch sah Frida aus blauen Augen an, die von einem feuchten Schleier verhangen waren, gleichgültig, ob er etwas Trauriges oder Witziges erzählte. »Ich habe mancher Frau das Herz zerbrochen. Bedauerlicherweise.«

Frida versuchte ein Lächeln aufzusetzen, das Verständnis ausdrücken sollte, Milde und Vergebung und das Bosch dankbar erwiderte, bevor er sich im Polster zurücklehnte, einen langen Seufzer ausstieß und die Augen schloss. Und endlich schwieg.

Frida drehte sich weg und sah aus dem Fenster. Sie fuhren langsam, die Landschaft rollte vorüber wie eine ausgebleichte Theaterkulisse. Ein großes Schild neben der Straße zeigte an, dass sie noch fünfzig Kilometer von Mailand entfernt waren. Wenn sie blinzelte, sah sie ihr Spiegelbild in der Scheibe des Bentleys, den ein Mann namens Renzo lenkte, ein drahtiger, stiller Italiener, zehn Jahre jünger als Bosch und vierzig älter als das Auto.

Bosch, das Gesicht mit den geschlossenen, zitternden Lidern dem hellblauen Stoffhimmel des Wagendachs zugewandt, holte geräuschvoll Atem, wobei wie in großer Verblüffung sein Mund aufklappte, um sich nicht mehr zu schließen. Zu Beginn der Fahrt hatte er sein Leben im Schnelldurchlauf erzählt und dann von Frida dasselbe gefordert, statt einer Einzahlung in die Benzinkasse, wie er nicht ohne ernsten Ton in der Stimme sagte und Frida im Ungewissen ließ, ob er nur scherzte. In der Folge hatte sie ihm eine groteske Geschichte aufgetischt, hatte sich als

Waise ausgegeben, die in Perugia bei einer reichen Familie als Kindermädchen und Tennislehrerin gearbeitet hatte und nur mit dem Allernötigsten im Koffer geflohen war, nachdem der Herr des Hauses sich ihr auf unstatthafte Weise genähert hatte. Sie hatte Bosch erklären müssen, was unstatthaft bedeutete, und als sie es ihm mit *unsittlich* übersetzt und er begriffen hatte, hatte er die Augenbrauen gehoben, die Lippen gespitzt und ein »Oh!« von sich gegeben, das nur mit viel gutem Willen nicht als Laut der Bewunderung zu verstehen war, Bewunderung, die sowohl der geflüchteten Frida als auch dem zudringlichen Hausherrn gelten konnte.

Dann war er auf Lydia und die Briefe und zu keinem Ende gekommen. Wie ein Opernsänger ohne Stimme hatte er Satz um Satz geflüstert, zuerst auf Italienisch und danach, etwas lauter und dramatischer, auf Deutsch, das so flüssig und gleichzeitig so voller Fehler war wie am Vorabend im Hotel, wo er mit vom Rotwein gelöster Zunge das Reden übernommen und Frida sein Leben erzählt hatte, exakt das gleiche Leben, dessen Höhepunkte er dann noch einmal im Fond der betagten englischen Luxuskarosse herunterspulte, als einhundert Kilometer langen Monolog von Perugia bis Arezzo.

Sie erreichten Mailand am späten Nachmittag. Renzo musste immer wieder anhalten und auf einer Karte nachsehen, um sich nicht zu verfahren. Die Informationen, die er hatte, waren ein Orts- und Straßenname und eine Hausnummer sowie vage Beschreibungen von Bosch, die sich wie zwanzig Jahre alte Erinnerungen anhörten, vergilbte, in schwärmerische Worte gefasste Bilder mit Gebäuden, Sportplätzen und Parkanlagen, die es in der Wirklichkeit, durch die sie sich bewegten, nicht mehr gab. Nach langer Irrfahrt erreichten sie Magenta, wo sie auf Boschs Erzählfluss von Anekdote zu Anekdote trieben, vom besten Fischrestaurant der Gegend zu der Kreuzung, an der Bosch sich einmal, geplagt von heftigen Schuldgefühlen wegen einer Affäre und benebelt von teurem Cognac, fast vor einen Lastwagen geworfen hätte, vom ehemaligen Friseursalon des längst verstorbenen Gianluca Marchese zum Schulhof, auf dem die Kinder der Boschs die Pausen verbracht hätten, wenn sie jemals gezeugt und zur Welt gekommen wären, damals, als Bosch gerade die elterliche Druckerei verkauft und Lydia geheiratet hatte und mit ihr in dieses Kaff außerhalb

Mailands gezogen war, ursprünglich nur für ein paar Monate, aus denen Jahre wurden.

»Dies ist der Geburtsplatz von Carlo Ponti«, sagte Bosch, nachdem er und Renzo sich darüber einig waren, endlich auf dem richtigen Weg zu Lydias Haus zu sein. »Der große Produzent.« Er wandte sich Frida zu und senkte die Stimme. »Er hat La Strada zustande gemacht. Sie haben La Strada gesehen. Ein Meisterwerk.«

Frida sagte nichts, nickte nur, obwohl sie den Film nicht kannte. Der Himmel war graublau und verschlossen, fahles Licht hing über den Häusern, auf den Gehsteigen lagen herabgefallene Blätter, rund und mit dickem Stiel, groß wie Tischtennisschläger.

»Da vorne ist es!«, rief Bosch plötzlich. Er rutschte auf dem Sitz nach vorne und streckte den Arm aus. »Il muro bianco! Fermati, Renzo! Subito!«

Renzo fuhr noch vier, fünf Meter, lenkte den Wagen in eine Parklücke und machte den Motor aus.

Bosch war inzwischen ins Rückenpolster gesunken und starrte mit leerem Blick vor sich hin. Aus einem vorbeifahrenden Auto kam Musikgeplärre, aus einem Garten Hundebellen, alles gedämpft durch den Panzer des Bentleys. Renzo sah nach vorne die leere Straße hinunter, die Hände noch immer auf dem Lenkrad aus glänzendem Holz.

»Alora«, sagte Bosch nach einer Weile, ein Wispern. Dann setzte er sich gerade hin, strich sich durch die strähnigen Reste seines weißen Haares und rief: »Andiamo!«

Renzo stieg aus, ging um die Kühlerhaube herum und öffnete für Bosch die schwere Tür. Er trug eine verbeulte braune Cordhose, ein Hemd in wässrigem Blau und darüber einen dünnen grünen Wollpullover und ein schwarzes Jackett, das bessere Tage gesehen hatte. Er war etwa so groß wie Frida, eins fünfundsiebzig, braun gebrannt und glatzköpfig und in Anbetracht seines Alters und Berufs erstaunlich muskulös. Nachdem Bosch unter Mühen ausgestiegen war, nickte Renzo stumm und schloss die Tür. Bosch stand einen Moment lang da und sah in die Richtung, in der das Haus lag, dann rollte er die Schultern und zog den Knoten der Krawatte enger.

Frida schloss die Augen und hörte, wie Bosch auf seinen Fahrer einredete. Sie war müde und zerstreut und noch immer Hunderte Kilometer von dem Ort entfernt, an den zurückzukehren sie noch gar nicht beschlossen hatte, obwohl sie sich darauf zubewegte. Es war nicht so, dass sie Konstanze und Gernot vermisste, aber die Art und Weise, wie sie die beiden verlassen hatte, machte ihr zu schaffen. Die Sätze, die sie geschrieben hatte, drei erklärende und ein entschuldigender, tauchten immer dann auf, wenn sie, wie jetzt, überlegte, ob sie ein Zuhause hatte und, falls es diesen Ort gab, wo er war.

Sie zuckte zusammen, als Bosch gegen die Scheibe der Tür klopfte, durch die er den Wagen verlassen hatte. Während Frida auf seinen Sitz rutschte, ließ Renzo, der sich wieder hinter das Lenkrad gesetzt hatte, die elektrische Scheibe herunter.

»Ich gehe jetzt. Renzo bringt Sie zu einem Hotel in der Nähe. Die Kosten gehen auf mich.«

»Das kann ich nicht annehmen«, sagte Frida, obwohl sie nichts lieber tun wollte, als sich in einen eigenen Raum zurückzuziehen, zu duschen und sich hinzulegen, in absoluter Stille an die Decke zu starren und auf den Schlaf zu warten.

»Keine Gegenrede!«, sagte Bosch und hob die Hand. »Ihre Anwesenheit war sehr anregend und hilfsvoll. Ich möchte mich dafür bedanken.« Er wartete, zum Fenster hinuntergebeugt wie ein betagter Polizist, bis Frida nickte und »Na gut« sagte, dann richtete er sich auf, schlug mit der flachen Hand aufs Wagendach und machte sich auf den Weg zu Lydias Haus.

Am nächsten Morgen aß Frida sich im Frühstücksraum an weißem Brot, Rührei und Kuchen satt und trank tassenweise Kaffee dazu, der ihr von einer alten Frau gebracht wurde, sobald sie ihr winkte. Musik lief, und je fröhlicher die Mandolinen und die Stimme der Sängerin wurden, desto trauriger wurde Frida und desto mehr Kaffee trank sie, als bestände ihr Gemütszustand aus Ablagerungen des Schlafes und der Träume, die sich fortschwemmen ließen. Die alte Frau fragte sie etwas, und Frida entschuldigte sich mit ihrem Standardsatz für ihr nicht vorhandenes Italienisch und ging durch eine Glastür in den rückwärtigen Garten hinaus. Es war noch nicht neun Uhr, die Luft kühl und der Himmel so schmutzigblau und undurchdringlich wie am Vortag, und nur das leise Scheppern der Lamellen am Abluftschacht der Küche störte die Stille innerhalb der Mauern und angrenzenden Gebäude, die das Rasenstück umgaben. In einer Ecke standen ein Grill und ein Kühlschrank, in einer anderen wuchs eine Palme, von deren Stamm sich eine Lichterkette bis zur Markise über der Tür zum Frühstücksraum spannte. Dort saß Renzo im ausgedünnten gelblichen Gras, die Beine im Schneidersitz verschränkt, den nackten Oberkörper vorgebeugt. Er bemerkte Frida nicht oder ignorierte sie, starrte unverwandt in das Buch in seinem Schoß, als würde er das Gelesene nicht verstehen oder auswendig lernen. Kaltes, kraftloses Licht überzog seinen kahlen Kopf und seine Schultern, am Hals und an den Handgelenken und Fingern glitzerte Schmuck, der Frida bisher nicht aufgefallen war.

Nach einer Weile ging sie zurück auf ihr Zimmer und legte sich hin, konnte aber nicht mehr schlafen. Eine halbe Stunde später klingelte das Telefon. Bosch bat sie, zu ihm zu kommen, er sei in Zimmer 309, am Ende des Flurs. Als Frida anklopfte, rief er, es sei offen, und Frida trat ein. Bosch saß auf dem Bett, eingesunken wie Renzo, aber ohne dessen Aura aus Energie und innerer Ruhe. Er trug den weißen Bademantel des Hotels, die Hose vom Vortag und an den Füßen Schuhe, aber keine Socken. Eine Strähne seiner nach hinten gekämmten Haare hing ihm ins Gesicht, in den Händen hielt er eine leere Kaffeetasse. Als Frida ihn mit *Guten Tag* begrüßte, stieß er einen glucksenden Lacher aus. Wegen der geschlossenen Vorhänge lag der Raum in Dämmerlicht, ein Geruch aus Schweiß und Deospray und schlechtem Atem hing in der Luft. Frida blieb zwei Armlängen vor dem Bett stehen. Wie es bei Lydia gelaufen sei, musste sie nicht fragen, das Häufchen Elend vor ihr ließ keinen Zweifel daran bestehen, dass er mit seiner Mission gescheitert war.

»Es ist keine Liebe mehr vorrätig«, sagte Bosch endlich.

Frida hätte über die Wortwahl geschmunzelt, wenn die Atmosphäre in dem Zimmer nicht so düster gewesen wäre. Sie senkte den Kopf und betrachtete den blau und schwarz gemusterten Teppich, ein Meer dunkler Flecken mit Inseln aus hellen, kahlen Stellen.

Bosch streifte die Schuhe ab und ließ die weißen, von einem Netz feiner blauer Äderchen durchzogenen Füße baumeln, als säße er auf einem

Steg am Wasser. »Was einmal war, hat keine Bedeutung mehr. Nicht für Lydia.«

»Vielleicht kam das alles … ein wenig überraschend für sie«, sagte Frida, um nicht nur stumm dazustehen.

Zum ersten Mal sah Bosch sie an. Er befand sich in einem bemitleidenswerten Zustand, seine geröteten Augen lagen tief in den Höhlen, seine faltigen, von Altersflecken bedeckten Wangen waren noch eingefallener und die Lippen noch dünner als am Vortag.

»Bitte, nehmen Sie doch Platz.« Den Arm zu heben und damit auf den Stuhl vor dem Schreibtisch zu deuten, schien ihn anzustrengen.

Frida setzte sich. Der Abstand zu Bosch betrug noch immer zwei Armlängen, trotzdem konnte sie seine säuerliche Ausdünstung riechen.

»Ich werde Ihnen erzählen, wie es ist.« Bosch stellte die Tasse auf den Nachttisch und faltete die Hände im Schoß. »Lydia hat mich geheiratet, nachdem ich Geld hatte. Sie hat gewartet, bis die Druckerei verkauft war, dann hat sie Ja gesagt. Ich wollte hierher, wegen Ponti. Ich wollte sehen, wo er zur Welt gekommen wurde. Eine fixe Idee, allora. Wir wohnten im Hotel, gutes Hotel, nicht wie das hier …« Bosch sah sich um, bevor er weiterredete. »Sie hat gesagt, warum nicht ein Haus mieten, es ist schön hier, also mieten wir. Dann wird das Haus daneben leer, zum Verkauf geboten, und wir kaufen es, ich habe viel Geld, und hier war alles billiger als in Deutschland. Ich will nach Rom, ins Geschäft eintreten, Filme produzieren, aber es gefällt ihr hier, also erfülle ich ihren Wunsch. Ich fahre oft nach Rom, gehe in die Kreise, investiere, alla fine. Kennen Sie La casa al mare, der deutsche Titel war … aspetta … Das Haus am Meer?«

Frida schüttelte den Kopf.

»Liebesfilm, nicht schlecht, auch nicht gut. Kein Verlust, jetzt bin ich im Geschäft, va bene, es gibt mehr Filme, Schauspielerinnen, ich lerne mit vielen die Bekanntschaft, das ist normal. Es gibt oft Streit. Lydia will ein Kind, aber es geht nicht, die Schuld … wer weiß das schon.« Bosch starrte auf seine gefalteten Hände, die weißen Knöchel. »Wir machen Urlaub an der Küste von Amalfi, dort hat der Film gedreht, La casa al mare, es ist so unglaubhaft schön, ich kaufe eine Wohnung, spöttisch billig, damals, ja …« Er schloss die Augen, nickte und begann erneut mit den Füßen zu wippen.

Frida wäre gerne aufgestanden, um das Fenster zu öffnen und Luft und Licht hereinzulassen, blieb aber sitzen. Der Kaffee hielt sie hellwach, gleichzeitig fühlte sie ihre Arme und Beine bleischwer werden. Auf dem Gang rumpelte der Putzwagen des Zimmermädchens, dann war es wieder still.

Bosch sah Frida an, als müsse er überlegen, wer sie war, dann holte er Atem und sagte: »Ich will Ihnen klaren Wein einschenken und sage Ihnen, ich liebe Lydia nicht, schon lange nicht mehr, und sie liebt mich nicht. Meine Hoffnung war, dass ich sie überreden kann, die Wohnung in Atrani zu verkaufen, denn die Wahrheit ist, ich habe kein Geld mehr … Alles weg.« Er schnalzte mit der Zunge und machte eine wegwerfende Handbewegung wie jemand, dem etwas Ärgerliches widerfahren ist, ein Missgeschick, nichts Weltbewegendes. »Ich war ein reicher Mann, viele Filme sind dank mir ermöglicht geworden, ein paar … come se dice … recht ordentliche, kein Oscar, d'accordo, trotzdem … Aber das ist vorbei, tempi passati. Da ein Fehler, dort eine schlechte Entscheidung. Ich habe mich auf das falsche Pferd gesetzt, ich wurde betrogen, hinters Licht gebracht. Jetzt bin ich pleite …« Er schürzte die Lippen, zuckte mit den Schultern. »Was mir bleibt, ist die Wohnung in Rom, nicht sehr groß, aber besser als kein Dach über dem Leib.«

»Warum haben Sie alles Ihrer Frau gegeben, das Haus hier und die Wohnung in …?«

»Atrani. Warum ich ihr alles gegeben habe? Mein übles Gewissen, ich fühlte mich schuldhaft. Und damals hatte ich noch viel Geld.«

»Das war sehr großzügig.«

Bosch stieß Luft durch die Zähne. »Großzügig … Das ist das deutsche Wort für stupido.«

Frida stand auf, zog einen der Vorhänge zur Seite und öffnete das Fenster. Drei Stockwerke unter ihr ging die alte Frau mit einem Korb voller Wäsche über den Rasen. Renzo war nicht mehr da. Zwei Flugzeuge kreuzten den Himmel, funkelten wie Wassertropfen auf einer grauen, von Licht durchdrungenen Fläche.

Bosch erhob sich ebenfalls, trat vor den Schrank, schob die Tür auf und betrachtete das einsam an einem Bügel hängende Hemd. Als an die Zimmertür geklopft wurde, rief er: »Später!«, und dann, lauter: »Più tardi!«

»Und jetzt?«, fragte Frida. »Fahren Sie zurück nach Rom?«

Bosch nahm das Hemd vom Bügel und warf es auf das Bett. »Ja.« Er suchte etwas am Boden, ging im Kreis. »Aber alleine. Renzo bringt Sie nach Deutschland, er wird einen alten Freund von mir besuchen, in Krefeld, Enrico, Heinrich, der kauft den Bentley, ist schon lange scharf daran. Das Geld ist für Renzo, ich schuldige ihm seit Monaten sein Gehalt, amico fedele, ja, weiß Gott.« Er hob stöhnend eine zerknüllte Socke auf, dann die zweite.

»Und wie kommen Sie nach Rom?«

Bosch ließ sich auf den Stuhl fallen. »Ferrovie dello Stato Italiane, Eisenbahn, keine Vergleichung zum Bentley, aber billig.«

Frida stand mit dem Rücken zum Fenster, ein leichter Wind strich ihr über Nacken und Schultern. Der Gedanke, mit Renzo in Boschs Wagen loszufahren, war gewöhnungsbedürftig.

»Ist das wirklich Ihr Ernst?«, fragte sie, nachdem sie dem alten Mann eine Weile dabei zugesehen hatte, wie er die Socken anzog.

»Und ob! Jetzt heißt es, Lebewohl zu nehmen!«, rief Bosch, drehte sich auf dem Stuhl um und streckte den Arm aus. »Arrivederci, buona fortuna, alles Gute!« Er schüttelte die Hand in der Luft, bis Frida sie ergriff. »Renzo weiß Bescheid, er wartet in der Lobby auf Sie.«

Sekundenlang wusste Frida nicht, was sie sagen sollte. Boschs Hand war kühl und knochig und wog kaum etwas. »Ihnen auch alles Gute«, brachte sie schließlich hervor. »Danke für alles.«

Bosch lächelte. Dann erhob er sich, ging zur Tür, öffnete sie und verschwand halb hinter ihr, bis Frida auf den Flur getreten war. Eine Lampe der Deckenbeleuchtung schien zu surren, aber dann war es eine erschöpfte Wespe, die sich auf dem Boden drehte.

Als Frida doch noch ein Lächeln gelang und sie sich umdrehte, hatte Bosch die Tür bereits geschlossen.

Elf Stunden später kamen sie in Krefeld an. Renzo, der in den dreizehn Jahren als Boschs Chauffeur ein wenig Deutsch gelernt hatte, bestand darauf, dass Frida ihn zum Treffen mit dem Käufer des Bentleys begleitete. Er meinte, wenn eine Frau dabei sei, würde *dieser Enrico* den mit Bosch vereinbarten Preis nicht versuchen *zu drucken*. Bis Stuttgart hatte

Frida sich Zeit gelassen, über Renzos Vorschlag nachzudenken. Zurück nach Frankfurt zu Konstanze und Gernot wollte sie noch nicht, wollte nicht erzählen und erklären und sich entschuldigen müssen. In Perugia hatte sie den beiden eine Postkarte geschrieben, *Es geht mir gut, macht Euch keine Sorgen*, und hatte sie auf dem Tisch in der Eingangshalle des Hotels liegen lassen, beschwert mit einem Stapel italienischer Münzen. Vielleicht war sie von jemandem gefunden und mit einer Briefmarke versehen worden, vielleicht auch nicht. Das Motiv der Karte war ein einsames, vor einer Berglandschaft und einer Felsnische mit Marienfigur stehendes Schaf gewesen.

Heinrich Buchwald erwies sich als Geschäftsmann, dem es gegen die Ehre ging, um einen festgelegten Betrag zu feilschen. Er empfing Renzo und Frida wie alte Bekannte und brachte das Geld in bar mit. Nachdem die Papiere unterschrieben waren, bestand er darauf, die beiden zum Essen einzuladen, und so setzte Renzo sich ein letztes Mal ans Steuer, um den Bentley zu fahren und den neuen Besitzer mit den technischen Feinheiten vertraut zu machen, die Funktion der Hebel und Knöpfe zu erklären und noch einmal auf die wenigen Mängel hinzuweisen, die etwas schwerfällige Lenkung zum Beispiel oder die träge Heizung. Unterwegs holten sie Buchwalds Frau ab, und als sie wenig später in einem Nobelrestaurant saßen und mit Champagner auf den Handel anstießen und Buchwalds Frau gut gelaunt verkündete, sie heiße Dagmar und wolle geduzt werden, brach Frida, wie erschlagen von der langen Fahrt und dem vielen Nachdenken, in Tränen aus.

Sie lag auf dem Bett und sah dem Licht zu, das sich als schmaler Balken vom Fenster in ihre Richtung bewegte. Draußen schien die Sonne, lärmten Vögel. Das konnte kein Hotelzimmer sein, dachte sie, in Hotelzimmern gab es keine Regale mit Büchern, Aktenordnern, gerahmten Fotos und Porzellanfiguren, an den Wänden hingen keine Terminkalender und Korktafeln mit angepinnten Postkarten, und es lagen keine Zeitungen, Pantoffeln und Golfbälle auf dem Boden.

Ihr Kopf tat weh, als sie sich aufsetzte. Sie war angezogen, ihre Schuhe standen neben dem Bett, auch der Koffer und der Rucksack. Kaum hatte sie es auf die Füße geschafft, wurde ihr schlecht, und sie setzte sich wieder. Mit geschlossenen Augen versuchte sie sich an den vergangenen Abend und die anschließende Nacht zu erinnern, und als es ihr bruchstückhaft gelang, wurde ihr noch übler. Sie hatte geweint, fiel ihr ein, mitten in diesem vornehmen Restaurant hatte sie plötzlich und aus keinem ersichtlichen Grund angefangen zu heulen, war fünf Sekunden oder auch fünf Minuten später zu den Toiletten gerannt und hatte sich in einer der Kabinen eingeschlossen. Nach einer Weile war jemand gekommen, hatte an die Tür geklopft und etwas gesagt, leise, eine Frau.

Frida ließ sich auf den Rücken fallen, starrte an die Decke. Die Frau hatte es irgendwann geschafft, sie aus der Kabine zu locken, und war mit ihr hinaus auf den Parkplatz gegangen. Es war dunkel gewesen, die Motoren der Autos hatten in der kühlen Luft geknackt. Die Frau hieß Dagmar, aber Frida weigerte sich zu glauben, dass es gereicht hatte, den Namen ihrer Mutter zu hören, um so die Fassung zu verlieren.

Weil sie nicht wieder einschlafen konnte, stand Frida auf, öffnete die Zimmertür einen Spalt weit und lauschte. Als nichts im Haus sich rührte und kein Geräusch die Stille durchbrach, ging sie die Treppe hinunter ins Wohnzimmer. Dort blieb sie einen Moment lang stehen und sah durch eine große Glasfront ins Freie, auf eine mit Steinplatten belegte Fläche, ein Stück Rasen und Bäume. Ihr war noch immer übel, in ihrem Kopf pochte ein dumpfer Schmerz. Das Blatt Papier bemerkte sie erst, als sie sich von der Terrassentür abwandte und auf die Suche nach der Küche machte. *Liebe Frieda, ich bin am Abend zurück. Bitte fühlen Sie sich wie zu Hause. Das Gästebad befindet sich hinter dieser Tür. Bis bald, Dagmar.* Frida öffnete die Tür, an der das Blatt mit einem Stück Klebeband befestigt war, und machte das Licht an. Sie erschrak, als sie sich im Spiegel sah, und in derselben Sekunde schämte sie sich für ihre blutunterlaufenen Augen, das zerknitterte Kleid und den Geruch, der von ihr ausging.

In der Küche stand eine Thermoskanne mit Kaffee für sie bereit. Sie trank zwei Tassen am Tisch, mit der dritten ging sie in den Garten. Die Vögel, die sie gehört hatte, waren zwei sich streitende Elstern, noch immer drang gelegentlich ihr Krächzen aus einem der Bäume. Die Luft war so kühl wie in Magenta, der Himmel hatte die gleiche Farbe. Als sie sich ein wenig wohler fühlte, ging Frida zurück ins Haus, duschte und zog die letzte frische Kleidung aus dem Koffer an. Dann machte sie einen Rundgang durch das Haus und warf einen Blick in jedes Zimmer, während ihr Haar trocknete. Mit einer weiteren Tasse Kaffee und ein paar Haferkeksen setzte sie sich an den Holztisch auf der Terrasse und rekonstruierte die Stunden zwischen dem Weinkrampf und dem Erwachen in diesem fremden Haus. Wie lange sie geschlafen hatte, war unmöglich herauszufinden, auf jeden Fall schien sie ohnmächtig gewesen zu sein, als man sie ins Bett legte. Sie erinnerte sich an das Glas Champagner, das sie in der Hand gehalten hatte, um mit den anderen am Tisch anzustoßen. Sie fragte sich, ob sie davon getrunken hatte oder ob sie vor lauter Heulen nicht mehr dazu gekommen war. Wie die drei auf ihre Tränen reagiert hatten, konnte sie nicht sagen, wahrscheinlich, dachte sie, waren sie verwirrt und unangenehm berührt gewesen. Sie ließ die halb leere Tasse stehen und ging ein paar Schritte. Zwei gepolsterte Liegen standen herum, auf einer lagen ein dünner blauer Pulli und ein Taschenbuch, *Märchen der Welt*. Frida setzte sich auf die zweite Liege und sah in den Garten, der von einer hohen, mit Efeu bewachsenen Betonmauer umgeben war.

Wenn sie sich anstrengte, konnte sie sich daran erinnern, gegessen zu haben, aber nicht mehr daran, was es gewesen war. Wahrscheinlich ein Stück Fleisch, dachte sie, ein Steak und Gemüse, offenbar das Übliche, wenn man im Restaurant speiste. Und natürlich hatte sie getrunken, zweifellos viel zu viel. Nachdem sie mit Dagmar zum Tisch zurückgekehrt und der Hauptgang serviert worden war, hatte es Rotwein gegeben, daran erinnerte sie sich, und später waren Kaffee und Schnaps getrunken worden, beides hatte sie am Morgen im Pelz auf der Zunge geschmeckt, etwas Bitteres, Rauchiges, und etwas Scharfes, gleichzeitig Fruchtiges. Sie stellte sich vor, wie der Alkohol sie immer unbeschwerter hatte werden lassen, immer gleichgültiger gegenüber ihrer Geschichte, ihrer vergeblichen Reise nach Assisi, ihren diffusen Zukunftsaussichten. Sie schloss die Augen und sah sich, wie sie nach zwei, drei Gläsern Wein gelächelt und ihre Heulattacke als Folge der Erschöpfung abgetan hatte, als kleinen, unbedeutenden Schwächeanfall nach der langen Fahrt, und wie sie dann mit jedem weiteren Schluck zu jener sorglosen, fast Zwanzigjährigen geworden war, der ein Platz unter den übrigen Gästen zustand, egal, woher sie kam und wohin sie nach Auflösung der Runde gehen würde.

Über der Frage, ob sie erzählt hatte, dass ihre Mutter ebenfalls Dagmar hieß, schlief sie auf der Liege ein.

Am Abend trank sie nur Wasser. Sie und Dagmar hatten auf der Terrasse einen Salat gegessen und sich ins Wohnzimmer gesetzt, als es im Freien zu kühl geworden war. Dagmar hatte, kaum war sie durch die Garage ins Haus gekommen, die Stereoanlage eingeschaltet, Jazz lief, für Fridas Ohren konfuse Töne ohne erkennbare Struktur.

»Heinrich hat Renzo gestern gefragt, ob er für ihn arbeiten will«, sagte Dagmar. Sie trank Rotwein und hatte ein zweites Glas auf den Couchtisch gestellt für den Fall, dass Frida es sich anders überlegte.

»Ja?« Mehr zu sagen traute Frida sich nicht. Sie fühlte sich als Eindringling, obwohl Dagmar ihr versichert hatte, dass sie willkommen sei. Der Inhalt ihres Koffers war seit einer Stunde in der Waschmaschine, in der Stille zwischen den Stücken auf der Schallplatte konnte man hören, wie die Trommel sich drehte.

»Als Fahrer. Er besorgt ihm eine Arbeitserlaubnis.«

Frida lächelte. Sie saß in einem wuchtigen, mit geripptem, dunkelblauem Stoff bezogenen Sessel, in dem sie sich wie geschrumpft vorkam. Übelkeit und Kopfschmerzen waren verschwunden, seit sie im Garten geschlafen hatte, trotzdem bat sie Dagmar nicht, ihr Wein einzuschenken.

»Ich glaube, ihm gefällt die Vorstellung, sich herumfahren zu lassen. Außerdem soll Renzo ein ausgezeichneter Mechaniker sein. Diese alten Autos sind doch dauernd kaputt.«

Frida sah Dagmar nie länger als eine Sekunde an, dann richtete sie den Blick auf den niedrigen Glastisch, die Bücherwand oder eine der beiden am Boden zwischen den Polstermöbeln stehenden Lampen, die ihr spärliches Licht im Raum verteilten.

»Das gestern muss dir nicht peinlich sein«, sagte Dagmar ernst. Dann trank sie einen Schluck und lächelte. »So etwas kommt vor.« Sie erhob sich vom Sofa, ging in die Küche und kam mit einer Packung Zigaretten zurück.

»Rauchst du?«

Frida schüttelte den Kopf.

»Gut. Fang gar nicht erst damit an.« Dagmar nahm ein Feuerzeug aus Metall in Form eines Miniaturdrachen vom Tisch und zündete sich eine Zigarette an. »Was glaubst du, wie oft mir das passiert ist, als ich in deinem Alter war? Wie oft ich weggetreten war.«

Frida zuckte mit den Schultern.

Dagmar lachte. »Na ja, mitgezählt habe ich nicht, aber glaub mir, es waren einige Male.«

Eine Weile schwiegen sie und hörten der Musik zu.

»Magst du Jazz?«, fragte Dagmar, als eine Trompete so leise spielte, dass sie vom Knistern der Nadel in der Rille fast übertönt wurde.

»Ich weiß nicht. Ich kenne mich mit so was nicht aus.«

»So was? Mit Jazz oder mit Musik allgemein?«

»Ich hör keine.«

»Gar keine?« Dagmar lachte auf. »Das kann ich nicht glauben.«

»Ist aber so.«

Dagmar ging zu dem Schrank, in dem die Lämpchen der Stereoanlage leuchteten, öffnete die zweite Tür und zog der Reihe nach drei Schallplattenhüllen aus einem Regal, um sie auf den Tisch zu legen. Frida beugte sich im Sessel nach vorne.

The Beatles, *Abbey Road.* The Rolling Stones, *Black And Blue,* Pink Floyd, *Wish You Were Here.*

»Die kennst du aber.«

»Nein.«

»Im Ernst?«, rief Dagmar halb amüsiert, halb fassungslos. Dann setzte sie sich wieder auf das Sofa und sah Frida an, als versuche sie, im Gesicht des Mädchens zu lesen. »Wo in aller Welt bist du denn aufgewachsen?«

Frida betrachtete die Fotografie auf dem Pink-Floyd-Album. Zwei Männer in Anzügen schüttelten sich die Hand, einer von ihnen stand in Flammen.

»Auf dem Land«, sagte sie schließlich.

»Und deine Eltern? Die haben sich das nicht angehört?«

»Großeltern.« Frida sah Dagmar in die Augen. »Meine Eltern sind tot.« Wie leicht sich das sagen ließ, dachte sie.

»Oh.« Dagmar schien für einen kurzen Moment zu erstarren, nur der Zigarettenrauch, der ihrem Mund entwich, bewegte sich.

Frida schätzte sie auf Ende vierzig, Anfang fünfzig. Sie hatte langes blondes Haar, das mit einem dunkelroten Samtband aus der Stirn nach hinten geschoben war, nicht straff, sondern in einer sanft ansteigenden Welle. Ihre Haut war noch glatt, nur in den äußeren Augenwinkeln und nur in hellem Licht sah man drei Falten, Krähenfüße, hatte Frida irgendwo gelesen, eine Umschreibung, die sie verstand nach all den Abdrücken von Vogelkrallen im eingetrockneten Lehm ihrer Kindheit. Sie trug ein weißes, sogar für Frida erkennbar teures Kleid, und auch jetzt eine Halskette und Ohrringe mit Perlen, und sie war geschminkt, als wolle sie noch ausgehen.

»Das tut mir leid«, sagte Dagmar.

»Sie wurden von Wilderern erschossen. In Tansania. Da war ich vierzehn.« Frida trank einen Schluck Wasser.

»Ach herrje ...« Dagmar zerdrückte die Zigarette hastig im gläsernen Aschenbecher, der aussah wie eine Blüte aus kristallklarem Eis. »Wo warst du, als das passierte?«

»In der Schule. Eine Privatschule in Daressalam. Nicht die beste. Deshalb bin ich nicht sehr gebildet. Auch nicht, was Musik betrifft.«

»Und danach ... also später? Haben dich deine Großeltern zu sich geholt?«

»Zuerst habe ich bei meiner Tante gelebt. Helga. Sie und ihr Mann haben in Marokko für eine Bank gearbeitet. In Casablanca. Die Privatschule dort war nicht viel besser als die in Tansania.«

»Ich kenne Marrakesch. Da waren wir mal im Urlaub. Das muss so Ende der Siebziger gewesen sein.« Dagmar zündete sich eine neue Zigarette an. »Hat es dir in Marokko gefallen?«

»Geht so. Meine Tante und ihr Mann haben Geld unterschlagen und mussten ins Gefängnis. Und ich wurde zu meinen Großeltern nach Deutschland gebracht.«

»Sind sie schon sehr alt?«

Die Trompete wurde wieder lauter, ein Schlagzeug wirbelte, die tiefen Töne eines Basses schlugen wie ein rasendes Herz.

Frida zögerte. Dann sagte sie: »Die sind auch tot. Vor zwei Monaten haben sie sich in ihrer Garage mit Autoabgasen das Leben genommen. In der Todesanzeige stand davon aber nichts. Sie haben sich umgebracht, weil ihre andere Tochter, die Zwillingsschwester meiner Mutter, nach Indien gegangen ist. Sie wollte dort in einer Sekte leben und ist in einem Fluss ertrunken.«

»Meine Güte, ist das alles schrecklich.« Dagmar musste auf dem Sofa ein Stück rutschen, um Frida eine Hand aufs Knie zu legen.

Frida senkte den Blick, betrachtete Dagmars rot lackierte Fingernägel und den Ring.

»Und wo lebst du jetzt?«

»Mal da, mal dort«, sagte Frida achselzuckend.

»Du hast keinen festen Wohnsitz?«

Frida schüttelte den Kopf.

»Und in Perugia? Was hast du da gemacht?«

»Ich habe meine anderen Großeltern gesucht, die Eltern meines Vaters. Aber die sind auch tot.« Die Lügen kamen wie von alleine aus ihrem Mund, wie selbstverständlich. »Wohl schon seit Jahren.«

»Und du hast das nicht gewusst, du wurdest nicht benachrichtigt?«

»Mein Vater hat den Kontakt zu seinen Eltern abgebrochen«, sagte Frida, ohne nachdenken zu müssen. »Schon vor langer Zeit. Sie haben nicht mehr miteinander gesprochen, seit ich auf der Welt bin.«

»Ach, wie fürchterlich.« Dagmar nahm die Hand von Fridas Knie und trank ihr Glas leer. Bevor sie es erneut füllte, sah sie Frida fragend an.

Frida nickte. »Aber nur wenig.«

Dagmar goss Wein in beide Gläser, dann erhob sie sich und legte eine andere Platte auf.

»Das hast du bestimmt schon mal gehört.«

Frida lauschte.

We are two lost souls swimming in a fish bowl, year after year …

»Verstehst du den Text?«

»Nein.«

»Zwei verlorene Seelen, die … im Kreis schwimmen. Jahr um Jahr.«

»Das ist traurig.«

Dagmar lächelte. »Ja, ist es.«

Draußen war es dunkel geworden. Dagmar schaltete die Girlande aus bunten Lämpchen ein, die sich um die Markisenhalterung und das Fallrohr der Dachrinne wand. Ein Igel lief über den Rasen, eilig, wie vom

Licht bei etwas ertappt. Ein paar Falter segelten heran. Bald hing der Mond über dem Garten.

Während der nächsten Stunden erzählte Dagmar von sich, merklich darum bemüht, die bewegenden Momente ihrer Biografie hervorzuheben, als müsse sie das Ungleichgewicht der Tragik mindern. Frida hörte sich Geschichten an, in denen es um die gescheiterte Ehe der Eltern ging, um Essstörungen, Ladendiebstahl und eine abgebrochene Ausbildung zur Hotelfachfrau. Die *allergrößte Tragödie* in Dagmars Leben war ein selbst verschuldeter Autounfall, bei dem sie betrunken den Porsche eines Freundes zu Schrott gefahren, alle Schneidezähne verloren und die Nase gebrochen hatte. Mit ungewöhnlichen Todesfällen in der Familie konnte sie nicht aufwarten, der bemerkenswerteste war der des Vaters mütterlicherseits, der an Darmkrebs gestorben war, *elendiglich zugrunde gegangen*, wie sie mit verstohlener Lust am Unglück formulierte.

Gegen Mitternacht gingen sie in den Garten, Frida, um frische Luft zu schnappen, Dagmar auf eine letzte Zigarette. Die Nachbarschaft lag im Dunkel, nirgendwo fuhr noch ein Auto. Am wolkenlosen Himmel standen Sterne, deren Namen Frida einmal hatte hersagen können. Das Bellen, ein hohes, kurzes Kläffen, das aus dem nahe gelegenen Wald drang, hielt Dagmar für das eines Hundes, Frida wusste, dass es von einem Fuchs stammte. Dagmar wurde stiller und unruhiger, die Kippe warf sie achtlos ins Gras, bevor sie hineinging und Frida stehen ließ wie die Fremde, die sie war.

Der Streit war kein heftiges Hin und Her, kein Brüllen und Schreien, er drang dumpf und beinahe sanft durch die Wände, war die müde, gereizte Stimme Dagmars und die tiefe, gefasste Heinrich Buchwalds, war ein träges Herunterbeten von Anschuldigungen und abgeklärter Verteidigung und wurde am Ende zu aggressiver Weinerlichkeit und stoischem Schweigen. Frida lag im Bett und verstand einzelne Wörter und Halbsätze, hörte lange, wirre Vorwürfe und leidenschaftslos gemurmelte Rechtfertigungen, es ging um Betrug und Lügen und das Alleinsein und um Wahn, und noch im Schwinden und Verstummen lösten sich aus den Bruchstücken dieses Schlagabtauschs helle, klar verständliche Silben der Feindschaft und Unversöhnlichkeit.

Schließlich wurde es still im Haus. Frida schloss die Augen und versank lächelnd im Schlaf, angeheitert vom Wein und belustigt vom Elend ihrer Gastgeber, das sie für albern hielt, für belanglos und falsch.

In den folgenden Tagen führte Dagmar Frida tief hinunter ins stillgelegte Bergwerk ihrer Ehe. Stufe um Stufe kletterten sie in die dunklen Schächte einer Beziehung, die Dagmar flüsternd als Hölle bezeichnete, was Frida maßlos übertrieben erschien, da sie dem Begriff verschiedene Male im Zusammenhang mit Naturkatastrophen und Kriegen begegnet war und in keine Verbindung zum Leben in einem großen, verschwenderisch eingerichteten Haus setzen konnte. Dagmar zufolge hatte ihr Mann mehrere Geliebte, mit denen er sie seit Jahren betrog. Seine Geschäftstermine bestünden hauptsächlich aus Treffen mit diesen Frauen, die Führung des Getränkegroßhandels, der beiden Weinhandlungen und der Firma, die Festzelte vermietete, überlasse er längst seinen Angestellten. Er liebe sie nicht mehr, sagte Dagmar, sogar seine Oldtimer bedeuteten ihm mehr als die eigene Frau, der Bentley, um den sich seit Wochen alles drehe, sei nur der aktuellste Beweis. Am Ende ihres Klagemonologs meinte sie, Frida solle gar nicht erst fragen, warum sie Heinrich nicht einfach verlasse, diesen Ausweg habe sie natürlich jahrelang in Erwägung gezogen, sei aber bisher zu gutmütig, zu schwach und auch zu wenig hoffnungslos gewesen, um diesen letzten Schritt zu gehen.

Und da seien ja noch diese *Hilfsmittel*, sagte Dagmar, auf dem Sofa liegend und ein halb volles Glas Rotwein auf dem Bauch balancierend, Pillen, die *das Ganze erträglicher* machten. Ihr Hausarzt, den sie nach der ersten Flasche Bordeaux *Dr. Feelgood* nannte, ein guter alter Freund mit viel Einfühlungsvermögen in die emotionalen Nöte einer hintergangenen Ehefrau, versorge sie zuverlässig mit *Seelensmarties*, der magischen Medizin gegen Lebensverdruss und *dumme Gedanken*.

Noch am selben Abend schluckte Frida ihre erste *Antiweltschmerztablette*, eine blassgelbe Kapsel von der Größe einer Bienenlarve. Sie spülte sie mit einem Schluck Wein hinunter, wartete eine Weile und wusste dann, dass sie auf etwas gestoßen war, das sich ihrer Angst und Unsicherheit annahm und sie einpackte und schützte, wie ihr dicker, nach dem Wollfett der Schafe riechender Pullover sie als Kind eingepackt und geschützt hatte. Diese geheimnisvolle Substanz würde alle ihre Probleme wenn nicht lösen, dann doch so unbedeutend werden lassen, dass die Welt keine wirkliche Bedrohung mehr wäre. Frida stellte sich vor, wie die Wirkstoffe, woraus auch immer sie bestehen mochten, im Inneren ihres Körpers Jagd auf alles Schwere, Bedrückende machten, es betäubten und verkapselten und als Kokons im Vakuum der seligen Ungerührtheit schweben ließen, bis der Zauber aufgebraucht und eine weitere Pille nötig war. Eine Reise, ohne sich fortzubewegen, dachte sie, ein sanftes Dahingleiten ohne finstere Tunnels und schlagende Weichen, ohne aus der Spur zu geraten und ohne wirkliches Ziel.

Dagmar schien sie gerne an ihrer Seite zu haben, ging mit ihr einkaufen und ins Restaurant eines Golfclubs, wo sich bizarr schöne Frauen zu Tode langweilten, sie nahm sie mit zur Friseurin und zur Kosmetikerin, in deren Hinterzimmer ihnen die Beine mit heißem Wachs bestrichen und von sämtlichen Haaren befreit wurden, sie besuchten zusammen seltsame Partys, wo es ausnahmslos Frauen und viel Alkohol gab und Frida sich nur wohlfühlte, weil sie zuvor ein Seelensmartie eingenommen hatte, sie saßen unter dem Tribünendach der Krefelder Galopprennbahn und wetteten auf die falschen Pferde, sie blieben zu Hause und hörten The Cream und Grateful Dead und King Crimson, während eine Pizza im Ofen verkohlte, sie gingen spazieren, meistens im fast ans Grundstück grenzenden Wald, in dem Frida für Dagmar Tierspuren entschlüsselte und Baumnamen aufzählte und wo Dagmar manchmal nach Fridas Hand griff, wenn vor ihnen ein Reh über den Weg rannte oder in der Abenddämmerung eine Eule rief.

Heinrich Buchwald wurde zum Fremden im eigenen Haus, das er nur noch gelegentlich betrat, um einen Anzug aus dem Schrank zu holen, im zur Werkstatt ausgebauten Keller an einem Lenkrad aus Mahagoni herumzuschleifen oder eine Radkappe zu polieren. Es kam vor, dass er sich zu den beiden Frauen ins Wohnzimmer setzte und ein Glas Wein mit ihnen trank, was Dagmar nur zuließ, wenn sie milde gestimmt war, betrunken oder von einer Pille besänftigt. Einmal fuhren sie zu dritt zur Eröffnung des achten Getränkemarktes, bei der Frida staunend verfolgte, wie Dagmar in ihrer Rolle als sorglose Ehefrau aufging und keinem der zweihundert Gäste auch nur den geringsten Anlass zu der Vermutung gab, der Segen im Hause Buchwald könnte schiefhängen. Im Herbst, als man sich mit Brauereibesitzern und Stammkunden im Festzelt traf, um den zehnten Markt einzuweihen und Biere zu verkosten, amtierte die Frau des Firmenbesitzers sogar als Moderatorin, die, von Frida mit zwiespältiger Bewunderung verfolgt, durch den feuchtfröhlichen Abend führte und am Schluss der vom Publikum gewählten Bierkönigin die Krone aufsetzte und sich damit zur tragischen Figur machte, weil es ein offenes Geheimnis war, dass Heinrich Buchwald mit der jungen Frau schlief.

Noch vor dem Winter hatten sich alle eingerichtet. Der Hausherr kam und ging, wie es ihm beliebte, Dagmar tröstete sich mit Geldausgeben in Schönheitssalons, Modegeschäften und am Wettschalter, und Frida gewöhnte sich an ihr Leben als Gefährtin dieser Frau, die innerhalb weniger Stunden sanft und fürsorglich und feindselig und teilnahmslos sein konnte und die offenbar beschlossen hatte, die Zugelaufene nicht nur ein paar Tage lang zu beherbergen, sondern für unbestimmte Zeit aufzunehmen. Der erste Schnee fiel, die Nächte wurden länger. Die Stille im Wald kam Dagmar so unheimlich vor, dass sie zu Hause bleiben wollte. Manchmal glaubten sie Schüsse zu hören, dann tranken sie auf das tote Reh oder den toten Fuchs und drehten die Musik lauter, The Animals, Fleetwood Mac, Led Zeppelin, Bands, von denen Dagmar behauptete, man müsse sie kennen. Noch immer verbrannten vergessene Tiefkühlpizzen im Ofen, noch immer beklagte Dagmar sich halbherzig, aber ausschweifend über ihre Lage als *betrogene dumme Kuh*, noch immer war der Weinkeller gut gefüllt und noch immer floss der Nachschub aus Dr. Feelgoods Medizinschrank, als gelte es, Dutzende Insassinnen einer psychiatrischen Klinik davor zu bewahren, sich die Pulsadern aufzuschneiden.

So ging es bis hinein in den Februar. Frida war Dagmars Ziehtochter geworden, ihr Projekt, ihr Ebenbild. Sie hatte fünf Kilo an Gewicht verloren und einen Zentimeter an Fingernagellänge gewonnen, sie hatte vergessen, wer genau sie war, wusste aber, wie der Franzose hieß, der ihre Hose entworfen hatte. Sie konnte keinen Grund finden, weshalb sie Konstanze und Gernot hätte schreiben sollen, aber ganze Liedzeilen von Bob Dylan auf Englisch auswendig mitsingen. Während die Erinnerung an Winnipeg, an ihre Eltern und an Ringo, Leander und Linus verblasste, schuf ihr Hirn neue, buntere Bilder, größer und flirrender. Manchmal lag sie im Wohnzimmer auf dem weichen Teppich und sah an die Decke, und wenn ihr bewusst wurde, dass sie lächelte, vielleicht nur ein wenig und möglicherweise nur eingebildet, konnte sie nicht sagen, warum. Wie ein Fernsehbild tauchte Dagmars Kopf vor ihr auf, strahlender als die Sonne, die sie ewig nicht mehr gesehen hatte. Neben den Gemütspillen gab es die Gesundheitspillen, die Vitaminpillen und Mineralpillen, die Pillen, die bewirkten, dass man auf Toilette konnte, und die Pillen, die dafür sorgten, dass man dabei nicht wegdämmerte. Die Dosierungen für das Einschlafen, das Wachbleiben und das Sichgutfühlen waren eine Wissenschaft, die Dagmar und Frida so wenig begriffen wie die Packungsbeilagen, die sie einander kichernd vorlasen.

An besonders guten Tagen, von denen es viele gab, weil alle Tage gut waren, fuhren sie mit Dagmars Auto in die Stadt und kauften Obst und Gemüse und Fleisch ein, das sie im Kühlschrank verrotten ließen. Sie entwickelten eine kindische Vorliebe für Gummibärchen, Schokoladenkekse, Salami, Kartoffelchips und Sahnebonbons. Nach einer Weile hatten sie die Gesetze der Verderblichkeit von Lebensmitteln begriffen und horteten Dosenravioli, Schinkenwürste, Zwieback und Knäckebrot und Mayonnaise in eimergroßen Behältern, Riesenpackungen Popcorn und Salzstangen und Erdnussflips, Proteinpulver mit Vanillegeschmack in Einkilobeuteln, ewig haltbare Milch und futuristische Kaugummis, die das Zähneputzen unnötig machten.

Alles war perfekt. Frida nahm zwei Kilo zu. Dagmar machte vor dem Fernseher Turnübungen und redete von Scheidung. Dem Winter ging der Atem aus, die Schneedecke verschwand. Heinrich hatte in Bonn zu tun und eine Freundin, was bedeutete, dass er dort wohnte. Wenn er anrief, hielt Dagmar den Hörer an den Basslautsprecher und drehte den Ton auf. Frida hatte das Gefühl, die Wirkung der Pillen lasse nach, und schluckte täglich zwei mehr. In ihrer Fantasie sah sie vieles, ihre Mutter als schwarzen Engel, ein geflügeltes Pferd, goldene, aus der Zimmerdecke schießende Blitze. Sie sah Raubkatzen, groß wie der Kühlschrank, und brennende Ameisen, aber ihren Zusammenbruch sah sie nicht kommen.

Als es passierte, saß sie am Küchentisch und löffelte Erdbeereiscreme aus der Packung. Ihr Magen und ihr Mund waren taub vor Kälte, ihre Hände groß und schwer. Wäre ihr Kopf ein Apparat gewesen, hätte jemand ein paar falsche Schalter gekippt, ein paar falsche Tasten gedrückt. Zuerst lachte sie, dann schrie sie und schleuderte den silbernen Löffel an die Wand. Sekunden später warf sie den Tisch um, den sie und Dagmar Wochen zuvor unter Mühen näher zum Fenster gerückt hatten. Sie ging in die Knie und weinte, ein dumpfes Jaulen, eine leise Sirene, die vor etwas warnte, das schon geschehen war.

Sie lag auf dem Boden, als Dagmar hereinstürzte und sich über sie beugte. Sie zitterte und sah, wie Dagmars Lippen sich bewegten. Es ist alles gut, dachte sie, jeder Tag ist gut. Farbige Sterne fielen von der Decke und zerplatzten auf ihrem Gesicht. Sie lächelte und schloss die Augen. Alles ist gut, dachte sie noch einmal, gut und hell, bevor es dunkel wurde.

RINGO
Sechste Auskunft

Wir wurden in alle vier Windrichtungen verstreut. Man hat uns verpflanzt, unsere Wurzeln reichen noch nicht bis tief in die Erde hinein. Wir sind noch immer nicht von dieser Welt. Was fehlt, ist immer das, was es nicht mehr gibt, nicht das, was nie kommt. In unserer Erinnerung wiederholen wir all die Tage, die für immer vergangen sind. Wenn die Nacht zu Ende ist, erwachen wir nicht. Uns ist, als würden wir dauernd schlafen, als sei jeder Traum nur dazu da, uns das zu zeigen, worum man uns betrogen hat. In unseren Köpfen war es dunkel, sie waren Höhlen, die Wände voller Bilder. Jetzt bricht das Licht herein und zersetzt unsere Geschichten, zerfrisst sie und mahlt sie zu Staub. Ein Windhauch genügt, und wir sind für immer weg, für alle Zeit verschwunden, so gut wie spurlos.

»Wir könnten ganz vorne beginnen.«

»Das Licht der Welt hat mich geblendet.«

Elifs Lachen tut gut. Nicht so gut wie ein Schluck Wein, aber fast.

»Vielleicht nicht ganz so weit vorne.«

»Kindheit?«

»In Ordnung. Wie lebte es sich in der Kommune?«

»Auf die Gefahr hin, mich zu wiederholen: Wir kamen uns nicht wie Gefangene vor, nicht unfrei, bis zuletzt nicht. Wir ahnten, dass dieser Flecken Erde nicht alles war, aber etwas sagte uns, wir sollten nicht den Versuch unternehmen, unsere Welt zu verlassen.«

»Etwas oder jemand?«

»Ein Gefühl. Nennen Sie es kindliche Intuition. Die naive Überzeugung, alles sei in Ordnung und man lebe am richtigen Ort mit den richtigen Menschen. Diese Überzeugung war stärker als das Bedürfnis, unsere Existenz infrage zu stellen und die Grenzen unseres Kontinents zu überschreiten. Wozu denn? Um die Alten zu verärgern? Um herauszufinden, dass sie recht hatten und der Rest der Welt böse und die Natur zerstört war? Uns genügte Winnipeg, wir brauchten keinen anderen Ort.«

»Was genau haben die Erwachsenen Ihnen denn erzählt?«

»Dass die Welt um uns herum schlecht sei.«

»Im Grunde keine komplett falsche Behauptung. Trotzdem eine Irreführung. Als Kind hat man keine Vorstellung davon, was um einen herum geschieht. Man ist auf die Erwachsenen angewiesen, auf die Eltern, die Lehrer, ist ihnen ausgeliefert. Und dann stellt sich die moralische Frage, ob Erwachsene diese Situation ausnützen dürfen oder nicht.«

»Als wir dort waren, am einzigen Ort, der für uns wirklich existierte, betrachteten wir unsere Lage als normal.«

»Auch als gut?«

»Als so, wie sie war. Wir kannten nichts anderes, hatten keine Vergleichsmöglichkeiten.«

»Waren Sie glücklich?«

»Im Nachhinein betrachtet: Ja. Als Erwachsener, im Rückblick, würde ich sagen, dass wir auf eine schlichte, sehr unreflektierte Art glücklich waren. Zufrieden trifft es vielleicht besser. Wir lebten unsere Leben, und es fühlte sich richtig an, alternativlos, sozusagen.«

»In einem Interview erwähnen Sie die Bücher, die man Ihnen vorgelesen hat. Was haben sie Ihnen damals bedeutet?«

»Eigentlich hatten wir keine Ahnung, was Konrad uns da erzählte. Jedenfalls nicht bei den ersten Büchern. Wir wussten nicht, was ein Roman ist, Fiktion, ein Schriftsteller, ein Protagonist. Wir haben alles für bare Münze genommen und gleichzeitig nichts davon geglaubt. All diese Geschichten über Seeungeheuer und Feuer speiende Vulkane und blutrünstige Wilde und endlose Eiswüsten und Urwälder und hungernde, zum Diebstahl gezwungene Kinder und Marterpfähle und Krieg und Mord … Wir dachten, dass sie uns davon abhalten sollten, in die Welt hinauszuwollen. Keiner von uns verspürte den Wunsch, sich da draußen skalpieren zu lassen, nachdem wir den Lederstrumpf gehört hatten. Lieber blieben wir auf dem Hof, als hinaus aufs Meer zu fahren und ein Bein und alle Zähne zu verlieren. Jeder Tag im Stall und auf dem Feld war besser als auch nur eine einzige Minute in einem Dschungel voller Schlangen oder in einem Unterseeboot, das von einem Riesenkraken zerquetscht wird.«

»Diese Geschichten haben Sie nicht neugierig gemacht? Wollten Sie nicht irgendwann auf und davon und nachsehen, ob es das alles in der Realität gab, die Wale und die Arktis und die Indianer?«

»Wir waren hin und her gerissen. Beim Holzsammeln im Wald haben wir manchmal eine Zeitungsseite gefunden, von irgendwo herangeweht. Darauf standen Sachen, die für uns unbegreiflich waren. Ein Artikel über den Krieg in Vietnam hat uns wochenlang beschäftigt. Wir hielten ihn für eine Geschichte, einen Teil aus einem Buch, aber er war anders formuliert, das erkannten wir, nur konnten wir keine Schlüsse daraus ziehen, seine Herkunft und seinen Sinn nicht enträtseln.«

»Haben Sie nie einen Erwachsenen gefragt nach so einem Fund?«

»Einmal haben wir gefragt. Es ging um eine Zeitungsseite, vom Regen aufgeweicht, die Schrift kaum leserlich. Das einzige noch halbwegs Sichtbare war ein Cartoon. Die Peanuts, Linus kam darin vor, der Junge mit dieser Decke.«

»Der Schmusedecke.«

»Genau. Wir hatten noch nie zuvor so was gesehen, eine gezeichnete Geschichte, Sprechblasen, Kinder, die seltsame Dialoge führen. Wir haben Konrad gefragt, was das sei, woher das kommen könnte und ob es davon noch mehr gab. Er nahm uns die Seite weg und meinte, das sei eine unsinnige, unnütze Erfindung und nur dazu da, die Menschen dort draußen noch mehr zu verdummen und von den Problemen der Welt abzulenken. Trotzdem oder vielleicht gerade deswegen beschloss Anton, sich fortan Linus zu nennen. Und sich so nennen zu lassen, zumindest von uns Kindern.«

»Die deutsche Aussprache oder die englische?«

»Die deutsche. Die englische kannten wir gar nicht.«

»Hat er sich eine Schmusedecke zugelegt?«

»Eine winzige, ja, etwas größer als ein Taschentuch, damit es nicht auffiel.«

Elif lacht. Ich kann ihren Kaffee durch den Hörer hindurch riechen und weiß, dass das unmöglich ist und ich es dennoch kann.

»Warum Romane? Konrad hätte Ihnen doch auch … was weiß ich … aus Sachbüchern vorlesen können, in denen es um Landwirtschaft und Viehzucht geht.«

»Das lernten wir ja schon in der Schule. Ackerbau. Alles über Nutztiere. Wie man Käse macht, Honig, Wolle. Ich vermute, er wollte uns noch etwas anderes zeigen, unseren Horizont erweitern.«

»Er hat Ihnen erlaubt, im Kopf zu reisen, in der Fantasie, aber er hat Sie daran gehindert, wirklich fortzugehen.«

»Ja, sieht so aus. Ich weiß es nicht.«

»Er hat Ihnen nur aus Klassikern vorgelesen.«

»Die großen Namen, ja. Dass es noch andere Bücher gibt, nicht nur die hundert Jahre alten, habe ich erst später herausgefunden.«

»Haben Sie gelesen, später?«

»Eine Zeit lang. Dann nicht mehr.«

»Warum?«

»Als Kind habe ich Bücher geliebt, Geschichten. Konnte nicht genug davon kriegen. Ich war … besessen von Sprache, ich habe sie im Kopf herumgewälzt, am Tag auf dem Feld, wenn die Arbeit stumpfsinnig war. Und nachts, wenn die anderen schliefen. Wörter und Sätze, ich war voll davon.«

»Waren Sie am Abend nicht müde, erledigt vom Arbeiten?«

»Doch, natürlich. Trotzdem.«

»Was haben Sie den ganzen Tag gemacht?«

»Na was wohl. Geschuftet. Acht, neun Stunden täglich, auch am Sonntag. An einem Nachmittag pro Woche hatten wir Unterricht.«

»Was für Fächer?«

»Wie gesagt, alles, was mit Landwirtschaft zu tun hat. Biologisch, alte Schule. Bodenkultivierung. Anbautechniken. Natürliche Schädlingsbekämpfung. Biologie, aber nur, was Tiere betraf. So etwas wie Sexualkunde gab es nicht, das sollten wir wohl irgendwann selber rausfinden oder bei den Schafen abgucken. Dann Lesen und deutsche Rechtschreibung und ein wenig Rechnen, das war's.«

»Also keine Geschichte.«

»Nein, nur Geschichten, am Abend, von Konrad vorgelesen.«

»Würden Sie sagen, dass die Erwachsenen der Kommune links waren?«

»Links war für uns da, wo der Daumen rechts war.«

»Es gab kein Fach wie … Politik? Keine Ideologie?«

»Die Ideologie auf dem Hof war: Ernähre dich von der Erde, ohne sie zu zerstören. Das Kapital haben wir nicht gelesen.«

»Kein Rousseau, kein Nietzsche, kein Steiner? Kein Che Guevara und kein Rudi Dutschke?«

»Dafür Jack London und Charles Dickens. Und auch das nur, weil Konrad eine riesige Bibliothek hatte. Und es als seine Pflicht betrachtete, unsere mangelernährten Gehirne mit Literatur zu versorgen.«

»Die Studentenbewegung war nie ein Thema?«

»Studenten. Die waren uns so fremd wie Pygmäen und Eskimos. Vielleicht haben die Alten darüber geredet, aber das weiß ich nicht.«

»Die Achtundsechziger? Die Hippies? Die Protestmärsche gegen den Vietnamkrieg, die Wiederaufrüstung, Atomkraft?«

»Davon wurden wir nicht in Kenntnis gesetzt.«

»Die Morde an den Kennedys? Martin Luther King? John Lennon?«

»Lennon, das passierte 1980, ja? Da waren wir zwölf. Winnipeg wurde aufgelöst, und wir hatten andere Probleme.«

»Haben die Erwachsenen Musik gehört?«

»Nur abends und nachts, wenn sie dachten, wir schlafen.«

»Warum?«

»Wahrscheinlich, um uns nicht in Versuchung zu führen.«

»In Versuchung?«

»Hinauszugehen. In die Welt. Dorthin, woher diese Musik kam.«

»Haben Sie heimlich zugehört?«

»Ja. Nachts, wenn wir uns nach draußen geschlichen haben. Aber wir konnten nicht viel damit anfangen. Und Englisch konnten wir auch nicht.«

»Und später?«

»Musik ist mir immer fremd geblieben. Sie lief dauernd, aber ich habe nie wirklich … einen Draht dazu entwickelt.«

»Was für Musik haben die Erwachsenen gehört?«

»Meistens Rock, Sechziger, Siebziger. Irische Volksmusik. Ab und zu Jazz. Und Reggae, glaube ich.«

»Was waren das für Menschen, die Erwachsenen? Woher kamen sie, was haben sie davor gemacht?«

»Für uns Kinder kamen sie aus dem Nichts, so wie wir aus dem Nichts gekommen sein mussten. Später, in den Artikeln, stand, Manfred habe als Automechaniker gearbeitet, Volker als Schlosser, Wolfram, wenn ich mich recht erinnere, als Bäcker. Konrad war nicht etwa Bibliothekar oder Lehrer gewesen, sondern Postbote. Von Armin heißt es, er sei allen möglichen Beschäftigungen nachgegangen, zuletzt habe er sich als Hehler betätigt, gestohlenes Elektrozeug und so. Warum die anderen ihn dabeihaben wollten, ist mir bis heute ein Rätsel. Wolfram war der Einzige, der eine Ahnung hatte, wie Landwirtschaft funktioniert, seine Eltern hatten einen Hof geführt und verloren, als die Mutter starb und der Vater schwermütig wurde.«

»Und die Frauen?«

»Eine Studentin der Ökonomie und Soziologie im zweiten Semester, eine angehende Lehrerin, eine Versicherungskauffrau, eine halb ausgebildete Physiotherapeutin.«

»Keine Akademiker oder Intellektuellen, sieht man von der angehenden Lehrerin und der Studentin ab. Und trotzdem schufen die meisten Artikel das Bild einer Gruppe von linksradikalen, das System bekämpfenden, freie Liebe praktizierenden, Drogen konsumierenden Verrückten, die sich von Fleisch und Kartoffeln ernährten und heidnische Feste feierten.«

»Vergessen Sie nicht das Waffenlager auf dem Scheunenboden und die sexuellen Übergriffe auf uns Kinder.«

»Gab es die? Die Übergriffe?«

»Nein, die gab es nicht.«

Eine Weile schweigen wir, drei, vier Sekunden lang.

»Es gab Gerüchte«, sagt Elif dann.

»Gerüchte, ja, aber nichts entsprach der Wahrheit.«

»In manchen Gerüchten findet sich ein Stück Wahrheit.«

»In diesem nicht. Die Alten waren … pragmatisch, auf eine rationale Art fürsorglich. Sie waren streng, ja, streng und gerecht, nach ihren Gesetzen. Ohrfeigen gab es höchst selten, Prügel nie. Klar, sie haben uns ackern lassen. Und meinetwegen waren sie verbohrt und verblendet und ein paar von ihnen vielleicht fanatisch, aber sexuell missbraucht haben sie uns nicht.«

»Viele Opfer verdrängen ihre schlimmen Erfahrungen.«

»Elif, ich sage es Ihnen jetzt ein letztes Mal … Läuft Ihr Aufnahmegerät?«

»Ja, es ist eingeschaltet.«

»Gut. Und danach beenden wir das Thema. Versprochen?«

»Versprochen.«

»In der Kommune hat uns keiner der Alten, also der Erwachsenen, jemals sexuell missbraucht. Punkt.«

Wieder entsteht eine Pause von mehreren Sekunden. Ich höre das Rascheln der Papiere, in denen Elif blättert.

»Wir haben von den Erwachsenen gesprochen und davon, was sie getan haben, bevor sie die Kommune gegründet haben. Wissen Sie, was sie jetzt machen, wo sie sind, wie es ihnen geht?«

»Ein wenig darüber habe ich aus den Artikeln erfahren. Aber, um ehrlich zu sein, interessiert es mich nicht.«

»Auch nicht, wie es Ihren Eltern geht?«

»In Winnipeg gab es keine Eltern. Es gab die Alten. Sie wollten nicht, dass wir wussten, wer unsere leibliche Mutter, unser leiblicher Vater war. Wir wussten es trotzdem, haben es uns zusammengereimt, Sie wissen schon, Augenfarbe, Haarfarbe, Nasenform, Größe, lange Finger, kurze Finger, Wesenszüge, Marotten, eine Sache des logischen Kombinierens, ein Spiel.«

»Sie wussten also, wer Ihre Mutter war.«

»Ja.«

»Hatten Sie mehr Kontakt zu ihr als zu den anderen Frauen?«

»Ja. Aber das lief eher im Geheimen, immer nur, wenn der Zeitpunkt gerade günstig war. Die Geschichte mit Ringo Starr von den Beatles hat mir meine Mutter beim Ziegenhüten erzählt.«

»Und Ihr Vater? Wissen Sie, wo er ist und wie es ihm geht? Ob er überhaupt noch am Leben ist?«

»Wolfram Eichhorn lebt. Er wohnt auf einem Bauernhof, inzwischen vielleicht im Altersheim.«

»Das wissen Sie? Woher?«

»Ich habe ihn gesucht. Da war ich zweiundzwanzig, dreiundzwanzig. Ich wollte ihn zur Rede stellen, ihm vielleicht ins Gesicht schlagen, auch wenn ich mir nicht vorstellen konnte, es tatsächlich zu tun. Ich war wochenlang unterwegs, auf einem Motorrad, Triumph Bonneville, im Rucksack hatte ich On the Road von Kerouac und eine ungeladene Pistole, nur zur Selbstverteidigung, ich hatte Easy Rider gesehen und wollte nicht enden wie Jack Nicholson.«

»Und Sie haben ihn gefunden?«

»Ja. Auf diesem Bauernhof. Da hat er gearbeitet. Als Knecht. Das weiß ich von einem Kind des Bauern. Der Junge kam gerade aus der Schule und fand meine Triumph ganz toll. Ich habe ihn nach dem groß gewachsenen Mann mit den braunen Haaren gefragt, und er meinte, das sei Wolfi, ihr Knecht.«

»Haben Sie mit Ihrem Vater gesprochen?«

»Nein.«

»Warum nicht?«

»Es genügte mir, ihn zu sehen, aus der Ferne. Ich dachte, möglicherweise ist es ihm peinlich, wenn ich ihn so sehe, als Knecht, ihn, der in Winnipeg das Sagen hatte, wenn es um die Aussaat ging, um Düngung und Ernte, um die Lagerung von Futtermais und Kartoffeln, um trächtige Tiere und darum, ein Kalb mit dem Strick aus der Kuh rauszuholen.«

»Vielleicht hätte er sich gefreut, Sie zu sehen.«

»Vielleicht. Ich denke, wohl eher nicht.«

»Er war im Gefängnis. Zwei Jahre, soviel ich weiß.«

»Ja. Er war wohl einer von den Alten, die sich gewehrt haben. Mit den Fäusten und einer Axt. Widerstand gegen die Staatsgewalt.«

»Hat er jemals versucht, mit Ihnen in Verbindung zu treten, während der Haft oder danach?«

»Er hat mir einen Brief geschrieben. Ziemlich wirres Zeug. Erklärungsversuche. Plumpe Ausreden. Eine verkappte Entschuldigung dafür, dass sie uns in diesen Schlamassel … er nannte es wirklich so, hineingezogen hatten. Räumung, Polizeieinsatz, Heim, Pflegeeltern, das tat ihm angeblich alles leid.«

»Haben Sie ihm zurückgeschrieben?«

»Ich habe ihm eine Postkarte geschickt. Vorne eine Fotografie, ein Schaf, das mit dem Kopf in einem gelben Plastikeimer feststeckt, hinten seine Adresse und mein Text: Brief erhalten, wünsche langes Leben.«

»Ziemlich knapp. Und emotionslos.«

»Ich fand das damals gut. Angebracht. Cool.«

»Und danach?«

»Funkstille.«

»Und Ihre Mutter? Ingrid, nicht wahr? Die Lehrerin.«

»Sie wurde nach der Untersuchungshaft entlassen. Wir haben ein paarmal telefoniert, wollten uns treffen, richtig reden, sagte sie jedes Mal, aber immer kam etwas dazwischen, mal bei ihr, mal bei mir. Ich glaube, sie wollte mich gar nicht mehr wiedersehen, und ich sie auch nicht. Wir wussten beide, dass das nichts bringen würde, also haben wir es gelassen. Sie hat wieder geheiratet und ein Kind bekommen, eine Tochter. Zu meinen Geburtstagen schickt sie mir einen Brief, postlagernd, ich will nicht, dass sie meine Adresse erfährt. Ist besser so.«

»Und Sie wissen genau, dass die beiden Ihre Eltern sind? Daran gibt es keinen Zweifel?«

»Die Tests waren eindeutig.«

»Alle Kinder konnten einem Paar zugeordnet werden?«

»Soviel ich weiß, ja.«

»Sie sagten, Ihre Mutter schickt Ihnen zu Ihrem Geburtstag einen Brief. Sie kennen also Ihr genaues Geburtsdatum?«

»Meine Mutter wusste es natürlich, nur gefeiert wurde nicht.«

»Wurde irgendetwas gefeiert in der Kommune?«

»Sonnenwende und Erntedank, manchmal die Geburt von mehreren gesunden Schafen an einem Tag.«

»Also keine Geburtstage, kein Weihnachten, nichts.«

»Wir waren Heiden. Und ich bin noch immer einer.«

Elif lacht kaum hörbar. Ein Telefon klingelt leise im Hintergrund, viermal, dann verstummt es. Sie ist an ihrem Schreibtisch in der Redaktion, was mich ein wenig enttäuscht, weil ich gehofft hatte, dass sie zu Hause sitzt, am Küchentisch, wie ich, eine Tasse Kaffee vor sich, die Kanne auf der Wärmeplatte in Griffweite. Dass sie in völliger Ruhe mit mir reden will, ungestört und allein. Noch während ich das denke, komme ich mir lächerlich vor.

»Lassen Sie uns über Ihre unsichtbaren Jahre sprechen.«

»Meine *was*?«

»Nenne ich für mich so. Die Jahre, über die nirgendwo geschrieben wurde, in denen Sie von der Bildfläche verschwunden waren. Die Jahre nach der Befreiung und vor der Rettung der alten Männer.«

»Ich habe mein Leben gelebt.«

»Was für ein Leben, wenn ich fragen darf?«

»Ein höchst wildes und zutiefst eintöniges.«

»Hm … Klingt interessant.«

»War es nicht.«

»Wollen Sie darüber reden? Ich glaube einen gewissen … Unwillen zu spüren.«

»Ich war jung und dumm und wütend, viel mehr lässt sich zu jener Zeit nicht sagen.«

»Wütend? Worauf?«

»Wenn ich das noch wüsste. Vermutlich auf das Schicksal, das mir so übel mitgespielt hat. Auf die Gesellschaft, das System, wie meine Kumpels es nannten, auf die staatstragenden Behörden, die eine Horde grundanständiger Polizisten losschicken, um die Kommune, diese Verbrecherhochburg, auszuheben wie ein Mäusenest.«

»Auf was oder wen waren Sie noch wütend?«

»So einiges, glauben Sie mir. Zum Beispiel auf alle um mich herum, die in meinem Alter waren, aber so viel erfahrener, intelligenter, mutiger, respektloser. Darauf, dass sie wussten, wer Malcolm X war und Werner Herzog und … keine Ahnung … Ulrike Meinhof. Darauf, dass sie zur Uni gingen und stapelweise Bücher lasen, dass sie an Demos teilnahmen und sogar wussten, wogegen sie demonstrierten, dass sie Menschenrechtsanwälte und Meeresbiologen und Ärzte ohne Grenzen und Enthüllungsjournalisten werden wollten. Dass sie die Welt und ihre Mechanismen kannten und nicht ideenlos herumliefen wie ich, der kräftige, etwas einfältige Bursche vom Land, der ihnen die Bierkisten in den dritten Stock schleppt.«

In der Stille ist das leise Klackern einer Computertastatur zu hören und eine Männerstimme wie aus einem Radio, das in einem anderen Raum steht.

»Elif?«

»Entschuldigung, ich dachte, es kommt noch etwas.«

»Keine Sorge, das war's.«

»Schade. Ich frage mich gerade, warum *ich* den Artikel schreiben soll, eigentlich könnten Sie das viel besser.«

»Ich rede nur.«

»Haben Sie jemals daran gedacht, ein Buch zu schreiben? So gut wie Leander Selbig wären Sie bestimmt.«

Statt zu antworten, gieße ich mir ein Glas Wein ein und trinke, das erste heute.

»Bei unserem ersten Gespräch hatte ich Sie gefragt, ob Sie Leanders Geraubte Kindheit gelesen haben. Was ist mit seinem zweiten Buch, Bewegte Jugend?«

»Ich fand beide Titel furchtbar. Ich fühlte mich nie meiner Kindheit beraubt, und was ich aus meiner Jugend gemacht habe, ist meine Sache. Dass ich sie vergeigt habe, ist nicht die Schuld der Kommune.«

»Warum haben Sie Leander nie getroffen? Später, meine ich, als Erwachsener.«

»Ich wusste nicht, wozu das gut sein sollte.«

»Um zu reden?«

»Worüber?«

»Na ja, über alles Mögliche. Über Ihre geraubte oder nicht geraubte Kindheit. Über Ihre Jugend, die Leander als bewegt empfunden hat und Sie als verplempert. Solche Dinge. Über Frida und Linus und über Ihre gemeinsame Vergangenheit.«

»Wie gesagt, ich sah darin keinen Sinn, keine Notwendigkeit.«

»Warum nicht? Tut mir leid, wenn ich hartnäckig bin, aber Sie hatten doch diese prägende gemeinsame Erfahrung. Hat Sie das nicht verbunden, für immer zusammengeschweißt?«

»Wir sind zu unterschiedlich mit dieser Erfahrung umgegangen.«

»Wie denn?«

»Er hat die Erfahrung vermarktet, ich habe sie …«

»Verdrängt?«

»Abgehakt. Ich habe Interviews gegeben und mich fotografieren lassen. Ein paar Jahre lang habe ich mich genauso herumreichen lassen wie Leander, nur früher, mit dreizehn, vierzehn. Und dann noch einmal, in meiner Heldenphase.«

»Und jetzt? Das hier?«

»Das ist was anderes.«

»Ach ja? Inwiefern?«

»Sie wollen über mich schreiben. Ich kann das Geld brauchen.«

Das erste Glas ist leer. Ich halte die Sprechmuschel an die Brust, damit Elif nicht hört, wie ich ein zweites fülle.

»Ich würde gerne zurückkehren zur Kommune …«

»Ich auch. Wo ist die Zeitmaschine?«

Elif lacht ein betrübtes Lachen, falls es so etwas gibt.

»Wie kamen Sie auf den Namen Winnipeg?«

»Wieder etwas Herangewehtes, eine halbe Zeitungsseite. Dass es die Werbung eines Reisebüros war, wurde mir erst viel später klar. Es ging wohl um eine Rundreise durch Kanada. Vancouver. Calgary. Winnipeg. Ottawa. Montreal. Uns hat Winnipeg am besten gefallen, und ab sofort wohnten wir da.«

»Waren Sie mal dort?«

»In Winnipeg, im richtigen? Nein.«

»Warum nicht?«

»Warum sollte ich?«

»Vielleicht, um … Ich weiß auch nicht … Ist wohl nur eine blöde Idee. Liegt vermutlich an meiner Neigung zu Sentimentalität.«

»Vermutlich.«

»Das bringt mich zu der Frage, ob Sie jemals wieder in Winnipeg waren, also in Ihrem, im Kampstedter Bruch.«

»Ich war ein paarmal drauf und dran, hinzufahren. Nachdem ich meinen Vater gefunden hatte, wollte ich, aber dann habe ich es doch nicht getan. Später habe ich von diesem Theatermenschen erfahren, dem Typ, der Geraubte Kindheit verbrochen hat …«

»Lutz Beerbaum.«

»Genau, der Kerl, der das Buch in seiner Zuckerbrühe ersäuft hat. Der hat Winnipeg gekauft. Was danach mit dem Hof und dem Land passiert ist, weiß ich nicht.«

»Es ist noch immer in Beerbaums Besitz. Ich habe beim Katasteramt nachgefragt.«

»Lebt er noch?«

»Ich habe nie versucht, das herauszufinden. Er müsste jetzt … warten Sie … etwa Ende siebzig sein.«

»Ich bin ihm mal begegnet. Habe ich das schon erzählt?«

»Nein. Wo? Wann?«

»In Bremen. Ich habe damals mit ein paar Freunden in einem besetzten Haus gelebt. Muss etwa dreißig Jahre her sein.«

»Wie hat er Sie gefunden?«

»Keine Ahnung. Er wollte wissen, ob das Tagebuch von mir sei.«

»Und?«

»Und was?«

»Was haben Sie ihm geantwortet?«

»Dass ich es nicht geschrieben habe.«

»Hat er Sie gefragt, ob Sie wissen, wo Leander Selbig lebt?«

»Ja, wusste ich aber nicht. Er wollte mir nicht glauben und ging mir ziemlich auf die Nerven mit seiner Fragerei. Ich habe ihm Prügel angedroht, dann ist er abgehauen.«

Elif kichert. Ihr Stift schabt über das Papier.

»Waren Sie mal dort?«, frage ich sie. »In Winnipeg?«

»Noch nicht. Hab's aber vor. Wollen Sie mitkommen?«

»Lieber nicht.«

»Kann ich verstehen.«

»Ist bestimmt alles zerfallen und überwuchert.«

»Vor ein paar Jahren habe ich das Haus wiedergesehen, in dem wir wohnten, als ich klein war. Ein Holzhaus in Keskin, einhundert Kilometer von Ankara entfernt. Hat mir das Herz gebrochen.«

»Ich hätte Sie gewarnt, ersparen Sie sich den Anblick.«

»Das Schlimme war, dass alles fast noch genauso ausgesehen hat wie früher. Nur die Bäume im Garten waren höher.«

In der Redaktion wird es plötzlich lauter, ich kann Stimmen hören und etwas, das wie das Quietschen eines Bürostuhls klingt.

»Ringo? Ich fürchte, wir müssen unser Gespräch für heute beenden. Gleich ist Redaktionssitzung. Wir können morgen wieder telefonieren, ja? Soll ich Sie anrufen? Gleiche Zeit?«

»Ja.«

»Dann bis morgen.«

»Bis morgen.«

LEANDER
Kapitel X

Entscheidungen

Nach einem Monat Westberlin wollte Leander nur noch weg. Obwohl er den ominösen behelfsmäßigen Personalausweis erhalten hatte und jetzt immerhin nicht zur Bundeswehr musste, hasste er die Stadt. Die Partys, zu denen Emil ihn schleppte, erlebte er als musikbeschallte, alkoholdurchtränkte, rauchvernebelte Zusammenkünfte obskurer Menschen, die vorzugsweise in Küchen herumstanden oder auf Wohnzimmerböden lagen, Joints kreisen ließen wie Fetische, die jeder küssen wollte, und über so skurrile Themen redeten wie Punk Bands, Wiedergeburt, französische Lyrik, selbst gemachte Seife oder den mutmaßlichen Zustand der Welt nach einem Atomkrieg. Oft teilten die Gäste sich in Gruppen auf, um bestimmte Gebiete zu erörtern, wie es Expertengremien während Kongressen taten, was dazu führte, dass die Gesprächsteilnehmer sich in einem von lauter Musik erfüllten Raum gegenseitig ihre Standpunkte zubrüllten und einen infernalischen Lärm verursachten, der Leander regelmäßig zwang, sich im Bad einzuschließen oder in eines der Zimmer zu flüchten, falls dort nicht gerade über das Recht auf Abtreibung diskutiert wurde oder jemand Sex hatte.

Sex. Geschlechtsverkehr haben. Mit einer Frau schlafen. Es tun. Leander wusste, dass Es längst überfällig und er ein Spätzünder, ein Nachzügler, ein Versager war. Schon unter Direktor Dünscheids Regime im Albrecht-von-Blumenthal-Internat hatte es um ihn herum gebrodelt, war im Geheimen von weiblichen Körpern, von Ärschen und Mösen und Titten geflüstert worden, vom Ficken und Knallen und Spritzen, wobei ausschließlich Letzteres etwas war, womit die Jungen tatsächlich Erfahrung hatten, die einen mehr, die anderen weniger, und Leander gar nicht. Emil hatte ihn mit pornografischen Bildern versorgt, sogenannten Wichsvorlagen, aber Leander war von den Darstellungen überfordert und nicht in der Lage gewesen, die Fotos mit nackten Frauen und Männern, die Es taten und sich dabei ablichten ließen, als stimulierend zu empfinden, als *schweinisch* und *versaut,* wie die Jungen zu sagen pflegten. Die Brust verband er mit der schwachen, höchstwahrscheinlich nur eingebildeten Erinnerung an Muttermilch, die er getrunken hatte, vom weiblichen Geschlechtsteil wusste er, dass er aus einer solchen geheimnisumwobenen, mit Verschwiegenheit und Verboten belegten Öffnung auf die Welt gekommen war, und er verspürte nicht das geringste Bedürfnis, diesem Mysterium mit etwas anderem zu begegnen als verhaltener Ehrfurcht und unterdrückter Panik. Den steifen Penissen, die auf einigen besonders irritierenden Bildern zu sehen waren und die er nur widerwillig betrachtete, konnte er trotz verzweifelter Bemühungen, *geil* zu werden, nichts, aber auch gar nichts Anregendes abgewinnen, nichts jedenfalls, das seinen Penis ebenfalls erigieren und, nach entsprechendem, von Emil mittels Daumen und Zeigefinger an einer Banane demonstriertem Handanlegen, abspritzen ließ. In den nackten Frauen sah er, ohne es zu wollen und mit größter Bestürzung, Doppelgängerinnen real existierender Personen, die Verkäuferin im Dorfladen, zum Beispiel, die Mutter eines Mitschülers oder, was am schlimmsten und verstörendsten war, eine Frau aus Winnipeg, Fridas Mutter Dagmar. Als er eines Nachts, im Schein seiner verbotenen, tagsüber in einem Sockenpaar verborgenen Taschenlampe und unter dem warmen, von seinen pubertären Ausdünstungen erfüllten Bettdeckengewölbe auf einer der Aufnahmen die Frisur von Tante Meret entdeckte, packte er die Bilder zusammen, weckte Emil und übergab ihm den Stapel mit der Aufforderung, ihn zukünftig nicht mehr mit dieser Art von Material zu beliefern.

»Bist du noch zu retten?«, hatte Emil ausgerufen und dann, um niemanden, vor allem nicht eine der auf den Gängen patrouillierenden Nachtwachen zu alarmieren, geflüstert: »Das ist allerbeste Ware, Genosse Leandrowitsch! Unter Lebensgefahr hier reingeschleust!«

»Ich will das nicht.«

»Was ist el problemo, Señor Selbig? Sind dir die Frauen zu alt?«

Leander hatte den Kopf geschüttelt.

»Ich kann dir Sechzehnjährige besorgen, aus der Bravo, nur Brüste, mehr ist da nicht drin, aber …«

»Bei mir funktioniert das nicht.«

»Im Kopf oder da unten?«

»Es geht nicht!«, hatte Leander gerufen und dann leiser, aber nicht weniger eindringlich gesagt: »Eine der Frauen ist Frau Wolters.«

Emil hatte ihn fassungslos angesehen. »Frau Wolters? Aus dem Laden? Die mit dem Mund? Mit den Lippen?«

»Ja. Also, sie ist es nicht wirklich, aber sie sieht ihr unheimlich ähnlich, wie eine Zwillingsschwester.«

»Dann hast du Frau Wolters nackt gesehen, Lenni! Dieses Wahnsinnsweib! Davon träumen wir alle nur! Du hast eine Begabung, mein Freund, eine Gabe! Du bist …«

Dann war Hans Baumann ins Zimmer gestürmt, ein Schüler des Abschlussjahrgangs und Aufpasser aus Leidenschaft, und Leander und Emil hatten im Pyjama auf die Wiese hinausgehen und fünfzig Liegestütze machen müssen. Die Fotos hatte Emil rechtzeitig verstecken können, aber Leander war seither nie mehr dazu zu bewegen gewesen, auch nur einen einzigen Blick darauf zu werfen.

Später, nach den ersten Zungenküssen im Refugium Ring, hatte er versucht, durch Willensanstrengung und Fantasie das Gesicht einer der fotografierten Frauen, die er aus der Erinnerung an Emils Sammlung in die Dunkelheit seines Kopfes projizierte, durch das von Lotte zu ersetzen, aber alles, was er damit erreichte, war, sich mies zu fühlen, verdorben und wie ein Verräter. Sich Lottes nackten Körper vorzustellen bewirkte bei ihm nicht Erregung und Lust, sondern ein Gefühl, als würde er seine Mitschülerin in den Schmutz ziehen, hinab in den Schlamm seiner dreckigen Gedanken, Gedanken, die er eigentlich gar nicht denken wollte. Diese ganze Sex-Sache machte ihm dermaßen zu schaffen, dass er beschloss, das Thema ruhen zu lassen und auf den Tag zu hoffen, an dem sich all das Verwirrende und Peinliche in Luft auflösen und in etwas verwandeln würde, das völlig natürlich war und, im besten Fall, beglückend.

Natürlich erwies es sich als unmöglich, das Thema Sex aus seinem Leben fernzuhalten. Unter heranwachsenden Jungen gab es keinen anderen Gesprächsstoff. Wilde, von blanker Unwissenheit ins Absurde gesteigerte Fantasien beherrschten die mit Testosteron gesättigten Gehirne, nackte, willige Mädchen und Frauen wurden zur Obsession jedes Dreizehnjährigen, ein Fünfzehnjähriger, der noch keinen Busen angefasst hatte, war ein Geächteter, über einen Sechzehnjährigen, der noch keine *flachgelegt* hatte oder es zumindest großspurig behauptete, wurde gespottet, am lautesten von Jungen, die ahnungslos und ohne jegliche Erfahrung waren. An seiner ersten Schule hatte Leander unbedarfte Sprüche aufgeschnappt, schlüpfrige Witze und Anekdoten aus dem Reich der Indiskretion, wie etwa die, man habe durchs Schlüsselloch die badende ältere Cousine oder durch eine Bretterritze in der Schwimmbadkabine eine erwachsene Frau beim Entkleiden beobachtet. In der Drillschule von Direktor Dünscheid war der Ton rauer, aus dem harmlosen Geschwätz grobes, respektloses Poltern geworden. Die Späße hatten ihre kindliche Unschuld verloren, die angeblichen Erlebnisberichte alles Spielerische und augenzwinkernd Prahlerische eingebüßt zugunsten einer zotigen, derben und für Leanders Ohren abstoßenden Sprache.

In den österreichischen Bergen hatten die antiautoritären Lehr- und Erziehungsmethoden den Fluss der Hormone ebenso wenig verhindern oder abschwächen können wie die Warnungen und Sanktionen innerhalb der Internatsmauern, nur waren im libertären Ring die Regeln oder vielmehr die moralischen Leitlinien von derart diskreter Natur, dass sie im eigentlichen Sinn gar nicht existierten. Keiner der Lehrpersonen wäre es etwa eingefallen, zwei sich nach einer Stunde Körperformen unter der Dusche küssende Schülerinnen zur Rede zu stellen, einen beim Onanieren im Gebüsch hinter der Liegewiese ertappten Schüler zurechtzuweisen oder einen Jungen und ein Mädchen, die miteinander schliefen und keinen Wert auf Diskretion legten, vor ein wie auch immer geartetes Tribunal zu zerren. Lust und Liebe unter jungen Menschen könne man weder reglementieren noch kontrollieren, hieß es in der Broschüre unter dem Stichwort *Körpererwachen*, und weiter, dass man im Refugium Ring bestrebt sei, *die uns anvertrauten Ganzheitswesen auf ihrem nicht immer einfachen Weg der sexuellen Orientierung und Selbstfindung zu begleiten und auf Wunsch Hilfestellung in allen Belangen der Körperlichkeit sowie der psychischen und spirituellen Gesamtheit zu bieten*, was im Grunde nichts anderes bedeutete, als dass man den Jugendlichen freie Hand ließ und die Einflussnahme darauf beschränkte, sie in Sachen Verhütung und Geschlechtskrankheiten auf den neuesten Stand zu bringen, eine Dienstleistung, von der die aus liberalen Verhältnissen stammenden, keineswegs unwissenden Kinder sowieso kaum Gebrauch machten.

Auch Lotte war keine Unwissende gewesen. Sie hatte Leander Hilfestellung geleistet, indem sie ihm die Zunge in den Mund gesteckt hatte, als wollte sie mit ihr seine Zähne auf Lücken und Löcher abtasten oder sie zählen. Sie hatte unter der Trauerweide ihr T-Shirt hochgeschoben und ihm die Brüste gezeigt, zwei helle, von keiner Sonne gebräunte Hügel in der Form zweier Apfelhälften, sie hatte ihn die Brustwarzen anfassen lassen, die sie Nippel nannte, und sie war nicht beleidigt oder gar ungehalten gewesen, als er sich peinlich berührt geweigert hatte, an den rosinengroßen Knospen zu lecken. Dass sein Glied, das sie sekundenlang durch den Stoff seiner Hose berührt hatte, nicht hart geworden war, schien sie ebenso zu akzeptieren wie seinen Wunsch, bei zukünftigen Treffen mit dem Küssen fortzufahren, falls Lotte das wünschte, das Betasten ihrer Brüste und seines Dings, wie er seinen Penis verschämt nannte, jedoch bis auf Weiteres zu unterlassen. Lotte hatte nur vieldeutig gegrinst und ihn bei den nächsten Zusammenkünften geneckt und in Verlegenheit gebracht, indem sie seinem noch unentschlossenen Geschlechtsteil Namen gab wie *dösendes Ding, schlummernde Schlange, pennender Prügel* und *lichtscheuer Lümmel.*

Was hätte er jetzt dafür gegeben, mit Lotte im Gras zu liegen, eingeschlossen von den herabhängenden Ästen des Baumes, der ihnen allein gehörte und in dessen Rinde er die Initialen L O und L S geritzt, Lotte jedoch nie gezeigt hatte. Jede Trauerweide in Westberlin erinnerte ihn an sie, jedes sich küssende Paar und sogar jedes *verkackt* und *verschissen*, das er irgendwo hörte.

Aber Lotte war weit weg, in England, wenn sie ihn mit ihrem letzten Kartengruß nicht auf den Arm genommen hatte, an einer Schule, die Leander sich als altes, vornehmes Gemäuer vorstellte, mit griechischen Säulen und efeubewachsenen Türmchen und einem Park mit alten Bäumen. Hier in Westberlin war der einzige Vertraute sein Freund Emil Kronenberg, und der war keine allzu große Stütze, wenn es darum ging, die Gedanken zu ordnen und etwas Licht ins Dunkel des Lebens zu lassen. Emil erwies sich vielmehr als Experte in Sachen geistiges Chaos und Vernebelung, Zügellosigkeit und Zerstreuung. Außerdem hielt er sich nach eigener Aussage für einen großen Verführer, dem die Frauenherzen reihenweise zufliegen würden, was mit gewissen Verpflichtungen und zeitlichen Opfern verbunden sei. Für Leander war es zwar erstaunlich mit anzusehen, an wie vielen Projekten sein Freund gleichzeitig arbeitete, und ebenso verblüffte ihn, mit wie wenig Schlaf und mit wie viel Alkohol und THC im Blut Emil diese Projekte verfolgte, aber es war andererseits auch ernüchternd festzustellen, als wie erfolglos und wenig einträglich sie sich allesamt erwiesen.

Emil kellnerte für einen Hungerlohn im Café eines drittklassigen Theaters, das sich auf Stücke völlig unbekannter Autoren spezialisiert hatte, die sich jeden Abend nur zwanzig, dreißig Leute ansehen wollten, fast ausnahmslos junge, entweder vage revolutionär oder nihilistisch gestimmte Menschen, die kein Geld hatten, um sich nach der Vorstellung noch ein Getränk leisten zu können. Wenn er nicht, eine schwarze knöchellange Schürze umgebunden und ein Geschirrtuch über die Schulter geworfen, untätig im STUKA stand, was *Studenten der Kultur und Anarchie* bedeutete und der Name des Cafés war, arbeitete er für einen alternativen Malerbetrieb, wo er erscheinen konnte, wann es ihm passte, und wo es in einer ungeheizten Fabrikhalle unerschöpfliche Mengen an Türen, Fensterläden, Gartenbänken und diversen Möbeln gab, die es abzuschleifen, zu grundieren und zu streichen galt. Eine weitere Beschäftigung, ebenso schlecht bezahlt wie die Kellnerei und die Anstreicherei, war die eines Küchenjungen in einem bei Touristen beliebten Schnitzellokal, das Emils Dienste immer samstags und sonntags in Anspruch nahm, wenn am meisten Betrieb herrschte. Hin und wieder verdiente er sich ein paar Mark, indem er für eine Umzugsfirma Möbel schleppte und auf dem

Flohmarkt Dinge verkaufte, über deren Herkunft der Mantel der Verschwiegenheit lag.

Zudem schuftete Emil zahllose Stunden umsonst, steckte sogar nicht unbeträchtliche Teile seiner mickrigen Barschaft in Vorhaben, die für ihn Herzensangelegenheiten waren, die ein kühler Rechner wie sein Vater jedoch als naive, unprofessionelle und zum Scheitern verurteilte Fantasieprodukte bezeichnete. So war er Mitbegründer des UFLAB, des *Unabhängigen Filmlabors Berlin*, einer lockeren, weder als Verein noch als Verband geführten Verbindung junger Filmschaffender und Tummelplatz von Regisseuren, Drehbuchautoren, Kameraleuten, Schauspielern, Musikern und Produzenten ohne Geld. Emil plante, sich irgendwann als Autor oder Regisseur oder beides einen Namen zu machen, aber vorerst schwang er bei den Versammlungen flammende Reden gegen das etablierte Kino und half bei Dreharbeiten zu Kurz-, Dokumentar- und Experimentalfilmen mit, je nach Bedarf als Komparse, Beleuchter oder Kabelträger, und stets nur für eine warme Mahlzeit und ein paar Flaschen Bier pro Einsatz.

Weil er der Ansicht war, in der Stadt gebe es nicht genug Pflanzen, streunte er zwei Nächte pro Woche mit einer Schar Gleichgesinnter durch die Bezirke und legte auf Brachflächen und kahlen Grünstreifen Gärten an, in denen Tomaten und Bohnen und Kürbisse wuchsen, wenn sie nicht vorher ausgerissen, zertrampelt oder mit Abfall zugeschüttet wurden, er grub im Licht des Mondes mit Unkraut bewachsene Straßenränder um und säte Lupinen, Rotklee und Nachtkerzen, er warf die Samen von Wiesenkerbel, Bärenklau, Hahnenfuß, Rainfarn, Stadtnelkenwurz und anderen Wildblumen auf die nackten Rasenflächen vor Verwaltungsgebäuden und begoss die frische Saat mit Wasser aus dem auf seinem Fahrradanhänger mitgeführten Tank. Die Gruppe nannte sich *Grüne Guerilla*, ihr Logo war eine rote Faust mit grünem Daumen. Leander, von Emil überredet, war einige Male mitgegangen und hatte unter dem Sternenhimmel in der Erde gegraben, Beete mit Lavendel, Salbei und Eibisch angelegt und Flugblätter an Zäune und Hydranten geklebt, aber nachdem sie in der zweiten Woche nahe der Mauer von der Polizei verfolgt worden, auf verschlungenen Pfaden entkommen und schließlich im sicheren Garten eines Mitstreiters gelandet waren, hatte er, noch immer die rasenden

Schläge seines Herzens und das Sirenengeheul des Polizeifahrzeugs in den Ohren, die restlichen Blumensamen aus den Hosentaschen geschüttelt, die Harke seinem Freund übergeben und den Dienst als gesetzloser Gärtner quittiert.

Hätte Emil sich für eine der unbezahlten Tätigkeiten entscheiden müssen, seine Wahl wäre auf die des stellvertretenden Chefredakteurs der Literaturzeitschrift *Bibliothek des Versagens* gefallen. Das Heft, billig gedruckt, aber inhaltlich und ästhetisch ambitioniert, erschien alle zwei Monate und kostete für Studenten und Arbeitslose vier und für alle anderen Leser fünf Mark. Bislang waren fünf Ausgaben erschienen und hatten der Redaktionsgenossenschaft, deren Mitgliederzahl zwischen drei und zwölf schwankte, einen Verlust von rund eintausend Mark beschert. Das Startkapital hatte zweitausend Mark betragen, wovon Emil fünfhundert beigesteuert hatte, vom Vater als *einmalige Anschubhilfe* an den enttäuschenden, aber noch nicht ganz als verloren abgeschriebenen Sohn überwiesen.

Die *Bibliothek des Versagens* funktionierte auf ähnliche Weise wie das Theater STUKA, auch wenn die Produktion eines vierzigseitigen Hefts nicht annähernd so viel Aufwand an Finanzen und Zeit erforderte wie die eines zweistündigen Stückes, egal, wie minimalistisch die Inszenierung und wie groß die Bereitschaft aller Beteiligter zur Selbstausbeutung war. Die Parallele bestand darin, dass sowohl die künstlerischen Leiter des Theaters als auch die Redakteure der Zeitschrift der Ansicht waren, man müsse, um innovativ zu sein, Neuland betreten, Althergebrachtes über den Haufen werfen, dem vom Einheitsbrei übersättigten, geistig träge gewordenen Publikum Provokatives, Unbequemes bieten und dürfe sich von Rückschlägen, verständnislosen Reaktionen und vernichtenden Kritiken nicht entmutigen lassen. Unbeirrt seinen Weg gehen war das Motto, wenn nötig auch den ins Verderben.

Dass die *Bibliothek des Versagens* sich auf ebendiesem Weg befand, bestätigte die Macher nur in ihrer Überzeugung, die Zeitschrift bisher mit genau den richtigen Inhalten gefüllt zu haben. Wenn die Öffentlichkeit für die kompromisslosen und visionären Texte nicht empfänglich war, lag das Problem bei der Öffentlichkeit und nicht bei den Texten, befanden die Redakteure nach der ersten Ausgabe, die sich siebzig- statt der erhofften fünfhundertmal verkauft hatte. Als sie von der zweiten Nummer nur noch fünfzig Exemplare loswurden, verfielen sie in eine Art Trotzhaltung, schwärzten in den Gedichten und Prosatexten die maßgeblichen Substantive, Verben und Adjektive und boten der Leserschaft am unteren Seitenrand mehrere Auswahlmöglichkeiten für die zensierten Wörter an. Und weil sie sich gerade sehr subversiv und genial fühlten, statteten sie das Heft mit eingeklebten Tapetenmustern, Groschenromanseiten und Flugblättern der Heilsarmee aus, was ein paar durchgearbeitete Nächte bedeutete, nicht aber höhere Verkaufszahlen.

Nummer drei, vier und fünf gerieten zu Spielwiesen, auf denen sich die Redaktionsmitglieder und deren Bekannte austobten. Einer hatte eine Freundin, die fotografierte, also kamen Ansichten von leeren Schaufenstern ins Heft, ein anderer verehrte Allen Ginsberg, Jack Kerouac und William S. Burroughs, weshalb man einen Zyklus von zwölf seiner plagiatorischen Gedichte mit dem Titel *Das Saufen, die Einsamkeit und die verdammte Poesie* veröffentlichte, einer ging auf die Straße, sammelte Wörter von fremden Menschen und montierte daraus etwas, das er *Collagen des Zufalls* nannte und die man allen Ernstes abdruckte, ein Vierter übersetzte die Haikus seines polnischen Onkels, der als Matrose auf einem Frachter zwischen Danzig und Kobe hin- und herfuhr, ein Fünfter meinte, der Name der Zeitschrift mache es geradezu unumgänglich, die misslungensten Einsendungen von Möchtegernautoren in einer Ausgabe zu vereinen, ein besonders kühn Denkender verlangte zwei leere Seiten in der Heftmitte, um dem Nichts zu huldigen, und bekam vier.

Leander hatte sich zwei Wochen lang dagegen gewehrt, an einer Redaktionssitzung teilzunehmen. Er würde nur stören, sagte er Emil, außerdem verstünde er nichts von Literatur, schon gar nicht von moderner, aber in Wahrheit wollte er einfach nicht eine halbe Nacht mit Studenten und Literaturverrückten in einem ungeheizten, rauchverhangenen Zimmer verbringen und sich zu Tode langweilen. In der dritten Woche nach seiner Ankunft ging er dann doch mit, weil Emil keine Ruhe gelassen und ihn einen Angsthasen genannt hatte, einen Stubenhocker, der das Leben verpasse, das sich in der großartigsten und aufregendsten Stadt Deutschlands vor seinen Augen abspiele. Man traf sich in der Wohnung von Thilo Bongartz, der sich mit einer Investition von eintausend Mark im Impressum der Zeitschrift den Titel des Herausgebers erkauft hatte. Thilo war der einzige Sohn eines Heizölbarons aus Worms und bezog von seinen Eltern einen monatlichen Geldbetrag, den er im Suff Taschengeld nannte und der es ihm ermöglichte, neben dem Jurastudium an der dahinsiechenden Freien Universität diversen Freizeitbeschäftigungen nachzugehen, etwa der des Mannes, der bei Abstimmungen innerhalb der Redaktion das letzte Wort hatte.

In der großen, vom Ölgeld finanzierten Altbauwohnung im Stadtteil Schöneberg war es entgegen Leanders Befürchtung warm und die Luft sauber gewesen, und man hatte auf Möbeln Platz genommen, die nicht vom Sperrmüll und aus Trödelläden stammten wie die in Emils Behausung. Es hatte sogar etwas zu essen gegeben, Minestrone und Brot und Würstchen, und die acht Redaktionsmitglieder, von denen vier zum ersten Mal dabei waren, betranken sich im weiteren Verlauf der Nacht nicht mit Billigbier aus dem Getränkemarkt, sondern mit Rotwein vom Fachgeschäft und gegen Morgen mit teurem Whisky, Cognac und Gin. Alle hatten sich wohlgefühlt und den Luxus genossen, den eine Wohnung bot, die nicht kalt und schäbig möbliert war wie ihre eigenen Unterkünfte, trostlose Buden, in die zurückzukehren sie so lange wie möglich hinauszögerten, indem sie hitzige Scheindiskussionen darüber führten, was in die fünfte Ausgabe der *Bibliothek des Versagens* gehörte und was nicht.

Leander hatte Suppe und Brot gegessen, sich alles angehört und kaum einmal den Mund aufgemacht, um etwas zu sagen, und nach einer Weile hatte man ihn in seinem Sessel dösen lassen. Im Morgengrauen, als die betrunkene Gruppe in alle Himmelsrichtungen auseinandergegangen war, hatte Emil ihn gefragt, was er von der ganzen Sache halte.

»Von welcher ganzen Sache?«, hatte Leander zurückgefragt.

»Na, von heute Abend, von allem!«

»Meine ehrliche Meinung?«

»Klar doch!«

»Ich fand die Minestrone eine Spur zu salzig.«

Emil war stehen geblieben und hatte Leander aus blutunterlaufenen Augen angesehen. Es war Leander vorgekommen, als sei sein Freund für zwei, drei Sekunden stocknüchtern geworden. Dann hatte es zu regnen begonnen, und die beiden waren weitergegangen, Leander mit sicherem Schritt vorneweg, Emil schwankend hinter ihm her.

Nummer fünf der *Bibliothek des Versagens* enthielt Thilo Bongartz' Aufsatz *Schuld und Sühne – Kriminalfälle in der Literatur*, vierzig Gedichte eines Autorenkollektivs namens *Die Schreifedern*, zwei Kurzgeschichten einer Germanistikstudentin im ersten Semester, mit der Emil angeblich schlief, vier Seiten mit Bleistiftzeichnungen eines Kunststudenten, der sich für einen Nachfahren Georg Groszs hielt und sich mit einer Spende von dreihundert Mark als Redaktionsmitglied empfohlen hatte, ein Porträt des in Charlottenburg ansässigen Ein-Mann-Unternehmens *Verlag der Vandalen*, Buchbesprechungen sowie auf der zweitletzten Seite Kleinanzeigen, in denen neben antiquarischen Büchern, Lyrik-Lesungen und Hilfe bei Problemen mit den westdeutschen Behörden auch die Dienste von Putzkräften und Drogenentzugseinrichtungen angeboten wurden.

Das Heft erschien in der gesundgeschrumpften Auflage von zweihundert Exemplaren, verkauft wurden sechsunddreißig.

Leander schlief auf einer Schaumstoffmatratze und einem Laken, zugedeckt mit einer Wolldecke und keinen Meter entfernt von Emils Bett. Die Matratze war so dünn, dass er durch sie hindurch den Holzboden spüren konnte. Zum Einschlafen legte er sich auf den Rücken, aber nachts wälzte er sich herum und wachte immer wieder auf, weil ihm Hüftknochen und Schultern wehtaten. Dann lag er da und starrte ins Halbdunkel, fröstelnd, obwohl er Wollsocken, eine Hose, ein T-Shirt und einen Pullover trug. Im Zimmer roch es nach Cannabis und ungewaschener Kleidung und manchmal nach dem türkischen und chinesischen Essen, das Emil in Pappbehältern nach Hause brachte, meistens bei Tagesanbruch, wenn er von einer politischen Versammlung, einer Redaktionssitzung, einem Rendezvous oder der Arbeit im Café, in der Fabrikhalle oder der Schnitzelkneipe kam. Das Licht der Straßenlampen legte einen hellen Schimmer an die Decke und die Wände, Autoscheinwerfer glitten darüber hinweg, alles floss ineinander und ließ Leander die Tür erkennen, das schiefe Regal mit den Büchern und Schallplatten, die Kommode, auf der ein ausgestopftes Wiesel in ewigem Schrecken einen moosbewachsenen Ast entlangrannte, den Schreibtisch, den Stuhl und das alte, an den Kanten eingerissene Plakat *Sei lieber wachsam wähle Sozialdemokraten!* mit der Karikatur eines in einem Ohrensessel schlafenden Mannes.

Leander beneidete den Mann auf dem Plakat. Stundenlang lag er wach und überlegte, was er tun sollte. In einem Brief hatte er sich bemüht, Ewald begreiflich zu machen, warum er aus Wien fortgegangen war und jetzt in Berlin lebte, aber es war ein kurzer, zerfahrener Brief geworden, weil er gar nicht wusste, was er in dieser Stadt überhaupt wollte. *Ich bin kein Geschäftsmann und würde Thomas nur enttäuschen.* Der Satz war der klarste von den zehn, zwölf nebulösen Sätzen, aus denen der Erklärungsversuch bestand. Thomas anzurufen oder ihm zu schreiben, traute er sich nicht, Ewald würde Thomas schon wissen lassen, dass mit seinem Neffen alles in Ordnung war.

Dabei war überhaupt nichts in Ordnung, dachte Leander und ging in die Küche, um sich eine Tasse Tee zu machen und ein Brikett in den Ofen zu legen. Es war vier Uhr morgens und Emil irgendwo unterwegs. Den Küchentisch bedeckten Schichten aus Zeitungen, Flugblättern, Schallplattenhüllen, Postkarten, Verlagsprospekten, Werbebroschüren, Notizzetteln, Stadtplänen und unbezahlten Rechnungen. Als das Wasser kochte, brühte Leander einen Jasmintee auf und verkroch sich wieder in seinem Bett. Manchmal lieh er sich Emils schwere Daunendecke aus und wickelte sich darin ein, aber wenn sein nachtaktiver Freund dann nach Hause kam und ihm die Decke wegnahm, fühlte er sich wie ein Bär im Winterschlaf, dem bei lebendigem Leib das Fell abgezogen wurde, und weil dieses Gefühl so schrecklich und der Verlust der wärmenden Hülle so demütigend war, fror er lieber und übte sich in etwas, über das er in einer kuriosen Zeitschrift aus Emils Bibliothek gelesen hatte und das sich *mentale Manipulation* nannte, eine Mischung aus Meditation und Selbsthypnose, mit deren Hilfe er es gelegentlich schaffte, der Kälte zu entfliehen, wenn auch bloß im Geist und für kurze Zeit.

Auch jetzt schlang er sich nur das Laken und die Wolldecke um die Schultern, trank den Tee und dachte an die milden Spätsommernächte, die er mit Lotte auf der Wiese im Schutz der Trauerweide verbracht hatte, ihre Stimme im Ohr und die vom Tag aufgeheizte Erde unter dem Körper. Er zog seinen Koffer zu sich heran und nahm ihre Briefe und die Postkarten daraus hervor, las langsam und mehrere Male hintereinander jede Zeile, roch an den Umschlägen und fuhr mit der Fingerspitze über das Papier und die sanften Erhebungen ihrer Schrift und immer wieder über die fünf Buchstaben ihres Namens.

Lotte.

Sätze, in denen sie ihn direkt ansprach, las er immer wieder, manchmal stumm, manchmal flüsternd und manchmal laut und so oft, bis er glaubte, für einen flüchtigen Moment in ihren Gedanken zu sein, in denen er, Leander Selbig, in Charlotte Olszewskis Leben von so enormer Wichtigkeit gewesen war, dass sie sich minutenlang mit ihm beschäftigt und ihm diese Zeilen geschrieben hatte. Eine ganze Stunde verbrachte er diesmal mit den Briefen, dann legte er sie zurück.

Den Brief von diesem seltsamen Beerbaum ließ er im Koffer, den kannte er so gut wie auswendig. Der Kerl behauptete, der neue Besitzer des Hofs im Kampstedter Bruch zu sein und dass er bei umfangreichen Instandsetzungsarbeiten auf ein aus losen Blättern bestehendes Tagebuch gestoßen sei, das er für so großartig halte, dass er es unbedingt als Buch veröffentlichen wolle. *Ich brauche einen Autor,* schrieb er, *und Sie, lieber Leander, sollen dieser Autor sein! Ich verspreche Ihnen hiermit, Sie zu einem berühmten und reichen Mann zu machen!*

Am nächsten Morgen trank er zwei Tassen Kaffee und dachte über seine Lage nach. Dabei spülte er das von Emil gewohnheitsmäßig auf dem Tisch und der Anrichte, dem Wohnzimmerboden und überall im Schlafzimmer liegen gelassene Geschirr. Sein Onkel hatte sich nicht gemeldet, weder direkt noch über Ewald. Offenbar hatte Thomas das *Projekt Neffe* fallengelassen und nicht vor, dem undankbaren, treulosen Sohn seiner verschollenen Schwester eine weitere Chance zu geben. Das Bau- und Immobilienwesen in Österreich musste also ohne ihn auskommen, dachte Leander, während er eingetrocknete Nudeln von einem Teller schabte. Fast wehmütig dachte er an sein verwaistes Büro, die herrenlosen Gummistiefel und den gelben Plastikhelm, auf dem sein Name stand. Möglicherweise hatte er mit seiner Flucht den größten und schwerwiegendsten Fehler seines bisherigen Lebens begangen, durchfuhr es ihn, vielleicht hätte er sich gar nicht so ungeschickt angestellt und tatsächlich Schritt für Schritt gelernt, wie man Überbauungen plante, Mietzinsen berechnete und pampige Vorarbeiter in die Schranken wies. Thomas hatte ihm einen großzügigen Zeitrahmen vorgeschlagen, das musste er zugeben, jeder halbwegs intelligente und ehrgeizige Mensch hätte es innerhalb von fünf, höchstens zehn Jahren des Beobachtens und Lernens zu einem Kenner der Materie gebracht, dem man die Führung einer Baufirma bedenkenlos anvertrauen konnte.

Dieses einmalige Angebot hatte er leichtfertig abgelehnt, eine zweite Chance würde Thomas ihm nicht geben, so lautete Leanders Fazit, und die Unabänderlichkeit dieser Tatsache betrübte ihn mehr als erwartet. Er setzte sich mit der dritten Tasse Kaffee an den Küchentisch und blätterte abwesend in der letzten Ausgabe der *Bibliothek des Versagens.*

»Wer ist Lutz Beerbaum?«

Leander, der gerade ein Gedicht mit dem Titel *Monochrom Nr. 9* überflogen hatte, in dem es um eine Motte, eine Pfütze und die Selbstauslöschung der Menschheit ging, blickte auf und sah Emil, der in Unterhose und offenem Kimono im Türrahmen stand und mit einem Blatt Papier wedelte.

»Lag auf deinem Koffer, unübersehbar.« Emil ging zum Herd und schenkte sich Kaffee ein.

»Liest du öfters fremde Briefe?«

»Viel zu selten. Außer dir lässt sie niemand einfach so rumliegen.« Emil öffnete den Kühlschrank, warf einen Blick in die leuchtende Leere und stieß die Tür mit dem Knie wieder zu. Ein Schwall fauliger, kühler Luft umwehte Leander.

»Wenn du ihn gelesen hast, weißt du ja, wer Beerbaum ist.«

»Was für ein Tagebuch meint er?«

»Keine Ahnung. Der Typ spinnt. Er hat mir in Wien vor dem Krankenhaus aufgelauert.«

»Aber das mit dem Tagebuch hat er ja wohl nicht erfunden.«

»Wie gesagt: Ich weiß nichts davon.«

Emil setzte sich an den Tisch. »Hat das einer von euch geschrieben? Frida? Ringo? Und wie hieß der andere gleich? Der, der sich …«

»Linus. Nein.«

Emil wühlte in den Papierschichten auf dem Tisch und fand eines der Zuckerbriefchen, mit denen er sich in Imbissbuden die Taschen füllte. Er riss es auf, schüttete den Inhalt in die Tasse und rührte mit einem Kugelschreiber um.

»Hast du dich bei ihm gemeldet?«, fragte er, nachdem er einen Schluck getrunken hatte.

»Warum sollte ich? Ich sag dir doch, der Kerl ist verrückt.«

Emil überflog den Brief. »Hier steht, er wohnt in Dortmund. Und da fährt er mal eben nach Wien und übergibt dir diesen Wisch, obwohl das Tagebuch gar nicht existiert.«

»Das ist ein Postfach. Der wohnt da wahrscheinlich gar nicht.«

Emil schob den Brief über den Tisch. »Und das hier?« Er tippte mit dem Zeigefinger auf eine Telefonnummer. »Ruf da an und frag ihn, was das soll! Am besten, er liest dir aus diesem Tagebuch vor!«

»Ich ruf den nicht an.«

»Dann mach *ich* es! Soll ich?« Emil trank die Tasse leer. »Soll ich? Kein Problem! No problemo!«

Leander nahm seine Tasse, spülte und trocknete sie ab und stellte sie in den Schrank.

»Ey, Señor Selbig! Dieser hombre will dich reich und berühmt machen!«

Leander ging ins Badezimmer. »Kein Interesse«, sagte er und schloss die Tür.

»Rico y famoso!«, hörte er Emil noch rufen, dann drehte er den Hahn auf, aus dem rostrotes Wasser tropfte.

Emil hatte noch ein-, zweimal erfolglos versucht, seinen Freund umzustimmen. Als Leander es leid geworden war, auf Beerbaum angesprochen zu werden, hatte er den Brief vor Emils Augen zerrissen und in den Abfalleimer unter der Spüle geworfen. Es vergingen zwei Wochen, in denen er tatenlos dabei zusah, wie sein Leben endgültig zerfranste, während sein Freund noch beschäftigter und noch seltener zu Hause war als vorher und ihn in Ruhe die Zeit vertrödeln ließ. Einen Tag lang spielte Leander mit dem Gedanken, zu der Jugendbehörde zu gehen, die nach der Auflösung der Kommune mit seinem Fall betraut gewesen war, und in Erfahrung zu bringen, wohin es Ringo und Frida verschlagen hatte, um von ihnen zu erfahren, wie sie in der Welt zurechtkamen, die nicht Winnipeg hieß und die Ansprüche an sie stellte, denen sie nicht gewachsen waren. Dann überlegte er, dass die beiden vielleicht gar keine Schwierigkeiten hatten, sich zurechtzufinden, und er der Einzige war, dem alles misslang und aus den Händen glitt. Er dachte an Linus und daran, wie es sich wohl anfühlte, in einen eisigen Fluss zu steigen und sich hinabsinken und von der Strömung mitreißen zu lassen, ob man dabei strampelte und nach Luft rang, wie ein Schaf, das zu Boden gedrückt wurde und mit den Beinen schlug und das Maul öffnete, um diesen Ton von sich zu geben, den kein Mensch jemals vergessen konnte.

Und er erwog die Möglichkeit, zu Ewald zurückzugehen, zu Werner, Gregor und Hedda, wo er sein altes Zimmer beziehen und mit Werner Pilze züchten und Hedda bei der Hausarbeit zur Hand gehen konnte. Die Vorstellung, jeden Tag dem Mann zu begegnen, dem der Tod seiner Frau das Herz gebrochen hatte und der kämpfen musste, um nicht von einem Strudel aus Trauer und einer tiefsitzenden Wut auf das Schicksal und das Leben selbst ins Bodenlose gerissen zu werden, machte ihm Angst, aber noch mehr Angst machte ihm die Tatsache, dass er in einer schlecht geheizten und spärlich möblierten Wohnung in Westberlin saß, eine Wand anstarrte und sich von Brot und Tee ernährte und dass er seit einer Woche unzählige Briefe an Thomas, Ewald und Lotte begonnen und nach ein paar Zeilen weggeworfen hatte, weil er die Bedeutung der Wörter und überhaupt den Sinn der Sprache nicht mehr zu begreifen vermochte. *Liebe Lotte, ich schreibe Dir, weil …* Warum, fragte er sich, sollte er ihr schreiben? Um ihr sein Leid zu klagen, das bei genauerer Betrachtung gar kein Leid war, sondern ein Gemütszustand, eine Befindlichkeit, eine *Unpässlichkeit*, wie es eine ältere Dame im Fernsehen genannt hatte? Er war unpässlich, falls das gleichbedeutend war mit antriebslos, nicht ansprechbar, selbstmitleidig, gereizt, missmutig und ständig ohne jeden Grund ermattet.

Einmal ließ er es zu, so tief zu sinken, dass er den Seelsorgedienst, bei dem Ewald arbeitete, anrief in der Absicht, mit verstellter Stimme über seine verpfuschte Existenz zu sprechen und sich Ratschläge erteilen zu lassen. Als eine Frauenstimme sich meldete, legte er auf, aß einen von Emils Haschkeksen, die er bisher gemieden hatte, weil ihm sein Absturz bei Ringo noch immer deutlich in Erinnerung war, und ging eine Stunde später ins Badezimmer, um sich die mittlerweile fast schulterlangen Haare zu schneiden, was dermaßen misslang, dass er einen Friseur aufsuchen musste, der die offensichtlichsten Folgen der Selbstverstümmelung kaschierte und den Schaden in Grenzen hielt. Danach lief er durch einen kalten Wind am Landwehrkanal entlang, hasste sich selbst und dachte erneut an Linus, der verzweifelt und mutig genug gewesen war, ins Wasser zu gehen. Nach ein paar hundert Metern machte er sich durchgefroren auf den Weg zu Emils Wohnung, wo er versuchte, einen Abschiedsbrief zu schreiben, scheiterte auch dabei nach den ersten zwei Zeilen und wickelte sich irgendwann in seine Wolldecke ein, um abwechselnd zu weinen und mit den Fäusten auf den Boden zu schlagen, bis von unten zurückgeklopft wurde.

Leander hatte jegliches Zeitgefühl verloren. Erst als Emil ihm die Nummer 6 der *Bibliothek des Versagens* unter die Nase hielt, sah er, dass es November geworden war. Mürrischer und erschöpfter als jemals zuvor in seinem Leben, saß er am Küchentisch und betrachtete mit schläfriger Gleichgültigkeit die grobkörnige Fotografie einer Kartoffel. Es dauerte einen langen Moment, bis er die fettgedruckten, schräg über die Seite verlaufenden Wörter entziffert und so weit kapiert hatte, dass er aus seinem Dämmerzustand erwachte. Dann las er die Wörter noch einmal. Und noch einmal. DAS VERMÄCHTNIS DER KOMMUNENKINDER stand oberhalb der Kartoffel, darunter: *Exklusive Auszüge aus dem verschollenen Tagebuch!* Er schlug das Heft auf, das fast ausschließlich dem Fund der Aufzeichnungen gewidmet zu sein schien, und überflog mit zunehmender Fassungslosigkeit die Einträge und Kommentare, darunter eine Schilderung aus der Feder Beerbaums, wie er *das literarische Kleinod und Zeugnis aus einer archaischen und befremdlichen Welt* gefunden hatte. Sogar ein paar unscharfe Fotos aus den Zeitungsartikeln waren zwischen den Textblöcken abgedruckt, eines zeigte ein Luftbild des Hofs im Kampstedter Bruch, ein anderes Linus, Minuten nach dem Polizeieinsatz.

Leander hob den Kopf und starrte Emil an.

»Wahnsinn, was?« Emil grinste, dann ließ er einen Stapel der Zeitschriften auf den Tisch fallen und zog eine Flasche Champagner und eine

Viererpackung Kelchgläser aus seinem Rucksack. »Und du hast das Ding wirklich nicht geschrieben?«

»Was …« Leander blätterte fahrig durch das Heft. »Was soll das?«

Emil ging zur Anrichte und packte die Gläser aus. »Was das soll? Habe ich richtig gehört?«

»Ja, was ist das? Wer hat das … gemacht?«

»Na ich und Beerbaum.«

Leander erschrak, als der Korken mit einem lauten Knall aus der Flasche schoss, von der wasserfleckigen, rissigen Decke abprallte und auf dem Boden landete.

Emil setzte sich an den Tisch und stellte ein volles Glas vor Leander, das zweite behielt er in der Hand. »Der Typ ist alles andere als verrückt, das steht fest. Der will ein Buch daraus machen, ein richtiges, in einem richtigen Verlag.« Er prostete Leander zu. »Ach komm, ich weiß, du trinkst keinen Alk, aber darauf müssen wir anstoßen!« Er wartete. »Nur einen Schluck, zur Feier des Tages!«

Leander starrte Emil an, dann das Glas, dann das Heft und dann wieder Emil.

»Prosizkaja, Genosse!« Emil trank sein Glas in einem Zug leer und warf es hinter sich an die Wand, wo es zersplitterte. Er lachte und klatschte in die Hände, bis er Leanders grimmige Miene nicht länger ertrug, aufstand und die Flasche holte.

»Wo liegt dein Problem, Lenni?«, fragte er, nachdem er sich wieder gesetzt hatte. »Was ist los mit dir, warum freust du dich nicht?« Er nahm einen langen Schluck direkt aus der Flasche. »Diese Nummer hat sich schon dreihundertmal verkauft.« Er wedelte mit dem obersten Heft vom Stapel. »Am ersten Tag!«

Leander senkte den Blick. Die Kartoffel hatte fünf Augen.

»Und ich wette, morgen gehen noch mal dreihundert weg, vielleicht vierhundert, fünfhundert! Alleine hier in Westberlin! Stell dir mal vor, wenn sich das rumspricht! Deutschland, wir kommen!«

Darauf war es eine Weile still in der Küche. Durch das Fenster drang dumpf der Lärm der Straße, der Kühlschrank brummte, und nach jedem Schluck gab es einen Knall, wenn Emil die Champagnerflasche auf dem Tisch absetzte.

»Wer hat es geschrieben?« Leander redete leise, sah Emil nicht an.

»Wer hat was geschrieben?«

»Das Tagebuch.«

»Weiß ich doch nicht!«, rief Emil. »Und du behauptest ja, du weißt es auch nicht!«

»Habt ihr Frida gefragt? Ringo?«

»Beerbaum hat Ringo schon vor einem Jahr gefragt, der sagt, er war's nicht! Und Frida ist verschwunden, wie vom Erdboden verschluckt!«

»Dann war sie es.«

»Meinetwegen. Beerbaum will es groß rausbringen. Das hier ist nur ein Vorabdruck, ein Schachzug der Werbeabteilung.«

»Wie soll das gehen, ohne Autor? Oder Autorin.«

»Lutz und ich ... also Beerbaum und ich dachten, dass du dich zur Verfügung stellst.«

Leander sah Emil mit ausdrucksloser Miene an.

»Du musst nichts mehr tun, nur bestätigen, dass du es geschrieben hast. Und deinen Anteil kassieren.«

»Kassieren? Wofür? Kein Wort ist von mir!«

»Wen kümmert's? Zwanzig Prozent für dich. Zwanzig für mich, sechzig für Beerbaum. Branchenüblich, sagt er.«

»Ich will das Tagebuch sehen.«

»Liegt im Tresor.«

Leander stieß einen ungläubigen Lacher aus. Nachdem er Emil eine Weile beim Leeren der Flasche zugesehen hatte, fragte er: »Ist es mit der Hand geschrieben?«

»Ja. Ringo hat Beerbaum gesagt, das sei nicht seine Klaue.«

»Aus welcher Zeit ist das Ding?«

»Keine Ahnung. Das ist kein normales Tagebuch. Da steht nirgendwo ein Datum, nicht mal eine Jahreszahl.«

»Es muss Frida gewesen sein.« Leander erhob sich und zog seinen Mantel und die Wollmütze an. »Sag deinem Beerbaum, er soll Frida finden.«

»Wohin willst du?«

»Luft schnappen.« Leander wickelte sich den Schal um den Hals und verließ die Wohnung. Emil folgte ihm ins Treppenhaus und rief ihm nach, er solle zurückkommen, sie hätten zu reden, aber Leander rannte die Stufen hinunter und aus dem Haus und hörte nicht auf zu rennen, bis ihm die Seiten wehtaten und er kaum noch Luft bekam.

Bei seiner Rückkehr am Abend wurde Leander von Emil und Beerbaum erwartet. Die beiden saßen in der Küche, tranken Kaffee und Grappa und sprangen gleichzeitig auf, als Leander den Raum betrat. Leander brauchte einen Augenblick zu lange, um den Mann im Anzug mit dem Verrückten von Wien in Deckung zu bringen und kehrtzumachen, und noch während er rückwärts stolperte, war Emil bei ihm, packte ihn mit der einen Hand am Schal und schloss mit der anderen die Tür. Leander wehrte sich, aber Emil war stärker und hielt ihn mit beiden Händen an den Armen fest.

»Wir müssen reden, Lenni!« Emil hatte alle Mühe, Leander an der Flucht zu hindern und sich vor den Tritten gegen seine Schienbeine zu schützen. »Herrgott noch mal, hör auf damit!« Er machte Ausfallschritte wie ein betrunkener Tänzer, stellte sich mit einer raschen Bewegung hinter seinen Freund und schlang beide Arme um ihn. »Benimm dich endlich wie ein erwachsener Mensch und setz dich hin!« Er entließ Leander aus seiner Umarmung, riss ihm die Mütze vom Kopf und versetzte ihm einen Stoß in Richtung Tisch.

Beerbaum war inzwischen aufgestanden. Er hatte die Szene mit besorgter Miene verfolgt und versuchte ein Lächeln, als er Leander die Hand entgegenstreckte und sagte: »Beerbaum, sehr erfreut.«

Leander, den Kopf gesenkt, keuchte leise und drehte sich mit einem Ruck zur Seite, als Emil ihm den Mantel ausziehen wollte.

»Setz dich endlich hin, verdammt, ich mein's ernst!« Emil schob einen der freien Stühle ein Stück von der Tischkante weg und stieß Leander erneut leicht in den Rücken.

Leander ignorierte Beerbaums Hand und ließ sich auf den Stuhl fallen.

»Lenni, das ist Lutz Beerbaum, Lutz, das ist Leander Selbig.« Emil schloss die Wohnungstür ab und steckte den Schlüssel in die Hosentasche. Dann nahm er neben Leander Platz. »Herr Beerbaum will das Tagebuch veröffentlichen, das habe ich dir ja schon erzählt. Das geht aber nur, wenn er einen Autor hat, auch das weißt du bereits. Ringo will von der Sache nichts wissen, und von Frida fehlt jede Spur.«

»Die von mir beauftragte Privatdetektei war mit ihrer Suche leider erfolglos.« Beerbaum saß ebenfalls wieder. Er trug einen Anzug aus hellgrauem Tweed, ein weißes Hemd und eine rostrote Krawatte mit schwarzen Punkten. Noch immer hielt sich ein unsicheres, nervöses Lächeln in seinen Zügen, seine Finger bearbeiteten ein leeres Zuckerbriefchen.

»Wir, Lutz und ich, haben die Möglichkeit besprochen, Linus als den Verfasser des Tagebuchs auszugeben. Aber das haben wir begraben. Zu heikel, rein rechtlich gesehen.«

Beerbaum nickte. »Zudem unvereinbar mit meiner Auffassung von Pietät und Moral.«

»Meiner auch, klar.« Emil kippte Grappa in seine Tasse und trank sie in einem Zug leer. »Abgesehen davon brauchen wir jemanden, der lebt. Jemanden aus Fleisch und Blut. Und da kommst du ins Spiel, Lenni. Lutz und ich sind nämlich der Meinung, dass du der ideale Autor von Geraubte Kindheit bist.« Er legte Leander eine Hand auf die Schulter, zog die Augenbrauen hoch und grinste breit.

Beerbaum öffnete eine Ledermappe, die vor ihm auf dem Tisch lag. »Am Untertitel feilen wir derzeit noch. Aufzeichnungen aus einer verborgenen Welt steht ganz oben auf der Liste. Die versteckten Kinder vom Kampstedter Bruch ist ebenfalls noch im Rennen.« Er zog ein paar Blätter aus der Mappe und legte sie nebeneinander. »Das sind erste Umschlagentwürfe von einem Grafiker.«

Leander weigerte sich noch immer, Beerbaum oder Emil anzusehen, und auch die Entwürfe würdigte er keines Blickes. Wie ein gerade verhafteter Verbrecher saß er da, die Schultern krumm und die Hände in den Taschen des Mantels.

»Dieser hier gefällt mir persönlich am besten«, sagte Beerbaum und tippte auf ein Blatt. »Die Thematik des Buches scheint mir exzellent umgesetzt zu sein.« Er schob das Blatt ein Stück näher an Leander heran. »Sehr prägnant, sehr symbolisch.«

Emil stieß Leander einen Zeigefinger zwischen die Rippen. »Na los, sieh's dir an!«

Widerwillig warf Leander einen Blick auf die Entwürfe. Sein Name stand auf dem Buchumschlag, darunter der Titel und der Name des Verlags, *Edition Euphrat.*

»Von jedem Vorschlag gibt es mehrere Farbvarianten«, sagte Beerbaum und zog weitere Blätter aus der Mappe.

Leander betrachtete teilnahmslos die Farbfotografie eines Kindergesichts, das er noch nie zuvor gesehen hatte und das ihm aus einem von Krähen bevölkerten Himmel entgegenblickte, und die stilisierten, am oberen und unteren Rand des Umschlags verlaufenden Ketten.

Als das Telefon klingelte, ging Emil ins Wohnzimmer. Währenddessen sammelte Beerbaum die Blätter ein und steckte sie wieder in die Mappe. Leander starrte weiter auf die Tischplatte, als lägen die Entwürfe noch immer vor ihm.

»Ich weiß …«, sagte Beerbaum nach einer Weile. »Das ist alles sehr … schwierig für Sie … für dich, mein lieber Leander, wenn ich dich …« Er verstummte, von Leanders Gleichgültigkeit entmutigt, trank sein Glas mit Grappa leer und holte Atem für einen neuen Anlauf. »Ich möchte dir jedoch versichern, dass dieses Buch …«

»Das war die Berliner Morgenpost!« Emil kam in die Küche gestürzt und warf einen Zettel auf den Tisch. »Kulturredaktion! Die machen einen großen Bericht über uns! Über die Bibliothek des Versagens, über mich, über dich, Lutz, und über dich!« Er schlug Leander mit der flachen Hand auf den Rücken, dann goss er Grappa in sein Glas und trank einen Schluck.

»Na, das sind doch wunderbare Neuigkeiten«, sagte Beerbaum, brachte aber mit Blick auf Leander kein richtiges Lächeln zustande.

Emil setzte sich wieder neben Leander, rückte ihm noch ein Stück näher. »Jetzt mach endlich mal den Mund auf, Lenni! Die Sache hier ist wichtig! Das kann was richtig Großes werden! Aber ohne dich wird das nichts! Kapierst du das?«

Leander schwieg. Inzwischen starrte er auf Beerbaums Krawatte, sah winzige ausgefranste Punkte, stecknadelkopfgroße schwarze Sonnen, Distelblüten, haarige Bällchen, Tierchen …

»Lenni!«

Leander zuckte zusammen, wandte sich nach rechts, wo Emil saß und ihn wütend ansah.

»Was ist los mit dir?«, rief Emil. »Seit Wochen sitzt du nur rum, redest kaum und tust nichts! Nicht mal zum Zeichnen raffst du dich noch auf! Und jetzt bieten wir dir die einmalige Gelegenheit, bei dieser Sache einzusteigen! Du musst keinen Finger krümmen, bloß deinen Namen zur Verfügung stellen und das Geld einsacken! Und du, du hockst da wie ein Zombie auf Valium!«

Als Leander nur blinzelte, stand Emil auf, wobei sein Stuhl nach hinten kippte, und zündete sich am Gasherd eine Zigarette an.

»Es bietet sich hier in der Tat eine einmalige Gelegenheit«, sagte Beerbaum vorsichtig.

»Was willst du, Lenni? Zurück nach Wien und Baulöwe werden?« Emil lehnte sich mit dem Rücken gegen den Kühlschrank und bohrte seinen Blick in Leander. »Oder zu Ewald und dem Typ mit den Pilzen? Bitte, wenn du denkst, das macht dich glücklich, dann geh! Aber krieg endlich deinen Arsch hoch und geh! Ich ertrage es nicht mehr, dich jeden Tag zu sehen! Deine selbstmitleidige Visage! Deine ach so traurigen Augen! Deine Ich-bin-ja-so-unglücklich-Fresse! Deine drei Wollpullover, die du nur zum Duschen ausziehst, wenn du überhaupt mal duschst! Deine ganze verdammte Stimmung, die du zur Schau trägst, als hättest du Krebs im Endstadium! Und Verstopfung!«

Emil goss sich an der Spüle ein Glas Wasser ein und leerte es in ein paar Zügen. Leander war auf seinem Stuhl zusammengesunken, das Einzige, was sich an ihm bewegte, war sein rechter Zeigefinger, der die blutige Nagelhaut des linken Daumens bearbeitete. Auch Beerbaum hatte sich unter Emils Tirade geduckt und hielt noch immer den Kopf eingezogen und die Augen halb geschlossen.

»Du hast jetzt genau zwei Möglichkeiten«, sagte Emil, nachdem er getrunken und Luft geholt hatte. »Nein, sogar drei. Du packst deinen Koffer und haust ab, und zwar noch heute, innerhalb der nächsten halben Stunde. Du verschwindest erst am Ende der Woche, bezahlst aber deinen Anteil an Miete und Essen, und zwar rückwirkend für die letzten Monate. Oder du setzt deinen Namen unter diesen verdammten Vertrag, lässt dich fotografieren und interviewen und verdienst dein Geld im Schlaf.«

»Ein garantierter Erfolg.« Beerbaum tätschelte die Mappe und wagte ein Lächeln. »Mein Wort darauf.«

Die beiden sahen Leander an, Emil aufgebracht und ungeduldig, Beerbaum versöhnlich und hoffnungsvoll.

Die Sekunden vergingen.

Leander wusste, dass er den Tisch nicht würde verlassen können, ohne eine Antwort gegeben zu haben. Er versuchte sich zu erinnern, seit wann er in Berlin war, aber es gelang ihm nicht. Vielleicht seit zwei Monaten, dachte er, vielleicht auch seit vier oder fünf oder seit einem halben Jahr. Draußen war es kalt gewesen, er hatte trotz Wintermantel gefroren, also musste es Herbst sein, oder schon Winter. Dann fiel sein Blick auf die Zeitschrift und den Monat: November, bald war das Jahr vorbei. Er fragte sich, wann er aus Wien weggegangen und wie das Wetter gewesen war bei seiner Abreise, aber er hatte es vergessen. Immerhin war ihm klar, dass er nicht reumütig zu Thomas zurückkehren und wieder in die Firma einsteigen konnte. Sein Onkel hatte ihn längst abgeschrieben, das Namensschild an der Tür seines ehemaligen Büros entfernen lassen und seine Habseligkeiten aus der Wohnung geschafft, entsorgt oder vielleicht auch in eine Kiste gestopft und an Ewald nach Münster geschickt. Er stellte sich vor, wieder mit den Geschwistern Born unter einem Dach zu leben, und wusste, er würde sich dort wohlfühlen, geborgen und zu nichts gedrängt, auch wenn er ahnte, dass Ewald sich für ihn mehr erhofft hatte als das, was er sein würde, ein Gehilfe bei der Pilzzucht, der Gartenpflege und dem täglichen Abwasch.

Und Meret, dachte er, während seine Schädeldecke eiskalt wurde und sein Magen sich zusammenzog, Meret wäre unsagbar enttäuscht von ihm gewesen. Seine Fahnenflucht von der Front des Erwachsenseins hätte ihr das Herz gebrochen. So großen Kummer und so viele schlaflose Nächte hätten ihr seine Feigheit vor dem Leben bereitet, dass es sie vorzeitig unter die Erde gebracht hätte. Wenn sie nicht schon tot gewesen wäre, schoss es ihm siedend heiß ins Gedächtnis, umgekommen bei einem Unfall auf der Fahrt zu ihm in die Berge, wo er sich, ihre Bedenken und ihren Willen missachtend, verkrochen hatte, nachdem er von den anderen Schulen geflogen war, weil er zu nichts taugte.

Als er endlich etwas sagte, war es so leise und unverständlich, dass Emil und Beerbaum sich zu ihm beugten und er es wiederholen musste, diesmal laut und deutlich.

»Also gut, ich mach es.«

FRIDA

1988

Sie war in Italien, zurückgekehrt wie eine sanft rollende Kugel in einem unsichtbaren Kreis. Sie sah Streifen von Sonnenlicht durch die geschlossenen Fensterläden dringen, hörte das Rauschen vom Meer, leiser als das Orchester der Insekten. Sie spürte die trockene Hitze auf der Haut und in den Lungen, roch den Tang vom Strand und das verdorrte Gras jenseits der Terrasse. Das Wasser aus der Leitung schmeckte leicht modrig und nach Salz, das gekaufte nach nichts und dem Kunststoff der Flaschen, in die es abgefüllt war. Die Tage und Nächte wurden eins, die Stunden der Wachheit und des Schlafs so wenig unterscheidbar wie die See und der Himmel in der Dämmerung. Tagundnachtgleiche nannte Frida dieses ungeordnete Vergehen der Zeit, wenn sie nicht gerade in ihrer valiumgepolsterten Nussschale auf dem Fluss der vermeintlichen Genesung schaukelte, in den Ohren Musik und das zukunftsgläubige Gerede ihrer Freundin.

Dagmar hatte es nach Fridas Zusammenbruch mit der Angst zu tun bekommen, vor allem aber war ihr der Frühling in Deutschland zu grau und das Haus zu eng geworden, Gründe genug, um die Koffer zu packen und die Reise nach Lampedusa zu buchen. Wäre es nach ihr gegangen, hätte Renzo sie im Bentley bis nach Palermo und weiter bis zum Hafen von Empedocle gefahren, wo die Fähre zur Insel ablegte. Er hätte ihnen unterwegs Florenz und Rom und Neapel gezeigt und die schönsten Hotels und besten Lokale empfohlen. Durch ganz Italien hätten sie sich von ihm chauffieren lassen, wenn Heinrich nicht gewesen wäre und Renzo für sich beansprucht hätte, laut Dagmar aus reiner Boshaftigkeit und um seine Macht über seine Frau zu demonstrieren, auch wenn diese Macht längst bröckelte.

Frida erinnerte sich noch vage an Renzo, daran, wie er im Hotelgarten im Gras gesessen und gelesen hatte, an seinen breiten Rücken und den rasierten Hinterkopf und an die klobigen Fingerringe und die Goldketten um seinen Hals. Dachte sie an Renzo, musste sie an Leopold Bosch denken und fragte sich, wie es ihm wohl ging in seiner Wohnung in Rom, ob er sich doch noch mit seiner Exfrau versöhnt hatte oder völlig verarmt von Suppe und Brot lebte.

Aber meistens dachte sie an nichts, ließ sich vom Hellen ins Dunkel treiben und zurück ins Helle, wo Dagmar auf sie wartete mit Obst und Salat und Mike Oldfields *Tubular Bells* und Keith Jarretts *Köln Concert* und hektischem Yoga und ruheloser Meditation und Valiumtabletten und Monologen über die magische Kraft von Inseln, Heilfasten und die Frage, welche Vermögenswerte ihr bei einer Scheidung zugesprochen würden.

Irgendwann hatte Frida genug geschlafen. Es war Mai, vielleicht existierten Reste einer inneren Uhr in ihr, ein paar rostige Zahnräder und ein krummer Zeiger, der auf ein Ereignis gerückt war, die Gerstenernte, die Tage auf dem Feld mit der Sichel in der Hand, das Bündeln der Garben, den Bau der Stiegen. Sie nahm die Tabletten nicht mehr, die Dagmar neben ihren Teller legte, ließ sich von ihr die Haare schneiden und wollte ans Meer, von dem sie geträumt hatte und vor dem sie sich fürchtete, als sie es aus der Nähe sah. Gewaltig kam es ihr vor und bedrohlich, und obwohl die Wellen am Strand nicht höher waren als das Gras, durch das sie mit Ringo, Leander und Linus gerannt war, wich sie vor ihnen zurück und setzte sich in den Sand, dorthin, wo er trocken war und warm von der Sonne. Sie hätte gerne der Brandung und den Schreien der Möwen gelauscht, aber Dagmar setzte sich neben sie und erzählte von Geburtstagsfeiern auf Segelschiffen, von Stürmen und ertrunkenen Fischern.

»Kannst du schwimmen?«, fragte sie, nachdem sie ein paar Atemzüge lang geschwiegen und den leeren Horizont betrachtet hatte.

»Ein bisschen.«

»Wo hast du's gelernt?«

»In Marokko.«

»Ein bisschen reicht hier nicht.«

Frida blickte über die unendliche Weite, die nicht nur blau, sondern auch grün und braun und schwarz war und in einem wirren Muster weiß von der Gischt, wo die Wellen sich brachen. Sie fragte sich, ob Linus noch schwimmen gelernt hatte vor seinem Selbstmord. Die wenigsten Schulen hatten eine Schwimmhalle, wusste sie von ihrem ehemaligen Sportlehrer, aber fast überall war Schwimmen Teil des Unterrichts. Sie hatte es gehasst, im Bus zum städtischen Bad gekarrt zu werden und dort in die warme, nach Chlor stinkende Brühe zu steigen, dem unverhohlenen Glotzen der Jungen und den taxierenden Blicken der Mädchen ausgesetzt und unfähig, drei Schwimmzüge zu vollführen, ohne von dem widerwärtigen Wasser zu schlucken.

»Willst du's lernen? In der Nähe gibt es eine ruhige Bucht.«

Frida zuckte mit den Schultern. »Ja, warum nicht.«

Den restlichen Nachmittag verbrachten sie damit, Muscheln zu suchen. Sie stocherten mit Ästen in angeschwemmten toten Quallen, hielten die grünen Kügelchen des Seetangs gegen die Sonne, damit sich das Licht in ihnen fing, scheuchten kleine Krebse in ihre Löcher und hoben Abfall auf, Feuerzeuge und Badeschlappen und die Reste eines Kranzes aus Styropor und Plastikblättern, an dem ein zerfetztes Stoffband mit dem Aufdruck RIPOSI IN PACE hing.

Für eine Weile fühlte Frida sich leicht. Sie ging immer voran, damit sie Dagmar nicht im Blickfeld hatte und sich vorstellen konnte, mit einem anderen Menschen hier zu sein, mit Adam Kerbel, der in ihrer Erinnerung längst verblasst war wie das Treibholz, über das sie sprang, mit Arnulf Herbst, dessen Haar sein leuchtendes Rot und seinen Reiz umso mehr verlor, je länger sie an ihn dachte, mit der Fremden im Zug zwischen Perugia und Assisi, die sie angestarrt und beim Aussteigen wie zufällig und unabsichtlich berührt hatte, mit Ettore, dem braun gebrannten Mann aus dem Dorfladen, der ihnen die Lebensmittel ins Haus brachte und der ihr heimlich eine Kette aus roten Korallen geschenkt hatte, als Dagmar in die Küche gegangen war, um das Geld zu holen.

Nicht mit Jarek, der das Gefühl von sonnenwarmem Sand unter den nackten Füßen nicht verdiente, auch wenn ihm nichts vorzuwerfen war außer der Dummheit, die sie selbst begangen hatte.

Sie blieb stehen. Möwen kreisten über ihrem Kopf, der Himmel verfärbte sich von Weiß zu Gelb. Sie schloss die Augen und sah sich von oben, mit den Augen eines Vogels. Sie hatte die Turnschuhe an den Schnürsenkeln zusammengebunden und sich um den Hals gehängt. Sie bückte sich und schrieb einen Namen in den Sand, betrachtete ihn eine Weile und verwischte ihn dann mit dem Fuß.

Am Abend gingen sie in den Ort, zum ersten Mal seit ihrer Ankunft. Dagmar wollte Fisch und Meeresfrüchte essen und las die ausgehängten Menükarten der Lokale, an denen sie vorbeikamen. In Perugia hatte Frida in den Auslagen der Geschäfte Muscheln und Tintenfische gesehen, schieferschwarze Schalen und rosafarbene Tentakel in zerstoßenem Eis, daneben Langusten, die sie mit ihren Fühlern an große Heuschrecken erinnerten. In einen der Läden war sie hineingegangen und vom Geruch gleich wieder vertrieben worden. Wie man diese übel riechenden, abstoßend aussehenden Kreaturen mit nach Hause nehmen, kochen und essen konnte, war ihr ein Rätsel.

Dagmar versuchte sie zu überreden, wenigstens ein Fischgericht zu versuchen, gegrillte Sardinen oder gedünstete Seezunge, aber schon beim Gedanken daran wurde Frida schlecht. Als Dagmar ein Teller mit Meeresfrüchten gebracht wurde, stellte Frida die Speisekarte in die Tischmitte, damit sie die Saugnäpfe, die Augen und Scheren nicht sehen musste. Sie selbst aß Spaghetti mit Tomatensoße, atmete durch den Mund und trank ein Glas Rotwein nach dem anderen in der Hoffnung, sich mit dem Alkohol gegen die Gerüche zu immunisieren. Erst als die leeren Teller abgeräumt wurden und der Kellner Kaffee und den Nachtisch brachte, süßen, klebrigen Zitronenkuchen, entspannte sie sich.

Später setzten sie sich unter freiem Himmel an eine Bar und tranken eine zweite Karaffe Wein. Über Fridas Zusammenbruch im Februar sprachen sie nicht, den Zwischenfall hatten sie längst abgehakt, als *kleinen*

Kollaps bezeichnet, ausgelöst durch zu einseitiges und ungesundes Essen, Licht- und Bewegungsmangel und möglicherweise eine falsche Dosierung der Pillen. Eine starke Menstruation und ein zu niedriger Blutdruck waren ebenfalls auf die Liste der Ursachen gekommen, die zur Ohnmacht geführt haben mochten, und nachdem Frida von Dagmars Ärztin untersucht und für grundsätzlich gesund erklärt worden war, betrachteten Dagmar und Frida die Angelegenheit als erledigt, stellten ihre Ernährung um, gingen öfter an die frische Luft und reduzierten die tägliche Menge der Tabletten, ohne ganz auf deren segensreiche Wirkungen wie die Herbeiführung innerer Ruhe, Angstfreiheit und gelegentlicher sanfter Euphorieschübe zu verzichten oder den Packungsbeilagen größere Beachtung zu schenken als zuvor. Frida fehlte nichts, darin waren sich die beiden Frauen schnell einig, und auch darüber, dass die Sache keiner weiteren Worte bedurfte.

Dagmar redete lieber über das nahe Ende ihrer Ehe, ihren Anspruch auf die Hälfte des gemeinsamen Vermögens und ihre Pläne für die Zukunft. Die Schimpfnamen, mit denen sie ihren fremdgehenden Mann bedachte, erinnerten Frida an Henriette, nur war ihr die Tennislehrerin mit ihrem Spott und Selbstbewusstsein weniger verbittert vorgekommen, weniger wehleidig und rachsüchtig. Wenn Dagmar zu einer Litanei aus Vorwürfen, Verwünschungen und Vergeltungsfantasien anhob und sich in dumpfem Rausch rhetorisch so lange im Kreis drehte, bis sie wieder am Anfang angekommen war, hatte Frida den Eindruck, neben einer gut geölten Maschine zu sitzen, die man mit einem Reizwort fütterte wie mit einer Münze und die daraufhin vorgestanzte Äußerungen produzierte, hohl klingende Worthülsen und blechern klimpernde Sätze der Klage und Anklage.

Ihre Schritte waren unsicher, als sie zum Hafen gingen. Mit dem Alkohol im Blut fühlte Frida sich dennoch munter und angriffslustig, auch wenn sie nicht wusste, an wem sie ihre aufgekratzte Wut auslassen sollte. Während des Essens war ihre Geduld von Dagmar auf eine harte Probe gestellt worden, aber sie hatte auch jetzt nicht vor, ihre lamentierende Freundin mit mehr zu bestrafen als vorgetäuschtem Interesse und einstudierten Floskeln der Zustimmung und Anteilnahme. Ihre Wut richtete sich nicht gegen Dagmar, die sich für Frida im Lauf der Zeit immer mehr zur verschrobenen, jammernden Tante entwickelt hatte, der man nicht wirklich böse sein konnte. Die Insel hätte sie verfluchen können, dachte sie, oder ihr ziellos dahinschlingerndes Leben, aber das wäre so sinnlos gewesen, wie den Mond anzuschreien, der über ihr zwischen den Sternen lag wie eine schimmlige Frucht auf einem löchrigen schwarzen Tuch. Sie hatte ihr Weinglas aus dem Lokal mitgenommen, trank den letzten Schluck und warf es gegen die Wand eines Bootes, das vor ihr auf und ab schaukelte wie der Rest des Hafens, die Gebäude, die geparkten Autos und die gestapelten, leeren Plastikkisten der Fischer.

Dagmar lachte auf und zog Frida vom Hafenbecken weg. Leute drehten sich nach ihnen um, ein kleiner Junge starrte sie an. Frida schnitt ihm eine Grimasse, dann ging sie in Richtung der Segelboote, und Dagmar folgte ihr. An Deck einiger der vertäuten Schiffe, im warmen Licht von Gaslampen und Laternen, saßen die Besitzer, sonnengebräunte, gut gekleidete Menschen, die Köpfe über Seekarten, Zeitungen und Schachbretter gebeugt, Musik aus Transistorradios hörend, Wein trinkend, ihre Zufriedenheit mit dem Lauf der Dinge ausstellend.

Die Segeljacht, vor der Frida stehen blieb, hieß *Snoopy*. Dunkel lag sie zwischen den anderen Bootsleibern, vielleicht verlassen, vielleicht mit einer schlafenden Besatzung im Bauch. Vom leichten Wellengang bewegt, klirrten fast unhörbar die Metalldrähte der Takelage, Wasser klatschte rhythmisch zwischen Rumpf und Hafenmauer.

Dagmar, vom Gehen ein wenig außer Atem geraten, stellte sich neben Frida. »Blöder Name für ein Schiff.« Sie schlang die Arme um sich, es war kühl geworden.

»In einer Geschichte liest Charlie Brown Snoopy aus der Zeitung vor, dass demnächst eine Hundeausstellung stattfindet«, sagte Frida, »und fragt ihn, ob er je daran gedacht hat, an so einer Ausstellung teilzunehmen. Warum sollte ich, fragt Snoopy zurück, ich besitze ja nicht mal einen Hund.«

»Ich fand die Peanuts nie witzig.« Dagmar kramte in ihrer Handtasche und holte eine Zigarette und ein Feuerzeug hervor.

»Snoopy sieht sich nicht als Hund. Das ist komisch.«

»Ja? Hunde, die sich für Menschen halten, Vögel in Pfadfinderuniformen, philosophierende Kinder ...« Dagmar zündete die Zigarette an und nahm einen tiefen Zug. »Ich weiß nicht.«

Frida schwieg. Sie hätte sich gerne zu den Leuten auf einem der Boote gesetzt, ein Glas Wein mit ihnen getrunken und sich alles über die Strömungen, die Winde und das Navigieren nach den Sternen erzählen lassen. Sie hätte gefragt, ob man weit draußen Wale sah, wie die verschiedenen Segel hießen und ob man sich auf dem Meer einsam und bedroht fühlte oder aufgehoben und sicher.

»Gehen wir«, sagte Dagmar. »Ich bin müde.« Sie warf die Zigarettenkippe ins Wasser, drehte sich um und ging ein paar Schritte voraus.

»Lass uns noch ein wenig bleiben. Es ist schön hier.«

»Mir ist kalt.« Dagmar verschränkte die Arme vor dem Bauch und trat von einem Bein aufs andere. »Außerdem muss ich mal«, sagte sie etwas leiser, durch die Musikfetzen kaum hörbar.

»Geh du schon vor, ich komm später nach.«

»Ich laufe nachts nicht gerne alleine herum.«

Zwei Männer und eine Frau kamen den Kai entlang, laut durcheinanderredend, lachend und ausholend gestikulierend, wie es Betrunkene taten. Der eine Mann trug eine weiße Hose und ein weißes Hemd, der andere Jeans und T-Shirt, und beide rauchten Zigaretten, deren Glut Schleifen in die Dunkelheit zeichnete. Die Frau ging zwischen ihnen, der Saum ihres gelben Kleides berührte den Boden.

»Frieda. Bitte.« Dagmar machte eine Kopfbewegung in die Richtung, in die sie gehen wollte.

»Du bewunderst unsere Schönheit, Frieda?« Der Mann in Weiß hatte sich von seinen Freunden gelöst und blieb vor Frida stehen. Er sah jung aus, höchstens wie dreißig, und nicht wie jemand, der auf dem Meer zu Hause war, eher wie ein verweichlichter Städter, der die Sonne nicht vertrug.

Frida wusste nicht, was sie sagen sollte.

»Ich meine unser Schiff, nicht uns.« Der Mann grinste und geriet ins Schwanken, als er sich nach dem Paar umsah, das über die Brücke auf die *Snoopy* ging und die Lampe am Rumpf einschaltete.

Frida suchte nach einer Antwort, die nicht dumm und schüchtern klang, aber es fiel ihr keine ein. Sie hörte Dagmar nach ihr rufen, ungeduldig und leicht verärgert und ihren Namen in die Länge ziehend wie alle, die sie für Frieda hielten. Einen Augenblick lang stand sie noch da und dachte über einen selbstbewussten, erwachsen klingenden Satz nach, dann drehte sie sich um und folgte Dagmar.

»Komm uns morgen besuchen, Frieda! Vielleicht nehmen wir dich mit raus!«

Im Gehen sah Frida zurück, strauchelte und blieb stehen, um das Gleichgewicht wiederzufinden. Die Frau auf der *Snoopy* lachte. Die Krempe ihres Strohhutes erinnerte Frida an den Ring des Saturn.

Mitternacht war lange vorbei, Musik lief, zum hundertsten Mal Keith Jarrett, ein Fließen der Töne wie der Wellengang des Meeres und einschläfernd wie Dagmars Stimme. Frida hatte ins Bett gehen wollen, aber Dagmar ließ sie nicht und erzählte die Geschichte des Paares, dem das Haus gehörte, Freunde von Heinrich, die angeblich nicht wussten, wo überall auf der Welt sie Liegenschaften besaßen, und die ihre Schlüssel jedem gaben, der sie fragte, am liebsten Leuten, von denen sie bei Bedarf einen Gefallen zurückfordern konnten. Der Mann sei ein Schwein, sagte sie, aller Wahrscheinlichkeit nach bei der Mafia, aber das sei in Italien fast jeder, der Geld habe und Ferienhäuser und keine Skrupel. Auch an der Frau ließ sie kein gutes Haar, die sei unerträglich, eine ehemalige Prostituierte, jedenfalls äußerst ordinär, was Kleidergeschmack und Ausdrucksweise betreffe.

»Du solltest ihr Englisch hören, *fuck* hier und *shit* dort, wie in der Gosse.« Dagmar hatte eine Flasche Rotwein geöffnet und innerhalb von zehn Minuten zwei Gläser getrunken. Sie lag auf dem Bauch am Boden, ein Kissen unter dem Kinn und eine Wolldecke auf den Beinen, noch immer frierend, angeblich weil sie *in der Kälte* auf Frida hatte warten müssen.

Frida saß ihr im Schneidersitz gegenüber, die Augen geschlossen, als lausche sie konzentriert dem Klavierspiel. Nachdem die Musik verstummt war, hoffte sie, schlafen gehen zu können, aber Dagmar rappelte sich hoch, torkelte zum Tisch, auf dem der Rekorder stand, und legte eine neue Kassette ein. Kaum lag sie wieder, fing sie erneut an, von ihrer Zukunft nach der Scheidung zu reden, von ihren Plänen, einen Laden in der

Krefelder Innenstadt zu eröffnen, irgendetwas mit Mode oder Inneneinrichtung, vielleicht beidem oder etwas ganz anderem, Kunst, zum Beispiel, Lederwaren oder Wein. Sobald ihr diesbezüglich die Fantasie ausging, ließ sie sich über Heinrich aus, der sie in einem Brief hatte wissen lassen, dass sein Anwalt bereits mit der Zusammenstellung der Papiere beschäftigt war.

»Papiere!«, rief sie und lachte verächtlich. »Ich hoffe, er meint damit die Geldbündel, die mir zustehen!«

Dann hob sie abermals zu einer ihrer ungezählten Suaden an, in denen sie ihre nach der Heirat nutzlosen Studienjahre, die Opfer, die sie als Ehefrau erbracht hatte, die vergeblichen Versuche, ein Kind zu bekommen, die negativen Entscheidungen der Behörden, die Demütigungen durch ihren gefühlskalten, untreuen Mann sowie ihre Angst vor dem Alter und der Einsamkeit herunterleierte wie ein düsteres Mantra.

Die Küchenleuchte warf ein dämmriges Glimmen durch den Flur ins Wohnzimmer, auf zwei von Laken verhüllte Sessel und ein mit Vorhängeschlössern verriegeltes, als Ablage für Kerzenhalter, Vasen und Keramikschüsseln benutztes Klavier. Die Bilder an den Wänden, großformatige ungerahmte Schwarz-Weiß-Fotografien, zeigten Straßenszenen aus Palermo, zwanzig Quadratmeter schäbige Folklore, Verwahrlosung und Untergang, laut Dagmar ein Vermögen wert. Lampen standen herum, in jeder Ecke eine, Skulpturen aus Glas und Papier und Stoff, die dunkel blieben, weil es auf der Insel keine passenden Glühbirnen gab.

Irgendwann wurde Dagmar still, aber nur, um lautlos zu weinen. Sie drehte sich auf den Rücken, stieß einen langen, kehligen Seufzer aus und rieb sich mit den geballten Fäusten die Augen. Schließlich stemmte sie sich hoch, verschwand in ihrem Schlafzimmer und kam mit der kleinen verzierten Silberdose zurück, in der sie die Pillen aufbewahrte.

Frida nutzte die Gelegenheit und erhob sich, gähnte. Die Kassette war zu Ende oder hatte sich verheddert, die Stille fühlte sich gut an, richtig, war ein tonloses Sirren, ein kaltes Glühen unter der Haut.

»Die werden uns aufmuntern«, sagte Dagmar. Wie der Schnabel eines dressierten Vogels holten ihre rot lackierten Fingernägel zwei Tabletten aus der Dose.

»Ich muss nicht aufgemuntert werden, ich muss ins Bett.«

»Nur eine. Dann schläfst du besser.« Dagmar griff nach Fridas Unterarm und drehte ihr die Handfläche nach oben.

»Ich bin todmüde.«

»Mit der wirst du träumen. Versprochen.«

Frida wehrte sich nicht, nahm die Pille in den Mund und trank einen Schluck Wein aus der Flasche, die Dagmar ihr hinhielt. Ein Käfer, stecknadelkopfgroß, zog Bahnen durch das Dämmerlicht, lautlos und elliptisch.

Dagmar hob die Wolldecke vom Boden auf, nahm Frida an der Hand und zog sie zur Terrassentür. »Noch fünf Minuten in die Sterne gucken, dann lass ich dich gehen«, sagte sie und schob mit dem Ellbogen die Tür auf. Beim Tritt über die erhöhte Schwelle stolperte sie, stieß einen belustigten Schrei aus und lachte, als Frida sie davor bewahrte, zu stürzen. Während Dagmar es sich kichernd und ächzend auf der gepolsterten Liegeinsel bequem machte, spuckte Frida die Pille in die hohle Hand und warf sie ins Gebüsch.

Zehn Minuten später schlief Dagmar so tief, dass sie nichts davon mitbekam, wie Frida die Flasche aus ihren erschlafften Fingern löste, eine zweite Decke über sie breitete, ihr einen Kuss auf die Stirn hauchte und flüsternd Lebewohl sagte.

Am Horizont sammelte sich ein Streifen Helligkeit, dort, wo die Sonne aufgehen würde, lag ein stumpfer Glanz auf dem Wasser. Im Hafen herrschte Ruhe, die Fischer waren längst hinausgefahren, und die Touristen lagen noch in den Betten. Die Besatzung einer Segeljacht machte sich zum Auslaufen bereit, drei Männer, deren Handgriffe Frida ebenso traumwandlerisch sicher wie schlaftrunken nachlässig erschienen, ein wortloses, mechanisches Hantieren, das sie voller Andacht verfolgte.

Sie musste mehr als drei Stunden warten, bis sich auch auf der *Snoopy* etwas regte. Als Erster kam der Mann die Leiter aus der Kajüte hoch, der am Vorabend Jeans und T-Shirt getragen hatte. Er bemerkte Frida nicht, als er die Reling entlang zum Bug ging, wo er ein paar halbherzige Turnübungen machte und dann, die Hände in die Seiten gestemmt, aufs Meer hinaus blickte. Die Frau, die ein wenig später an Deck kletterte, sah Frida sofort. Sie musterte sie sekundenlang, bevor sie sich umdrehte, etwas Unverständliches nach unten rief und dann zu dem Mann am Bug ging, den Frida für ihren Mann oder Freund hielt, weil die beiden sich umarmten und küssten. Es dauerte weitere zehn Minuten, bis der Mann, der Frida angesprochen hatte, ebenfalls nach oben kam. Er trug eine kurze schwarze Hose und einen roten Pullover und war wie seine Freunde barfuß. Nachdem er in die aufkommende Dämmerung geblinzelt und sich die Augen gerieben hatte, stellte er sich ans Heck und winkte Frida zu, einmal nur und mit einem Ausdruck im Gesicht, den sie weder als Lächeln noch als die übellaunige Miene eines aus dem Schlaf Gerissenen zu deuten vermochte.

»Guten Morgen!« Er wedelte noch einmal mit dem Arm, ein ungeduldiges Heranwinken.

Frida ging die zwanzig Schritte zum Boot und blieb vor dem Steg stehen, der nicht viel mehr als ein breites Brett mit zwei Handläufen aus Seilen war.

»Eine größere Reise im Sinn?« Der Mann deutete auf die beiden Taschen an Fridas Schultern.

»Weiß nicht. Kommt drauf an.«

»Ach ja? Worauf denn?«

»Wohin Sie fahren. Also, segeln. Und ob Sie mich mitnehmen.«

Der Mann kratzte sich am unrasierten Kinn. Er drehte sich zu dem Paar um, das jetzt gemeinsam in Richtung Horizont sah, dann wandte er sich wieder Frida zu.

»Schon mal auf einem Boot gewesen?«

Frida schüttelte den Kopf.

Der Mann schien nachzudenken. »Kannst du kochen?«

Wieder schüttelte Frida den Kopf.

»Hast du Geld?«

»Ein wenig.«

Das Lachen des Mannes klang spöttisch, aber nicht spöttisch genug, um Frida vollends zu entmutigen. Inzwischen war das Paar zum Heck gekommen und nahm Frida in Augenschein. Die Frau und der Mann in den kurzen Hosen flüsterten miteinander.

»Wir wollen nach Nizza«, sagte der Mann im roten Pullover. »Mit Zwischenstopps auf Linosa, Malta, Sardinien und Korsika.«

»Was kostet das?«, fragte Frida.

Die drei auf dem Boot lachten.

»Das Leben!«, rief der Mann in den kurzen Hosen. »Aber nur, wenn wir in einen Sturm geraten und untergehen!«

Gerade als Frida beschlossen hatte, sich nach einer anderen Möglichkeit umzusehen, Lampedusa zu verlassen, kam der Mann über den Steg zu ihr herunter und nahm ihr die Taschen ab.

»Ich heiße Edwin.« Während er zurück an Bord ging, rief er: »Und das sind Ariane und Nikolai!«

Fridas Zögern war so kurz, dass nur sie selbst es wahrnahm, es für den Bruchteil einer Sekunde als Erstarrung empfand, eine bleierne Schwere in den Füßen, bevor sie sie hob und den Steg betrat.

Das Trio hatte darauf bestanden, vor dem Ablegen in eines der Lokale zu gehen und zu frühstücken, und Frida war ständig darauf gefasst gewesen, von Dagmar entdeckt zu werden, was jedoch nicht geschah. Zwei Stunden später verließen sie endlich den Hafen und nahmen Kurs auf das offene Meer, glitten mit Hilfe des Motors über das flache, dunkle Wasser, weg von der Küste, die allmählich im fahlen Mittagslicht verschwand. Nikolai steuerte das Schiff, während Ariane die Einkäufe in den Schränken verstaute und Edwin Frida alles Nötige zeigte. Es gab zwei Schlafräume, der eine war laut Edwin die Kapitänskabine und verfügte über eine Tür, der andere, von Edwin Matrosenkoje genannt, entpuppte sich als schmale, in eine der Längswände eingelassene Nische hinter einem Vorhang. Für Frida werde die Notliege bereit gemacht, ein herunterklappbares Brett, an dem man eine Art Geländer befestigte, das bei Seegang das Herausfallen verhinderte. Die Polster könne Frida später aus dem Stauraum holen, meinte Edwin, Schlafenszeit sei frühestens in zehn, zwölf Stunden.

So beengt hatte Frida sich die Verhältnisse nicht vorgestellt, und als Edwin ihr Gesicht sah, meinte er, auch an das Leben in einer Sardinenbüchse gewöhne man sich irgendwann. Falls sie an Klaustrophobie leide, habe sie die Möglichkeit, an Deck in einer Hängematte zwischen den beiden Masten zu schlafen, natürlich nur, wenn sie die nächtliche Kälte aushalte und keine Angst davor habe, über Bord zu gehen. Im letzten Sommer habe er das ausprobiert, auf der Fahrt von Kreta nach Santorin, und sich zur Sicherheit einen am Mast befestigten Strick um den Leib gebunden.

»Lebt ihr auf diesem Schiff?«

Die Frage belustigte Edwin und Ariane so sehr, dass Ariane sie für Nikolai wiederholte, indem sie sie durch die Luke nach oben brüllte.

»Oh Gott, nein«, sagte Edwin. »Das ist mein zweiter Törn, eigentlich hasse ich das Meer.«

»Du hasst es? Ich dachte, wenn man segelt, liebt man das Meer.«

»Wir segeln ja nicht wirklich.« Edwin zog eine Schublade auf und nahm eine Packung Zigaretten hervor. »Wir schippern von einem Hafen zum nächsten, fast immer mit Motor.«

»Die beiden sind als Matrosen völlig unbrauchbar«, sagte Nikolai, der nach unten gekommen war und einen Becher mit Orangensaft füllte. »Wenn die versuchen, die Segel zu setzen, kentern wir.«

Edwin und Ariane protestierten gespielt.

Frida warf einen Blick durch eines der Bullaugen. »Musst du nicht oben bleiben und steuern?«

Wieder lachten alle drei über Fridas Naivität.

»Autopilot und Radar«, sagte Nikolai. »Die Magie moderner Technik.«

Frida hätte gerne noch gefragt, ob ein Boot mit einem Wal zusammenstoßen könne, wollte sich aber kein weiteres Mal blamieren.

Den Nachmittag verbrachten sie an Deck, aßen Brot und Käse und Oliven und tranken Rotwein und Wasser. Nikolai meinte, Frida müsse wissen, mit wem sie unterwegs sei, und stellte sich vor. Mit Nachnamen hieß er Riemelt, war zweiunddreißig, arbeitete in der Anwaltskanzlei seines Vaters in Bonn und hatte schon den größten Teil seiner Kindheit auf Booten verbracht. Er hatte kurzes schwarzes Haar und einen dünnen Oberlippenbart, der ihm eine alberne Seriosität verlieh, wie ein aufgemalter Schnurrbart einen kleinen, um Ernsthaftigkeit bemühten Jungen zur komischen Figur machte. Seine von der Sonne gebräunte Haut und die locker sitzende Kleidung kaschierten nur unzureichend die Vorzeichen einer frühen Fettleibigkeit, das sich andeutende Doppelkinn etwa oder den Bauchansatz und die fleischigen Finger. Wenn er sprach, klang seine Stimme angenehm dunkel, und er wählte seine Worte mit Bedacht, ohne deswegen beim Reden ins Stocken zu geraten. Ab und zu stand er auf und ging zum Ruder, warf einen Blick auf die Instrumente und blickte mit dem Fernglas über die noch immer ruhige See. Einmal machte er Frida auf eine Schule von Delfinen aufmerksam, die vor dem Boot dahinschoss, ein Ereignis, das Frida in helle Aufregung versetzte, während die drei den zwanzig, dreißig Tieren kaum Beachtung schenkten und über Fridas Reaktion lächelten.

Ariane, Nikolais Freundin, und Edwin Scherff waren Geschwister aus Hanau. Edwin studierte seit acht Jahren Medizin in Köln, nicht wirklich begeistert von der Aussicht, Arzt zu sein, und finanziert von Eltern, die reich genug waren, um sich einen verwöhnten, zaudernden Sohn zu leisten. Äußerlich war er das genaue Gegenteil von Nikolai, nämlich schlank und blond und hellhäutig, und auch sein Wesen empfand Frida in den ersten Stunden des Kennenlernens als völlig anders. Er redete oft munter drauflos, scheinbar ohne vorher zu überlegen oder das Ende des mit Eifer begonnenen Satzes zu kennen, um mittendrin zu verstummen oder eine Plattitüde von sich zu geben und die nächsten drei, vier Minuten in einem Zustand dumpfen Schweigens zu verbringen, ausdruckslos vor sich hin starrend, als habe er alles Nötige gesagt und nun jegliches Interesse an der Unterhaltung verloren.

Ariane war achtundzwanzig, ein Jahr jünger als ihr Bruder. Auch sie war blond und schlank, und auch aus ihr wurde Frida anfangs nicht schlau, zumal sie nur selten etwas sagte und bemüht schien, möglichst wenig von sich preiszugeben. Sogar Frida, aus ihrem mangelnden Selbstbewusstsein heraus jederzeit bereit, andere Frauen zu makellosen Geschöpfen zu erklären, sah, dass Ariane nicht schön im landläufigen Sinn war, dass ihre Nase nicht die richtige Form hatte und ihr Körper nicht den gängigen Idealen entsprach, obwohl die Frauen in den Modekatalogen und Illustrierten ebenso dünn, ihre Gesichter ebenso knochig und ihre Blicke ebenso streng waren. Ariane äußerte sich in knappen Sätzen, sarkastischen Bemerkungen und Kommentaren, die emotionslos und einstudiert wirkten, und wenn sie sich über etwas ereiferte, was selten geschah, wurde sie unnachgiebig und duldete keinen Widerspruch.

Fridas Rolle in der Runde war die der Zuhörerin. Hin und wieder mischte sie sich in das Gespräch ein, aber meistens formulierte sie ihre

Frage in Gedanken so lange um, bis der Zeitpunkt, sie zu stellen, vorbei war. Sie trank keinen Wein, und als sich nach dem Essen alle unter das Stoffdach in den Schatten legten, war sie als Einzige nicht leicht angetrunken und blieb sitzen. Nikolai hatte den Motor ausgemacht und am Bug den Seeanker geworfen, der das Boot im leichten Wellengang ruhig hielt. Sie lagen gut in der Zeit, hatte er gesagt, eine kurze Pause würde den Dieselmotor abkühlen lassen. Die Wolkendecke war verschwunden, die Sonne stand unförmig in einem mattgrauen Himmel, und ein leichter Wind wehte, der die Wimpel an den Mastspitzen flappen und das Abluftrohr aus der Kajüte summen ließ, während das Wasser leise und rhythmisch gegen den schaukelnden Bootsrumpf schwappte.

»Und nun zu dir, Frieda«, sagte Nikolai. »Von dir wissen wir noch gar nichts.«

»Genau!«, rief Edwin. »Wer bist du? Woher kommst du? Was hast du auf Lampedusa gemacht? Warum willst du nach Nizza? Wer war die Frau am Hafen?«

»Wenn du den Mund halten würdest, könnte sie antworten«, sagte Ariane, schläfrige Gereiztheit und Ungeduld in der Stimme.

»Verzeihung, Contessa Capricciosa, ich werde fürderhin schweigen.« Edwin strich mit einem Fuß über ein Bein seiner Schwester, die ihm den Ellbogen in die Rippen stieß.

Frida saß noch immer und blickte auf die drei Liegenden hinunter. In ihrem Kopf formten sich lose Bilder zu einer Geschichte, ganz von allein tauchten sie auf, verschwommen und hell wie unscharfe, überbelichtete Fotografien. Sie schloss die Augen, hörte auf nachzudenken und sah sich selbst als kleines Mädchen in einem Park sitzen, neben sich ein Pferd und ein Hund, im Hintergrund ein großes Haus und ein Auto, ein Bentley, wie sie feststellte, als die Konturen des Bildes deutlicher wurden.

»Meine Eltern waren reich«, sagte sie, die Worte wiederholend, die ihr eine Stimme ins Ohr flüsterte, »sehr reich. Ihnen gehörten zahllose Geschäfte. Hauptsächlich verkauften sie Kleider und Lederwaren. Außerdem besaßen sie Weinhandlungen und Kunstgalerien.«

»Was denn für Galerien?«, fragte Edwin.

Frida öffnete die Augen. Die drei lagen noch immer ausgestreckt vor ihr, die Augen geschlossen oder zum schmutzigweißen Stoffdach emporstarrend, dösend oder hellwach, von ihren Worten so gebannt oder gelangweilt, dass sie sich nicht rührten. Der Rauch ihrer Zigaretten stieg auf und wehte im Wind davon.

»Das weiß ich nicht mehr, ich war damals ein Kind.«

»Ist doch egal«, murmelte Ariane. »Lass sie einfach erzählen.«

Edwin flüsterte etwas auf Französisch, worauf Ariane laut und enerviert seufzte, sich halb aufrichtete, ihre Kippe ins Meer warf und sich dann auf den Bauch legte.

»Als ich dreizehn war, kamen meine Eltern bei einem Autounfall ums Leben. Ihr Bentley ist auf einer vereisten Brücke ins Schleudern geraten und in einen Fluss gestürzt.«

»Tut mir leid«, sagte Nikolai.

»Ich musste ins Heim, weil ich keine Verwandten hatte, jedenfalls keine, die auffindbar waren. Und dann, ein Jahr später, meldete sich Tante Konstanze, die Schwester meiner Mutter.«

»Die Frau von gestern«, sagte Ariane.

»Ja. Sie hat mich nach Rom geholt, wo sie mit einem Mann lebte, Renzo. Renzo Ponti, angeblich ein Filmproduzent. Mich haben sie auf eine deutsche Schule geschickt, dort haben wir im Unterricht viel gelesen, Handke zum Beispiel. Wir hatten seltsame Lehrer.«

»An meiner Schule gab es auch seltsame Lehrer«, sagte Edwin. Er setzte sich auf und ließ seine Kippe in die leere Weinflasche fallen. »Ein paar davon waren Vollidioten, aber Handke haben wir trotzdem nicht gelesen.«

»Als ich sechzehn war, ging Tante Konstanze mit mir nach Frankfurt, weil Renzo sie mit einer anderen betrogen hatte, seit Jahren. Doch in Deutschland hat sie sich nicht wohlgefühlt, sie ist nur geblieben, weil ich zur Schule musste.«

»Und was hat euch nach Lampedusa verschlagen?«, fragte Nikolai, der sich erhoben hatte und Ausschau nach anderen Schiffen hielt. Den Pullover hatte er ausgezogen und als Kissen benutzt, ein blaues Hemd spannte sich über seinem Bauch. Der erloschene Zigarettenstummel klebte an seiner Unterlippe.

Frida klaubte mit den Fingernägeln einen Holzsplitter von einer der Planken. »Kann ich euch ein Geheimnis verraten?«

Die drei sagten Ja und sahen ihr zum ersten Mal, seit sie zu erzählen begonnen hatte, in die Augen.

»Meine Tante … Sie macht Geschäfte mit der Mafia.«

Das Trio starrte sie an. Nicht einmal Edwin brachte einen Ton hervor, obwohl sein Mund offen stand.

»Drogen«, sagte Frida.

Für eine Weile war nur das Geräusch der Wellen zu hören, die sanft gegen das Boot schlugen, und Frida fragte sich, ob sie zu weit gegangen war. Edwin und Ariane zündeten sich gleichzeitig eine Zigarette an, und Nikolai holte den Seeanker ein, ließ den Motor laufen und stellte sich ans Ruder. Eine Möwe flog über sie hinweg und stieß einen kurzen, hohen Schrei aus, den Frida für sich als höhnischen Kommentar zu ihren Geschichten deutete, als abfällige Bemerkung über ihre Lügen.

»Wie eine Mafiosa hat sie aber nicht ausgesehen«, sagte Edwin schließlich und lachte zaghaft. »Eher nach Urlauberin.«

»Tarnung«, sagte Frida.

Edwin nickte mit ernster Miene.

»Etwas wüsste ich noch gerne«, sagte Ariane. »Wenn deine Eltern reich waren, warum bist du es nicht? Haben sie dir nichts vererbt?«

»Doch. Aber nur Schulden.«

Ariane schien nachzudenken. »Noch etwas«, sagte sie dann. »Du sagst, deine Tante war unauffindbar, als du ins Heim gesteckt wurdest. Ist sie denn nicht zur Beerdigung gekommen? Immerhin war ihre Schwester tot. Und ihr Schwager.«

»Meine Mutter und ihre Schwester haben sich gehasst«, sagte Frida, ohne auch nur eine Sekunde überlegen zu müssen. »Ein Vorfall in ihrer Jugend. Beide liebten den gleichen Jungen. Sein Name war in einen Messergriff eingebrannt. Mein Großvater hat das Messer gefunden, bevor ein Unglück passieren konnte. Danach haben meine Mutter und Konstanze nie wieder miteinander gesprochen.«

Damit schienen die drei genug über ihre Passagierin erfahren zu haben, und in den folgenden Stunden beschäftigte sich jeder mit sich selbst. Ariane las ein Buch, Edwin döste vor sich hin und schob gelegentlich eine neue Kassette in den Rekorder, und Nikolai stand abwechselnd am Ruder und nähte den zerrissenen Gurt einer Schwimmweste zusammen, wobei er selbstvergessen und falsch zur Musik mitsang. Weil Frida nicht wusste, was sie tun sollte, setzte sie sich am Bug auf den Boden, gab sich dem Auf und Ab der Wellen hin und leckte über ihre salzigen Lippen.

Am Abend ankerten sie vor der Insel Linosa. Edwin wollte an Land, wurde aber überstimmt, und so blieben sie auf dem Schiff, kochten mehr oder weniger gemeinsam und aßen unter freiem Himmel. Aus dem Kassettenrekorder schepperte die Musik einer Band namens Talking Heads, von der Edwin behauptete, sie sei die revolutionärste seit The Doors, Frank Zappas Mothers of Invention und Patti Smith, die er zu seiner Göttin erklärte. Er konnte nicht glauben, dass Frida noch nie etwas von ihr gehört hatte, und schüttelte mit einem gönnerhaften Lächeln den Kopf, als sie ihm sagte, sie möge *die Stones* und Keith Jarrett. Während des Kochens war eine Flasche Rotwein geöffnet worden, von der auch Frida ein Glas getrunken hatte, und mittlerweile stand die dritte auf dem Klapptisch am Heck. Alle außer Ariane waren leicht angeheitert. Bei ihr löste der Alkohol nichts Heiteres aus, sondern lediglich noch längere Phasen abwartenden, lauernden Schweigens, hin und wieder durchbrochen von einer ihrer sarkastischen Spitzen, die jeden treffen konnten.

Im Restlicht des vergehenden Tages redeten Nikolai und Edwin über Musik, Literatur, Sport und tausend andere Dinge, von denen Frida keine Ahnung hatte und die Ariane als trivial bezeichnete, als belanglos und keiner Betrachtung wert. Doch das kümmerte die beiden Männer wenig, und wenn sie wegen Henry Miller oder Franz Beckenbauer aneinandergerieten, konnte daraus ein zehnminütiges, verbissen geführtes Wortgefecht entstehen, das mit jedem Schluck Wein hitziger und mit jedem Grad der hereinbrechenden Dunkelheit abwegiger wurde, so abwegig, dass Ariane aus dem Stöhnen und Augenrollen nicht mehr herauskam und Frida es aufgab, dem zunehmend besoffenen Geschwafel etwas Verständliches abzuringen.

Der endlose, irgendwann im Schein der Gaslampen und des Mondes ausgetragene verbale Schlagabtausch nahm stündlich an grotesker Dramatik zu, und je länger er dauerte, je mehr Wein floss und je weniger Frida verstand, desto gleichgültiger gegenüber ihrer Unwissenheit, ihrem verkümmerten Selbstwertgefühl und ihrer Verlorenheit inmitten dieser verlebten, vom Ausmaß ihrer Möglichkeiten angeödeten Kinder wurde sie. Als Nikolai den Film *Apocalypse Now* ein *existenzielles Meisterwerk* nannte und Edwin ihn als *Mainstreamhollywoodschrott* abkanzelte, erinnerte sie sich an einen Artikel in einer Illustrierten, die Dagmar abonniert hatte.

»Kennt ihr das Buch, die Vorlage zu diesem Film? Das Herz der Finsternis von Joseph Conrad?«

Die beiden sahen sie aus glasigen Augen an, verwundert darüber, dass sie plötzlich den Mund aufmachte.

»Irrelevant«, sagte Nikolai. »Der Film steht für sich selbst. Er ist eigenständig. Das muss er sein.«

»Ich lese aus Prinzip keine Klassiker.« Edwin hob sein Glas, leerte es und grinste, als habe er gerade einen geistreichen Trinkspruch ausgebracht.

»Sondern? Was liest du?«, fragte Frida, vom Wein und gerade entdeckten Mut berauscht.

»Krimis«, sagte Edwin und grinste noch breiter. »Verbrechen. Mord. Die Abgründe der menschlichen Seele. Das interessiert mich.« Seine Zähne leuchteten im Mondlicht.

Ariane gähnte übertrieben laut und lange. »Reicht dir nicht der Blick in die eigene Seele?«

Edwin warf eine zerknüllte Papierserviette nach seiner Schwester.

»Wir haben hier eine kleine Bordbibliothek«, sagte Nikolai an Frida gerichtet. »Nimm dir ein Buch, wenn du willst.«

»Ich lese schon lange keine Bücher mehr.«

Die drei sahen Frida an, unsicher, ob sie einen Scherz gemacht hatte.

»Keine Romane oder gar nichts mehr?«, fragte Nikolai.

»Nichts«, sagte Frida leichtfertig, aber dann dachte sie fiebrig über eine Erklärung nach, etwas Intelligentes, das sie souverän wirken ließ, als sei Lesen eine Phase im Leben, die es zu überwinden gelte, um in andere, bedeutsamere Bereiche vorzudringen, aber ihr fiel nichts ein.

An Land gingen die letzten Lichter in den Häusern aus, von weit her wehte das Tuckern eines Dieselmotors über das Wasser.

»Mir reicht es für heute«, sagte Ariane. Sie erhob sich und klappte ihren Stuhl zusammen.

Edwin und Nikolai murmelten vor sich hin und teilten sich den restlichen Wein, dann standen sie ebenfalls auf, schwankend und ihre leeren Gläser in der Hand haltend, auf etwas in ihrer Nähe starrend, das nur sie sahen.

Frida fragte, wo die Hängematte sei, und Ariane holte sie aus einer der beiden Kisten an der Reling und half ihr dabei, sie an den beiden Masten zu befestigen. Die Luft war kühl, aber nicht kalt genug, um Frida von einer Nacht im Freien abzuhalten. Die Vorstellung, sich mit den anderen die enge Kajüte zu teilen, war abschreckender als die, ein bisschen zu frieren. Außerdem war sie betrunken genug, um mühelos einschlafen zu können.

Als sie, bis auf die Schuhe noch immer vollständig angezogen und in einen Schlafsack und eine Wolldecke eingerollt, in der Hängematte lag, zu den Sternen hinaufsah und wartete, dass ihr die Augen zufielen, hörte sie jemanden von unten an Deck kommen. Schritte näherten sich, dann tauchte Ariane auf und blieb vor ihr stehen, schob eine Hand unter ihren Kopf und hob ihn ein wenig an, legte ein Kissen darunter und ließ ihn wieder sinken. Zwei, drei Sekunden lang nahm sie ihre Hand nicht weg und sah Frida in die Augen. In der Dunkelheit wirkte ihr Gesicht anders, weich und fremd, nur ihr Blick war so ernst wie immer. Ihre Lippen, vom Schweigen dünn und blutleer, bewegten sich kaum merklich. *Schlaf gut*, glaubte Frida von ihnen abzulesen, dann ging Ariane zurück in den Bauch des Schiffs, um sich neben Nikolai zu legen.

Eine Weile sah Frida noch in den Himmel, dann schlief sie ein.

Sie träumte von einem Mann. Sein Kopf schwebte über ihr, sein Gesicht war ein verschwommener Fleck. Der Mann atmete schwer, ein Trauernder an einem Grab, ein Verlorener am Ende eines Wegs, ein Unbekannter, ihre Hand haltend.

Als Frida erwachte, richtete sie sich mit einem Ruck auf. Im selben Augenblick wich Edwin zurück, das Gesicht seltsam erhellt, wie angestrahlt von Fridas erschrockenem Blick, glühend vor sekundenlanger Nüchternheit. In kleinen Schritten stolperte er rückwärts, mit beiden Händen seine Hose festhaltend, aus der ein weißes T-Shirt hing. Er drehte sich um und wankte zur Reling. Das Boot schaukelte kaum, in der flachen Bucht war das Wasser ruhig. Edwins Rücken krümmte sich, sein Oberkörper pumpte, dann übergab er sich mit einem Schwall, einem zweiten und dritten, am Ende keuchte er, rang nach Luft.

Danach bewegte er sich nicht mehr, hing über dem schwarzen Wasser, als suche er nach fluoreszierendem Plankton, wie Frida es bei Dagmar im Fernsehen gesehen hatte, nachts und eingelullt von Tabletten, sprachlos beim Anblick silbrig funkelnder Fischleiber und leuchtender Quallen, die an Brautschleier erinnerten, an weiche, durchsichtige Glocken und pumpende, in der Strömung treibende Herzen aus flüssigem Glas.

Frida ging zu ihm. Sie wollte ihn beschimpfen, aber sie war noch zu verschlafen.

»Tut mir leid«, sagte Edwin, ohne Frida anzusehen.

Frida zog die Wolldecke enger um sich. Sie wusste nicht, was der Grund für Edwins Entschuldigung war, nur, dass es einen gab.

Edwin spuckte ins Wasser, wischte sich über den Mund. Auf der Insel brannten fast keine Lichter mehr, dafür war der Himmel mit Sternen übersät. Bis auf das leise Geräusch der Wellen, die gegen die Bootswand rollten, war es still. Frida versuchte die Zeit zu schätzen, vielleicht drei Uhr, dachte sie, vielleicht auch später, vielleicht bildete sich schon bald ein Riss am Horizont, durch den die Sonnenstrahlen dringen würden.

Edwin richtete sich auf. Speichel glänzte an seinem Kinn, sein Blick war flackernd, sein Gesicht wie aufgedunsen vom Trinken und Wachbleiben. Er streckte den Arm ein wenig aus, als wolle er Fridas Hand ergreifen, ließ es dann aber bleiben.

»Es tut mir wirklich leid«, sagte er.

Frida sah ihn an. Edwin war nur wenig größer als sie. Vor Anstrengung, nicht zuzufallen, zitterten seine Lider. Er schien nachzudenken.

»Ich liebe dich«, sagte er dann kaum hörbar.

Frida lachte, und im selben Moment tat es ihr leid.

Als Edwin einen Schritt auf sie zu machte und erneut den Arm hob, stieß sie ihn fort, und er taumelte rückwärts und kam an der Reling zum Stehen. Er wirkte erstaunt und traurig, seine Augen erinnerten Frida an die des Kettenhundes in Winnipeg, Erwartung lag in ihnen und ein dumpfer Glanz von Resignation. Sein Gesicht verzog sich, es sah aus, als würde er gleich weinen, stattdessen drehte er sich um und erbrach sich erneut.

Und dann fiel er. Fast lautlos tauchte sein Körper ins Wasser und verschwand. Das Letzte, was Frida von ihm sah, waren seine Füße, seine nackten, mondbeschienenen Fußsohlen. Sie zog die Hand zurück, die ins Leere gegriffen hatte, und schluckte kalte Luft.

Sie erschrak, als plötzlich Nikolai neben ihr stand. Er sagte etwas zu ihr, und als sie ihn verwirrt ansah, wiederholte er es. Sie hob den Arm, der bleischwer war, und deutete auf das Wasser. Nikolai kletterte über die Reling, und gleichzeitig tauchte Edwin auf, eine Luftblase platzte in der Sekunde absoluter Stille. Frida sah eine Eisscholle und Fäden aus gelbem Tang, dann sprang Nikolai über Bord.

Während der Fahrt nach Malta sprach niemand ein Wort. Gleich nachdem die beiden Männer über die Heckleiter an Bord geklettert waren, hatte Edwin behauptet, Frida habe ihn ins Meer gestoßen, aus reiner Boshaftigkeit oder getrieben von einem krankhaften Männerhass, der wohl in ihrer verkorksten Kindheit begründet liege. Eingewickelt in eine Wolldecke und Tee schlürfend, den Ariane ihm gebracht hatte, war er dann plötzlich ganz nachdenklich geworden und hatte davon geschwafelt, dass es im Nachhinein wohl ein Fehler gewesen sei, Frida seine Gefühle zu offenbaren, noch dazu nachts und leicht alkoholisiert, und dass ihm Fridas unglückliche Jugend und ihre derzeitige instabile Lebenslage eigentlich eine Warnung hätten sein sollen.

Frida hatte sich verteidigt, aber weil sie nicht wusste, was genau geschehen war, ob sie schlecht geträumt und Edwin dann tatsächlich einen Stoß versetzt hatte, blieb ihr Versuch, sich zu wehren, einsilbig und wenig überzeugend, sodass sie am Ende dastand wie eine unter Alkoholeinfluss beinahe zur Mörderin gewordene Verrückte.

Im Hafen von Marsaxlokk ging sie an Land. Es war später Abend, als sie wortlos die *Snoopy* verließ. Überall brannten Straßenlampen und die bunten Lichter der Läden und Restaurants und der Wohnhäuser, die sich entlang der Bucht scharten. Nach der Stille auf dem Meer kam ihr der Lärm unter den Menschen gewaltig vor, ihre Geschäftigkeit fremd und sinnlos. Bevor sie endgültig im Feierabendgewimmel untertauchte, drehte sie sich um und glaubte Edwin am Heck zu erkennen, wie er ihr nachsah.

Sie betrat die erstbeste Gasse und folgte ihr, bog möglichst selten nach links oder rechts ab und gelangte so in eine Gegend, wo kaum noch Betrieb herrschte und die Läden und Hotels immer weniger wurden. Die Luft zwischen den Häusern war mild und roch nach den Blüten, die sie an Büschen und Bäumen und an bewachsenen Mauern und Fassaden sah und deren Süße sie im Vergleich mit der Seeluft als schwer und allgegenwärtig empfand, als aufdringlich wie Parfüm in einem geschlossenen Raum. Aus einem winzigen Ladenlokal drang Musik, dessen Quelle ein auf einem uralten, mit Werbeaufklebern übersäten Kühlschrank thronendes Transistorradio war. Während Frida eine Flasche Wasser, abgepacktes Brot und Käse aus den Regalen nahm, betrat eine junge Frau den nur dank einer beleuchteten Vitrine nicht in völliger Dunkelheit liegenden Raum durch eine Tür hinter der Theke, setzte sich auf einen Hocker und wartete, dass Frida zur Kasse kam. Als Frida bezahlen wollte, hatte sie nur italienisches Geld in dem Stoffbeutel, der, verborgen unter der Kleidung, an einer Kordel um ihren Hals hing. Im linken Schuh lagen acht Fünfzigmarkscheine, ihre letzte Reserve, im rechten ihr Ausweis und ein Zettel mit der Adresse ihrer Großmutter. Sie hielt der Frau die Lire hin und hob die Schultern. Die Frau nahm ein paar Scheine an sich, schloss sekundenlang die Augen und rechnete im Kopf, öffnete die Augen wieder, lächelte Frida an und nickte. Frida sagte in einem fragenden Tonfall *Hotel*, worauf die Frau vor ihr die drei Stufen zur Straße hochging und auf ein Haus gegenüber zeigte, dessen Tür offen stand. Frida bedankte sich auf Englisch, und die Frau wiederholte die beiden Wörter, als würde sie sie gerade erst lernen.

Das Hotel befand sich hinter dem Haus in einem Anbau, der früher als Stall und Lagerraum gedient haben mochte. Die Zimmer, die Frida sich von einer alten Frau der Reihe nach zeigen ließ, wirkten riesig und unfertig, was daran lag, dass sie nur spärlich möbliert und ihre weiß getünchten Wände ohne Bilder waren. Jeder Raum bot nur einen Blick auf den leeren Innenhof oder die Mauer eines Gebäudes aus rohem Stein, aus keinem sah man auf die Straße oder in eine der Gassen. Erst nachdem die Frau gegangen war, lehnte Frida sich aus einem Fenster und erblickte über sich ein Stück des schwarzblau gewordenen Himmels. Eine ländliche Ruhe lag über diesem Teil der Stadt. Von irgendwoher war leises Bimmeln zu hören, als grasten in einem der Höfe Ziegen. Frida setzte sich auf einen der beiden Stühle und aß ein paar Bissen Brot und Käse, aber eigentlich hatte sie keinen Appetit. Was auf der *Snoopy* passiert war, verwirrte sie noch immer, und der Gedanke, dass sie nicht mit Sicherheit sagen konnte, ob sie Edwin gestoßen oder nach ihm zu greifen versucht hatte, machte ihr Angst.

Sie duschte in einem Gemeinschaftsbadezimmer am Ende des Flurs, dann legte sie sich ins Bett, und als sie nach Mitternacht noch immer nicht eingeschlafen war, stand sie auf, zog sich wieder an und ging hinaus in die menschenleeren Straßen und Gassen und in Richtung Hafen, wo es Bars gab und Wein und einen Wirt, der ihre italienischen gegen maltesische Lire tauschte. Dass er dabei mit seinem eigenen, für ihn günstigen Wechselkurs rechnete, war ihr egal, und es kümmerte sie auch nicht, dass die Männer sie unverhohlen neugierig ansahen und sie nichts von dem verstand, was sie zu ihr sagten. Sie war wütend auf diese Männer, weil ihnen das Hemd aus der Hose und eine Kippe zwischen den Lippen hing und weil sie trinken konnten, ohne einen Grund dafür zu haben bis auf den, betrunken sein zu wollen.

Der Rotwein war schwer und süßlich, und Frida spülte ihn mit eiskaltem Wasser hinunter, das nach Chlor schmeckte. Sie blieb, bis die Bar schloss. Keiner der alten Männer hatte sie angesprochen, und die zwei leichtsinnigen jüngeren waren vor ihrem feindseligen Blick geflohen, ohne ihre Sammlung magischer, in alkoholschwerem Englisch hergesagter Sprüche loszuwerden. Den Weg zum Hotel fand sie nicht mehr und verbrachte die restliche Nacht im Gewirr der Gassen und schließlich schlafend auf einem Stück Rasen, das nicht größer als ein Bett und hinter Büschen verborgen war. Sie träumte von einem Tier, das sie auf seinem Rücken durch eine fremde Stadt trug, und als sie im Morgenlicht erwachte, lag ein grauer Hund von der Statur eines ausgewachsenen Schafs neben ihr. Verkatert und im Kopf noch schwer von den Traumbildern, sah sie dem Hund in die Augen, und der Hund blickte zurück, ohne den Kopf zu heben. Sie stand auf und streckte sich, und der Hund tat es ihr gleich, bog den Rücken durch und schüttelte sich. Frida zwängte sich durch das Gebüsch und wartete auf der leeren Straße noch einen Moment, doch der Hund folgte ihr nicht, worüber sie erleichtert war und auch ein wenig enttäuscht.

Die *Snoopy* lag noch an ihrem Ankerplatz, als Frida den Hafen in der Morgendämmerung erreichte. Ein paar Fischer waren vom Meer zurück und luden Kisten voller Seegetier von ihren Kuttern, warfen sie auf die Ladeflächen von Kleinlastern, dass es schepperte. Dabei redeten und lachten sie laut, als legten sie es darauf an, die Langschläfer in den Jachten aus dem unverdienten Schlaf zu reißen. Zwei, drei Lokale hatten geöffnet, und Frida holte sich in einem eine Tasse Kaffee und setzte sich damit auf eine Mauer. An ihren Hosenbeinen hafteten Grashalme und Hundehaare, und ihr Nacken tat weh wie nach einer Nacht auf einem Kissen aus Stein. Am Horizont wurde es heller, das Licht einer unsichtbaren Sonne breitete sich unendlich langsam aus und färbte die Wolkenschlieren lila und gelb und zog die Linie zwischen Wasser und Himmel in dünnem, kraftlosem Rot nach. Frida musste sich anstrengen, um die Augen offen zu halten und dem Drang zu widerstehen, sich auf der Mauer hinzulegen. Die Fischer warfen ihr Blicke zu, einer winkte aus dem Fenster eines davonfahrenden Lasters. Kaum hatte der Betrieb nachgelassen, übernahmen Möwen den Platz und suchten nach Sardinen, die durch die Ritzen der Kisten gefallen und liegen geblieben waren, und aus dem Nichts tauchten Katzen auf und holten sich ein Stück Eingeweide oder einen abgehackten Fischkopf, der gerade noch im Strahl eines Autoscheinwerfers gefunkelt hatte.

Die zweite Tasse Kaffee bewirkte, dass Frida richtig wach wurde. Endlich ganz bei Sinnen, schämte sie sich dafür, so viel getrunken und die Nacht neben einem Hund im Freien verbracht zu haben, während ein bezahltes Bett auf sie gewartet hatte. Sie wurde wütend auf sich selbst, und noch wütender wurde sie auf Edwin, der sie als Wahnsinnige hingestellt hatte, und auf Nikolai und Ariane, die sofort bereit gewesen waren, ihm zu glauben.

Sie flüsterte eine Verwünschung in Richtung der *Snoopy*, brachte die Tasse zurück ins Lokal und fand nach ein paar Anläufen den Weg zum Hotel, bezahlte für eine weitere Nacht im Voraus, duschte und legte sich hin, um den Rest des Morgens zu verschlafen.

Am Nachmittag machte sie sich auf die Suche nach einem Reisebüro. Sie wollte eine Weltkarte sehen und eine Karte der Insel, auf die es sie verschlagen hatte. Man würde ihr sagen, wann und mit welcher Fähre sie von Malta auf das italienische Festland gelangte und wie viel die Überfahrt kostete, und sie würde ein Ticket kaufen und dann warten, auch darauf, dass ihr einfiel, wohin sie eigentlich wollte. So sehr beschäftigte sie der Gedanke, diesen Ort zu verlassen, dass sie fast an dem Laden vorbeigegangen wäre, an dessen Schaufensterscheibe ein Blatt Papier mit der Aufschrift HELP WANTED klebte. Sie blieb stehen und sah in den von Tageslicht erhellten Raum hinein, in dem auf Tischen Stapel farbiger Lederstücke lagen, daneben Scheren, Zangen, Messer und andere Werkzeuge, Töpfe, aus denen Pinsel ragten. Der geflieste Boden war übersät mit Abfall, geometrischen Formen in Rot und Blau und Grün und Gelb, die aussahen wie Teile eines Puzzles. An den Wänden hingen Schnittmuster und Skizzen, an Haken Taschen, Beutel und Rucksäcke, einige schlicht und edel, andere bunt und verziert. Einen Menschen konnte Frida nicht entdecken, auch nicht im düsteren Nebenraum der Werkstatt.

Sie wollte gerade weitergehen, als hinter ihr ein Auto hielt. BEDFORD stand am Kühlergrill des schwarzen kastenförmigen Lieferwagens, aus dem ein Mann und eine Frau ausstiegen und sich dann, beladen mit Eimern und Pappschachteln, dem Laden näherten. Beide waren um die vierzig, schätzte Frida, die Frau vielleicht etwas älter, und von beiden ging etwas aus, das Frida wie das reine Glück erschien, eine Energie aus Unversehrtheit und Kraft, die die Luft um sie herum leuchten ließ. Dass sie die Ladentür blockierte, merkte sie erst, als der Mann vor sie trat und sie anlächelte wie jemanden, der verwirrt, aber offensichtlich harmlos war.

Der Mann setzte die beiden mit glitzernden Strasssteinen gefüllten Eimer ab, schloss die Tür auf und betrat den Raum, aus dem ein herber Geruch nach Leder und Leim ins Freie strömte. Frida hatte sich zwei Schritte zur Seite bewegt, und weil sie weder einfach wegrennen noch ihr kümmerliches Englisch hervorkramen wollte, um sich nach der Stelle zu erkundigen, starrte sie auf den Boden.

»Hi«, sagte die Frau, als sie an der Schwelle zum Laden stand. Sie sah Frida mit einer Mischung aus Neugier und Amüsiertheit an, ohne zu lächeln, aber mit einem Blick, der freundlich war wie ihre Stimme. Ihr

Kinn lag auf der obersten von drei Schachteln, deren unterste sie mit beiden Händen festhielt.

»Hello«, sagte Frida, und es klang wie *elo*, mit zwei dumpfen, erstickten Vokalen, die aus einem kaum geöffneten Mund fielen.

»Are you here for the job?«

Frida verstand, was die Frau gesagt hatte, brachte aber keinen Ton hervor. Sie hob den Kopf und sah am schönen Gesicht der Frau vorbei zur Straße. Erst jetzt bemerkte sie die Beschriftung auf dem Lieferwagen, drei ineinandergeschobene M, sechs Bergspitzen, rot auf dem schwarzen Lack, darunter *Mermaid Manufacture Malta*.

»Do you speak English?«

Frida sah der Frau einen beklommenen Atemzug lang in die Augen und sagte dann: »No.«

»Maltese?«

Frida schüttelte den Kopf.

»Italian? French?«

Frida senkte den Kopf. Ihre Schuhe waren schmutzig und das Leder rissig, an einer Stelle löste sich eine Naht.

Die Frau schien Geduld und Interesse verloren zu haben und ging in den Laden, wo sie die Schachteln auf einem Tisch ablud und etwas zu dem Mann sagte, der den Vorhang an einem Fenster zurückgezogen hatte, um mehr Licht in den Raum zu lassen. Der Mann lachte, dann schob er die beiden Eimer an eine Wand und kam heraus, um den Wagen leerzuräumen. Als er fünf Pappkartons zum Laden trug, rutschte der oberste nach vorne und fiel zu Boden, worauf der Mann aus dem Tritt geriet und ihm ein weiterer Karton entglitt und auf dem Asphalt landete und seinen Inhalt verstreute, ein Dutzend backsteingroßer Faltschachteln, aus denen hunderte glänzender Metallteile vor Fridas Füße kollerten.

»Scheiße«, murmelte der Mann, gerade laut genug, dass Frida es hörte. Er stellte die drei Pappkisten auf den Boden.

Frida hatte sich hingekniet, um die Metallteile aufzuklauben.

Der Mann ging in die Hocke. »Thank you«, sagte er im Tonfall einer Frage, als erstaune ihn die Hilfe der Fremden, die eben noch den Eindruck vermittelt hatte, geistig verwirrt zu sein oder im Erdboden versinken zu wollen.

»Gern geschehen«, sagte Frida.

»Du sprichst Deutsch?«

»Ich bin Deutsche.«

Der Mann lachte überrascht. »Ich bin auch aus Deutschland, ich heiße Dirk!« Er richtete sich auf und rief in den Laden: »Carol, she's German!«

Auch die Frau lachte. »German!«, wiederholte sie, als handele es sich um die Antwort auf eine Scherzfrage oder die Pointe eines Witzes. Sie trat ins Freie, aber nur, um sich ein Bild der Lage zu machen und gleich wieder im Laden zu verschwinden.

»Was sind das?« Frida betrachtete die silbrig schimmernden Teilchen in ihrer Handfläche, winzige Hüte ohne Deckel und mit nach oben gebogenen Krempen.

»Nieten«, sagte der Mann.

Frida drehte ein Exemplar zwischen den Fingern.

»Willst du dich um den Job bewerben?«

Als Frida nicht antwortete, lächelte der Mann. »Falls ja, kannst du ihn haben, und ich zeige dir, was man mit Nieten macht.«

Fridas Arbeit bestand nicht darin, mit Schere und Messer zu hantieren, Leder und Stoffe zuzuschneiden und *The Beast* bedienen zu lernen, die alte gusseiserne Nähmaschine, deren Nadel durch Büffelhaut und Fingerknochen ging. Sie verbrachte ihre Tage nicht mit *Fray*, dem Fransengerät, oder mit *Cyclops*, dem Lochstanzer, und obwohl sie lernte, mit einer Nietenzange umzugehen, einer Ahle und einem Schlagstempel, gehörte es nicht zu ihren Aufgaben, diese Werkzeuge zu benutzen. Sie arbeitete überhaupt nicht in der Werkstatt und auch nicht im Laden in Marsaxlokk, sondern in einem Privathaus mit acht Zimmern und Blick auf das Mittelmeer und den Golf von Tunis, und ihre Aufgabe bestand darin, sich um ein fünfjähriges Mädchen zu kümmern.

Carol Forester lebte seit sechs Jahren auf Malta. Ihre Eltern, beide Jahrgang 1926, hatten Indien noch vor der Unabhängigkeit verlassen und zuerst in Südafrika und später in Manchester gelebt. Mittlerweile waren beide pensioniert und in Saint Austell an der englischen Südküste zu Hause, wo sie sich von den Strapazen erholten, die ihnen als Zeugen der Freiheitsbestrebungen Gandhis und Mandelas zugemutet worden waren.

Carol hatte die Schulen in Manchester besucht und einen Abschluss in Wirtschaft und Politik an der Universität von Leeds gemacht, mit dem sie so wenig anzufangen wusste wie mit dem protzigen, neben einer Hunderennbahn in der Grafschaft Suffolk gelegenen Haus, das sie von ihrer verwitweten Patentante geerbt und dem erstbesten Interessenten verkauft hatte. Den größten Teil des Geldes legte sie an, vom Rest finanzierte sie drei Jahre London, den Führerschein und eine Ausbildung am Central Saint Martins College of Arts and Design zur Produktgestalterin. 1981 wollte sie endlich etwas von der Welt sehen und reiste, die Warnungen ihrer Eltern in den Wind schlagend, nach Ägypten, fuhr zwei Monate lang im Mietauto durch das Land und machte auf dem Rückweg über die Türkei und Griechenland auf der Mittelmeerinsel Pantelleria Halt, wo sie Stephen Hewitt kennenlernte, einen amerikanischen Biologen und leidenschaftlichen Erforscher der Oasen-Pechlibelle. Carol wusste sofort, dass sie zusammengehörten, und schon drei Tage nach ihrem ersten Aufeinandertreffen zog sie in Stephens Zelt in der Nähe des Binnensees Specchio di Venere, an dessen Ufern die nur auf Pantelleria heimische Libellenart zu finden war. Stephen, den seine Kollegen an der Uni Dr. Dragonfly nannten, war neunundzwanzig, zwei Jahre älter und zwei Köpfe größer als Carol. Wie sie hatte er keine Geschwister und schrieb seinen Eltern in Sheridan, Wyoming, er sei der Frau seines Lebens begegnet. Er starb einen Monat später im Schlaf an einer geplatzten Aorta, ohne noch erfahren zu haben, dass Carol schwanger war.

Fridas Tage liefen nach einem gleichbleibenden Muster ab, das sich höchstens einmal änderte, wenn das Wetter schlecht war, Carol geschäftlich verreisen musste oder Ivy eine ihrer Launen auslebte. Regnete es, wollte die Fünfjährige drinnen bleiben und die Zeit mit allem Möglichen verbringen, Hauptsache es war mit viel Aufwand verbunden, dem Bau eines Schlosses aus Pappkartons, der Beschaffung abwegiger Requisiten oder der Suche nach einem bestimmten Buch in den vollgestopften Regalen ihres Zimmers. War ihre Mutter unterwegs, um sich mit Lieferanten oder Kunden zu treffen, bestand Ivy darauf, *Mutter und Tochter* zu spielen, wobei sie die Rolle der Mutter übernahm, die ihrem Drehbuch zufolge großzügig und nachsichtig war und ihrem Kind, Frida, einen herrlichen

Tag bereitete, in dessen Verlauf Unmengen an Süßigkeiten verzehrt, bei schönstem Wetter Fernsehen geschaut und während eines *Friseurtermins* im Badezimmer der neueste Klatsch, den sie Gott weiß wo aufgeschnappt hatte, zum Besten gegeben und ihr Haar von Frida zu irrwitzigen Frisuren aufgetürmt wurde. Dass Frida nur wenig von dem verstand, was Ivy erzählte, wünschte oder befahl, störte das Mädchen nicht, und dass Frida kaum Englisch konnte, nützte ihm sogar, weil es so noch leichter jede Diskussion zu seinen Gunsten entschied, egal, ob es um die Wahl zwischen Wasser und Cola, die Notwendigkeit von Zugbrücken oder die Dauer des Mittagsschläfchens ging.

Ivys Launen waren eine ganz andere Geschichte. Wenn es einen schlechten Tag hatte, *einen fiesen Troll gefressen*, wie Carol es nannte, konnte aus dem niedlichen, wohlerzogenen und liebenswerten Mädchen ein Scheusal werden, ein blond gelocktes Monster, dem es ein unerklärliches, bittersüßes Vergnügen zu bereiten schien, seine Umwelt zu tyrannisieren. Hormonelle Veränderungen und neuronale Schwankungen, Albträume und Schlafmangel, drastische Wetterumschwünge und Kopfschmerzen, sogar stark gewürzte Speisen und nicht zuletzt die fehlende Vaterfigur wurden als mögliche Gründe für Ivys Verstimmungen herangezogen, nur ein Mittel dagegen hatte kein Experte zur Hand. Am besten zwang man das Mädchen an solchen für Ruhe und Frieden verlorenen Morgen gar nicht erst aus dem Bett und wartete, bis es verschlafen und mit einem Blick, der töten konnte, die Küche betrat, eine griesgrämige, alte Frau im Körper eines fünfjährigen Kindes, ein Wicht aus einem schrecklichen Märchen, gehüllt in einen verschwitzten *Pu-der-Bär*-Pyjama.

So vergingen Fridas erste Wochen und Monate im Forester-Haushalt mit der Errichtung immer neuer und größerer Schlösser aus Umzugskartons und Bananenkisten, mit dem Lauschen endloser Berichte aus dem Leben einer verwunschenen Prinzessin, mit verbotenem Fernsehkonsum und Kuchenessen, mit Lockenwicklern und Haarspangen und dem geduldigen Warten darauf, dass es Abend wurde und Carol und Dirk nach Hause kamen.

Dirk Helsing war seit zwei Jahren Carols Mitarbeiter und seit einem Jahr ihr Freund. Er hatte Sattler und Polsterer gelernt und 1979 Worms verlassen, um in Mailand für einen Freund zu arbeiten, der antike Möbel restaurierte. Aber er wurde nie warm mit der Stadt und hasste schon bald die tägliche Eintönigkeit im Umgang mit Gobelinstoffen und Nadel und Zwirn, und als er Carols Stellenanzeige las, bewarb er sich und landete einen Monat später auf Malta. Für *Mermaid Manufacture* zu arbeiten bedeutete, wieder mit den Häuten marokkanischer Ziegen und spanischem Pferdeleder umzugehen und grobes Werkzeug und prächtige gusseiserne Maschinen zu benutzen, und es bedeutete auch, Carols Ideen umzusetzen, mit ihr die Qualität der Waren zu prüfen, eine Umhängetasche oder Aktenmappe zu entwerfen oder über die Marktchancen eines doppelbödigen Überseekoffers zu diskutieren.

Irgendwann liebte er Carol und sie ihn, auch wenn sie ihm das nie sagte und er es nur vermuten konnte, weil sie mit ihm schlief und ihn bei sich und Ivy wohnen ließ. Er wusste von Stephen Hewitt und dass Carol sein Foto zwischen den Seiten eines zerfledderten Taschenbuchs in ihrer Handtasche mit sich herumtrug, und er ahnte, wie unsicher der Grund war, auf dem ihre Beziehung stand. Aber es kümmerte ihn nicht übermäßig, lieber genoss er die Zeit mit Carol und dem Kind, statt sich eine Zukunft ohne die beiden vorzustellen. Er konnte warten, sagte er sich, Carol würde irgendwann erkennen, wie wichtig es war, einen Mann an der Seite zu haben, der mit ihr die Firma leitete und ihr beistand, wenn Ivy in die Pubertät kam und endgültig zur Nervensäge wurde. Er hielt Frida für ein großartiges Kindermädchen, um Längen besser als die früheren, zwei einheimische und zwei Engländerinnen, und dass niemand viel von ihr wusste, störte ihn nicht. Ihm genügte, was die junge Deutsche Carol und ihm erzählt hatte, dass sie ihre auf Lampedusa als Meeresbiologin arbeitende Mutter besucht habe, dass ihr Vater tot sei, nachts von einem Segelboot gefallen und nie mehr aufgetaucht, dass sie unterwegs nach Assisi sei, wo ihr Bruder in einem Kloster lebe, und dass ihr das Geld für die Weiterreise ausgegangen sei. Sie würde nicht ewig auf Malta bleiben, das wusste Dirk, aber darüber machte er sich jetzt keine Gedanken. Alles lief gut, Ivy war ausgeglichener als jemals zuvor, was sich auch auf Carols Stimmung auswirkte und die Art, wie sie sich ihm gegenüber verhielt. Schon bald, war er überzeugt, würde Carol mit der traurigen Vergangenheit abschließen und Stephen endgültig loslassen, und das alles dank dem neuen, aus dem Nichts aufgetauchten Kindermädchen.

Es dauerte bis zum Winter, ehe sich die Dinge zum Schlechten wendeten. Drei Wochen lang wurde das Haus für das Weihnachtsfest geschmückt, jeden Tag irgendwo ein Stern befestigt, eine Kugel oder Engelsfigur aufgehängt, eine Kerze hingestellt, ein kleines Schneefeld aus Watte ausgebreitet, auf dem geschnitzte Rentiere, Ochsen und Schafe standen und winzige eingepackte Geschenke. Ivy lief in einem Zustand nicht nachlassender Verzückung durch die Räume, mit schlafwandlerischen Bewegungen und großen Augen, staunend und ergriffen und stumm, wie sediert von einer beruhigenden Substanz, die man ihr in den Kakao geträufelt hatte. Vom Moment ihres Aufwachens am frühen Morgen bis zur Schlafenszeit spätnachts lief auf ihren Wunsch Weihnachtsmusik, entweder aus dem Kassettenrekorder in der Küche oder aus den Lautsprechern der Stereoanlage im Wohnzimmer, und erst nachdem Carol beschlossen hatte, Ivy eines der Geschenke vorab zu geben, einen Walkman mit Kopfhörern, kehrte ein wenig Ruhe im Haus ein und bewahrte die Erwachsenen davor, verrückt zu werden.

Das Weihnachtsgeschäft lief gut, im Sommer und Herbst hatten die Touristen für Umsatz gesorgt, jetzt kauften Einheimische und auf der Insel lebende Ausländer die letzten Bestände an Aktenkoffern, Handtaschen, Briefmappen, Schreibunterlagen und Portemonnaies, um sie zu verschenken. Carols bester Kunde war Charles Brodie, ein Schotte aus Edinburgh, der in seiner Heimatstadt ein Lederwarengeschäft führte und Filialen in Glasgow, Aberdeen, Inverness und London besaß. Er hielt *Mermaid Manufacture* seit zwei Jahren die Treue, obwohl der Kleinbetrieb nicht annähernd die Mengen liefern konnte, die er zu Beginn gefordert hatte. Der Mittfünfziger kam jeweils eine Woche vor Weihnachten aus London nach Malta, um die Festtage in seiner Villa zu verbringen. Carol hatte sich mit ihm wie üblich zu einem Arbeitsessen getroffen, die Seiten ihres Auftragsbuches gefüllt, seine Bemerkungen im Graubereich zwischen Kompliment und Anzüglichkeit abgefedert und ihn beim Nachtisch gefragt, ob er mit seinem Sohn an Heiligabend zu ihr und Dirk zum Essen kommen wolle. Dass er die Einladung annahm, freute Carol nur für einen flüchtigen Moment, dann dachte sie daran, dass sie Dirk die Neuigkeit überbringen musste, und ihre gute Laune war dahin.

Am Morgen des Tages, an dem Charles Brodie, sein sechzehnjähriger Sohn Owen sowie Lea Magri, die bei MMM als Verkäuferin im Laden arbeitete, zum Essen erwartet wurden, gerieten Carol und Dirk immer wieder aneinander, mal leise stichelnd, mal etwas heftiger und einmal so laut, dass Ivy im Wohnzimmer die Musik aufdrehte. Erst wenige Stunden vor dem Eintreffen der Gäste beruhigten sich die beiden und deckten gemeinsam mit Ivy und Frida den Tisch, und alle achteten darauf, den Namen Charles Brodie nicht zu erwähnen.

Der Abend begann harmonisch. Charles bedankte sich überschwänglich für die Einladung, umarmte Carol lange und überreichte ihr einen Strauß Rosen, der auf mehrere Vasen verteilt werden musste. Owen, der sich sichtlich unbehaglich fühlte, was sowohl am Anzug als auch an den fremden Menschen lag, bedankte sich ebenfalls für die Einladung und machte Carol ein Kompliment für die Schönheit des Hauses, das einstudiert wirkte, als habe sein Vater ihm den Satz während der Hinfahrt eingetrichtert. Er war ein hübscher, hoch aufgeschossener Junge, der nicht wusste, wohin mit sich, und dessen rotblonde Haare Frida an ihren ehemaligen Mitschüler Arnulf Herbst erinnerten.

Die Begrüßung zwischen Charles und Dirk verlief kühl. Schon während der ersten kurzen Sätze, die sie austauschten, hohle Floskeln das Wetter, die stürmische See und die Schlaglöcher auf dem Weg zum Haus betreffend, taten beide so, als verstünden sie nicht, was der andere sagte, als habe der eine Mühe mit dem schottischen Akzent und der andere mit dem deutschgefärbten Englisch. Frida, die inzwischen ein leidlich gutes Englisch sprach und fast alles verstand, was gesagt wurde, entging die unter dem nichtssagenden Geplänkel der beiden Männer schwelende Feindseligkeit nicht, und auch nicht der vergebliche Versuch Carols, die Stimmung aufzulockern, indem sie Charles und Owen das Haus zeigte und vor dem Rundgang die Schallplatte mit den Weihnachtshits spielen ließ, obwohl sie *Jingle Bells*, *White Christmas* und *Santa Claus is Coming to Town* schon seit Tagen nicht mehr hören konnte, ohne Migräne zu bekommen. Als Lea mit ihrem Labradorhund eintraf, beruhigte Carol sich ein wenig und bat alle, es sich im Wohnzimmer bequem zu machen. Sie ließ sich von Dirk ein Glas Wein einschenken, nahm Ivy auf die Knie und verbarg gekonnt ihr Entsetzen darüber, dass ihre Tochter den gesamten Text von *Let it Snow* auswendig konnte.

Natürlich blieb es nicht bei einem Glas Wein, und eine Stunde nachdem die angeheuerte Köchin das Haus betreten und mit der Zubereitung des Essens begonnen hatte, waren Dirk und Charles leicht angetrunken. Sie hatten es inzwischen aufgegeben, einander nicht verstehen zu können, und unterhielten sich jetzt problemlos in einem flüssigen, vom Alkoholpegel begünstigten Englisch über Celtic Glasgow und Wormatia Worms, aber sogar Frida, die keine Ahnung von Fußball hatte, war klar, dass es ihnen nicht um die Mannschaften oder den Sport ging, sondern darum, den anderen zu provozieren.

Frida saß neben Owen auf einem der Sofas, und immer wenn die beiden Männer kurz verstummten, um von einer Brezel abzubeißen oder ihr Glas zu leeren, lächelte sie ihm zu und stellte ihm irgendeine Frage, zum Beispiel, wo er zur Schule gehe und ob er auch Fußball spiele, lauter einfältige Fragen, die in ihrem vom Kaminfeuer überhitzten und vom Wein betäubten Hirn entstanden und an deren Beantwortung durch den abwesenden, auf seine Bügelfalten starrenden Jungen ihr nicht das Geringste lag. Von Lea, die sich in einen der Ledersessel vor die lodernden Flammen gesetzt hatte und so tat, als sei sie damit beschäftigt, Ivy beim Blättern in einem Kinderbuch zu helfen, kam nichts, kein Wort des Interesses, nicht einmal geheucheltes, und Frida beneidete sie um ihr Maß an Gleichgültigkeit, das nötig war, um sich einfach so zu verweigern und dem unterschwellig aggressiven Geschwätz der Männer zu entziehen.

Als das Essen auf dem Tisch stand, sah es eine Weile so aus, als könne der Abend noch einen heiteren oder zumindest geselligen Verlauf nehmen. Charles, ohne Zweifel gewohnt, der Mittelpunkt einer Gesellschaft zu sein, gab ein paar Geschichten zum Besten, in denen es um kuriose Umstände bei Geschäftsabschlüssen im Ausland ging, um Bestechungsgelder in Polen, um tagelange, von wilden Elefanten unterbrochene Verhandlungen in Thailand, um sagenhafte Renditen im Handel mit Indien, wo es seinen Aussagen zufolge zwölfjährige Knaben gab, die mit Leder geschickter umgehen konnten als *unser Freund aus Deutschland hier*. Er zeigte lächelnd auf Dirk und erhob sein Glas, wie um auf dessen Unfähigkeit anzustoßen.

Nach all dem Wein und Bing Cosbys zuckrigem Gesang und Ivys Vortrag eines dreistrophigen Weihnachtsgedichts kurz vor dem Essen war Dirk ein wenig milder, beinahe versöhnlich gestimmt, und lächelte zurück. Er sagte, er wisse nichts über die technischen Fertigkeiten eines indischen Kindes, aber sehr wohl, dass Carols *Triple M* kein Leder aus Ländern verwende, in denen es Kinderarbeit gebe, auch wenn die Versuchung groß sei angesichts der Erfolge von Männern, denen Moral weniger bedeute als Profit.

Frida und Lea aßen stumm und mit gesenkten Köpfen, und auch Owen, der keinen Alkohol trank, verharrte weiter in seinem Schweigen. Nur Carol tat, als amüsiere sie sich über die Frotzeleien der beiden Männer, aber mit jedem Glas Wein wurde ihr Lachen eine Spur künstlicher und hysterischer. Ihre Versuche, über unverfängliche Themen wie den kalten Dezember oder Vorsätze für das neue Jahr zu sprechen, scheiterten jedes Mal kläglich, weil Charles und Dirk nicht darauf eingingen und ihr Pingpongspiel der Gehässigkeiten unbeirrt fortführten.

Seinen Höhepunkt erreichte der immer unverhohlener ausgetragene Hahnenkampf beim Geschenkeverteilen. Als Ivy ihre Puppenstube, ihr Kindertelefon und ihren *Bernard-und-Bianca*-Schlafanzug auspackte, war die Welt noch einigermaßen in Ordnung, und sie wäre es vielleicht geblieben, wenn Carol am Vortag nicht beschlossen hätte, Charles in Dirks Namen ein Portemonnaie aus Straußenleder zu schenken. Sie saßen alle wieder im Wohnzimmer, balancierten Teller mit Stücken der von Charles mitgebrachten Mandarinentorte auf den Knien, tranken Eierlikör und Tee und waren sich einig darin, dass es auf der ganzen Welt kein süßeres Kind als Ivy gab. Statt Weihnachtsschnulzen liefen jetzt Mozarts Kirchensonaten, von Carol aufgelegt in der Hoffnung, die sakralen Klänge würden die Streithähne friedlich stimmen.

»Danke schön, Dirk«, sagte Charles in breitem Deutsch. Er saß neben Owen auf dem Sofa und nickte Dirk zu, der sich das zweite Sofa mit Carol und Lea teilte.

»Wofür?«

»Na, für das hier.« Charles wedelte mit dem Portemonnaie.

»Was ist das?«

Bevor Charles antworten konnte, sagte Carol hastig: »Die Geldbörse. Erinnerst du dich? Du hast sie schon vor Wochen für Charles zur Seite gelegt.« An Charles gerichtet sagte sie: »Das Leder ist von ganz besonderer Qualität.« Vom vielen Lächeln waren ihre Züge müde geworden, die Mundwinkel zitterten leicht, wenn sie sie nach oben zog. Sie tätschelte den Hund, der vor ihr auf dem Boden lag.

»Nein, ich erinnere mich nicht.« Dirk sah Carol von der Seite an, aber sie hielt den Kopf gesenkt, als rede sie mit dem Hund.

»Es ist ja auch schon eine Weile her«, sagte sie. »Du hast es offenbar vergessen.«

»Wie auch immer. Vielen Dank.« Charles legte das Portemonnaie auf den Couchtisch neben das Buch, das er von Carol bekommen hatte, ein Bildband mit dem Titel *Kulturgüter der Mittelmeerinseln*.

»Es ist nicht von mir«, sagte Dirk mit einer Bestimmtheit, die keinen Zweifel daran ließ, dass er bereit war, dem Abend ein unschönes Ende zu bereiten.

Während Carol ihn ungläubig ansah, konnte Frida Dirk verstehen, auch wenn sie ahnte, was gleich passieren würde. Ihr war Dirks Blick nicht entgangen, als Charles Carol eine goldene Halskette mit einem Anhänger in C-Form überreicht hatte, die um eine Flasche Single Malt gewickelt war, als sei der Whisky das Geschenk und nicht die Kette und als sei es nicht naheliegend, im C des Anhängers nicht nur Carol zu lesen, sondern auch Charles.

»Wie auch immer«, sagte Charles. Er lächelte Carol zu. »Danke, meine Liebe.«

Dann ging alles sehr schnell. Dirk erhob sich so abrupt, dass ihm das Blut aus dem Kopf wich und er nach vorne stolperte, den eigenen und Charles' Teller samt den Tortenstücken zu Boden warf und in Charles' Armen landete, der ihn überrascht abwehrte oder absichtlich zur Seite schleuderte, mitten auf das Puppenhaus, das unter Dirks Gewicht zu Bruch ging wie die Burg unter dem Fuß des Riesen aus Ivys Lieblingsmärchen.

Die Runde löste sich rasch auf, begleitet von Hundegebell und Ivys Geschrei und den Verwünschungen, die Charles und Dirk sich nun völlig enthemmt an den Kopf warfen. Nachdem die Gäste das Haus verlassen hatten, setzte Carol sich in einen Sessel und starrte eine Weile vor sich hin. Irgendwann griff sie nach einer halb vollen Weinflasche und trank sie in einem Zug leer. Dass Ivy vor den Trümmern des Puppenhauses kniete und schluchzend versuchte, die zerbrochenen Teile des Daches auf die Reste der Wände zu setzen, schien sie nicht zu kümmern. Sie schien auch Dirk nicht zu hören, der aus respektvoller Entfernung auf sie einredete, oder Frida zu beachten, die neben dem Weihnachtsbaum stand und darauf wartete, dass man ihr sagte, was sie zu tun habe.

Die leere Flasche, in die sie den rechten Zeigefinger gesteckt hatte, wie ein Pendel zwischen den Knien hin- und herschaukelnd, betrachtete Carol minutenlang und scheinbar ungerührt ihre wimmernde Tochter, dann sagte sie leise und ohne Frida anzusehen: »Bring sie ins Bett und bleib bei ihr. Wir sehen uns morgen.«

Ivy ließ sich überraschend leicht vom Puppenhaus wegziehen und aus dem Raum bringen, nicht einmal auf einen Gutenachtkuss der Mutter oder eine Umarmung von Dirk bestand sie. Im Kinderzimmer im ersten Stock wusch Frida dem Mädchen das verheulte Gesicht, zog ihm den Schlafanzug an und legte sich zu ihm ins Bett. Den Atem des Kindes am Ohr, schlief sie bald ein, zu erschöpft und betrunken, um noch viel vom Streit im Erdgeschoss zu hören.

Als Frida aufwachte, war Ivy nicht mehr da. Dunkelheit füllte das Zimmer, nur die kleine Lampe neben der Tür zum Bad brannte, ein Fliegenpilz aus Plastik, dessen rotes Licht Ivy beruhigend fand. Frida rutschte vom Bett und stellte sich auf die Beine. Ihr Kopf fühlte sich schwer an, hinter den Schläfen pochte ein dumpfer Schmerz im Takt ihres Herzens. Sie sagte den Namen des Kindes, mehr flüsternd als rufend, dann ging sie ins Bad und trank kaltes Wasser, bevor sie zu Carols und Dirks Schlafzimmer schlich und leise die Tür öffnete. Carol lag angekleidet im Bett, die Decke an den Hüften und die Finger einer Hand ins Kissen gekrallt. Die andere Hälfte des Bettes war leer. Frida schloss die Tür und sah in die restlichen Zimmer auf der Etage, ins zweite Gästezimmer, ins zweite

Gästebad, in Carols Büro und in den Raum, in dem ein einsames Trimm-dich-Rad neben einem Bügelbrett stand, dann ging sie die Treppe hinunter, dem Geruch nach Küche und kalter Asche entgegen.

Noch auf der letzten Stufe hatte sie gehofft, Ivy im Wohnzimmer zu finden, auf dem Teppich liegend, eingeschlafen nach dem letzten vergeblichen Versuch, die Bruchstücke des Puppenhauses zusammenzufügen. Erst als sie Licht machte, sah sie Dirk, der auf einem der Sofas lag und schlecht zu träumen schien. Frida suchte im Gästezimmer und im Gästebad, im Vorratsraum und in der Garage, wo sie eine Taschenlampe fand, schließlich rannte sie im Regen durch den Garten zum Geräteschuppen, leuchtete in Büsche und in die Äste der Bäume und sah im Laderaum des vor dem Haus geparkten Bedford Beagle nach. Plötzlich von Panik ergriffen, eilte sie die Straße hinunter bis zur Kreuzung und dem verlassenen Haus, in dem Ivy einmal gefunden worden war, lange bevor Frida ihre Stelle angetreten hatte, aber auch an diesem verbotenen Ort fehlte von dem Mädchen jede Spur. Auf dem Weg zurück zum Haus sah sie etwas in der Pfütze eines Schlaglochs schwimmen, hob es auf und erkannte das Portemonnaie aus Straußenleder. Ein Lachen blieb ihr im Hals stecken, dann warf sie das verschmähte Geschenk in ein Gebüsch und ging weiter.

Bis auf die Knochen durchnässt und vor Kälte zitternd, weckte sie Minuten später Dirk und sagte ihm, was passiert war. Dirk sah sie mit einem Ausdruck im Gesicht an, der innerhalb einer Sekunde von benommener Verständnislosigkeit zu entsetztem Begreifen wechselte. Er war so betrunken, dass er hinfiel, als er auf die Füße sprang, und so verwirrt, dass er ohne Schuhe ins Freie rannte und laut nach Ivy rief. Keine Minute später riss Carol das Schlafzimmerfenster auf, schrie Dirk an und verstummte erst, als er ihr durch den Lärm des Regens zubrüllte, Ivy sei verschwunden.

Am Morgen des nächsten Tages saß Frida mit einer Lochzange in der Hand auf dem Fußboden der Werkstatt und stanzte apathisch Löcher in ein Stück schwarzen Leders, das sie aus dem Abfalleimer geholt hatte. Ihre rechte Wange und die Unterlippe taten ihr weh, wo Carols Schlag sie getroffen hatte. Von den Zangengriffen bekam sie an der Handfläche zwischen Daumen und Zeigefinger eine Blase, die sich unter einer dünnen Haut mit Wasser füllte. Es regnete nicht mehr, ein grauer Himmel lag über der Insel und eine ungewohnte Stille, da kaum jemand ins Freie wollte. Die Werkstatt war kalt, weder den Ölofen im Lagerraum noch den Gasofen zwischen den Arbeitstischen hatte Frida einzuschalten versucht. Als die Blase platzte, mischte sich das Brandwasser mit Blut, und Frida trank einen Schluck Wein aus der Flasche, die sie mitgenommen hatte, dann fuhr sie damit fort, stur und mechanisch winzige runde Scheiben aus dem Leder zu stechen.

Dirk kam am Abend, und Frida brach in Tränen aus beim Anblick seines aufgequollenen Gesichts mit den roten, schmalen Augen, aber er packte ihre Hand und erzählte ihr mit brüchiger, fiebriger Stimme, dass sie Ivy im leeren Pool gefunden hatten, unterkühlt und geschwächt, aber am Leben, und Frida bekam fast keine Luft beim Einatmen und dachte, dass es sich so anfühlen musste, wenn man unter Wasser war und einen letzten vergeblichen Atemzug machte, bevor man auf den Grund hinabsank.

»Sie hatte den Walkman dabei. Und das Prasseln des Regens auf der Plane war so laut, dass sie uns nicht gehört hat.«

Frida wickelte sich noch enger in die Wolldecke ein, die Dirk ihr gebracht hatte, aber das Essen, das er vor sie hinstellte, rührte sie nicht an, obwohl ihr Magen sich so nach etwas Warmem sehnte, wie ihr Verstand sich nach Wein und einer von Dagmars Pillen sehnte.

Dirk sah sie an. Er saß vor ihr auf dem Boden, Erde und Gras klebten an den Sohlen seiner Schuhe. Er sagte Frida nicht, dass es seine Schuld gewesen war, dass Ivy sich im Pool versteckt hatte, seine und die Schuld von Charles. Er sagte ihr nicht, wie lange er und Carol sich noch gestritten hatten, so lange nämlich, bis Ivy aus dem Bett und über die Leiter ins leere Becken geklettert war, um nichts mehr zu hören außer dem Trommeln der Tropfen und der Weihnachtsmusik von ihrer Kassette.

Was Dirk sagte, war: »Vielleicht ist es am besten, wenn du über Nacht hierbleibst und erst morgen zurückkommst. Bis dann hat Carol sich bestimmt beruhigt.«

»Ich komme nicht zurück.«

»Was? Warum nicht?« Dirk wollte wieder nach ihrer Hand greifen, aber diesmal zog Frida sie zurück.

Sie sagte nichts. Es begann erneut zu regnen, ein Rauschen im schwindenden Licht. Sie ließ Dirk reden, ohne hinzuhören. Im Rucksack, den Carol und Dirk ihr geschenkt hatten, waren ihr Ausweis, etwas Geld und ein paar Kleidungsstücke. Carol würde sich beruhigen, und ebenso das Meer, die Wolken würden sich verziehen und die Fähren den Betrieb wieder aufnehmen. Sie bat Dirk, sie alleine zu lassen, und er sagte, er käme am nächsten Morgen, um sie zu holen. Er wartete, bis sie ihm versprochen hatte, zu bleiben, dann ging er.

Frida lauschte eine Weile dem Nieseln, dem leisen Knistern, wenn ein Windstoß eine Handvoll Regen gegen die Scheibe warf. Hätte sie im Pool nachgesehen, dachte sie, wäre alles anders gekommen. Sie wäre zu Ivy in das düstere Versteck hinabgestiegen und hätte sie zurück ins Haus getragen, sich neben sie ins Bett gelegt und ihre Hand bis zum Morgen nicht losgelassen. Carol hätte nichts von dem Vorfall erfahren, hätte Frida nicht angeschrien und ins Gesicht geschlagen.

Als die Flasche leer war, kroch Frida in die Wolldecke gewickelt unter ein halbes Dutzend aufgeschichteter, nach Gerbstoff und Erde und Tabak riechender Tierhäute, legte den Kopf auf den Rucksack und versuchte zu schlafen.

RINGO
Siebte Auskunft

»Erzählen Sie mir etwas von sich.«

»Ein Rollentausch?«

»Nur ein paar Fragen lang.«

»Klingt fair. Was wollen Sie wissen?«

»Wurden Sie in Deutschland geboren?«

»In der Türkei. Meine Eltern sind nach Wolfsburg gegangen, als ich vier Jahre alt war. Ein Bruder meines Vaters stand bei VW am Fließband. Mein Vater hat dort ebenfalls Arbeit gefunden.«

»Erinnern Sie sich an die Türkei?«

»Es gibt ein paar Bilder in meinem Kopf, Familienausflüge, Besuche bei Verwandten, Szenen am Meer, alles sehr hell, wie überbelichtet, beinahe ausgelöscht vom Vergessen.«

»Und Ihre Kindheit in Wolfsburg?«

»Fremdheit. Neugier. Viel Unbekümmertheit, manchmal eine naive Angst vor der Stadt jenseits unserer Straße. Die enge Welt aus Wohnung, Moschee, Schule. Die Sonntage bei Onkel Altay und Tante Birsun.«

»Sind Sie gerne zur Schule gegangen?«

»Zuerst nicht, dann sehr. All das Wissen, das Neue. Herrlich.«

»Wann wussten Sie, dass Sie Journalistin werden wollten?«

»Ich habe auf Lehramt studiert. Ein Jahr vor dem Abschluss hat meine Nichte versucht, sich das Leben zu nehmen, Sebil, die neunjährige Tochter meines Bruders. Damals war Mobbing noch kein so geläufiger Begriff wie heute, man nannte es gemein sein, ausgrenzen, piesacken, aber es war natürlich purer Rassismus. Sebil wurde so lange gepiesackt, bis sie sich vor den Bus warf, der sie am Morgen zur Schule bringen sollte. Ein Jahr später war ich nicht angehende Lehrerin, sondern noch immer Studentin, zweites Semester Politikwissenschaft und Journalismus. Eine meiner ersten Geschichten, die ich für eine Zeitung geschrieben habe, war über Sebil.«

»Das muss schwer für Sie gewesen sein.«

»Ja, das war es. Sebil hatte überlebt, aber sie leidet bis heute unter den Folgen der Verletzungen.«

»Und Sie, wurden Sie gemobbt? In der Schule?«

»Als lernbegieriges, fleißiges Mädchen hat man es nicht unbedingt leicht. Türkin zu sein macht die Sache nicht einfacher. Und Sie?«

»Ich wurde nicht gemobbt, nicht in der Schule. Ich wurde ausgegrenzt, ja, aber anders. Ich war immer der starke Kerl, mit dem man sich besser nicht anlegt, aber beliebt war ich nicht, keine Spur.«

»Und später?«

»Wie gesagt, ich war gut im Schleppen von Bierkisten und Möbeln. Wirkliche Freunde hatte ich nur ein paar.«

»Warum?«

»Geben Sie bei Google die Begriffe ungebildet, unpolitisch und ungehobelt ein, und Sie stoßen auf ein Bild von mir.«

»Sie sind nicht ungebildet.«

»Sagen wir, ich bin nicht mehr so dumm wie früher.«

»Haben Sie sich für irgendetwas interessiert? Kunst? Politik?«

»Ich war vor allem damit beschäftigt, über die Runden zu kommen. Und mich zu betrinken und zu kiffen. Manchmal haben mich Freunde zu einer Demo mitgeschleppt.«

»Warum sind Sie mitgegangen? Unpolitisch, wie Sie waren.«

»Da konnte ich meine Wut ablassen.«

»Ich glaube, ich habe Sie das schon mal gefragt … Aber auf wen waren Sie wütend?«

»Auf die Welt. Auf das Leben.«

»Zwei mächtige Gegner.«

»Hab ja auch verloren.«

»Erinnern Sie sich, wogegen genau Sie demonstriert haben? Oder sind Sie bloß mitmarschiert?«

»Lassen Sie mich überlegen … Startbahn West. Ronald Reagan. Südafrika. Gegen die waren wir. Gegen Gorleben auch, also das Endlager. Aber auf die Straße bin ich vor allem, weil ich irgendwie … dazugehören wollte.«

»Zeitung haben Sie nicht gelesen, nehme ich an.«

»Ab und zu habe ich im Radio etwas aufgeschnappt. Als ich zum ersten Mal von einem Nato-Doppelbeschluss gehört habe, habe ich Nahtod-Doppelbeschluss verstanden. Ich dachte lange Zeit, die Rote Bibel von Mao sei die chinesische Ausgabe unserer Bibel.«

…

»Sind Sie noch dran?«

»Ja.«

»Ein Mitbewohner in der WG hat mir erzählt, RAF bedeute Revolutionäre Antifaschisten, und ich habe ihm geglaubt.«

»Sie waren jung, Sie hätten sich informieren können.«

»Ich habe mich lieber darüber informiert, wo es das beste Gras zu kaufen gab. Oder wie ich ein paar Flaschen Bier schnorren konnte.«

»Keine Ambitionen? Ziele, Träume?«

»Möglichst reibungslos durchs Leben gleiten, das fand ich erstrebenswert.«

»Wirklich? Als Sie ein Kind waren, gab es da nichts, was Sie mal werden wollten?«

»Doch. Bauer. Das wollten wir, glaube ich, alle werden. Weil wir uns nichts anderes vorstellen konnten.«

»Empfinden Sie es als schlimm, dass Ihnen diese Möglichkeit genommen wurde?«

»Schwer zu sagen. Mein Leben wäre anders verlaufen. Unsere Leben wären anders verlaufen.«

»Besser?«

»In meinem Fall tippe ich auf Ja.«

»Weshalb?«

»Weil ich wurde, was ich bin.«

»Und was ist das, Ihrer Meinung nach?«

»Jedenfalls kein Bauer.«

»Sondern?«

»Sie haben mich gesehen. Raten Sie mal.«

»Ich bin gut im Fragen, nicht im Raten.«

»Ich bin Alkoholiker.«

…

»Elif? Sagen Sie nicht, Sie hätten das nicht gewusst.«

»Geahnt.«

»Geahnt? Sie sind Journalistin. Sie haben für eine Reportage über Pegida einen Preis bekommen, und die Jury meinte, dass Sie über einen genauen und unerbittlichen Blick verfügen.«

»Sie wissen von dem Preis? Haben Sie etwa nachgeforscht?«

»Lenken Sie nicht ab. Ich bin ein fünfzigjähriges, ein Meter sechsundachtzig großes, vom Suff gezeichnetes Wrack. Wo war Ihr unerbittlicher Blick, als wir uns vor einem Monat gegenübersaßen?«

»Mein Blick kann auch mild sein.«

»Sie haben alles gelesen, was jemals über mich geschrieben wurde. Die Vermutung, ich sei mittlerweile abstinent geworden, liegt nicht gerade nahe.«

»Sie haben an dem Abend Tee getrunken.«

»Wäre ich nicht nüchtern gewesen, hätte ich Ihnen möglicherweise von Dingen erzählt, die ich Ihnen gar nicht erzählen wollte.«

»Was für Dinge?«

»Netter Versuch.«

»Dann sind Sie jetzt nüchtern?«

»Ja. Noch bin ich es.«

»Und nachdem unser Gespräch zu Ende ist?«

»Werde ich trinken.«

»Weil Sie müssen?«

»Ich rede mir seit Jahren ein, diese Entscheidung jedes Mal freiwillig zu treffen.«

…

»Wollen Sie für heute Schluss machen? Wie spät ist es?«

»Gleich halb sieben. Nein, lassen Sie uns weiterreden. Wenn Sie mögen.«

»Sind Sie in der Redaktion? Ich höre gar nichts im Hintergrund.«

»Ich bin zu Hause.«

»Leben Sie alleine?«

»Wie indiskret.«

»Neugierig trifft es meiner Meinung nach eher.«

»Ich lebe mit jemandem zusammen.«

»Wer ist der Glückliche?«

»Warum glücklich?«

»Er hat jemanden zum Reden.«

»Sein Name ist Hobbes.«

»Hops?«

»Hobbes. Ein englischer Name.«

»Ihr Freund ist Engländer?«

»Kater.«

...

»Sind Sie verwirrt?«

»Sie haben keinen Freund, sondern einen Kater.«

»Der Kater *ist* mein Freund.«

»Sie leben also zu zweit.«

»Genau.«

»Warum Hobbes?«

»Der Tiger aus Calvin und Hobbes, meinem Lieblingscartoon.«

...

»Bin ich jetzt wieder an der Reihe mit Fragen?«

»Gleich. Eine noch. Warum kein Freund? Also Partner. Mensch. Mann.«

...

»Geht mich nichts an, ich weiß.«

»Doch, doch, natürlich. Ich löchere Sie ja auch ständig. Ich war nur am Überlegen. Die Antwort lautet, glaube ich: keine Zeit. Der Beruf ging immer vor. Außerdem ist Hobbes sehr eifersüchtig.«

»Beruf vor Privatleben. Was für ein Klischee.«

»Ich bin ein wandelndes Klischee. Die geborene Türkin, die es als Kind im fremden Land nicht leicht hat, es allen zeigen will und mit viel Fleiß und Ehrgeiz zur respektablen Journalistin wird, ihr Privatleben aber vernachlässigt und irgendwann einsam sterben wird.«

»Sie haben doch Familie.«

»Meine Mutter, mein Bruder und meine Schwägerin sind zurück in die Türkei, schon vor vielen Jahren. Und mein Vater ist zweitausendeins gestorben.«

»Freunde? Kollegen?«

»Klar. So schlimm ist es nicht.«

»Dann bin ich ja beruhigt.«

…

»Jetzt wieder Sie.«

»Gut. Wo waren wir?«

»Sie konnten kaum glauben, wie unpolitisch ich war.«

»Und dass Sie Alkoholiker sind.«

»Das eine führte zum anderen.«

»Wie das?«

»Ich habe mich für nichts eingesetzt, habe für nichts gekämpft. Ich konnte laut schreien, egal was, ich habe alles nachgebrüllt. Noch besser konnte ich Joints drehen und den Biervorrat sichern. In meiner WG war ich ziemlich beliebt.«

»Wo war das?«

»Ich bin dauernd umgezogen. Karlsruhe. Bremen. Düsseldorf. Kiel. Hamburg. Oft bin ich einfach den anderen hinterhergereist.«

»Warum?«

»Ich dachte, das seien meine Freunde.«

»Haben Sie gearbeitet?«

»Klar, das musste ich ja. Bau. Fabrik. Umzüge. Einmal als Kellner, aber nur für ein paar Tage. Das war zu nah an der Quelle.«

»Wie waren Sie als junger Mann?«

»Zugedröhnt und weggetreten.«

»Ach, kommen Sie, da muss doch mehr gewesen sein. Hatten Sie Freundinnen?«

»Nichts Festes.«

»Heiraten? Familie? Nachwuchs? Nie daran gedacht?«

»Sie?«

»Ich habe zuerst gefragt.«

»Die Leute, mit denen ich zusammen war, haben das bürgerliche Leben verachtet. Ehe, Haus, Kinder, ordentlicher Beruf, Auto, drei Wochen Urlaub, das fanden die spießig, das war reaktionär.«

»Und Sie? Fanden Sie das auch?«

»Ich war faul und ziellos, mir kam diese Denkart entgegen.«

»Gibt es etwas aus dieser Zeit, das Sie für erwähnenswert halten? Etwas, das Sie getan haben? Vor der Rettung der acht Männer?«

»Ich habe mal eine leere Bierdose von der Straße aufgehoben und in einen Abfalleimer geworfen, da war ich etwa fünfundzwanzig.«

»Jetzt kokettieren Sie mit Ihrer jugendlichen Lethargie.«

»Ich habe eine Frau geschwängert.«

»Dann sind Sie Vater?«

»Sie wollte das Kind nicht.«

»Und Sie? Wollten Sie es?«

»Unwichtig. Ihr Bauch gehörte ihr. So habe ich es gelernt.«

»Wann war das?«

»Siebenundneunzig.«

»Da waren Sie … neunundzwanzig.«

…

»Beim nächsten Mal würde ich gerne mehr über die Kindheit in Winnipeg erfahren.«

»Beim nächsten Mal? Müssen Sie weg?«

»In die Redaktion, einen Artikel fertigschreiben. Ich werde wahrscheinlich die halbe Nacht durcharbeiten.«

»Ich könnte Sie besuchen. Kaffee mitbringen.«

»Keinen Wein?«

»Besser nicht.«

»Ein andermal, vielleicht.«

»Hops wird sich einsam fühlen.«

»Wie Sie.«

»Auf mich warten ein paar Freunde aus Rioja.«

…

»Elif?«

»Passen Sie auf sich auf, ja?«

»Ja.«

»Ich rufe Sie wieder an.«

»Das hoffe ich doch.«

»Ja? Das finde ich schön.«

»Bis dann also.«

»Bis dann.«

…

»Gute Nacht.«

»Gute Nacht.«

LEANDER
Kapitel XI

Aussichten

Lutz Beerbaums Mutter hatte mit dreiundsechzig Jahren noch einmal geheiratet und hieß jetzt Saeed. Ihr Mann Samir, ein irakischer Literaturprofessor und Übersetzer aus dem Arabischen ins Deutsche und Englische, war nach dem zweiten Putsch der Baath-Partei aus Karbala geflohen und zu einem entwurzelten, unglücklichen Menschen geworden, der nur nicht ganz und gar in Traurigkeit versank, weil er sich in seinem Leben im Exil die Liebe bewahrt hatte, das Lesen und das Schreiben. Für sein leibliches und seelisches Wohl sorgte seine Frau mit kurdischen Speisen und ihrer trotz allem erlittenen Kummer unerschütterlichen Zuversicht, die Bedürfnisse des Geistes stillte der Zweiundsechzigjährige in der Einsamkeit eines umgebauten Gartenhäuschens, wo er arabische Zigaretten qualmte, Bücher las und Gedichte schrieb, von Verzweiflung und Verklärung geprägte Oden an seine alte Heimat, die für immer verloren war.

Wilma Saeed, geborene Rademacher, verwitwete Beerbaum, war ein verschlossenes Kind gewesen, und vielleicht lag es an dieser Zeit des Schweigens und Alleinseins, dass sie im Erwachsenenalter eine Form von Exzentrik entwickelte, die sich in einer zwischen Trübsal und Überschwang pendelnden Gemütslage und einer bizarren Tierliebe äußerte.

Mit vierundzwanzig, als ihre beiden prägenden Wesenszüge, emotionale Zugeknöpftheit und Überspanntheit, dabei waren, eine unheilvolle Verbindung einzugehen, heiratete sie Max Beerbaum und brachte sechs Monate später Lutz zur Welt. Da tobte der Krieg seit zwei Jahren, und als das Morden und die Zerstörung zu Ende schienen und die Fabrik wie durch ein Wunder nicht in Trümmern lag, kletterte Wilma mit dem Jungen aus dem Keller, in dem sie fast zwei Monate lang ausgeharrt hatten, klopfte sich den Staub aus den Kleidern, winkte den britischen Soldaten zu und nahm sich vor, von nun an in geheizten Zimmern zu wohnen, regelmäßig zu essen und sauberes Wasser zu haben und nie mehr Angst, lebendig begraben zu werden.

Sie war drei Jahre lang Max Beerbaums Sekretärin gewesen und konnte auch nach der Hochzeit nicht sagen, ob sie ihn liebte, genauso wenig wie sie wusste, warum er sie zur Frau genommen hatte. Wahrscheinlich aus Pflichtgefühl, nachdem sie von ihm schwanger geworden war, dachte sie, und dass die Menschen im Krieg seltsame Dinge taten, sich ewige Treue schwören etwa, während ringsherum Bomben fielen. Manchmal stellte sie sich vor, jemand zu sein, mit dem man gerne zusammen war, jemand, der als ausgeglichen galt, als zugewandt und mitteilsam, aber so, das wusste sie, war sie nicht. Dann sagte sie sich, dass sie nun mal nicht aus ihrer Haut konnte und dass Max Beerbaum sie schließlich gewollt hatte, vielleicht nicht als Ehefrau, aber immerhin für ein paar Nächte in seiner verdunkelten Wohnung, wo sie sich gegenseitig Trost gespendet hatten, er ihr wegen ihres zur Wehrmacht eingezogenen Bruders, sie ihm, weil er befürchtete, die Fabrik zu verlieren, nachdem ein Nachbar ihn bei der für Rassenfragen und *den Schutz des deutschen Blutes* zuständigen Behörde als Juden oder zumindest als Judenfreund gemeldet hatte, eine Anschuldigung, die damit gerechtfertigt wurde, dass er zwei jüdische Arbeiter beschäftigte.

Max Beerbaum hatte sich monatelang darum bemüht, jeden Verdacht, er könnte die falschen Vorfahren haben, aus der Welt zu schaffen, indem er Ahnentafeln, Geburtsurkunden, Briefe und Zeitungsartikel zusammentrug, aus denen unstrittig hervorging, dass sein Vater, Josef Klaus Heinrich Beerbaum, geboren 1886 in Bremen, ein Cousin Friedrich Beerbaums war, des Dresdner Bergbauunternehmers und Erfinders einer

Tunnelbaumethode, die als *Beerbaum-Verfahren* Bekanntheit erlangt hatte. Erst nachdem er diese familiäre Verbindung nachweisen konnte, ließ man ihn endlich in Ruhe und sah davon ab, ihm weiterhin mit der Enteignung seines Betriebes und Schlimmerem zu drohen. Worauf das Reichskriegsministerium aber nicht verzichtete, war die *Entfernung* der Arbeiter Goldschmidt und Kepler sowie die Abstellung eines seiner Beamten in der Firma, der dafür sorgte, dass die Produktion ausgebaut und den Bedürfnissen der Zeit angepasst wurde, was bedeutete, dass ab 1941, Lutz Beerbaums Geburtsjahr, neben Gullydeckeln und Ofentüren auch Panzerketten und Haubitzenteile hergestellt wurden.

Nur zwei Jahre nach dem Krieg zog die Familie Beerbaum aus ihrer einfachen Behausung mit drei Zimmern in eine für damalige Verhältnisse geradezu luxuriöse Fünfzimmerwohnung, die nach Kleister und Farbe roch und nach Vergessen und einer rosigen Zukunft. Dafür, dass er solche Veränderungen herbeiführen konnte, liebte Wilma ihren Mann, nicht im romantischen Sinn zwar, aber auf dankbare und schuldbewusste Weise, wie die Menschen um sie herum amerikanische Musik und Süßigkeiten liebten. Ihren Sohn liebte sie ebenfalls, aber auch diese Gefühle verbarg sie so geschickt, dass der Siebenjährige nicht viel davon zu spüren bekam. Elterliche Liebe wurde im Hause Beerbaum nur in sehr geringen Dosen verabreicht, meistens in ihrer abgeschwächten, rationalen Form von Lob und Ermunterung, pflichtschuldigem Mitgefühl und unbeholfenen Floskeln des Trosts. Zärtlichkeiten beschränkten sich auf einen vorsichtigen Umgang mit Lutz als Säugling, verhaltenes Schulterklopfen nach guten Leistungen in der Schule und seltene Umarmungen an Geburtstagen, nach bestandenen Prüfungen und zum Jahreswechsel. Gestreichelt wurden, wenn überhaupt, nur Tiere, und auch die ausschließlich von Max Beerbaum, der jedoch eher einem Reflex als einem inneren Bedürfnis nachgab, wenn er während der Zeitungslektüre abwesend einen Katzenrücken kraulte oder beiläufig einen Hundekopf tätschelte. Bereits als Kind hatte Lutz sich gefragt, wie er wohl gezeugt worden war in dieser Verbindung, in der tunlichst die Finger voneinander gelassen wurden, und irgendwann hatte er sich mit der ebenso beruhigenden wie bestürzenden Fantasievorstellung beholfen, in der aus seinen Eltern in der Parallelwelt ihres gemeinsamen Schlafzimmers ganz normale, halbwegs leidenschaftliche Menschen wurden, die sich, vor den Blicken des Sohnes und der Nachbarn verborgen, nackt auszogen und, wenn schon nicht aus Lust und Liebe, dann doch immerhin aus ehelichem Pflichtbewusstsein miteinander vereinigten.

Natürlich war er geschwisterlos geblieben. Vielleicht, so hatte er als Kind vermutet, war er unabsichtlich zustande gekommen, aufgrund eines Versehens oder *Unfalls*, dessen Einzelheiten er sich lieber nicht ausmalte. Möglicherweise hatte seine Mutter etwas praktiziert, das man Verhütung nannte, und es war schiefgelaufen und er das ungewollte Resultat dieses Malheurs, ungewollter als jedes Haustier, das in ihrer Wohnung in Bochum-Nord lebte. Später, im Erwachsenenalter, hatte er sich gesagt, dass es egal war, warum es ihn gab, ob seine Eltern ihn so geplant hatten, wie sie die abenteuerliche und kostspielige Anschaffung des Chinchillapärchens ein Jahr nach seiner Geburt geplant hatten, oder ob ein falsch berechneter Zyklus, eine im Alkoholrausch außer Kontrolle geratene Silvesternacht oder ein geplatztes Kondom, falls ein so dubioses Produkt in der Beerbaumschen Welt überhaupt existierte, der Grund für sein Vorhandensein war. Unwichtig schien ihm auch die Beantwortung der Frage, warum seine Mutter die Unannehmlichkeiten der Schwangerschaft und die Schmerzen der Geburt auf sich genommen hatte, obwohl sich herausstellte, dass sie für ihr eigenes Kind so wenig übrig hatte wie für fremde und dass sie die Sprechversuche eines Wellensittichs mit ungleich größerem Interesse verfolgte als die ersten Worte des Wesens, das sie schreiend und zeternd aus sich herausgepresst hatte.

Doch so demütigend die Vernachlässigung durch die Eltern ihm als kleiner Junge erschien, so erhellend war für ihn Jahre später die Erkenntnis, dass es durchaus auch seine Vorteile hatte, ein kaum beachtetes Einzelkind zu sein, weil man nämlich kaum kontrolliert und zurechtgewiesen wurde und man nichts teilen und keine abgetragenen Kleidungsstücke übernehmen und sich mit keinem Bruder und keiner Schwester um das Quäntchen Aufmerksamkeit balgen musste, das die Eltern hin und wieder erübrigen konnten. Sogar die Tatsache, dass ein Holzsplitter in der Pfote eines zur Familie gehörenden Siamkaters für mehr Aufregung sorgte als ein ausgeschlagener Schneidezahn beim eigenen Sohn, erwies sich als Glücksfall, denn so kam Lutz in den Genuss von Freiheiten, von denen ein umhegtes, ständig beaufsichtigtes und verhätscheltes Kind nur träumen konnte.

Mit zwölf blieb Lutz bis zehn Uhr nachts draußen, weil der Vater noch in der Firma saß und die Mutter gerade einen Kurs besuchte und Englisch lernte oder wie man Papier schöpft, mit vierzehn zog er bis morgens in der Frühe um die Häuser und verbrachte regelmäßig halbe Nächte in der Wohnung eines achtzehnjährigen Freundes, der als Gehilfe des Kulissenmalers beim Theater arbeitete, und mit fünfzehn rauchte er und trank Alkohol und verlor seine Unschuld bei einer Prostituierten, die er mit aus den Portemonnaies seiner Eltern gestohlenem Geld bezahlte und über deren Bett eine gerahmte Fotografie Konrad Adenauers hing.

Wenige Wochen nach seiner Entjungferung zogen seine Eltern mit ihm von der Mietwohnung in eine Neunzimmervilla im benachbarten, von den Luftangriffen nur wenig betroffenen Herne, wo die Hunde und Katzen Auslauf und die Schildkröten ein Gehege hatten, nachts die Stille auf die Seele drückte und die unterkühlten Umgangsformen zwischen den Eheleuten von Woche zu Woche frostiger wurden. Lutz betrachtete die sich anbahnende Trennung seiner Eltern mit der Distanz des ewigen Herumtreibers und der insgeheimen, von einem schlechten Gewissen durchdrungenen Genugtuung eines vernachlässigten Kindes. Der Umzug mit dem zwangsläufigen Schulwechsel hatte gegen seinen Willen stattgefunden, und als die Villa sich schon nach kurzer Zeit vom neuen Zuhause in den Schauplatz eines immer verbissener geführten Ehekrieges verwandelte, wurde aus seiner Wut Hass, der sich gegen alle und alles richtete, gegen die Eltern und den *hässlichen alten Klotz*, gegen *die Viecher* und die Schule und die ganze Stadt, die er ziellos und fiebrig durchstreifte und der er ein Erdbeben und den Untergang wünschte, weil sie nicht seine Stadt war, nicht das abenteuerliche, verruchte Bochum, auf dessen vom gröbsten Schutt befreiten Straßen er jederzeit einem der Mädchen aus der ehemaligen Nachbarschaft in die Arme hätte laufen und herausfinden können, ob sie ihn vermissten.

Sein Vater bezog eine Zweizimmerwohnung in der Nähe der Fabrik, einem Brief an seinen Sohn zufolge *nur für so lange, bis zwischen mir und deiner Mutter wieder alles in Ordnung ist*. Nach der Trennung, die Wilma und er mit trotzigem, halbherzigem Optimismus als vorübergehend bezeichneten, blieb er abends noch länger in seinem nur durch eine verstaubte Glasscheibe von der Werkshalle getrennten Büro, las Bücher, die, so kam es ihm vor, erst gestern noch auf riesigen Haufen verbrannt worden waren, und hörte Opernmusik aus dem Lautsprecher eines Koffergrammofons. Ein einziges Mal besuchte Lutz seinen Vater in dessen Wohnung. Zuerst wollte er nicht hin, aber dann überwand er sich doch und fuhr mit der Bahn nach Bochum und von dort in einem Taxi nach Querenburg im Süden der Stadt. Es war sein sechzehnter Geburtstag, und wie in jedem Jahr, seit er zehn war, lud ihn sein Vater zum Essen ein, eine Tradition, mit der beide nicht brechen wollten, schon gar nicht jetzt, wo das wenige, das sie noch verband, zu verschwinden drohte. In einem Lokal, an dessen Wänden noch die alte Karnevalsdekoration hing, aßen sie panierte Schnitzel, laut Eigenwerbung die größten im ganzen Ruhrgebiet, und zum Nachtisch einen Eisbecher. Sie redeten nicht viel, und wenn, dann über das Essen, die Schule oder Lutz' Pläne für sein weiteres Leben, wobei Lutz für sich behielt, dass er Schauspieler werden wollte, Theaterregisseur oder Dramaturg.

Später gingen sie zu Fuß zur Wohnung seines Vaters. Lutz hatte sein angeblich allererstes Bier getrunken und tat so, als sei er leicht beschwipst. Sein Vater hatte ihm vor dem Essen einen Umschlag mit einem Geldbündel über den Tisch zugeschoben und gesagt, in seiner Wohnung warte ein weiteres Geschenk. Dort angekommen, ging Lutz aufs Klo, und nachdem er sich eingeschlossen und die Blase entleert hatte, sah er sich in dem engen, nur von einer Lampe über dem Spiegelschrank erhellten Raum um, berührte den Rasierpinsel und die Haarbürste seines Vaters und empfand plötzlich eine große, brennende Liebe zu dem Mann, der in diesem Loch hauste und innerhalb weniger Wochen um Jahre gealtert schien und der auf der anderen Seite der Tür stand und aufgeregt war wegen des Geschenks, das er inzwischen aus dem zweiten Zimmer geholt haben musste. Als er aus dem Bad kam, erwartete sein Vater ihn mit einem fabrikneuen Zündapp-Kraftrad, dessen schwarzer Lack sich im grauen Linoleumboden spiegelte und an dessen Lenker ein silbern glänzender Helm und eine Brille hingen, wie Flieger sie trugen. Sein Vater strahlte und schwenkte seinen ausgestreckten rechten Arm hin und her und ließ die Schlüssel an seinem Zeigefinger leise klimpern.

Keine drei Monate später brachte Max Beerbaum sich um. Die ersten Arbeiter fanden ihn eines Montagmorgens tot am Boden der Werkshalle, aus acht Metern Höhe von der Leiter gestürzt, die er auf der Galerie aus gelochtem Blech vor seinem Büro aufgestellt hatte, um eine Glühbirne auszuwechseln. Die ermittelnden Polizeibeamten waren sich rasch darin einig, dass es sich um einen Unfall handelte, und der Gerichtsmediziner schrieb die Todesursache in seinen über jeden Zweifel erhabenen Bericht: Schädelbruch und innere Verletzungen. Wilma und Lutz aber glaubten es besser zu wissen, denn einen Tag vor seinem Tod hatte Max Beerbaum einen Brief mit den Worten *Meine liebe Frau, mein lieber Sohn, diese Zeilen zu schreiben fällt mir unendlich schwer* begonnen, abgebrochen und in den Papierkorb seines Büros geworfen, was Wilma und Lutz in ihrer Ahnung bestätigte. Wilma glaubte auch den Grund zu kennen, warum ihr Mann diesen Brief nicht zu Ende geschrieben hatte: Bei Selbstmord zahlte die Lebensversicherung nicht.

Ob das Zerwürfnis mit seiner Frau, die Angst vor dem Alleinsein, die sich anbahnenden geschäftlichen Schwierigkeiten oder die nach dem Krieg nie wieder erwähnte Deportation Josef Goldschmidts und Fritz Keplers und ihrer Familien der Grund für den Freitod seines Vaters gewesen war, wusste Lutz nicht. Vielleicht, dachte er später manchmal, wenn er eine Fotografie seines Vaters betrachtete, ein lächelndes Gesicht neben einem Säuglingskopf mit baff glotzenden Augen, war Maximilian Rudolf Beerbaum den Aufgaben, vor die ihn die von den Eltern geerbte und stets als Last empfundene Fabrik, die unfreiwillig eingegangene Ehe und die nie angestrebte Vaterschaft gestellt hatten, nicht gewachsen gewesen. Vielleicht hatte er seine Landsleute mit fassungslosem Staunen dabei beobachtet, wie sie aus den Trümmern des Ewigen Reiches gekrochen und sogleich an Amnesie erkrankt und zur Wiederbewaffnung bereit waren, und hatte nicht mehr länger Zeuge seines eigenen menschlichen Scheiterns und der kollektiven Heraufbeschwörung einer grandiosen Zukunft sein wollen.

Wilma Saeed behauptete gerne, sie habe aufgrund der Entbehrungen im Krieg und während der Mutterschaft keine Zeit gehabt, sich Bildung anzueignen, was gar nicht stimmte, denn sie hatte immer viel gelesen, vorwiegend Zeitungen und Zeitschriften sowie Fachliteratur über Hunderassen, Katzenzucht und die Haltung exotischer Vögel und Reptilien. Zudem hatte sie ab 1946 Kurse an der Volkshochschule und im British Information Centre besucht und beherrschte seither ein rudimentäres Latein und ein passables Englisch. Als Lutz achtzehn und sie eine Witwe Anfang vierzig ohne Heiratsabsichten war, verließ sie für ein halbes Jahr kaum das Haus, um alle dreizehn Bände *Brehms Tierleben* zu lesen, in den Siebzigerjahren eignete sie sich genug Wissen in Betriebswirtschaft an, um 1981 einen eigenen Verlag zu gründen und die Bücher des Mannes zu veröffentlichen, den sie ein Jahr zuvor geheiratet und, ihrer Auslegung der Fakten zufolge, *vor dem Tod durch Heimweh bewahrt* hatte. Die Fabrik samt bescheidenem Fuhrpark und Grundstück hatte sie nur Monate nach Max Beerbaums Suizid mit ansehnlichem Gewinn verkauft und zudem eine beträchtliche Summe von der Versicherungsgesellschaft erhalten, alles in allem so viel, dass sie auf sehr lange Sicht keine Geldsorgen haben würde und neben den zahlreichen Haustieren auch ihren Germanistik und Theaterwissenschaften studierenden Sohn unterstützen konnte, ohne zu verarmen.

Natürlich unterstützte sie ihren Sohn, finanzierte sein Studentenleben und die von ihm *Bildungsreisen* genannten Ferien in Frankreich und Italien. Obwohl er die Universität nach zwei Jahren verließ, kaufte sie ihm einen VW-Käfer, mit dem er nach München fuhr, angeblich um in einem Theater zu arbeiten, und ließ ihn wieder in der Villa wohnen, als er fünf Monate später vor ihrer Tür stand, abgebrannt und frustriert und an einer Geschlechtskrankheit laborierend. Zwei der neun Zimmer hatte sie für ihn freigehalten, im einen schlief er und im anderen lagerten seine Habseligkeiten, Bücher und Schallplatten, Kisten mit Wintermänteln und Wollhosen und Lederstiefeln, Requisiten und Kostüme vom Studententheater, Schuhkartons voller Fotos, weil er für lange Zeit außer Stückeschreiber, Regisseur oder Schauspieler auch Fotograf hatte werden wollen, eine mechanische Schreibmaschine und zusammengeschnürte Bündel aus Theaterstücken, die er geschrieben, herumgeboten und schließlich der Abstellkammer übergeben hatte, um sie dort aufzuheben, bis die Zeit für seine, Lutz Beerbaums Auslegung des Begriffs *Zeitgenössisches Theater* reif war.

Zwei Zimmer und bei Bedarf ein warmes Essen: Darauf durfte ihr Sohn jederzeit zählen, aber nicht darauf, dass sie ihm half, Max Beerbaums Erbe zu verjuxen. Nach dem Tod ihres Mannes hatte Wilma ihre Mutterpflichten zumindest auf dem Papier erfüllt und alle rechtlichen und testamentarischen Vorgaben befolgt, und sie war bereit, die zu erwartenden Flausen ihres Sohnes zu tolerieren und ihm stets ein Dach über dem Kopf zu gewähren, solange er nicht zum Kommunisten, Verbrecher oder beidem wurde und sich irgendwann eine Arbeit suchte, die mehr war als ein alberner und brotloser Zeitvertreib. Bereits 1962, als Lutz volljährig geworden war und darauf bestanden hatte, über seinen Teil der Erbschaft selbst verfügen zu dürfen, hatte sie ihm diese Forderung verwehrt, weil Max Beerbaum es in weiser Voraussicht und im Wissen um die Sorglosigkeit seines Sohnes anders bestimmt hatte. Auch später änderte sie ihre Haltung nicht, weder wenn Lutz sie anbettelte noch wenn er ihr vorwarf, sie selbst gehe äußerst leichtsinnig mit dem Familienvermögen um, etwa indem sie sich ein Pferd zugelegt habe, das in einem Stall in der Eifel stehe, wenn es nicht gerade auf einer Rennbahn einem Preisgeld hinterherhetze, als wittere es das bei anhaltender Erfolglosigkeit drohende Schlachthaus, oder indem sie aufgrund obskurer Informationen Wertpapiere kaufe und an der Börse spekuliere oder sich ständig neue Haustiere anschaffe, eine überzüchtete, mehr als tausend Mark teure Katze zum Beispiel, die so hässlich sei, dass sie, Lutz' Ansicht nach aus Scham, im Keller lebe und nur nachts ins Freie gehe, wo sie bis auf einen leer gefressenen Futternapf und die Federn getöteter Vögel keinerlei Spuren hinterlasse.

Erst als Lutz achtundzwanzig und Wilma des Streitens müde geworden war, gab sie nach und gewährte ihm Zugriff auf die verbliebene Summe, worauf er alles innerhalb von sieben Jahren in verschiedene Projekte investierte, deren Gemeinsamkeit es war, im Ruin zu enden, einschließlich der Ehe mit einer Schauspielerin, deren seelische Labilität Wilma bei der ersten Begegnung erkannte, weil die Frau ihr so ähnlich war. Beschämt über seine Unfähigkeit, ein Theaterstück zu verkaufen, ein Off-Off-Theater, ein Kellerkino oder auch nur eine Bar zu führen, geschweige denn länger als ein Jahr verheiratet zu sein, ohne fremdzugehen, zog Lutz Beerbaum sich, mittlerweile fünfunddreißig, frisch geschieden und pleite, aus der unbarmherzigen, für seine bahnbrechenden Ideen noch längst nicht bereiten Welt der Kultur zurück und verbrachte die nächsten vier Jahre damit, seine rhetorischen und schriftstellerischen Fähigkeiten als Moderator eines Lokalradiosenders unter Beweis zu stellen, als Autoverkäufer, als Redakteur einer Apothekenzeitschrift und als Mitarbeiter im Kundendienst einer Supermarktkette, wo er Briefe beantwortete, in denen Leute sich über Schrauben und Heftpflaster in Marmeladengläsern und unfreundliche Kassiererinnen beschwerten und eine schriftliche Entschuldigung der Konzernleitung verlangten, manchmal auch drakonische Strafen für die Verantwortlichen.

Dann wurde Lutz Beerbaum neununddreißig und erschrak über diese Zahl und darüber, dass er nichts erreicht hatte, nichts Nennenswertes jedenfalls, sah man vom Schwängern einer neunzehnjährigen Maskenbildnerin und der Übernahme der Abtreibungskosten einmal ab. Kein mit dem Geld seines toten Vaters angeschobenes Vorhaben war auch nur annähernd erfolgreich gewesen, keinen seiner im jugendlichen Feuer geschmiedeten Pläne hatte er in die Tat umgesetzt. Er hatte nichts vorzuweisen, wenn überhaupt, war er als Schürzenjäger zur lokalen Berühmtheit geworden, als der großspurige Kerl, der geerbt hatte und dem man ein paar Scheine aus der Tasche ziehen konnte, am besten noch bevor er unterging. Er war die Null, die bald hinter der Vier seines Alters stand, so lautete seine Bilanz, als er nach der Geburtstagsfeier, die er mit Kollegen vom Kundendienst und heftigem Trinken verbracht hatte, allein nach Hause trottete, in eine dunkle Zweizimmerwohnung in Bremen-Borgfeld, wo er eine angebrochene Flasche Cognac leerte und auf dem Sofa einschlief, um am nächsten Tag so verkatert wie ernüchtert aufzuwachen und noch vor der ersten Tasse Kaffee den kompletten Wortlaut seiner Kündigung bei der Supermarktkette vor sich hin zu flüstern, als betete er zum ersten Mal in seinem Leben.

Er löste sein Bankkonto auf und fuhr mit viertausend Mark in der Tasche nach Herne, kroch noch einmal vor seiner Mutter zu Kreuze, bezog sein altes Zimmer und warf noch mehr Zeug in die Rumpelkammer seiner unerfüllten Träume. Samir hieß ihn herzlich willkommen, schien ihm verziehen zu haben, dass er der Hochzeitsfeier ferngeblieben war und seiner Mutter am Telefon gesagt hatte, er betrachte die Eheschließung als große Dummheit und weiteren Beweis für ihre an Geisteskrankheit grenzende Exaltiertheit. Lutz bemühte sich, selten zu Hause zu sein, fuhr mit dem inzwischen schrottreifen Käfer nach Bochum und Essen und traf sich mit alten Bekannten, denen er von seinem neuesten Projekt erzählte, einer *wirklich freien* Theatertruppe, die sich spontan und kurzfristig zusammenschließen, irgendwo intensiv proben, auf Tournee gehen und dann das nächste Stück in Angriff nehmen sollte. Viele, mit denen er reden wollte, waren angeblich zu beschäftigt, um ihn zu sehen, andere legten auf, sobald er seinen Namen nannte, und wieder andere, wenige, ließen sich auf ein Treffen ein und hörten ihm zu, unter ihnen Lothar Dietz, ein durch einen angeblich selbst gelegten Brand und die kassierte Versicherungssumme zu einem kleinen Vermögen gekommener ehemaliger Kneipenwirt, mit dem er vor einer gefühlten Ewigkeit um die Häuser gezogen war und dem mittlerweile ein Hotel, zwei Bars und ein Kleintheater gehörten, Letzteres weil er ein verhinderter Schauspieler mit einer unauslöschlichen Liebe zur Bühne war und sich ein Verlustgeschäft leisten konnte. Lutz brauchte einen Kredit von vierzigtausend Mark und einen Ort für die Erstaufführung, und Dietz versprach ihm, seine Geschäftspartner zu kontaktieren und sich dann zu melden.

Wilma weigerte sich, ihrem Sohn Geld zu leihen. Er dürfe die beiden Zimmer benutzen und mit ihr und seinem Stiefvater essen, das müsse genügen, beschied sie ihm. Wenn er die Absicht habe, seine Ersparnisse und das Darlehen *von diesen zwielichtigen Freunden* zum Fenster hinauszuwerfen, solle er das ohne ihre Mitwirkung tun. Er hasste sie dafür, dass sie das sagte, selbst wenn sie recht behalten und er mit seiner Idee scheitern würde, und er hasste sie auch dafür, dass ihre aus dem Bauch heraus getätigten Investitionen Gewinne abwarfen, egal, wie marode und undurchsichtig die Firma war, deren Aktien sie erwarb, oder wie oft Rosenkavalier sich blamierte, bevor er bei einem großen Rennen den Sieg holte. So viel Glück hatte seine Mutter mit ihren Geschäften, und so unglücklich war sie ihm dennoch immer vorgekommen, so kühl und sachlich und trotz allem Pflichtbewusstsein ihm und seinem Vater gegenüber so gleichgültig, als würde sie nur eine Schuld an ihnen abarbeiten, die sie sich mit der Schwangerschaft aufgeladen hatte. Man musste kein Psychologe sein, fand er, um zu sehen, dass mit ihr etwas nicht stimmte. Wilma

Beerbaum, dank einer weiteren ihrer Launen zu Wilma Saeed geworden, liebte es geradezu, das Leben als Mühsal zu betrachten, als Kampf, der mit dem Sieg des Todes endete, aber ebenso sehr liebte sie es, zu leben, davon war Lutz überzeugt, nur wusste sie das gut zu verbergen und gab all ihren Aktivitäten, jedem Sprach- und Töpfer- und Buchbindekurs den grauen Anstrich einer Bürde, einer Aufgabe, die es zu erledigen galt. In jedem gelesenen Buch, jedem aus Nachschlagewerken und Fachmagazinen erlangten Wissen und jeder für einen zertifizierten Nashornleguan, Abessinischen Sandterrier oder Rotflügelsittich hingeblätterten Mark sah diese Frau lediglich ein Zeichen des Widerstands gegen die Verheerungen der menschlichen Existenz, ein leises Aufbegehren im Angesicht der Beschwerlichkeiten und Schicksalsschläge, die es nach der Geburt mit Anstand und Würde zu ertragen galt bis zum Schluss, sofern man nicht feige war und sich vorher umbrachte, wie es ihr erster Mann getan hatte.

Wenn Lutz im Haus war, zog Samir sich immer schon frühmorgens in sein Gartenhaus zurück, um zu lesen und zu rauchen und zu schreiben, vor allem aber um der schlechten Stimmung zu entgehen, die zwischen seiner Frau und seinem Stiefsohn herrschte. An Wilmas Stelle hätte er Lutz die zehntausend Mark gegeben, geliehen oder geschenkt, er machte sich nichts aus Geld. Aber bei finanziellen Angelegenheiten lag die Entscheidungshoheit bei seiner Frau, und das war gut so. Sie wollte seine Gedichte in einem eigens gegründeten Verlag veröffentlichen, was mehr war, als er jemals zu hoffen gewagt hatte. Er hatte eine wunderbare Frau gefunden, dachte er, während er vor seiner Schreibmaschine saß, und dass Lutz schon zurechtkommen würde, jetzt, da seine Freunde ihm den Kredit gewährt hatten und er dabei war, mit dem Geld eine Theatertruppe zusammenzustellen und einen Bauernhof im Norden zu kaufen. Es würde für alle ein guter Sommer werden, dachte Samir, dann spannte er ein Blatt Papier in die Maschine und schrieb sein dreihundertstes Gedicht über Krieg und Flucht, Fremdheit und Schmerz.

Sieben Jahre später kündigte sich ein weiterer Sommer in Lutz Beerbaums Leben an, und alles sprach dafür, dass es ein guter wurde, ohne Zweifel besser als die von Rückschlägen und Enttäuschungen geprägten zuvor. Nach der Entdeckung der Aufzeichnungen in der ehemaligen

Kommune hatte er vergeblich versucht, den Verfasser oder die Verfasserin des Tagebuchs zu finden, hatte mehr als fünf Jahre damit zugebracht, Phantomen nachzujagen, Kindern, die nicht gefunden werden wollten und mithilfe der wenig auskunftsfreudigen Jugendämter untergetaucht waren oder, wie der arme Anton Matusek, nicht mehr lebten. Er hatte eine Privatdetektivagentur angeheuert, fünfhundert Mark Vorschuss bezahlt und als Gegenleistung ein paar ins Nichts führende Hinweise und eine Mappe mit Artikeln aus Illustrierten erhalten, hatte in mehreren Zeitungen Suchanzeigen aufgegeben und fotokopierte Zettel an Hausmauern, Bäume und Laternenpfähle geklebt, nur um nach einer Ewigkeit Ringo Eichhorn in einem besetzten Haus in Bremen zu treffen und von ihm beinahe die Treppe hinuntergeworfen zu werden.

Jetzt endlich begannen seine Bemühungen Früchte zu tragen. Er und Leander wohnten seit bald vier Monaten im Haus seiner Mutter und seines Stiefvaters in Herne, und die Vorbereitungen für die Veröffentlichung des Buches liefen nach Plan. *Geraubte Kindheit, Tagebuch aus der Kommune im Kampstedter Bruch* würde in wenigen Tagen erscheinen, die Reaktionen auf die Ankündigung waren überwältigend gewesen und die Aussichten auf einen literarischen Sensationserfolg äußerst vielversprechend. Der Verlag, die *Edition Euphrat*, den Wilma Beerbaum in einem Anflug von Selbstüberschätzung und Idealismus, vor allem aber aus Liebe zu Samir gegründet hatte, war bisher nur mit der Herausgabe der gesammelten Werke Samir Ahmad Saeeds in Erscheinung getreten, fünf edel gebundenen Bänden mit Lyrik, zweisprachig und begleitet von Illustrationen eines befreundeten Künstlers, der den Irak wenige Monate nach Samir verlassen hatte, um nicht in die Statistik der Gefolterten und Getöteten einzugehen. Die Bücher waren vom Feuilleton nicht beachtet worden, einzig ein paar Lokalblätter hatten die Besprechung eines freien Mitarbeiters abgedruckt, der sich mit der leidvollen Geschichte des Iraks jedoch besser auskannte als mit Gedichten und fast ausschließlich über Samirs Schicksal und das Tausender irakischer Intellektueller schrieb. Der Verein *Kulturwelt e. V.* hatte in Mühlheim an der Ruhr eine Buchpräsentation und Lesung organisiert, zu der nur ein halbes Dutzend Menschen erschienen war, obwohl man die Veranstaltung auf Plakaten mit *Der irakische Vergil im deutschen Exil* angekündigt und im Anschluss

Kaffee und arabische Süßspeisen gereicht hatte. Ein Jahr nach Erscheinen der fünf Bände lag die Zahl der verkauften Exemplare bei einhundertdreißig, eine Tatsache, die Wilma zwar bedauerlich, aber nicht beunruhigend fand und ihren Sohn in der Ansicht bestärkte, dass die alte Frau von Literatur und Geschäft keine Ahnung hatte und den Verlag früher oder später ruinieren würde, wenn man ihr nicht vorher das Ruder aus der Hand nahm.

Leanders Werk würde für mehr Umsatz sorgen, davon war Lutz Beerbaum überzeugt. Spätestens nach den zahllosen Interviewanfragen und Vorbestellungen von Buchhandlungen stand für ihn fest, dass *Geraubte Kindheit* das Zeug zum Bestseller hatte. Der Fund dieses Buches, das spürte er in den Eingeweiden, war der Glücksgriff seines Lebens, ein Sechser im Lotto. Leander Selbigs Tagebucheinträge, ergänzt mit Fotos, Dokumenten und seinen, Lutz Beerbaums, erläuternden Texten, würden die Leser ebenso erschüttern und begeistern wie die Geschichte von Christiane F., dem Kind vom Bahnhof Zoo, dessen Schicksal dem Verlag ein Vermögen eingebracht hatte. Dass es bei *Geraubte Kindheit* einen Unsicherheitsfaktor gab, nämlich das mangelnde Selbstbewusstsein seines Schützlings, beunruhigte ihn nur in geringem Maß, denn erstens übte er mit dem Jungen täglich die bevorstehenden Auftritte in der Öffentlichkeit, einschließlich Lesen vor Publikum, Beantworten von Interviewfragen und Umgang mit Verehrerinnen, und zweitens versprach er sich einiges von Emil Kronenberg, der vor zwei Tagen aus Berlin angereist war zwecks moralischer Unterstützung des angehenden Stars. Außerdem sagte Beerbaum sich, dass selbst ein Totalversagen Leanders, beispielsweise ein plötzliches Verstummen auf der Bühne, konfuses Daherreden oder gar ein Nervenzusammenbruch, kaum negative Auswirkungen auf das Geschäft haben würde, weil die Leute um die frühen freudlosen Jahre des Nachwuchsautors wussten und ihm seine Mängel großherzig zu verzeihen bereit wären, ja diese sogar von ihm erwarteten und geradezu enttäuscht wären, wenn das traumatisierte ehemalige Kommunenkind weltgewandt und mit breiter Brust vor sie träte.

Die hohe Wahrscheinlichkeit, dass Leander gar nicht der Verfasser des Tagebuchs war, bereitete Beerbaum kaum Kopfzerbrechen. Wer, sagte er sich, sollte denn schon an die Öffentlichkeit treten und seinen Autor des

Betrugs bezichtigen? Etwa Ringo Eichhorn, der jegliche Beteiligung an den Texten abgestritten und ihn aus dem illegal besetzten Haus gejagt hatte, in dem er mit seinen kiffenden und saufenden Freunden lebte? Oder Frida, von der niemand wusste, ob sie nun Schäfer oder Halm oder ganz anders hieß, und die unauffindbar, möglicherweise tot war, für immer von der Bildfläche verschwunden wie dieser bemitleidenswerte Anton Matusek, der sich ertränkt hatte? Und was, so redete er sich täglich ein, sprach eigentlich unumstößlich dagegen, dass nicht doch Leander Selbig der Autor des Tagebuchs war? Hatte man es hier vielleicht mit einem Dichter zu tun, der so empfindsam, menschenscheu und bescheiden war, dass er sein eigenes Werk verleugnete, um in Ruhe gelassen zu werden? Beerbaum gefiel diese Vorstellung sehr, und er arbeitete mit ganzer Kraft daran, sie zu verinnerlichen.

Nach drei Monaten in Beerbaums Schule des sicheren Auftretens war Leander Selbig zwar noch weit davon entfernt, sich in der Öffentlichkeit schlagfertig und geistreich oder auch nur entspannt zu bewegen, machte aber immerhin Fortschritte, die Anlass zu Hoffnung gaben. Um seinen Schützling auf die Konsequenzen seiner baldigen Berühmtheit vorzubereiten, hatte Beerbaum weder Kosten noch Mühen gescheut und war nicht einmal davor zurückgeschreckt, heimlich Laienschauspieler anzuheuern, die bei jedem Spaziergang am Rhein-Herne-Kanal und jedem Besuch in der Stadt respektlose Bewunderer mimten und den sensiblen Jungdichter bedrängten, ihm ein Exemplar der *Bibliothek des Versagens* mit den Auszügen aus dem Tagebuch hinstreckten und eine Unterschrift, einen Handschlag, ein Erinnerungsfoto oder einen Kuss einforderten. Diese inszenierten Begegnungen hatten nach und nach dafür gesorgt, dass Leander ein dickeres Fell bekam und solche dreisten Überfälle auf offener Straße ohne größere Schäden überstand. An den Abenden nach solchen Erlebnissen hatten sie sich auf eine Tasse Tee in der Küche getroffen und darüber gesprochen, wie Leander mit den Konfrontationen umgegangen war, und jeden Abend hatte Beerbaum seinen Schüler für dessen zunehmende Gelassenheit gelobt. Doch egal, wie Beerbaum es nannte, ob *Zuneigungsbekundung, Wunsch nach Nähe* oder *harmlose Autogrammjagd*, für Leander blieben diese Erlebnisse auf der Straße auch noch nach Wochen furchteinflößende Attacken wildfremder, zudringlicher und hemmungsloser Menschen.

Am Tag, an dem das Buch aus der Druckerei kam, gab es im Garten ein kleines Fest, bei dem mit Sekt auf das vollbrachte Werk und die zu erwartenden Erfolge angestoßen wurde. Beerbaum hatte ein paar Flaschen kalt gestellt und aus einem Delikatessengeschäft Häppchen liefern lassen, und als er im Beisein von Wilma, Samir, Emil und Leander eine Rede hielt, versagte ihm zwischendurch vor Ergriffenheit die Stimme. Etwas später stießen der Druckereibesitzer, der für die Buchgestaltung und den Verlagsprospekt zuständige Grafiker, ein Lokalreporter, die Präsidentin des Vereins *Kulturwelt* und ihr Mann sowie eine in Leander vernarrte siebzigjährige Nachbarin zu der Gesellschaft, und Leander musste sich auf Beerbaums Geheiß an einen kleinen Holztisch setzen und zehn Minuten lang Auszüge aus dem Buch vorlesen, was er mit so leiser und zittriger Stimme tat, dass Beerbaum sich mehrmals gezwungen sah, ihn zu bitten, lauter und deutlicher zu sprechen und hin und wieder den Kopf zu heben und ins Publikum zu schauen, wie er es in den drei zurückliegenden Monaten gelernt hatte.

Nachdem Leander das Buch zugeklappt hatte, gab es begeisterten Applaus und ein paar Bravorufe, dann wurden Hände geschüttelt und Gläser erhoben, und alle waren sich darin einig, dass sie gerade der inoffiziellen Taufe eines künftigen Bestsellers beigewohnt hatten. Beerbaum sonnte sich im Glanz seiner Entdeckung, legte besitzergreifend den Arm um Leanders Schulter und bremste diskret seine vom Sekt erhitzte, ungewohnt mitteilsame Mutter, die sich als Verlagschefin hervortat und den Gästen vollmundig erklärte, mit *Geraubte Kindheit* sei *ihrem Haus* ein großer Wurf gelungen.

»Ein Glücksgriff«, sagte sie und kniff Leander in die Wange, »der der Edition Euphrat zum Durchbruch verhelfen wird, nachdem man die Gedichte meines Mannes mehr oder weniger ignoriert hat.«

Samir Saeed, der nur Mineralwasser trank, zuckte mit den Schultern. »Lyrik«, sagte er lächelnd und mit rollendem R, »verkauft sich etwa so gut wie Kropfsalbe.« Er hatte sich in Schale geworfen und trug einen ockerfarbenen Anzug, ein weißes Hemd und einen weißen Strohhut, der ihm das Aussehen eines bolivianischen Kaffeeplantagenbesitzers verlieh.

»Kein Mensch hat heute noch einen Kropf«, sagte Frau Schneider, die Nachbarin, entschieden, beinahe empört. Sie war in ein weites pistaziengrünes Kleid gehüllt, das an der Hüfte von einem Gürtel aus rotem Samt zusammengeschnürt wurde, hatte ihre Mähne mit einer Art Turban aus bunten Stoffbändern gebändigt und mit zwei langen Pinseln fixiert, als wolle die ehemalige Mitarbeiterin des Essener Ordnungsamts mit allen Mitteln dem Ruf der überdrehten Hobbymalerin gerecht werden, den sie sich in der Nachbarschaft über Jahre erarbeitet hatte.

Samir beugte sich zu Frau Schneider hinunter und berührte mit den Lippen beinahe ihren Ohrring, eine goldene, im Licht glitzernde Kugel, die an Weihnachtsschmuck erinnerte. »Deswegen verkauft die Salbe sich so schlecht.«

»Deine Gedichte sind wunderbar, Liebling.« Wilma hakte sich bei Samir unter, was sie noch kleiner und runder wirken ließ, aber zweifelsohne ihrer Standfestigkeit zugutekam. »Und du wirst sehen: Der Erfolg von Geraubte Kindheit wird auch auf dein Werk abfärben. Du wirst sozusagen in Leander Selbigs Windschatten segeln.«

»Man segelt nicht im Windschatten von jemandem, Mutter«, sagte Beerbaum. »Das ist blanker Unsinn.« Als er merkte, dass seine Zurechtweisung für irritierte Blicke sorgte, lachte er angestrengt. »Du meinst bestimmt Radfahrer.« Er entließ Leander aus seiner Umklammerung und gab Emil ein Zeichen, Sekt nachzuschenken. »Aber du hast natürlich vollkommen recht, wenn du davon ausgehst, dass dem Verlag eine goldene Zukunft bevorsteht. Dank diesem jungen Genie hier.« Er legte Leander die Hand auf die Schulter, zog sie aber gleich wieder zurück. »Ihn und sein Werk fördern zu dürfen ist eine große Freude und Ehre für mich.«

»Für mich auch!«, rief Wilma und hob ihr Glas, das Emil eben gefüllt hatte. »Prosit! Es ist genug da!«

Beerbaum lächelte und prostete allen zu. Er musste sich beherrschen, um nicht hier und jetzt zu verkünden, dass er der neue Chef der *Edition Euphrat* war und seine Mutter schon vor Monaten einen Vertrag unterschrieben hatte, der ihr, gut getarnt im Kleingedruckten, mehr oder weniger die Leitung des Verlags entzog. Die Frau, die sich vor seinen Gästen als Kopf des Unternehmens aufspielte, würde unter seiner Führung schon bald nur noch auf dem Briefpapier in Erscheinung treten, als bloßer

Name, Wilma Saeed, eine nach außen hin sympathische Einundsiebzigjährige, die sich zum Zeitvertreib im Buchgeschäft betätigte, wie sie sich aus lauter Langeweile und falsch kanalisierter Schwäche exotische Haustiere hielt, aktuell zwei Glanzsittiche, eine Himalayan-Colourpoint-Katze im Wert von zweitausend Mark, die andere, hässliche Katze im Keller, die ewig zu leben schien, vier Breitrandschildkröten, falls sie nicht wie ihre Vorgänger aus dem Gartengehege ausgebrochen waren, und einen Hund der Rasse Lancashire Heeler, der aussah wie die Kreuzung zwischen einem Dackel und einem richtigen Hund und auf den Namen Earl hörte, allerdings nur, wenn es etwas zu fressen gab.

»Es ist natürlich unnötig zu erwähnen, dass ich mit dem Buch zu jedem Verlag hätte gehen können«, sagte Beerbaum laut genug, dass alle ihn hören konnten. »Aber ich zog es vor, diesen Rohdiamanten selbst zu schleifen und zu polieren, statt ihn seelenlosen Geschäftemachern zu überlassen.«

Die Präsidentin des Kulturvereins, ihr Mann, der Druckereibesitzer und der Grafiker pflichteten Beerbaum bei, und der Journalist kritzelte hastig etwas auf seinen Notizblock.

»Mein Verlag hat sich sozusagen darauf spezialisiert, Rohdiamanten auszugraben und ans Licht zu bringen.« Wilma stellte sich auf die Zehen, um Samir einen Kuss auf die Wange zu drücken, was unter den Gästen für Laute der Ergriffenheit sorgte.

Beerbaum tat, als würde ihm diese Szene ebenfalls ans Herz gehen, und stieß ein kurzes »Oh« aus. Insgeheim hegte er den Verdacht, seine Mutter habe Samir aus Mitleid geheiratet und nicht, weil sie den Mann tatsächlich liebte, denn Liebe war, das wusste er aus eigener Erfahrung, nicht gerade Wilma Beerbaums Kernkompetenz. Vermutlich hatte sie sich den heimatlosen irakischen Dichter mit den traurigen Augen aus demselben Grund ins Haus geholt wie die Zebrafinken und Bartagamen: weil sie eine einsame alte Frau mit einer irrationalen, snobistischen Schwäche für das Exotische und Außergewöhnliche war und über die finanziellen Mittel verfügte, ihren Neigungen nachzugehen.

Wie auch immer, sagte er sich, je eher seine Mutter nichts mehr mit dem Verlag zu tun haben würde, desto besser. Er stellte sich hinter Leander und legte ihm beide Hände auf die Schultern.

»Ich erkläre diesen Burschen hiermit zum Nachwuchsschriftsteller des Jahres!« Er griff nach Leanders Arm und hob ihn in die Höhe wie den eines siegreichen Boxers. »Und das Büfett für eröffnet!«

Am Abend wechselte schlagartig das Wetter. Die Festgesellschaft wurde von einem heftigen Regen ins Haus gescheucht, wo sie weiterhin dem Alkohol zusprach und von Sekt zu Wein und schließlich Cognac überging. Leander, noch immer zur Abstinenz verdammt, weil ihm vom Trinken sterbenselend wurde, saß stocknüchtern auf dem großen grünen Plüschsofa im Wohnzimmer und verdaute die überbackenen Käseecken und Zucchini-Röllchen und die Zurechtweisungen durch Beerbaum während seiner Lesung, die er in einem dichten Nebel aus Wut und Scham als schreckliche Tortur erlebt hatte. Noch immer wollten alle etwas von ihm, löcherten ihn mit Fragen, schwafelten von seiner grandiosen Zukunft im Literaturbetrieb und kommentierten seine Signatur, die aus grafologischer Sicht ein gekritzelter Beweis für sein scheues, weltabgewandtes Wesen sei, ein ebenso unleserliches wie untrügliches Zeichen dafür, dass er in die Einsamkeit der Schreibstube gehöre und nicht ins Rampenlicht.

Es war schon spät, als die Runde sich auflöste und das Haus verließ. Der Lokalreporter, ein bärenhafter, in einen weißen Anzug gezwängter Mann mit flachsblonden, wie toupiert wirkenden Haaren, schoss ein letztes Bild von Leander, bevor er den anderen Gästen hinterher zur Straße rannte, wo sein silberfarbener BMW stand. Beim Davonfahren hupten alle, und Frau Schneider blieb unter ihren roten Schirm geduckt am Gartenzaun stehen und winkte ein letztes Mal mit dem Buch, in das Leander auf ihren Wunsch Folgendes geschrieben hatte: *Für Elfriede Hedwig Schneider, Allererstes verkauftes Exemplar, Herne, Juni 1990, Ihr* … und seine krakelige, den Anforderungen des Marktes nicht genügende Unterschrift.

Weit nach Mitternacht konnte er noch immer nicht einschlafen. Er stand am Fenster und sah in den Garten hinunter, wo der vom Regen durchtränkte Rasen im Mondlicht dampfte. Am Rand des eingezäunten, schmalen Streifens aus Bäumen, der kaum als Wäldchen bezeichnet werden konnte und nur dazu da war, den Blick auf das Nachbargrundstück zu verstellen, ragten die Holzkreuze des Tierfriedhofs aus dem Boden.

Leander hatte die verblassten Inschriften auf den Holzlatten entziffert und sich bei jedem Namen gefragt, um was für ein vierbeiniges oder gefiedertes ehemaliges Familienmitglied es sich wohl handelte, war aber nicht neugierig genug gewesen, um Frau Beerbaum, die er Wilma nennen musste, zu fragen. Manchmal stellte er sich vor, Meret sei dort unten begraben, und Linus, beide weich gebettet in der Erde und beschützt von den Bäumen, aber dann fand er es taktlos, die beiden neben toten Haustieren liegen zu lassen, nur damit er sie in seiner Nähe hatte.

Aus Emils Zimmer drang leise Musik durch die Wand, eine hohe, schrille Frauenstimme und der Herzschlag eines Elektrobasses. Leander horchte eine Zeit lang und dachte darüber nach, welche Rolle sein Freund in Beerbaums Inszenierung spielte. Offiziell war Emil sein *bester Freund aus der Schule*, so hatte es der Verleger den beiden für den Fall eingetrichtert, dass jemand fragen würde. Inoffiziell war er als psychologischer Berater und moralische Stütze engagiert, wofür er ein Gehalt bezog, über dessen Höhe er und sein Arbeitgeber sich ausschwiegen. Im Grunde genommen tat Emil nicht viel mehr als das, was er im Internat und in Berlin getan hatte: Er versuchte, meistens erfolglos, Leander in intellektuelle oder alberne Diskussionen zu verwickeln, ihn für Alkohol und Frauen zu begeistern und ihm das glamouröse Leben als aufgehender Stern am Literaturhimmel schmackhaft zu machen. Er selbst hatte als Herausgeber der legendären Kommunentagebuch-Ausgabe der *Bibliothek des Versagens* eine Ahnung davon bekommen, wie es sich anfühlte, wenn man wochenlang kaum einmal Atem holen konnte, weil einen Journalisten, Redakteure von Radiosendern, Buchhändler und irgendwelche Spinner auf Trab hielten und mit Briefen belästigten, denen im besten Fall Interviewanfragen und im schlechtesten anonyme Beleidigungen, Nacktbilder oder Haarbüschel unbekannten Ursprungs beilagen.

Leander zog die Vorhänge zu, knipste die Wandlampe an und setzte sich an den kleinen Schreibtisch, auf dem neben einem Turm aus druckfrischen Büchern mit seinem Namen auf dem Rücken die *Adler*-Schreibmaschine stand, ein schwarzer, tonnenschwerer Apparat, in dessen Tasten er hauen sollte, wann immer ihn *die Muse küsste*, wie Beerbaum es formuliert hatte. In diesem Zimmer hatte vor sehr langer Zeit Lutz' Vater Max Beerbaum geschlafen, nachdem er von seiner Frau aus dem gemeinsamen Ehebett vertrieben worden war und bevor er das Haus endgültig verlassen hatte, um in einer schäbigen Wohnung darüber nachzudenken, wie er sich umbringen konnte, ohne die Sachbearbeiter der Versicherungsgesellschaft argwöhnisch werden zu lassen. Daran dachte Leander, während er auf die Hülle aus grauem Plastik starrte, unter der die Schreibmaschine vor Staub geschützt darauf wartete, dass er den ersten Satz auf ihr tippte, und auch daran, wie Beerbaum ihm betrunken und mit zunehmend versagender Stimme die Geschichte seines Vaters erzählt hatte, eine geschlagene Nacht lang, im Anschluss an ein Abendessen in einem Westberliner Nobellokal, wo die beiden die Vertragsunterzeichnung für ihr gemeinsames Buch gefeiert hatten, ohne Emil, der von Beerbaum nicht eingeladen worden war und bis frühmorgens im Kreis seiner Redaktionskollegen die grandiosen Verkaufszahlen begossen hatte, die mit der aktuellen Nummer der *Bibliothek des Versagens* erreicht worden waren, einer Ausgabe, die einen einzigen Tagebuchauszug sowie einen längeren Artikel enthielt, in dem Emil aus der Zeit im Internat plauderte und die abenteuerliche Geschichte der vertauschten Ausgabe von *Geist und Größe* erzählte, was ihn zu Leanders treuem Gefährten machte und ihm ein gewisses Interesse von Teilen der Literaturszene sicherte.

Nach Feiern war ihm an jenem Abend bei Avocadosalat, Tomatencremesuppe und Trüffelrisotto nicht zumute gewesen, erinnerte sich Leander. Fröhlich und voller Zuversicht war nur Beerbaum gewesen, der von einer goldenen Zukunft und sagenhaften Verkaufszahlen geredet und mit so viel Champagner auf ihre zum Greifen nahen Gewinne angestoßen hatte, dass er beim Verlassen des Restaurants von Leander hatte gestützt und daran gehindert werden müssen, jedem Kellner, dem sie über den Weg liefen, Zehnmarkscheine in die Brusttasche zu stopfen.

Leander zog die Schublade des Schreibtischs auf und nahm Ewalds vier Seiten langen Brief hervor, der vor einigen Wochen gekommen war und den auch Hedda, Werner und Gregor unterschrieben und mit ihren Glückwünschen zum Buch ergänzt hatten. Er las ihn zum hundertsten Mal von der ersten bis zur letzten Zeile durch, schluckte am Ende leer und legte ihn zurück.

Als auf der anderen Seite der Wand die Musik verstummte, erhob er sich und verließ sein Zimmer, um an Emils Tür zu klopfen.

»Wer ist da?«

»Dreimal darfst du raten.«

»Michelle Pfeiffer. Sharon Stone. Kim Basinger.«

»Mach schon auf.«

Der Schlüssel wurde gedreht und die Tür geöffnet. Emil, in Boxershorts, T-Shirt und Hausmantel, setzte eine enttäuschte Miene auf. »Ach, alle Gebete vergebens.« Er trat zur Seite, um Leander hereinzulassen, schloss die Tür und fegte mit einer Handbewegung Zeitungen und vollgekritzelte Blätter von einem Stuhl.

»Störe ich?« Leander deutete auf den tragbaren Fernseher, in dem mit abgedrehtem Ton ein Western lief.

»Menschen stören sich dauernd gegenseitig. Das nennt man soziale Interaktion. Oder, vereinfacht, Besuch.« Emil grinste und setzte sich auf das Bett, das übersät war mit noch mehr Zeitungen und Magazinen und Zetteln. Er griff nach einer auf einem schmutzigen Porzellanteller liegenden Zigarre, pustete ein paarmal in ihre Glut, bis sie wieder qualmte, und paffte ein paar Kringel gegen die Decke.

»Ich kann nicht schlafen.«

»Du weißt, was in so einem Fall zu tun ist.«

»Ich will das nicht, das habe ich dir schon tausendmal gesagt.«

Emil zog mit einem Griff ein *Playboy*-Heft unter dem Kissen hervor und wedelte damit vor Leanders Gesicht. »Miss Juni, liest gerne, mag Tiere. Und du magst doch Dunkelhaarige, oder?« Er warf Leander das Heft zu.

Leander drehte sich weg, und das Heft segelte an ihm vorbei und landete auf dem Boden.

»Also echt, Lenni, deine Einstellung zu diesem Thema macht mir langsam Angst.« Emil bückte sich ächzend nach dem Magazin und schob es zurück unter das Kissen, dann streckte er die Beine aus, verschränkte die Arme und sah Leander mit gespielter Sorge an. »Was ist bei dir bloß schiefgelaufen, muchacho?«

»Das ist nicht witzig.«

»Nein, ist es nicht.«

»Willst du wissen, was schiefgelaufen ist? Diese ganze Sache mit dem Buch, *die* ist schiefgelaufen.«

»Wieso denn? Sie hat ja noch nicht mal angefangen.«

»Mir reicht es aber jetzt schon.« Leanders Augen tränten von der schlechten Luft. »Das ist alles so … lästig. Die Leute auf der Straße reden dummes Zeug und fassen mich an. Fremde Leute!«

»Worüber beschwerst du dich? Die Kleine im Kaufhaus, wo wir dir den schicken Anzug gekauft haben, also die dürfte mich jederzeit und überall anfassen.«

Leander starrte seinen Freund an. In seinem Kopf wirbelten die Antworten herum wie Hausdächer in einem Tornado, aber er brachte kein Wort über die Lippen. Bevor er explodierte oder mit dem Fuß gegen etwas trat, sprang er hoch und öffnete das Fenster. Von hier aus sah man die Zufahrt zum Haus, die Straße, die jetzt leer war, und das Licht von ein paar Laternen.

»He, lass das zu, ich will nicht das ganze Zimmer voller verfluchter Mücken!« Emil warf ein zerknülltes Blatt Papier nach Leander.

»Und ich will mit diesem verfluchten Buch nichts zu tun haben!« Leander griff nach dem Tüllvorhang, um ihn zuzuziehen, damit keine Insekten hereinflogen, und riss so heftig daran, dass der halbe Vorhang aus der Schiene sprang.

»Herrgott, Lenni.« Emil stand auf, schob Leander sanft, aber energisch zur Seite und schloss das Fenster. »Herrgott, Lenni«, sagte er noch einmal leise, als er sah, dass Leander weinte. Er legte ihm die Hand auf den Arm. »Nicht heulen. Alles wird gut.«

Leander drehte sich wütend weg. »Ich heule nicht, das ist der Qualm!« Er wischte sich mit den Ärmeln über die Augen und zog Rotz hoch. »Hier drin stinkt es, und es wundert mich, wie du überhaupt schlafen kannst!«

»Wie gesagt: Miss Juni und ein Schluck davon.« Emil nahm die Whiskyflasche vom Schreibtisch und schüttelte sie leicht.

Leander starrte eine Weile auf den Fernseher. Ein Dutzend Indianer auf schönen gefleckten Pferden galoppierte über eine flache, nur mit dürren Büschen bewachsene Ebene. Einige von ihnen schossen mit Gewehren, andere mit Pfeil und Bogen, und alle saßen ohne Sattel auf dem Rücken der Tiere, als wären sie mit ihnen verwachsen. Plötzlich stürzten die Pferde und überschlugen sich im Fallen, und die Indianer flogen durch die Luft und landeten auf der gelben Erde, rollten durch den Staub und blieben liegen. Blau uniformierte Soldaten standen im Schutz ihrer Planwagen und feuerten aus allen Rohren. Leander mochte diese Gemetzel nicht, und dass der Film ohne Ton lief, ohne Knallerei und Hufgetrampel und Geheul, machte es nicht besser. Nicht einmal als er in einer Einstellung das Seil sah, mit dem die Pferde zum Stürzen gebracht worden waren, hob sich seine Stimmung. Er zuckte zusammen, als Emil den Fernseher ausschaltete.

»Lenni.« Emil setzte sich zurück auf das Bett. »Lennikowski. Genosse. Willst du reden?«

»Wozu denn? Ich habe den Vertrag unterschrieben. Das Buch ist da. Wenn ich jetzt einen Rückzieher mache, bringt mich Beerbaum um.«

»Du sollst ihn doch Lutz nennen.«

»Muss mich erst noch daran gewöhnen.«

»Aber du hast recht, erfreut wäre er wohl nicht gerade.«

»Warum habe ich mich bloß darauf eingelassen?«

»Keine Bange, das wird schon.«

Leander ließ sich auf den Stuhl fallen, vergrub das Gesicht in den Händen. »Ich kann das nicht. Ich bin nicht wie du.«

»Na ja, wer ist schon wie ich.«

»Ich mein's ernst. Wenn das heute ein Vorgeschmack darauf war, was mich erwartet, dann …«

»Lutz wollte nur, dass du lauter vorliest. Und ab und zu ins Publikum schaust. Und nicht nuschelst. Abgesehen davon war alles bestens, ehrlich.«

Leander stieß verächtlich Luft durch die Zähne.

»Ohne Scheiß, du machst das gut.« Emil nahm einen Schluck aus der Flasche. »Und du wirst ganz schön Kohle verdienen.«

»Will ich gar nicht.«

»Blödsinn. Geld braucht jeder. Und wenn das Gröbste vorbei ist, kannst du dich in dein Schneckenhaus zurückziehen und von den Tantiemen leben. Und ein neues Buch schreiben.«

Leander hob den Kopf. »Spinnst du?«

»Dann schreib ich's für dich. Irgendwas über dein Leben als Star. Den Literaturzirkus. Den Ruhm. Die Groupies.«

»Hör bloß auf.«

»Ich hab auch schon einen Titel: Ich, Ikarus!«

»Ikarus ist abgestürzt und war tot.«

»Dann eben was anderes. Was Fetziges. Sekunde …« Emil legte die Stirn in Falten und sah dem Zigarrenrauch nach. »Ich hab's!«, rief er dann. »Wie wär's damit: Bücher, Busen, Bestenlisten. Tagebuch eines literarischen Wunderkindes.«

Leander schüttelte den Kopf. »Idiot.«

Emil lächelte vor sich hin. Mit der Zigarre, dem karierten Hausmantel und der Hornbrille, die meistens nutzlos an einer Kordel um seinen Hals hing, sah er zwar nicht erwachsener aus als bisher, aber er versprach sich einiges von einem Vollbart, den er seit ein paar Tagen sprießen ließ.

Leander erhob sich. »Ich geh dann mal.«

Emil nickte.

An der Tür drehte Leander sich um. »Du bleibst hier, ja? Ich meine, du gehst nicht nach Berlin zurück, oder?«

»Klar bleibe ich hier, Amigo!« Emil breitete die Arme aus. »Berlin es mucho loco! Alles voll mit Trabis und mopsfidelen Ossis!«

»Ohne dich schaffe ich das nämlich nicht.«

»Ich bleibe.« Emil legte die linke Hand auf die Brust, mit der rechten salutierte er. »Versprochen.«

Leander rang sich ein Lächeln ab und ging in sein Zimmer, ohne Aussicht auf Schlaf und ohne Hoffnung darauf, aus dieser ganzen Sache herauszukommen, bevor sie richtig anfing und es kein Zurück mehr gab. Er stellte sich ans Fenster, schob den Vorhang einen Spalt weit auseinander und sah zu den schiefen Kreuzen hinüber, unter denen die Knochen und Schädel der Tiere verrotteten. Die haben es wenigstens hinter sich, dachte er, dann setzte er sich an den Schreibtisch, machte die Lampe an und las noch einmal Ewalds Brief.

FRIDA

1989

Deutschland kam ihr so fremd vor, als hätte sie nie hier gelebt. Sie fuhr bis nach Offenbach, zehn Kilometer von Frankfurt entfernt, setzte sich im Zimmer einer Pension ans Fenster und sah hinaus auf die leere, schlecht beleuchtete Straße und die Bahngleise, wo nichts sich bewegte bis auf einen weißen, am Geländer einer Brücke im Wind wehenden Plastikbeutel. Es war Nacht, während der Fahrt hatte es noch geregnet, jetzt hingen tiefe Wolken über der Stadt, grau und löchrig wie zerpflückte Stahlwolle.

Frida duschte so heiß, wie es der Boiler hergab, dann legte sie sich ins Bett und wartete zugedeckt, bis sie nicht mehr frieren würde. In den gusseisernen Radiatoren knackte es, als sie sich füllten, im Bad summte die Lüftung. Auf der ganzen Reise war Frida von Lärm umgeben gewesen, von Stimmen, Musik, Autos, dem Sirren und Rauschen des Zuges, dem Schlagen der eisernen Räder auf den Gleisen, nur in den Hotelzimmern hatte Stille geherrscht, unterlegt von Geräuschen, die sich mit ihrer Allgegenwart und Gewöhnlichkeit selbst auslöschten. Sobald Frida die Augen schloss, sah sie das maltesische Licht im Himmel über Carols Haus und hörte Ivy, die sie *Freeda* genannt hatte, wie sie nach ihr rief, mit jedem Mal lauter und ungeduldiger, bis sie den Namen schrie, wenn sie keine Antwort bekam. *Free-daa*. Nicht das Summen des Verkehrs auf der anderen Seite des Hotels, nicht das Drücken des Windes gegen die Fensterscheiben, nicht einmal ihren eigenen Atem hörte sie, sondern das Trommeln der Regentropfen auf der Plane, unter der das Mädchen saß und stundenlang vor Kälte zitterte, um sich an allen zu rächen, die es mit seiner Angst alleingelassen hatten.

Erst wenn Frida die Augen wieder öffnete, verstummten Ivys Rufe und das tosende Prasseln. Erst wenn sie sich in den Hotelzimmern in Palermo, Neapel, Florenz und Turin im Bett aufgesetzt und die immergleichen vergilbten Wände betrachtet hatte, war der Lärm der Erinnerung leiser geworden und schließlich, nachdem sie ein paar Gläser Wein getrunken hatte, ganz verschwunden. Einmal, in einer Absteige in Palermo, hatte Ivy sie aus dem Schlaf gerissen, und Frida hatte so lange ins Dunkel des winzigen Raumes zurückgerufen, bis sie endgültig aus dem Traum gefallen und wach geworden war.

Der Wein lag jetzt in einer Sporttasche aus blauem Kunstleder, auf das in Weiß der Schriftzug GLOBAL TRAVELLER gedruckt war. Den Rucksack hatte sie für umgerechnet fünfzig Mark einer jungen Engländerin verkauft, von der sie vor dem Bahnhofsgebäude in Florenz angesprochen worden war. Frida holte die Flasche hervor, stellte sie im Badezimmer auf die Ablage unter dem Spiegel und betrachtete abwechselnd ihr Gesicht und die Flasche, bis sie überzeugt war, dass es mehr Gründe gab, den Wein zu trinken, als es zu lassen.

Sie hatte die geschätzten zwölf Kilometer zu Fuß gehen wollen, aber dann doch die Bahn und den Bus genommen, weil es kalt war und ein schneidender Wind blies. Damals waren die Fensterläden nie geschlossen gewesen und hatten die Fassade so dunkel und abweisend erscheinen lassen wie jetzt., und nie in den Jahren, in denen Frida hier zu Hause gewesen war, hatte so viel Laub auf dem Kies der Einfahrt gelegen. Sie ging in den Garten, wo das Gras zwei Handbreit hoch stand und noch mehr verrottete Blätter und abgebrochene Zweige herumlagen. Eine Amsel flatterte vor ihr auf und flog über die Mauer, ihre schrillen Pfiffe waren das einzige Geräusch weit und breit. Frida betrachtete eine Weile das große, wie verbarrikadiert wirkende Gebäude, dann lief sie zurück zur Straße.

»Wollen Sie zu den Saalfelds?«

Frida sah in die Richtung, aus der die Stimme gekommen war, und es dauerte einen Moment, bis sie die in einer nicht gänzlich von Efeu überwucherten Lücke eines Maschendrahtzauns entdeckte.

»Ja.« Frida machte ein paar Schritte auf den Zaun zu. »Wissen Sie, wo die beiden sind?«

»Sie sind die Enkeltochter.«

»Ja.« Frida erinnerte sich. Die Frau war die alleinstehende, mindestens achtzigjährige Nachbarin, die sie früher oft gesehen hatte, immer im Garten, wo sie einer Haushaltshilfe beim Aufhängen der Wäsche oder einem Gärtner beim Rasenmähen zugesehen hatte.

»Sie waren fort«, sagte die Frau. »Für lange Zeit.«

»Ja«, sagte Frida, obwohl sie nicht wusste, wen die Frau meinte.

»Und jetzt sind Sie wieder da.«

»Ich? Ja, ich bin wieder da.«

Die alte Frau nickte. Sie war fast zwei Köpfe kleiner als Frida, ihr Gesicht schrumpelig wie ein im Gras vergessener Apfel, und ihr Haar dünn und schütter und von einem bläulichen Weiß.

»Und meine Großeltern? Wissen Sie, wo die sind?«

Die alte Frau, deren Name Frida nicht einfallen wollte, zupfte gedankenverloren ein paar gelbe Blätter vom Efeubusch ab und stopfte sie in die Tasche der Schürze, die sie über dem Pullover trug. Einige Sekunden lang schien es für sie nichts Wichtigeres als das welke Laub zu geben, dann blickte sie Frida in die Augen und sagte: »Ich habe Kaffee.«

Frida sagte nichts. Der Wind schob die kalte Luft durch die regennasse Straße, in den Baumkronen rauschte es. Die Reisetasche in ihrer Hand wog kaum noch etwas. Alles war anders, dachte sie und merkte, dass sie fror.

»Kommen Sie«, sagte die Frau, drehte sich um und ging über den gemähten Rasen zum Haus. Ihre gelben Gummistiefel leuchteten im Dämmerlicht des Nachmittags, ihr schmaler Körper tauchte darin ein wie in trübem Wasser, verschwamm zu einem farblosen Fleck und wurde kleiner.

Frida zögerte. Vielleicht wirkte sie auf andere verloren, überlegte sie und warf einen Blick auf ihr Gesicht in einer Pfütze, dann lief sie zum Tor und den geteerten Weg entlang zur Vordertür des Hauses. Am Briefkasten las sie den Namen der Frau: Breunig. Die Tür stand offen, ein dunkles Stück Diele war zu sehen und an einem Haken eine braune Regenjacke. Die Gummistiefel waren für Kinder, gelb und voller Mickymausköpfe. Am Boden lag eine Fußmatte aus Sisal mit zwei aufgedruckten schwarzen Sohlen und dem Wort DANKE. Frida zog ihre durchnässten Schuhe aus, stellte sie neben die Stiefel und betrat den Flur. Sie rief nach der Frau und schloss die Tür, als sie ein leises Scheppern hörte.

»Kommen Sie!«, klang es von irgendwoher wie der Nachhall der ersten Aufforderung.

Frida tastete sich an der Wand entlang, trat versehentlich gegen einen mit Schirmen und einer Krücke gefüllten Plastikeimer, durchquerte ein finsteres Wohnzimmer und landete in der Küche, wo die Nachbarin im schummrigen Licht einer von der Decke hängenden Glühbirne auf sie wartete.

Frau Breunig hob einen Teller in die Höhe, auf dem Kekse lagen. In der anderen Hand hielt sie ein Glas mit Pulver, das sie kurz schüttelte. »Kaffee!«, rief sie ernst, als verkünde sie etwas Unglaubliches.

Frida nickte. »Gerne«, sagte sie, obwohl Frau Breunig die Küche bereits durch die zweite Tür verlassen hatte.

Es war eine Art Wintergarten, in den Frida gelangte, ein Erker, gerade groß genug für einen runden Tisch und zwei Stühle. Bodentiefe Fenster gaben den Blick auf den Garten frei, eine Wiese, ein paar Büsche und Bäume, dazwischen leere, von Brettern eingefasste Beete. Am Stamm eines Baumes lehnte eine Holzleiter, an einem tiefen Ast schaukelte ein Vogelhaus im Wind.

»Sie sitzen da.« Frau Breunig stellte ein mit einer Thermoskanne, einer Zuckerdose und zwei Tassen beladenes Serviertablett auf den Tisch und setzte sich.

Frida nahm auf dem anderen Stuhl Platz. Sie fröstelte noch immer ein wenig in ihren vom Regenwasser feuchten Socken und sah Frau Breunig voller Ungeduld zu, wie sie mit einem Löffel Kaffeepulver in die Tassen schaufelte und dann heißes Wasser eingoss.

»Wie heißen Sie?«, fragte Frau Breunig, während sie das Glas mit dem löslichen Kaffee zuschraubte.

Frida sagte es ihr und zog dabei das i in die Länge. Sie überlegte, dass

Frau Breunig aller Wahrscheinlichkeit nach mit ihrer Großmutter und Gernot befreundet war, wenn auch nur auf eine eher distanzierte, rein nachbarschaftliche Weise, und dass sie Fridas Namen kannte und sich vielleicht nur nicht an ihn erinnern konnte.

»Frieda«, wiederholte Frau Breunig, als würde sie den Klang des Namens daraufhin prüfen, ob er zu einer Enkelin der Saalfelds passte. Sie rührte mit dem Löffel in beiden Tassen, dann schob sie eine in Fridas Richtung.

Draußen stakste eine Krähe über den Rasen. Es wurde dunkel, die Baumstämme verschmolzen mit den Hecken, vor denen sie standen. Frau Breunig tat Zucker in ihren Kaffee, und nachdem sie umgerührt hatte, nahm sie einen Keks vom Teller und zerbrach ihn vorsichtig in zwei Hälften.

»Sie wollten mir sagen, wo meine Großeltern sind.«

Frau Breunig sah Frida an. »Wo? Das weiß ich nicht.«

»Wissen Sie, wie es ihnen geht? Warum sie nicht zu Hause sind?«

»Ihre Großmutter musste ins Krankenhaus gebracht werden. Ein paar Monate ist das her, fünf, sechs. Das war eine große Aufregung in der Straße. Man hat sie mit Blaulicht geholt.«

Frida wartete vergeblich darauf, dass Frau Breunig weitersprach. Die alte Frau schob sich ein winziges Stück des Kekses in den Mund und kaute gewissenhaft und mit abwesendem Blick. Nachdem sie einen Schluck getrunken hatte, griff sie in die Bauchtasche der Schürze und holte ein Efeublatt daraus hervor.

»Was hatte sie denn?«, fragte Frida möglichst ruhig, bemüht, ihre Ungeduld zu verbergen.

Frau Breunig betrachtete das gelbe, fleckige Blatt, als versuche sie sich daran zu erinnern, woher es gekommen war. Schließlich legte sie es auf den Tisch und sah Frida an. »Ich weiß es nicht«, sagte sie. »Nur, dass sie nicht mehr da ist. Also, drüben.«

»Wissen Sie, in welches Krankenhaus sie gebracht wurde?«

Frau Breunig zog die Mundwinkel nach unten und schüttelte den Kopf. »Woher sollte ich?«

Frida seufzte. Sie ärgerte sich über die Frau, die ihr verschroben vorkam, launisch und an der Grenze zur Debilität, aber am meisten ärgerte sie sich über sich selbst, darüber, dieses dunkle, nach Zwiebeln, Gas und vor sich hin modernden Teppichen riechende Haus überhaupt betreten zu haben. Frau Breunigs Wortkargheit, ihr Keksgekrümel und ihr Kaffeegepuste gingen ihr auf die Nerven.

»Ich gehe dann am besten mal und versuche herauszufinden, wo die beiden sind.« Frida schob die Tasse, die sie nicht angerührt hatte, ein Stück weit von sich weg.

»Wo wohnen Sie?«

»Ich? Ich bin gerade von einer Reise zurückgekehrt. Ich ...«

»Sie haben doch einen Schlüssel. Für das Haus.«

Erst jetzt wurde Frida bewusst, dass sie nie einen Schlüssel zum Haus ihrer Großeltern besessen hatte. Solange sie dort gelebt hatte, waren Konstanze und Gernot zu Hause gewesen, wenn sie aus der Schule gekommen war.

»Nein«, sagte Frida, und dieses Nein klang befremdlich in ihren Ohren, wie etwas Falsches, die Folge eines Irrtums.

Frau Breunig befeuchtete die Kuppe des Zeigefingers ihrer rechten Hand und tupfte damit ein paar winzige Krumen von der hölzernen Tischfläche, obwohl noch mehr als die Hälfte des Kekses vor ihr lag. Sie hatte wässrige blaugraue Augen, das Weiße um ihre Pupillen war gelblich und durchzogen von blutroten Äderchen und winzigen Punkten. Eine Brille trug sie nur zum Lesen, das verrieten die dunklen Stellen auf beiden Seiten ihres Nasenrückens, zwei ledrig glänzende Einkerbungen, ein Paar identischer Halbmonde inmitten eines chaotischen Musters aus Sommersprossen, Leberflecken und Pigmentverfärbungen.

»Also, wo wohnen Sie denn jetzt?«

Frida musste überlegen, obwohl es nur eine mögliche Antwort gab. »Im Hotel.«

»Ich brauche eine Haushälterin.« Frau Breunig sah aus dem Fenster, als richteten sich ihre Worte an die Krähe, die auf einem Ast saß und ihren Blick zu erwidern schien. »Ein bisschen putzen, Wäsche waschen, Einkäufe erledigen.« Sie wandte sich Frida zu. »Können Sie Auto fahren?«

Frida schüttelte den Kopf.

»Dann nehmen Sie eben das Fahrrad. Sie erledigen, was gerade anfällt. Viel ist das nicht.«

Frida ließ sich von Frau Breunig mustern, ohne ihr den Gefallen zu erweisen, etwas zu sagen. Irgendwo erklang die Glocke einer Uhr. Frida horchte und zählte vier Schläge. Sie war müde, die Aussicht, in die Kälte hinauszugehen und sich auf die Suche nach einer billigen Pension zu machen, lähmte sie geradezu. Ein einziger Fünfzigmarkschein lag, eingewickelt in Klarsichtfolie, vor der Tür in ihrem linken Schuh, in den Taschen ihrer Jeans steckten weniger Münzen, als nötig gewesen wären, um eine Packung Erdnüsse aus einem Automaten zu ziehen.

»Es gibt ein Zimmer und ein Gehalt.« Frau Breunig hob ihre Tasse hoch und blies hinein. »Die Höhe des Gehalts richtet sich danach, wie Sie sich anstellen.« Sie trank einen Schluck, das Schlürfen erinnerte Frida an reißendes Papier.

Es regnete wieder, dicke Tropfen brachten im Garten eine Gießkanne zum Klingen. In der Küche vermischten sich ein kaum hörbares Summen und Klirren, der Kühlschrank schüttelte sich wie ein Wesen, das erwachte, ein großes, halb erfrorenes Tier mit gläsernen Knochen, stellte Frida sich vor. Frau Breunig stand auf, schlurfte zur nächsten Wand und schaltete die Deckenlampe ein, eine Schüssel aus weißem Glas.

»Schreckliches Wetter«, sagte sie, nachdem sie sich wieder gesetzt hatte. »Und?« Sie hob den Kopf und sah Frida an. »Was sagen Sie?«

»Ich kann es ja mal versuchen«, sagte Frida.

Frau Breunig nickte ein paarmal. Dann tat sie zwei Löffel Zucker in Fridas Kaffee, rührte um und schob die Tasse an ihren ursprünglichen Platz zurück.

Frida zögerte einen Moment, dann ergriff sie die Tasse mit beiden Händen und nahm einen Schluck. Der inzwischen lauwarme Kaffee schmeckte widerlich, und trotzdem trank sie ihn bis auf den letzten Tropfen aus.

Die Arbeit war weder anstrengend noch anspruchsvoll. Frida stopfte Wäsche in eine Maschine und hängte sie ein paar Stunden später an Leinen, sie schrubbte den Küchenboden und die Waschbecken und Kloschüsseln und die Badewanne. Sie schleppte einen Staubsauger durch die Stockwerke wie einen fetten Hund, spülte Geschirr und putzte Fenster. Einmal in der Woche ging sie zum Supermarkt. Dabei hängte sie die Einkaufstaschen an den Lenker und schob das Fahrrad, weil sie nie fahren gelernt hatte. Manchmal half sie Frau Breunig beim Kochen, durfte aber nur die Dosen öffnen oder in einem Topf rühren. Sie aßen nie gemeinsam, Frau Breunig hatte es nicht angeboten, worüber Frida froh war. Meistens stand ein Topf mit dicker Suppe oder ein Linsengericht auf dem Herd, und Frida nahm davon und setzte sich mit der kleinen Schüssel und einer Scheibe Brot in ihrem Zimmer an den Holztisch vor das Fenster und sah in den Garten hinunter, während sie abwesend vor sich hin löffelte und die Vögel, Eichhörnchen und Nachbarskatzen beobachtete. Sie hatte in den umliegenden Krankenhäusern angerufen, aber ihre Großmutter lag in keinem von ihnen. Irmgard Becker, die damals mit Fridas Fall betraut gewesen war und vielleicht hätte helfen können, arbeitete nicht mehr auf dem Jugendamt, und ihr Nachfolger wollte am Telefon so viel von Frida wissen, dass sie einfach auflegte und sich vornahm, den Briefträger zu fragen, wohin die Post der Saalfelds nachgeschickt wurde.

Am dritten Tag nach Fridas Einzug bei Frau Breunig fuhren zwei Männer in einem dunkelgrünen Lieferwagen vor, auf dem in Gelb der Schriftzug LANGE GARTENBAU prangte, eine Adresse und Telefonnummer und der Spruch *Nicht lange suchen – Lange buchen!* Der ältere der beiden Männer war um die fünfzig, klein gewachsen und übergewichtig, der jüngere etwa Mitte zwanzig, groß und kräftig und für die eigentliche Arbeit zuständig, Rasenmähen, Laubrechen, das Umgraben der Beete. Der Alte lief die meiste Zeit nur herum, hielt mit einem Feuerzeug seine Zigarre am Qualmen und deutete ab und zu auf eine Stelle, wo das Gras noch zu hoch war, unter einem Busch welke Blätter lagen oder eine schiefe Holzplanke der Beeteinfassung begradigt werden musste. Der Junge, aus der Entfernung ein hübscher Kerl mit einem kantigen Gesicht und dunkelblonden, lockigen Haaren, erledigte die Arbeiten in versunkenem Eifer und einer Eile, die etwas Nachlässiges und Wütendes hatte, als wolle er alles so rasch wie möglich hinter sich bringen und verschwinden, um sich voller zornigem Tatendrang auf die nächste Aufgabe zu stürzen, egal wie eintönig sie war.

Frida stand, vom Vorhang halb verborgen, am Fenster und sah den beiden zu. Auf dem Tisch lagen ein angefangener Brief an Dagmar in Krefeld und einer an Dirk auf Malta, daneben mehrere Blätter mit ein paar ersten Worten an Konstanze und Gernot. Sie wusste, dass sie keinen der Briefe zu Ende schreiben und abschicken würde, und trotzdem setzte sie sich jeden Tag hin, überlegte und schrieb und strich durch, starrte an die Wand und nahm einen erneuten Anlauf, der im Nichts verlief. Der einzige Brief, den sie beendet hatte, war an ihre Mutter gerichtet und lag in der Schublade des Tisches. Hin und wieder nahm sie ihn hervor und las die anklagenden Sätze, die sie so an Dagmars nächtelanges Lamentieren über ihren rückgratlosen Ehemann erinnerten, wie die beiden Gärtner dort draußen sie an den Tennisplatzbauer Alois Kant und seinen Gehilfen Jarek erinnerten. In jeder freien Stunde, und davon gab es trotz der Arbeit viele, begann sie einen weiteren Brief, erklärte sich ihrer Großmutter, die sich, so hoffte und befürchtete Frida gleichermaßen, große Sorgen um ihre Enkelin machte, ließ Dirk wissen, dass sie nach der Abreise aus Malta gut in Deutschland angekommen war, und schüttete Henriette Rau, die inzwischen bestimmt geschieden war und wieder Schädler hieß, ihr Herz aus, erstaunt, wie wenig Wahrhaftiges, Tiefempfundenes und wirklich Befreiendes dabei herauskam. Sogar an Eugen Grothe richtete sie ein paar Zeilen, in denen sie ihm an den Kopf warf, wie vergeblich seine Unterrichtsstunden gewesen waren, wie wenig ihr seine Geschichtslektionen im täglichen Leben zugutekamen und warum sie keine Bücher mehr las, weder von Peter Handke noch von sonst irgendwem auf seiner Liste, weil nämlich *die Literatur ein Hahn sei, ein aufgeplusterter Gockel, der auf dem Misthaufen der Welt sitze, wichtigtuerisch vor sich hin krähe und voller Selbstgefälligkeit und geheucheltem Mitgefühl auf den jämmerlichen Hühnerhaufen der Menschheit herabblicke, um seine Beobachtungen in bedeutungsschwere Worte zu fassen und zu Geld zu machen, unfähig, jemals ein Ei zu legen, aus dem Leben entstehe.*

Ivy hatte Gegenstände auf Zettel gezeichnet, ein Schaukelpferd, ein Dreirad, eine Königinnenkrone, und die Zettel bis zum Gehtnichtmehr gefaltet und in einem mit ihrer Spielzeugschaufel im Garten ausgehobenen Loch vergraben. Das seien ihre Wünsche, hatte sie Frida gesagt, und nachts, wenn sie schlafe, käme eine Fee und hole die Zettel aus der Erde, um die Wünsche in Erfüllung gehen zu lassen. Fridas Loch im Garten war die Schublade des Schreibtisches, und obwohl sie weder an Feen noch an Wunder glaubte, hoffte sie insgeheim, die nie abgeschickten

Briefe, etwa der an ihre in Indien verschwundene Mutter oder der an ihren ebenso im Nichts untergetauchten Vater, würden auf magische Weise den Weg zu ihren Empfängern finden und sie mit den Fragen, Anklagen und Forderungen der Tochter behelligen, sie heimsuchen wie ein Fluch.

Wenn sie besonders niedergeschlagen oder wehmütig war, schrieb sie an Ringo und Leander, berichtete ihnen seitenlang von ihren Erlebnissen seit der Trennung und stellte sich dabei vor, wie es den beiden ging und wo sie jetzt lebten. Sie hatte einen Brief für Ringo an dessen Pflegeeltern geschickt, aber das lag schon Jahre zurück, und eine Antwort war nie gekommen, weder von Ringo noch von Herbert und Roswitha Warnke, die den Brief vielleicht gar nicht erhalten oder aber ihn nicht an Ringo weitergegeben hatten. Das Gleiche galt für Leander und dessen Tante, aber eigentlich war Frida fast froh, dass sie die beiden nicht erreichen konnte, denn die Vorstellung, Ringo nach all den Jahren wiederzusehen, jagte ihr einen Riesenschrecken ein.

Draußen senkte sich die Dämmerung zwischen die Bäume. Die Gärtner fuhren nach Hause, und kaum waren sie weg, flatterte eine Amsel in eines der Beete und suchte in der umgegrabenen Erde nach Würmern. Frau Breunig hatte gefragt, ob Frida sich mit Gartenarbeit auskenne, und sie hatte verneint, weil sie nicht dem Jungen begegnen wollte, der sie so sehr an Jarek erinnerte. Vielleicht hatte ihre Großmutter der Nachbarin alles von ihr und der Kommune erzählt und Frau Breunig wusste, dass sie auf einem Bauernhof gelebt hatte und ihre Antwort gelogen war, aber sie hatte sich nichts anmerken lassen, nur mit den mageren Schultern gezuckt und gemeint, dann solle Frida eben im Haus bleiben.

Und genau das tat Frida. Sie saß am Tisch in ihrem Zimmer und schrieb Briefe, sah aus dem Fenster oder lag auf dem Bett und hörte Radiosendungen, in denen berühmte Leute mit Fragen überhäuft und Musikstücke gespielt wurden, die Frida nicht kannte. Nach draußen ging sie nur, wenn sie für Frau Breunig zum Supermarkt musste, um so eigenartige Dinge einzukaufen wie Räucheraal, Artischockenherzen im Glas, Konservendosen mit Kidneybohnen und Kichererbsen und roten Linsen, abgepacktes Pumpernickelbrot, Tütensuppen, Olivenöl, Brühwürfel, Milchreis, Zartbitterschokolade, Zitronenrollen, Sprühsahne. Ab und zu gönnte Frau Breunig sich eine Kiste Malzbier und, wenn gerade Aktion war, eine Flasche alkoholfreien Schaumwein. Frau Breunig kochte täglich, aber nicht gerne, die Zubereitung der Mahlzeiten musste schnell gehen, ohne Salatwaschen und Gemüsekleinschneiden, ohne Abwiegen und Messen und Dosieren und ohne Experimente. Am liebsten waren ihr Konserven und Gläser, Tüten, Büchsen und Tuben. Auf Regalen im Keller reihte sich Dose an Dose, und in Dutzenden Gläsern mit Schraubverschluss schwammen kleine Maiskolben und bleiche Pilze in Salzlake und Essig wie Lurche und Mäuseföten in Formaldehyd. Frida hasste den Keller, aber es gehörte zu ihrer Arbeit, die Einkäufe zu verstauen, und jedes Mal, wenn sie die Steintreppe hinabstieg, rechnete sie damit, einem Gespenst zu begegnen oder über die Hand einer verscharrten Leiche zu stolpern, möglicherweise der einer ehemaligen Hausangestellten, eines jungen Mädchens, das vergessen hatte, die Konservendosen nach ihrem Ablaufdatum sortiert in die vorderste Regalreihe zu stellen. Und jedes Mal, wenn das Licht flackerte oder der Wind durch einen Fensterspalt drang und als Seufzer über ihren Kopf wehte, stellte Frida sich vor, der Geist von Käthe Breunigs Mann streife umher, aus dem Jenseits zurückgekehrt, um zu sehen, ob seine Frau noch immer so miesepetrig und geizig und schlecht im Kochen war wie früher.

Frau Breunigs Mann war schon seit vielen Jahren tot, das wusste Frida von Gernot, den sie einmal gefragt hatte, nachdem die Nachbarin ihr auf der Straße begegnet war. Im Haus hing kein einziges Bild von Hubert Breunig, auch nicht in Frau Breunigs Schlafzimmer, das Frida vom Saubermachen kannte. Zwar fehlte es in allen Räumen an dekorativem Beiwerk wie Zierkissen und Vasen und eben Bildern, aber Frida fand es dennoch seltsam, dass nicht einmal auf dem Nachttisch oder der Kommode der Witwe eine gerahmte Fotografie des Verstorbenen stand. Vielleicht, überlegte Frida, wenn sie nachts im Bett lag oder im Schummerlicht der Kellerlampe die Vorräte aufstockte, als stünde der nächste Krieg unmittelbar bevor, war Hubert Breunig gar nicht bei einem Flugzeugabsturz in den peruanischen Anden umgekommen, auf dem Weg von La Paz nach Buenos Aires, wo er deutsche Schiffsturbinen verkaufen wollte, sondern hatte sich kurz vor dem Start aus der zehnsitzigen Propellermaschine in die eisige Nacht geschlichen und davongemacht, war in altersschwachen Bussen und mit Kohle befeuerten Zügen bis nach Amerika gefahren, um ein neues Leben ohne Käthe zu beginnen und als Humbert Browning am Mount Antero in Colorado nach Aquamarinen zu schürfen.

Ein neues Leben, dachte Frida, war nicht, was sie brauchte. Hätte sie einen Wunsch frei gehabt, sie wäre mithilfe einer Zeitmaschine zurück ins Jahr 1980 gereist und hätte dafür gesorgt, dass Oskar, falls er tatsächlich so hieß, den Mund hielt, statt zur Polizei oder wem auch immer zu gehen und von den vier Kindern zu erzählen, die er gesehen hatte und die sommers und winters mit bloßen Händen auf den Feldern schufteten, auf einem Dachboden hausten, nicht zur Schule gingen und dumm wie Stroh waren. Aber eine Zeitmaschine gab es nicht, und die Jahre ließen sich nicht zurückdrehen, wie es sich in einem Buch zurückblättern ließ, und deswegen hatte Oskar sich nicht aufhalten lassen und sie verraten und dafür gesorgt, dass sie nicht mehr in Winnipeg waren, sondern hierhin und dorthin verstreut leben mussten, zum Beispiel im Haus einer zweiundachtzigjährigen Frau, die nie etwas erzählte und nie lachte und sich aus Konserven ernährte, als läge die Welt schon wieder in Schutt und Asche.

Einmal in der Woche kam die Angestellte eines Pflegedienstes vorbei, um Frau Breunig den Puls zu messen und eine schlecht heilende Wunde am Schienbein zu versorgen. Wenn es an der Tür klingelte, öffnete Frida, dann zog sie sich in ihr Zimmer zurück, während die Pflegerin nach oben zu Frau Breunig ging. Beim ersten Mal hatte sie die vielleicht fünfzigjährige, breithüftige Frau namens Leupold noch begleitet in der Annahme, Frau Breunig erwarte das von ihr. In Frau Breunigs Zimmer hatte die Pflegerin auf einem Schemel Platz genommen und den Unterschenkel ihrer Patientin mit einer Bandage umwickelt. Sie hatte erschöpft ausgesehen und schien froh gewesen zu sein, nicht reden, keine Fragen beantworten und kein Interesse an Frau Breunigs Befinden vortäuschen zu müssen.

Frida und Frau Breunig hielten es genauso. Begegneten sie sich am Morgen, grüßten sie sich wie flüchtige Bekannte auf der Straße, einsilbig zwar und mechanisch, aber in der gut gemeinten Absicht, ein Mindestmaß an Höflichkeit aufrechtzuerhalten. Liefen sie sich im Verlauf des Tages über den Weg, geschah das wortlos, im besten Fall mit einem Nicken, und am Abend, wenn das Haus nach dem Essen auf dem Herd roch, bemühten die beiden sich noch einmal pflichtschuldig um etwas Anstand und wünschten einander eine Gute Nacht, bevor sie sich in ihre Territorien zurückzogen, in ihre Enklaven der Schweigsamkeit und Marotten.

Mehr als drei Monate vergingen so, hundert Tage in diesem Haus mit seinen muffigen Räumen, polierten Böden und gescheuerten Badewannen und Spülbecken, mit lieblos zubereiteten warmen Essen und Stumpfsinn, als müsse etwas ausgesessen werden, eine Krankheit oder ein Ausnahmezustand. Frida bekam ihren Lohn, ein besseres Taschengeld, und trug es zu einem Laden, der Wein verkaufte, auch billigen. Weil Frau Breunig keinen Alkohol trank, schmuggelte Frida den Wein an ihr vorbei ins Haus und versteckte die leeren Flaschen im Keller zwischen verrosteten Gartenmöbeln und in großen Blumentöpfen aus rissigem Ton, die nie mehr das Sonnenlicht sehen würden. Nachts trank sie gerade so viel, dass sie in halb belustigter, halb alarmierter Fassungslosigkeit den Kopf über ihre Lage schütteln musste und am nächsten Morgen trotzdem früh genug aufstehen und es so vermeiden konnte, von Frau Breunig durch lautes Klopfen an der Zimmertür geweckt zu werden, wie es in der ersten Woche einmal vorgekommen war. Nach ein paar Gläsern Wein ging sie manchmal hinaus und über die Straße zum Haus ihrer Großmutter, das von Woche zu Woche ein bisschen verwahrloster aussah, lief bis zur Kreuzung und wieder zurück, setzte sich in Frau Breunigs Garten auf den Stumpf eines vor langer Zeit gefällten Baumes und sah eine Weile in den Himmel, der oft von einem fahlgelben Schimmer erfüllt war, dem Licht der nahen Stadt. Briefe schrieb sie inzwischen keine mehr, die Worte waren ihr ebenso ausgegangen wie die Gründe, nach ihnen zu suchen. In einer Vollmondnacht hob sie ein Loch aus und legte den Papierstapel hinein, aber statt ihn zuzuschütten, zündete sie ihn an und wärmte sich ein wenig an der Flamme und dem Gedanken, dass es keine Menschenseele kümmerte, womit sie ihr Leben verschwendete.

Am Tag nach dieser Nacht bat Frau Breunig Frida, sie zum Arzt zu begleiten, und Frida, verkatert und lustlos wie an jedem Morgen, sagte Nein, weil so etwas nicht zu ihren festgelegten Aufgaben gehörte und weil ihr die Vorstellung dieses kleinen, verschrumpelten Wesens am Steuer eines Autos absurd erschien. Erst nachdem klar war, dass sie nicht mit dem in der Garage stehenden, von einer Staubschicht bedeckten Saab, sondern in einem Taxi fahren würden, ließ Frida sich überreden. Mittlerweile hasste sie es, bei Tageslicht aus dem Haus zu gehen, und noch im Fahrstuhl zur Praxis bereute sie es heftig, Frau Breunigs Drängen nachgegeben zu haben. Im Wartezimmer lagen Zeitungen und Zeitschriften, und während Frida darin blätterte und vom Zusammenbruch eines ganzen Landes und dem Fall einer Mauer las, wurde ihr schlagartig bewusst, dass ihr die Welt und alles, was darauf geschah, so fremd war wie die Stadt, die sie gerade durchquert hatten.

Als der Arzt sie in sein Sprechzimmer holen ließ, war Frida von der Lektüre so durcheinander, dass sie die Frage, ob sie mit Frau Breunig verwandt sei, zuerst mit Ja beantwortete und sich korrigieren musste. Der Arzt, ein völlig kahler Mann mit einem fein geschnittenen Gesicht und einer tiefen, monotonen Stimme, erklärte ihr, dass Frau Breunig offene Beine habe und diese möglichst oft hochlagern solle. Ab nächster Woche werde eine neue Pflegerin vorbeikommen und sich danach immer montags und freitags um Frau Breunig kümmern. Frida nickte und sagte gelegentlich Ja, obwohl sie den Mann gerne darüber aufgeklärt hätte, dass sie und seine Patientin nicht das Geringste miteinander zu tun hatten und wenngleich im selben Haus, so doch auf verschiedenen Kontinenten lebten.

Die Frau, die zwei Tage später vor dem Haus anhielt, ließ den Motor des Autos aufheulen, bevor sie ausstieg, rauchte eine Zigarette und zertrat dann mit einem weißen Turnschuh die Kippe auf dem Gehsteig, träge und gründlich, als könnte die kleinste Glut eine Katastrophe verursachen. Sie war groß gewachsen, zu lang für den blauen Mazda, aus dem sie sich entfaltet hatte wie die Assistentin eines Zauberkünstlers aus einer Kiste. Sie verbeugte sich tief vor ihrem Publikum und band einen losen Schnürsenkel, richtete sich wieder auf und sah mit durchgedrücktem Kreuz und in die Seiten gestemmten Fäusten zum Haus, wo Frida stand und sie anstarrte.

»Breunig, das ist doch hier, oder?« Die Frau war durch das Gartentor gekommen und einige Schritte vor Frida stehen geblieben. Unter ihrem beigen Regenmantel trug sie eine weiße Hose und ein weißes Oberteil, und in einer Hand hielt sie eine Arzttasche aus dunkelbraunem Leder. Frida schätzte sie auf Ende zwanzig, Anfang dreißig.

»Ja.«

Die Frau wartete einen Moment, dann fragte sie: »Kann ich zu ihr?« Sie sah abwechselnd Frida und den mit Putzwasser gefüllten Blecheimer an, der auf der Fußmatte stand.

Frida trat zur Seite, schaffte den Eimer aus dem Weg und stieß die angelehnte Tür auf. Die Frau warf einen Blick zurück auf ihr Auto und in den Himmel und betrat schließlich den feucht glänzenden Boden des Flurs. Frida kippte das graue Wasser in einen Busch und ging ebenfalls hinein, um der Pflegerin den Weg nach oben zu zeigen. Kurz darauf hörte sie das Knarren der Bodendielen im ersten Stock, ein lautes Klopfen und dann, wie die Tür zu Frau Breunigs Reich geschlossen wurde.

Als die Frau nach einer Viertelstunde wieder herunterkam, trug Frida gerade einen Korb mit sauberer Wäsche ins Wohnzimmer, wo das Bügelbrett vor der Terrassentür stand.

»Ist deine Großmutter immer so drauf?« Die Frau stellte die Tasche neben sich und lehnte sich an den Türrahmen. Sie hatte das lange schwarze Haar zu einem Pferdeschwanz gebunden, und um ihren Hals hing ein Stethoskop. »So negativ.«

Frida nahm ein Geschirrtuch aus dem Korb und legte es auf das Bügelbrett. »Meistens. Sie ist aber nicht meine Großmutter.«

»Dann arbeitest du hier?«

Frida zuckte mit den Schultern. »Ja.«

»Warum machst du dann ihre Beine nicht?«

»Ich putze nur und kaufe ein.« Frida strich den Stoff mit der flachen Hand glatt. »Und die Wäsche, die mache ich auch.«

Die Frau nickte. Dann setzte sie sich in einen der massigen, mit braunem geripptem Stoff bezogenen Polstersessel, der mit drei anderen und einem Sofa die Hälfte des Raumes einnahm. Eine Weile saß sie nur da und sah Frida beim Bügeln zu.

»Wie heißt du?«, fragte sie schließlich.

»Frida.« Zwei Sekunden lang hatte sie überlegt, ob sie einen anderen Namen nennen sollte, aber dann war ihr keiner eingefallen.

Über ihnen waren Schritte zu hören, drei, vier, dann herrschte wieder

Stille. Was Frau Breunig den ganzen Tag machte, wusste Frida nicht, und es kümmerte sie auch nicht. Sie stellte sich allerhand vor, das Stricken endloser Schals etwa, das Lösen nie versiegender Kreuzworträtsel oder das Lesen Tausender Bücher, die sich in Fridas Fantasie auf dem Dachboden türmten. Möglicherweise ging die alte Frau auch seltsameren Beschäftigungen nach, dachte Frida und sah Bilder von ausgestopften Tieren, Skulpturen aus Menschenhaar, von abgeschnittenen Zehennägeln in Einmachgläsern, dressierten Silberfischchen und mit eigenem Blut geschriebenen Gedichten über das Verrücktwerden.

»Was machst du, wenn du nicht arbeitest?«

Frida überlegte. Sie verfasste wieder Briefe, wenn auch nur noch im Kopf, ging nachts bis zur Kreuzung und zurück, erinnerte sich an Menschen und Ereignisse, damit sie nicht irgendwann ausgelöscht waren, und sie schlief viel, wie erschöpft von der Anstrengung, der Gleichförmigkeit der Tage nichts entgegenzusetzen. Gelegentlich dachte sie daran, an der Kreuzung einfach weiterzugehen, in Richtung der Glocke aus schwefelgelbem Licht, die über der Stadt hing, aber dann wurde ihr jedes Mal bewusst, dass sie dabei war, ihr gewohntes eintöniges Leben zu verlassen, und kehrte um.

»Nichts.«

Die Frau erhob sich und ging auf Frida zu, stellte sich an die Terrassentür und sah in den Garten hinaus. Die Nachmittagshelligkeit wich einem Zwielicht, der Himmel graute rasch ein wie vor einem Regenschauer. Das Gesicht der Frau spiegelte sich im Glas.

»Stirbst du hier nicht vor Langeweile?«

Frida faltete das gebügelte Geschirrtuch zusammen. Frau Breunig hatte ihr gezeigt, wie sie es haben wollte, fünf Handgriffe waren dazu nötig. Der Stoff blieb sekundenlang warm, dann kühlte er aus.

»Einen seltsamen Ort hast du dir ausgesucht.« Die Frau drehte sich um. »Bist du gerne einsam?«

Frida wollte den Kopf schütteln und Nein sagen, aber sie konnte sich nicht bewegen und den Mund nicht öffnen. Die Frau hatte ihr die Frage beinahe ins Ohr geflüstert und berührte jetzt ihren Arm. Sie roch nach Desinfektionsmittel und Zigarettenrauch und Seife oder Parfüm. Ihre Hand berührte die von Frida, ein Finger strich über die Innenseite von

Fridas Unterarm. Sie drehte Frida zu sich und küsste sie auf den Mund, dann trat sie einen halben Schritt zurück und musterte Frida, das Gesicht unbewegt und der Blick wie von einem vagen Schleier aus Zerstreutheit und Bedenken getrübt. Unvermittelt lächelte sie und wischte sich in einer einzigen langsamen Bewegung mit dem Handrücken über die Lippen und sah auf die Uhr.

»Ich muss los«, sagte sie, ging zur Tür, die in den Flur führte, und hob die Tasche vom Boden auf. Bevor sie das Haus verließ, schrieb sie etwas auf einen Zettel und legte ihn auf die Lehne eines Sessels.

Frida stand da und hörte die Haustür ins Schloss fallen und den Motor des Autos aufheulen und dann die Stille am Ende ihrer Welt.

Auf dem Stück Papier stand ein Name.

Margot.

Drei endlos lange Tage vergingen. In den Nächten lag Frida die meiste Zeit wach im Bett und starrte an die Decke. Beim Arbeiten fielen ihr die Augen zu und Dinge aus der Hand, ein Teller zerschlug auf dem Küchenboden und brachte ihr eine Zurechtweisung von Frau Breunig ein, aber sie hörte nicht hin. Weil sie nicht schlafen konnte, lief sie die Straße hinauf und hinunter und klaubte Werbeprospekte und Zettel von Pizzalieferdiensten aus dem Briefkasten der Saalfelds, sie setzte sich auf den Baumstumpf und zündete Zigaretten an, die sie in einer Kommodenschublade im Wohnzimmer gefunden hatte, zog den Rauch in die Lungen und hustete und spuckte bitteren Speichel ins Gras. Sie berührte ihre Lippen mit einer Fingerspitze, um sich an Margots Kuss zu erinnern, aber es half nicht.

Am Freitagnachmittag klingelte Margot an der Tür, und Frida öffnete ihr. Margot lächelte, sagte aber nichts und ging an Frida vorbei durch den Flur. Das Wetter war wärmer geworden, statt des Regenmantels trug sie eine eierschalenfarbene Wildlederjacke mit fingerlangen Fransen zu der weißen Hose und dem T-Shirt, die Frida für ihre Berufskleidung hielt, die Uniform der Pflegedienstfirma. Für einen kurzen Moment war Frida enttäuscht, dann schloss sie die Tür und ging ins Wohnzimmer, wo Margot ihre Jacke auf einen der Sessel geworfen hatte und das Stethoskop aus der Tasche holte.

»Damit sehe ich professioneller aus«, sagte sie, als Frida bei ihr war. »Macht großen Eindruck.«

Frida stand im Flur. Die aus den schlaflosen Nächten angesammelte Müdigkeit lag auf ihrer Haut wie eine Schicht, durch die alles dringen musste, bedeckte sie wie ein Fell, das den Schall schluckte, das Licht und die Wärme. Sie zitterte, obwohl die Heizung im Keller auch Ende April noch Öl für drei Häuser verbrannte und die Radiatoren, gusseiserne, rostfleckige Gerippe, zum Glühen brachte und das Parkett, die Balken und Holzmöbel knacken ließ in der ausgetrockneten Luft.

Margot trat zu ihr hin und legte ihr das Ende des Stethoskops an die linke Brust, senkte den Blick und horchte. Sie lachte leise, als Fridas Magen knurrte.

»Hunger?«

Dieses Mal gelang es Frida, den Mund aufzumachen. »Ja.«

Margot schob Frida rückwärts gegen den Türrahmen und küsste sie. Frida schloss die Augen. Sie hatte das Gefühl, äußerlich zu erstarren und innerlich zu zerfließen, ihre Beine wurden weich und knickten dennoch nicht ein, ihr Kopf war eine Eisenkugel, gefüllt mit geschmolzenem Blei. Sie konnte nicht mehr denken, und wenn es ihr für eine Sekunde gelang, dachte sie, wie unbeholfen sie war, wie ahnungslos und verschüchtert und lächerlich, und wie gleichgültig ihr alles war, alles bis auf das hier, diese eine Minute ihres Lebens.

Am Abend des nächsten Tages fuhr Frida mit dem Bus in die Stadt. Margots Wohnung war klein und dunkel, von einem der Fenster sah man auf die Klinkermauer eines Lagerhauses, aus einem anderen in einen Hof, in dem neben einem großen Loch eine einsame Schubkarre stand. Alle paar Minuten zog ein Flugzeug über die Dächer und stieg grollend in die Höhe, beschrieb eine weite Kurve und tauchte ins Grau der Wolken. Manchmal geriet ein Gegenstand im Zimmer in leichte Vibration, ein Lampenschirm, ein leeres Weinglas, die Keramikschale mit den Münzen und Schlüsseln und den Halsketten aus Plastikperlen und angelaufenem Silber. Musik lief gegen das dumpfe Geheul der Triebwerke, den Lärm von einer nahen Baustelle und das Rumoren innerhalb des fünfstöckigen Hauses. Nina Hagen dröhnte aus den Boxen der Stereoanlage, lauter als die Turbinen und die Lastwagen und das Türenschlagen auf den Fluren, so laut, dass Frida und Margot, wenn sie etwas sagen wollten, auf die vom Kratzen der Nadel unterlegte Stille zwischen zwei Stücken warten mussten oder einander ins Ohr flüsterten.

An den Montagen und Freitagen legten sie sich in Fridas Zimmer ins Bett, im rückwärtigen Teil des Hauses, einem eigenen Trakt, wo vor langer Zeit die Bediensteten gewohnt hatten. Manchmal reichte es für eine ungestüme, in hitziger Ungeduld verbrachte Viertelstunde, manchmal, wenn Margot Feierabend hatte, für mehr, aber nie für eine ganze Nacht und einen Morgen ohne die niederschmetternde Weite der leeren, ausgekühlten Betthälfte und die erdrückende Gegenwart des abwesenden Körpers. Nach dem Aufwachen sei sie hässlich und unerträglich, vor dem ersten Kaffee nicht ansprechbar, hatte Margot gesagt, und alles Dagegenhalten und Bitten von Frida war vergeblich.

Am Sonntag durfte Frida zu Margot, dann verbrachten sie die Zeit zwischen zwölf und fünf zusammen, fünf Stunden im Bett, in der Badewanne, am Küchentisch, im nahen Park, im Kino. Noch immer kam Frida sich unbedarft vor, wie eine Hinterwäldlerin auf Stadtbesuch, unsicher und am dritten Tag noch so neugierig und verblüfft wie am ersten, ein Kind zu Besuch bei einer Erwachsenen, zurückhaltend beim Empfangen von Zärtlichkeiten und linkisch im Liebkosen, fiebrig vor Sehnsucht und Verlangen und im innersten Kern kalt vor unerklärbarer Angst. Jeder Abschied war ein Sterben, jeder letzte Kuss der wirklich letzte, jedes sich Umdrehen und in den Bus Einsteigen ein Kraftakt, eine übermenschliche Anstrengung, die Frida zermürbte.

Frida machte Margot Geschenke, zuerst kleine, eine Sonnenbrille, weil in Margots Wohnung nur kaputte, zerkratzte, bügellose herumlagen, eine Haarbürste aus Kirschholz, ein Sofakissen mit Batikbezug, dann wertvollere, eine japanische Teekanne, einen Picknickkorb, eine Polaroidkamera. Als Margot eines Sonntagnachmittags ein mit Bernstein verziertes Armband aus dem Seidenpapier wickelte, betrachtete sie es eine Weile, schlug es wieder in das rote, knisternde Papier ein und schob es Frida über den Küchentisch hinweg zu.

»Das kann ich nicht annehmen«, sagte sie.

»Warum nicht?«

»Weil es bestimmt eine Menge gekostet hat.«

»Hat es nicht. Und wenn schon.«

Margot streckte die Hand aus und berührte Fridas Fingerspitzen. »Wie viel verdienst du bei der Breunig?«

»Genug.«

»Das glaube ich dir nicht.«

»Ist aber so. Für mich selbst brauche ich nichts.«

Margot seufzte. »Hör mal. Sowas Teures schenkt ein Mann seiner Frau. Zur goldenen Hochzeit.« Sie lachte zaghaft.

Frida wischte das Armband mit einer trägen Handbewegung von sich weg. Wie vor jeder Busfahrt in die Stadt hatte sie zwei Gläser Wein getrunken, um ruhiger zu werden, jetzt fühlte sie sich plötzlich gereizt und nervös. In ihrem Kopf wuchs ein Schmerz, als würde sich ihr Hirn ballen wie eine Faust.

Eine Zeit lang sahen beide wortlos auf das rote zerknitterte Seidenpapier. Janis Joplin sang *Cry Baby*, aber Frida hielt die Tränen zurück, wollte kein heulendes Elend sein, keine durchgedrehte Freundin aus einem schlechten Film, kein idiotisches Mädchen, das nicht die geringste Ahnung hatte, wie man sich in einer Beziehung verhielt, und nicht einmal wusste, ob es überhaupt eine Beziehung war, wenn eine Frau eine andere liebte, oder ob das alles falsch war, ein peinliches Versehen.

Margot blieb sitzen, als Frida sich erhob und nach dem Armband griff, um es in die Hosentasche zu stopfen. Erst als Frida ihre Jacke von der Stuhllehne nahm und die Wohnungstür öffnete, stand sie ebenfalls auf und folgte Frida ins Treppenhaus. Im Park nahm sie Fridas Hand und ließ sie nicht los, bis sie an der Bushaltestelle waren.

Am Montag kam statt Margot eine Frau, die Frida nicht kannte und die nichts von Margot wusste. Frida war am Samstag in die Stadt gefahren und hatte das Armband gegen ein Paar halb so teure Ohrringe umgetauscht und mit dem restlichen Geld eine Wolldecke für den nächsten Sonntagnachmittag im Park gekauft und eine Jeans, weil Margot gesagt hatte, in den weiten Cargohosen würden Fridas Beine nicht zur Geltung kommen. Frida wurde schlecht, sie rannte in den Garten und füllte ihre Lungen mit Luft, dann setzte sie sich auf den Baumstrunk und versuchte nachzudenken. Das einzige Telefon im Haus, ein eckiger, schuhkartongroßer Apparat aus schwarzem Bakelit, hing in Frau Breunigs Schlafzimmer an der Wand neben einem Blatt Papier, auf das Frau Breunig die Nummer ihres Arztes, des Notrufs, der Apotheke und ihrer angeblich besten Freundin geschrieben hatte. Der Name und die Telefonnummer der Freundin waren durchgestrichen, weil die Frau vor einem Monat gestorben war. Frau Breunig hatte Frida den Briefumschlag mit der Traueranzeige gegeben und sie gebeten, ihr den Text vorzulesen, weil sie ihre Brille verlegt habe. Nachdem Frida fertig gewesen war, hatte Frau Breunig laut geseufzt und mit beiden Händen eine wegwerfende Geste vollführt. Nun sei die also auch noch weg für immer, hatte sie in einem eher verdrießlichen als bedrückten Ton gemeint und dann mit der ihr eigenen schroffen Sachlichkeit gesagt, auf der Beisetzung aufzutauchen sei vollkommen sinnlos, davon werde Hilde auch nicht wieder lebendig. Damit war sie nach oben gegangen, um Hildes Zeile zu schwärzen, und Frida hatte den Umschlag und die Todesanzeige in den Müll geworfen.

Frau Breunigs Apparat konnte Frida nicht benutzen, um Margot anzurufen, also ging sie zum Supermarkt, wo es Münztelefone gab. Eine halbe Stunde lang versuchte sie es alle fünf Minuten, obwohl sie wusste, dass Margot bis am Abend nicht zu Hause sein würde, weil sie arbeitete, dann erst sah sie ein, wie kläglich und sinnlos ihre Sturheit war. Als sie auf dem Rückweg zu Frau Breunigs Haus an der Haltestelle vorbeikam, hielt ihr Bus, und sie stieg ohne zu überlegen ein und ließ sich in die Stadt fahren. Sie wusste nicht, wo der Pflegedienst seine Büros hatte, nicht einmal an den Namen, in dem etwas Lateinisches mitschwang, konnte sie sich erinnern. Nur das Logo sah sie vor sich, ein stilisiertes Haus mit zwei Strichfiguren darin, die einen Patienten und einen Pfleger darstellten, grün auf dem Weiß von Margots T-Shirt.

Sie ging zum Mietshaus und klingelte bei Margot, setzte sich bei den Parkplätzen auf eine Mauer, sie lief durch den Park und durch fast leere Straßen, sah sich vor dem Kino die Aushänge an und ging wieder zurück zu Margots Adresse. Nirgendwo hielt sie es länger als eine Viertelstunde aus, dann tigerte sie weiter durch den wie ausgestorben wirkenden Vorort, den vom nächtlichen Regen noch feuchten Park und zuletzt durch das belebte, lärmende Zentrum der Stadt. Am frühen Nachmittag geriet sie im Niemandsland zwischen Mietshaus und Park in einen Wolkenbruch, der sie, obwohl er nur wenige Minuten dauerte, bis auf die Haut durchnässte. Als sie sich im erstbesten Lokal, in das sie sich setzte, im Spiegel sah, erschrak sie so heftig, dass sie ein Glas Wein trinken musste, um nicht die Fassung zu verlieren. Nach den allmorgendlichen Arbeiten im Haus hatte sie sich für Margot zurechtgemacht, sich nach den Anweisungen einer Frauenzeitschrift frisiert und geschminkt und dann in die neue Jeans gezwängt, und jetzt, keine vier Stunden später, starrte sie in ihr Gesicht mit dem verschmierten Lidschatten und der in Rinnsalen an den Wangen hinabgeflossenen Wimperntusche und machte einen so kläglichen und erbarmungswürdigen Eindruck, dass der Mann hinter dem Tresen sie fragte, ob sie Kummer habe, und ihr ein zweites Glas Wein ausgab und die Frau mit der verrutschten Perücke und den kniehohen Lederstiefeln, die ein paar Barhocker neben ihr saß, ihr mit der Kaffeetasse zuprostete und sie *Kleines* nannte.

Noch vor einem Monat hätte Frida sich nach dem zweiten Glas ein wenig entspannt und nach dem dritten ihre Lage als misslich, jedoch nicht hoffnungslos eingestuft und darüber gelächelt, wie man lächelte, nachdem man im Schlafanzug auf die Straße getreten und unter den sorgenvollen Blicken der Nachbarn zurück ins Haus geflohen war, gerade noch rechtzeitig, um der vollkommenen Blamage zu entgehen. An diesem Nachmittag aber fehlte ihr diese schicksalsergebene Gelassenheit. Selbst ein viertes Glas Rotwein konnte sie nicht beruhigen, und ihr Zustand wurde auch nicht besser, als sie sich im Toilettenraum das Gesicht wusch und von der fürsorglichen Frau neu schminken ließ. Der Wirt füllte ihr noch ein fünftes Glas und sah ihr bekümmert beim Trinken zu, dann schickte er sie mit ein paar aufmunternden Worten in den sonnenhellen Nachmittag hinaus.

Irgendwie fand sie zum Park, legte sich auf eine Bank und schlief ein. Als sie aufwachte, war sie durstig, aber sie hatte kein Geld mehr, um sich am Kiosk eine Flasche Wasser zu kaufen. Eine Weile blieb sie noch liegen und sah in den Himmel. Alles an ihr fühlte sich aufgedunsen an, die Finger, die Zunge, der Kopf, sogar die Augenlider, die ihr immer wieder zufielen. Sie hielt das Gesicht in den Wind, klappte den Mund auf und schluckte die kühle Luft.

Vor dem Haus wartete sie, bis jemand herauskam, und schlüpfte in den Flur. Im dritten Stock setzte sie sich auf eine Treppenstufe, zog die Beine an und legte den Kopf auf die Knie. An Margots Tür eine Etage tiefer zu klingeln traute sie sich nicht, zuerst wollte sie nüchtern werden und stehen können, ohne zu schwanken. Wenn sie einnickte, drehte sich alles, ihr wurde übel und sie musste den Oberkörper aufrichten, die Augen öffnen und tief ein- und ausatmen. Sie überlegte, nach draußen zu gehen, sich hinter einem Gebüsch einen Finger in den Hals zu stecken und sich zu übergeben, aber dann hörte sie unten die Eingangstür ins Schloss fallen, Schlüsselklimpern, Schritte und Frauenstimmen. Beim Aufstehen wurde ihr so schwindlig, dass sie sich am Geländer festhalten musste, um nicht zu stürzen.

Margot schloss die Tür auf und betrat die Wohnung, und die andere Frau folgte ihr. Beide drehten sich zu ihr um, als Frida die Treppe hinunterstolperte und auf sie zu rannte, und die Frau hob schützend die Arme und wich zurück, um nicht angerempelt zu werden. Frida taumelte über die Türschwelle in den Wohnungsflur, riss einen Mantel von einem Garderobenhaken beim Versuch, nicht hinzufallen, fiel trotzdem, rappelte sich aber gleich wieder auf und stieß Margot von sich, die auf sie einredete und sie festzuhalten versuchte, dann rannte sie durch das in Dunkelheit liegende Wohnzimmer ins Bad, schloss sich ein und tastete nach dem Lichtschalter, fand ihn und hielt sich eine Hand vor die Augen, bis die Neonlampe nicht mehr flackerte und sie in der summenden Helligkeit ihr grell bemaltes Gesicht im Spiegel sah, ihre blutroten Lippen und die mit dem Spray der Frau aus der Bar fixierten Haare, ein steifes, zerfranstes Gebilde, und während sie das Wasser aufdrehte, schlug sie mit beiden Fäusten in den Spiegel, der zersplitterte und ihr die Finger zerschnitt, und endlich trank sie kaltes Wasser und übergab sich und sank auf die Knie, kippte zur Seite, legte die Wange auf den Fliesenboden und atmete seufzend aus.

Manchmal finden wir auf dem Hof ein Nest mit Mäusen, winzig und rosa, nicht viel größer als Engerlinge, blind. Wir suchen nicht nach ihnen, finden sie beim Ausfegen des Schuppens oder wenn wir die untersten Scheite aus dem Holzstapel ziehen, unter einem losen Brett im Stall, in einer Ecke zwischen leeren Kartoffelsäcken. Sie sind fast durchsichtig, ihre Augen Erbsen in einer trüben Suppe, ihre Herzen Vogelbeeren. Ihre Haut ist ein dünner Vorhang, dahinter brennt eine Kerze, flackernd, und wir sind der Wind. Sie bewegen sich nicht, wenn sie auf den Grund des Eimers sinken. Im kalten Wasser sind sie nicht anders als zuvor.

Nach dem Aufwachen wusste sie nicht, ob sie fünf Minuten oder fünf Tage geschlafen hatte. Sie lag im Bett der Notaufnahme eines Krankenhauses, drei Kabinen neben ihr war Margot behandelt worden, die sich beim Aufbrechen der Badezimmertür die Schulter ausgerenkt hatte. Obwohl sie sich übergeben hatte, war ihr noch immer schlecht, und beim Öffnen der Augen stießen glühende Nadeln in ihr Hirn. Sie wurde nach ihrem Namen gefragt und antwortete mit *Frida*, aber ihr Nachname war ihr entfallen. Ein junger Arzt arbeitete seinen Maßnahmenkatalog an ihr ab und redete dabei auf sie ein, als wären sie alte Freunde, die sich nach langer Zeit begegneten und viel zu erzählen hatten. Er wollte, dass sie wach blieb, und sagte ihr das ständig, leuchtete mit einer Taschenlampe in ihre Pupillen, horchte ihr Herz ab und tätschelte ihr die Wange, und sie sah aus zusammengekniffenen Augen in sein jungenhaftes Gesicht und redete wirres Zeug, und irgendwann ließ er sie in Ruhe und ging weg und kam nicht zurück. Erneut schlief sie ein und hatte keine Ahnung, für wie lange, und als sie aufwachte, lag sie woanders, in einem anderen Licht und umgeben von anderen Klängen und Gerüchen.

Eine Stunde verging oder ein Tag. Eine Frau setzte sich zu ihr ans Bett und stellte ihr Fragen, welche Kinderkrankheiten sie gehabt habe und ob man Verwandte oder Freunde kontaktieren solle. Nach einer Weile gab sie auf, weil Frida sich die Decke über den Kopf zog. Eine Schwester erneuerte die Verbände an den Fingern, später brachte eine andere Essen, das Frida nicht anrührte. Vor dem Fenster wurde es dunkel und nach einer endlosen, von Schlafmitteln, Träumen und ungewohnten Geräuschen bestimmten Nacht wieder hell. Frida trank eine Tasse lauwarmen Tee und ein Glas Orangensaft, den Rest des Frühstücks ließ sie stehen. Drei andere Frauen lagen mit ihr im Zimmer, alle älter als Frida. Die Frau neben ihr sagte etwas in ihre Richtung. Frida gab vor, sie nicht zu hören, sie wollte schlafen, aber man ließ sie nicht, die Frauen redeten, Schwestern kamen und gingen, ein Arzt bedachte sie mit einem Blick, dann umringten Fremde die Betten der Frauen, und auf den Nachttischen wuchsen Blumen. Ein kleines Mädchen starrte Frida an, bis es an der Hand fortgezogen wurde.

Eine Frau telefonierte, die Stimme so leise wie die Musik aus dem Transistorradio ihrer Bettnachbarin, als Frida das Zimmer verließ. Den Schlauch der Infusion abzureißen war leicht gewesen, aber auf dem Flur fühlte sie sich schwach und lehnte sich beim Gehen mit der Schulter gegen die Wand. In einem abgedunkelten Raum warf ein Fernseher sein Licht auf die Gesichter von zwei Patientinnen. Stimmen und Applaus drangen durch die mit Herzen und Sternen und Blüten beklebte Glasfront auf den Flur. Frida stand eine Zeit lang da und sah dem farbigen Wirrwarr auf dem Bildschirm zu. Sie legte die Stirn an das Glas, das so kühl war wie der Steinboden unter ihren nackten Füßen.

Die Schwester, die ihren Arm anfasste, hatte Margots schwarzes Haar. Sie redete auf Frida ein, und Frida legte die Handfläche an die Scheibe, die sanft flackerte vom Leuchten des Fernsehers. Dass es aus ihrer Armbeuge tropfte, merkte sie nicht, auch nicht, dass sie in einer Pfütze stand. Ein Arzt und ein Pfleger kamen dazu. Frida hörte dumpfen Applaus und fröhliche Musik.

Wieder erwachte sie an einem anderen Ort. Wieder waren da ein Fenster und Licht und ein Geräusch, ein hoher Ton, der leiser und nach einer Weile zu Stille wurde. Frida drehte den Kopf zur Seite und sah den Schlauch des Infusionsbeutels, dahinter das Weiß einer Wand. Sie schlief ein, wachte auf, dämmerte vor sich hin, träumte, sah Dinge um sich herum, einen Stuhl, das dunkle Rechteck eines Bildes, die graue Fläche der Tür, einen Krug und ein Glas auf dem Nachttisch. Die Phasen aus Schlaf und Wachzustand flossen ineinander, einmal saß eine Frau auf dem Stuhl, einmal stand ein Reh neben ihr, dann ein Mann, der vor ihren Augen zu Splittern aus Helligkeit zerfiel. Die Kopfschmerzen waren weg, dafür tat ihr der Magen weh, als würde er sich in rhythmischen Krämpfen selbst verdauen.

Zeit verging, die sie nicht bemessen konnte. Man kümmerte sich um sie, brachte ihr Essen und Tabletten, begleitete sie in den Waschraum und zur Toilette, versorgte die Schnitte an ihren Fingern. Frida entwickelte eine Vorliebe für Suppen und einen Radiosender, auf dem französisch gesprochen wurde, wenn keine klassische Musik lief. Von den Stimmen eingelullt, stellte sie sich die höflichsten und gebildetsten Menschen vor, Frauen und Männer, die in der künstlichen Beleuchtung isolierter Räume über Dinge sprachen, die so ausgesucht und geheimnisvoll waren, dass ihre Bedeutung Frida auch auf Deutsch verborgen geblieben wäre.

Hin und wieder wurde sie von einer Frau besucht, die ihr Fragen stellte in einem Tonfall, der sie an die Radiostimmen erinnerte. Frida saß jetzt oft auf der tiefen, mit einem Polster ausgelegten Fensterbank, von wo aus sie auf ein Stück Wiese und einen Teil eines Parkplatzes sehen konnte, und die Frau schob den Stuhl zu ihr heran. Manchmal wusste Frida die Antworten, und manchmal sagte sie etwas, das keinen Sinn ergab, wenn sie es stumm für sich wiederholte.

»Wo haben Sie zuletzt gewohnt?«

»Bei der alten Frau.«

»Wie heißt diese alte Frau?«

»Sie sammelt ihre Zehennägel. In Einmachgläsern.«

»Kennen Sie eine Käthe Breunig?«

Frida dachte nach, schüttelte den Kopf. Die Frau schrieb etwas auf einen Notizblock, der auf ihren Knien lag.

»Wie ist es mit Margot Hoffmann? Kennen Sie jemanden mit diesem Namen?«

Frida nickte. »Margot«, wiederholte sie.

»Sollen wir über Margot reden?«

Frida zuckte mit den Schultern. »Ja?«

»Sie hat Ihnen einen Brief geschrieben.« Die Frau zog einen Umschlag zwischen den Seiten des Notizblocks hervor. »Möchten Sie ihn lesen?«

Frida sagte nichts. Sie wandte den Blick von der Frau ab und sah hinaus. Ein schwarzes Auto stand dort, auf seinem Dach lag ein blitzender Klumpen Sonnenlicht, wie eine Katze, die sich auf dem heißen Blech wärmte.

»Soll ich Ihnen den Brief vorlesen?«

Frida strich mit einem Finger, der nicht mehr bandagiert war, über die Fensterscheibe. »Ja«, sagte sie schließlich.

»Frau Hoffmann hat diesen Brief in dem Krankenhaus abgegeben, in dem Sie waren, bevor Sie zu uns gebracht wurden. Sie wollte Sie besuchen, aber das ging zu der Zeit nicht.«

Frida sah einem kleinen Jungen nach, der über die Wiese rannte.

»Ich soll ihn also öffnen und Ihnen vorlesen.«

»Das ging zu der Zeit nicht«, sagte Frida leise.

»Nein.« Die Frau rückte mit dem Stuhl ein wenig näher ans Fenster. »Aber jetzt möchten Sie, dass ich Ihnen den Brief vorlese, ja?«

»Ja.«

Die Frau riss den Umschlag vorsichtig auf, entnahm ihm ein Blatt Papier und faltete es auseinander. »Liebe Frieda …«

Frida schloss die Augen. Die Grube im Hof war größer geworden und tiefer, ein schwarzes Loch, neben dem die Schubkarre wie ein Spielzeug ausgesehen hatte. Ein Arbeiter war nie aufgetaucht, niemand hatte eine Absperrung hingestellt oder ein Warnschild. Das Loch hatte Regen geschluckt und Flugzeuglärm und die Gedanken der Menschen, die es ratlos betrachteten, das war sein Zweck, oder es sollte einen gewaltigen Baum aufnehmen oder einen in die Wolken ragenden Fahnenmast oder ein Paar Ohrringe. Im Weltraum gab es schwarze Löcher, darin verschwanden Sterne und Planeten und Meteoriten, Frida hatte Bilder gesehen und sich vorgestellt zu fallen und eins zu werden mit dem Nichts oder am Ende einer gewaltigen Dunkelheit aufzutauchen als jemand anderes.

Free-daaa

Frida schlug die Augen auf und blinzelte. Ihr Kopf war wie der Himmel, leer und hell.

»… aber so ist es wohl am besten«, sagte die Frau, und es klang wie Französisch, wie etwas Rätselhaftes, weit Entferntes. »Es tut mir leid, Frieda. Alles Liebe, Margot.«

Fridas Mund verzog sich so unerwartet zu einem Lächeln, dass die Frau es notierte.

An einem der folgenden Tage setzte die Frau sich zu Frida ans Fenster und erzählte ihr von einem weiteren Brief, der gekommen war. Es regnete, auf dem Parkplatz öffneten und schlossen sich Schirme wie Blüten im Zeitraffer. Zwei Amseln, schwarze wirbelnde Punkte, stritten sich um das Königreich der Wiese. Der Name des Absenders sei Gernot Saalfeld, sagte die Frau und bat Frida, sie anzusehen.

Frida drehte sich um. Die Frau hatte kurze graue Haare und ein breites, helles Gesicht. Sie trug eine weiße Hose und über einem hellblauen Pullover eine dunkelblaue Strickjacke und eine Brille aus dünnem Draht. Ein schmaler goldener Ring steckte an einem ihrer Finger. Das Deckenlicht fiel auf den Brief in ihrer Hand und ließ ihn leuchten.

»Wissen Sie, wer Gernot Saalfeld ist?«

Frida mochte diese Stimme, sie war sanfter als die der anderen Frauen, tiefer und leiser. In der Nacht hatte sie vom Meer geträumt und von einem Boot. Sie war ins Wasser gefallen und in die Dunkelheit hinabgesunken, aber sie hatte atmen und auf dem Grund gehen können. Fischen war sie nicht begegnet, dafür Kindern, die an ihr zerrten und sie stießen und an den Haaren zogen, bis sie durch eine Tür trat und von Helligkeit überschwemmt wurde, aufwachte und nach Luft schnappte.

»Frieda?«

Die Strickjacke der Frau hatte sechs Knöpfe, jeder Knopf hatte zwei Augen und einen Mund.

»Gernot Saalfeld ist der Mann Ihrer Großmutter. Erinnern Sie sich an ihn? Oder an Ihre Großmutter, Konstanze?«

Frida machte die Augen zu, nahm sich vor, nachzudenken, dem Klang des Namens zu folgen, doch allein der Versuch ermattete sie und schien der Mühe nicht wert zu sein, dann öffnete sie die Augen und schüttelte den Kopf.

»Sie haben im Haus der beiden gelebt. Ihre Großmutter hatte einen Schlaganfall. Sie ist jetzt in einem Pflegeheim untergebracht. Herr Saalfeld wohnt in ihrer Nähe. Er weiß, dass Sie hier sind, dank Frau Hoffmann und Frau Breunig. Er hat uns angerufen und gesagt, er würde Sie gerne besuchen.« Die Frau wartete einen Moment, bevor sie weiterredete. »Möchten Sie, dass er Sie besucht?«

Frida sah aus dem Fenster. Egal, wie viel sie schlief, die Müdigkeit nach dem Aufwachen wich immer nur einer neuen, noch tiefer sitzenden Erschöpfung. Sie wollte nichts entscheiden und keine Fragen beantworten. Der Regen war stärker geworden, durch die Stille im Zimmer konnte man das Rieseln hören, das hohe, gleichmäßige Geräusch der Tropfen, die auf die Karosserien der Autos trommelten, auf die Blätter der Bäume und den Asphalt des Parkplatzes.

RINGO
Achte Auskunft

Lieber Ringo, ich hoffe, diese Zeilen erreichen Sie bei guter Gesundheit! Ich schreibe Ihnen aus folgendem Grund: Mein Bruder und meine Schwägerin kommen übermorgen nach Deutschland, um den 80. Geburtstag unseres Onkels Altay zu feiern. Ein rauschendes Fest mit einer Million Verwandten ist geplant. Zehntausende Tanten und Cousinen werden mich ins Kreuzverhör nehmen und wissen wollen, warum ich noch immer keinen Ehemann und keine fünf Kinder habe, und es wird ganz schrecklich werden. Aber Onkel Altay wird nur einmal achtzig, und natürlich will ich ihn beglückwünschen und umarmen und ein paar Runden mit ihm auf dem Tanzparkett drehen! Warum ich Ihnen das schreibe: Ich werde Sie in den nächsten vier bis fünf Tagen nicht anrufen können. Deshalb würde ich Sie gerne um einen Gefallen bitten: Schreiben Sie etwas über Ihre Kindheit in der Kommune. Worüber, ist egal, Chronologie ist egal, notieren Sie, was Ihnen einfällt! Meine Fragen können Sie bestimmt erahnen … (Ich hoffe, Sie fühlen sich nicht genötigt – machen Sie es nur, wenn Sie es wirklich wollen!) Ich rufe Sie in einer Woche wieder an. (Falls ich die Festivitäten schadlos überstehe …) Herzlich, Elif & Hobbes

Liebe Elif, ich weiß nicht, wo ich beginnen soll, also beginne ich dort, wo meine allererste Erinnerung einsetzt. Aber Sie wissen ja, wie das mit dem Gedächtnis so ist, man glaubt ein Bild aus der Vergangenheit zu sehen, eine Momentaufnahme, auf der es meistens Sommer ist und das Licht grell, was die Konturen verbrennt und alles wie in einem Traum erscheinen lässt, und man meint, man könne sogar die Luft riechen und die Geräusche hören, in meinem Fall Heu und Dung und Jauche und das Bimmeln der Glocken an den Ziegenhälsen und das Meckern der Tiere und die hohen Rufe der Frau, die an diesem Tag die Herde auf die Weide treibt und mich, den Zweijährigen, Rücken an Rücken mit sich herumträgt, dreizehn Kilo auf ein Holzgestell geschnallt wie eine Milchkanne oder ein Käselaib, damit ich mich an alles gewöhne, an die Sonne und die Hitze und die Tiere und den Weg zu der eingezäunten Wiese am Fluss, und damit ich nicht im Haus bleiben und beaufsichtigt werden muss, was niemand mag, ich nicht und die Alten nicht, denn alle müssen draußen mithelfen, auch ich, indem ich die Beine baumeln lasse und schaue und höre und schnuppere, damit alles in mich hineinsickert und ich für immer davon durchdrungen bin wie von einem Elixier, einer Milliarde Molekülen, die in meinem Blut treiben und mich süchtig machen nach Winnipeg und einem glücklichen, anspruchslosen Leben im Nirgendwo, einem neunzig Jahre dauernden Gang auf dem bewährten Pfad der Überzeugung. (Neunzig Jahre war die angestrebte Lebenserwartung in der Kommune, das wurde uns im Unterricht gesagt, die körperliche Arbeit, die gesunde Ernährung, die spirituelle Kraft und die fehlenden Gifte der Außenwelt seien die Grundlagen dafür, dieses hohe Alter zu erreichen.)

Aber wie erwähnt: Vielleicht täusche ich mich, was diese Huckepackszene betrifft, vielleicht meine ich nur, dass ich mich an diesen Tag vor achtundvierzig Jahren erinnern kann, an das Schaukeln, an die Gebäude, die aus meinem Blickfeld verschwanden, und an den blauen Himmel über mir. Es kann gut sein, dass mein Unterbewusstsein diesen Moment aus den Bildern zusammensetzt, die ich später gesehen habe, mit vier, fünf Jahren, als ich die Ereignisse tatsächlich wahrgenommen und mein noch leeres Schädelarchiv damit zu füllen begonnen habe. Fotografien aus jener Zeit gibt es nicht, jedenfalls sind mir keine unter die Augen gekommen, und ich weiß, dass wir, als wir größer waren, die Alten fragten, wozu die Holzgerüste mit den ledernen Trageriemen benutzt worden waren, die von Staub und Spinnweben bedeckt an einer Wand in der Scheune hingen, und dass sie uns davon erzählten, wie wir herumgetragen worden waren, bis wir selber gehen konnten. Vielleicht habe ich als Dreijähriger gesehen, wie Linus mir vom Rücken einer der Frauen (die Männer hatten immer Wichtigeres zu tun) zugewunken hat, und denke bis heute, ich hätte eine eigene deutliche Erinnerung an mich selbst dort oben, an das Auf und Ab und Hin und Her, an die Schultergurte, mit denen ich festgezurrt war, an die feuchte Wärme des Rückens hinter mir und an die Pfiffe meiner Mutter, mit denen sie die Ziegen dirigierte. (Ich wusste, nun ja, sagen wir, ich spürte sehr früh, welche der vier Frauen meine Mutter war.)

Darüber wollen Sie jetzt bestimmt mehr erfahren. (Obwohl Sie schon einiges wissen.) Also, es war so: Die Alten ließen uns zwar im Unklaren darüber, wer unsere Mütter und Väter waren, aber so etwas lässt sich nicht lange verbergen. Ein Lamm findet auf dem Feld seine Mutter unter Hunderten von Schafen – warum sollte der menschliche Instinkt weniger fein entwickelt sein als der eines anderen Säugetiers? Wenn wir unsere Mütter und Väter darauf angesprochen haben, lautete die Antwort immer gleich: Wessen Kinder wir sind, ist unwichtig, von viel größerer Bedeutung ist, in einer Gemeinschaft zu leben, in der sich alle umeinander kümmern und deren wesentlichste Aufgabe darin besteht, von der Außenwelt losgelöst zusammenzuleben, friedlich und demokratisch und nach eigenen Gesetzen. Was genau die Alten mit der Verheimlichung der Elternschaft beabsichtigten, ist mir bis heute nicht ganz klar, auch wenn ich die Thesen kenne und das Interview mit Fridas Vater gelesen habe. Einerseits wollten sie erreichen, dass wir uns alle als große Familie fühlten, in der das Hauptaugenmerk dem Erhalt und der Weiterentwicklung der Gruppe und der Vervollkommnung der

Arbeit galt. Auf der anderen Seite durfte es in ihrem System keine eigentlichen Individuen geben, keine zu engen Bindungen und keine Allianzen, die sich auf zwei, drei Menschen beschränkten, keine Zellen, die womöglich eigenständige, vom Gesamtplan abweichende Ideen entwickelten. Das Kollektiv ist wichtiger als der Einzelne, lautete ihr Motto, das Erreichen vorgegebener Ziele hat Vorrang vor der Selbstverwirklichung. (Das kommt uns irgendwie bekannt vor, nicht wahr?)

Als wir klein waren, haben wir ein paarmal versucht, unsere Eltern dazu zu bringen, sich uns zu erkennen zu geben, aber irgendwann war es uns nicht mehr wichtig genug, um sie weiter damit zu löchern. Wir waren vier Kinder, was brauchten wir da Vater und Mutter, wir hatten uns, die Gemeinschaft in der Gemeinschaft, wir ersannen unsere eigenen Regeln und brachen die der Alten, zum Beispiel nachts, wenn wir uns durch ein Fenster vom Dachboden abseilten, um einige Stunden allein zu sein. (Der Hund, den wir damals hatten, war so gut wie taub, und auch sein Nachfolger schlief lieber und träumte in seiner Hütte japsend und mit den Beinen zappelnd vor sich hin, statt in die Dunkelheit zu horchen und bei jedem Geräusch zu bellen.)

Sie fragen sich vielleicht, ob wir bewacht wurden. Nein. Die Alten haben uns vertraut – oder nicht zugetraut zu fliehen. Außerdem: Wohin hätten wir gehen, was hätten wir tun sollen? Armin behielt uns im Auge, ja, aber nur, damit wir keinen Unsinn machten, mit gestohlenen Streichhölzern die trockene Wiese abfackeln, den Bach stauen, im alten Nussbaum einen Ausguck bauen, mit der Steinschleuder auf die Kühe schießen, das Pferd vor den Leiterwagen spannen, aus einem Fass und einem Stück Schlauch ein U-Boot zur Erforschung des Teichs bauen, vom Scheunendach auf den mit Heu beladenen Wagen springen, auf Armins Hanfpflanzen pinkeln. (Er und Wolfram waren die Einzigen in der Kommune, die Gras rauchten, die anderen lehnten Drogen ab, duldeten aber die Gewohnheit der beiden unter der Bedingung, dass ihre Arbeitsleistung nicht darunter litt und sie ihre Joints nicht vor uns Kindern qualmten, eine Regel, an die Armin sich nicht immer hielt, was oft zu Ausein-

andersetzungen führte, die wir heimlich belauschten.) Als wir älter waren, sieben, acht, wussten wir über die nach Harz riechenden Zigaretten Bescheid, und wir hatten je länger, je mehr den Verdacht, dass Armin nur nicht vom Hof gejagt wurde, weil man befürchtete, er könnte den Behörden die Existenz von vier ungemeldeten schulpflichtigen Kindern verraten und damit die Kommune zerstören. Armin war der fünfte Mann, die ungerade Nummer neun, ein ständig übel gelaunter Kerl ohne Frau und der Einzige der Alten, der regelmäßig verschwand und erst am nächsten oder übernächsten Tag zurückkam, und ich weiß bis zum heutigen Tag nicht, ob es Armin war, der die Zerschlagung Winnipegs zu verantworten hatte, aus verletzter Eitelkeit und Rache, weil er innerhalb der Gruppe der Außenseiter war, der Überzählige, der Kiffer mit der großen Klappe und der miesen Arbeitsmoral. (Das muss unter uns bleiben, liebe Elif, Armin ist, wie Sie vermutlich wissen, vor etwa zwanzig Jahren gestorben, Krebs, hieß es, er soll in Frieden ruhen.)
Was könnten Sie sich sonst noch fragen? Zu den Mutmaßungen und Vorwürfen bezüglich Missbrauchs und Ausbeutung habe ich mich ja bereits geäußert: Übergriffe gab es nicht, und die Arbeit auf dem Hof betrachteten wir als unsere Pflicht, als unseren Beitrag zum Ganzen, als Rechtfertigung dafür, uns dreimal täglich an den Tisch zu setzen und zu essen. Ich sehe bis heute nicht ein, was am Ausmisten eines Stalls, am Melken von Kühen und am Ausgraben von Kartoffeln schlechter sein soll als am Auswendiglernen von historischen Daten, chemischen Kürzeln und mathematischen Formeln, mühsam eingetrichtertem Stoff, Hirnablagerungen, die nach kurzer Zeit zerbröckeln, weil sie nicht gebraucht werden. Warum wird verfolgt und bestraft, wer seine Kinder nicht dem Staat zuführt, sondern sie lehrt, wie man die Erde umpflügt und Korn ansät und es erntet und davon lebt? Ich glaube, die Antwort lautet: Weil das System angepasste Kinder braucht, weil es brave Bürger und funktionierende Konsumenten braucht und, wenn es nötig wird, blind gehorchende Soldaten, die für dieses System in den Krieg ziehen. (Verzeihen Sie mir mein Pamphlet gegen die allgemeine Schulpflicht, ich habe mich zu dem Thema ein wenig schlaugemacht,

soweit meine klägliche Schulbildung es zulässt, und bin zu dem Schluss gekommen, dass sie zu den größten Irrtümern der Menschheit und auf den Müllhaufen der Geschichte gehört. Aber lassen wir das, ich will nicht, dass Sie denken, ich sei auf meine alten Tage doch noch ein politischer Mensch geworden.)

Oh, ich ahne, worüber Sie gerne etwas erfahren wollen: Sex. Wie wurde in der Kommune mit diesem Thema umgegangen? Gab es freie Liebe? Es war so: Die Alten lebten, entgegen den wilden Spekulationen und kranken Fantasien gewisser Journalisten, monogam, was sie bei den Gerichtsverhandlungen ausgesagt haben, entspricht, soweit ich es im Rückblick beurteilen kann, den Tatsachen. (Falls ich mich irren sollte, was ich sehr bezweifle, haben es die Alten meisterhaft verstanden, ihre Techtelmechtel vor uns zu verbergen.) Was mich betrifft, so kann ich ohne den geringsten Zweifel sagen: In der Kommune gab es weder Orgien noch Partnertausch, weder Fruchtbarkeitsrituale noch Vollmondzeremonien, bei denen nackt um einen brennenden Phallus getanzt wurde. Wahr ist, dass alle vier Paare zusammen waren, lange bevor sie die Kommune gründeten, und dass niemand die Absicht hatte, Rainer Langhans und Uschi Obermaier Konkurrenz zu machen. (Bei Armin bin ich mir da nicht so sicher, aber siehe oben: Man soll nicht schlecht über Tote reden.)

Hat man uns Kinder aufgeklärt? Nein. Dazu zwei Vermutungen: Wir waren nach Ansicht der Alten noch zu jung, um mit den Fakten der menschlichen Anatomie und den Geheimnissen der Fortpflanzung konfrontiert zu werden. Oder sie vertrauten darauf, dass wir inmitten der brünstigen Kühe und rammelnden Schafe ganz von alleine darauf kommen würden, wie die Sache funktioniert. Ich tippe auf Letzteres.

Was mich auf etwas bringt, worüber ich bisher noch nicht nachgedacht habe: Was für Zukunftspläne hatten die Alten? (Vergessen wir die Auflösung der Kommune und stellen uns vor, sie würde noch immer existieren.) Wie sollte es weitergehen, wenn die Alten wirklich alt wären, siebzig oder achtzig und zu schwach zum Arbeiten? Dass sie ihre Hoffnungen auf uns Kinder setzten, kann ich mir

nicht vorstellen. Wie sollten drei Jungs und ein Mädchen einen Hof so bewirtschaften, dass dreizehn Menschen davon leben können? (Es geht hier nicht nur um Selbstversorgung mit Gemüse, Fleisch und Eiern, die Alten musste ja auch Steuern bezahlen, sie brauchten Kleidung, Brillen, eine Zahnfüllung. Was mich zu der Frage bringt, wie es mit Arztbesuchen ausgesehen hätte, wenn ein Unfall oder etwas Schlimmeres passiert wäre als Linus' gebrochener Arm, der ohne viel medizinisches Wissen eingegipst worden war.) Wie hätten wir den Verkauf der Waren handhaben sollen? Keiner von uns vieren hätte den Führerschein machen können. Uns gab es ja offiziell gar nicht! Hatten die Alten vor, drei Frauen und einen Mann für uns zu finden (Wo??? Wen???), damit wir Nachwuchs zeugten und so den Fortbestand des Hofs sicherten? Oder hätten sie mit sechzig gesagt, das war's, wir hören auf, Bauern zu sein und ziehen wieder in die Stadt? Und wir? Hätten sie uns in Winnipeg gelassen? (Und uns ab und zu besucht?) Hätten sie uns nachträglich bei den Behörden angemeldet, vier Volljährige, für die das Leben als offiziell nicht Existierende so normal war, dass sie nie auf die Idee gekommen wären, jemanden zu verklagen? Hätten die Alten sich irgendwann selbst angeklagt, wären sie reumütig geworden und mit ihrem schlechten Gewissen und der Bereitschaft zur Buße zu den Behörden gegangen? Was hätten sie den Beamten gesagt? »Wir haben da vier Kinder auf einem Hof im Kampstedter Bruch, die müssten noch registriert werden? Mit uns können Sie machen, was Sie für richtig halten und was das Gesetz in einem solchen Fall vorsieht?«
Hätten wir irgendwann darüber nachgedacht, fortzugehen? Hätten wir uns mit achtzehn, zwanzig nach einem anderen Leben zu sehnen begonnen? Hätten wir herauszufinden versucht, ob es die in den Romanen beschriebenen Orte und Dinge auch in der Wirklichkeit gab? Wären wir früher oder später jemandem aus der Außenwelt begegnet, der/die uns dazu bewegt hätte, ihm/ihr zu folgen? Hätten die Alten uns dann gehen lassen?
Eigentlich möchte ich über solche Dinge gar nicht nachdenken. Sie etwa? Darüber, ob die Alten davon ausgingen, dass Frida sich von einem von uns (mir, Leander, Linus) ein Kind machen lassen würde?

Oder gleich zwei, drei, genug, um den Betrieb am Laufen zu halten? Hätten wir für immer verborgen bleiben und die Geschichte mit den versteckten Kindern wiederholen sollen, unsichtbare Selbstversorger im norddeutschen Niemandsland, ein scheues Naturvölkchen, unentdeckt und unbehelligt bis zum Tag X? Waren wir ein Experiment, ein indigener Stamm umgeben von Zivilisation, an dessen Beispiel ein neues Lebensmodell getestet werden sollte? Was zu der Frage führt: War das, was wir für unsere Kindheit im Kampstedter Bruch hielten, Freiheitsberaubung (sowie Verweigerung des Zugangs zu Bildung und ein paar weitere Delikte), wie es die Staatsanwaltschaft formulierte, oder war es die ehrenhafte Absicht der Alten, uns vor dem Übel der Welt zu bewahren, indem sie uns internierten?
Wir haben bei den Verhandlungen zugunsten der Alten ausgesagt, kein Einziger von uns hat Vorwürfe gegen sie erhoben. Wir haben sogar Bittschriften verfasst, Verteidigungspamphlete, die wirkungslos blieben, sah man davon ab, dass unsere Sprachbegabung zur Kenntnis genommen wurde. (Vielleicht war aber auch gerade dieses an den Klassikern der Literatur geschulte Deutsch einer der Gründe, weshalb wir als seltsame Wesen betrachtet wurden, ohne Fernsehen, Zeitungen, Allgemeinbildung, Religion und Kultur aufgewachsene realitätsfremde Halbwilde, die weder Hans-Joachim Kulenkampff noch Plato, Helmut Schmidt, Jesus oder die Beatles kannten, sich aber artikulieren konnten wie sechzigjährige Germanistikprofessoren.)

Hier beende ich meine Aufzeichnungen. Ich weiß nicht, ob Sie etwas damit anfangen können. Ich tippe sie ab – das Entziffern meiner Säuferschrift will ich Ihnen ersparen. (Gestern habe ich in einem Trödelladen eine sechzig Jahre alte mechanische Schreibmaschine der Marke Continental gekauft!) Wenn ich noch ein wenig länger und tiefer im Erinnerungsschlamm wühlen würde, fände ich darin bestimmt ein paar weitere Anekdoten, die ich Ihnen erzählen könnte, zum Beispiel die vom ersten Tier, das ich getötet habe, um es zu essen (ein namenloses Huhn, Tatwaffe eine Axt, viel

Blut und Geflatter), die eines Armbruchs (Linus' misslungener Sprung vom Heuschober, Gips von Ulrike, der Beinahe-Physiotherapeutin) oder die von der Nacht am Teich, in der Leander, Linus und ich den Schwur geleistet haben, uns niemals an Frida (mit Grippe im Bett) heranzumachen (alle hielten sich an das Gelübde, nur einer nicht).

Aber Schluss jetzt. Wie ich Sie kenne, werden Sie nachhaken, wo es Ihnen wichtig erscheint. Ich hoffe, Sie haben die Festlichkeiten gut überstanden, und freue mich auf unser nächstes Gespräch, einander leibhaftig gegenübersitzend oder telefonisch verbunden! Mit lieben Grüßen, auch an den Kater, Ringo

LEANDER
Kapitel XII

Wirkungen

Wann immer Leander das Buch in die Hände nahm, fiel ihm etwas daran auf, das es in seinen Augen noch hässlicher machte. An die Fotografie und die verschiedenen Schriften und Farben des Einbandes hatte er sich im Lauf der Zeit gewöhnt, wie er sich an unabänderliche Tatsachen gewöhnt hatte, die kürzer werdenden, düsteren Tage des Herbstes etwa oder die Hände der Autogrammjägerinnen, die auf der Straße und im Anschluss an seine Lesungen nach ihm griffen und die Emil Kronenberg *Klauen der Begierde* nannte. Seine neueste Entdeckung machte er auf der letzten Seite des Buches, die er bisher nie aufgeschlagen und für leer gehalten hatte. Dort stand: *Schreiben Sie uns Ihre Eindrücke zu diesem Buch. Aus allen Einsendungen wählen wir eine Gewinnerin oder einen Gewinner. Es winkt ein Abendessen mit dem Autor.*

Leander musste die Sätze zweimal lesen, um zu glauben, dass Beerbaum sie tatsächlich hatte drucken lassen, dann schleuderte er das Buch an die Wand seines Zimmers. Er hatte das Umschlagbild mit dem traurig dreinschauenden Jungen halbwegs verdaut, dieses geisterhaft vor dem Hintergrund einer flachen Landschaft schwebende Gesicht mit den Kuhaugen, hatte sich mit den Krähen und stilisierten Ketten abgefunden, hatte Titel und Untertitel als für den Erfolg notwendiges Übel abgehakt, hatte den Brechreiz beim Lesen des Klappentextes zu unterdrücken und den Anblick seines Porträtfotos zu ertragen gelernt, aber diesen Aufruf würde er seinem Verleger nicht verzeihen. Leander bückte sich nach dem Buch und blätterte noch einmal ganz nach hinten. *Es winkt ein Abendessen mit dem Autor.* Er riss die Seite heraus und warf das Buch aus dem offenen Fenster.

Seit drei Wochen bewohnte er als Stipendiat eines von acht Zimmern im *Klopstock-Haus,* einem aufwendig renovierten Gutshof im Umland von Braunschweig. Friedrich Gottlieb Klopstock hatte in der vierzig Kilometer entfernten Stadt gelebt, nicht lange, aber lange genug, dass es erwähnenswert war und dem Likörfabrikanten Gisbert Vogt und seiner Frau Nelly reichte, um die noble Unterkunft für die von ihrer Stiftung geförderten Literaten nach dem Dichter zu benennen. Leander hatte nichts von Klopstock gelesen und nicht vor, dies nachzuholen, obwohl in einem Regal neben seinem Bett gleich mehrere Werke des Mannes standen, der seit hundertachtzig Jahren tot war, so tot, dass nicht einmal mehr Verwesungsgeruch aus den Seiten des Buches geweht war, das Leander, einem Gefühl der Schuldigkeit seinen Gönnern gegenüber nachgebend, aufgeklappt hatte, um ein paar der versammelten Oden zu überfliegen und sich nach der Lektüre noch mehr fehl am Platz zu fühlen.

Sein Zimmer, nach Leanders Maßstäben eine Wohnung, war ein einziger Raum von neunzig Quadratmetern Größe. Trennwände gab es darin keine, nur ein schulterhohes Regal voller Bücher, hinter dem das Bett stand, und das mit Duschkabine, Toilette und Waschbecken ausgestattete Bad, dessen Schiebetür auf der Rückseite des bis zur Decke reichenden Garderobenschranks so gut in einem riesigen Spiegel versteckt war, dass Leander minutenlang danach hatte suchen müssen. Er hatte den Raum ausgemessen und dabei so viele Schritte gemacht wie auf dem Dachboden in Winnipeg, nur musste er nicht ständig den Kopf unter einem Balken einziehen oder losen Bodenbrettern ausweichen. Im Bett hinter dem Bücherregal hätten vier Kinder schlafen, am Tisch acht Erwachsene sitzen und auf dem Teppich zwischen den Polstersesseln und Sofas zwölf Schafe stehen können. Die Wiese, die sich unter dem Fenster ausbreitete, bot Platz für eine Herde von zwanzig Kühen, in den Apfelbäumen hingen Früchte für drei Winter. Leander sah über den Rasen, wo das Buch im Mittagslicht zwischen den gemähten Halmen schimmerte. Der Himmel war so hell, wie er es im November noch zu sein vermochte, und die Landschaft flach und weit. Auf Noahs Rücken, dachte er, hätte es eine Ewigkeit gedauert, die Grundstücksgrenze abzureiten. Er schloss das Fenster und zog Hemd und Jackett, eine Hose mit Bügelfalten und polierte Schuhe an, um ins Auditorium zu gehen, einen mit Glas überdachten Innenhof, den die Stipendiaten unter sich *Treibhaus* nannten. Der Besuch eines Verlegers stand bevor, es herrschte schriftlich festgehaltene Kleiderordnung und unausgesprochene Anwesenheitspflicht.

Alle schienen da zu sein, bis auf Ludger Rossbach, der sich seit drei Tagen nicht hatte blicken lassen. Leander blieb auf der Treppe stehen und sah den anderen Stipendiaten zu, die aus sämtlichen Winkeln des Gebäudes herbeigekommen waren und sich jetzt vor der breiten Glastür des Auditoriums versammelten, eine letzte Zigarette rauchten oder in einem aus der Gesäßtasche gezückten Reclam-Heft lasen, um mit niemandem reden zu müssen. Lohmüller, der Hauswart, Gärtner und Chauffeur der Stiftung, hatte zwanzig Stühle ins Auditorium gestellt, vier Reihen, die vorderste drei Meter von einem Rednerpult mit Nussbaumfurnier entfernt, das exakt in der Mitte des Raumes platziert war und über dem an einem viele Meter langen Kabel wie ein eisbedeckter Planet eine Lampe aus Milchglas schwebte. Der Verleger stand mit Nelly Vogt vor einer der unverputzten Sandsteinmauern, rauchte Pfeife und nickte heftig, wenn seine Gastgeberin etwas zu ihm sagte. Im Speisesaal hing ein mit Schreibmaschine getippter Hinweis auf die Veranstaltung, die den Titel *Fantasieren, Lektorieren, Publizieren* trug und auf dem unter einer Fotografie des Verlegers ein paar biografische Angaben zu lesen waren, ein Abriss seines Werdegangs, eigene Buchveröffentlichungen und der Hinweis auf eine Freizeitbeschäftigung des Referenten, das Segeln. Sein Geburtsjahr wurde nicht erwähnt, Leander schätzte ihn auf Mitte vierzig, Anfang fünfzig. Er erinnerte ihn ein wenig an Emils Vater, der ebenfalls breite Schultern und grau meliertes Haar hatte und in seinem Maßanzug aussah wie ein Filmgangster oder der Alleinherrscher über ein Firmenimperium, das Roboter baute, Unterseeboote und Weltraumraketen.

»He, Champ! Alles bestens?«

Leander schreckte aus seinen Gedanken und spürte Ludger Rossbachs schwere Hand auf seiner Schulter.

»Tag, Ludger.«

»Und? Befund?«

»Alles gut«, sagte Leander. »Warst du krank?«

Ludger grinste und beugte sich ein wenig zu Leander hinüber. »Intensive Vertiefung in diverse Materien.«

Leander nickte. Er wusste, dass Ludger seit geraumer Zeit Besuch hatte. Er war der Frau nie begegnet, von einigen zum Tratschen neigenden Stipendiaten aber mit Gerüchten versorgt worden, obwohl er nicht darum gebeten hatte.

»Verstehe«, sagte er und merkte, wie er rot anlief.

Ludger lachte und schlug Leander ein paarmal auf die Schulter. »Na und ob du das tust!«, rief er, dann packte er Leander im Genick und nahm mit ihm die letzten Stufen. Als sie unten waren, ertönte aus einem Lautsprecher ein Gong, und sie gingen mit den anderen ins Auditorium, setzten sich in die letzte Reihe, schoben die Stühle vor und zurück, legten ihre Jacketts ab und scharrten dann noch eine Weile mit den Füßen, räusperten sich und husteten und blätterten in ihren Notizheften, die sie in der Absicht mitgenommen hatten, so zu tun, als hielten sie die denkwürdigsten Aussagen des Verlegers fest, nur um die Seiten dann mit Einkaufslisten und Kritzeleien zu füllen.

»Warum ist der Kerl so braun?«, flüsterte Ludger.

»Er segelt.«

»Seine Zähne leuchten wie Plutonium.«

Der Verleger trat ans Stehpult, richtete das Mikrofon und lächelte in die Runde. Dann begrüßte er die Anwesenden mit *Meine lieben jungen Hoffnungsträger* und dankte Nelly Vogt, die auf einem Stuhl bei der Wand Platz genommen hatte, für die Einladung. Nachdem er sich vorgestellt hatte, begann er von seiner Tätigkeit zu berichten, von steinigen Böden und zarten Pflänzchen, von Meistern, die selten vom Himmel fielen, von der Trüffelsuche, von Gespür und Kalkül, von Glücksgriffen und Misserfolgen, von hellen Sternen und verheizten Talenten, von Vorschüssen und Märkten und Welterfolgen, vom Wind in den Segeln aufstrebender Poeten, von der stürmischen See des Literaturbetriebs, von Haifischen und Eisbergen und Strömungen, von Klippen, auf denen unter der Gischt des Applauses die Kritiker lauerten, von Leuchttürmen und sicheren Häfen, zu denen er, wenig überraschend, seinen Verlag zählte.

Am Ende seines Vortrags bedankte er sich noch einmal bei Nelly Vogt und forderte die *vielversprechenden Jungautoren* auf, ihren Weg zu gehen, ohne auf Mode und Nachfrage zu schielen, ganz im Vertrauen darauf, dass ihre Texte aus der ureigensten Quelle des Ichs flossen, ungeachtet der Frage nach Erfolg und Ruhm, Erscheinungen, die er als zweitrangig und vergänglich bezeichnete.

Der Applaus war kurz und heftig, beinahe aggressiv, als klatschten einige der acht Angesprochenen nicht beifällig, sondern wütend, empört darüber, dass sie sich so viel Beunruhigendes hatten anhören müssen, auf so viele Gefahren hingewiesen worden waren, auf Willkür, Zufälle und Unwägbarkeiten, die, schenkte man den Worten des Verlegers Glauben, den Verlauf ihrer Karriere mitbestimmten.

Beim Verlassen des Auditoriums ging Marius Wels neben Leander und Ludger her, ein Junge aus einer Arbeiterfamilie in Essen, der den Kurzgeschichtenwettbewerb der Stiftung zum Thema *Zeitenwechsel* gewonnen hatte und während seines Aufenthalts im Klopstock-Haus herauszufinden hoffte, ob er Schriftsteller werden oder im Februar wieder als Schweißer bei Krupp arbeiten wollte.

»Wie fandet ihr es?«, fragte er. Er war einen halben Kopf kleiner als Leander und etwa so groß wie Ludger, aber wo sich unter Ludgers Hemd Speckpolster verbargen, hatte er Muskeln.

Leander sagte nichts. Die eben gehörten Weisheiten und Ratschläge hatten für ihn keine Bedeutung. Er war kein Schriftsteller und beabsichtigte nicht, einer zu werden. Er hatte die Rolle hier nur übernommen, weil er mit seinem Leben nichts anzufangen wusste, und weil Beerbaum ihm sagte, wen er darstellen sollte.

Ludger holte eine Zigarette aus einer Seitentasche seines Jacketts und schob sie sich zwischen die Lippen. »Nautisch«, sagte er.

Abends ging, wer gelangweilt, disziplinlos, überarbeitet oder Opfer einer Schreibblockade war und der Einsamkeit seines Zimmers entfliehen wollte, in den Raum im Erdgeschoss, an dessen Tür aufgeklebte Holzbuchstaben das Wort ENTSPANNUNG bildeten, und in dem zwischen Polstermöbeln und Barhockern eine Tischtennisplatte, ein Billardtisch und auf einem schwarz und weiß karierten Teppich halbmeterhohe Schachfiguren aus Gips standen. Schon am Abend nach ihrer Ankunft im Klopstock-Haus hatte Ludger darauf bestanden, dass Leander sich von ihm zeigen ließ, wie Billard gespielt wurde, und nur eine Übungsstunde später war aus dem blutigen Anfänger ein Könner geworden, der acht Partien hintereinander gewann und seinen Lehrmeister dermaßen aus der Fassung brachte, dass dieser nach der neunten Niederlage in Folge wortlos und mit versteinerter Miene den Tisch verlassen hatte, um im strömenden Regen spazieren zu gehen.

Nach zwei Wochen besiegte Leander jeden, der gegen ihn antrat. Ludger spielte noch immer ab und zu mit ihm, und obwohl er inzwischen jedes Mal den Kürzeren zog, blieb er am Tisch, weil er kein schlechter Verlierer sein wollte und weil er sich vor den anderen gerne als Leanders Trainer darstellte, dem Gewinnen nichts bedeutete, wenn es galt, ein Naturtalent zu fördern. Hatten die Kränkungen beim Billard das für ihn erträgliche Maß überschritten, forderte er Leander zu einer Runde Tischtennis heraus, gewann ein paarmal 15:0 und füllte so seinen Selbstbewusstseinsspeicher ein wenig auf, bevor er auf dem grünen Filz das nächste Debakel erlebte. Er konnte nicht begreifen, warum Leander kaum einen Ball übers Netz brachte, und glaubte bei den ersten Partien noch, der bleiche, lange Kerl stelle sich absichtlich tölpelhaft an, weil ihm seine wie durch Magie verliehenen und zu seinem eigenen Erstaunen entdeckten Fähigkeiten am Billardtisch unangenehm waren und er seinem Gegner ein Erfolgserlebnis gönnte. Erst als er ihn beim heimlichen Üben mit Ball und Schläger beobachtete, wurde Ludger klar, dass Leander ihm nichts vorgemacht hatte und tatsächlich keine andere sportliche Begabung zu haben schien außer der, mit einem Queue Billardkugeln zu versenken.

Was Leander betraf, so spielte er eigentlich gar nicht gerne, weder Billard noch sonst etwas. In Winnipeg hatten ihnen die Alten gezeigt, wie man Hufeisen gegen einen eingeschlagenen Pflock warf und auf dem Platz vor der Scheune apfelgroße farbige Holzkugeln so über den Boden rollte, dass sie möglichst nahe bei einer kleinen Kugel zu liegen kamen, aber für solche Beschäftigungen war er nie zu begeistern gewesen. Er hatte keinen Sinn darin erkennen können und wunderte sich auch jetzt über die Anerkennung, die er von seinen Mitstipendiaten für etwas erfuhr, das er als völlig zweckfreies Totschlagen von Zeit betrachtete, als halbwegs amüsante Beschäftigung während der endlosen Abende und Nächte an einem Ort, an dem er eigentlich nicht sein wollte. Das einzig Gute an seiner unerklärlichen Fähigkeit, Winkel, Aufprallenergien und Rollwege richtig einzuschätzen, war, neben der Tatsache, nicht vor Langeweile sterben zu müssen, dass er im Klopstock-Haus als *der Champ* bescheidene Berühmtheit erlangte und nicht mehr nur als *das Kommunenkind* gesehen wurde, als *der Typ mit dem Tagebuch* oder, dank Ludgers brachialem Humor, *die Kampstedter Krähe.*

Dennoch fühlte Leander sich immer wieder an das Albrecht-von-Blumenthal-Internat erinnert, etwa wenn im Speisesaal schlüpfrige Witze erzählt und derbe Sprüche geklopft wurden, wenn man sich auf einem der Flure oder im Garten über den Weg lief und verlegen den Blick senkte, weil man sich nichts zu sagen hatte, oder wenn ein Mitbewohner Besuch von Verwandten oder Freunden bekam und man ihn beneidete, weil er nicht so einsam und von allen vergessen war wie man selbst. Emil hatte ihn nach Braunschweig begleitet und vier Tage in einem der Gästezimmer verbracht, um ihm Gesellschaft zu leisten und Mut zu machen für die drei Monate, die vor Leander lagen. Jetzt telefonierten sie zwei-, dreimal in der Woche, und Emil erzählte von der Arbeit an einer neuen Ausgabe der *Bibliothek des Versagens*, deren Auflage sich mittlerweile bei rund tausend Exemplaren eingependelt hatte, von seinen Versuchen als Theaterautor und von Frauen, die am Montag Lydia hießen und am Samstag Ute und die alle nichts für ihn waren, angeblich, weil sie seinen Freigeist und seine Ungebundenheit in den Käfig einer festen Beziehung sperren wollten, was er als Akt der Aggression betrachtete. Bei jedem Gespräch beschwerte er sich über das laute, dreckige und verkommene Berlin und schwärmte von der ländlichen Idylle, in der Leander das Leben genießen dürfe, aber sie beide wussten, dass das gelogen und nur der wenig überzeugende Versuch war, Leanders Aufenthalt im Klopstock-Haus besser aussehen zu lassen.

Das Wiedersehen mit Ewald lag inzwischen fast zwei Monate zurück und erschien ihm in der Erinnerung von Tag zu Tag unwirklicher, wie ein Traum, dessen Bilder allmählich zerfielen. Leander hatte in einer Buchhandlung in Bielefeld eine Lesung gehalten, und Ewald und Werner waren gekommen, um mit ihm zu Mittag zu essen, vor Freude und Stolz ein paar Tränen zu verdrücken und Grüße und Glückwünsche von Hedda auszurichten, die zu Hause bei Gregor geblieben war. Leander hatte sich während des ganzen Treffens unwohl gefühlt, weil Ewald und Werner ihn nicht fragten, warum er dieses Tagebuch nie erwähnt hatte, als ahnten sie, dass er nicht der Autor des Buches war, auf dem sein Name stand und das er viermal signieren musste, auch für Gregor, der drei Monate zuvor von einem Tag auf den anderen aufgehört hatte, Uhren zu reparieren, um, wie er seinen Geschwistern sagte, mehr Zeit zum Nachdenken zu haben. Sie hatten einen Ordner voller Zeitungsartikel mitgebracht, die sich mit *Geraubte Kindheit* beschäftigten, allerdings nur die positiven und nichtssagenden, belanglose Besprechungen und werbewirksame Veranstaltungshinweise, freundliche Interviews und Porträts, in denen Leander als netter, schüchterner und bescheidener junger Mann dargestellt wurde, als Entkommener und nun der großen Welt in Gestalt des Schriftstellers entgegentretender Kämpfer. Er hatte den beiden von seinen Auftritten erzählen müssen, von den Lesungen und Radiointerviews und den Dreharbeiten für einen Fernsehbeitrag, aus dem am Ende drei Minuten rührselige Anteilnahme und aufmunternde Lobhudelei geworden waren, einhundertachtzig Sekunden Gefängnis und Befreiung, Schatten und Licht, ein Segen für Beerbaum und den Verlag.

Ewald hatte nicht viel von sich erzählt, nur von einer gut verlaufenen Operation am linken Knie und seinem neuen Arbeitsplatz in der Firma eines Freundes, die Plattenspieler herstellte und in deren Versandabteilung er von Montag bis Freitag mit Kisten hantierte, nach eigenem Bekunden froh darüber, nicht mehr mit liebeskranken Teenagern und lebensmüden Bankangestellten telefonieren und Zuversicht vermitteln zu müssen, von der er selbst nicht mehr sehr viel zu besitzen schien. Er sei zufrieden, hatte er gesagt, der Plattenspieler, ein Modell zum Sonderpreis für Angestellte, und seine wachsende Schallplattensammlung bereiteten ihm viel Freude. Neben Nachrichten von Hedda und Gregor hatte er einen Brief von Lotte dabeigehabt, mit dem Leander am Morgen nach der

Lesung in den Park unweit seines Hotels gegangen war, um ihn zu lesen, bereit, vor Glück jubelnd oder vor Wut schreiend über die Wiese zu rennen, je nachdem, wie Lotte mit seinem ausgezehrten Herz umspringen würde.

Sie vermisse ihn, schrieb sie, allerdings erst am Schluss des Briefes als Postskriptum, gleich nach einem saloppen *Mach's gut und halt die Ohren steif!* In England sei es *kafkaesk* gewesen, das Leben im Internat eine Mischung aus *Das Schloss* und *Der Prozess*, und sie selbst habe sich *zum Käfer mutiert* empfunden, *etwas über den Boden Krabbelndes mit einem Panzer, ein Mistkäfer, immerzu Scheiße verdauend.* Jetzt habe sie in Paris angefangen, Philosophie und Kunstgeschichte zu studieren, fotografiere in jeder freien Minute und arbeite stundenweise in einem Antiquariat, wo sie neu eingetroffene Bücher sortiere und für *den hundertjährigen, nach Zwiebelsuppe und Zigarren müffelnden* Inhaber Kaffee koche. England habe sie schon vor den Sommerferien verlassen, nachdem sie in der Schule einem Lehrer ein blaues Auge verpasst habe. Er sei ein *widerlicher Drecksack mit Brechreiz auslösendem Mundgeruch* gewesen, schrieb sie, ohne näher auf den Vorfall einzugehen. Ihre Mutter sei *auf zweihundert* gewesen und hätte ihre aufmüpfige Tochter am liebsten in einem Kloster weggesperrt, aber jetzt habe die Lage sich ein wenig beruhigt, und sie, Lotte, schreibe ihr allwöchentlich brave, beruhigende Briefe voller Lügen, und alle seien zufrieden, sogar sie selbst, denn Hemingway habe recht gehabt, Paris sei ein Fest fürs Leben, *und du, mein lieber lendenlahmer Lulatsch, musst unbedingt mal herkommen!*

Leander war weder jubelnd noch schreiend über die Wiese des Parks gerannt, nachdem er den Brief dreimal hintereinander gelesen hatte. Er war gegangen, langsam und alle paar Schritte innehaltend, um ins Gras oder in die Wolken zu starren und sich Lotte in Paris vorzustellen, wie sie im Vorlesesaal saß und einem Professor zuhörte, wie sie in Begleitung von gut aussehenden, sportlichen französischen Kommilitonen, die allesamt in sie verliebt waren, über den Campus schlenderte und sich die Tasche mit den Lehrbüchern tragen ließ. Sogar ihr Lachen konnte er hören, wenn er die Augen schloss, nicht ihr altes, raues, sondern ein neues, hohes, glockenhelles, im blauen Himmel von Paris sanft zerplatzendes Lachen, das ihn rasend machte. Er hatte ihr nicht zurückgeschrieben und seine Antwort ständig vor sich hergeschoben, und auch jetzt setzte er sich noch immer nicht hin, um ihr endlich zu antworten. Wenn er daran dachte, also jeden Tag, überlegte er sich einen ersten und zweiten Satz, feilte an ihnen herum, änderte den Tonfall, wechselte von heiter und unverbindlich zu trocken und berichterstattend, von ausgeglichen und mitteilsam zu melancholisch und kryptisch, von angenehm überrascht zu beleidigt, von vorwurfsvoll zu pampig zu fies, und weil er sich nicht festlegen konnte, blieb es beim ständig aufgeschobenen Vorhaben und dabei, dass er sich täglich von seinen widersprüchlichen Gefühlen verrückt machen ließ, ohne auch nur eine einzige Zeile an Lotte zu Papier zu bringen.

Beerbaum hatte seinen Besuch für die Weihnachtstage angekündigt, eine Zeit, der Leander nichts Feierliches abgewinnen konnte, nichts Besinnliches und erst recht nichts Freudiges. Sein Plan, am dreiundzwanzigsten Dezember den Zug nach Münster zu nehmen und bis Anfang Januar bei den Borns zu bleiben, hatte sich zerschlagen, weil Hedda im Krankenhaus lag, wo man ihr notfallmäßig die Gallenblase entfernt hatte, und Ewald wie aus heiterem Himmel von einer Grippe niedergestreckt worden war. Werner hatte angerufen und gesagt, Leander solle trotzdem kommen, man werde sich ungeachtet allen Unglücks eine schöne Woche machen, aber Leander, von den schlechten Nachrichten geknickt, hatte sich ausgemalt, wie ungemütlich die Atmosphäre in dem großen Haus sein musste ohne Heddas Dekorationen, ohne den Duft nach Glühwein und frisch gebackenem Lebkuchen und ohne ihre resolute Stimme, mit der sie ihre Brüder herumkommandierte und beim Singen von Weihnachtsliedern übertönte. In seine Enttäuschung mischten sich Trotz und eine unerklärliche Sehnsucht nach den in wortlosem Einverständnis verbrachten Abenden mit Ewald, und als einen Tag nach seiner Absage Ewald anrief und ihn hustend und schniefend umzustimmen versuchte, blieb Leander stur und konnte es sich kaum verkneifen zu fragen, ob Ewald seine Erkältung nur vortäusche, weil ihn das große Elend gepackt habe und er kein Weihnachten ohne Meret feiern wolle. Aber er beherrschte sich und sagte nichts, richtete an alle Grüße aus und versprach, sich bald wieder zu melden, damit man über einen möglichen Besuch zum Jahreswechsel reden könne.

Als Beerbaum drei Tage vor Weihnachten im Klopstock-Haus eintraf, brachte er einen Kofferraum voller Geschenke mit. Er hatte zugenommen, das sah Leander gleich, mindestens fünf Kilo, und er trug die Haare jetzt so lang, dass sie, nach hinten gekämmt, auf dem Hemdkragen auflagen. Leander hatte beim Haupteingang auf ihn gewartet, um zu verhindern, dass Beerbaum auf der Suche nach ihm durch das ganze Gebäude ging und an alle Türen klopfte. Nachdem sie sich begrüßt hatten, Beerbaum überbordend gut gelaunt, Leander zurückhaltend und verlegen, weil er noch immer nicht wusste, ob er seinem Verleger Dank schuldete oder ihn hassen sollte, gingen sie zum Parkplatz und holten die Geschenkpakete aus dem Auto. Beerbaums goldbrauner Lincoln Continental war so lang, dass sein Heck einen halben Meter über die Wagenreihe hinausragte, und als sich der Kofferraumdeckel hob, fühlte Leander sich an das aufklappende Maul des Flusspferds im Duisburger Zoo erinnert, in das ein Wärter ganze Wassermelonen und Salatköpfe geworfen hatte. Neben den Geschenken, die zum Teil auf der Rückbank lagen, nahmen sie auch einen Stapel Verlagsprospekte mit hinein, *zum Auslegen und Verteilen*, wie Beerbaum meinte.

Leanders Wohnung, an deren Tür die Zahl 5 befestigt war, ließ Beerbaum, der seit seiner Ankunft fast ohne Pause geredet hatte, verstummen. Mit offenem Mund und den Armen voller Pakete drehte er sich um die eigene Achse, eine skurrile Figur in einer Spieldose, dann pfiff er bewundernd, legte die Geschenke auf das Sofa und sank in einen der Sessel.

»Alle Achtung«, sagte er schließlich. »Das hat Klasse.« Er streckte die Beine aus und streifte die teuer aussehenden Schuhe ab.

Leander stellte die Geschenke auf den Boden. Auf einem lagen die Prospekte, vielleicht fünfzig Exemplare. Die Vorderseite wirkte edel, das Emblem war ein stilisiertes aufgeschlagenes Buch, auf dessen Seiten sich zwei E spiegelten, darunter stand in einer dünnen Antiquaschrift der Verlagsname, *Edition Euphrat*, und *Programm 1990*. Das alles war in Dunkelgrau auf einem eierschalenfarbenen, leicht strukturierten Papier gedruckt, was den irritierenden Effekt hatte, dass man beim Aufschlagen eine schlichte klassische Gestaltung erwartete und stattdessen mit dem bunten, effekthascherischen Einband von *Geraubte Kindheit* konfrontiert wurde, was einem Faustschlag auf die Augen gleichkam.

»So wohnen Erfolgsmenschen.« Beerbaum lockerte die Krawatte und machte den obersten Hemdknopf auf.

»Es ist viel zu groß«, sagte Leander, um irgendetwas zu sagen.

Beerbaum winkte mit beiden Armen ab. »Ach was!«, rief er. »Es kann nie groß genug sein!«

Leander setzte sich in einen freien Sessel. Noch immer fühlte er sich unwohl in Beerbaums Gegenwart, als seien sie nicht Autor und Verleger, sondern Geisel und Geiselnehmer, wobei nicht klar war, zu welchen Bedingungen die Geisel freikommen konnte, falls sie überhaupt jemals freikäme. Oliver Bergheim, ein Stipendiat, der wie Leander sein erstes Buch veröffentlich hatte, einen Gedichtband mit dem Titel *Vor Tasten*, war bei einem Podiumsgespräch zum Abschluss seines dreimonatigen Aufenthalts im Klopstock-Haus sogar so weit gegangen, Parallelen zu Prostituierten und Zuhältern herzustellen, ein Vergleich, der unter den Gästen erschrockenes und empörtes Murmeln ausgelöst hatte. Bergheim war während der verbliebenen Dauer der Diskussion darum bemüht gewesen, seiner Aussage nachträglich einen witzigen, ironischen Ton zu verleihen, indem er sich als *Frischfleisch auf dem Bücherstrich* und Verlage als *Laufhäuser der Literatur* bezeichnet hatte, aber obwohl er die Lacher der Mitstipendiaten auf seiner Seite gehabt hatte, war er beim Publikum und bei seinen Gönnern, Gisbert und Nelly Vogt, für immer in Ungnade gefallen.

»Auf jeden Fall um einiges besser als die verdammten Hotelzimmer, in denen ich seit Tagen hause.« Beerbaum erhob sich ächzend. »Wo kann ich denn meine arme Blase erleichtern?«

»Da hinten.« Leander zeigte auf den Garderobenschrank. »Die Tür ist in dem großen Wandspiegel.«

»Mach inzwischen die beiden Schätzchen kalt«, sagte Beerbaum, der zwei Flaschen Champagner aus dem einzigen nicht in Geschenkpapier verpackten Paket genommen und auf den Couchtisch gestellt hatte. Er zog das Jackett aus und warf es über die Sessellehne, dann ging er in Socken über den gefliesten Boden und summte laut und falsch eine Melodie vor sich hin. Als er das Badezimmer gefunden hatte, rief er laut: »Ah, eine Schiebetür! Raffiniert!«

Leander verstaute die Flaschen im Kühlschrank. Am Morgen hatte er mit Emil telefoniert und erfahren, dass Thilo Bongartz, der Sohn des Heizölbarons und Herausgeber der *Bibliothek des Versagens*, bei einem Hubschrauberabsturz in den Schweizer Alpen ums Leben gekommen war. So schnell konnte es also vorbei sein, hatte Leander gedacht und sich mit weichen Knien auf ein Sofa gelegt und an die Suppe erinnert, die er in Thilos Wohnung gegessen hatte, eine Minestrone, in der Nudeln in Buchstabenform geschwommen waren, mit denen er Wörter auf den Tellerrand geschrieben hatte, die ihm jetzt nicht mehr einfallen wollten. Emil hatte noch von der ungewissen Zukunft der Zeitschrift gesprochen, von einem Brand in einem nahen Lagerhaus und von der Frau, die ihn gerade umschwärmte oder verließ, aber Leander hatte nicht mehr richtig zugehört und nur an den freundlichen Thilo Bongartz gedacht, an Schnee und Licht und absolute Stille. Er zuckte zusammen, als die Toilettenspülung rauschte, und schloss die Kühlschranktür.

»So, und jetzt erzählst du mir haarklein, wie es dir in den letzten Wochen ergangen ist!« Beerbaum ließ sich in den Sessel fallen, verschränkte die Arme über dem Bauch und sah Leander erwartungsvoll an. Als Leander keinerlei Anstalten machte, etwas zu sagen, rief er in gespielt vorwurfsvollem Ton: »Worauf wartest du? Na los!«

Leander setzte sich. Erst jetzt bemerkte er den linsengroßen Diamanten in Beerbaums Ohrläppchen und war für einen Moment verwirrt.

»Ich höre.«

Leander räusperte sich. »Viel zu erzählen gibt es nicht«, sagte er dann. »Hier passiert kaum etwas.«

Beerbaum wartete.

»Also, vor einem Monat war ein Verleger hier und hat einen Vortrag gehalten. Und letzte Woche wurde ein Film gezeigt, Moby Dick, damit wir den Unterschied sehen zwischen Roman und Verfilmung.«

»Was hat der Verleger denn erzählt?«

»Alles Mögliche. Ohne Fleiß kein Preis. Dass das Meer stürmisch ist und man sich vor Haien in Acht nehmen muss.«

»Haien?«

»Er hat gerne Symbole benutzt.« Leander erinnerte sich daran, was Ludger gesagt hatte. »Es war alles sehr nautisch.« Er lächelte.

»Hat er auch vor seinesgleichen gewarnt? Verlegern?«

»Er meinte nur, dass es solche und solche gibt.«

Beerbaum nickte, seine Miene war ernst und nachdenklich.

»Ich habe ein Geschenk für dich«, sagte Leander, nachdem sie sogar für seine Verhältnisse zu lange geschwiegen hatten. Noch immer fühlte es sich seltsam an, seinen Verleger zu duzen, aber der hatte darauf bestanden und ihn jedes Mal korrigiert, wenn Leander ins Siezen zurückgefallen war, mit dem er sich weniger unbehaglich fühlte. Er schnellte aus dem Sessel hoch, holte das Päckchen von seinem Schreibtisch und hielt es Beerbaum hin.

»Ich nehme an, er meinte gute und schlechte.«

»Wer?«

»Der Verleger«, sagte Beerbaum. »Er meinte bestimmt, es gibt gute und schlechte Verleger.«

»Oh … Ja. Sicher.«

Das Päckchen in Leanders Hand schwebte in der Luft, aber Beerbaum rührte keinen Finger, um es entgegenzunehmen.

»Frohe Weihnachten«, sagte Leander.

»Und was für einer bin ich, deiner Meinung nach?« Beerbaum hob die Augenbrauen, sein Blick fixierte Leander. »Ein guter oder ein schlechter?«

»Ein guter, natürlich.« Leander lachte nervös.

Wieder nickte Beerbaum mehrmals. Dann hob er endlich die Arme, klatschte die Handflächen auf die Oberschenkel und ergriff das Päckchen. »Ich hoffe, das sind die ersten fünfzig Seiten deines neuen Buches!«, rief er, plötzlich wieder bestens gelaunt.

Leander errötete, stolperte ein paar Schritte rückwärts und fiel in den Sessel. Das flaue Gefühl in seinem Magen wurde stärker, er hatte den ganzen Tag nichts gegessen. Zum Frühstück hatte er nur eine Tasse Kaffee getrunken, in einem menschenleeren Speiseraum, weil alle anderen Stipendiaten über die Feiertage nach Hause oder zu ihrer Freundin gefahren waren, bis auf Ludger, der ein gestörtes Verhältnis zu seiner Familie und keine feste Freundin hatte, was in seinem Roman *Am Boden* nachzulesen war.

Beerbaum riss das Papier mit dem Schneeflockenmotiv auf und betrachtete das Geschenk, eine in Leder gebundene Ausgabe von Charles Dickens' *Oliver Twist* in deutscher Übersetzung, die Leander in einem

Braunschweiger Antiquariat gefunden hatte. Er drehte das Buch in den Händen und blätterte nachlässig durch die Seiten, als erwarte er, dazwischen Leanders Manuskript zu finden.

»Tja«, sagte er schließlich, klappte das Buch zu und bedachte Leander mit einem verkniffenen Lächeln. »Dann muss ich mich wohl noch ein wenig gedulden.«

Eine Stunde später war Leander betrunken. Beerbaum hatte darauf bestanden, dass sie auf zurückliegende und zukünftige Erfolge anstießen, und Leander hatte sich überreden lassen. Aus einem Nippen war ein Schluck geworden und aus dem Schluck ein weiterer und dann noch einer. Jetzt saßen sie in einem Imbisslokal und warteten auf die Portion Pommes frites, die Beerbaum bestellt hatte, weil er fand, Leander müsse dringend etwas in den Bauch bekommen. Er selbst sei nicht hungrig, sagte er, was Leander nicht verwunderte, da Beerbaum die Pralinen gegessen hatte, die neben einem dunkelblauen Leinenanzug, einem Paar italienischer Schuhe, einem Reiseföhn sowie einem in rotes Leder gebundenen Notizbuch samt Montblanc-Füller zu seinen Geschenken an Leander gehörten.

»Du musst dich umsehen«, sagte Beerbaum.

Leander hob den Kopf. Ihm war schlecht, und er sah doppelt, und wenn er sich zu schnell bewegte, wurde er von einem heftigen Schwindelgefühl erfasst.

»Du starrst die ganze Zeit auf die Tischplatte. Als Schriftsteller musst du deine Umgebung zur Kenntnis nehmen, alles registrieren.« Beerbaum kippte seinen Jägermeister, den zweiten, seit sie das Lokal betreten hatten. Er trug eine Sonnenbrille mit Stahlgestell, angeblich, weil seine Augen entzündet waren. Die Krawatte hatte er in Leanders Wohnung gelassen.

Er sei kein Schriftsteller, hätte Leander am liebsten geantwortet, ließ es aber bleiben, um Beerbaum nicht zu verärgern. An einer Wand neben der Theke stand eine Jukebox, aus der laute Rockmusik drang. Jemand schien eine Vorliebe für Status Quo zu haben, eine Band, die einer der übelsten Rüpel in Dünscheids Internat in jeder freien Minute gehört hatte und die Leander seither verabscheute wie kaum etwas anderes auf der Welt.

»Beobachten. Bewahren. Benutzen«, sagte Beerbaum. »Dreimal B, leicht zu merken.«

Leander nickte, und augenblicklich verschwamm alles um ihn herum zu einem Schleier, der sich erst auflöste, als er wieder das Braun der Tischfläche fixierte.

»Wo hast du das Notizbuch?«

Leander lehnte sich zurück gegen die mit senfgelbem Kunstleder gepolsterte Wand der Nische, in der ihr Tisch stand, und tastete die Taschen seines Jacketts ab, obwohl er wusste, dass er Beerbaums Geschenk nicht eingesteckt hatte.

»Als Autor solltest du dein Arbeitsgerät immer bei dir haben!«

Die Kellnerin brachte die Pommes frites und eine Cola für Leander und einen weiteren Jägermeister für Beerbaum. Sie war um die sechzig und hatte eine helle Narbe in der Form einer Sichel auf der Wange. Ihr Gesicht und ihr Lächeln erinnerten Leander an Ingeborg, die Sekretärin im Refugium Ring, und er lächelte zurück, bis er sich sein eigenes dummes Grinsen vorstellte und verschämt den Blick senkte.

»Ich würde gerne über unser nächstes Buch mit dir reden, Leander«, sagte Beerbaum, nachdem die Kellnerin gegangen war. Er stützte die Ellbogen auf den Tisch, faltete die Hände und beugte sich leicht nach vorne. »Hast du dir meine Vorschläge durch den Kopf gehen lassen?«

Leander sah sich vierfach in den bernsteinfarbenen Gläsern der Sonnenbrille gespiegelt. »Ja«, sagte er. Es stimmte sogar, er hatte tatsächlich viel über Beerbaums Ideen nachgedacht, allerdings eher so, wie man über etwas äußerst Unangenehmes, Belastendes nachdenkt, einen bevorstehenden Zahnarzttermin etwa oder die Möglichkeit eines verheerenden Erdbebens.

»Ich favorisiere das Konzept der Fortführung«, sagte Beerbaum. »Ein weiteres Tagebuch, nur dieses Mal über die Zeit nach der Kommune. Und in der Ich-Form geschrieben.«

»Ich weiß nicht recht.« Leanders Gesicht schwebte über dem Teller, von dem der leicht fischige Geruch von Frittieröl aufstieg.

»Du könntest alles darin verarbeiten. Die Zeit bei deiner Tante. Die Schule. Das Internat. Das andere Internat in den Bergen. Deinen Aufstieg als Autor.« Beerbaum trank sein Glas leer und leckte sich die Lippen.

»Wir könnten es Bewegte Jugend nennen, in Anlehnung an Geraubte Kindheit, Untertitel Das Kommunenkind erobert das Leben. Was meinst du?«

Leander zuckte mit den Schultern. Er hielt eine Fritte in den Fingern, konnte sich aber nicht dazu durchringen, sie in den Mund zu schieben.

»Oder Der Junge aus der Kommune, wenn dir das lieber ist. Er geht seinen Weg. Irgendetwas Positives auf jeden Fall.«

Leander blinzelte, alles drehte sich. Zwei Männer in blauen, mit Farbe bekleckslen Overalls warfen Pfeile auf eine Dartscheibe. Für wenige Sekunden setzte die Musik aus, dann klickte und summte es in der hell erleuchteten Box und *Rockin' all over the world* ertönte. Einer der drei Männer an der Bar klopfte mit seinem leeren Glas einen falschen Takt auf dem Bierdeckel. Die Kellnerin saß rauchend und in einer Illustrierten blätternd an einem leeren Tisch. Hin und wieder strich ein Scheinwerferstrahl von der Straße durch den dämmrigen Raum, oder die Flamme eines Feuerzeugs blitzte auf, ein explodierender Stern im All. Leander hörte Beerbaums Stimme, aber nicht die einzelnen Wörter und Sätze, sondern nur ein gleichmäßiges Rauschen, als rase ein endloser, mit nichts beladener Zug an ihm vorbei.

Als Beerbaum mit den Fingern schnippte, hatte Leander das Gefühl, aus der Hypnose zu erwachen. Er steckte sich endlich die inzwischen kalte Fritte in den Mund, zerkaute sie und spülte sie mit einem Schluck Cola hinunter.

»Ja«, sagte er dann, weil sein Verleger ihn abwartend ansah.

»Es gibt sogar einen Ort, an dem du das Buch schreiben kannst.« Beerbaum holte einen gefalteten Prospekt aus der Innentasche des Jacketts und schob ihn über den Tisch. »Murnau, Bayern. Die bieten dir ein halbes Jahr an. Wohnung. Taschengeld. Ruhe zum Arbeiten.«

Leander überflog den Text und warf einen flüchtigen Blick auf die Fotos, die eine grüne Landschaft zeigten, einen See, ein großes Haus aus hellem und ein paar kleine Häuser aus dunklem Holz. *Literatur-Kolleg Murnau*, stand da, und *Befreites Schreiben im Freistaat Bayern*. Vom Lesen war ihm noch übler geworden, und er merkte, dass er schielte.

»Du musst dich aber bald entscheiden«, sagte Beerbaum, »die Plätze sind begehrt. Soll ich anrufen und sagen, dass du kommst, sobald hier Feierabend ist?«

Leander schüttelte den Kopf, hörte aber gleich wieder auf, weil er fürchtete, vom Stuhl zu fallen. »Ich will das zuerst lesen«, sagte er und steckte den Prospekt ein.

»Du führst ein komfortables Leben, ist dir das eigentlich klar?«

»Schon möglich«, murmelte Leander.

Beerbaum seufzte.

Die Kellnerin brachte gerade den nächsten Jägermeister, da ging die Tür auf, und Ludger Rossbach kam herein. Trotz der Kälte draußen trug er obenherum nur ein Hemd und einen dünnen Pullover. Ein langer grüner Wollschal hing ihm über die Schultern, das eine Ende schleifte hinter ihm in der Pfütze aus Regenwasser auf dem Boden. Während in seinem Rücken die Tür zufiel, schlug er sich die Arme ein paarmal um den Leib und stampfte mit seinen in winteruntauglichen Turnschuhen steckenden Füßen auf.

»Guten Abend!«, begrüßte er die fünf Männer und die Kellnerin, die alle den Kopf in seine Richtung gedreht hatten.

»Sie haben Hausverbot!«, rief die Kellnerin.

Die drei Männer an der Bar gaben beipflichtende Laute von sich.

Ludger lachte herzlich, so wie man lacht, wenn man freundschaftlich auf die Schippe genommen wird. »Ach, kommen Sie!«, rief er gut gelaunt und wickelte den Schal auf. »Das war alles nur ein großes Missverständnis!« Er machte zwei, drei Schritte, dann blieb er stehen und breitete die Arme aus, wie um zu zeigen, dass er unbewaffnet war.

»Verlassen Sie bitte das Lokal«, sagte die Kellnerin, die sich inzwischen erhoben und zu den Männern an die Bar gestellt hatte.

Ludger sah sich um und stieß einen Freudenschrei aus, als er Leander entdeckte. »He, Champ! Schön, dich zu sehen! Sag doch bitte den Leuten hier, was für ein netter Mensch ich bin!«

Alle Augen richteten sich auf Leander.

Ludger trat neben Leander und legte ihm die Hand auf den Kopf. »Wir beide sind Schriftsteller. Poeten. Wir wohnen ganz in der Nähe. Stimmt's, Champ?«

»Ja«, sagte Leander kaum hörbar.

»Darf ich fragen, was es mit dem jungen Mann für ein Problem gibt?« Beerbaum erhob sich und nahm die Sonnenbrille ab. Als alle ihn ansahen, setzte er ein breites Lächeln auf und sagte laut und in staatsmännischem Ton: »Mein Name ist Beerbaum, ich bin der Verleger dieses jungen Autors hier.« Er deutete auf Leander. »Herr Selbig ist Stipendiat im Klopstock-Haus, genau wie sein Kollege«, er zeigte mit ausgestrecktem Arm auf Ludger, »der in diesem Etablissement offenbar unerwünscht ist aus Gründen, die ich gerne erfahren würde.«

Die Stille, die eintrat, erhielt eine fast unheimliche Dimension, als die Platte zu Ende war und in ihr Fach zurückglitt. Das einzige Geräusch, das zu hören war, kam von draußen, das Brummen der Lastwagen, das kilometerweit über das Land wehte. Mittlerweile waren die Männer von ihren Barhockern gestiegen und hatten sich links und rechts neben die Kellnerin gestellt.

»Er ist hier nicht willkommen«, sagte einer von ihnen schließlich, ein hünenhafter schlanker und so gut wie kahlköpfiger Mann im Anzug. »Mehr müssen Sie nicht wissen.«

Seine Freunde stimmten ihm zu.

Ludger sprach noch immer von einem Missverständnis und beteuerte, er sei nur hier, um ein Bier zu trinken und eine Packung Zigaretten zu kaufen. Nachdem er sich wortreich verteidigt hatte, schüttelte er Beerbaums Hand und dankte ihm überschwänglich dafür, *diese leidige Sache geklärt zu haben*, dann setzte er sich neben Leander und legte ihm den Arm um die Schultern.

Die Männer an der Bar protestierten lautstark. Als die Kellnerin durch das Lokal auf den Tisch von Beerbaum und seinen Schützlingen zuging, folgte ihr der Kahlkopf.

»Er kommt gestern rein«, sagte die Kellnerin zu Beerbaum. Sie blieb einen Schritt vor dem Tisch stehen und stemmte die Fäuste in die Hüften. »Mit einer jungen Frau. Beide sind betrunken. Sie streiten sich. Irgendwann schlägt er ihr ins Gesicht.«

»Ein Klaps!«, rief Ludger. »Ganz sanft und völlig harmlos! Ich schlage keine Frauen!« Er hob die Hand zum Schwur und lachte.

»Die Frau schreit und heult«, sagte die Kellnerin, ohne Ludger zu beachten. »Ich sage den beiden, sie sollen gehen und sich woanders streiten.

Er weigert sich, bestellt mehr Bier. Ich bringe ihm keins. Er beschimpft mich, dann geht er. Lässt die Frau sitzen. Sie hat kein Geld, schmeißt ihr leeres Glas auf den Boden und kotzt mir das Klo voll.«

Ludger holte einen Zwanzigmarkschein aus der Hosentasche und legte ihn auf den Tisch. »Fürs Bier von gestern«, sagte er. Dann warf er einen zweiten Zwanziger hinterher. »Und fürs Kloputzen.«

Wie Statisten eines Laientheaters mimten die Kellnerin und das Männertrio sprachlose Entrüstung und kaum zu zügelnde Wut. Leander schluckte leer, als er sah, dass der Kahlkopf die Fäuste ballte.

»Hier ist meine Karte.« Zur Verblüffung aller reichte Beerbaum der Kellnerin seine Visitenkarte. »Ich bin ein Mann des Geistes und der Worte, und dasselbe lässt sich über meinen jungen Freund hier sagen.« Er berührte Leanders Schulter und setzte sich wieder hin.

Die Männer raunten einander zu und lachten, während die Kellnerin die Karte betrachtete, als stünde darauf alles, was zur Klärung der Lage nötig sei.

»Diesen Herrn hier kenne ich zwar nicht«, sagte Beerbaum und wies mit einer kurzen Handbewegung in Ludgers Richtung, »bin mir jedoch sicher, dass er nicht der üble Kerl ist, als den Sie ihn sehen. Immerhin ist er ein Klopstock-Stipendiat.«

Das Lachen der Männer wurde noch verächtlicher. Einer rief, dieses Luxushotel für verwöhnte Bürschchen sei eine Schande für den Landkreis, ein anderer schwafelte von verschwendeten Steuergeldern und reichen Säcken aus der Stadt.

Die Kellnerin legte Beerbaums Karte auf den Tisch, nahm die beiden Geldscheine und wandte sich an Ludger. »Sie haben trotzdem Hausverbot«, sagte sie ruhig.

»Und jetzt raus!« Der Kahlkopf machte einen raschen Schritt auf Ludger zu, packte ihn am Arm und versuchte ihn hochzuziehen.

Ludger riss sich los und trat mit dem Fuß nach dem Mann, traf ihn aber nicht. Inzwischen war Beerbaum aufgesprungen und breitete die Arme aus. Ludger und der Kahlkopf beschimpften einander, während Beerbaum beschwichtigende Worte rief und Leander auf der Sitzbank zur Seite rutschte, weg von Ludger. Die beiden Freunde des Kahlkopfes kamen hinzu, noch unschlüssig, ob sie eingreifen sollten. Die Kellnerin kündigte an, die Polizei zu rufen, blieb jedoch, wo sie war. Einer der beiden Männer im Overall warf Münzen in die Musikbox, und wenig später erfüllte ein weiterer Hit von Status Quo den Raum.

»Ich bitte Sie!«, rief Beerbaum in den anschwellenden Lärm aus wütenden Stimmen, Gitarren, Bass und Schlagzeug. »Lassen Sie uns das wie zivilisierte Menschen regeln!« Er hielt noch immer die Arme seitlich ausgestreckt und erinnerte Leander daran, wie er früher die Kühe und Schafe in Schach zu halten versucht hatte.

Der Kahlkopf forderte Beerbaum auf, zur Seite zu treten, zuerst noch halbwegs freundlich und dann aggressiver, und als Beerbaum sich nicht rührte, stieß er ihm mit der flachen Hand gegen die Brust, worauf Beerbaum rückwärts stolperte und gegen Ludger fiel, der sich ebenfalls erhoben hatte und an Beerbaums Schulter vorbei nach dem Kahlkopf schlug und ihn mit der Faust im Gesicht traf.

Dann gingen alle aufeinander los, und wer sich wie Leander und die Kellnerin heraushielt, geriet trotzdem zwischen die Fronten, auch Beerbaum, der zu beruhigen versuchte, indem er sich den Männern von der Bar entgegenwarf und ihre Schläge einsteckte. Irgendwann schafften er und Leander es, ins Freie zu fliehen. Als sie endlich im Lincoln saßen, keuchend und übersät mit Blessuren, fing Beerbaum plötzlich an zu kichern und hörte erst auf, als er Leanders entgeisterten Blick bemerkte. Er betrachtete sein zerschundenes Gesicht im Innenspiegel und legte vorsichtig eine Fingerspitze auf den Riss in seiner Unterlippe, dann holte er ächzend Luft und startete den Motor. Der trübe gelbliche Schein, der durch die Glasfront aus dem Lokal auf den Parkplatz fiel, war die einzige Lichtquelle weit und breit, keine der Laternen auf der asphaltierten Fläche brannte.

»Schnall dich an«, sagte Beerbaum ruhig.

Leander klinkte den Sicherheitsgurt ein. Durch zwei schmutzige Scheiben hindurch konnte er ins Innere des Lokals sehen, wo Ludger sich noch immer mit jedem prügelte, der wollte. Die Leuchtreklame für eine Biermarke, die über der Theke hing, flackerte ein paarmal hintereinander auf wie ein fernes Gewitter. Leander glaubte sogar die Musik aus der Jukebox hören zu können, dumpf grollenden Donner. Im Tumult hatte er einen Ellbogenstoß abbekommen und rieb sich die

Schläfe. Ihm war übel, in seinem Magen gärten der Champagner und die Cola.

Beerbaum legte den Gang ein und gab Gas. Zuerst drehten die Reifen durch, dann machte der Wagen einen Satz und schoss mit heulendem Motor auf das gelb schimmernde Rechteck zu und ließ es explodieren. Leanders Kopf flog nach vorne und wieder zurück, dann stand alles still. Leander blinzelte. Für einen Moment wurde ihm schwarz vor den Augen.

Ludgers Roman handelte von einer Familie, die bei einem Brand auf einem italienischen Campingplatz umkommt. Der Erzähler ist der jüngste Sohn, der als Einziger überlebt, weil er mit dem Großvater den Tierpark des nahen Ortes besucht, während das Feuer seine Eltern, seine beiden Brüder und die Schwester tötet. Der Dreizehnjährige verliert den Boden unter den Füßen, durchläuft alle Stationen der amtlichen Betreuung, fliegt von der Schule, wird straffällig und rettet sich mit sechzehn selbst, als er dank des Großvaters das Ringen entdeckt und darin so aufgeht, dass er zwei Jahre später Landesmeister in seiner Gewichtsklasse wird. Ludger Rossbach hatte nicht seine ganze Familie verloren, das wusste Leander aus Zeitungsartikeln. Seine beiden jüngeren Brüder waren von einem Baugerüst gefallen, das sie bestiegen hatten, um sich gegenseitig ihren Mut zu beweisen. In einem Gespräch mit einem Journalisten hatte Ludger nach der Veröffentlichung des Romans gesagt, für die Familie sei der Tod der Jungen ein Schlag von unermesslicher Tragweite gewesen, wie ein Feuersturm, der alles bisherige Leben vernichtete. Er war tatsächlich ein erfolgreicher Ringer gewesen, hatte aber aufgehört, an Wettkämpfen teilzunehmen, nachdem sein Großvater gestorben war. *Am Boden* war sein Werk, geschrieben mit seinen eigenen Worten, kein Beerbaum hatte sich eingemischt und es mit rührseligen Kommentaren und einem kitschigen Umschlag versehen. In Leanders Augen war Ludger Rossbach ein wirklicher Schriftsteller, im Klopstock-Haus saß er schon an seinem zweiten Buch, das den Arbeitstitel *Der Ringer und das Mädchen aus Lemberg* trug und in dem er das Leben seiner Großeltern erzählen wollte. Leander beneidete ihn um seine Fähigkeit, die Gefühle von Verlust und Trauer, Einsamkeit und Wut in etwas zu verwandeln, das Schönheit besaß und Wahrhaftigkeit, und er beneidete ihn um seine eigene Stimme, die um so viel anders war als die, mit der er täglich sprach. Er wäre gerne mehr wie Ludger gewesen, stark und bisweilen überheblich, aber immer großherzig und loyal, wenn es um Freundschaft ging, auch eine, die gerade mal zwei Monate alt war. Dass Ludger, von dem Kritiker behaupteten, er schreibe zart und einfühlsam und im selben Satz hart und schonungslos, eine Frau geschlagen hatte, konnte Leander nicht glauben, obwohl er eben Zeuge gewesen war, wie sein einziger echter Freund unter den Stipendiaten dem Kahlkopf ohne Vorwarnung die Nase gebrochen und sich dann mit ihm auf dem Boden der Kneipe gewälzt hatte, als wolle er, angefeuert von den Beschimpfungen der übrigen Gäste, dem Kerl im Anzug die dreckigsten und regelwidrigsten Griffe des Ringsports zeigen.

Leander öffnete die Augen. Vom Aufprall summte ihm der Kopf, und noch immer sah er alles doppelt. Es war still. Eine Dampfwolke stieg aus der zerbeulten Kühlerhaube auf. Ludger und der Kahlkopf, dessen Hemd und Anzug mit Blut besudelt waren, lagen keine zwei Meter von den Vorderreifen des Lincoln entfernt da und starrten Leander und Beerbaum mit offenem Mund an. Hinter ihnen, zwischen Scherben, Holzsplittern und Mauerstücken, standen die Kellnerin und die Männer, und niemand machte auch nur die kleinste Bewegung oder gab einen Laut von sich. Beerbaum berührte mit einer Fingerspitze die Windschutzscheibe, die auf wundersame Weise heil geblieben war, dann verfiel er erneut in ein irres Kichern, legte den Kopf gegen die Nackenstütze und bedeckte das Gesicht mit beiden Händen. Leander löste den Sicherheitsgurt, beugte sich nach vorne und kotzte einen Schwall Champagner und eine halb verdaute Fritte in den Fußraum. In seinen Ohren rauschte es, und als er sich aufrichtete und Atem holte, hätte er nicht sagen können, ob Beerbaum inzwischen hemmungslos lachte oder weinte.

Am nächsten Abend waren sie in den Lokalnachrichten des Norddeutschen Rundfunks und tags darauf in verschiedenen Zeitungen des ganzen Landes. Kurz nach dem Eintreffen der Polizei hatte ein Reporter der *Braunschweiger Zeitung* eine Aufnahme des durch die zertrümmerte Glasfront halb in die Gaststätte hineinragenden Lincoln gemacht und das

Bild zusammen mit einem kurzen Bericht unter der Schlagzeile *Klopstock-Stipendiat und sein Verleger im Rausch der Zerstörung* veröffentlicht. Die Beamten hatten Beerbaum, Leander und Ludger auf die Wache mitgenommen, befragt und für eine Nacht in eine Zelle gesperrt. Leander und Ludger durften am darauffolgenden Morgen gehen, Beerbaum, dem man neben Fahren unter Alkoholeinfluss und Sachbeschädigung auch versuchte Körperverletzung vorwarf, blieb in Untersuchungshaft und sah sich gezwungen, seinen Anwalt anzurufen, den gleichen, der ihn auch im Rechtsstreit mit seiner Mutter vertrat. Als Leander sich von ihm verabschiedete und ihm viel Glück wünschte, grinste Beerbaum und meinte, der Vorfall, den er *unseren kleinen Sprung zurück ins Rampenlicht* nannte, sei Gold wert und die Werbung, die Leander, das Buch und der Verlag dadurch erhielten, unbezahlbar.

Gisbert und Nelly Vogt zeigten sich weniger begeistert. Sie drängten mit einer Erklärung an die Presse, in der sie sich in aller Entschiedenheit von ihren beiden Stipendiaten und *diesem zwielichtigen Verleger* distanzierten und bekanntgaben, dass sie Leander Selbig und Ludger Rossbach aufgefordert hatten, das Klopstock-Haus unverzüglich zu verlassen. Ludger nahm den Rauswurf gleichmütig hin und lud Leander ein, mit ihm nach Berlin zu gehen, wo er in einer zwar schäbigen, dafür aber geräumigen Altbauwohnung in Spandau lebe und, so versicherte er Leander, mehr als genug Platz für einen obdachlosen Dichter habe. Doch Leander wollte nicht nach Berlin, die vergeudete Zeit dort war ihm noch allzu frisch im Gedächtnis. Er rief in Münster an, erzählte Werner vom vorzeitigen Ende des Stipendiums und fragte, ob er doch noch kommen dürfe. Werner, hocherfreut über die erneute Wendung, holte seine Schwester, die am Vortag aus dem Krankenhaus entlassen worden war, ans Telefon. Hedda meinte, sie fühle sich noch ein wenig schwach und müsse sich möglicherweise geringfügig einschränken, was das Kochen betreffe, aber Leanders Zimmer sei selbstverständlich bezugsbereit und er mehr als willkommen. Dann berichtete sie ihm aufgeregt davon, wie sie und Ewald auf dem Weg vom Krankenhaus nach Hause zur Bibliothek gefahren waren und im Lesesaal die Zeitungen durchforstet und eine Kurzmeldung über Beerbaums Vandalenakt gefunden hatten. Leander solle sich von *diesem Verrückten* fernhalten, meinte sie, wünschte ihm eine gute Reise und legte auf.

Dass Lohmüller, der Mann für alles im Klopstock-Haus, sie im Stiftungs-Auto zum Bahnhof brachte, war der letzte Gefallen, den die Vogts den beiden Nestbeschmutzern erwiesen. Als sie ihr Gepäck im Kofferraum verstaut hatten, kam nur Marius Wels auf den Parkplatz hinaus, um ihnen Lebewohl zu sagen, die anderen Stipendiaten schienen es entweder für besser zu halten, sich nicht mit den beiden schwarzen Schafen zu zeigen, oder saßen, wie es sich für richtige Dichter gehörte, von der Außenwelt abgeschottet an ihren Texten und hatten noch gar nichts von den rufschädigenden Ereignissen mitbekommen.

Am Bahnhof kauften sie ihre Fahrkarten, Leander eine nach Münster, Ludger eine nach Berlin. Sie hatten noch Zeit und setzten sich in ein Lokal in der Nähe. Es regnete, seit dem Morgen wehte ein eisiger Wind.

»Ich habe sie geschlagen«, sagte Ludger, nachdem der Kellner ihre Getränke gebracht hatte, ein Bier und einen Korn für Ludger und eine Tasse Tee für Leander. »Manuela. Vorgestern Nacht.« Er kippte den Schnaps und trank das halbe Glas Bier aus.

Leander hatte beide Hände um die Tasse gelegt, deren Wärme nur langsam durch seine Haut drang. Dampf stieg aus ihr hoch und erinnerte ihn an die Kühlerhaube des Lincoln.

»Sie sagte, ich würde mich mehr um meine tote Großmutter kümmern als um sie. Wir waren beide betrunken, ein Wort gab das andere. Sie sagte, ich solle mich doch in mein Zimmer verziehen und meine Zeit mit dieser blöden Kuh verbringen. Da habe ich ihr eine gescheuert.«

»Das war nicht nett. Das mit der blöden Kuh.«

»Dachte mir schon, dass du das genauso siehst.« Ludger prostete Leander zu und trank das restliche Bier.

»Die Ohrfeige aber auch nicht.«

Ludger nickte, den Kopf gesenkt. Dann legte er Leander eine Hand auf die Schulter und sah ihn mit ernstem Blick an. »Wir leben in der Welt unserer jeweiligen Bücher, oder etwa nicht, Champ? Wir verschwenden unsere Zeit mit Erinnern und Ausbuddeln und Erfinden und Aufschreiben, mit der ganzen elenden Plackerei. Da ist nicht mehr viel Platz für echte Menschen, nur für drei, vier, allerhöchstens. Stimmt's?«

»Ja«, sagte Leander, weil er die Zahl von drei oder vier Menschen nachvollziehen konnte. Wieder beneidete er Ludger für dessen Fähigkeit, sich in ein Manuskript, an dem er schrieb, zurückzuziehen wie in einen sicheren Raum, den kein Unbefugter betreten durfte. Er hätte viel dafür gegeben, wie Ludger eine Aufgabe zu haben, ein Ziel, egal, wie weit entfernt es lag und wie unmöglich es schien, es jemals zu erreichen. Vielleicht, dachte er, war Beerbaums Idee mit der Fortsetzung gar nicht so verkehrt, vielleicht musste er sich nur irgendwo verkriechen und versuchen, der Schriftsteller zu sein, für den ihn alle hielten, und musste endlich seine Geschichte erzählen, statt sich mit einer zu schmücken, die er nicht geschrieben hatte. Vielleicht konnte man das Schreiben ja tatsächlich erlernen, wie man lernte, zu rechnen oder auf einem Pferd zu reiten. Vielleicht musste er alle Bücher, die er gelesen hatte, noch einmal lesen und sich ihre Wörter ausleihen, ihre Rhythmen und Melodien, und der Rest würde sich ergeben.

Nachdem er Ludger zum Zug nach Berlin gebracht und sich von ihm verabschiedet hatte, betrat Leander eine Telefonzelle, zog den Prospekt aus der Tasche und rief in Murnau an, um zu fragen, ob sein Platz noch zu haben sei.

FRIDA

1990

In den ersten Tagen hatte Gernot Saalfeld noch gehofft, es würde sich alles zum Besseren wenden, aber nach zwei Wochen gestand er sich seinen Irrtum ein und gab endgültig alles verloren. Er war aufgeregt und voller Zuversicht gewesen, als er Frida aus der Klinik geholt und nach Wiesbaden gebracht hatte, wo Konstanze im Pflegeheim lebte. In seiner Trauer so verzweifelt und irrational geworden, dass er bereit gewesen war, an die Möglichkeit eines unglaublichen Wunders zu glauben, hatte er Frida neben ihre Großmutter gesetzt und wie ein kleiner Junge auf den magischen Moment gewartet, auf die Wirkung des Erkennens, einer Berührung, eines Wortes, des Klangs von Fridas Stimme. Doch nichts hatte geholfen, kein Blick der Enkelin hatte den Schleier von den halb geöffneten Augen seiner Frau gehoben, keine Geschichte den verstummten, in sich zusammengesunkenen Menschen erreicht, der sie nach dem Schlaganfall geworden war.

Wenn er Konstanze und Frida im Gemeinschaftsraum sah, wie sie im Licht des Aquariums nebeneinandersaßen und die Wand betrachteten, ertappte er sich bei dem Gedanken, dass man beide für Bewohnerinnen dieses Ortes hätte halten können, eine alte und eine viel zu junge Frau, beide mit trübem Blick das Nichts bestaunend, als bedeute es die Welt und als seien sie einverstanden mit ihrem Los oder als lebten sie in einer Parallelwelt, in der die Nachricht vom eigenen Niedergang sie noch nicht erreicht hatte. Wenn ihm die Kraft fehlte, zu ihnen zu gehen und Frida aus ihrem Dämmerzustand zu holen, indem er ihr einen Becher Kaffee unter die Nase hielt oder eine besonders skurrile Meldung aus der Zeitung vorlas, blieb er eine Weile neben der Tür stehen oder ging zurück ins Freie, lief ein weiteres Mal durch den Park und dachte darüber nach, ob es richtig gewesen war, Frida aus der Klinik zu holen, nur um mit ihr jeden Tag hierherzukommen und sie an die Seite einer alten Frau zu setzen, deren Hirn er sich so leer vorstellte wie die blau gestrichene Wand, die sie stundenlang anstarrte.

Sie wohnten in einer Dreizimmerwohnung in der zweiten Etage eines Mietshauses aus den Sechzigerjahren. Bei der Suche hatte Gernot großen Wert auf einen Fahrstuhl gelegt, denn bis vor wenigen Monaten war er noch voller Zuversicht gewesen, dass Konstanze sich schon bald erholen, das Pflegeheim verlassen und wieder mit ihm leben würde. Das große Haus in Frankfurt war nur deshalb noch nicht verkauft, weil er seine Frau als Kämpferin kannte und sich insgeheim eine Rückkehr erhofft hatte, aber sein ganzer Glaube war längst zu einem törichten Wunschdenken zusammengeschrumpft, zum verzweifelten Festklammern an der ganz und gar unwahrscheinlichen Möglichkeit einer überraschenden Genesung, eines medizinischen Wunders. Die Wahrscheinlichkeit, dass seine Frau ihn oder sich selbst jemals wiedererkennen würde, sei so gering wie die eines verheerenden Meteoriteneinschlags auf der Erde innerhalb der nächsten zwanzig Jahre, hatte einer der behandelnden Ärzte ihm vor Kurzem gesagt, und jetzt, nachdem auch Frida keine Wendung zum Besseren herbeigeführt hatte, gab Gernot auf und begann sich an den Gedanken zu gewöhnen, die vor ihm liegende Zeit mit Besuchen bei seiner Frau zu verbringen, mit stundenlangem Händchenhalten, mit dem Betrachten alter Fotos und dem Erzählen von Geschichten, die sich für ihn irgendwann genauso unverständlich anhören würden wie für das scheinbar empfindungslose Wesen, das neben ihm saß, Kamillentee aus einer Schnabeltasse trank und hin und wieder eigenartige, herzzerreißende Töne von sich gab.

In Fridas Zimmer standen ein Bett und ein Kleiderschrank aus Sperrholz, in dem an einer Plastikstange Drahtbügel hingen und der sich nach links oder rechts neigte, je nachdem, welche der beiden Türen man öffnete. Die Wände waren leer, Bilder so entbehrlich wie Vorhänge oder Teppiche. Ein Rollladen sorgte für Dunkelheit, eine von der Decke baumelnde Glühbirne für Licht. Nach ihrem Einzug hatte Frida sich von Gernot in ein Möbelhaus schleppen lassen, wo sie sich Dinge aussuchen sollte, einen Schreibtisch, einen Stuhl, eine Lampe, aber sie waren mit nichts nach Hause gefahren und hatten seither kein einziges Wort mehr darüber verloren, in was für einer behelfsmäßigen und trostlosen Bleibe sie lebten. Sie redeten ohnehin nicht viel miteinander. Während der ersten Tage hatte Frida noch die meiste Zeit mit Schlafen verbracht, und Gernot war allein zu seiner Frau gefahren, dann, als Frida sich zu erholen begann, sprachen sie während der Busfahrt zum Heim über die gemeinsame Zeit in Frankfurt, über das große unbewohnte Haus, in dem Gernot seit einer Ewigkeit nicht mehr gewesen war, und nach einer Woche und weil Gernot fragte, erzählte Frida von ihrer Reise, wobei sie alles Schlechte und Misslungene aussparte und mit unverfänglichen Worten die Arbeit als Kindermädchen auf Malta und den Anblick springender Delfine beschrieb.

Frida lebte in den Tag hinein, ohne den nächsten zu planen oder über den vergangenen nachzudenken. Sie wusste, dass sie nicht ewig so weitermachen konnte, dass sie sich nicht die nächsten Wochen und Monate aus dem Leben stehlen konnte, indem sie mit Gernot Bus fuhr und den Nachmittag damit verbrachte, ihrer Großmutter beim Ignorieren der verrinnenden Zeit nachzueifern. Das Nichtstun gefiel ihr, das Schlafen in einem kahlen Raum, das Schaukeln des Busses, das Erzählen von Vergangenem, das Erfinden und Beschönigen. Im Pflegeheim mochte sie die muffige Wärme und die Gegenwart von Endlichkeit hinter den Schiebetüren, die mit Seufzern und fehlenden Worten angereicherte Stille, die Choreografie der simulierten Beschäftigung, die Anmut des Wartens, aber das war Konstanzes Reich, nicht ihres. Sie gehörte in keine Klinik und in kein Heim, sagte sie sich nach dem Aufwachen und vor dem Einschlafen, ihr Bedürfnis nach Ruhe und Eintönigkeit war unnatürlich, sie war angeschlagen und gehörte an die Luft, um sich die Lungen zu füllen und den Kopf zu leeren. Sie sollte weniger trinken und sich ein Ziel stecken, nichts Großartiges, nichts, woran sie scheitern konnte. Gleichzeitig durfte sie weder ihre Großmutter vernachlässigen noch Gernot im Stich lassen, was bedeutete, dass sie vorerst im gleichen nachmittäglichen Trott bleiben und sich für den Morgen oder Abend eine Betätigung suchen musste.

Jeden Tag setzte sie sich von Neuem neben die alte Frau, die Mutter ihrer Mutter, suchte vergeblich ihren Blick oder nach einem Zeichen des Verstehens, wenn sie ihr in bedächtigen Worten von Assisi und Leopold Bosch erzählte, von Lampedusa und einem Kind in einem leeren Schwimmbecken, ließ mit ihr die Minuten und Stunden verstreichen und das Licht vor den Fenstern schwächer werden, betrachtete wie sie die Wand, leistete ihr bei dem Gesellschaft, das der Arzt *allmählicher Verfall* genannt hatte, und fühlte sich entgegen der Trostlosigkeit um sich herum am einzigen richtigen Ort, geborgen und auf eine nur für sie bedeutende Weise nützlich. Am Ende des Tages fuhr sie mit Gernot zurück, ließ sich von ihm in ein Lokal einladen oder in der Wohnung eine Suppe kochen, aß mit ihm und gab Antworten, von denen sie bald nicht mehr sagen konnte, ob sie irgendeiner Wahrheit entsprachen, trank zum Essen ein paar Gläser Wein, bedankte sich und ging in ihr Zimmer oder noch einmal hinaus, um noch mehr zu trinken.

In solchen Nächten lief sie eine Weile durch die Stadt, sah in leere Hinterhöfe und dunkle, mitleiderregend dekorierte Schaufenster, in schmutzige Seitenstraßen und ins Neonlicht der Leuchtreklamen und 24-Stunden-Tankstellen. Sie ging über das Muster aus weißen Linien und Ölflecken eines Supermarktparkplatzes und über den Rasen eines Parks, sie folgte dem Wellritzbach, wenn sie vom Gehen nicht genug bekam, und manchmal, bevor sie sich auf den Rückweg machte, hörte sie aus der nahen Fasanerie den Schrei eines schlaflosen Pfaus. Sie ging nie zweimal ins gleiche Lokal, setzte sich nie an die Bar, redete kein Wort und trank nie mehr, als sie vertrug. Um nicht angesprochen zu werden, gab sie sich in ein Buch vertieft, und trat dennoch einmal ein Mann an ihren Tisch, zeigte sie ihm den Bucheinband aus Malta, auf den ein Titel in einer Sprache gedruckt war, die in Wiesbaden kein Mensch kannte. Sagte der Mann etwas zu ihr, antwortete sie ihm: »Maa ni fimsch«, was »Ich verstehe nicht« auf Maltesisch bedeutete. Dabei zuckte sie bedauernd mit den Schultern, stützte den Kopf in beide Hände und tat so, als würde sie weiterlesen. Hin und wieder las sie tatsächlich ein paar Seiten des Buches, das im falschen Umschlag steckte, *Mitternachtskinder* von Salman Rushdie. Gernot hatte es ihr geschenkt, weil es Indien zum Schauplatz hatte, das Land, in dem Fridas Mutter angeblich lebte. Aber sie verlor sich regelmäßig darin, verirrte sich in der Geschichte und vergaß, wer die Figuren waren, woher sie kamen und wohin sie vom Autor getrieben wurden, was auch daran lag, dass sie nach der Lektüre der ersten fünfzig Seiten dazu übergegangen war, das Buch an einer beliebigen Stelle aufzuschlagen und stumm dieselben drei, vier Sätze zu wiederholen, ohne sie mit dem Rest in Verbindung zu bringen.

Sie las nicht gern, Literatur interessierte sie nicht. Wenn sie sich in erfundene Geschichten verstricken lassen wollte, ging sie ins Kino. Dann saß sie im dunklen Vorführsaal und hoffte immer wieder aufs Neue, die Menschen auf der Leinwand hätten etwas mit ihrem Leben zu tun, würden Sätze sagen, die ihre Fragen beantworteten oder sie zumindest wiederholten, würden ihr vormachen, wie man in der Welt zurechtkam oder sich seine eigene schuf und darin einrichtete. Stattdessen sah sie Frauen, die scheiterten und verzweifelten, die betrogen und verlassen wurden, die den Tod im Kindsbett und auf dem Schafott fanden, die im Kugelhagel der Polizei und an Krebs und an gebrochenem Herzen starben. Sie sah den Schauspielerinnen beim Lieben und Leiden zu und musste an Margot denken und an ihren warmen, weichen Bauch und an die dunklen Bäuche der Flugzeuge und die laute Musik und an die Ohrringe auf dem Grund der Grube im Hinterhof des Mietshauses, in dem Margot wahrscheinlich noch immer lebte. Sie dachte an die Schwierigkeiten und Enttäuschungen, die jeder einzelne Tag bereithielt, an die Kraft, die nötig war, um die Endlosigkeit einer einzigen Nacht durchzustehen, und als die Frauen in den Filmen nicht aufhörten zu sterben, beschloss sie, nie wieder ins Kino zu gehen. In einer der öffentlichen Bibliotheken stöberte sie nach etwas, das ihr helfen würde, sich irgendwo einzuordnen, einen möglichen Ort zu finden, ihren Platz in der Welt, oder zumindest eine ungefähre Wegbeschreibung, einen vagen Hinweis auf eine Richtung. Weil sie nicht wusste, wonach sie genau suchte, blätterte sie sich tagelang jeden

Morgen zwischen zehn und zwölf Uhr durch Enzyklopädien, erfuhr, dass ein Albatros die meiste Zeit seines Lebens in der Luft verbrachte, dass Winnipeg in der Sprache der Cree-Indianer *schlammiges Wasser* bedeutete und dass Kröten im Mittelalter als Kreaturen des Bösen und des Lasters gegolten hatten, als Gefolge des Teufels.

Irgendwann stieß sie auf die mexikanische Malerin Frida Kahlo, besorgte sich eine Biografie und verschlang dann alles über berühmte Frauen, von Marie Curie über Simone de Beauvoir bis zu Rosa Luxemburg, Sophie Scholl und Clara Zetkin. Sie hoffte, das Studium dieser verblüffenden Lebensläufe würde sie aus ihrer Trägheit holen, würde ihr die Möglichkeit einer anderen, ungeahnten Existenz aufzeigen und ihr wenn nicht Tore, dann wenigstens Türen öffnen, ein Türchen immerhin, durch das sie, neben den Heldinnen der Geschichte zur Zwergin geschrumpft, ins unentdeckte Territorium ihres zukünftigen Ichs schlüpfen konnte, ins verheißungsvolle Land der gänzlichen Erneuerung.

Aber das genaue Gegenteil trat ein. Je mehr sie über außergewöhnliche, bedeutende und mutige Frauen erfuhr, desto gewöhnlicher, unbedeutender und mutloser fühlte sie sich. Mit zweiundzwanzig arbeiteten diese Frauen längst Tat um Tat und Werk um Werk daran, ihren Namen in die Geschichtsbücher einzutragen, während Frida noch nicht das Geringste vorzuweisen hatte, nicht einmal eine Ahnung davon, worin sie gut genug war, um etwas Sinnvolles zu leisten. In Winnipeg, dachte sie nach jedem Buch und jeder Heldin, wäre sie besser aufgehoben gewesen, zufrieden mit ihrem Zuhause in der ihr vertrauten Welt, die am Fluss und an den Rändern der Äcker endete und in der es keine genialen Wissenschaftlerinnen gab, keine selbstlosen Kämpferinnen für die Arbeiterklasse, keine Flugpionierinnen, Forscherinnen und Literaturnobelpreisträgerinnen. Sie war gerne auf den Feldern gewesen, hatte es geliebt, im Sommer das Heu auf den Wagen zu laden und es mit Noah in die Scheune zu fahren, hatte ganze Nächte bei den Kühen und Schafen verbracht und die Alten geweckt, wenn die Tiere Junge bekamen, war stolz auf ihre Arbeit im Garten gewesen, auf die schweren roten Tomaten an den Stauden und auf die Kürbisse, die groß und bleich auf der Erde lagen wie heruntergefallene Monde. An ihrem Tisch in der Bibliothek sitzend, stellte sie sich vor, wie ihr Leben aussehen würde, wenn es die Räumung nicht gegeben hätte, wenn sie nicht getrennt und in alle Himmelsrichtungen verstreut worden wären. Sie sah sich auf Noahs Rücken einen verschneiten, unberührten Weg entlangreiten, auf dem Dachboden im Bett liegen und Konrad zuhören, der aus einem Buch vorlas, das seinen Zauber noch nicht verloren hatte, sah sich im abenddunklen Wald an eine Buche gelehnt Ringo küssen. Vielleicht hätte sie ein Kind mit Ringo, dachte sie dann, einen Jungen, den sie herumtrug und dem sie alles zeigte, die Weiden und die auf wackligen Beinen stehenden Zicklein im Stall und die schimmernden Steine am Flussufer, oder vielleicht hätte sie eine Tochter, mit der sie Blumen pflückte und im Teich Kaulquappen fing und die Sterne zählte.

Sie wäre jetzt glücklich, sagte sie sich, wenn nur ihre Welt unentdeckt geblieben wäre, wenn niemand sie, Ringo, Leander und Linus weggebracht und ins Leere geworfen hätte wie einen Sack mit neugeborenen Katzen in einen Fluss. Wenn nur dieser fremde Junge nicht gewesen wäre oder Armin mit seiner Bosheit, wenn nur alles für immer so weitergegangen wäre, wie es schon immer gewesen war, dachte sie, und jeder ihrer Gedanken an diese mögliche, aber nie eingetretene Wirklichkeit bestätigte sie ein wenig mehr in ihrem Unglück.

Als Gernot im Abfalleimer eine leere Packung Beruhigungstabletten fand, ging er nach dem Besuch bei Konstanze einkaufen und kochte das erste richtige Abendessen, seit Frida eingezogen war, das erste Gericht aus frischen Zutaten, zum ersten Mal Salat, Hauptgang und Nachtisch. Bisher hatten sie in Restaurants gegessen oder sich von Laugengebäck und Streichwurst ernährt, von Tütensuppen und Brot. Gernot lag nichts mehr an gesunder Ernährung und regelmäßigen Mahlzeiten, er aß Kekse zum Frühstück und dann bis zum Abend nichts mehr oder ein paar Scheiben Knäckebrot, ein Stück Kuchen oder einen Becher Eis, alles im Stehen. Manchmal setzte er sich in die Cafeteria des Altersheims, trank eine heiße Schokolade und machte sich mit dem Gedanken vertraut, die nächsten vier, fünf, vielleicht zehn Jahre so zu verbringen, ein alter Mann, der in seine Tasse pustete, die Zeit totschlug und von den Besuchern, die ihn für einen Heimbewohner hielten, freundliche, mitfühlende Blicke auffing. Er verlor an Gewicht, was mit dem endgültigen Verlust seines

Kopfhaars einherging, er sah von Monat zu Monat schlechter und fühlte sich immer müder, als seien alle im Heim einem Virus ausgesetzt, das ihnen das Fleisch von den Knochen und die Kraft aus den Muskeln nahm, das sie welken und verkümmern und schließlich sterben ließ, auch wenn sie nur zu Besuch waren in diesem Vorzimmer des ewigwährenden Nichts.

»Was willst du mit deinem Leben anfangen?«

Sie hatten den Salat und die Hauptspeise gegessen und machten eine Pause vor dem Dessert, die sie mit einem weiteren Glas Rotwein füllten. Davor hatten sie nicht viel geredet, ein paar Worte über Salbei und die mit Singvögeln bedruckten Papierservietten verloren und ansonsten geschwiegen. Leise Musik drang aus dem Transistorradio, das Gernot im Supermarkt zusammen mit dem Salat, dem Hackbraten und den Kartoffeln gekauft hatte, wissend, wie still es in der Küche werden konnte.

Frida hob überrascht und verwirrt den Kopf. »Was?«

Gernot lächelte. »Dein Leben. Wie sieht es mit einem Plan aus?«

Frida senkte die Augen. Ihre Tellerunterlage war eine Spirale aus Bast, knochengelb. Im Radio sang eine Frau in einer Sprache, die sie noch nie gehört hatte.

»Du bist jetzt zweiundzwanzig«, sagte Gernot. »Du willst ja wohl nicht die nächsten Jahre damit verbringen, jeden Tag deine Großmutter zu besuchen und die restliche Zeit mit einem alten Mann in einer schäbig eingerichteten Wohnung zu hausen.«

Frida sagte nichts. Klaviertöne zogen durch die Küche, dunkel und wogend, als müsse das längst fällige, unvermeidbare Gespräch dramatisch unterlegt werden.

»Ich sage nicht, dass ich es nicht zu schätzen weiß, wie liebevoll du dich um Konstanze kümmerst, und auch nicht, dass ich dich nicht hier haben will.« Gernot faltete seine Serviette zusammen und strich die Kanten glatt, seufzte und räusperte sich. Es schien, als warte er auf das Ende der Klavierpassage. Irgendwo im Haus wurde eine Tür zugeschlagen, auf der Straße hupte ein Auto.

Frida sank in sich zusammen. Sie wollte verschwinden, vergehen wie ein Ton aus dem Radio, wie ein Duft aus einem Kochtopf. Dass Gernot sich genötigt fühlte, ihr zu verstehen zu geben, wie die Dinge lagen, erfüllte sie mit Scham. Natürlich konnte es nicht so weitergehen, das wusste sie, nur hatte sie geglaubt, wenn ihr Stillstand sie nicht kümmerte, würde er auch sonst niemanden kümmern.

»Lass mich dir einen Vorschlag machen«, sagte Gernot schließlich. Er schob die Serviette weg, legte die Handflächen aneinander und sah Frida in die Augen. »Ich will das Haus in Frankfurt verkaufen. Es ist riesig, alleine die Vorstellung, sein einziger Bewohner zu sein, lässt mich schaudern.« Er versuchte ein Lächeln, das misslang. »Was Konstanze und ich behalten wollen, lasse ich hierherbringen, den Rest brauchen wir nicht mehr, die Möbel, das Geschirr, die Schränke voller Kleidung. Alles nur Ballast und Erinnerung.« Er machte eine Pause. Eine Weile lauschten sie der Musik, Geigen und Cello, dann sprach Gernot weiter. »Hier mein Vorschlag.« Er rutschte auf dem Stuhl ein wenig nach vorne. »Du gehst nach Frankfurt, räumst das Haus leer und verkaufst die Dinge, die sich verkaufen lassen. Ein paar Bilder sind etwas wert, die Stühle im Wohnzimmer auch, die schrecklichen Porzellanviecher, einige Teppiche, Kleinkram, du hast ja alles gesehen. Verhökere das Zeug, oder lass es vorher schätzen und dann versteigern, wie du willst. Sollte zwanzigtausend bringen, eher dreißig. Das Geld gehört dir. Unter einer Bedingung.« Die Musik wurde leiser, und Gernot sagte in die anschwellenden, rauschenden Klänge des nächsten Stückes hinein: »Du fliegst zu deiner Mutter nach Indien.«

Frida brachte noch immer kein Wort über die Lippen.

Gernot griff in eine Tasche seines Jacketts, holte einen Brief daraus hervor und legte ihn vor Frida auf den Tisch.

Eine Woche später saß Frida im Haus ihrer Großmutter auf dem Boden des Wohnzimmers und schrieb eine Liste der Dinge, die Angestellte eines Auktionshauses am Nachmittag abholen würden, darunter die meisten Gemälde und antiken Möbel und alle Tierfiguren aus Porzellan. Ein Sachverständiger, den Gernot beauftragt hatte, war ein paar Tage zuvor gekommen, um sich alles anzusehen und in einem Notizheft festzuhalten, auf den Rückseiten der Ölbilder und Stiche nach Hinweisen zu suchen, durch eine Lupe Konstanzes Schmuck zu betrachten, mit einer Kamera Aufnahmen der Biedermeierstühle, des Sofas und der leer geräumten Schränke zu machen, die Teppiche zu wenden und im Silberbesteck zu wühlen wie ein gleichmütiger Dieb.

Am Abend schritt Frida barfuß über nackte Böden und durch leere Räume. Seit sie aus Gernots Wohnung in Wiesbaden weggegangen war, hatte sie kaum noch geschlafen, hatte im fiebrigen Eifer, die Inventur so rasch wie möglich hinter sich zu bringen, die acht Zimmer des Hauses durchforstet, hatte Schubladen ausgekippt und Wandschränke ausgeräumt, schwere Mäntel auf Betten gewuchtet, Schals und Krawatten und Taschentücher in einen Kissenbezug gestopft, hatte mehrere Kisten mit Schuhen, Hüten und Handtaschen gefüllt und Tischdecken, Bettlaken und Handtücher gestapelt und zusammengeschnürt. Sie hatte viel geweint, stoisch und lautlos, und war vor Müdigkeit immer wieder für kurze Zeit eingenickt, obwohl sie kannenweise Kaffee trank. Weil Gernot sie darum gebeten hatte und weil sie etwas zur Erinnerung wollte, hatte sie einen blauen Wollpullover ihrer Großmutter und ein weißes Leinenhemd von Gernot für sich beiseitegelegt, außerdem eine Sonnenbrille in einem Lederetui und ein geschliffenes Stück Glas, das irgendwann einmal aus dem Kronleuchter gefallen und in einer Küchenschublade gelandet war. Alles, was nicht zur Auktion ging oder von der Heilsarmee abgeholt werden sollte, hatte sie in Pappkartons gepackt und in die Garage getragen, wo es seit dem Verkauf des Autos reichlich Platz gab, und als sie gedacht hatte, sie sei endlich fertig mit dem Durchsuchen und Plündern, hatte Gernot angerufen und ihr kleinlaut beigebracht, er habe vergessen, den Keller und den Dachboden zu erwähnen.

Schließlich waren eine Matratze samt Bettzeug, ein paar Küchenutensilien und Fridas Habseligkeiten die letzten im Haus verbliebenen Dinge. Die Zeitspanne, die das Auktionshaus für den Verkauf der Möbel, Bilder und anderen Wertgegenstände genannt hatte, schlug Frida mit nächtlichen Spaziergängen und verschlafenen Tagen tot, mit dem Beobachten der Vögel im Garten und dem Lesen der Bücher über Indien, die Gernot ihr gegeben hatte. Obwohl sie Geld hatte, ging sie nicht einkaufen, sondern ernährte sich von Schokolade und Zwieback und schrumpeligen Äpfeln aus dem Keller. Sie vermied es, das Haus bei Tageslicht zu verlassen, hielt die Vorhänge und Fensterläden geschlossen und öffnete nicht die Tür, als Käthe Breunig klingelte und mit schwacher Stimme nach ihr rief.

Nachdem das meiste verkauft war, ließ Gernot Frida im Taxi abholen und nach Frankfurt in ein Hotel fahren. Bei einem Kaffee in der Lobby sagte er ihr, er habe ein Zimmer für sie gebucht, fünf Übernachtungen, Zeit genug, damit sie zum Hausarzt der Saalfelds gehen, sich untersuchen und impfen lassen könne. Er habe zehntausend Mark auf ihr Konto eingezahlt, davon lasse es sich in Indien eine Weile leben, weitere Überweisungen würden folgen. Schließlich legte er ein Flugticket vor sie auf den Tisch, Lufthansa, Frankfurt–Bombay, Hinflug in sechs Tagen, Rückflug offen.

RINGO
Neunte Auskunft

Elif hat die Feierlichkeiten und Verhöre überlebt und will sich mit mir treffen. Ich solle den Ort bestimmen, meinte sie gestern am Telefon, aber ich kenne keine passablen Lokale und habe sie entscheiden lassen. Sie hat eine Hotelbar gewählt, in der es am frühen Nachmittag tatsächlich so ruhig ist, wie sie gesagt hat. Ich bin wieder viel zu früh da und trinke einen Kaffee und dazu ein Glas Wasser. Der Raum mit der Stuckdecke, dem dunklen Parkettboden, den Sofas und Sesseln aus schwarzem Leder und der geschwungenen Mahagonitheke strahlt glücklicherweise genug Luxus und Vornehmheit aus, dass ich mich in meinem neuen Anzug nicht völlig deplatziert fühle. Den Anzug habe ich gestern gekauft, gleich nachdem Elif angerufen hatte. Er ist matt dunkelgrau und sieht, soweit ich das beurteilen kann, nicht nach einhundertzwanzig Euro im Schlussverkauf einer Billigkette aus. Dazu trage ich ein weißes Hemd ohne Schlips. Ich hatte einen umgebunden, einen hellgrauen, und mich im Spiegel der Umkleidekabine betrachtet. So bin ich mal rumgelaufen, dachte ich, damals, als ich noch ein Held war, acht auf einen Streich, und beim Jubiläum einer Versicherungsgesellschaft von der Kostbarkeit des Lebens schwadronierte und in einem Baumarkt zwischen Feuerlöschern und Rauchmeldern wortreich das Inferno eines brennenden Hauses heraufbeschwor. Zum letzten Mal eine Krawatte habe ich vor Gericht in Griechenland getragen, eine schwarze, die Trauer ausdrücken sollte, ein Rat meines Anwalts.

Jetzt trage ich keine, meine Kehle ist zugeschnürt genug. Ich frage mich, warum Elif diese Bar als Treffpunkt vorgeschlagen hat, ob sie mich testen will, oder ob es ihr nichts ausmachen würde, wenn ich während unseres Gesprächs leicht betrunken wäre. Ich frage mich, ob sie weiß, wie viel Alkohol nötig ist, um bei mir Wirkung zu zeigen, ob sie selbst trinkt, so viel und so oft, dass man es regelmäßig nennen könnte. Eher nicht, denke ich. Ein Glas Wein zum Entspannen vor dem Fernseher, den Kater auf dem Schoß, so stelle ich es mir vor, vielleicht ein Buch statt der Glotze, und Musik, Klassik oder Jazz, das sanfte Zeug. Möglicherweise redet sie mit dem Kater, der ein geduldiger Zuhörer ist, erzählt von ihrem Tag, von den Dingen, über die sie schreibt. Ob dieses Tier bei ihr im Bett schläft? Ich vermute, ja.

Ich hatte zu Hause drei Tassen Kaffee, das war meine vierte. Trinke ich eine fünfte, könnten meine Finger anfangen zu zittern. Gegen das Zittern würde ein Glas Rotwein helfen, aber bei einem Glas würde es nicht bleiben. Ich überlege, ob ich ein Bier bestellen soll, Bier beruhigt, aber ich weiß nicht, wann genau Elif kommt und wie lange der Barmann zum Zapfen braucht, ob er die Sache zügig erledigt oder ob er einer von denen ist, die aus dem Füllen eines Glases ein Ritual machen, einer, der dich warten lässt, der den Tresen abwischt und Kaffeetassen stapelt und Limetten in Scheiben schneidet, während der Schaum sich setzt.

Gerade als ich mir von ihm ein Glas Wein bringen lassen will, kommt Elif herein. Sie winkt, als sie mich sieht. Außer mir sind noch drei weitere Gäste in der Bar, zwei Geschäftsleute, halbe Kinder, die sich in einer Ecke im Schein ihrer aufgeklappten Laptops Firmengeheimnisse zuflüstern, und eine alte, Zeitung lesende Frau.

»Wie schön, Sie zu sehen!«, ruft Elif fast ein wenig zu laut und schüttelt meine Hand fast ein wenig zu heftig.

Mir kommt nur ein *Hallo* über die Lippen, ein geradezu proletenhafter Gruß angesichts des Umstands, dass ich einen Anzug und ein gebügeltes Hemd trage. Erst als Elif sitzt, fällt mir ein, dass ich mich bei der Begrüßung hätte erheben sollen. Ich überspiele meine Scham über das Versäumnis, indem ich so tue, als sei mir nur allzu bewusst, dass Elif nicht der Typ Frau ist, der auf solche Formalitäten auch nur den geringsten Wert legt.

»Wie geht es Ihnen?«, fragt Elif und strahlt mich an wie jemand, dem ein simples *gut* nicht reicht. Sie muss gerannt sein, ihr Atem geht schnell, und ihre Wangen sind gerötet.

»Bestens«, sage ich, was so offensichtlich gelogen ist, dass wir kein weiteres Wort darüber verlieren müssen.

Elif nimmt den Rucksack ab und schlüpft aus dem Mantel und legt beides auf den leeren Stuhl neben sich.

»Und Ihnen? Wie war die Feier?«

»Wunderbar und grauenhaft. Aber sie ist Geschichte, und deshalb geht es mir gut.«

Der Kellner kommt und nimmt unsere Bestellung auf, Kaffee für Elif, ein Tonic Water für mich. Nachdem er gegangen ist, nimmt Elif ein paar gerollte und mit einem Gummi zusammengehaltene Blätter aus dem Rucksack.

Das Handy des einen Geschäftsmannes klingelt nicht, es spielt die ersten Takte der Hubschrauberszene aus *Apocalypse Now*, und er lässt es eine Weile dudeln, damit wir uns alle fragen, ob er ein Bewunderer von Francis Ford Coppola oder von Richard Wagner oder gar von beiden sei, eine Kombination, die er vermutlich für das Nonplusultra der Originalität hält. Als er den Anruf endlich wegdrückt, raunt er seinem Gegenüber etwas zu, und beide lachen. Ich würde Elif gerne sagen, wie unerträglich ich diese Sorte Mensch finde, aber ich glaube nicht, dass ihr diese Mitteilung beim Schreiben ihres Artikels über mich helfen würde, und halte den Mund.

»Vielen Dank für das hier«, sagt Elif und streicht die Seiten mit meinen maschinengeschriebenen Antworten auf ihre Fragen glatt.

Ich nicke, lächle.

»Warum sehen die Seiten aus, als wären sie zerknüllt gewesen?«

Der Kellner bringt die Getränke und geht wieder.

»Ich wollte sie wegschmeißen.«

»Warum?«

Ich zucke mit den Schultern. Dabei weiß ich ziemlich genau, warum. Ich fand meine Ausführungen nach dem Durchlesen gestelzt und möchtegernpsychologisch, als wüsste ich plötzlich, wie damals alles war, und als könnte ich die Geschehnisse tatsächlich analysieren und bewerten, als hätte ich nach vielen Jahren auch nur ansatzweise begriffen, wie die Dinge lagen, wer ich gewesen und geworden war. Einen Dreck habe ich. Ich wollte Elif beeindrucken, wollte ihr mit Eloquenz, Klugheit, vorgeschützter Ehrlichkeit und einer wohldosierten Portion Gefühl imponieren, ihr beweisen, dass ich ganze, einen Sinn ergebende Sätze schreiben kann, dass ich in der Lage bin, mich zusammenzureißen und hinzusetzen, dass ich mich noch nicht zur völligen Verblödung gesoffen habe und dass ich etwas erledige, wenn sie mich darum bittet.

»Das hilft mir sehr.« Elif tätschelt die Blätter.

Ich fühle ihre Hand auf meinem Kopf, ein braver Hund. Die Business-Heinis lassen sich in riesigen Schwenkern Cognac bringen, bestimmt gibt es einen Abschluss zu feiern. Hätte ich in all den Jahren Spirituosen statt Wein getrunken, säße ich jetzt wahrscheinlich nicht hier. Vor langer Zeit habe ich meiner damaligen Freundin erzählt, ich sei Genusstrinker, Gran Reserva, Barrique, atmen lassen und das alles, und musste dann so lachen, dass sie mich für übergeschnappt gehalten und verlassen hat. Sie hieß Ines, wir kannten uns seit etwa zwei Wochen, als ich ihr den Unsinn über meine Trinkgewohnheiten auftischte, aber es hätte sowieso nicht für etwas Dauerhaftes gereicht, das ging mit mir nie, nicht bei meiner armseligen Version eines Lebenswandels.

»Freut mich«, sage ich.

»Wirklich seltsam, dass Sie es wegwerfen wollten.«

»Tja.«

»Würden Sie gerne etwas daran ändern, im Nachhinein?«

»An dem Geschreibsel? Nein, besser kann ich es nicht. An meinem Lebenslauf? Ja, wenn die gute Fee käme und ich einen Wunsch frei hätte, würde ich meine Vergangenheit ändern.«

»Ihre Kindheit?«

»Die fand ich, wie gesagt, überhaupt nicht schlimm. Die Jahre danach, da würde ich einiges anders machen.«

»Was, zum Beispiel?« Elif greift nach ihrem Kugelschreiber, das Handy liegt dunkel neben ihr auf dem Tisch.

»Ich würde nicht nach Griechenland gehen.«

Elif hört auf zu schreiben, sieht mich für den Bruchteil einer Sekunde an, dann senkt sie den Blick.

»Das verstehe ich«, sagt sie nach einer Weile. »Was noch?« Wieder sieht sie mich an, lächelt flüchtig.

»Ich bin mir nicht sicher, aber ich denke, ich würde mir … wie nennt man das … ein Ziel setzen, einen Plan zurechtlegen.«

»Zur Uni gehen?«

»Eine Möglichkeit, ja.«

»Was würden Sie studieren?«

Ich starre auf meine Hände, ziehe mit dem Fingernagel Rillen in die Papierserviette. Studieren. Klar, vielleicht Philosophie. Damit ich über das Saufen sinnieren kann, über Schuld und die durchgeknallte Welt und über das Leben und wie einfach es einem entgleitet. Oder Mathematik. Trockene Zahlen, keine Zweifel, keine Frage der Auslegung. Acht Greise und ein Hund minus eine Frau und ein Kind. Siebenhundert Jahre minus sechsunddreißig. Rechne. Und dann kombiniere beides, Philosophie und Mathematik, und verlier den Verstand.

»Vielleicht Germanistik?«

»Eher nicht.«

»Lesen Sie eigentlich viel?«

»Nicht viel, nein.«

»Was lesen Sie?«

»Gesichter. Auf der Straße.«

Elif sieht mich an. Ihr Gesicht sagt: *Ist das jetzt Ihr Ernst, nehmen Sie mich auf den Arm, oder haben Sie keine Lust mehr zu reden?*

»Tut mir leid. Ich lese nicht. Weder Zeitungen noch Bücher.«

»Sie haben Geraubte Kindheit gelesen.«

»Das war nicht zu vermeiden.«

»Konrad hat Ihnen also kein … Literaturvirus eingeimpft?«

»Ein Interesse an Sprache, doch. An der Macht von Wörtern, Sätzen, Geschichten. An der Wirkung von Romanen.«

»Was für eine Wirkung meinen Sie?«

»Die des Erfundenen, Imaginären. Die Wirkung des Fantastischen auf Kinder. Auf Kinder, deren einzige Verbindung zur Welt diese erfundenen Geschichten sind.«

»Und dieses Interesse ist nicht mehr da?«

»Nein.«

»Warum?«

Die alte Frau geht, der Kellner räumt ihren Tisch ab. Die beiden Männer sind in ihre Unterlagen vertieft, der eine kaut an seinen Fingernägeln, der andere fährt sich dauernd mit der Hand über die Haare. Ich frage mich, was für Geschäfte sie machen. Vielleicht handeln sie mit Aktien, vielleicht mit Solaranlagen. Tierfutter. Mode. Waffen. Oder sie sind in der Politik. So sehen Strategen aus, Typen, die eine konkrete Vorstellung davon haben, wo oben ist und vorne.

»Ringo?«

Ich richte meinen Blick wieder auf Elif, die lächelt.

»Entschuldigen Sie. Wie war die Frage?«

»Warum haben Sie das Interesse an diesen Dingen verloren?«

»Wollen Sie die Wahrheit hören?«

»Nun ja … Ja.«

»Weil ich diese erfundenen Geschichten nicht mehr ertragen habe. Ich hatte meine eigene, und die war nicht erfunden, die war real, war so wirklich, dass mir der bloße Gedanke daran den Verstand geraubt hat. Schuld und Sühne, vielen Dank, kein Bedarf. Der alte Mann und das Meer, das bin ich, nur dass es in meiner Geschichte nicht um einen lächerlichen Fisch geht.« Ich muss Atem holen, bevor ich weiterreden kann. »Bei jeder Schlagzeile, jedem ersten Satz eines Romans habe ich erwartet, dass es um mich geht, um ein totes Kind und eine tote Frau, das war, als würde ich versuchen, Musik zu hören, und neben mir stürzt ein riesiges Gebäude ein, als wäre ich mitten in einem Sturm aus endlosem infernalischem Lärm.«

Elif sieht mich eine Weile an, vielleicht versucht sie, durch meine Augen in meinen Schädel hineinzusehen. Dann blinzelt sie, klickt mit dem Kugelschreiber, räuspert sich.

»Auf diesen Punkt läuft alles hinaus«, sage ich, als Elif schweigt. »Immer. Tut mir leid.«

Der Tierfutterverkäufer und der Waffenhändler packen ihren Kram zusammen und bezahlen. Beim Hinausgehen erzeugen ihre Schuhe ein unangenehmes Geräusch. Der Kellner nimmt Münzen von der Tischfläche, Trinkgeld.

»Nein«, sagt Elif endlich, »nein, das muss Ihnen nicht leidtun. Ich hatte keine Ahnung …«

Wenn ich die Hände verschränke, kann ich das Zittern verbergen. Ich bin müde und bin es müde. Trinken und schlafen, denke ich, so viel trinken, dass der Schlaf immer länger dauert, so besoffen sein, dass man träumt, man sei wach.

»Waren Sie mal in Therapie?«

Noch während ich auflache, bereue ich es. Elif lehnt sich zurück. Bestimmt hat sie allmählich genug von mir, von meiner Unruhe, meinen Launen, meinen pampigen Antworten, die sie längst nicht mehr aufschreibt.

»Tut mir leid«, sage ich noch einmal. »Nein, war ich nicht.« Ich will ihr nicht von meinen Sitzungen bei Frau Dr. Steeb erzählen, den drei Stunden, die ich fast gänzlich mit Schweigen verbrachte, weil ich keine Worte fand, keinen ganzen Satz, nicht einmal eine Sprache, drei Stunden Anläufe und Versuche, dann Abbruch, alles Gute.

»Eine Therapie kann helfen.«

Ich nicke, weil ich es nicht weiß.

Dann reden wir eine Weile nicht. Der Kellner ist verschwunden. Ich kann die Eiswürfel hören, die in ihrem Gefäß hinter der Theke beim Schmelzen leise klicken, so still ist es. Gut möglich, dass dies unser letztes Treffen war, dass alles gesagt ist, dass es reicht. Ich zähle meine Finger, zehn, ein Mensch. Ich könnte aufstehen und gehen, Elif würde bezahlen. Ich bleibe sitzen. Irgendwann wird das hier vorbei sein, wird es enden. Bis dahin rühre ich mich nicht.

»Erinnern Sie sich, wann Sie das letzte Mal glücklich waren?«

Elif stellt diese Frage nicht. Keine Fragen mehr. Es ist alles gesagt.

Es ist Winter, der Teich zugefroren. In der Nacht hat das Eis einen Schwan überrascht und hält ihn fest. Er hat versucht, sich zu befreien, bestimmt seit vielen Stunden. Jetzt ist er erschöpft, sein Kopf liegt auf dem Eis. Er flattert mit den Flügeln, als er uns sieht, aber er ist so geschwächt, dass er sich schon bald nicht mehr bewegt. Sein Gefieder ist weiß wie Schnee, wir bewundern seine Schönheit, jeder für sich und wortlos. Wir haben schon viele Schwäne gesehen, sie lassen sich auf dem Fluss dahintreiben oder fliegen über uns hinweg, aber so nahe waren wir noch keinem. Wir schlagen mit der Spitzhacke Stücke aus dem Eis, zuerst am Ufer, dann gehen wir in unseren Gummistiefeln ins Wasser. Der Schwan hebt den Kopf und öffnet den Schnabel, faucht uns an. Wir legen ihm ein Tuch über die Augen, so haben es die Alten bei einer Kuh gemacht, die sich ein Bein gebrochen hat. Die Dunkelheit beruhigt ihn. Wir zerhacken das Eis, tragen ihn ans Ufer. Zwei von uns bleiben bei ihm, zwei holen Heu aus der Scheune, das ihn wärmen soll. Aber der Schwan schüttelt das Tuch ab und rennt über die mit Raureif bedeckte Wiese. Einmal strauchelt er, dann breitet er die Flügel aus und hebt sich mit ein paar heftigen Schlägen empor. Es scheint, als sei er noch nicht kräftig genug, aber dann fliegt er zum Fluss und ist fort. Die Alten haben die Kuh geschlachtet, es sei besser so, haben sie gesagt. Der Schwan wird leben, da sind wir uns sicher. Wir frieren, beim Frühstück halten wir unsere Tassen mit beiden Händen fest. Wenn sich unsere Blicke treffen, lächeln wir.

Bald wird das hier vorbei sein. Bis dahin rühren wir uns nicht.

LEANDER
Kapitel XIII

Versuche

Wenn der Aufenthalt im Klopstock-Haus Leander bisweilen an die Zeit in Direktor Dünscheids Internat erinnert hatte, fühlte er sich in Murnau beinahe täglich ins Refugium Ring zurückversetzt. Durch das Gemäuer von Gisbert und Nelly Vogt war trotz aller Renovierungsanstrengungen ein Mief nach christlichem Jugendbund und immerwährendem Frühjahrsputz geweht, am Staffelsee hingegen blies eine liberale, geradezu revolutionäre Brise. Hatte das Ehepaar Vogt noch darauf vertraut, Störungen im Stiftungsbetrieb vermeiden zu können, indem nur männliche Stipendiaten aufgenommen wurden, schienen die Verantwortlichen des Literatur-Kollegs nichts von solchen Maßnahmen zu halten. Hier musste niemand Freundin oder Freund oder zufällige Bekanntschaft heimlich in sein Bett schmuggeln und sie oder ihn am Morgen unbemerkt wieder hinausschleusen. Auch wer sich betrinken wollte, verstieß gegen keine Regeln, solange er oder sie im Suff nichts tat, was als Sachbeschädigung oder Erregung öffentlichen Ärgernisses bezeichnet werden konnte, und allen von Langeweile oder einer kreativen Flaute Geplagten stand statt Billardtisch und Schachfiguren ein Raum mit Hanteln und Sandsäcken zur Verfügung. Was man als Gast des LKM zu beachten hatte, stand, anders als im zehnseitigen Benimmkatalog der Vogts, dem *Klopstock-*

Knigge, auf einem DIN-A4-Blatt, mit dem alle Neuankömmlinge in wenigen nüchtern formulierten Sätzen um so selbstverständliche Dinge gebeten wurden wie das Unterlassen von offenem Feuer in geschlossenen Räumen und die Vermeidung unnötigen Lärms nach Mitternacht, außerdem wies man darauf hin, dass Besitz, Konsum und Verkauf illegaler Drogen nicht geduldet wurden. Bei Fragen könne man sich an den Leiter des Kollegs richten, einen Mann namens Guntram Zeiß, der Leander vom Bahnhof abgeholt und ihm alles für den Aufenthalt Wissenswerte mitgeteilt hatte, zum Beispiel, wo die nächstgelegene Arztpraxis zu finden war und dass es ratsam sei, nichts mit einheimischen Frauen anzufangen, egal, ob diese ledig oder verheiratet waren. Außerdem solle man bei Gängen in den Ort auf das Tragen von T-Shirts mit irritierenden Symbolen oder verfänglichen Botschaften verzichten und generell das Äußern politischer Ansichten unterlassen. Er habe diesbezüglich seine Erfahrungen gemacht, hatte Guntram Zeiß Leander in ernstem Ton anvertraut und dann vielsagend geschwiegen, nur um wenig später auf die lockeren Sitten innerhalb des Kollegs hinzuweisen und entsprechende Anekdoten zum Besten zu geben, als gehörten Trinkgelage, sexuelle Ausschweifungen und das Vernachlässigen der Arbeit nachgerade zu den Pflichten eines jeden Gastes.

Leander wohnte in einem von insgesamt zwölf Holzhäusern auf einem ehemaligen Campingplatz, einem zwei Quadratkilometer großen, von naturbelassenen Wiesen durchsetzten und mit Bäumen bestandenen Stück Land, fünf Gehminuten vom See und zehn vom Ortskern Murnau entfernt. Das Grundstück gehörte einer Stiftung, deren Gründungsmitglieder allem Anschein nach nicht nur wohlhabende und literaturbegeisterte, sondern auch äußerst freigeistige und unkonventionell denkende Menschen waren, was im Text des lapidar mit *Anleitung für einen glücklichen Aufenthalt* betitelten Blatts Papier zum Ausdruck kam, in dem Leander mit großer Verwunderung und auch ein wenig Erleichterung Sätze las wie *Es ist unseren Gästen nicht erlaubt, sich von Erwartungshaltungen, seien es innere oder von außen kommende, unter Druck setzen zu lassen.* Als handele es sich um ein Mantra, murmelte er dieses wohlmeinende Verbot vor sich her, wenn er am Schreibtisch saß, durch das Fenster auf das zwanzig Meter entfernt stehende Haus seines Nachbarn schaute und das zerknüllte Blatt Papier zwischen den Händen rollte, auf dem er ein paar erste Sätze eines Buches ausprobiert und wieder durchgestrichen hatte, eines Buches, das er nicht schreiben wollte und aller bisherigen Erfahrung nach auch gar nicht schreiben konnte.

~~*Der Tag, an dem das Buch erschien, veränderte mein Leben ein zweites Mal auf dramatische Weise.*~~

~~*Oft frage ich mich, ob es gut war, dass Lutz Beerbaum das Tagebuch unter den Bodenbrettern unseres Hofs im Kampstedter Bruch gefunden hat.*~~

~~*Auf den folgenden Seiten will ich den Versuch unternehmen, über die Zeit nach dem Erscheinen von Geraubte Kindheit zu schreiben.*~~

~~*Draußen ist es kalt und dunkel, und ich fühle*~~

~~*Der See, an dem ich dies hier schreibe, liegt vor mir wie*~~

~~*In diesem Buch werde ich die schockierende Wahrheit über das Buch erzählen, das fälschlicherweise als das meine gehandelt wird.*~~

~~*Ich, Leander Selbig, bin ein Betrüger, und dies ist meine Geschichte.*~~

Wenn er ein paar Blätter gefüllt und weggeworfen hatte, ging er in die Bibliothek des Kollegs im Haupthaus, in dem auch Guntrams Büro und der Fotokopierraum waren, nahm ein Buch aus einem Regal und setzte sich damit an einen der Tische, um darin zu lesen, einzelne Sätze, die er für besonders gelungen hielt, abzuschreiben oder vor sich hin zu flüstern und auf ihren Klang und ihren Rhythmus zu achten, auf die Atmosphäre, die sie erschufen, oder die Gefühle, die sie in ihm auslösten, neben seiner Bewunderung, seinem Neid und seiner Hoffnungslosigkeit.

Es dauerte eine Woche, bis Leander nicht mehr allein in der Bibliothek saß. Richard Paulsen war, wie Leander dem von Guntram verfassten Informationsblatt hatte entnehmen können, ein einunddreißigjähriger Dichter aus Mannheim und der dritte Gast, der sein Stipendium zum Jahresbeginn antrat, vier Tage bevor die ersten Kurse gegeben und zwei bevor alle anderen Teilnehmer erwartet wurden. Er war am Vorabend angekommen, zusammen mit Dora Baumeister, einer gelernten Schauspielerin, deren Geburtsjahr auf dem Infoblatt fehlte und die Theaterstücke und Kurzgeschichten schrieb. Leander hatte sie kurz gesehen, als sie rauchend auf ihrer Holzterrasse stand und Guntram dabei zusah, wie er ihre beiden Koffer ins Haus trug. Er schätzte sie auf Mitte dreißig, Anfang vierzig, aber vielleicht war sie auch erst Ende zwanzig oder schon gegen fünfzig. Es war schwierig, ihr Alter zu erraten, fand er, weil sie sowohl auf der Porträtaufnahme als auch in Wirklichkeit stark geschminkt war und eine Sonnenbrille trug.

Richard Paulsen betrat den Bibliotheksraum mit einem Papierstapel und einer Pappschachtel in den Händen. Er war groß und mager, eine Kopie Leanders, was die Statur betraf, aber er hatte blondes gewelltes Haar und einen Bart und sein Gesicht noch einen goldbraunen Ton vom Sommer. Im Infoblatt stand, er nehme jedes Jahr an mehreren Marathonläufen teil und dass sein letzter Gedichtband in fünf Sprachen übersetzt worden sei, unter anderem ins Griechische. Nachdem er die Papiere und die Schachtel auf einen der Tische gelegt hatte, ging er zu Leander, stellte sich vor und streckte ihm die Hand entgegen. Sein Händedruck war überraschend kräftig, und als er den Mund öffnete, entblößte er eine Reihe sehr kleiner, ebenmäßiger Zähne. Leander nannte seinen Namen und war unangenehm berührt, als Richard ihm versicherte, ihn selbstverständlich zu kennen. Er habe *Geraubte Kindheit* noch nicht gelesen, aber vor, dies während seines Aufenthalts nachzuholen. Als er wissen wollte, ob Leander an seinem zweiten Buch arbeite, nickte Leander nur und gab sich verschlossen, was Richard als Bitte verstand, keine weiteren Fragen zu stellen. Er meinte, er lasse Leander jetzt weiterarbeiten, und nahm ein paar Schritte entfernt an seinem Tisch Platz, öffnete die Schuhschachtel und holte eine Handvoll Zettel daraus hervor, die er vor sich ausbreitete. Dann zog er eine Brille aus der Brusttasche seines Hemdes, setzte sie auf und beugte sich über die Zettel. Hin und wieder griff er nach einem, studierte ihn eine Weile und legte ihn dann entweder nach links oder nach rechts.

Leander versuchte sich auf seine Lektüre zu konzentrieren, *Die Brüder Karamasow*, aber es gelang ihm nicht. Er hatte es versäumt, Richard Paulsen zu sagen, dass er seinen letzten Gedichtband gelesen hatte, *Verkehrsführung auf der Milchstraße*, und wollte ihn jetzt nicht aus der konzentrierten Versunkenheit holen, die offensichtlich zum Studium der verschiedenfarbigen und beidseitig mit winziger Schrift bedeckten Zettel nötig war. Dabei hatte er mehrere Bemerkungen auswendig gelernt, Floskeln eigentlich, Versatzstücke von Zitaten aus Kritiken, die er in neuer Zusammenstellung und Abfolge zu äußern gedachte, möglichst beiläufig und auf bescheidene Art kollegial, obwohl er kaum etwas von Paulsens Lyrik verstanden hatte, wie er alles, was keine Prosa war, für komplett unbegreiflich hielt.

Leander las zum wiederholten Mal denselben Satz des ersten Kapitels, noch immer ohne dessen Zusammenhang oder gar Sinn zu erfassen, als Holger Neukirch hereinkam, ein siebenundsechzigjähriger, korpulenter und stets ein wenig schmuddelig wirkender emeritierter Germanistikprofessor aus München, den das Kolleg als Mentor angeheuert hatte und dessen Aufgabe es war, den Schreibenden mit fachlichem Rat zur Seite zu stehen, wenn sie Schwierigkeiten mit ihren Texten hatten. Er war am Tag nach Leanders Ankunft vorbeigekommen, um sich vorzustellen und Leander zu versichern, dass seine Tür für alle Schüler offen stehe. Er bewohne eines der Häuser für Angestellte und Gäste, sagte er, jenseits der durch das Gelände führenden unbefestigten Straße und der großen Wiese, auf der im Sommer Zielscheiben fürs Bogenschießen stünden.

Neukirch winkte Leander zu und trat vor Richard, um ihm die Hand zu schütteln und ihn willkommen zu heißen. Sie unterhielten sich eine Weile, leise, weil sie Leander nicht beim Lesen stören wollten. Leander schnappte ein paar geflüsterte Worte auf, *Unterstützung, Ratschläge, offene Tür*, dann kam Neukirch zu ihm. Er roch nach Suppe und Zigaretten, aber Leander bat ihn trotzdem, sich zu ihm zu setzen, und Neukirch nahm auf dem Stuhl neben ihm Platz.

»Ah, die Winkler-Ausgabe«, sagte er. »Ordentliche Übersetzung.«

»Ich weiß nicht«, sagte Leander. »Ich kann kein Russisch.«

Aus Neukirch sprudelten ein paar russisch klingende Wörter, vielleicht ganze Sätze. Er lachte, dann wurde er schlagartig wieder ernst und sah gedankenverloren auf die Tischplatte, auf der das Notizbuch und der Füllfederhalter lagen, Beerbaums Weihnachtsgeschenke.

»Kriegsgefangenschaft, fast zwei Jahre«, sagte er, nachdem er eine Weile mit dem Fingernagel eine Rille in der Holzmaserung nachgezogen hatte. »Flakhelfer, sechzehn war ich da.« Plötzlich sah er hoch, lächelte und klopfte mit dem Zeigefinger gegen den Einband des Buches, das Leander noch immer in den Händen hielt. »Großartiges Werk, großartiger Schriftsteller. Und ein großartiges Land, doch, ja, trotz allem.« Er nickte versonnen. An seinem Pulli und seiner Krawatte hingen Krümel oder Schuppen, und in seiner linken Ohrmuschel klebte zwischen sprießenden grauen Haaren ein weißer Placken Hautcreme oder Rasierschaum. »Schön zu sehen, dass junge Autoren die Klassiker achten. Alle Welt scheint nur noch Handke zu lesen und Bernhard und Delius und Enzensberger, ganz zu schweigen von den Amerikanern, Mailer und Roth und Updike und wie sie alle heißen. Nichts gegen diese Herren, aber ein solides Haus braucht ein starkes Fundament, den Zement der Geschichte, sozusagen, und ein angehender Autor muss mit dieser Geschichte vertraut sein, um sein Werk darauf zu erbauen.«

»Ja«, sagte Leander, weil Neukirch ihn erwartungsvoll ansah.

»Wenn man auch vieles in deiner Kindheit als unverzeihlich, ja kriminell bezeichnen muss, ich meine die Taten der Erwachsenen, so darf man doch nicht Konrads Bemühungen außer Acht lassen, seine Funktion als Vermittler. Ohne ihn hättest du Dostojewski möglicherweise nie entdeckt.«

»Ja. Nein.«

»In deinem Debüt zeigst du ja sehr schön auf, wie wichtig Konrad und die Bücher für euch Kinder gewesen sind.«

Leander wollte mit den Schultern zucken, lächelte dann aber nur und murmelte ein weiteres Ja.

»Er hat euch all die wunderbaren Schriftsteller nähergebracht.« Neukirch tippte mit dem Zeigefinger auf das Buch. »Und dafür gebührt ihm Dank. Seine Verfehlungen sind natürlich trotzdem durch nichts zu entschuldigen!«, rief er dann beinahe. Fast gleichzeitig drehte er sich in Richard Paulsens Richtung und bat um Verzeihung, aber der nahm ihn gar nicht wahr. »Willst du alle Bücher aus jenen Tagen noch einmal lesen?« flüsterte er, wieder an Leander gewandt. »Also selber lesen, obwohl du sie bereits kennst?«

»Ich weiß es noch nicht. Ich glaube schon.«

Neukirch strahlte. »Das freut mich«, sagte er und nickte mehrmals energisch. »Das freut mich sehr.«

Leander lächelte.

Als Neukirch sich am Ohr kratzte, rieselten helle Flocken auf seinen dunkelgrünen Wollpullover, wie erster Schnee auf eine Spätherbstwiese. »Ich bin gespannt auf deine ersten fünf Seiten, kann es kaum erwarten.«

Er erhob sich, wobei er beide Hände auf die Tischplatte legte und ächzend ausatmete. »Einen schönen Tag noch.« Er berührte Leanders Schulter, drehte sich um und ging, Richard Paulsen kurz zuwinkend, zur Tür. Ein eisiger Lufthauch wehte in den Raum, dann war es wieder still in der Bibliothek.

»Er ist in Ordnung, was?«, sagte Richard Paulsen.

»Ja, ich finde ihn nett.«

»Leider hat er keine Ahnung von moderner Lyrik. Ehrlich gesagt, habe ich keine Ahnung, was er mir beibringen soll.«

»Hm.«

»Liest du Gedichte? Zeitgenössische?«

Leander versuchte in aller Eile einen der beiden Namen aus dem Gedächtnis abzurufen, die Richard in einem Interview genannt hatte. »Rolf Dieter Brinkmann«, sagte er dann, was nur halb gelogen war, weil er am Tag nachdem er das Interview gelesen hatte, tatsächlich in die Bibliothek gegangen war, um nach einem Buch von Brinkmann zu suchen, einen Band mit dem Titel *Gras* gefunden und darin geblättert hatte, neugierig und bewegt, aber auch ratlos. »Eigentlich lese ich vor allem so was hier.« Er hob das Buch hoch und legte es gleich wieder hin.

»Nichts gegen Romane«, sagte Richard. »Obwohl die Gattung eigentlich tot ist. Fiktionales Erzählen ist überholt. Gedichte sind viel geeigneter, den Zustand der Welt zu verhandeln. Aber eben nicht mit den Mitteln des Erzählens, und schon gar nicht didaktisch. Lyrik, gute, relevante Lyrik ist anarchisch und trotzdem sinnlich, sie ist gegen die Erwartungshaltung des gewöhnlichen Lesers geschrieben, gegen den Markt.«

Leander nickte beipflichtend und sah dabei eine Handbreit an Richard vorbei an die Wand mit dem schwarzen Brett und dem Stadtplan von Murnau. Er gab sich Mühe, seinem Gesichtsausdruck etwas Nachdenkliches zu verleihen, und suchte nach einer möglichst geistreichen Erwiderung, konnte sich aber an nichts mehr von dem erinnern, was er sich für so einen Moment zurechtgelegt hatte. Unzählige Romane hatten sich in seinem Gedächtnis festgesetzt, noch immer summte in seinem Kopf Konrads Stimme, nachts, wenn er in der Dunkelheit lag und über sich die Balken des Dachbodens zu sehen glaubte, aber diese Romane waren nur Figuren und Geschichten, Erfundenes, wie sich herausgestellt hatte, und er wusste beim besten Willen nicht, was er über sie sagen sollte, und wie, fragte er sich, sollte er sich dann erst über Gedichte äußern, noch dazu im Gespräch mit jemandem, der welche schrieb?

»Versteh mich nicht falsch«, sagte Richard, während er seine Zettel zurück in den Schuhkarton legte. »Prosa soll ihren Platz haben. Einige bedeutende Lyriker haben Romane geschrieben, sind für mich aber trotzdem Lyriker. Brinkmann. Wondratschek. Born. Fauser.«

»Es gibt einen Schriftsteller, der Born heißt?«

»Nicolas Born. Ist leider tot. Warum fragst du?«

»Nur so.«

»Schreibst du Gedichte?«

»Ich? Nein.«

»Die meisten fangen mit Gedichten an.«

Leander klappte das Notizbuch auf und schrieb *Born Dichter* auf die erste Seite.

»Deine Tagebucheinträge sind ja eigentlich auch Gedichte«, sagte Richard. »Konkrete Poesie, teilweise archaisch, gleichzeitig sehr poetisch, politisch, gerade weil sie *unpolitisch* ist und stellenweise naiv in ihrer Weltsicht, die gar keine ist.« Er legte den Deckel auf den Karton. »Verstehst du, was ich meine?«

Wieder nickte Leander, obwohl er auch jetzt nicht viel verstanden hatte. *Naiv* war der einzige Begriff, den er nachvollziehen konnte.

»Bin gespannt, was du am Freitag vorliest.« Richard erhob sich, klemmte den Karton unter den Arm und hob den Papierstapel auf. »Wir sehen uns heute Abend.« Damit verließ er den Raum.

Leander blieb sitzen. Um neunzehn Uhr hatten sich alle Stipendiaten hier im Bibliotheksraum einzufinden. Am schwarzen Brett hieß es: *Gemeinsames Kennenlernen und Umtrunk. Bitte kommt alle.* Im Kolleg duzte man sich, außer wenn jemand gesiezt werden wollte, dann wurde man aber nicht mit dem Nach-, sondern dem Vornamen angesprochen. Guntram hatte darauf bestanden, geduzt zu werden, aber weil Leander immer wieder ins *Sie* und *Herr Zeiß* verfallen war, hatten sie sich auf eine Kompromissvariante geeinigt. *Guten Morgen, Guntram, können Sie bei Gelegenheit vorbeikommen? Die Lüftungsklappe an meinem Ofen klemmt. Kein Problem, Leander, geben Sie mir zehn Minuten.* Leander musste sich zwar nach und nach an diese Form der Kommunikation gewöhnen, aber das war immer noch besser als die plumpe Vertraulichkeit, die im Refugium Ring zwischen Lehrern und Schülern geherrscht hatte und über die Leander nach der Kasernenhofatmosphäre in Dünscheids Internat zwar erleichtert, aber bis zuletzt auch irritiert gewesen war.

Er blieb noch eine Weile in der Bibliothek und mühte sich mit einer von tausend Seiten Dostojewski ab, dann gab er auf und stellte das Buch zurück an seinen Platz im Regal. Von Nicolas Born fand er vier Werke. Er zog den Gedichtband *Wo mir der Kopf steht* hervor und trug ihn durch die Kälte in seine warme Hütte. Ewald hatte hawaiianischen Chorgesang von Schallplatten überspielt und ihm drei Kassetten nach Murnau geschickt. Er arbeitete noch immer in der Fabrik seines Freundes und behauptete, zufrieden zu sein. Ab und zu fahre er einen Gabelstapler, schrieb er, das sei ein großer Spaß. Hedda, Werner und Gregor hatten wie immer ihre Grüße unter Ewalds Brief gekritzelt und wünschten Leander alles Gute, aber Leander ahnte, dass sie gekränkt waren, weil er sie nicht besucht hatte, um mit ihnen auf das neue Jahr anzustoßen, und dass sie sich vielleicht Sorgen um ihn machten, aus welchen abstrakten oder berechtigten Gründen auch immer. Noch vom Braunschweiger Bahnhof aus hatte Leander bei den Borns angerufen und Ewald von seiner beabsichtigten Reise nach Murnau erzählt, hatte Ewalds Enttäuschung wegzureden versucht und einen vereinbarten, nicht zu verschiebenden Ankunftstermin im Kolleg erfunden, um dem Besuch in Münster zu entgehen, Ewalds unglaubwürdig überspielter Traurigkeit, dem Anblick der nach der Gallenoperation zehn Kilo leichteren Hedda, dem nach Pilz und Keller und wachsender Verkauzung riechenden Werner und dem meist stummen Gregor, dem die Zeit und deren mechanische Messung gleichgültig geworden waren und der sich in seinem Zimmer einem eigenen Verrinnen von Sekunden und Monaten hingab.

Leander stellte sich die Frauen Hawaiis wunderschön vor, auf grazile Weise dick, mit langen pechschwarzen Haaren, das beim Atemholen wogende schokoladenbraune Fleisch in farbige, mit Blättern und Blüten bedruckte Gewänder gehüllt, leicht schaukelnd, als wären ihre Gesänge das Meer, ihre Arme Wellenbewegungen, ihre den Himmel kraulenden Finger Seeanemonen, bewegt von der Strömung ihrer ozeanischen Stimmen. Lag er auf dem Bett und lauschte der Musik, die keine war, jedenfalls keine, die es in eine dieser unerträglichen, von Werbegeschrei zerfetzten Trällersendungen im Radio schaffte, dann war ihm, als würde er von den Frauenstimmen in eine Hülle verpackt und auf wundersame und beglückende Weise in etwas Großes, Schwebendes verwandelt, eine gewichtslose, träumende Robbe am Strand einer einsamen Insel, eine Wolke, leichter als Watte oder Luft, seine eigene, von Trost und Wehmut aufgeplusterte Seele, die sich funkelnd und flirrend im großen Nichts verlor.

Er hatte keine Angst mehr vor dem Leben, wenn er diese Stimmen hörte, keine Angst vor Blicken und Fragen und Umarmungen, vor dem nächsten Tag und dem Tag danach, vor Erwartungen, vor der Einsamkeit und davor, unter Menschen zu sein. Aber schreiben konnte er dennoch nicht, weder während die wogenden Klänge sein Zimmer und seinen Körper erfüllten noch danach. *Du bist allein und du bist Alle du bist dein Tod und du bist der große Wunsch*, las er in Borns Gedichtband und wusste, was gemeint war, obwohl er keine Ahnung hatte, warum.

Um fünf nach sieben waren alle da. Guntram hatte die Tische an die Wände geschoben und ein Dutzend Stühle zu einem Kreis aufgestellt. Einer der Tische war mit umgedrehten Gläsern bedeckt, ein anderer mit Flaschen und Schalen voller Kartoffelchips, Erdnüssen und Keksen. Aus einem Kassettenrekorder kam Jazzmusik, die Leander von Minute zu Minute nervöser machte. Er saß zwischen Richard Paulsen und einer Frau, die sich ihm als Mira Kamps vorgestellt hatte und die, wenn er sich richtig an Guntrams Informationsschreiben erinnerte, zweiunddreißig Jahre alt, in Speyer wohnhaft und die Stimme einer ganzen Generation war. Ihm gegenüber hatten Holger Neukirch und Guntram Platz genommen, der eine neben Dora Baumeister, die ohne Sonnenbrille und in diesem Licht betrachtet allerhöchstens wie vierzig aussah, der andere neben Thorsten Hofreiter, einem sechsundzwanzigjährigen Wunderknaben aus Berlin, der alles zu schreiben schien, Romane, Kurzgeschichten, Gedichte, Theaterstücke, Hörspiele, Liedtexte, nur noch keine Kochrezepte und Grabreden. Leander lernte drei Neuankömmlinge kennen, nachdem Wieland Zeller, der Stiftungspräsident, alle gebeten hatte, der Reihe nach aufzustehen und den anderen zu sagen, wer sie waren und welchen Literaturgattungen sie sich zugehörig fühlten.

Boris Wirth, Theaterstücke und Libretti.

Jörg Naumann, Prosa.

Olga Blahoslav, Lyrik.

Leander starb beinahe vor Verlegenheit, als er sich erhob und, den Blick fest auf den Boden vor seinen Schuhspitzen gerichtet, sagte: »Leander Selbig … äh … Prosa.«

Bei allen wurde gemurmelt, ein vielstimmiges *Hallo* und *Hi* und *Guten Abend*, übergehend in ein kurzes Getuschel zwischen Sitznachbarn, gelegentlich durchbrochen von einem Lacher, der amüsiert, nicht höhnisch klang, nach Leanders drei hervorgedrucksten Wörtern vielleicht eine Spur mitleidig und auf herablassende Art mitfühlend, jedenfalls in den Ohren des Schwindlers, der sich als Autor von *Geraubte Kindheit* ausgab und in diesem Kreis nichts verloren hatte.

Die Rede des Stiftungspräsidenten erinnerte Leander an die von Gisbert Vogt und, wenn Ausdrücke wie *junge Talente, hartes Brot* oder *eigener Weg* fielen, an den Vortrag des segelnden Verlegers im Treibhaus. Wieland Zeller war ein fast zwei Meter großer, mit breiten Schultern, einem graublonden Haarschopf und einer markigen Stimme gesegneter Mann von sechzig Jahren, der um seine onkelhafte, gewinnende Ausstrahlung wusste und diese hemmungslos einsetzte, etwa wenn er Scherze über den legendären zweifelhaften Ruf des Kollegs machte oder mit Anekdoten aufwartete, in denen es um ausgeliehene Ruderboote oder die Entsorgung einer Schreibmaschine im Prinzregent-Ludwig-Brunnen in Murnau ging. Am Ende seiner Ansprache wünschte er den Stipendiaten eine schöpferische Zeit und meinte, er freue sich schon jetzt auf die vielen am winterlichen Staffelsee entstehenden Meisterwerke. Seinen Applaus genoss er im Sitzen, noch immer eine herausragende Erscheinung, lächelnd die Bemerkungen seiner neben ihm platzierten Frau und eines Stiftungsratskollegen zu seiner Rechten entgegennehmend.

Leander und Richard halfen beim Wegräumen der Stühle, ohne auf Guntram zu hören, der darauf bestand, das allein erledigen zu wollen. Der Rest der Gesellschaft stand bei den Tischen und versorgte sich mit Getränken und Papptellern voller Snacks, um danach Dreier- und Vierergruppen zu bilden und den mittlerweile nur noch von wenigen Lampen erleuchteten Raum mit dem Lärm eifrigen, belanglosen Geredes zu erfüllen, aus dem Wieland Zellers Bassstimme heraustönte wie die eines Kriegsreporters aus einer aufgebrachten Menge. Leander belud einen Pappteller mit Kartoffelchips und gab vor, so hungrig zu sein, dass er sich ständig den Mund vollstopfen musste und nicht sprechen konnte. Als Mira Kamps zu ihm trat und ihn fragte, ob er in seiner Kindheit wirklich Kröten getötet habe, versuchte er zu antworten, verschluckte sich und hustete eine Ladung Chipskrümel auf Miras blaues, hochgeschlossenes Wollkleid. Sie sah Leander mit einem Gesichtsausdruck an, in dem sich Erheiterung und Besorgnis die Waage hielten, dann streckte sie ihm wortlos ihr halb volles Glas Weißwein entgegen. Leander trank es in einem Zug leer, ohne auch nur einen einzigen Gedanken daran zu verschwenden, wie sehr er Alkohol verabscheute und wie übel ihm davon wurde. Nach dem letzten Schluck rang er um Luft und hustete, bis Mira ihm ein zweites Glas hinhielt, das sie eilig geholt hatte. Auch das kippte Leander, ohne abzusetzen. Erst als er Mira keuchend ansah, schmeckte er die Säure des Weins auf der Zunge, die ihn augenblicklich an Beerbaums Champagner denken ließ und an die Nacht, in der ihm so sterbenselend gewesen war und er halb bewusstlos im Amischlitten seines durchgedrehten Verlegers gesessen hatte, um wie in einem schlechten Traum durch die Scheibe einer Kneipe zu fliegen und einmal mehr in den Schlagzeilen zu landen.

»Alles in Ordnung?«, fragte Mira und wischte mit ein paar Handbewegungen die Krümel vom Kleid. Sie war einen Kopf kleiner als Leander und mollig. Ihre braunen Haare trug sie kurz, und an ihrer Brust steckte eine Brosche in Gestalt einer goldenen Libelle, deren Flügel mit glitzernden Steinen besetzt waren.

Leander nickte. Er wusste, dass sein Gesicht rot angelaufen war vor Scham und wegen des Hustens, und hätte am liebsten die Flucht ergriffen. Stattdessen räusperte er sich und sagte: »Ja.«

»Und die Kröten? Habt ihr das wirklich mit ihnen gemacht?«

In Leanders Kopf wirbelten die Gedanken durcheinander. Er hatte immer dafür plädiert, das Leben der angeklagten Kröten zu verschonen und sie freizusprechen, sich aber nie durchgesetzt. Er fragte sich, was an Mira ihn an Lotte erinnerte, bis ihm klar wurde, dass es ihre blauen Augen waren. Seine Zunge fühlte sich noch immer seltsam an, sauer und pelzig, und in seinem Magen tat sich etwas, das nichts Gutes verhieß.

»Ja«, sagte er schließlich, um nicht länger stumm dazustehen und wie ein Schwachsinniger zu wirken. »Aber wenn wir abgestimmt haben, war ich immer für die Kröte.«

»Finde ich trotzdem fies.« Miras Ton war plötzlich kälter als der Lufthauch, der durch die Tür hereinwehte, als Dora Baumeister mit einer Zigarette im Mund hinausging.

Leander wollte etwas entgegnen, sich verteidigen, aber als er endlich den Mund aufmachte, hatte Mira sich schon umgedreht und der Gruppe mit dem Ehepaar Zeller und dem Berliner Hochbegabten angeschlossen. Er holte ein Glas Wasser, stellte sich vor das schwarze Brett und tat so, als seien die längst gelesenen Aushänge das Interessanteste, was er jemals zu Gesicht bekommen hatte.

»Auch nicht dein Fall, solche Veranstaltungen, was?«

Leander drehte sich um und sah in Richard Paulsens lächelndes Gesicht. »Nicht unbedingt«, sagte er.

»Und der Wein, also wirklich.« Richard schüttelte den Kopf.

»Ekelhaft. Ich bin auf Wasser umgestiegen.« Leander nahm einen Schluck aus dem Glas.

»Gute Entscheidung.« Richard sah Leander sekundenlang an wie jemand, der sein Gegenüber kritisch, aber wohlwollend einer Prüfung unterzieht, und wiederholte dann: »Gute Entscheidung.«

Leander erwiderte Richards Lächeln, ein Reflex aus Höflichkeit. Ihm war warm, er trug Hemd und Pullover und das Jackett aus grauem Tweed, das Beerbaum ihm geschenkt hatte. Leander solle es anziehen, wenn er zu inoffiziellen Anlässen eingeladen werde, Lesungen in Buchhandlungen und Bibliotheken bestreite und für Fotos posiere, die in Literaturzeitschriften erschienen, hatte Beerbaum ihm eingeschärft. Falls Preisverleihungsfeiern oder Empfänge anstünden, sei der dunkelgraue Zweireiher die bessere Wahl, im Sommer der helle Leinenanzug.

»Du siehst aus, als könntest du ein wenig frische Luft brauchen.«

Leander blinzelte. Inzwischen lehnte er mit dem Rücken gegen das schwarze Brett und spürte die Köpfe der Pinnadeln im Genick. Ihm war ein wenig übel, in seinem Magen schwappte der Wein, und in seinem Blut entfaltete der Alkohol seine unheilvolle Wirkung. Er ließ sich von Richard das Glas aus der Hand nehmen und ins Freie führen, vorbei an Holger Neukirch, der ihm zuwinkte, vorbei an Dora Baumeister, die vor der Tür einen Zigarettenstummel unter ihrem Stiefel zertrat, und vorbei an Guntram, der mit beiden Armen voller Chipstüten durch die Nacht auf sie zukam und ihnen hinterherrief, Thorsten, das Multitalent, werde im Verlauf des Abends noch ein paar Lieder singen und sich auf der Gitarre begleiten.

»Das verpassen wir keinesfalls!«, rief Richard gut gelaunt zurück, dann fing er Leander auf, der aus dem Tritt geraten und in seine Richtung gestolpert war.

»Krebs«, sagte Leander.

»Was?«

Leander zeigte in den Himmel. »Da oben.« Er ließ den rechten Arm wieder sinken, am linken hielt Richard ihn fest.

»Ach ja? Mit Sternbildern kenne ich mich nicht aus.«

Sie gingen weiter den Weg entlang, der sich durch das Gelände wand und von dem jetzt Abzweigungen wegführten zu den Häusern der Stipendiaten. Pfähle mit Schildern wiesen in die Richtungen zu den nummerierten Unterkünften.

»Ich kann uns einen Kaffee machen«, sagte Richard. »Oder Tee.«

Leander merkte, dass er fror, und ihm fiel ein, dass er seinen Mantel an der Garderobe in der Bibliothek hatte hängen lassen. Die Übelkeit schien verflogen, aber wenn er im Dunkeln einen Punkt fixierte, einen Baum oder ein Blechschild, sah er alles leicht verschwommen. Er dachte noch immer darüber nach, warum Mira Kamps ihn auf die Kröten angesprochen und dann stehen gelassen hatte, als er plötzlich von Licht umgeben in einem Raum stand, der wie das Wohnzimmer seiner Hütte aussah, es aber nicht war. Er erkannte die Möbel, zwei einfache Sessel, ein Sofa und einen niedrigen, mit Mosaiksteinen beklebten Tisch, doch sie standen anders da, auf einem anderen, helleren Teppich, und andere Dinge lagen auf dem Tisch, stapelweise Zeitungen und Bücher und Schichten von Zetteln.

»Setz dich doch.« Richard räumte ein Paar Gummistiefel aus dem Weg, indem er sie mit dem Fuß zur Seite schob.

Leander gehorchte und ließ sich in einen der Sessel fallen.

»Tee?«

»Ja«, sagte Leander, dann legte er den Kopf zurück und schloss die Augen. Musik wehte von irgendwo zu ihm herüber, etwas schepperte leise. Er sah eine funkelnde Libelle und Dora Baumeister, aus deren Mund und Nase bläulicher Rauch waberte.

Als er die Augen aufschlug, kniete Richard neben ihm. Die Musik war noch immer zu hören, ein Orchester spielte etwas Klassisches, Einschläferndes. Richard sah ihm in die Augen, dann strich er ihm mit einer sanften Bewegung eine Haarsträhne hinter das Ohr. Leander rührte sich nicht, seine Arme und Beine fühlten sich schwer an. Er wollte etwas sagen, aber sein Mund war ausgetrocknet. Richard fuhr ihm mit dem Handrücken über die Wange, dann legte er ihm eine Fingerspitze auf die Lippen und flüsterte etwas, ein Wort, das Leander nicht verstand. Als er Richards Gesicht auf sich zukommen sah, warf Leander sich zur Seite, wie er früher im Sportunterricht einem nach ihm geschleuderten Ball ausgewichen war. Der Sessel kippte nach hinten, so heftig stieß Leander sich beim Aufspringen mit den Händen von den Armlehnen ab. Er taumelte und brauchte ein paar Sekunden, bevor sich nicht mehr alles vor seinen Augen drehte. Er wollte sich an einer Wand abstützen und griff ins Leere, bewegte sich in Richtung Tür, die in diesem Haus auf der anderen, spiegelverkehrten Seite der Küche war, riss sie auf und stürzte ins Freie, als fühle er sich nicht vom höflichen, feingeistigen Richard Paulsen mit der sanften Stimme verfolgt, sondern von Armins wütendem Geist, der Leander schon so oft im Traum erschienen war und *Ich seh alles, was du tust!* gebrüllt hatte.

Die Wiese war schwarz wie der Himmel. Leander rannte, und erst als sein Hals und seine Lungen brannten von der eisigen Luft, blieb er stehen und sah sich um. Er schien allein zu sein. In der Ferne glaubte er die erleuchteten Fenster der Bibliothek zu erkennen, aber dorthin wollte er nicht. Nachdem er zurück auf den Weg gegangen war, fand er zu seinem Haus mit der Nummer vier, trank im Bad ein Glas kaltes Wasser und legte sich ins Bett.

Den ganzen nächsten Tag blieb Leander in seiner Hütte. Zum Frühstück machte er sich eine Kanne Tee und aß etwas Zwieback. Das Mittagessen ließ er wie immer aus und tunkte nur ein paar Kekse in heißer Schokolade. Guntram hatte ihm erzählt, bis vor einem Jahr habe es noch ein Haus gegeben, wo die Stipendiaten gemeinsam gekocht und gegessen hatten, dass man diese Versuchsform der gemeinsamen Aktivitäten und Mahlzeiten aus Mangel an Beteiligung aber wieder aufgegeben habe. In dem Haus würden jetzt die Referenten und Gäste des Kollegs essen, hatte Guntram leutselig erzählt, ein Irgendwer und eine Soundso seien schon hier gewesen, auch ein XY hätte schon einmal in einem der Gästehäuser übernachtet und sich im Speisehaus verköstigen lassen. In der Bibliothek lag ein Gästebuch, durch das Leander sich geblättert hatte, ohne auch nur einen einzigen Namen zu kennen, sah man von Urs Widmer ab, mit dem er anlässlich eines Literaturfestivals in Erlangen gelesen und nach der Veranstaltung ein Bier getrunken hatte, das ihm nicht bekommen war.

Draußen war es dunkel, und er lag wieder auf dem Bett und starrte an die Decke. Die Melodien der hawaiianischen Frauen hallten in ihm nach, strömten mit dem Blut durch seinen Körper. In weniger als vierundzwanzig Stunden musste er der Gruppe die ersten fünf Seiten seines neuen Buches vorstellen und in einem sogenannten *Resonanz-Seminar* mit Holger Neukirch, einem *Überraschungsgast* und den anderen Stipendiaten darüber diskutieren. Allein die Vorstellung lähmte ihn, und die Tatsache, dass er bis auf eine Liste verworfener Eröffnungssätze nichts geschrieben hatte, tat ein Übriges zu der Panikstarre, die ihn nicht einmal einen Bleistift festhalten ließ. Er erinnerte sich an Schulaufsätze, die er vor Jahren geschrieben hatte, *Mein liebstes Tier, Ein Sommertag, Wenn ich auf dem Mond leben würde,* versuchte sich ihre Struktur ins Gedächtnis zurückzurufen und seine Herangehensweise an das jeweilige Thema, die im Lauf der Jahre angeeignete Technik des Aneinanderreihens von schriftlich festgehaltenen Gedanken, die etwas über eine Katze, eine Heuernte während eines nahenden Gewitters oder die tröstliche Einsamkeit im Weltraum erzählten und seine Lehrer zufriedenstellten, egal, wie geistreich oder belanglos diese Gedanken waren und wie sehr es ihm widerstrebte, sie zu Papier bringen zu müssen. Vielleicht, dachte er auf dem Rücken liegend, gelangen ihm fünf passable Seiten, wenn er sich im Geist auf die Schulbank setzen und mit kindlichem Gehorsam und Eifer an die Sache heranginge, wie er es damals getan hatte, als er nach anfänglichen Schwierigkeiten regelmäßig mit Bestnoten im Deutschunterricht belohnt worden war, leuchtenden Fremdkörpern in seinen ansonsten düsteren Zeugnissen.

In einem der Wandschränke stand, von einer Plastikhülle gegen Staub geschützt, eine elektrische Schreibmaschine der Marke *IBM*, wie sie allen Stipendiaten zur Verfügung gestellt wurde. Leander hatte sie am ersten Tag entdeckt, zusammen mit einem Bügeleisen, einer Heizdecke und einer originalverpackten, unbenutzten Fritteuse. Jetzt holte er sie hervor, stellte sie im Wohnzimmer auf den Tisch am Fenster, schloss sie an den Strom an und schaltete sie ein. Das taubengraue Gerät gab ein Surren von sich, und der Kugelkopf rotierte einige Male wie ein kleiner verrückter, mit Buchstaben und Zeichen bewachsener Planet um die eigene Achse, dann summte es nur noch im Gehäuse, als warte in seinem Innersten etwas darauf, geweckt zu werden. Im Büro der *Edition Euphrat* in Wilma Beerbaums Haus hatte er eine ähnliche Maschine eines Herstellers namens *Olivetti* gesehen, ebenfalls ein graues Gerät, das eingeschaltet eine nach Teer riechende Wärme verströmte. Warum Beerbaum das Büro in der Villa verlassen hatte, um ein anderes in einer ehemaligen Ziegelei in Bochum zu mieten, obwohl es weder Angestellte noch genug Arbeit gab, war Leander ein Rätsel gewesen, auch noch nachdem Beerbaum ihm am Telefon die angebliche Notwendigkeit eines eigenen Büros erklärt und von seinen hochfliegenden Plänen als Verleger erzählt hatte, zum Beispiel der Veröffentlichung eines Buches aus der Feder einer jungen Frau, die ihre Kindheit zusammen mit ihren Eltern in einem Baumhaus im brasilianischen Regenwald verbracht und in Deutschland ein wenig Bekanntheit dadurch erlangt hatte, dass sie vor jeder Kamera lebende Raupen aß und ihre nackten Zehen zeigte, die lang und krumm wie die eines Affen waren. Beerbaum hatte versprochen, Leander in Murnau zu besuchen, sobald der Rechtsstreit beendet sei, der klären sollte, wem der Verlag gehörte, ihm oder seiner Mutter. Er hatte zuversichtlich geklungen, der Fall sei klar und er, Beerbaum, schon bald alleiniger Chef der *Edition Euphrat*. Dann hatte er Leander *weiterhin gutes Schreiben* gewünscht und aufgelegt.

Leander nahm das oberste von zweihundertfünfzig Blatt blütenweißem Papier aus der Packung mit der Aufschrift *Selbig Leander Haus Nr. 4*, die er bei seinem Einzug neben einer Grundausstattung an Lebensmitteln auf der Anrichte in der Küche vorgefunden hatte, als sei die Absicht der Stiftungsverantwortlichen gewesen, ihn schon beim Betreten seines neuen Zuhauses daran zu erinnern, dass es hier um Essen und Schreiben ging, um Brot und Arbeit und, wie die drei Flaschen Wein und die Kiste Bier verrieten, auch um mögliche Blockaden und deren Beseitigung mittels Alkohol. Er setzte sich an den Tisch, spannte das Blatt ein und legte die Fingerkuppen auf die Tasten, wollte die Vibrationen des warmen schnurrenden Klotzes spüren, starrte auf die elektrisch gespeiste Metallkugel, die bereit war, über das leere Papier zu rasen und es mit Buchstaben und Satzzeichen zu schwärzen, aber nichts tat sich, kein noch so kleiner Funke floss durch das Kabel und sprang auf ihn über, und auch das erhoffte Gefühl, sich vor dem Arbeitsgerät des Schriftstellers wie ein Schriftsteller zu fühlen, trat nicht ein.

Nach einer Weile zog er die Hände zurück und legte sie in den Schoß. Vielleicht, dachte er, war dieses Ungetüm, dessen Eingeweide nichts als heiße Luft erzeugten, einem Schreibschub eher hinderlich als förderlich, vielleicht musste er einen Füllfederhalter in die Hand nehmen und seine Kringelbuchstaben auf die Linien eines Schulhefts schreiben, um sich in diesen Zustand aus Ergebenheit und Pflichtbewusstsein zurückzuversetzen, der ihn vor Jahren im Albrecht-von-Blumenthal-Internat einen Einser-Aufsatz nach dem anderen hatte schreiben lassen. Er nahm das Blatt aus der Maschine und zog mit Lineal und Bleistift feine horizontale Linien, dann holte er Beerbaums Füller aus der Nachttischschublade, schraubte die Kappe ab und beugte sich, die Augen geschlossen, über den Tisch, wie er es im Deutschunterricht getan hatte. Was für ein Thema hätte ihm heute der Lehrer von damals, dessen Name und Gesicht ihm nicht mehr im Gedächtnis waren, für die Arbeit vorgegeben, überlegte er und sah die schwarze Tafel vor sich, auf der in weißer Kreideschrift ein Titel sichtbar wurde, vier mit herrischer Geste hingekrakelte Wörter.

Mein Leben als Autor

Leander öffnete die Augen und schrieb, ließ seine Hand längst vergessene Bewegungen ausführen, Haken und Schlaufen, und setzte blind einen i-Punkt, wo er hingehörte, alles in der Schönschrift, die er nächtelang in seinem Zimmer in Merets Haus gelernt hatte, nachdem es ihm in der Schule verboten worden war, seine alte Handschrift zu benutzen, seine *Kommunenkralle*, die einheitlichen eckigen Buchstaben, die er, Frida, Ringo und Linus im Unterricht in Winnipeg gelernt hatten. Hier war der Titel, dachte er, alles Weitere würde sich ergeben, wenn er nur tief genug hinabtauchte in die verdrängte Zeit und sein jetziges Ich nur gut genug vergaß, wenn er nur die Gedanken und Formulierungen und Bilder aus dem bodenlosen Teich hob, der sein Kopf war, wenn er nur wieder die Musik von Konrads Stimme hören konnte, das tausendfache Echo von Sätzen, die irgendwann in den Gehirnen genialer Männer entstanden waren. Er fragte sich, wie Mark Twain oder Jack London den Moment beschrieben hätten, als Lutz Beerbaum in Leanders Leben trat, wie Alexandre Dumas oder Fjodor Dostojewski an die Aufgabe herangegangen wären, von den Irrungen und Wirrungen rund um *Geraubte Kindheit* zu erzählen, was John Steinbeck eingefallen wäre beim Anblick all der Trümmer links und rechts der gewundenen, holprigen Straße, als die er Leanders Weg gesehen hätte, welche Sprachgebäude Charles Dickens erbaut, welche Metaphern Honoré de Balzac benutzt hätte.

Neunzig Minuten oder eine Doppelstunde Deutsch später hatte Leander fünf Seiten gefüllt. Er drückte die Playtaste des Kassettenrekorders, legte sich aufs Bett und döste eine Weile vor sich hin. Wovon die Frauen wohl sangen, überlegte er. Wahrscheinlich von ihrem Leben auf den Inseln, dachte er, vom Meer und den Tieren darin, von der Sonne und den Wolken am Himmel, von Stürmen und gekenterten Kanus und von Fischern, den Liebsten der Frauen, die auf den Rücken riesiger Schildkröten an Land getragen wurden.

Irgendwann stand er auf und setzte sich an den Tisch, um das Geschriebene abzutippen.

Am Freitag erwachte er um sechs Uhr morgens und konnte nicht wieder einschlafen, also duschte er, zog sich an und machte Tee. Während das Wasser kochte, öffnete er das Fenster im Wohnzimmer, um frische Luft hereinzulassen. In der Nacht hatte es geschneit, eine dünne Decke nassen Schnees lag auf der Wiese hinter dem Haus. Eine Krähe lief durch das fleckige Weiß und flatterte auf, als Leander ein Stück Brot in ihre Richtung warf. Er schloss das Fenster und zog den Vorhang zu, in der Küche sorgte die Lampe über dem Herd für schwaches gelbliches Licht. Wenn er jetzt, mit Socken an den Füßen und noch feuchten Haaren, ins Freie ginge, überlegte er, würde er sich eine Erkältung holen und nicht am Resonanz-Seminar teilnehmen können. Er müsste seinen fünfseitigen Text nicht vorlesen und sich dafür rechtfertigen, ihn so und nicht anders geschrieben zu haben. Und er müsste Richard Paulsen nicht sehen.

Er fragte sich, was Richard vorgehabt hatte, und wie es wohl wäre, von einem Mann auf den Mund geküsst zu werden. Richard mochte Männer, so viel stand fest, er war das, was die Mitschüler im Internat Leander und Emil Kronenberg nachgesagt hatten: schwul. In Berlin hatte Leander Männer gesehen, die offensichtlich andere Männer liebten, und es war ihm nicht seltsam vorgekommen, wenn sie auf der Straße Händchen gehalten hatten, nicht seltsamer jedenfalls, als wenn er einen Mann und eine Frau sah, die Zärtlichkeiten austauschten. Nur wenn sie ihm mit ihren Blicken gefolgt waren, wenn sie ihn beim Betreten einer Kneipe unverhohlen gemustert oder ihm leise nachgepfiffen hatten, war er mit Emil in die entlegenste Ecke des Lokals geflohen, um sich hinter einer Getränkekarte zu verschanzen und diesen Männern aus dem Weg zu gehen.

Er selbst machte sich nichts aus Männern, ihre Körper waren ihm so fremd und gleichgültig wie der eigene. Er hatte Lotte geküsst und nur deshalb nicht mit ihr geschlafen, weil er warten wollte, bis sein Leben in einigermaßen geordneten Bahnen verlaufen und er sich reifer und bereiter fühlen würde, bereit, das zu tun, was Emil Kronenberg angeblich bereits vor zehn Jahren getan hatte und was Filmen, Schulhofgesprächen und Zeitschriften zufolge die wichtigste Sache der Welt war. Er hatte gewartet und würde auch noch länger warten können, sagte er sich, er vermisste nichts. Was ihn betraf, so bestand in dieser Angelegenheit überhaupt kein Grund zur Eile.

Vor dem Badezimmerspiegel ließ er den blauen Frotteemantel, ein Geschenk des Kollegs, zu Boden fallen und betrachtete sich so eingehend, wie es ihm seine Befangenheit gegenüber sich selbst erlaubte. Er fand seinen Körper zu schmal und knochig und dass es zwar gemein sei, ihn als *Strich in der Landschaft, Bohnenstange* und *Lulatsch* zu bezeichnen, dass diese Beleidigungen aber dennoch nicht völlig aus der Luft gegriffen waren. Im Refugium Ring hatte es Mädchen gegeben, die doppelt so viel Gewicht auf die Waage brachten und deren Arme kräftiger waren als Leanders Beine, Mädchen, die vier Stühle auf einmal tragen konnten, wenn er nur zwei geschafft hatte, die ihn im Kugelstoßen blamiert und auf dem Fußballplatz mit einem Hüftschlenker aus dem Weg geräumt hatten. Lotte hatte beim Frühstück einmal ein Marmeladenglas für ihn öffnen müssen und sich bei einem ihrer nächtlichen Treffen so auf ihn gelegt, dass er sich nicht mehr hatte bewegen können und sich vorgekommen war wie ein hilfloses Tier, ein mageres, schwaches Kaninchen im Würgegriff einer aus purer Muskelkraft bestehenden Schlange. Er schaffte mit Ach und Krach zehn Liegestütze, Lotte locker zwanzig, er rutschte nach zwei Klimmzügen erschöpft vom Reck, Lotte zog sich sieben-, achtmal hoch und zählte dabei laut mit, ohne außer Atem zu geraten. Wenn er den Bizeps anspannte, passierte so gut wie nichts, an Lottes Oberarm dagegen zeigte sich eine Wölbung von der Größe eines halben Tennisballs. Ihr Handgriff war kräftig, während seiner gerade einmal ausreichte, um einen Hammer zu halten oder im Winter eine Schneeschaufel zu benutzen, zumindest so lange, bis seine Arme vor Erschöpfung brannten.

In Winnipeg hatte er nur die kleinen Steine aufgehoben und den Korb nur zu einem Drittel mit Kartoffeln gefüllt und zu den Kisten am Ackerrand getragen. Das Holzspalten hatte er Ringo und Frida überlassen und beim Stallausmisten die Schubkarre so gering beladen, dass er für die Arbeit dreimal länger brauchte als die anderen. Sogar der jüngere und kleinere Linus hatte mehr Kraft gehabt, eine Kraft, die weniger mit Muskelmasse und Statur als vielmehr mit bedingungsloser Hingabe zu tun zu haben schien, mit reiner unverdorbener Freude an eintönigen Verrichtungen unter freiem Himmel, mit Bescheidenheit und einer fein abgewogenen Mischung aus Anspruchslosigkeit und Trotz.

Wenn überhaupt, war er drahtig und zäh, dachte er, als er an seinem Spiegelbild hinabsah. Sein nach innen gewölbter Bauch schimmerte im Deckenlicht, Rippen, Schlüsselbein und Schulterknochen stachen unter der Haut hervor. Sein Schamhaar war schwarz wie der Flaum in seinen Achselhöhlen, wie seine Wimpern und Augenbrauen und Bartstoppeln.

Er holte Luft, drückte mit angespannten Armen die Schultern zurück und den Brustkorb nach vorne, aber das Ergebnis war niederschmetternd. Ein junger Ziegenbock mit ein wenig Schneid hätte ihn umgerannt wie einen morschen Zaunpfahl. Über seinen Penis wollte er gar nicht erst nachdenken. Er pinkelte damit und wusch ihn, mehr musste zu dem Thema nicht gesagt werden, fand er. Was andere Jungs mit ihrem Ding anstellten, interessierte ihn nicht, ihre Geschichten ödeten ihn an, er begriff nicht, warum sie so einen Wirbel um das Ganze machten, warum ihr Leben davon abhing, ob ein Mädchen ihren Schwanz anfasste und ihn bearbeitete, bis sie spritzten, und warum sie, wenn kein Mädchen da war, selbst Hand anlegten und auch noch darüber redeten, als sei *Wichsen* nichts himmelschreiend Indiskretes und Peinliches, sondern eine Angelegenheit von allergrößter Bedeutung und existenzieller Tragweite.

Für ein paar Sekunden starrte er seinem Spiegelbild ins Gesicht, dann senkte er den Blick, zog den Bademantel wieder an und verknotete den Gürtel vor dem Bauch. Er entschied, sein dürrer Körper sei hässlich und dass nur eine Frau, die verrückt war, etwas mit ihm anfangen würde, etwas, das mit diesem Körper zu tun hatte, mit diesen aufdringlichen Knochen und diesem von keiner fremden Hand jemals berührten Penis. Lotte war, bei allem gebührenden Respekt, ein wenig verrückt, überlegte er, aber vielleicht nicht verrückt genug, um sich ein zweites Mal mit ihm einzulassen, falls sie sich in jener Nacht unter der Trauerweide überhaupt ein erstes Mal mit ihm eingelassen und sich nicht nur über ihn lustig gemacht hatte. Lotte Olszewski, fast jeden Abend vor dem Einschlafen dachte er an sie und an den Zungenkuss und seine Erektion und an Lottes Hand, die wie zufällig die Wölbung unter dem gespannten Stoff seiner Hose berührt hatte, und auch daran, wie schrecklich unangenehm und gleichzeitig höchst erregend dieser kurze und für immer in sein Gedächtnis eingebrannte Moment sich angefühlt hatte. Der Moment war großartig gewesen, befand er, großartig und einmalig und dermaßen verwirrend, dass sein Schädel auch jetzt noch warm wurde, weil seine grauen Zellen heiß liefen beim Versuch, die von ihm ausgebrüteten und herumgewirbelten Gedanken zu sortieren und so zu ordnen, dass sie irgendwann einen Sinn ergaben und unausweichliche Fragen beantworteten wie diese: *Können eine Frau und ein Mann Freunde sein, ohne miteinander zu schlafen? Kann die Frau dem Mann zeigen, wie man miteinander schläft, wenn der Mann keine Erfahrung hat und nur über ein rein theoretisches Wissen aus Ratgebern verfügt? Wie weiß man, ob ein Mädchen, das man liebt, einen auch liebt, wenn sie nie etwas zu diesem Thema sagt?*

Als er das Badezimmer verließ, war es halb neun. Er zog sich an, nahm die fünf Seiten vom Tisch und ging zur Bibliothek.

Die Gruppendiskussion nannte sich Resonanz-Seminar, doch nach einer Stunde fand Leander, die Bezeichnung *Tribunal* wäre treffender gewesen. Guntram hatte sechs Tische zu einem eckigen U gruppiert, zwei weitere standen an einer Wand, vollgestellt mit Kaffeekannen, Wasserflaschen, Gläsern, Tassen, Tellern, Stapeln aus Papierservietten und Platten mit Gebäck. Trübes Winterlicht fiel durch die Fenster in den Raum und vermischte sich mit dem Glimmen der Deckenlampen zu einer matten, sterilen Helligkeit. Wähnte man sich, wie Leander, in einem Gerichtssaal, dann hatte Holger Neukirch den Vorsitz. Der ehemalige Germanistikprofessor trug einen haselnussbraunen Anzug und ein klein kariertes rotes Hemd, und er saß nicht auf seinem Stuhl, er thronte, und sprach er, tat er es bedächtig und mit tiefer Stimme wie ein weiser, gütiger Herrscher, der sich der Ergebenheit seines Volkes so gewiss ist, dass ihm entgangen wäre, wenn es ihn nur noch geduldet und heimlich belächelt hätte.

Neben ihm saß Bruno Schaade, der Überraschungsgast, ein vierzigjähriger Lektor, der aus Berlin angereist war, um bei den Gesprächen über die Texte der Stipendiaten sein Fachwissen einzubringen. Er sei nicht hier, um Urteile zu fällen, hatte er zu Beginn gesagt, sondern weil er helfen wolle, *die Arbeiten in eine zukunftsträchtige Richtung zu lenken, ohne sie zu verbiegen.* Schaade war so dünn wie Leander, aber zehn Zentimeter kleiner, er trug einen schwarzen Anzug und litt unter kreisrundem Haarausfall. War es an ihm, seine Meinung zum Gehörten kundzutun, erhob er sich und trat neben eine Schiefertafel auf Rollen, an die er mit weißer, grüner und gelber Kreide Wörter schrieb wie *Balance, Ökonomie* und *Kohärenz.*

Die Frau zu Neukirchs Linken hatte sich als Gudrun Falck vorgestellt, von einer Doktorarbeit zum Thema *Institutionell geförderte Schreibwerkstätten* erzählt und die Stipendiaten dann um Erlaubnis gebeten, als Beobachterin am Seminar teilnehmen zu dürfen. Sie war klein und mager, und Leander stellte sich vor, wie sie und Schaade gemeinsam mit der Bahn zurück nach Berlin fuhren und unterwegs ein Liebespaar wurden, weil sie die gleichen Dichter, ähnliche Brillenmodelle und schwarze Kleidung mochten.

»Leander?«

Einige der Stipendiaten lachten leise.

Leander tauchte aus seinem Tagtraum auf und nahm Holger Neukirch wahr, der ihn mit hochgezogenen Augenbrauen ansah. Gudrun Falck lächelte ihm zu, wie sie eben noch Bruno Schaade zugelächelt hatte, bevor der Zug in einen langen Tunnel gefahren war.

»Ja?«

»Wir warten auf deine Einschätzung.«

Das Prozedere des Seminars sah vor, dass sich alle Stipendiaten zu den vorgelesenen Texten äußerten, kritisch, konstruktiv und kollegial, wie Neukirch es eingangs gefordert hatte. So, meinte er, würden sie lernen, fremde Arbeiten zu analysieren und ihre Erkenntnisse für ihr eigenes Schreiben und ihren professionellen Werdegang zu nutzen. *Bereicherung des eigenen Schaffens durch einfühlsame und aufrichtige Auseinandersetzung mit der Arbeit der Kolleginnen und Kollegen* hatte Neukirch diesen Prozess genannt, eine Formulierung, die Leander an die Sprachgirlanden und Räucherstäbchenwolken im Refugium Ring erinnerte.

Leander warf einen Blick in sein Heft, das bis auf ein paar ornamenthafte Kritzeleien und die Darstellung Holger Neukirchs als dicker, lächelnder König leer war. Immerhin wusste er, dass Jörg Naumann gelesen hatte.

»Ich fand die Ruhe gut«, sagte er schließlich, sich an ein Votum von Boris Wirth erinnernd, der, um Olga Blahoslavs Gedichte zu charakterisieren, den Begriff *Stille* genannt hatte und gut damit gefahren war.

»Die Ruhe«, wiederholte Neukirch tonlos.

»Ja.« Leander räusperte sich. Naumanns Text mit dem Titel *Schlafende wecken Hunde* lag vor ihm. Guntram hatte die jeweils fünf Seiten der acht Stipendiaten fotokopiert und an alle verteilt. »Es handelt sich um einen ruhigen Text.« Leander überflog ein paar Zeilen des Romananfangs, in dem es um einen jungen Mann ging, möglicherweise Jörg Naumann selbst, der seine vor ihm geflohene Freundin in Polen suchte, in einem Warschau, das ein *düsterer, seelenverschlingender Ort* war, *rußgeschwärzt* und *von abstoßender Schönheit.* »Ruhig wie ein … äh … Fluss.« Er musste an Linus denken, der in einem Fluss alles hinter sich gelassen hatte, und daran, tot zu sein und nicht mehr da, auch nicht in einer Schriftstellerkolonie in Murnau, wo man Sachverstand, Gedankenblitze und Redegewandtheit von ihm erwartete und niemand ernsthaft daran dachte, Leander Selbig könnte ein Betrüger sein, belesen zwar, aber als Schriftsteller so unbegabt wie als Kritiker, außerstande, diesen Diskussionen etwas auch nur annähernd Sinnvolles beizusteuern.

»Ein dunkler Strom«, sagte Thorsten Hofreiter. »Allerdings würde ich das nicht ruhig nennen, sondern vielmehr träge. Diese Sätze fließen dahin wie schwarzes, schlammiges Wasser, sehr langsam und ohne … ohne Wirbel, ohne Wellen zu schlagen.« Er wandte sich an Jörg Naumann und lachte. »Das meine ich als Kompliment!«

Jörg Naumann nickte lächelnd.

»Mir geht es so, dass ich einen Ton höre.« Dora Baumeister hob beide Hände auf Ohrenhöhe und bewegte ihre mit zahllosen Ringen geschmückten Finger. »Einen Sound. Der melancholisch ist. Ruhig, ja, da gebe ich …« Sie schob die Sonnenbrille hoch und kniff die Augen zusammen, um den Namen auf dem Pappschild zu lesen, das vor Leander stand. »… Leander recht. Auch wenn … ich weiß nicht, ruhig es nicht ganz trifft.«

»Träge«, wiederholte Thorsten Hofreiter. »Wie schwarzes, schlammiges Wasser.«

»Eher wie Musik«, sagte Dora Baumeister. »Eine Melodie.«

Thorsten Hofreiter zuckte mit den Schultern. Schaade erhob sich und schrieb ein grünes Wort an die Tafel: *Erzähltempo.* Dann hob er zu einem fünfminütigen Vortrag an, bei dem es darum ging, wie man eine Geschichte *vorantrieb*, bei einem Gedicht hingegen auf die Verlangsamung achtete, auf Rhythmus und Tonalität, auf die gleichzeitige Dehnung und Komprimierung von Zeit. *Verdichten,* schrieb er in gelber Farbe hin.

Leander beugte sich über sein Heft und tat, als fülle er die Seite mit wichtigen Erkenntnissen für seinen Werdegang als Schriftsteller. Das war sein Trick, nichts mehr sagen zu müssen, und bisher hatte er funktioniert.

Schaade schrieb mit der weißen Kreide *Zeitachse*, dann setzte er sich zurück auf seinen Stuhl und bat um weitere Beiträge.

»Die Frauenfigur …« Mira Kamps blätterte in ihren Unterlagen.

»Sofia«, sagte Jörg Naumann.

»Sofia, ja, also, versteh mich nicht falsch, Jörg, aber Sofia ist für mich … wie soll ich sagen … noch nicht wirklich fassbar …« Mira griff mit einer Hand in die Luft, dann öffnete sie die Faust wie eine Zauberkünstlerin, die etwas hat verschwinden lassen. »Sie ist noch nicht lebendig. Also, für mich.«

»Sie ist die Frau, die der Protagonist sucht«, sagte Jörg Naumann. »Deshalb ist sie zu Beginn nicht greifbar.«

»Oh …«, sagte Mira Kamps. »Dann nimmt sie erst im Verlauf des Romans Gestalt an.«

»Er bekommt sie bis zum Schluss nicht zu fassen.« Jörg Naumann klang gelangweilt, müde vom Auskunftgeben.

Es wurde durcheinandergemurmelt. Guntram schlich sich herein und stellte zwei Schüsseln mit Obst auf die Tische. Stichworte wurden notiert und Blicke ausgetauscht. Leander malte polynesische Ornamente in sein Heft und nickte dabei, als lausche er den Wortmeldungen und pflichte allem bei, was gesagt wurde.

Einmal hob er den Kopf und sah zur Tafel, wo drei neue Wörter hinzugekommen waren: *Geheimnisse, Meta-Ebene* und *Erklärungsfalle.*

Er schrieb sie ab, aus keinem nachvollziehbaren Grund bis auf den, beschäftigt zu wirken. Irgendwo in seinem Kopf summten die Frauenstimmen. Schaade öffnete und schloss den Mund, seine Lider zuckten in regelmäßigen Abständen, auf seiner Glatze lag das Deckenlicht wie eine dünne Glasur. Kommentare flogen hin und her, winzige Vögel mit blitzendem Gefieder. Richard Paulsen sagte sehr lange etwas, von dem Leander nur noch die letzten Worte hörte.

»… womit ich die Unmöglichkeit einer, sagen wir, konsensfähigen Beschreibung meine, einer verbindlichen Deutung subjektiv wahrgenommener Zustände.«

Rundum wurden Lippen geschürzt und Stirnen in Falten gelegt, Boris Wirth zupfte an seinem Kinnbart. Neukirch fasste die Stellungnahmen zusammen und verkündete eine Pause und dass Leander als Nächster an der Reihe sei. Dann gab es Kaffee und Kuchen, Wasserflaschen wurden geöffnet und Fenster, durch die Leander den Himmel sehen konnte, eine graue Fläche, die rasch dunkler wurde.

In der Nacht fiel Schnee, trockener und in größeren Mengen als der letzte, und bald war alles weiß bedeckt und schimmerte da, wo Laternen ihr Licht ausbreiteten. Leander drosch mit bloßen Fäusten auf den Sandsack ein, der von der Decke des kleinen Raumes hing und sich kaum bewegte unter seinen Schlägen. Zu Beginn hatte er sich noch vorgestellt, Thorsten Hofreiter zu verprügeln, das Genie aus Berlin, der seinen Text als *unpersönlich* bezeichnet hatte, als *Berichterstattung ohne eigene Stimme*, dann war aus dem Sandsack Bruno Schaade geworden, Schautafel-Schaade, der sich die Mühe gemacht hatte, eine Liste von Wörtern zu erstellen, die er *aus dem Sprachgebrauch des vorigen Jahrhunderts entlehnt* nannte, *vortrefflich* etwa, *fürwahr* oder *Stenz*. Die Verwendung dieser Ausdrücke störe *das Gefüge des Textes*, seine *Unität*, meinte der Lektor, zumal sie zeitgemäßen wie *Bestseller, Autogramm, Interview* und *Radiomoderator* ins Gehege kämen. Er trumpfte sogar damit auf, einen halben Satz gefunden zu haben, den Leander sich aus *Herz der Finsternis* von Joseph Conrad *ausgeliehen* hatte, was eine ebenso unbestreitbare wie peinliche Tatsache sei, selbst wenn man sich gnädig zeige und den Diebstahl als Ehrerbietung durchgehen lasse.

Jetzt hieb Leander auf den Sandsack ein und dachte an Beerbaum, der ihm alles eingebrockt hatte, das Buch, die Unterweisung in Hochmut, die Inquisition der Regenbogenpresse, die Ohrfeigen der Kritiker, die vor Schaulustigen und Beileidsbekundern abgehaltenen Lesungen, die Fanpost und Schmähbriefe, die schlaflosen Nächte, die noch frisch in ihm nachhallenden Urteile über die fünf Seiten, die er sich abgerungen hatte und in denen so viel Gelesenes, Gehörtes, Verinnerlichtes und Abgekupfertes mitschwang und so wenig Eigenes, so wenig von Leander Selbig. Er ließ seine Fäuste auf Beerbaum einprasseln, verfluchte sich selbst dafür, dass er an jenem verhängnisvollen Abend den Hochglanzprospekt eingesteckt und sich, kaum der Autorenschmiede im Klopstock-Haus entronnen, auf den Weg in die Holzhüttenidylle Murnaus gemacht hatte, wo er vor wenigen Stunden vorgeführt und gezwungen worden war, sich Richtern und Anklägern zu stellen und als der zu zeigen, der ihm jeden Tag im Spiegel entgegenblickte: ein Nichtschriftsteller.

Er war so mit der Bearbeitung des Sandsacks beschäftigt, dass er nicht bemerkte, wie Richard Paulsen den Raum betrat. Die dünnen Muskelstränge in seinen Armen, die Augen, in die der Schweiß von seiner Stirn lief, und die wunden Knöchel seiner Hände brannten. *Stenz*, dachte er bei jedem Schlag, war entgegen Schaades Meinung *fürwahr* eine *vortreffliche* Wortwahl, um einen selbstgefälligen, egoistischen und dennoch nicht gänzlich unausstehlichen Kerl wie Lutz Beerbaum zu beschreiben, Beerbaum, der Entdecker, Verleger, Förderer und vermeintliche Freund, der auf den ersten fünf Seiten des Buches, das nun endgültig nie vollendet werden würde, vom Autor, der gar keiner war, in einem nicht immer vorteilhaften, jedoch stets milden, wohlwollenden Licht erschien.

»Du blutest«, sagte Richard, nachdem er eine Weile zugeschaut hatte, ohne von Leander wahrgenommen zu werden.

Aufgeschreckt aus seinem Zustand dämmrigen, selbstvergessenen Tobens, ließ Leander die Arme fallen. Obwohl an Wandhaken Boxhandschuhe hingen, hatte er keine angezogen und jetzt trotzdem das Gefühl, welche zu tragen, pochende Klumpen, deren Gewicht ihn nach unten zog. Er sah Richard aus tränenden Augen an, schwankte auf plötzlich weich gewordenen Beinen, so heftig atmete er. *Was mache ich hier?*, schoss es ihm durch den Kopf. Sandsäcke hatte er bisher nur in Werners Kellerecke und in Filmen gesehen und ihren Verwendungszweck zwar erkannt, jedoch nie wirklich begriffen, bis jetzt. An diesem Ort, wurde ihm plötzlich klar, hingen sie für wütende, frustrierte Gestalten wie ihn, dies war die stiftungseigene Gummizelle, die Kapelle der beleidigten Seelen, der Weinerlichkeit und des Zorns.

»Hast du genug Dampf abgelassen?«

Leander konnte sich nicht bewegen, brachte nicht einmal mehr ein Nicken zustande. Er war klatschnass geschwitzt, das Hemd klebte an seiner Haut. Richard hob Leanders Jackett vom Boden auf und legte es ihm um die Schultern.

Draußen war es eiskalt, auf den Wegen lag frischer Schnee und durchtränkte Leanders Schuhe und Socken. Richard brachte ihn zum Haus Nummer vier, schob ihn ins Badezimmer und schloss die Tür. Als Leander sich im Spiegel sah, erschrak er und wandte sich ab. Eine Weile stand er einfach da, ließ Kopf und Arme hängen und wartete, bis sein Herzschlag langsamer geworden war. Er zuckte zusammen, als an die Tür geklopft wurde.

»Alles gut da drin?«, fragte Richard.

Nein, dachte Leander und rief: »Ja!«

Es dauerte ewig, bis er sich ausgezogen hatte, allein für das Entknoten der Schnürsenkel brauchte er mehrere Minuten. Schließlich duschte er heiß, dann rannte er in zwei Handtücher gewickelt ins Schlafzimmer und zog frische Sachen an. Als er das Wohnzimmer betrat, kam Richard mit einem Kochtopf aus der Küche.

»Eine Art Glühwein«, sagte er, füllte eine Tasse mit dampfender dunkler Flüssigkeit und gab sie Leander. »Schmeckt mittelprächtig, tut aber gut.«

Leander nahm einen vorsichtigen Schluck. Das Gemisch aus Schwarztee, Rotwein und Honig rann heiß und süß und klebrig durch seine Kehle. Die Haut an seinen Knöcheln war weg, darunter lag rohes rosafarbenes Fleisch. Wenn er die Tasse an den Mund hob, taten ihm die Arme weh, in seinen Handgelenken loderte ein Feuer.

Leander setzte sich auf das Sofa. »Danke«, sagte er, nachdem er ausgetrunken und Richard ihm nachgeschenkt hatte.

Eine Weile schwiegen sie, hielten ihre Tassen fest und bliesen hinein. Auf dem Couchtisch brannte eine Kerze, die Richard angezündet hatte. Draußen war es ruhig, nur einmal durchbrach das in der Ferne dumpf kratzende Geräusch eines Schneeräumfahrzeugs die Stille.

»Mach dir nichts aus heute Nachmittag«, sagte Richard schließlich. Er saß in einem der beiden Sessel und lächelte Leander aufmunternd zu. »Wir sind hier, um an unseren Sachen zu arbeiten.«

Leander sah in die Flamme. Richard Paulsen und Dora Baumeister waren die Einzigen gewesen, die seine fünf Seiten verteidigt und in der Runde argumentiert hatten, *Mein Leben als Autor* sei, wie alle vorgestellten Texte, eine erste Fassung, ein Entwurf, die Grundlage für etwas in der Entstehung Begriffenes und zum jetzigen Zeitpunkt nur im Kopf seines Schöpfers existierendes Konstrukt. Leanders Augen tränten noch immer, und er schloss sie.

»Du hast ja noch jede Menge Zeit, um daran zu feilen.«

Als Leander die Augen öffnete, saß Richard neben ihm.

»Keine Angst, ich werde nicht versuchen, dich zu küssen.« Richard lächelte, dann betrachtete er Leander mit ernster Miene. »Herrgott, ich hätte schwören können, du seist schwul.«

Leander rutschte auf dem Sofa zur Seite, weg von Richard. »Warum?«, rief er, nachdem er sekundenlang keinen Ton herausgebracht hatte. »Wie kommst du auf so was?« Er stand auf und schlang die Wolldecke um sich, die über der Lehne des freien Sessels gehangen hatte. Seine Beine fühlten sich noch immer schwer an, die in Socken steckenden Füße kalt und taub.

Richard blieb sitzen. »Alle Anzeichen sprachen dafür«, sagte er.

Leander starrte Richard an.

»Dein Körper, deine Stimme, dein Wesen …«

»Mein Wesen?«, schrie Leander. »Was soll damit sein?«

»Es ist zart. Freundlich und zugewandt. Ich wäre jede Wette eingegangen, dass du …«

»Ich habe eine Frau geküsst!«, brüllte Leander und trat mit dem Fuß gegen den Sessel. »Mit ihr geknutscht, verdammte Scheiße!«

»Das bedeutet gar nichts«, sagte Richard ruhig.

»Es war großartig!«

Richard grinste.

Leander schwankte leicht vor und zurück, sein Bauch war warm vom Glühwein, sein Kopf heiß. Jedes einzelne Gelenk tat ihm weh, als brüte sein Körper eine Erkältung aus. Er ging zur Tür und riss sie auf. Kalte Luft erfasste ihn. Im Himmel über ihm drückte Mondlicht kreisrund durch die Wolkenschicht.

»Geh weg und lass mich in Ruhe!«

Richard seufzte und erhob sich. »Leander, ich …«

»Verschwinde!« Leanders Stimme zitterte wie sein Arm, den er kaum heben konnte.

Richard zog seinen Mantel an, wickelte den Schal um den Hals und trat ins Freie. Die Hände in den Manteltaschen, drehte er sich um und wollte etwas sagen, aber Leander hatte schon die Tür geschlossen und verriegelte sie.

Keine Stunde später hatte Leander seine Sachen gepackt, einen Abschiedsbrief geschrieben und den restlichen Glühwein getrunken. Er legte den Brief auf den Couchtisch, beschwerte ihn mit einer leeren Tasse und verließ die Hütte. Die Minusgrade spürte er nicht, er war warm angezogen und vom Alkohol in seinem Blut gegen die Kälte immunisiert. Den Weg zum See fand er leicht, und als er auf dem Steg eines Freibads stand und über die schwarze, mit hellen, sanft schaukelnden Eisschollen besetzte Fläche blickte, erfüllte ihn zum ersten Mal seit Langem so etwas wie Gelassenheit. Er stellte die beiden Reisetaschen ab, wischte mit dem Schuh den Schnee von den Holzplanken und setzte sich hin. Die Stille um ihn herum war nicht perfekt, ein leichter Wind wehte und brachte die Schilfstängel zum Knistern und bewegte das Wasser unter dem Steg gerade so stark, dass es glucksend gegen die Pfosten schwappte. Irgendwo fuhr ein Auto, in noch weiterer Ferne schrie ein Vogel.

Er versuchte sich vorzustellen, wie verzweifelt Linus gewesen war und wie viel Überwindung es ihn gekostet hatte, sich auszuziehen und in den Fluss fallen zu lassen, tausendmal mutiger und millionenmal ängstlicher als damals, als er nach Ringo und Frida vom Scheunendach auf den Heuwagen gesprungen war und sich den Arm gebrochen hatte. Er fragte sich, wie lange es dauern würde, bis man so unterkühlt war, dass man den Kopf nicht mehr über Wasser halten konnte und unterging. In eisigen Temperaturen keine fünf Minuten, hatte er gelesen. Ein schmales Hemd wie er würde es höchstens zwei Minuten aushalten, dachte er, vielleicht sogar nur eine Minute, weil ihm nach dem Sandsackdreschen noch immer alles wehtat. Er musste nur den Fuß ins Wasser halten, und sein Herz würde aussetzen, malte er sich aus, und dann würde er vornüberkippen und hinabsinken und nicht mehr atmen, und keine Schildkröte würde ihn auf ihren Rücken nehmen und zurück ans Ufer bringen.

Irgendwann stemmte er sich mühsam hoch und trat an den Rand des Stegs. Die Wärme war aus seinem Körper gewichen, einzig die Reste des Alkohols zirkulierten noch in seinen Adern und ließen die hellen Schuhspitzen vor seinen Augen verschwimmen. *Ich will nicht mehr. Bitte keine Sorgen machen und nicht nach mir suchen. Danke für alles. Leander Selbig.* Er murmelte die Worte des Briefes vor sich hin, einmal, zweimal, dreimal. Der Vogel schrie dreimal, zweifellos eine Antwort. Ein faustgroßes

Stück Himmel riss auf, Mondlicht fiel auf den See und brachte die Eisstücke zum Schimmern. Leander schwankte vor und zurück, er glaubte seinen Schatten auf der Wasseroberfläche sehen zu können. *Ich will nicht mehr.* Er schloss die Augen, öffnete sie wieder und drehte sich um, nahm die Taschen und machte sich auf den Weg in Richtung Stadt.

Eine Turmuhr schlug viermal, als er durch die leeren Straßen ging. Der Glühwein stieß ihm sauer auf, er hatte Kopfschmerzen und eiskalte Hände. Nirgendwo brannte ein Licht oder gab es ein Geräusch. Der ganze Ort lag im Schlaf, nichts bewegte sich, nicht einmal die steif gefrorene Fahne an einer Hausfassade. Es begann wieder zu schneien. Das Gefühl, der einsamste Mensch der Welt zu sein, streifte Leander mit der Wucht eines Güterzuges, der ihn um Haaresbreite verfehlte und dessen Luftzug ihn aus dem Tritt geraten ließ. Er dachte daran, wie schlecht er Richard behandelt hatte, und schämte sich. Vielleicht konnte er zurückgehen und sich entschuldigen, überlegte er, aber dann war er doch zu feige und wusste auch gar nicht, was er Richard hätte sagen sollen, um nicht alles noch schlimmer zu machen.

Im Hotel *Post*, vor dem er irgendwann stand, hatte der Schriftsteller Ödön von Horváth verkehrt, erinnerte er sich, Guntram hatte ihm davon erzählt. Ihm war plötzlich so übel, dass er sich am liebsten vor der Hintertür auf den Boden gelegt hätte, um zu schlafen. Nur bis der erste Zug fuhr, dachte er. An der Rückseite des Hotels, wo die Abfallcontainer und leeren Getränkekisten standen, lehnte er sich unter einem Fenster mit dem Rücken gegen eine Wand. Auf einem der Zettel aus Richard Paulsens Sammlung wurde ein Pilz beschrieben, der in den Köpfen von Ameisen wuchs und die Tiere explodieren ließ, sobald sie irgendwo hochkletterten und die Pilzsporen sich über das Land verteilen konnten. Leander hatte den Zettel am Boden in der Bibliothek gefunden und lange gebraucht, um die winzigen Buchstaben zu entziffern. Schneeflocken legten sich auf die beiden Taschen. Der Gedanke, dass alle um ihn herum schliefen und für Stunden von ihren Pflichten und Zweifeln befreit waren, ließ ihn vor Selbstmitleid nach Luft schnappen und beim Ausatmen winseln. Er beugte sich vor und spürte das Brennen des Glühweins in der Kehle, aber übergeben konnte er sich nicht. »Danke für alles«, flüsterte er, dann schlug er mit der Faust durch das Glas des Fensters. Frisches Blut lief ihm über die Knöchel, Tränen schossen ihm in die Augen. Auf einmal hörte er Merets Stimme, sie war in seinem Kopf und klang sanft, wie ein Lied, aber er verstand nicht, was sie zu ihm sagte, und als er die Augen schloss und den Atem anhielt, war sie weg. Er öffnete das Fenster, kletterte in den Raum und stieß im Dunkeln gegen einen Stuhl, der umkippte.

Als er die Treppe hinaufging, um ein leeres Bett zu suchen, leuchtete ihm jemand mit einer Taschenlampe ins Gesicht. Er setzte sich auf eine Stufe und wartete ab, was passieren würde. Es war ihm egal.

RINGO
Zehnte Auskunft

Ich bin aus der Asche eines Altersheims aufgestiegen, aus dem Rauch kremierter Brillen und Bibeln und Salben. Zahnprothesen haben in Wassergläsern gekocht, Gehstöcke loderten und Hüte und Zeitungen und Bettvorleger. Aus Pantoffeln und Keksdosen schlugen Flammen. Kissen sind verbrannt, Fotoalben und Sonntagshemden und gehütete Briefe. Das Inferno war ein Rausch, im Delirium bin ich durch züngelnde Wände gegangen und sengende Hitze. Die Männer hatten kein Gewicht, sie wogen ihren Wert im Leben und in der Welt. Zwei von ihnen trug ich auf einmal hinaus, unter jedem Arm einen. Ich atmete ihre Zeit ein, sog die glühenden Partikel ihrer Geschichten, ihrer abgetragenen Schuhe und Mäntel tief in die Lungen. Unter dem Nachthimmel husteten sie grauen Staub, einer kotzte vor meine Füße, so dankbar war er mir. Im Licht der Scheinwerfer fielen die schwarzen Ränder von mir ab, lösten die dunklen Stellen sich auf. Noch lange nach dem Feuer lag sein Glanz auf mir wie eine schimmernde Rüstung. Waren Gandhi und Schweitzer Sterne, war ich eine Kerze. Meine Reden schrieb ich nüchtern und schwang sie betrunken, besoffen von meinem angedichteten Mut. Waren Mandela und King leuchtende Sonnen im Menschheitsuniversum, war ich das Flackern eines Streichholzes in einem Baumarkt, das flüchtige Aufblitzen menschlicher Größe in einem Schulzimmer, in einer von Schweigen erfüllten Kantine. Ich war der Kronzeuge meiner Heldenhaftigkeit, ich war ein funkelnder Pokal, ich ließ mich herumreichen, jahrelang, von oben nach unten. Als ein weiterer Abstieg nicht mehr möglich war, schaffte ich das Unmögliche, meine erbärmliche Version der griechischen Tragödie, ein Stück über Tod und Schuld und Niedergang, die Zeitungen voll davon, die Kritiken vernichtend. Dann die Rückkehr, der Triumphzug durch die Medien auf dem Rücken eines Welpen, Erinnerung, Anzeichen von Vergebung, Mitleid, Volkes Zorn und Volkes Güte, Heiratsanträge und Morddrohungen, tausend Likes, begraben unter einem Sturm aus Scheiße.

Wir sind niemand, wenn wir nicht zusammen sind. Zu viert sind wir eine Geschichte mit einem Anfang und einem im Dachbodendunkel geduldig erwarteten Ende. Einzeln sind wir Wörter, unbegreifliche Sätze. Was uns ausmacht, ist das Zurücklassen, das neu Anfangen, das Zurechtfinden und Verlorengehen. Wir müssen lernen, ich zu sein, und scheitern.

Liebe Elif, ich schreibe Ihnen aus Brisbane, Australien. Ich sitze in einem Motelzimmer, mein Blick geht auf den Parkplatz, die Leuchtreklame und die Straße. Dass ich am Ende der Welt gelandet bin, verdanke ich auch Ihnen. Ihr Artikel hat dafür gesorgt, dass man sich an mich erinnert. Offensichtlich gibt es Leute, die mich für berühmt halten und meinen verblassten Ruhm aufpolieren wollen. Dass diese Leute mich auch als gescheitert und bedürftig betrachten, ist in Ordnung, weil es zutrifft. Als die Anfrage kam und ich nach einigen Abklärungen einen schlechten Scherz ausschließen konnte, musste ich jedenfalls nicht lange überlegen. Sie, liebe Elif, wissen natürlich längst von meiner Entscheidung, und ich wäre Ihnen nicht böse, wenn Sie (endgültig) an meiner Zurechnungsfähigkeit zweifeln würden. Falls es Sie beruhigt: Ich habe nicht den Verstand verloren. Ich habe zwar einen Vertrag unterschrieben und mich verpflichtet, eine ungewisse Anzahl von Tagen und Nächten auf einem hergerichteten Stück Dschungel in New South Wales zu verbringen, aber nie vorgehabt, dies auch tatsächlich zu tun. Heute

Morgen habe ich mich aus meinem Hotel abgesetzt und im Taxi hierherfahren lassen. Gleich gehe ich zur Bank und tausche mein Geld in australische Dollars um. Morgen geht es weiter, wohin, schreibe ich Ihnen ein andermal. Man wird mich suchen, aber kaum finden. Wenn Sie wollen, können Sie diesen Brief veröffentlichen, es soll sich niemand Sorgen um mich machen. Mein Ersatz wird sich über mein Verschwinden freuen, vielleicht geht es ihm noch schlechter als mir, und das Honorar und die Aufmerksamkeit helfen ihm. Ich werde für eine Weile an einem Ort leben, an dem man keinen Europäer vermuten würde, der einigermaßen bei Trost ist. Ob ich dort trinken werde (Alkohol), weiß ich noch nicht. (Vermutliche Antwort: Ja.) Gerade trinke ich ein Bier, für Rotwein ist es zu warm. Vielleicht ist das der Weg: Von Wein über Bier zu Wasser. Ich werde Sie über den Verlauf des Experiments informieren. Ihnen und Hobbes alles Gute, herzlich, Ringo Eichhorn.

LEANDER
Kapitel XIV

Abschiede

Man hatte ihn laufen lassen, froh, diesen armen verrückten Jungen los zu sein. Die Besitzer des Hotels hatten auf eine Anzeige verzichtet, nachdem Beerbaum für die zerbrochene Fensterscheibe und die Reinigung der von Leanders Blut besudelten Teppiche aufgekommen war. Der freundliche Wirt hatte in jener Nacht nicht bei der Polizei angerufen, sondern bei Guntram Zeiß, der sofort aufgebrochen war, um Leander abzuholen. Die Wirtin, ihren mütterlichen Gefühlen folgend, hatte Leanders Hand verbunden und ihm einen Teller Gerstensuppe gewärmt, die er während der Wartezeit auslöffelte. Am frühen Nachmittag war Beerbaum im Kolleg eingetroffen und nach einem kurzen Gespräch in Holger Neukirchs Haus mit Leander in einer neun Stunden dauernden und nur von drei Pausen unterbrochenen Fahrt im VW-Käfer nach Herne gefahren, wo er inzwischen wieder bei seiner Mutter und Samir lebte, weil ihn sein aufwendiger Lebensstil so viel gekostet hatte, dass er nahezu pleite war und sich die Wohnung in Bochum nicht mehr leisten konnte, vom Büro in der alten Ziegelei und einem vorzeigbaren Auto ganz zu schweigen.

Lutz Beerbaum fand, das Schicksal habe ihm in letzter Zeit ein paar üble Blessuren zugefügt, Wunden, die doppelt schmerzten, weil sie unverdient waren. Um einen Prozess und weitere Anwaltskosten zu vermeiden, hatte er gegenüber seiner Mutter klein beigegeben und damit das Sagen im Verlag endgültig verloren. Beim Schlichtungstermin war er in Tränen ausgebrochen und Wilma um den Hals gefallen wie ein reumütiges Kind, hatte um Verzeihung gefleht und versprochen, wieder ein guter Sohn zu sein und auch in geschäftlichen Angelegenheiten vernünftig zu werden, ein braver und bescheidener Bub, der sich mit seiner Rolle als Teilhaber der *Edition Euphrat* zufriedengebe. Nach dieser Demütigung vor den Augen der Amtsperson und im Beisein Samirs, der für ihn seit Ausbruch des Streits nur tadelnde und, noch schlimmer, mitleidige Blicke übriggehabt hatte, war Beerbaum in die Villa im Grünen zurückgekehrt, nicht gebrochen, aber doch so angeknackst, dass er mit krummem Rücken umherging, das Alleinsein und Schweigen für sich entdeckte und nicht einmal murrte, wenn die Hausherrin ihn zum Schneeschippen oder Briefkastenleeren abkommandierte.

Leanders Aussetzer kam Beerbaum nicht ungelegen. *Der Murnauer Fensterbruch,* wie er das Ereignis nannte, sorgte dafür, dass er den offensichtlich in einer seelischen Krise steckenden Jungschriftsteller wieder unter seine Fittiche nehmen und sich vor seiner Mutter als Retter und Betreuer des besten Pferds im Stall darstellen konnte. Noch während der Fahrt von Murnau nach Herne hatte er Leander bearbeitet, hatte neben dem apathisch vor sich hin starrenden Trauerkloß stundenlang Reden geschwungen, in denen es um Rückschläge und ums Zurückschlagen ging, ums Hinfallen und Aufstehen, um Verwirrung und Erkenntnis, um Chuzpe und um Stolz und um Ehre.

Jetzt wohnten sie wieder unter einem Dach und sahen sich täglich, begegneten sich in der Küche, auf der Treppe oder im Garten, wenn Leander nach zwölfstündiger Versenkung in Selbstzweifel und Niedergeschlagenheit für ein paar Minuten an die frische Luft ging und sein Verleger zur gleichen Zeit den mütterlichen Befehlen gehorchend Salz auf den Gehweg streute oder einen heruntergefallenen Nistkasten zurück an den Baum hängte. Beide schämten sich, Leander wegen seines zweiten Stipendium-Abbruchs in Folge, Beerbaum, weil er strategisch versagt hatte und nicht Chef des Verlags geworden war, sondern jemand, auf dessen Visitenkarte, wenn es eine gegeben hätte, die Berufsbezeichnung *Lektor* zu lesen gewesen wäre, was in Beerbaums Augen etwa so viel bedeutete wie *unbedeutender Angestellter* oder *Geduldeter von Mamas Gnaden.* Wilma hatte ihm den Druck solcher Geschäftskarten angeboten, aber er hatte abgelehnt und auf ihre erstaunte Frage nach dem Warum geantwortet, er wolle keine Kosten verursachen. Er konnte warten, sagte er sich, wenn er in seinem Zimmer saß und darauf hoffte, dass endlich das Klacken der Schreibmaschine durch die Wand drang und Leander mit der Arbeit am zweiten Buch begann. Er hatte Zeit, murmelte er vor sich hin, den verschneiten Weg zum Gartentor frei schaufelnd, Zeit, die vergehen und damit enden würde, dass die Königin abtrat oder den Weg alles Irdischen ging. Mit Samir, war er überzeugt, würde er keine Probleme haben, der würde auch weiterhin damit beschäftigt sein, irakische Volksmärchen nachzuerzählen, und sich sogar glücklich schätzen, in seinem Stiefsohn einen erfahrenen Verleger zu haben, der seine unbedeutenden Büchlein veröffentlichte, obwohl auch der letzte Gedichtband, *Ferner Schlag des Herzens,* ein Ladenhüter war.

Er hätte seinen eigenen Verlag gründen sollen, dachte er zum tausendsten Mal, hätte das Risiko trotz der Schulden bei Schröder eingehen sollen. Wie erhofft oder vielmehr erwartet, war *Geraubte Kindheit* ein Erfolg geworden, mit dem Gewinn hatte er den Kredithai ausbezahlt, sich mit einem stattlichen Schmerzensgeld den von ihm damals im Kampstedter Bruch über den Haufen gefahrenen Geldeintreiber vom Hals geschafft und zudem für einen mehr als ansehnlichen Betrag auf dem Verlagskonto gesorgt. Er, Lutz Beerbaum, hatte die *Edition Euphrat* mit seiner Entdeckung reich gemacht, hatte einem völlig unbekannten, stümperhaft geführten Provinzverlag ins Rampenlicht und seiner Mutter zu einer Position in der Buchbranche verholfen, die ihr nicht zustand, egal, mit wie viel Herzblut und gutem Willen sie die im putzigen Gartenhäuschen entstandenen pseudoliterarischen Ergüsse eines heimwehkranken Exil-Irakers veröffentlicht hatte, bevor das Kommunenkind in ihr Leben getreten war. Immerhin, tröstete er sich, hatte er vertraglich dafür gesorgt, dass er sechzig Prozent des Gewinns einstrich, von denen er die branchenüblichen zehn dem Autor abtrat, was bedeutete, dass ihm fünfzig blieben. Noch immer untröstlich war er jedoch beim Gedanken daran, dass er mit dem Kleingedruckten nicht zu einem Anwalt, sondern direkt zu Wilma gegangen war, um sie den Vertrag unterschreiben zu lassen, und dass sein angelesenes juristisches Halbwissen nicht dazu gereicht hatte, sich mit wasserdichten Kniffen seiner Mutter als Chefin des Verlags zu entledigen und selbst die Nummer eins zu werden. *Bewegte Jugend,* schwor er sich, würde in *seinem* Verlag erscheinen, egal, ob der *Edition Euphrat* hieß, *Verlag Lutz Beerbaum* oder schlicht *Beerbaum.* Das Schicksal würde sich zu seinen Gunsten wenden, daran bestand für ihn kein Zweifel. Alles war nur eine Frage der Zeit.

»Wie geht es dir heute?« Das fragte Beerbaum seinen Schützling jeden Tag, und immer lautete die Antwort »Gut«, obwohl selbst jemand, der von Mimik und Körperhaltung keinen Schimmer hatte, sehen konnte, dass das gelogen war.

»Ganz schön kalt, was?« Damit legte Beerbaum jeweils das Fundament für die nächsten beiden Fragen.

Ein Grummeln von Leander.

»Hast du bemerkt, dass die Tage länger werden?«

Ein Schulterzucken von Leander.

»Kommst du mit dem Buch voran?«

An dieser Stelle senkte Leander den Kopf und scharrte mit einem Fuß im Matsch aus Schnee und Streusand und Asche, der die Platten des Gehwegs säumte. Dann standen die beiden noch eine Weile da, Leander ein dummer Junge und Beerbaum ein vernünftiger Mann, der eine halb ohnmächtig vor Antriebslosigkeit, der andere voll von rasender Ungeduld und heruntergeschluckter Wut. Schließlich gingen sie wortlos auseinander und ins Haus, um in einem Zimmer wie versteinert vor einer kalten Schreibmaschine zu sitzen und im Zimmer nebenan weiter darauf zu warten, dass diese Maschine irgendwann Geräusche von sich gab, erlösenden, gewinnversprechenden Lärm.

So vergingen die Tage. Leander rief Ewald an und stellte einen Besuch für Anfang März in Aussicht. Ewald arbeitete inzwischen mit Werner zusammen, der einen industriellen Ofen angeschafft hatte, in dem die Pilze getrocknet wurden. Er brauche nicht viel zum Leben, sagte er, der Verkauf an zwei Dutzend Lokale bringe gerade genug Geld, um die Unkosten zu decken und ihm und Werner ein bescheidenes Einkommen zu sichern, sein Teil des Gewinns aus dem Verkauf von Merets Haus sei seine

Rente und das Pilzgeschäft eher ein Hobby und eine gute Gelegenheit, Zeit mit seinem Bruder zu verbringen. Noch immer mit den feinen Antennen des Psychiaters ausgestattet, merkte er, dass Leander unglücklich war, und fragte nach dem Grund, und als Leander antwortete, das Leben als Schriftsteller wachse ihm über den Kopf, riet Ewald ihm, alles stehen und liegen zu lassen und das zu tun, was er schon immer wollte, an Geldmangel könne das Vorhaben nicht scheitern, er habe ja dank der Buchverkäufe und der Erbschaft mehr als genug auf der hohen Kante. Da Leander aber nicht wusste, was er schon immer hatte tun wollen, meinte Ewald, dann solle er eben eine Zeit lang gar nichts tun.

»Das tue ich seit Wochen«, sagte Leander, »und trotzdem …«

»Was genau tust du da eigentlich, wenn du nichts tust?«

»In meinem Zimmer vor der Schreibmaschine sitzen und das leere Blatt anstarren.«

»Ich habe gelesen, die meisten Autoren haben Probleme mit dem Schreiben des zweiten Buches.«

»Ich bin kein Autor. Ich habe nie ein Buch geschrieben.«

»Na ja, immerhin hast du Geraubte Kindheit geschrieben. Auch wenn Beerbaum viel von seinem Senf dazugegeben hat.«

»Ich habe Geraubte Kindheit nicht geschrieben.«

»Was?«

»Das Tagebuch ist nicht von mir. Frida hat es geschrieben. Oder Linus. Vielleicht sogar Ringo. Von mir ist es jedenfalls nicht.«

Für ein paar Sekunden war es still am anderen Ende der Leitung.

»Ich … Also, ich muss zugeben, es hat mich sehr überrascht, als du plötzlich der Autor dieses Tagebuchs warst, aber …« Ewald stieß ein kurzes heiseres Lachen aus. »… ich habe es geglaubt. Ich dachte, was da steht, was da erzählt wird, das ist von dir.«

»Ist es nicht.«

Wieder schwieg Ewald einige Atemzüge lang.

Leander saß im Wohnzimmer, wo einer der beiden Telefonapparate stand, und sah aus dem Fenster über den Rasen, an dessen Ende Beerbaum damit beschäftigt war, aus einem gelben Plastikeimer Futter in die Vogelhäuschen zu füllen, von denen ein halbes Dutzend in den Bäumen am Waldrand hing. Wilma und Samir waren am Morgen im Taxi weggefahren, um in Bochum einen befreundeten Künstler zu besuchen, den sie mit dem Illustrieren von Samirs Sammlung irakischer Volksmärchen beauftragen wollten.

»Stimmt das wirklich, Leander?«, fragte Ewald schließlich, und seine Stimme klang auf einmal nicht mehr schläfrig, sondern hellwach und klar, wie in seiner besten Zeit als Telefonseelsorger. »Du hast das Buch wirklich nicht geschrieben?«

»Nein.«

»Wirklich nicht?«

»Ich schwöre.«

»Aber … warum hast du dann gesagt, du hättest es geschrieben?«

»Ich weiß nicht … Da waren Beerbaum und Emil. Und die wollten das Buch unbedingt machen. Und ich wollte nicht, dass die beiden mich hassen. Außerdem habe ich Emil Geld für die Miete geschuldet. Und von irgendetwas leben muss ich ja auch, also …«

»Was redest du da? Du hast ein volles Bankkonto!«

»Ich kann da nichts abheben.«

»Was? Warum denn nicht? Meret hat es dir vermacht!«

»Tante Meret ist tot. Nur deshalb habe ich das Geld, weil sie gestorben ist. Und deshalb will ich es nicht.«

Ewald schwieg. In beiden Häusern herrschte Stille, nur in der Leitung war gelegentlich ein leises Knistern zu hören. Leander stellte sich Telefondrähte in einer schneebedeckten Landschaft vor, von denen feine Eispartikel rieselten. Er sah Beerbaum zu, der auf einen zweiten Eimer steigen musste, um an die Futterhäuschen zu gelangen. Wenn er die Arme ausstreckte, schwankte er bedenklich, und Leander konnte die Flüche von seinen Lippen lesen.

Irgendwann sagte Ewald: »Würdest du gerne mit der Wahrheit rausrücken? Allen erzählen, dass du gar kein Schriftsteller bist?«

»Ja«, sagte Leander. »Aber das geht nicht. Das kann ich Beerbaum nicht antun. Und Wilma.«

»Wer ist Wilma?«

»Seine Mutter. Sie ist sehr nett zu mir.«

»Aber dieses zweite Buch, also das Buch jetzt … das kannst du auch nicht schreiben?«

»Nein.«

»Und Merets Geld willst du auch nicht.«

»Nein.«

»Schwierig.«

»Ich weiß«, sagte Leander.

»Willst du nicht einfach zu uns kommen? Born, Born und Partner, Speisepilz-Dynastie.«

»Ich bleibe noch. Aber im März komme ich, versprochen.«

»Dann muss ich den Brief hier wohl nach Herne schicken.«

»Was für einen Brief? Von wem?«

»Von wem wohl. Von deiner Freundin. Französische Marke.«

Leander sagte nichts. Lotte hatte er fast vergessen.

»Also im März, ja? Dann sehen wir weiter.«

»Ja«, sagte Leander.

Ewald atmete einmal tief ein und aus. »Du kannst mich jederzeit anrufen, das weißt du, nicht wahr?«

»Ja.«

Als Ewald Grüße von allen ausrichtete, rief Hedda aus dem Hintergrund etwas, das wie *Wir vermissen dich* klang, dann folgte das übliche Geplänkel, ein Hin und Her aus *also dann* und *pass auf dich auf,* aus *bis bald* und *lass den Kopf nicht hängen,* dann verabschiedeten sie sich voneinander und legten auf, zögernd, weil keiner der Erste sein wollte, der die Verbindung unterbrach.

Mitte Februar fuhr Beerbaum in den Kampstedter Bruch, um nach dem Rechten zu sehen. Er war am frühen Morgen aufgebrochen und müde und übellaunig, als er sich dem ehemaligen Kommunenhof im schlammverspritzten Käfer näherte, und erst nachdem er ausgestiegen und ein paar Schritte gegangen war, wurde seine Laune ein wenig besser und fühlte er so etwas wie Wehmut und Ergriffenheit und, im dunkelsten Winkel seines Krämerherzens, absurden Besitzerstolz. Er atmete die Landluft ein und hustete den Rauch kubanischer Zigarren in den lichtlosen Himmel, und er krächzte zurück, als eine Krähe ihn von einem Baum herab begrüßte. Ein erster Rundgang fiel erfreulich aus, es schien weder durch das Dach des Stalls noch der Scheune geregnet zu haben, die Tore waren verriegelt gewesen und nichts von den zurückgelassenen Werkzeugen gestohlen worden, sogar die löchrige Schubkarre thronte nach wie vor verkehrt herum auf dem eingesunkenen Misthaufen. Auch das Wohnhaus befand sich in einem ordentlichen Zustand, sah man von den herausgerissenen und verheizten Fußbodenbrettern, den schmutzigen Fensterscheiben und den feuchten Mauern ab. Der Gemüsegarten dagegen bot ein grausiges Bild, eine Wildschweinrotte musste darin gewütet haben, die Zaunpfosten entlang der Felder standen schief, und im kleinen Schuppen, dessen Wellblechdach undicht war, rosteten eine Schaufel und eine zahnlose Säge vor sich hin. Wie immer bei seinen Besuchen machte er ein Feuer im Kamin, und wie immer kam Siegmar Trimmel, vom Rauch alarmiert, in seinem Lada angefahren und ohne Umschweife auf sein Kaufangebot *für den ganzen Krempel* zu sprechen, das er bei jedem von Beerbaums Besuchen wiederholte und das Beerbaum zum ersten Mal seit sie sich begegneten nicht leichtfertig in den Wind schlug.

Zwei Äcker hatte Beerbaum schon verkauft, Land, das weit entfernt vom Wohnhaus lag und auf dem Trimmel jetzt Zuckerrüben und Futtermais anbaute. Zum Feilschen hatten sie sich jeweils an den schiefen, stets von einer neuen Staubschicht bedeckten Küchentisch gesetzt und einen Schnaps getrunken, sobald sie sich einig geworden waren. Jetzt ging es noch um die Gebäude und die Wiesen, die sie einrahmten und die im Süden vom Fluss, im Norden und Osten von einem Waldstück und im Westen von einer Weide begrenzt wurden, auf der im Sommer Trimmels Kühe grasten. Wie bei ihren Zusammenkünften üblich, versuchte Trimmel Beerbaum mit seinem Selbstgebrannten abzufüllen und den Preis zu drücken, behauptete, die maroden Gebäude seien nichts mehr wert und dass er am Wald kein Interesse habe. Ein Wald bedeute nur Arbeit, sagte er, sein Haus und die Ställe für das Vieh heize er mit Öl, nur sein Großvater sei gezwungen gewesen, Holz zu schlagen und zu verfeuern. Er sei dennoch bereit, alles zu kaufen, auch wenn er bei dem Handel Geld verschenke, meinte er und goss Beerbaum einen weiteren Obstler ein. Beerbaum trank, bat sich Bedenkzeit aus und versprach, in ein paar Wochen wiederzukommen und eine Antwort mitzubringen. Weil das bei ihren Treffen zur Gewohnheit geworden war und weil er glaubte, Beerbaum wolle nur den Preis in die Höhe treiben, hakte Trimmel noch ein paarmal nach und versuchte Beerbaum zu erweichen, aber der blieb, wie schon zuvor, standhaft und verkündete mit einem Pathos in der Stimme, das ihn selbst erstaunte, er hänge an dem Hof und der Gegend, ein Bekenntnis, das dem Bauern neu war und das ihn entnervt und vor sich hin fluchend ins Freie stürmen ließ, während Beerbaum in der Küche sitzen blieb und sich fragte, ob gerade eine von Herzen kommende Ehrlichkeit oder nur alkoholgetränkte Gefühlsduselei aus ihm gesprochen hatte.

Er wusste es nicht, gestand er sich ein, während Trimmels Lada mit röhrendem Motor und knirschendem Getriebe durch den Morast in Richtung Weg preschte. Er wusste es nicht, und obwohl er in der nackten Küche fror und in den meisten anderen Räumen über die freigelegten Balken balancieren musste, weil die Fußbodenbretter zu Asche geworden waren, fühlte er sich in diesem Haus auf eine unerklärliche Art wohl, als hätten die Mauern noch etwas vor mit ihm und als seien die letzten Seiten im Kapitel Winnipeg noch nicht geschrieben.

Ende Februar war Beerbaums Kontingent an Geduld aufgebraucht, seine Vorratskammer an Nachsicht und Verständnis so leer wie sein Bankkonto. Es war früher Nachmittag, und noch saß er tatenlos in seinem Zimmer und lauschte der Stille auf der anderen Seite der Wand, aber er scharrte schon mit den Füßen, war bereit, aufzuspringen und hinüberzugehen und Leander die Frage zu stellen, die seit Monaten fällig war und auf die es, das ahnte er, nur eine einzige ehrliche Antwort gab, die einzige Antwort, die überhaupt möglich war und die ihm gar nicht gefallen und die ihn noch tiefer in die Verzweiflung stürzen lassen würde.

Hin und wieder fiel er in eine Art Sekundenschlaf und schreckte dann hoch, rieb sich mit beiden Händen das Gesicht und sah aus dem Fenster, wo die Bäume sich im Wind bewegten und ihm versicherten, dass die Welt um ihn herum nicht stillstand. Vor einigen Wochen hatte er angefangen, an den Fingernägeln zu kauen, abwesend, ohne etwas zu spüren und gründlich, immer bis er blutete. Ertappte er sich dabei, war ihm das sich selbst gegenüber unangenehm, und er hörte sofort auf und steckte die Hände in die Hosentaschen.

Als er am frühen Abend noch immer nichts hörte, das wie die Benutzung einer elektrischen Schreibmaschine klang, erhob er sich, verließ sein Zimmer und klopfte an Leanders Tür. Mit angehaltenem Atem zählte er stumm bis fünf, dann klopfte er erneut.

»Ja?«

»Ich bin's. Hast du eine Minute Zeit?«

Es dauerte weitere fünf Sekunden, bis die Tür sich öffnete. Leanders bleiches Gesicht schwebte im Dämmerlicht wie das eines Geistes, die Ringe unter seinen Augen schimmerten in einem bläulichen Schwarz, seine Haare waren wirr und stumpf, seine Lippen rissig.

»Kann ich reinkommen?«

Leander zögerte, aber schließlich machte er Platz, damit Beerbaum eintreten konnte.

»Ich störe doch nicht, oder?«

Leanders Blick hatte etwas so einfältig Treuherziges, dass Beerbaum fast lachen musste. Aber ihm war nicht zum Lachen zumute.

»Wir müssen reden.« Beerbaum bedeutete Leander, sich auf das Bett zu setzen, und nahm auf dem Stuhl am Schreibtisch Platz. Abgestandene Luft füllte den Raum, der nur vom Schein der Lampe neben der Schreibmaschine erhellt wurde. Auf dem Bett lagen ein tragbarer CD-Player samt Kopfhörer und einige CD-Hüllen. Dieses Ding, dachte Beerbaum, musste der Grund für die tagelange Stille und das Schweigen der *Olivetti* sein, die im Büro der *Edition Euphrat* gestanden hatte, als die Zeiten noch besser gewesen waren.

»Was für Musik hörst du dir an?« Beerbaum wollte das Gespräch mit einer unverfänglichen Frage beginnen, ehe er die alles entscheidende stellen würde.

Leander betrachtete das rote Gerät und die Kopfhörer, als seien ihm weder deren Verwendungszweck bekannt noch der Weg, auf dem sie zu ihm gelangt waren.

»Du hast irgendwann mal etwas von diesen … Gesängen erzählt«, sagte Beerbaum, »von diesen Frauen aus …«

»Polynesien.«

»Ah, ja, Polynesien. Die magst du, ja?«

»Ja«, sagte Leander endlich, nachdem er zwei, drei Sekunden lang nur ins Leere gestarrt hatte.

»Gut. Bestens.« Beerbaum strengte zwei Dutzend Gesichtsmuskeln an, um ein Lächeln zu simulieren. Beim Hinsetzen hatte er bemerkt, dass auf allen Tasten der Schreibmaschine erbsengroße Papierkügelchen lagen.

Leander faltete die Hände wie zum Gebet. Er trug eine schwarze Skihose mit gelben Streifen an den Seiten, die Wilma ihm aus unerfindlichen Gründen gekauft hatte, das geblümte Oberteil eines Pyjamas und darüber einen lindgrünen Bademantel, auf dessen Brusttasche der Name des Heilbronner Hotels gestickt war, aus dem er ihn nach einer Lesung gestohlen hatte. Seine Füße steckten wie die eines alten Mannes in braunen Wollsocken und karierten Pantoffeln.

»Musik ist gut«, sagte Beerbaum. »Wirkt inspirierend.«

Leander nickte kaum merklich. An den Seiten sahen seine Haare, die wieder Schulterlänge erreicht hatten, verschlungen aus, als seien einzelne Strähnen ineinander verknotet worden.

»Leander«, sagte Beerbaum, nachdem er Luft geholt hatte, »ich muss dich etwas fragen, etwas sehr, sehr Wichtiges, und du musst mir versprechen, dass du ehrlich antwortest.« Er rutschte auf dem Stuhl bis zur Kante und sah Leander in die Augen. »Versprichst du mir das?«

Wieder nickte Leander. An seiner Unterlippe war eine abgekaute, blutige Stelle zu sehen.

»Du hast damals in Berlin gesagt, du seist nicht der Verfasser des Tagebuches. Stimmt das?«

Leander nickte mit gesenktem Kopf, einmal, zweimal.

»Sag es, bitte. Mach bitte den Mund auf.«

»Es stimmt«, sagte Leander leise. »Ich habe es nicht geschrieben.«

Obwohl Beerbaum die Wahrheit längst kannte und sie ihm nur nie maßgeblich genug erschienen war, um sie ernst zu nehmen, sackte er auf dem Stuhl zusammen. Luft entwich seiner Kehle mit einem heiseren, weinerlichen Geräusch, ein ersticktes Schluchzen. Als er Leanders besorgten Blick sah, riss er sich zusammen, drückte den Rücken durch und hob das Kinn.

»Du hast keine Zeile davon geschrieben.«

Leander schüttelte den Kopf. »Kein Wort.«

»Dann wirst du wohl auch kaum Bewegte Jugend schreiben.«

»Nein.«

Eine halbe Minute verging, eine ganze. Beerbaum starrte auf den Teppich vor seinen Füßen, der mit weiteren Papierkügelchen bedeckt war. Für einen kurzen Moment fragte er sich, wer in diesem Zimmer für das Staubsaugen verantwortlich war, dann besann er sich wieder auf das eigentliche Problem.

»Und was denkst du, wie es jetzt weitergehen soll?«, fragte er, nachdem er seine Gedanken geordnet hatte.

»Weiß nicht.«

»Wirst du es jemandem erzählen?«

Leander schüttelte den Kopf.

»Gut.« Beerbaum atmete geräuschvoll ein und aus. »Danke.«

Leander löste die gefalteten Hände und legte sie sich auf die Knie. Er hatte sich oft vorgestellt, wie es wäre, wenn er die Wahrheit sagen würde, und fühlte jetzt nicht die erhoffte Erleichterung, sondern nur eine große Leere.

»Tust du mir einen letzten Gefallen?« Beerbaum war aufgestanden und ans Fenster getreten. Es regnete seit Stunden, die verbliebenen Schneereste wurden zu Matsch. Nachdem er eine Weile hinausgeschaut hatte, drehte er sich zu Leander um. »Dieses Abendessen mit einer deiner Leserinnen … oder einem Leser, das man gewinnen kann. Machst du das noch? Nur ein Abend, zwei, drei Stunden. Ich würde nicht fragen, aber eine Illustrierte bezahlt mir, also uns, achttausend für die Exklusivrechte. Das sind viertausend für jeden. Du musst nur etwas essen und ein wenig plaudern, und die schießen ein paar Fotos.« Er wartete, dann sagte er: »Ich weiß nicht, wie es finanziell bei dir aussieht, aber ich könnte das Geld gut brauchen.«

Leander hatte seit Monaten keinen Blick auf seinen Kontostand mehr geworfen. Beim letzten Mal war er noch mit etwa zwanzigtausend im Plus gewesen, und wahrscheinlich rieselten noch immer ab und zu kleine Beträge herein, wenn Beerbaum die Tantiemenabrechnungen gemacht hatte. Er hatte das Geld nicht verdient, fand er, weil er nicht dafür gearbeitet hatte, und er betrachtete es so wenig als seinen Besitz wie die Erbschaft von Tante Meret, die auf einem anderen Konto lag. Vor wenigen Wochen hatte er Emil fünftausend Mark überweisen lassen und damit den Konkurs der *Bibliothek des Versagens* abgewendet, deren Verkaufszahlen rapide gesunken waren, seit die Leserschaft das Interesse am Trubel um *Geraubte Kindheit* verloren hatte. Er wollte keinen weiteren Lohn für seine Betrügereien, und er wollte keinen Abend im Blitzlicht und in Gesellschaft eines Menschen verbringen, der ihn für etwas bewunderte, das er nicht getan hatte.

»Ich muss es mir noch überlegen«, sagte er schließlich.

Beerbaum nickte und lächelte. Dann ergriff er Leanders Hand und schüttelte sie, bevor er eilig aus dem Zimmer ging und die Tür hinter sich schloss.

Emil traf vier Tage später in Herne ein. Er hatte die neue *Bibliothek des Versagens* im Gepäck, eine Ausgabe voller experimenteller Prosa, abstrakter Lyrik und verwirrender Zeichnungen und Fotografien, die bei Leander, Beerbaum und Wilma verständnisloses Kopfschütteln auslöste, was nach Emils Auffassung die beste aller möglichen Reaktionen war und ihn diebisch freute. Samir zog sich mit seinem Heft für den ganzen Nachmittag ins Gartenhaus zurück und meinte beim gemeinsamen Abendessen, er habe viel Anregendes in den Texten gefunden, auch wenn sie sich seinen Entschlüsselungsversuchen fast vollständig widersetzt hätten. Beerbaum bezeichnete die Nummer als verschwurbelt und elitär und warf sein Heft nur deshalb nicht in den Abfall, weil es eine halbseitige Werbeanzeige für *Geraubte Kindheit* und eine für Samirs Gedichtband *Ferner Schlag des Herzens* enthielt, ein Geschenk von Emil, dem stolzen Herausgeber.

Nach dem Essen saßen sie noch eine Weile beisammen, lauschten dem Wind, vor dem im Radio als aufkommender Sturm gewarnt worden war, und ließen sich von Emil Geschichten aus Berlin erzählen, in denen es um verrückte Dichter aus der ehemaligen DDR, einen gehörlosen, literaturbegeisterten Druckereibesitzer und natürlich um Frauen ging, ausnahmslos hinreißende, vor Talent und Charme sprühende Geschöpfe, die sich Emil angeblich an den Hals warfen, die aber leider extrem auf ihn fixiert und an einer festen Beziehung interessiert seien, was seinen in Liebesangelegenheiten ausgeprägten Freiheitsdrang zu sehr beschneide. Er trank wie immer ein paar Gläser zu viel und wurde mit jeder Minute melancholischer, und während es auf Mitternacht zuging, schilderte er die Beerdigung von Thilo Bongartz in so traurigen Bildern, dass Wilma, auch nicht mehr ganz nüchtern, zu weinen begann und Earl, das dackelähnliche Tier zu ihren Füßen, den Kopf hob und winselte.

Es war fast ein Uhr, als ein heftiger Windstoß einen alten Baum umwarf und alle zu Tode erschreckte. Erst auf der rückwärtigen Wiese sahen sie, dass die morsche Erle auf das Gartenhaus gestürzt war, ein Anblick, der Wilma, die sich eben erst von der Begräbnisgeschichte erholt hatte, abermals in Tränen ausbrechen ließ. Weil das Dach beschädigt war und aus dem wolkenverhangenen Himmel erste Regentropfen fielen, trugen sie Samirs Bücher und Manuskripte, die mechanische Schreibmaschine, die Wasserpfeife, den Teppich und alles andere, das keine Nässe vertrug, ins Haus. Nachdem Samir seine Frau beruhigt hatte, kochte er Tee, dann setzten sich die fünf frierend an den Küchentisch und überboten sich gegenseitig mit Behauptungen, wie gut das Leben trotz kleinerer Katastrophen doch sei. Wäre der Baum am Tag gefallen, hätte er jemanden verletzen oder gar töten können, begann Samir den Reigen, legte dabei seinen Arm um Wilma und ließ sie für die nächste halbe Stunde nicht mehr los. Das Gartenhaus sei versichert, sagte Beerbaum, worauf Emil, der seinen Tee mit Rum trank, sich berufen fühlte, erneut das Schicksalhafte des Ereignisses zu betonen und das Glück zu preisen, dem es zu verdanken sei, dass die Sturmbö lediglich eine halb vermoderte Erle auf ein unbewohntes Nebengebäude hatte stürzen lassen und keine tonnenschwere Eiche auf das Haus, in dem sie sich befanden. Sogar Leander steuerte seinen Teil zum Kanon der Erleichterung bei und erzählte zum Erstaunen aller die Geschichte von Burkhard, der in Winnipeg von einem Baum erschlagen worden und der Grund dafür gewesen war, dass Ringo neun Jahre lang Burkhard geheißen hatte, bevor seiner Mutter beim Betrachten einer Schallplattenhülle die Begegnung mit einem Mann im Englischen Garten in München wieder eingefallen war, möglicherweise dem Schlagzeuger der *Beatles*. Alle am Tisch waren von der Geschichte hingerissen, Beerbaum fand sogar, sie müsse unbedingt aufgeschrieben werden. Wilma, Samir und Emil pflichteten ihm bei, und nur Leander sagte nichts mehr, trank seinen Tee aus, wünschte der Runde eine Gute Nacht und ging nach oben in sein Zimmer.

Arbeiter einer Gartenbaufirma kamen am nächsten Tag, zersägten den Baum, luden ihn auf ihren Lastwagen und fuhren ihn weg, weil er nicht einmal mehr als Brennholz viel taugte. Über das Loch im Dach wurde eine Plane gelegt und an den Ecken mit Ziegelsteinen beschwert. Leander und Emil halfen Samir, die auf dem Rasen um das Gartenhaus herum verstreuten Äste aufzusammeln und zu einem Haufen aufzuschichten, den sie später anzünden wollten. Alle zehn Minuten stand Wilma auf der Veranda und winkte, einmal kam Beerbaum aus dem Haus und brachte den dreien Kaffee und Kekse. Er blieb eine Weile, sah ihnen zu und schien sich unwohl zu fühlen, weil er nicht mithalf. Er war seit dem Morgen damit beschäftigt, die Briefe an Leander zu lesen, die er Fanpost nannte und aus denen er die Gewinnerin oder den Gewinner des Abendessens mit dem Autor auswählen musste. Der Sturm hatte sich verzogen und den Regen mitgenommen, der Himmel hing grau und unbewegt über ihnen, als Samir die Äste mit reichlich Benzin übergoss und in Brand steckte. Während die Flammen hochschlugen, las Beerbaum einen Brief vor, den er aus einer Tasche seines Jacketts gezogen hatte und in dem die Verfasserin, eine Gymnasiastin aus Kiel, die Lektüre von *Geraubte Kindheit* als *wahnsinnig interessant* und *stellenweise total unheimlich* beschrieb und die eingefügten Kommentare Beerbaums *irre spannend* und *oft sehr traurig stimmend* fand. Am Ende des Briefes schrieb das Mädchen, es wolle das Abendessen gewinnen, um Leander in die Augen sehen zu können, die bekanntlich die Fenster zur Seele eines Menschen seien. Mit dieser Sorte von Zusendung habe er sich schon seit Stunden herumgequält, sagte Beerbaum, während er das Blatt zerknüllte und ins Feuer warf. Einen Augenblick stand er noch da und streckte die Hände der Wärme entgegen, dann, als ihm der Rauch ins Gesicht wehte, verabschiedete er sich mit dem Hinweis, noch mehr Blödsinn lesen zu müssen, und ging in seinen Gummistiefeln zurück zum Haus.

Am späten Nachmittag saß Emil in Leanders Zimmer auf dem Stuhl am Schreibtisch und nahm ein Papierkügelchen nach dem andern von den Tasten der Schreibmaschine. Draußen regnete es wieder, das Feuer war ausgegangen. Ein Wind blies, die Nachwehen des alten Sturms oder der Vorbote eines neuen, und wenn eine Bö unter sie fuhr, wölbte sich die Plane über dem Gartenhausdach wie die Schlammblase eines Geysirs.

Leander hockte im Schneidersitz auf dem Bett und hörte mit mäßigem Interesse Emil zu, der von seinen Plänen als Herausgeber der *Bibliothek des Versagens* erzählte, von einem Theaterstück, an dem er schrieb, und von einer Frau, die eine großartige Malerin und höchstwahrscheinlich seine nächste Freundin sei, vorausgesetzt, sie erhebe keinen alleinigen Besitzanspruch auf ihn. Nach der Arbeit im Garten hatten beide geduscht und sich umgezogen, jetzt trug Leander unter dem gestohlenen Bademantel eine blaue Cordhose und ein T-Shirt, Emil Hemd, Hose und Jackett, alles in Schwarz.

»Lutz hat mir von der Sache erzählt«, sagte Emil schließlich.

Zum ersten Mal seit langer Zeit war im Haus wieder das Klacken einer Schreibmaschine zu hören, leise drang es aus dem Erker im Wohnzimmer, wo Samir seine *Royal* auf den kleinen Tisch am Fenster gestellt hatte, um seine von Hand in ein Notizheft geschriebenen Märchen abzutippen.

»Welche Sache?«, fragte Leander, sich ahnungslos gebend, weil er nicht wusste, ob Emil von Beerbaum in ihr Geheimnis eingeweiht worden war oder ob sein Freund von etwas ganz anderem sprach, möglicherweise vom Abendessen, dem er als Autor und damit wichtigste Person noch nicht zugestimmt hatte.

Emil warf die in der Handfläche gesammelten Papierkügelchen einzeln in den Abfallkorb unter dem Schreibtisch. »Die Sache, dass du das Buch nicht geschrieben hast«, sagte er ruhig. Sein Bart war mittlerweile zu etwas herangewachsen, das man als buschig bezeichnen konnte und das sein rundliches Gesicht noch ein wenig rundlicher erscheinen ließ, eine Wirkung, die er nicht beabsichtigt hatte und die ihn jeden Morgen vor dem Badezimmerspiegel in Versuchung geraten ließ, dem misslungenen Vorhaben, älter auszusehen, mit dem Rasierapparat ein Ende zu bereiten und sein früheres, jungenhaftes Antlitz freizulegen.

»Das habe ich euch doch von Anfang an gesagt.«

Emil nickte. Die letzte Kugel verfehlte ihr Ziel, und er hob sie auf und warf sie in den geflochtenen Korb. »Er hat mir auch erzählt, dass du kein Buch mehr schreiben willst.«

»Kein Buch mehr?«, rief Leander mit schriller Stimme. »Ich habe noch nie eins geschrieben!«

Emil lächelte, dann wurde sein Gesicht ernst, und er sagte: »Mal ganz ehrlich und unter uns …« Er rückte mit dem Stuhl näher an Leander heran. »Du hast es also nicht geschrieben.«

»Verdammt noch mal, nein!« Leanders Stimme überschlug sich.

»Schon gut, Lenni«, rief Emil und hob abwehrend die Hände. »Ich wollt's nur wissen.«

Eine Weile schwiegen beide. Das unregelmäßige Klack-Klack von Samirs Schreibmaschine, das Klopfen des Regens auf den Dachziegeln und das leise Ächzen des Hauses unter einem besonders heftigen Windstoß waren zu hören. Gelegentlich drang ein Husten aus dem angrenzenden Zimmer durch die Wand, oder Beerbaums Bürostuhl gab ein Quietschen von sich. Leander glaubte sogar das Rascheln und Reißen von Papier zu vernehmen und das Plopp, wenn ein zerknüllter Brief zu Boden fiel.

»Ich könnte es schreiben«, sagte Emil irgendwann.

Leander hatte keine Lust mehr, über das Thema zu reden.

»Du erzählst mir was, Lutz steuert was bei, und ich schreibe es auf.« Emil erhob sich und ging zwischen Tisch und Fenster hin und her. »Das Buch erscheint wieder unter deinem Namen, wird wieder ein Erfolg, und wieder sind alle glücklich.« Er zog eine Zigarette aus der Brusttasche des Jacketts und klemmte sie sich zwischen die Lippen, zündete sie jedoch nicht an.

»Ich will aber nicht mehr«, sagte Leander.

»Natürlich muss Lutz grünes Licht geben.«

»Ich habe gesagt, ich will nicht mehr!«, rief Leander. Er legte sich auf den Rücken, verschränkte die Arme über dem Bauch und schloss die Augen, wie er es in Tante Merets Haus getan hatte, wenn Ewald, damals noch Dr. Born, gekommen war, um ihm Fotos von Straßenbahnen und Hochhäusern zu zeigen und Vorträge zu halten über die angeblich so großartige Welt.

»Was genau willst du nicht?« Emil blieb am Kopfende des Bettes stehen und sah auf Leander hinab. »Den Ruhm? Die Stipendien? Das Geld?«

»Nichts von allem will ich!«, rief Leander, ohne die Augen zu öffnen. »Gar nichts! Meine Ruhe will ich!«

»Ruhe«, wiederholte Emil. Er stellte sich ans Fenster und sah hinaus. Der Regen fiel aus einem konturenlosen grauen Himmel. Vom erneut auffrischenden Wind hob und senkte sich die grüne Plastikplane auf dem

Gartenhausdach und erinnerte Emil an das Atmen der Kröte, die Leander ihm gezeigt hatte, als sie einmal während eines Ausflugs im Umland des Albrecht-von-Blumenthal-Internats an einen Teich gekommen waren. Während er das rhythmische Aufblähen und Zusammensacken der Plane beobachtete, musste er daran denken, wie still Leander damals geworden war, und daran, wie er selbst als kleiner Junge einen Frosch im Garten seiner Eltern getötet hatte, allein, statt zu viert, und nur um herauszufinden, wie man sich dabei fühlte.

»Natürlich ist es deine Entscheidung«, sagte er schließlich.

Leander reagierte nicht, zupfte nur am Heftpflaster, das einen seit der Sache mit dem Fenster in Murnau noch nicht verheilten Schnitt auf seinem Handrücken bedeckte.

»Lass uns das Thema wechseln.« Emil schob den Stuhl noch näher ans Bett und setzte sich. »Neuigkeiten von der Liebesfront, Genosse Leandrowski? Hast du was von Lotte gehört?«

Leander stöhnte auf und drehte sich zur Wand.

»Lass mich raten. Sie will dich heiraten, aber du bist noch nicht so weit. Sie hat einen andern geheiratet und kriegt ein Kind von ihm. Sie ist lesbisch geworden.«

»Sie ist in Paris«, murmelte Leander.

»Oha. Die Stadt der Liebe. Schreibt ihr euch?«

»Hin und wieder.«

Emil stand auf und trug den Stuhl an seinen Platz vor dem Tisch zurück, der übersät war mit Papierfetzen, leeren und solchen, auf die Leander seine Zeichnungen gekritzelt hatte, kugelschreiberblaue Wesen, die Emil kannte, Insektenkörper mit Menschenköpfen, Maden mit Krawatten und Gesichtern, Ameisen in Uniform. Aus dieser Unordnung leuchtete die Ecke eines Briefumschlags, und nachdem Emil sich vergewissert hatte, dass Leander noch immer mit dem Rücken zu ihm dalag, zog er ihn vorsichtig hervor, betrachtete sekundenlang die französische Marke und steckte den Umschlag dann ein.

»Ich lass dich mal in Ruhe, Amigo.«

Aus Leanders Mund kam unverständliches Nuscheln.

»Wir sehen uns beim Abendessen.« Emil verließ das Zimmer und schloss die Tür hinter sich.

Der März kam, und mit ihm ein sonniger, wenn auch noch kalter Frühling. Leander ließ sich beim Friseur die Haare schneiden, schickte Lotte eine Postkarte, die das sommerliche Herne aus der Luft zeigte, und stieg am Nachmittag in den Zug nach Münster, wo Ewald ihn am Bahnhof abholte. Es war seltsam, wieder im Haus der Borns zu sein, wieder in seinem Zimmer zu schlafen, das die ganze Zeit für ihn frei gehalten worden war, und wieder an dem Tisch zu sitzen, an dem Meret gesessen und über eine Geschichte von Werner oder ein verdrehtes Wort von Gregor gelacht hatte, als die Welt noch nicht aus den Fugen geraten war. Ewald gab sich Mühe, eine Fröhlichkeit an den Tag zu legen, die überzeugend wirkte, aber weder die Witze, die er morgens aus der Zeitung vorlas, noch die Anekdoten von seiner Zeit in der Plattenspielerfabrik vermochten darüber hinwegzutäuschen, wie unglücklich er war und wie allein er sich fühlte inmitten seiner Geschwister. Eine dem Haus und seinen Bewohnern eigene Schwermut schien sich wie Staub auf alles gelegt zu haben, fein und kaum wahrnehmbar, und Hedda konnte noch so oft putzen und polieren und die Fenster aufreißen, um Luft hereinzulassen, eine dünne Schicht blieb immer liegen. Heddas Unerschütterlichkeit und Pflichtbewusstsein, ihr bedingungsloser Wille zur Aufopferung, ihre mehrgängigen Gerichte, ihre selbst gebackenen Kuchen und eingeweckten Aprikosen waren ihren Brüdern Quellen der Zuversicht und der Aufmunterung, wo sie wankten und haderten, blieb sie standhaft und besonnen, Heddas Nerven waren die Stahlseile, die das betagte Gebäude und das seltsame Quartett, das darin hauste, zusammenhielten.

Vielleicht war es gerade die scheinbar durch nichts zu schwächende Kraft Heddas, die Leander beunruhigte. Wenn er sah, worum sie sich alles kümmerte, während Ewald, Werner und Gregor wie weltentrückte Träumer neben ihr her lebten, unbeholfene Kindsköpfe mit Altersgebrechen, wenn er sie heimlich beobachtete, wie sie Brote schmierte, Rechnungen bezahlte und Heftpflaster auf Männerfinger klebte, oder wenn er sie ohne Absicht dabei ertappte, wie sie reglos in der dunklen Waschküche stand, dann befiel ihn Panik, und er rannte nach draußen und so lange die schnurgerade, kaum befahrene Straße hinunter, bis seine Lungen brannten und sein Kopf leer geräumt war von den Gedanken an die tausend Möglichkeiten, was Schlimmes geschehen konnte und irgendwann geschehen würde.

In der zweiten Woche seines Besuchs fuhr er die sieben Kilometer mit dem Rad nach Hiltrup, um sich Merets ehemaliges Haus anzusehen, aber noch bevor er in die Straße einbog und das fuchsrote Dach sehen konnte, kehrte er um. Zurück in Münster, ging er zur Bank und ließ sein ganzes von Meret geerbtes Geld auf Ewalds Konto überweisen, und am Abend, nachdem sie gegessen hatten, erfand er ein von einer Telefonzelle in der Stadt aus geführtes Gespräch mit Beerbaum und dessen Bitte, so bald wie möglich nach Herne zu kommen. Alle am Tisch bedauerten diese Nachricht und versuchten ihn zum Bleiben zu überreden, aber Leander ließ sich nicht umstimmen und erzählte von dem Essen mit dem Autor, das man gewinnen könne, und dass sein Verleger ein geeignetes Restaurant gefunden habe, das er, Leander, vor dem großen Abend unbedingt sehen müsse. Außerdem, log er, bestehe Beerbaum darauf, ihn für den wichtigen Anlass neu einzukleiden. Werner wollte wissen, ob Leander sich aussuchen könne, mit wem er zu Abend essen würde, und als Leander verneinte und sagte, Beerbaum wähle die Person aus, fanden das alle am Tisch ungerecht. Ob die Bewerberinnen und Bewerber ihrem Brief eine Fotografie von sich beilegten, fragte Werner, oder ob die Gefahr bestehe, dass Leander sein Rendezvous mit einer Schreckschraube verbringen müsse. Leander antwortete, er habe keinen der Briefe gesehen, glaube aber nicht, dass die Leute Fotos von sich geschickt hätten. Außerdem sei ihm egal, ob sein Gegenüber an dem Abend weiblich oder männlich, schön, hässlich oder durchschnittlich aussehend sei, er mache das alles nur, weil er Beerbaum einen Gefallen schulde. Einen letzten Gefallen, dachte er für sich. Hedda sagte, sie habe darüber nachgedacht, einen Brief zu schreiben und sich um das Abendessen zu bewerben, aber dann sei ihr eingefallen, dass sie wohl kaum berücksichtigt werde, weil sie ja mit Leander verwandt sei. Das treffe vermutlich zu, meinten Ewald und Werner, und Gregor, der die ganze Zeit stumm und mit selig entrücktem Gesichtsausdruck vor sich hin gekaut hatte, rief *Vetternwirtschaft, das geht mitnichten und Neffen!* und strahlte. Leander nickte, während er von Heddas Schokoladentorte aß, die es zum Nachtisch gab und die er liebte und die ihm bei jedem Bissen fast im Hals stecken blieb, weil er die wichtigsten Menschen in seinem Leben belog, weil er es keinen Tag länger bei ihnen aushielt und weil er an die Zukunft dachte, die ihm düster erschien, voller Veränderungen zum Schlechten.

Zuletzt saßen nur noch Ewald und Leander am Tisch. Es war kurz vor zehn, Schlafenszeit bei den Geschwistern Born. Sie hatten alle gemeinsam das schmutzige Geschirr in die Küche getragen und den Abwasch gemacht, ein eingespieltes Team, das sich das Schrubben, Klarspülen, Abtrocknen und Einräumen teilte, als übe es für einen Wettkampf. Weil die altbewährte Kette nur aus vier Posten bestand, hatte man Leander ein zweites Geschirrtuch in die Hand gedrückt und ihn neben Werner gestellt, der jeden trocken geriebenen Teller auf der Spitze seines Zeigefingers balancierte, bevor er ihn zum Einräumen in den Schrank an Gregor weitergab. Ewald hatte eine Kassette mit hawaiianischem Chorgesang in den Rekorder auf der Anrichte geschoben und abspielen lassen, was der Arbeit der fünf etwas entrückt Friedliches verlieh und in Leander ein so starkes Gefühl der Geborgenheit auslöste, dass er am liebsten verkündet hätte, er wolle nicht zu Beerbaum, sondern hierbleiben und mit Werner und Ewald ein internationales Pilz-Imperium aufbauen und an jedem Abend seines zukünftigen Lebens den Gesängen der Frauen von Oahu lauschen und Geschirr abtrocknen.

Aber dann hatte er die letzte Gabel in die Besteckschublade gelegt und Ewald die Musik ausgemacht, und Hedda, Werner und Gregor waren gähnend und eine Gute Nacht wünschend in ihren Zimmern verschwunden. Jetzt saß er mit Ewald am leeren, nur noch von der Deckenlampe in mattes Licht getauchten Esstisch und spürte, wie die mit keiner Willensanstrengung wegzudenkende Traurigkeit von ihm und Ewald Besitz ergriff und sie lähmte. Sie schwiegen, während über ihnen der Boden knarrte, Wasserhähne aufgedreht und Klospülungen betätigt wurden und es in den Leitungen rauschte. Leander stellte sich vor, wie sie jetzt zu dritt ein paar Partien Rommé gespielt und die Gespräche vom Abendessen wiederaufgenommen hätten, und wusste, dass Ewald von den gleichen Gedanken und Erinnerungen heimgesucht wurde. Meret, dachte er, hätte irgendwann einen Krug Holundersirup, Kekse und Schokolade aus der Küche geholt, hätte eine lange Geschichte aus ihrer Kindheit zu erzählen begonnen und sich nach jedem gewonnenen Spiel für ihr Glück entschuldigt. Zu gähnen und sich die Augen zu reiben war in ihrer Gegenwart verboten gewesen, einmal hatte sie mitten in der Nacht Kaffee gekocht und gesagt, schlafen könne man noch lange genug, wenn man tot sei.

Oben wurde es still, und im Erdgeschoss drang ein letztes Geräusch durch den Flur, der blecherne Ton des Gongs, mit dem Gregor seit einiger Zeit den Tag beendete.

»Danke, dass du mich nicht verraten hast«, sagte Leander und hob den Kopf, um Ewald anzusehen.

»Sie sind alle so stolz auf dich. Warum sie enttäuschen?«

»Das Essen … für diese Zeitschrift, das wird die letzte Sache sein, bei der ich die Rolle des Schriftstellers spiele.«

»Und dann?«

Leander zuckte mit den Schultern. Er war müde, wusste aber, dass er noch stundenlang keinen Schlaf finden würde.

»Hier bist du immer willkommen. Das weißt du, nicht wahr?«

»Ja.«

Eine Zeit lang sagten sie nichts mehr. Ein Nachtfalter flatterte immer wieder gegen die Lampe, sie konnten das Geräusch seiner Flügel am Glas der Abdeckung hören, so still war es im Haus.

»Es gibt da etwas, das du erfahren solltest«, sagte Ewald schließlich. Er wartete, zögerte, bevor er fortfuhr. »Deine Eltern haben dir zwei Briefe geschrieben, beide an die alte Adresse. Meret hat sie gelesen und weggeworfen.«

»Ja?« In Leanders Kopf herrschte Dunkelheit, in der Bilder seiner Eltern aufblitzten, Gesichter aus wirbelnden Partikeln, zerfranst und verblichen. Er wusste, dass er falsch auf diese Information reagierte, dass er alle mit einem entsetzten Aufschrei aus dem Schlaf hätte reißen müssen, wie er es in Filmen gesehen hatte. Aber so funktionierte er nicht, auch das wusste er, und ebenso, dass es ihn überforderte, die Gründe dafür herauszufinden, warum er von dieser ungeheuerlichen Nachricht gänzlich unberührt blieb.

»Der erste Brief kam vor sieben Jahren aus Argentinien, der zweite vor fünf aus Chile. Ich habe sie nicht gelesen. Alles, was ich von Meret weiß, ist, dass deine Eltern sich wieder mit ein paar Leuten zusammengetan haben und in einer Kooperative auf dem Land leben.«

Leander nickte, legte die Hände auf den Tisch und faltete sie. Es gelang ihm nicht, bestürzt zu wirken, wie Ewald es wahrscheinlich von ihm erwartete, nicht einmal einen Seufzer brachte er zustande.

»Meret meinte, es seien kurze Briefe gewesen. Im ersten war wohl eine Entschuldigung, im zweiten eine Einladung nach Chile. Ich glaube, deinen Eltern tut die ganze Sache sehr leid und sie würden dich gerne wiedersehen. Meret hat gesagt, so habe es in den Briefen gestanden, und dann wollte sie, dass ich ihr verspreche, dir nichts davon zu erzählen. Aber jetzt dachte ich …« Ewald verstummte.

Feiner Staub rieselte von der Lampe oder den Flügeln des Falters. Leander hätte gerne etwas gesagt, etwas, das Ewald ein wenig beruhigt hätte, aber alles, was er sich zurechtlegte, klang platt, also hielt er den Mund. Sein Körper war schwer geworden, es fühlte sich an, als sei er mit triefender Kleidung aus einem See gestiegen, das Gewicht zog ihn mit solcher Kraft hinab, dass er sich am liebsten unter den Tisch auf den Boden gelegt und nicht mehr gerührt hätte.

»Dass sie dir die Briefe nicht gezeigt hat damals, das hat sie später wahnsinnig bereut, das sollst du wissen. Sie wollte nicht, dass du fortgehst, deshalb …«

»Ich wäre nicht weggegangen«, sagte Leander leise.

»Wenn du zu deinen Eltern willst … Ich helfe dir, sie zu finden.«

Leander schüttelte den Kopf.

Eine Weile blieben sie noch sitzen wie zwei alte, vom Leben mitgenommene Männer, ehe sie wortlos beschlossen, schlafen zu gehen. Im dunklen Flur hatten beide das Bedürfnis, die Hand des anderen zu ergreifen, doch dann waren sie an der Treppe, und Leander stieg hinter Ewald die Stufen hinauf in den ersten Stock, wo die ganze Nacht ein Licht im Flur brannte.

»Sollen wir morgen auf den Friedhof gehen?« Ewald flüsterte, um niemanden zu wecken. »Ihr Blumen bringen, bevor du fährst?«

»Ja«, sagte Leander und nickte, unsicher, ob ein Ton aus seinem Mund gekommen war.

Ewald lächelte. »Also dann, gute Nacht.« Er umarmte Leander, kurz und ein wenig ungelenk, dann ging er in sein Zimmer.

Leander starrte auf die Tür, die sich leise schloss. Seit der Beerdigung war er nicht mehr an Merets Grab gewesen, und die Vorstellung, den Stein mit ihrem Namen und dem Datum ihres Todes zu sehen, schnürte ihm die Kehle zu. In seinem Zimmer packte er seine Sachen, schrieb ein paar Zeilen auf ein Blatt Papier, stellte den Wecker auf fünf Uhr und schob ihn unters Kopfkissen. Dann legte er sich angezogen auf das Bett und schloss die Augen.

Beerbaum empfing ihn wie einen verlorenen Sohn. Während Leanders Abwesenheit hatten sie kein einziges Mal miteinander telefoniert, neun Tage Funkstille, in denen Beerbaum beinahe verzweifelt war. Er habe nicht geglaubt, ihn noch einmal in Herne zu sehen, sagte er und schimpfte ihn aus, weil Leander nicht angerufen hatte, um sich vom Bahnhof abholen zu lassen, sondern im Bus gekommen und den restlichen Weg zu Fuß gegangen war. Wilma machte Kaffee und tischte belegte Brote und Kuchen auf, und als alle am großen Tisch im Wohnzimmer beisammensaßen, verkündete Leander, er sei bereit, das Abendessen durchzustehen, wolle sich danach aber aus der Öffentlichkeit, insbesondere der literarischen, zurückziehen. Bevor Beerbaum oder Wilma etwas entgegnen konnten, fügte Leander hinzu, seine Entscheidung sei lange überlegt und endgültig, worauf es sekundenlang still war am Tisch. Niemand aß ein Brot oder ein Stück Kuchen, die einzigen Geräusche im Raum kamen von Samir, der seinen Kaffee schlürfte, und von dem leise vor sich hin brabbelnden Graupapagei auf seiner Stange neben der Tür zum Garten.

»Nun«, sagte Beerbaum schließlich, »wenn man bedenkt, dass ich vor einer Stunde noch dachte, du würdest dich überhaupt nicht mehr hier blicken lassen, ist das gar keine so schlechte Nachricht.« Seine Stimme war ruhig, und er lächelte, aber es war unübersehbar, dass ihm seine Gefasstheit schwerfiel.

»Dann willst du dein Buch nicht bei mir veröffentlichen?« In Wilmas Frage schwang Verblüffung und Enttäuschung, als habe Leander ihr gerade gesagt, er hasse sie und gehe zu einem anderen Verlag.

Leander schüttelte den Kopf, ohne Wilma anzusehen.

»Wer soll es denn sonst herausbringen?«

»Es gibt kein neues Buch«, sagte Beerbaum. »Leander hat keins geschrieben.«

»Oh …« Wilma blickte ins Leere. »Und du hast es gewusst?«

»Geahnt. Befürchtet.« Beerbaum seufzte. »Schon seit einer Weile.« Als das Telefon läutete, stand er auf, ging zum Apparat und hob den Hörer ab. Nach einem kurzen Wortwechsel winkte er Leander zu sich.

Es war Ewald, der anrief und wissen wollte, ob Leander gut angekommen sei. Sie redeten eine Weile, und am Ende musste Leander versprechen, sich bald wieder zu melden. Nachdem er aufgelegt und sich umgedreht hatte, sah er, dass er allein im Wohnzimmer stand. Er wartete einen Moment, dann ging er hinaus in den Garten.

Das vor einer Woche zur Hälfte abgebrannte Feuer hatte einen kreisrunden Fleck aus feuchter, mit verkohlten Ästen durchsetzter Asche auf der Wiese zurückgelassen. Dach und Regenrinne des Gartenhauses waren bereits repariert, Samirs Sachen wieder an ihrem Platz. Ein in die Schreibmaschine gespanntes Blatt Papier leuchtete hell und leer aus dem Halbdunkel.

»Danke, dass du meiner Mutter nichts gesagt hast.«

Leander schreckte aus seinen Gedanken hoch. Beerbaum war über den Rasen gekommen und stand ein paar Schritte hinter ihm.

»Und danke, dass du das mit dem Abendessen machst.«

Leander nickte.

Eine Zeit lang sagten sie nichts. Es war kalt, aber auszuhalten, weil kein Wind wehte. Die Plane lag zusammengefaltet und mit den Backsteinen beschwert neben dem Gartenhaus. Bereit für das nächste Unglück, dachte Leander und stellte sich vor, unter sie zu kriechen und für eine Weile dort zu bleiben.

»Was hast du danach vor? Nach diesem Essen, meine ich.« Beerbaum, die Hände in den Hosentaschen, hatte sich nicht vom Fleck bewegt.

»Ich weiß nicht.«

»Du könntest eine Reise machen. Dir die Welt ansehen.«

»Ich will nicht reisen.«

»Nirgendwohin? Auch nicht in den Kampstedter Bruch, auf den Hof? Würdest du nicht gerne mitkommen, wenn ich das nächste Mal hinfahre, dir alles ansehen, bevor ich es verkaufe?«

Leander wandte sich zu Beerbaum um. »Verkaufen?«

»Ich muss. Jetzt, wo kein zweites Buch von dir kommt.« Beerbaum sog die kühle Luft ein, legte den Kopf in den Nacken und atmete aus. Dann sah er Leander an. »Außerdem, was soll ich damit?«

Leander senkte den Blick und zuckte mit den Schultern. Er hatte tausendmal daran gedacht, nach Winnipeg zu gehen, hatte tausendmal versucht, sich vorzustellen, wie es dort inzwischen aussah und wie er sich fühlen würde, wenn er das Haus wiedersähe, den Stall und die Scheune und die leeren Felder. Meret und Ewald hatten angeboten, mit ihm hinzufahren, und nach Merets Tod war Ewald einige Male darauf zurückgekommen, aber Leander hatte immer abgelehnt.

»Ich kann verstehen, wenn du nicht willst.«

Leander starrte auf den Boden, stocherte mit der Schuhspitze in der weichen Erde.

»Kommst du mit rein? Es ist kühl.«

»Gleich.«

Beerbaum wollte seine Hand auf Leanders Schulter legen, tat es dann aber nicht und ging zum Haus.

Leander blieb im Garten. Die Kreuze auf den Tiergräbern standen schief, er hockte sich hin und richtete sie gerade. Ein neues war hinzugekommen, aus dunklem, edel wirkendem Holz, EARL stand darauf, der Name des Lancashire Heelers, des dackelähnlichen Hundes, der die meiste Zeit seines Lebens in Wilmas Zimmer verbracht hatte. Leander hatte das Tier nur selten gesehen, meistens in der Küche, wohin Earl mehrmals am Tag zum Fressen gekommen war, und jetzt, an seinem Grab, stellte er sich als Todesursache den plötzlichen Stillstand des verfetteten Herzens vor, ein Zucken und Umkippen, und fand, das sei ein erträglicher Abgang, erträglicher auf jeden Fall, als sich zu ertränken oder von einem Lieferwagen zerquetscht zu werden. Als er merkte, dass er weinte, erhob er sich und wartete, bis es vorbei war. Dann lief er über die Wiese zur Straße, folgte ihr bis zur Kreuzung, drehte um und ging zurück zum Haus und in sein Zimmer, wo er die Schreibmaschine mit einer Kissenhülle bedeckte und sich auf das Bett legte. Während er an die Decke starrte, versuchte er, sich die Monate und Jahre nach dem Ende seiner Laufbahn als fingierter Schriftsteller auszumalen, aber er sah nichts als die helle Fläche über sich, ein weiteres leeres Blatt Papier. Wahrscheinlich, dachte er, wäre es am einfachsten, nach Münster zu gehen und im

Haus der Borns zu leben, Rindenmulch zu harken, getrocknete Kräuterseitlinge in Tüten zu verpacken und am Abend mit allen am Tisch zu sitzen und Heddas Gerichte zu loben und jeden neuen Tag so anzugehen, dass vor lauter Arbeit im Keller, im Schuppen und in der Küche keine Zeit blieb, etwas zu vermissen, etwas zu wünschen oder sich vor etwas zu fürchten. Zu Emil nach Berlin würde er auf keinen Fall ein zweites Mal gehen, und was Lotte betraf, so war sie auch in ihrem letzten Brief sehr unbestimmt geblieben, was ihre Pläne anging, und schien nicht gerade wild darauf zu sein, ihn demnächst zu sehen.

Er schloss die Augen und dachte an den Kuss unter der Trauerweide im Refugium Ring, und obwohl er es nicht wollte, drängte sich auch die Erinnerung an Richard Paulsen in sein Gedächtnis. Vielleicht, überlegte er, war er ja tatsächlich schwul und wusste es nur noch nicht, vielleicht wäre Richards Kuss, dem er sich entzogen hatte, eine Art Erweckung gewesen, der Funke, der ein Feuer entfacht, sein wirres Gefühlsdickicht niedergebrannt und den Blick auf die Wahrheit freigelegt hätte. Denkbar war auch, dass die Natur, Gott, das Schicksal oder welche höhere Macht auch immer diesbezüglich gar nichts mit ihm im Sinn hatte, weder etwas, das den Auftritt einer Frau vorsah, noch etwas, bei dem ein Mann eine Rolle spielte. Aller Voraussicht nach, so lautete sein Fazit, würde er den Rest seiner Tage allein verbringen, zwar im Kreis des Born-Quartetts, aber dennoch einsam und unerfüllt, ein jungfräuliches, nach feuchter Erde und Spülmittel riechendes Bürschchen, eine Art Pilzmensch, für den Lotte in ihren Briefen ebenso witzige wie beleidigende Namen erfinden würde, falls sie bis dahin den Kontakt nicht längst abgebrochen hatte, *Schwammiger Schniedel,* zum Beispiel, oder *Rückgratloser Röhrling.*

Als ihm der Blick in die Zukunft zu unerfreulich wurde, öffnete er die Augen, erhob sich und ging zum Schreibtisch, um noch einmal Lottes Zeilen zu lesen, wovon er sich ein klein wenig Aufmunterung oder zumindest kurzzeitige Ablenkung erhoffte. Minutenlang wühlte er in den Papierschichten, Schubladen und im Papierkorb, sah hinter den Schreibtisch und unter das Bett, fand den Brief aber nicht und gab die Suche schließlich auf.

Am Tag des Abendessens fühlte Leander sich elend. Das Frühstück hatte er verpasst, weil er erst am frühen Morgen eingeschlafen und spät aufgestanden war, am Mittagstisch hatte er keinen Bissen heruntergebracht, und jetzt, im leeren, nur schwach beleuchteten Festsaal des Restaurants, wurde ihm beim bloßen Gedanken an das viergängige Menü übel. Der Fotograf der Illustrierten, ein wortkarger Mittfünfziger in einem beigen Cordanzug, hatte zwei Scheinwerfer und einen aufgespannten Schirm auf Stativen um den Tisch gruppiert, an dem Leander mit der ausgewählten Leserin den Abend verbringen würde, hatte ein paar Testaufnahmen gemacht und war, als alles zu funktionieren schien, gegangen, um vor der Arbeit etwas zu essen. Beerbaum saß mit einer Redakteurin im Restaurant, wo sie den Verlauf des Abends besprachen und das Finanzielle regelten. Er war mit Leander viel zu früh losgefahren, angeblich, damit Leander sich an den Saal gewöhnen und die Liste noch einmal durchgehen konnte, auf der Beerbaum in Stichworten eine Handvoll Themen notiert hatte, die es während des Gesprächs möglichst zu vermeiden galt, zum Beispiel, dass Leander nicht der Autor des Buches war und nicht beabsichtigte, eine Fortsetzung zu schreiben. In Wahrheit hatte Beerbaum Leander vier Stunden vor dem Termin zum Ort des Geschehens gebracht, weil er befürchtete, sein Schützling könnte es sich in letzter Sekunde noch anders überlegen und kneifen.

Ans Weglaufen dachte Leander, seit er in Bochum auf dem Parkplatz des Nobelrestaurants aus dem Auto gestiegen war, einem weißen Cadillac Fleetwood, den Beerbaum gemietet hatte, weil er nicht im VW-Käfer vorfahren wollte, und auch jetzt, zwei Stunden vor dem Essen, spielte er mit dem Gedanken, einfach zu verschwinden. Aber jedes Mal, wenn er zur Tür sah, musste er an Beerbaum denken und bekam ein schlechtes Gewissen. Außerdem wurde er bewacht. Der Kellner, ein kräftiger Mann um die dreißig, war seit einer Ewigkeit damit beschäftigt, Stoffservietten zu falten und Weingläser zu polieren, aber seine eigentliche Aufgabe, davon war Leander überzeugt, bestand darin, den nervösen Jungschriftsteller im Auge zu behalten und nötigenfalls an der Flucht zu hindern.

Seine Vermutung bestätigte sich, als er zur Toilette wollte und der Kellner nicht davon abzubringen war, ihm den Weg zu zeigen. Allein vor einem der vier Waschbecken aus schwarzem Granit stehend und sein

Gesicht im wandfüllenden Spiegel betrachtend, verfluchte Leander den Tag, an dem er Beerbaum versprochen hatte, mehrere Stunden mit einem wildfremden Menschen zu verbringen, Konversation zu betreiben, wortgewandt und selbstbewusst zu wirken und sich dabei ablichten zu lassen. Immerhin wusste er inzwischen, dass dieser wildfremde Mensch eine Frau sein würde, das hatte Beerbaum tags zuvor verraten und auch, dass Emil Kronenberg ihm bei der Auswahl geholfen hatte, ein Hinweis, der Leander beruhigen sollte, jedoch das genaue Gegenteil bewirkte. Was, fragte er sich, würde passieren, wenn er in Gegenwart dieser Frau kein Wort über die Lippen brachte oder ihr das Essen so ins Gesicht hustete, wie er es bei Mira Kamps in Murnau getan hatte? Ob die Illustrierte wohl Bilder abdrucken würde, die ihn verkrampft und mit versteinerter Miene am Tisch sitzend, sich vor Nervosität mit Essen bekleckernd oder aus dem Saal rennend zeigten? Ob unter diesen Fotos stehen würde, Leander Selbig habe während des ganzen Abends entweder geschwiegen oder unvorstellbare Banalitäten und Peinlichkeiten von sich gegeben und dazwischen sein Hemd mit Suppe vollgetropft? Ob Beerbaum die Sache stoppen würde, bevor alles aus dem Ruder liefe?

Leander starrte sein Spiegelbild an und ließ kaltes Wasser über die Hände rinnen. Das dunkelblaue Jackett, in das Beerbaum ihn für den Anlass gesteckt hatte, schimmerte im grellen Deckenlicht, das Weiß des Hemdes blendete. Am Vorabend hatten sie mehrere Krawatten ausprobiert, und nach der letzten war Beerbaum überzeugt gewesen, dass gar keine die beste Lösung sei. Leander solle wie ein normaler junger Mann aussehen, gepflegt und mit Geschmack, aber nicht wie ein Versicherungsvertreter oder Politiker. Eine Maskenbildnerin werde sich vor dem Essen um Leanders Gesicht kümmern, hatte Beerbaum angekündigt, eine Lage dunklen Puders auf seiner bleichen Haut sei im schonungslosen Blitzlicht des Fotografen unerlässlich.

Als er vom Flur her Stimmen hörte, drehte er das Wasser ab und trocknete die Hände, dann schloss er sich in einer der Kabinen ein und setzte sich auf den heruntergeklappten Klodeckel.

»Leander?« Beerbaums Stimme hallte im gefliesten Raum.

Leander rührte sich nicht.

»Die Maskenbildnerin ist da.«

Leander konnte Beerbaums Schuhspitzen sehen.

»Alles in Ordnung bei dir?« Als er keine Antwort bekam, klopfte Beerbaum leise an die Kabinentür.

»Ich will das nicht.«

»Es ist nur ein wenig Puder.«

»Das alles. Ich kann das nicht.«

Sekundenlang war nur das leise Summen einer Lüftung zu hören.

»Es ist doch bloß ein Abendessen«, sagte Beerbaum schließlich.

»Ich habe keinen Hunger.«

»Du musst nichts essen. Tu einfach nur so, für den Fotografen.«

»Ich kann nicht.«

»Du hast es versprochen.«

»Tut mir leid.«

»In spätestens fünf Stunden kannst du gehen, wohin du willst, Leander, ich fahr dich im Caddy nach Münster oder ans Ende der Welt, aber jetzt bitte ich dich, ich flehe dich an, komm da raus und spiel deine Rolle zum letzten Mal.« Beerbaum atmete geräuschvoll ein und aus und holte dann tief Luft, wie um in einen dunklen See hinabzutauchen. »Denk doch an all die Lesungen, die du bis jetzt geschafft hast«, sagte er mit aufgesetzter Munterkeit in der Stimme. »Denk an die Abendessen und Interviews, die du überstanden hast. Iss meinetwegen überhaupt nichts und lächle ab und zu, als würdest du dich amüsieren, oder lächle nicht und zeig den Leuten dein nachdenkliches Gesicht, wie du willst, nur bitte, bitte, um unserer Freundschaft willen, lass mich nicht hängen.«

Leander hatte aus Toilettenpapier Kügelchen gedreht und in den Fugen der Bodenfliesen aneinandergereiht, zwei Linien, zwanzig Kügelchen. Beim Aufstehen wurde ihm für einen Moment schwindlig.

»Leander? Wir sind doch Freunde, oder? Also, ich sehe mich als deinen Freund. Du musst das aber natürlich nicht so sehen. Wenn du das anders siehst, dann …«

Beerbaum verstummte, als Leander das Schloss entriegelte und die Tür öffnete, und trat einen Schritt zurück. Leander stand mit hängenden Armen in der Kabine und starrte auf den Boden.

Eine kleine Ewigkeit verging, dann sagte Beerbaum kaum hörbar: »Danke.« Er räusperte sich und sagte noch einmal: »Danke.«

Leander ließ sich die Hand schütteln, ein zaghaftes, schlaffes, einseitiges Schütteln, als begrüßten sich zwei schüchterne Fremde. Einen Augenblick lang standen sie sich noch gegenüber, bevor Beerbaum zur Tür ging und sie öffnete. Leander betrat den Gang, wo der Kellner wartete und eine Art Habachtstellung einnahm, und folgte Beerbaum in den Saal. Mittlerweile brannten die meisten Deckenlampen und tauchten den Raum in ein warmes gelbliches Licht. Eine Frau breitete kleine Dosen und Töpfe auf einem Tisch aus, auf dem ein offener Koffer und ein Spiegel standen. Beerbaum nannte ihren Namen, und noch während Leander ihn hörte, vergaß er ihn. Er ließ sich ein Tuch um die Schultern legen, die Haare kämmen und das Gesicht pudern. Die Maskenbildnerin, klein, mit freundlicher Stimme und nach einem süßen Parfüm riechend, redete fast ununterbrochen, sagte, wie wundervoll sie *Geraubte Kindheit* fand und wie sehr sie sich freue, den Autor kennenzulernen. Leander schwieg während der gesamten Prozedur, bedankte sich am Schluss einsilbig und schrieb der Frau eine krakelige Widmung in ihr Buch.

Während der nächsten halben Stunde deckten Angestellte des Lokals den Tisch. Eine Kellnerin ließ sich ihr Exemplar von *Geraubte Kindheit* ebenfalls signieren, und der Fotograf machte ein Gruppenbild mit Leander, Beerbaum, der Redakteurin und einem Großteil des Personals. Danach wollte Leander nach draußen, ein letztes Mal durchatmen, bevor es losging. Beerbaum begleitete ihn auf den Parkplatz, paffte an einem Zigarrenstummel, den er in einer blechernen Hustenbonbonschachtel bei sich trug, und wiederholte seinen Katalog an Ratschlägen, die Leander befolgen sollte. Alles werde gut gehen, sagte er, die Auserwählte für den Abend sei sehr nett, das könne er versprechen.

Schließlich gingen sie hinein. Als sie den Saal betraten, klopfte Beerbaum Leander auf den Rücken und flüsterte ihm etwas Ermutigendes zu. Leander holte tief Luft, hob den Kopf und erstarrte.

Am Tisch, in dessen Mitte eine Kerze brannte und eine Vase voller Blumen stand, saß Lotte.

LINUS
Ein stiller See
Oder
Wie man unsichtbar bleibt

Sein Leben als Linus Schulz verlief so unauffällig, wie er es sich erhofft hatte. Nach der Geschichte mit Simon Bräker arbeitete er noch ein Jahr in Bodes Lagerhalle, dann war er laut der gefälschten Dokumente achtzehn und trat eine Stelle als Gehilfe in einem Gartenbauunternehmen an, wo er das Doppelte verdiente und mehr frische Luft an einem einzigen Tag atmete als vorher während einer ganzen Woche. Er mietete ein Zimmer in einem Haus, das einem Onkel seines neuen Chefs gehörte und von Polen und Italienern bewohnt wurde, die sich nichts Besseres leisten konnten, weil sie fast ihren gesamten Lohn nach Hause schickten. Das dreistöckige Gebäude stand neben den Gleisen des Güterbahnhofs und keine fünfhundert Meter von einem Schlachthof entfernt, und jede Nacht hörte Linus das Rattern der Züge, das Brummen der Lastwagenmotoren, das Hufgetrampel in den Anhängern und auf den Metallrampen und die Stimmen der Tiere, ihr Muhen und Meckern und Blöken und die hohen, fast menschlich klingenden Schreie der verängstigten Schweine. Seine fünf Arbeitstage verbrachte er in öffentlichen Parks, privaten Gärten und auf dem Betriebsgelände der Firma *Thielen Gartengestaltung GmbH*, einem umzäunten Stück Land weit vor der Stadt, wo in vier Gewächshäusern Blumen und Sträucher gezogen wurden und in denen Linus sich am liebsten aufhielt, weil er dabei die meiste Zeit allein war.

Er hatte gedacht, nach dem Wechsel der Identität würde er sich anders fühlen, er wäre dann ein neuer Mensch mit einer neuen Geschichte, aber dieser Zustand trat nicht ein. Beim Blick in den Spiegel sah er noch immer das Gesicht, das er schon gesehen hatte, bevor er den Namen getauscht und sich eine erfundene Vergangenheit zugelegt hatte, und egal, wie lange er auf den gefälschten Ausweis starrte, er brachte den Jungen auf der Fotografie nicht mit sich selbst in Übereinstimmung. Beim Umtopfen, Unkrautjäten und Wässern hatte er viel Zeit, um seinen Gedanken nachzuhängen, aber nie gelang es ihm, sich eine andere Kindheit auszudenken oder gar anzueignen als die, die er tatsächlich gehabt hatte, und spätestens in seinen Träumen trug es ihn Nacht für Nacht zurück auf den Hof, wo er die Tiere fütterte, Steine auf dem Acker einsammelte und mit Frida, Ringo und Leander am Teich saß und seltsame Gespräche führte, an die er sich beim Aufwachen nicht mehr erinnern konnte.

Trotzdem bereute er es nicht, sein altes Ich zurückgelassen zu haben. Was ihm fehlte, waren die für immer verloren gegangenen Dinge, seine geschnitzten Holzstöcke, mit denen er den Kühen sanft den Weg gewiesen hatte, die zahllosen Seiten, die er im Unterricht heimlich aus den Heften gerissen und in den seltenen freien Minuten mit ungelenken, im Vergleich zu Leanders Zeichnungen stümperhaften Darstellungen von Walfischen, Pferdekutschen und Vulkanen gefüllt hatte, seine so oft eigenhändig geflickte Kleidung und die Lederschuhe, die ihm nur mit zwei Paar Wollsocken nicht zu groß waren und die er täglich geputzt und eingefettet hatte, damit sie nicht kaputtgingen und die Alten nicht schimpften, weil sie ihm neue kaufen und dazu in die Stadt fahren mussten, diesen für ihn damals mit Unheil und Gefahr verbundenen Ort. Noch immer kam es vor, dass er sich fragte, was mit diesen Sachen wohl geschehen war und warum man sie ihm nicht zurückgegeben hatte, ob die Besitztümer der Kinder für wertlos befunden worden waren oder ob die Behörden sich das Einbehalten der Gegenstände als Teil der Bestrafung ausgedacht hatten. Manchmal träumte er von seinem Strohhut, der vom Wind durch die Luft getragen wurde und dem er hinterherjagte, ohne ihn fangen zu können, oder von seinen wertvollen, sorgsam gehüteten Gummistiefeln, die auf dem Fluss trieben und vor seinen Augen versanken, während er am Ufer entlangrannte und vergeblich versuchte, sie mit einem viel zu dünnen Ast zu sich heranzuziehen. So viel Zeit war vergangen, und noch immer schreckte er aus dem Schlaf, wenn seine grünen Stiefel in den Fluten untergingen, der Hut in der Weite des Himmels davonschwebte oder ein uniformierter Mann seine und Leanders Zeichnungen vom Dachboden holte und im Kofferraum eines Autos verstaute.

Wenn er nachts in seinem Zimmer im Bett lag und nicht wieder einschlafen konnte, hörte er die Stimmen der Polen und die Musik aus den Radios der Italiener und empfand die Gesellschaft der einsamen, heimwehkranken Männer als tröstlich. In den langen Minuten quälender Wachheit beschäftigten Linus die immer gleichen Gedanken, die um die immer gleichen Dinge kreisten, ein ewiges Drehen und Wenden und Schieben, als sei er eine Ameise, die das Hundertfache ihres Körpergewichts einen Hügel hochwälzt, um kurz vor Erreichen des Gipfels von der Masse des Gedachten und Erinnerten überrollt und zurück zum Anfang ihrer Strapazen geworfen zu werden, ein reiskorngroßer Sisyphos, machtlos gegenüber den Gewalten der Welt. Die Augen geschlossen, lag er dann da und betrachtete die fahlen Bilder, die ohne sein Zutun aus der Dunkelheit auftauchten und Sekunden später ins Schwarz zurückglitten und Platz machten für ein neues Motiv, ein Flirren aus Licht und Farben, das der glühende Kloß in seinem Schädel produzierte, um ihn mit allen möglichen Gefühlen zu überschwemmen.

Er wollte Frida nicht sehen, ihr flackerndes Gesicht, das sein Verstand vor dem Vergessen bewahrte und das längst ein völlig anderes sein musste, das Gesicht einer jungen Frau, stellte er sich gegen seinen Willen vor, nicht mehr das runde, sommersprossige eines Kindes, sondern von einem Leben weit weg geformt, schmal und ernst und schön und fremd. Sein Gedächtnis hob Ringo und Leander in den hellen Fleck hinter seiner Stirn, wo die beiden aus dem Nichts der verlorenen Jahre emporstiegen und ein paar Herzschläge lang vor ihm schwebten, bis ihre Köpfe sich auflösten und es zu spät war, um die Worte von ihren Lippen zu lesen.

Jedes halbe Jahr nahm er sich vor, die drei zu suchen, dachte sich den Wortlaut eines Zeitungsinserats aus oder schrieb in Gedanken einen Brief an das Jugendamt, das seinerzeit zuständig gewesen war, aber dann verwarf er die Idee wieder oder verschob die Nachforschungen um weitere sechs Monate. Er hörte der sanften Stimme einer Frau aus dem Radio zu, die Menschen dabei half, eine vermisste Schwester oder verschwundene Mutter zu finden, und notierte sich Telefonnummer und Adresse in einem Heft, in das er schon den Namen eines Zeitungsredakteurs und den eines Privatdetektivs geschrieben hatte und das in der Kleiderschublade einmal unter den Wollpullovern und einmal unter den Sommerhemden lag, je nachdem, in welcher Jahreszeit er das dringende Bedürfnis verspürte, seine drei Gefährten aus Winnipeg aufzustöbern, um sie in die Arme zu schließen und nie mehr loszulassen.

So reihten sich die halben Jahre aneinander, bis fünf ganze vergangen waren. Im Sommer 1988 wurde er zwanzig, beziehungsweise zweiundzwanzig. In seinen gefälschten Ausweis hatte er den dreißigsten Juni als Geburtstag eintragen lassen, die ungefähre Mitte des Jahres und für einen Durchschnittsbürger namens Schulz genau das richtige Datum. Er kaufte eine Torte und eine Flasche alkoholfreien Sekt, schenkte sich ein Fahrrad und einen Sammelband mit *Peanuts*-Cartoons, beides vom Trödelmarkt, und stieß mit sich selbst auf eine Zukunft an, die er gerne als Buch mit leeren Seiten sah, von dem er außer verlässlicher Ereignislosigkeit nichts erwartete.

Inzwischen lebte er in einem Kaff in der Eifel, das so klein war, dass nicht einmal eine zweispurige Straße zu dem Dutzend verstreut liegender Häuser führte. Er hatte noch zwei Jahre für die Gartenbaufirma gearbeitet, dann sieben Monate lang die endlosen Wände der Wohnungen einer Neubausiedlung mit weißer Farbe gestrichen und schließlich die Stadt verlassen, um sich in der Peripherie erneut als Gärtner zu verdingen, fremder Leute Rasen zu mähen und sich zwischen Abholmärkten, Reihenhäusern und Kuhweiden an das Leben auf dem Land zu gewöhnen. Er wohnte als Untermieter bei einer einundachtzigjährigen Frau, die sich trotzig gegen die Widrigkeiten des Alltags stemmte und nicht im Traum daran dachte, ihr Haus zu verlassen und in ein Altersheim zu ziehen. Elvira Seibt hatte ihren Mann im Krieg verloren und nicht wieder geheiratet, obwohl es das Haus gab und zwei kleine Töchter, die ihren Vater nie richtig kennengelernt hatten, und sie in der Kammgarnfabrik der nahe gelegenen Stadt schuften musste, um sich und die Kinder durchzubringen. Auch in den Jahren des Wirtschaftswunders und der überall um sich greifenden Glückseligkeit traute sie den Männern mit ihren großen Worten und guten Absichten nicht, und es grenzte an ein Wunder, dass sie Linus im Obergeschoss ihres Hauses wohnen ließ, wenn auch nur aus wirtschaftlicher Not und Kalkül.

Zum ersten Mal war Linus Frau Seibt begegnet, als er und ein anderer Mitarbeiter der Firma Fellinger zu ihr geschickt worden waren, weil eine kranke Fichte im Garten der alten Frau umgestürzt war. Am frühen Nachmittag, als die zersägten Baumteile auf der Ladefläche des Lieferwagens lagen und Linus und sein Kollege Albert die letzten Äste vom Rasen sammelten, kam Frau Seibt mit zwei Tassen Kaffee und einem Teller voller Kekse aus dem Haus, stellte das Tablett auf dem Baumstumpf ab und wartete in einigen Metern Entfernung, bis die beiden Männer getrunken und gegessen hatten. Linus versuchte mit ihr über die Serbische Fichte zu sprechen, die, so vermutete er, wegen des lehmigen Bodens eingegangen war, aber Frau Seibt stand nur stumm da und reagierte auch nicht auf seine Versuche, über die Launen des Wetters zu plaudern, oder auf seine Bemerkung, die Rechnung für den Abtransport des Baumes werde nicht allzu hoch ausfallen. Sie nickte nur und sah mit regloser Miene zu, wie die Männer in den dreckigen Overalls und schweren Schuhen endlich über ihren Rasen zur Straße gingen. Linus und Albert waren schon beim Wagen, als sie ein Scheppern und Klirren aus dem Garten hörten. Linus rannte zurück, und an der Terrasse angekommen, sah er die Alte auf den Stufen der Steintreppe zum Haus liegen, das Tablett mit den zerbrochenen Tassen neben sich. Er ging zu ihr und wollte ihr aufhelfen, aber sie scheuchte ihn mit einer heftigen Bewegung weg, wobei ihr ein kehliges Ächzen entfuhr, das wie das Fauchen eines Tieres klang. Also ließ er sie in Ruhe und machte sich davon, wütend und verwirrt.

Ein paar Minuten später, der grüne Lieferwagen mit der gelben Aufschrift *Gebr. Fellinger Gartengestaltung und -pflege GmbH* hatte fast schon die Hauptstraße erreicht, bat Linus Albert anzuhalten, kletterte vom Sitz und sagte, er wolle zurück und nach der Kundin sehen, vielleicht brauche sie doch Hilfe und sei nur zu sonderbar, um darum zu bitten. Sogar Albert, der bei der freiwilligen Feuerwehr, im Ortsverband der Deutschen

Lebensrettungsgesellschaft und eigentlich ein herzensguter Mensch war, fand die Idee töricht, doch dann merkte er, dass es Linus ernst war, zuckte mit den Schultern, wünschte ihm viel Glück und fuhr weiter in Richtung der windschiefen Bäume der Allee. Erst als Linus den Wagen in der Ferne verschwinden sah, sich umdrehte und den ungeteerten, von Schlaglöchern durchzogenen Weg zurückging, kam ihm der Gedanke, Albert könnte möglicherweise recht haben. Nach ein paar Metern blieb er stehen und betrachtete eine Weile das Haus, das ihm mit den roten Backsteinen, den verwitterten farblosen Fensterläden, dem Dach aus schwarzen Ziegeln und den krummen Regenrinnen plötzlich unheimlich vorkam, im trüben Licht des Abendhimmels wie die Tuschezeichnung einer Hexenhütte in einem Märchenbuch. Er zögerte, bevor er weiterging, langsam und mit einem mulmigen Gefühl im Magen. Kaum hatte er den Garten erreicht und einen Fuß auf den Kiesweg gesetzt, fing es an zu regnen.

Frau Seibt saß noch immer auf der Steintreppe, die von der Terrasse zur Hintertür des Hauses führte. Sie rieb sich den Fuß und sah Linus mit einem Ausdruck im Gesicht an, der irgendwo zwischen Argwohn, Staunen und Erleichterung lag. Linus, die Hände in den Taschen des Overalls, wartete in einigen Schritten Entfernung. Inzwischen fiel ein kräftiger Regen, dessen Rauschen greifbar war wie die Tropfen selbst. Der letzte Rest an Helligkeit wurde aus der Luft gewaschen, und es schien, als sei auf einen Schlag die Abenddämmerung hereingebrochen. Innerhalb von Sekunden war Linus durchnässt und begann zu frieren, aber er rührte sich nicht und sagte kein Wort.

Endlich, das Wasser floss in Kaskaden über die Stufen, streckte die alte Frau die Hand nach Linus aus und nickte ihm zu.

Das Verhältnis, das zwischen Linus und Elvira Seibt im Laufe der Zeit entstand, freundschaftlich zu nennen, wäre unzutreffend gewesen. Was die beiden verband und unter einem Dach leben ließ, war rein praktischer Natur. Frau Seibt, deren verheiratete Töchter in weit entfernten Städten wohnten, brauchte jemanden, der sich in einem Notfall um sie kümmerte und ihr im Alltag zur Hand ging, der die Telefonnummer ihres Arztes kannte, der die Kisten mit den gelieferten Lebensmitteln in den Keller trug, der den Kühlschrank von der Wand wegzog, um Platz für eine Mausefalle zu schaffen, der den Rasen mähte, die Obstbäume zurückschnitt und im Winter den Schnee von den Wegen räumte, der bei Sturm mitten in der Nacht aus dem Bett sprang, weil die Fensterläden geschlossen werden mussten, der lose Zaunlatten festschraubte oder der alten Frau auf der Treppe half, wenn ihr die Beine wieder einmal Probleme machten.

Für Linus war die Begegnung mit Frau Seibt ein Glücksfall, weil er die Pension in der Nähe der Firma Fellinger verlassen und ein düsteres, nach Zigaretten und versifftem Teppich riechendes Zimmer gegen ein helles, nach Wiesen duftendes eintauschen konnte, weil er für seine Unterkunft fast nichts bezahlen musste und im Gegenzug kleinere Aufgaben in Haus und Garten erledigte, weil die alte Frau nicht von ihm verlangte, dass er sich mit ihr unterhielt oder sich zu ihr setzte, wenn sie in der Küche Gemüse putzte oder draußen das Unkraut zwischen den verholzten Rosenbüschen aus der Erde rupfte, und weil sie ihm nie eine Antwort auf die Frage abrang, wie es ihm ging oder was er hier draußen eigentlich verloren hatte.

Für Harald Fellinger und dessen Bruder Karl arbeitete er schließlich nur noch an drei Tagen in der Woche und nur in den Monaten Mai bis September. Vom abgelegenen Weiler zur Firma zu gelangen bedeutete jedes Mal eine beschwerliche Reise, die mit einer holprigen Fahrt auf dem Rad zur Hauptstraße begann, von wo es mit dem Bus bis an den Stadtrand und dann wieder mit dem Rad bis zum Firmengelände ging. Die Arbeit unter freiem Himmel erfüllte ihn mit einer Zufriedenheit, deren Ursache er, wenn er über sein Leben nachdachte oder von jemandem gefragt worden wäre, kaum hätte benennen können. Er empfand seine Existenz als geordnetes, anspruchsloses Dahingleiten auf dem Fluss der Zeit, als ein angenehmes Einerlei von Tagen und Wochen, das zu Monaten und Jahren wurde, wie Regentropfen zu Rinnsalen und irgendwann zu großen, stillen Seen wurden, so tief, dass man ihren Grund nicht mehr erkennen konnte. Er maß noch immer nur einen Meter zweiundsiebzig, aber er hatte Muskeln und kräftige schwielige Hände, und seine Haut war zäh und ledrig geworden und das ganze Jahr über von einem Goldbraun, das an stumpfe Bronze erinnerte.

Er war einundzwanzig im richtigen und dreiundzwanzig im gefälschten Leben, als er zum ersten Mal mit einer Frau schlief, einer zehn Jahre älteren Sekretärin der Firma Fellinger, die gleich nach dem Abitur geheiratet hatte und mit dreißig schon wieder von ihrem spielsüchtigen, sein Beamtengehalt in Casinos und Hinterzimmer tragenden Mann geschieden war. Die Nacht in Karoline Weingarts Bett betrachtete er im Nachhinein als das bisher unglaublichste und seine erbsengroße Welt am heftigsten durchschüttelnde Ereignis und als eine Art Schnitt, der das Ende seines früheren Lebens und den Beginn einer neuen Zeitrechnung bedeutete. Auf dem Fahrrad, im Bus, bei der Arbeit, egal, wo er war oder was er tat, immer wieder drängte sich die Erinnerung an Karolines Körper in sein Gedächtnis, spürte er die Wärme ihrer Haut auf seiner und hörte er die Laute, die sie von sich gegeben hatte, während ihr erhitztes Gesicht über ihm geschwebt war wie ein Planet im Universum ihres von Kerzen erhellten Zimmers. Doch trotz des gewaltigen Bebens, das noch Tage später den Boden unter seinen Füßen schwanken ließ, und obwohl er eine Weile fest davon überzeugt war, verliebt zu sein, wurde ihm bald bewusst, dass er für das, was andere als erfüllend und erstrebenswert empfanden, nicht geschaffen war.

Dachte er an die Zeit mit Karoline, unsicher, ob es Minuten oder Stunden gewesen waren, sah er sich selbst als ängstlichen, aufgeregten Forscher, der die sterile Leere seines Labors verlässt und einen ihm unbekannten Kontinent betritt, ausgerüstet mit nichts, sah man von auswendig gelernten Fachartikeln zur Anatomie und in Sexmagazinen gefundenen und im Kopf archivierten Fotografien einmal ab und ließ die Tatsache beiseite, dass er gar kein Forscher war, sondern ein unbedarfter, mit einer kläglichen Vorstellungskraft ausgestatteter Laie, ein Blinder im Dschungel der Seelenregungen, des Begehrens, des Rausches und der wahrhaftigen überschwänglichen Lebendigkeit. Die Frage, ob ihm die Nacht mit Karoline Weingart gefallen habe, hätte er ohne langes Zögern mit Ja beantwortet, aber das stimmte nur bedingt, denn neben dem Glücksgefühl und der Gewissheit, etwas völlig Unglaubliches zu tun, waren da auch Panik und eine toxische Überflutung seiner Gefühle gewesen, die jeden klaren Gedanken unmöglich und all seine Bewegungen linkisch und roh gemacht hatten, zu hilflosen Versuchen, das filigrane

Gebilde einer Blüte mit verbundenen Augen und Handschuhen zu ertasten.

Er beschloss, es bei diesem einen Mal zu belassen. Er hatte es ausprobiert und für aufwühlend befunden, für bewusstseinsverändernd und weltbewegend und mit nichts unter der Sonne vergleichbar. Karolines Haut hatte sich weich angefühlt, viel weicher als seine eigene, sein Orgasmus, ein flüchtiger Schauder in der Wirbelsäule wie beim Eintauchen in warmes Wasser, war angenehm gewesen und gleichzeitig die peinlichste Erfahrung seines Lebens, die nur noch von seiner Scham übertroffen worden war, nicht zu wissen, was um alles in der Welt er danach tun sollte. Er meldete sich krank und fehlte eine Woche bei der Arbeit. Danach ging er Karoline aus dem Weg und war froh, nicht von ihr bedrängt zu werden. Ein Monat verging, ohne dass sie einander begegneten oder auch nur ein paar Worte wechselten, und als das Leben einfach weiterging wie bisher, sagte Linus sich, es sei wohl alles in Ordnung. Karoline schien seinen Wunsch, der einen Nacht keine zweite folgen zu lassen, zu respektieren und die Gründe für seinen Rückzug nicht erfahren zu wollen. Vermutlich, sagte er sich, hatte ihr die Sache so viel Kopfzerbrechen bereitet wie ihm, und ganz bestimmt war sie ebenso erleichtert wie er, dass es nun zu keinem weiteren Treffen und noch größeren Komplikationen kommen würde.

Er war weder glücklich noch unglücklich und fand, sein Leben im Mittelfeld der möglichen Gemütsverfassungen zu verbringen sei völlig normal und nichts, worüber er sich Gedanken machen sollte. Im Bus und auf den Straßen der Stadt sah er Menschen, deren Gesichter kein bisschen fröhlicher wirkten als sein eigenes, Männer und Frauen, die mit ihrem Platz in der Welt zufrieden schienen oder sich zumindest darin eingerichtet hatten. Mit den Wesen auf den Werbeplakaten verband ihn nichts, ihre vom Lachen verzerrten Mienen kamen ihm fremd vor, die aufgerissenen Münder riesig und die leuchtenden Zähne furchteinflößend. Er sah nicht fern, ging nie ins Kino und las weder Zeitungen noch Illustrierte. Überflog er die Schlagzeilen am Aushang eines Kiosks, ergriffen ihn Unbehagen und Ohnmacht und ein Gefühl der Beschämung, weil er nicht fähig war, sich ein eigenes Urteil zur Lage der Welt zu bilden. In solchen Momenten gestand er sich ein, dumm zu sein, ein Teil der Gesellschaft zwar, aber von geringem Wert, unbedeutender als das kümmerlichste Schaf in einer Herde.

Manchmal saß er abends in seinem Zimmer am Tisch und las den Arbeitsvertrag, die Krankenversicherungspapiere, die Steuererklärung und den Meldeschein, auf denen sein Name stand. Die Geburtsurkunde hatte bisher niemand sehen wollen, weder bei Fellinger noch sonst irgendwo. Nicht einmal beim Einwohnermeldeamt war er danach gefragt worden, dabei hatte der Fälscher seine Arbeit gut gemacht, fand Linus, obwohl ihm Vergleichsmöglichkeiten fehlten. Auf dem Dokument entsprachen die Vornamen seiner Eltern der Wahrheit, Ulrike und Volker, aber die Nachnamen Schäfer und Matusek hatte er durch Wolf und Schulz ersetzen lassen, Wolf, weil das Linus' Lieblingstier in Winnipeg gewesen war. Wenn er an die Zeit auf den Straßen, in den fremden Kellern und in Bodes Lagerraum dachte, an den endlos scheinenden Zustand des Wartens, an den geretteten Simon Bräker und dessen dankbaren, in Fälscherkreisen verkehrenden Bruder Ronald, fragte er sich, ob es die Mühe wert gewesen war, sich eine neue Identität zuzulegen, oder ob er nicht einfach im Verborgenen hätte bleiben und die Jahre bis zu seiner Volljährigkeit aussitzen sollen, bis der Wirbel um ihn und die drei anderen Kommunenkinder abgeklungen wäre und er als Anton Matusek unbehelligt sein Leben hätte weiterführen können, ein Niemand mit einer Vergangenheit, für die sich kein Mensch mehr interessierte.

Aber dann fuhr er in die Stadt und sah an der Schaufensterscheibe einer Buchhandlung ein Plakat, das für Leander Selbigs *Geraubte Kindheit* warb, für die *ergreifende Geschichte* über sich und seine drei Freunde, für die *bewegenden Aufzeichnungen einer unschuldigen Seele*, und er traute seinen Augen nicht. Er wusste nicht, wie lange er dagestanden und auf die Bücher in der Auslage gestarrt hatte, bevor er in den Laden gegangen war, um ein Exemplar zu kaufen. Seine Hände zitterten, als er das Geld aus dem Portemonnaie nahm, und die Verkäuferin lächelte ihn an und meinte, das Buch sei tatsächlich sehr bewegend, sie habe es in einer einzigen Nacht gelesen.

Linus las es innerhalb von drei Stunden. Und dann las er es noch einmal, langsamer jetzt, aber nicht weniger verwirrt und aufgewühlt. Warum, fragte er sich die ganze Zeit, stand der Name Leander Selbig auf dem Umschlag, und wer war Lutz Beerbaum, außer jemand, der sich im Vorwort als Entdecker und Herausgeber hervortat und die Tagebucheinträge durch seine rührseligen Kommentare ergänzt hatte? Und was waren öffentliche Lesungen, von denen die Buchhändlerin gesprochen hatte, wo und wann fanden sie statt, und durfte jemand wie er, ein nicht lesender Gärtner, so einen Anlass überhaupt besuchen, oder waren Veranstaltungen dieser Art einem auserwählten Publikum vorbehalten? Später lag er noch lange wach, zerbrach sich den Kopf und vermisste zum ersten Mal seit Langem wieder die Musik aus den Radios der italienischen Arbeiter.

An nächsten Tag setzte er sich an den Küchentisch und schrieb an den Verlag mit dem seltsamen Namen *Edition Euphrat* in Herne. Sein Gefühl für Sprache war ihm im Lauf der Zeit abhandengekommen, und er brauchte mehrere Anläufe, um möglichst glaubhaft Begeisterung für das Buch und den Autor vorzutäuschen und nach ein paar schwärmerischen Sätzen zum eigentlichen Zweck des Briefes zu kommen, nämlich der Frage, wann und wo Leander Selbig seine nächsten Auftritte hatte. Er unterschrieb mit Linus Schulz und legte ihm einen frankierten Rückantwortumschlag bei, um sicherzustellen, dass er Antwort bekam.

Zwei Wochen später fuhr Linus mit dem Fahrrad zur Bushaltestelle, mit dem Bus zum Bahnhof und mit der Bahn nach Duisburg, wo Leander am Abend in der Filiale einer Buchhandelskette aus *Geraubte Kindheit* lesen sollte. Es kam ihm seltsam vor, eine Fotografie seines Freundes auf dem Veranstaltungsplakat zu sehen, eines ernst und leicht abwesend dem Betrachter in die Augen blickenden Jungen, der noch immer wie das bleiche, dünne Kind aus Winnipeg aussah und doch jemand ganz anderes war. Die Zeit vor der Veranstaltung schlug er damit tot, die Leute zu beobachten, die in die Buchhandlung kamen, Frauen vor allem, eine Parade aus kichernden Achtzehnjährigen und grauhaarigen, gut gekleideten Damen, die ihr heimliches Verlangen nach Tragik kaum verbergen konnten. Er stand in einer Ecke des großen hellen Raumes vor einem Regal mit Neuerscheinungen und belauschte die Gespräche der Frauen, schnappte Sätze auf wie *Er wirkt so verletzlich* und *Dass so etwas in diesem Land überhaupt möglich war*, und ab und zu einzelne Wörter, ein leises *Ge-*

spannt, ein geflüstertes *Hübsch*. Keine fünf Männer sah er, und es kamen auch keine mehr, als die letzten Literaturbegeisterten und Sensationslüsternen hereinströmten und die hintersten Stuhlreihen besetzten.

Die Filialleiterin, eine junge Frau, der, ob aus Ergriffenheit oder Nervosität, konnte Linus nicht beurteilen, immer wieder die Stimme zu versagen drohte, begrüßte das mittlerweile auf etwa achtzig Personen angewachsene Publikum, fasste die Geschichte der Kommune, wie sie in den Zeitungen dargestellt worden war, kurz zusammen und kündigte dann den Entdecker und Verleger Lutz Beerbaum an, der hinter einer mit KEIN ZUTRITT beschrifteten Tür auf sein Stichwort gewartet hatte und jetzt hervortrat und sich neben den kleinen Holztisch stellte, an dem der Jungautor in wenigen Augenblicken Platz nehmen und vorlesen sollte. Der Mann, den Linus auf etwa fünfzig schätzte, war weder groß noch klein, weder dick noch dünn, hatte weder volles noch schütteres Haar und sah weder gut noch schlecht aus. Ein Durchschnittsmensch, was das Äußere betraf, fand Linus und wunderte sich über sich selbst, weil er sich nicht erinnern konnte, jemanden schon einmal so kritisch betrachtet zu haben wie diesen in Anzug und Weste gekleideten und mit einem gewinnenden Lächeln auftretenden Verleger, den Verkäufer der Geschichte Winnipegs, die nie für den Verkauf bestimmt gewesen war.

Beerbaum deutete eine Verbeugung an und wartete das Ende des Beifalls ab, dann verschränkte er die Hände vor dem Bauch und ließ seinen Gesichtsausdruck gerade so ernst werden, dass das Publikum wusste, warum man hier war, nämlich nicht in Erwartung eines heiteren Abends, sondern um Einblick zu erhalten in ein Kinderleben, das ihn, Lutz Beerbaum, laut Verlagsprospekt *mit seiner Dramatik und seinen Momenten voller poetischer Wahrheit geradezu zwang, es zwischen zwei Buchdeckeln zu verewigen und der Welt zugänglich zu machen.*

Seine Stimme klang hell und klar und füllte den Raum, ohne unangenehm laut zu werden, ein akustisches Pendant zum heruntergedimmten Deckenlicht. An Selbstbewusstsein mangelte es dem Verleger nicht, ebenso wenig an rhetorischer Gewandtheit und dem Talent, sich als bescheiden und hilfsbereit darzustellen, alles in allem eine schauspielerische Glanzleistung, die sogar Linus als solche erkannte. Während Beerbaum wortreich vom Fund der Tagebuchblätter im Zuge einer Hausrenovierung erzählte und davon, mit was für einer Wucht ihn die ersten Zeilen getroffen, ja übermannt hatten, machte er immer wieder kurze, dem dramatischen Effekt geschuldete Pausen, zwei, drei Sekunden von so absoluter Stille, dass Linus zu hören meinte, wie der Frau links vor ihm eine Träne von der Wange auf das zum Signieren mitgebrachte Buch fiel und auf dem Umschlag zerplatzte.

Beerbaum warf sich ins Zeug, ohne es allzu sehr zu übertreiben und das Risiko einzugehen, die Gunst des Publikums mit marktschreierischen Plattitüden zu verlieren, auch wenn er für Linus' Empfinden die angeblich negativen Seiten des Kommunenalltags zu sehr hervorhob und Floskeln benutzte wie *von Entbehrungen, Unfreiheit und Unwissen geprägt* oder offenkundig auswendig gelernte Sätze aufsagte wie: »In der Abgeschiedenheit des Bauernhofs und versorgt mit der geistigen Nahrung in Form von Literatur, entwickelte Leander eine Sensibilität für seine begrenzte Umwelt, wie sie bei Kindern, die unter normalen Bedingungen heranwachsen, kaum möglich ist, und eignete sich zudem ein Gespür für Sprache und Ausdruck an, das man nur als außerordentlich bezeichnen kann und das zum bewegenden Zeitdokument kulminiert ist, zu dem wunderbaren Buch, das wir heute Abend feiern wollen.«

Linus hörte zu und wehrte sich mit jeder Minute, die verging, stärker gegen den Drang, aufzuspringen und entweder die Dinge klarzustellen oder schreiend die Treppe hinunter und hinaus auf die Straße zu stürzen und nicht aufzuhören zu rennen, bis ihm schwarz vor Augen würde. Aber er blieb sitzen und schrie nicht, auch nicht, als Lutz Beerbaum sein, Anton Matuseks, trauriges Schicksal und seinen Gang ins Wasser mit Worten heraufbeschwor, die wohl verdeutlichen sollten, wie traumatisch die Jahre *im Gefängnis der Kommune* gewesen waren, und die Beerbaum so geschickt wählte, dass sie unter einigen besonders empfänglichen Frauen leises Schluchzen auslösten.

Ich bin hier!, hätte Linus am liebsten gerufen, *ich habe meinen Tod nur vorgetäuscht, um Ruhe vor Menschen wie euch zu haben! Nicht das Leben in der Kommune war für uns Kinder schrecklich, sondern das, was folgte, das Ausschlachten der Tragödien, die es nicht gab, bevor ihr sie erfunden habt!* Aber er rief nicht dazwischen. Stattdessen sah er zu, wie Beerbaum hinter den Tisch trat, den Stuhl ein Stück zu sich heranzog und dann beide Arme seitlich ausstreckte und sagte: »Meine Damen und meine Herren, bitte heißen Sie Leander Selbig willkommen!«

Alle drehten den Kopf zu der Tür, durch die schon Beerbaum geschritten war. Ein Raunen erhob sich, die Verschlüsse von Fotoapparaten klickten und Blitzlichter zuckten im Halbdunkel des Raumes. Linus hatte geglaubt, er habe sich genügend auf diesen Moment vorbereitet, habe sich möglichst genau ausgemalt, wie es sein würde, seinen Freund nach so langer Zeit wiederzusehen, hatte damit gerechnet, dass es seltsam sein würde, höchstwahrscheinlich aufwühlend und herzzerreißend und großartig, aber als Leander den Raum betrat, traf es ihn wie ein heftiger Schlag aus dem Nichts, wie eine unsichtbare Faust, die sich ihm in den Brustkorb rammte und ihm die Luft nahm. Er fühlte seine Hände kalt und taub werden, während sein Kopf vor Hitze zu glühen und sein Magen sich zu drehen schien. Ein Mädchen vor ihm war aufgestanden, um besser sehen zu können, wie Leander sich in Richtung des Tisches bewegte, wo Beerbaum ihn mit strahlendem Lächeln empfing und etwas ins Publikum sagte, das Linus nicht verstand. Beerbaum schaltete die kleine Lampe auf dem Tisch ein, dann ging er zu dem Licht, das durch den Türspalt in den mittlerweile fast völlig verdunkelten Raum fiel, und stellte sich neben die Filialleiterin.

Einsam. Das war das Wort, das Linus einfiel, als er wieder einigermaßen klar denken konnte. Er schluckte ein paarmal leer, bis er die Stille hören konnte, die den Raum ebenso zu sprengen drohte wie die Anwesenheit der achtzig Menschen mit ihrer Anteilnahme und ihren Vorurteilen, ihren Gewissheiten und Vermutungen, ihren Ansprüchen und Erwartungen und den Bildern in ihren Köpfen und ihren eigenen gleichförmigen Leben, denen dieser Abend Bedeutung verlieh. Sein Blick ging zwischen den Körpern hindurch zum blassgelben Schein der Lampe und zum Gesicht des Jungen, der noch immer ein Kind und sein Freund war und der ein Buch aufschlug, das er nicht geschrieben hatte und aus dem er vorzulesen begann, stockend und so leise, dass nach den ersten Sätzen einige ältere Frauen *lauter* riefen. So einsam kam Leander ihm vor, dass er plötzlich seine eigene Einsamkeit wie ein Gewicht empfand, wie eine Last, die sich auf ihn senkte, eine riesige Masse aus schwerer, kalter Luft, die ihn umschloss und durch die er sich winden musste, um sich von seinem Stuhl zu erheben und an den Beinen in der hintersten Reihe vorbei zur Treppe zu gehen und die Stufen hinab und hinaus auf die leere, von zahllosen Schaufenstern erleuchtete Straße.

drei / anhörung der grillen

PROLOG

Ednas Mutter suchte Ednas Großmutter und fand sie in Auroville. Damals gab es Edna noch nicht, nicht einmal als Gedanken. Der Gedanke war, dass man keinen Frieden finden konnte, wenn man ihn hier nicht fand. Doch vor dem Frieden gab es Streit. Vieles zwischen Ednas Mutter und Ednas Großmutter war ungeklärt. Das Ungeklärte war eine nie detonierte Bombe aus einem nie ausgetragenen Krieg. Sie lag in der Erde, ihr rostiger Eisenbauch gefüllt mit Zerstörung. Über ihr waren Gebäude errichtet worden, Straßen und Gärten und Mauern. Man musste graben, um an die Bombe zu gelangen, musste wühlen, um sie freizulegen. Ednas Mutter war nach Indien gekommen, um zu graben und zu wühlen.

Das Entschärfen einer Bombe sei eine Aufgabe für Experten, hatte Edna in einem Buch gelesen, eine hochgefährliche Arbeit für Spezialisten. Ednas Mutter war keine Expertin. Ednas Großmutter war keine Spezialistin. Bei einer Bombe müsse man den Zünder entschärfen, hatte Edna gelesen. Wenn man etwas falsch mache, fliege alles in die Luft. Es gelte mit Vorsicht an die Sache heranzugehen. Ednas Mutter und Ednas Großmutter gingen nicht mit Vorsicht an die Sache heran. Das wusste Edna von ihrem Vater, der am Rand der Grube stand und den beiden Frauen zusah. Ednas Mutter schlug mit einem Hammer auf die Bombe ein. Ednas Großmutter legte Decken und Tücher über die Bombe, Schichten aus Rechtfertigung und Uneinsichtigkeit und Trotz und Zerknirschung und Bedauern.

Die Bombe ging nicht hoch. Unter den Schlägen zerfiel sie in ihre Einzelteile. Giftige Substanzen wurden freigelegt, ätzendes Material. Ednas Mutter und Ednas Großmutter füllten die Grube mit Erde. Ednas Vater meinte später, die beiden hätten über der Bombe einen Baum gepflanzt, den Baum der Versöhnung. Aber diesen Baum hat Edna nie gesehen. Da war höchstens ein Busch, das Gestrüpp der Eintracht. Edna glaubte, ihre Mutter habe ihrer Mutter nie ganz verziehen. Ednas Großmutter fand, es sei nicht alles falsch gewesen, was sie getan hatte. Sie fand, sie habe genug dafür gebüßt. In ihren Augen war Deutschland ein böses Konstrukt, der Staat eine kalte Maschine. Sie pries jeden der achttausend Kilometer, der zwischen ihr und ihrer alten Heimat lag.

Die Sache mit der Bombe geschah 1992. Sie dauerte vom Ausheben bis zum Zuschütten der Grube eine Woche. Das war ein Jahr nach Fridas Ankunft in Indien und zwei Jahre vor Ednas Geburt.

FRIDA

1991

Frida kam im Mai in Bombay an, einem der heißesten Monate des Jahres. Sie nahm sich ein Zimmer in einem Hotel, drei Sterne, auch wenn Gernots Geld für mindestens vier gereicht hätte. Vom ersten Tag an lief sie durch die Straßen, eingehüllt in Staub und Lärm und den Gestank der Autos und Motorräder und Busse und des Mülls. So laut und besitzergreifend war die Stadt, dass Frida sich wie betäubt in ihr bewegte. In einem Laden kaufte sie sich ein langes Gewand und ein Kopftuch, in einem anderen eine Sonnenbrille. Ihre alte Kleidung legte sie vor einer bettelnden Frau auf den Boden und rannte davon. Der Mann am Empfang bedachte sie mit einem Blick, den sie nicht deuten konnte, als sie die Hotelhalle betrat und das Kopftuch abnahm. Es war ihr egal, wofür er sie hielt. Sie wusste selbst nicht, wofür sie sich halten sollte.

Von der Abenddämmerung bis zum Morgengrauen blieb sie im Hotel. In ihrem Zimmer gab es eine Klimaanlage, doch Frida schaltete sie nicht ein. Sie wollte spüren, dass sie weit weg von allem war, was sie kannte. Das Wasser im Bad war lauwarm, es spülte den Schweiß weg, mehr bewirkte es nicht. War sie müde, legte sie sich nackt auf das Bett und ließ sich vom Deckenventilator die zähe Luft über den Körper schaufeln. Ihre Haut roch nach Chlor und Seife. Manchmal lächelte sie, wenn sie an ihre Lage dachte, aber meistens schloss sie die Augen und versuchte, an nichts zu denken und nichts zu fühlen. Es kam vor, dass sie schwach wurde und sich im Heim neben ihrer Großmutter sitzen sah oder an Ringos Hand durch einen Wald gehen, mit jedem Schritt in eine tiefere Dunkelheit hinein.

In einem Zeitschriftenladen im Frankfurter Flughafen hatte sie *Geraubte Kindheit* entdeckt und gekauft und während der Wartezeit am Gate gelesen. Den Trubel vor und nach der Veröffentlichung hatte sie nicht mitbekommen, hatte nie Zeitung gelesen, Fernsehen geschaut oder Radio gehört. Gernot musste von dem Buch gewusst und entschieden haben, ihr nichts zu sagen. Das war ihr durch den Kopf gegangen, während sie mit angehaltenem Atem die erste Seite aufgeschlagen und schon nach wenigen Sätzen erkannt hatte, wer in Wahrheit der Verfasser war. Im Hotelzimmer hatte sie das Buch ein zweites und drittes Mal gelesen und war danach noch aufgewühlter und verwirrter gewesen als nach dem ersten. Warum, hatte sie sich gefragt, gab Leander sich als Autor aus, wer war Lutz Beerbaum, und wie um alles in der Welt hatte dieser skrupellose Mensch die Aufzeichnungen in dem Versteck unter den Bodenbrettern gefunden? Gleich nach ihrer Ankunft im Hotel, das im Reiseführer als *ruhig gelegen, mit charmantem Post-Kolonial-Flair* beschrieben wurde, hatte sie Gernot angerufen, ihm versichert, wohlauf zu sein, und ihn dann gebeten, ihr alles zu schicken, was es an Zeitungsartikeln über Leander Selbig und das Buch gab. Auf ihre Frage, ob er das Erscheinen von *Geraubte Kindheit* mitverfolgt habe, hatte er ausweichend geantwortet. Ihm seien zwar Berichte rund um das Buch zu Ohren gekommen, er hätte es jedoch für besser gehalten, ihr die ganze Aufregung zu ersparen. Es tue ihm leid, hatte er gesagt, aber damals habe er geglaubt, das Richtige zu tun, und außerdem sei er überzeugt gewesen, Frida werde früher oder später sowieso alles, was sie wissen wolle, in Erfahrung bringen. Sie hatte ihm keinen Vorwurf gemacht, schließlich war sie nicht in einem Kellerverlies gefangen gehalten worden und hätte jeden Tag die Möglichkeit gehabt, Zeitung zu lesen. Nachdem sie aufgelegt hatte, war sie nach unten an die Bar gegangen, hatte Rotwein getrunken und dem plötzlichen und heftigen Drang widerstanden, die Fragen des freundlichen Barkeepers, woher sie komme und was der Anlass ihrer Reise nach Indien sei, in ihrem eingerosteten Englisch zu beantworten, lückenlos und wahrheitsgetreu, als mäandernden, vom Alkohol zunehmend verschleierten Blick in die Vergangenheit.

In der Lobby hing eine Karte von Indien, Frida sah sie beim täglichen Gang in den Speisesaal. Jeden Morgen vor dem Frühstück blieb sie davor stehen und fuhr mit den Augen die eintausenddreihundert Kilometer von Bombay nach Auroville in der Nähe von Puducherry. Dort lebte ihre Mutter, dachte sie jedes Mal, und alle sieben Tage ging sie zum Empfang und bezahlte ihr Zimmer für eine weitere Woche. Sie war noch nicht bereit, diese Frau zu sehen. Sie wollte noch eine Weile in Bombay bleiben, sich an das Klima gewöhnen und eine Reiseroute zurechtlegen. Es gab eine Flugverbindung nach Chennai an der Ostküste, aber Frida hatte die Absicht, sich ihrem Ziel in Etappen zu nähern, es mit der Langsamkeit zu erreichen, die ihrem Zaudern, ihren Vorbehalten und Ängsten angemessen war.

Ihre Streifzüge durch die Stadt erfolgten ohne System. Nach dem Frühstück suchte sie einen Ort auf der Touristenkarte aus und setzte sich vor dem Hotel in ein Taxi. Manchmal nahm sie einen Bus oder eine S-Bahn und fuhr irgendwohin, bewegte sich eine Weile zu Fuß durch die Straßen und stieg dann in einen anderen, willkürlich ausgewählten Bus, der sie in eine weitere unbekannte Gegend brachte. Für den Rückweg nahm sie immer ein Taxi. Nachdem sie dem Fahrer die Visitenkarte des Hotels gezeigt hatte, streckte sie sich auf der Rückbank aus und lauschte dem Tosen der Stadt und der Musik aus dem Autoradio. Wenn sie sich die Ohren zuhielt und vergaß, dass Hitze und Luftfeuchtigkeit ihr zusetzten und sie auf den maroden Straßen durchgeschüttelt wurde, gelang es ihr für kurze Zeit, mit Adam Kerbel dahinzugleiten und seine Stimme zu hören, seine Geschichten von Treiberameisen und Buckelwalen, von versunkenen Städten und verzweifelten Malern. Es kam vor, dass die Reise zurück zum Hotel zwei oder drei Stunden dauerte und Frida dem Fahrer einen Vorschuss zahlen musste, um seine Zweifel zu zerstreuen. Am liebsten nahmen die Männer Zehndollarscheine, die Frida an allen erdenklichen Stellen bei sich trug. Gefaltet und gerollt steckten die finanziellen Tagesrationen in einem Hüftgürtel, in einem Frotteeband am

Handgelenk und unter den Einlegesohlen in ihren Turnschuhen, eine Reihe schmutzstarrenden Papiergeldes befand sich, von Sicherheitsnadeln festgehalten, im umgeschlagenen Saum ihres Saris.

Gernot hatte ihr ein Handbuch geschenkt, das dem unerfahrenen Reisenden erklärte, was es in Ländern wie Indien zu beachten galt, wenn man möglichst ungeschoren davonkommen wollte. Kapitelüberschriften wie *Bargeld – Ohne sieht es düster aus* und *Tiere – Nicht einmal auf dem Teller harmlos* trugen zwar nicht dazu bei, Frida zu ermutigen, aber einige der Ratschläge fand sie hilfreich, zum Beispiel die Warnungen vor verseuchtem Wasser, ungewaschenem Obst oder streunenden Hunden. Nach den Torturen der ärztlichen Untersuchungen und Impfungen hatte Frida eine Reiseversicherung abgeschlossen, mehrere Fotokopien ihres neuen Reisepasses machen und eine Kreditkarte ausstellen lassen, sich mit unzähligen Medikamenten gegen Schmerzen, Durchfall und Insektenstiche eingedeckt, bei der Bank Dollars und Rupien geholt und zwei abschließbare Koffer und einen Rucksack gekauft. Vor der Panik, die sie im startenden Flugzeug erfasste, hatte sie niemand gewarnt, und auch nicht vor dem Gedanken daran, in zehntausend Metern Höhe dahinzurasen, gehüllt in Aluminiumblech und Farbschichten und getragen vom physikalischen Prinzip von Schub und Auftrieb und dem Vertrauen auf die Gnade der Wahrscheinlichkeit. Glücklicherweise war schon bald Alkohol ausgeschenkt worden, der die erstarrte Passagierin auf Sitz 57 F in erlösenden ohnmächtigen Schlaf hatte versinken lassen.

Ihr Vorhaben, in Indien mit dem Trinken aufzuhören, scheiterte vorerst. Tagsüber hielt sie sich an Wasser in Plastikflaschen mit versiegelten Verschlüssen und an die ausländischen Limonaden mit den vertrauenswürdigen Namen. Was sie trank, schwitzte sie aus, eine Toilette brauchte sie den ganzen Tag lang nicht, und wenn doch, ging sie in ein sauberes, gut besuchtes Lokal oder in ein Hotel, bestellte eine Cola oder Sprite in einer ungeöffneten Flasche und ging dann aufs Klo. Sie reinigte ihre Hände mit einer desinfizierenden Flüssigkeit, und stand sie eingeklemmt zwischen feuchten, ausdünstenden Körpern in einer S-Bahn oder einem Omnibus oder wurde ihr der Dreck in der aufgewühlten Luft zu viel, schob sie sich ein mentholgetränktes Tuch über Mund und Nase. Manchmal rieb sich in der Enge eines S-Bahnwaggons oder eines Busses ein

Mann an ihr, dann drehte sie sich weg oder wartete bis zur nächsten Haltestelle, wo sie aus ihrer misslichen Lage floh, nur um in einem anderen Gedränge in eine neue zu geraten.

Jeden Abend setzte sie sich an die Hotelbar und trank ein Glas Wein, bevor sie in den Speisesaal ging. Sie hatte es mit Bier versucht, aber das schmeckte ihr nicht, und von Gin wurde ihr übel. Zum Essen trank sie ein weiteres Glas Wein und danach noch eins an der Bar. Meistens ging sie um zehn Uhr auf ihr Zimmer, und fast jede Nacht fuhr sie zwei Stunden später nochmals mit dem Lift nach unten und bestellte beim Barkeeper ein letztes Glas. Sie war nie wirklich betrunken und fest überzeugt, ein normaler und vernünftiger Mensch zu sein, so normal und vernünftig zumindest wie die übrigen Gäste des Hotels, von der Zeitumstellung und Hitze träge gewordene Touristen, die flüsternd umhergingen und die Lobby fotografierten, den uniformierten Portier und das sonntägliche Büfett. Sah sie im Spiegel hinter der Theke ihr Gesicht, durchzuckte sie nicht mehr der Gedanke, eine Fremde vor sich zu haben. Ihre Haut war gebräunt und ihr Blick klar, und obwohl sie dünn war, möglicherweise ein wenig mager, fühlte sie sich gesund, viel gesünder jedenfalls als noch vor der Reise. Der Barkeeper hieß Rahul und nannte sie Miss Sallyfield, seine Version von Saalfeld. Wenn er ein Glas Wein vor sie hinstellte, lächelte er, und nichts in seinen Augen oder seiner Miene deutete darauf hin, er könnte Frida durchschauen, sie verurteilen, bemitleiden oder gar verachten. Er unterhielt sich gerne mit seinen Gästen, und obwohl Fridas Englisch seit Malta für mehr als ein paar simple Sätze reichte, hielt sie ihn mit der Lüge auf Distanz, sie spreche nur Deutsch. *Sorry Germany*, sagte sie und machte eine bedauernde Geste. Anders als am ersten Abend hatte sie nicht mehr das dringende Bedürfnis zu reden. Sie wollte keine Fragen beantworten, keine Geschichten über ihre Herkunft und Vorhaben erfinden und kein Wort darüber verlieren, warum sie ohne ein letztes Glas Wein nicht schlafen konnte. Nachts zu trinken und zu schweigen und am Tag umherzustreifen schien ihr, zumindest für den Moment, angemessen zu sein, eine einleuchtende Strategie in dieser Zeit des Neubeginns und Aufbruchs und der Überwältigung aller Sinne.

Es war Fridas zweiter Monat in Bombay, und mittlerweile bewegte sie sich in der Stadt und den Randgebieten schon fast so sicher wie die Ausländerinnen, deren Männer hier arbeiteten oder die selbst im Auftrag einer Firma aus Europa oder Amerika für eine Weile nach Indien gekommen waren und sich in den Menschenmengen, im chaotischen Verkehr und im Gewirr aus Straßen und Gassen gut zurechtfanden. Vor allem in Hotelhallen, Nobelrestaurants, Einkaufszentren und auf den Rücksitzen teurer Limousinen sah sie die meist hellhäutigen Frauen aus dem Westen und machte sich einen Spaß daraus, sie in Geschäftsfrauen und Touristinnen aufzuteilen, und belächelte ihre Kleidung, Hosenanzüge, zum Beispiel, Stöckelschuhe oder aufwendig gewickelte Seidentücher, die, so vermutete Frida, an Turbane erinnern sollten. Ein einziges Mal hatte Frida mit einer von ihnen gesprochen, einer vielleicht vierzigjährigen Schwedin, die ihr tränenüberströmt in einer Straße im Stadtteil Pali Hill in die Arme gelaufen war. Frida brachte die Frau, die ausgeraubt worden war, zum nächsten Polizeiposten, hielt ihre Hand und versicherte ihr auf Englisch, alles werde gut, als sitze Ivy mit einem aufgeschlagenen Knie neben ihr. Die Frau hörte nicht auf zu weinen und zu zittern, und Frida streichelte ihr mit der anderen Hand den Rücken und stellte sich eine schmerzliche Sekunde lang vor, sie zu küssen. Schließlich war ein Beamter gekommen und hatte die Frau in eines der Büros gebracht. Frida hatte versprochen, zu bleiben, und war gegangen, kaum dass sich die Tür hinter den beiden geschlossen hatte.

Kerstin begegnete sie im Shivaji Park nahe der Mahim Bay. Es war ein weiterer Tag mit endlosem Regen, der die Luft erfüllte und sich über den Alltagslärm legte wie Rauschen im Radio über Musik. Das Wasser der Bucht hatte das aufgewühlte Grau des Himmels, das Licht die matte Kraft einer ständigen Dämmerung. Frida, nass bis auf die Haut, lief über den trotz des Monsuns braunen, zu schütteren Inseln verkommenen Rasen, auf dem weit verstreut kleine Gruppen von Kindern eine Art chaotisches Cricket spielten. Die Frau, Frida schätzte sie auf Anfang dreißig, stand unter einem der vielen Bäume am Rand des Parks und faltete einen Stadtplan auseinander, was sie in Fridas Augen entweder zu einer Besucherin machte, die nur ein paar Tage lang die Stadt erkundete, oder zu einer frisch Angekommenen, die eine Weile in Bombay bleiben würde, auf jeden Fall aber zu einem Menschen, der keine Angst hatte, sich allein in einem solchen Moloch zu bewegen. Frida wäre ihr nicht gefolgt, wenn die Fremde nach dem Studium des Plans nicht ihren zusammengeklappten und an den Baumstamm gelehnten Regenschirm stehen gelassen und ihren Spaziergang im Schutz der dichten Blätterdächer fortgesetzt hätte. Sie wäre der rothaarigen Frau nicht nachgelaufen, nur um ihr den billigen Schirm zu geben, sie hätte sie nicht an der Schulter berührt und das Wort *umbrella* ausgesprochen und das schöne, erschrockene Gesicht bewundert, in das sie blickte, während über ihnen unaufhörlich die Tropfen auf die Blätter trommelten.

Nach drei Sätzen war klar, dass sie beide aus Deutschland kamen, und nach einem Hin und Her aus Fragen und Antworten wussten sie, dass sie in der riesigen Stadt zufällig jemanden gefunden hatten, mit dem sie reden konnten, ohne vorher alles übersetzen zu müssen, eine erstaunliche Erkenntnis, die sie beide ungläubig lächeln ließ. In einem Café erzählte jede von sich, Kerstin von ihrem Mann Ruben, der als Chefkoch in einem der großen Hotels arbeitete, Frida von Auroville, ohne ihre Mutter zu erwähnen. Kerstin sagte, sie fühle sich wie erschlagen von Bombay, auf ihren Wanderungen versuche sie, das Gigantische auf die wenigen Meter zu reduzieren, die sie in ihrem beschränkten Blickfeld habe, und ihm so das Bedrohliche zu nehmen. Vom Fenster ihres Hotels sei die Ausdehnung der Gebäude und Straßen zwar überschaubar, aber für sie, die aus einem Dorf im Allgäu stamme, gleichzeitig unfassbar und angsteinflößend. Ruben dürfe nicht wissen, dass sie zu Fuß unterwegs sei, einige Stadtteile zu betreten habe er ihr verboten. Sie benutze nie die S-Bahn, einen Bus oder eine Rikscha, sagte sie, das sei ihr zu gefährlich und unangenehm, sie fahre nur Taxi, und in ihrer Umhängetasche trage sie immer eine Gabel mit sich, die sie einem Angreifer ins Fleisch zu rammen bereit sei. Mit großem Ernst zeigte sie Frida die Waffe, eine polierte Salatgabel, an deren gerundetem Griffende das Emblem des Hotels glänzte.

Alle zwei Wochen rief Frida in Deutschland an und brachte das hinter sich, was sie *Bericht erstatten* nannte. Obwohl Gernot sie nie zum nächsten Schritt drängte oder ihr wegen ihrer Unentschlossenheit Vorwürfe machte, war es ihr jedes Mal peinlich, ihm sagen zu müssen, dass sie

Bombay noch immer nicht verlassen und keine konkreten Pläne zur Weiterreise geschmiedet hatte bis auf den, das Ende der Regenzeit abzuwarten. Sie erzählte ihm von Kerstin und deren Mann und dass die beiden vom Hotel in ein Haus umziehen würden und sie ihnen dabei helfen wolle. Gernot schien sich über alles zu freuen, was er hörte, er lobte Frida für den Mut, den sie seiner Meinung nach bei ihren Streifzügen an den Tag legte, und für die Geduld, mit der sie sich an ihre neue Umgebung gewöhnte. Sie solle sich *in aller Ruhe akklimatisieren*, meinte er bei jedem Gespräch und erinnerte sie daran, dass er ihr Geld schicke, damit sie es ausgebe. Sie solle in ein besseres Hotel umziehen, legte er ihr nahe, nachdem er den alten Kasten auf einer Postkarte von Frida gesehen hatte, und schlug dann vor, sie könne doch den Führerschein machen, einen Gebrauchtwagen kaufen und auf ihrer eigenen Route und in ihrer eigenen Geschwindigkeit nach Auroville fahren. Nachdem Frida diese Idee mit einem entsetzten Lacher verworfen hatte, ließ sie sich von Gernot erzählen, wie es ihrer Großmutter ging, und hörte sich einmal mehr die immer gleichen Sätze an, die der alte Mann am anderen Ende der Leitung zu diesem Thema zu äußern gewillt war. Konstanzes Zustand habe sich kaum verändert, sagte er alle vierzehn Tage mit der gefassten, beinahe gleichgültigen Stimme eines einsamen, müde gewordenen Menschen, der vom Leben nichts mehr erwartete. Der Durchhaltewille ihres Körpers sei erstaunlich, wiederholte er sich, ihre geistige Verfassung hoffnungslos und ihr Appetit leidlich. Beim dritten Telefonat sagte er, seine Frau verhungere wohl irgendwann, falls sie nicht vorher von einem zweiten Schlaganfall erlöst werde. Dann räusperte er sich und wechselte zu einem fröhlicheren Ton, fragte nach den Tempeln, Museen, Parks und Stränden Bombays, und Frida bemühte sich, alles präzise und in leuchtenden Farben zu beschreiben, obwohl sie die Stadt in Smog, Monsunlicht und Regendunst konturenlos und blass erlebte.

Sie ging mit Kerstin einkaufen, und weil sie völlig unbedarft war, was Möbel, Teppiche oder Dekorationsgegenstände betraf, zeigte sie in den Läden auf die Stühle, Sofas und Kissen, die sie so ähnlich in Dagmar Buchwalds Wohnzimmer gesehen und für geschmackvoll gehalten hatte. Ganze Nachmittage verbrachten die beiden Frauen damit, auf die Lieferung der ausgesuchten Ware zu warten oder die Kommoden und Tische,

Lampen und Vasen in den einhundertzwanzig Quadratmetern des Bungalows zu verteilen und die Bilder an die frisch gestrichenen Wände zu hängen. Dabei tranken sie Eistee und Limonade und aßen im Ofen erwärmte Fertiggerichte, und erst am Abend, wenn sie erschöpft waren und nichts mehr hatten, wofür es einen Platz zu finden galt, öffneten sie eine Flasche Wein und setzten sich auf der Terrasse unter die Markise.

»Wenn Ruben wüsste, was ich gerade in mich reingeschaufelt habe, würde er mir einen Vortrag über richtiges Essen halten«, sagte Kerstin nach dem ersten Glas. Ihr Mann wohnte noch immer in ihrem Zimmer in dem Hotel, in dessen Küche er auch arbeitete, denn es wurde gerade neues Personal eingestellt und die Speisekarte nach seinen Vorschlägen umgeschrieben, was ihn als Chefkoch für die kommenden Wochen unentbehrlich machte.

»Reis, Gemüse, Huhn«, sagte Frida. »Was soll daran falsch sein?«

»Der Zirkus drum herum fehlt, das Brimborium. Kochen muss Bedeutung haben, Essen einen Sinn.«

»Ich bin satt. Wenn das keinen Sinn ergibt.«

Kerstin lachte leise. Sie saßen auf einer Hollywoodschaukel, die Beine angewinkelt auf dem Sitzpolster, einen Arm auf der Rückenlehne, den anderen im Schoß, in der Hand einen der Rotweinkelche, von denen sie am Tag zuvor ein Dutzend gekauft hatten, weil sogar sie es stillos fanden, Bordeaux aus Wassergläsern zu trinken. Tropfen fielen vom regennassen Markisenstoff auf das Dach der Schaukel, in Tonschalen und auf Pflanzenblätter und den Blechtisch, den die vorherigen Mieter zurückgelassen hatten. Wie eine unverrückbare Wolkendecke lag das Lärmen der Stadt über allem, und Frida lauschte ihm eine Weile mit geschlossenen Augen.

»Er will zwei Jahre hierbleiben. Mindestens.«

»Und du?« Frida öffnete die Augen und sah Kerstin an.

Kerstin zuckte mit den Schultern. »Zwei Jahre«, wiederholte sie, als wolle sie noch einmal hören, wie das klang.

»Die gehen schnell vorbei.«

Kerstin nickte ohne eine Spur von Zustimmung im Gesicht.

Dann und wann löste sich Hundegebell, ein Vogelruf oder das nahe Zirpen eines Insekts aus dem ewigen Summen. Frida sah ins Himmelgrau, in dem sie nachts die Sterne mehr vermisste als tagsüber die Sonne.

Sie trank ihr Glas leer und stellte es auf den Boden aus quadratischen, fleckigen Zementplatten, dann ging sie ins Badezimmer, um zu pinkeln und sich mit dem chemisch riechenden Wasser, das aus dem Hahn kam, Hände und Gesicht zu waschen.

Auf dem Weg zurück zur Terrasse sah sie Kerstin auf dem Boden im Wohnzimmer sitzen und setzte sich neben sie. Ruben hatte eine Stereoanlage gekauft und liefern lassen, aber noch keine Zeit gehabt, vorbeizukommen und sie anzuschließen. Lautsprecherboxen, groß wie Grabsteine, standen auf dem Teppich, auf einer Kommode ein Kassettenrekorder, ein Plattenspieler und ein Verstärker. Kerstin entwirrte farbige Kabel und versuchte die Geräte miteinander zu verbinden, was ihr nicht gelang, weil sie zu viel getrunken hatte.

Frida sah ihr eine Zeit lang zu, dann steckte sie die Drähte um, und als sie damit fertig war, leuchteten in den schwarzen Gehäusen kleine Lämpchen auf. Kerstin stieß einen Freudenschrei aus und drückte einen Knopf, worauf sich das Kassettendeck öffnete, dann zog sie wahllos eine Kassette aus einem Umzugskarton, und nach mehreren vergeblichen Versuchen dröhnte plötzlich so laute Musik aus den Boxen, dass der noch kaum möblierte Raum zu vibrieren schien. Nachdem sie den Regler gefunden und die Lautstärke ein wenig heruntergedreht hatten, legten sich die beiden Frauen rücklings auf den Boden, schlossen die Augen und ließen die Schallwellen gegen ihre nackten schmutzigen Fußsohlen branden. Frida erinnerte sich an den Namen der Band, The Doors, Nikolai, Ariane und Edwin hatten ihre Songs auf dem Segelboot abgespielt. *Riders on the storm, into this house we're born, into this world we're thrown …* Sie summte mit, spürte das Schaukeln des Meeres. Wenn sie die Augen einen Spalt weit öffnete, sah sie den sich drehenden Deckenventilator und eine Sekunde lang sich selbst unter Wasser und über sich die Schiffsschraube.

Als das zweite Stück ausklang, kroch Kerstin auf dem Bauch zum Pappkarton und begann darin zu wühlen. Der Sänger, dessen Namen Frida vergessen hatte, sang: *Let's change the mood from glad to sadness …* Irgendwann hatte Kerstin die gesuchte Kassette gefunden und schob sie ins Gerät.

»Meine Musik«, sagte sie leise, drückte die Playtaste und legte sich mit rundem Rücken und angewinkelten Beinen auf die Seite.

Einzeln angeschlagene Noten auf einer Gitarre vermengten sich mit der Stille und dem kaum noch wahrnehmbaren Takt des Regens, dann hörte Frida eine Stimme, die ebenso hell wie dunkel war und kein Lied sang, sondern träge zögernd ein Gedicht intonierte, schläfrig klingende Verse, die zu einer schleppenden Melodie wurden.

Ein flacher, unbewegter See, dachte Frida, eine warme Flüssigkeit, in der sie schwebte wie ein einsames Staubkorn in Licht.

Now Suzanne takes your hand, and she leads you to the river ...

Kein See, dachte sie, sondern ein Fluss, eine ruhige, gleichmäßige Strömung und darin Orangen und Honig und Abfall und Blumen, ein Kanal in Bombay, inmitten von Zersetzung und Prunk, von Bretterbuden und Tempeln, von Dreck und Sterben und allgegenwärtiger Schönheit.

Sie streckte den Arm aus, berührte Kerstins Bein, ihren Bauch, sie drehte sich zu ihr und sah sie an, eine Ewigkeit ohne zu blinzeln.

An den Sonntagen sahen sie sich nicht. Wenn Ruben freihatte, ließ er sich mit Kerstin im Taxi durch die Stadt und hinaus in die Randgebiete fahren, manchmal zu einem Golfclub oder einer Pferderennbahn, und immer besuchten sie eines der Restaurants auf Rubens Liste, oft drei oder vier an einem Tag. Kerstin mochte diese Ausflüge nicht, und wenn sie Frida davon erzählte, zog sie alles, was ihr Mann tat, ins Lächerliche. Er trage immer ein Notizbuch bei sich, auf dessen Umschlag in seiner verschnörkelten Schrift *Chef Sherlock's Cahier d'Espionnage Culinaire* stehe und in das er bei jedem Essen etwas hineinkritzle. Oft bitte er darum, in die Küche gehen zu dürfen, wo er mit den Köchen rede, in Kühlschränke und Töpfe schaue und von allem kosten wolle. Kerstin müsse seine Fragen beantworten, wie ihr ein bestimmtes Gemüse schmecke oder was sie von einem Gewürz halte, und er schreibe alles gewissenhaft auf. Sie hasse es, stundenlang an einem Tisch zu sitzen und ihr Urteil über die Speisen abzugeben, die man in endlosen Prozessionen vor sie hinstelle und von denen sie schon am späten Nachmittag kaum noch etwas herunterbekomme, aber sie beschwere sich nie, lobe geduldig ein Currygericht oder rümpfe die Nase über ein klebriges Dessert und sehne sich insgeheim nach dem Montag und dem Wiedersehen mit Frida.

Zwei Monate vergingen und Ruben wurde neugierig, mit wem seine

Frau so viel Zeit verbrachte. Er schlug ein Abendessen zu dritt im *Trident Nariman Point Hotel* vor, einem hässlichen fünfunddreißig Stockwerke hohen Gebäude am Marine Drive, wo er arbeitete. Frida wollte ihn nicht kennenlernen, aber weil Kerstin viel daran lag, ließ sie sich überreden. Ruben war zu beschäftigt, um den ganzen Abend in ihrer Gesellschaft zu verbringen, und so aß er nur ein paar Bissen Steak und trank ein Glas Champagner und einen Schluck Rotwein mit ihnen und hörte Frida zu, die von einer sorglosen Kindheit auf dem Land und ihrem in Erfüllung gegangenen Traum von einer Reise nach Indien erzählte, und die Nacht war kaum hereingebrochen, als er sich höflich, aber kühl von Frida verabschiedete, indem er ihr kurz die Hand schüttelte. Bevor er zurück in die Küche ging, bat er sie, auf Kerstin aufzupassen und nichts mit ihr zu unternehmen, was sie in Gefahr bringe. Bombay sei eine rätselhafte Stadt, sagte er, verführerisch hell einerseits und abgründig dunkel andererseits und ganz bestimmt kein sicherer Ort für Frauen, egal ob einheimisch oder fremd. Während Frida ihm versprach, nichts Unvernünftiges zu tun, zwang sie sich zu einem Lächeln, das Ruben beruhigen sollte, er jedoch nicht erwiderte. In der kurzen Zeit ihrer Begegnung schien er etwas an ihr bemerkt zu haben, das sie vergeblich zu unterdrücken versucht hatte, eine unterschwellige Feindseligkeit in Form von knappen, sachlichen Sätzen, die ihm, davon war Frida überzeugt, unmöglich entgangen sein konnte.

Bald waren die beiden Frauen des Lärms und Gestanks der Stadt überdrüssig und verbrachten ihre gemeinsame Zeit in einem der Parks, im Kamala Nehru, im Mahim, im Oral Maidan oder im riesigen Borivili National Park, wo sie traurige, hinter Maschendrahtzäunen dösende Löwen besuchten und in den Kanheri-Höhlen die Zehen des fünf Meter hohen Steinbuddhas berührten, wenn sie allein waren. Sie liefen stundenlang durch die Anlage, setzten sich an das Ufer eines Sees und bewunderten die Grazie der Reiher, sie streiften, von Affen beäugt, durch Wälder und machten mit einem flauen Gefühl im Magen Witze über ihre Angst vor den wilden Leoparden, die jedes Jahr Menschen und streunende Hunde töteten. Waren sie müde, legten sie sich auf eine Wiese, bis der nächste Regenschauer sie wieder verscheuchte, und ab und zu küssten sie sich hinter einem Baum, mit klopfenden Herzen, weil es noch immer neu für sie war und weil sie nicht wollten, dass jemand sie sah. Am Nachmittag hatten sie ihren Vorrat an Zurückhaltung jeweils aufgebraucht, nahmen ein Taxi in die Stadt und ließen sich entweder zu Kerstins Adresse oder zu Fridas Hotel fahren, wo sie duschten und sich mit nasser Haut ins Bett legten, umweht von den hereindringenden Geräuschen, dem Fächern der Ventilatoren und von Musik. Frida hatte einen Kassettenrekorder gekauft, auf dem sie Leonard Cohen und James Taylor und Joni Mitchell abspielten, und trotz der sich immer wiederholenden Songs konnten sie nicht genug davon bekommen, so wenig wie sie voneinander genug bekommen konnten. Von Liebe war nie die Rede, auch über so etwas Abstraktes wie die Zukunft unterhielten sie sich nicht, nur Rubens bevorstehender Auszug aus dem Hotelzimmer und sein Einzug in das Haus kamen manchmal zur Sprache, in Andeutungen und verschlüsselt, als könnten die beiden Frauen das Näherrücken des Moments hinauszögern, indem sie ihm kein Wort gaben.

Eine Woche vor dem namenlosen Tag saß Frida an der Hotelbar, trank ihr Glas Gutenachtwein und sah Rahul zu, wie er Gläser spülte, die mächtige, chromglänzende Kaffeemaschine reinigte und für einen der wenigen anderen Gäste einen Drink mixte. Der Mann, dem er das mit gestoßenem Eis gefüllte Glas brachte, hatte sich am anderen Ende der Theke niedergelassen und brütete seit einer Ewigkeit und ohne umzublättern über einer Zeitungsseite, als suche er einen Sinn im Gelesenen oder buchstabiere jedes Wort einzeln. Zwei ältere Paare, die Frida ihres Englischs wegen für Amerikaner hielt, redeten und lachten in einer Ecke des Raumes, wo das Licht dämmrig, das Leder der Sofas und Stühle rissig und der Lack der Tische stumpf war. Musik kam aus verborgenen Lautsprechern, für westliche Ohren arrangierte indische Folklore, wie sie in Fahrstühlen und Shopping Malls lief.

Als wie aus dem Nichts Ruben auftauchte und neben ihr Platz nahm, wollte Frida aufstehen und gehen, blieb dann aber sitzen, mit einem Mal unendlich schwer geworden, unfähig, sich zu bewegen. Sie glaubte fühlen zu können, wie das Blut aus ihrem Kopf wich und durch das hämmernde Herz in ihre Beine floss.

Rahul nahm Rubens Bestellung entgegen und brachte wenig später einen Scotch mit Wasser. Das Glas stellte er auf einen runden Untersetzer aus dickem weißem Papier, in das ein Wappen und zwei geflügelte Löwen geprägt waren.

»Miss Sallyfield?«

Frida hob den Kopf, dann schüttelte sie ihn und zwang sich zu einem Lächeln. Der Barkeeper nickte, ging zur Kaffeemaschine und polierte sie weiter, obwohl sie im Deckenlicht leuchtete wie die Knöpfe an seiner Fantasieuniform und der grüne geschliffene Glasstein, der seinen Turban zierte.

»Du wirst jetzt sitzen bleiben und mir zuhören«, sagte Ruben, ohne Frida anzusehen. Er trank einen Schluck. Ein leises Ächzen kam aus seiner Kehle, das Frida an Konstanze erinnerte, an das kaum hörbare Geräusch, das ihre Großmutter gemacht hatte, wenn ihr das Atmen schwergefallen war.

Die Amerikaner verließen die Bar durch die große, mit dem Wappen und den Löwen verzierte Glastür, stumm, wie erschöpft vom Zurschaustellen ihrer Heiterkeit. Rahul wünschte ihnen eine Gute Nacht, aber die vier waren bereits auf dem Weg zu den Fahrstühlen, schmucken vergitterten Holzkabinen, die ihre Passagiere mit der Geschwindigkeit einer wachsenden Pflanze in die oberen Etagen beförderten.

»Das mit Kerstin und dir«, sagte Ruben leise, den Blick auf sein Glas gerichtet, »was auch immer das ist, es ist vorbei. Ihr werdet euch nicht wiedersehen.« Er leerte das Glas und schob es von sich weg. »Du wirst morgen früh abreisen. Du wirst einen Brief schreiben, den man meiner Frau am Empfang aushändigen wird. Darin steht, dass du zurück nach Deutschland musstest. Dringend.«

Rahul bemerkte das leere Glas und brachte einen zweiten Scotch, nachdem er sich wortlos mit Ruben verständigt hatte.

»Hast du eine Mutter?«

Frida nickte.

»Schreib, sie sei krank.« Ruben holte ein gefaltetes Blatt Papier aus der Jacketttasche und legte es vor Frida hin.

Frida beachtete es nicht. Der Mann am Ende der Bar starrte noch immer auf die aufgeschlagene Zeitung, ohne weitergeblättert zu haben. Vielleicht schlief er mit offenen Augen, dachte sie. Oder er las einen Artikel in einer Sprache, die er kaum verstand. Das Eis in seinem Glas war flüssig geworden. Frida hatte Kerstin Eiswürfel auf den Bauch gelegt und zugesehen, wie sie schmolzen. Kerstins Bauchnabel hatte sich mit Wasser gefüllt, und Frida hatte es getrunken.

Ruben faltete das Blatt auseinander und schlug mit der Handfläche darauf, gerade heftig genug, dass Frida zusammenzuckte und Rahul sich umdrehte und sah, wie Ruben auf das leere Weinglas zeigte.

Frida las die drei mit Schreibmaschine getippten Zeilen.

Liebe Kerstin, ich bin heute zurück nach Deutschland geflogen, weil meine Mutter/mein Vater sehr krank geworden ist. Die Sache mit uns war sowieso zum Scheitern verurteilt. Ich hoffe, Du verstehst mich. Alles Gute …

Ruben zog ein zweites Blatt aus der Tasche und legte es zusammen mit einem Kugelschreiber vor Frida hin. »Schreib es ab.«

Frida rührte sich nicht.

»Du fragst dich vielleicht, warum ich es weiß.« Ruben trank einen Schluck. Jedes Mal wenn er nach dem Glas griff, klirrte sein Ehering leise dagegen, ein hoher, wie mit Absicht erzeugter Ton.

Rahul brachte ein Glas Rotwein und nahm das leere mit.

»Aus Sorge um Kerstins Sicherheit habe ich jemanden engagiert, der sie begleitet, unauffällig. Ein ehemaliger Polizist.« Ruben machte eine Pause, als wolle er seine Worte wirken lassen. »Bombay ist eine gefährliche Stadt«, sagte er dann. »Aber Kerstin war schon immer sehr sorglos. Sie sieht immer nur das Gute in den Menschen.« Für eine Sekunde drehte er den Kopf in Fridas Richtung. »Siehst du auch in allen Menschen nur das Gute?«

Frida schwieg auch jetzt, starrte auf ihre Hände.

»Na ja, egal. Jedenfalls wollte ich nicht, dass ihr etwas passiert. Dann bist du aufgetaucht, und ihr seid nur noch zu zweit losgezogen. Das war zwar auch nicht viel sicherer, aber immerhin war sie nicht mehr alleine unterwegs. Und ihr seid ja vor allem in Parks gegangen, unter Menschen.« Ruben trank einen Schluck, die Eiswürfel stießen klirrend gegen seine Zähne. »Ich wollte Virat schon zurückpfeifen, da bringt er mir das hier.« Er zeigte Frida eine Fotografie.

Frida reichte ein kurzer Blick auf das leicht überbelichtete Farbbild, um alles zu erkennen. Ein Stich fuhr ihr in die Brust, als sie sich selbst und Kerstin sah, im Schatten eines Baumes stehend und sich küssend.

»Schreib.« Ruben gab dem Kugelschreiber einen leichten Stoß mit dem linken Zeigefinger. »Bitte.«

Frida schüttelte den Kopf.

»Virat ist ein netter Kerl«, sagte Ruben. »Nicht der Allerhellste, aber freundlich. Obwohl … Weißt du, warum er nicht mehr bei der Polizei ist? Warum er Privatdetektiv geworden ist?«

Frida schwieg. Ihr Herzschlag war ruhiger geworden. Sie wollte von dem Wein trinken, ließ das Glas aber stehen. Die Musik ging ihr auf die Nerven. Sie stellte sich vor, wie sie Kerstins Salatgabel in Rubens Handrücken rammte. Sein Ehering war schmal und sein Jackett roch nach Küche.

»Er hat es mir erzählt.« Ruben flüsterte beinahe. »Vor ein paar Jahren hat er einen Dieb erwischt, in einem Laden, einem kleinen Supermarkt in der Nähe von Virats Wohnung. Er hat ihm gesagt, er soll sich verziehen und sich nicht mehr in der Straße blicken lassen. Der Dieb kam zurück und hat wieder geklaut. Virat hat ihm einen Finger abgeschnitten. Und ein paar Tage später noch einen, nur weil der Kerl in der Straße aufgetaucht ist.« Ruben nippte am Glas, drehte es in den Händen. »Der dritte Finger war dann zu viel.« Er kicherte.

»Verschwinde«, sagte Frida so leise, wie Ruben gelacht hatte.

»Bitte?«

Frida drehte den Kopf und sah Ruben in die Augen. Er hatte graue Augen, das bemerkte sie erst jetzt. »Du hast mich gehört«, sagte sie, kaum lauter als die Musik.

Ruben hielt Fridas Blick stand. Ein Grinsen verzog seinen Mund für die Dauer eines Wimpernschlags, dann nahm er eine zweite Fotografie aus der Brusttasche seines Jacketts und hielt sie Frida hin. Die Aufnahme zeigte einen korpulenten indischen Mann in einem hellbraunen Anzug. In seinen nach oben gedrehten Handflächen lag ein Stück Stoff, darauf ein länglicher Gegenstand, den Frida nicht erkennen konnte. Der Mann, der Virat sein musste, sah mit ernster Miene in die Kamera, die, so reimte Frida sich zusammen, von Ruben gehalten wurde.

»Streng deine Augen nicht an«, sagte Ruben fast sanft und hielt Frida eine dritte Fotografie hin.

Der Gegenstand auf dem Tuch war ein Messer. Für den Bruchteil einer Sekunde glaubte Frida ihren Namen auf dem Griff zu erkennen, aber dann blinzelte sie und sah nur das leere, fleckige Holz.

Ruben steckte die Fotografie zurück in die Tasche. Eine Weile sahen er und Frida zu, wie Rahul Gläser spülte, abtrocknete und in ein Regal stellte. Der Mann rollte die Zeitung zusammen, legte ein paar Geldscheine auf die Theke und verließ die Bar. Frida trank den Wein, nahm alle zehn Atemzüge einen Schluck. Ihre Hand zitterte noch immer ein wenig, als sie nach dem Kugelschreiber griff.

»Ich bin kein böser Mensch«, sagte Ruben, während Frida schrieb. »Virat ist vermutlich böse, aber ich bin es nicht. Ich liebe meine Frau. Du hast kein Recht …« Er verstummte.

Vielleicht redete er auch weiter, und Frida hörte ihn nicht. Sie setzte Wort um Wort auf das Papier, und am Ende unterschrieb sie mit *Frieda*. Ruben legte Geld für die Getränke auf den Tresen, steckte das gefaltete Blatt ein und erhob sich.

»Um halb acht holt dich ein Fahrer ab und bringt dich zum Bus. Du willst doch noch immer nach Auroville, nicht wahr?«

Frida sah geradeaus. Rahul zog nacheinander die Kühlschubladen mit den Flaschen auf, warf einen Blick hinein und kritzelte etwas in ein Heft.

»Komm nie wieder nach Bombay«, sagte Ruben laut und in einem Tonfall, der nichts Drohendes hatte, als verabschiedete er sich von einer Bekannten. Er wartete einen Moment, dann verließ er die Bar, ohne sich noch einmal umzudrehen.

Jetzt war Frida der einzige Gast. Die Musik, eine Masse aus Tönen, hing wie eine künstliche Wolke unter der Decke. Rahul fragte, ob er ihr noch etwas bringen könne, und Frida schüttelte den Kopf, bedankte sich und stand auf. Erst jetzt bemerkte sie, dass sie noch immer den Kugelschreiber in der Hand hielt, und legte ihn neben den unbenutzten Aschenbecher. Rahul wünschte ihr eine Gute Nacht, und Frida wünschte ihm dasselbe, dann ging sie durch die Glastür auf den Flur und zur Treppe und hoch in die vierte Etage. In ihrem Zimmer stellte sie sich ans Fenster und sah auf die Straße, wo Autos und Mopeds fuhren und Männer einzeln und in Gruppen im Schein der Lampen standen. Es regnete nicht, die Luft war dunkel und klar. Einer der Männer hatte Virats Größe und Statur, und er behielt den Eingang des Hotels im Auge, aber vielleicht täuschte Frida sich auch. Sie drehte sich um und setzte sich auf das Bett, starrte eine Weile an die Wand und dachte nach. Irgendwann wurde ihr bewusst, dass sie keinen klaren Gedanken fassen konnte, und sie gab auf.

In Pune, hundertfünfzig Kilometer von Bombay entfernt, stieg sie aus dem Bus und suchte sich ein Hotel. Virat hatte sie am Morgen erwartet und im Taxi zum Busbahnhof begleitet. Während der gesamten Strecke hatte er kein Wort gesprochen und am Ziel gewartet, bis der Bus nach Solapur losgefahren war. In ihrem Zimmer duschte Frida, zog sich an und stellte sich auf den kleinen Balkon, von dem aus sie über ineinander verschachtelte Häuser hinweg auf eine vierspurige Schnellstraße und ein Rasenstück voller umgekippter weißer Plastikstühle sehen konnte. Es regnete wieder, auf einem nahen Hausdach nahm eine Frau Wäsche von der Leine. Ein Dutzend großer Vögel flog vorbei, Reiher, dachte Frida, auf dem Weg zu einem der fünf Seen, die sie auf der Touristenkarte gesehen hatte.

Sie setzte sich auf den einzigen Stuhl im Raum und ließ sich vom Tischventilator kühlen. Wenn sie die Augen schloss, sah sie Virats Reisetasche mit dem Aufdruck AIR INDIA vor sich, in der, so hatte Frida vermutet, neben anderen Dingen das in ein Tuch gewickelte Messer liegen musste. Und an ein weiteres Bild erinnerte sie sich: Virat, der an die Scheibe klopft, fast so etwas wie ein Lächeln im Gesicht hat und zwei Wasserflaschen hochhält, und wie der Bus sich in Bewegung setzt und davonfährt, den bulligen Mann in einer Staubwolke zurücklassend. An das trübe Licht im Inneren des voll besetzten Busses erinnerte sie sich und an das Rumpeln und die öde Landschaft, die als fahle Kulisse vorübergezogen war, wenn Frida statt auf den Vordersitz zu starren für Sekunden aus dem Fenster gesehen hatte. Sie zog den Sari und die Sandalen aus und legte sich in ihrer Unterwäsche auf das Bett. Es gelang ihr nicht, sich Kerstins Gesicht vorzustellen, es blitzte für einen kurzen Moment auf, flimmerte und verschwand, wie die Dinge außerhalb des fahrenden Busses verschwunden waren. Sie versuchte das Gefühl heraufzubeschwören, wie Kerstin sie berührt hatte, aber als auch das unmöglich war in diesem schäbigen Zimmer, schluckte sie eine Schlaftablette und döste irgendwann ein.

Am frühen Nachmittag erwachte sie. Noch immer fiel Regen. Auf dem Rücken liegend, sah sie das Grau des Himmels über die Decke ziehen. Es dauerte eine Weile, bis sie eine ungefähre Ahnung hatte, wo sie sich befand, und kaum wusste sie es mit Sicherheit, wurde ihr elend zumute. Sie stand auf und ging ins Bad, stellte sich vor das Waschbecken, betrachtete sich im Spiegel und rieb sich die Augen, die geschwollen aussahen, als habe sie lange geschlafen oder geweint. Einhundertfünfzig Kilometer, dachte sie, noch leicht benommen, das war nicht viel, vier, fünf Stunden Halbschlaf, vorüberziehende, in gelblichen Staub gehüllte Ödnis, eine Übung in Geduld. Am späten Abend, vielleicht auch erst bei Einbruch der Nacht konnte sie zurück in Bombay sein, je nachdem, wann ein Bus fuhr. Würde sie in einem anderen Hotel absteigen, bliebe sie für Ruben und Virat unsichtbar, frei, sich mit Kerstin auf geheimen Wegen in Verbindung zu setzen und sie zu treffen, ohne dass irgendjemand davon wusste.

Sie wusch sich das Gesicht und setzte sich wieder in den Luftstrom des Ventilators. An den Griffen ihrer staubigen Koffer waren Anhänger befestigt, auf denen Gernots Adresse in Wiesbaden stand. Ihre eigene Schrift sah fremd aus, die sorgfältig in kleine Rechtecke gesetzten Buchstaben kamen ihr vor wie aus einem anderen Leben, der Straßenname und die Stadt wie von einer weit entfernten Welt, mit der sie nichts mehr verband. Sie musste an Ringo denken und daran, wie sie über die Orte gesprochen hatten, die in Konrads Büchern vorgekommen waren, wie sie, an einen Baum im Wald gelehnt, die Länder, Inseln und Städte aufgezählt hatten, Kongo, Alaska, Kurdistan, Tahiti, und wie sie sich ausgemalt hatten, irgendwann dorthin zu gehen, obwohl sie nicht glaubten, ihren Flecken Erde jemals verlassen zu können.

Sie zog sich an, trat in den dunklen Flur, schloss die Tür ab und ging die Treppe hinunter und durch einen regennassen Innenhof zur Straße. Es herrschte nur wenig Verkehr und Lärm, Busse und Lastwagen fuhren in der Enge zwischen den Häusern nicht. Der Abfall wurde hier zusammengekehrt und weggekarrt, Hunde trotteten an den Fassaden entlang oder lagen neben den vielen Pfützen am Boden, dürre, struppige Köter, schlafend und, so stellte Frida sich vor, von ihrer Wiedergeburt als Kuh oder wenigstens als Ratte träumend. In einer Gebäudelücke stand ein ausgeschlachtetes Auto, auf dessen Dach ein kleiner Junge saß und rauchte. Ein Flugzeug zog eine unsichtbare Linie über den Himmel, aus dem wieder Tropfen fielen. Auf Brettern vor einem Geschäft waren Gummistiefel in allen Größen und verschiedenen Farben aufgereiht. Frida nahm ein Paar in Grün und durfte im hinteren Teil des Ladens die Füße und Sandalen unter einem Wasserhahn waschen, von einer alten Frau beobachtet, die sich ein Transistorradio ans Ohr hielt und die Lippen bewegte, als würde sie stumm den Text des Liedes mitsprechen. Die kurzen Kinderstiefel erinnerten Frida an Frau Breunigs gelbes, mit Mickymausköpfen bedrucktes Paar, und während sie ein Bündel feuchter Geldscheine abzählte und auf die Verkaufstheke legte, fragte sie sich, wie es ihrer ehemaligen Vermieterin wohl ging, ob sie noch immer Lebensmittel bunkerte und jeden Morgen zum Briefkasten ging, nur um festzustellen, dass er leer war. Einen Moment lang gefiel ihr die Idee, der alten Frau eine Postkarte zu schicken, aber dann trat sie zurück ins Gewimmel der Gasse, und der Impuls erlosch wie eine Streichholzflamme im Wind. Eine Weile stand sie unter einer Markise und ließ die Menschen an sich vorbeigehen, und erst als ihr bewusst wurde, dass sie an Margot dachte und an Kerstin, atmete sie ein paarmal tief ein und aus und schlug dann willkürlich eine Richtung ein, weg vom Hotel, dessen Lage sie mit einem Kugelschreiberpunkt auf dem Stadtplan markiert hatte, um später zurückzufinden.

Sie ging durch Straßen und einen Park, über Plätze und an einem Seeufer entlang, ständig nach einem Shop Ausschau haltend, von dem aus man ins Ausland telefonieren konnte. Der vierzehntägliche Anruf bei Gernot war überfällig, und während sie in eine belebte Hauptstraße einbog, legte sie sich ihren Bericht zurecht und merkte, dass es ihr schwerfiel, ihre widersprüchlichen Gefühle bezüglich des Landes und des Grundes ihrer Reise in Worte zu fassen. Immerhin, dachte sie, konnte sie Gernot verkünden, sie sei ihrem Ziel Auroville einhundertfünfzig Kilometer näher gekommen. Als sie vor einem Lokal ein Dutzend Touristen aus dem Westen sah, überwand sie ihre Schüchternheit und setzte sich an einen der freien Tische. Weil ihr Magen leer und es für Wein noch zu früh war, bestellte sie beim Kellner eine Packung Kekse und eine Flasche

Wasser. Rockmusik drang aus dem Halbdunkel des Lokals, wo junge Inder und Ausländer zusammensaßen, und das Wummern von Bass und Schlagzeug vermengte sich mit dem dumpfen, von Gelächter durchbrochenen Stimmengewirr, dem Prasseln des Regens auf der Stoffmarkise und dem von Gehupe und Fehlzündungen durchsetzten Rauschen des Verkehrs, der sich durch die breite Straße wälzte.

Es dauerte nicht lange, bis Frida aufgefordert wurde, ihren einsamen Platz zu verlassen und sich zu der vergnügten Gruppe zu setzen. Mit ihrer Bemerkung, sie spreche kaum Englisch, erntete sie nur wohlwollenden Spott. Einer der Männer rief etwas in einer Sprache, die Frida für Russisch hielt, und alle lachten. Als sie sagte, sie sei aus Deutschland, öffnete man eine Flasche Singha-Bier für sie und hieß sie mit echter und gespielter Begeisterung willkommen. Nachdem sie ihren Namen genannt und die Namen der anderen erfahren hatte und der Lärm des Aufnahmerituals verklungen war, unterhielt Frida sich mit einem Paar aus Österreich, das vor wenigen Tagen in Indien angekommen und auf dem Weg nach Goa war. Frida schätzte Helen auf dreißig, Lukas auf ein paar Jahre mehr, und es verwunderte sie, wie viel die beiden über das Land wussten, das ihr auch nach fast zwei Monaten noch immer fremd war und in dem sie jeden Tag von neuen Wahrnehmungen und Empfindungen überschwemmt und verwirrt wurde. Sie erzählten, Lukas habe in Graz als Schreiner gearbeitet und Helen als Krankenschwester und dass sie sich ihre Kenntnisse über die Geschichte Indiens, die Religionen, das Klima, die Natur und tausend andere Dinge zu Hause angelesen hatten. Wie Frida trugen beide landesübliche Kleidung, und beide waren mit Schmuck behängt, mit Ohrringen, Halsketten und Armreifen. Im Licht des späten Nachmittages erinnerten sie Frida an das Paar auf der Illustriertenfotografie, die Eugen Grothe ihr einmal im Unterricht gezeigt hatte und auf der ein grinsender, langhaariger Mann und eine entrückt in die Kamera schauende Frau mit schwarz umrandeten Augen abgebildet gewesen waren, Blumenkinder, Hippies, deren goldenes Zeitalter laut Fridas Hauslehrer schon 1974, zur Zeit der Aufnahme vorüber gewesen war. Westler wie Helen und Lukas hatte Frida in Bombay schon viele gesehen, traditionell indisch gekleidete, mit wenig Gepäck reisende Menschen fast jeden Alters, die den touristischen Orten aus dem Weg gingen und in den kaum von Ausländern besuchten Tempelanlagen, kleinen, ungepflegten Parks und vor ihren billigen Absteigen herumsaßen, lasen und sich gegenseitig schlecht nachgeahmte Hennamuster auf die Handrücken und Punkte auf die Stirn malten. Kerstin hatte sich einen Spaß daraus gemacht, ihnen Biografien anzudichten, sah in einer selbstvergessen vor sich hin summenden Frau eine ehemalige Versicherungsangestellte mit Erleuchtungserlebnis während des Meditationskurses im Gemeindezentrum von Schwäbisch-Gmünd und machte einen bärtigen, braun gebrannten Mann zum weltentrückten Pilger, der seine Stelle als Deutschlehrer in Landshut gekündigt hatte, um sein schweres katholisches Gewand abzulegen und zur Probe in ein luftigeres buddhistisches oder hinduistisches zu schlüpfen.

Helen und Lukas erzählten, sie hätten vor, in ein paar Tagen nach Goa zu fahren, und fragten Frida, ob sie mitkommen wolle. Auf ihrer Karte sah Frida sich an, wo Goa lag, und zog in Gedanken eine nach unten gekrümmte Linie von der West- zur Ostküste nach Chennai. Weil sie nicht wusste, ob sie als Nächstes zurück nach Bombay oder zu ihrer Mutter nach Auroville wollte, und weil der Abstecher nach Goa keinen Umweg bedeutete, sagte sie Ja. Helen und Lukas freuten sich und bestellten noch mehr Singha, und obwohl Frida Bier hasste und längst betrunken war, trank sie mit. Die Nacht brach herein, Petroleumlampen und Kerzen wurden angezündet, und die Musik aus dem Lokal flutete auf die Straße heraus. An den Tischen wurde es immer voller, der Lärm mit jeder Stunde überwältigender. Ein bleicher Junge in einem mit UNITED COLORS OF BENETTON bedruckten T-Shirt hockte am Boden und schlug wie ein Irrer auf eine Trommel ein, während eine Frau tanzte, langsam und mit geschlossenen Augen, als nehme sie das Getrommel, die Stimmen und das Lachen um sich herum nicht wahr und höre nur die Musik, die für sie ein eigenes Tempo zu haben schien. Sie streckte die Arme aus und stieß ein paar Flaschen vom Tablett des Kellners, worauf ein Mann sie ins Lokal führte wie eine Schlafwandlerin und ein kleines Mädchen, vielleicht die Tochter des Wirtes, die Scherben zusammenfegte.

Als Frida sich auf der Toilette ins Waschbecken erbrach, bemerkte sie den roten Punkt, den Helen oder Lukas ihr auf die Stirn getupft hatte, und wusch ihn weg. Ihr war noch immer übel, und sie hatte Hunger, aber der Gedanke an Essen drehte ihr den Magen um. An die Wand neben dem Spiegel hatte jemand *Buddha is great* geschrieben, und in einer anderen Schrift stand über dem durchgestrichenen *great* das Wort *dead*. Wäre der Fußboden nicht so schmutzig gewesen, Frida hätte sich hingelegt und geschlafen. Bestimmt war es besser, mit der Rückkehr nach Bombay zu warten, dachte sie, und das Wiedersehen mit Kerstin aufzuschieben. Blieb sie ein paar Tage in Goa, würde Ruben wahrscheinlich denken, er habe gewonnen.

Sie hätte viel dafür gegeben, mit Gernot zu reden, seine Stimme und seine Fragen zu hören, die sie mit harmlosen Lügen beantwortet hätte, mit einer farbigen Schilderung der Stadt und der leichtherzigen Auskunft, es gehe ihr gut und sie mache sich nun auf den Weg in den Süden, ihrer Mutter entgegen, wenn auch auf einem krummen, dem Zufall geschuldeten Kurs. Aber es war zu spät, um anzurufen, weit nach Mitternacht in Deutschland, das sie sich nur dunkel vorstellen konnte und heimgesucht von endlosem kaltem Regen.

Einen Moment brauchte sie noch, bis die Traurigkeit halbwegs von ihr abgefallen war, dann ging sie zurück zu der berauschten Gruppe und dem Paar, das Frida Gernot gegenüber als ihre Freunde aus Österreich bezeichnen würde, wenn sie das nächste Mal telefonierten, nur damit er sich keine Sorgen machte, weil er vielleicht glaubte, sie sei einsam. Helen drückte ihr einen neuen Punkt auf die Stirn, und Frida ließ es unbeteiligt geschehen, auch wenn sie nicht wusste, was er eigentlich bedeutete.

Edna Verbeek P. O. Box 3891 Rotterdam Holland

Bewerbung, Tillerman Fellowship Residency, Sentence, South Carolina

Hinweise auf Fremdeinwirkung

Skizzen für einen Roman, Fassung 1

An das Jahr in Indien kann ich mich kaum entsinnen. Da ist nicht viel. Auf Fotos sehe ich dieses pummelige, halb nackte Kind im Schatten eines Baumes sitzen und bilde mir ein, zu wissen, was es sieht, nämlich einen Garten und einen Tisch. Meine Mutter sitzt an diesem Tisch, und Gerrit steht daneben und macht mit seiner Kamera diese Bilder von mir. Wärme, das Gefühl feuchter Hitze auf der Haut, das bleibt einem, aber das ist keine wirkliche Erinnerung, ebenso wenig wie die Laute der Vögel Erinnerungen sind. Unzählige amerikanische und europäische Sommertage mit hoher und mittlerer Luftfeuchtigkeit liegen zwischen damals und jetzt, und Tausende Schreie nichtindischer Vögel. Die Mango, die meine Mutter geschält hat, um sie mir häppchenweise in meinen einjährigen Mund zu schieben, schmeckt sie sehr anders als die vom Supermarkt in der Bleecker Street, New York, oder die kleinen taiwanesischen aus dem Feinkostladen in Den Haag? Bin ich für Sekunden wieder dieser speckige Zwerg in Auroville, wenn mich im Bus der Geruch einer vollen Windel anweht, nur weil die Rezeptoren in meiner Nase Signale an mein Hirn senden und meine grauen Zellen mir ein frühkindliches Erlebnis vorgaukeln? Wie Gerrit meine Windeln aus weichem, ungefärbtem Leinen nannte, habe ich nicht vergessen, weil er es auf die Rückseite der Fotografie geschrieben hat: *Edna mit Arsch-Turban, Auroville, Dezember 1994.* Vergangenheit und Gegenwart, alles vermischt sich.

Der Flug müsste mir im Gedächtnis geblieben sein. Ist er aber nicht. Nicht einmal in meinem Unbewussten hat sich etwas festgehakt. Kein Trauma des Herausgerissenwerdens aus einer Welt, die ich gerade mit der Intelligenz eines erwachsenen Schimpansen zu begreifen begonnen hatte. Keine Panik beim Dahinrasen mit dreihundert Stundenkilometern. Kein bleibender Schrecken beim Verlassen der Erdoberfläche, als es mir aller Wahrscheinlichkeit nach den faustgroßen Magen umdrehte und den Atem verschlug. Keine Ohrenschmerzen in zehntausend Metern Höhe. Meine Mutter, starr vor Angst neben mir: Nichts davon drang zu mir durch, kein verzerrtes Gesicht, keine in die Armlehnen gekrallten Finger, keine Signale, die eine Region meines nichtsnutzigen Gehirns erreicht hätten, wie denn auch? Ich stelle mir mein einjähriges Selbst schlafend vor, träumend vom großen Nichts, vom Ozean. Ich bin, wenn überhaupt, ein Oktopus, der ein Marmeladenglas aufschrauben kann. Öffne ich die Augen, sehe ich die dämmerige Kabinenbeleuchtung und die Anzeige für den Sicherheitsgurt. Vielleicht ist es dunkel, die Monitore im Mittelgang sind ausgefahren, und ein Film läuft, dessen farbiges Licht meine Augen in Wellen erreicht. Oder ich schreie und halte alle Passagiere wach. Ich schreie, weil ich ein Bedürfnis habe, das ich noch nicht in Worte fassen kann. Mutter, einen Schluck Milch, bitte, ich bin hungrig. Ich bin ein Gepäckstück, ich werde befördert.

Dass ich nach der Landung auf dem Flughafen von Amsterdam zum ersten Mal nach mehr als zwei Tagen und Nächten wieder geweint haben soll, mag wahr sein. Mutters Behauptung, der Grund dafür sei meine Entführung aus Indien gewesen, ist in meinen Augen ausgemachter Blödsinn, ebenso Gerrits Vermutung, ich hätte die Tränen aus Freude über meine Ankunft in seinem geliebten Vaterland vergossen. Beiden scheint es darum zu gehen, das Ereignis für ihre Zwecke symbolisch aufzuladen und zu dramatisieren, dabei hatte ich vermutlich einfach nur Hunger oder Bauchschmerzen. Wann immer diese zur Legende gewordene Anekdote aufgewärmt wird, erinnere ich meine Mutter daran, dass ich inzwischen aus sicherer Quelle weiß, dass damals nicht Gerrit die treibende Kraft hinter der Reise nach Holland war, sondern sie, und Gerrit rufe ich in Erinnerung, dass er, auch das wurde mir später verlässlich zugetragen, während des Kofferpackens in Auroville heimlich geweint hat, und das bestimmt viel bewusster und kontrollierter und letztendlich auch begründeter als ich, das anspruchsvolle, aber geistlose Wesen in der handgeflochtenen Tragetasche im riesigen, lauten Terminal des Flughafens Schiphol.

Die Anzahl meiner Milchzähne wurde größer und auch die Anzahl der Geschichten, die sich um meine früheste Kindheit rankten. Viel Übertriebenes, Ausgeschmücktes und schlichtweg Erfundenes befand sich darunter, und die Kategorien voneinander zu trennen war nicht nur für Außenstehende schwierig, auch ich wusste nie, was ich von den mündlichen Überlieferungen meiner Eltern halten sollte, ob es sich dabei um Märchen handelte, die eine nicht immer heile Vergangenheit verklärten, um kleine, mit Bedeutung aufgeladene Epen des Alltags, deren Heldin ich war, oder um Notlügen und aus mangelndem Interesse an der Wirklichkeit in die Welt gesetzte Täuschungen und Flunkereien, ebenso arglos wie fantasievoll gedehnte Variationen der Wahrheit. Unter unseren Verwandten und Freunden kursierte etwa die Geschichte, ich sei eines Sommertages, gerade einmal zwei Jahre alt, in der erst kürzlich bezogenen Mietwohnung im Zentrum von Den Haag aus meinem Gitterbett geklettert und auf allen vieren zur offen stehenden Hintertür hinaus und durch den lückenhaften Gartenzaun hindurch bis zur stark befahrenen Straße gekrochen, wo eine Nachbarin mich aufgelesen und zurück zu meiner Mutter gebracht habe, die, vom Einräumen der Küchenschränke müde geworden, auf dem Sofa eingeschlafen war und nichts von meiner Erkundungstour und der sich anbahnenden Tragödie mitbekommen hatte. Meine Mutter soll über meinen Ausflug dermaßen entsetzt gewesen sein, dass wir innerhalb einer Woche in eine andere, in einer verkehrsarmen Gegend gelegene Wohnung umzogen, die Wohnung im Statenkwartier, erster Stock, Ort meiner ersten Sprechversuche und aufrechten Schritte, zu denen es um ein Haar nicht gekommen wäre. Denn nicht der mit Streit und Stress und hohen Kosten einhergehende, von mir provozierte und von meiner Mutter gegen jegliche Vernunft durchgesetzte Wohnungswechsel ist der Kern der Geschichte, sondern die Gasexplosion im Keller des Hauses, das wir einen Tag zuvor fluchtartig verlassen hatten und das durch die Gewalt der Druckwelle und das anschließende Feuer fast völlig zerstört wurde. Dass zum Zeitpunkt der Detonation niemand in einer der vier Wohnungen war, wurde in den Medien zu Recht als großer Zufall und unfassbares Glück bezeichnet. Zufall und Glück waren für meine Eltern offenbar zu profane, glanzlose Begriffe, und so erhoben sie die Geschichte um meinen Entdeckergeist, der ihnen und mir das Leben gerettet hatte, in den Stand eines Wunders, eines Zeichens des Himmels und aller von der Menschheit je ausgedachten Mächte und Götter. Tatsächlich hatten uns Mutters Paranoia und Hysterie, gepaart mit Gerrits Nachgiebigkeit und Harmoniesucht, vor dem Tod bewahrt, aber das kümmerte die beiden nicht oder sie ignorierten es in ihrem fast schon rührenden Beharren darauf, ich sei ein außergewöhnliches, von spirituellen Adern durchwirktes Geschöpf.

Ein weiterer Mythos entstand, als ich vier Jahre alt war und begann, einfache Sätze in Kinderbüchern zu lesen, eine Leistung, die Ma, wie ich sie nannte, seit ich sprechen konnte, dazu veranlasste, mich zum Genie zu erklären, zur Auserwählten und Vorbestimmten, zur gesegneten Edna des Heiligen Alphabets. Gerrit, der sich am Abend von mir vorlesen ließ, weinte vor Stolz und Rührung und stimmte Ma zu, die behauptete, ich würde einmal Großes erreichen und als berühmte Frau in die Geschichte eingehen. Ich wurde zum Wunderkind erklärt und mit allem gefüttert, was nach Ansicht meiner Eltern zu meinem geistigen Wachstum beitragen konnte, mit Büchern zu Themen aus allen möglichen Bereichen, mit Musik und bildender Kunst, mit Fotografie und Architektur. Gerrit dachte sich eine Art Unterricht aus, bei dem er mich in Wälder und an Tümpel führte, wo wir Vögel beobachteten, im Moos und Laub das verborgene Leben der Ameisen, Würmer und Spinnentierchen studierten und in trüben Gewässern nach Kaulquappen und Molchen Ausschau hielten. Sogar Lektionen in den Fächern Soziologie und Politik mutete er mir zu und nahm mich mit an den Arbeitsplatz eines seiner Freunde, eine kommunale Einrichtung, in der Jugendliche sich treffen und mehr oder weniger sinnvollen Freizeitbeschäftigungen nachgehen konnten, statt auf der Straße herumzulungern und kriminell zu werden, wie es Gerrits erklärte Feinde, die konservativen und reaktionären Lokalpolitiker, ihnen prophezeiten.

Über die Frage, ob ich den Kindergarten besuchen solle oder nicht, haben Ma und Gerrit ausgiebig diskutiert und gestritten. Ma vertrat den Standpunkt, törichte Spielchen, Liedchen und Basteleien würden mich in meiner intellektuellen Entwicklung eher zurückwerfen als vorwärtsbringen, während Gerrit meinte, der Kontakt mit Kindern meines Alters könne helfen, mir Gemeinschaftssinn und Empathie anzueignen, Rüstzeug der Menschlichkeit, das er unter dem Begriff Soziale Kompetenz ins Feld führte. Natürlich unterlag er gegen Ma, und nur der Umstand, dass in den Niederlanden Schulpflicht ab fünf Jahren herrschte, befreite mich aus der privaten Kaderschmiede meines Elternhauses und verhalf mir zu einem anfangs zwar kalten, aber höchst erquickenden Bad im richtigen Leben, zu neuen Freunden und Erfahrungen und zu der bewusstseinserweiternden Erkenntnis, dass ich ein Mädchen war und es Jungen gab, von denen sich die meisten als Idioten und Grobiane erwiesen, einige jedoch auch als interessante Studienobjekte, fast genauso interessant wie Hirschkäfer und Mäusebussarde.

Glücklicherweise erlahmte der Antrieb meiner Eltern, mich auf eine Laufbahn als bedeutende Person vorzubereiten, noch bevor das zweite Jahr in der Grundschule begann. Weil Gerrits Gehalt als Berater bei der Umweltbehörde nicht mehr zum Bezahlen der Rechnungen reichte, musste Ma in einem Reformhaus arbeiten, was ihrem Wunderkind-Förderprogramm merklich den Schwung nahm. Gerrit schleppte mich zwar noch immer in die Natur, in Museen und Kinos und einmal ins Theater, das die *Dreigroschenoper* aufführte, aber diese Exkursionen wurden rasch seltener, als er seine neue Arbeitsstelle bei der Firma *Green Tank Technologies* antrat, wo er sein Wissen auf den Gebieten biologischer Pflanzenschutz, alternative Anbaumethoden und Bewässerungstechniken anwenden konnte und, wie er Ma gegenüber betonte, ein besseres Gehalt bezog und zudem Aufstiegsmöglichkeiten hatte, wenn er sich ordentlich ins

Zeug legte. Der Job bedeutete aber auch Überstunden, Geschäftsreisen, interne Weiterbildungskurse und in der Folge immer weniger Zeit für Wanderungen im Wald und in den Straßen Den Haags, wo ich laut Gerrit hautnah und ungefiltert die wirkliche Welt kennenlernen und unbezahlbare Lektionen in Sachen Realität erhalten sollte. Dass ich auch in der Schule so einiges lernte und aus Büchern Dinge erfuhr, die sich beim Studium der Waldböden und Teiche nicht offenbarten, erzählte ich Gerrit nicht, und auch nicht, dass seine Information, eine Ameise könne einen Backstein in die Höhe stemmen, falsch war.

Mit jedem hinter der Theke und im Warenlager des Reformhauses verbrachten Monat legte Ma etwas weniger Elan an den Tag, wenn es um die Planung meiner glorreichen Zukunft ging, und noch vor Ende meines zweiten Schuljahres hörte sie ganz damit auf. Sie fragte mich zwar jeden Abend, was ich gelernt hatte, und freute sich über meine Fortschritte, aber das ehrgeizig Verbissene und Fordernde fiel von ihr ab und machte einer Müdigkeit Platz, die mich aufatmen ließ. Es wäre unwahr, wenn ich behaupten würde, die Anerkennung meiner Eltern habe mir nichts bedeutet, natürlich wollte ich ihr Lob und ihre Belohnungen in Form von Zuschüssen zum Taschengeld und Besuchen im Freizeitpark Drievliet, im Schwimmbad Overbosch und in Kooman's Puppentheater, aber ich war froh, nicht länger als die Wand herhalten zu müssen, an die sie ihre Hoffnungen und Erwartungen projizierten.

Einmal, ich durfte wochenlang nicht zur Schule, weil die Erwachsenen sie wegen der Sommerferien geschlossen hatten, flogen wir nach Indien, wo meine Großmutter einen runden Geburtstag feierte. Sie lebte noch immer in Auroville, Stadt der Sinnsucher und Ort meiner Geburt, und ich erinnere mich an einen mit Blumengirlanden, Stoffbändern und Papierlaternen geschmückten Garten, an seltsame Musik und seltsame Menschen. Ebenfalls im Gedächtnis geblieben sind mir die beiden Flüge und dass ich von Millionen Eindrücken und Empfindungen überwältigt gewesen war. Und dass ich mir dort oben, im unbegreiflichen Nichts zwischen Himmel und Erde, vorgenommen hatte, Schriftstellerin zu werden.

Vielleicht waren es Nachwirkungen des sanften Drucks und gut gemeinten Drängens seitens meiner Eltern, vielleicht auch ein in den Spiralen meiner DNA schlummerndes Gen, jedenfalls kann ich mich an keine Phase meiner frühesten Kindheit erinnern, die nicht von grenzenloser Neugier, unstillbarem Wissensdurst und der Suche nach etwas geprägt war, das ich nicht klar benennen konnte, von dem ich aber zu wissen glaubte, dass es mit den Privilegien des Erwachsenseins zu tun hatte, mit Selbstfindung und dem Streben nach individueller Besonderheit. Schon mit sechs Jahren ging ich geradezu wissenschaftlich vor, wenn ich meine Forschungen betrieb, um die Geheimnisse des Daseins zu lüften und herauszufinden, warum es gemeine Kinder gab, wie es sich anfühlte, von einem Jungen auf den Mund geküsst zu werden, oder was passierte, wenn ich Gerrit anschrie, weil er mir verbot, in meinem Zimmer ein Mao-Poster von Warhol aufzuhängen. Ich konnte einfache und einigermaßen verständliche Sätze schreiben und kritzelte Buchstaben in ein liniertes Heft, dessen erste Seite ich mit dem Titel *Edna Verbeek, Geheimnotizen* versah und das ich in der untersten Schublade meiner Kommode zwischen den verhassten langen Unterhosen aufbewahrte. Aber dann verließ uns Ma, und ich war gezwungen, alle meine Forschungsergebnisse über die menschliche Natur aus einem völlig neuen Blickwinkel zu betrachten.

Gesprächsprotokoll / Jerry Kosmowski / Edna Verbeek / Eintrag 01 / Tag 17

– Edna. Edna. Ed. Na. – Ich hatte mal eine Edna in einem meiner Kurse. In Detroit war das, ewig her. Wozu schreiben, haben wir uns gefragt, in diesen Zeiten. In dieser Stadt, diesem Land.
– Berechtigte Frage.
– Edna. Sullivan. Mulligan. Hatte nicht das Zeug. Gut gemeint ist nicht gut genug. – Bist du mal getaucht, Edna? Hier? Im See? Warst du am Grund?
– Nein.
– Da unten ist Schlamm. Eine dicke Schicht. Die gängige Meinung ist: Wirble den Schlamm auf und du siehst nichts mehr. Blödsinn. Du siehst mehr als zuvor. Milliarden Partikel. Du musst nur die Art und Weise ändern, Dinge zu betrachten.
– Okay.
– Du bist da unten. Nicht in deiner Welt und doch in einem Teil deiner Welt. Das Sonnenlicht dringt ins Wasser, alles ist hell und klar. Du siehst einen Sonnenbarsch und beschreibst ihn. Du siehst eine Moschusschildkröte und beschreibst sie. Du siehst einen vermoderten Baumstamm und beschreibst ihn. Du paddelst vor dich hin und machst deine Hausaufgaben. Braves Mädchen. Du bist so gut wie eine Kamera. Du bist sogar besser, denn du verwendest Metaphern. Du vergleichst den Fisch mit einem blitzenden Stück Glas. Bravo. Drei Kunststückchen pro Seite, und man wird dich mit Lob überschütten. Aber du bist keine Kamera, du drehst keinen Film. Du bist nicht hier, um Dinge abzubilden. Du bist Schriftstellerin. Wirble den Schlamm auf, Edna. Sieh, wie dein Universum dunkel wird. Wie alles im Chaos versinkt. Wenn die Leute einen Sonnenbarsch sehen wollen, sollen sie ihn googeln.
– Ich habe nie über Sonnenbarsche geschrieben.

– Ich weiß. Aber viele vor dir haben es getan. Kamen hier in Sentence an und waren begeistert vom Licht und der Abgeschiedenheit und von dieser ganzen elenden Stimmung.
– Ich fühle mich wohl hier.
– Das ist ja auch in Ordnung. Bis zu einem gewissen Grad. Fühlt man sich zu wohl, kann das fatale Folgen haben. Spring in den See. Wirble Schlamm auf. Ertrink darin.
– Das ist jetzt aber metaphorisch gemeint, oder?
– Ich bin kein Freund von Metaphern. Was ich meine, ist: Tob dich aus. Schreib, was dir gerade einfällt. Lass dich treiben.
– Professor Shelby meinte, ich soll chronologisch vorgehen.
– Natürlich hat er das gesagt. Er ist ein alter Furz. Konservativ bis in die Knochen. Hör bloß nicht auf ihn. Hör auf dich. Nur auf dich.
– Er meinte auch, ich soll vielleicht in der Kindheit beginnen. Also, er sagte …
– Ich weiß, was er gesagt hat. Er sagt immer dasselbe.
– Ich glaube, er findet meine fünf Seiten recht gut. Wenn ich ihn richtig verstanden habe, soll ich dem Roman eine Struktur geben …
– Pfeif auf Struktur! Hier geht es nicht um Fleiß und Pflichterfüllung! Es geht um suchen, nicht um finden! Und nicht darum, Seiten zu füllen!
– Mein Ziel war es, am Ende meines Aufenthalts einen fertigen Roman zu haben. Oder zumindest einen großen Teil davon.
– Am Ende. Du wirst nie ein Ende erreichen, Edna, nie fertig sein. Weder nachdem du von hier fortgehst noch später. Kein Werk ist jemals abgeschlossen.
– Aber es erscheinen doch jedes Jahr Bücher. Tausende Bücher. Fertige Romane. Ich …
– Wie alt bist du, Edna?
– Zweiundzwanzig.
– Und du willst so bald wie möglich etwas von dir veröffentlicht sehen. Etwas in den Händen halten. Du willst, dass dein Werk wahrgenommen wird. Gekauft. Gelesen. Gewürdigt.
– Na ja, ich …
– Du willst in die Manege treten. Ins Licht. Das kann ich verstehen.
– Darum geht es mir nicht. Ich will etwas zu Ende bringen. Ich habe diese

Probeläufe satt, diese ständigen Versuche. Dieses Stochern und Herumirren. Manchmal komme ich mir vor wie eine blinde Analphabetin. Ich hatte gehofft, hier … ich weiß auch nicht … gelenkt zu werden. In die richtige Richtung.
– Es gibt keine richtige und falsche Richtung, Edna.
– Na ja, ich glaube schon. Ich bewege mich nämlich seit Jahren in die falsche. Jedenfalls nicht in die, die zu einem fertigen Buch führt. Professor Shelby meint …
– Vergiss Shelby, er predigt die Normierung der Ideen. Vergiss die Begradigung der Flüsse, die Streckenführung von A nach B nach C. Vergiss es, dich auf etwas festzulegen.
– Ich will mich aber auf etwas festlegen. Ich muss.
– Geh schwimmen, Edna. Tauchen. Wirble Schlamm auf.
– Ich kann gar nicht schwimmen.
– Dann lern es. Ist nicht schwer.
– Ich will nicht schwimmen lernen, sondern schreiben.
– Schreiben kann man nicht lernen.
– Und wozu sind wir dann alle hier?
– Gute Frage.

Was da ist und was fehlt

Nur in einer Welt mit Kranichen und Pferden kann Dichtung überleben.
Robert Graves

Ich war zehn Jahre alt, als wir Holland verließen und nach Amerika zogen, um in Boulder, Colorado, zu leben, wo Gerrit im Juni 2004 eine Stelle bei einer Firma antrat, von der ich bis heute nicht weiß, was genau sie eigentlich produzierte, falls sie überhaupt etwas produzierte, etwas Sichtbares, meine ich, etwas zum Anfassen. (Es hatte mit Wasser zu tun.) Gerrit erzählte Ma und mir, er berate seinen neuen Arbeitgeber bei ähnlichen Projekten wie in Auroville und Den Haag, nur sei in Amerika alles ein bisschen größer, die Unternehmen ebenso wie die Autos und die Portionen in den Restaurants. In Indien hatte er den einheimischen Bauern geholfen, ihre Erträge zu steigern, und Ma und ich vermuteten, dass er das auch für *Eco Grow Solutions* tun würde, nur eben für landwirtschaftliche Betriebe auf der ganzen Welt. Und gegen bessere Bezahlung.

Meine Mutter, die ich Ma nenne, seit ich sprechen gelernt habe, erzählt den Leuten gerne, sie sei in Indien arm, aber glücklich gewesen, eine Behauptung, die zu glauben mir reichlich schwerfällt, zumal sie sich oft über ihr einfaches Leben in Auroville beklagt und in Den Haag einen heimlichen Hang zum Luxus, beispielsweise teuren Parfüms und Schuhen entwickelt hatte, der mit ihren angeblichen Überzeugungen in Sachen Genügsamkeit und ökologisches Handeln nicht wirklich in Einklang zu bringen war. Weshalb sie die drei Jahre in Auroville, das laut eigener Charta *ein Ort des lebenslangen Lernens und der spirituellen Forschung* war und von dessen Bewohnern die Bereitschaft erwartet wurde, *dem Göttlichen Bewusstsein zu dienen*, so hartnäckig glorifizierte, kann ich nicht sagen, aber ich vermute, dass sie ungern zugab, sich geirrt zu haben. Außerdem gibt es da noch die Geschichte mit ihrer Mutter, eine schreckliche Geschichte, die Ma lange mit den guten überdecken wollte, all ihre Geschichten über friedliches Zusammenleben, gemeinsames Arbeiten, alternative Medizin, biologischen Landbau, visionäres Unterrichten und vieles mehr. Vor Jahren hat sie mir anvertraut, sie habe nie nach Indien gehen wollen und die Reise nur unternommen, um ihre Mutter zu finden und zur Rede zu stellen. So lange in Auroville zu bleiben habe sie erst recht nicht vorgehabt, schon allein deshalb nicht, weil sie ahnte, dass die Begegnung mit meiner Großmutter alles andere als harmonisch sein würde.

Von meinem Vater, den ich im Leben nie anders als Gerrit genannt habe, weiß ich, wie das erste Zusammentreffen meiner Mutter mit meiner Großmutter verlaufen ist, das er als neutraler Beobachter verfolgte, in Gesellschaft von Alain, dem damaligen Freund meiner Großmutter, einem elf Jahre jüngeren Elektriker aus der Schweiz. Dagmar zu finden war kein Problem, im Rathaus von Auroville gab es ein Verzeichnis aller Bewohner, sogar mit Foto. Darin standen die alten, abgelegten bürgerlichen Namen und die neuen, frei gewählten, im Falle meiner Großmutter *Mukta*, was so viel wie *die Befreite* bedeutete. Es habe keine Begrüßung gegeben, erzählte Gerrit, die beiden Frauen hätten sich eine Weile angestarrt, ungläubig und beklommen erwartungsvoll Dagmar, mühsam beherrscht und voller aufgestauter Wut Frida, dann habe Dagmar endlich den Mund geöffnet, um ihre Tochter willkommen zu heißen, die aber sei ihr ins Wort gefallen und habe auf sie eingeredet, laut und erhitzt und ohne Atem zu holen, wie ein Sturzbach seien die Vorwürfe aus ihr herausgeströmt, wirr und zusammenhanglos und oft unverständlich, sogar für ihn, der für längere Zeit in Köln gelebt hatte und ein beinahe perfektes Deutsch sprach. Er habe die beiden Frauen dann allein gelassen und sei ins Haus gegangen, das Dagmar, Alain, er und Dorothy bewohnten, eine dreiundsiebzigjährige Engländerin, die seit zwanzig Jahren in Auroville lebte und sich mit *Mangwo* ansprechen ließ, dem buddhistischen

Namen für eine *mächtige Frau*. In seinem Zimmer über einem Buch sitzend, habe er darauf gewartet, dass der Redeschwall an Wucht verlieren und allmählich verebben würde, aber auch nach einer Stunde sei Fridas erregte Stimme noch zu hören gewesen, die Stimme einer Frau, die er in den ersten Stunden ihrer Begegnung für hysterisch, ja verrückt gehalten hatte und mit der er nur ein Jahr später ein Kind zeugen würde, mich.

Fast eine Woche habe die Auseinandersetzung zwischen Ma und Großmutter gedauert, behauptet Gerrit, obwohl Ma ihm widerspricht und sagt, *Die Sache* (bis heute ihr Ausdruck für den Konflikt) sei nach einem Nachmittag, einer halben Nacht und einem Morgen beendet und jede darauffolgende Diskussion nur noch ein kleineres verbales Gefecht gewesen. Gerrit zufolge hat Ma irgendwann, wohl aus purer Erschöpfung, Atem geholt, was Großmutter die Möglichkeit bot, zu antworten und ihre Sicht der Dinge darzulegen, eine Art Verteidigungsrede zu halten, doch lieferten ihre Erklärungsversuche, Ausreden und Verharmlosungen nur immer neuen Stoff für Ma, die sich nach jeder Äußerung ihrer Mutter erneut in Rage redete und erst ein wenig beruhigen ließ, als Mangwo, die mächtige Frau aus Sheffield, in den Garten kam und Ma, die Quelle des Lärms, sanft, aber bestimmt an der Hand nahm, zu einem Sessel im Schatten führte und ihr ebenso sanft wie bestimmt befahl, ein Glas Wasser zu trinken und ein paarmal tief durchzuatmen.

Richtig beigelegt wurde der Streit nie. Ma und Großmutter einigten sich darauf, sich nicht einigen zu können oder zu wollen, und lebten danach halb miteinander und halb nebeneinanderher in einem Klima, das ich mir als Waffenstillstand vorstelle, als eine Art Koexistenz unter Einhaltung eines Nichtangriffspaktes. Gerrit meinte, die beiden zu beobachten sei ihm immer so vorgekommen, als sei er die UNO und Frida und Dagmar seien Nord- und Südkorea oder Indien und Pakistan, auf den ersten Blick sich vertragende, wenn auch angespannte Nachbarn, beim zweiten, genaueren Hinsehen jedoch verfeindete Länder, aus Gründen lange zurückliegender Grenzverletzungen gänzlich versöhnungsuntaugliche Mächte, die auf dem Papier Frieden wollten und in ihren verstockten Herzen bereuten, nie einen reinigenden Krieg gegeneinander geführt zu haben.

Ma trank also das Glas Wasser aus und bemühte sich, von Mangwo im Auge behalten, ihre Wut zu unterdrücken, was ihr laut Gerrit gerade so gut gelang, dass man sie einlud, im Haus zu wohnen, wo es ein Gästezimmer gab, das zufällig frei war. Ob das, was dann folgte, eine Woche dauerte oder weniger, weiß Gerrit angeblich nicht mehr, und es ist mir auch egal. Tatsache ist, dass die nach Antworten verlangende Tochter aus Deutschland, deren Namen Frieda Saalfeld und Frida Halm lauteten, nach einiger Zeit Ruhe gab und in Auroville zu bleiben gedachte, nur vorübergehend, wie sie sagte, nur ein paar Wochen, aus denen drei Jahre wurden. Ich war logischerweise keine Augenzeugin der *Sache* und ihres Verlaufs, und auch nachdem Ma mich in die Welt gesetzt hatte, bekam ich von der zwischen Nord- und Südkorea herrschenden Wetterlage nichts mit, abgesehen vielleicht von dunklen Wolken an meinem blauen Babyhimmel und kleineren Gewittern, die sich mit knisternder Luft ankündigten und in wenigen Blitzen entluden, kurzen Dialogen aus hin- und herfliegenden Sätzen, die ich, wenn überhaupt, nur als Schwingungen wahrnahm und die mich manchmal, so Gerrit, zum Weinen brachten.

Was den Zeitraum vor meiner Geburt angeht, so muss ich mich, ob es mir gefällt oder nicht, auf Ma und Gerrit verlassen. Sowohl meine Großmutter als auch ihr damaliger Freund Alain betrachte ich als eher unzuverlässige Informationsquellen, was nicht zwangsläufig heißen soll, den Erzählungen meiner Eltern sei grundsätzlich mehr Glauben zu schenken. Das Problem mit Alain, den Sanandana (*der voller Freude ist*) zu nennen ich mich während meines späteren Besuchs in Auroville geweigert habe, ist, dass ich, als er mich mit Anekdoten aus der Zeit fütterte, in der Gerrit und Ma ein Paar wurden, gerade mal sechs war, ein kleines Kind, das einem Erwachsenen zwar scheinbar aufmerksam lauscht, mit dem Gehörten jedoch nicht viel anfangen kann und das meiste rasch wieder vergisst. Hinzu kam, dass Alain offenbar Gefallen daran fand, mir, sobald wir für einen Moment allein waren, Szenen zu schildern, die er angeblich miterlebt hatte und die er gerne ein wenig dramatisierte, wahrscheinlich um sie interessanter zu machen oder mich zu beunruhigen. Zum Beispiel erzählte er mir, er habe meine Mutter einmal dabei ertappt, wie sie in einem der Gewächshäuser eine Frau geküsst habe, eine Begebenheit, die ich als Sechsjährige nicht deuten, geschweige denn bewerten konnte. *Auf den*

Mund, flüsterte Alain, aber ich begriff noch immer nicht, was daran so besonders sein sollte, und schließlich gab er auf und nahm mir das Versprechen ab, niemandem etwas zu sagen, weil das meine Mutter angeblich sehr traurig machen würde.

Ich sagte dann doch etwas, nur wenige Tage später. Wir saßen alle gemeinsam am Esstisch, und ich wollte von Ma wissen, wer die Frau sei, die sie im Gewächshaus auf den Mund geküsst habe, und mit dieser Frage geriet von einer Sekunde auf die andere alles unaufhaltbar ins Rollen und endete schließlich damit, dass meine Großmutter sich von Alain trennte und er das Haus und bald darauf Indien verließ und zurück in die Schweiz ging. Auch wir flogen nach Hause, weil ich wieder in die Schule und Gerrit arbeiten musste, vor allem aber, weil Ma während der fünf Wochen unseres Indienbesuchs begonnen hatte, sich nach Den Haag zu sehnen, nach den gepflegten kühlen Parkanlagen, dem sauberen Wasser aus dem Hahn und vermutlich auch nach der Frau, die sie dort heimlich traf, obwohl Gerrit von ihr wusste.

Womit wir bei einem Thema angelangt sind, über das zu sprechen beziehungsweise zu schreiben mir ein wenig schwerfällt, und das nicht etwa, weil es mir unangenehm wäre, hier die Neigungen meiner Mutter auszubreiten, sondern weil es ihr und mir bis zum heutigen Tag nicht gelungen ist zu klären, warum es mich gibt, unter welchen Umständen ich zustande gekommen bin und ob es sich bei mir lediglich um einen erfüllten Kinderwunsch oder um das Produkt einer wie auch immer gearteten Liebe handelt. Soll heißen, ich weiß mit meinen inzwischen vierundzwanzig Jahren noch immer nicht, ob Ma und Gerrit mich in einer Phase emotionaler Zuneigung, einem Moment ungestümer irrationaler, auf Gegenseitigkeit beruhender Anziehungskraft gezeugt haben oder ob Ma nur schwanger werden wollte, von jetzt auf gleich, und der freundliche, gesund und gut aussehende Holländer gerade verfügbar und willens war, seinen Samen zu spenden, vielleicht, weil er dem Vorsatz Haus, Baum, Kind folgen und wenigstens einmal im Leben Nachwuchs in die Welt setzen wollte, vielleicht auch, weil er Gefallen an der Vorstellung fand, Auroville einen neuen Bürger zu schenken.

Ma äußert sich nicht gerne zu diesem Thema, was ich irgendwie verstehen kann. Früher, als ich ihr dauernd mit Fragen auf den Leib rückte, versicherte sie mir bei jeder Gelegenheit, damals seien durchaus Gefühle im Spiel gewesen, wenn auch von Unsicherheit und Ambivalenz geprägte, und sowohl die gemeinsame Zeit mit Gerrit als auch die neun Monate, während deren ich in ihr heranwuchs, hätten sie in einen so zufriedenen und erfüllten Gemütszustand versetzt wie niemals zuvor etwas im Leben. Und dann, als sie mich zum allerersten Mal in den Armen gehalten habe, sei sie *vor lauter Glück schier verrückt geworden*. (So nannte sie diesen Zustand aus Erleichterung, Erschöpfung und Euphorie immer wieder, wenn ich fragte, manchmal sagte sie auch, sie sei *total ausgeflippt vor Freude und Stolz* oder sie habe *bei meinem Anblick vor Ergriffenheit so losgeheult*, dass Gerrit und der Arzt, *diese armen ahnungslosen Männer*, meinten, sie trösten und beruhigen zu müssen.)

Als ich klein war, wollte ich Mutter und Vater haben, ganz normale Eltern, wie ich sie in Den Haag und sogar in Auroville sah, und bis zu meinem siebten Lebensjahr erfüllten mir Ma und Gerrit diesen Wunsch, indem sie zusammenlebten und die Rollen spielten, die ich und die Gesellschaft von ihnen erwarteten. Die Frage, ob sie dabei glücklich waren, stellte ich mir nicht, weil ich gar nicht auf die Idee kam, sie könnten unglücklich sein, was bestimmt auch daran lag, dass sie in ihren Verkörperungen sehr überzeugend wirkten, zumindest für ein Kind. Bis heute schwören beide, sie hätten mir nichts vorgemacht, sie seien gerne ein Paar gewesen, wenn auch eines, das aus Gründen gemeinsam durchs Leben ging, die man landläufig nicht unbedingt als alltäglich bezeichnete, weil sie von der Norm abwichen, wie auch immer diese Norm aussehen mochte. Jetzt, als Erwachsene, würde ich sagen, dass meine Eltern eine Interessengemeinschaft bildeten, ein freundschaftliches Bündnis mit der Aufgabe, mich großzuziehen. Ob sie es Ehe ohne den Zusatzartikel *Bis dass der Tod euch scheidet*, offene Partnerschaft oder lockere Zweierbeziehung nannten, ist mir egal, denn bis ich sieben war, gab mir die Art und Weise ihres Zusammenlebens keinen Grund, misstrauisch zu werden oder mir gar Sorgen zu machen.

Dann kam der Abend des Tages, an dem sich das Bild, das ich mir bisher von der Verlässlichkeit der Welt im Allgemeinen und der vermeintlich unzerstörbaren Einheit meiner Eltern im Besonderen gemacht hatte, auf einen Schlag veränderte. Im Nachhinein kommt es mir beinahe lächerlich vor, aber damals hatte ich das Gefühl, mir würde der Boden unter den Füßen weggezogen, und ich bildete mir ein, in ein dunkles Loch aus Unglück und Verzweiflung zu fallen und schon bald zu enden wie mein Mitschüler Theo Heeringen, der die Hauptattraktion auf dem Pausenhof war, weil er erzählte, er komme aus einer kaputten Familie, seine Eltern hätten sich getrennt und ihn, bevor sein Vater ihn schließlich nach Den Haag holte, bei einer Tante deponiert, die Hundefutter gegessen habe.

Bisher hatte ich eine behütete Kindheit verbracht. Von dem Jahr in Auroville weiß ich nichts mehr, wenn ich Fotos betrachte, erkenne ich mich kaum selbst. Jetzt, als Möchtegernschriftstellerin, könnte ich schummeln und von Eindrücken berichten, an die ich mich angeblich erinnere, von Hitze und Licht und Gerüchen, von Vogellauten und dem Geschmack frischer Mangos auf der Zunge. Ich könnte in die Trickkiste des Imaginären greifen und Szenen daraus hervorholen, die mich im Garten zeigen, am Meer und vielleicht sogar in einem fast dunklen Flugzeugbauch. Das einjährige Wesen würde Abstufungen von Helligkeit wahrnehmen und die Veränderungen auf dem Bildschirm über sich nicht als Bewegungen eines Films erkennen, sondern als Flackern, als Wogen in den Ästen eines Unterwasserbaums, weil es so dumm oder intelligent wäre wie der Oktopus, der vor laufender Kamera den Deckel eines Plexiglaswürfels aufklappt, um an eine Muschel zu gelangen.

Ich kann versuchen, die erste Zeit in Den Haag heraufzubeschwören, aber da war ich zwei, drei Jahre alt, viel mehr als stark verzerrte Momentaufnahmen sind nicht möglich, und sogar die könnten Produkte meiner Imagination sein, von späteren Eindrücken oder Hörensagen manipulierte Polaroids, ausgeblichen, verschwommen und keineswegs über den Verdacht erhaben, gar nicht von meinem Hirn angefertigt worden zu sein. Ich bilde mir ein, mich an einen Vorfall zu erinnern, bei dem eine Straße, ein Auto und ein überfahrener blutiger Hund eine Rolle spielen, nur ist es mir auch unter größter Anstrengung nicht möglich zu sagen, ob es sich dabei um etwas tatsächlich Erlebtes oder um eine Filmszene handelt. In einem anderen düsteren Winkel meines Gedächtnisses verstaubt eine unterbelichtete, ruckelnde Slapsticknummer, in der ein dicker Mann von einem Hausdach fällt, und auch hier habe ich keine Ahnung, ob ich

Zeuge dieses Ereignisses in der realen Welt gewesen bin oder ob mir mein Unbewusstes einen Streich spielt und ich im Fernsehen Oliver Hardy gesehen und die zwei Sekunden seines Sturzes gespeichert habe, weil sie so lustig oder so unendlich traurig waren. Ma und Gerrit wissen angeblich weder von dem toten Hund noch dem fallenden Mann, doch das beweist meiner Meinung nach nicht, dass ich mich irre, sondern lediglich, dass es erstens keine unumstößliche Gewissheit gibt und zweitens der Verstand eines Kindes Wahrheit und Täuschung so nahe beieinander lagert wie Liebe und Hass, Freude und Trauer, Komik und Schrecken, Sekunden und Jahre.

Was meine stets behütete und in ein Wattepolster aus Zuneigung und pausenloser Aufmerksamkeit gepackte Kinderseele so verletzte und eine Reihe diffuser Ängste in mir auslöste, war Mas Ankündigung, nach Deutschland zur Beerdigung ihrer einige Tage zuvor verstorbenen Großmutter zu fahren und sich um einen Mann namens Gernot zu kümmern, den ich nur von Fotos kannte und dessen Stimme ich ein einziges Mal gehört hatte, ein hohles und verzerrtes *Hallo* aus einem Telefonapparat, auf das ich zu Mas Bedauern nicht geantwortet hatte. Deutschland war das Nachbarland von Holland, das hatte ich schon vor der ersten Unterrichtsstunde gewusst, und auch, wo Wiesbaden lag, fand ich auf der Karte schnell heraus, nämlich nur so weit entfernt, wie ich innerhalb eines Sekundenbruchteils mit der Fingerspitze über die Landkarte gleiten konnte. Ma ging fort, für eine unbestimmte Zeit und ohne mich mitzunehmen, was ich ungeheuerlich fand und als Verrat an unserer bisher noch nie durch eine längere Trennung getrübte Verbindung betrachtete.

Natürlich verließ uns Ma trotz meiner Proteste, Klagen und Bitten und fuhr alleine nach Deutschland. In Gerrits Obhut zurückgelassen, arbeitete ich im Deutschunterricht (langweilig, das ABC beherrschte ich längst) einen Bestrafungskatalog aus, der vier Maßnahmen vorsah, und als Ma am Abend nach ihrer Abreise anrief, weigerte ich mich, mit ihr zu sprechen oder auch nur meine Zimmertür zu öffnen, an die Gerrit mal sanft und mal weniger sanft klopfte, bis er aufgab und mir eine Gute Nacht wünschte. *Nicht mit Ma reden* war Punkt eins auf meiner Liste, gefolgt von *Mas Briefe und Postkarten nicht lesen, Mas Geschenke nicht anneh-*

men und *Ma bis zu ihrem Geburtstag nicht verzeihen.* Später weinte ich mich in den Schlaf und wusste nicht, ob meine Tränen mir selbst und meiner schrecklichen Verlassenheit galten oder ob ich sie vergoss, weil ich wusste, wie egoistisch ich handelte und wie ungerecht ich mich Ma gegenüber verhielt.

Am nächsten Morgen redete Gerrit mit mir, und da ich von Schuldgefühlen zerfressen und eigentlich überhaupt nicht nachtragend war, lenkte ich rasch ein und versprach ihm, meinen Vergeltungsplan aufzugeben und mit dem fortzufahren, womit ich mein gesamtes bisheriges Leben verbracht hatte, nämlich Ma bedingungslos zu lieben. Als ich am Abend nach der Schule ans Telefon ging, heulte ich schon, bevor Ma mehr als *Hey, Schatz* sagen konnte, und nachdem ich mich irgendwann beruhigt hatte, unterhielten wir uns fast eine Stunde lang, wobei vor allem ich das Wort führte und von den großartigen und eintönigen Schulfächern, den tollen und faden Lehrerinnen und Lehrern und den netten, dämlichen und bösartigen Mitschülern erzählte, atemlos und ohne Punkt und Komma, wahrscheinlich weil ich mich noch immer schämte und mein Verhalten vom Vortag löschen wollte, indem ich es zu Tode quatschte.

Alles war wieder gut. Das dachte ich zumindest, bis Ma drei Wochen später nach Hause kam. (Selbstverständlich akzeptierte ich ihre Geschenke, darunter ein Bildband über Heidelberg, ein Trikot der deutschen Fußballnationalmannschaft Größe XS, was ich seltsam fand, da ich nie auch nur ansatzweise Interesse an dieser Mannschaft oder dieser Sportart gezeigt hatte, und ein riesiges Strandtuch mit Arielle, der Meerjungfrau, die ich dreimal im Verlauf eines Wochenendes im Kino gesehen hatte.) Alles schien in bester Ordnung zu sein, und als ich später im Bett lag, erschöpft und konfus vom Zuhören und Berichten, war ich überzeugt, jetzt würde alles in alter Gewohnheit weiterlaufen, Ma, die nicht mehr im Reformhaus arbeitete, würde wieder nur den Haushalt machen, Einkaufen, Putzen und Kochen und ungeduldig darauf warten, dass ich endlich von der Schule kam und sie mich verwöhnen konnte, während Gerrit das Geld verdiente.

Es war fast Mitternacht, als ich aufstand und leise ins Bad ging, um einen Schluck Wasser zu trinken. Unsere Wohnung im Statenkwartier hatte drei Zimmer, den hellen Raum mit Sofa und Sesseln und offener Küche und zwei Schlafzimmer, von denen ich das geräumigere hatte, weil Ma und Gerrit fanden, ich hätte so mehr Platz für meine Bücher und um mich zu entfalten. Das Gute an der Wohnung war, dass sie ganz in der Nähe der Deutschen Schule lag, die ich besuchte, das Schlechte an ihr waren die miefigen Teppichböden, die von Rost gesprenkelte Badewanne, die undichten Holzfenster, der über uns herumtrampelnde, offensichtlich arbeitslose, weil ständig zu Hause hockende Kerl und die geringe Distanz zum Meer, das, so bildete ich mir ein, jederzeit als Springflut über uns hereinbrechen konnte, wie es 1570 schon einmal geschehen war.

An die sogenannte Allerheiligenflut von damals dachte ich nicht, während ich über den Flur schlich, auch nicht an den Mann über mir, der mal wieder die Nacht zum Tag machte und umherlief, blöde Musik hörte und Dinge zu Boden fallen ließ, bestimmt einzig und allein zu dem Zweck, uns auf die Nerven zu gehen. Ich dachte an nichts anderes als daran, wie wohl ich mich in der Wohnung fühlte, seit Ma zurück war, wie geborgen und für alle Zeiten sicher. Ich streckte gerade die Hand nach der Klinke der Badezimmertür aus, als ich Gerrits Stimme hörte. Zunächst blieb ich stehen und lauschte mit angehaltenem Atem, dann ging ich langsam zum Schlafzimmer meiner Eltern und legte ein Ohr an die Tür. Dass sie noch wach waren, kam mir äußerst seltsam vor, denn normalerweise schliefen sie um diese Zeit längst, Gerrit erledigt von einem Zehnstundentag, Ma nachdem sie am Küchentisch bis spät in Fachbüchern zu Demenz und Alzheimer, Altenpflege und Sterbehilfe gelesen und im Licht der letzten in der Wohnung brennenden Lampe Notizen in ein Heft geschrieben hatte. (Ich weiß das alles, weil ich fast in jeder Nacht ein-, zweimal mein Zimmer verließ, um ein Glas Wasser zu trinken, einen heimlichen Blick auf Ma zu werfen oder einfach nur um still im Flur zu stehen, Gerrit beim Schnarchen zuzuhören und zu wissen, dass die Dinge so waren, wie sie sein mussten.)

Was ich hörte, war der eigentliche Auslöser für das, was ich rückblickend als Krise bezeichnen würde und was mich zu jener Zeit bis ins Mark erschütterte, weit heftiger, als es mich erschüttert hatte, dass Ma zu einem alten, mir unbekannten Mann gereist war, ohne mich mitzunehmen. Heute weiß ich, dass Liebe und Ehe, lockere Beziehungen und feste Partnerschaften und die zahllosen übrigen Gefühlszustände und privat vereinbarten und zivilrechtlich geregelten Verbindungen zwischen menschlichen Wesen von höchst komplexer und schwer zu begreifender Natur sind und dass es Varianten im Zusammenleben gibt, unzählige Ausnahmen und Nuancen. Aber ich mit meinen sieben Jahren wusste noch nichts von diesen Feinheiten, ahnte nicht, dass meine Eltern anders waren als die Mütter und Väter meiner Klassenkameraden und anders als die Ehepaare in den TV-Serien, die sich zwar öfter stritten als Ma und Gerrit, die aber einmal geheiratet, einander goldene Ringe an die Finger gesteckt und ewige Treue geschworen hatten und ein Leben lang zusammenblieben, genau wie die beringten Taubenpärchen von Herrn Jonker, der ein paar Querstraßen von uns entfernt wohnte. Auch davon, dass Frauen Frauen und Männer Männer liebten, hatte ich keine Ahnung, obwohl ich im Nachhinein sicher bin, in der Stadt, im Westduinpark und am Strand Paare gesehen zu haben, die ich in meiner keuschen Unwissenheit für sehr liebevoll miteinander umgehende Schwestern und Freundinnen gehalten hatte und für Hand in Hand herumspazierende Brüder und beste, sich ab und zu küssende Freunde.

An den genauen Wortlaut des Gesprächs zwischen Ma und Gerrit konnte ich mich noch Jahre später erinnern, und bis heute habe ich nicht viel davon vergessen. Zusammengefasst ging es darum, dass Ma Gerrit erklärte, sie habe vor, zurück nach Deutschland zu gehen und dort zu leben, und Gerrit versuchte sie zum Dableiben zu bewegen. Ma sagte, sie sei nicht mehr glücklich, das liege jedoch nicht an Gerrit, sondern daran, dass sie mit bald Mitte dreißig eine Veränderung brauche, eine neue Umgebung, neue Menschen und Ziele. Ich erstarrte, als ich das hörte, spürte mein Herz wie wild klopfen und meine Beine weich werden, und nicht einmal die Tatsache, dass Ma Gerrit bat, mich nach Deutschland mitnehmen zu dürfen, half dabei, mich weniger elend zu fühlen.

Ich weiß nicht, wie lange ich mit dem Ohr an der Tür dagestanden habe, vielleicht zehn, fünfzehn Minuten. Vorgekommen ist es mir in jener Nacht wie eine Ewigkeit. Irgendwann wurde es still im Schlafzimmer meiner Eltern, und ich ging zurück ins Bett, auf wackligen Beinen, schwankend und wie erschlagen. Schlafen konnte ich natürlich nicht, und kaum war ich irgendwann doch weggedämmert, schienen nur ein paar Sekunden vergangen zu sein, bis Gerrit mich weckte. Obwohl ich mich wie betäubt fühlte, stand ich auf, wusch mir das Gesicht mit kaltem Wasser und setzte mich an den Küchentisch, um mein Frühstück anzustarren, eine in zwei Hälften geschnittene Scheibe Weißbrot mit Margarine und Erdbeermarmelade, eine geschälte Banane und ein Glas Mehrfruchtsaft, meine übliche Start-in-den-Tag-Mahlzeit, wie sie, seit ich denken konnte, an jedem Morgen vor mir gestanden hatte.

Nach einer Weile fragte Gerrit, warum ich mein Essen nicht anrühre, ob ich etwa krank sei. Er legte seine Hand auf meine Stirn und meinte, ich fühle mich ganz normal an. Als ich sagte, dass ich sie in der Nacht gehört habe, wurde er bleich und brachte sekundenlang keinen Ton heraus. Dann setzte er sich zu mir an den Tisch, schien lange nachzudenken und sagte schließlich, Mas Entschluss stünde fest und Deutschland werde mir bestimmt gefallen. Ma habe schon mehrere tolle Schulen für mich gefunden, ich müsse mich nur noch für eine entscheiden. Während er mir das alles erzählte, lächelte Gerrit die ganze Zeit, aber seine Stimme war zittrig, und er räusperte sich immer wieder und kratzte mit einem Fingernagel an einer Stelle des Tisches, wo sich die weiße Farbe gelöst hatte.

Ich erinnere mich noch gut daran, wie ich zur Tür ging, meine Schuhe anzog, den Schulranzen vom Garderobenhaken nahm und die Tür öffnete, um ins Dämmerlicht des Tages zu treten. Es war ein warmer Morgen, ich hätte allein losmarschieren können, nach links bis zum Ende unserer Straße, dann rechts und immer geradeaus bis zur turmlosen Kirche, hinter der das Schulgebäude lag, aber nachdem ich ein paar Schritte gegangen war, nahm mich Gerrit an der Hand, und wir gingen zusammen den leeren Gehsteig entlang, schweigend und mit schweren Köpfen, die voller Gedanken an eine unbekannte, beängstigende und dennoch verheißungsvolle Zukunft waren.

Entgegen dem Wunsch meiner Mutter blieb ich in Den Haag. Über die Zeit vor ihrer Abreise gibt es nicht viel zu sagen, eigentlich nur, dass sie geprägt war von Disputen zwischen ihr und Gerrit, trägen Versuchen, etwas zu klären, zu rechtfertigen oder zu beschönigen. Ma kam nur tagsüber in unsere Wohnung, um zu packen und zu entscheiden, was sie mitnehmen und zurücklassen wollte. Sie hatte vier Rollkoffer gekauft, kühlschrankgroße Modelle aus glänzendem rotem Kunststoff, die sie so mit ihren Kleidern und Schuhen, den Sachbüchern und dem in Jahren angehäuften Kleinkram füllte, dass Gerrit ihr helfen musste, als es klingelte und das ganze Gepäck die Treppen hinunter zur Straße getragen werden musste, wo der Taxifahrer wartete, der Ma in ihr Hotel brachte, wo sie bis zum rasch näher rückenden Tag X wohnte, um mich, wie sie bei fast jedem Besuch unter Tränen sagte, nicht noch mehr gegen sich aufzubringen.

Ich hasste meine Mutter für das, was sie tat, und sagte es ihr ins Gesicht. Ihre Entscheidung, Gerrit und mich zu verlassen, konnte ich nicht begreifen, obwohl sie zahllose Anläufe unternahm, ihre Beweggründe darzulegen und ihre Erwartungen vor mir auszubreiten wie wertvolle Gegenstände, wie Relikte aus der Zukunft, von der sie sich so viel versprach. Dass ich nicht verstand, warum sie gehen wollte, lag sicherlich auch daran, dass ich sie nie ausreden ließ und jeweils nach drei, vier Sätzen aus ihrem Mund in mein Zimmer rannte und mich darin einschloss. Irgendwann gab sie ihre Bemühungen auf und behelligte mich nicht mehr mit ihren Seelenzustandsberichten und Traumerfüllungsfaseleien und ihren flehentlichen Bitten um Verständnis und Vergebung, was ich als ihre Niederlage und meinen Sieg betrachtete, obwohl ich nichts fühlte, was man auch nur annähernd als Genugtuung, geschweige denn als Triumph hätte bezeichnen können. Am Tag ihres endgültigen Aufbruchs, einem schulfreien Nachmittag, den sie sich ausgesucht hatte, damit ich ihr Lebewohl sagen und alles Gute wünschen konnte, ging ich aus der Wohnung und lief den ganzen Weg bis in den Scheveningse Bosjes Park, wo ich mich ins Gras vor ein Denkmal setzte, dessen Bedeutung ich damals nicht kannte und von dem ich heute weiß, dass es den Holländern gewidmet ist, die während des Zweiten Weltkriegs in Niederländisch-Ostindien ums Leben kamen. Damals sah ich nur abstrakte Menschengestalten aus grauem Stahl, deren eingefrorenen Körperhaltungen und Gesten etwas Unschlüssiges und Verzweifeltes anhaftete und die meine Gemütsverfassung perfekt zu reflektieren schienen. Vor allem das kleine Mädchen am linken Rand der Gruppe hatte es mir angetan, vermutlich weil sich außer ihm nur noch ein einziges anderes Kind, allem Anschein nach ein Junge, unter den siebzehn Figuren befindet und weil dieses Mädchen einen besonders verlorenen Eindruck macht, obwohl eine Frau neben ihm steht und ihm eine Hand an den Hinterkopf legt. In meinen Augen war der ausgestreckte Arm der Frau eine Bewegung des Wegschiebens, des Verstoßens, eine Deutungsweise, von der ich im Nachhinein natürlich weiß, dass sie völlig irrational war, die mir jedoch einigermaßen nachvollziehbar erscheint, wenn man bedenkt, in was für einer Verfassung ich mich damals befand und was für einen ausgeprägten Hang zum Melodramatischen ich hatte.

Als ich zurück in die Wohnung kam, war Ma fort. Gerrit saß am Küchentisch, auf dem eine offene Packung Schokoladeneis stand. Daneben lag der Zettel, den ich geschrieben hatte und auf dem *Bin spazieren gegangen, gute Reise* stand, das Schnoddrigste und Herablassendste, was mir am Morgen als Abschiedsgruß für meine Mutter eingefallen war. Gerrit hielt mir stumm einen zweiten Löffel hin. Ich nahm ihn und setzte mich zu ihm.

Als Ma am nächsten Tag anrief, um zu verkünden, dass sie gut angekommen sei, redete ich nicht mit ihr. Gerrit drängte mich nicht dazu, wir hatten am Vortag darüber gesprochen, und er akzeptierte meine Entscheidung, auch wenn er sie bedauerte. Er meinte, mein Verhältnis zu Ma werde sich irgendwann ändern, dann würde ich sie besser verstehen und ihren Schritt vielleicht sogar nachvollziehen können. Ich sagte ihm, dass ich das für ausgeschlossen hielte, aber er setzte nur ein seltsames Lächeln auf und zuckte mit den Schultern.

Das Leben ging weiter, das musste es ja. Ich ging zur Schule, lernte richtiges Deutsch und dazu Englisch und nebenbei noch ein wenig Holländisch, ich erfuhr vom Leben der Höhlenmenschen und Pfahlbauern und von der Kultur und der Dekadenz der Römer, ich schlug mich mit Zahlen herum und mit chemischen Verbindungen, ich begriff, wie groß die Welt war, turnte und bastelte und sang. Ich war wohl das, was man *burschikos* nennt, und wurde von den anderen Kindern Edi genannt. Wie jedes Kind war ich beliebt und unbeliebt, je nachdem, wer mich musterte und beurteilte. Und wie an jeder Schule gab es Gruppen. Ich war in der, von deren vier Mitgliedern pausenhofintern behauptet wurde, sie seien Spinner, was wohl daran lag, dass wir uns an keinen blödsinnigen Spielen und geistlosen Gesprächen beteiligten und Musik gut fanden, die nicht einmal in ihrer Blütezeit erfolgreich war, amerikanischen Garagenrock, eine Stilrichtung, nach der wir nachmittagelang in Zeitschriften und Plattenläden gestöbert und die wir schließlich für uns ausgesucht hatten, weil niemand sonst sie kannte. Wir waren zwar erst sieben, acht Jahre alt, kamen aber alle aus Familien mit linkem oder sonst wie revolutionärem Hintergrund und hielten es für unsere Pflicht, Erwachsenen gegenüber in einem vertretbaren Rahmen aufmüpfig und schwierig zu sein, was vor allem unsere Lehrerinnen und Lehrer und sogar unsere eigentlich bis ins Mark liberalen Eltern zu spüren bekamen. Heute würde ich sagen, wir übten schon mal für die Pubertät, gegen den Strom zu schwimmen war die einzige Sportart, bei der wir uns anstrengten.

Gerrit behielt recht, ich gab meine Weigerung, mit Ma zu telefonieren, nach einiger Zeit auf. Jede Woche redete ich ein wenig länger mit ihr, und irgendwann, ich glaube, im Dezember, hatte sich unser Verhältnis einigermaßen normalisiert, was aber keineswegs bedeutete, dass ich ihr verzieh. Das erste Weihnachten seit ihrem Weggang feierten wir getrennt, aber im Februar, als ich Geburtstag hatte, kam sie uns besuchen. Es war ein eigenartiges Wiedersehen, das mich aufwühlte und das, soweit ich es beurteilen konnte, auch Gerrit ganz schön mitnahm. Ma schleppte einen Berg von Geschenken an, natürlich vor allem für mich, und mir drängte sich der Verdacht auf, sie wolle mich bestechen oder zumindest besänftigen. Ich erinnere mich nicht mehr an den Inhalt aller Pakete, die sie unsicher lächelnd in die Wohnung trug, nur noch an den Discman, das Paar Jeans (Levis, eine Nummer zu klein), das Mikroskop (ich hatte mit sechs Jahren ein Interesse daran entwickelt, winzige Dinge unter der Lupe zu betrachten, das aber nach Mas Auszug endete) und die Sonnenbrille (Gestell mit Leopardenmuster.) Funktionierte ihr Plan? Nun ja, ich beruhigte mich, und aus meiner Wut wurde Groll, aus meiner Verachtung für Ma Missbilligung ihrer Handlungen, aus meinem Unverständnis ein resigniertes Akzeptieren der Dinge, wie sie waren.

Insgeheim hoffte ich, sie würde merken, wie sehr wir ihr fehlten, und bleiben, aber am Abend des dritten Tages ihres Besuches fuhr sie zurück nach Wiesbaden, wo sie den alten Mann in der Obhut eines Pflegeheims gelassen hatte. Gernot Saalfeld, der zweite Mann von Mas Großmutter, war im Oktober nach einem Herzinfarkt in einer Einrichtung untergebracht worden, die sich Seniorenresidenz nannte und unter der ich mir sogar als Kind etwas vorstellen konnte, nämlich ein großes Gebäude mit vielen Stockwerken und Zimmern, die schön eingerichtet waren und in denen reiche alte Menschen lebten und, wenn sie nicht gerade im Park spazierten oder Wassergymnastik machten, ihre Zeit mit Kartenspielen und Fernsehen verbrachten oder in ihrem Lieblingssessel saßen und versonnen ins Leere blickend auf das Ende warteten, so wie ich es in einem Prospekt gesehen hatte, der Gerrit zugeschickt worden war. Gerrits Großvater war ein Jahr nach dem Tod seiner Frau an Demenz erkrankt und hatte in einem Heim untergebracht werden müssen, und obwohl Gerrits Eltern nicht gerade arm waren, lachte Gerrit nur ungläubig auf, als er die Preise von *Gouden Herfst Apartments* studierte und sich mit mir die retuschierten Fotos ansah, deren Glücksversprechungen in Gestalt weißhaariger, faltenloser Greisendarsteller uns Schauder über den Rücken jagten. (Wie Ma uns später erzählte, hatte das Pflegeheim, in dem Gernot Saalfeld von Medikamenten sediert vor sich hin gedämmert war, nicht die geringste Ähnlichkeit mit dem weiß verputzten Palast aus dem Hochglanzprospekt.)

Gerrit und ich ließen uns von Mas Entscheidung nicht unser Leben kaputt machen. Ich verurteilte ihre Flucht sowieso viel vehementer als er, war viel nachtragender und beleidigter. Was natürlich nur eine Behauptung ist. Um ehrlich zu sein, weiß ich nicht, wie Gerrit den Schlag tatsächlich verkraftet hat, ob er heimlich, wenn er allein in seinem Zimmer war, weinte und sich mir gegenüber nichts anmerken ließ, vielleicht, um als starker Vater zu wirken, als Fels in der Brandung. Ich ging zur Schule und trainierte zweimal wöchentlich in einem Karateclub, ich kapitulierte vor Algebra und Physik und küsste (»richtig«, mit ein bisschen Zunge) meinen ersten Jungen, den zwei Jahre älteren Ruud Stam, der in die Duinoordschool im Statenkwartier ging und sehr gut Klavier spielen konnte. (Im Küssen war er, das kann ich mittlerweile sagen, so schlecht – weil unerfahren – wie ich.) Gerrit arbeitete weiterhin bei *Green Tank Technologies*, reduzierte das Pensum aber auf dreißig Stunden, um mehr Zeit für mich zu haben, lernte an den Wochenenden Spanisch und riss mit Erlaubnis des Vermieters den Teppich vom Wohnzimmerboden und förderte altes Parkett zutage, das wir gemeinsam abschliffen und einölten. Wir unternahmen viel zusammen, gingen ans Meer, besuchten Vergnügungsparks und machten Ausflüge in die Umgebung, und die meiste Zeit gelang es uns, dabei nicht an Ma zu denken. Wir redeten auch kaum noch über sie, weil es nichts brachte und nur Gefühle wie Wut und Kummer aufwärmte. Am Telefon gaben wir drei uns Mühe, so zu tun, als sei alles in bester Ordnung, als sei Mas Abwesenheit bereits normal geworden und als hätten wir uns damit abgefunden, dass wir keine richtige Familie mehr waren.

Dann wurde ich neun. Ma kam drei Tage vor meinem Geburtstag aus Frankfurt, wo sie inzwischen lebte. Zum ersten Mal, seit sie gegangen war, öffnete ich und nicht Gerrit die Tür, um sie hereinzulassen, und ich bekam gerade noch mit, wie sie ihren Gesichtsausdruck innerhalb einer halben Sekunde von müde und traurig auf munter und gut gelaunt und ihren Blick von fahrig auf fokussiert stellte. Mit den Armen voller Geschenke für mich betrat sie die Wohnung, ließ die Pakete auf das Sofa fallen und legte eine Fröhlichkeit an den Tag, die so unvermittelt aus ihr herausbrach und so atemlos überdreht war, dass Gerrit und ich uns verstohlen ansahen. Gernot Saalfeld war ein paar Wochen zuvor gestorben, mit neunundachtzig Jahren sanft in einem Krankenhausbett entschlafen, wie Ma uns am Telefon gesagt hatte, und wir hätten es verstanden, wäre sie deswegen noch immer deprimiert gewesen. Aber sie ließ sich nicht das Geringste anmerken, und während sie ohne innezuhalten von der Bahnfahrt zu uns, von einem fast einstündigen Halt auf offener Strecke kurz vor der Grenze und einer seltsamen Reisebekanntschaft erzählte, fragte ich mich – oder bilde mir heute ein, mich gefragt zu haben –, warum sie vor uns zu verbergen versuchte, wie sehr der Tod des alten Mannes sie noch immer bedrückte, und warum sie diese Trauer nicht nutzte, um uns zu zeigen, warum sie zu ihm gezogen und bis zuletzt bei ihm geblieben war, nämlich aus Liebe und Mitleid, so viel Liebe und Mitleid, dass sie uns deswegen hatte verlassen müssen.

Nach einer Weile wurde sie ruhiger, und später, als wir den Kuchen aßen, den Gerrit und ich am Vortag gebacken hatten, verfiel sie in Schweigen. Wie eine Schauspielerin, dachte ich, die nach einem anstrengenden

Auftritt in ihrer Garderobe sitzt, leer und ausgelaugt und mit einem eingefrorenen Lächeln auf den Lippen. Wir hatten ihr am Telefon unser Beileid ausgesprochen, und ich für meinen Teil hielt es nicht für nötig, mich zu wiederholen. Ich glaubte zu spüren, dass Gerrit Fragen nach Mas seelischer Verfassung, dem Verlauf der Beerdigung oder irgendwelchen Erbschaftsangelegenheiten auf der Zunge lagen, aber auch er sprach diese Dinge nicht an, bestimmt weil er wie ich registrierte, dass Ma völlig von der Rolle war. Wir aßen den Kuchen und tranken Kaffee und Tee, und Gerrit und ich sorgten mehr schlecht als recht für Unterhaltung, indem wir von meinen Lieblingsfächern in der Schule (Sprachen, Geschichte, Geografie und Biologie), von unseren Ausflügen nach Delft und Rotterdam und zum Nationalpark De Biesbosch und von unserer schweißtreibenden Arbeit am Parkettboden erzählten. Ma hörte uns mit ihrem versteinerten Lächeln um die Lippen zu, aber ich hatte das Gefühl, sie sei in Gedanken ganz woanders. Als sie am Abend ging und in ein Taxi stieg, das sie zum Hotel brachte, war ich richtiggehend erleichtert, dass ich nicht mehr reden musste, nicht mehr das Gefühl hatte, nonstop quasseln zu müssen, um ihr Schweigen weniger unangenehm wirken zu lassen. Sie setzte sich auf die Rückbank, ohne sich noch einmal nach uns umzudrehen, sodass sie es nicht sah, wie Gerrit und ich ihr hinterherwinkten. Ich stellte mir ihr Gesicht vor, aus dem jetzt vermutlich auch noch die letzten mickrigen Funken Lebendigkeit und Interesse verschwunden waren.

An meinem Geburtstag war sie dann wie ausgewechselt, was mich freute, aber auch stutzig machte. Jetzt war sie es, die in einer Tour redete, aus den Sachbüchern, die sie stapelweise gelesen hatte, zitierte, witzige und traurige (und teilweise wirre) Anekdoten mit den Schauplätzen Pflegeheim und Krankenhaus zum Besten gab und von einem Film erzählte, den sie im Kino gesehen hatte. (In *Der Zementgarten* geht es um vier Kinder, die nach dem Tod ihrer Eltern im Haus wohnen bleiben und so tun, als sei nichts passiert. Ich habe ihn mir Jahre später auf DVD angesehen und wusste nicht, was ich davon halten sollte – vom Film und der Tatsache, dass er bei Ma einen so starken Eindruck hinterlassen hatte.) Zur Feier des Tages gab es eine Torte mit neun Kerzen, die ich natürlich alle auf einmal ausblasen konnte, und natürlich nicht ohne mir etwas dabei zu wünschen, wobei ich mich nicht erinnern kann, was es war, ein Paar Schlittschuhe oder dass Ma zu uns zurückkam.

Der Schlaflose in der oberen Wohnung strapazierte unsere Nerven noch immer fast jede Nacht. Bis um zehn, elf Uhr hörten wir kaum etwas von ihm, dann fing es langsam an mit dem Herumwandern zwischen den Zimmern, dem Stuhlrücken, dem Schranktürenschlagen und Schubladenschieben und Fallenlassen von Gegenständen, kleinen, nach Löffeln und Kugelschreibern und Feuerzeugen klingenden, und größeren, die wir für Kartoffeln und Äpfel hielten, für Brotlaibe, volle und leere Flaschen, ein Nudelholz, Schuhe, Bücher. Gerrit und ich machten uns einen Spaß daraus, nach jedem dumpfen Bums von oben zu raten, was dem Tölpel gerade aus den Händen geglitten war, und ließen unsere Vermutungen immer absurder werden, riefen *Hirn, totes Meerschweinchen, zwei Kilo Gehacktes* oder *Medizinball* durch die Wohnung, insgeheim hoffend, er könne uns hören.

Gerrit regte sich mehr über den Lärm auf als ich. Einige Male war er kurz davor, nach oben zu rennen, an die Tür des Trampels zu hämmern und sofortige Ruhe zu verlangen. Dabei ging es ihm nicht um den eigenen Schlaf, sondern um meinen, den er als wichtig bezeichnete, weil ich mich noch im Wachstum befände und in der Schule auf einen wachen Geist angewiesen sei. Er behauptete, selbst nicht viel Erholung zu brauchen, blieb oft bis zwei, drei Uhr morgens wach und sah im Bett auf einem kleinen tragbaren Apparat fern, las Fachzeitschriften und Bücher zu ökologischen, sozialen und politischen Themen und schrieb, wahrscheinlich um seiner Szene aus Jugendtagen die Treue zu halten, Artikel für linksalternative Blätter und alle zwei Wochen einen Brief an seinen Bruder Claas, der mit seiner Freundin in Brüssel lebte und Gerrit und Den Haag vermisste. Wenn er seine nächtlichen Arbeiten erledigt hatte, knipste er das Licht aus und schlief tief und fest, bis sein Radiowecker um sechs Uhr dreißig laute Rockmusik spielte. Nichts konnte ihn vorher aus dem Schlaf holen, nichts jedenfalls, das leiser war als das Geräusch, das der vierundneunzig Kilo schwere Körper eines neunundsechzig Jahre alten und einen Meter fünfundachtzig großen Mannes verursacht, der mitsamt einer leeren Kaffeetasse und einem mit acht Apfelschnitzen beladenen Teller auf den Boden seines Wohnzimmers kracht.

Als genau das passierte, reichte es Gerrit ein für alle Mal. Ich war durch den lauten Rumms aufgewacht und hörte, wie Gerrit aus dem Bett sprang, die Wohnungstür entriegelte und zur Treppe stampfte. Bis ich im oberen Stock angekommen war, schlug Gerrit längst mit der Faust gegen die Tür des Mannes, der Willem van de Velde hieß und dem ich in all den Jahren, die wir bereits im selben Haus wohnten, nur etwa zehn-, zwanzigmal begegnet war, immer nur flüchtig auf der Straße oder im Flur und einmal im Supermarkt an der Ecke, wo er eine Kiste Aprikosen gekauft hatte, worüber ich sehr erstaunt gewesen war, weil ich in unserem lichtscheuen Nachbarn immer einen ungesund lebenden, obst- und gemüsefeindlichen Kerl gesehen hatte, einen miesepetrigen, einzelgängerischen Stubenhocker mit zwei linken Händen, aus denen die Aprikosen schon bald, spätestens aber mitten in der Nacht, kullern und mit leisen Plopps auf dem Boden landen würden.

Und jetzt lag da dieses große, unförmige Wesen vor uns, ein Brocken von Mann, eher Bär als Mensch, und stöhnte. Zu unserem Erstaunen war die Tür nicht abgeschlossen gewesen, und nach einem vernehmlichen *Hallo* von Gerrit hatten wir die fremde Wohnung betreten. Willem van de Velde war bei seinem Sturz auf dem Bauch gelandet, jedenfalls trafen wir ihn in dieser Position an, als wir durch den zur Hälfte im Halbdunkel liegenden Raum gingen, der genau gleich geschnitten war wie unserer, nur anders möbliert. Gerrit kniete sich neben van de Velde und fragte, was passiert sei und ob man einen Krankenwagen rufen solle. Er sei gestolpert, sagte unser Nachbar, und seine Stimme, die ich zum allerersten Mal zu hören glaubte, klang tief und weich, beinahe angenehm. Ich stand daneben, und weil ich mir nutzlos vorkam, sammelte ich die Apfelschnitze zusammen und legte sie zurück auf den Unterteller, der heil geblieben war. Er habe sich die Schulter verletzt, meinte der Gestürzte, wenn er sich bewege, tue es höllisch weh. Wie zum Beweis rollte er sich ein wenig auf die Seite, stöhnte laut und kippte wieder in die Bauchlage zurück. Mein Vater sagte etwas, das ich nicht verstand, weil ich der Musik lauschte, die aus dem Raum kam, der eine Etage tiefer meinem oder Gerrits Zimmer entsprach, dann richtete er sich auf und rannte ins Treppenhaus und nach unten in unsere Wohnung, um zu telefonieren und mich, wie mir eine Schrecksekunde später bewusst wurde, mit unserem Nachbarn allein zu lassen.

Van de Velde lag so, dass er, selbst wenn es ihm möglich gewesen wäre, den Kopf zu heben, nur meine nackten Füße und die in Pyjamahosen steckenden Beine gesehen hätte. Aber er schien tatsächlich Schmerzen zu haben und ließ seinen von dichtem, zerzaustem Haar bewachsenen Kopf mit der Wange nach unten auf dem Boden liegen. Holzdielen, kein Teppich, dachte ich, deshalb konnten wir bei uns unten jeden Bleistift hören, der ihm aus der Hand fiel. Weil Gerrit sich mit dem Telefonieren Zeit ließ, trug ich den Teller mit den Apfelstücken in die offene Küche, die in der gleichen Ecke der Wohnung lag wie unsere. Auf dem Weg dorthin fand ich die Einzelteile der Tasse, die van de Velde bei seinem Sturz hatte fallen lassen. Ich hob sie auf und warf sie in den Abfalleimer, der wie unserer im Schrank unter der Spüle stand.

Ich suchte nach einem Geschirrtuch, und als ich keines fand, nahm ich einen Topflappen vom Haken über dem Kochherd, ging zu van de Velde und schob ihm das aus blauer Wolle gehäkelte Ding unter die Wange, damit er es ein wenig bequemer hatte. Er murmelte etwas, das nach Dankbarkeit und Zerknirschung klang und dem erneutes Stöhnen folgte. Ich überlegte, ob ich ihm etwas erzählen sollte, um ihn von seinen Schmerzen abzulenken, zum Beispiel die Geschichte, die ich in der Zeitung gelesen hatte und deren Held ein Pferd war, ein tierisches Genie, das angeblich Kopfrechnen konnte. Aber dann wurde unten die Haustür geöffnet, ich hörte Gerrits Stimme und Getrampel auf der Treppe, und gleich darauf platzten zwei Sanitäter mit einer Trage in die Wohnung und kümmerten sich, von viel einstudierter Hektik begleitet, um den Liegenden. Gerrit blieb im Türrahmen stehen und erklärte den beiden Männern, dass der Patient Willem van de Velde heiße, alleinstehend und vor Kurzem gestürzt sei, worauf einer der Sanitäter, der ältere, auf eine ausgerenkte Schulter tippte. Frau Kuipers aus dem dritten Stock tauchte hinter Gerrit auf, warf einen verschlafenen Blick zu uns herein und fragte, ob sie helfen könne. Als Gerrit ihr sagte, man kümmere sich um Herrn van de Velde, murmelte sie etwas Unverständliches und verschwand wieder wie ein Geist. Van de Velde gab ein letztes Wimmern von sich, bevor er nach unten und zum Rettungsfahrzeug getragen wurde. Kalte Nachtluft strömte von draußen herein und wehte zu uns hoch. Ich fröstelte plötzlich und war froh, als Gerrit meine Hand ergriff und mit mir in unsere Wohnung ging.

So lernten wir Willem van de Velde kennen, den berühmtesten unter den vergessenen Schriftstellern des Landes. Gerrit hatte am Tag nach dem Vorfall im Krankenhaus angerufen, dessen Namen uns die Sanitäter genannt hatten, und erfahren, dass van de Veldes Schulter nicht ausgerenkt, sondern gebrochen war und er sich eine heftige Prellung des Hüftknochens zugezogen hatte. Fünf Tage danach hörten wir ihn wieder in seiner Wohnung herumgehen und warteten angespannt darauf, dass er etwas fallen ließ, sozusagen als unverkennbares Zeichen seiner Rückkehr. Gerrit behauptete, unser Nachbar bewege sich langsamer als vor dem Sturz, bestimmt habe er noch Schmerzen in der Hüfte. Ich strengte mein Gehör an und glaubte, tatsächlich ein leises Schleifen zu vernehmen, als hinke der Schlaflose leicht. Eine Woche nach van de Veldes Sturz lagen eine Schachtel Pralinen und ein Brief vor unserer Tür. Eigentlich war es eher ein Zettel als ein Brief, ein gefaltetes, in einem Umschlag steckendes Blatt Papier, auf dem *Vielen Dank für Ihre Hilfe, W. van de Velde* stand.

Nachts ertappte ich mich manchmal dabei, wie ich das Herumgehen van de Veldes vermisste, und am Tag saß ich oft minutenlang still in meinem Zimmer oder in der Küche und horchte auf Geräusche von oben. Doch nichts war zu hören, nur ab und zu ein leises Tappen, als würde sich der Bär über meinem Kopf auf Zehenspitzen bewegen. Es war Samstag, ein sonniger Morgen im Mai, als endlich etwas zu Boden fiel. Gerrit und ich hatten gerade gefrühstückt, und ich wollte in mein Zimmer gehen, aber Gerrit hielt mich sanft zurück, kniff die Augen zusammen und sagte, das sei vielleicht eine Krücke gewesen.

Eine Minute später gingen wir die Treppe hoch. Ein kurzes Vorbeischauen sei ein Zeichen des Mitgefühls und guter Nachbarschaft, meinte Gerrit, die Gesellschaft sei am Verrohen, da müsse man wenigstens in einem Mietshaus mit drei Parteien für Zusammenhalt sorgen. Ich hatte Pläne für den Tag, wollte Gerrit überreden, mit mir zum Strand zu gehen, meinen neuen Drachen steigen zu lassen und das erste Eis des Jahres essen. Andererseits war ich, um ehrlich zu sein, auch ein wenig neugierig auf den Schlaflosen, und als Gerrit an meine Menschlichkeit appellierte, gab ich einen Seufzer der Opferbereitschaft von mir und sagte, ich hätte fünf Minuten Zeit, höchstens zehn. Gerrits Gesicht leuchtete vor Dankbarkeit, dann wischte er die Weinflasche, die er van de Velde schenken wollte, an seinem Hemd sauber und klingelte.

Es dauerte eine gefühlte halbe Minute, bis die Tür geöffnet wurde und van de Veldes massiger Körper mit dem riesigen Kopf vor uns aufragte. Der Mann sah uns mit ausdrucksloser Miene an, als habe er nicht die geringste Ahnung, wer wir waren. Sein rechter Arm hing in einer Stoffschlinge, mit dem linken stützte er sich auf eine hellgraue Krücke.

»Hallo, wir sind die Verbeeks. Von unten. Edna und Gerrit«, sagte Gerrit, und ich konnte hören, wie sehr er sich anstrengte, ungezwungen zu klingen. »Wir wollten nur mal fragen, wie es Ihnen geht.«

Van de Velde schien nachzudenken. Vielleicht, überlegte ich, hatte sein Gedächtnis bei dem Sturz Schaden genommen.

»Wie es Ihnen nach Ihrem Unfall geht.« Gerrit drehte die Flasche in den Händen.

Van de Velde nickte, offenbar erinnerte er sich. »Es geht«, sagte er endlich, und dann, vermutlich, um höflich zu wirken: »Danke.«

Gerrit hielt ihm die Flasche Rotwein hin. »Hier. Ein Tropfen zum Entspannen.«

Wieder machte es den Eindruck, als würde van de Velde nachdenken. »Ich trinke nicht«, sagte er schließlich.

»Oh.« Gerrit ließ die Flasche sinken.

»Alkohol«, sagte van de Velde.

»Oh«, wiederholte mein Vater.

Ich trat von einem Fuß auf den anderen. Die Situation war bizarr und hatte etwas Demütigendes, jedenfalls kam ich mir vor wie ein Trottel, als wären Gerrit und ich Hausierer, die den Leuten nutzlose und absurde Dinge andrehen wollten, Golfschläger für Männer an Krücken, zum Beispiel, oder ausgestopfte Eulen.

»Tja dann«, sagte Gerrit. Er lächelte mir zu und umfasste meinen Ellbogen.

Ich war heilfroh, dass Gerrit das Scheitern seiner Mission *Mehr*

Menschlichkeit im Mietshaus einsah und wir nun keine weitere Zeit an diesen übellaunigen Mann verschwenden würden. »Wiedersehen«, sagte ich und wandte mich zum Gehen.

»Auf Wiedersehen. Und gute Besserung.« Gerrit drehte sich ebenfalls um, dann blieb er abrupt stehen und sagte, Rumpf und Hals in unnatürlicher Weise verbogen und das Gesicht wieder van de Velde zugewandt: »Falls Sie etwas brauchen, vom Supermarkt oder so, lassen Sie es uns wissen.«

Ich wusste, er hatte sein treuherziges, großzügig strahlendes und vor keiner Unfreundlichkeit kapitulierendes Lächeln aufgesetzt, und verachtete ihn dafür. Wir machten ein paar Schritte in Richtung Treppe, und ich hoffte schon, die Tür hinter uns würde sich schließen, aber das tat sie nicht.

»Das ist sehr nett«, hörte ich van de Velde sagen. »Drei, vier Sachen könnte ich schon brauchen.«

Das war der Beginn einer Freundschaft, von der ich bis zum heutigen Tag nicht mit absoluter Sicherheit sagen kann, ob sie sich in einem Gleichgewicht befand, ob sie ausgewogen war, oder ob ich damals meinen kindlichen Eifer und mein naives neunjähriges Herz in etwas investierte, das Willem van de Velde bloß als profane Gemeinschaft betrachtete, deren Zweck es war, sich von einem wohlerzogenen Mädchen die Einkäufe erledigen und außerdem unermüdlich versichern zu lassen, was für ein großartiger Autor er sei. Wie viel ihm meine Besuche und unsere oft seltsamen, für ihn logischerweise wenig herausfordernden Gespräche bedeutet haben, weiß ich nicht, aber mittlerweile würde ich, zumindest in den zyklisch wiederkehrenden Momenten von Wehmut und Rührung, sagen, ich sei Willem van de Velde für unsere gemeinsame Zeit dankbar, denn obwohl er ständig über die Literatur lästerte und mir fast täglich eintrichterte, ich solle die Finger vom Schreiben lassen, bin ich Schriftstellerin geworden. Wäre er noch am Leben, er würde wahrscheinlich zuerst mit mir schimpfen und sich dann für mich freuen. *Herrje,* höre ich ihn mit seiner dunklen Stimme sagen, während er mein erstes Buch in den Händen hält, *da hast du dir ja was Schönes eingebrockt.* Ich muss lächeln, wenn ich mir die Szene vorstelle, aber dann öffne ich die Augen und rufe mir ins Gedächtnis, dass es diesen Mann nicht mehr gibt und von meinem Buch weit und breit nichts zu sehen ist.

Ich lief noch am selben Morgen zum Supermarkt, um für van de Velde die Dinge zu besorgen, die er wollte. An einige Artikel auf der Liste, die er mir diktierte (und auf der am Schluss natürlich nicht drei, vier Dinge standen, sondern mindestens zehn), kann ich mich noch immer erinnern: Walnüsse, ein ganzes Kilo davon schleppte ich für ihn die Straße entlang und die Treppe hoch, eine Flasche Preiselbeersaft (in der Flasche, nicht im Karton!), vier Äpfel und eine Lauchstange. Der Rest ist mir entfallen, wahrscheinlich habe ich ihm noch Margarine und Kartoffeln gebracht, keine Ahnung. Jedenfalls war ich stinksauer an diesem sonnigen Samstagmorgen, der so ganz anders verlief als von mir geplant. Am meisten war ich auf Gerrit wütend. Während ich die elenden Walnüsse suchte (ich fand sie schließlich im Regal mit den Trockenfrüchten, in dessen Nähe ich bisher nicht gekommen war), verfluchte ich meinen linken, in seinen flammenden Artikeln stets für die Schwachen eintretenden Vater. Offenbar genügte es ihm nicht mehr, in seinem Job Gutes zu tun, indem er den Welthunger bekämpfte, er musste jetzt auch für unseren Nachbarn ein Hilfsprogramm starten, als seien Willem van de Velde Burundi und Gerrit und ich die Vereinten Nationen. Ich stand in der endlos langen Warteschlange vor der Supermarktkasse und verwünschte Gerrit dafür, dass er meinte, er müsse immer nett und hilfsbereit sein und allen seine Dienste anbieten – in diesem Fall *meine* Dienste –, und als ich endlich bei van de Velde klingelte, atmete ich mit geschlossenen Augen ein paarmal tief ein und aus und hoffte, dass unser Nachbar sich wenigstens über die Lebensmittelspende des Verbeek-Hilfswerks freuen und mir vielleicht sogar danken würde.

Van de Velde öffnete die Wohnungstür, musterte mich kurz und machte dann einen Schritt zur Seite, was wohl bedeuten sollte, dass ich die Wohnung betreten und die Tüten in die Küche tragen dürfe. Er ächzte, als er der Tür einen Stoß versetzte, um sie zu schließen, dann humpelte er mir hinterher.

»Den Saft gleich in den Kühlschrank«, sagte er in meinem Rücken. »Die Margarine auch.«

Das Wort *Bitte* schien er nicht zu kennen.

»Die Nüsse in die Schale da.« Er wies mit der Krücke auf eine unglasierte Tonschüssel, die neben der leeren Spüle stand.

Ich riss den Papierbeutel auf und tat wie mir geheißen. (Rieche ich heute den herben, leicht modrigen Geruch von Walnüssen – nicht diese geschälten, in Plastikbeuteln verpackten Dinger ohne Geschmack –, denke ich unweigerlich an Willem van de Velde.)

»Das Wechselgeld kannst du auf den Tisch legen.« Van de Velde lehnte an einem weiß gestrichenen, bis unter die Decke reichenden Schrank. Er trug eine weite graue Hose, ein weißes Hemd und eine Strickweste, die so dunkelblau war, dass sie im durch die Vorhänge dringenden Licht schwarz wirkte. Seine Füße steckten in grauen Wollsocken und braunen Filzpantoffeln. Falls er Rasierwasser oder Deospray benutzte, tat er das sehr sparsam, denn abgesehen vom erdigen Aroma der Walnüsse gab es nichts, das mir in die Nase stieg. (Nicht einmal sein Kühlschrank verströmte einen Geruch.)

Ich kramte den Geldschein und die Münzen aus der Gesäßtasche meiner Hose und ließ sie auf die Tischplatte fallen. (Ich trug damals auch an heißen Tagen nichts anderes als Jeans oder Cargos, jedenfalls nicht seit ich dank Gerrit eigene Entscheidungen treffen durfte – und eine davon war, keine Röcke zu tragen.) Eine Zweieuromünze rollte über den Rand und fiel zu Boden, und ich musste unter den Tisch kriechen, um sie aufzuheben. Als ich mich aufrichtete, stieß ich mir den Kopf an der Tischkante und konnte mich nur mühsam beherrschen, nicht laut zu fluchen. Den Zehneuroschein und den Einkaufszettel, beide zerknüllt, warf ich neben die Münzen, dann drehte ich mich um und verließ die Küche.

»Warte!«, rief van de Velde.

Ich war schon bei der Tür und blieb stehen. Ich weiß nicht mehr, warum ich so aufgebracht war, aber ich kochte innerlich. Vermutlich war ich einfach eingeschnappt, weil Gerrit mich nicht gefragt hatte, ob ich die Besorgungen überhaupt machen wolle, sondern mich mehr oder weniger vor die Wahl gestellt hatte, entweder ein nützliches Mitglied der menschlichen Gesellschaft und weiterhin seines Respekts gewiss zu sein oder aber herzlos und egoistisch zu handeln und in seiner Achtung zu sinken. Dazu kam, dass ich van de Velde für einen unsympathischen, undankbaren Kerl hielt, der meine Gefälligkeit als selbstverständlich zu betrachten schien.

»Hier.« Van de Velde hielt mir die ausgestreckte linke Hand hin. Er stand noch immer vor dem Schrank, hatte sich die Krücke unter die Achsel geklemmt und wartete, dass ich zu ihm zurückkam. In seiner Handfläche lag ein Fünfeuroschein. Er musste ihn als meine Belohnung festgelegt und gerade eben aus der Hosentasche gezogen haben.

Ich warf einen kurzen Blick darauf. »Schon gut«, sagte ich.

»Du hast es dir verdient.«

Noch immer kein *Danke*, dachte ich.

»Komm schon, nimm ihn.« Van der Velde klang irgendwie hilflos. Plötzlich sah er nicht mehr aus wie jemand, der etwas geben wollte, sondern wie jemand, der um etwas bat.

»Ich will Ihr Geld nicht«, sagte ich und gab mir alle Mühe, meine Stimme kalt und abweisend klingen zu lassen. Dann verließ ich die Wohnung, rannte hinunter ins Erdgeschoss und hinaus auf die Straße und immer weiter, bis ich mitten in Scheveningen war und das Meer riechen konnte. Ich war außer Atem und ging langsamer, und als ich den Strand erreichte, setzte ich mich auf eine Mauer und sah über das unruhige Wasser zum Horizont, wo die Wolken aufgereiht lagen wie Blumenkohl. Hier wehte ein starker Wind, und mir fiel wieder ein, was ich an diesem Tag vorgehabt hatte, nämlich mit Gerrit hierherzukommen und den Papierdrachen steigen zu lassen, den ich im Werkunterricht in der Schule gebaut hatte und der unter meinem Bett versteckt lag, weil er eine Überraschung sein sollte. Ich kniff die Augen zusammen und sah in den blauen Himmel. Den Lärm um mich herum nahm ich kaum wahr, das Geschwätz der Menschen, die Schreie der Möwen, das Rauschen der Brandung, die Musik, eine Kakofonie aus den Bars und Restaurants. Ich hätte die fünf Euro nehmen sollen, dachte ich verbittert und selbstmitleidig, dann hätte ich mir wenigstens ein Getränk holen können.

Nach einer Weile stand ich auf und ging, und bis ich müde und hungrig vor unserem Haus stand, murmelte ich Verwünschungen gegen van de Velde und schwor mir bei allem, was mir heilig war, nie mehr auch nur einen einzigen Apfel für ihn zu kaufen.

Gerrit schimpfte mit mir, weil ich weggegangen war, ohne ihm etwas zu sagen, aber wie immer, wenn ich einen nicht genehmigten Ausflug unternommen hatte, schien er vor allem froh zu sein, dass mir nichts passiert war. Ich gab van de Velde die Schuld und verkündete, diesem Mann keine Minute meiner Zeit mehr zu opfern, die ich zwar nicht als kostbar bezeichnete, aber immerhin als zu schade, um sie an einen alten Muffel zu verschwenden, dem das Wort *Danke* fremd war. Gerrit redete mir noch minutenlang ins Gewissen, appellierte an meine Güte und Nachsicht und meinte, van de Velde könne schon bald wieder selber einkaufen gehen. Er nahm den Schlaflosen in Schutz, sagte, van de Velde lebe alleine, habe vielleicht Unschönes erlebt und sei deswegen so geworden, wie er sei. Aber ich ließ mich nicht erweichen. Ich würde für unseren Nachbarn keine Botengänge mehr erledigen, sagte ich, von dieser Entscheidung sei ich so wenig abzubringen wie von der, keine Röcke mehr zu tragen. Gerrit sah mich eine Weile an (nachdenklich, bekümmert, ernüchtert, enttäuscht – ich wusste es nicht), dann seufzte er und sagte, ich solle Baseballmütze und Sonnenbrille aus meinem Zimmer holen, wir würden ans Meer gehen und nachsehen, ob der Eisverkäufer schon seinen Laden aufgemacht habe.

Als wir am Abend nach Hause kamen, lag ein Päckchen vor unserer Wohnungstür. Unter dem Geschenkpapier (Tannenzweige, Kerzen und Christbaumkugeln – im Mai!) kamen ein Buch und ein gefalteter Brief zum Vorschein. Das Buch war dünn, der Schutzumschlag abgestoßen und an den Kanten eingerissen, die Bindung ausgeleiert. Das eselsohrigste und schäbigste aus seiner Sammlung hatte van de Velde für mich ausgesucht, dachte ich, das passte zu ihm. *William Carlos Williams* stand auf dem Cover, nie gehört, murmelte ich, *Selected Poems*. Ausgewählte Gedichte, so gut Englisch konnte ich. Ein alter Mann war auf dem Umschlag abgebildet, er trug einen komischen Strohhut und eine Brille und schaute nach rechts in die Ferne. Sein Hemd sah frisch gewaschen aus und war fein gemustert. Hinter seinem Kopf hingen die belaubten Äste eines Baumes in die Schwarz-Weiß-Fotografie hinein. Im Brief schrieb van de Velde: *Liebe Edna, ich hoffe, du magst Gedichte. Wenn du die Übersetzungen brauchst, melde dich.* Seine Unterschrift war eine Wellenlinie mit drei heftigen Ausschlägen nach oben und unleserlich. Darunter hatte er geschrieben: *PS: Danke für deine Hilfe.*

»Das ist aber sehr nett von ihm«, sagte Gerrit.

»Seinen Dank hat er so nebenbei hingekritzelt, als Anhängsel.« Ich drehte das Buch um, die Rückseite war fleckig und vergilbt. Da stand, die

Gedichte seien aus der Zeit zwischen 1912 und 1962, die neuesten waren also mehr als vierzig Jahre alt.

»Du bist streng.« Gerrit stand am Spülbecken und wusch Tomaten und Salatblätter. »Er bedankt sich, das zählt.«

Ich schlug das Buch an einer beliebigen Stelle auf und las die erste Zeile eines Gedichts, das den Titel *Waiting* trug: *When I am alone I am happy.* Das hätte von van de Velde sein können, dachte ich, obwohl er in seiner Einsamkeit nicht unbedingt glücklich zu sein schien, sondern allerhöchstens zufrieden. Ich blätterte weiter. Ein Gedicht hieß *Rain* und bestand aus Zeilen mit einem Wort und solchen mit zwei, drei, vier Wörtern, nie mehr als fünf hintereinander, es ging über drei Seiten, und am Ende hatte ich nichts verstanden, obwohl ich viele der Wörter kannte, *rain* und *love* und *world* und *rooms*. Als ich das Buch zuklappte, war ich nicht weniger wütend auf van de Velde als noch vor zehn Minuten. Das waren blöde Gedichte, fand ich, noch blöder als die, die wir in der Schule lesen und teilweise auswendig lernen mussten, die sich aber wenigstens reimten.

»Es hat ihn bestimmt sehr angestrengt, mit den Krücken die Treppe runterzukommen«, sagte Gerrit.

Schade um die Mühe, dachte ich.

»Und wieder nach oben zu gehen.« Gerrit zog die Nase hoch und fuhr sich mit dem Hemdsärmel über die Augen, und ich befürchtete schon, er könnte weinen (er ist nah am Wasser gebaut und schnell von etwas so gerührt, dass ihm die Tränen kommen), aber dann sah ich, dass er Zwiebeln klein schnitt.

Ich schwieg, vielleicht murmelte ich auch etwas Unverständliches.

»Ich habe mich erkundigt«, sagte Gerrit. »Er ist Schriftsteller.«

Mir platzte beinahe ein *Was?!* heraus, aber ich konnte mich gerade noch beherrschen. Ein Schriftsteller, dieser bärbeißige, unleidliche Kerl? Es fiel mir schwer, das zu glauben.

»Noch nie von ihm gehört«, sagte ich so gleichgültig wie möglich.

»Mir kam sein Name irgendwie bekannt vor. Aber du weißt ja, ich hab's mehr mit Sachbüchern als mit Romanen. Er war mal ziemlich berühmt.«

»Von mir aus.«

»Wir sollten uns über ihn informieren. Was meinst du?«

Ich sagte nichts.

»Hallo, ein Schriftsteller!«, rief Gerrit. »In unserem Haus! Wenn das kein Zeichen ist!«

Ich antwortete auch darauf nicht. Ich muss etwa sieben Jahre alt gewesen sein, als ich Gerrit gegenüber erwähnte, ich wolle Schriftstellerin werden. Inzwischen gab es noch zahllose andere Berufe, die ich in Erwägung zog, Wissenschaftlerin etwa, Tierfilmerin, Karateweltmeisterin, Holzfällerin in Kanada. Wenn man als Schriftsteller zu jemandem wie Willem van de Velde wurde, vielleicht weil man zu viel Zeit mit sich selbst und seinen Büchern verbrachte und dabei vergaß, wie man mit anderen Menschen umging, dann wollte ich in meinem Leben etwas anderes machen. Was wusste eine Siebenjährige schon von der Zukunft? Ich war jetzt neun, bald zehn, fast erwachsen.

Gerrit vergisst nie etwas, das er sich vorgenommen hat, und so gingen wir am Montag nach der Schule in die Bibliothek, um herauszufinden, was für ein berühmter Mensch in unserem Haus wohnte. Das heißt, Gerrit wollte die Nachforschungen betreiben, ich hatte kein großes Interesse daran, mehr über den alten Grantler zu erfahren, als ich schon wusste, aber Gerrit schleppte mich mit und versprach, wir würden später ein Eis essen gehen. Wie sich zeigte, hatte Willem van de Velde drei Gedichtbände und vier Romane geschrieben. Wir setzten uns mit allen sieben Büchern an einen Tisch im Lesesaal und begannen WV (wir hatten uns darauf geeinigt, ihn so zu nennen) zu erforschen, indem wir die biografischen Angaben, die Zusammenfassungen der Romanhandlungen und die Zitate der Kritiker lasen. Da auf einem Schild an der Tür zum Saal um Ruhe gebeten wurde, schoben wir die Bücher stumm zwischen uns hin und her, studierten die Informationen, blätterten ein wenig durch die Seiten, blieben da und dort an einer Zeile oder einem Absatz hängen und betrachteten erstaunt zwei Fotografien, die einen vielleicht vierzigjährigen WV zeigten und zwei Dinge bewiesen: dass er einmal jung und schlank gewesen war und dass er schon damals ein Talent dafür gehabt hatte, grimmig dreinzublicken.

Gerrit, der plötzlich ein riesiges Interesse an van de Velde und dessen

Werk an den Tag legte, ließ sich einen Ausweis ausstellen, damit wir die Bücher mit nach Hause nehmen konnten. Ich weigerte mich, mir ebenfalls einen machen zu lassen, obwohl ich zu meiner Verwunderung Gefallen an der Stille im Lesesaal gefunden hatte, an der Entrücktheit, die von den Benutzern an den Tischen ausging, an den Geräuschen, die trotz des Verbots zu vernehmen waren, dem Schaben von Bleistiftspitzen auf Papier, dem Klicken von Kugelschreibern, dem Knirschen der Rücken lange nicht mehr aufgeschlagener Bücher, dem Sirren der Glühbirnen in den Lampen, dem Knacken von Holz und menschlichen Gelenken. Zudem hatte ich beim Herumgehen eine Comic-Abteilung gesehen und mir vorgestellt, wie ich mich durch das Universum von Marvel arbeiten und mit meinem Wissen Eindruck bei Henk Sneijder schinden würde, meinem damaligen Schwarm, dem Nachfolger von Ruud Stam, der sich in eine dumme Kuh an seiner Schule verknallt hatte. Aber ich wollte Gerrit gegenüber unter keinen Umständen zugeben, dass ich wegen MV auf etwas gestoßen war, das ich mochte.

Nach unserem Besuch in der Bibliothek gab Gerrit sich alle Mühe, mir WVs Werk schmackhaft zu machen. Beim Kochen und während des Abendessens blätterte er in den Büchern, las Sätze aus Romanen vor, die er für besonders gelungen hielt, und zitierte ganze Gedichte, als habe sein Herz schon immer für die Literatur geschlagen. So sehr er sich ins Zeug legte, meine Begeisterung zu wecken, so sehr strengte ich mich an, mein Desinteresse an WVs Geschreibsel zu offenbaren, was schließlich dazu führte, dass Gerrit resigniert aufgab und mich ab sofort mit seinen Verehrungsausbrüchen verschonte.

Bis zum Ende des Essens schwiegen wir, Gerrit von meiner Starrköpfigkeit frustriert und ich mit einem schalen Gefühl von Triumph in der Brust, aber dann, beim gemeinsamen Geschirrspülen und Abtrocknen, konnte Gerrit nicht mehr anders und musste loswerden, was ihm so offensichtlich auf dem Herzen lag, dass ich es vermied, ihn anzusehen. »Willem van de Velde ist ein guter Schriftsteller«, sagte er mit fester Stimme. »Soweit ich das mit meinem beschränkten Wissen beurteilen kann. Ich werde seine Bücher jedenfalls lesen, und ich denke, es wäre ein großer Fehler, es nicht zu tun.« Damit zog er das Brotmesser aus dem schaumigen Wasser und legte es mir auf das Geschirrtuch in meinen

Handflächen, eine beinahe feierliche Geste, als strecke er die Waffen und mache mir ein Friedensangebot.

»Ich kann ja mal einen Blick in einen der Gedichtbände werfen«, sagte ich und fügte dann, strotzend vor herablassender Großzügigkeit hinzu: »Wenn es dich glücklich macht.«

(Ich schreibe das alles hier aus der Erinnerung, und viele Szenen bastle ich mir aus den Gefühls- und Bilderkrümeln, die ich im Halbdunkel meines Schädels zusammenklaube, aber an diesen Moment vor der Spüle entsinne ich mich noch sehr gut, und es zieht mir jedes Mal den Magen zusammen, so sehr schäme ich mich für meine Überheblichkeit und dafür, dass mein halbherziges Einlenken Gerrit tatsächlich glücklich machte.)

Mir fehlte der Draht zur Lyrik, das merkte ich bald. Vermutlich war ich mit meinen neun (bald zehn) Jahren einfach noch zu jung für so etwas Komplexes. Natürlich erkannte ich einzelne Motive in den Gedichten, einen Baum im Herbst, eine Landschaft im Nebel, aber meistens begriff ich nicht, warum WV die Sache unnötig kompliziert machte, indem er Dinge auftauchen ließ, die nicht in die Verse passten, jedenfalls nicht, wenn man mich fragte. Nach einem Band gab ich auf und versuchte es mit dem Roman *Verlässliche Nachricht vom Ende der Welt*, dem schmalsten des Quartetts. Gerrit hatte ihn gelesen und mir empfohlen, indem er mir das Buch aufs Kopfkissen legte, zusammen mit einem Zettel, auf dem FANTASTISCH! stand. Das war am Tag zwei nach unserem Bibliotheksbesuch und Tag vier nach dem weihnachtlich verpackten Buch vor unserer Tür. Inzwischen hatte Gerrit zweimal Besorgungen für WV erledigt. Da ich noch immer zu stolz war, um über meinen Schatten zu springen, und WV weiterhin an Krücken durch die Wohnung humpelte, war Gerrit zum Supermarkt und zur Apotheke gegangen und hatte dafür gesorgt, dass unser Nachbar etwas Frisches zu Essen und eine neue Tube Schmerzsalbe bekam.

Es war früher Mittwochnachmittag, als ich zu lesen begann, und am Donnerstagmorgen um halb eins las ich den letzten Satz des Romans. Ich weiß noch, wie ich im Bett lag, an die Decke starrte und dachte, dass der Mann, der dieses Buch geschrieben hatte, nur wenige Meter von mir entfernt war und ich jederzeit nach oben gehen und ihm sagen konnte, wie sehr mir seine Geschichte gefiel. Aber ich blieb liegen und klopfte nicht einmal an Gerrits Tür, um mit ihm zu reden, so aufgewühlt war ich, so überwältigt von der Lektüre und der Tatsache, dass ich freiwillig ein ganzes Buch gelesen hatte, einen Erwachsenenroman voller Sätze, die mir den Kopf verdrehten und das Herz zusammenstauchten. Stolz war ich, daran erinnere ich mich sehr deutlich, stolz und glücklich.

Ich habe die Freundschaft erwähnt, von der ich dachte, sie würde zwischen WV und mir bestehen, und der ich mir heute nicht mehr so sicher bin wie damals, als ich ein Kind mit großem Herz, kleinem Verstand und null Lebenserfahrung war. Was immer es gewesen sein mag, es begann noch nicht am Tag nach dem Lesen des Romans. Was begann, war ein ungeduldiges Betreten von Neuland, eine Art übereiltes Erwachsenwerden beziehungsweise was ich dafür hielt. Ich erinnere mich noch gut an das diffuse Gefühl der Leere, als ich vor meinem Frühstück saß und die Worte nicht mehr fand, mit denen ich Gerrit von meiner Leseerfahrung hatte erzählen wollen. Mein Kopf schien wie ausgeräumt zu sein, befreit vom Banalitätenmüll und Auswendiggelerntem der vergangenen Jahre, vom Stuss aus Zeichentrickfilmen und Comics und idiotischen Kinderbüchern voller sprechender Mäuse und Auto fahrender Hasen. Sogar Nachschlagewerke, Museumsführer und Bestimmungsbücher heimischer Singvögel fand ich plötzlich trivial und fad, weil ich jetzt wusste, dass man mit Wörtern viel mehr machen konnte, als sie für kindische Dialoge zwischen Nagetieren zu benutzen, für sachliche Beschreibungen von Gemälden oder des Gefieders von Zaunkönigen. Nicht einmal von meinen Karatehelden wollte ich noch etwas wissen und riss, bevor ich mich auf den Weg zur Schule machte, die Poster von Jackie Chan und David Carradine von der Wand über meinem Bett. Schriebe ich heute einen Roman über jene Phase meines Lebens und hätte einen Hang zu geschwätzigen Titeln, er hieße *Wie man vom hohen Ross steigt, ohne dabei sein Gesicht zu verlieren* oder *Die geheime Läuterung der Edna Verbeek.*

Ich wartete noch zwei Tage – aus Stolz, Scham oder Unsicherheit, ich weiß es nicht mehr –, dann bot ich Gerrit an, die Einkäufe für WV wieder zu übernehmen. Die Gelegenheit war gut, Gerrit hatte seinen Freunden aus der Suppenküche versprochen, in einer Kneipe eine gebrauchte Kühltruhe abzuholen und ihnen zu bringen, danach musste er zum allmonatlichen Treffen des Quartiervereins, und der Gang für WV zum Supermarkt und zur Reinigung hätte eine Menge Stress bedeutet. Wir saßen beim Mittagessen, Sandwiches und Salat, nicht einmal zum Kochen hatte es gereicht, und als ich sah, wie Gerrit hastig alles in sich hineinstopfte, um möglichst bald losfahren zu können, sagte ich so beiläufig wie möglich, ich könne die Besorgungen für unseren Nachbarn erledigen, falls das etwas bringe.

Eine Vielzahl schöner Momente aus dem Jahr 2003 sind mir im Gedächtnis geblieben, aber Gerrits fassungslos freudiges Gesicht und sein gestammeltes Dankeschön gehören zu den allerbesten. (Erst recht, wenn ich meiner Fantasie etwas nachhelfe und dem Bild ein Zucken um Gerrits Mundwinkel und einen feucht schimmernden Glanz in seinen Augen hinzufüge.) Bei jemandem wie WV dagegen auch nur den Anflug von Rührung zu erwarten, wäre in etwa so gewesen, als ob man einen Stein streichelte und auf ein Schnurren hoffte. Nicht dass er sich mir gegenüber explizit unfreundlich oder gar feindselig verhalten hätte. Es war einfach so, dass er überhaupt keine Gefühlsregungen zeigte, weder verbal noch mimisch oder gestisch, nichts, anhand dessen ich seine Gemütsverfassung hätte bestimmen oder auch bloß erahnen können. Um es vorsichtig zu formulieren: Willem van de Velde war, als ich ihn näher kennenlernte, ein stoischer, beherrschter Mann, der seine Emotionen – über die er als menschliches Wesen zweifellos verfügte – jederzeit fest im Griff hatte. Weniger höflich ausgedrückt: Er war ein alter Stinkstiefel, eine Zumutung für seine Umwelt. (Dass er dieser Umwelt wann immer möglich aus dem Weg ging, muss man ihm allerdings zugutehalten, und man sollte auch die Gründe nicht außer Acht lassen, die ihn zu dem verdrießlichen Einsiedler gemacht hatten, in dessen Kartause ich mich damals wagte.)

Klingelte man bei WV, fragte er nie, wer zu ihm wolle, sondern öffnete einfach die Tür und bedachte einen mit einem Blick, in dem nichts lag, weder Verärgerung noch Enttäuschung noch Widerwillen. Ich glaube, ihm war völlig egal, wer vor ihm stand, Postbote, Gerichtsvollzieher, Kekse verkaufende Pfadfinder oder Zeugen Jehovas, WV empfing jeden mit demselben Gesichtsausdruck, mit dem er an diesem Nachmittag in *unserem ersten Mai* auch mich empfing.

»Hallo«, sagte ich.

WVs Augen wanderten an mir hinunter zu den beiden Plastiktüten, die neben mir auf dem Boden standen, und wieder zurück zu meinem Kopf.

»Hallo«, sagte er endlich, als habe er sich mühsam dazu durchringen müssen, überhaupt den Mund zu öffnen.

Ich wartete. Meine Schultern taten weh, und die Finger, in die sich die Trageriemen geschnitten hatten, brannten. Ich merkte, wie ich versuchte, WVs Miene zu imitieren, die gleiche dröge Gleichgültigkeit an den Tag zu legen wie er.

»Für mich?«, fragte WV und machte eine Kopfbewegung in Richtung der Tüten.

Ich nickte. Was für eine dumme Frage, dachte ich.

WV trat wortlos zur Seite. Am liebsten hätte ich mich umgedreht und wäre gegangen. Ich schwitzte ein wenig und hatte Durst. In unserem Kühlschrank wartete ein Flasche Grapefruitsaft auf mich. Meine Augen brannten, aber ganz anders als meine Finger. Ich musste an das Buch denken und daran, wie ich an die Decke meines Zimmers gestarrt hatte und wie leer mein Schädel nach dem Aufwachen gewesen war, wie rein und hell, ein riesiger Raum mit tausend Fenstern. Ich sah WV an, vielleicht zwei Sekunden lang, vielleicht zwanzig.

Dieser breite, unrasierte alte Knacker hatte dieses Buch geschrieben, rief ich mir in Erinnerung, dieser schlecht frisierte und nachlässig gekleidete Typ mit der Armschlinge und der Krücke, der darauf wartete, dass ich ihm die Einkäufe in die Küche trug, war der Verfasser der Geschichte, die mich – ja, was eigentlich? – umgehauen, überfordert, verwirrt, verändert hatte? Was wollte ich hier, fragte ich mich plötzlich. WV zu seinem Roman gratulieren? Ich konnte ja noch nicht einmal beurteilen, ob das Buch überhaupt etwas taugte. Ich war beeindruckt, na und. Vor zwei Jahren hatte ich noch eine gezeichnete Meerjungfrau für die bedeutendste Schöpfung aller Zeiten gehalten. Ich war noch keine zehn Jahre alt, bestimmt hatte ich rein gar nichts von dem, was WV geschrieben hatte, auch nur ansatzweise begriffen.

»Willst du nicht reinkommen?«

Einen Moment lang bewegte ich mich nicht, um WV zu zeigen, dass ich ernsthaft überlegte, zu verschwinden und ihn mit den Einkäufen allein zu lassen. Schließlich ging ich dann doch in die Hocke, hob die Tüten hoch und trug sie in die Küche. Als ich sie auf die gerippte Chromstahlablage neben der Spüle stellte, gab ich ein absichtlich lautes Ächzen von mir.

»Ich dachte, dein Vater macht das«, sagte WV und schloss die Tür. Er trug wieder diese graue Hose, die ihm ein paar Nummern zu groß schien, als habe er vor, noch massiger zu werden und hineinzuwachsen, ein blaues Hemd und eine dünne graue Strickjacke. Seine Haare kamen mir ein wenig kürzer vor, aber vielleicht hatte er sie auch einfach nur gekämmt.

»Der ist beschäftigt.« Weil ich WV nicht länger als nötig ansehen wollte und die Butter zerlaufen würde, nahm ich die Sachen aus den Tüten und verstaute sie im Kühlschrank.

»Danke«, sagte WV. Er hustete leise und lehnte sich mit dem Gesäß gegen die Tischkante. »Dass du eingesprungen bist.«

»Schon in Ordnung«, sagte ich, eine eisige Miene aufsetzend. Neben einem Röhrchen Schmerztabletten und Magnesiumpulver in einem Glas mit Schraubverschluss hatte ich WV eine Packung Blasentee aus der Apotheke mitgebracht, und nachdem ich den Rest eingeräumt hatte, stellte ich die drei Dinge auf den Tisch. Dann kramte ich das Wechselgeld aus der Hosentasche und legte es daneben. WV roch nach Rasierwasser und etwas, das ich für das Menthol aus der Schmerzsalbe hielt.

»Hast du in den Gedichtband reingeschaut?«

Ich nickte. Wenn WV dachte, ich würde mich bedanken, irrte er sich. Am liebsten hätte ich ihn gefragt, warum er Blasentee trank.

»Ich weiß nicht, wie gut dein Englisch ist.«

Ich zuckte mit den Schultern. »Geht so.«

»Und dein Holländisch?«

»Bin noch am Lernen.«

»Sprechen kannst du es schon gut.«

Ich zuckte wieder mit den Schultern. *Verlässliche Nachricht vom Ende der Welt* zu lesen war nicht einfach gewesen, ich hatte immer ein Wörterbuch Holländisch-Deutsch zur Hand gehabt und ständig darin geblättert, weil WV viele Ausdrücke und Redewendungen benutzte, die ich nicht kannte. Systematisch gelernt hatte ich die Sprache nie, aber ich hörte und las sie jeden Tag, und ich sah mir holländische Filme und Serien im Fernsehen an, oft heimlich auf Gerrits kleiner Kiste, wenn ich alleine zu Hause war, was leider selten vorkam. Außerdem hatte das Buch nur zweihundertzwanzig Seiten, WVs drei andere Romane waren dicker, einer hatte fünfhundert Seiten.

»Liest du viel?«

Ich sah WV mit einem Gesicht an, das Ungeduld, Gleichgültigkeit und ein kleines bisschen Verachtung ausdrücken sollte. Natürlich war mir bewusst, dass er sich bemühte, freundlich zu sein, immerhin hatte er das Wort *Danke* in den Mund genommen, aber irgendwie fühlte ich mich noch nicht bereit, ihm seine Übellaunigkeit und die nächtlichen Ruhestörungen zu verzeihen, nur weil er sich zum ersten Mal mit mir unterhielt. Vielleicht war ich einfach nur verwirrt, jedenfalls gelang es mir beim besten Willen nicht, diesen plumpen, vor Selbstbeherrschung erstarrten Mann mit dem Menschen in Verbindung zu bringen, dessen Buch mich so begeistert hatte.

»Eher nicht.«

WV betrachtete mich eine Weile, als wäge er das Für und Wider gegeneinander ab, diese Unterhaltung mit mir weiterzuführen. Aus der Wohnung von Frau Kuipers drang Musik durch die Decke. Ich war noch immer durstig.

»Also, du willst kein Geld als Belohnung, und ein Buch willst du auch nicht.« WV atmete geräuschvoll aus, um mir zu zeigen, für wie schwierig er mich hielt. Er stützte sich auf die Krücke und humpelte aus der Küche. »Mal sehen.«

Ich blieb vor dem Tisch stehen, auf dem das Wechselgeld und die Packung Blasentee lagen. Dass ich beim letzten Mal die fünf Euro nicht genommen hatte, ärgerte mich jetzt. Frau Kuipers sah sich eine dieser Sendungen an, in denen viel geredet wurde, oft auch sehr laut. Die Stimmen klangen eigenartig, eindringlich und ernst, als würde das Schicksal der Welt diskutiert.

WV verschwand im Flur, der wie bei uns unten zu den beiden Zimmern führte. Ich dachte daran, einfach zu gehen, aber dann wartete ich, und wenig später kam WV zurück, ein großes Buch unter den heilen Arm geklemmt.

»Ich hoffe, das hier ist etwas für dich«, sagte er.

Ich nahm das Buch in beide Hände. Es war schwer, schwerer als alle Bücher, die ich jemals gehalten hatte, vielleicht mit Ausnahme der Nachschlagewerke. *The Americans* stand auf dem Umschlag, und darunter *Photographs by Robert Frank* und *Introduction by Jack Kerouac*.

»Robert Frank ist ein Fotograf«, sagte MV. »Ein großartiger, wie ich finde.«

Ich wusste nicht, was ich sagen sollte, also schwieg ich und betrachtete das Umschlagbild, das einen Bus zeigte. Jedenfalls nahm ich das an, denn auf den ersten Blick konnte ich es nicht erkennen, weil nicht das ganze Fahrzeug abgebildet war, sondern nur ein Ausschnitt davon. (Natürlich handelte es sich um einen Bus, obwohl das genietete Blech auch etwas von einem Schiff hatte.) Menschen sahen aus offenen und geschlossenen Fenstern, einige von ihnen direkt zu mir beziehungsweise in die Kamera des Fotografen. In der Bildmitte war ein kleines Mädchen zu sehen, das auf seinem Sitz zu knien schien, neben ihm stand ein vielleicht siebenjähriger Junge. Hinter den Kindern zeichnete sich ein dunkler Umriss ab, vermutlich der Körper der Mutter der beiden. Rechts von ihnen saßen ein schwarzer Mann und, ganz rechts am Rand der Fotografie, eine schwarze Frau. Eine Hand des Mannes baumelte aus dem Fenster, in den Brillengläsern der Frau fing sich das Licht. Im Fenster links von den Kindern saß eine Frau, die mir ebenfalls in die Augen blickte und deren oberer Teil des Kopfes von einer heruntergezogenen Sonnenblende verdeckt wurde.

»Es gehört dir«, sagte WV. Sein Gesicht zeigte keine Regung, seine Stimme klang wie immer, genauso gut hätte er sagen können *Es ist Papier* oder *Es regnet draußen*.

Ich blieb stumm, wog das Buch in den Händen und drehte es einmal um, als würde ich überlegen, ob ich es mit nach unten nehmen oder WV zurückgeben sollte.

»Schau einfach rein.« WV ging zur Tür und öffnete sie. »Wenn es nichts für dich ist, gibst du es deinem Vater.« Er klang ein wenig gereizt, aber vielleicht bildete ich mir das auch nur ein.

Oder er dachte, ich sei nicht die Allerhellste, ging mir durch den Kopf. Ich las keine Gedichte, ich brachte keine Sätze mit mehr als vier Wörtern über die Lippen, ich glotzte einen Bildband an, als hätte ich noch nie einen gesehen: Er musste mich für geistig minderbemittelt halten.

»Es gefällt mir bestimmt«, sagte ich endlich, und weil das wieder nur vier Wörter waren, sagte ich noch: »Danke.«

Plötzlich hatte ich das dringende Bedürfnis, mit WV zu reden, ihm zu sagen, dass ich keineswegs dumm sei, dass ich seinen Roman gelesen habe und dass ich danach zwar durcheinander gewesen sei, aber auch überwältigt und voller Bewunderung für ihn, dass ich seine anderen Bücher lesen wolle und noch so oft für ihn einkaufen gehen würde, wie es nötig sei. Die Gedanken und möglichen ersten Sätze wirbelten in meinem Schädel herum, und als ich endlich den Mund öffnete, hörte ich nicht meine Stimme, sondern die von WV.

»Also dann, auf Wiedersehen«, sagte er.

Ich trat auf den Flur. Jetzt, dachte ich, sag jetzt etwas, doch alles, was ich herausbrachte, war: »Wiedersehen.« Dann drehte ich mich um und stand da, hielt das schwere Buch fest an meinen Bauch gedrückt und sah auf die geschlossene Tür.

Die Tage danach verbrachte ich mit Warten. Ich wartete darauf, dass WV sich bei uns meldete, dass er die Treppe heruntergehumpelt kam und an unsere Tür klopfte, dass er anrief, dass er einen Zettel auf unsere Fußmatte legte, eine Einkaufsliste. Ich blieb in der Wohnung, auch bei schönem Wetter, und lauschte, ob ich seine Schritte hörte, das dumpfe Plopp seines Krückengummis auf den Stufen, aber er kam nicht. Er bewegte sich über meinem Kopf, ging von Raum zu Raum, betätigte die Klospülung, ließ das Wasser in der Küche laufen und ab und zu einen Gegenstand auf den Boden fallen. Wenn er jetzt den Plattenspieler anmachte, stellte er ihn leise, als sei ihm kürzlich bewusst geworden, dass wir unten alles hören konnten.

Ich fragte Gerrit, doch auch er hatte länger nicht mit WV gesprochen. Er war sehr beschäftigt, half nach Feierabend mit, ein Haus zu renovieren, aus dem ein reiches Ehepaar eine Bleibe für obdachlose Jugendliche machen wollte, und sammelte noch immer Unterschriften gegen die Schließung der Notschlafstelle. Manchmal kochte ich uns etwas, und obwohl ich nicht viel mehr als Nudeln mit Tomatensoße und Salat beherrschte, sprudelte Gerrit vor Freude und Dankbarkeit jedes Mal über, vor allem wenn er auf der Baustelle geschuftet hatte und völlig erledigt war. Er sagte, er sei stolz auf mich, darauf, wie selbstständig ich schon sei und wie gut ich mit *der Situation* umgehe, womit er wahrscheinlich mein mutterloses Dasein meinte. Er hatte es aufgegeben, mit mir über Ma zu reden, weil ich immer abblockte oder so tat, als wäre alles in bester Ordnung. (Es war *nicht* alles in bester Ordnung: Drei Wochen vor WVs Sturz hatte Ma zum letzten Mal angerufen und uns mitgeteilt, sie sei auf dem Weg nach Avignon, wo sie Freunde besuchen wolle, die dort ein Haus hätten, und dass es schwierig sein werde, sich zu melden. Warum seither nur eine einzige Postkarte mit einem mickrigen *Bin gut angekommen. Es ist wunderschön hier. Küsse, F.* von ihr gekommen war, konnte ich damals nicht wissen, und ich glaube, auch Gerrit ahnte nichts.)

Während ich darauf wartete, dass WV mich wieder bat, für ihn einzukaufen, las ich einen weiteren seiner Romane. In *Die Kindheit der Eintagsfliegen* geht es um einen Arzt, der nach dem Tod seiner Frau die Stelle eines Inseldoktors annimmt und irgendwann nichts anderes mehr tut, als durch die Wiesen und Wälder zu streifen und nach einem nur auf dieser Insel lebenden Käfer zu suchen, während seine Patienten der Reihe nach sterben. Am Schluss ist der Arzt ganz allein und findet den Käfer, behält die Entdeckung aber für sich. *Verlässliche Nachricht vom Ende der Welt* hatte mir besser gefallen, vermutlich weil der Held des Romans ein kleiner Junge ist, der für die Dauer des Zweiten Weltkriegs weg von Rotterdam zu seinen Großeltern aufs Land geschickt wird, eine Figur, die mir aus naheliegenden Gründen näher war als die eines schrulligen fünfzigjährigen Mannes. Trotzdem hatte ich das Buch nach drei Tagen zu Ende gelesen. Ich weiß noch, wie ich am Esstisch saß und die Fotografie hinten auf dem Einband anstarrte, wie ich meinen Blick in den von WV bohrte, als wollte ich ihn dazu zwingen, zu blinzeln oder sonst eine Regung zu zeigen.

Schließlich machte ich mir solche Sorgen um WV, dass ich nach oben ging, um ihn zu fragen, ob er etwas brauche, Preiselbeersaft, Butter, Vollkorntoastbrot, Schmerztabletten, jemanden, der seine Wäsche machte oder den Müll auf die Straße stellte. Als WV die Tür öffnete und mich sah, glaubte ich eine Sekunde lang den Anflug eines Lächelns über sein Gesicht huschen zu sehen, und mein Herz machte einen Hüpfer.

»Hallo«, sagte ich.

»Hallo.« Falls WV eben gerade tatsächlich gelächelt hatte, war er ein Meister darin, seine Gesichtszüge gleich wieder in eine maskenhafte Starre zu versetzen. Immerhin hatte die Art, wie er im Türrahmen stand, nichts Abweisendes mehr.

»Ich bin's«, sagte ich überflüssigerweise und spürte, wie ich rot anlief. Hinter meinem Rücken hielt ich den Gedichtband von Williams in der Hand, meine Rechtfertigung, bei WV aufzutauchen.

»Das ist ja eine Überraschung.« WV klang wie immer, vielleicht eine Spur weniger misstrauisch und gleichgültig.

»Ich wollte Ihnen das hier zurückgeben.« Ich streckte WV den Gedichtband entgegen.

»Oh.« WV machte keine Anstalten, das Buch zu nehmen. »Das war eigentlich ein Geschenk.«

Ich fühlte mich plötzlich mies. Ich kam mir vor wie ein gemeines Kind, wie Agnes Winterhoff, die auf dem Pausenhof einen toten Vogel gefunden, ihn Ella Hings in die Hände gelegt und gesagt hatte, Ella sei doch Tiernärrin, bestimmt könne sie das Häufchen Federn wieder zum Leben erwecken. Sie solle es mit Mund-zu-Schnabel-Beatmung versuchen, hatte Agnes gesagt, und ein paar der Kinder waren fies und dumm genug gewesen, zu lachen.

Ich ließ den Arm sinken. »Das wusste ich nicht«, sagte ich, obwohl ich mir gedacht hatte, dass WV das Buch nicht zurückverlangen würde. »Danke.«

»Wie alt bist du?«, fragte WV.

»Neun«, sagte ich. »Fast zehn.«

»Dann sind Gedichte vielleicht nicht das Passende für dich.« Er schnalzte leise mit der Zunge. »Diese Art von Gedichten, meine ich.«

Ich schwieg und suchte nach einer möglichst klugen Antwort. Ich wollte WV sagen, warum ich mir nicht viel aus Lyrik machte, jedenfalls nicht aus der von Herrn Williams, dass ich nicht einsah, warum ein paar Sätze über Pflaumen im Kühlschrank so toll sein sollten, und dass ich viele der Gedichte schlicht und einfach nicht begriffen hatte, vielleicht auch weil meine Englischkenntnisse noch zu wünschen übrig ließen.

Aber bevor ich mir eine Antwort zurechtgelegt hatte, sagte WV: »Was verschafft mir die Ehre deines Besuchs?«

Ich überlegte, ob in der Frage möglicherweise ein Hauch Zynismus mitschwang. (Den Begriff hatte ich im Fremdwörterbuch nachgeschlagen, nachdem Ma uns verlassen hatte und ich in einer Frauenzeitschrift auf einen Artikel zum Thema Scheidung gestoßen war.) Seither bildete ich mir ein, in einer Welt aus Zynismus zu leben.

»Ich wollte fragen, ob ich mal wieder für Sie einkaufen soll«, sagte ich.

WV sah mich sekundenlang an, als müsse er überlegen, ob ich ihn veralbere. Über unseren Köpfen rauschte Wasser durch eine Leitung, oder es war das Branden von Applaus aus dem Fernsehapparat von Frau Kuipers.

»Das … das wäre sehr nett von dir«, sagte WV schließlich. Zum ersten Mal, seit ich ihn kannte, hatte er in einem Satz gestockt.

In diesem Augenblick war ich endgültig und vorbehaltlos bereit, Willem van de Velde Gefühlsregungen zuzugestehen, wahrhaftige Emotionen, die nicht bloß in seinen Romanen beschrieben wurden, sondern irgendwo in seinem fülligen Körper entstanden, chemische und neuronale Prozesse, die für Klöße im Hals sorgten, für Herzklopfen, feuchte Hände, Gänsehaut und ein Zucken in den Mundwinkeln.

»Komm doch herein«, sagte WV.

Ich betrat die Wohnung und schloss die Tür. Das Mittagslicht fiel durch die Fenster und ließ den Boden und die Arbeitsflächen in der Küche schimmern. Ich fragte mich, wie WV es schaffte, seine Wohnung so sauber zu halten, und stellte mir vor, wie er mit der Krücke in der einen und dem Staubsauger in der anderen Hand durch die Räume wankte.

»Hat dir der Fotoband gefallen?«, fragte WV. Er ging in die Küche und nahm eine Flasche Preiselbeersaft aus dem Kühlschrank.

»Ja«, sagte ich. »Sehr.« Ich hatte mir die Schwarz-Weiß-Fotografien von Robert Frank immer und immer wieder angeschaut und jedes Mal das Gefühl gehabt, etwas Neues zu entdecken, den hellen Punkt des Rings am Finger der Frau am Fenster, deren Kopf von der amerikanischen Flagge verdeckt wurde, die Puppe mit Cowboyhut in der Hand des kleinen Jungen, beide kreideblass durch die von Licht belegte Seitenscheibe des Autos, dessen Beifahrersitz der dicke Körper der Mutter einnahm, die Titel der Illustrierten in den Regalen des Zeitschriftenladens (*The Farm, Paris Life, Safari*), das Schild mit der Aufschrift *You must be 21 and prove it*, die Muster der Frauenkleider, die Spiegelungen in Fenstern und Chromstahlflächen und im Lack der Autos.

»Dann behalt ihn«, sagte WV, der zwei Gläser mit dem Saft gefüllt hatte. »Hörst du? Ich will ihn nicht mehr.«

»Warum nicht?«

WV reichte mir ein Glas und setzte sich an den Tisch. »Ich brauche ihn nicht mehr.« Er bedeutete mir, auf dem zweiten Stuhl Platz zu nehmen. »Ich habe dir doch gesagt, gib ihn deinem Vater, wenn du ihn nicht haben willst.« Er klang eher gleichgültig als beleidigt.

Als ich ihm gegenübersaß, dachte ich einen Augenblick lang über seine Antwort nach, dann sagte ich: »Aber Sie haben ihn doch mal gekauft.«

»Vor einer Ewigkeit, ja«, sagte er mit seiner ernsten Stimme. »Die Bilder sind längst hier drin.« Er tippte sich mit dem Zeigefinger an die Schläfe. »Deshalb gehört der Band jetzt dir.«

Ich starrte in mein Glas, dann nickte ich. »Danke«, sagte ich.

Oben ertönten Musik und Applaus aus Frau Kuipers' Glotze. Auf der Straße hupte jemand, wenig später bellte ein Hund.

»Wussten Sie, dass Robert Frank Schweizer ist?«

»Ja.«

Ich konnte spüren, wie ich erneut rot wurde. Ich hatte in der Bibliothek alles über den Fotografen gelesen und vorgehabt, mein neu erworbenes Wissen vor WV auszubreiten wie einen kostbaren Teppich.

Eine Weile schwiegen wir. Der Hund bellte nicht mehr, dafür ließ jemand den Motor eines Mofas aufheulen. Ich trank einen Schluck Saft und suchte nach etwas, das ich sagen konnte, ohne mich erneut zu blamieren.

Einmal mehr kam WV mir zuvor. »Ich habe noch einen Bildband. Von Henri Cartier-Bresson. Den schenke ich dir auch.«

Ich hob den Kopf und sah WV an. Nicht einmal wenn er etwas Nettes von sich gab, wurde sein Gesichtsausdruck nett.

»Ich habe zwei von Ihren Büchern gelesen«, sagte ich endlich. Das Herz schlug mir bis zum Hals, und meine Ohren brannten, als hätte ich eine schreckliche Tat gestanden.

WV betrachtete mich mit zusammengekniffenen Augen und gerunzelter Stirn. Bestimmt fragte er sich, ob ich wieder Unsinn erzählte. Vielleicht bezweifelte er auch, ob es mir überhaupt möglich war, etwas von ihm zu lesen – und auch nur halbwegs zu begreifen. Ich war versucht, ein paar leicht abgeänderte Sätze von Kritikern zu zitieren und als eigene Meinung auszugeben, entschied mich dann aber dagegen. Er hätte es bemerkt, war ich überzeugt, und mich für eine Hochstaplerin gehalten, für eine dreiste Blenderin, die geistreiche Aussagen klaute, unfähig, selbst welche zu formulieren.

»Ach ja?«

Das war alles, was er sagte. Mein Gesicht fühlte sich an, als hätte ich Sonnenbrand. Ich hörte Gelächter aus Frau Kuipers' Wohnung, wie Hitze senkte es sich auf mich herab. Meine Handflächen waren so feucht, dass ich befürchtete, das Glas würde mir beim Versuch, es hochzuheben, entgleiten.

WV begann zu nicken, ein Auf und Ab in Zeitlupe, dann pendelte sein Kopf langsam aus und blieb stehen. »Ich vermute einmal, es waren nicht die Gedichtbände.«

Ich schluckte leer und atmete tief ein. »Nein, Romane.«

»Du bist neun Jahre alt, nicht wahr?«

»Ich habe nicht alles verstanden«, sagte ich eilig.

WV nahm einen Schluck Saft und schob das halb volle Glas auf der Tischplatte hin und her, mit gesenktem Kopf, wie ein unentschlossener Schachspieler. Unten fiel die Haustür ins Schloss, vielleicht kam Gerrit früher nach Hause, dachte ich.

»Ich mag nicht über meine Bücher reden«, sagte WV nach einer Weile. »Das tue ich schon sehr lange nicht mehr.«

»Warum?«

WV drehte den Kopf zum Fenster und sah hinaus, obwohl dort nichts war außer Helligkeit.

»Ich finde *Verlässliche Nachricht vom Ende der Welt* toll.« Ich hasste mich für das Wort *toll* in der Sekunde, in der ich es aussprach. »Es ist so …« Ich zögerte. »Vielschichtig«, sagte ich dann, genau wissend, dass das kein Ausdruck war, den eine Neunjährige benutzte.

WV reagierte nicht. Sollte er jemals in der Lage gewesen sein, seine Gesichtszüge von Gleichgültigkeit zu etwas anderem wechseln zu lassen, dann lag jetzt eine Art Wehmut in ihnen, möglicherweise auch Trauer. Das bildete ich mir zumindest ein.

Eine Zeit lang sagten wir nichts. Minuten vergingen, ich hörte das Ticken einer Uhr, von der nichts zu sehen war und die genauso gut nur in meinem Kopf existieren mochte.

»Soll ich Ihnen nun etwas bringen?«

WV wandte sich mir zu. Sein Blick war von Verwirrtheit getrübt. Für einen Moment erinnerte mich seine Miene an die von Gerrit, die er gemacht hatte, wenn ich während der ersten Wochen ohne Ma aus einem schlechten Traum aufgewacht und in sein Zimmer gegangen war, um ihn zu wecken und mich von ihm beruhigen zu lassen.

»Vom Supermarkt. Brauchen Sie etwas?«

WV schien nachzudenken. »Ich weiß nicht«, sagte er schließlich.

Ich erhob mich. »Melden Sie sich, wenn Ihnen was einfällt.« Ich schob den Stuhl zurück an die Tischkante, wartete für die Dauer eines Atemzugs und ging dann zur Tür. Ich war sicher, er würde noch etwas sagen, *warte* oder wenigstens *auf Wiedersehen*, aber ich hörte nichts, öffnete die Tür und verließ die Wohnung.

Für den Rest des Nachmittags setzte ich mich in den Lesesaal der Bibliothek und suchte im Zeitungsarchiv und Internet nach Artikeln über WV. Was ich fand, war so unglaublich, dass ich einen Teil meines Taschengeldes in Fotokopien investierte, damit Gerrit, der sich weigerte, außerhalb seines Büros einen Laptop aufzuklappen, am Küchentisch einen Blick in die Abgründe unseres einstmals berühmten Nachbarn werfen konnte.

Willem van de Velde, Jahrgang 1934, wuchs mit Mutter und zwei älteren Schwestern in Rotterdam auf. Der Vater, ein Nazi-Sympathisant, wurde 1942 tot im Keller eines verlassenen Hauses im Rotterdamer Stadtbezirk Feijenoord gefunden. Die Todesursache war nie amtlich bestätigt worden, in den meisten Zeitungsberichten wurde Ersticken angegeben. Nach der Schule machte Willem eine Lehre als Schreiner und verließ im Alter von achtzehn Jahren Rotterdam, um in einem Tischlereibetrieb in Utrecht zu arbeiten. In frühen Interviews sagte WV, er habe als Jugendlicher viel gelesen, so sei er zum Schreiben gekommen. Seinen ersten Gedichtband, *Unter der Erde*, veröffentlichte er mit sechsundzwanzig, den zweiten, *Kindeskinder*, mit neunundzwanzig. Nach einem dritten Lyrikband, *Aufruf zum Schweigen*, schrieb er seinen ersten Roman, *Verlässliche*

Nachricht vom Ende der Welt, der 1969 in einem Kleinverlag in Amsterdam erschien und ein beachtlicher Erfolg bei Publikum und Kritik wurde. 1971 heiratete WV die Theaterschauspielerin Nelleke Brouwer, die schon ein Jahr später die Scheidung einreichte. In seinem zweiten Roman *Die Kindheit der Eintagsfliegen* nimmt WV nach Meinung einiger Kritiker diese Trennung als ein Motiv auf, wobei er die Frau seines Protagonisten, des Arztes Jan den Ouden, an Krebs sterben lässt.

Über seinen dritten, 1975 erschienenen Roman *Die Wahrheit über Lügner* wurde heftig diskutiert, weil WV darin auf unkonventionelle Weise die Geschichte seines Vaters aufarbeitete und sich dabei weigerte, den ideologisch Verblendeten einzig auf die Rolle des Scheusals zu reduzieren. Zum eigentlichen Skandal wurde das Buch aber erst, als sich herausstellte, dass auch die nicht als Fiktion deklarierten angeblichen Tagebucheinträge des Vaters aus WVs Feder stammten. Sein Verlag, die ehemals kleine, dank WV bekannt gewordene *Donkere Kelder Press*, distanzierte sich daraufhin öffentlich vom Autor und beendete wenig später, begleitet von großem Medienrummel, die Zusammenarbeit.

WVs vierter und letzter Roman wurde 1981 bei *Kalf & de Vries Uitgeverij*, Alkmaar, veröffentlicht. *Regenwolken auf Bergrücken* kam bei der Literaturkritik mehrheitlich gut an und fiel beim Publikum durch. In vielen Rezensionen hieß es, WV habe *zur schlichten und dennoch poetischen Sprache seines Erstlings zurückgefunden* und erschaffe in seinem Roman *faszinierende Bilder von Rückzug, Einsamkeit und Landschaftspracht*. Ausdrücke wie *Magischer Realismus* fielen, *Kontemplation* und *Zen*. Weniger wohlwollende Kritiker dagegen sprachen von *verkopfter Einsiedlerprosa*, von *bedrohlicher Nähe zum Kitsch* und von *Nabelschau*. Piet Larsen, ein kleines, sich offenbar zu Höherem berufen fühlendes Licht in der Feuilletonredaktion der Tageszeitung *De Telegraaf*, schrieb in seiner Besprechung, van de Velde habe *nichts mehr zu erzählen* und sei *als Autor endgültig gescheitert*. Larsen krönte seinen Verriss mit der Behauptung, Nelleke Brouwer, van de Veldes Exfrau, erhalte keine vernünftigen Rollenangebote mehr, weil die kurze Ehe und schmutzige Scheidung die Karriere der Schauspielerin *nachhaltig und für alle Zeiten beschädigt* habe. (Ich fand Artikel in Boulevardzeitungen und Klatschmagazinen, die sich ebenso begierig auf die Liebesgeschichte zwischen dem *erfolgreichen*

Jungschriftsteller und der *schönen Bühnenkünstlerin* stürzten wie später auf die *tragische Trennung*, die sie genüsslich ausschlachteten. Dabei bemerkte ich, dass sich fast alle Journalisten, egal ob Frau oder Mann, auf die Seite von Nelleke Brouwer schlugen und in van de Velde im besten Fall eine *schüchterne, introvertierte Dichterseele* sahen und im schlechtesten einen *selbstbezogenen* und *zu Arroganz neigenden Sonderling*, dem die *bezaubernde Mimin aus heiterem Himmel in den Schoß gefallen* war.)

Was weiter geschah, kann ich heute nur als das katastrophale Resultat einer Mischung aus verletzter Eitelkeit, Rachsucht, blinder Wut und Slapstick bezeichnen, aber damals, als Kind, las ich die Berichte über Willem van de Veldes Untergang wie ein schreckliches, von den niedrigsten menschlichen oder vielmehr männlichen Trieben erzählendes Märchen. Am Tag nach dem Erscheinen der Ausgabe des *Telegraaf* mit Larsens Kritik fuhr WV von Groningen, wo er inzwischen lebte, nach Amsterdam, betrat die Redaktionsräume und fand nach kurzer Suche sein Opfer, packte Larsen am Kragen und ohrfeigte ihn, bevor er ihn zu Boden stieß. Damit wäre die Sache eigentlich erledigt gewesen, van de Velde hätte zumindest für kurze Zeit seinen vermeintlichen Triumph genießen können, wäre nach Hause gefahren, wo er sich langsam beruhigt und bei der Erinnerung an Larsens dummes Gesicht leise vor sich hin gekichert hätte. Die Früchte seines Zorns wären rasch faulig geworden, er hätte ein letztes angenehmes Kribbeln in der rechten Handfläche gespürt und sein Leben weitergelebt, ein weiteres Buch geschrieben oder angefangen, Möbel zu bauen, Tische und Stühle und Betttruhen, in die man sich hineinlegen konnte wie in einen Sarg.

Aber Willem van de Veldes Besuch in der Redaktion endete nicht mit der Ohrfeige und Piet Larsens Sturz. Der zornige Dichter nahm eine mechanische Schreibmaschine von einem der Tische und warf sie dem auf dem Rücken liegenden Larsen an den Kopf. Nach einem kurzen Handgemenge mit einem halben Dutzend von Larsens Bürokollegen wurde WV überwältigt und wenig später den herbeigerufenen Polizeibeamten übergeben.

Die Schreibmaschine hatte Larsens Schädeldecke zertrümmert und ihn lebensgefährlich verletzt. Es dauerte eine Woche, bis er aus dem Koma erwachte, und eine weitere, bis die Ärzte sich darauf einigen konnten, dass er nicht sterben würde. Nach drei Monaten Untersuchungshaft kam WV vor Gericht, wo er sich wegen schwerer Körperverletzung verantworten musste – der Antrag der Staatsanwaltschaft, ihm versuchten Mord anzuhängen, war gescheitert, nachdem ein Psychiater dem Schriftsteller verminderte geistige Zurechnungsfähigkeit während der Tat attestiert hatte. WV wurde zu vier Jahren Gefängnis auf Bewährung und einer Geldstrafe von zwanzigtausend Gulden verurteilt, die das Opfer erhielt. WV zog sich in sein altes Steinhaus in Groningen zurück, wo er die Wochen oder Monate aussitzen wollte, die seiner Meinung nach verstreichen mussten, bis die Wogen sich geglättet hatten und neue Skandale und Horrorgeschichten die Zeitungen und Nachrichtensendungen füllten. Er unternahm lange Wanderungen, legte sich im Garten ins Gras und wartete darauf, dass er nicht mehr jede Nacht von Piet Larsens erschrockenem Gesicht träumte und auch darauf, dass er seine Schreibmaschine wieder anfassen konnte, ohne zu zittern. (Diese intimen Details aus WVs Leben waren publik geworden, weil er den Fehler begangen hatte, sich einem seiner noch verbliebenen Freunde, dem Romancier Edmund Mertens, anzuvertrauen und ihm von seinen Schuldgefühlen zu erzählen, von seiner Schreibblockade und der Angst, nie mehr publiziert zu werden, mit dem Ergebnis, dass Mertens daraus eine Geschichte machte und sie an den Meistbietenden verhökerte.)

Gerrit brütete bis spätnachts über den fotokopierten Artikeln, stieß alle paar Minuten einen langen Seufzer aus und schüttelte den Kopf, mal ungläubig, mal mitleidig, mal missbilligend. Nach dem letzten Blatt rieb er sich die Augen, dann sah er mich an und sagte: »Was für ein Schlamassel. Ich erinnere mich vage an ein paar Schlagzeilen von damals, aber wenn ich das jetzt alles so lese …« Er schüttelte den Kopf, seine Augen waren glasig.

Ich saß ihm gegenüber, mit einer Tasse heißer Schokolade vor mir und tausend Fragen auf den Lippen. Wenn ich WV über uns herumgehen hörte, hielt ich den Atem an und lauschte angestrengt.

»Denkst du, er ist verrückt?« Ich merkte, dass ich geflüstert hatte, und kam mir blöd vor.

Gerrit schob die Kopien zusammen und machte ein ordentliches Bündel daraus. »Warum sollte er verrückt sein?«

»Na ja, weil der Psychiater das gesagt hat.«

»Das hat er nur gesagt, damit WV nicht ins Gefängnis muss.«

Ich dachte nach.

»Aber ganz normal ist er nicht, oder? Ich meine, er hat dem Kerl eine Schreibmaschine an den Kopf geschmissen.«

»Das war nicht korrekt.«

»Nicht korrekt? Er hat ihn beinahe umgebracht.«

Gerrit nickte nachdenklich. »Ja, natürlich. Es war schlimm.«

»Meinst du, er ist gefährlich?«, fragte ich.

»Nein«, sagte Gerrit rasch. »Das ist lange her. Er war aufgebracht. Seine Welt fiel in Stücke, und er ist durchgedreht.«

»Ob er jemals wieder etwas geschrieben hat?«

Gerrit zuckte mit den Schultern. »Nicht mit der Maschine, würde ich sagen. Das hätten wir gehört.«

»Vielleicht schreibt er mit der Hand?«

Eine Weile schwiegen wir. Oben war es ruhig. Ich stellte mir vor, wie WV auf einem Stuhl saß oder im Bett lag, ins Leere starrte und über sein verpfuschtes Leben nachdachte.

»Was soll ich jetzt tun?«, fragte ich irgendwann leise.

»Wie meinst du das?«

»Zu ihm hoch gehen. Für ihn einkaufen. Preiselbeersaft mit ihm trinken. Soll ich damit aufhören?«

»Warum? Hast du Angst vor ihm?«

Ich überlegte. »Nein … eigentlich nicht.«

Gerrit streckte den Arm aus, legte eine Hand auf meine und sah mich aus müden, geröteten Augen an. »Edna«, sagte er dann, »Willem van de Velde ist kein schlechter Mensch. Dass er mit Schreibmaschinen nach uns wirft, glaube ich kaum.«

»Er lächelt nie.«

»Die Kuipers auch nicht. Deshalb ist sie noch lange nicht böse.«

Ich seufzte. Gerrit sah immer nur das Gute in den Menschen. Das machte mich oft wütend. Vor einem Jahr hatte ihm ein Kerl auf der Straße den Rucksack samt Portemonnaie, Lunchbox und Regenschirm entrissen, und Gerrits Reaktion war Verständnis für den Dieb gewesen, der seiner Meinung nach aus purer Verzweiflung gehandelt habe.

»Weiß nicht«, sagte ich, weil ich wirklich nicht mehr wusste, was ich von WV halten sollte. Oder von Gerrits Urteilsvermögen, das oft ein wenig unter seiner Menschenliebe zu leiden schien – um es höflich auszudrücken. Was zum Beispiel seinen Umgang mit Ma betraf, fand ich, er sei zu verständnisvoll und nachsichtig. Inzwischen hatte sie zweimal aus Frankreich angerufen und dabei seltsam geklungen, fiebrig und überspannt, als hätte sie gerade zwanzig Tassen Kaffee getrunken und sei in großer Eile. Eine einzige Postkarte war nach der ersten noch gekommen, *Heute regnet es, aber morgen soll wieder die Sonne scheinen, Küsse, F.*

»Er hat vor einer Ewigkeit etwas Falsches getan und, wie es so schön moralinsauer heißt, dafür gebüßt. Und er wohnt in unserem Haus und braucht Hilfe.« Gerrit ließ meine Hand los und erhob sich schwerfällig. »Dein Bauchgefühl, deine Entscheidung.« Er lächelte, dann gähnte er und kam zu mir, um mich auf den Scheitel zu küssen. »Gute Nacht, Schatz.«

»Gute Nacht«, sagte ich. Es war Samstag, da durfte ich länger aufbleiben, und obwohl ich bestimmt jedes an die Öffentlichkeit gezerrte Geheimnis aus WVs Leben auswendig hersagen konnte, hatte ich vor, den Stapel mit den Artikeln ein letztes Mal durchzugehen, um mir eine abschließende Meinung zu bilden. (Ich war damals Feuer und Flamme für die in einer Zeitungsredaktion spielende Fernsehserie *Lou Grant* aus den Siebzigern, die als Wiederholung auf einem kleinen Sender in Originalfassung mit holländischen Untertiteln lief. Ich bewunderte die Reporterin Billie Newman, die in jeder Folge Nachforschungen anstellte und aus vielen losen Steinchen ein Mosaik zusammensetzte, eine auf Fakten und Erkenntnissen basierende Geschichte, etwas, das einen Sinn ergab und nachvollziehbar war.)

Als ich eine Stunde später ebenfalls zu Bett ging, lag einer von WVs Gedichtbänden auf meinem Kopfkissen. Ein Zettel steckte zwischen den Seiten, auf dem in Gerrits Schrift Folgendes stand: *Hohes Gericht, hier ein weiteres Dokument, das der Entlastung des Angeklagten dienen und beweisen soll, dass WV ein guter, wenn auch in der Vergangenheit unklug handelnder und seither vom Leben bestrafter Mensch ist. Namens der Verteidigung: Gerrit Jeroen Verbeek.*

Ich klappte das Buch auf und las das Gedicht. Es war aus dem Band

Aufruf zum Schweigen und handelte von Dingen, die ich zu kennen glaubte, und von solchen, die mir fremd waren. Zweiundfünfzig Wörter hatte ich schon selbst benutzt oder gehört, vier nicht. Mit sieben Zeilen von insgesamt neunzehn konnte ich halbwegs etwas anfangen, mit dreien so gut wie nichts und mit den letzten beiden gar nichts, weil sie mich vor neue Rätsel stellten, statt die alten aufzulösen. Als Ganzes kam mir *Einen Hügel abtragen* vor (da funkt jetzt natürlich die erwachsene und angehende Schriftstellerin Edna Verbeek hinein) wie ein filigranes Konstrukt aus Sprache, die ich zwar einigermaßen beherrschte, deren endgültige Deutung mir aber unmöglich war.

Ich las das Gedicht wieder und wieder, aber ich konnte es nicht als etwas Ganzes begreifen, wie es mir bei einem Roman halbwegs gelang. Ich spürte, dass es eine Stimmung in mir auslöste, die ich nicht benennen konnte, ähnlich der, die mich beim Hören von klassischer Musik oder beim Betrachten eines alten Gemäldes befiel, eine seltsame Wehmut, als sehnte ich mich nach etwas, das ich nie gesehen oder berührt und dem ich nie gelauscht hatte, als empfinge ich verschlüsselte Botschaften aus einer Welt, in der ich einmal gelebt hatte oder in der ich einmal leben würde. Ich glaube, in den neunzehn Zeilen von WVs Gedicht geht es um Einsamkeit und den Wunsch, ihr zu entkommen, und in den letzten beiden der vielen geheimnisvollen Satzfragmente begreift er die Unmöglichkeit der Erfüllung dieses Wunsches. (So lautete zumindest meine mit neuneinhalb Jahren zusammengeschusterte Interpretation. Ich habe *Einen Hügel abtragen* vor etwa zehn Jahren zum letzten Mal gelesen, das Buch, das ich in Den Haag im Antiquariat gefunden hatte, ist verschwunden, verschollen bei einem meiner Umzüge, vielleicht wurde es auch aus einem meiner selbst gebauten Regale gestohlen oder von jemandem – wem in aller Welt? – ausgeliehen und nicht zurückgegeben.)

Am folgenden Tag klingelte ich bei WV. Ich hatte mit Gerrit gefrühstückt und ihm geholfen, Küche und Bad zu putzen, wie wir es an manchen Sonntagen taten, und dann mein Zimmer aufgeräumt. WV öffnete die Tür, schien für einen Augenblick verwundert zu sein, mich zu sehen, bat mich dann aber herein. Ich ging über die Schwelle und blieb nach drei Schritten stehen. Es roch nach Kaffee und getoastetem Brot, der Tisch war ordentlich gedeckt, neben dem Teller lag mit den Seiten nach unten ein aufgeklapptes Buch.

»Ich wollte fragen, ob Ihnen etwas eingefallen ist«, sagte ich.

WV, der seine üblichen Altmännerklamotten trug, legte die Stirn in Falten. Sein Arm hing nicht mehr in der Schlinge, und er konnte offenbar ohne die Krücken gehen.

»Ob Sie was aus dem Supermarkt brauchen.«

WV setzte sich auf seinen Stuhl und streckte das rechte Bein. Er hatte sich rasiert und gekämmt, was mir noch immer seltsam vorkam, da er nie Besuch zu erwarten schien. »Oh«, sagte er, »darüber habe ich mir gar keine Gedanken gemacht.«

Ich holte Notizblock und Stift aus der Hosentasche. »Vielleicht Preiselbeersaft«, sagte ich, als WV schwieg.

»Ja. Das wäre gut«, sagte WV endlich.

Ich kritzelte *Saft* auf den Block.

»Setz dich doch.« WV deutete auf den freien Stuhl.

»Ich will Sie nicht stören.«

»Keine Sorge.«

Ich nahm WV gegenüber Platz. Die übliche Geräuschkulisse des Fernsehers drang durch die Decke, dumpfes Stimmengewirr, Musik, Applaus, aber nie auch nur ein einziger verständlicher Satz. Dafür bekam ich sogar mit, wenn die Kuipers den Sender wechselte und die Töne im Zweisekundenrhythmus abgehackt wurden. Ich warf einen Blick auf das Buch, dem der Schutzumschlag fehlte und dessen Titel oder Autor ich nicht erkennen konnte.

»Gedichte«, sagte WV. »Nichts für dich.« Er nahm das Buch und klappte es zu.

»Ich habe gestern eines von Ihnen gelesen«, sagte ich, und ich glaube, es schwang Trotz in meiner Stimme, weil ich das Gefühl hatte, von WV wie ein kleines, unbedarftes Kind behandelt zu werden. (Das ich ja tatsächlich war, aber vor WV nicht sein wollte.)

»Von mir?«

»Ja. Einen Hügel abtragen.« Ich zögerte eine Sekunde, dann zitierte ich eine der Zeilen, von denen ich mir einbildete, sie einigermaßen verstanden zu haben. »Die Jahre schleifen Schaufeln zu Löffeln.«

WV senkte den Blick, schob mit der Kuppe des Zeigefingers ein paar Brotkrümel auf der Tischfläche zusammen. Wenn er einatmete, wurde seine Brust noch breiter und sein Bauch noch runder, und ich stellte mir vor, wie die Knöpfe unter dem Druck von seinem Hemd sprangen wie in einem Trickfilm. Ich fragte mich, ob er schon zu der Zeit, als er die Bücher geschrieben hatte, so massig gewesen war und ob die Fotos deswegen immer nur seinen Kopf zeigten.

»Hör zu, Edna.« WV sah mich an. »So heißt du doch, nicht wahr?«

Ich nickte. »Ja.«

»Also, Edna, du kannst gerne herkommen, und dass du für mich einkaufen gehst, während ich dazu noch nicht wieder ganz in der Lage bin, finde ich überaus nett, aber ich rede nicht über meine Bücher, weder mit dir noch mit irgendjemandem sonst.« WV holte Luft, und sein Bauch drückte gegen die Tischkante. »Ich hoffe, du kannst das verstehen.«

Dass WV so viel gesagt hatte, machte mich verlegen. Als er noch wortkarg und unzugänglich gewesen war, hatte ich gewusst, woran ich bei ihm war, jetzt verwirrte mich seine Freundlichkeit. Ich nickte, aber dann gewann in meinem Kopf etwas die Oberhand, das über Willem van de Veldes Bücher reden wollte, egal, ob ihm das passte oder nicht, und ich sagte: »Sie haben die Bücher aber geschrieben. Dann müssen Sie auch darüber reden, finde ich.« Ich wartete und zeichnete währenddessen Kringel und Sterne auf den Notizblock.

Als WV nur knapp an mir vorbei ins Leere starrte und nicht antwortete, sagte ich: »Das sind Sie den Leuten schuldig, die Ihre Bücher lesen.«

WV ächzte, und es klang wie in der Nacht, in der er am Boden gelegen und versucht hatte, sich umzudrehen. Er zog die Augenbrauen hoch und kratzte sich mit einer Hand am Kopf, dann sagte er: »Ach, Edna, ich schulde den Leuten überhaupt nichts.« Er legte beide Hände auf den Tisch und sah mich beinahe wohlwollend an. »Meine Bücher, musst du wissen, haben mir nur Unglück gebracht, und über das Unglück spricht nun wirklich niemand gerne.«

»Aber Ihre Bücher haben doch gar nichts mit der Sache zu tun, die passiert ist«, sagte ich rasch, bevor mich der Mut verließ. »Sie haben diesem Larsen eine Schreibmaschine an den Kopf geworfen und keins Ihrer Bücher!«

WV sah mich sekundenlang mit zusammengekniffenen Augen an. Schließlich erhob er sich und humpelte zur Kaffeemaschine, um sich seine Tasse zu füllen. Zurück am Tisch, schaufelte er drei Löffel Zucker in den Kaffee, rührte um und trank einen Schluck.

»Außerdem haben Sie ihn ja nicht umgebracht«, sagte ich in der Hoffnung, ihn ein wenig milde zu stimmen, nachdem offensichtlich war, dass ich in seinem Leben herumgeschnüffelt hatte. Erschrocken über die Unverfrorenheit, mit der ich dieses Gespräch erzwang, senkte ich den Kopf. Die Seite auf dem Notizheft war vollgekritzelt, und ich wagte es nicht, umzublättern. Aus Frau Kuipers' Wohnung sickerte fröhliche Musik zu uns herunter, auf der Straße rief ein Kind einen Namen zu einem Fenster hoch.

WV seufzte und holte Luft. »Also, Edna, es ist so: Ich war als junger Mann kein besonders geselliger Mensch, und wie du ja weißt, bin ich es auch jetzt nicht. Dann habe ich ein paar Bücher geschrieben und wurde ein wenig berühmt, gerade genug, dass eine Frau auf mich aufmerksam wurde, die mich ohne meine bescheidenen Erfolge keines Blickes gewürdigt hätte. Wir haben geheiratet, übereilt, muss ich zugeben, und uns ein Jahr später wieder scheiden lassen.« Er sah eine Weile in die Kaffeetasse und dann wieder mich an. »Ich habe Nell sehr geliebt, musst du wissen, als sie mich verlassen hat, war ich am Boden zerstört. Und die Sache mit Larsen war schrecklich, es vergeht kein Tag, an dem ich sie nicht bereue. Kein Tag.«

»Aber Ihre Bücher sind doch …«

WV fiel mir ins Wort. »Meine Bücher sind an allem schuld. Wäre ich Schreiner geblieben, hätte ich Nell nicht kennengelernt und hätte nicht getan, was ich getan habe. So einfach ist das.« Er trank die Tasse in einem Zug leer und drehte sie in den Händen. Nach einer Weile sagte er etwas leiser: »Und jetzt bitte ich dich, meine Bücher und meine Vergangenheit nicht mehr zu erwähnen.«

Ich starrte auf die Kringel und Sterne. Irgendwann bemerkte ich, wie still im Haus es war. Frau Kuipers schien den Fernseher ausgeschaltet zu haben, keine Schritte waren zu hören, kein Wasser rauschte in den Leitungen, kein Rollladen rasselte, keine Tür fiel ins Schloss. Ich traute mich kaum, den Kopf zu heben, und als ich es tat, sah ich, dass die Tasse in WVs Händen zerbrochen war und Blut von seinen Fingern auf die Tischplatte tropfte. Ich weiß nicht mehr, ob ich einen Schrei ausgestoßen habe, auf jeden Fall sprang ich auf und holte die Rolle Küchenpapier, die neben der Spüle stand, riss ein paar Blätter davon ab und gab sie WV, der sie so gelassen nahm, als würde ich ihm eine Serviette reichen, damit er sich ein wenig Salatsoße von den Fingerspitzen wischen konnte.

»Ich bin ungeschickt«, sagte er. »Tut mir leid.«

Ich blieb stehen und riss noch mehr Papier von der Rolle.

»Setz dich hin, es ist nichts«, sagte WV.

»Sie bluten, das ist nicht nichts.«

»Es hört ja schon auf.« WV wickelte das blutbefleckte Küchenpapier von den Händen. »Siehst du? Nur ein paar winzige Schnitte.«

Ich setzte mich und legte die Rolle vor WV auf den Tisch. Als ich wieder normal atmen konnte, sagte ich: »Ich würde zu einem Arzt gehen, das muss vielleicht genäht werden.«

»Ach was.«

»Und Starrkrampf kann man von so was kriegen.«

»Das war eine Tasse, kein rostiger Nagel.«

Ich wurde allmählich sauer auf WV und schwieg. Auch WV sagte nichts mehr, und so verging mindestens eine weitere Minute.

»Äpfel«, sagte WV schließlich.

»Was?«

»Du wolltest für mich einkaufen. Äpfel könnte ich brauchen.«

Ich starrte WV an.

»Und Walnüsse. Ein halbes Kilo.«

Ich brauchte einen Moment, bis ich mich gefasst hatte, dann griff ich nach dem Kugelschreiber und ließ mir von WV die Einkaufsliste diktieren. Nachdem er den letzten Artikel, eine Tube Zahnpasta, genannt hatte, zerknüllte er das blutige Küchenpapier und wickelte sich neues um die Hände.

»Haben Sie wenigstens Heftpflaster?«, fragte ich.

»Im Badezimmer.«

»Soll ich Ihnen welche holen?«

»Nicht nötig. Das mache ich nachher.«

Ich klopfte mit dem Ende des Kulis auf den Notizblock.

»Was bin ich nur für ein lausiger Gastgeber!«, rief WV plötzlich. Zum ersten Mal, seit ich ihn kannte, hatte seine Stimme einen anderen Klang angenommen, lauter als sonst und wie entgeistert über die eigene Nachlässigkeit, als sei ihm gerade eingefallen, dass er im Bad das Wasser hatte laufen lassen. Wie um diesen Gefühlsausbruch noch zu steigern, sprang er beinahe von seinem Stuhl, eilte hinkend zum Kühlschrank und riss die Tür auf, dass die Flaschen darin klirrten. »Möchtest du etwas trinken?«

»Nein danke«, sagte ich eilig und erhob mich. »Ich muss gehen.«

WV sah lange in den Kühlschrank und machte dabei ein Gesicht, als habe er vergessen, was er wollte. »Oh«, sagte er dann. »Ja, natürlich.« Er schloss die Tür und lehnte sich gegen die Spüle. »Es ist Sonntag, du hast bestimmt etwas vor.« Mit dem Papier um beide Hände erinnerte er mich an einen Boxer aus dem Fernsehen. Den Kampf hatte ich nicht gesehen, nur die beiden grün und blau geprügelten Männer, von denen der eine, der Verlierer, mit hängenden Armen und hängendem Kopf im Ring stand, und die Bandagen an seinen Fäusten baumelten herunter und sahen aus wie Streifen roher Haut.

»Eigentlich nicht«, sagte ich. Auf einmal tat mir WV leid. Immerhin bot er mir ein Getränk an, das war mehr, als ich noch vor ein paar Tagen zu hoffen gewagt hätte. Ich hatte tatsächlich nichts vor. Gerrit wollte seine *Lästige Liste* abarbeiten, die Steuererklärung ausfüllen, Rechnungen bezahlen, den tropfenden Siphon unter dem Waschbecken im Badezimmer reparieren, den losen Kettenschutz an seinem Fahrrad festschrauben, alles Dinge, bei denen er meine Hilfe nicht benötigte. »Vielleicht trinke ich doch etwas.«

Dass ein Lächeln über WVs Gesicht huschte, bildete ich mir mit Sicherheit nur wieder ein, aber dass seine Bewegungen plötzlich ein bisschen beschwingter und seine Stimmung eine Spur munterer, beinahe aufgekratzt wurden, war nicht zu leugnen. Er goss Saft in ein Glas und stellte es mit einer ausholenden Geste auf den Tisch.

»Zum Wohlsein«, sagte er und ließ sich auf seinen Stuhl fallen.

»Danke«, sagte ich und setzte mich wieder hin.

Ich trank einen Schluck Preiselbeersaft, dann nahm ich ein unbenutztes Blatt Küchenpapier und wickelte die Scherben darin ein. »Die wollen Sie ja nicht zusammenkleben, oder?«

»Wie? Nein.«

Ich ging zur Spüle und warf das Bündel in den Abfalleimer. Zum ersten Mal fiel mir auf, dass WV mit Magneten Zettel an der Kühlschranktür befestigt hatte. *Schuheinlagen* stand auf einem, *Krankenkasse* auf einem anderen. Auf ein streichholzschachtelgroßes Stück Papier hatte er in winziger Schrift *Jannis Ritsos Deformationen* geschrieben, darunter *Marina Zwetajewa Ausgewählte Werke*.

»Das sind Bücher, die ich noch lesen will.«

Ich zuckte zusammen. Dass sich mein Gesicht bis auf eine halbe Armlänge der Kühlschranktür genähert hatte, war mir nicht bewusst gewesen. Ich drehte mich rasch zum Spülbecken um und wusch mir die Hände.

»Ich weiß, du magst sie nicht, aber ich lese nur noch Gedichte.«

»Ich habe nie gesagt, dass ich sie nicht mag. Ich verstehe sie bloß nicht.« Ich trocknete mir die Hände an einem der Tücher ab, die an Haken an der Wand neben dem Kühlschrank hingen. »Die meisten jedenfalls.«

»Ach, verstehen wird überbewertet. Mir reicht es völlig, wenn eine Zeile, eine Strophe ein Gefühl in mir auslöst, eine Schwingung.«

Ich setzte mich wieder auf meinen Stuhl. Dass WV das Wort *Gefühl* ausgesprochen hatte, machte mich verlegen, es war mir ein wenig peinlich, als hätte er sein Hemd hochgeschoben und mir eine Narbe an seinem Bauch gezeigt, die bleiche Erinnerung an eine lebensgefährliche Operation oder einen Messerkampf.

»Romane«, sagte WV, »dieses Drauflosersinden. Dieser Einfallsreichtum und dessen Zurschaustellung. Dieser Fleiß beim Bündeln roter Fäden. Diese ganze elende Epik. All diese Familien und Krankheiten und nie angekommenen Briefe.« Er schob den leeren Teller von sich weg, nur um etwas zu tun. »Es ödet mich an.«

Ich zerbrach mir den Kopf bei der Suche nach einer Entgegnung, natürlich möglichst einer, die meine Unerfahrenheit in Sachen Literatur kaschierte, was schwierig war, weil ich WV gegenüber keinen seiner Romane erwähnen durfte.

»Oh, verdammt!«, rief WV und warf beide Hände in die Höhe, wobei das Küchenpapier flatterte. »Ich will dir nicht die Romane vermiesen! Als Kind habe ich das Zeug verschlungen, Lagerlöf, Andersen, Kipling, Jack

London! Mein Leben wäre ein einziges Trauerspiel gewesen ohne die Bücher dieser Menschen!«

»In der Schule haben wir gerade was von Astrid Lindgren gelesen.« Etwas Geistreicheres fiel mir auf die Schnelle nicht ein. Das war das zweite Mal gewesen, dass WV die Stimme erhoben hatte, und auch jetzt irritierte es mich.

»Eine wunderbare Autorin.« WV nickte, die Augen auf den Teller gerichtet. »Lies, so viel du kannst«, sagte er dann und sah mich an.

»Ja.«

»Aber fang nicht an zu schreiben. Hörst du? Lass die Finger davon, es führt zu großem Unglück.«

»Und was ist mit Gedichten? Soll ich die auch nicht schreiben?«

»Damit fängt das Elend doch an. Alle schreiben zuerst Gedichte. Vierzeiler, Zwölfzeiler, alle denken, das sei einfach. Dann kommen die Kurzgeschichten, Testläufe im Prosaschreiben. Die will aber kein Verlag veröffentlichen, also schreibst du Romane.«

»Und dann?«

»Dann hast du vielleicht Glück und ein Roman von dir wird gut besprochen, du gibst Interviews und machst Lesungen und gehst zu Ausstellungseröffnungen und ins Theater, und eines Tages spricht dich jemand an, und du lässt dich auf etwas ein, weil du denkst, du seist glücklich, und dann endet alles in einem Desaster.«

Eine Zeit lang schwiegen wir. Frau Kuipers ließ sich ein Bad ein. Ich wusste nicht, was ich sagen sollte. WV hatte gerade sein Leben in einem Satz zusammengefasst. Sein runder umfangreicher Bauch, von hellen Narbenwülsten überzogen, das war das Bild, das ich vor mir hatte, während ich auf die Tischplatte starrte. Unter mir versetzte Gerrit der verklemmten Schublade seiner Schlafzimmerkommode einen Fußtritt. Wahrscheinlich hatte er die trockenen Sachen aus der Waschküche geholt, dachte ich, und räumte sie jetzt ein, damit er die *Lästige Liste* für eine halbe Stunde beiseitelegen konnte. (Er liebt es, Hemden und Geschirrtücher zu falten und Sockenpaare ineinanderzustülpen, Verrichtungen im Haushalt, die ich hasse, dank ihm aber perfekt beherrsche.)

»Lesen Sie mir eins vor?« Die eigene Stimme klang fremd in meinen Ohren.

WV hob den Kopf und sah mich an.

»Ein Gedicht. Aus dem da.« Ich deutete mit dem Kinn auf das Buch, das neben WV lag.

Zwei, drei Atemzüge lang tat WV nichts. Dann griff er nach dem Buch, schlug es an einer beliebigen Stelle auf, räusperte sich und las mir ein Gedicht vor. Wer es geschrieben hatte, sagte er nicht, und ich konnte den Namen auf dem Leineneinband nicht entziffern. Nach dem ersten las er ein zweites Gedicht vor, und danach ein drittes. Schon beim zweiten hatte ich den Kopf in die Hände gestützt und die Augen geschlossen, und während ich zuhörte, träumte Frau Kuipers in der Badewanne vom Meer, strich Gerrit ein tadellos gefaltetes Bettlaken glatt und verging draußen, weit weg von mir, ein langer lichtdurchdrungener Sonntagnachmittag, bewegte sich Silbe um Silbe auf den Abend zu, ein endloser Strom aus Wörtern und Sätzen, in dem ich versank wie eine Wespe in Bier.

Wenn es einen Zeitpunkt gibt, den ich als Beginn meiner Freundschaft mit WV bezeichnen sollte, dann war es jener Sonntagnachmittag Anfang Juni 2003, an dem ich so viele Gedichte hörte, dass mir noch Stunden später der Schädel brummte. Einiges begriff ich, das meiste kaum oder gar nicht, aber das spielte keine Rolle. WVs Meinung nach bedeutete es für ein Gedicht den Tod, wenn man es auseinandernahm wie eine Uhr und die Zacken an den Zahnrädchen zählte, um das Rätsel der Mechanik zu lösen. Mit der Gattung Lyrik konnte ich zwar nach wie vor nicht viel anfangen, aber ich war zumindest bereit, mich darauf einzulassen, was immer das heißen mochte. Ich war noch keine zehn Jahre alt und nicht gut im Entschlüsseln von Metaphern und dem Deuten von Symbolen, aber ich liebte es, WVs Stimme zu lauschen, in Gedanken aus dem Gehörten Bilder zu formen und mich dabei ein bisschen erwachsener und intellektueller zu fühlen.

Warum WV mir seine Zeit opferte, weiß ich nicht so genau, aber ich bin mir ziemlich sicher, dass meine Besuche dem Trott seiner Tage etwas entgegenstellten, wenn auch vielleicht nichts Weltbewegendes, vielleicht sogar etwas in seinen Augen Nebensächliches, Nebenherlaufendes. Und doch wage ich mittlerweile zu behaupten, dass für ihn die gemeinsamen Stunden am Küchentisch von ähnlich großer Bedeutung waren wie für mich, denn es entging mir keineswegs, mit wie viel Eifer und Sorgfalt er die Lyrikbände aussuchte, von denen es in seinen beiden Zimmern endlos Nachschub zu geben schien, und ebenso wenig blieb mir verborgen, wie viel Mühe er sich beim Vorlesen gab und wie fehlerfrei er Gedicht um Gedicht rezitierte, als habe er vorher stundelang geübt.

Der Sommer verabschiedete sich in den Herbst, und noch immer kaufte ich für WV ein, und noch immer las er mir an meinen schulfreien Nachmittagen und manchmal an den Wochenenden Gedichte vor. In den Sommerferien waren Gerrit und ich für drei Wochen auf einen Campingplatz auf der Insel Texel gezogen, wo wir tagelang auf unseren Leihrädern die Gegend erkundet und abends vor dem Zelt WVs Romane *Die Wahrheit über Lügner* und *Regenwolken auf Bergrücken* gelesen hatten. Kurz vor Ferienende war Ma zu Besuch gekommen und drei Tage in der Stadt geblieben. Sie hatte wie gewohnt ein Zimmer im Hotel bezogen, mit uns Ausflüge unternommen und während langen Mittag- und Abendessen von ihrem Leben in Frankfurt erzählt, von der Ausbildung zur Altenpflegerin, die sie begonnen hatte, und eine konfuse Geschichte über ihren gebrochenen, eingegipsten und wieder verheilten linken großen Zeh. Sie war dünn geworden, und Gerrit hatte sie gefragt, ob sie genug esse, worauf Ma geantwortet hatte, sie ernähre sich jetzt makrobiotisch, da verliere man automatisch an Gewicht. Ich fand, sie sah abgezehrt und ungesund aus, sagte es ihr aber nicht. Vielleicht, dachte ich, war sie krank geworden, weil sie uns verlassen hatte, krank vor Reue und schlechtem Gewissen, und die eingefallenen Wangen und dunklen Ringe unter ihren Augen waren sichtbare Zeichen ihrer Treulosigkeit uns gegenüber.

An einem verregneten Samstag im Oktober setzte ich mich an meinen Schreibtisch, an dem ich bisher immer nur meine Hausaufgaben erledigt hatte, und legte ein leeres Heft mit linierten Seiten, einen Bleistift der Stärke 2B und einen Radiergummi vor mich hin. Willem, den ich seit ein paar Tagen so nannte, weil er *Herr van de Velde* grauenhaft fand und er für mich auch nicht mehr bloß WV sein sollte, hatte mir das Schreiben zwar mehr oder weniger verboten, aber ich war dennoch entschlossen, einen Versuch zu unternehmen und herauszufinden, wie es sich anfühlte, Gedanken in Sprache zu fassen, die nichts mit meinem Lieblingstier (noch immer Pferd) oder meinem schönsten Ferienerlebnis (mit Gerrit den

Nachthimmel über der Nordsee betrachten und den Sternbildern neue Namen wie *Liegende Giraffe* und *Umgekippte Parkbank* geben) zu tun hatten und die nicht für die Augen der Deutschlehrerin und zur Benotung bestimmt waren. Tagebuch hatte ich nie geführt und nicht vor, es zu tun, der Gedanke, als Erwachsene das hilflose Reflektieren kindlicher Ängste und Sorgen zu lesen, war mir unangenehm, die Vorstellung, Jahre später in der Zeit zurückzugehen und meine Herzschmerznotizen und Seelenkummerprotokolle zu sichten wie die einer Fremden, löste allergrößtes Unbehagen in mir aus. Gedichte interessierten mich nicht, es sei denn, Willem trug sie vor, zudem wollte ich mich nicht an etwas heranwagen, dessen Aufbau und innere Logik ich nicht begriff und das jedem Möchtegernschriftsteller als Eintrittsdisziplin so offenstand wie das knietiefe Becken jedem Nichtschwimmer. (Hella Ebert aus meiner Klasse verfasste Gedichte, wie sie mir anvertraut hatte, und dabei wusste sie nicht einmal, wer Pablo Neruda und Derek Walcott waren.) Kurzgeschichten kamen ebenfalls nicht infrage, erstens natürlich, weil sie in Willems Verbotskatalog gehörten, zweitens, weil ich mir sagte, *wenn schon, denn schon*, und drittens, weil Kurzgeschichtenschreiben zwar Schwimmen war, aber eben Schwimmen im See und nicht im Meer. (Ja, ich war ein wissbegieriges und ehrgeiziges Kind, meine Selbstüberschätzung war enorm, wohlwollende Erwachsene nannten mich aufgeweckt, aber ich wurde auch als naseweis bezeichnet, als vermessen und klugscheißerisch.)

Blieb also nur ein Roman. Ich schlug das Heft auf und nahm den Bleistift in die Hand. Noch während ich darüber nachdachte, wovon mein Werk handeln und wie der Titel lauten sollte, wusste ich, dass ich schon bald eine Schreibmaschine brauchen würde, eine elektrische, leise vor sich hin summende wie die in Gerrits erstem Büro, damit Willem sie nicht hören konnte. (Einen Computer wollte ich nicht benutzen, vor so einer Kiste sitzend hätte ich mich nicht wie eine Schriftstellerin gefühlt. Ich weiß nicht, woher ich das Bild hatte, vielleicht aus *Lou Grant*, aber Schreiben war für mich immer mit so einer Maschine verbunden, mit diesem Koloss, über den man am Feierabend eine Decke breitete und aus dessen Walzen man ein mit untauglichen Sätzen vollgetipptes Blatt Papier reißen konnte, um es anschließend zu zerknüllen und wegzuwerfen.)

Dann, im Dezember, passierte innerhalb von zwei Wochen so viel, dass es für ein ganzes Kapitel gereicht hätte, wenn es in meinem Manuskript um mich und mein Leben gegangen wäre. (*Das Geheimnis der Strandläuferin* handelte jedoch von einer jungen Frau – es sollte ja kein Kinderbuch werden! –, die in einem einsam gelegenen Haus am Meer wohnte und jede Woche zwischen den Felsen eine angeschwemmte Flaschenpost fand, deren Inhalt … Mehr hatte ich noch nicht, weil ich mich nicht entscheiden konnte, was in den Briefen stehen sollte und wer sie geschrieben hatte.) Das erste Ereignis betraf Gerrit, der in der Firma mit einem für einige Wochen aus den USA nach Den Haag gekommenen Landwirtschaftsingenieur zusammenarbeitete und von dem Mann, einem gebürtigen Utrechter, kurz vor dessen Rückkehr nach Boulder ein Jobangebot erhalten hatte. Gerrit hatte Agrarökonomie studiert, sich danach auf die Bereiche Ressourcennutzung und Umweltschutz spezialisiert und ein Jahr in Mexiko verbracht, um für eine Kölner Firma autarke Treibhausanlagen in wasserarmen Regionen zu testen. Nordamerika kannte er etwas, weil er Kongresse in San Francisco und Seattle besucht hatte und seit seiner frühesten Jugend alles an Sachbüchern las, was ihm zum Thema USA in die Hände geriet, Wirtschaft, Ökologie, Politik, Geschichte, Kultur. Vor seinen Freunden aus dem linken Lager hätte er es nie zugegeben, aber mir entging schon als kleines Kind nicht, dass Gerrit auf der einen Seite die Vereinigten Staaten für ihre Kriege heftig kritisierte, wie es sich für einen Sozialisten und Pazifisten gehörte, dass er auf der anderen Seite aber auch einfach nur das großartige Land sah, in dem Blues und Jazz und Rock and Roll erfunden worden und die Bürgerrechtsbewegungen entstanden waren und das Legenden wie Jackson Pollock, Miles Davis und Robert Altman hervorgebracht hatte.

Gerrits Vater, ein Fischer und Besitzer von drei Kuttern, war auf See umgekommen, als Gerrit dreiundzwanzig war. Nach dem Tod seiner Mutter zwölf Jahre später verkaufte Gerrit das Elternhaus in Leiden, und nach Abzug der Maklerkosten, Steuern und der Rückzahlung eines Kredits blieb ihm noch genug Geld, um seinen Job bei einer Rotterdamer Firma, die schwimmende Meerwasserentsalzungsanlagen entwickelte, zu kündigen, nach Indien zu fliegen und ein Aurovillianer zu werden. (Und später der Partner meiner Mutter und mein Erzeuger.)

Jetzt hatte er also dieses Jobangebot aus Amerika erhalten und erzählte mir davon. Das Technische verstand ich nicht wirklich, es ging um Anbaumethoden und Ertragsoptimierung, mehr oder weniger um das Gleiche wie in Auroville, nur ohne Altruismus und Karma. Der Firmenbesitzer sei Holländer, der gerne Landsleute um sich schare und unter anderem einen Experten für Wassergewinnung in Weltregionen ohne Wasser brauche, also meinen Vater. Gerrit wägte die Vor- und Nachteile eines Umzugs gegeneinander ab und wollte von mir wissen, was ich von der Sache hielt. Ich wusste es nicht und verlangte Bedenkzeit. In der Schule lief es einigermaßen gut, auch wenn meine Noten nicht unbedingt meine gefühlte Genialität widerspiegelten, ich ging ins Karatetraining, brütete über meinem Romananfang und besuchte fast täglich Willem, ließ mir Gedichte vortragen und redete mit ihm über die Romane, die ich las, nachdem ich sie aus einem seiner vielen Regale hatte nehmen dürfen. Mein Leben in Den Haag war ziemlich in Ordnung, fand ich, sah man von Kleinigkeiten wie Hausaufgaben, Klassenarbeiten, Hallenbadbesuchen und ätzenden Mitschülern ab. Dass wir von Ma immer weniger hörten und lasen, machte mir zu schaffen, obwohl ich das weder ihr noch Gerrit gegenüber zugegeben hätte.

Was ich über Amerika wusste, hatte ich aus Büchern und Kinofilmen und Fernsehsendungen. Ich hatte *Der Fänger im Roggen* gelesen und *Wer die Nachtigall stört*, Kurzgeschichten von Dorothy Parker und von Edna O'Brien, weil Willem fand, ich müsse etwas von meiner Namensvetterin kennen. (Ma hatte mich nach einer Irin benannt, die eine ihrer wenigen Freundinnen in Auroville gewesen und mit zweiundachtzig Jahren gestorben war.) Mein Englisch war ganz passabel. Ich wollte die Texte der Songs verstehen, *Smells Like Teen Spirit* von Nirvana spielte ich auf meinem Discman rauf und runter, und alles von Pearl Jam, in deren Sänger Eddie Vedder ich verknallt war. Als eine Art Zeitvertreib versuchte ich mich an Übersetzungen einiger Gedichte von William Carlos Williams, zeigte sie Willem aber nie.

Nachdem Gerrit mir von dem Jobangebot erzählt hatte, blieb ich die halbe Nacht wach und erstellte eine zweispaltige Liste mit Gründen, die für einen Umzug in die USA sprachen und mit solchen dagegen. Ich habe sie nicht mehr, aber sie sah in etwa so aus:

Pro USA	Kontra USA
Ein neues Leben beginnen	Mein altes Leben aufgeben
Neue Freunde finden	Alte Freunde verlieren
Richtig Englisch lernen	Englisch lernen müssen
Manhattan sehen (Ferien)	Den Haag verlassen
Gerrit ist happy im neuen Job	Gerrit vermisst alte Kollegen
Gerrit lernt Frau kennen	Ich will keine neue »Mutter«
Eddie Vedder treffen (zufällig)	Willem nicht mehr sehen
Kein Geräteturnen / Völkerball (?)	Neue Schule (doofe Lehrer / Kinder?)
Macht mich interessant / cool	Alle in Den Haag vergessen mich bald
Führerschein mit 16	Keine Radwege (?)
1 Million Fernsehkanäle	Keine Filme mehr im Kino Asta
Fast Food	Nie mehr Geburtstagsessen im De Tapperij
Ma kommt uns besuchen	Weite Reise für Ma

Es war schwierig. Ich holte den Marker aus der Schreibtischschublade und strich *Willem nicht mehr* sehen gelb an. Dann starrte ich auf die Liste und versuchte mir meine Zukunft in Boulder, Colorado, vorzustellen, aber es gelang mir nicht. Ich glaube, die Morgendämmerung brach bereits an, als ich endlich einschlief.

In der Schule erzählte ich niemandem davon, dass ich möglicherweise schon bald weit weg sein könnte, auch Leo Brinks nicht, meinem Zungenkusstrainingspartner, den ich auf der Liste nicht einmal namentlich erwähnt hatte, was wohl bedeutete, dass mir nicht übermäßig viel an ihm lag. Als ich zwei Tage später Willem besuchte, konnte ich die Neuigkeit nicht lange für mich behalten, und nachdem er sich alles angehört hatte, meinte er, das sei einerseits sehr bedauerlich, andererseits solle ich die Veränderung als etwas Positives sehen, als etwas, das meinen Horizont erweitere und mich reifer und selbstbewusster mache. Ich zitierte die wichtigsten Kontra-Punkte meiner Liste und merkte beim Reden, dass ich keineswegs bereit war, mein bestens funktionierendes Leben in Den Haag hinter mir zu lassen, um mich in ein völlig unberechenbares Abenteuer auf der anderen Seite des Atlantiks zu stürzen, aber Willem blieb gelassen und fand für alle meine Ängste, Zweifel und Bedenken eine Lösung oder zumindest etwas, das meine Argumente gegen den Umzug entkräftete.

Nach einer Weile machte seine Schönrederei mich wütend. Ich hatte allmählich den Eindruck, ihm sei egal, dass wir uns vielleicht schon bald nicht mehr sehen, schon bald nicht mehr bei einem Glas Preiselbeersaft zusammensitzen und über Bücher reden würden. Es war, als mache ihm der Gedanke nichts aus, ich könnte im Januar in ein Flugzeug steigen und für immer fort sein.

»Amerika ist nicht so weit weg«, sagte er. »Ihr könnt in den Schulferien zu Besuch kommen.«

Ich sagte nichts, rieb mit einem Finger über einen imaginären Fleck auf der Tischplatte. Der Preiselbeersaft schmeckte bitter.

»Denk nur an all die neuen Dinge, die es dort zu entdecken gibt«, sagte Willem, und der aufmunternde Ton in seiner Stimme machte mich noch gereizter. »Das wird toll, du wirst sehen.«

»Und wenn ich nicht will? Wenn ich mich weigere, nach Amerika zu gehen?«

»Nun ja, du wirst wohl kaum eine andere Wahl haben.«

Ich schnaubte verächtlich, wie ich es tat, wenn Tim Kolbe oder Andreas Unger auf dem Pausenhof etwas komplett Bescheuertes sagte.

Willem kratzte sich am Kopf, dann erhob er sich, holte die Schale mit den Walnüssen und stellte sie auf den Tisch.

»Was ist eigentlich mit deiner Mutter?«, fragte er, nachdem er sich wieder gesetzt hatte. »Vielleicht kannst du ja zu ihr.«

Ich hatte Willem von meiner Mutter erzählt, natürlich nicht alles, aber dass sie nach Deutschland gezogen war und uns nur noch gelegentlich besuchte.

»Das geht nicht«, sagte ich, ohne lange zu überlegen.

»Warum nicht?«

»Darum nicht.«

»Aha.«

Mir war klar, wie kindisch und dumm meine Antwort gewesen war, und ich sagte: »Sie will mich eben nicht bei sich haben. Ich glaube, sie hat Probleme. Keine Ahnung, was für welche, aber wenn sie anruft, klingt sie irgendwie komisch.«

Willem sah mich an, schürzte die Lippen und nickte ein paarmal. Dann brach er mit dem eisernen Nussknacker eine Walnuss in zwei Hälften und gleich darauf noch eine.

»Manchmal habe ich das Gefühl, sie ist verrückt.« Die Tragweite dieses Satzes erschreckte mich, aber es war unmöglich, ihn zurückzunehmen. Ich starrte auf meine Hände und wartete, was Willem sagen würde. Über uns war es still, wahrscheinlich machte Frau Kuipers ein Schläfchen oder hatte die Wohnung verlassen.

»Wie kommst du auf so etwas?«

Ich zuckte mit den Schultern. »Am Telefon klingt sie immer so nervös. Sie redet ganz viel und ganz schnell, und wenn sie fertig ist, weiß ich nicht mehr, was sie eigentlich gesagt hat.«

Willem schob mir eine aufgeknackte Nuss zu.

»Und sie ist dünn geworden, richtig mager.« Ich pulte das Essbare aus den Trümmern der Nussschale.

»Es wird sich schon alles zum Guten wenden«, sagte Willem.

Eine Sekunde lang starrte ich ihn an, dann seufzte ich. Nachdem Willem einen Vorrat an aufgebrochenen Nüssen angelegt hatte, griff er nach dem Buch, schlug es an einer von mehreren mit Papierstreifen markierten Stellen auf und las das erste Gedicht vor. Ich hörte ihm zu, aber ich verstand noch weniger als sonst. Willems lockere Art, mit der er die ungeheuerliche Nachricht meiner bevorstehenden Auswanderung herunterspielte und die sicherlich schwerwiegenden Folgen dieser brutalen Verpflanzung verharmloste, empfand ich als Kränkung. Dass er Gerrits Plan nicht auf das Schärfste verurteilt und mit keiner Silbe angedeutet hatte, dass er mich vermissen würde, enttäuschte und verletzte mich, und ich konnte es kaum erwarten, ihn die letzte Gedichtzeile rezitieren zu hören und seine Wohnung zu verlassen.

Das zweite Ereignis im letzten Monat des Jahres 2002 betraf meine Großmutter. Sie war, nachdem Ma, Gerrit und ich Indien 1995 verlassen hatten, in Auroville geblieben, und auch bei unserem Besuch fünf Jahre später wohnte sie noch immer in dem Haus, das sie sich mit der Engländerin Dorothy und ihrem Freund Alain teilte. Im Jahr darauf – Alain war inzwischen ebenfalls weg, und zwei große Zimmer standen leer – zog eine pensionierte Apothekerin aus Lübeck namens Hedwig ins Haus ein, und nach den Monsunmonaten gegen Jahresende mieteten Großmutter und Hedwig in der Stadt Puducherry ein Büro und begannen Frauen aus der Region dabei zu helfen, von ihren gewalttätigen Männern wegzukommen und Unterkunft und Arbeit zu finden. Hedwig war sehr geschickt darin, Spendengelder aus Deutschland zu sammeln, um die Kosten des *Centre for Women in Distress* zu decken, und schon bald zogen die beiden Frauen und ihre indische Mitarbeiterin in ein größeres Büro und kauften ein heruntergekommenes ehemaliges Hotel, wo sie die Hilfe suchenden Frauen unterbrachten. Zu jeder Frau, die es wagte, an ihre Tür zu klopfen, gehörte ein frustrierter, wütender Ehemann, ein Umstand, der Großmutter und Hedwig dazu zwang, ihr Büro in eine Festung zu verwandeln und zwei mit Schlagstöcken und Tränengasspray bewaffnete Wachmänner vor das Frauenhaus zu stellen.

Der Anschlag auf die beiden deutschen Frauen, die sich in Angelegenheiten einmischten, die sie nichts angingen, wurde nicht in ihrem Büro verübt und auch nicht während eines ihrer Besuche im umfunktionierten Hotel, sondern auf offener Straße. Hedwig, die den Angriff überlebte, sagte im Krankenhaus einer Zeitung gegenüber, der Mann sei spätabends, als sie und Dagmar ein Taxi heranwinkten, das sie am Ende eines langen Arbeitstages zurück nach Auroville bringen sollte, aus dem Nichts aufgetaucht und mit einem Messer auf sie losgegangen. Meine Großmutter war tot, noch bevor die Ambulanz den Tatort erreicht hatte, verblutet innerhalb weniger Minuten, umringt von Menschen, die vergeblich zu helfen versuchten, und solchen, die ihr nur beim Sterben zusehen wollten. Auf ihren schriftlich festgehaltenen Wunsch hin wurde ihre Leiche verbrannt und die Asche im Golf von Bengalen verstreut. Ma erfuhr erst Tage später von dem Mord. Sie entschied sich gegen eine Reise nach Indien und bat Hedwig, die Habseligkeiten ihrer Mutter an Bedürftige zu verschenken und Geld, falls etwas da war, dem Frauenhaus zu spenden.

Hedwig flog nach ihrer Genesung nach Deutschland, um Ma zu treffen und ihr einen Armreif zu übergeben, den Dagmar für ihre Tochter bestimmt hatte. Sie war durch drei Messerstiche verletzt worden und hatte das Bewusstsein verloren, deswegen konnte sie nichts dazu sagen, wie

Dagmar genau gestorben war, ob sie alles um sich herum mitbekommen hatte oder ebenfalls ohnmächtig gewesen war. Hedwig hatte Zeitungsausschnitte und Kopien der Polizeiprotokolle und Krankenhausakten nach Deutschland mitgebracht, aber Ma wollte sie nicht sehen. (Hedwig hat sie später einmal Gerrit geschickt, der sie in einer Kiste im Keller aufbewahrt hat und möglicherweise noch immer aufbewahrt. Vielleicht hat er sie auch vernichtet. Die Vorstellung, wie er den Papierstapel am Strand von Scheveningen verbrennt, um das Böse zu bannen, gefällt mir irgendwie, auch wenn ich weiß, dass Gerrit mit Okkultismus und zeremoniellen Feuern in Vollmondnächten überhaupt nichts am Hut hat.)

Der Tod meiner Großmutter führte zum dritten Ereignis jenes Dezembers, dem einschneidendsten von allen. Ein paar Tage nachdem Hedwig zurück nach Indien geflogen war, wo sie sich auch weiterhin um das Frauenhaus kümmern wollte, stand Ma vor unserer Tür. Sie sah noch schlechter aus als bei ihrem letzten Besuch, noch dünner und erschöpfter und mit noch dunkleren Augenringen, und als ich aus meinem Zimmer in die Küche kam, wo Gerrit ihr Tee kochte, brach sie in Tränen aus und umarmte mich mit einer Heftigkeit, die mir Angst machte. Dann brach noch einmal die ganze schreckliche Geschichte aus ihr heraus, und wir hörten ihr zu, obwohl Hedwig Gerrit am Telefon schon alles erzählt hatte und ich mehr über Großmutters Ermordung wusste, als mir lieb war. Ma weinte ohne Unterbrechung und rief immer wieder schluchzend, sie hätte ihrer Mutter längst verzeihen sollen und dass es dafür jetzt zu spät sei. Ich stand nur da und wusste nicht, was ich sagen oder tun konnte, damit Ma sich beruhigte. Gerrit streichelte ihren Rücken, reichte ihr Papiertaschentücher, bis sie nichts Zusammenhängendes mehr sagte und nur noch vor sich hin wimmerte und Gerrit sie auf das Sofa legte und sich in den Sessel daneben setzte, um dort die Nacht zu verbringen und bereit zu sein, falls Ma aufwachte und etwas brauchte, ein Glas Wasser, ein besänftigendes Wort, eine Umarmung.

Ich brachte ihm meine ozeanblaue Wolldecke und setzte mich ans Fußende des Sofas. Wir redeten nicht und horchten auf die Atemgeräusche, die Ma im Schlaf von sich gab und die mit jeder Minute ruhiger wurden und gleichmäßiger. In Willems Wohnung war es still, der Schlaflose wanderte nicht umher und ließ nichts fallen.

»Ich denke, damit hat sich die Sache mit Amerika erledigt«, sagte Gerrit irgendwann leise. Er hatte geweint, das konnte ich hören.

»Warum?«, flüsterte ich.

»Sie braucht uns jetzt.«

Ich sah auf meine nackten Füße. Großmutter hatte nie eine wichtige Rolle in meinem Leben gespielt. Sie war immer weit, weit weg gewesen, und sogar während unseres Besuchs bei ihr in Indien hatte sie nicht besonders viel Zeit mit mir verbracht, obwohl ich als temperamentvolle, vor Tatendrang strotzende Sechsjährige unbedingt eine Großmutter haben wollte und unermüdlich um ihre Aufmerksamkeit buhlte. Heute, als Erwachsene, glaube ich, dass Dagmar in einem eigenen, zweigeteilten Universum zu Hause war, in der Wirklichkeit im indischen Auroville und in der Erinnerung auf dem Hof im Kampstedter Bruch, nach dem sie sich bestimmt sehnte und deren Bewohner sie vermisste, auch wenn sie es nie zugegeben hätte und jedes Mal wütend davongelaufen war, wenn Ma die Kommune oder Deutschland erwähnt hatte. (Von Hedwig erfuhren wir später, dass sie und Dorothy bei der Auflösung von Dagmars bescheidenem Haushalt in einem Schrank unter Decken, Tüchern und Kleidern eine mit etwa fünfzig Aquarellen gefüllte Mappe gefunden hatten. Die Bilder, Hedwigs Meinung nach mit naiver Malerei vergleichbar, zeigten den Bauernhof und Felder, Frauen, Kinder und Männer und Tiere. Wir haben sie nie gesehen, sie gingen auf dem Postweg zwischen Indien und Holland verloren, aber ich bin sicher, dass sie von Dagmar gemalt worden waren und den Ort festhielten, den ihre Tochter und die drei anderen Kinder Winnipeg genannt hatten.)

Ma blieb bei uns. In der ersten Woche schlief sie viel und aß wenig, aber kurz vor Weihnachten schien sie sich einigermaßen erholt zu haben, denn nun verbrachte sie nicht mehr die meiste Zeit des Tages im Bett, sondern stand morgens mit Gerrit und mir auf, setzte sich an den Küchentisch und frühstückte mit uns, auch wenn sie anfangs kaum Appetit hatte und ewig an einer Scheibe Brot herumkaute. An Heiligabend kochte sie ein Dreigängemenü, und zum ersten Mal, seit sie wieder bei uns war, leerte sie ihren Teller und schaffte sogar ein ganzes Stück des Schokoladenkuchens, den sie am Nachmittag gebacken hatte.

Es fühlte sich seltsam an, Ma wieder um mich zu haben. Sie redete nicht viel, was nach den grotesken, in mein Ohr stürzenden Wortfluten am Telefon angenehm war, und doch wartete ich mit wachsender Ungeduld darauf, dass sie endlich den Mund öffnete und mir erzählte, was genau sie in den drei Jahren ihrer Abwesenheit gemacht hatte, warum sie zu Gerrit und mir zurückgekommen war und ob sie vorhatte zu bleiben. Aber einen Tag der Erklärungen gab es nicht. (Noch nicht. Ich würde zehn Jahre warten müssen.) Ich erfuhr von Ma nur, dass sie irgendeine Prüfung nicht bestanden habe, die für ihre Ausbildung zur Pflegefachfrau nötig gewesen wäre, dass sie uns mehr als alles auf der Welt liebe und uns jeden Tag schrecklich vermisst habe, dass sie nach dem Tod ihrer Mutter endgültig am Boden zerstört gewesen sei und nur noch aus Deutschland hatte fliehen und zu Gerrit und mir zurückkehren wollen. Dennoch schien sie das wenige, das sie mir verraten hatte, als eine Art Beichte zu betrachten und sich von diesem Moment an besser zu fühlen, wie von einer Last befreit. Ihre Stimmung hob sich zusehends, sie aß wieder normal, legte an Gewicht zu und sah schon nach ein paar Tagen nicht mehr zum Fürchten aus. Die dunklen Verfärbungen unter ihren Augen verschwanden ebenso wie das Grau aus ihrer Haut, ihre fahrigen Bewegungen wurden ruhiger. Wenn sie etwas sagte, klang es nicht mehr gehetzt und wirr, und es kam sogar vor, dass wir sie im Bad singen hörten, noch mit dünner Stimme und stockend zwar, aber immerhin.

Gerrit fürchtete sich davor, ihr von seinen (unseren) Amerika-Plänen zu erzählen, aber als er es endlich tat, war Ma begeistert, ließ sich über die Einzelheiten ins Bild setzen und fragte zuletzt wie ein kleines Kind, ob sie mitkommen dürfe. Im Innersten hatte ich gehofft, sie würde sich gegen das Vorhaben sträuben, würde ihre angeschlagene Gesundheit ins Feld führen und die Tatsache, dass sie gerade erst aus Deutschland nach Holland zurückgekehrt sei. Aber sie fand die Idee wunderbar, machte Ah und Oh, als Gerrit ihr Fotos von Colorado und Boulder zeigte, und nach dem Abendessen blieb sie am Küchentisch sitzen und erstellte eine Liste mit Dingen, die sie vor der Reise erledigen musste, zum Beispiel ihren Reisepass erneuern, ein Englischwörterbuch kaufen und sich von der Ärztin eine Packung Beruhigungspillen verschreiben lassen. Gegen ihre Flugangst, sagte sie, als ich ihr über die Schulter schaute.

Wir hatten noch etwas mehr als zwei Monate, genau vierundsechzig Tage, um uns voneinander zu verabschieden. Ich hatte Willem mittlerweile verziehen, dass er mich einfach so gehen lassen wollte, und saß wieder fast jeden Tag bei ihm oben am Küchentisch, half ihm beim Nüsseknacken und trank meinen Preiselbeersaft. Willem gab sich noch immer die größte Mühe, mein Fortgehen zu verharmlosen, die gewaltige Entfernung zwischen Boulder und Den Haag auf ein paar Flugstunden herunterzureden und Errungenschaften wie Telefon und Post zu preisen, die es uns erlauben würden, miteinander in Verbindung zu treten, wann immer wir wollten. Er erzählte mir von einer völlig neuen Möglichkeit der Kommunikation, über die er vor einiger Zeit einen Beitrag im Radio gehört hatte und die etwas mit einem weltweiten Netz zu tun hatte und unseren Austausch zwischen den Kontinenten auf mysteriöse Weise vereinfachen würde. Als ich ihm sagte, dazu würde er einen Computer brauchen oder müsse in ein Internetcafé gehen, verflog seine gute Laune und machte einer Mischung aus Verständnislosigkeit und Resignation Platz. Ich verschlang die Romane, die er mir gab, las halbe Nächte durch und während der Pausen in der Schule, nur damit ich mit ihm über die Lektüre reden konnte. Er drückte mir *Amerika* von Franz Kafka in die Hand, *Martin Eden* von Jack London (wahrscheinlich, um mich vor dem Hungerleiderberuf Schriftstellerei zu warnen), *Die Reise mit Charley* von John Steinbeck und *Verloren in Amerika* von Isaac Bashevis Singer, ein Titel, der mich abschreckte, bis Willem mir sagte, er habe das Buch ausgewählt, weil darin eine Reise beschrieben werde, die unter so dramatischen Umständen erfolgt sei, dass meine sich vergleichsweise harmlos ausnehme. Wenn er mir Gedichte vorlas und ihm Versprecher oder Zeilenrutscher unterliefen, schob er es auf das schlechte Licht in der Wohnung und schaltete die Lampe über dem Tisch ein, oder er gab seiner Weitsichtigkeit die Schuld und holte seine Brille aus dem Arbeitszimmer. Manchmal sagte er, er habe Kopfschmerzen, weil das Wetter wechseln würde oder er schlecht geschlafen hätte, dann las ich die von ihm ausgewählten Gedichte vor, und er hörte zu, die Augen geschlossen und die riesigen Hände vor dem Bauch gefaltet. Unterhielten wir uns über die Romane, die ich gelesen hatte, versuchte ich jeweils den Inhalt in vier, fünf Sätzen zusammenzufassen und dann meine Vermutungen darüber zu äußern, was die Kernthemen der Geschichte seien und wie sie der Autor sprachlich umgesetzt habe. Über Stil zu reden fiel mir immer am schwersten, und ich beschränkte mich darauf, die verschiedenen Ausdrucksformen mit Begriffen wie *schlicht, nüchtern, schnörkellos, üppig, blumig* und *überladen* zu kategorisieren, wobei *blumig* und *überladen* gleichbedeutend war mit kitschig und schlecht. Ich quasselte immer sehr viel und war mir durchaus bewusst, dass ich eine Menge frühreifen, aufgeschnappten und in Wörterbüchern nachgeschlagenen Unsinn von mir gab, dass ich mich wiederholte und selbst widerlegte und um Kopf und Kragen schwafelte – und dass ich aber all das sagen konnte, ohne Gefahr zu laufen, von Willem belächelt, geschweige denn verspottet zu werden. Ich war ein Kind, und er behandelte mich wie ein denkendes, neugieriges, forschendes und begabtes Wesen, mit dem Zeit zu verbringen ihm etwas bedeutete, und dafür war ich ihm unendlich dankbar und bin es noch heute.

Einmal fragte ich Willem, warum er mir ausschließlich Bücher von Männern empfehle und ob es seiner Meinung nach keine Frauen gebe, die bedeutende Romane geschrieben hätten, und seine Antwort war, dass durchaus Werke von Autorinnen in seiner Bibliothek stünden, die zu lesen sich lohne, dass diese aber oftmals von einer enormen existenziellen Wucht seien, für die ich unmöglich bereits gewappnet sein könne. Weil ich nachhakte, erzählte er mir von Virginia Woolf, Sylvia Plath, Alice Walker, Marguerite Duras, Djuna Barnes und anderen und schleppte danach einen Stapel ihrer Bücher in die Küche, Bücher, die einen Koffer füllten und die ich mit nach Amerika nahm, um sie zu lesen, wie die meisten davor kaum zu kapieren und sie dennoch zu zerlegen und zu analysieren, ihre Motive und versteckten Botschaften unter das Mikroskop meiner Mutmaßungen zu legen, sie nach Fragen abzuklopfen und diese in ellenlangen Briefen festzuhalten, mit denen ich Willem im gnadenlosen Sieben-Tage-Rhythmus zuzuschütten gedachte. Diese Bücher, war ich überzeugt, würden während meiner Eingewöhnungszeit in Boulder eine Art geistige Verbindung nach Den Haag bilden, eine aus ungezählten Seiten zusammengesetzte, Meere und Kontinente überspannende Brücke, die von meinem noch leeren und fremden, nach frischer Farbe riechenden Zimmer bis an Willems Schreibtisch reichte.

Der Abschied verlief dann weniger dramatisch, als ich befürchtet und heimlich gehofft hatte. Am Tag davor hatten meine Eltern Willem zum Abendessen eingeladen, was ich nett von ihnen fand, aber es war seltsam gewesen, nicht mit Willem allein an einem Tisch zu sitzen. Wie zu erwarten gewesen war, hatte Willem nicht viel geredet und eigentlich nur auf die Fragen von Ma und Gerrit geantwortet. Er aß kaum etwas, trank dafür gläserweise Wasser und rezitierte zu Mas Entzücken ein Gedicht von Olav Hauge, einem Norweger, bevor er sich höflich bedankte und zurück nach oben ging. Gerrit sagte, dass unsere Nachmieter ihre helle Freude an Willem haben würden, und ich wusste nicht, ob er es ironisch meinte. Am nächsten Morgen trug Willem einen der leichteren Koffer hinunter zur Straße, wo unser Taxi wartete. Er schüttelte zuerst Ma und Gerrit die Hand, dann ging er in die Hocke, sah mir in die Augen und sagte seine Sätze, von denen er dachte, dass sie mich beruhigten.

Schließlich richtete er sich wieder auf, legte mir seine Pranke auf den Kopf und wünschte mir eine gute Reise. Ich war überhaupt nicht glücklich mit dieser Art von Verabschiedung und wollte etwas sagen, das dem Moment, der mir so wichtig war, die Trivialität nahm, aber noch bevor ich den Mund öffnete, kam Frau Kuipers im gepunkteten Morgenmantel aus dem Haus gerannt und umarmte mich, beteuerte, wie sehr sie mich vermissen und sich über eine Postkarte freuen würde. Nachdem sie mich aus ihren Armen entlassen hatte, sah es aus, als habe Willem in einem Anflug von Gefühlsregung beschlossen, mich ebenfalls an die Brust zu drücken, aber dann schlug der Taxifahrer den Kofferraumdeckel zu, Gerrit rief nach mir, und Ma nahm mich an der Hand, schob mich ins Auto und machte die Tür zu.

Das letzte Bild, das ich von Willem van de Velde in Erinnerung habe, ist das seiner massigen Gestalt auf dem Bürgersteig vor unserem Haus, die kleiner und kleiner wird und am Ende nicht mehr da ist. Und das von seinem Arm, dem rechten, den er langsam hebt und auf halber Höhe wieder sinken lässt.

Der Mann, der mir Hunderte Gedichte vorgelesen, zahllose Gläser Preiselbeersaft eingeschenkt und Walnüsse aufgebrochen, Dutzende Bücher aus seiner Bibliothek in die Hand gedrückt und mir das Versprechen abgenommen hat, niemals Autorin zu werden, blieb noch zwei Jahre am Leben, nachdem Gerrit, Ma und ich Holland verlassen hatten. In Boulder setzte ich mich jede Woche hin und schrieb ihm einen Brief, wie ich es mir vorgenommen hatte. Ich berichtete ihm von der neuen Stadt, die so anders war als Den Haag, von der Schule, in der ich mich wie eine Außerirdische fühlte und mir wegen meiner mangelnden Englischkenntnisse und meiner plötzlichen Sprachlosigkeit während des Unterrichts und auf dem Pausenhof dumm vorkam, von den schneebedeckten Bergen, die ich durch das Fenster meines Zimmers sehen konnte, von Gerrits Job, der irgendetwas mit der weltweiten, rein pflanzlichen Ernährung im einundzwanzigsten Jahrhundert, aber nichts mit Genmanipulation zu tun hatte, von Ma, die unser Haus einrichtete, Englisch- und Yoga-Kurse besuchte, und davon, wie sehr ich Willem und unsere gemeinsame Zeit, die ich angeberisch *lyrische Nachmittage* nannte, vermisste. Ich las die Romane aus dem Koffer, machte mir meine einfach gestrickten Gedanken dazu und schrieb dann hochtrabende, überambitionierte und von exotischen Ausdrücken wie *eloquent, manieristisch* und *didaktisch* wimmelnde Texte, die ich nicht Aufsätze nannte, sondern *Essays*. Aus Den Haag kamen in ebenfalls wöchentlichem Abstand Briefe, in denen Willem auf meine angeberischen Abhandlungen einging, als wären es die ausgereiften Folgerungen eines altgedienten Literaturkritikers und nicht das effekthascherische Geschreibsel einer Elfjährigen. (Ich weiß, wovon ich rede: In Willems Nachlass fanden sich sämtliche meiner Briefe an ihn, aufbewahrt in einer leicht verbeulten Blechbüchse mit der aufgeklebten Beschriftung *Post Edna Amerika*.)

Willem stürzte wieder, aber anders als damals, als Gerrit und ich ihn fanden und die Ambulanz riefen, blieb er die ganze Nacht auf dem Boden seiner Küche liegen und schaffte es erst am nächsten Morgen, zum Telefon zu kriechen. Nach einer Woche Krankenhaus kehrte Willem in seine Wohnung zurück, schluckte alle Schlaftabletten, die er seit seiner Diagnose angehäuft hatte, und starb im Bett, rasiert und gekämmt und in seinem besten Anzug, wie Frau Kuipers, die den Abtransport der Leiche im

Treppenhaus mitverfolgt hatte, mir Jahre später erzählte. Erst nach seinem Tod erfuhr ich die Ursache, warum Willem beim Rezitieren der Gedichte immer öfter einen Fehler gemacht, ein Wort falsch ausgesprochen oder eine Zeile übersprungen hatte, und auch warum ihm dauernd Dinge aus den Händen gefallen waren, ließ sich auf einmal erklären: In seinem Kopf hatte sich ein bösartiger, anfangs kirschkerngroßer Tumor ausgebreitet, jeden Monat einen Millimeter mehr, an einer Stelle, die eine Operation unmöglich machte.

Am Tag vor seinem Selbstmord hatte Willem ein Testament verfasst, in dem er den noch immer unter den Folgen des Schädelbruchs leidenden ehemaligen Kulturjournalisten Piet Larsen bedachte und mich als Erbin der Reste seiner Büchersammlung einsetzte. Eine Kopie des Testaments erreichte mich zehn Tage nach Willems Tod, zusammen mit einem an mich gerichteten und seinem Anwalt übergebenen Brief. Willem schrieb, dass ihm sein Suizid, den er *Abtritt* nannte, leidtue und er es zutiefst bereue, mir auf diese Weise, mit diesen wenigen Zeilen Lebewohl sagen zu müssen. Er sei sehr müde, schrieb er, und dass *dieses fiese Ding* vermutlich nicht ganz ohne Grund in seinem Schädel *herangewuchert* sei. Er wünschte mir alles Gute und dass meine Träume sich erfüllten, und damit war der Brief auch schon zu Ende.

Ich erinnere mich noch gut an den Herbstnachmittag in unserem Haus in Boulder, als Gerrit und Ma im Wohnzimmer saßen und sich von ihren Sesseln erhoben, kaum war ich mit meiner Schultasche unter dem Arm durch die Tür gekommen. Offenbar hatten sie sich vorher abgesprochen, denn sie zerlegten die schlechte Nachricht in Gruppen von drei, vier Sätzen und sagten sie abwechselnd auf wie Schauspieler, die einen Text auswendig gelernt hatten. Gerrit übernahm den Teil mit dem Tod, Ma den mit der Information, dass es einen Brief von Willem gab, der ungeöffnet neben dem Anwaltsschreiben und dem Testament auf dem Couchtisch lag. Ich weiß auch noch ziemlich genau, wie ich reagierte – nämlich überhaupt nicht, jedenfalls nicht mit Weinen oder Schreien oder sonst einem Gefühlsausbruch, der in einer Situation wie dieser wohl zu erwarten gewesen wäre. Natürlich begriff ich, was Gerrit und Ma mir ebenso schonungsvoll wie bühnenreif mitgeteilt hatten, aber alles, wozu ich fähig war, war dazustehen und nichts zu sagen, erstarrt ins Leere zu blicken und die Umarmungen und Tröstungsversuche über mich ergehen zu lassen, die ich kaum spürte und hörte und die nichts bewirkten bis auf das dringende Bedürfnis, allein zu sein.

Auch in meinem Zimmer passierte nichts mit mir, sah man davon ab, dass ich weiterhin ein Loch in die Luft starrte und mich nicht rührte, sobald ich die Tür hinter mir geschlossen hatte. Ich stand da und fühlte, dass etwas Unbegreifliches geschehen war, etwas trotz seiner relativen Wahrscheinlichkeit nach Unerwartetes, etwas entsetzlich Ungerechtes, und als ich wieder einen halbwegs klaren Gedanken fassen konnte, verfluchte ich stumm den Lauf des Lebens und die Launen des Schicksals, ich verfluchte Amerika und Gerrit, dessen Schuld es war, dass wir Holland verlassen hatten, und ich verfluchte Ma, die von der ersten Sekunde an mit dem Umzug einverstanden gewesen war und ihn als neues Kapitel in unserer Familiengeschichte bezeichnet hatte, als wären wir das Personal eines Romans, den sie sich ausdachte, dankbar darüber, mit Zukunftsplänen statt Gegenwartsproblemen beschäftigt zu sein.

Mein Freund war ohne mich gestorben. Die neuen Mieter unserer ehemaligen Wohnung, ein junges, kinderloses Ehepaar, hatten den nächtlichen Aufprall seines Körpers vielleicht gehört, sich aber nichts dabei gedacht. Bestimmt waren Willem schon vorher einmal Dinge aus den Händen gefallen, und die beiden hatten sich zwar darüber geärgert, aber beschlossen, noch abzuwarten und sich erst dann zu beschweren, wenn es regelmäßig passieren würde. (Ich hatte sie flüchtig kennengelernt, als sie unsere Wohnung besichtigten. Sie waren höfliche, kultivierte Menschen, sie arbeitete als Lehrerin, er in einer Anwaltskanzlei. Als sie, nachdem sie den Zuschlag vom Vermieter erhalten hatten, ein zweites Mal vorbeikamen, um in der Küche ein paar Maße zu nehmen, schenkten sie mir einen Bildband über Amerika. Sie wussten von Ma, wohin wir auswanderten, und fanden, ich müsse für meine zukünftige Heimat gerüstet sein. Ich war drauf und dran, ihnen *Die Kindheit der Eintagsfliegen* zu geben, damit ihnen klar wäre, was für ein großartiger Schriftsteller über ihnen wohnte, ließ es dann aber bleiben, weil mir einfiel, dass Willem es vorzog, ungestört zu bleiben.)

Jaap und Heleen hörten den Sturz oder auch nicht. Jedenfalls gingen sie nicht nach oben, um nach ihrem Nachbarn zu sehen. Vermutlich hatten sie das Haus längst verlassen, als am Morgen die Sanitäter kamen und Willem ins Krankenhaus mitnahmen, nur Frau Kuipers stand an seiner Wohnungstür und bedachte ihn mit einem letzten mitleidigen Blick. Dass Willem die Augen geschlossen hatte, vertraute sie mir Jahre später an, und dass sie gedacht habe, dieser ungeschickte Mann gehöre allmählich in ein Seniorenheim, wo man sich um ihn kümmern würde.

Ich wäre die Treppe hochgerannt und hätte Willem vor einer unbequemen, einsamen und demütigenden Nacht auf dem Parkettboden bewahrt. Ich hätte ihn gefragt, was ich tun sollte, ihn mit Gerrits Hilfe ins Bett tragen, ihm Kissen und Decken bringen, den Krankenwagen rufen, das sei seine Entscheidung. Ich hätte mich zu ihm gesetzt, Walnüsse für ihn geknackt und ihm Gedichte vorgelesen, bis es ihm besser gegangen wäre und er hätte aufstehen können. Ich hätte geglaubt, er habe sich wieder die Hüfte geprellt, und er hätte verlegen genickt und mir nichts von dem Kirschkern in seinem Kopf erzählt. Ich wäre bei ihm gewesen, war es aber nicht, weil Gerrit mich nach Amerika verschleppt hatte, um den Welthunger zu besiegen, und weil Ma diese alles über den Haufen werfende Reise zum Riesenabenteuer verklärt hatte. Willem brauchte mich, und ich war nicht bei ihm, nicht nach seinem Sturz, nicht im Krankenhaus und nicht, als er beschloss, sich in seinem besten Anzug ins Bett zu legen und die Tabletten zu schlucken. Er war in Den Haag, ich in Boulder, zwischen uns die Distanz von siebentausendvierhundert Kilometern.

Ich wollte zu seiner Beerdigung, aber ich durfte nicht. Damals fand ich die Weigerung meiner Eltern, mit mir nach Holland zu fliegen, so ungeheuerlich, dass ich fünf Tage lang nicht mit ihnen redete. Ich bestand darauf, alt genug zu sein, um die Reise allein anzutreten, und als ich auch mit dieser Haltung auf Granit stieß, schloss ich mich in meinem Zimmer ein und stellte mich taub, wenn Ma oder Gerrit an die Tür klopften und an meine Vernunft appellierten. Ich fand, ich sei die einzige Vernünftige im Haus, unserem ehemaligen Nachbarn das letzte Geleit zu geben, erachtete ich als Pflicht und Selbstverständlichkeit. Es dauerte eine Weile, bis ich meine Verstocktheit aufgegeben und die Tatsache akzeptiert hatte, dass die Tickets, selbst wenn nur Ma und ich geflogen wären, so viel wie drei Monatsmieten gekostet hätten. Für das Geld hätten wir sämtliche

Blumenläden Den Haags leer kaufen und Willems Grab unter einem Berg aus Margeriten und Mohn verschwinden lassen können, und danach wäre noch immer genug übrig gewesen für eine Band, die den traurigen Anlass mit ein paar Jazzstandards aufgewertet hätte, John Coltranes *Wise One* zum Beispiel, das Willem so gemocht hatte.

Die Beerdigung fand also ohne mich statt. Während ich in meinem Zimmer saß und die Tür nur öffnete, um das von Ma deponierte Tablett mit Essen hereinzuziehen, wurde die Urne mit Willems Asche auf dem Friedhof Oud Eik en Duinen beigesetzt. Außer dem Geistlichen, einem Angestellten der Friedhofsverwaltung und Frau Kuipers erschien niemand. Nicht einmal Nelleke Brower machte sich die Mühe, aus Amsterdam anzureisen, um Abschied von dem Mann zu nehmen, mit dem sie ein Jahr lang verheiratet gewesen war. Frau Kuipers erzählte mir am Telefon vom schönen Wetter an jenem Tag, von den wenigen, aber dennoch ergreifenden Worten des Pfarrers, von den Tränen, die sie vergossen hatte, und von der Möwe, die im Blau des Himmels über sie hinweggeflogen und, einen langen klagenden Schrei ausstoßend, in Richtung Meer verschwunden war. Bevor sie mir alles Gute wünschte und auflegte, versicherte sie mir, dass die vielen Bücher, die Willem mir vermacht hatte, in Kisten verpackt im Keller standen und auf mich warteten.

Einen Monat nach Willems Tod und zwei Wochen nach Frau Kuipers' Anruf kam ein Brief von ihr bei uns an, dem sie die amtliche Todesanzeige und zwei Meldungen aus der Zeitung beigelegt hatte, eine knappe, in der im nüchternen Stil eines Telegramms Leben und Werk Willem van de Veldes abgehandelt wurden, und eine ausführlichere, deren Verfasser noch einmal und ohne das geringste Taktgefühl die Ereignisse aufkochte, die zum Niedergang des einst berühmten Schriftstellers geführt hatten. In ihrem Brief schrieb Frau Kuipers, dass sie alle Bücher von Willem gelesen, aber nie den Mut gehabt habe, ihn darauf anzusprechen, und dass es sehr traurig sei, nun nie mehr Gelegenheit dazu zu haben. Beim Lesen ihrer in altertümlicher Füllfederschrift gekritzelten Zeilen musste ich weinen, um Willem und die Zeit, die wir nicht mehr haben würden, und wegen Frau Kuipers, mit der ich nie mehr als ein paar Worte im Treppenhaus gewechselt hatte und die mir erst jetzt, da wir so weit voneinander entfernt lebten, ihre Bewunderung für Willems Werk anvertraute.

Fünf Wochen nachdem ich meine Protestaktion wegen der verpassten Beerdigung aufgab und mich wieder wie ein vernünftiger Mensch benahm, kam mein erster Tag an der neuen Schule, und ich musste mich zusammenreißen und so tun, als sei ich über Den Haag und Willems Tod hinweg und bereit, mich voller Tatendrang in meinen neuen Lebensabschnitt zu stürzen, wie ich es bereits zwei Jahre zuvor nach unsere Ankunft im gelobten Land getan hatte. Gerrit und Ma gaben sich erneut alle erdenkliche Mühe, mir das Fremde, Beängstigende und oftmals Groteske einer amerikanischen Schule als aufregendes Experiment und spannende Phase in meiner Kindheit zu verkaufen, doch jetzt mit noch weniger Erfolg als beim ersten Mal, als ich zehn Jahre alt und leichter manipulierbar gewesen war. Ich hasste die Centennial Middle School in Boulder nicht gerade, aber es gab nur wenige Tage, an denen ich gerne im Klassenzimmer saß und das Gefühl hatte, etwas Sinnvolles zu tun. Dennoch fügte ich mich in mein Schicksal, wurde auf unspektakuläre Weise dreizehn und dann vierzehn, ich ließ beim Kickboxen Dampf ab und zog mit fünfzehn zum ersten Mal an einem Joint, ich trat ein Jahr später dem Girls Soccer Team unserer High School als Ersatztorfrau bei und verließ es vier Monate später wieder mit einem gebrochenen Fußgelenk, ich wurde sechzehn und machte den Führerschein. Wenn ich auf dem Highway fuhr und aus dem Seitenfenster sah, hatte ich manchmal das Gefühl, das sei die Zeit, die an mir vorüberrausche, verschwommene Bilder, unfassbar flüchtig und für immer verloren.

Ich war siebzehn und Willem seit fünf Jahren tot, als Gerrit, Ma und ich zur Hochzeitsfeier von Gerrits acht Jahre jüngerem Bruder Claas nach Holland flogen und wir in Den Haag Frau Kuipers besuchten, die uns auf Krücken gestützt die Tür öffnete und uns ein weiteres Geheimnis verriet, nämlich dass sie seit dreißig Jahren zwei künstliche Kniegelenke hatte und deswegen kaum noch aus dem Haus gegangen war. Auf Gerrits Frage, wie sie an Lebensmittel komme, antwortete sie, das erledige ein Lieferdienst, und ich weiß noch, wie peinlich berührt Gerrit und ich waren, weil wir in all den Jahren nicht daran gedacht hatten, neben Willem auch die alte Frau im obersten Stock zu fragen, ob wir ihr bei irgendetwas helfen konnten. Wir tranken eine Tasse Tee mit ihr und unterhielten uns über alles Mögliche, auch über Willem, aber während der gesamten halben Stunde gelang es uns nicht, unsere Verlegenheit loszuwerden und viel mehr als Freundlichkeiten und Floskeln auszutauschen, und als wir gingen und das Haus verließen, ohne bei Jaap und Heleen zu klingeln und einen Blick in unsere alte Wohnung zu werfen, befiel mich ein derart überwältigendes Gefühl von Verzweiflung, dass ich auf der Straße losrannte und mich nicht umdrehte und keinen letzten Blick auf das Haus und die beiden Fenster von Willems Wohnung warf, in der jetzt bestimmt nette Leute lebten, ein Steuerberater und eine Zahnärztin vielleicht, die nachts schliefen, statt Charlie Parker zu hören, rastlos hin und her zu gehen und dann und wann eine Apfelsine oder einen Band mit Gedichten auf den Boden fallen zu lassen.

Am nächsten Tag heirateten Claas und Mareike, die mittlerweile in Den Haag lebten, und als nach dem Mittagessen in einem großen Hotel alle damit beschäftigt waren, einander Geschichten von früher zu erzählen, Fotos herumzureichen und sich für neue in Pose zu werfen, schlich ich mich hinaus und fuhr mit der Straßenbahn an unsere alte Adresse im Statenkwartier. Ich hatte ein schlechtes Gewissen, weil ich mir von Frau Kuipers die Haustür öffnen und den Weg zu ihrem Kellerabteil zeigen ließ, wo sich die vierunddreißig Kisten mit Willems Büchern stapelten. Frau Kuipers war neunundsiebzig und trotz der Knieprobleme in erstaunlich guter Verfassung, und sie sagte, ich könne die Kisten so lange in ihrem Keller stehen lassen, wie es nötig sei, aber ich wollte auf Nummer sicher gehen und rief aus ihrer Wohnung den Hausbesitzer an und fragte ihn, ob ich eines der freien Kellerabteile mieten könne, und als er einwilligte, machte ich mich an die Arbeit, hatte nach zwei Stunden alles umgeräumt und setzte mich im Licht einer Glühbirne auf den Boden und griff wahllos nach einem der vielleicht tausend Bücher und begann zu lesen.

Es war später Nachmittag, als ich zu Frau Kuipers hochging, um mich von ihr zu verabschieden. Sie bat mich auf einen Kaffee zu sich herein, aber ich erzählte ihr von der Hochzeit und dass ich mich davongeschlichen habe und zurückmüsse. Wir gaben uns die Hand, ich sagte, ich würde sie bald wieder einmal besuchen, und Frau Kuipers lächelte und meinte, darauf freue sie sich schon sehr. In der Straßenbahn heulte ich leise vor mich hin, und als wir in der Nähe des Hotels hielten, blieb ich sitzen und fuhr weiter. Ich saß in der falschen Linie und musste zweimal umsteigen, und endlich beim Oud Eik en Duinen angekommen, blieb mir bis zur Schließung des Friedhofs noch eine Viertelstunde Zeit. Ich wusste nicht, wo die Urne mit Willems Asche begraben lag, also rannte ich aufs Geratewohl los in der Hoffnung, entweder zufällig fündig zu werden oder einem Friedhofsangestellten in die Arme zu laufen und mir den Weg zu den Urnengräbern zeigen zu lassen. Aber ich begegnete nur anderen Besuchern, und alle strebten sie in Richtung der Ausgänge. Ich setzte mich unter einem großen Baum ins Gras, stellte mir vor, es sei ein Walnussbaum und Willems Grab ganz in der Nähe. Schließlich tauchte doch noch ein Friedhofsgärtner auf und meinte, ich solle mich langsam auf den Weg machen.

Das tat ich und war eine Stunde später im Hotel, wo im Festsaal zur Musik einer Fünf-Mann-Band getanzt wurde. Sie spielten *Yellow* von Coldplay, und das gar nicht einmal schlecht. Ma und Gerrit fielen mir in der Menschenmenge gleich auf, sie hielten sich eng umschlungen, als müsse der eine den anderen vor dem Umfallen bewahren. Gerrit winkte mit einer Hand, und ich ging zu ihnen. Ma fragte, wo ich gewesen sei, sie habe mich vermisst. Ich sagte, ich sei spazieren gewesen, dann betrat eine als Amy Winehouse verkleidete Frau mit riesiger schwarzer Turmfrisur die Bühne, es erklangen die ersten Takte von *Back to Black*, und ich begann zu tanzen, allein und mit geschlossenen Augen.

In Boulder kämpfte ich mich durch das erste College-Jahr. Ich belegte einen Kurs in kreativem Schreiben, aber ich war nicht bei der Sache und ging allen Beteiligten auf die Nerven, am meisten mir selbst. Die Firma, für die Gerrit arbeitete, war inzwischen sehr erfolgreich und erhielt Aufträge von der Regierung, Gerrit leitete ein Forschungsteam und verdiente gut, wir zogen in ein größeres Haus, und ich sah mich plötzlich am Steuer meines eigenen Autos sitzen, eines generalüberholten silbergrauen Toyota. Das Modell Corolla Baujahr 1999 war zwar nicht besonders schön, dafür aber zuverlässig, und ich fuhr damit an fünf Tagen der Woche die zwölf Meilen von unserem Zuhause in Altona nach Longmont zum Campus des Front Range Community College und zurück, zwei Jahre lang.

Dann wurde es allmählich Zeit, die Weichen für meine Zukunft zu stellen, wie meine Eltern es nannten, was bedeutete, dass ich mich entscheiden musste, ob ich zur Uni wollte und falls ja, welche Fächer ich belegen wollte. Sie hatten Unterlagen von mehreren Universitäten besorgt und meinten, ich solle mir alles in Ruhe ansehen und dass es ihnen natürlich am liebsten wäre, wenn ich in der Nähe bliebe, in Denver oder Colorado Springs oder, wenn es nicht anders ginge, in einem Nachbarstaat. Nur nicht in Utah, sagte Gerrit, da hockten die Mormonen, das sei nichts für mich. Das Problem war, dass ich nicht wusste, was ich überhaupt wollte. Bis vor Kurzem war ich noch von der Vorstellung beseelt gewesen, als Schriftstellerin in einem kleinen windumtosten Haus irgendwo am Meer zu leben und mir Geschichten auszudenken, aber nach Willems Selbstmord hatte ich aufgehört zu lesen und kein Buch mehr angefasst, sah man von den Zwangslektüren im Schulunterricht ab. Der Tod hatte meinen Glauben an die Kraft, Würde und Selbstbestimmtheit des Menschen in seinen Grundfesten erschüttert, hatte mir vor Augen geführt, wie wacklig das Gebilde unserer Existenz ist, wie launenhaft und brutal das Schicksal oder welche höhere Macht auch immer zuschlug und wie sinnlos alle unsere Anstrengungen, etwas Schönes zu erschaffen, letztendlich waren. Meine Großmutter war in Indien von einem Mann erstochen worden, den sie nie zuvor gesehen hatte, Willem starb an etwas, das in seinem Kopf gewachsen war und irgendwann sein Gehirn verdrängt und seinen Geist ausgelöscht hätte, seine Fähigkeit zu denken und Gedichte schön zu finden und mit mir zu sprechen. Warum, fragte ich mich, sollte ich angesichts dieser skandalösen Ungerechtigkeiten Romane lesen, meine befristete Zeit mit fiktiven Personen und aus den Fingern gesogenen Lebensläufen verschwenden, warum Anteil nehmen an den Leiden von Menschen, die es nicht gab, warum Sätze bewundern, die etwas beschrieben, das sich jemand ausgedacht hatte, der in einem Zimmer an einer Schreibmaschine saß und nichts Besseres mit sich anzufangen wusste, als unter Zuhilfenahme von Tricks und Finten einen Haufen Erfundenes zu etwas zusammenzubasteln, das sich Literatur nannte? Vielleicht, dachte ich, hatte ich alle diese Bücher nur verschlungen, weil Willem sie geschrieben oder mir vor die Nase gesetzt hatte und es mir unmöglich gewesen war, Nein zu sagen und ihn zu enttäuschen oder, schlimmer noch, mich als das Kind zu offenbaren, das völlig überfordert, aber zu stolz war, es zuzugeben.

Ich erzählte Ma und Gerrit von meinem inneren Widerstreit, meiner Verunsicherung und Unentschiedenheit, was das nächste halbe, vielleicht sogar ganze Jahr betreffe, dass ich mich ausgelaugt und leer und beim besten Willen nicht in der Lage fühle, eine Uni, geschweige denn irgendeine Fachrichtung auszuwählen. Meine Eltern hörten sich alles an, berieten sich bei einer Tasse Tee in der Küche und teilten mir dann in feierlichem Ton mit, sie hätten vollstes Verständnis für mich. Dass ich mich sechs Jahre lang so angestrengt, kaum jemals beklagt und sogar ordentliche Zeugnisse nach Hause gebracht habe, sei nicht selbstverständlich gewesen und mache sie stolz und glücklich. Gerrit fing beinahe an zu weinen, als Ma verkündete, ich sei sowieso bald achtzehn und könne bis dahin tun und lassen, was ich wolle. Dann heulte Gerrit doch ein bisschen, und wir fielen uns in die Arme, was wir seit einer Ewigkeit nicht mehr getan hatten.

Ich kostete jeden Tag meiner neu gewonnenen Freiheit bis zur letzten Minute aus. Vom Staat Colorado mit einem Führerschein dafür belohnt, die perfekte Kopie eines amerikanischen Teenagers geworden zu sein, fuhr ich von morgens bis abends ziellos in der Gegend herum, verbrauchte billiges Benzin und ernährte mich von Junkfood, das ich mir in Drive-Ins mit laufendem Motor in den Wagen reichen ließ. Es schien, als wirke das Blech des Toyota um mich herum wie eine Hülle, die alles von mir fernhielt, wovor ich Angst hatte, als säße ich in einem rollenden faradayschen Käfig, der mich vor den zornigen Blitzen der Welt beschützte. Mein Ausweis besagte, ich sei jetzt erwachsen, zumindest auf dem Papier und der Plastikkarte, von der ich mir mit ernster Miene entgegenblickte. Das Auto bedeutete Freiheit, auch wenn sie sich auf einen Radius von fünfzig Meilen um Altona beschränkte und vom Benzingeld abhing, das ich von Gerrit und Ma erhielt und das ich durch Gelegenheitsjobs aufbesserte, um geheime Ausflüge in fernere Regionen zu unternehmen, Linkin Park aus den Boxen und auf dem Beifahrersitz Jesse Goldstine oder Alan Bishop, die nichts voneinander wussten und über die ich alles wusste. In meinem silbergrauen Corolla hatte ich das Gefühl, ein fester Bestandteil des Universums zu sein, ein auf wundersame Weise funktionierendes Hybridwesen aus Mensch und Maschine, aus Wille und Gewalt. Ich war in Bewegung, und gleichzeitig rührte ich mich nicht von meinem Sitz, ich trat auf das Gaspedal und glitt vorwärts, ich drehte am Lenkrad und änderte die Richtung, ich drehte die Scheibe herunter und ließ mir den Wind übers Gesicht wehen, ich schoss mit fünfzig Meilen pro Stunde über den Highway und legte meine rechte Hand auf Jesse Goldstines oder Alan Bishops linkes Knie und hörte mir ihre Geschichten an über Football und Väter und das fantastische Leben, das sie führen würden, sobald sie *das alles hier* verlassen hätten, während ein faustgroßer Plastiktotenschädel, ein vor Ironie triefender Rosenkranz vom Flohmarkt und ein Wimpel der Denver Broncos an meinem Innenspiegel baumelten.

Vorbei war die unsägliche Zeit der verrücktspielenden Hormone, des Trotzens und der Rebellion und der Gefühle pubertärer Allwissenheit, ausgelöscht der Zwang, die Werte der westlichen Welt komplett infrage zu stellen, afrikanische Musik zu hören, feministische Pamphlete zu lesen, ungeschminkt und in Secondhandkleidung herumzulaufen, entweder zu schlafen, zu essen oder zu masturbieren, nur noch asiatische und russische Filme des frühen zwanzigsten Jahrhunderts gut zu finden und nur noch eins zu wollen, DAS EINE, das Ungreifbare, das Unbenennbare, das Befreiende, Erlösende, das absolut Großartige und verblüffend Einfache zu wollen, ein Ereignis, einen Zustand, etwas fundamental Lebensveränderndes, etwas, von dem ich nicht den Funken einer Ahnung hatte, was es war. (Es war nicht meine Entjungferung, die ich herbeisehnte, sondern etwas, das ich bis heute nicht in Worte fassen kann und das ich aus Ermangelung eines treffenderen und weniger abgenutzten Begriffs *Sinn* nennen würde, meinetwegen *Erfüllung*, ein Verlangen nach Gewissheiten im Leben, das, so glaube ich zumindest, jeden Teenager irgendwann umtreibt.)

Nach einem halben Jahr Freiheit und vielen hundert Meilen kreuz und quer durch Colorado, nach zahllosen Stunden mit Jesse Goldstine und Alan Bishop auf dem Rücksitz des Toyota, nach viel ungesundem Essen aus Styroporpackungen, zwei Geldbußen wegen zu schnellen Fahrens und acht wegen Falschparkens hatte ich das Gefühl, es sei nun an der

Zeit, meinen Lebensweg von etwas anderem lenken zu lassen als von Straßenschildern, den Neonschriftzügen der Schnellimbisse und den Launen meiner beiden Liebhaber. Als ich Ma und Gerrit sagte, ich wolle so bald wie möglich Literatur und Politik studieren, fielen ihnen Steine von den Herzen, die das ganze Haus erzittern ließen. Dass ich mit meinen mittelmäßigen Abschlussnoten von keiner der wirklich guten Universitäten angenommen würde, war uns allen klar, und während wir die Liste der restlichen Kandidaten durchgingen, platzte Ma mit der Botschaft heraus, dass Gerrit und sie beschlossen hätten, noch vor Ende des Jahres zurück nach Holland zu ziehen. Sie nahm meine rechte Hand und tätschelte sie leicht, sagte etwas von Europa und Heimweh und Fredrik, und ich erinnerte mich, dass das der Name des einjährigen Sohnes von Claas und Mareike war, der mir vor einiger Zeit auf Skype entgegengeglotzt hatte. Gerrit meinte, ich solle mich von dieser Entscheidung jedoch nicht davon abbringen lassen, mein Studium zu beginnen, das Geld dafür liege auf der Bank, der Papierkram mit der Einwanderungsbehörde sei erledigt und ich dürfe noch mindestens zwei Jahre in den USA bleiben. Er griff nach meiner linken Hand und drückte sie leicht, als er anfügte, er kehre Amerika mit gemischten Gefühlen den Rücken, einerseits, weil er mich zurücklasse, und andererseits, weil ihm dieses Land noch immer etwas bedeute, trotz Bush und Afghanistan, Rumsfeld und Kyoto. Als er von Wandlung, Obama und Hoffnung sprach, bebte seine Stimme ein wenig, und seine Augen bekamen einen wässerigen Glanz. Bevor die Sache noch emotionaler wurde, behauptete ich, mit Freunden in der Stadt verabredet zu sein, lief hinaus zu meinem Auto und drehte eine letzte Runde über Pine Brook Hill, Lazy Acres, Ward, Sugarloaf und Seven Hills zum Boulder Reservoir. Ich erinnere mich nicht, was ich empfunden habe beim Gedanken, dass ich wohl nie mehr an diesen Ort zurückkehren würde, was vermutlich bedeutet, dass mir nicht besonders viel an ihm lag.

Am nächsten Morgen ging ich die Uni-Liste durch und fand nach langer Suche eine in Boston, die jemanden wie mich aufzunehmen bereit war und dafür keine astronomische Summe verlangte. Ma und Gerrit schlugen vor, mit mir an die Ostküste zu fliegen und sich alles anzusehen, aber ich sagte ihnen, mein Entschluss stünde fest, und ich wolle nicht den Flieger nehmen, sondern den Toyota, zweitausend Meilen durch Kansas,

Missouri, Illinois, Indiana, Ohio, Pennsylvania und Connecticut. Ma und Gerrit waren mäßig begeistert von meinem Plan, versuchten aber nur sehr halbherzig, mich von dieser Fahrt abzuhalten. Während sie diffuse Gefahrenszenarien heraufbeschworen (Unfälle, Pannen, dubiose Motels, als Polizisten verkleidete Verbrecher, Tornados), merkte ich, dass sie im Grunde froh darüber waren, wie zielstrebig und unbeirrbar ich an die ganze Sache heranging und wie vehement ich ihre Bedenken zu zerstreuen versuchte, so vehement, dass die beiden sich schon bald beruhigt hatten und Gerrit sogar dazu überging, mir eine Reise noch vor dem Herbst zu empfehlen, wegen des schönen Wetters und der schneefreien Straßen, wie er sagte. Ma nahm seine Idee auf und fand plötzlich, dass ich, wenn ich in zwei, drei Wochen losfahren würde, viel mehr von den wunderbaren Landschaften hätte und in Boston mehr Zeit zum Eingewöhnen.

Ich tat so, als fände ich diese Überlegungen alle ganz großartig, aber ich hatte die beiden in Verdacht, dass sie mich rasch loswerden wollten, damit sie früher nach Hause fliegen konnten. Der holländische Besitzer von *Eco Grow Solutions* hatte die Firma verkauft, und die neuen Chefs waren seit Wochen mit Umstrukturierungen beschäftigt, was ein anderes Wort für Entlassungen war. Gerrits Team war bereits dezimiert worden, und er wollte weg, bevor es zu, wie er es diplomatisch ausdrückte, *unschönen Szenen* kommen würde.

Am Ende einigten wir uns darauf, dass ich zu meinem Trip durch sieben Staaten (Colorado nicht mitgerechnet) innerhalb der nächsten drei Wochen aufbrechen würde, allerdings unter der Bedingung, dass ich nicht den Toyota nahm, sondern Gerrits zwei Jahre alten Ford Escape, unsere Familienkutsche in *shamrock green* (Kleeblattgrün), bullig und ein bisschen protzig und im Vergleich zum Toyota eine rollende Festung. Ma kaufte mir ein paar Tage später eine Gaspistole, einen Pfefferspray und ein Gerät, das auf Knopfdruck eine höllisch laute Alarmsirene ertönen ließ. Gerrit meinte, sie übertreibe es maßlos mit den möglichen Risiken, die meine Reise barg, und schenkte mir eine Wolldecke, einen Klappstuhl und einen Picknickkorb. Wir verbrachten viel Zeit miteinander, bevor wir uns in unterschiedliche Richtungen davonmachten, halfen uns gegenseitig beim Packen und verbargen nur sehr unzureichend unsere Erleichterung darüber, Boulder, *Eco Grow Solutions*, die Yoga-Gruppe und das zunehmend langweilig und republikanisch gewordene Duo Goldstine-Bishop hinter uns zu lassen.

Ich absolvierte ein International Year an der Suffolk University in Boston, belegte die Studiengänge Englisch, Philosophie und Politik und jobbte in den Ferien und an drei Abenden pro Woche in einem Nobelrestaurant, wo die Gäste großzügige Trinkgelder gaben. Für den Unterricht musste ich viel lesen, auch viel Mist, und sehnte mich nach Willems Bücherkisten. Mein neunzehnter Geburtstag stand bevor, und Ma und Gerrit waren gekommen, um mit mir zu feiern. Die beiden lebten in Rotterdam, wo Gerrit bei der Umweltbehörde arbeitete und Ma am Empfang eines Seniorenheims. An der Uni war nicht viel los, und ich hatte mich für die Woche, die meine Eltern bleiben würden, von allen Verpflichtungen freigemacht, um jeden der sieben Tage mit ihnen verbringen zu können. Am dritten Tag nach ihrer Ankunft verkündete Gerrit, er wolle am Nachmittag ein Basketballspiel der Junioren-Liga besuchen. Er habe beim Frühstück im Hotel einen Zeitungsbericht darüber gelesen und angeblich schon als kleiner Junge diese uramerikanische Sportart ausüben wollen, was in seiner Kindheit jedoch nicht möglich gewesen sei. Ma und ich wunderten uns gebührend und beschlossen, zu zweit zu Abend zu essen.

Was an jenem Abend in dem italienischen Lokal in der Nähe des Bostoner Hafens zwischen Mutter und Tochter gesprochen wurde, habe ich zwei, drei Jahre später in einem Text zu verarbeiten versucht, bei dem ich mich nie richtig entscheiden konnte, in welcher literarischen Form ich ihn niederschreiben sollte. Zu dem Zeitpunkt hatte ich zwei Kurzgeschichten in unbedeutenden Literaturzeitschriften veröffentlicht und trotz ständiger Absagen von Redaktionen und Kleinverlagen die Absicht, Willem van de Veldes Warnungen in den Wind zu schlagen und das zu werden, was ich mir als Sechsjährige im Bauch eines Flugzeugs auf dem Weg von Indien nach Holland vorgenommen hatte: eine Schriftstellerin. Nach mehreren Anläufen (Hörspiel, Kurzgeschichte, Einakter) entschied ich mich schließlich dazu, das Gespräch zwischen Ma und mir, das ich manchmal, wenn meine Laune es zulässt, *Die Boston Tear Party* nenne, als Dramolett zu realisieren. Von den zwanzig Seiten dieses Werks haben wie durch ein Wunder die ersten sieben meine Umzüge und Entsorgungsaktionen überlebt. Es gab verschiedene Titel für das Minidrama, unter anderen *Ein Abend bei Luigi's, Die Italienische Nacht, Tränen und Tagliatelle.* (Es sollte ja ein heiter-tragisches Stück werden.)

Ein italienisches Lokal in Boston, Massachusetts. Zwei Dutzend Tische in einem mit dunklem Holz getäfelten Raum. Weiße Tischdecken, Kerzenständer, ein Kronleuchter. Die Gäste in Abendgarderobe. Der Kellner trägt schwarze Hose, weißes Hemd und schwarze Weste.

Auftretende Personen:

Mutter, ca. Mitte 40, schlank, dezent geblümtes Sommerkleid
Tochter, ca. 20, schlank, weite Baumwollhose, Seidenhemd
Kellner, italienische Wurzeln, ca. 50, mittelgroß, Bauchansatz
Mann 1 (Gast), ca. 40, groß, dunkler Anzug
Mann 2 (Gast), ca. 60, mittelgroß, Glatze, hellgrauer Anzug
Frau (Gast), ca. 40, mittelgroß, schlank, elegantes rotes Kleid
Statisten ohne Text: 4 bis 6 Gäste (nach Bedarf und Budget)

Vorhang auf. Dunkle Bühne. Italienische Folkloremusik. Die Musik wird langsam ausgeblendet, gleichzeitig das Licht heller. Mutter und Tochter nehmen die Vorspeise ein, Salat und Brot. Eine Karaffe mit Wasser steht auf dem Tisch.

Mutter: Das haben wir schon lange nicht mehr gemacht. Ein Abend, nur du und ich.
Tochter: Ja, ist eine Weile her.
Mutter: Wir sollten das öfter tun.
Tochter: Mhm.
Mutter und Tochter essen, trinken Wasser.
Mutter: Wie läuft es an der Uni?
Tochter: Ganz okay.
Mutter: Und mit dem Schreiben? Du schreibst doch noch, oder?
Tochter: Ja.

Mutter: Besuchst du noch immer diesen Kurs? Was war das noch gleich?

Tochter: Kreatives Schreiben. Nein. Der Dozent ist ein Idiot.

Mutter: Ach ja? War das nicht dieser Schriftsteller?

Tochter: Er ist trotzdem ein Idiot. Ich geh jedenfalls nicht mehr hin. Die Zeit kann ich besser nutzen.

Mutter: Und womit nutzt du sie?

Tochter: Na mit Schreiben.

Mutter: Natürlich … Woran arbeitest du denn gerade? Oder ist das geheim?

Tochter: Na ja … eigentlich an einem Roman.

Mutter: Darf man erfahren, worum es in diesem Roman geht?

Tochter: Es ist so eine Art Autobiografie.

Mutter: Ach.

Die Mutter wartet, aber die Tochter schweigt. (ca. 5 Sekunden vergehen)

Mutter: Wenn es darin um dich geht … Komme ich dann auch vor?

Die Tochter stochert in ihrem Salat.

Tochter: Ja. Irgendwie schon.

Die Mutter denkt nach, wartet. (ca. 5 Sekunden vergehen)

Mutter: Bin ich das sozusagen im Original, also eins zu eins, oder …

Der Kellner tritt an den Tisch heran und schenkt Wasser nach.

Kellner: Alles gut bei Ihnen? Tutto bene?

Mutter und Tochter setzen gleichzeitig ein strahlendes Lächeln auf.

Mutter: Tutto bene. Grazie.

Tochter: Danke.

Kellner: Der Hauptgang kommt gleich.

Abgang Kellner. Mutter und Tochter lächeln noch immer. Am Nebentisch erhebt sich der Mann im dunklen Anzug und wendet sich ans Publikum.

Mann 1: Stammen Romanfiguren immer aus dem richtigen Leben? Natürlich nicht, wenigstens nicht als Eins-zu-eins-Entsprechung – und das lassen Sie besser auch, wenn Sie nicht vor Gericht gezerrt oder eines schönen Morgens auf dem Weg zum Briefkasten erschossen werden wollen.

Mutter (lächelnd): Von wem ist das?

Mann 1: Stephen King, Das Leben und das Schreiben.

Der Mann setzt sich. Die Mutter lächelt nicht mehr.

Mutter: Also … wenn ich das jetzt lesen würde, deinen Roman, würde ich mich dann wiedererkennen?

Tochter: Ich weiß nicht. Vielleicht. Aber es ist ja noch gar kein Roman. Ich hab erst 20 Seiten. Und die schreibe ich andauernd um.

Mutter: Einmal angenommen, ich komme in deinem Buch vor … also als ich, deine Mutter … Das geht doch eigentlich gar nicht … Du weißt ja nicht alles über mich … von früher, meine ich.

Tochter: Das ist nicht meine Schuld.

Mutter: Nein. Natürlich nicht … Ich weiß.

Die Mutter nippt am Wasserglas, die Tochter zupft an einer Scheibe Brot.

Mutter: Heute Abend wäre vielleicht ein guter Zeitpunkt, dir ein wenig von mir zu erzählen.

Tochter: Hm …

Mutter: Was möchtest du denn wissen?

Tochter: Warum hast du uns damals verlassen?

Mutter: Ich dachte, du willst etwas von meiner Kindheit erfahren … von der Kommune …

Tochter: Will ich nicht. Was ich darüber weiß, genügt mir. – Also: Warum hast du uns verlassen?

Mutter: Ich musste gehen.

Tochter (lacht kurz bitter auf): Du *musstest*?

Mutter: Vielleicht sollte ich weiter zurück … Weißt du eigentlich, warum ich ein Kind wollte?

Tochter: Keine Ahnung. Um Gerrit an dich zu binden?

Mutter: Ich wollte mit dem Trinken aufhören. Ich wusste, wenn ich schwanger wäre, würde ich nicht mehr trinken.

Die Tochter sieht die Mutter mit ungläubiger Miene an.

Tochter: *Deshalb* gibt es mich? Weil du vom Alkohol wegkommen wolltest?

Die Mutter zuckt mit den Schultern und nickt andeutungsweise.

Tochter: Und? Hat es funktioniert?

Mutter: Hast du mich jemals betrunken erlebt?

Tochter: Seltsam schon, aber nie betrunken. Glaube ich jedenfalls.

Der Kellner bringt zwei Teller mit Essen und stellt sie auf den Tisch.

Kellner: Ecco, signore. Buon appetito.

Mutter: Grazie.

Tochter: Danke.

Kellner: Un po' di vino? Möchten Sie Wein?

Mutter (lächelt): No. Grazie.

Die Tochter schüttelt den Kopf. Der Kellner wendet sich ans Publikum.

Kellner: Diese Leere, die man eines Tages als Heranwachsender entdeckt, lässt sich durch nichts verdrängen. Der Alkohol ist erschaffen worden, damit man die Leere des Universums ertragen kann. Der Alkohol tröstet über nichts hinweg, er füllt die psychischen Räume des Individuums nicht aus, er ersetzt nur das Fehlen Gottes. Er tröstet den Menschen nicht.

Tochter: Marguerite Duras?

Kellner: Die Großartige.

Abgang Kellner.

Mutter: Ich war acht ... nein, mehr als acht Jahre lang nüchtern. Das ist die Wahrheit.

Tochter: Sieben. Dann bist du verschwunden, um wieder zu trinken?

Mutter: Das kam erst später. Als es mir nicht gut ging.

Tochter: Wenn es dich tröstet: Mir ging es auch nicht gut, nachdem du Gerrit und mich im Stich gelassen hattest.

Mutter: Immerhin hast du jetzt etwas Tragisches, über das du schreiben kannst ...

Tochter: Machst du Witze?

Mutter: Man soll über das schreiben, was man kennt. Das hat Mark Twain gesagt.

An einem Nebentisch erhebt sich der glatzköpfige Mann im hellen Anzug.

Mann 2: Man muss nicht in einer Bratpfanne gelegen haben, um über ein Schnitzel zu schreiben. – Maxim Gorki.

Der Mann setzt sich wieder und isst weiter.

Tochter: Gorki hat recht. Ich könnte meinen Roman auch ohne die verpfuschte Kindheit schreiben.

Mutter: Verpfuschte Kindheit. Jetzt übertreibst du aber. Ich war keine drei Jahre weg. Und habe dich regelmäßig besucht. Und angerufen.

Tochter: Angerufen, toll. Und trotzdem weiß ich bis heute nicht, warum du weggegangen bist.

Mutter: Es war eben nicht einfach. Du warst sieben, acht Jahre alt und hättest nichts verstanden.

Tochter: Jetzt bin ich neunzehn. Ob ich es jetzt wohl verstehe?

Mutter: Ich wollte unbedingt Altenpflegerin werden.

Tochter: Das hast du mir schon damals erzählt.

Mutter: Weil es die Wahrheit ist.

Tochter: Diese blöde Ausbildung hättest du auch in Den Haag machen können.

Mutter: Wie denn? Ich konnte damals kaum Holländisch!

Tochter: Bei diesem Gernot sein, alte Leute pflegen, das war doch alles nur ein Vorwand, um abzuhauen.

Mutter: Das ist nicht wahr. Ich wollte endlich etwas Sinnvolles tun.

Tochter: Ach, mich aufzuziehen war dir nicht sinnvoll genug?

Mutter: Du bist gemein. Und ungerecht.

Tochter: Und du bist eine Lügnerin. Ich weiß zufällig, warum du nach Deutschland gegangen bist. – Ich habe dich gehört. Im Schlafzimmer. Wie du Gerrit erzählt hast, dass du mit einer Frau leben willst, einer Deutschen, mit der du dich schon in Den Haag getroffen hast.

Die Mutter wirkt geknickt, lässt Messer und Gabel und den Kopf sinken.

Tochter: Und glaub jetzt bloß nicht, ich werfe dir vor, dass du was mit einer Frau hattest. Ich mach dich bestimmt nicht zur Heldin der queeren Liebe. – Ich bin nicht wütend auf dich, weil du mich und Gerrit wegen einer Frau verlassen hast, ich bin wütend auf dich, weil du *überhaupt* gegangen bist. Du hast mir meine Kindheit zerstört. Mindestens drei Jahre davon. Vier!

Mutter: Es tut mir leid.

Tochter: Na, das will ich hoffen.

Mutter: Meine Kindheit war auch nicht immer rosig.

Tochter: Ich fang gleich an zu heulen.

Mutter: Ich wurde aus dem Boden gerissen wie ein junger Baum.

Tochter: Verschon mich mit deinen Pflanzen-Metaphern.

Mutter: Meine Welt ist komplett in die Brüche gegangen. Wir Kinder wurden brutal getrennt und irgendwohin verfrachtet.

Tochter: Wie gesagt: Mir kommen die Tränen.

Mutter: Was weißt du schon von verpfuschter Kindheit …

Tochter: Eine ganze Menge. Es vergeht kein Tag, an dem ich nicht an diese schlimme Zeit zurückdenke.

Mutter: Dann schreib meinetwegen darüber. Nur zu. Schreib über dieses furchtbare Trauma. Schreib, was für eine grauenhafte, egoistische und herzlose Mutter ich war.

Tochter: Keine Sorge, das werde ich.

Mutter: Viel Glück dabei. Und wenn du nicht genug Tragik und Elend zum Aufschreiben hast, frag einfach mich.

Tochter: Danke, aber das wird nicht nötig sein.

An einem Nebentisch erhebt sich die Frau im roten Kleid.

Frau: Es gibt Dinge, über die zu schreiben schwer ist. Nachdem dir etwas passiert ist, schreibst du es auf, und entweder dramatisierst du es zu sehr oder spielst es herunter, du übertreibst an den falschen Stellen oder ignorierst die wichtigen. Auf jeden Fall schreibst du es nie so, wie du willst. – Sylvia Plath, Tagebücher.

Die Frau setzt sich wieder und trinkt Champagner.

Mutter: Ich wollte, das alles wäre nie geschehen.

Tochter: Ich auch, das kannst du mir glauben.

Die Mutter legt ihre Hand auf die der Tochter. Die Tochter zieht ihre Hand weg und ignoriert die Mutter. Die Mutter fängt leise an zu weinen.

Tochter: Also, wenn hier jemand Grund zum Heulen hat, dann ja wohl ich.

Die Mutter weint weiter, jetzt ein wenig heftiger und lauter.

Tochter: Hallo? *Du* hast *uns* sitzengelassen. Schon vergessen?

Mutter (unter Tränen): Drei Jahre. Es waren nur drei lächerliche Jahre. *Mir* wurde die halbe Kindheit und Jugend zerstört.

Tochter: Klar. Deswegen musstest du ja Alkoholikerin werden.

Mutter (schluchzend, trotzig): Ich war nie Alkoholikerin. Ich hatte Alkoholprobleme.

Tochter: Ja, und offenbar so große, dass du dich schwängern lassen musstest, um trocken zu werden.

Mutter: Ich wollte ein Kind. Ich wollte dich! Als du da warst, begann eine Zeit voller Glück. – Erinnerst du dich eigentlich auch an die guten Zeiten? Die wunderschönen sieben Jahre, bevor ich fort bin?

Tochter: Hast du Gerrit eigentlich jemals geliebt? Oder war er nur Mittel zum Zweck?

Die Mutter trocknet mit der Stoffserviette ihre Tränen.

Mutter: Ich habe ihn geliebt und liebe ihn noch immer. Nur eben anders, als eine Frau einen Mann normalerweise liebt.

Tochter: Immerhin hast du ihn geheiratet.

Mutter: Das hatte mit dir zu tun. Mit den Behörden.

Tochter: Wie romantisch.

Mutter: Was ist mit den Jahren, seit ich zurückgekommen bin? Die Zeit in Amerika, das waren doch gute Jahre, oder? Und jetzt? Haben wir es nicht gut, nein?

Tochter: Bist du zu uns zurückgekommen, weil du in Deutschland wieder mit dem Trinken angefangen hast? – War unsere Wohnung in Den Haag deine Entzugsklinik? – Waren Gerrit und ich deine Betreuer?

Mutter: Ich liebe dich und Gerrit! Ich habe euch immer geliebt und werde euch immer lieben! Das *musst* du mir glauben!

Die Mutter fängt wieder an zu weinen, vergräbt das Gesicht in der Serviette. Die Tochter erhebt sich, legt eine Hand auf den Kopf der Mutter und spricht zum Publikum.

Tochter: Keine Leidenschaft ist stärker in der Brust als das Verlangen, andere glauben zu machen, was man selbst glaubt. – Virginia Woolf.

Die Tochter setzt sich. Die Mutter beruhigt sich ein wenig, erhebt sich.

Mutter (trotzig): Ein Kind aus dem eigenen Bauch zu holen ist ebenso schön wie ein Zauberkunststück! – Simone de Beauvoir!

Die Mutter setzt sich.

Tochter: Und wie du verschwunden bist, war das auch ein schönes Zauberkunststück?

Mutter: Ich habe den Kontakt zu euch nie abgebrochen!

Die Frau im roten Kleid erhebt sich.

Frau: Die hinterhältigste Lüge ist die Auslassung. – Simone de Beauvoir.

Die Frau setzt sich. Die Mutter beginnt wieder zu weinen.

Und so weiter. Noch mehr als zehn Seiten Vorwürfe, Rechtfertigungen und geistreiche Zitate. Ich weiß nicht mehr, in was für einer Verfassung ich war, als ich das Stück geschrieben habe, jedenfalls in keiner besonders guten. Nachdem Gerrit und Ma zurück nach Holland gezogen waren und ich in Amerika blieb, hatte ich oft Phasen, in denen ich zu viel über die negativen Dinge in meinem Leben nachdachte und zu wenig über die positiven. Ich war eine ambitionierte Möchtegernschriftstellerin und durchforstete meine bis dahin eher ereignislose Existenz nach Abgründen, und wenn ich auf eine Untiefe stieß, nahm ich die Spitzhacke der Dramatik und den Spaten der Übertreibung in die Hände und grub ein tiefes dunkles Loch, an dessen Grund ein Monster mit dem Kopf meiner Mutter hauste. Ich bildete mir ein, irgendwann einmal das Zitat eines Schriftstellers gelesen zu haben, das besagte, man könne nur wahrhaftig schreiben, wenn man wahrhaftig gelitten habe, also redete ich mir ein, gelitten zu haben, und zwar wahrhaftiger als irgendjemand vor mir. Damit es literarisch etwas hergab, blähte ich das Vergehen meiner Rabenmutter zu einem Kapitalverbrechen auf und gab den drei Jahren ihrer Abwesenheit den düsteren Anstrich eines freudlosen Kerkers. Dass Gerrit mir in dieser mutterlosen Zeit der beste Vater der Welt gewesen war, blendete mein schreibendes, nach tragischen Wendungen dürstendes Ich völlig aus. Was beim Verfassen des Dramoletts zählte, war meine verletzte, beleidigte Kinderseele und wie ich sie für meine Arbeit ausschlachten konnte, während alles andere, alles Schöne und Beglückende und Zusammenschweißende, das zwischen Gerrit und mir passierte, auf der Strecke blieb.

Zum Wahrheitsgehalt dieses Mutter-Tochter-Dialogs kann ich reinen Gewissens sagen, dass der Abend tatsächlich mehr oder weniger so verlaufen ist, wie ich ihn niedergeschrieben habe, bis auf die Beiträge des Kellners und der Gäste, versteht sich. Ma weinte während dieses Essens beim Italiener wirklich sehr viel. Im späteren Verlauf des Gesprächs, das schon bald zum Monolog wurde, erzählte sie von Gernot Saalfeld, dem zweiten Mann ihrer Großmutter Konstanze, den sie in seinen letzten Monaten nicht hatte allein lassen wollen, von ihrer fixen Idee, mit über dreißig noch eine Ausbildung zur Pflegefachfrau zu machen, weil sie bei ihren Besuchen in den Heimen immer bedrückt gewesen war und etwas verändern wollte, von ihrem Scheitern bei den einfachsten Prüfungen und schließlich von der Frau, die sie geliebt und mit der sie einige Monate lang zusammengelebt hatte, bis diese Frau zurück zu ihrem Mann ging, einem Politiker in Straßburg. Sie fragte mich nach meinem Liebesstatus, und ich sagte ihr, ich hätte hin und wieder eine kleine Affäre mit einem Kommilitonen, nie mit einer Kommilitonin und nie etwas Ernstes, Verbindliches. Ich weiß nicht, ob meine wie beiläufig eingestreute Erwähnung, dass ich mich nicht von Frauen angezogen fühlte, sie beruhigt oder enttäuscht hatte oder ob es ihr gleichgültig war, jedenfalls ging sie nicht weiter darauf ein und erzählte von ihrer Kindheit und Jugend und davon, wie sie nach zwölf Jahren in der Abgeschiedenheit der Kommune und in Gesellschaft der drei Jungen begonnen habe, eine konfuse Sehnsucht nach älteren Männern zu entwickeln, und zwar solchen, die gebildet, kultiviert und ganz anders als die Erwachsenen waren, denen sie auf dem Hof beim Zerlegen des Traktors, beim Schlachten und Streiten und Essen hatte zusehen müssen. Jemanden wie Konrad wollte sie, jemanden, der Bücher las und die Welt kannte, in der sie sich nach der Auflösung der Kommune plötzlich zurechtfinden musste. Sie erzählte von einer Verwandten, bei der sie eine Weile gelebt und Privatunterricht erhalten hatte, und erwähnte wie nebenbei eine ungewollte Schwangerschaft und Abtreibung, und als ich mehr darüber hören wollte, wurde sie still und bot ihre verbliebene Kraft dazu auf, nicht wieder zu weinen. Um sie ein wenig aufzuheitern, erzählte ich ihr von dem Laurel-und-Hardy-Film, den ich beim jährlichen Studentenfilmfest in der Mensa gesehen hatte und der von einem Kommilitonen auf dem Piano begleitet worden war. Die Handlung: Stan und Ollie geraten aus Versehen ganz nach oben auf einen im Bau befindlichen Wolkenkratzer und wollen wieder runter, was dadurch erschwert wird, dass Ollie einen lebenden Krebs in der Hose hat. Als ich fertig war, schniefte Ma und lächelte und erzählte dann ihrerseits eine Geschichte, in der es um sie als kleines Mädchen und eine Maus unter ihrem Pullover ging. Ma gab sich Mühe, das Witzige an diesem Ereignis hervorzuheben, aber das gelang ihr nicht so richtig, zumal die Maus am Ende tot war. Ich lachte trotzdem und bestellte für uns beide Nachtisch.

Anders als mein kleines dummes Theaterstück ging der Abend gut aus. Wir fielen uns zwar nicht in die Arme, um uns gegenseitig von aller Schuld freizusprechen, aber immerhin waren beim Verlassen des Lokals ein paar Dinge zwischen uns geklärt, die unsere Beziehung viele Jahre belastet hatten. Einen Monat später erklärte ich mein Studium in Boston für beendet und bezog ein tageslichtloses Einzimmerapartment in Marble Hill hoch im Norden von Manhattan, um zwischen Kakerlaken und Silberfischchen dem Mythos des versifften Schriftstellerdaseins nachzuspüren, und verließ zwei Monate später die Vereinigten Staaten von Amerika. Ich zog zu Gerrit und Ma nach Rotterdam, wohnte eine Weile bei ihnen und trat im März 2014, kurz nach meinem zwanzigsten Geburtstag, das dreimonatige Schreibstipendium in Eindhoven an, für das ich mich noch in Boston mit einem Romanprojekt beworben hatte. (Eine der ersten Aufgaben, die uns dort gestellt wurden, bestand darin, zwei Seiten über ein Buch zu schreiben, das uns in unserem Werdegang beeinflusst hatte oder gar einer der Gründe war, warum wir Schriftsteller werden wollten. Willem hätte es vermutlich nicht gerne gesehen, aber ich wählte *Verlässliche Nachricht vom Ende der Welt*. Wir, die sechs glücklichen Stipendiaten, zwei Frauen und vier Männer, hatten einen Tag Zeit zum Schreiben, dann mussten wir den Text im Kreis der anderen vorlesen. Als ich an der Reihe war, hatte ich einen dicken Kloß im Hals und bei den ersten Sätzen das Gefühl, Willem zu verraten, ihn nach all der Zeit abermals in die Öffentlichkeit zu zerren, die er jahrzehntelang so beharrlich gemieden hatte. Während ich vorlas, ging mir alles Mögliche durch den Kopf, zum Beispiel, dass Willem weder meinen Vortrag noch meinen Berufswunsch gutgeheißen und unsere Schreibgruppe bestimmt lächerlich und nutzlos gefunden hätte. Nachdem ich Willem van de Velde kurz vorgestellt hatte, ohne auf die Gründe für seinen Rückzug aus der Literaturszene einzugehen, fasste ich die Handlung des Romans zusammen und versuchte einigermaßen verständlich zu erläutern, warum ich die Geschichte und die Art, wie sie erzählt war, so großartig fand, und beim Reden stellte ich mir lächelnd vor, wie Willem mir mit versteinerter Miene zuhörte und bei jedem guten Wort, das ich für ihn und sein Buch einlegte, den Kopf schüttelte.)

Die Regale in meinem Stipendiatenzimmer waren voller Bücher, und ich konnte gar nicht anders, als ein paar davon zu lesen. Mit dem Lesen kam das Schreiben zurück, und es kam so heftig, dass ich jede freie Minute damit zubrachte. Ich war ein kleines Kind gewesen, als ich Willem mehr oder weniger versprochen hatte, niemals Schriftstellerin zu werden, der Schwur galt also im Grunde gar nicht. Manchmal, wenn ich mich zappelig vor Tatendrang an die Schreibmaschine setzte, drehte ich das Bild mit Willems Porträt (aus dem Internet heruntergeladen, ausgedruckt und in einen Billigrahmen vom Discounter gesteckt) zur Wand, damit er mir nicht zusehen konnte, wie ich auf die Tasten einschlug, als müsse etwas Gewaltiges, Epochales aus mir heraus, in euphorischer Eile zu Papier gebracht und so bald wie möglich in die Schaufenster der Buchhandlungen gestellt werden.

Aber ich brachte nichts zu Papier, weder etwas Gewaltiges noch Epochales. Ich hatte mir vorgenommen, in Eindhoven die ersten hundert Seiten eines Romans zu schreiben, aber es gelang mir nicht. Jeder Anlauf scheiterte nach zwanzig, dreißig Seiten, jeder misslungene Versuch erinnerte mich an *Das Geheimnis der Strandläuferin*, das wundervolle, lächerliche und nach dreißig Seiten Plagiat und Zumutung abgebrochene Werk eines neunjährigen Genies, einer ehrgeizigen, selbstgefälligen Göre, die sich maßlos überschätzt hatte.

Es war demoralisierend, dauernd aufzugeben, nachdem ich einmal mehr geglaubt hatte, es endlich zu packen und vierzig Seiten hinzubekommen und dann fünfzig und hundert und irgendwann nicht mehr darüber nachzudenken, wo im Buch ich mich befände, und einfach weiterzuschreiben, bis der Roman fertig wäre. Trotzdem rappelte ich mich nach jeder Niederlage auf, redete mir ein, aus Fehlern zu lernen, las Ratgeber berühmter Autoren, analysierte die Romane, die ich bewunderte, und setzte mich erneut an den Schreibtisch, um den fünften, siebten Versuch zu unternehmen und zu kapitulieren, wenn es ernst wurde, wenn es ans Eingemachte gegangen wäre, an den Aufbau eines Handlungsgerüsts, an Figurenzeichnung, Erzählbogen, an Anfang, Mitte und Schluss.

Ich glaubte am Tiefpunkt meines noch jungen Schriftstellerinnenlebens gelandet zu sein, als ich, um überhaupt etwas zu Papier zu bringen, anfing, Gedichte zu verfassen. Zuerst kritzelte ich einfach nur Wörter und Sätze auf die Rückseiten der verworfenen Romaneinstiege, füllte die Blätter mit Ideen für neue Plots, von denen ich hoffte, dass sie mich irgendwann aus der Spirale von Fehlschlägen befreien könnten, und merkte erst nach einer Weile, dass ich diese Notizen in eine Ordnung brachte, sie in Zeilen und Blöcken arrangierte und zu kleinen Texten formte, die ich auf den ersten Blick für komprimierte Romaninhalte hielt und die, nachdem ich sie von überflüssigem Ballast befreit hatte, an Gedichte erinnerten.

Ich schrieb also Gedichte und gewöhnte mir von einem Tag auf den anderen ab, alles, was ich sah, hörte und dachte, daraufhin zu untersuchen, ob es romantauglich war, ich erstellte keine Listen mehr mit originellen Schauplätzen, Nebenfiguren, Berufen und Pferdenamen und ließ mir nicht mehr die Laune von Romanen und Filmen vermiesen, in denen ich Kopien meiner Geistesblitze entdeckte. Ich verschob mein Romanprojekt mit dem Arbeitstitel *Ebbe und Flut* auf später und verlegte mich auf Vierzeiler, linksbündige, reimlose Prosablöcke und mehrstrophige lyrische Gesänge mit experimenteller Typografie und kryptischen Titeln. Überheblich (oder optimistisch), wie ich trotz meiner Bruchlandungen noch immer war, redete ich mir ein, mich zunächst mit Fingerübungen abzugeben und die Beschäftigung mit der literarischen Gattung Lyrik lediglich als Vorbereitung auf Größeres zu betrachten, als Vorstufe zur Schaffung eines Werks in der Königsdisziplin, dem Romanschreiben.

Dass ich mich wieder einmal gründlich getäuscht, überschätzt und verrannt hatte, begriff ich erst etwa zwei Wochen später, als ich an meinem Tisch in meinem Zimmer im Eindhovener Stadtteil Tongelre saß und die Wand anstarrte, weil ich nicht mehr weiterwusste.

Ich rief mir die Gedichte ins Gedächtnis, die Willem mir vorgelesen hatte, besorgte mir ein paar Bände in der Bibliothek und kaufte in einem Antiquariat ein halbes Dutzend, an deren Titel und Autoren ich mich erinnern konnte. Ich las tage- und nächtelang, staunte über ihre vermeintliche Einfachheit und scheiterte dann beim Versuch, ihrer Natur auf die Schliche zu kommen. Ich schrieb mit der Hand, zerschnitt Zehnzeiler mit der Schere in lauter Zweizeiler, ich klebte Entwürfe neu zusammen und tippte sie auf der Maschine ab, nur um sie erneut auseinanderzunehmen und anders zu montieren, ich machte mir keine Notizen mehr, wenn ich nach draußen ging, sondern wartete, bis sich etwas in meinen Gedanken verhakte und fassbar wurde. Ich saß stundenlang da und sah aus dem Fenster, ich zerknüllte Papier und strich es wieder glatt, ich gab dieses elende Gewerbe zehnmal am Tag auf und kehrte zehnmal am Tag zurück an den Schreibtisch, ich brachte gute und mittelmäßige und schlechte Gedichte zustande und konnte sie nie voneinander unterscheiden.

Und schließlich, trotz aller Zweifel und obwohl ich die Ergebnisse meiner Arbeit nicht einordnen konnte, zeigte ich zwölf der Gedichte meiner Mentorin, bat sie, sechs davon auszuwählen, und schickte am nächsten Tag drei an eine Handvoll Literaturzeitschriften in Holland und Deutschland. Eine von ihnen, *Silbern* aus Pforzheim, die gerade eine Nummer über junge Lyrikerinnen vorbereitete, veröffentlichte zwei.

Diese Anerkennung war Balsam auf die Wunden, die ich mir, ständig zwischen Größenwahn und Mutlosigkeit hin- und herschwankend, selbst zugefügt hatte. Angespornt durch die Zusage der in Alkmaar erscheinenden Zeitschrift *De Uil*, vier meiner Gedichte abzudrucken, schrieb ich von nun an Tag und Nacht, zuerst noch mehr Lyrik, dann eine Novelle, die den Titel *Walnusswinter* trug und die ich in einem Anfall heftiger Verunsicherung dem Aktenvernichter übergab, der im Büroraum neben dem Kopierer, dem Computer, einer Schneidemaschine und einem Laminiergerät stand und in den ich die Blätter schob wie Flugblätter gegen den Irakkrieg in einen Briefkastenschlitz, nur wütender und frustrierter. Ich hatte versucht, über Willem zu schreiben, die Nachmittage bei ihm und wie ich durch unsere gemeinsame Zeit geprägt worden war, aber nachdem ich die neunzig, in einer Art Rausch zu Papier gebrachten Seiten zum dritten Mal gelesen hatte, war ich zur Einsicht gekommen, dass es entweder unmöglich oder noch zu früh war, diese Phase meines Lebens literarisch zu verwerten, und dass *Walnusswinter* als misslungen betrachtet werden musste und höchstens dazu taugte, den ersten etwas umfangreicheren Fehlschlag meiner Karriere zu markieren.

Weil ich hartnäckig und arrogant blieb, weil ich mich jeden Morgen an den Schreibtisch setzte, weil ich mir immer wieder die veröffentlichten

Gedichte ansah, weil meine Mentorin und die Mitstipendiaten mir gut zuredeten, und weil ich zum Kellnern zu wenig auf Trab und zu schlecht im Kopfrechnen war, weigerte ich mich, die Schriftstellerei aufzugeben. *Edna Verbeek, 1994 in Indien geboren und aufgewachsen in Den Haag, Niederlande, schreibt neben Gedichten und Short Stories an einem Roman.* Das stand in der Literaturzeitschrift *Silbern*, und genauso sah ich mich damals selbst: als jemanden, der an einem Roman schreibt.

Und weiß Gott, ich schrieb. Ich bearbeitete die Tastatur meiner *Royal*, die später durch einen Laptop ersetzt wurde, bis ich Hornhaut an den Fingerkuppen hatte. Meiner zügellosen, aber nicht sehr fokussierten Schaffenskraft in Eindhoven verdankte ich am Ende nahezu dreißig Gedichte, die dem Schredder übergebene Novelle und die Trümmer meines Romanprojekts *Ebbe und Flut*, in dem es um Holland vor und nach dem Zweiten Weltkrieg, ein Waisenmädchen und den alten Besitzer einer Buchhandlung ging und das ich so oft hinterfragt und in eine andere, mir besser liegende Form zu pressen versucht hatte, dass alles, was ich am Ende vorweisen konnte, die sechs veröffentlichten Gedichte waren.

Nach den zwölf Wochen in Eindhoven beschloss ich, das Schreiben für eine Weile einzuschränken und dafür mehr zu lesen, eine Strategie, die mir sinnvoll erschien, zumal ich von Atemnot, Herzrasen und heftigem Zittern erfasst wurde, sobald sich meine Hände um einen Stift schlossen oder einer Tastatur näherten.

Zur Freude von Gerrit und Ma bezog ich eine winzige Wohnung im Rotterdamer Stadtteil Hoogvliet und arbeitete vier Tage die Woche für eine Firma, die das Essen für *Essen auf Rädern* zubereitete. Meine Aufgabe war es, die Mahlzeiten in Warmhaltebehälter zu füllen und einen Rollwagen damit zu beladen, eine Beschäftigung, die so anspruchslos war, dass ich mir die Zeit während des Schöpfens mit Hörbüchern auf dem Discman vertreiben konnte. Es war schön, den Stimmen der Schauspielerinnen und Schauspieler zu lauschen und dabei Schnitzel, Kartoffelbrei und Blumenkohl auf die Chromstahlbehälter zu verteilen, den Essensgeruch einzuatmen und gleichzeitig eine Szene aus dem Speisesaal im *Zauberberg* vorgelesen zu bekommen. So verging fast ein Jahr mit Hören und Lesen und Geldverdienen und wenig Schreiben, und als diese Phase endete, war ich bereit, einen neuen Anlauf zu nehmen und abzuheben, endlich.

Mein Durcheinander mit den drei Sprachen hatte ich inzwischen so geordnet, dass ich auf Englisch schrieb, mich mit Gerrit und Ma auf Deutsch unterhielt und die Bücher aus Willems Bibliothek las, was mir am meisten Mühe bereitete, aber ideal war, um meinem Holländisch endlich den letzten Schliff zu geben. Gerrit und ich waren nach Den Haag gefahren, um die Kisten aus dem Keller zu holen, wo die Bücher die Jahre schadlos überstanden hatten, stellten einen Teil davon in die Regale von Mas und Gerrits Rotterdamer Wohnung und den Rest in ihr Kellerabteil. In welcher Sprache ich träumte, konnte ich nicht sagen, weil ich mich nach dem Aufwachen nicht erinnerte, aber dass ich beim Nachdenken hin und her sprang, war mir so bewusst wie die Tatsache, dass ich beim Schreiben manchmal einen Satz auf Englisch begann und auf Deutsch beendete. Oft passierte es, dass ich ein deutsches Wort in einen englischen Satz einbaute, weil es mir als Erstes eingefallen war und am treffendsten erschien. Hatte ich eine Kurzgeschichte geschrieben, machte ich immer gleich eine deutsche und, je nach Bedarf, eine niederländische Version daraus, feilte daran herum und übersetzte sie zurück ins Englische. So stapelten sich im Lauf der Zeit meine Manuskripte und verbesserten sich meine sprachlichen Fähigkeiten – nur ein richtiges Buch in einem echten Verlag hatte ich noch nicht zustande gebracht, es sei denn, man zählte Anthologien zu den richtigen Büchern und Kleinstverlage zu den echten Verlagen, eine Einordnung, mit der Gerrit und Ma weniger Probleme hatten als ich. (Eine Sammlung hieß *Wortknospen – Neue Stimmen junger Lyrik* und war in Taschenbuchform von einer Stiftung herausgegeben worden, die mir das Schreibstipendium in Eindhoven spendiert hatte, eine andere erschien unter dem Titel *Aufbruch Europa – Die Siegertexte des Martina-von-Eschbach-Preises 2014* als billige Broschüre in einem Stuttgarter Verlag, den es längst nicht mehr gibt.)

Ich tanzte also auf verschiedenen Hochzeiten, war aber nie die Braut, womit ich sagen will, dass ich von meinem Ziel, Bücher zu veröffentlichen und vom Schreiben leben zu können, etwa so weit entfernt war wie eine Portion *Essen auf Rädern* von einem Fünfgängemenü in einem Michelin-Restaurant. Ich saß jede Nacht und in jeder freien Minute am Schreibtisch und tippte mir die Seele aus dem Leib, ich las Ratgeber und versuchte mich an Hörspielen und Drehbüchern, ich bewarb mich um alles Mögliche, um Geld und Stipendien und um ein wenig Platz in einer Zeitschrift oder Sammlung. Zwei meiner Gedichte erschienen in einer Anthologie mit dem Titel *Auftakt – Lyrik aus Benelux*, die kein Mensch zu lesen schien, jedenfalls keiner, der an den Schalthebeln des Literaturbetriebs saß, ich schickte Textproben und Projektskizzen an Verlage in Holland und Deutschland und einmal, von einem Stimmungsmix aus Depression und Euphorie geritten, sogar an die *Paris Revue* nach New York, doch nichts passierte, und so langsam lief es darauf hinaus, dass ich den Status der ewigen Hoffnungsträgerin nicht loswerden und das Stipendium in Eindhoven den Höhepunkt meiner wohl schon bald endenden Schriftstellerlaufbahn darstellen würde.

Doch dann geschah das Wunder. Ich hatte mal wieder eine Kurzgeschichte bei einem Wettbewerb eingereicht und einen der drei Preise gewonnen, eintausend Euro auf einem Konto der Bank, die das im Jahr 2015 zum ersten – und, wie sich herausstellen sollte, letzten – Mal stattfindende Festival *Rotterdam in Words* als Hauptsponsor unterstützte. Ich und die beiden anderen Preisträger, ein Medizinstudent und ein Bibliothekar im Ruhestand, durften unsere Geschichten vor Publikum vortragen und an einer Diskussionsrunde zum Thema *Literarisches Schreiben – Chancen und Risiken* teilnehmen. (Ich war die Expertin für Risiken.) Nach der Veranstaltung gab es ein Essen mit den Organisatoren des Festivals, Gönnern, Sponsoren, Ehrengästen und einer Handvoll lokaler Autorinnen und Autoren, und ich hatte das Glück, neben einer Frau zu sitzen, die sich mir als Mareike Tillerman vorstellte, geboren und aufgewachsen in Rotterdam und seit zwanzig Jahren in Sentence, South Carolina, zu Hause, wo sie mit ihrem Mann Henry eine Schriftstellerkolonie leitete. Sie wollte wissen, was ich außer der preisgekrönten Kurzgeschichte sonst noch geschrieben hatte, und ich erzählte ihr von meinen Stapeln fertiger und halb fertiger Texte, von den Romananfängen und verworfenen Ideen, von den bescheidenen Erfolgen und wiederkehrenden Rückschlägen, von der kakerlakenverseuchten Bude in Marble Hill und vom kurzen Hoch in Eindhoven, von Gerrit und Ma und Willem van de Velde und von meinem Job, und als der Abend zu Ende war, bot Mareike mir an, im nächsten Frühling als Gast in Sentence zu wohnen und zu arbeiten, die Landschaft dort sei wundervoll, die Gesellschaft der übrigen Stipendiaten anregend und der fachliche Beistand unbezahlbar. Meine Kurzgeschichte habe ihr gut gefallen, sagte sie, die fünf Seiten eines Romans, mit denen man sich bewerben müsse, seien reine Formsache, ebenso das Einverständnis ihres Mannes und die Beschaffung des Visums.

So kam es, dass ich fünf Seiten eines Romans (oder als was auch immer man den Text mit dem Arbeitstitel *Hinweise auf Fremdeinwirkung* bezeichnen will) schrieb, über den Atlantik flog und mein perspektivloses, ausgefranstes Leben in Holland zurückließ, um mich in Amerika wie eine Schriftstellerin zu fühlen und zu verhalten und nach und nach eine zu werden, falls ich es nicht wieder völlig vermasselte.

RINGO
Letzte Auskunft

Liebe Elif, ich weiß nicht, ob Sie das, was zwischen uns besteht, als Freundschaft betrachten. Nachdem ich mich so lange nicht bei Ihnen gemeldet habe, könnte ich verstehen, wenn es nicht so wäre, wenn Sie mich nur als jemanden in Erinnerung behalten hätten, dem Sie vor einiger Zeit einen Haufen Fragen gestellt und über den Sie einen Artikel geschrieben haben. Aber etwas sagt mir, dass wir noch immer auf eine Art miteinander verbunden sind, für die ich außer Freundschaft kein Wort finde, dass es uns noch immer kümmert, wie es dem anderen geht, trotz der fünfzehntausend Kilometer, die zwischen uns liegen, und dass wir uns freuen, wenn uns eine Nachricht erreicht, die beweist, dass wir am Leben sind. Ich lebe, und ich hoffe, dass diese Zeilen Sie und Hobbes bei guter Gesundheit erreichen.

Wo soll ich beginnen? Vielleicht damit: Ich existiere nicht, zumindest nicht für die hiesigen Behörden. Vor über einem Jahr bin ich in Sydney gelandet und habe Australien nicht mehr verlassen. Mein Visum ist längst abgelaufen, doch gibt es hier niemanden, der sich diesen gestempelten Wisch ansehen will, keinen Beamten der Einwanderungsbehörde, der den Auftrag erhalten hat, Ringo Eichhorn zu suchen, den Deutschen, der als Kandidat im Dschungelcamp antreten sollte und sich dann in Luft aufgelöst hat. Ich habe mir einen Ort gesucht, an dem kein vernünftiger Mensch leben will, jedenfalls kein Europäer, einen Ort, der so ungastlich und abgelegen ist, dass sogar Einheimische ihn meiden, es sei denn, sie hatten das Pech, hier zur Welt gekommen oder arm oder verrückt zu sein. Trevor, einer der wenigen Menschen, die ich regelmäßig sehe, lebt vom Gemüse aus seinem Garten und von Kaninchen, die er in einem Schuppen züchtet. Er pumpt Wasser aus einer Quelle, deren Schacht so tief ist, dass ich Schwefel rieche, wenn ich mich über das Loch beuge. Trevor verdingt sich als Tagelöhner, als Erntehelfer und Straßenbauer, und ab und zu flickt er den Traktor eines Nachbarn, auch wenn der fünfzig Meilen weit entfernt wohnt. Er ist gelernter Automechaniker, aber es gibt keine Jobs mehr in der Gegend, schon lange nicht mehr. Er geht mit seinem dreißig Jahre alten Remington-Repetiergewehr auf Katzenjagd, das ist legal und wird von der Regierung sogar gefördert, weil hier sechs Millionen verwilderte Hauskatzen herumstreunen und alles töten, was ihnen in die Krallen gerät, 22 Säugetierarten haben sie bisher ausgerottet, die Großohrhüpfmaus etwa und das Mondnadelkänguru. (Was für Namen!) Trevor verfüttert das Katzenfleisch an seinen Hund, der auf den deutlich weniger romantischen Namen Sid hört und aussieht wie das Resultat der Paarung zwischen einem Rottweiler und einem Tasmanischen Teufel. (Noch ein Tier, das hier auf dem Festland ausgelöscht wurde – allerdings von uns Menschen und nicht von Katzen.) Sie müssen sich Sid als sehr hässliche Kreatur vorstellen, als zu einem schwarzen Klumpen geschmolzener grimmiger Lethargie und lauernder Aggressivität. Wenn ich Trevor besuche, muss ich am Zaun, der sein Haus umgibt, eine Glocke läuten, dann betätigt Trevor eine Handkurbel, die das Drahtseil aufrollt, mit dem Sids Kettenhalsband verbunden ist und das den bellenden, sich gegen den Zug wehrenden Hund in seinen Zwinger schleift, ein Schauspiel, das so schrecklich und beängstigend ist, wie es sich anhört.

Ich lebe in einem Wohnwagen und einem Holzschuppen auf Trevors Grundstück, mietfrei, weil ich Trevor zur Hand gehe, wenn er mich braucht, um den Zaun zu reparieren, ein weiteres Gewächshaus zu bauen oder eine simple Arbeit zu verrichten und dabei Gesellschaft zu haben. Mein Englisch war schon immer dürftig, und in den ersten Monaten hier habe ich kaum etwas von dem verstanden, was jemand zu mir gesagt hat, die alte Frau im Motel, der Taxifahrer, Trevor, der mich an einer Tankstelle aufgelesen hat, zehn Autostunden vom nächsten Ort entfernt, den man als Stadt bezeichnen kann, ohne sich lächerlich zu machen. Mittlerweile spreche ich recht ordentlich, ich höre Radio und lese die Zeitungen, die auf unergründlichen Wegen hierherfinden, und die paar Sätze, die Trevor von sich gibt, während wir Kartoffeln ausgraben oder totes Holz zum Haus schleppen, um es zu verfeuern – es ist Winter und kalt! –, verstehe ich besser, je länger ich seiner quäkenden Stimme lausche, den Tönen aus lang gezogenen Vokalen, die er durch die Zähne presst. Meistens schweigen wir, Trevor will weder etwas von mir wissen, noch erzählt er von sich. Wir trinken beide, das scheint ihm Grund genug zu sein, mich in seiner Nähe zu dulden. Manchmal nickt er mir zu, nachdem wir etwas erledigt haben, dann scheint er mir stumm versichern zu wollen, dass wir eine Art von Gefährten sind, zwei verlorene Seelen, die ein Stück weit nebeneinander her gehen, zwar ziellos und ohne jede Hoffnung auf bessere Zeiten, aber wenigstens nicht allein. (Betrunken redet jeder in seiner eigenen Sprache, dann brabbeln wir vor uns hin, Trevor in seinem Kauderwelsch, ich in meinem, dazu Sids Winseln und gelegentliches Bellen, wenn er eine Katze wittert.)

Ja, das muss ich Ihnen leider schreiben, liebe Elif: Ich trinke noch immer. Mein Versuch, von Wein über Bier zu Wasser zu gelangen, ist fehlgeschlagen, das mit wenig Überzeugung angegangene Experiment gescheitert. Obwohl ich die letzte Flasche Wein vor mehr als einem Jahr getrunken habe, bin ich vom Alkohol nicht losgekommen. Was soll ich dazu sagen? Dass ich schwach bin? Dass ich mich aufgegeben habe? Dass es mir egal ist, wie ich lebe? Ich weiß es nicht, ich habe weder eine Erklärung noch eine Entschuldigung dafür, wohin mich die Gleichgültigkeit mir selbst gegenüber gebracht hat. Ich habe keine Ahnung, wann mir das Interesse an meinem Wohlergehen abhandengekommen ist, wo auf meinem Weg ich die falsche Abzweigung genommen und beschlossen habe, mich zu ruinieren. Es spielt auch keine Rolle, es ist nicht mehr wichtig.

Bevor ich hierhergeflogen bin, haben Sie mich in einem Brief gefragt, wie mir der Artikel über mich gefallen habe, und ich habe Ihnen nicht geantwortet. Das möchte ich nun nachholen: Er ist gut geschrieben und behandelt mich fair, was mehr ist, als ich von den meisten Berichten zu meiner Person behaupten kann. Dass ich sein Gegenstand bin, erschwert es mir, ein objektives Urteil abzugeben, aber ich glaube, Sie haben ordentliche Arbeit geleistet und es sogar geschafft, den heldenhaften Versager Ringo Eichhorn in einem Licht erscheinen zu lassen, das für die Produzenten einer Fernsehshow mild und dennoch strahlend genug war, um mich in ihre Arena zu bitten, darauf vertrauend, dass ich vor laufenden Kameras den letzten Rest an Würde aufgeben würde im Bemühen, mir ebendiese zu bewahren. In der Stadt, in die Trevor und ich alle paar Wochen fahren, um das Nötigste einzukaufen, gibt es natürlich Internetcafés (ich schreibe Ihnen diese Zeilen aus einem), und ich habe die ersten und heftigsten Wellen verfolgt, die mein Verschwinden vor einem Jahr schlugen. Die in einigen Medien breitgetretenen Vermutungen, ich sei Opfer eines Unfalls oder Verbrechens geworden und längst tot, spielen mir, wie Sie sich denken können, in die Karten, denn keine Daseinsform könnte meinem Wunsch, nicht gefunden zu werden, dienlicher sein als die einer im organischen Kreislauf der Natur sich verkrümelnden Leiche. Dafür, dass Sie diesen Spekulationen kein Ende bereitet haben, was Sie mit der Veröffentlichung meines Briefes aus dem Motel hätten tun können, danke ich Ihnen nachträglich sehr. Wer weiß, was dieses Lebenszeichen möglicherweise ausgelöst hätte. Bestimmt gab es nach meiner heimlichen Abreise aus dem Hotel Suchaktionen und Vermisstenanzeigen, vielleicht hat der Taxifahrer mich im Fernsehen wiedererkannt oder die Frau im Motel hat ein Bild von mir in der Zeitung gesehen und bei der Polizei angerufen. Wer weiß, wie viele Beamte wie viele Felder durchstreift und wie viele Hunde versucht haben, meine Fährte aufzunehmen, wie viele Menschen sich mein Gesicht gemerkt haben für den Fall, mir zu begegnen, mein Gesicht, das mittlerweile sonnenverbrannt und von einem Bart verschattet ist und keinerlei Ähnlichkeit mehr mit der geschönten Visage der offiziellen Fotos des Senders aufweist. Und wer weiß, wie viele Menschen sich gefragt haben, was wohl aus mir geworden sei, und zwar aus Sorge und nicht, um sich die Nerven kitzeln zu lassen und sich meine halb verdauten Überreste im Magen eines Hais vorzustellen. (Sie haben es bestimmt gelesen: Ich habe ein Bündel aus Hose, Hemd und Socken am Strand von Bribie Island deponiert, geschmückt mit meinem Pass und einem faustgroßen Stein, ein dezenter Hinweis auf ein vermeintliches Bad im Pazifischen Ozean und eine – zugegebenermaßen nicht gerade geschmackvolle – Referenz an Linus alias Anton Matusek, der viele Jahre zuvor tatsächlich diesen letzten Schritt gegangen ist.)

In einer halben Stunde treffe ich mich mit Trevor, der in irgendwelchen obskuren Läden nach Werkzeug und Ersatzteilen und billigen Reifen für den Truck sucht, dann fahren wir zurück in unsere Kolonie. Vorher möchte ich Ihnen noch erzählen, dass ich mich ein paar Monate nach meinem Einzug in Trevors Wohnwagen hingesetzt und ans Schreiben gemacht habe, planlos zuerst und dann mit einer vagen Vorstellung davon, was ich festhalten wollte und warum. Innerhalb weniger Wochen kamen so zweihundert Seiten zusammen, gelbe, unlinierte Blätter gefüllt mit meiner Bleistiftschrift, deren winzige, ineinander verschlungene Buchstaben ich mir als Kind angeeignet habe, um wertvolles Papier zu sparen. Als ich bei vierhundert Seiten angekommen war, verlor ich endgültig die Kontrolle über meine Gedankenströme und kaufte mir beim nächsten Besuch in der Stadt eine gebrauchte mechanische Schreibmaschine für zwölf australische Dollar, tippte das Chaos aus Erinnerungen, wahrhaftigen ebenso wie gefälschten, ab und las es mir laut vor, nachts und nüchtern und die meiste Zeit verblüfft darüber, was ich mich sagen hörte. Ich war in meiner verworrenen Geschichte nach vielen Seiten erst im zehnten Jahr, es gab noch das unversehrte Winnipeg, es gab noch unser weltabgewandtes Land und unseren Stamm der Kinder, es gab noch die Geborgenheit der immergleichen Tage, es gab noch die Herrschaft der Alten und die Nächte der befristeten Freiheit am Teich und im Wald, es gab noch Konrads Stimme und die Romane, es gab noch die nagelneuen Wörter und die Fantasie, es gab noch den weiten Himmel über unserer begrenzten Welt, und es gab noch die Zukunft, die uns nicht geheimnisvoll erschien, weil wir sie zu kennen glaubten.

Ich las das Maschinengeschriebene immer wieder, laut und leise, langsam und schnell, ich trug es den Tieren vor, mit denen ich meine Behausung teilte, den Spinnen und Käfern und der Maus, die sich in den giftigen Schaumstoff der Wandisolation gefressen hatte, ohne Schaden zu nehmen, ich ging draußen im Kreis und flüsterte meine Sätze in die Dunkelheit, ich erhob meine Stimme, wenn ich ein Rascheln in den Büschen hörte, irgendwann konnte ich ganze Passagen auswendig und rezitierte sie frei für die Kragenechsen und die singenden Zikaden und den Zimtflügel-Honigfresser, der seinen Schlafplatz in einem nahen Baum hatte, bis er meines Leierns müde war und sich für immer verzog. Ich veränderte den Text, strich durch und ergänzte, ich schrieb ganze Seiten um und hob zerknüllte Blätter vom Boden auf, ich fühlte mich in einer Minute großartig und lebendig und in der nächsten elend, ich war für Stunden besessen von der Sprache, war wieder das Kind, das Wasser trank statt Schnaps und sich an den Bildern berauschte, die aus den Büchern aufstiegen und sich in der Dunkelheit des Dachbodens festsetzten und später, während ich wach lag, in meinem Schädel.

Ich las mir so lange vor, bis die Sätze und Wörter ihren Sinn verloren oder eine andere Bedeutung angenommen hatten. Als ich nicht mehr erkennen konnte, ob ich besoffen war oder nicht, ob ich das, was ich den im Mondlicht kreisenden Motten zurief, tatsächlich geschrieben oder gerade erfunden hatte, als ich erschöpft war vom Sermon, der mir aus dem Hirn in den Mund floss und von dort über die Ohren zurück ins Hirn, als ich diesen Kreislauf unterbrach und innehielt, als die Existenz der Sterne mich erschlug und ich von euphorischer Panik ergriffen wurde, warf ich den Papierstapel ins Blechfass und ein brennendes Streichholz hinterher, sah zu, wie alles in Rauch aufging und zu Asche wurde, holte auch das Handgeschriebene und ließ Blatt für Blatt in die Flammen fallen und mir das Gesicht versengen. Ich hustete, meine Augen tränten, ich spürte das Gewicht der alten Männer auf den Schultern, das Brennen der Sonne über dem Boot. Wie die Wörter in der Tonne lösten sich die Wörter in meinem Gedächtnis auf, ich nahm mir vor, meine Sprache zu verlernen, sie zu löschen, alle Sätze, die ich mir jemals ausgedacht hatte, wollte ich verlieren, jede Erinnerung wollte ich loswerden, die ganze Last abwerfen, ich wollte die Stiche im Herz nicht mehr ertragen müssen beim Heraufbeschwören der Bilder und Stimmen und Empfindungen, die längst überholt waren, außer Kraft gesetzt und wertlos. Ich bin Leander, und ich bin Linus und Frida, uns hat es gegeben, wir haben auf dieser Welt gelebt und in einer anderen, der Ort hieß Winnipeg, den richtigen Namen haben wir nie ausgesprochen. Wir waren geplant und kamen im selben Jahr zur Welt, jetzt sind wir ein halbes Jahrhundert alt oder tot oder beides.

Trevor wird Munition gekauft haben, er wird damit verwilderte Katzen abschießen, Schrot benutzt er nicht, das Blei würde irgendwann Sids Blut vergiften. Er wird Schnaps besorgt haben, den guten, besseren als den selbst gebrannten unseres Nachbarn Rodney. Wir werden zurückfahren, zuerst auf Straßen, dann auf Dreck, durch Staub und grelles Licht, bis ans Ende der Welt am Ende der Welt. Point of no Return habe ich mit weißer Farbe auf ein Brett gepinselt, das hängt über der Tür meines Schuppens. Ich hoffe auf das Beste und rechne mit dem Schlimmsten, ich bin auf alles vorbereitet und werde täglich kalt erwischt vom Unerwarteten, ich habe so viel hinter mir gelassen, dass kaum noch etwas vor mir liegt. Ich habe unter dem Baum gegraben, um zu sehen, wie hart der Boden ist, wie lange Trevor wird schuften müssen, bis das Loch groß genug ist für mich. Das Unerwartete ist die Angst, ein Gefühl, das mich so hart trifft, weil es mir bisher fremd war. Es wird Zeit. Zwei Symbole. Senden und Löschen. Ich lächle, Elif. Ich wünschte, Sie könnten es sehen.

LINUS
Ein flacher Teich
Oder
Wie man auftaucht

Seine Vermieterin starb im Januar, und im Februar kamen ihre beiden Töchter und holten ein paar Dinge aus dem Haus, die für sie die gängigen Kriterien von Erinnerungsstücken erfüllten. Einen Tag lang streiften sie durch die Räume, setzten sich auf das Bett der Toten und kramten in Schubladen und Pappkartons, tranken jede zweite Stunde eine Tasse Kaffee am Küchentisch und führten danach ihr Werk des Aussortierens und Bewahrens fort, bis am Abend das wenige Wertvolle geborgen und alles Wertlose, Schrullige und Unappetitliche in Abfallsäcken entsorgt war. Sie ekelten sich vor dem Haus, hatten aber auch nicht die Absicht, es zu einem Schleuderpreis zu verkaufen, und so kam es, dass sie Linus fragten, ob er weiterhin darin wohnen wolle. Damit er blieb, boten sie ihm einen symbolischen Mietbetrag von einem Euro an, dafür musste er anfallende Reparaturen selbst übernehmen, den Öltank aus eigener Tasche füllen und sich um den Garten kümmern. Er dachte keine Sekunde lang nach und willigte ein. Der Gedanke, wegzuziehen und sich eine andere Bleibe zu suchen, löste Panik in ihm aus und ließ ihn erstarren. Diese Bruchbude war sein Zuhause, einen Umzug würde man ihm Jahre im Voraus ankündigen müssen, am besten schriftlich und möglichst schonend.

Er war alt geworden, so kam es ihm vor, viermal zwölf Jahre, viermal die Zeit in Winnipeg, an die er sich erinnern konnte. Die Arbeit in den fremden Gärten schaffte er noch immer, ohne außer Atem zu geraten oder sich in den Pausen hinzulegen, um Kraft zu schöpfen. Seine Gelenke waren noch nicht zerschlissen, beim Tragen und Bücken plagten ihn keine Schmerzen. Vor dem Badezimmerspiegel sah er seinen Kopf kleiner und die Haare dünner werden, aber seine Muskeln verschwanden nicht, sie wölbten sich unter der ledrigen Haut, wenn er sie anspannte. Nach Feierabend und an den Wochenenden musste er sich nicht ausruhen, am Morgen blieb er nicht liegen, er brauchte keinen Mittagsschlaf, und nie döste er auf dem Heimweg ein, egal, wie sanft der Bus ihn schaukelte. Seine Zeit war nicht frei, er sperrte sie im Haus ein, maß sie in den Dingen, die er auf seiner Gedankenliste abhakte, ein Fenster kitten, ein Dielenbrett festnageln, eine Fliese ersetzen.

Mit Frauen schloss er einen wackligen Frieden, zog sich hinter die Front zurück und verschanzte sich in einem Graben. Manchmal spähte er über den Rand hinaus und sah im verwehenden Rauch der abgebrannten Brücken einen Körper, ein Gesicht, dann erinnerte er sich an eine Empfindung und bekam für die Dauer zweier Atemzüge keine Luft. Er hatte sich mit einer Kundin angefreundet, einer Witwe, deren Lorbeerhecken er schnitt, und als sie ihn für die Nacht hatte dabehalten wollen, war er geflohen. Weil er keinen Fernseher hatte, nie ins Kino ging oder Romane las, wurde er nur selten an die Tatsache erinnert, dass er ein einsames Dasein führte, eine Existenz ohne Geliebte oder Liebe. Einmal schlich er sich in einer entfernten Stadt in einen schummrigen Laden und kaufte hastig ein pornografisches Heft, aber als er sich zu Hause die Bilder ansah, war ihm, als beugten sich alle, die er kannte, angewidert und enttäuscht über seine Schultern. Er verbrannte das Magazin im Ofen und beschloss, sein Alleinsein nicht mehr als Makel zu betrachten, sondern als Möglichkeit, sich in einem maßgeschneiderten, seinen Bedürfnissen angepassten Leben einzurichten, einem Leben als Einzelgänger, das irgendwo im Mittelfeld zwischen Außenseitertum und Normalität lag, still und unauffällig und ohne Argwohn zu erregen.

Er war neunundvierzig im richtigen Leben und einundfünfzig im gefälschten, als er damit begann, Winnipeg nachzubilden. Eines Tages im Frühling beschloss er, einen Stall für ein paar Hühner zu bauen, und weil er kaum Geld für Material, nur wenig Platz und keine Lust auf das Zeichnen von Plänen und Verhandlungen mit den Behörden hatte, errichtete er im westlichen Teil des Gartens eine Kopie des Stalls aus seiner Kindheit im Maßstab 1:5. Er musste nur die Augen schließen, um alles vor sich zu sehen, die Backsteinmauern, die Bretter im oberen Teil der Fassade, die Ziegel, sogar den schadhaften Putz, die Risse im Lehmboden und die rohen Balken. Bevor er drei Hühner kaufte, legte er sich auf den Rücken, schob den Oberkörper durch das Tor und blinzelte ins Dämmerlicht, das durch die selbst zugeschnittenen Glasziegel fiel, lächelte, weinte eine Weile und kroch dann auf allen vieren zu der Stelle, die er für den Bau der Scheune vorgesehen hatte.

Er nahm die Sache sehr ernst, und als er einen kleinen Misthaufen anlegte, platzierte er ihn genau dort an der Längswand des Stalls, wo er sich in Winnipeg befunden hatte. Er entfernte ein Stück Rasen und verwandelte die Stelle in das erdige Geviert, das zwischen dem Haus und den Nebengebäuden lag und bei Regen zur schlammigen, von Rad- und Fußspuren durchkreuzten Fläche wurde. Er verlegte den Gemüsegarten und zog eine minimierte Version des Zauns aus seiner Erinnerung darum herum, pflanzte schulterhohe Bäume, die er bei der Arbeit fast umsonst mitnehmen durfte, glich den Verlauf der Wege auf dem Grundstück an und schuf aus eng nebeneinander in den Boden gerammten Holzpfählen, die er mit Ästen versah, eine Waldattrappe, wo sein Gedächtnis den Forst seiner Kindheit verortete. Etwas dürftig sah das aus, fand er, als er fertig war, aber es musste reichen, außerdem wirkte es von Weitem weniger künstlich und bei Dunkelheit fast wie echt.

Im dritten Jahr seiner obskuren Passion hob er mit der Schaufel die Umrisse des Teiches aus, ließ im Süden des nachgeahmten Landes einen Erdhügel entstehen, verlegte mehrere Quadratmeter Plastikfolie und füllte die Mulde mit Wasser aus dem Gartenschlauch. Im Frühling darauf lebten Frösche im Teich und Grillen in der Wiese, und wenn er in einer Sommernacht unter dem schmächtigen Zwilling der Winnipeger Buche lag und in die Sterne sah, hörte er das beständige Quaken und Zirpen und, wenn er die Augen schloss und sich anstrengte, das Flüstern seiner Freunde, die an seiner Seite waren für alle Ewigkeit. Er richtete sich auf dem Dachboden des Hauses ein, stellte vier Betten nebeneinander, ein richtiges und drei Attrappen. Er schlief im richtigen, im zweiten neben der Luke. Manchmal kletterte er nachts an einem Seil aus dem Fenster und schlich in der Dunkelheit durch den Garten, als dürfte er keine Geräusche machen, um die Alten nicht zu wecken. Er fand heraus, dass es Hörbücher gab, und kaufte Joseph Conrads *Herz der Finsternis*, gelesen von einem Schauspieler, aber als er es sich unter dem Dach im Bett liegend anhörte, klang es falsch, und er schaltete das in der Dunkelheit leuchtende Gerät aus, enttäuscht und mit schlechtem Gewissen wie jemand, der sich selbst des Betrugs überführt hatte.

Auf die Idee, er könnte nicht mehr ganz richtig sein im Kopf, kam er nur einmal, nämlich am Abend des Tages, an dem er der Firma Fellinger einen ausgemusterten Aufsitzmäher abkaufte und damit in seinem Miniatur-Winnipeg herumfuhr wie damals sein Vater mit dem Traktor auf den Äckern. Er lackierte das grüne Gefährt sogar rot und funktionierte einen Leiterwagen zum Anhänger um, damit alles möglichst echt wirkte. Dann war er eben ein seltsamer Kerl geworden, sagte er sich, ein Spinner, der das Reich seiner Kindheit nachbaute, Sätze ins Nichts hineinsprach und Stimmen hörte. Die Vorstellung, allmählich den Verstand oder zumindest den Sinn für die Realität zu verlieren, erschreckte ihn weniger, als sie ihn tröstete, weil er insgeheim hoffte, mit dem Schwinden der geistigen Unversehrtheit würden sich irgendwann auch Sehnsucht und Kummer auflösen und einer großen, schützenden Leere Platz machen. Nachdem er schließlich alles aus dem Gedächtnis neu erschaffen hatte, den Stall, die Scheune, den Teich und jede Kleinigkeit, die Tränke für das Vieh, die Jauchegrube, beides so klein, dass er nicht ausgestreckt darin liegen konnte, die Sitzbank neben den Gemüsebeeten und die Hundehütte, als er mit allem, von dem er ein Imitat herstellen konnte, fertig war, fing er an, aus Holzresten Tiere zu basteln, eine Ziege zuerst, dann drei Schafe, später eine Kuh und ein Kalb und schließlich das Pferd, das nicht größer war als die bunt bemalten auf einem Jahrmarktkarussell.

Der einzige Mensch, den er bei sich draußen zu Gesicht bekam, war der Briefträger, aber der ließ ihn in Ruhe, fragte nicht nach dem Zweck der kleinen Gebäude oder warum er auf dem Weg zur Haustür an einer winzigen Hütte vorbeikam, vor der angekettet ein kaninchengroßer Holzhund saß. Die drei Hühner hatten sich schon wenige Tage nach dem Kauf in Luft aufgelöst, nur ein paar Federn hatten herumgelegen, aber im getrockneten Schlamm waren noch lange die Spuren ihrer Füße zu sehen gewesen, ein wirres Muster aus Pfeilen, die in alle Richtungen zeigten. Linus vermisste sie, ihr sanftes Gackern, als würden sie sich pausenlos unterhalten, ihr gemächliches Herumwandern, ihr Picken und Kopfschütteln und Flügelspreizen und ihre Neugier, die sie an den ersten beiden Tagen hinter ihm herlaufen ließ bis zum Teich, wo sie sich an seiner Seite ins Gras setzten und die Mittagsstunden verdösten. Wahrscheinlich hatte ein Fuchs sie geholt, dachte er, am ehesten die Fähe, die er ein paarmal mit ihren beiden Jungen gesehen hatte, in der Abenddämmerung auf dem Feld auf der anderen Seite der Straße. Ihre Eier vermisste er auch, aber am meisten fehlten ihm ihre Gesellschaft und die beruhigende Eintönigkeit ihrer Gespräche. Trotzdem schaffte er sich keinen Ersatz an, kaufte Eier wieder im Laden und saß allein am Wasser, und nach einer Weile hatte er sich damit abgefunden, seine Tage so einsam zu verbringen wie zuvor.

Sein fünfzigster Geburtstag, sein richtiger oder zumindest der, den die Behörden Anton Matusek zugewiesen hatten, löste eine Unruhe in ihm aus, die er nicht benennen konnte. Angst war nicht das Gefühl, das ihn plagte, auch nicht Sorge um seine Zukunft, die er sowieso, wenn überhaupt, nur als endlosen, in Zwielicht getauchten Tunnel vor sich sah, als einen abwärtsführenden Stollen, an dessen tiefstem Punkt die Gnade des Versinkens im Wahnsinn oder die endgültige, keine Frist duldende Erlösung auf ihn wartete. Nachts, im Bett liegend und in die Dunkelheit starrend, quälte er sich damit, den Grund dafür zu finden, warum er immer länger brauchte, um einschlafen zu können, warum er die Laken zerwühlte und nass schwitzte und von Träumen heimgesucht wurde, an die er sich nach dem Aufwachen nicht erinnerte, warum er werktags in der Frühe kaum aus dem Bett kam, warum er immer weniger Kraft und Anteilnahme für einen Schwatz mit seinen Arbeitskollegen aufbrachte, warum er vom Dachbodenfenster auf seinen Modellhof blickte und ein

Werk der Verzweiflung sah und warum er ein gleichgültiger, verbitterter Mann geworden war, der sich, von seinen eigenen Macken ermüdet, nicht einmal mehr zu einem Gespräch mit sich selbst hinreißen ließ, geschweige denn zu einem Dialog mit Frida, Ringo und Leander, deren bis vor Kurzem noch allgegenwärtige Körper und Stimmen verschwunden waren wie die drei Hühner. Das Sirren der Grillen löste nicht länger eine friedliche Taubheit in ihm aus, und die monotonen Rufe der Frösche, ihr unermüdliches stupides Gequake machten ihn jeden Tag gereizter statt gelassener. Weil ihm der Schlafmangel zusetzte, schluckte er Tabletten, aber sein Magen war empfindlich, und er kotzte sie wieder aus. Er versuchte es mit Baldrian und Hopfen und irgendwann mit Rotwein, von dem ihn eine halbe Flasche niederstreckte und den er, nachdem er aus der Besinnungslosigkeit erwacht war, kein weiteres Mal anrührte.

In den Nächten ohne Schlaf erinnerte er sich an den Brief, den er damals geschrieben und mit einem Stein beschwert auf sein Kleiderbündel gelegt hatte, bevor er in den Fluss gestiegen war. Er spürte die Kälte des Wassers auf der Haut und die Erleichterung darüber, tot zu sein, wenn auch nur in seiner eigenen Welt und im Bewusstsein der Menschen, die er zurückgelassen hatte. Zu verschwinden, nicht vorgetäuscht und inszeniert, sondern wirklich und wahrhaftig, erschien ihm umso verlockender, je öfter er den Gedanken wälzte. Den letzten Schritt zu gehen schaffte er dennoch nicht, dazu war er trotz allem nicht niedergeschlagen und mutig genug. Einmal legte er sich in den sommerwarmen Teich und hoffte, wegzudämmern und unterzugehen, aber der Versuch scheiterte kläglich, sein Körper wehrte sich gegen das Ersticken und klammerte sich ans Leben, das sein Geist so leichtfertig aufzugeben bereit war.

Als es Winter wurde in seinem einundfünfzigsten Lebensjahr, beschloss er, in den Kampstedter Bruch zu fahren. Übermüdet und unkonzentriert hatte er bei der Arbeit Fehler gemacht, worauf der alte Fellinger ihm geraten hatte, bis zum Jahresende Urlaub zu nehmen und sich zu erholen. Linus war nur widerwillig nach Hause gegangen und hatte während der ersten Woche untätig herumgesessen, wie gelähmt vor Erschöpfung und vor Scham darüber, für seine Unzulänglichkeit bestraft worden zu sein. Die Idee, sich auf den Weg in den Norden zu machen, kam ihm, als eine erste dünne Schneeschicht das geschrumpfte Winnipeg bedeckte und noch künstlicher aussehen ließ und gerade deshalb so echt. Es war, als kaschiere das Weiß die letzten Makel der imitierten Gebäude und vertusche die falschen Proportionen der Flächen dazwischen und der Reifenspuren und Tierfährten und der längst entlaubten Bäume. Vom Dachbodenfenster blickte Linus auf den winterlichen Hof seiner Kindheit, er sah die Kühe durch die offene Stalltür und seine Mutter bei den Ziegen, sah seinen Vater den Traktor unter das Vordach der Scheune fahren, sah Frida und Ringo eine Milchkanne zum Haus tragen und hörte Leander nach ihnen rufen und gleichzeitig die Tür zuschlagen, damit die Wärme des Ofens in der Küche blieb. Er sah alles lebensgroß und wahrhaftig, er war tatsächlich dort, musste nur ein paar Schritte machen, um zurück zu sein, musste nur die Hände ausstrecken, um die Dinge berühren zu können.

Er packte einen Rucksack und zog sich warm an, setzte seine rote Wollmütze auf und marschierte los, ohne auch nur die Fensterläden zu schließen oder den Schlüssel im Haustürschloss zu drehen. Als er die Landstraße erreichte und wenig später der so selten in dieser Gegend verkehrende Bus neben ihm hielt, um ihn mitzunehmen, war er fest davon überzeugt, dass das Schicksal ihm gerade zugewinkt hatte und sein Leben schon bald eine neue Wendung nehmen würde. Nachdem er am Bahnhof ausgestiegen war, den Fahrschein gekauft und sich in den Zug gesetzt hatte, schlief er ein, noch bevor die Reise begann. Im Traum war er ein kleiner Junge, die Jahreszeit Sommer und alles hell und leicht und gut.

Edna Verbeek P. O. Box 3891 Rotterdam Holland

Weltfremd

(Arbeitstitel)

Erste Himmelsrichtung: Norden

Schön war es hier nicht, nicht im Winter. Alles lag in weiter Ferne, die nächste richtige Straße, der nächste Laden. Vor einer Ewigkeit ein Bauernhof. Kein Mensch zu sehen, kein Tier. Der Himmel schwer und tief, grau auf dem Grau des Mietwagens. Stille. Tankstellenproviant. Plastikbecherkaffee. Falsche Abzweigungen, Entscheidungen. Einschusslöcher in Ortstafeln.

Ada schaute in die Landschaft. Im Wagen war es warm, der Motor lief. In ihren Knochen steckte eine lange Fahrt, eine Nacht auf der Rückbank. Felder, Äcker, dunkel und leer vor dem Horizont. Noch war in der Ebene kein Schnee gefallen. Hier konnte sie noch umkehren, dachte sie. Dann fuhr sie los.

Sie zog die wattierte Jacke an und stieg aus. Das Haus, die Scheune, der Stall. Die Erinnerung, die nicht ihre eigene war. Kein Wind, nur Kälte und graues Dezemberlicht. Sie legte den Anblick über das Bild in ihrem Kopf, ein Dach über das andere, ein echtes Fenster über das auf einer alten Fotografie. Alles stimmte, aber nichts war richtig. Was für ein dummer Einfall, dachte sie. Was für ein großer Aufwand und was für ein geringer Ertrag. Was für eine anstrengende Reise, nur für das hier. Die Pfützen, der Zaun, der Nebel über dem Fluss. Die Kilometer, das Benzin, die Zeit, vergeudet, dachte sie. Bis sie den Rauch sah. Erst der Rauch aus dem Kamin holte sie in die Wirklichkeit zurück. Jemand verbrannte etwas, um nicht zu frieren. Das ging Ada durch den Kopf, und auf einmal raste ihr Herz.

Eine Weile stand sie noch da, die Arme um den Leib geschlungen, Wolken ausatmend. Als sie schließlich auf das Haus zuging, wurde das flaue Gefühl in ihrem Magen stärker, ihr Mut geringer. Schlamm unter ihren Schuhen, Tropfen eines Regens, der gefallen war. Noch immer Stille. Ihre Mutter als Kind, der blühende Garten, die Laute der Tiere im Stall, Geschäftigkeit. Nichts davon konnte sie sich vorstellen. Sie blieb stehen, schloss die Augen. Zurück, dachte sie. Bleiben. Warten. Die Augen wieder öffnen, sich im Kreis drehen, langsam. Einmal. Zweimal. Die Wintersonne hatte die Farben aus den Dingen gezogen. Kein Grün, kein Rot, kein Blau, kein Gelb. Die Fensterläden verwaschen, bleich, die Fassade wie der alte Schnee auf den Hügeln. Schwach der Geruch des Feuers im Haus. Ada berührte die Tür, die ihre Mutter berührt hatte. Ihr Arm war bleischwer, als sie ihn hob. Anklopfen, dachte sie, wo machte man das noch.

Der Mann, der öffnete, war alt. Beerbaum. Ada hatte Fotos von ihm gesehen. Er musste um die achtzig sein. Ada lächelte. Beerbaums Miene drückte Überraschung aus, Besucher waren wohl selten.

»Sie müssen Lutz Beerbaum sein.«

»So ist es.« Beerbaum lächelte ebenfalls.

Ada streckte die rechte Hand aus. »Ada. Ich bin Fridas Tochter.«

Beerbaum klappte der Mund auf, seine Augen weiteten sich. Zwei, drei Sekunden lang rührte er sich nicht, dann ergriff er Adas Hand und schüttelte sie, über das ganze Gesicht strahlend, ein Aufblitzen des jungen Beerbaum.

»Ada«, sagte er, als wolle er sich selbst davon überzeugen, dass er nicht träumte, und dann noch einmal: »Ada.« Plötzlich schien er die Kälte zu spüren und zuckte zusammen. »Kommen Sie doch herein«, sagte er und trat hastig zur Seite.

Der Wind schob Ada über die Schwelle. Beerbaum lehnte sich gegen die Tür, drückte sie zu. Ada blinzelte im Zwielicht des Flurs, sah dreckige Stiefel in verschiedenen Größen, einen Besen, einen Eimer, Mäntel und Jacken an Wandhaken, in einer Ecke einen Schirm und einen Stock aus einem geschälten Ast. Ada wischte die Schuhsohlen ab, stampfte ein paarmal mit den Füßen auf dem Stück Teppich.

»Bitte, kommen Sie.« Beerbaum ging voran, öffnete eine weitere Tür. Dahinter die Küche, Wärme und eine gelbe Wand, ein Tisch aus hellem Holz. Ein gusseiserner Ofen, darin ein Feuer, das manchmal knackte wie zerbrechende Walnussschalen.

Beerbaum trug Pantoffeln, eine Schlafanzughose und einen Hausmantel. An einer Kordel hing eine Brille um seinen Hals. Er deutete auf einen der vier Stühle. »Setzen Sie sich doch.« Noch immer strahlte er, seine Hände bewegten sich ruhelos in der Luft. Er räumte leere Teller und Tassen weg, stellte sie in die Spüle.

»Danke.« Mehr fiel Ada nicht ein, auch nicht, was sie eigentlich zu finden erwartete, eine Ahnung davon, wie es sich anfühlte, in diesem Raum zu sein, vielleicht, in diesen Mauern. Vor ein paar Tagen hatte sie es noch gewusst, hatte ihrem Vater gegenüber das Wort Spurensuche benutzt. Von der Romanidee, die seit Jahren in ihrem Kopf herumgeisterte, hatte sie nichts erwähnt. Es reichte, wenn sie sich vor sich selbst blamierte, indem sie wieder nichts zu Papier brachte.

Beerbaum goss etwas aus einer Thermoskanne in zwei Tassen, schob eine Ada zu und setzte sich. »Tee«, sagte er.

Ada bedankte sich noch einmal. Im Honig, der in einem offenen Glas vor ihr stand, fing sich das Licht der Deckenlampe. Der Zucker im Tonschälchen war braun, wie grober Sand.

»Was für eine Überraschung«, sagte Beerbaum. Er betrachtete Ada sekundenlang, dann stieß er Luft aus und schüttelte den Kopf. »Was für eine riesige Überraschung.«

Sie tranken Tee, die Köpfe gesenkt. Beerbaum schlürfte leise. Ada wartete darauf, dass er sich nach dem Grund ihres Besuchs erkundigte. Stattdessen fragte er: »Wie geht es Ihrer Mutter?«

»Gut.« Ada setzte ihre Tasse ab. Sie fragte sich, ob einer der zahllosen Kratzer im Holz der Tischplatte von Frida stammte. »Sie ist vor ein paar Tagen nach Australien geflogen.«

»Australien? Was will sie dort?«

Ada dachte nach. *Gut.* Das hatte sie so dahingesagt. Ein Reflexwort, um Komplikationen zu vermeiden. Eigentlich war gar nichts gut, seit Frida die Journalistin getroffen hatte. Eigentlich hatte seither alles eine Wendung zum Schlechteren genommen.

»Ringo suchen. Ringo Eichhorn.«

Beerbaums Mienenspiel des Erstaunens, geweitete Augen, der Mund ein O, die Haut in tausend Falten, mehr als Risse im Tisch.

»Sie hat den Koffer gepackt und ist los, einfach so.« Ada redete lauter, vielleicht hatte der alte Mann Probleme mit dem Gehör.

Beerbaums Blick ging an Ada vorbei ins Leere. Hinter seiner Stirn arbeitete es. Dinge wurden sortiert. Zwei Atemzüge, drei. Sein Hausmantel dunkelrot, darauf Tannenzapfen, von Ada zuerst für Fische gehalten, braune Schuppen.

»Bemerkenswert«, sagte er endlich. »Dass sie Ringo sucht, nach all den Jahren.«

»Er will überhaupt nicht gefunden werden.« Ada strich mit der Fingerkuppe über das Holz. »Und wissen Sie, wie groß Australien ist?«

Beerbaum nickte. »Groß«, murmelte er.

Eine Weile schwiegen sie, als lauschten sie, ob es im Ofen noch knisterte. Ada sah sich um, ohne den Kopf zu drehen. Kühlschränke waren auf der ganzen Welt Galerien des Alltags, wie Baustellenzäune hingen sie voller Papier, Schichten aus Zetteln, Quittungen, amtlichen Schreiben, aus Zeitungen gerissenen Fetzen, die im Luftzug des Vorübergehens träge flatterten. Keine Postkarten, dachte Ada, niemand, der fortging und aus der Ferne grüßte. Samentütchen, Lauch und Karotten. Eine Nachricht gegen das Vergessen: Batterien! Der Rest zu klein oder unleserlich. Kein Kalender, das Vergehen der Tage so unwichtig wie das Aufhängen von Bildern.

»Soll ich Sie herumführen?«

Ada sah Beerbaum an. Das Weiß seiner Augen war klar, ein Glanz lag darin, als tränten sie ein wenig in der trockenen, rauchigen Ofenluft. Ada wäre gerne allein gewesen, wenigstens für ein paar Minuten, auch wenn sie nicht sagen konnte, was sie sich davon versprach. Sie wusste, dass sie nicht darum bitten konnte.

»Ja. Gerne«, sagte sie.

Sie empfand nichts, während sie Beerbaum folgte. Die Zeit war ein Bautrupp, der durch ein Haus geht und es aushöhlt. Nichts war noch da, was an den früheren Zustand erinnerte, nicht die Bodendielen, nicht die Farbe an den Wänden, nicht die Fenster, hinter denen wieder Regen fiel. Das Neue war offensichtlich, die furnierte Kommode, der Glastisch und der ovale Teppich vor dem Sofa, die Stehlampe mit weißem Papierschirm, der Sessel aus rostrotem Kunstleder, das Billyregal. Auf den Regalbrettern Nippes. Keine Bücher, kein Fernseher, auf einer Kiste ein Plattenspieler.

»Hier sitzen wir manchmal, am Abend«, sagte Beerbaum. Er ging in kleinen Schritten, langsam und leicht gebückt. Der Stoff seines Hausmantels schimmerte synthetisch.

»Wir?« Ada blieb hinter Beerbaum, machte Platz, damit er die Tür schließen konnte.

Beerbaums fragendes Gesicht, eine entfernte Ähnlichkeit mit dem Mann auf den Zeitungsbildern.

Vielleicht hörte er tatsächlich schlecht, dachte Ada und hob ein wenig die Stimme. »Sie wohnen nicht alleine?«

»Oh.« Beerbaum schien nachzudenken, unsicher lächelnd, als befürchte er, etwas Falsches zu sagen. »Das wissen Sie nicht?«

»Nein.« Adas Lächeln eine Spiegelung, eine Entwarnung. Sie war nicht hier, um herumzuschnüffeln, das sollte Beerbaum wissen. Sie könnte die Namen verändern, überlegte sie. Schließlich nannte sie sich selbst Ada. Brombeer fiel ihr ein. War das ein Name? Birnbaum?

»Oh«, sagte Beerbaum noch einmal, und noch einmal überlegte er den nächsten Satz, den Blick an Ada vorbei ins Leere gerichtet.

In der sekundenlangen Stille war das Schlagen der Regentropfen gegen die Fensterscheiben zu hören.

»Nun ja, woher sollten Sie?« Beerbaums Miene wurde ernst, der Mund schmal. Er seufzte, ein Laut der Kapitulation vor dem Unvermeidlichen. »Sie werden es für sich behalten, nicht wahr?«

Ada nickte. »Ja.«

Sie durchquerten die Küche und näherten sich einer Treppe, die vom Flur in den ersten Stock führte. Ada legte die Fingerspitzen an die Wand, stellte sich vor, wie ihre Mutter dieselbe Stelle berührt hatte.

Beerbaum blieb vor der ersten Stufe stehen. »Bitte warten Sie hier einen Moment«, sagte er. »Ich muss etwas Richtiges anziehen.«

Ada nickte erneut. Beerbaum ging nach oben, eine Hand am Geländer, das neu aussah wie der Läufer auf der Treppe und die Deckenlampe, eine weiße Glasschale, deren Boden gesprenkelt war von den dunklen Körpern toter Fliegen. Beerbaum strengte jeder Schritt an, nach der Hälfte entfuhr ihm ein Ächzen, aber er ruhte sich nicht aus. Er bewegte sich zu schnell, ein alter Mann, der kein alter Mann sein wollte.

Eine Böe riss Beerbaum den Schirm aus der Hand. Sie sahen ihm nach, wie er fortgeweht wurde und im Nebel über einem Acker verschwand. Der Platz zwischen Haus und Scheune war ein Schlammfeld. Ein Muster aus Karrenspuren, wie Flüsse aus der Luft. Das gleichmäßige Prasseln auf dem Dach des Mietwagens, in fünfzig Metern Entfernung noch zu hören. Ada fröstelte in den fremden Stiefeln, in Gedanken kehrte sie schon um. Eine Bemerkung Beerbaums, unverständlich, die Worte vom Wind davongetragen wie der Schirm. Fünfzig Schritte zum Auto, dachte Ada, eine Faust um den Schlüssel.

Beerbaum, jetzt schutzlos, wollte sich beeilen, aber der morastige Boden hielt seine Stiefel fest, jedes Anheben der Beine war ein Befreiungskampf. Er schwankte, die Arme seitlich ausgestreckt, als tastete er nach einem Handlauf. Vor der Scheune holte er Atem. Er widerstand der Versuchung, sich auf die nasse Holzbank zu setzen, das sah Ada ihm an.

»Ich werde Ihren Besuch melden«, sagte Beerbaum schließlich, ein Satz wie auf einer Theaterbühne. Sein schwarzer Wollmantel zog ihm die Schultern nach unten, der Saum hing im Dreck.

»Okay«, sagte Ada. Was für ein lächerliches Wort, dachte sie. Sie lehnte sich mit dem Rücken gegen die Wand, rauer, trockener Verputz, in drei Metern Höhe dunkel verwittertes Holz.

Beerbaum öffnete die Tür und schloss sie hinter sich. Das ehemalige Scheunentor war zugemauert, dort war die Farbe heller. Jetzt gab es nur noch diese Tür, durch die Beerbaum gegangen war, ein billiges Stück Holz aus dem Baumarkt, nicht einmal ein Fensterchen hatte sie, durch das man hätte schauen können.

Ada horchte, aber aus der Scheune drang kein Geräusch. Das Auto stand außer Sichtweite, wartete, ein treues mechanisches Tier. Der Regen ein Vorhang, der eine Handbreit vor ihren Füßen fiel. Sie redete sich ein, so sehr zu frieren, dass sie sich in den Mazda setzen müsste, um sich aufzuwärmen, und blieb dann trotzdem, wo sie war. Die Rückfahrt eine schale Verheißung, eine Erinnerung an Wärme und Dahingleiten und Musik. Zu jeder vollen Stunde Nachrichten und Werbung, in Adas Kopf zum Einheitsbrei gewordene Litaneien aus dem Elend der Wirklichkeit und deren Verleugnung.

Sie hielt noch immer den Schlüssel fest, er lag warm in ihrer Faust wie ein Talisman. Als die Tür geöffnet wurde, zuckte sie zusammen.

»Kommen Sie«, sagte Beerbaum. Auf seinem Kopf, im Flaum der verbliebenen Haare, schimmerte Licht.

Ada betrat einen Vorraum voller Stiefel, Schuhe und Pantoffeln. Geschlossene Schirme an einer Leine, unter jedem ein kalkweißer Fleck am Boden. An einer zweiten Leine Mäntel, Jacken, Mützen, Schals. Der Geruch nach Stoff, der nie ganz trocknete. Zehn Grad mehr als draußen, die stehende Luft kalt und feucht.

»Entschuldigen Sie, dass Sie warten mussten.« Beerbaum raffte den Mantel um seinen schmalen Körper, räusperte sich. Etwas machte ihn nervös und ließ ihn auf der Stelle treten. Er starrte auf seine Füße, als übte er Tanzschritte. Schließlich hob er den Kopf und sagte: »Wir leben hier sehr zurückgezogen.« Endlich stand er still. »Und wir möchten, dass es so bleibt.«

Ada zuckte mit den Schultern. »In Ordnung«, sagte sie. Der Ernst in Beerbaums Stimme und Gesicht amüsierte sie, aber sie tat ihm den Gefallen, nicht zu lächeln.

»Noch etwas.« Beerbaum flüsterte jetzt beinahe. »Wir bekommen selten Besuch. Sehr selten, eigentlich nie.« Er hob die Hände, wie um etwas zu fassen oder um aus dem Nichts den nächsten Satz zu formen. »Wundern Sie sich also bitte nicht, wenn …« Er verstummte und ließ die Arme sinken. »Sie werden ja sehen.«

Zwei Sekunden verstrichen, drei, dann drehte Beerbaum sich um und öffnete die Tür.

Ein einziger großer Raum. Der Boden aus groben Holzplanken, darauf Teppiche mit orientalischen Mustern, fadenscheinige Pfade. In der Mitte Sofas, Sessel, Kissen, an den Wänden Schränke in allen Größen und Farben, Kommoden, Regale, keine Bilder. Rechts eine Treppe zu einer geschlossenen Galerie, das Licht aus einer Handvoll Lampen und von Dachfenstern, ein trübes, winterfahles Schimmern.

Beerbaum ging voraus, eher zögernd als gebrechlich.

Ein Mann stand in der Mitte der umgebauten Scheune, groß gewachsen, dünn, die schwarzen Haare schulterlang. Ada glaubte ihn zu erkennen, brachte seine Erscheinung mit Fotos in Übereinstimmung. Die Zeitungsartikel fielen ihr ein, die beiden Bücher, Clips auf Youtube, das Porträt des NDR, der Mitschnitt einer Lesung in einer Provinzbuchhandlung, schlechter Ton, wacklige Bilder.

Ada blieb neben Beerbaum stehen. Der Mann vor ihr musterte sie, sein Blick war nicht feindselig, nicht einmal argwöhnisch. Er trug eine verwaschene Jeans und über einem blauen Hemd einen dunkelgrünen Wollpullover, an den Füßen Turnschuhe. Ada schätzte ihn auf vierzig, aber ihr war klar, dass er fünfzig sein musste.

Dieser Stumme war Leander Selbig, das vierte Kommunenkind, der angebliche Tagebuchschreiber, kein geringerer Betrüger als Lutz Beerbaum. Er sah ihr in die Augen, sein helles Gesicht unbewegt, weich. Erst jetzt nahm Ada die Musik wahr, Frauenstimmen, ein Chor, Schichten wogender Töne, fremd und vertraut, als höre sie zum ersten Mal Aufnahmen vom Gesang eines Wesens, das tief in ihr hauste. Sie lauschte, wartete, sie fühlte sich leicht, sie konnte spüren, wie es in Beerbaum rumorte. Vielleicht bereute er schon, sie so tief ins Innere seines Bollwerks geführt zu haben.

»Lutz sagt, du seist Fridas Tochter.« Nur Leanders Mund, der sich bewegte, der Rest bis auf ein Blinzeln regungslos.

»Ja.« Ada nahm die Hände aus den Jackentaschen, löste die Fäuste.

Beinahe Stille. Für einen Moment nichts als die Frauen und das Trommeln des Regens.

Als sie es leid war, zu warten, fragte Ada: »Und du bist Leander, nicht wahr? Leander Selbig.« Er hatte das Du benutzt, sie übernahm es nur.

Leander warf Beerbaum einen raschen Blick zu, dann starrte er, die Stirn in Falten gelegt, zu Boden.

»Ada wird niemandem etwas verraten«, sagte Beerbaum. Er hatte sich noch immer nicht von der Stelle gerührt, ebenso wenig wie Leander oder Ada.

Leander schob die Hände in die Hosentaschen, hob den Kopf und sah Ada an.

»Versprochen.« Adas Wort leise. Wenn niemand es hörte, wäre es unausgesprochen, dachte sie, ungültig.

Als Leander nur nickte, sagte Beerbaum: »Er ist es.«

Plötzlich war die Musik weg, die CD zu Ende oder die Schallplatte, das Regenrieseln noch eine Spur lauter.

»Ada würde gerne sehen, wo ihre Mutter aufgewachsen ist.«

»Sie hat mir kaum etwas von ihrer Kindheit erzählt«, sagte Ada und horchte auf das Kratzen einer Nadel in der Auslaufrille, das nicht kam.

»Soll er dich herumführen?«, fragte Beerbaum, weil Leander es nicht tat.

»Ja. Gerne.« Ada lächelte, einmal für Beerbaum, einmal für den Mann, der stumm blieb. Ein Kind, dachte Ada, der kleine Junge, den sie von den Fotos in den Zeitungen und Zeitschriften kannte.

Ein leichter Ruck ging durch Leanders Körper, seine Schultern hoben sich ein wenig, seine Füße bewegten sich und machten winzige Schritte, traten auf der Stelle, eine Simulation von Geschäftigkeit. Er sah sich um, suchte nach einem Anfang, dann wies er mit einer beiläufigen Geste auf die Treppe.

»Da geht es hoch zu den Schlafräumen.«

»Das hier ist die ehemalige Scheune«, sagte Beerbaum. »Einiges davon haben wir selbst ausgebaut.«

Leander nickte, schaukelte mit dem Oberkörper vor und zurück, langsam, kaum wahrnehmbar.

»Ich gehe dann mal wieder rüber«, sagte Beerbaum.

Ein kurzes Aufflackern in Leanders Augen.

Beerbaum rührte sich nicht, offenbar unschlüssig, dann drehte er sich um, verließ den Raum und schloss die Tür hinter sich.

Es schien aufgehört haben zu regnen, die völlige Geräuschlosigkeit im Raum war körperlich spürbar, floss als Summen durch Adas Kopf. Ada zählte stumm bis drei, bei vier öffnete Leander endlich den Mund.

»Warum bist du hergekommen?«

Ada zuckte mit den Schultern, eine nachlässige Geste, die ausdrücken sollte, dass sie mit ihrem Besuch keine Absicht verfolgte, obwohl das nicht stimmte. Sie strich sich eine feuchte Haarsträhne aus der Stirn und warf einen Blick nach unten, ihre Stiefel standen in einer Pfütze, einen Fußbreit vom ersten Perserteppich entfernt.

»Wie gesagt.« Ada hob den Kopf und suchte Leanders Blick. »Ich möchte gerne sehen, wo meine Mutter ihre Kindheit verbracht hat.«

Leanders Miene selbstvergessen offen, ein einziger Ausdruck des Nichtbegreifens, Abwägens und Zögerns. Hin und wieder flog hoch über ihren Köpfen ein dumpfer Ton, wenn der Wind unter einen Dachvorsprung oder gegen ein Fenster drückte. Jetzt setzte auch wieder das Klopfen des Regens ein.

»Eigentlich wollen wir in Ruhe gelassen werden«, sagte Leander nach einer Weile, während der es ausgesehen hatte, als würde er Adas Antwort daraufhin untersuchen, ob sie Gefahren barg.

»Das kann ich verstehen.« Ada nickte, zwang sich zu einem Lächeln reiner Harmlosigkeit. »Wenn es dir lieber ist, fahre ich gleich wieder. Mein Wagen steht draußen.« Sie machte mit einer Hand einen Schlenker in die Richtung, in der sie den Mazda vermutete. Wenn sie es recht bedachte, hatte sie sogar Lust, sich ans Steuer zu setzen und auf die Reise zu machen. In ein paar Stunden konnte sie in Hamburg sein, überlegte sie, oder in Berlin.

Leander hatte etwas gesagt.

»Was?«

»Ein Rundgang. Lutz hat gesagt, ich soll mit dir herumgehen.«

»Oh. Ja, das wäre nett.«

Es dauerte zwei, drei Sekunden, bis Leanders Körper auf die halbherzige Absicht seines Geistes reagierte und die langen Beine in Bewegung, seine Füße in Unruhe gerieten. Er drehte sich einmal im Kreis, hob einen

Arm, wie um auf etwas zu deuten, doch dann ließ er ihn wieder sinken, und sein Mund, der sich gerade geöffnet hatte, schloss sich wieder. Alles in ihm schien sich zu wehren gegen diesen von Beerbaum erhaltenen Auftrag.

»Hier ist der Wohnbereich«, sagte er endlich. Eine Aussage wie von einem menschenscheuen Museumswärter. »Viel gibt es nicht zu sehen.« Seine Fäuste waren geballt, er atmete heftig aus, ächzte leise, Geduld und Freundlichkeit aufzubringen strengte ihn an, und Ada sollte das nicht verborgen bleiben.

Ada nickte. Zu nicken würde ihre Art des Antwortens sein, ihr Zeichen des Verstehens, so plump wie ein Schulterzucken.

»Willst du den Stall sehen? Also den ehemaligen Stall?« Leander machte einen Schritt nach vorne, auf Ada zu, nur um gleich wieder stehen zu bleiben, als habe er den Rand einer Klippe erreicht. »Da arbeiten wir.«

»Klar«, sagte Ada, statt zu nicken. Klar hieß, dass sie selbstverständlich den Stall sehen wollte, irgendetwas zu sehen war besser als nichts zu tun und sich gegenseitig zu belauern, zwei Fremde, eine Forscherin und ein Eingeborener auf seiner Insel, dem es missfiel, entdeckt worden zu sein.

Und dann gingen sie tatsächlich. Sie verließen den Raum, Ada hinter Leander, der im Vorraum in ein paar Gummistiefel stieg und sich eine grüne Jacke um die Schultern hängte. Erst jetzt, eine Armlänge von seinem Rücken entfernt stehend, bemerkte Ada ein paar graue zwischen Leanders schwarzen Haaren. Sie hatte die Journalistin nach Ringo gefragt, aber nichts von ihr bekommen, keine Anschrift, keine Telefonnummer, keine Mailadresse. Er wolle niemanden sehen, hatte Elif Sayar ihr gesagt, und dann war er als Kandidat des Dschungelcamps durch die Presse gegangen und ein paar Monate später in Australien verschwunden. Ada fragte sich, wie er wohl aussah, ob der Mann, für den ihre Mutter zwanzig entsetzliche Stunden in einem Flugzeug und die Aussicht auf eine endlose und ungewisse Suche auf sich genommen hatte, vom Vergehen der Zeit so angeschlagen war wie Leander Selbig, dessen magere Gestalt gebrechlich wirkte und der mit unsicheren Händen nach einem Wollschal an einem Haken griff. Sie hatte Fotos von Ringo gesehen und ein paar Sekunden Film auf Youtube, wo er als Held dargestellt wurde, weil er acht alte Männer aus einem brennenden Heim gerettet hatte, ein breitschultriger Kerl mit traurigen Augen und einem unergründlichen Lächeln, das Ada ebenso schüchtern wie selbstbewusst vorkam, so betreten wie einstudiert. Sie hatte Frida gelöchert, hatte wissen wollen, was nicht in den Zeitungen und Illustrierten stand und auch nicht in Elif Sayars Artikel, aber sie hatte keine wirklichen Antworten bekommen, war mit banalen Geschichten abgespeist worden, mit dahingesagten Anekdoten einer Kindheit ohne blinde Flecken. Linus' Armbruch beim Sprung vom Heuschober hatte Frida geschildert, als sei das der dramatische Höhepunkt von zwölf Jahren gewesen, bewegender und erinnerungswürdiger noch als die Räumung des Hofes durch die Polizei, die sie auf Adas Drängen mit ein paar lapidaren und oberflächlichen Sätzen kommentiert hatte. Jetzt war Frida in Australien, und nicht einmal Gerrit wusste, was sie dort zu finden hoffte.

Und sie selbst, dachte Ada, während sie auf Leanders Rücken starrte, war hier und vermochte genauso wenig zu sagen, was sie sich von ihrer Reise versprach, eine wankelmütige Touristin in Winnipeg, eine unangemeldete Besucherin in der Vergangenheit ihrer verschwiegenen, plappernden Mutter.

Noch immer Regen, dicht und fein, Milliarden Tropfen wie Gischt vom Wind waagerecht durch die eisige Luft getrieben. An der Stallwand ein verglaster Vorbau, noch mehr Stiefel, Jacken, Mäntel. In einer Ecke, zwischen leeren Blumentöpfen und einem Stapel brauner Bodenfliesen, eine tote Maus, ihr sichtbares Auge geöffnet, der Punkt am Ende einer blutigen Geschichte.

»Die Katzen«, sagte Leander, als er Adas Blick auffing. Er schüttelte die Gummistiefel ab und schlüpfte in ein Paar Turnschuhe mit losen Schnürsenkeln.

Ada tat es ihm gleich, wählte graue Filzpantoffeln, die ihre Füße in eine neue Kälte hüllten. Dann betraten sie einen Raum, der weit und hoch war und in schwaches Licht getaucht von einem Dutzend an Kabeln unter der Decke hängenden Lampen. Ein modriger Geruch erfüllte die Luft, erdig und feucht. Sie blieben stehen, und Ada wartete, dass Leander etwas sagte, aber er sah sich so um, als stünde er ebenfalls zum ersten Mal hier. Wenige Schritte vor ihnen tat sich ein Rechteck auf, in dessen Dunkelheit hinab eine Treppe aus Backsteinen führte. An drei Seiten um die Öffnung herum, entlang ihrer mit Betonplatten belegten Ränder, ragten Metallregale hoch bis unter das Dach. In schmalen Lücken zwischen den Regalen verbargen sich gusseiserne Öfen, deren Feuer das einzige hörbare Geräusch erzeugten, ein unablässiges Knistern und Rascheln wie von Käferbeinen in trockenem Laub.

»Wir züchten hier Pilze«, sagte Leander nach einer Weile. Er lockerte den Schal um seinen Hals, wandte sich Ada zu, streifte ihren Blick und drehte sich dann wieder von ihr weg. Auf einem Blechtisch neben der Treppe lagen Geräte aus schwarzem Kunststoff, die Ada erst als Taschenlampen erkannte, als Leander eine in die Hand nahm und einschaltete. Auf der von Rostflecken gescheckten Tischfläche lagen außerdem kleine Schaufeln und Harken, ein Klemmbrett mit Blättern und Bleistift und mehrere Handschuhe, deren Finger unter Erdkrusten steif und krumm geworden waren.

Ohne ein weiteres Wort stieg Leander die Stufen hinunter, vor sich den weißen Lichtstrahl der Lampe. Ada folgte ihm.

Die Grube wie ein nie fertiggestelltes Schwimmbecken, die Wände statt mit Fliesen mit Brettern und Balken verkleidet, der Boden aus Ziegelsteinen, in den Fugen und Löchern Sand. Auch hier Regale aus Metall, auf Brettern flache Behälter voller schwarzer Erde, darin die Köpfe und Schirme der Pilze, schmutzig schimmernd. An jedem Regal ein Stück Pappe und an einer Schnur ein Bleistift.

»Und was macht ihr damit?« Ada wusste, wie einfältig die Frage war, aber sie ertrug Leanders Maulfaulheit nicht länger, sie würde ihm noch viel dümmere Fragen stellen, nur um ihn zum Reden zu bringen. Sie hatte nicht damit gerechnet, ihn hier anzutreffen, und jetzt, da er leibhaftig vor ihr stand, wollte sie mehr von ihm wissen, am liebsten alles über die zwölf Jahre vor der Auflösung der Kommune, egal, wie ungern er davon erzählte. Sie fand, er schulde ihr seine Geschichte, auch wenn sie den Grund für diese Schuld nicht nennen konnte. Zeugenaussagepflicht, dachte sie und dass sie das Wort wahrscheinlich gerade erfunden hatte.

»Trocknen und verkaufen.« Leander leuchtete in eine Ecke, in der mehrere Gießkannen und eine Holzleiter standen.

Adas Augen gewöhnten sich allmählich an das Halbdunkel. Zwischen den Regalen, etwa alle fünf Meter, sah sie halbierte Blechfässer, in denen Kohlestücke glühten, Eimer, gefüllt mit bleigrauem Wasser, an einem Balken eine fast handtellergroße Motte, Körper und Flügel wie von einer Schicht pudrigen Schimmels überzogen.

»Wo macht ihr das, die Pilze trocknen?« Ada trat vor ein Fass und tauchte eine Fingerspitze in das warme Wasser eines Eimers.

Leander drehte sich um und ging die Treppe hoch. »Komm mit«, sagte er gerade so laut, dass Ada nicht das Gefühl hatte, einfach stehen gelassen zu werden.

Durch eine breite Tür in der Stirnwand des ehemaligen Stalls betraten sie eine langgezogene Baracke, die Ada bei ihrer Ankunft nicht gesehen hatte. Von strengem Pilzduft gesättigte Wärme empfing sie, Neonlicht blendete sie. An beiden Längswänden reihten sich drei Meter hohe Blechgehäuse, in denen auf feinmaschigen Gittern Pilze trockneten. Kaminrohre verbanden die Gehäuse, das Surren eines Gebläses war zu hören. All das nahm Ada auf einmal wahr, auch die Tische in der Mitte des Gebäudes, die Pappkisten, das Werkzeug und die beiden Jugendlichen, eine Frau und ein Mann, ihre hellen, runden Gesichter und offenen Münder.

»Wir haben Besuch«, sagte Leander. Er nahm die Jacke von den Schultern und den Schal ab und legte beides auf den Tisch.

»Ada«, sagte Ada, nachdem sie vergeblich darauf gewartet hatte, dass Leander sie vorstellte, und lächelte.

»Das sind Sophie und Lorenz.« Leander öffnete die Klappe aus transparentem Kunststoff an einem der Gehäuse und nahm ein Stück Pilz in die Hand, roch daran, drehte es zwischen den Fingerkuppen und legte es zurück auf das Gitter.

Sophies Miene hellte sich für Sekunden auf, als sie Ada zunickte, Lorenz' Gesichtsausdruck blieb verschlossen, in seinem Blick eine Mischung aus Misstrauen und Verwunderung. Beide trugen Haarnetze aus weißer Gaze und weiße Gummihandschuhe, und vor beiden lagen flache Schalen voller getrockneter Pilzstücke und Bündel durchsichtiger Plastikbeutel.

»Sie ist Fridas Tochter«, sagte Leander. Er bemühte sich, beschäftigt zu wirken, stellte einen Besen in eine Ecke, schob mit dem Fuß eine leere

Kiste aus dem Weg, schraubte ein Marmeladenglas zu, in dem Büroklammern glitzerten. »Ich habe euch von Frida erzählt, sie hat einmal hier gelebt, bevor …« Er verstummte und blätterte in einem Papierstapel, gab tief vornübergebeugt vor, nach etwas zu suchen.

Ada trat näher an den Tisch heran. »Ich wollte sehen, wo sie aufgewachsen ist.«

Sophie nickte, während Lorenz einen Beutel mit Pilzen füllte, ihn auf eine Briefwaage legte, zwei, drei Stücke wieder herausnahm, den Beutel erneut wog und ihn verschloss, indem er ihn an der Öffnung faltete und diese mit einer selbstklebenden Banderole fixierte.

Ada empfand die Hitze als unerträglich, ihre Gesichtshaut schien zu glühen. Sie machte den Reißverschluss der Jacke auf und schob die Ärmel hoch. Der Pilzgeruch, das Summen in den Rohren, die trostlose Funktionalität des Raumes, das Gefühl, nicht willkommen zu sein, das alles erschöpfte sie. Am liebsten wäre sie hinausgerannt, in die Kälte, den Wind und Regen, die Weite der Landschaft.

Sie nahm einen der leeren Beutel in die Hand und betrachtete das Etikett, ein maisgelbes Rechteck, an den Rändern feine Zierlinien, Brauntöne, die nostalgische Absicht unübersehbar, in geschwungener Schrift, *Born & Beerbaum Speisepilzmanufaktur*, ein Biosiegel, die Zeichnung eines Bauernhofs zwischen zwei Bäumen, darüber die Silhouetten dreier Vögel.

»Bleibst du zum Abendessen?« Sophie hatte eine helle, klare Stimme, aber sie sprach leise, als würde sie nicht oft etwas sagen, zumindest nicht in der Gesellschaft von Fremden.

Unwillkürlich sah Ada zu Leander, der sich umdrehte und dem es nicht gelang, die Verwirrung zu verbergen, die Sophies Frage in ihm auslöste. Er hielt ein gefaltetes Blatt Papier in den Händen, an dessen Falz er immer wieder mit Daumen und Zeigefinger der rechten Hand entlangfuhr.

»Ich kann nicht«, sagte Ada rasch. Leander hatte den Mund geöffnet und gleich wieder geschlossen, das beinahe belustigende Mienenspiel eines Mannes, der nach Worten ringt, kein Anblick, den sie länger ertrug. »Leider.«

»Also dann«, sagte Leander. Drei Silben Erleichterung und Ungeduld. Er legte das Blatt neben den Stapel, zog die Jacke an und wickelte sich den

Schal um den Hals. »Bis später.« Er ging zur Tür, legte die Hand auf den Griff, wartete.

»Auf Wiedersehen«, sagte Ada. »Alles Gute.«

Lorenz hob den Kopf, nickte, sein Blick traf Ada für den Bruchteil einer Sekunde. Er hatte braune Augen, aus dem Haarnetz hing ihm eine Strähne blondes Haar in die Stirn.

Sophie erhob sich und streifte den rechten Handschuh ab. »Auf Wiedersehen.«

Ada ergriff die ausgestreckte Hand der Frau, die in ihrem Alter oder ein paar Jahre jünger sein musste und die, wie sie erst jetzt bemerkte, schwanger war.

»Alles Gute«, sagte sie noch einmal, dann ging sie zu Leander, der die Tür geöffnet hatte, und folgte ihm zurück in die kühle, feuchte Luft des ehemaligen Stalls.

Im Haus wartete Beerbaum mit Tee und Keksen. Leander sagte ihm, dass Ada abreisen wolle, kaum hatte er den gedeckten Küchentisch gesehen. Beerbaum äußerte sein Bedauern und wies auf die bald hereinbrechende Dunkelheit hin, auf den angekündigten Schneefall, die schlechte Straße und die Tatsache, dass er kaum Gelegenheit gehabt hatte, sich mit Ada zu unterhalten.

»Ich hätte gerne etwas über Ihre Mutter erfahren«, sagte er, füllte Adas Tasse und schob den Teller mit dem Gebäck vor sie hin.

»Der Witz ist, dass ich selber nicht sehr viel von ihr weiß.« Ada trank einen Schluck Tee, der vom braunen Zucker trüb geworden war. Im Freien, hinter Leander herstapfend, hatte sie auf die Uhr gesehen, in einer Stunde würde das letzte Licht verschwunden sein. Sie fuhr nicht gerne nachts, auch wenn ihr das Bild der ins Schwarz tauchenden Scheinwerfer gefiel, das Gefühl des Hineingleitens in ein haltloses Nichts, des Verschlucktwerdens, eine, wie sie sich selbst gegenüber zugeben musste, besorgniserregende Neigung zu verschwinden, die sie zum ersten Mal in Amerika an sich bemerkt hatte, in ihrem Toyota auf einer Nebenstraße in der fast gänzlichen Lichtlosigkeit eines Wintermorgens dahinrollend und auf einmal das Gefühl verspürend, für die Welt um sie herum nicht mehr vorhanden zu sein.

»Weiß sie von Ihrem Besuch hier?«, fragte Beerbaum.

»Nein. Sie ist vor drei Tagen nach Australien geflogen, und ich bin gestern losgefahren.« Ada biss in einen faden Keks. »Sie hat sich nach der Landung gemeldet, eine kurze SMS, aber ich habe ihr noch nicht geantwortet.« In ihrem Rücken legte Leander ein Holzscheit in den Ofen und stocherte mit einem Schürhaken im Feuer.

Beerbaum nickte, dachte nach. »Was will sie von Ringo?«, fragte er dann. »Und warum sucht sie ihn erst jetzt?«

»Keine Ahnung. Sie hat diesen Artikel gelesen und dann die Journalistin angerufen.«

»Welchen Artikel?« Beerbaum tunkte seinen Keks in den Tee. An seinem rechten Zeigefinger klebte ein Heftpflaster, das Ada bisher nicht aufgefallen war.

Leander setzte sich noch immer nicht an den Tisch. Er verschloss die Ofentür und wusch sich am Spülbecken die Hände.

»Über die Kommune und Ringos Leben«, sagte Ada. »Ringo hat der Journalistin wohl mehrere Interviews gegeben.«

»Schade, den habe ich nicht gelesen.« Beerbaum goss Tee aus der Kanne in Adas Tasse, kaum hatte sie zwei Schlucke getrunken. »Die Welt da draußen dreht sich gewissermaßen ohne uns.«

»Haben Sie denn kein Internet?«

Beerbaum lachte leise auf und suchte Leanders Blick. »Ach nein, wo denken Sie hin! Wir hausen hier im Funkloch.« Weil Leander jetzt die Spüle putzte, wandte er sich wieder Ada zu. »Diese Abgeschiedenheit hat ihre Vor- und Nachteile.«

Ada nickte, auch wenn sie nicht sah, was an einem internetlosen Leben gut sein sollte. Eine Weile schwiegen sie.

Schließlich setzte Leander sich auf einen der beiden freien Stühle und trank einen Schluck Tee. »Es wird bald schneien.« Er streckte das linke Bein und rieb sich das Knie.

»Leander hat sich beim Holzhacken mit der Axt verletzt«, sagte Beerbaum. »Seither ist er unsere Wetterstation.« Er lachte und griff verlegen nach einem weiteren Keks, als Leander ernst blieb.

»Der Weg bis zur befestigten Straße kann sehr tückisch werden, wenn Schnee liegt«, sagte Leander. »Besonders in der Dunkelheit.«

»Bevor ich fahre, würde ich Ihnen gerne ein paar Fragen stellen.« Ada versuchte ein Lächeln, trotz allem, eine Geste der Vertraulichkeit, die, das wusste sie inzwischen, Leander nicht erreichte.

Leander sagte nichts. Sein Gesicht war flach, die Augen leer. Alles an ihm war angespannt, sein ganzer Körper in Abwehrhaltung.

Ada scherte sich nicht darum. Sie war nicht den ganzen Weg hierhergefahren, um Rücksicht auf die Befindlichkeit eines Menschen zu nehmen, der einen Großteil seiner Kindheit mit Frida verbracht hatte und höchstwahrscheinlich der einzige noch lebende Zeuge aus jener Zeit war, abgesehen vielleicht von Ringo Eichhorn, der in Australien entweder schon gestorben oder unauffindbar war, egal, wie lange Frida nach ihm fahndete. Eigentlich hatte sie nur das Haus sehen wollen, den Stall, die Scheune, die Äcker und den Fluss. Sie hatte versuchen wollen, sich vorzustellen, wie es wohl gewesen war, hier zu leben, ein Kind zu sein, das nichts von der Welt wusste. Sie hatte ein paar Aufnahmen mit dem Handy machen wollen, um sie Frida zu zeigen und zu sehen, wie sie reagierte. Vielleicht wäre sie zum Fluss gegangen, vielleicht auch nicht, hätte vielleicht in einen leeren, baufälligen Stall geschaut, durch schmutzige Fenster in ein unbewohntes Haus. Aber jetzt saß sie mit Leander Selbig an einem Tisch und würde nicht ohne ein paar Antworten abreisen, ob es diesem großen verstockten Kind passte oder nicht.

»War Frida glücklich hier?«, fragte sie.

Leander drehte seine Tasse in den Händen, starrte hinein. Sein Mund war ein schmaler Strich, die Stirnfalte zwischen seinen Augen tief. Er klopfte mit einem Fuß auf den Boden, leise, als würde er in Gedanken bis zehn zählen, um sich zu beruhigen.

»Ich glaube schon, ja«, sagte er, als Ada längst die Hoffnung aufgegeben hatte, auch nur ein einziges Wort von ihm zu hören. »Es ging uns gut.«

»Was halten Sie von all den Zeitungsberichten?«

»Geschreibsel.« Leander stierte noch immer in seine Tasse. »Das meiste erfunden und erlogen.«

»Damals wurde viel Unsinn verbreitet«, sagte Beerbaum.

Leander nahm sich einen Keks, zerbröselte ihn aber nur zwischen den Fingern.

»Meine Mutter ist nach Australien geflogen, um Ringo zu suchen«, sagte Ada, halbwegs ermutigt von Leanders Bereitschaft, den Mund zu öffnen. »Nach vierzig Jahren. Warum haben Sie nicht früher versucht, einander zu finden? Sie, Ringo, meine Mutter.«

Schweigen. Das Knistern im Ofen, ein lautes Zischen, wenn Harz verbrannte, ein ins Spülbecken fallender Tropfen, das Knarren des Stuhls, auf dem Beerbaum unruhig seine Haltung veränderte. Es schien, als habe Leander beschlossen, nichts mehr zu sagen. Aber dann tat er es doch, leise und noch immer ohne den Kopf zu heben.

»Ich habe es versucht. Aber es ging nicht. Sie haben uns die Adressen nicht gegeben.«

»Die Behörden?«

Leander nickte.

»Aber als das Buch erschienen ist, Geraubte Kindheit, da war es doch ganz einfach, mit Ihnen in Kontakt zu treten, über den Verlag oder bei einer Lesung, irgendwie.«

Leander schob die Tasse von sich weg und stand auf, die Stuhlbeine kratzten über den Boden. Für einen Moment sah es aus, als wolle er etwas sagen, aber dann verließ er die Küche und zog die Tür hinter sich zu. Gleich darauf fiel auch die Haustür ins Schloss.

»Ein heikles Thema«, sagte Beerbaum und seufzte.

Ada stützte die Ellbogen auf den Tisch und das Gesicht in beide Hände. Sie war erschöpft, und die Aussicht auf eine nächtliche Autofahrt hatte jeden Reiz verloren. Ein Raum für sich allein, dachte sie, ein Bett und Schlaf.

Dann begann Beerbaum zu erzählen.

Emil Kronenberg hatte Lotte in Paris aufgespürt und nicht lange gebraucht, um sie zu dem inszenierten Abendessen für die Illustrierte zu überreden, zumal der Verlag die Reisekosten übernahm und ein kleines Honorar bezahlte. Im Interview mit der Journalistin sagte sie, sie bewundere Leander als Schriftsteller und freue sich sehr für ihn und seinen Erfolg mit dem Buch. Auf den Fotos strahlte sie ununterbrochen, und auf dem Bild, das im Artikel schließlich den größten Raum einnahm, küsste sie ihn auf die Wange. Dass sie Leander Selbig schon seit Jahren kannte, erzählte sie natürlich nicht, und es bedurfte der Indiskretion einer ehemaligen Mitschülerin aus dem Refugium Ring, um einen Sturm im Wasserglas auszulösen, in dessen Folge Lutz Beerbaum des Betrugs bezichtigt und in der Presse als Strippenzieher, Trickser und Schwindler dargestellt wurde, worauf der Verleger in die Offensive ging und die *kleine Manipulation bei der Verlosung* als *Anschubhilfe für den seit Langem bis über beide Ohren in seine Brieffreundin verliebten Jungschriftsteller* bezeichnete und mit dieser Lüge sogar das Erscheinen einer Handvoll rührseliger Artikel in Klatschmagazinen bewirkte.

Lotte blieb nach dem Abendessen in Deutschland. Emil fuhr in Beerbaums Käfer nach Paris und holte ihre Sachen. Sie wohnten in der Villa in Herne, Wilma, Samir, Beerbaum, Lotte, Leander, Emil und ein paar Tiere, die noch übrig geblieben waren, aber Beerbaum fand, das sei auf Dauer kein Zustand. Als er im Frühling nach dem Erscheinen von *Geraubte Kindheit* vorschlug, die Sommermonate im Kampstedter Bruch zu verbringen, waren Lotte und Emil von der Idee hellauf begeistert und schafften es irgendwann, auch Leander davon zu überzeugen, dass das Leben auf dem Land großartig sei und die Begegnung mit dem Ort seiner Kindheit für ihn bestimmt zu einem eindrücklichen Erlebnis werde, *eine Versöhnung mit der Vergangenheit*, wie Beerbaum es nannte.

Beerbaum kratzte etwas Geld zusammen und heuerte ein polnisches Handwerkertrio an, das innerhalb von drei Wochen das Haus so weit herrichtete, dass man darin wohnen konnte. Das Wiedersehen Leanders mit den Gebäuden der ehemaligen Kommune verlief dann zwar weniger problemlos, als Beerbaum, Emil und Lotte gedacht hatten, aber nach ein paar Stunden, während deren Leander stumm und kaum ansprechbar am Ufer des mit Schilf und Wasserlilien zugewachsenen Teichs gesessen hatte, schien er sich zu fangen und begann, von den anderen heimlich beobachtet, herumzugehen, die Ränder der mit hohem Gras bestandenen Viehweiden und von Unkraut überwucherten Äcker abzuschreiten, den früheren, jetzt nur noch zu erahnenden Pfaden der Kühe, Schafe und Ziegen zu folgen, einen flüchtigen Blick auf den Fluss zu werfen und schließlich im Garten zu stehen und über die Fläche aus kniehoch gewachsenen Gräsern, Blumen und riesigen fleischigen Blättern zu blicken, als suche er nach den Gemüsebeeten, die seit einer Ewigkeit darunter verborgen waren.

Erst zwei Tage nach ihrer Ankunft auf dem Hof betrat Leander zuerst die Scheune und dann den Stall. Er ging langsam, wie auf dünnem Eis, über den Lehmboden, sah in die leeren Pferche der Schafe und zu den Bretterböden hoch, wo noch immer ein paar vergessene Heuballen lagen. Lange blieb er in der Mitte des Stalls stehen, bewegungslos und mit geschlossenen Augen auf die Laute der Tiere horchend. Beerbaum war es, der sich neben ihn stellte, ihm die Hand auf die Schulter legte und mit ihm die Stille ertrug.

Jeder bewohnte ein Zimmer des Hauses. Leander hatte die erste Nacht schlaflos auf dem Dachboden verbracht, allein, und war dann umgezogen. Sie richteten sich nach und nach ein, erstellten Listen von den Dingen, die sie besorgen mussten, einen Duschvorhang, ein Verlängerungskabel, einen Büchsenöffner, Fliegenfallen, Nägel. Die Polen waren in ihrem Lieferwagen nach Herne gefahren, nachdem sie die gröbsten Arbeiten im Haus erledigt hatten, und brachten Bettgestelle, Matratzen, Stühle und Kisten voller Pfannen, Töpfe, Geschirr und Besteck in den Kampstedter Bruch. Einmal pro Woche fuhren Beerbaum und seine drei Mitbewohner im Käfer dreißig Kilometer bis ins nächste Dorf, wo es eine Bäckerei gab, einen Metzger, einen Tante-Emma-Laden und ein Geschäft, auf dessen Schaufensterscheibe der Schriftzug HAUSHALTWAREN prangte und in dessen winzigem Verkaufsraum man von Teelöffeln aus gestanztem Blech bis zu vorsintflutlichen Küchenmixern alles fand, wenn man nur lange genug danach suchte oder den Besitzer um Hilfe bat, einen klein gewachsenen vielleicht siebzigjährigen Mann in blauem Arbeitskittel, der jeden Kunden freundlich begrüßte und dann schweigend hinter der Kasse stand und sich nur rührte oder ein paar leise, sorgsam gewählte Worte von sich gab, wenn man ihn etwas fragte oder seinen Einkauf bezahlen wollte.

Im Haus wurde es allmählich wohnlicher, der Boiler war repariert worden und produzierte wieder heißes Wasser, ein Kühlschrank und ein paar Lampen taten ihren Dienst, betrieben mit dem Strom aus dem Generator hinter der Scheune, den ebenfalls ein Mechaniker aus dem weit entfernten Bremen zum Laufen gebracht hatte. Lotte, vom einfachen Leben in der Einöde noch so beflügelt wie am ersten Tag, hatte den Garten von Unkraut befreit, die Erde umgegraben, Beete angelegt und Gemüse ausgesät, Karotten, Radieschen, Sellerie, und Holzstangen in den Boden gesteckt, an denen Tomaten wuchsen und sich Bohnenranken emporwanden. Es war inzwischen Juli geworden, und sie trug bei der Arbeit im Freien einen breitkrempigen Strohhut und weite Kleider aus hellen Stoffen und erinnerte Beerbaum an eine Fotografie, die er in einer Illustrierten gesehen hatte und die angeblich drei der vier Frauen der Kommune auf einem Feld zeigte.

Beerbaum wusste nicht, wie man das Verhältnis zwischen Leander und Lotte nennen sollte. Wenn er sah, wie sie den schlaksigen Jungen neckte, ihm eine Waldbrombeere in den Mund schob oder ihn wie aus heiterem Himmel umarmte, glaubte er gute alte Freunde vor sich zu haben, dann wieder, wenn Lotte sich zu Leander unter einen Baum setzte und ihm nach kurzer Zeit den Kopf auf die Beine legte, um zu schlafen, erschienen ihm die beiden wie ein frisch verliebtes, noch etwas schüchternes Liebespaar, und lief er ihnen am Fluss über den Weg, wo sie nebeneinander am Ufer saßen und stumm auf das Wasser blickten, kamen sie ihm wie Eheleute vor, wie zwei Menschen, die schon so lange zusammenlebten, dass sie keine Worte mehr brauchten für die Gefühle, die sie einander entgegenbrachten.

Aber vielleicht täuschte er sich auch, dachte Beerbaum oft, vielleicht war das Schweigen, das die meiste Zeit zwischen Leander und Lotte herrschte, kein stilles Einverständnis, kein Abkommen, dass es verschwendete Zeit sei, den Lauf der Dinge zu kommentieren. Vielleicht war ihre Sprachlosigkeit, wenn sie zu zweit und doch jeder für sich allein im Schatten der tief herabhängenden Äste der Buche saßen, kein Zeichen der Harmonie, sondern der gleichmütig ertragenen Verzweiflung darüber, einander fremd zu sein.

Der August kam, dem Haus fehlte es mit jedem Einkauf im Laden des kleinen Herrn Ennebrook weniger an den elementarsten Dingen, und Lotte wurde jeden Tag ein bisschen launischer, zerstreuter, unleidlicher. Im September sagte sie beim Abendessen über einem Teller selbst gezogenem Spinat, sie habe vor, Ende des Monats zurück in die Stadt zu gehen. Auf Beerbaums Frage, welche Stadt sie meine, antwortete sie mit einem Schulterzucken: Egal, irgendeine.

Beerbaum zufolge hatte sich dieser Moment angekündigt, selbstredend nur für den, der eine Antenne hatte für die Schwingungen, die ein unzufriedenes menschliches Wesen aussandte. Er hatte Lotte diskret beobachtet, wenn sie sich allein wähnte und mit leerem Blick zum Horizont stierte, wenn sie zum zehnten Mal eine Zeitung durchblätterte, als müsse sie sich der Existenz der Welt vergewissern, indem sie immer wieder die Schlagzeilen las und die Bilder betrachtete, oder wenn sie in der Telefonzelle neben Frau Schüttes Krämerladen verschwand, um eine Viertelstunde lang mit Gott weiß wem zu reden. Sie wollte fort, das sah Beerbaum ihr schon an, Wochen bevor sie ihre Absicht verkündete.

Leander reagierte auf die Neuigkeit, wie er auf fast alles reagierte, das er nicht sofort einordnen konnte: Er schwieg, senkte den Kopf und dachte nach, die Stirn in Falten gelegt, als stünde die Lösung seines Problems in winzigen Buchstaben in der Maserung der Tischplatte, in den feinen Rillen seiner Handflächen oder wie jetzt in den grünen Schlieren der Spinatreste auf seinem Teller.

Doch es gab keine Lösung, und Lotte verließ den Kampstedter Bruch Ende September. Emil fuhr sie im Käfer nach Hamburg, und Beerbaum und Leander standen in der Staubwolke, die der Wagen aufwirbelte, und winkten den beiden nach. Am Abend unternahm Beerbaum den Versuch, Leander auf andere Gedanken zu bringen, fragte, wie die Arbeit am Teich vorangehe, den Leander von zu viel Schilf, Seerosen, Wasserlilien und Entengrütze befreite, aber Leander war nicht zum Reden zumute. Beerbaum unternahm mehrere Anläufe, die alle scheiterten, und war irgendwann so frustriert, dass er fast mit der Wahrheit herausgerückt wäre.

Die Wahrheit war, dass Lotte nicht in den Kampstedter Bruch passte, nicht in diese von drei trinkfreudigen Krakauern notdürftig hergerichtete Bude und nicht an Leanders Seite. Beerbaum hatte ihr zugehört, wenn sie über Paris ins Schwärmen geraten war, über London und die Museen, die sie besucht, die Kunst, die sie gesehen und die Fotografien, die sie mit ihrer Kamera gemacht hatte.

Und er hatte auch gesehen, dass sie Leander nicht liebte, jedenfalls nicht so, wie der Junge es sich gewünscht hätte, und ganz bestimmt nicht so, wie er sie liebte, auf seine eigene, höchst leandrische Weise, unbeholfen, ehrfurchtsvoll und eher platonisch als leidenschaftlich. Außerdem war da noch Emil Kronenberg, der Tausendsassa, der regelmäßig auf seinem Motorrad nach Berlin verschwand, mal für eine Woche, mal für länger, der Tunichtgut mit seinen tausend Sprüchen und Projekten, der Hallodri, der behauptete, er müsse sich in der Hauptstadt um die *Bibliothek des Versagens* kümmern, um seine Wohnung, um Rechnungen und um ein paar Frauen, die ohne ihn angeblich nicht leben konnten. Für ihn war der Sommer im Kampstedter Bruch eine nette Abwechslung, ein unverbindlicher Spaß, ein Experiment, das er in einem Theaterstück verarbeitete, dessen Kern die Feststellung war, dass man abseits der kulturellen Metropolen geistig zu verkümmern drohe, wenn man nicht rechtzeitig den Absprung schaffe.

»Oh, entschuldigen Sie«, sagte Beerbaum und machte ein erschrockenes Gesicht. »Langweile ich Sie mit meiner Geschichte?«

Ada waren die Augen zugefallen, nur für eine Sekunde. Die Luft in der Küche war warm und schien kaum noch Sauerstoff zu enthalten. »Nein!«, sagte sie rasch und setzte sich aufrecht hin. Sie trank einen Schluck Tee, bevor sie Beerbaum aufforderte, weiterzuerzählen.

Beerbaum hatte Leander dazu überreden können, sich auch als Verfasser von *Bewegte Jugend* zur Verfügung zu stellen, dessen Ghostwriter Emil Kronenberg und er selbst waren. Anstelle eines üblichen Honorars verlangte Leander lebenslanges Wohnrecht auf Beerbaums Hof für sich und Lotte, die ihm Briefe aus Berlin und Prag schickte und schrieb, sie vermisse ihn und das Landleben, was Leander so für sich zurechtbog, dass Lotte bald in den Kampstedter Bruch zurückkehren und für immer bleiben würde. Beerbaum stimmte zu, ebenso erstaunt wie erfreut über Leanders bescheidene Forderung. *Bewegte Jugend* erschien zwei Jahre nach *Geraubte Kindheit* als erster Titel im neugegründeten Beerbaum Verlag, löste kaum noch einen Medienwirbel aus und verkaufte sich nicht annähernd so gut wie sein Vorgänger und sogar noch schlechter als *Dschungelmädchen – Kinderstube im Regenwald*. Leander absolvierte einen einzigen Auftritt, als *Bewegte Jugend* in der Filiale einer Buchhandelskette in Dortmund vorgestellt wurde. Das Rezitieren von Auszügen übernahm ein junger Schauspieler, dem seine medial ausgeschlachteten Depressionen und Klinikaufenthalte zu trauriger Berühmtheit verholfen hatten und der als nahezu perfekte Vertretung des ehemaligen Kommunenkindes auch alle späteren Veranstaltungen bestritt, zusammen mit Beerbaum, der als eine Art Moderator durch die Abende führte.

Reich wurde Beerbaum mit dem Buch nicht, zumal er Emil zwanzigtausend Mark für dessen Arbeit bezahlte und viel Geld in eine Werbekampagne steckte, die den Verkauf jedoch so wenig ankurbelte wie die von Verleger und Ghostwriter erfundene und an sämtliche wichtigen Zeitungen verschickte Geschichte, in der Leander Selbig nach Finnland ausgewandert war, wo er in der Einsamkeit der Tundra ein einfaches Leben führte und möglicherweise an einem neuen Buch arbeitete. Wilma Saeed starb 1996, ihr Mann Samir zwei Jahre später, und Beerbaum erbte die Villa in Herne sowie einen kleinen Rest Erspartes, gerade so viel, dass er eine Firma dafür bezahlen konnte, das Haus gründlich zu reinigen. Bevor der Makler die ersten Interessenten durch die Villa führen konnte, musste Beerbaum die Tiere loswerden, darunter eine Point-Katze, zwei Angorakaninchen, eine Bartagame, der unsterbliche Graupapagei und mehrere Schildkröten, was er dadurch bewerkstelligte, dass er dem örtlichen Tierheim eine größere Geldsumme spendete und alles, was kreuchte und fleuchte, abholen ließ. Nach dem Verkauf der Immobilie, dem Abzug aller Unkosten und der Tilgung sämtlicher Schulden, der eigenen und der seiner mit der *Edition Euphrat* bankrottgegangenen Mutter, blieb ihm genug Geld, um den Hof im Kampstedter Bruch von richtigen Handwerkern renovieren und endlich eine Badewanne einbauen zu lassen.

Von Lotte trafen Briefe und Postkarten aus Kiew, Madrid und Rom ein und einmal ein großer Umschlag mit einer Zeitschrift, die das Leben in aufwendig umgebauten Häusern auf der ganzen Welt feierte und Fotografien von Lotte veröffentlicht hatte, kunstvolle Aufnahmen von einer ehemaligen Papierfabrik in Niederösterreich, in die eine Teppichweberin eingezogen war, eine sechzigjährige Frau aus Düsseldorf mit dem Gesicht einer Vierzigjährigen.

»Ich verliere schon wieder den Faden«, sagte Beerbaum. Er setzte ein schuldbewusstes Lächeln auf. »Diese Teppichfrau hat es mir offen gesagt ziemlich angetan.« Er stieß ein leises Lachen aus. »Sie war alleinstehend, hieß es in dem Artikel über sie und ihr Haus, und ich war versucht, ihr zu schreiben.«

»Und?«, fragte Ada. »Haben Sie?«

Beerbaum schüttelte den Kopf, stand auf und machte an der Spüle zwei Tassen löslichen Kaffee, mit denen er an den Tisch zurückkehrte. »Der Rest meiner Geschichte ist rasch erzählt.« Er setzte sich, schob Ada die Tasse hin und holte Atem.

Irgendwann beschlossen sie auf Leanders Vorschlag hin, Stall und Scheune umzufunktionieren und zur Produktion von Speisepilzen zu nutzen. Nachdem seinen Verlag dasselbe Schicksal ereilt hatte wie den seiner Mutter, war Beerbaum fertig mit der Welt der Bücher und auch mit dem Rest der Welt. Dass Leander ihm noch immer die Treue hielt und bei ihm in der niedersächsischen Pampa blieb, machte ihn glücklich, und obwohl er der Geschäftsidee zunächst skeptisch gegenüberstand, war er, nachdem Leander Unterstützung aus Münster versprach, bereit, es mit der Zucht von Kräuterseitlingen und Judasohren zu versuchen. Ewald und Werner Born kamen in den Kampstedter Bruch und halfen zwei Monate lang beim Umbau, bei Behördengängen und schließlich beim Heranziehen der ersten Pilze, deren fachgerechter Trocknung und Verkauf. Um seine Dankbarkeit zu bekunden, nannte Beerbaum die neue Firma *Born & Beerbaum Speisepilzmanufaktur* und versprach, mit seinem und Leanders Produkten nicht bis in den Raum Münster vorzudringen. Er und Ewald kamen gut miteinander aus, und in der Folge telefonierten sie ein paarmal, tauschten Erfahrungen im Pilzgeschäft aus und vereinbarten gegenseitige Besuche, zu denen es, wie sie beide wussten, nie kommen würde.

»Warum nicht?« Ada war tatsächlich neugierig, außerdem wollte sie Beerbaum zeigen, dass sie ihm zugehört hatte.

»Ach …« Beerbaum schüttelte den Kopf und starrte dann mit leerem Blick auf seine gefalteten Hände. »Wir waren beide … wie soll ich es nennen … vom Leben enttäuscht, fühlten uns vom Schicksal ungerecht behandelt. Ewald und ich trauerten etwas nach, ich …« Er verstummte und hob den Kopf, sah Ada in die Augen, und sein Gesicht verzog sich zu einem jammervollen Lächeln.

»Und Leander?«, fragte Ada, um das Gefühl der Bedrückung zu verscheuchen, von dem Beerbaum offensichtlich erfasst worden war und das auch sie zu erfassen drohte. »Ist er manchmal nach Münster gefahren, um Ewald und die anderen zu besuchen?«

»Nein.« Beerbaum löste seine verschränkten Finger, griff nach der Tasse und trank einen Schluck.

»Nie?«, rief Ada. »Kein einziges Mal?« Sie kannte sich mit seltsamen Familien aus, aber das Verhalten dieser Born-Selbig-Sippe versetzte sie in ungläubiges Staunen.

»Eines Tages kam Hedda hier an, Ewalds Schwester. In einem uralten Mercedes.« Für den Bruchteil einer Sekunde hellte sich Beerbaums Miene auf. Er atmete tief ein und aus, bevor er weitersprach. »Sie war völlig aufgelöst, noch bevor sie das Haus betrat und Leander sah. Oh, und dann … ein Wiedersehen mit vielen Tränen. Sehr vielen Tränen.« Er spielte mit seinem Löffel, drehte ihn in den Fingern, klopfte sich mit dem Griff auf die offene Handfläche. »Eine tolle Frau. Besser noch als diese Weberin aus dem Hochglanzmagazin.« Er nickte anerkennend, den Blick ins Leere gerichtet. Dann sah er Ada wieder an und sagte: »Ich habe mich zum Affen gemacht und sie gefragt, ob sie bleiben wolle. Natürlich war ihre Antwort Nein, die einzig mögliche. Sie versuchte Leander zu überreden, sie nach Münster zu begleiten, aber er wollte nicht.«

Bevor Hedda wieder nach Hause fuhr, erzählte sie Beerbaum von dem Geld aus dem Verkauf des Hauses, das Leanders bei einem Autounfall ums Leben gekommener Tante Meret gehört hatte. Leander wollte dieses Geld nicht, und so lag es seit Jahren unangetastet auf der Bank. Hedda Born bezeichnete es als Leanders Altersvorsorge, meinte aber, der Junge könne bestimmt schon früher einen Teil davon brauchen, zum Beispiel für den Aufbau der Pilzzucht oder falls *diese Lotte* zu ihm zurückkäme und nicht in völliger Armut leben wolle. Ab diesem Zeitpunkt überwies Ewald regelmäßig Geld an Beerbaum, der es in die Firma *Born & Beerbaum* investierte und Leander gegenüber behauptete, es stamme aus seinen, Beerbaums, Reserven, die in Wahrheit nach den Umbauarbeiten so gut wie aufgezehrt waren. Das Geschäft mit den Speisepilzen lief schleppend an, es gab Höhen und Tiefen, aber mittlerweile auch einen festen Kundenkreis, garantierte Mindestumsätze und für Beerbaum kaum noch wirklich triftige Gründe, schlaflos und von Existenzängsten geplagt in seinem Bett zu liegen und noch mehr mit seinen Entscheidungen zu hadern, als er es sowieso schon tat.

»Und wie Sie sehen, reichen die Einkünfte aus dem Pilzverkauf inzwischen, um vier Personen durchzubringen», sagte Beerbaum und nickte ein paarmal, wie um sich selbst zu bestätigen, dass er doch nicht alles im Leben falsch gemacht hatte.

»Wer sind die beiden eigentlich?«

»Sophie und Lorenz?«

»Ja.« Ada verkniff sich ein *wer sonst?!*

»Oh«, sagte Beerbaum und seufzte. »Das hat mit Lotte zu tun ...«

Lotte schrieb weiterhin Briefe, jeder kürzer als der vorangegangene, aber immerhin versandte sie gelegentlich ein Lebenszeichen, sodass man im Kampstedter Bruch wusste beziehungsweise vermuten konnte, wie es ihr ging. Inzwischen lebte sie schlecht und recht vom Fotografieren, erhielt Aufträge von Zeitschriften und verdingte sich zwischendurch als Hochzeitsfotografin. In unregelmäßigen Abständen bezog sie kleine Geldbeträge von ihrer Mutter Margarete, die, wie Lotte in einem Brief aus Oslo berichtete, allmählich den Verstand zu verlieren schien und ihre Besitztümer an alle möglichen Menschen verschenkte, angeblich an ihren Gärtner, glücklicherweise aber auch an ihre vier in alle Winde verstreut lebenden Töchter.

Dann, eines Tages im dritten Sommer von Beerbaums und Leanders Einsiedlerdasein, stand sie plötzlich vor der Tür.

»Sie hatte sich kaum verändert«, sagte Beerbaum. »Zumindest äußerlich. Die nächsten Stunden verbrachte sie damit, uns von ihren Reisen zu erzählen, von Orten, die sie gesehen hatte, von Fotos, die sie gemacht hatte.« Er sah versonnen vor sich hin, für einen winzigen Moment beinahe vergnügt. »Eine Geschichte nach der anderen sprudelte aus ihr heraus, bis tief in die Nacht saßen wir zu dritt an diesem Tisch, und irgendwann eröffnete sie uns, sie wolle eine Weile hierbleiben, bei uns, Leander und mir.«

»Und ist sie wirklich geblieben?«, fragte Ada in die Stille, die nach Beerbaums Verstummen entstanden war.

Beerbaum hob den Kopf, wie aufgeschreckt aus Gedanken, die ihn nicht zum ersten Mal umtrieben und immer wieder zurückkamen, verlässlich wie Gelenkschmerzen bei Wetterwechseln.

»Ja«, sagte er schließlich. »Aber ich wusste schon damals, dass irgendetwas mit ihr nicht stimmte. Dass sie uns etwas verschwieg.«

Ada stand auf, füllte am Spülbecken ein Glas, das sauber aussah, mit kaltem Wasser und trank es leer. Am liebsten hätte sie den Kopf unter den Strahl gesteckt, um die Müdigkeit zu vertreiben. Sie benetzte ihre Handflächen und drückte ihr erhitztes Gesicht hinein.

»Sie haben mir noch immer nicht verraten, wer Sophie und Lorenz sind«, sagte sie, als sie wieder am Tisch saß.

Beerbaum nickte abwesend. Dann sagte er: »Lorenz ist Lottes Sohn, Sophie seine Freundin.«

»Sie ist schwanger.« Eine Feststellung, so einfältig wie die, dass die Erde rund und die Sonne hell war. Das hatte mit der Müdigkeit zu tun, redete Ada sich ein. Sie biss in einen Keks, kaute heftig vor Verlegenheit.

Zum ersten Mal hatte Beerbaums Lachen keinen Unterton von Verbitterung oder Selbstmitleid. »Oh ja, das ist sie.«

»Wie kommt sie hierher? Ich meine ...«

»Ach, unsere Sophie«, sagte Beerbaum. »Schulabbrecherin, Herumtreiberin, stammt aus einem der Käffer hier. Wir haben sie vor der Polizei bewahrt, Ladendiebstahl bei der Schütte.«

»Aber sie ist schon freiwillig hier, oder?«

Wieder lachte Beerbaum, jetzt laut und polternd. »Oh ja, das ist sie! Die einzige Fessel, die sie an uns bindet, ist das Band der Liebe! Man müsste ein Buch über die beiden schreiben!«

Ada sah die junge Frau vor sich, ihr Lächeln, ihren großen runden Bauch, das Haarnetz, Zellophantüten, Pilze. Wie ein Klumpen Eis lag dieses Bild in ihrem Kopf, kalt und schwer.

Eine Zeit lang schwiegen sie. Beerbaum schob ein Stück Holz in den Ofen.

»Und wo ist Lotte?«

Beerbaums Ächzen war lauter als gerade eben, als er sich gebückt hatte, um mit einem Geschirrtuch um die Hand die Ofenklappe zu öffnen. »Sie ist fortgegangen«, sagte er. »Da war Lorenz sechs Jahre alt, fast sieben.«

»Als er zur Schule musste.«

Beerbaum sagte nichts, schob stattdessen ein paar Krümel auf der Tischplatte zusammen.

»Wer ist sein Vater?«

Beerbaums ganze Konzentration galt den Kekskrümeln. Als er sie endlich mit der einen Hand in die Fläche der anderen gewischt hatte, erhob er sich und trat an die Spüle. Wasser rauschte, dann war es wieder still in der Küche, und nur das Feuer war zu hören, ein leises Knistern wie von Graupelkörnern, die gegen eine Scheibe wehten.

»Sie müssen mir versprechen, dass Sie Leander nichts von dem verraten, was ich Ihnen jetzt erzählen werde.« Beerbaum drehte sich nicht zu Ada um, während er das sagte. Vor seinem Gesicht waren Fliesen, weiße Quadrate mit blauen Blumenmotiven und Schwalben.

Ada wartete. Das alles strengte sie an, das Zuhören, das Gedankenwälzen, das Schlussfolgerungenziehen, das Sichzusammenreimen, die große Küche, die immer kleiner zu werden schien, als bewegten sich die vier Wände auf sie zu, bei jedem Blinzeln einen Millimeter.

»Hoch und heilig müssen Sie mir es versprechen.«

Ada wich zurück, als Beerbaum sich neben sie stellte und zu ihr hinunterbeugte. In seinem Blick lag etwas Eindringliches, Flehendes. Sie nickte. »Versprochen«, sagte sie, das *hoch und heilig* war ihr zu blöd.

»Ich weiß es nicht.« Beerbaum setzte sich zurück auf seinen Stuhl. Seine Gesichtshaut war farblos, am ehesten grau.

»Aber Lotte«, sagte Ada ungeduldig, »die muss es doch wissen.«

»Sie haben es versprochen.« Beerbaum schien alles daranzusetzen, Ada auf die Nerven zu gehen.

»Wenn Sie nicht wollen, müssen Sie mir gar nichts verraten.« Ada war es plötzlich egal, wessen Sohn dieser junge Mann war, der einen Steinwurf entfernt getrocknete Pilze in Beutel abfüllte und seiner schwangeren Freundin zusah, wie sie dasselbe tat. Was hatte sie eigentlich mit diesen Leuten zu tun, fragte sie sich plötzlich. Über ihre Mutter erfuhr sie hier so wenig wie in Rotterdam, über die Kommune weniger als aus den Zeitungsartikeln. Fahren, dachte sie, einfach losfahren. Im Handschuhfach, unter all dem Kram, der sich dort angesammelt hatte, lag bestimmt noch ein Red Bull, das würde sie eine Weile wach halten.

Beerbaums Brust berührte den Teller mit den Keksen, als er sich über den Tisch hinweg Ada entgegenstreckte. »Sie lässt Leander denken, er sei der Vater«, flüsterte er.

Ada lachte auf. »Machen Sie Witze? Falls er der Vater ist, weiß er das doch selber!«

Beerbaum veränderte seine Haltung nicht, nur sein Hals schien noch ein paar Zentimeter länger zu werden, reckte sich wie der einer Schildkröte. »Leander ist … anders …«

Ada lehnte sich zurück, nur um Beerbaum zu ärgern.

»Er ist nicht etwa dumm!« Beerbaum merkte, dass er laut geworden war, und sah zur Tür in den Flur, als befürchte er, Leander könne hinter ihr stehen und lauschen. »Ganz im Gegenteil«, er sprach wieder so leise, dass Ada ihn fast nicht verstand. »Ewald hat mir verraten, Leander sei … Ist Ihnen Asperger-Syndrom ein Begriff?«

»Autismus«, sagte Ada. Das machte sogar Sinn, dachte sie. Dieser einsilbige alte Junge war nicht etwa begriffsstutzig, sondern lediglich nicht übermäßig an der Welt um ihn herum interessiert, und auch nicht an den Menschen in dieser Welt, mit Ausnahme vielleicht von ein paar wenigen, Lotte, Lorenz, Sophie höchstwahrscheinlich, dieser Ewald, Hedda und möglicherweise sogar Beerbaum, mit dem er immerhin sein halbes Leben verbracht hatte.

»Eine abgeschwächte Form davon«, sagte Beerbaum in normaler Lautstärke und Sitzhaltung. »Bei Leander wirkt sich diese … ich vermeide die Bezeichnung Krankheit, dieser Zustand dergestalt aus, dass er der argloseste, ehrlichste und vertrauensseligste Mensch ist, den Sie sich vorstellen können.«

»So vertrauensselig, dass man ihm weismachen kann, er sei der Vater eines Kindes, obwohl er es gar nicht ist?«

Beerbaum kratzte sich so heftig am Handrücken, dass Ada befürchtete, er würde gleich bluten. »Lotte hat das alles so geplant und durchgeführt, dass sie am Ende wahrscheinlich selbst an Leanders Vaterschaft glaubte!« Er stand auf und ging zur Treppe. »Ich bin gleich zurück!« Damit eilte er hinauf in den ersten Stock.

Ada trank den restlichen Kaffee, eine lauwarme Brühe, am Boden der Tasse dunkler Satz, feine Körner, die sich nicht aufgelöst hatten. Sie erhob sich, streckte sich. Der Gedanke, einfach zu gehen, kam ihr. Sie drehte noch einmal das kalte Wasser auf, vergrub noch einmal ihr Gesicht in der kühlen, nassen Wölbung ihrer Handteller.

Gerade als sie sich zur Tür wandte, um Küche und Haus und die ganze elende Gegend zu verlassen, hörte sie hinter sich Beerbaum die Stufen herunterkommen.

»Sehen Sie sich das an!«

Ada drehte sich um. Beerbaum hatte drei Fotos auf den Tisch gelegt. Eines davon zeigte einen Jungen in Latzhosen, Ada schätzte ihn auf fünf, sechs Jahre, ein anderes einen etwas älteren Jungen in einer Schubkarre, auf dem dritten war ebenfalls ein kleiner Junge zu sehen, zwölfjährig, in eine Wolldecke gehüllt. Diese Aufnahme kannte sie, sie zeigte Leander nach der Räumung der Kommune und war durch die Presse gegangen.

»Leander«, sagte sie und deutete auf das Bild. »Und wer sind die beiden anderen?«

»Lorenz und Emil.«

»Warum Emil?«

»Nur so ein Verdacht.« Beerbaum nahm die Fotos vom Tisch und steckte sie in die Gesäßtasche.

»Sie glauben, Emil …«

»Kronenberg.«

»… ist der Vater von Lorenz?«

»Ich weiß es nicht. Aber ich weiß mit Bestimmtheit, dass Leander es nicht ist!« Er zog noch einmal die drei Fotos hervor, fächerte sie auf. »Lorenz, blonde Haare. Emil, braune Haare. Und sehen Sie sich das an! Leander, pechschwarze Mähne! Man muss doch nur Augen im Kopf haben!«

Ada sagte nichts.

»Lotte kommt also hier an. Sagt, sie will bleiben. Leander kann sein Glück kaum fassen. Lotte schläft mit ihm. Leander ist für mehrere Tage völlig neben sich. Glück, Entsetzen, man weiß es nicht. Acht Monate später die Geburt, hier im Haus.« Beerbaum fuchtelte mit den Fotos vor Adas Gesicht herum. »Acht Monate!«

»Es gibt DNA-Tests!«, rief Ada. »Schon mal davon gehört?«

Beerbaum wischte die Bemerkung mit einem Schlenker der Hand beiseite, als sei das die dümmste, die ihm jemals zu Ohren gekommen war. Er setzte sich.

Ada blieb stehen. Kein Drama mehr, ihr Bedarf war gedeckt. Nur noch eine Frage hatte sie, vielleicht auch zwei oder drei.

»Wo ist hier die nächstgelegene Schule?«

Beerbaum sah sie verständnislos an.

»Grundschule. Zwanzig Kilometer? Fünfzig?«

»Keine Ahnung. Warum fragen Sie?«

»Warum ich frage? Weil es mich interessiert, wo Lorenz zur Schule gegangen ist!«

Beerbaum starrte Ada an. Als er bemerkte, dass er die Fotos in seinen Händen fast zerknüllte, stopfte er sie in die Hosentasche.

Jetzt setzte Ada sich doch, wollte Beerbaum Auge in Auge haben. »Und wie sind Ihre Pläne für Sophies Kind?«

Beerbaum murmelte etwas Unverständliches.

»Was?«

»Die Welt da draußen ist schlecht!«, stieß Beerbaum hervor. »Die Leute aus der Kommune hatten recht!« Er wischte sich mit dem Hemdsärmel über den Mund. »Direktoren! Intendanten! Redakteure! Kritiker! Oh, die Kritiker! Diese Türsteher vor den Palästen der Hochkultur!«

Ada wurde plötzlich ganz ruhig. Es kam ihr vor, als säße sie im Kino und das Licht ginge langsam an.

»Alles wird in den Dreck gezogen!« Beerbaum vollführte mit beiden Armen eine weit ausholende Bewegung. Seine Tasse kippte um, Kaffee ergoss sich über den Tisch. Er ignorierte es. »Jede Bemühung, jede redliche Absicht, es endet …« Er brach den Satz ab, ließ die Arme sinken. Zwei, drei Atemzüge lang sah er zu, wie der Kaffee von der Tischkante auf den Boden tropfte, dann ging er zur Spüle, unter der in einem Eimer ein Putzlappen lag.

Ada erhob sich, nahm ihre Jacke von der Stuhllehne und zog sie an. Für den Bruchteil einer Sekunde wurde ihr schwarz vor Augen. Vielleicht hätte sie doch ein paar Kekse essen sollen, dachte sie, wegen des Zuckers. Sie schob den Stuhl an den Tisch, hielt sich daran fest. Wo Lotte jetzt war, hätte sie noch fragen wollen, und ob sie ab und zu vorbeikomme oder wenigstens anrufe, an den Geburtstagen, an Weihnachten und vielleicht bevor ein neues Jahr anbrach. Sie hätte sich gerne mit Lorenz irgendwo hingesetzt, wo es nicht nach Pilzen roch, und ihn gefragt, wie es sei, ohne Mutter aufzuwachsen, so viele Jahre und nicht nur drei. Aber sie fragte Beerbaum nichts mehr, und sie ging nicht hinüber zum Anbau aus Spanplatten, Glaswolle und Wellblech, um eine Szene, einen Dialog für ihren Roman zu haben, den sie nicht schreiben würde.

Beerbaum kniete am Boden, sein Hemdsärmel war kaffeebraun. Als er sich erhob, tropfte es vom Lappen auf seine Hose, er bemerkte es nicht. Ada wollte kein Mitleid für diesen Mann erübrigen, aber so funktionierte sie nicht. *Leben Sie wohl*, drei Worte, dachte sie, *alles Gute*, nur zwei.

Kurz darauf wurde die Haustür geöffnet und gleich wieder geschlossen. Beerbaum stieß etwas hervor, das sich wie *bitte* anhörte, packte Ada am Handgelenk, ließ sie aber sofort wieder los. Er setzte sich auf seinen Stuhl und rieb sich mit den Händen das bleiche Gesicht. Als die Tür zum Flur aufflog und Leander in einen Schwall kalter Luft gehüllt die Küche betrat, hatte Beerbaums Haut wieder den gewohnten dunkelgrauen Ton.

»Wenn Sie heute noch fahren wollen, müssen Sie jetzt los.« Leander hielt die Tür auf.

Wenn Sie heute noch fahren wollen. Als ob man sie andernfalls bitten würde, die Nacht hier zu verbringen, dachte Ada. Als ob sie dieses Angebot annehmen würde.

Sie ging zu Beerbaum, hielt ihm die Hand hin. Er schaffte sogar ein Lächeln, Ada erinnerte sich an einen Artikel über ihn, in dem es hieß, der Verleger habe sich früher als Schauspieler versucht. Beerbaum erhob sich, ergriff die Hand und nickte. Sein Mund öffnete sich, sein Blick haltlos, es sah aus, als habe er seinen Text vergessen, aber dann sagte er ihn doch auf. Der Dank für den Besuch, die Hoffnung auf ein Wiedersehen, Grüße an die Mutter, es hätte ja noch so viel zu … Gute Fahrt und gute Wünsche, die Absicht, in Verbindung zu bleiben, er fand gar kein Ende mehr, verfolgte Ada bis in den Flur, ein Kammerspiel.

Draußen die frühe Nacht des Winters. Beerbaums dünne Stimme im Rücken, im Wind, sein Monolog des Abschieds. Der Gang über den Hof, die Luft eisig wie Leanders Schweigen. Das Auto festgefroren an diesem

Flecken Erde, Räder, die sich krachend losrissen. Von Leander nur eine erhobene Hand, der Strich seines Körpers in der Landschaft.

Ada drehte die Heizung auf und ließ den Wagen langsam vorwärts rollen in den Tunnel aus trübem Scheinwerferlicht. Das unterkühlte Brummen des Motors, das Knirschen der Reifen, das Rauschen der allmählich wärmer werdenden Luft war alles, was sie hörte. Die Müdigkeit saß in ihrem Körper fest wie der Beginn einer Erkältung. Sie trank einen Schluck abgestandenes Wasser aus einer Plastikflasche, rieb sich die trockenen Augen. Hier hatte Frida die ersten zwölf Jahre ihres Lebens verbracht, dachte sie nach drei, vier Kilometern auf dem Feldweg, und dass ihre Mutter nie so weit weg vom Hof gewesen war, als es die Kommune noch gab, eine Insel, umspült von den abgrundtiefen Gewässern des Unbekannten, Unbetretbaren.

Das Radio würde sie erst einschalten, wenn sie die Hauptstraße erreicht hatte. Sie würde die Lautstärke bis zum Anschlag aufdrehen und ab und zu den Kopf aus dem Fenster strecken, um wach zu bleiben. Wahrscheinlich würde sie schon bald so erschöpft sein von der Anstrengung, den Wagen auf der Straße zu halten, dass sie sich einen Waldweg suchen und auf die Rückbank legen würde, um ein paar Stunden zu schlafen, wie sie es auch auf der Hinfahrt getan hatte. In Rotterdam würde sie trotz allem versuchen, diesen Tag in Worte zu fassen. Die Ankunft in der Einöde, die sie gerade verließ, könnte der Anfang ihres Romans sein, die Ankunft heute Nachmittag und all das Seltsame, das folgte, bis jetzt, hier im Auto auf diesem Feldweg, der im matten Licht vor ihr sichtbar wurde, Meter für Meter. Oder sie könnte mit ihrer Kindheit beginnen, Indien und Den Haag, alles im trügerischen Licht der Erinnerung, um von sich selbst auf Frida zu kommen, einen Kreis zu schließen. Allein der Gedanke an das Vorhaben zog alle Energie aus ihrem Körper. Sie hielt an, drehte das Fenster ein Stück weit herunter und atmete mit geschlossenen Augen ein paarmal ein und aus. Hinter ihr lagen der Schlafsack, die beiden Wolldecken, das Kissen. Sich einwickeln, dachte sie, schlafen am Ufer des Gedankenstroms.

Als sie die Augen öffnete, sah sie auf dem Weg vor sich einen Mann, der dort stehen geblieben war, wo das Scheinwerferlicht gerade noch genug Kraft hatte, ihn aus dem Schwarz zu heben, eine fahl leuchtende

Erscheinung wie auf einer ausgeblichenen Fotografie. Sie erschrak nicht, und der Mann schien nicht gezögert zu haben, in die Helligkeit zu treten, statt sich am Wegrand zu verbergen. Eine Weile sahen sie einander an, beide ausdruckslos und ruhig und ahnend, dass sich hier draußen niemand zufällig begegnete. Der Nachthimmel, tief und ohne jeden Stern, machte alles klein, das Land, die Bäume, den Mann mit der Mütze und dem Gesicht, das Ada erkannte, obwohl es nicht das des Jungen war, den es eigentlich gar nicht mehr gab.

Ada stieg aus. Noch während sie auf Anton Matusek zuging, überlegte sie, wie sie mit dem Auto wenden konnte, um zurückzufahren.

Was Oskar uns erzählt hat, lässt uns nicht schlafen. Im Dunkeln sitzen wir beisammen, Kerzen sind hier oben verboten, die Taschenlampe ist für Notfälle. Aber das ist kein Notfall, egal, wie durcheinander wir sind. Geflüstert klingen Oskars Behauptungen noch unglaubwürdiger. Flugzeug. Fernsehapparat. Nachrichtensprecher. Wir wiederholen alles, was er gesagt hat, immer wieder, jedes Wort drehen und wenden wir in der Finsternis des Dachbodens. So nimmt Volker den Motor des Traktors auseinander, zerlegt ihn, bis der Fehler vor ihm liegt. Kondensstreifen. Antenne. Kamera. Wir ziehen uns früh an und schleichen zur Scheune, um noch mehr von Oskar zu hören, noch mehr Lügen. Dass es Lügen sind, darüber sind wir uns einig und haben dennoch nicht genug davon. Am Horizont sehen wir einen Streifen Licht, ein helles Band wie der Saum der Röcke, die unsere Mütter tragen, wenn ein Fest gefeiert wird. Aber an Feste denken wir jetzt nicht. Wir denken an den Jungen auf dem Heuboden und an seine Geschichten, an die blauen Flecken auf seinen Armen. An seinen Vater denken wir, der anders ist, böser, ehrloser als die Männer, die wir nicht Vater nennen. Falls Oskar die Schläge nicht nur erfunden hat. Wir klettern die Leiter hoch, aber Oskar ist nicht mehr da, nur an der Mulde im Heu sehen wir noch, wo er gelegen hat. Im Freien kommen uns drei der Alten entgegen, Volker, Wolfram und Armin. Sie bleiben stehen, mustern uns, flüstern einander zu. Armin trägt eine Schaufel. Keiner der drei sieht uns in die Augen. Kein Wort fällt. Der Himmel ist dunkel, es wird Regen geben.

So viel Platz muss noch sein: Danke, lieber Florian Kessler, Dich als Lektor an der Seite zu haben ist ein Geschenk! Und danke, liebe Susanne George, meine treue Kölner Freundin und Korrektorin, die mich schon seit vielen Jahren geduldig und zweifelsohne mit gelegentlichem Kopfschütteln auf die Mysterien der neuen deutschen Rechtschreibung und andere sprachliche Fallstricke hinweist.